詞林別裁

卢家明 · 编著

上卷

中華書局

图书在版编目(CIP)数据

词林别裁/卢家明编著. —北京:中华书局,2019.12
ISBN 978-7-101-13652-4

Ⅰ.词… Ⅱ.卢… Ⅲ.词(文学)-作品集-中国 Ⅳ.I222.8

中国版本图书馆 CIP 数据核字(2018)第 303318 号

书　　名	词林别裁(全二册)
编 著 者	卢家明
责任编辑	余　瑾
出版发行	中华书局
	(北京市丰台区太平桥西里 38 号　100073)
	http://www.zhbc.com.cn
	E-mail:zhbc@zhbc.com.cn
印　　刷	北京市白帆印务有限公司
版　　次	2019 年 12 月北京第 1 版
	2019 年 12 月北京第 1 次印刷
规　　格	开本/787×1092 毫米　1/16
	印张 52¾　字数 750 千字
印　　数	1-2000 册
国际书号	ISBN 978-7-101-13652-4
定　　价	298.00 元

序

　　词是中国古代文学园地中的一朵艳葩。像诗一样，词也是我国文学中极具民族风格与表达特色的诗歌体裁。词本指歌词，是一种可以入乐歌唱的诗歌。它由古乐府演变而来，是传统诗歌与外来音乐——所谓"胡部新声"——结合的产物。由于这个缘故，古人有把自己的词集命名为"乐府"的，宋贺铸的《东山寓声乐府》便是一例。与音乐直接相关，是词的基本特征，因此词又被称为"曲子词"，此外还有"琴趣""乐章""歌曲"等等异名。南宋以后，乐谱散失，词不再能唱了，逐渐演变成了一种别样的诗体。尽管与音乐分离了，词仍需按词谱所规定的声律来进行创作，因此制词便被说成为"填词""倚声"。词不管长调、中调、小令，都有特定的调名，也就是词牌，如《菩萨蛮》《满江红》《水调歌头》之类。除个别情形之外，词牌并不是词的题目，一般不反映、体现词的内容，对作品只起到定调、定句、定字、定声的作用。为词牌所限定的词作，其句式差不多都是错落不齐的，属于"杂言"（只有极少数是"齐言"），故词又有"长短句"之称，宋秦观的词集便被命名为《淮海居士长短句》，辛弃疾的词集也被命名为《稼轩长短句》。词属于广义的"诗歌"，而不属于狭义的"诗"，但它又具有明显的"律化"倾向，显示出与诗的密切关系。有的词牌，如《清平调》《渔歌子》《生查子》之类，实际上是诗的变体，与律绝简直相差无几，因此词又被称为"诗馀"——诗的余绪。基于这种看法，古人也有把自己的词作集命名为"诗馀"的，比如南宋林淳的《定庵诗馀》。当然，虽然词与诗存在着某种联系，但是说到底它还是一种新体诗歌，无论是结构格式、押韵规则、对仗要求、题材内容、语言风格还是情感意境，都与诗有很大的不同，对此前贤曾进行过很多讨论，有"诗庄词媚""诗显词隐""诗刚词柔""诗阔词长""诗广词深"等等说法。古来词家例分"婉约""豪放"两派，婉约为正，豪放为变；故就主流而言之，词多含蓄蕴藉、柔软细腻，往往思绪深长、情意连绵，带有某种"女性化"的色彩。

古、近代词林，名家前后辉映、灿若繁星，流派争奇斗艳、异彩纷呈，作品汗牛充栋、不可胜数，究竟应当如何精当地把历代的佳作挑选出来并加以展现，这在历代都是一件让选家颇费斟酌的事情。清陈廷焯便在《白雨斋词话》中发出过"作词难，选词更难"的感叹。自从曾慥的《乐府雅词》于南宋初年刊行以来，各种词作选本接踵出现，林林总总，不胜枚举。这些选本在选材上固然各具手眼、可圈可点，然而若论呈现形式，则不免相袭成法，难脱窠臼，是不能令人满意处。而在词选家族中，我们今天欣喜地看到了一个令人耳目一新的品种问世，这就是卢家明先生编著的《词林别裁》。

《词林别裁》是一部复合型作品，它既是词选，又是词作赏析集，还是填词教科书。作者给它冠以"别裁"之名，想必是从清人沈德潜的《唐诗别裁集》《明诗别裁集》中获得了启发。在我看来，这本书也确当得起这么一个利落典雅的名字。什么是"别裁"？别裁便是鉴别取舍别出心裁，书写表达与人不同。《词林别裁》的"别裁"处，我想至少表现在以下四个方面：一是以词牌统领全书。古代以来的各种词选，不是按时代按作者便是按流派按风格来编选作品，鲜有例外者；而本书与传统做法大有不同，它吸取了清《钦定词谱》与《白香词谱》等著作的长处，改为以词牌为中心择选作品、展开内容。这样做，高明者或会不屑，普通人却大受其用。许多读者可以在欣赏名作、记诵佳构的同时，领略与掌握词牌格律；一旦熟记了某些典范作品，便可以"依样画葫芦"进行创作。二是结构别具一格。本书分上、下两卷，共包括五十八个部分，即五十八个词牌，每部分均按"华音流韵""临风赏读""古今汇评""词人心史""词林逸事""低吟/浩唱""倚声依谱"等栏目编排内容，将名作赏析、词史回顾、词学研究与创作教学有机地结合在一起，信息量非常丰富。三是选采眼光独到。一般认为，词产生于唐，经过五代的发展，至两宋而达到大盛，因此词常被看作宋代的标志性诗歌体裁，从而被称为"宋词"。但其实词在金、元、明三代亦有可观，至清更是出现了全面复兴的局面。清人文廷式便曾说过词的境界至本朝方始开拓，朱祖谋则认为清词之独到虽宋犹未能及，现代学者饶宗颐甚至说："词之有宋有清，正犹诗中之有唐与宋，故清词之地位，可与宋诗相比拟。"基于对词史的全面认识，本书的作者在选采词作时厚远而不薄近，既充分肯定宋代的成就，也注意勾勒宋以后的作品，尤其是清词，如实反映了词创作历史的实际。四是设计典雅新颖。本书在有条理地讲述词史、解析作品的同时，还随文选配了许多古代遗迹图片与古今书画作品，使版面显得既古朴传神又活泼生动；读者阅读本书，有如在传统的美学长廊中漫游。至于该书资料翔实、汇评丰富、解析得当、语言活泼等优点，读者开卷必有体会，我在这里就不赘述了。

是为序。

杨权

（序作者系中山大学中国语言文学系教授、博士生导师）

前　言

　　在中国古典文学史上，词以其特有的抑扬顿挫的音乐美、错综变化的韵律、长短参差的句式以及所抒发的浓烈深挚的感情，成为一种深受人们喜爱的文学体裁。一般认为，它产生于唐代，其初是民间的曲子词；经过唐末、五代的发展，到了两宋，词的创作达到了空前的繁荣；在元明衰落三百余年后，至有清一代再度中兴。在整个词史上流派纷呈，名家迭出，名篇佳作浩如烟海。自宋曾慥《乐府雅词》以来，各种选本也多如繁星，其著者如黄昇的《花庵词选》，赵闻礼的《阳春白雪》，周密的《绝妙好词》，何士信的《草堂诗馀》，朱彝尊编选、汪森增补的《词综》，张惠言的《词选》，周济的《宋四家词选》，朱孝臧的《宋词三百首》，胡云翼的《宋词选》，龙榆生的《唐宋名家词选》《近三百年名家词选》，唐圭璋的《唐宋词简释》，陈匪石的《宋词举》，俞陛云的《唐五代两宋词选释》，胡适的《词选》，俞平伯的《唐宋词选释》，夏承焘、张璋的《金元明清词选》，刘永济的《唐五代两宋词简析》等等。这些词选或按时代或按名家或按流派或按风格编选，其中注释常引前代文献资料或前人评语，多具考证有据、评骘精当、解词别有会心的特点，但鲜有按词牌编选的纵贯历代词史的普及性、赏析性词选。

　　词人是按词牌填词的，而词牌林林总总，清万树《词律》共收词牌六百六十调，而清王奕清等奉命编的《钦定词谱》，则收八百二十六调，近年出版的《宋词全集》共收词牌一千一百零七个，可见词牌之浩繁。但据研究，在众多的词牌中，出现频率最高的常用词牌也只有四十一个。常用词牌外还有一些多见词牌，其名篇被引用量和刻印量极大，约有二十多个，二者共计六十多个词牌。对一般读者来说，能够掌握这六十多个词牌代表作，就可以基本掌握历代词的精华。同时，熟读熟记同一词牌的多首名作之后，读者自可基本掌握词的格律，吃深吃透其平仄、声韵和句式，对学会填词有极大的帮助。

　　正是基于此，《词林别裁》在借鉴古今各种词选成功经验的基础上，适应今天读图时代读者的审美需要，按词牌选词，以词牌遴选唐宋词和元明清乃至近代词，每一词调均选一首代表性的名作及其作者进行重点深度赏介，同时精选历代这一词调名作予以简析，并附上该词牌词谱，以利读者依谱创作。全书按"华音流韵""临风赏读""古今汇评""词人心史""词林逸事""低吟/浩唱""倚声依谱"及"参读"等栏目编排。正文随文配入与意境互相契合、映发的古今书法、绘画、篆刻作品和词人画像、手迹、词集书影及各种历史遗迹等图片。

　　本词选将历代名作、词人词史和词学知识打并一处，将词与书法、绘画、篆刻等艺术形式糅为一体，力图使之成为一部编选独特、设计新颖、图文并茂、可读性与学术性并重的历代词选本。一书在手，读者既可遍赏从唐到近代的历代名作，进而循其发展、演变的历史轨迹做全面的纵向欣赏；又可遍读不同流派、不同风格的作品，从而对词的风貌之千殊万别做全面的横向欣赏，深度感受词林的茂盛和华美。

目录

MULU

001 / 西风残照，汉家陵阙

忆秦娥

013 / 日出江花红胜火，春来江水绿如蓝

忆江南

027 / 一叶叶，一声声，空阶滴到明

更漏子

037 / 春水碧于天，画船听雨眠

菩萨蛮

063 / 记得绿罗裙，处处怜芳草

生查子

075 / 六代繁华，暗逐逝波声

江城子

089 / 片帆烟际闪孤光

浣溪沙

113 / 细雨湿流光，芳草年年与恨长

南乡子

127 / 问君能有几多愁，恰似一江春水向东流

虞美人

141 / 塞下秋来风景异

渔家傲

157 / 心似双丝网，中有千千结
千秋岁

167 / 渐霜风凄紧，关河冷落，残照当楼
八声甘州

185 / 昨夜西风凋碧树，独上高楼，望尽天涯路
蝶恋花

199 / 行人更在春山外
踏莎行

211 / 相见争如不见，有情何似无情
西江月

225 / 歌尽桃花扇底风
鹧鸪天

241 / 回首夕阳红尽处，应是长安
浪淘沙

255 / 大江东去，浪淘尽、千古风流人物
念奴娇

277 / 若有人知春去处，唤取归来同住
清平乐

291 / 海棠开后，燕子来时，黄昏庭院
烛影摇红

303 / 记得年时沽酒那人家
南歌子

313 / 看玉做人间，素秋千顷
洞仙歌

323 / 山抹微云，天连衰草
满庭芳

337 / 梅子黄时雨
青玉案

349 / 梦入芙蓉浦
苏幕遮

359 / 回首望云中
水调歌头

381 / 何处是京华，暮云遮
昭君怨

391 / 试倩悲风吹泪过扬州
相见欢

忆秦娥

西风残照，汉家陵阙

林阳书《忆秦娥》

华音流韵

忆秦娥

[唐] 李白

　　箫声咽，秦娥梦断秦楼月①。秦楼月，年年柳色，灞陵伤别②。　　乐游原上清秋节③，咸阳古道音尘绝④。音尘绝，西风残照，汉家陵阙⑤。

临风赏读

　　这首词取思妇之事，言怀古伤今之感，是一首冠冕词史的绝唱。

　　上片咏离别之情，渲染出一种哀怨凄婉的气氛。一缕呜咽的箫声把秦娥从梦中惊醒，一钩残月斜映在窗前。梦虽断了，她似乎还沉浸在梦境中，与情人欢会。可是，眼前只有浩渺长天一轮冰冷的残月陪伴着孤寂的她。更令人伤怀的是，柳色绿了，年复一年，而伊人依然远隔一方。

[注释]

①秦娥，秦穆公的女儿弄玉，她嫁与萧史，萧史教她吹箫，最终二人随凤凰而去，两人居住的地方，就成了著名的凤凰台。一说泛指秦地美貌女子。娥，扬雄《方言》卷二："秦晋之间美貌谓之娥。"梦断，梦醒。

②灞陵，故址在今陕西西安市东，因有汉文帝墓而名。附近有灞桥，为唐人送客的折柳告别之处。

③乐游原，唐代的游览胜地，故址在今陕西西安市南。

④咸阳，今陕西咸阳市。汉、唐时期，从长安西去，咸阳为必经之地。音尘绝，音信断绝。

⑤汉家陵阙，汉朝皇帝的陵墓都建在长安四周。阙，陵墓前的楼观。

下片场景陡转至乐游原：乐游原上的清秋节本应是佳侣如云，而此时却是一片凄凉，悠悠的咸阳古道上车马稀落，思念之人从此走过便音信杳无。最终，茕茕孑立的秦娥引颈西望，看到的是那残破的汉家陵阙，在萧瑟的西风、如血的残阳中，静静地卧着，泛着余晖。

清人陈廷焯说"太白《菩萨蛮》《忆秦娥》两阕，神在个中，音流弦外"（《白雨斋词话足本校注》卷七），可谓的评。这首词句句看似伤感离别，抒发思念，实则句句寄托深远，怀古伤今。词人仿佛是站在一座历史的孤峰上，正向着遥远的时间与空间茫然地举目四望，思绪奔涌跳荡……秦楼、灞陵、乐游原、咸阳古道、汉家陵阙——浦江清先生说是"几幅长安素描的合订本"，还有箫声、月影、柳色、西风、残照……这些孤立的意象被编织成这首词，使读者如亲临其境，恍若置身于秦楼或乐游原上，在月色笼罩或西风吹拂中触起离愁；或举目有河山之异，深味故国兴亡之感。

这首词融柔美与苍凉于一体，意境高远，气势雄浑，莽郁苍茫。后人将这首词与他的另一首《菩萨蛮》列为"百代词曲之祖"。

古今汇评

邵　博：　"箫声咽……"李太白词也。予尝秋日饯客咸阳宝钗楼上，汉诸陵在晚照中，有歌此词者，一坐凄然而罢。（《邵氏闻见后录》卷十九）

徐士俊：　悲凉跌荡，虽短词，中具长篇古风之意气。（卓人月《古今词统》卷五）

潘游龙：　白词妙处，只是天然无雕饰。（《古今诗馀醉》卷十）

周　珽：　由伤别寄情吊古，风神淡宕，更多慷慨沉雄。（《删补唐诗选脉笺释会通评林》卷六十）

顾起纶：　唐人作长短句，乃古乐府之滥觞也。李太白首倡《忆秦娥》，凄惋流丽，颇臻其妙，为千载词家之祖。（《花庵词选跋》）

孙麟趾：　何谓浑？如"泪眼问花花不语，乱红飞过秋千去"，"江上柳如烟，雁飞残月天"，"西风残照，汉家陵阙"，皆以浑厚见长者也。词至浑，功候十分矣。（《词迳》）

汉世凡东出函、潼，必自灞陵始，故赠行者于此折柳为别。

宋以来都认为《菩萨蛮》《忆秦娥》两首词系李白所作，但自明胡应麟以来不断有人提出质疑，成为词史上一段公案，迄无定论。施蛰存先生考证，《忆秦娥》词始见于冯延巳《阳春集》，此词"决不能作于冯延巳、张先之前。此必苏东坡、贺方回同时人所撰，谬其作者，因托之李白"（《说忆秦娥》）。周泳先先生则认为有可能是南唐时一翰林学士李白所作，并考证其本事当出于唐沈既济所撰的关于人与狐相恋的悲剧传奇《任氏传》。

李白《忆秦娥》（《诗馀画谱》）

黄　苏：此乃太白于君臣之际，难以显言，因托
　　　　兴以抒幽思耳。……叹古道之不复，或
　　　　亦为天宝之乱而言乎？然思深而托兴远
　　　　矣。（《蓼园词选》）

刘熙载：太白《忆秦娥》声情悲壮，晚唐、五代，
　　　　惟趋婉丽，至东坡始能复古。后世论词，
　　　　或转以东坡为变调，不知晚唐、五代乃
　　　　变调也。（《艺概》卷四）

陈廷焯：音调凄断。对此茫茫，百端交集，如读
　　　　《黍离》之诗。后世名作虽多，无出此
　　　　右者。（《云韶集辑评》卷一）

王国维：太白纯以气象胜。"西风残照，汉家陵阙"，寥寥八字，遂关
　　　　千古登临之口。后世惟范文正之《渔家傲》、夏英公之《喜迁
　　　　莺》，差足继武，然气象已不逮矣。（《人间词话》）

俞陛云：此词自抒积感，借闺怨以写之，因身在秦地，即以秦女箫声为
　　　　喻。起笔有飘飘凌云之气。以下接写离情，灞桥折柳，为迁客
　　　　征人伤怀之处，犹劳劳亭为自古送行之地，太白题亭上诗"春
　　　　风知别苦，不遣柳条青"，同此感也。下阕仍就秦地而言，乐
　　　　游原上，当清秋游赏之时，而古道咸阳，乃音尘断绝，悲愉之
　　　　不同如是。古道徘徊，既所思不见，而所见者，惟汉代之遗陵
　　　　废阙，留残状于西风夕照中。一代帝王，结局不过如是，则一
　　　　身之伤离感旧，洵命之衰耳。结二句俯仰古今，如闻变徵之
　　　　音。（《唐五代两宋词选释》）

吴　梅：太白此词，实冠古今，决非后人可以伪托。（《词学通论》）

唐圭璋：此首伤今怀古，托兴深远。首以月下箫声凄咽引起，已见当年
　　　　繁华梦断不堪回首。次三句，更自月色外，添出柳色，添出别
　　　　情，将情景融为一片，想见惨淡迷离之概。下片揭响云汉，摹
　　　　写当年极盛之时与地。而"咸阳古道"一句，骤落千丈，凄动
　　　　心目。再续"音尘绝"一句，悲感愈深。"西风"八字，只写
　　　　境界，兴衰之感都寓其中。其气魄之雄伟，实冠今古。北宋李
　　　　之仪曾和此词。（《唐宋词简释》）

周汝昌：李白的《忆秦娥》只是一曲四十六字的小令，全篇只两片，一
　　　　春柔，一秋肃；一婉丽，一豪旷；一以"秦楼月"为眼，一以

"音尘绝"为目；以"伤别"为关纽，以"灞陵伤别""汉家陵阙"家国之两处结穴。看似破碎连缀无任何章法、无意度之漫然闲笔，而实则句句自然，字字锤炼，沉声切响，掷地作金石之声。全篇抑扬顿挫，法度森然，无一字荒率空浮，无一处逞才使气，其声如巨石浑金，斤两奇重，实为中国诗词史上的千古绝唱。（《千秋一寸心》）

梅谢了，塞垣冻解鸿归早。鸿归早，凭伊问讯，大梁遗老。浙河西面边声悄，淮河北去炊烟少。炊烟少，宣和宫殿，冷烟衰草。——南宋刘克庄《忆秦娥》通过对鸿雁的描写，形象地表达了词人对沦陷的半壁江山和金人治下的宋遗民痛苦生活的关怀。结拍描绘北宋宫殿凄凉景色，构成一幅雄浑苍茫的图画，抒发对故宫黍离、国家衰亡的悲愤，与"西风残照，汉家陵阙"可谓同曲同工。

词人心史

李白（701—762）字太白，号青莲居士，祖籍陇西成纪（今甘肃秦安东），生于碎叶（当时属安西都护府，今吉尔吉斯斯坦之托克马克），长于绵州昌隆（今四川江油）。少有捷才，二十五岁出蜀远游。天宝初入长安，贺知章一见，称为谪仙人，荐于唐玄宗，待诏翰林，后漫游江湖间。安史乱中，因入永王璘幕，璘起兵，事败，李白也因此获罪，被系浔阳（今江西九江）狱，不久流放夜郎（今贵州桐梓一带）。幸而途中遇赦，得以东归。晚年流落在江南一带。六十一岁时，闻太尉李光弼率大军出镇临淮，讨伐安史叛军，还北上准备从军杀敌，半路因病折返。次年在他的从叔当涂（今属安徽）县令李阳冰的寓所病逝。

李白狂放不羁，个性纯真。其诗风雄奇、豪放、飘逸，极富浪漫精神，语言直率自然，音节和谐流畅，浑然天成，不假雕饰。唐代韩愈、李贺，宋代欧阳修、苏轼、陆游，明代高启，清代屈大均、黄景仁、龚自珍等著名诗人，都在不同程度上向李白诗歌汲取营养，受其影响沾溉。

宋梁楷《太白行吟图》，图绘醉中望月、吟哦踽行的李白。寥寥数笔，将一个疏放不羁、洒脱放达的诗仙形象，刻画得栩栩如生。日本东京国立博物馆藏

自称臣是酒中仙（杜甫《饮中八仙》咏李白句）　清黄士陵

兴酣落笔摇五岳（李白《江上吟》句）　清丁良卯

李白《上阳台帖》，结构参差跌宕，顾盼生姿；用笔纵放自如。元张晏称其"飘飘有凌云之态，高出尘寰，得物外之妙"。故宫博物院藏

李白还有若干词作。其中《清平调》（"云想衣裳花想容"）三首，体裁实为七言绝句，当时配乐演唱。他的《菩萨蛮》（"平林漠漠烟如织"）、《忆秦娥》（"箫声咽"）两篇最为著名，被黄昇誉为"百代词曲之祖"（《唐宋诸贤绝妙词选》卷一）。或疑为后人伪托。

李白为天才绝，白居易为人才绝，李贺为鬼才绝。（钱易《南部新书·丙》）

尝考唐调所始，必以李太白《菩萨蛮》《忆秦娥》及杨用修所传《清平乐》为开山；而陶弘景之《寒夜怨》、梁武帝之《江南弄》、陆琼之《饮酒乐》、隋炀帝之《望江南》，又为太白开山。（汤显祖《花间集叙》）

汉人之诗，浑浑穆穆；魏人之诗，浩浩落落。汉诗高在体，魏诗高在气。太白词气体俱高，词中之汉魏也。（吴衡照《莲子居词话》卷一）

唐人词，风气初开，已分二派。太白一派，传为东坡诸家，以气格胜，于诗近西江；飞卿一派，传为屯田诸家，以才华胜，于诗近西昆。后虽迭变，总不越此二者。（沈祥龙《论词随笔》）

李太白词，淳泓萧瑟。张子同词，逍遥容与。温飞卿词，丰柔精邃。唐人以词鸣者，惟此三家，壁立千仞，俯视众山，其犹部娄乎！（张德瀛《词徵》卷五）

论蜀词第一大作家，当推李白。白，蜀之绵州青莲乡人。其诗豪放，如天马行空。其词亦气象宏伟，后难与匹。（唐圭璋《词学论丛·唐宋两代蜀词》）

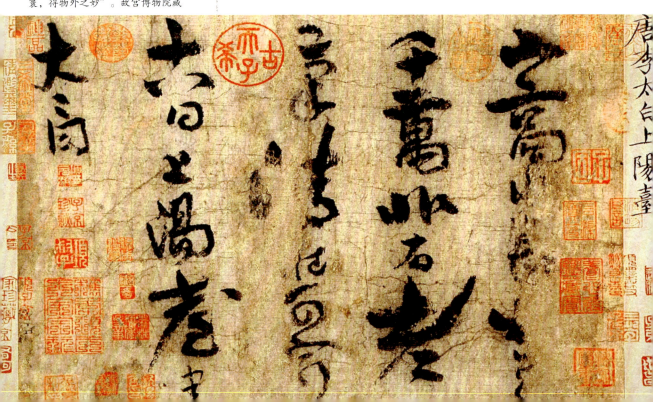

 **低吟/浩唱**

忆秦娥　用太白韵

[北宋] 李之仪

清溪咽，霜风洗出山头月。山头月，迎得云归，还送云别。　　不知今是何时节，凌歊望断音尘绝。音尘绝，帆来帆去，天际双阙。

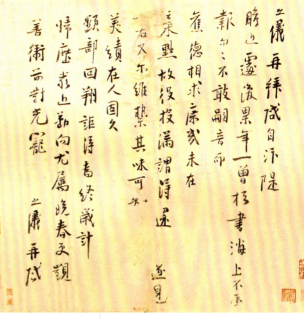

这首写景抒怀的小词，当作于词人崇宁年间编管太平之时。霜风秋月季节，景色如画，幽静深美。词人登凌歊台，遥望远方，思念着远方友人，也怀念着帝乡，不知何日可以重逢、重到，难禁心头凄痛。近乎绝望的悲苦，不仅仅是对友人深切的离别思念，其中或隐含着更深一层的对宦海风波险恶的忧虑与绝望。

李之仪此词词题明确揭出"用太白韵"，是为和李白《忆秦娥》而作，全依太白《忆秦娥》韵，可见北宋时太白词已流传比较普遍。

李之仪 (1048—1117) 字端叔，号姑溪居士，沧州无棣（今属山东庆云）人。熙宁进士。元祐初为枢密院编修官，通判原州。元祐末从苏轼于定州幕府。能为文。擅词，词风清丽婉峭，小令尤长于淡语、景语、情语。有《姑溪词》一卷。

子夜歌（忆秦娥）

[北宋] 贺铸

三更月，中庭恰照梨花雪。梨花雪，不胜凄断，杜鹃啼血。　　王孙何许音尘绝，柔桑陌上吞声别。吞声别，陇头流水，替人呜咽。

这是一首声情悲怆的思别词，抒发一个闺中少妇与恋人别后饱受相思熬煎的极度忧伤、凄苦，感情喷泻而出，痛快淋漓，率性自然，意境幽美。

忆秦娥　别情

[北宋] 万俟咏

千里草，萋萋尽处遥山小。遥山小，行人远似，此山多少。　　天若有情天亦老，此情说便说不了。说不了，一声唤起，又惊春晓。

这首词构思新颖别致。词人以山远烘托行人更远来表现惜别之情。下片巧妙地将李贺之诗融入词境，浑然无迹。全词语浅情深，饶有韵致，颇具民歌风味。

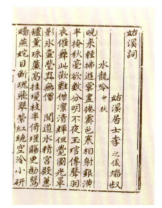

催衬，催促；又还，况且，而且，均为宋代口语词。

钦宗四月十三日生日为乾龙节。

清余集《梅下赏月图》，绘两枝老梅旁一士人对月沉吟，构图简洁，意境幽旷清凄。上海博物馆藏

忆秦娥

［南宋］李清照

临高阁，乱山平野烟光薄。烟光薄，栖鸦归后，暮天闻角。

断香残酒情怀恶，西风催衬梧桐落。梧桐落，又还秋色，又还寂寞。

南渡之后，女词人递遭夫亡家散之痛，山河荒残之悲。这首词描写秋日黄昏登临高阁的所见所闻，渲染出自然景色的寥落、萧瑟、凄旷，造成一种令人感到凄凉、压抑的气氛，进而烘托出词人孤寂、郁闷和无限忧伤的心境。意境开阔而悲凉，风格沉郁、凝重。

秦楼月

［南宋］向子諲

芳菲歇，故园目断伤心切。伤心切，无边烟水，无穷山色。　　可堪更近乾龙节，眼中泪尽空啼血。空啼血，子规声外，晓风残月。

词人曾在宛丘（今河南淮阳）筑芗林别墅，自号芗林居士。靖康之变后，芗林故庐与其所在的中原大地一起陷入敌手。时逢暮春，姹紫嫣红凋零殆尽，词人由这繁华消歇联想到中原故园和被掳的徽、钦二帝，目断心伤，悲从中来，写下了这首慷慨悲凉的小令。"眼中泪尽空啼血"一句，尤为哀怨悲凄，撼人心魄，使人不忍卒读。

忆秦娥

［南宋］高观国

栖乌惊，隔窗月色寒于冰。寒于冰，澹移梅影，冷印疏棂。　　幽香未觉魂先清，无端勾起相思情。相思情，恼人无睡，直到天明。

这首词写冬夜见窗间梅影而勾起相思之情。或者当年曾与伊人携手月下赏梅，故闻幽香而至神魂荡漾，浮想联翩，一夜未曾阖眼。意象朦胧，含婉深永，颇耐玩味。

忆秦娥　邯郸道上望丛台有感

[南宋] 曾觌

风萧瑟，邯郸古道伤行客。伤行客，繁华一瞬，不堪思忆。　丛台歌舞无消息，金樽玉管空陈迹。空陈迹，连天衰草，暮云凝碧。

孝宗乾道五年（1169）隆冬，身为贺金正旦副使的曾觌，同正使汪大猷一道奉命出使金国，行进在疾风欲裂的邯郸古道上，望见战国时赵武灵王所筑丛台，遥想繁华一时的赵国古都，如今已是连天衰草，光沉响绝。面对这历史残迹，词人不禁涌起无限的悲凉和无奈，于是写下了这首《忆秦娥》。词中所谓繁华一瞬，所谓歌舞陈迹等，都寄寓着对北宋灭亡的感叹和失地未能收复的家国之痛。黄昇当时就指出此词"凄然有黍离之悲"（《中兴以来绝妙词选》卷一）。

宋梁楷《雪栈行旅图》（局部），绘皑皑白雪中，群山苍茫，枯木萧疏，两位行人冒雪蹒跚前行，构图简洁，意境荒寒幽远。故宫博物院藏

曾觌（1109—1180）字纯甫，号海野老农，汴（今河南开封）人。官至开府仪同三司。其词婉丽柔媚。有《海野词》。

忆秦娥

[南宋] 刘辰翁

中斋上元客散感旧，赋《忆秦娥》见属，一读凄然。随韵寄情，不觉悲甚。

烧灯节，朝京道上风和雪。风和雪，江山如旧，朝京人绝。　百年短短兴亡别，与君犹对当时月。当时月，照人烛泪，照人梅发。

烧灯节，即上元节，俗称元宵节。

这首词是和友人邓剡《忆秦娥》之作。上片写上元节古都临安风雪载道、路途人绝，一片严寒凄清的荒凉景象，令人凄然地想到，江山依旧，而往昔繁盛不再。走笔至此，词人眷念故国的浓烈感情喷涌而出。下片转到了自己和友人，感慨都经历了国家百年兴亡。聊以自慰的是，作为宋朝的遗民，仍然对着昔日的月亮。只是月色依旧，而人间却唯见红泪白发。岁月蹉跎，而孤臣义士对故国的哀痛无尽。全词辞情凄婉哀苦，格调悲郁。

回首旧游何在，柳烟花雾迷春（曾觌《朝中措·维扬感怀》句）清赵之琛

完颜璹（1172—1232）字仲实，号樗轩老人。金世宗孙。累封密国公。诗词赖《中州集》以传。其词多写随缘忘机、萧散淡泊意绪。况周颐称其"姜史、辛刘两派，兼而有之"（《蕙风词话》卷三）。

王蒙（？—1385）字叔明，号黄鹤山樵，吴兴（今浙江湖州）人。善诗文、书法，工人物，尤精山水，为元四家之一。

王蒙《秋山草堂图》，绘秋山林木茂密，红叶绚烂，水际荻花萧瑟，草堂内高士踞坐榻上展卷览读，怡然自得。台北"故宫博物院"藏

秦楼月

[南宋] 范成大

楼阴缺，栏干影卧东厢月。东厢月，一天风露，杏花如雪。

隔烟催漏金虬咽，罗帏暗淡灯花结。灯花结，片时春梦，江南天阔。

这是一首怀人词，词中不假雕琢，纯任自然地写出花月楼台的幽雅、清淡景色和闺中少妇春日里长夜难眠的孤独、凄苦的心绪。全词显得淡朴清雅，独具一种天然的美。

秦楼月

[金] 完颜璹

寒仍暑，春来秋去无今古。无今古，梁台风月，汴堤烟雨。

水涵天影秋如许，夕阳低处征帆举。征帆举，一行惊雁，数声柔橹。

这首词感怀古今。天地万物从大自然的时令节序，到繁华一时的梁台风月、汴堤烟雨，一切都"无今古"！古即是今，今即是古。上片从时空之永不消逝又永远在流逝，以见人生本来极渺小极短暂。下片则从微观角度，写秋色悲人，征程苦人，然而征帆举处，离情别苦其实就在惊雁影里、柔橹声中消失流逝。人生苦短，虚空漫溢。词人在对虚无、对人生进行哲理思辨中，寻求心底苦哀的大解脱。

忆秦娥

[元] 王蒙

花似雪，东风夜扫苏堤月。苏堤月，香销南国，几回圆缺。

钱塘江上潮声歇，江边杨柳谁攀折。谁攀折，西陵渡口，古今离别。

这首词为题《忆秦娥词意图卷》，"以道南方怀古之意"。写风扫苏堤，香销南国，月有圆缺，继写钱塘潮歇，江柳无人攀折，其中寄寓着蒙元灭宋的黍离之悲。结拍无限悲凉。

忆秦娥　杨花

[清] 宋徵舆

黄金陌，茫茫十里春云白。春云白，迷离满眼，江南江北。

来时无奈珠帘隔，去时着尽东风力。东风力，留他如梦，送他如客。

这首词哀杨花，也是自哀，字里行间，隐约流露出内心的感慨，写得委婉含蓄，耐人寻味。谭献评此词说："身世可怜。"（《箧中词·今集》卷一）

忆秦娥　听戍者言

[清] 周纶

天涯路，荒荒野日黄云暮。黄云暮，年年笳吹，征衣如故。君恩不到边庭戍，乡心空结将军树。将军树，平安烽报，翠围深固。

这首小令抒写戍边士卒的思乡之情。荒野落日，黄云孤飞，天涯迟暮，胡笳声悲，一幅荒凉的边塞景象，烘托出久守边庭士卒强烈的怀乡之情。下片中"君恩不到边庭戍"，虽叙的是戍卒之言，但其中也寄寓了词人自己怀才不遇之憾。

忆秦娥　娄山关

[现代] 毛泽东

西风烈，长空雁叫霜晨月。霜晨月，马蹄声碎，喇叭声咽。雄关漫道真如铁，而今迈步从头越。从头越，苍山如海，残阳如血。

这首词作于1935年2月。中央红军长征时，于是年1月占领贵州遵义，召开遵义会议，会后经娄山关北上，计划经过川南，渡过长江，但没有成功，就循原路反攻遵义，途中经半天激战，打败扼守娄山关的贵州军阀王家烈的一个师，乘胜重占遵义。这首词以寥寥数笔，便将这次激烈的战斗场面勾画得淋漓尽致。词中，西风雁叫、马蹄声碎、霜晨残阳……一连串沉郁悲壮的景象，组成一组沉雄壮阔的娄山关画面，折射出词人苍凉的心境。此词取象雄浑，意境阔大，堪称一首慷慨悲烈、韵味独特的壮美之作。

周纶字鹰垂，江苏华亭（今上海松江）人。诸生，康熙初以岁贡授国子监学正。怀才不遇以终。工词，词风较疏朗，抒身世之感，尤多悲慨。有《柯斋诗馀》。

苍山如海，残阳如血　诸乐三

如今迈步从头越　朱复戡

娄山关，在贵州遵义城北娄山的最高峰，是防守贵州北部重镇遵义的要冲。

毛泽东《忆秦娥》手迹

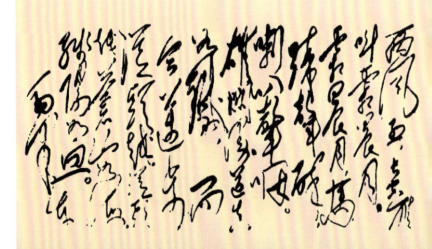

本书词牌格律主要参考龙榆生《唐宋词格律》（上海古籍出版社1978年版），词牌符号含义如下：

平：填平声字；仄：填仄声字（上、去或入声）；中：可平可仄。

逗号"，"和句号"。"：表示句；顿号"、"：表示逗。

粗体字：表示平声或仄声韵脚字，或可押可不押的韵脚。另，平仄转换、平仄错叶格以不同颜色区分韵部。

『』：例作对偶；〖〗：例作叠韵。

《词谱》，康熙五十四年（1715）陈廷敬、王奕清等奉敕编纂，又经康熙帝裁定，故名《钦定词谱》。40卷，收录唐宋元词826调、2306体。每调以创始之人所作本词为正体（正格），后人所作与此不同者为变格，列为又一体。以词调字数为次，每调之下注明本调平仄声韵、句读、来源。此书搜罗完备，考订精密，被其后填词家奉为圭臬。本书仅择有关词调正体以供参考。

《词谱》（《忆秦娥》）

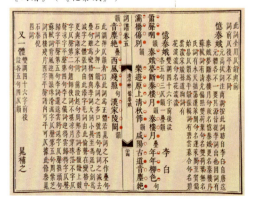

词林逸事

宋代乃词的黄金时代，词家辈出，其中女词人亦复不少，除杰出的李清照、朱淑真外，尚有孙夫人、吴淑姬、张玉娘等名媛。其他则更多，如唐诗一样，各阶层的女性都有，可谓灿若群星。

秀州人郑文在太学肄业，久寓行都。在一个春和景明的日子，其妻孙氏想着本该夫妻团聚欢乐，携手共游，但如今却良辰美景虚设，心中十分惆怅，于是提笔写下了一首婉丽的《忆秦娥》寄给远方的夫君：

花深深，一钩罗袜行花阴。行花阴，闲将柳带，细结同心。

日边消息空沉沉，画眉楼上愁登临。愁登临，海棠开后，望到如今。

词中抒发相思柔情，倾诉久盼不归的心曲。"细结同心""望到如今"，前后两结，回互呼应，缠绵悱恻，韵致深永。此词一经写出，传播都下，一时歌楼妓馆，广为传唱。

 倚声依谱

《忆秦娥》又名《秦楼月》。四十六字，前后片各三仄韵，一叠韵，句短韵密，韵脚以短促有力的入声字为主，音节急促悲凉，适宜于表现凄苦的感情。又有改用平韵者。

【定格】
平中仄，中平中仄平平仄。
〖平平仄〗，中平中仄，仄平平仄。

中平中仄平平仄，中平中仄平平仄。
〖平平仄〗，中平中仄，仄平平仄。

忆江南

日出江花红胜火，春来江水绿如蓝

江南好，风景旧曾谙。日出江花红胜火，春来江水绿如蓝。白居易词《忆江南》岁次丁酉暮春 陈楚明

陈楚明书《忆江南》

华音流韵

忆江南

[唐] 白居易

江南好，风景旧曾谙①。日出江花红胜火，春来江水绿如蓝②。能不忆江南。

 ## 临风赏读

诗人早年曾"避难越中"，旅居苏杭。入仕后，他又三次到江南任职，四十三岁时贬官江州（今江西九江）司马，四年之后离开江州任忠州（今重庆忠县）刺史；五十岁授杭州刺史，两年秩满回京任太子左庶子；五十三岁时又复出为苏州刺史，一年后便称病回京，从此就再也没有回江南了，

[注释]
①谙，熟悉。
②蓝，蓼科植物。其叶可制青绿色颜料。

但江南的旖旎风光令他魂萦梦绕，难以忘怀。唐文宗开成三年（838），诗人以太子少傅分司东都，身居洛阳，神驰江南，抚今追昔，无限深情地追忆最难忘的江南往事，写下了传诵千古的《忆江南》词三首，这是第一首。

首句"江南好"三字领起，一个浅切而圆活的"好"字，摄尽江南春色种种佳处，流淌着款款深情。次句点明江南风景之"好"，并非得之传闻，而是亲身的体验与感受。中七言二句，诗人巧妙地摄取了一年之中最美丽的春天里初日照耀下的"江花"和"绿如蓝"的一江春水这极少见的景致，生动传神地勾勒出一幅色彩绚丽夺目、生机盎然的江南春景图，宛然若见。结拍以"能不忆江南"收束全词，一个"忆"字既道出对江南的无限怀念之情，又造成一种绵邈的韵味，把读者带入余情摇漾的境界中。

有学者认为，白居易《忆江南》中的"江南"是指长江中下游以南地区，包括江州（今江西九江）在内，非专指苏杭地区。在贬官江州期间，他就曾多次在诗文中称九江为江南，如《江南谪居十韵》等。第一首与九江春天的景色完全吻合，应是对九江景色的回忆。

古今汇评

沈际飞：较宋词自然有身份，不知其故。（《草堂诗馀别集》卷一）

徐士俊：非生长江南，此景未许梦见。（卓人月《古今词统》卷一）

王方俊：作者抓住了景物的特点，运用贴切的比喻和工整的对偶句，把明媚、艳丽、温馨、柔美而富有生气、诗情画意般的江南水乡春色，凝练成寥寥十四个字，成为千古传诵、脍炙人口的佳句。读之，令人心驰神往。（《唐宋词赏析》）

高建中：泛忆江南旖旎风光，兼包苏、杭。神驰深情，明丽如画。（《唐宋词》）

宋陈清波《湖山春晓图》，绘西子湖早春景致。湖堤一边是掩映在绿树丛中的深院崇楼，湖对岸小路上一人骑马远行，执鞭回望，似是流连美景不肯离去。湖山蜿蜒，水天之际，一抹远山隐于清晓雾霭之中，意境幽远。故宫博物院藏

参读

江南忆，最忆是杭州。山寺月中寻桂子，郡亭枕上看潮头。何日更重游！

江南忆，其次忆吴宫。吴酒一杯春竹叶，吴娃双舞醉芙蓉。早晚复相逢。——这第二、三首《忆江南》分咏杭州、苏州胜景，诗意盎然。

词人心史

白居易（772—846）字乐天，祖籍太原（今属山西），生于河南新郑城西的东郭宅村（今东郭寺）。德宗贞元十六年（800）进士。历任翰林学士等官。由于他反对苛政，以诗歌指斥权贵，被贬为江州司马，后又知苏、杭，以刑部尚书致仕。晚居洛阳，自号醉吟先生、香山居士。卒葬于洛阳龙门香山琵琶峰，李商隐为其撰写墓志。因晚年官至太子少傅，世称白傅、白文公。

他最工于诗，其诗政治倾向鲜明，重讽喻，尚坦易，是新乐府运动的中坚，中唐大家。代表作有《琵琶行》《长恨歌》《赋得古原草送别》《钱塘湖春行》等。他还是词创作的有力推动者，《忆江南》《浪淘沙》《花非花》《长相思》诸小令，通俗平易，清新隽丽，为文人词发展开拓了道路，对后世影响甚大。

白居易像

品题

陈廷焯：香山词不求高而自高，骨高故也。看他只是信笔写法，绝不着力，而意味往复无尽。（《云韶集辑评》卷一）

龙榆生：居易最工诗……所作诗歌，亦力求与群众接近，因有"老妪皆解"之传说……故对新兴歌曲，亦最易接受而乐为加工。倚声填词之风，至中唐而渐盛，其为刘（禹锡）、白诸人所倡导，可推知也。（《唐宋名家词选》）

白居易晚年手书《楞严经》（共一百页，凡三百九十七行，此为最后一页），点画精秀，笔致凝练稳重，章法疏俊，气韵空灵。故宫博物院藏

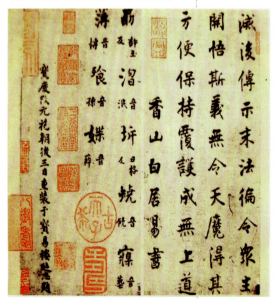

低吟/浩唱

忆江南

［唐］刘禹锡

春去也，多谢洛城人。弱柳从风疑举袂，丛兰裛露似沾巾。独坐亦含颦。

这是一首伤春之作，中间二句用拟人手法，活画出送春归去时依依惜别的场景：柔弱的柳丝随风轻舞，仿如正挥手举袖与春天依依作别；嫩绿的兰草沾满露珠，晶莹闪光，好似在款款惜别之际泪洒罗巾。这里不写人惜春，却从春恋人着笔，以此烘托出多情少女的怅惘，写来婉转有致，别饶风趣。况周颐评此

词说："流丽之笔，下开北宋子野、少游一派。唯其出自唐音，故能流而不靡，所谓'风流高格调'，其在斯乎？"（《蕙风词话》卷二）

　　这首词约作于唐文宗开成三年（838）为太子宾客分司东都时，自注："和乐天（白居易）春词，依《忆江南》曲拍为句。"这是词学史上有关文人依声填词的最早记录。和作两首，另一首是："春去也，共惜艳阳年。犹有桃花流水上，无辞竹叶醉尊前。惟待见青天。"

参读

　　波渺渺，柳依依。孤村芳草远，斜日杏花飞。江南春尽离肠断，蘋满汀洲人未归。——宋寇准《江南春》以清丽宛转、柔美多情的笔触，抒写了女子怀人伤春的情愫。

望江南

［唐］佚名（敦煌曲子词）

　　莫攀我，攀我大心偏。我是曲江临池柳，这人折去那人攀。恩爱一时间。

　　这首词是青楼女子自感沦落痛苦身世的吟唱。作者以"曲江临池柳"自况，寥寥数语，直抒蓄之既久的哀怨与郁愤。

梦江南

［唐］皇甫松

　　兰烬落，屏上暗红蕉。闲梦江南梅熟日，夜船吹笛雨潇潇。人语驿边桥。

　　这是一首风流千古的清丽之作，写的是梦境中的江南故乡。词中营构出一个幽静深邃又朦胧迷离的意境，俨然一幅有声的水墨画：黄梅季节，江南水乡，静谧的雨夜中，从一叶轻舟上传来被雨水淋湿了的笛音，还有驿桥边絮絮叨叨、依依话别的人语。—— 一切都是隐隐约约、影影绰绰的，凄迷、惝恍……难怪俞陛云说此词"语语带六朝烟水气也"（《唐五代两宋词选释》）。陈廷焯评此词乃"梦境画境。词虽盛于宋，实唐人开其先路也"（《云韶集辑评》卷一）。

　　襄，音亦，沾湿。陶潜《饮酒》诗有"襄露掇其英"。

　　大，同"太"。

　　曲江池，在今陕西西安市东南，唐代时花卉环周，烟水明媚，是长安郊外的游赏胜地。

　　皇甫松（一作嵩）字子奇，自号檀栾子，睦州新安（今浙江淳安）人。工部侍郎皇甫湜之子，宰相牛僧孺之甥。其词多绮艳之作。

　　明抄本皇甫松《唐皇甫先辈词》（《宋元名家词七十种》）书影

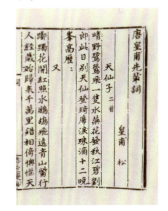

明抄本牛峤《唐牛给事词》
（《宋元名家词七十种》）书影

牛峤（生卒不详）字松卿，陇西狄道（今甘肃临洮）人，牛僧孺孙。乾符五年（878）进士。历任拾遗、补阙、尚书郎。王建镇蜀，辟为判官。前蜀开国，任秘书监，拜给事中。以词著名，风格似温庭筠，为花间派词人。

宋佚名《江浦秋亭图》，绘秋林掩映的楼阁中一人凭栏望江，江面上两舟正张帆远去。美国波士顿艺术博物馆藏

 参读

船动湖光滟滟秋，贪看年少信船流。无端隔水抛莲子，遥被人知半日羞。——皇甫松这首清新隽永的《采莲子》（其二）刻画了一位大胆泼辣而又纯朴本色、娇羞可爱的采莲女的形象，灵动传神。

忆江南

［五代·前蜀］牛峤

红绣被，两两间鸳鸯。不是鸟中偏爱尔，为缘交颈睡南塘。全胜薄情郎。

这首词用反衬手法，借对鸳鸯两情笃厚的咏赞与艳羡，表露内心对薄情郎的眷恋与怨恨。语言通俗、清浅，词意显豁，咏物而不滞于物。

梦江南

［唐］温庭筠

梳洗罢，独倚望江楼。过尽千帆皆不是，斜晖脉脉水悠悠。肠断白蘋洲。

这首词在温词中可谓别具丰神之作，写得朴素自然，明丽清新，寥寥几笔就勾勒出一个倚楼独望离人归来却一再失望的思妇形象，含思凄婉，生动、传神，难怪沈际飞说：“痴迷、摇荡、惊悸、惑溺，尽此二十余字。”（《草堂诗馀别集》卷一）陈廷焯也说：“绝不着力而款款深深，低回不尽，是亦谪仙才也。”（《云韶集辑评》卷一）

梦江南

［唐］温庭筠

千万恨，恨极在天涯。山月不知心里事，水风空落眼前花。摇曳碧云斜。

这首词写思妇深夜不寐，望月怀人。起首和盘托出满腔怨情，“山月”以下，转换情景相生的笔法，描摹飘忽迷离、惝恍难言的心情。结句远韵悠然，令人讽诵不厌。陈廷焯评此词说：“低徊深婉，情韵无穷。”（《云韶集辑评》卷二十四）

望江南

[五代·南唐] 李煜

闲梦远，南国正清秋。千里江山寒色远，芦花深处泊孤舟。笛在月明楼。

这首词当是后主被俘入宋后身幽小楼，神驰江南，寄托亡国哀思之作。词中写江南秋色，像一幅清疏淡雅的山水画，境界寥廓，意味深长。

望江南

[五代·南唐] 李煜

多少恨，昨夜梦魂中。还似旧时游上苑，车如流水马如龙。花月正春风。

这首记梦小令也是词人降宋被囚后的作品，极写往昔的繁华生活，以梦中的乐景抒写梦醒后的无限悲怆，艺术手法高妙，感情真切，耐人寻味。

望江南

[北宋] 欧阳修

江南蝶，斜日一双双。身似何郎全傅粉，心如韩寿爱偷香。天赋与轻狂。　　微雨后，薄翅腻烟光。才伴游蜂来小院，又随飞絮过东墙。长是为花忙。

这首词以拟人化手法咏蝴蝶，开头两句写一双双江南蝴蝶在夕阳下翩翩起舞，接着随意拈来两个典故，描写蝴蝶的美丽形象和采蜜于花丛之中，贴切、生动、妙笔天成。下片就"轻狂"二字生

车如流水马如龙　朱复戡

何郎，何晏。《世说新语·容止第十四》："何平叔（晏）美姿仪，面至白，魏明帝疑其傅粉，正夏月与热汤饼，既啖，大汗出，以朱衣自拭，色转皎然。"

韩寿偷香，据《世说新语·惑溺第三十五》与《晋书》卷四十载，韩寿美姿容。贾充辟为司空掾。充少女贾午见而悦之，使侍婢潜通音问，厚相赠结，寿逾垣与之通。午窃充御赐西域奇香赠寿。充僚属闻其香气，告于充。充乃考问女之左右，具以状对。充秘之，遂以女妻寿。

宋赵昌（传）《写生蛱蝶图》（局部），描绘群蝶恋花的田园小景，蛱蝶轻灵振翅，形象十分传神。故宫博物院藏

苏轼《北游帖》，为元丰元年（1078）在密州任复杭州西湖寺僧可久信札。台北"故宫博物院"藏

王琪字君玉，华阳（今四川双流）人。登进士第，为江都主簿。历官知制诰，加枢密直学士，以礼部侍郎致仕。有《谪仙长短句》，已佚。

超然台，取《老子》"虽有荣观，燕处超然"之义。

发，进一步具体地写浪蝶的活动，体物入微。词中狂蜂浪蝶，亦物亦人，意蕴双关。

望江南

［北宋］王琪

江南雨，风送满长川。碧瓦烟昏沉柳岸，红绡香润入梅天。飘洒正潇然。　　朝与暮，长在楚峰前。寒夜愁敲金带枕，暮江深闭木兰船。烟浪远相联。

这首词描绘江南雨景，在雨丝风片的笼罩中江南所有的景物都显得迷蒙淡远，宛如一幅写意淡墨山水画，而闺中孤独思远的凄迷情思又隐隐包含其中。全词清丽潇洒，意境悠远，含蓄蕴藉。

望江南　超然台作

［北宋］苏轼

春未老，风细柳斜斜。试上超然台上看，半壕春水一城花。烟雨暗千家。　　寒食后，酒醒却咨嗟。休对故人思故国，且将新火试新茶。诗酒趁年华。

宋神宗熙宁七年（1074）秋，词人由杭州移守密州（今山东诸城）。次年八月，他命人修葺城北旧台，名之曰"超然台"。熙宁九年暮春，词人登上超然台，眺望春花烂漫、满城烟雨，惹动乡思，写下了这首词。上片写烟雨朦胧中的密州春景，下片写触景所生之情。词人因酒醒而思乡，由思乡而生愁，最后以品茶饮酒、吟诗赏景为娱，自我解脱，进入超然旷达的人生境界。全篇写景清丽，婉约与豪迈相兼。

宋佚名《春游晚归图》，描绘一行人春游归来，穿过林荫道路向城中走去。故宫博物院藏

望江南

［北宋］周邦彦

游妓散，独自绕回堤。芳草怀烟迷水曲，密云衔雨暗城西。九陌未沾泥。　　桃李下，春晚未成蹊。墙外见花寻路转，柳阴行马过莺啼。无处不凄凄。

这首词"芳草"句以下全系写景，烘染少年诗人于游妓散后，独自绕回堤的寂寞凄惶心情，结句不期然而然地唱出"无处不凄凄"。全词笔致精妙，在动态中描摹出自然景物的神理与词人内心世界的感应，耐人寻味。

望江南　重九遇雨

[南宋] 康与之

重阳日，阴雨四郊垂。戏马台前泥拍肚，龙山会上水平脐。直浸到东篱。　　茱萸胖，菊蕊湿滋滋。落帽孟嘉寻箬笠，休官陶令觅蓑衣。都道不如归。

这是一首有名的谐谑词，上片写雨势的猖獗，下片写登高遇雨后的狼狈相，充满着滑稽调侃的情趣。

望江南

[南宋] 吴文英

三月暮，花落更情浓。人去秋千闲挂月，马停杨柳倦嘶风。堤畔画船空。　　恹恹醉，尽日小帘栊。宿燕夜归银烛外，流莺声在绿阴中。无处觅残红。

这是一首伤春怀远的艳情词，巧妙地将上下片属于两段时间的情事加以比照，悲欢相续，营造出一个格调高雅、情意醇厚的空灵境界，婉曲地传出恋人的真挚情感和深微心理。

忆江南

[明] 王世贞

歌起处，斜日半江红。柔绿篙添梅子雨，淡黄衫耐藕丝风。家在五湖东。

这首词着意勾勒梅雨时节太湖日落前的清丽风光，色彩淡雅优美，颇能传神，尤具水乡情调。

望江南　梦故乡作

[明] 王世贞

无个事，湘枕睡初酣。青织晚潮萦似带，碧攒春树小于簪。遮莫是江南。

戏马台，即项羽的掠马台，在今江苏徐州市南。宋武帝刘裕曾于重阳到此，置酒赋诗，后遂成为重九登高的胜地。

龙山会，指东晋征西大将军桓温于重九日游龙山，宾客云集，互相调弄的韵事。

休官陶令，即晋诗人陶潜（渊明）。

藕丝风，微细的风。

无个事，即无事可做。

遮莫，莫非、难道。

王世贞像

王世贞字符美，号弇州山人，太仓（今属江苏）人。嘉靖进士。官至刑部尚书。为明文坛"后七子"领袖。有《弇州山人四部稿》《续稿》。

徐㶿（1570—1645）字兴公，闽县（今福建福州）人。布衣。有鳌峰书舍，藏书数万卷。诗以清新隽永见长。有《鳌峰集》。

张乔（1615—1633）字乔婧，号二乔。广州名妓。长于操琴，善歌舞，能诗，工画兰竹。有《莲香集》五卷。

明钱毂《虎丘小景图》（局部），描绘苏州名胜虎丘前山的景色。图中一块平坦如砥的大磐石即著名的千人石，相传为晋代"生公说法，顽石点头"之处。故宫博物院藏

这首词真切细腻地传达出了词人对江南家园的梦绕魂牵，格调婉丽缠绵，情韵悠长。

望江南

[明] 徐㶿

城上角，吹动薜萝烟。别意难忘灯下约，归期空向梦中传。消息杳如年。　　孤馆客，今夕不成眠。万井寒砧敲夜月，数声黄叶坠秋天。人在碧云边。

这首词分别从夫妻双方着笔，抒写因丈夫远游在外而引发的两地相思别恨，真所谓"一样相思，两地离愁"，写得真挚感人。

望江南　晚泊

[明] 张乔

秋风晚，烟草冷斜阳。凉透天涯云浸碧，山摇縠影镜吞光。孤艇系垂杨。　　横水渡，人去笛声长。枕上不知归是梦，衾前空渍泪痕香。萤火照鱼梁。

这是一首十分苍凉悲感的作品。词人感离伤别，静思身世，眼前的景物都笼罩着一层铅灰色的氛霭，读之令人黯然，可想见一位社会底层少女的心境。

望江南

[清] 吴伟业

江南好，皓月石场歌。一曲清圆同伴少，十番粗细听人多。弦索应云锣。

这首词写苏州虎丘山中秋节日的盛况。虎丘山下有一片叫作"千人石"的开阔场地，是游人聚集的好地方。这首词着重写了歌唱和音乐演奏的场面，穿插着把众多的游人写进来了。

梦江南

[清] 柳如是

人去也，人去梦偏多。忆昔见时多不语，而今偷悔更生疏。梦里自欢娱。

柳氏有一组铺排缠绵的《梦江南》二十首，据考为当时几社领

袖陈子龙作。此为第九首。清冷长寂之夜，不禁想叹，斯人何去，斯人何在？词中写伤怀恋情，既无娇媚之态，又无衬情之景，全凭至情流淌；用语简白，而情却何深！结拍以乐语传悲情，尤能感人，且具含茹不尽之妙。近人陈寅恪认为"此词为二十首中之最佳者，河东君之才华，于此可窥见一斑也"（《柳如是别传》第三章）。

望江南

[清] 陈维崧

江南忆，懊恼是西湖。秋月春花钱又赵，青山绿水越连吴。往事只模糊。

这首寥寥二十七字的小令高度概括了杭州两千多年的历史变迁和湖光山色，于伤怀吊古中蕴含着词人对大好河山易姓换代的深沉感慨。

梦江南

[清] 屈大均

悲落叶，叶落落当春。岁岁叶飞还有叶，年年人去更无人。红带泪痕新。（其一）

悲落叶，叶落绝归期。纵使归来花满树，新枝不是旧时枝。且逐水流迟。（其二）

清泪好，点点似珠匀。蛱蝶情多元凤子，鸳鸯恩重是花神。怎得不相亲？（其四）

红茉莉，穿作一花梳。金缕抽残蝴蝶茧，钗头立尽凤凰雏。肯忆故人姝？（其六）

词人北游时，于康熙五年（1666）在代州与明末大将王壮猷之女华姜结缡，华姜好驰马习射，诗画琴棋，无所不善。夫妻琴瑟和美，感情笃厚。康熙七年秋携同归，一年后始抵岭南故里。方及半载，华姜病逝，词人大悲恸，写下了六首《梦江南》，堪称一字一泪的泣血之作，这里选其中四首。当春落叶，人去无人，句句流白心底。新枝旧枝之哭，语浅而情深。况周颐曰："……'且逐水流迟'，末五字含有无限凄惋，令人不忍寻味，却又不容已于寻味。"（《蕙风词话》卷五）也有人认为这组词是寄托拳拳故国之思的。

明吴焯《河东夫人像》。美国哈佛大学福格艺术博物馆藏

柳如是（1618—1664）本姓杨，改姓柳，名隐，号河东君，又号蘼芜君，浙江嘉兴人。秦淮名姬。精通音律，工诗词书画。以绝世才貌，与复社、几社、东林党人相交往，常着儒服男装，与诸文人纵谈时势，诗歌唱和。明崇祯十四年（1641），与东林领袖、常熟钱谦益结秦晋之好。钱谦益降清后，遭猜忌被逐回乡，郁郁而死。钱氏族人乘机逼索，如是投缳自尽。

屈大均有五古诗《哀内子华姜》十三首、七绝诗《哭华姜》一百首，并将自己的悼亡诗文和海内友人所作悼念华姜的诗文结集为《悼俪集》。

纳兰性德自书《戒坛》诗

贺双卿（1715—1735？）字秋碧，丹阳人。幼时家贫，曾于私塾旁听，并无人专门教授。年十八嫁金坛周氏子，夫暴姑恶，劳瘁而死。有《雪压轩词》传世。胡适评价她为"清代第一女词人"。

陈锐（1860—1922）字伯弢，号袌碧，湖南常德人。光绪举人。曾官湘潭训导。工词，沉着冲澹。有《袌碧斋集》，词在集中。

不受尘埃半点侵（宋王琪《梅》句）顿立夫

梦江南

[清]纳兰性德

昏鸦尽，小立恨因谁？急雪乍翻香阁絮，轻风吹到胆瓶梅。心字已成灰。

这是一首写相思的词作。昏鸦、急雪、轻风、胆瓶梅，几个意象营造出萧索、凄冷而伤感的画面，从而衬托出画面的主体——"小立"人的凄苦、寂寥心境。结句语意双关，实指是心字香已燃尽成灰，另一层是指"一寸相思一寸灰"。整首词神韵悠远，令人回味。

望江南

[清]贺双卿

春不见，寻过野桥西。染梦淡红欺粉蝶，锁愁浓绿骗黄鹂。幽恨莫重提。　人不见，相见是还非。拜月有香空蒨袖，惜花无泪可沾衣。山远夕阳低。

这首词以极平常的乡野春景衬托词人不寻常的哀苦和追求的幻灭，似泣似诉，凄绝感人。据说这首词是词人用粉笔（化妆所用之笔）写在玉簪花的叶片上的。

望江南

[清]陈锐

春不见，孤负可怜春。淡柳锁愁烟漠漠，小阑扶恨水粼粼。往事已成尘。　人不见，孤负可怜人。花下又逢三月雨，梦中犹隔一条云。风露夜纷纷。

这是一首伤春怀人之作，上片写伤春，以清幽春景衬黯淡离情，情由景出；下片怀人，以孤寂之人对凄迷春景，景中蕴情。全词境界清远，韵味绵邈，兼有"沉着冲澹"之美和"格高律细"（况周颐语）之妙。

江南好　咏梅

[清]况周颐

娉婷甚，不受点尘侵。随意横斜都入画，自然香好不须寻。人在绮窗深。

这首咏梅词先总写梅花的姿态和品质，然后从视觉、嗅觉方面分写梅花的美好，寥寥数语，写尽梅花的好处。结拍花耶人耶？浑莫能辨。

况周颐画梅

词林逸事

南宋亡后，恭帝、后妃、宫女等三千余人被掳北上。其时，宫廷乐师、诗人汪元量亦随三宫北行。元至元二十五年（1288），元量自请为道士，抱琴南归。众宫人为他饯行，并赋诗词赠别。这并非一般的离别，他们同是亡国贱俘，又同是天涯沦落人，如今在异乡的土地上生离死别，后会无期。其情之惨，其音之哀，一寄于篇，使这些赠别之作具有强烈的艺术感染力。其中吴昭淑《望江南》一首写临行前夕众宫女与汪氏围炉依依痛别的情景：

今夜永，说剑引杯长。坐拥地炉生石炭，灯前细雨好烧香。呵手理丝簧。　君且住，烂醉又何妨。别后相思天万里，江南江北永相忘。真个断人肠。

金德淑的《望江南》则更是一首杰出的传世之作：

春睡起，积雪满燕山。万里长城横缟带，六街灯火已阑珊。人立玉楼间。

这首词形象地表达出国家破亡、山河披上缟素的神州陆沉之痛，堪称亡宋之挽词。后来她对人诵起此词，犹感动至相对泣下。

这些作品后来被编为《宋旧宫人赠汪水云南还词》（又名《宋宫人赠水云词集》）。

宋刘松年《宫女图》，绘嫔妃宫女日常生活情景。一位女子端坐桌前，桌上摆着剪刀、布匹等女红，或刚完成一幅绣花，此时正盯着翩翩起舞的红衣女子。人物神情生动。日本东京国立博物馆藏

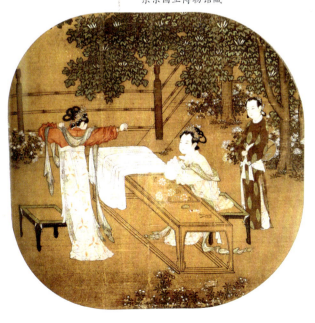

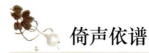

倚声依谱

《忆江南》本名《谢秋娘》，系唐李德裕为亡姬谢秋娘作，因白居易词中有"能不忆江南"，而改名《忆江南》，又名《梦江南》《望江南》《江南好》等。二十七字，五句三平韵。中间七言二句宜对偶。第二句有添一衬字者。宋人多用双调。多描写风物。

【定格】

平中仄，中仄仄平平。

『中仄中平平仄仄，中平中仄仄平平』。

中仄仄平平。

【双调】

平中仄，中仄仄平平。

『中仄中平平仄仄，中平中仄仄平平』。

中仄仄平平。

平中仄，中仄仄平平。

『中仄中平平仄仄，中平中仄仄平平』。

中仄仄平平。

《词谱》（《忆江南》）

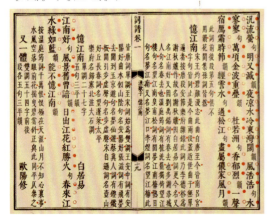

更漏子

一叶叶，一声声，空阶滴到明

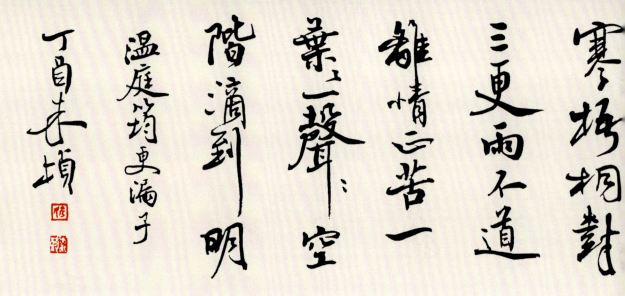

寒塘桐對
三更雨不道
離情正苦一
葉一聲空
階滴到明

温庭筠更漏子
丁酉春填

朱桢书《更漏子》

华音流韵

更漏子

[唐] 温庭筠

玉炉香，红蜡泪，偏照画堂秋思。眉翠薄，鬓云残[1]，夜长衾枕寒[2]。　　梧桐树，三更雨，不道离情正苦[3]。一叶叶，一声声，空阶滴到明。

临风赏读

"微云淡河汉，疏雨滴梧桐"，温庭筠或深得孟浩然这一绝对之妙，以梧桐秋雨融情造境，抒写秋闺离愁，成就了一阕最是凄婉动人的经典之作。而后世词曲中"梧桐夜雨"这一典型意境，多由温庭筠这首《更漏子》脱化。

词的上片先从室内景物入笔，逗出秋思。洁美的玉炉逸出氤氲香气，红烛泪滴空垂，烛光摇曳，映照着画堂中少妇的秋思愁容。着一"泪"字，不仅妙于形容，且使静物有了灵性，有了情味。秋思本已难堪，而烛光偏又独照伊人，更增其幽怨之深。一"偏"字化无情作有情，无理而妙。次三句写思妇的容貌和独处无眠的感触。辗转反侧，夜不能寐，以至于蛾眉上翠黛褪色淡薄，如云的鬓发散乱不整，她感到夜长难捱，枕被生寒。思妇本自眉美发美，可想见其如花似

[注释]

①鬓云，鬓发如云。
②衾，被子。
③不道，不管，不顾，不理会。王昌龄《送姚司法归吴》："但令意远扁舟近，不道沧江百丈深。"

玉炉香红蜡泪偏照画堂秋思眉翠薄鬓云残夜长衾枕

清胡锡珪《仕女图》，其题诗曰："瑟瑟秋风响画廊，敲棋应觉子声凉。阿侬心事君知否，独对青灯不卸妆。"故宫博物院藏

玉，但一"薄"一"残"，则意态全非，见出她百无聊赖的内心世界。而一"寒"字，不只是情景的凄冷，更写出其心境的凄冷。

下片由上片"夜长"生发，逗出离情。秋夜漫漫，潇潇的秋雨才不理会闺中少妇深夜怀人的苦情，只管让雨珠洒在一片片梧桐叶上，滴落在窗外空荡荡的石阶上，无休无止，一直滴到天明。与上片的语言浓丽不同，下片近乎白描，一气直下，复以叠字象雨声入妙，尽见思妇辗转反侧、思极无眠之况，却始终不道破，故于淋漓尽致中又含蓄顿挫。

整首词以寻常情事、寻常景物为题材，全由秋思离情为其骨干，写来浓淡相间，凝重含蓄而又清新明快。上片虽浓丽，情却疏淡；下片语虽清疏，情实浓烈，堪称写离人之愁的典范之作，难怪李冰若谓"飞卿此词，自是集中之冠"（《栩庄漫记》）。

古今汇评

胡　仔：庭筠工于造语，极为绮靡，《花间集》可见矣。《更漏子》一首尤佳。（《苕溪渔隐丛话》后集卷十七）

沈际飞：子野句"深院锁黄昏，阵阵芭蕉雨"，似足该括此首，第观此始见其妙。（《草堂诗馀正集》卷一）

李廷机：前以夜阑为思，后以夜雨为思，善能体出秋夜之思者。（《草堂诗馀评林》卷四）

清改琦《梧桐仕女图》

谭　献：“梧桐树”以下，似直下语，正从“夜长”逗出，亦书家“无垂不缩”之法。（《谭评词辨》卷一）

陈廷焯：遣词凄艳，是飞卿本色。结三句开北宋先声。（《云韶集辑评》卷一）又：不知“梧桐树”数语，用笔较快，而意味无上二章之厚。（《白雨斋词话足本校注》卷一）又：后半阕无一字不妙，沉郁不及上二章，而凄警特绝。（《词则辑评·大雅集》卷一）

李冰若：飞卿此词，自是集中之冠，寻常情景，写来凄婉动人，全由秋思离情为其骨干。……温词如此凄丽有情致，不为设色所累者，寥寥可数也。温、韦并称，赖有此耳。（《栩庄漫记》）

俞平伯：后半首写得很直，而一夜无眠却终未说破，依然含蓄。（《唐宋词选释》）

唐圭璋：此首写离情，浓淡相间，上片浓丽，下片疏淡。通篇自昼至夜，自夜至晓。其境弥幽，其情弥苦。（《唐宋词简释》）

参读

　　柳丝长，春雨细，花外漏声迢递。惊塞雁，起城乌，画屏金鹧鸪。　香雾薄，透帘幕，惆怅谢家池阁。红烛背，绣帘垂，梦长君不知。

　　星斗稀，钟鼓歇，帘外晓莺残月。兰露重，柳风斜，满庭堆落花。　虚阁上，倚栏望，还似去年惆怅。春欲暮，思无穷，旧欢如梦中。

　　金雀钗，红粉面，花里暂时相见。知我意，感君怜，此情须问天。　香作穗，蜡成泪，还似两人心意。山枕腻，锦衾寒，觉来更漏残。

　　相见稀，相忆久，眉浅淡烟如柳。垂翠幕，结同心，待郎熏绣衾。　城上月，白如雪，蝉鬓美人愁绝。宫树暗，鹊桥横，玉签初报明。

　　背江楼，临海月，城上角声呜咽。堤柳动，岛烟昏，两行征雁分。　京口路，归帆渡，正是芳菲欲度。银烛尽，玉绳低，一声村落鸡。——《花间集》录温庭筠《更漏子》六首，尤侗云：“飞卿《玉楼春》《更漏子》，最为擅长之作。”（《花间集评注》引）

　　一声声，一更更，窗外芭蕉窗里灯。此时无限情。　　梦难成，恨难平，不道愁人不喜听。空阶滴到明。——宋万俟咏《长相思》写听雨失眠之愁情。全词通篇不出"雨"字，而全是夜雨之声，愁人之情见于言外，极尽含蓄蕴藉、深沉委婉之致。真可谓得温词神韵而形象更集中，意境更为深刻含蓄。

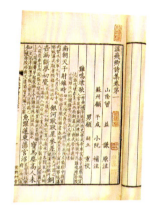

温庭筠《温飞卿诗集》书影

词人心史

　　温庭筠（801—866）原名岐，字飞卿，并州祁（今山西祁县）人。幼时已随家客游江淮，后定居于鄠县（今陕西户县）郊野，近杜陵，故自称杜陵游客。不修边幅，相貌奇丑，人称"温钟馗"。少敏悟，天才雄赡，每入试，押官韵，八叉手而成八韵，时号"温八叉"。然恃才不羁，又好讥嘲权贵，取憎于时，故才名籍籍，却屡举不第，落拓以终。仕终国子监助教，因称温助教。后人辑有《温飞卿集笺注》等。

　　在晚唐文坛，温庭筠是一个诗、词、骈文、小说兼擅的全能作家。诗与李商隐并称"温李"，是晚唐绮艳诗风的重要代表，但亦不乏清畅流丽之作，"鸡声茅店月，人迹板桥霜"（《商山早行》）这样的不朽名句，更是千古流传。更令他不朽的是他"精妙绝人"的词。他精通音律，是唐代第一位专力于"倚声填词"的诗人，创作了大量歌词，现存六十八首中，用调十九个，且不少为其首创。他的《握兰》《金荃》二集应是个人最早的词集。词从他开始由巷陌新声转为士大夫雅奏，被认为是词体蔚为大国的真正奠基者。其词多以秾艳绮丽之语，状隐约迷离之境，写花间月下、闺情绮怨，温婉柔美，别具风神，从而为词奠定了一种以绮艳香软为特征的类型风格，被称为"花间派"鼻祖，对五代乃至宋元明清婉约词风影响极大。

温词亦有清疏明快之作，且即使是被视为代表温词密丽风格的《菩萨蛮》《更漏子》诸阕，其佳胜处亦往往在疏朗处。

品题

　　温庭筠词极流丽，宜为《花间集》之冠。（黄昇《唐宋诸贤绝妙词选》卷一）

　　自唐之词人李白为首，其后韦应物……皇甫松、司空图、韩偓并有述造，而温庭筠最高，其言深美闳约。（张惠言《词选序》）

温庭筠画像

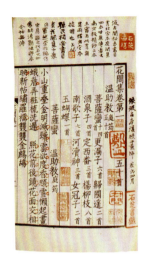

清郑文焯批校《花间集》
原本书影

飞卿酝酿最深，故其言不怒不慑，备刚柔之气。针缕之密，南宋人始露痕迹。《花间》极有浑厚气象，如飞卿则神理超越，不复可以迹象求矣。然细绎之，正字字有脉络。（周济《介存斋论词杂著》）

温飞卿词，精妙绝人；然类不出乎绮怨。（刘熙载《艺概》卷四）

飞卿词风流秀曼，实为五代两宋导其先路。后人好为艳词，那有飞卿风格。（陈廷焯《词坛丛话》）

唐至温飞卿，始专力于词。其词全祖风骚，不仅以瑰丽见长。……彭孙遹《词统源流》以为词之长短错落，发源于三百篇。飞卿之词，极长短错落之致矣。而出辞都雅，尤有怨悱不乱之遗意。论词者必以温氏为大宗，而为万世不祧之俎豆也，宜哉！（吴梅《词学通论》）

飞卿词溶情于境，遣词造境，着力于外观，而藉以烘托内情，故写人极刻画形容之致，写境极沉郁凄凉迷离惝恍之致。一字一句，皆精锤精炼，艳丽逼人。人沉醉于此境中，则深深陶醉，如饮醇醴。（唐圭璋《词学论丛》）

唐末大诗人温庭筠是初期的词坛上第一位大作家……他打开了词的一大支派，一意以绮靡侧艳为主格，以"有余不尽""若可知若不可知"为作风。……到了庭筠，才是词人的词。全易旧观，斥去浅易，而进入深邃难测之佳境。（郑振铎《插图本中国文学史》第三十一章）

 低吟/浩唱

更漏子

［唐］韦庄

钟鼓寒，楼阁暝，月照古桐金井。深院闭，小庭空，落花香露红。　烟柳重，春雾薄，灯背水窗高阁。闲倚户，暗沾衣，待郎郎不归。

这首词善于捕捉夜晚所特有的疏钟、淡月、落花、坠露、烟柳、春雾等景物意象，着意营造出清寒冷落的环境，烘托出思妇深夜怀人的孤寂凄苦，语淡情深，其思极而迷惘之状如见。陈廷焯评此词"'落花香露红'五字凄绝秀绝。结笔（待郎郎不归）楚楚可怜"（《云韶集辑评》卷一）。

更漏子

［五代·前蜀］牛峤

星渐稀，漏频转，何处轮台声怨？香阁掩，杏花红，月明杨柳风。　挑锦字，记情事，惟愿两心相似。收泪语，背灯眠，玉钗横枕边。

轮台，在今新疆维吾尔自治区的米泉县，唐代属北庭都护府管辖。此处"轮台"是边地乐曲名。

挑锦字，用前秦安南将军窦滔被徙流沙，其妻苏蕙织锦为回文旋图诗以赠滔的典故。

这首词写少妇对征人的思念。词从夜深幻听的惊喜，到觉来的孤独惆怅，锦字难织，玉钗横枕，写尽了女子从惊喜到失望，又从失望到自我安慰再到无奈慵懒的心理变化过程，波澜迭出，层层演进，曲尽其情，宛转凄咽。李冰若谓此词"'月明杨柳风'五字，秀韵独绝"（《栩庄漫记》）。

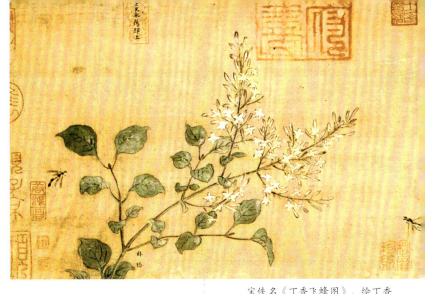

更漏子

［五代·前蜀］毛文锡

　　春夜阑，春恨切，花外子规啼月。人不见，梦难凭，红纱一点灯。　　偏怨别，是芳节，庭下丁香千结。宵雾散，晓霞晖，梁间双燕飞。

　　这首小词为"花间"名篇之一，词从春夜写到清晨，以子规、纱灯、丁香、双燕四种意象，实中寓虚的高妙手法，营造出委婉朦胧的意境，着意烘托出空闺思妇长夜难眠，由爱生恨，由思生怨的感情。"人不见，梦难凭，红纱一点灯"数句更是这女子备受煎熬的孤寂心灵的写照，传影传神，动人心魄。难怪陈廷焯评道："'红纱一点灯'，真妙，我读之不知何故，只是瞠目呆望，不觉失声一哭。我知普天下世人读之，亦无不瞠目呆望失声一哭也！"（《云韶集辑评》卷一）李冰若也说："文锡词质直寡味，如此首之婉而多怨，绝不概见，应为其压卷之作。"（《栩庄漫记》）

更漏子

［北宋］张先

　　锦筵红，罗幕翠，侍宴美人姝丽。十五六，解怜才，劝人深酒杯。　　黛眉长，檀口小，耳畔向人轻道。柳阴曲，是儿家，门前红杏花。

　　这首词颇有戏剧性地叙写了一对才子佳人歌筵酒席之间的邂逅而相爱的故事。全词以出奇精练、简洁的语言，将场景及人物、动作、对话表现得极为精彩，一个楚楚动人、热烈大胆地追求爱情的少女形象呼之欲出。词意本来艳冶，但写来如此清丽婉妍，娟洁明秀，堪称爱情词中难得的精品。

更漏子

[北宋] 晏几道

柳丝长，桃叶小，深院断无人到。红日淡，绿烟晴，流莺三两声。　　雪香浓，檀晕少，枕上卧枝花好。春思重，晓妆迟，寻思残梦时。

这首词抒写春日闺思，上片以轻倩妍秀的笔触，描写室外一派怡人的春景，但春院空寂无人隐然透露出闺中人"待郎郎不归"的愁怨。下片转写人物情态，闺中人因伤春而憔悴瘦损，伊人不到而结想成梦，晓起后迟迟不愿去梳妆独自寻思清晓的残梦，其无限幽怨尽在不言之中。全词笔调闲雅，情致深婉，耐人寻味。陈廷焯谓此词"情余言外，不必用'香泽'字面"（《词则辑评·闲情集》卷一），俞陛云亦称其"景丽而情深"（《唐五代两宋词选释》）。

更漏子

[北宋] 赵长卿

烛消红，窗送白，冷落一衾寒色。鸦唤起，马驮行，月来衣上明。　　酒香唇，妆印臂，忆共个人春睡。魂蝶乱，梦鸾孤，知他睡也无。

这首词写别情离愁，上片描写离人旅店中孤衾冷卧，在乌鸦聒噪乱啼中晨起上路的凄凉况味。下片则叙旅途夜宿时回忆和怀念伊人的情思。结末笔下饱含深情。通篇着意抒情而以景相衬，情思缠绵，意境凄清。

更漏子　本意

[清] 王夫之

斜月横，疏星炯，不道秋宵真永。声缓缓，滴泠泠，双眸未易扃。　　霜叶坠，幽虫絮，薄酒何曾得醉。天下事，少年心，分明点点深。

清费丹旭《柳下佳人图》。临风摇曳的柳树下，一柳眉细眼、身材婀娜的俊俏女子似款行走于园中小桥之上，姿态自然生动，十分传神。广东省博物馆藏

词人身当明清鼎革之际，拳拳故国不能去怀，昔年亡国惨祸、少年时热血丹心，当此漫漫秋夜、滴滴漏声、寒虫幽鸣、黄叶飘零，全都涌上心头。不得已以醉求眠，然小饮又怎能醉？醉乡不到，愁乡难入。此词嗣响楚骚，怆怀故国，表达了一位仁人志士郁积于心底的大悲大忧，警策动人。词写本意乃闻夜深更漏之声有感而发，但却劲气贯注，风骨遒上，与花间词风批风抹露者迥异。钱仲联谓此词"兼婀娜与刚健而有之，天下事，少年心，正以直达为佳"（《清词三百首》）。

 参读

苍梧恨，竹泪已平沈。万古湘灵闻乐地，云山韶濩入凄音。字字楚骚心。——朱祖谋《望江南·杂题我朝诸名家词集后》第二首评船山词

词林逸事

一晃八百年，杭州西湖之西深邃的九溪坞，青山依然苍翠，泉声依然叮咚，但没有多少人还记得曾有一位才貌绝世的女子在这里一处小小尼庵中修行。

她本是一位樵夫的女儿，名叫张淑芳，能诗词，善歌舞。宋理宗选妃时，她本已入选，可奸相贾似道一睹淑芳的美貌，垂涎三尺，居然将其匿下，作了自己的小妾，百般宠爱。从此，贾似道更不上朝，连拜见天子都免了，大小朝政都让人到他的葛岭半闲堂中禀报。当时正是元军围攻襄樊，军情紧急之时，于是有人作诗讥讽：

　　山上楼台湖上船，平章醉后懒朝天。
　　羽书莫报襄樊急，新得蛾眉正妙年。

更有那太学生褚生作《百字令》，其中"新塘杨柳，小腰犹自歌舞"之句，亦是暗指张淑芳。可时人只顾讥讽贾似道荒淫误国，有谁在意过淑芳心中的苦楚。聪慧敏感的她深知贾似道威福肆行一时，终将败亡。于是，暗地里在五云山下的九溪坞中，为自己准备

王夫之像

王夫之（1619—1692）字而农，号姜斋，湖南衡阳人。明崇祯举人。初在衡山举兵抗清，晚年隐居衡阳之石船山，从事著述，学者称船山先生。与顾炎武、黄宗羲并称明清之际三大思想家。兼精经、史、子，又工诗文词，其词风格遒上，多怆怀故国之思。有《姜斋词》。

王夫之手迹

【本书清代词人像多出自叶衍兰、叶恭绰编《清代学者象传》】

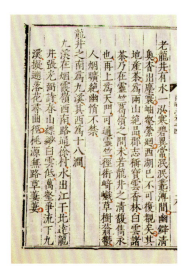

明田汝成《西湖游览志》中关于九溪的记载

了一处住所。果然，恭帝德祐元年（1275），贾似道被迫出兵抵御元军，兵败，被贬逐南迁，途中被解送官郑虎臣锤杀于闽南木棉庵。而张淑芳从此罕有人知道她的去向。其实，早已看破红尘的淑芳削发为尼，将预先准备的住所改作尼庵，孤身在这人烟旷绝、幽阒静悄的山谷之中修行，日日与那曲折叮咚的溪涧做伴。在那孤寂的青灯夜雨中，她曾吟成一首《更漏子》：

> 墨痕香，灯下泪，点点愁人幽思。桐叶落，蓼花残，雁声天外寒。　　五云岭，九溪坞，待到秋来更苦。风渐渐，水淙淙，不教蓬径通。

原来，每每夜深人静，她内心仍脱不了一个"苦"，那苦不再来自身的禁锢，而是来自心的寂寥。

倚声依谱

古时视漏刻以报更，故称铜壶刻漏为更漏，亦常用指夜晚的时间。

《更漏子》又名《付金钗》《独倚楼》《翻翠袖》等。唐许浑《韶州驿楼宴罢》："主人不辞下楼去，月在南轩更漏长。"调名本此。双调，四十六字，前片六句，两仄韵，两平韵；后片六句，三仄韵，两平韵。亦有过片不用韵者，平仄与上片全同。此调音节急促，调势富于转折变化。多抒写长夜闺思离情。

《词谱》（《更漏子》）

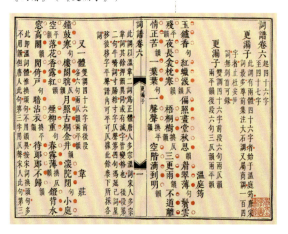

【定格】

仄平平，平仄<u>仄</u>，中仄中平中<u>仄</u>。
中仄仄，仄平平，中平中仄平。

平中仄，中平<u>仄</u>，中仄中平中<u>仄</u>。
中中仄，仄平平，中平中仄平。

菩萨蛮

春水碧于天，画船听雨眠

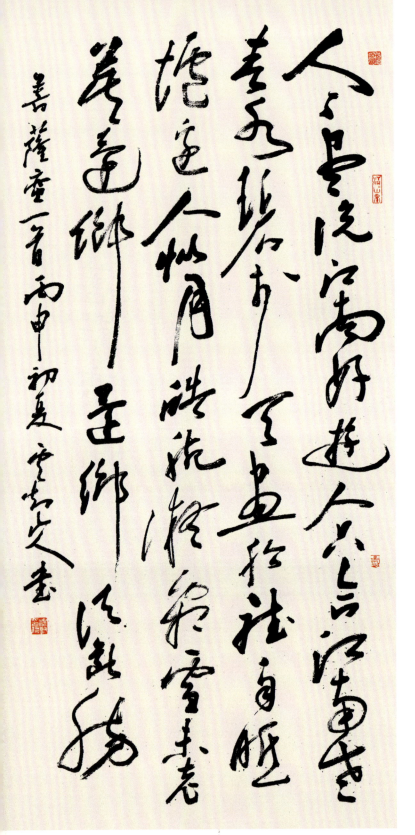

范坚书《菩萨蛮》

菩萨蛮

[五代] 韦庄

人人尽说江南好，游人只合江南老①。春水碧于天，画船听雨眠。　　垆边人似月②，皓腕凝霜雪③。未老莫还乡，还乡须断肠④。

临风赏读

　　迷人的江南是诗人的天国，自古吟咏江南的名篇指不胜屈，而首屈一指、至今吟诵不衰的除白居易的《忆江南》，恐怕就要数这首《菩萨蛮》。

　　或认为这首词写于词人第二次为避祸流落江南，在润州周宝府署中当幕僚时，或说为"入蜀后回忆当年旧游之作"，当以前说为是。小词清丽流转，在令人心旌摇荡的江南秀色之间凝蕴着词人深切的忧时伤乱之痛和浓浓的思乡怀归之情。

　　词的上片开头两句自为呼应，借他人对江南的赞美和断然劝留的口吻，见出江南之好。然后一气直下，渲染江南之令人陶醉。"春水"二句极写春日江南水乡风景之美。春水清澈见底，江河一派碧绿，比那长空一碧的天色还要明净；人们泛舟碧波，在画舫里卧听潇潇春雨，吟赏着烟雨迷蒙的水光山色，悠然入眠，这是何等的闲适自在！写景绘声，历历如在目前，字里行间流露出词人对江南水乡的无限依恋之情。

　　江南又岂止是风光美，江南的人物也美。换头两句进一层极写江南人物之美：正在当垆卖酒的少女婉柔如月，她的手腕像霜雪般洁白。如此妩媚美景，如此绝妙佳丽，怎能不令人流连忘返！

　　末两句词人笔锋一转，反跌出深沉的慨叹：还是在风景秀丽的江南住下吧，没老暂不要还乡，还乡会使人肠断。词人羁滞江南，时值中原弥漫着战乱烽火，在貌似旷达、不愿还乡的正话反说中，传达出欲归故乡而不得的盘旋郁结的深愁，正如谭献所说："强颜作愉快语，怕断肠，肠亦断矣。"（《谭评词辨》卷一）

　　全词语言疏朗秀美，明白晓畅；写景写人纯用白描，宛然如见；抒情直抒胸臆，却又婉转含蓄，饶有韵致。

古今汇评

张惠言：此章述蜀人劝留之辞，江南即指蜀。中原沸乱，故曰："还乡须断肠。"（《词选》）

[注释]

①游人，这里指漂泊江南的人，即作者自谓。只合，只应，本来应该。

②这里用卓文君故事。垆，一作"罏"，又作"鑪"，是酒店放置酒器的地方。《史记》卷一百一十七云："买酒舍乃令文君当罏。"垆边人，当垆卖酒的女子。

③皓腕，洁白的手腕。《诗经·硕人》："手如柔荑，肤如凝脂，领如蝤蛴，齿如瓠犀，螓首蛾眉。"

④须，必定。断肠，形容非常伤心。

画船听雨　清江尊

宋佚名《溪山春晓图》（局部），绘江南春日融和明丽的景色。布局取平远之势，以崇山叠岭为背景，河流、溪水萦绕于山间，云气蒸腾，意境空灵邈远。故宫博物院藏

卓文君像（明佚名《千秋绝艳图》）

《西京杂记》卷二："（卓）文君姣好，眉色如望远山，脸际常若芙蓉，肌肤柔滑如脂。"

《唐宋诸贤绝妙词选》（清初毛氏汲古阁影宋抄本）书影

陈廷焯：（上阕眉批）一幅春水画图。（下阕眉批）意中是思乡，笔却说江南风景好，真是泪溢中肠，无人省得。（《云韶集辑评》卷一）

俞平伯：此作清丽婉畅，真天生好言语，为人人所共见。就章法论，亦另有胜场也。起首一句已扼题旨，下边的"江南好"，都是从他人口中说出，而游人可以终老于此，自己却一言不发。"春水"两句，景之芊丽也；"垆边"二句，人之姝妙也。……如此说来，原情酌理，游人只合老于江南，千真万确矣。但自己却偏说"未老莫还乡"，然则老则仍须还乡欤？忽然把他人所说一笔抹杀了。思乡之切透过一层，而作者之意犹若不足，更足之曰"还乡须断肠"。原来这个"莫还乡"是有条件的，其意若曰：因为"须断肠"，所以未老则不会还乡；若没有此项情形，则何必待老而始还乡乎？岂非又把上文夸说江南之美尽情涂抹乎？古人用笔，每有透过数层处，此类是也。（《读词偶得》）

唐圭璋：此首写江南之佳丽，但有思归之意。起两句，自为呼应。人人既尽说江南之好，劝我久住，我亦可以老于此间也。"只合"二字，无限凄怆，意谓天下丧乱，游人漂泊，虽有乡不得还，虽有家不得归，惟有羁滞江南，以待终老。"春水"两句，极写江南景色之丽。"垆边"两句，极写江南人物之美。皆从一己之经历，证明江南果然是好也。"未老"句陡转，谓江南纵好，我仍思还乡，但今日若还乡，目击离乱，只令人断肠，故惟有暂不还乡，以待时定。情意宛转，哀伤之至。（《唐宋词简释》）

李冰若：端己此首自是佳词，其妙处如芙蓉出水，自然秀丽。（《栩庄漫记》）

 参读

　　红楼别夜堪惆怅，香灯半卷流苏帐。残月出门时，美人和泪辞。　　琵琶金翠羽，弦上黄莺语。劝我早归家，绿窗人似花。（其一）

　　如今却忆江南乐，当时年少春衫薄。骑马倚斜桥，满楼红袖招。　　翠屏金屈曲，醉入花丛宿。此度见花枝，白头誓不归。（其三）

劝君今夜须沉醉，尊前莫话明朝事。珍重主人心，酒深情亦深。　　须愁春漏短，莫诉金杯满。遇酒且呵呵，人生能几何！（其四）

洛阳城里春光好，洛阳才子他乡老。柳暗魏王堤，此时心转迷。　　桃花春水渌，水上鸳鸯浴。凝恨对斜晖，忆君君不知。（其五）——韦庄《菩萨蛮》五首是一组意义互相关联、有完美结构的词，主要表现飘零之感、乱离之苦、思乡之情，真挚感人。这是其中另外四首。

词人心史

韦庄（约836—910）字端己，长安杜陵（今陕西西安东南）人，移居虢州。中唐大诗人韦应物四世孙。僖宗广明二年（881）应举入长安，适值黄巢军破长安，身陷重围，又为病困。中和二年（882）春，逃至洛阳，著《秦妇吟》一篇，内一联云"内库烧为锦绣灰，天街踏尽公卿骨"，人称"秦妇吟秀才"。后流落江南，漫游闽、赣、江、浙一带。至昭宗景福二年（893），始还京师。次年（乾宁元年）再试及第，任校书郎。乾宁四年（897）奉诏随谏议大夫李询入蜀宣谕。光化三年（900）除左补阙。天复元年（901），入蜀为王建掌书记，自此终身仕蜀。二年，在成都浣花溪畔寻得杜甫草堂遗址，遂在其上结茅为一室，定居于此，故后人又称"韦浣花"。天祐四年（907），唐亡，劝王建称帝建前蜀，为左散骑常侍，判中书门下事，一切开国制度，多出其手。累官至吏部侍郎，兼平章事。蜀高祖武成三年（910）八月，卒于成都花林坊，谥文靖。

韦庄生性疏旷，不拘小节，才敏过人，是唐末五代一位诗词兼擅的大家。他迭经乱离，流徙漂泊，故其诗多忧时伤乱、怀古感旧之作，诗中既有繁华、绮丽的"盛唐余韵"，又有衰飒、悲艳的"末世之光"，比较真实地表现反映出唐末战乱动荡的社会现实，抒发了一位乱世诗人孤独、凄苦、忧愤和无奈的情怀，被称为深沉的大唐帝国衰微的挽歌。

在词坛上，韦庄是花间词派的重要代表人物之一，与温庭筠并称"温韦"。其词内容虽也大多表现以女性为主体的闺情宫怨、离别相思之类的"香艳"题材，但他把平生漂泊之感、饱经乱离之

韦庄画像

韦庄《秦妇吟》唐敦煌写本一页。法国国家图书馆藏

痛和思乡怀旧、眷念故唐之情融注词中，大大提升了词的境界。他的词风清丽淡远，疏朗晓畅；感情率直真挚而又曲折宛转；章法巧妙，语言质朴自然，善用白描，与温词迥异，在花间词派中独树一帜。有《浣花集》。

品题

词之难于令曲，如诗之难于绝句，不过十数句，一句一字闲不得。末句最当留意，有有余不尽之意始佳。当以唐《花间集》中韦庄、温飞卿为则。（张炎《词源》卷下）

韦端己词，似直而纡，似达而郁，最为词中胜境。（陈廷焯《白雨斋词话》卷一）

端己词清艳绝伦。初日芙蓉春月柳，使人想见风度。（周济《介存斋论词杂著》）

韦端己、冯正中诸家词，流连光景，惆怅自怜，盖亦易飘飏于风雨者。若第论其吐属之美，又何加焉！（刘熙载《艺概》卷四）

韦文靖词，与温方城齐名，熏香掬艳，眩目醉心，尤能运密入疏，寓浓于淡，花间群贤，殆鲜其匹。（况周颐《历代词人考略》卷五）

温飞卿之词，句秀也。韦端己之词，骨秀也。李重光之词，神秀也。（王国维《人间词话》）

五季时词以西蜀、南唐为最盛。而词之工拙，以韦庄为第一。（吴梅《词学通论》）

低吟/浩唱

菩萨蛮

[唐] 李白

平林漠漠烟如织，寒山一带伤心碧。暝色入高楼，有人楼上愁。　玉阶空伫立，宿鸟归飞急。何处是归程，长亭更短亭。

这首词上片写词人站在驿楼上极目远眺，远树含烟，寒山似带，横亘天末，一片苍凉壮阔；凝望之际，不觉天色向晚，灰暗的夜色渐渐地浸漫楼中。词人在这薄暮中独自沉思、愁叹。下片写词人玉阶伫立仰见倦鸟正急急归巢。归鸟触动了他的归思。但纵目一望，长亭短亭，归程迢递，家山还不知远在何处。全词笼罩着一种苍茫、悲凉、孤寂、凄苦的气氛，而词人那永远漂泊、永是离别而

清苏六朋《太白醉酒图》，绘李白醉酒于唐玄宗宫殿之内，由内侍二人搀扶侍候的情景。李白丰神俊朗，表情活脱若生，眉宇间流露出高傲之态。上海博物馆藏

茫然不知所之的悲哀与渴望灵魂止栖的情怀浑化入眼前的景物之中。此词神味无穷，以其意兴高远、雄浑无匹的风格享誉千古词坛，宋黄昇以此词和他的另一首《忆秦娥》为"百代词曲之祖"（《唐宋诸贤绝妙词选》卷一），清陈廷焯亦称这两阕"神在个中，音流弦外，可以是为词中鼻祖"（《白雨斋词话足本校注》卷七）。

李白《菩萨蛮》（《诗馀画谱》）

参读

"平林漠漠烟如织，寒山一带伤心碧。暝色入高楼，有人楼上愁。　玉梯空伫立，宿鸟归飞急。何处是归程，长亭连短亭。"此词不知何人写在鼎州沧水驿楼，复不知何人所撰。魏道辅泰见而爱之，后至长沙，得古集于子宣（曾布）内翰家，乃知李白所作。——宋文莹《湘山野录》卷上

太白在当时，直以风雅自任，即近体盛行，七言律鄙不肯为，宁屑事此？且二词（《菩萨蛮》《忆秦娥》）虽工丽，而气亦衰飒，于太白超然之致，不啻穹壤。藉令真出青莲，必不作如是语。详其意调，绝类温方城辈，盖晚唐人词，嫁名太白。——明胡应麟《少室山房笔丛》卷四十一

《菩萨蛮》是古代缅甸的乐调，由云南传入中国。李白是氐人，生长昌明，所以幼时就受西南音乐的影响。开元间，李白流落荆楚，路过鼎州（今湖南常德）沧水驿楼，登高望远，忽思故乡，遂以故乡旧调作为此词。——杨宪益《零墨新笺》

菩萨蛮

[唐]李晔

登楼遥望秦宫殿，茫茫只见双飞燕。渭水一条流，千山与万丘。　远烟笼碧树，陌上行人去。安得有英雄，迎归大内中。

这首词不假藻饰，用化虚为实的手法，真切地袒露出词人眷恋皇宫、怆怀国事、忧思难禁的心绪，含思凄苦，哀婉感人。

大内，即皇宫。

李晔（867—904），唐昭宗，唐懿宗第七子，僖宗之弟，在位十六年。为人明隽，初亦有志于兴复，但其时大势已去，宦官专权和藩镇割据，内无贤佐，虽亦慨然思得非常之材，而用非其人，徒以益乱，终为朱温所杀。善为词。

宋郭忠恕（传）《明皇避暑宫图》，图绘骊山华清宫宏伟壮丽的景象。日本大阪市立美术馆藏

檀郎，晋代潘岳小名檀奴，姿仪美好，旧因以"檀郎"或"檀奴"作为对美男子或所爱慕的男子之称。

挼，揉搓。

参辰，即参星与商星。二星相背而出，永不相遇，更不会在白日同时出现。

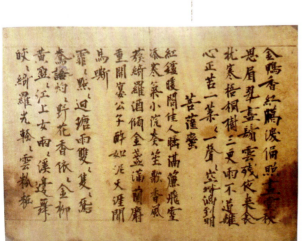

敦煌曲子词

参读

乾宁三年（896），李茂贞复犯京师，昭宗将奔太原，次渭北，（韩）建遣子允请幸华州。昭宗又欲如鄜州，建追及昭宗于富平，泣曰："藩臣倔强，非止茂贞，若舍近畿而巡极塞，乘舆渡河，不可复矣！"昭宗亦泣，遂幸华州。……建已得昭宗幸其镇，遂欲制之……昭宗登齐云楼，西北顾望京师，作《菩萨蛮辞》三章以思归，其卒章曰："野烟生碧树，陌上行人去。安得有英雄，迎归大内中？"酒酣，与从臣悲歌泣下，建与诸王皆属和之。——欧阳修《新五代史》卷四十

菩萨蛮

[唐]佚名

牡丹含露真珠颗，美人折向庭前过。含笑问檀郎，花强妾貌强。　檀郎故相恼，须道花枝好。一面发娇嗔，碎挼花打人。

这首词生动传神地描绘了折花美女天真娇痴的神态，讴歌男女间的爱情。词写得流丽自然，而又细腻入微，有浓郁的生活气息和民歌风味。周珽云："佳人自恃其貌美，问郎、惹郎、相恼，无限风情，妙在'故'字，岂真好不花若耶？碎挼花打，还相娇嗔，一种媚态，可掬如画。"（《删补唐诗选脉笺释会通评林》卷六十）

菩萨蛮

[唐]佚名（敦煌曲子词）

枕前发尽千般愿，要休且待青山烂。水面上秤锤浮，直待黄河彻底枯。　白日参辰现，北斗回南面。休即未能休，且待三更见日头。

这是一首独特的民间爱情词，词中发挥奇特、大胆的想象，或引喻河流山川，或指警日月星辰，或从生活中信手拈来实例，诸般不可实现之事一气直下，借以比况主人公对爱情的坚贞不渝的向往。遣词造句不假雕饰，感情热烈、奔放、率直，充分表现出民间歌词拙朴、自然的本色。

参读

上邪！我欲与君相知，长命无绝衰。山无陵，江水为竭，冬雷震震，夏雨雪，天地合，乃敢与君绝！——《上邪》，汉乐府《铙歌》中的一首情歌，是一位痴情女子对爱人的热烈表白，深情奇想，确实是"短章之神品"。

菩萨蛮

〔唐〕佚名（敦煌曲子词）

霏霏点点回塘雨，双双只只鸳鸯语。灼灼野花香，依依金柳黄。　　盈盈江上女，两两溪边舞。皎皎绮罗光，轻轻云粉妆。

这首词多用叠字，生动传神地描绘出江上娇艳春色和少女翩翩起舞的情景，色彩绚丽，富有诗情画意，风神别具。

参读

袅袅水芝红，脉脉蒹葭浦。淅淅西风淡淡烟，几点疏疏雨。

草草展杯觞，对此盈盈女。叶叶红衣当酒船，细细流霞举。——宋葛立方《卜算子·席间再作》，使用叠字多且妙，写活了荷花的风姿神态，并造成一种轻灵、和谐、安谧而洒落的情调，具有行云流水般的声韵美。

菩萨蛮

〔唐〕温庭筠

小山重叠金明灭，鬓云欲度香腮雪。懒起画娥眉，弄妆梳洗迟。　　照花前后镜，花面交相映。新帖绣罗襦，双双金鹧鸪。

这首词整篇通体一气，抓住闺中美人从睡醒后梳妆打扮到妆成后的顾盼几个镜头，神情毕现地描摹出她的容貌、动作和慵懒娇媚之意态，委婉含蓄地透露出她内心的无限情思，逗人遐想。词风香艳软媚，绵邈深婉，是温词的代表作之一。

小山，屏风上雕画的小山。

罗襦，丝绸短袄。

鹧鸪，这里指罗襦上绣的鹧鸪图案。

宋苏汉臣《靓妆仕女图》。清晨女子梳洗完毕，慵懒地坐在铜镜前，凝视镜面，对影自怜。画家巧妙通过镜面表现其神情——娴静而略带哀愁之色；又以一旁垂首待侍、神情凝重的侍女，零落的桃花，几竿新竹以及水仙衬托出女子的心境。美国波士顿艺术博物馆藏

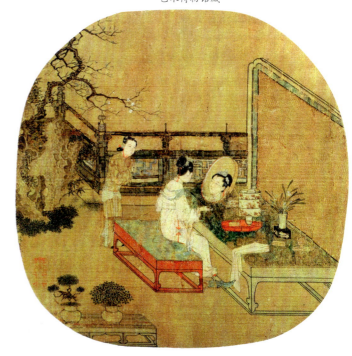

水精，水晶石，可作妆饰品，一般透明无色，但也有因含物质成分不同而呈现灰、黑、黄、紫等色。

人胜，即彩胜、花胜。古代每逢人日（正月初七），闺中女子便把五彩的材料剪成各种花样，做成彩幡，用头簪插在头上，比较谁的最美，称为"幡胜"。

菩萨蛮

[唐] 温庭筠

水精帘里玻璃枕，暖香惹梦鸳鸯锦。江上柳如烟，雁飞残月天。　　藕丝秋色浅，人胜参差剪。双鬓隔香红，玉钗头上风。

这首词述说了一位楚楚动人的女子正在富丽精致的闺帏里，进入香甜的梦中，这时室外呈现的是一片凄清、辽远的江天月夜景象。室内仍自静悄悄的，轻风吹拂着她头上的发饰。全篇以浓密的辞句、跳跃的意象描摹出一幅精丽清幽的图画，婉约地透出女子的富贵、香艳、慵懒，以及韶华过隙、深闺遥怨的情怀。俞平伯说："通篇如绵绣繁弦，惑人耳目，悲愁深隐，几似无迹可求。"（《读词偶得》）

菩萨蛮

[唐] 温庭筠

玉楼明月长相忆，柳丝袅娜春无力。门外草萋萋，送君闻马嘶。　　画罗金翡翠，香烛消成泪。花落子规啼，绿窗残梦迷。

这首词抒写女主人公怀人的心曲。整首词几乎是由一连串令人沉醉的意象和画面联缀而成的，而女子相思之深情宛然可感。唐圭璋说此词"通体景真情真，浑厚流转"（《唐宋词简释》），李冰若也说此词"清绮有味"（《栩庄漫记》）。

菩萨蛮

[五代·前蜀] 牛峤

玉炉冰簟鸳鸯锦，粉融香汗流山枕。帘外辘轳声，敛眉含笑惊。　　柳阴烟漠漠，低鬓蝉钗落。须作一生拼，尽君今日欢。

冰簟，凉席。

这首词大胆地描写一位女子与她爱着的情人欢会，词中直率冶艳，毫无掩饰，表现了女主人公俏艳惊俗、热辣奔放的个性追求。

参读

野有死麕，白茅包之。有女怀春，吉士诱之。林有朴樕，野有死鹿；白茅纯束，有女如玉。舒而脱脱兮，无感我帨兮，无使尨也吠。——《诗经·野有死麕》，两情相悦的世界，该是生命里永远最动人的画面。此首虽然艳情，却不失含蓄的情趣，构成美妙的意境。

菩萨蛮

[五代·前蜀] 尹鹗

陇云暗合秋天白，俯窗独坐窥烟陌。楼际角重吹，黄昏方醉归。　　荒唐难共语，明日还应去。上马出门时，金鞭莫与伊。

这首词写女子对醉公子的一片痴情：由盼归、醉归、恨其醉到欲阻其行，转折递进，委曲尽情。机杼独运，不拘常格。陈廷焯云："慧心密意，令人叫绝。娇痴之情可掬。"（《云韶集》卷一）况周颐云："尹鹗《菩萨蛮》云：……由未归说到醉归，由'荒唐难共语'，想到明日出门时，层层转折，与无名氏《醉公子》略同。'金鞭莫与伊'，尤有不尽之情，痴绝，昵绝。《全唐诗》鹗词十六阕，此阕最为佳胜。"（《历代词人考略》卷五）

菩萨蛮

[五代·前蜀] 李珣

回塘风起波纹细，刺桐花里门斜闭。残日照平芜，双双飞鹧鸪。　　征帆何处客，相见还相隔。不语欲魂消，望中烟水遥。

这首词惟妙惟肖地刻画了情窦初开的少女对姣好少年郎从一见倾心到怅然若失的微妙心态。上片写少女春情萌动的瞬间，下片写少女春情的勃发和长久的相思。脉络分明，清丽可喜。词境优美纯真，与艳情词判然各别。陈廷焯曰："'残日照平芜'五字精绝秀绝。（下阕眉批）音节凄断。"（《云韶集辑评》卷一）

菩萨蛮

[五代·后蜀] 毛熙震

梨花满院飘香雪，高楼夜静风筝咽。斜月照帘帷，忆君和梦稀。　　小窗灯影背，燕语惊愁态。屏掩断香飞，行云山外归。

这首词写思妇深闺静夜忆夫。运笔纡曲，意象缥缈，词风淡雅，情味蕴藉。李冰若评此词"凄清怨抑"（《栩庄漫记》）。

清王学浩《弄莺图》，写唐金昌绪《春怨》"打起黄莺儿，莫教枝上啼。啼时惊妾梦，不得到辽西"之意境。一位正思念远方丈夫的闺中少妇，因恐莺啼扰乱她与丈夫梦中的相会，拿着枝条去驱赶嫩柳上的黄莺，神情凄婉含愁。无锡市博物馆藏

三国时期双乘骑羽人纹铜鼓（藤县出土）。广西民族博物馆藏

木棉，落叶乔木，产于两广。祈赛，祀神。祈，求；赛，报。茜，绛色。

广西左江流域的花山崖壁画中有众多的人物形象在敲击铜鼓，欢呼跳跃，气氛热烈，正是我国古代壮族先民铜鼓赛江神的真实写照。

李师中（1013—1078）字诚之，楚丘（今山东曹县）人，徙居郓（今山东郓城）。举进士。官提点广西刑狱，摄帅事。熙宁初，擢天章阁待制、河东都转运使，知秦州、舒州、瀛州。后为吕惠卿所排，贬和州团练副使安置。著有《珠溪集》，词存《菩萨蛮》一首。

菩萨蛮

［五代·荆南］孙光宪

木棉花映丛祠小，越禽声里春光晓。铜鼓与蛮歌，南人祈赛多。　　客帆风正急，茜袖偎樯立。极浦几回头，烟波无限愁。

这首词上片描述在明媚旖旎的南国春光里少数民族敲击铜鼓，载歌载舞赛江神的奇异风情；下片则写舟行客与红衣少女的邂逅，着墨不多而情态活现，引人遐想。俞陛云评云："铜鼓声中，木棉花下，正蛮江春好之时。忽翠袖并船，惊鸿一瞥，方待回头，顷刻隔几重烟浦，其惆怅何如。"（《唐五代两宋词选释》）

子夜歌

［五代·南唐］李煜

人生愁恨何能免，销魂独我情何限。故国梦重归，觉来双泪垂。　　高楼谁与上，长记秋晴望。往事已成空，还如一梦中。

这首词是词人入宋后的作品，以梦寻往事、思念故国为主旨，直白不假修饰，悲苦、凄惶和绝望之情倾泻而出。造语清隽，自然率真。

菩萨蛮

［北宋］张先

忆郎还上层楼曲，楼前芳草年年绿。绿似去时袍，回头风袖飘。　　郎袍应已旧，颜色非长久。惜恐镜中春，不如花草新。

这首词写闺中少妇感春怀人，运思巧妙，千回百转，感情真挚而热烈，含蓄而深沉，耐人品味。

菩萨蛮

［北宋］李师中

子规啼破城楼月，画船晓载笙歌发。两岸荔枝红，万家烟雨中。　　佳人相对泣，泪下罗衣湿。从此信音稀，岭南无雁飞。

词人仁宗朝曾为广南西路提点刑狱，这首词即是在岭南卸任之时的题别之作。首句写高挂城楼上空的残月，仿佛被子规啼破了似的，"破"字炼得极妙，着一"破"字，子规、城楼、月三个本互不相干的意象，遂浑成一体，而子规啼声也被写得可触可摸。三、四两句色彩艳丽，意境阔大而又迷蒙，不仅堪称画境、诗境，更具有浓郁的岭南风味，读之令人陶醉。全词景色清丽，感情深挚。

菩萨蛮

[北宋] 王安石

数间茅屋闲临水，窄衫短帽垂杨里。花是去年红，吹开一夜风。　　娟娟新月偃，午醉醒来晚。何物最关情，黄鹂三两声。

这首词为词人晚年隐居江宁半山之作，词中以精练的笔墨营造出清隽秀丽、安逸恬淡的意境，以此来抒发洒脱放达之情，以求得精神上的慰安和解脱。语言清新、自然，风格娴雅流丽而又含蓄深沉。

参读

（戴）颙携黄柑斗酒，人问何之，曰："往听黄鹂声。此俗耳针砭，诗肠鼓吹，汝知之乎？" ——冯贽《云仙杂记》卷二

明佚名《邯郸梦图》。无锡博物院藏

平岸小桥千嶂抱，揉蓝一水萦花草。茅屋数间窗窈窕。尘不到，时时自有春风扫。　　午枕觉来闻语鸟，欹眠似听朝鸡早。忽忆故人今总老。贪梦好，茫然忘了邯郸道。——王安石《渔家傲》融诗入词，亦写退居钟山时与花鸟共忧喜、与山水通性情的闲适、恬静之趣，反映他去政归隐后虽然涟漪起伏而终究渐趋恬淡的心境。

菩萨蛮

[北宋] 周邦彦

银河宛转三千曲，浴凫飞鹭澄波绿。何处望归舟，夕阳江上楼。　　天憎梅浪发，故下封枝雪。深院卷帘看，应怜江上寒。

这首词作于江苏溧水令任上，写羁旅别情，并暗含飘零不偶之慨，曲折绵邈，新颖别致。周济评"天憎梅浪发，故下封枝雪"两句"造语奇险"（《宋四家词选》）。

双柑斗酒听黄鹂（明刘泰《春日湖上》句）　清林皋

唐沈既济《枕中记》载，卢生在邯郸客店中遇道士吕翁，用其所授瓷枕睡，梦中历数十年富贵荣华，及醒，店主炊黄粱未熟。后因以"邯郸梦"（或作"黄粱梦"）喻荣华富贵如梦一般，短促而虚幻。

菩萨蛮

［北宋］晏几道

哀筝一弄湘江曲，声声写尽湘波绿。纤指十三弦，细将幽恨传。　　当筵秋水慢，玉柱斜飞雁。弹到断肠时，春山眉黛低。

这首词借写弹筝来表现当筵演奏的歌妓心中的幽恨。描摹音声，化虚为实，把湘江曲的音乐形象转化为湘江绿波的画面形象；刻画人物，写其纤指轻抚，明眸流盼，低眉垂首，略加勾勒而能妙传其神情。全篇可谓声情交融，形神毕现。黄苏评曰："写筝耶？寄托耶？意致却极凄婉。末句意浓而韵远，妙在能蕴藉。"（《蓼园词选》）

菩萨蛮

［北宋］魏夫人

魏夫人（魏玩），襄阳（今属湖北）人，魏泰之姊，丞相曾布之妻，封鲁国夫人。博涉群书，工诗，词多写闺情，得力于《花间集》，其婉柔蕴藉处，极近秦观。今存十四首，周泳先辑为《鲁国夫人词》一卷。

溪山掩映斜阳里，楼台影动鸳鸯起。隔岸两三家，出墙红杏花。　　绿杨堤下路，早晚溪边去。三见柳绵飞，离人犹未归。

这首词描写女主人公每天去溪边盼望远行丈夫归来。全词几乎全用溪山景色烘托、反衬她的绵绵相思，只在篇末点题。词写得清新自然，音节谐婉，饶有情韵。

菩萨蛮　归思

［北宋］王观

《单于》，用画角吹奏的曲调。

《单于》吹落山头月，漫漫江上沙如雪。谁唱《金缕衣》，水寒船舫稀。　　芦花枫叶浦，忆抱琵琶语。身未发长沙，梦魂先到家。

词人曾奉诏制词《清平乐》（"黄金殿里"），因高太后认为亵渎了神宗被黜，遂自号"逐客"，浪迹江湖。这首思乡词情思凄切，语意惨淡，高古浑成，有唐诗意境。王灼称赞说："王逐客才豪，其新丽处与轻狂处，皆足惊人。"（《碧鸡漫志》卷二）

元佚名《寒江待渡图》，寒江野岸，行客马上伫望，等待舟人来渡。美国纳尔逊－阿特金斯艺术博物馆藏

菩萨蛮

[北宋] 舒亶

画船捶鼓催君去，高楼把酒留君住。去住若为情，西江潮欲平。　　江潮容易得，只是人南北。今日此樽空，知君何日同。

这是一首惜别词。上片写送别时的情景，下片写别后的怀念。词中以回环往复的语言节奏表现依依不舍、绵长深厚的别情。宋曾季貍评此词"甚有思致"（《艇斋诗话》），清王士禛亦极赏此词，只是认为"此等语乃出渠辈之手，岂不可惜"（《词苑丛谈》卷三）。

菩萨蛮

[北宋] 贺铸

彩舟载得离愁动，无端更借樵风送。波渺夕阳迟，销魂不自持。　　良宵谁与共，赖有窗间梦。可奈梦回时，一番新别离。

这首情词上片写有情人分别时凄恻缠绵、五内俱伤，联想奇特，怨责无端；下片设想分别后的孤独凄凉与因思成梦、梦回新别离的痛苦，文心跌宕，一波三折。全词写得摇曳多姿，极其细腻传神。

菩萨蛮　初夏

[北宋] 沈会宗

落花迤逦层阴少，青梅竞弄枝头小。江色雨和烟，行人江那边。　　好花都过了，满地空芳草。落日醉醒间，一春无此寒。

这首词着意描写暮春景色，委婉含蓄地抒写诗人的惜春情怀。清新和婉，平易自然。

菩萨蛮

[北宋] 李亿

画楼酒醒春心悄，残月悠悠芳梦晓。娇汗浸低鬟，屏山云雨阑。　　香车河汉路，又是匆匆去。鸾扇护明妆，含情看绿杨。

这首情词脱出了写男女情事"怨""艳"的俗套，独具喜气，表达了爱情的幸福欢欣。上片写女主角初次性爱欢会的情境及事后回味。下片写离别，表现爱情的和美及它带给女主人公足意快乐的心绪。词写得缠绵婉转，情态逼真却含而不露。

舒亶（1041—1103）字信道，号懒堂，明州慈溪（今属浙江）人。英宗治平二年（1065）进士。神宗时曾任监察御史里行，与李定劾苏轼作诗讥讪时事，酿成"乌台诗案"。拜给事中，权直学士院，后为御史中丞。以屡次举劾株连，朝野怨望。崇宁元年（1102）知南康军，翌年卒。赵万里辑有《舒学士词》一卷。

樵风，典出《会稽记》。郑宏上山砍柴，遇一神人。他向神人请求若耶溪上"旦，南风；暮，北风"，以利运柴，后果如所愿。此处有顺风之意。

沈会宗字文伯。生平不详。工诗词，有《沈文伯词》一卷。

宋佚名《盥手观花图》。天津博物馆藏

清崔错《李清照像》，描绘李清照淡妆素服，斜倚奇石而坐，左手抚膝，右手托腮沉思。画面简洁素净，人物神情刻画入微。故宫博物院藏

陈克（1081—1137）字子高，号赤诚居士，临海（今属浙江）人，侨居金陵（今江苏南京）。高宗绍兴中为敕令所删定官。词极工丽，仿《花间集》，颇能得其神韵。词集名《赤城集》。

甃，井壁。

菩萨蛮

[北宋] 谢逸

暄风迟日春光闹，葡萄水绿摇轻棹。两岸草烟低，青山啼子规。　归来愁未寝，黛浅眉痕沁。花影转廊腰，红添酒面潮。

这是一首春闺怨词，风格婉约，别有一番动人魅力。

菩萨蛮

[南宋] 李清照

风柔日薄春犹早，夹衫乍着心情好。睡起觉微寒，梅花鬓上残。　故乡何处是，忘了除非醉。沉水卧时烧，香消酒未消。

这首词是词人晚年流寓中的作品，写对故国乡关的深切怀念。上片先写早春柔风煦阳给人带来欢欣和春日撩动词人乡关之思的微妙心理变化，下片陡然悲呼故乡何处，极写思乡之苦。上下片悲欣相对，更反衬出词人国破家亡之痛深彻心脾。

菩萨蛮

[南宋] 陈克

绿芜墙绕青苔院，中庭日淡芭蕉卷。蝴蝶上阶飞，风帘自在垂。　玉钩双语燕，宝甃杨花转。几处簸钱声，绿窗春梦轻。

这首词通篇描绘暮春景色，而人物的闲适心情即妙合于景物描绘之中。上片写庭院春色，苔深蕉卷，蝶飞帘垂。下片写绿窗之下，午梦悠悠，若梦非梦，燕语、花飞和簸钱声都如有所闻，若有所见。这一"轻"字化无形为有形，状写出春梦的轻盈、缥缈，使"全首俱灵"

元赵孟頫《百尺梧桐轩图》，绘文人园居闲适之景，古趣盎然。上海博物馆藏

（卓人月《古今词统》卷五），极饶意外之趣。全词温婉柔媚，清新倩丽，韵味隽永。

菩萨蛮

[南宋] 朱淑真

山亭水榭秋方半，风帷寂寞无人伴。愁闷一番新，双蛾只旧颦。　　起来临绣户，时有疏萤度。多谢月相怜，今宵不忍圆。

这首词写初秋夜晚少妇的愁怀。歇拍两句巧妙引用拟人手法，托情于一轮残月，说它因怜悯闺中人，不忍独圆，极尽孤独冷寂的情貌。

菩萨蛮　书江西造口壁

[南宋] 辛弃疾

郁孤台下清江水，中间多少行人泪。西北望长安，可怜无数山。　　青山遮不住，毕竟东流去。江晚正愁余，山深闻鹧鸪。

这首词是淳熙三年（1176）词人任江西提点刑狱，驻节赣州时所作，书于造口壁。词以山水起兴，以眼前景道心上事。上片先写登台远眺时由台下的江水联想到当年逃难百姓的泪水，表达对河山残破的痛惜。接下两句诉说对故国的深情萦念。下片以江水为喻，抒写抗金复国的决心和英雄无用武之地的忧愤。全词风格苍凉沉郁，一扫传统《菩萨蛮》小令富艳轻靡之格，而出之以激越悲壮之音，结构抑扬开阖、起伏顿挫，在词史上足可与李太白同调词比肩。徐士俊谓此词：“忠愤之气，拂拂指端。”（《古今词统》卷五）梁启超曰：“《菩萨蛮》如此大声镗鞳，未曾有也。”（梁令娴《艺蘅馆词选》丙卷）唐圭璋说：“不假雕绘，自抒悲愤。小词而苍莽悲壮如此，诚不多见。盖以真情郁勃，而又有气魄足以畅发其情。”（《唐宋词简释》）

菩萨蛮　宿水口

[南宋] 洪瑹

断虹远饮横江水，万山紫翠斜阳里。系马短亭西，丹枫明酒旗。　　浮生常客路，事逐孤鸿去。又是月黄昏，寒灯人闭门。

这是一首抒发羁旅幽思的小词。结句饶有韵味，与李重元《忆王孙·春景》词的结句“欲黄昏，雨打梨花深闭门”，有异曲同工之妙。

朱淑真（约1135—约1180）号幽栖居士，钱塘（今浙江杭州）人。生于仕宦之家，才貌俱佳，却遇人不淑，抑郁早逝。工诗画，通音律。早期笔调明快，文词清婉，情致缠绵；后期则忧愁郁冈，颇多幽怨之音。陈廷焯谓其词“风致之佳，情词之妙，真不亚于易安（李清照）”（《词坛丛话》）。有《断肠词》。

造口，即皂口，在今江西万安西南三十公里处沙坪镇长桥村，位于万安湖区内。

郁孤台，在今江西赣州西北田螺岭上。

清江，赣江与袁江合流处旧称清江。

鹧鸪，鸟名。传说其叫声如云“行不得也哥哥”，啼声凄苦。

水口，今名水口铺，在安徽来安县南三十里，来安水东岸，为当地水陆交通要道。

洪瑹，字叔玙，自号空同词客。有《空同词》一卷。

张镃（1153—1221？）字功甫，号约斋，先世成纪（今甘肃天水）人，寓居临安（今浙江杭州）。南渡名将张俊曾孙。官直秘阁，通判婺州。开禧三年（1207）为司农主簿，与谋诛韩侂胄，为史弥远所忌，一再贬窜，卒于象州贬所。能诗擅词。其词清新闲远，风味可喜。今传《南湖集》十卷，第十卷为词。

江开字开之，号月湖。生平不详。

宋佚名《西湖春晓图》，绘杭州西湖秀丽春景。右为曲院柳岸，临水人家。远处晓烟迷蒙，峰峦迭起，宝塔高耸。湖心有游人泛舟。笔法轻柔秀雅。故宫博物院藏

菩萨蛮　芭蕉

［南宋］张镃

风流不把花为主，多情管定烟和雨。潇洒绿衣长，满身无限凉。　文笺舒卷处，似索题诗句。莫凭小阑干，月明生夜寒。

这首咏物词上片描写芭蕉独特的风姿与品性，下片从描摹外形转入抒写内心。咏物写人，不即不离，神形兼备，天工自然。

菩萨蛮　商妇怨

［南宋］江开

春时江上廉纤雨，张帆打鼓开船去。秋晚恰归来，看看船又开。　嫁郎如未嫁，长是凄凉夜。情少利心多，郎如年少何。

这首词写商妇伤别的幽怨愁苦之情。上片写商人春去秋归，一年中行色匆匆，全然不顾及家室。下片直抒商妇之怨。词的语言质朴，感情描写细腻。

 参读

嫁得瞿塘贾，朝朝误妾期。早知潮有信，嫁与弄潮儿。——唐李益《江南曲》诗中用"嫁与弄潮儿"的痴想表达商妇的痛苦，感情极其深刻哀切。

菩萨蛮　西湖曲

［南宋］张熙妻

横湖十顷玻璃碧，画桥百步通南北。沙暖睡鸳鸯，春风花草香。

闲来撑小艇，划破楼台影。四面望青山，浑如蓬岛间。

这首词以生花妙笔描绘春日西湖美景，湖、桥、沙、风、青山构成了一个优美超逸的境界，读之令人神往。

菩萨蛮　和詹天游

[南宋] 刘壎

故园青草依然绿，故宫废址空乔木。狐兔穴岩城，悠悠万感生。　　胡箛吹汉月，北语南人说。红紫闹东风，湖山一梦中。

这首词面对劫后湖山一片残破不堪，回忆昔日红紫斗艳、春风满陌的繁华景象，在这种强烈的对比中，反衬出词人深深的亡国哀痛。况周颐评此词"仅四十许字，而麦秀黍离之感，流溢行间。所谓满心而发，颇似包举一长调于小令中。与天游《齐天乐·赠童瓮天兵后归杭》阕，各极慷慨低徊之致"（《蕙风词话》卷三）。

刘壎（1240—1319）字起潜，自号水云村人，南丰人。入元后曾官延平路儒学教授。有《水云村稿》《隐居通议》。

菩萨蛮　春暮即事

[元] 张之翰

梁间双燕呢喃语，想曾知得春归处。问着不应人，芹泥香正匀。　　翠阴庭院悄，手摘青梅小。天气恰清和，越衫犹薄罗。

这首词摹写暮春景事，上片咏燕，下片写人，生动地展现了晚春时节的繁丽之景和词人对春日美好时光即将逝去的惆怅。词写得清俊和婉。

张之翰字周卿，晚年号西岩老人，邯郸（今属河北）人。至元末自翰林侍讲学士知松江府事，有古循吏风。有《西岩集》。

菩萨蛮　盆梅

[元] 刘敏中

纤条渐见稀稀蕾，孤根旋透温温水。但得一枝春，谁嫌老瓦盆。　　寒愁芳意懒，移近南窗暖。却怕盛开时，香魂来索诗。

这首咏盆梅词一改咏梅词寄托幽思的路数，纯用赋笔淋漓尽致地表达出词人的爱梅之情、惜梅之意。语言浅显如话，读来清新可喜。

清费尔奇《盆梅》

菩萨蛮

[元] 刘因

元龙未减当年气，呼山卧向高楼底。今日到山村，青山故意昏。　　商歌聊一振，千里浮云尽。老子气犹豪，山灵未可骄。

这首登临之作逸兴遄飞，充满着谐趣，读来但觉有一股豪迈不羁之气流注其间。

刘因（1249—1293）字梦吉，号静修，河北容城人。才华出众。工诗文，善绘画。性不苟合。至元十九年（1282）应召入朝，为承德郎、右赞善大夫。不久以母病辞官归。至元二十八年，忽必烈再度遣使召为官，以疾辞。有《樵庵词》。

练湖，亦名练塘，在今江苏丹阳西北。

宋褧（1292—1344）字显夫，大都宛平（今属北京）人。泰定进士。累官监察御史，擢翰林直学士，兼经筵讲官。其诗以清新秀伟见称。有《燕石集》。

李齐贤（1289—1367）字仲思，号益斋，曾任西海道安抚使。为忠善王所赏，侍从至大都，曾历游河北、陕西、四川、湖南、江苏等地。是高丽（今朝鲜）词人中的巨擘。有《益斋集》。

杨基（1332—1378？）字孟载，号眉庵，先世四川嘉定州人，后迁于江苏吴县。累官至山西按察使。以诗著称，为"吴中四杰"之一。有《眉庵集》。词清丽有意味，以小令胜。

倪谦（1415—1479）字克让，上元（今江苏南京）人，又说为钱塘（今浙江杭州）人。正统进士，官至南京礼部尚书。曾出使朝鲜，撰《朝鲜纪事》一卷。另有《倪文僖集》三十二卷。

菩萨蛮　丹阳道中

[元] 宋褧

西风落日丹阳道，竹冈松阪相环抱。何处最多情，练湖秋水明。　　驿城那惮远，佳句初开卷。寒雁任相呼，羁愁一点无。

历来写羁旅行役多愁苦之言，此词却很别致，写景清新自然，更写活了对山水的爱赏，情调爽朗、昂扬，而无一点蹙眉酸鼻之态，是为难得。况周颐评此词说："《菩萨蛮·丹阳道中》云：'何处最多情？练湖秋水明。'视杨升庵'塘水初澄似玉容'句，微妙略同，而超逸过之。非慧心绝世，曷克领会到此？"（《蕙风词话》卷三）小词而骀荡摇曳，尺幅自有千里之势。

菩萨蛮

[高丽] 李齐贤

长江日落烟波绿，移舟渐近青山曲。隔竹一灯明，随风百丈轻。　　夜深篷底宿，暗浪鸣琴筑。梦与白鸥盟，朝来莫漫惊。

这首词作于词人奉使川蜀途中青神县舟次。词中按时间顺序，上片写黄昏泊舟时的情景，下片写晚上入睡时的情景，既描绘了优美的自然景色，也表现了行人的愉快心情，更抒发了对超尘出世的隐逸生活的向往。行笔轻松自然，毫无雕饰的痕迹。

菩萨蛮

[明] 杨基

水晶帘外娟娟月，梨花枝上层层雪。花月两模糊，隔帘看欲无。　　月华今夜黑，全见梨花白。花也笑姮娥，让他春色多。

这首小词咏梨花。上片逆入，追叙往日明月之夜，隔帘赏月看花，只见月色花影相映，如白雪莹莹浑合一处，若有若无。下片转笔，写今夜夜色如墨，更见梨花之白。末二句，设想花笑嫦娥不如己多占春色，有逸思天外之妙。

菩萨蛮

[明] 倪谦

短篷载雨随流下，木兰画桨无人把。两岸碧波平，群山似马行。　　浮沉飘一叶，远山长天接。欹枕惬吟情，有诗成未成。

明陈洪绶《雅集图卷》（局部），描绘万历年间，米万钟、陶望龄及袁宗道、袁宏道兄弟等文士和僧人聚会雅集的场景。他们共聚在石坛之前，坛上供着一尊文殊菩萨驭狮的雕像。或认为当是描绘陶允嘉在京城结交社会名流、谈禅论佛的雅集活动。人物采用白描勾勒，各具姿态，线条清圆细劲，笔墨奇纵，为其代表作。上海博物馆藏

这首词被认为是一首题画词，它不仅再现了一幅闲逸的极富动感的微雨行舟图，更将自己不为世累的闲适心境融入其中。

绿绮，琴名。《白雪》，即古曲调《阳春白雪》。

菩萨蛮

[明] 陈洪绶

秋风袅袅飘梧叶，博山炉里沉香爇。绿绮手中弹，挥弦《白雪》寒。　　明珠声一串，变作英娥怨。风雨暗潇湘，哀音应指长。

这首词作于明亡后，寄寓感念故国之意。上片写秋夜弹琴，下片写琴声所传达的内心的哀苦和悲恸，所谓伤心人别有怀抱。全词情真意切，遗民之恨，哀感无端。

菩萨蛮

[清] 王夫之

万心抛付孤心冷，镜花开落原无影。只有一丝牵，齐州万点烟。　　苍烟飞不起，花落随流水。石烂海还枯，孤心一点孤。

词人已深知明朝大势已去，恢复事不可为，但他反清复明之志生死不渝。这首词即是抒写对国家沦亡的悲恸和自己对故国的耿耿孤忠，"孤臣志士之怀，跃然纸上"（刘衍文《雕虫诗话》卷二）。

菩萨蛮　忆未来人

[清] 李雯

蔷薇未洗胭脂雨，东风不合催人去。心事两朦胧，玉箫春梦中。　　斜阳芳草隔，满目伤心碧。不语问青山，青山响杜鹃。

陈洪绶像

陈洪绶（1599—1652，一作1598—1652）字章侯，号老莲，浙江诸暨人。能诗文，善书画，山水、花卉、人物皆佳，尤以人物画成就最高。有《宝纶堂集》。

李雯（1608—1647）字舒章，江南华亭人。少与陈子龙、宋徵舆齐名，称"云间三子"。顺治初，廷臣交荐雯才可用，授弘文院撰文、中书舍人，充顺天乡试同考官。有《蓼斋集》，附词一卷。

顾贞观像

顾贞观（1637—1714）字华峰，号梁汾，江苏无锡人。康熙举人，官内阁中书。工诗文，尤长于词，用笔圆朗，全以情胜。有《弹指词》。

这首词作于顺治元年（1644）夏，李雯应荐出仕之时。李氏的仕清，颇有客观偶然性。崇祯十六年（1643），因其父李逢申"遭诬谪戍"，"匍匐走京师讼其冤。甲申父殉难，雯募棺殓之，馇粥不进者累日。本朝定鼎，内院诸大臣怜其孝，且知其才，荐授弘文院中书"（乾隆《南汇县新志》卷十二）。尽管情非得已，但既已失节，便回头无路，这中间该有多少无奈、羞惭、悔恨与哀怨！这首词写凄迷的景色，由景及情，反映他面对故国倾颓，挽回无望，期于来世，而人既未来，转成空幻的茫然凄然心绪，诚如谭献所评："亡国之音。"（《箧中词·今集》卷一）

菩萨蛮

[清] 顾贞观

山城半夜催金柝，酒醒孤馆灯花落。窗白一声鸡，枕函闻马嘶。　门前乌桕树，霜月迷行处。遥忆独眠人，早寒惊梦频。

这首词写羁旅怀人，婉约清新，另具情致。

菩萨蛮

[清] 纳兰性德

朔风吹散三更雪，倩魂犹恋桃花月。梦好莫催醒，由他好处行。　无端听画角，枕畔红冰薄。塞马一声嘶，残星拂大旗。

康熙二十一年（1682）秋后寒冬，词人奉使赴梭龙，道路险远，劳苦万状。这首纪梦词写的就是奉使途中对闺中的思念。词的下片写梦醒时所闻所见画角、塞马、残星、大旗等边塞凄清雄奇之景，与上片写做梦时缱绻缠绵的格调构成鲜明的对比，使全词境界刚劲而兼柔美，给人独特的美感享受。

 参读

客夜怎生过，梦相伴、绮窗吟和。薄嗔佯笑道，若不是恁凄凉，肯来么。　来去苦匆匆，准拟待、晓钟敲破。乍偎人、一闪灯花堕。却对着、琉璃火。——纳兰性德《寻芳草·萧寺纪梦》从梦中重逢写到梦中再别，再到梦醒，酣畅地写出了客夜梦境的缠绵，醒后的冷落萧索，表现自己在凄凉萧寺中对妻子的无限思念。

顾贞观题纳兰性德册页

菩萨蛮　湖上送别

［清］董士锡

西风日日吹空树，一林霜叶浑无主。山色接湖光，离情自此长。　　离情随绿草，绿遍江南道。他日望君来，相思又绿苔。

这首词上片写送别之情，下片写别后之思，感情纯挚深切。

菩萨蛮　塞上秋望

［清］冯云骧

龙沙落日山衔水，登台怅望寒云里。猎骑返城西，秋风大将旗。　　飞蓬迷鸟路，白雁哀鸣去。绝塞易黄昏，孤城早闭门。

这是一首苍凉悲壮的边塞词。词中通过龙沙、落日、山、水、寒云、猎骑、大将旗、哀雁、孤城等意象描写，着意渲染了边关雄浑、苍凉而又苦寒的境界，从而烘托出戍边将士孤独寂寞的思归愁绪。

参读

衰草连荒垒，寒林绕故关。角声呜咽晚风酸。遥见征人无数，曝背古城边。　　朔气侵金甲，严寒冷玉鞍。停鞭一望更凄然。几点旌旗，几点夕阳山，几点颓垣断壁，掩映暮云间。——清宝廷《喝火令》描绘出一幅苦寒荒凉的边塞图，也透露出鸦片战争以来边备不修、国力的衰微，包含着凄然辛酸之慨。"停鞭一望"以下四句，悲凉无限。

菩萨蛮

［清］孙云凤

翠衾锦帐春寒夜，银屏风细灯花谢。鸳枕梦难成，绿窗啼晓莺。　　愁来天不管，鬓堕眉痕浅。燕子不还家，东风天一涯。

这首词通过细腻的描摹，表露春夜闺中离别相思情致，读来婉约幽凄，深挚缠绵。

菩萨蛮　北固题壁

［清］郭麐

青天欲放江流去，青山欲截江流住。侬也替江愁，山山不断头。　　片帆如鸟落，江住侬船泊。毕竟笑山孤，能留侬住无。

冯云骧（1631—？）字讷生，号约斋，代州（今山西代县）人。顺治十二年（1655）进士，历任国子监博士，授大同府教授，迁四川学政，进福建布政使等职。居官守正，声誉出众，文雄一时。有《约斋文集》《讷生诗集》，词集名《寒山吟》。

孙云凤（1764—1814）字碧梧，仁和（今浙江杭州）人。观察使孙春岩女，诸生程庭恕妻，袁枚弟子。善写花卉，并以诗词称世，而词胜于诗，著有《湘筠馆集》。

孙云凤《天女散花图》

叶衍兰像

叶衍兰（1823—1897）字兰台，号南雪，广东番禺人。咸丰六年（1856）进士，改庶吉士，官户部郎中。精研金石考据之学，晚年主讲南海各书院，门弟子甚盛。工词，谭献《复堂词话》谓其词"绮密隐秀，南宋正宗"。有《秋梦庵词钞》二卷，续一卷。

钱斐仲（1809—1850后）幼名钱十三，名聚瀛，字斐仲，以字行，号餐霞，别号雨花女史，浙江嘉兴人。钱载曾孙女，山西布政使钱昌龄女。擅小楷，学《灵飞经》，作花卉超逸有致。有《雨花庵诗馀》。

这首词当是词人江行泊舟北固时的题壁之作。词围绕着青天、青山、江流三者之间在"流"与"留"上的矛盾冲突盘转写来，深味其中，颇有哲理在："留"总只能是暂时的、相对的；脱羁而去的"流"是永恒的、绝对的。这也是词人虽负才遭厄，但仍秉持一己心性，终不为坎坷际遇所屈之人生体验。全词轻捷流利，声调谐婉而又富有机趣。

菩萨蛮　甲午感事，与节庵同作

［清］叶衍兰

遥山黯淡春阴满，游丝飞遍梨花院。野草冒闲庭，红棠睡未醒。　华筵歌舞倦，帘外流莺唤。锦帐醉芙蓉，边书不启封。

光绪二十年（1894），中日甲午战争爆发，清政府节节败退，在朝野上下引起巨大的震动，年过七十的老词人，于次年春初愤而成《菩萨蛮》词十首，记述当时战事的情况，揭露朝廷的黑暗腐败，抨击一些清军将领的无能。组词亦赋亦比亦兴，轸念国事，意味深长，荡气回肠，感人至深。

这首为组词的首篇，全首写春景，笔意闲淡，不动声色，只似寻常春愁闲恨之作，直至末句笔锋冷隽一转，图穷匕见，写边书急递，而局中人置若罔闻，仍穷奢极欲，一味贪欢，可谓骂尽误国君臣，鞭辟入里。

参读

无端横海天风疾，龙愁鼍愤今何及。夜夜看明星，荒鸡听二更。　凄凉三月雨，念此芳菲主。鹈鴂一声先，人间最可怜。——梁鼎芬（节庵）有《菩萨蛮·和南雪丈（叶衍兰）甲午感事》词十首，也是感念时事的名篇，这是其中一首，结拍谓鹈鴂先鸣，春光将逝，人间更觉可怜了。词人似已敏感地觉察到清朝行将灭亡的信息。

菩萨蛮　嬉春曲

［清］钱斐仲

平湖过雨琉璃净，鸳鸯荡曲楼台影。临水出秋千，水边人可怜。　踏青随处所，芳草迷归路。那里有人家，隔篱红杏花。

这首词写春景，颇有逸趣。

菩萨蛮

[清] 曾习经

凤槽品罢龙香拨，峭风吹落芙蓉月。斜倚夜明帘，衣绦故故拈。　　秋星心暗数，忘却当时语。恼恨是明河，低回脉脉波。

这首词写一位弹琵琶的女子，在夜深时倚帘痴立，她默默地数着秋空的星星，怀想着不在眼前的情人，极缠绵婉约之致。

🌀 词林逸事

沈鹊应（1877—1900）字孟雅，沈葆桢次子沈瑜庆的长女，容貌英爽，天资聪颖，十一岁受业于陈衍伯兄、同光体闽派重要诗人陈书，十六岁嫁给林旭。婚后两人志趣相投，言诗论词，其乐融融。

1898年9月21日，慈禧太后发动政变，维新变法失败；9月28日，林旭等"戊戌六君子"在菜市口慷慨就义。从其父居长淮的沈鹊应柔肠寸断，准备入都为夫收尸，被家人劝阻。此后她终日独守空闺，以泪洗面，一面整理亡夫的遗稿，一面以饱含血泪的诗词抒发满腔的哀痛与怨恨。其中《菩萨蛮》一阕便是这位遭受深哀巨痛的嫠妇心灵的倾诉：

旧时月色穿帘幙，那堪镜里颜非昨。掩镜检君诗，泪行沾素衣。　　明灯空照影，幽恨无人省。辗转梦难成，漏残天又明。

全词语言质朴却十分凄婉感人，陈声聪的《闽词谈屑》曾以"寡鹊哀音，闻之惨沮"来形容。

沈鹊应还有《浪淘沙·悼晚翠》（林旭字暾谷，号晚翠）一词直抒内心哀痛，悲怆至极，亦为血泪所凝成：

报国志难酬，碧血难收。箧中遗稿自千秋。肠断招魂魂不到，

清石涛《花卉十二册》之《杏花图》。故宫博物院藏

林旭像

沈鹊应像

云暗江头。　　绣佛旧妆楼，我已君休。万千悔恨更何尤。拼得眼中无尽泪，共水长流。

　　因哀毁过度，沈鹊应也于1900年4月香消玉殒。沈瑜庆将女儿女婿安葬于福州北门义井，并竖石墓联曰："千秋晚翠孤忠草，一卷崦楼绝命词。"林旭有《晚翠轩诗集》，沈鹊应的《崦楼遗稿》附于其后，存诗二十九首、词三十五首。

倚声依谱

　　《菩萨蛮》亦作《菩萨鬘》，又名《子夜歌》《重叠金》《巫山一片云》。近人杨宪益《零墨新笺》考证《菩萨蛮》为古缅甸曲调，唐玄宗时传入中国，列于教坊曲。双调，四十四字，前后片各两仄韵，两平韵，平仄递换，情调由紧促转低沉。此调适用题材极广泛，但严忌以诗入词。

【定格】

中平中仄平平仄，中平中仄平平仄。

中仄仄平平，中平平仄平。

中平平仄仄，中仄平平仄。

中仄仄平平，中平平仄平。

《词谱》（《菩萨蛮》）

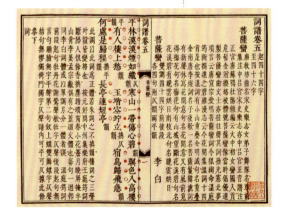

生查子

记得绿罗裙，处处怜芳草

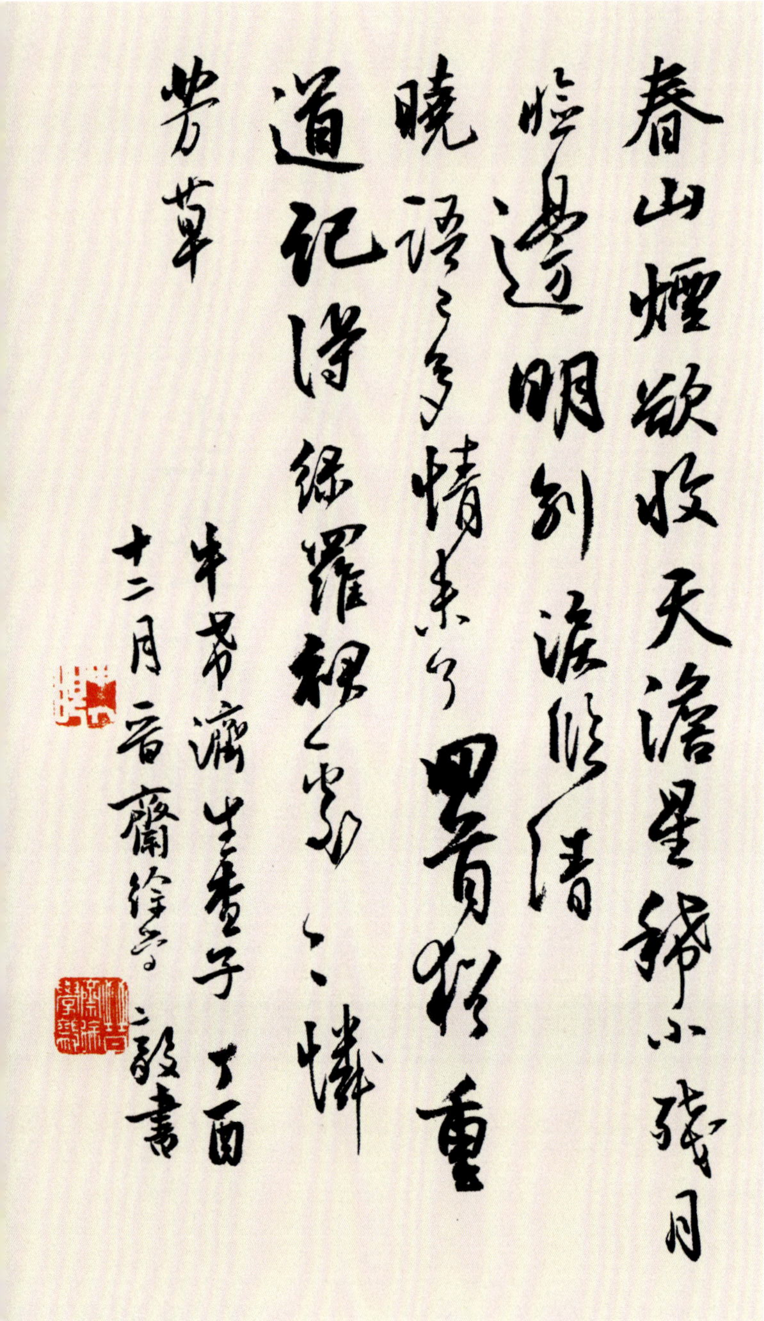

徐学毅书《生查子》

［注释］

①烟，此指春晨弥漫于山前的薄雾。

②“残月”句写人立庭院，缺月西下，破晓的光景。

华音流韵

生查子

［五代·前蜀］牛希济

春山烟[1]欲收，天澹星稀小。残月脸边明[2]，别泪临清晓。

语已多，情未了。回首犹重道：记得绿罗裙，处处怜芳草。

临风赏读

这是一首绝妙的别情词，它剪取恋人离别那一刻的场景，将难以言状的婉转缠绵之情，栩栩如生地描摹、再现出来。

上片写别时景，景染情韵。起二句写远景，天已微明，清烟欲收，万里苍穹只剩寥寥几颗小星，状极离别时欲明又暗、欲暗又明的迷离氛围。三四句镜头移近，在春山淡天的背景上映出一对恋人，西下的残月就像映在脸边，涟涟的别泪，在这清幽的晨光中显得格外晶莹。离别双方心情之凄切，息息可感。

下片写别时语，语淡情深。夜来如何互诉衷肠，叮咛后约，临别又怎样彼此关照，互道珍重，词人一笔带过，高度浓缩在“语已多”三字之中。接着，“情未了”作荡开之笔，绵绵的情话已说得很多，多少不舍与眷恋却还远远没有表达尽，从而反跌出"回首犹重道"的下文。女主人公对远行的情郎再次叮咛：记下我的绿罗裙，处处再见像我的罗裙一般碧绿的芳草，那就是我，你怜爱芳草，就是怜爱我。最后这两句，触物起情，移情及物，更及其色，深一层，曲一层，传达细微处的缠绵痴绝，妙笔天成，令人怦然心动。

　　全词语言朴实温厚，如同口出；构思巧妙，富于远韵。

古今汇评

陈廷焯：　"残月脸边明，别泪临清晓"十字别后神理。"晓风残月"，不是过也。结笔尤佳。（《云韶集辑评》卷一）

俞陛云：　言清晓欲别，次第写来，与《片玉词》之"泪花落枕红绵冷"词格相似。下阕言行人已去，犹回首丁宁，可见眷恋之殷。结句见天涯芳草，便忆及翠裙，表"长勿相忘"之意。（《唐五代两宋词选释》）

唐圭璋：　此首写别情。上片别时景，下片别时情。起写烟收星小，是黎明景色。"残月"两句，写晓景尤真切。残月映脸，别泪晶莹，并当时人之愁情，都已写出。换头，记别时言语，悱恻温厚。着末，揭出别后难忘之情，以处处芳草之绿，而联想人罗裙之绿，设想似痴，而情则极挚。（《唐宋词简释》）

李冰若：　"记得绿罗裙，处处怜芳草"，词旨悱恻温厚，而造句近乎自然。岂飞卿辈所可企及？"语已多，情未了。回首犹重道"，将人人共有之情，和盘托出，是为善于言情。（《栩庄漫记》）

清改琦《美人香草图》

"人"与"仁"谐音,一语双关。

桃穰,桃核。

新月曲如眉,未有团圆意。红豆不堪看,满眼相思泪。终日劈桃穰,仁在心儿里。两朵隔墙花,早晚成连理。——五代牛希济《生查子》以比兴的手法,借新月、红豆等相思之物寓意,表述主人公对纯朴爱情的热切追求。陈廷焯云:"(下阕)触目生情,哀感顽艳,开后人多少心思。"(《云韶集辑评》卷一)俞陛云云:"妍词妙喻,深得六朝短歌遗意,五代词中稀见之品。"(《唐五代两宋词选释》)

词人心史

牛希济(872?—?),陇西(今甘肃东南部)人,词人牛峤之侄。遭时丧乱,流寓巴蜀,依峤而居,而受前蜀高祖王建赏识,任为起居郎。前蜀后主王衍时,累官翰林学士、御史中丞。后唐庄宗同光三年(925),随前蜀主降于后唐,明宗时拜雍州节度副使。

牛希济才思敏捷,工诗,而以词著名。词风接近"花间派"重要人物韦庄,清丽自然,写景写情,无雕琢痕,能真切表达深厚的感情。

品题

希济素以诗辞擅名,所撰《临江仙》二阕……特为词家之隽。(吴任臣《十国春秋》卷四十四)

希济词笔清俊,胜于乃叔,雅近韦庄,尤善白描。(李冰若《栩庄漫记》)

其词境界宏阔,辞藻富丽。(姜方锬《蜀词人评传》)

低吟/浩唱

韩偓(844—923)字致尧,京兆万年(今陕西西安)人。昭宗龙纪元年(889)进士。历任翰林学士、兵部侍郎。朱温窃权,他弃官南下入闽中,依王审知。晚年寄迹南安九日山,卒葬葵山,直到近现代尚有弘一大师等名人登临凭吊。

生查子

[唐]韩偓

侍女动妆奁,故故惊人睡。那知本未眠,背面偷垂泪。　懒卸凤凰钗,羞入鸳鸯被。时复见残灯,和烟坠金穗。

这首词以倒叙的手法,以生动的细节描写,一波三折,表现闺中少妇悲酸心态，富于戏剧性。或以为此词托忠愤于丽语，寄托他忠于故国、不肯依附篡逆者的志节。丁绍仪云："其蒿目时艰，自甘贬死，深鄙杨涉辈之意，更昭然若揭矣。"（《听秋声馆词话》卷一）

生查子

［五代·前蜀］魏承班

烟雨晚晴天，零落花无语。难话此时心，梁燕双来去。
琴韵对熏风，有恨和情抚。肠断断弦频，泪滴黄金缕。

这首词写抚琴少女目睹花落燕飞所触发的韶华易逝、欢会难再、爱恨交织的断肠幽怨。上片以烟雨落花、梁燕双飞暗寓心曲，下片以临风抚琴、弦断泪滴明示心曲。全词清新隽雅，语婉情深。沈际飞评此词说："远近含吐，精魂生怯。"（《草堂诗馀别集》卷一）

生查子

［北宋］毛滂

春晚出山城，落日行江岸。人不共潮来，香亦临风散。
花谢小妆残，莺困清歌断。行雨梦魂消，飞絮心情乱。

这首词是词人辞官后行于富阳途中所作，实际上是一首含而不露的情歌。上片写"春晚""落日"之时漫步在山城江岸边的苦苦等待和期盼，以及等待未果时的焦虑、惆怅和失望的心情；下片则通过写落花飞絮，莺困歌歇，撩人心绪的情景，烘托闺中独居的寂寞与凄苦，读之耐人咀嚼寻味。

生查子

［北宋］欧阳修

去年元夜时，花市灯如昼。月上柳梢头，人约黄昏后。
今年元夜时，月与灯依旧。不见去年人，泪满春衫袖。

这首词借写元宵灯会追怀一段缠绵悱恻的恋情。词中以民歌的复迭手法，巧妙地将场景设置在同样的时间和景物中，并通过今与昔、闹与静、悲与欢等多层迥异的鲜明对比，形成物是人非的巨大反差，从而抒发了旧日恋情破灭后，主人公内心的落寞、怅惘和忧伤。语言清新、明快、浅近，却又隽永含蓄，耐人寻味。

魏承班，其父魏宏夫为前蜀王建养子，赐姓名王宗弼，封齐王。承班为驸马都尉，官至太尉。其词多为言情之作，大旨明净。

一说欧阳修词为朱淑真作。

清钱慧安《抚琴仕女图》

唐宋时筝有十三弦，每弦用一柱支撑，斜列如雁行，故称"雁柱"。

清改琦《仕女图》，绘一仪态万千的美人端坐窗前，凝眸静思，心绪万端

生查子

[北宋] 欧阳修

含羞整翠鬟，得意频相顾。雁柱十三弦，一一春莺语。　　娇云容易飞，梦断知何处。深院锁黄昏，阵阵芭蕉雨。

这首词以男子的口吻，写一女子弹筝的情景。上阕将女子的情态与音乐声相映衬，充满了欢乐的气氛、明快的节奏。下阕写歌筵结束后两情隔绝，由乐景反跌哀情，表现了孤栖时刻幽寂凄清的况味。

生查子

[北宋] 晏几道

金鞭美少年，去跃青骢马。牵系玉楼人，绣被春寒夜。　　消息未归来，寒食梨花谢。无处说相思，背面秋千下。

这首词抒写闺中女子对一位美少年的思念之情。词之上片写少年出游，下片写闺思。结拍两句写女主人公在秋千架下背面痴痴地站着，她在默默地承受着相思之苦。走笔至此，戛然而止，而一位多情女子的形象呼之欲出。南宋吕祖谦"极喜诵此词，以为有思致"（曾季貍《艇斋诗话》）。

生查子

[北宋] 晏几道

长恨涉江遥，移近溪头住。闲荡木兰舟，误入双鸳浦。　　无端轻薄云，暗作廉纤雨。翠袖不胜寒，欲向荷花语。

这首词初看似写一个平凡的少女荡舟遇雨、娇不胜寒的故事，实际是暗喻痴情少女为追求爱情却所遇非人，无端被弃而又无处申诉，只能悄悄地共荷花相语，暗暗地忍受着无穷的痛苦和不幸。全词含蓄婉转，意味深蕴。

 参读

抛了自家心，占了他人住。江岸寂无人，灯火摇烟浦。　　枕泪湿云鬟，酿作丝丝雨。耳畔尚娇啼，乍换殊方语。——清张祥龄《生查子·次小山，寄仲由海上，示仲蓝》以平常语写平常习见情事，温雅秀润，绵丽多情，颇有小山风味。

生查子

［北宋］晏几道

关山魂梦长，鱼雁音尘少。两鬓可怜青，只为相思老。　归梦碧纱窗，说与人人道。真个别离难，不似相逢好。

这首词以口语入词，抒写游子的至性痴情。全词以写梦魂始，写梦语终，真率而亲切，于平淡中见韵味。

愁风月（生查子）

［北宋］贺铸

风清月正圆，信是佳时节。不会长年来，处处愁风月。　心将熏麝焦，吟伴寒虫切。欲遽就床眠，解带翻成结。

这首词以精巧的构思和语言，步步深入、波澜起伏地抒写了怀人女子那缠绵的、难于排遣的离愁。末二句以动作结情，活脱脱写出一个烦恼人的烦恼心态，实乃神来之笔。

生查子

［南宋］周紫芝

春寒入翠帷，月淡云来去。院落半晴天，风撼梨花树。　人醉掩金铺，闲倚秋千柱。满眼是相思，无说相思处。

这首词抒写女子寒食、清明时节春夜怀人的情怀。

生查子

［南宋］朱淑真

年年玉镜台，梅蕊宫妆困。今岁未还家，怕见江南信。　酒从别后疏，泪向愁中尽。遥想楚云深，人远天涯近。

这首词为怀远之作，描述了两年对比心情的落差，空灵蕴藉。赵世杰辑《古今女史》前集卷一"年年玉镜台"眉批"曲尽无聊之况"，"泪向愁中尽"旁批"是至情，是至语"。

生查子　情景

［南宋］姚宽

郎如陌上尘，妾似堤边絮。相见两悠扬，踪迹无寻处。酒面扑春风，泪眼零秋雨。过了别离时，还解相思否。

贺铸《与汉逸大孝书》

周紫芝（1082—1155）字少隐，号竹坡居士，宣城（今属安徽）人。绍兴进士。历任枢密院编修官、右司员外郎，出知兴国军（治今湖北阳新），后退隐庐山。其词造语极聪俊自然，清丽婉曲。有《太仓稊米集》《竹坡词》。

姚宽（1105—1162）字令威，号西溪，嵊县（今属浙江）人。以父荫补官。官枢密院编修官。有《西溪丛语》《西溪乐府》。

宋末元初钱选《梨花图卷》。美国大都会艺术博物馆藏

清胡锡珪《芭蕉仕女图》（局部），自题诗曰："萧萧斑竹动秋思，脉脉深情若个知。几度欲眠眠不得，芭蕉风里立多时。"故宫博物院藏

张孝祥此词或题秦观作，字句亦略异。

雨岩，位于江西广丰县西南博山脚下，颇擅林壑之美。

桃花水，即桃花汛，指桃花盛开时江河里暴涨的水。

这是一首闺情词，写一个多情女子对别时离情的泣诉。全词以女主人的口气道出，不作雕饰，自然流畅，一气呵成。

生查子

［南宋］传陆游妾

只知眉上愁，不识愁来路。窗外有芭蕉，阵阵黄昏雨。　　晓起理残妆，整顿教愁去。不合画春山，依旧留愁住。

这首词写一位闺中妇女的哀愁。词中四个"愁"字，复叠而出，口吻自然真率，颇有乐府民歌的风格。

参读

陆放翁宿驿中，见题壁云："玉阶蟋蟀闹清夜，金井梧桐辞故枝。一枕凄凉眠不得，挑灯起作感秋诗。"放翁询之，驿卒女也，遂纳为妾。方半载余，夫人逐之，妾赋《卜算子》（应为《生查子》）云："只知眉上愁……"——宋陈世崇《随隐漫录》卷五

生查子

［南宋］张孝祥

远山眉黛横，媚柳开青眼。楼阁断霞明，帘幕春寒浅。　　杯延玉漏迟，独怕金刀剪。明月忽飞来，花影和帘卷。

这首词写一位女子从傍晚到深夜的春愁，主人公的感情与周围环境自然融合，风格清婉淡雅。

生查子　独游雨岩

［南宋］辛弃疾

溪边照影行，天在清溪底。天上有行云，人在行云里。　　高歌谁和余，空谷清音起。非鬼亦非仙，一曲桃花水。

这首词当作于词人削职闲居、退居带湖期间。词从独游雨岩清溪倒影落墨，继之以一曲高歌、空谷回声和清溪桃花水的和鸣，营造了一个清寂幽独的词境，表现的是词人全身心地融入溪山白云间的飘飘似仙的独特感受和恬静愉悦的心境。全词清新自然，富于韵味。

生查子　元夕戏陈敬叟

[南宋] 刘克庄

繁灯夺霁华，戏鼓侵明发。物色旧时同，情味中年别。　　浅画镜中眉，深拜楼中月。人散市声收，渐入愁时节。

这首词题为元夕戏作，实则抒发人生感慨。上片写元夕之夜灯月交辉，鼓乐达旦，热闹非凡的场景，但盛况如旧而情味却别，不觉感慨系之。下片写观灯归来后的孤寂，乐止人散，又渐入愁乡。全词构思新巧，感情真挚，写景细腻。俞陛云云："此词云戏赠者，殆以敬叟之旷达，而情入中年，易萦旧感，人归良夜，渐入愁乡，其襟怀亦不异常人，故戏赠之。"（《唐五代两宋词选释》）

生查子

[南宋] 魏子敬

愁盈镜里山，心迷琴中恨。露湿玉阑秋，香伴银屏冷。　　云归月正圆，雁到人无信。孤损凤凰钗，立尽梧桐影。

这首词极写思妇对远人的怀思。词的上片重在一个"冷"字，下片重在一个"孤"字，营造了一股凄清孤寂的氛围，从而衬托出满怀离怨、黯然销魂的闺中思妇形象。全篇意韵流转，情辞凄切，哀婉动人。

魏子敬，生平里籍皆不详。只知其大约活动于南宋高宗绍兴年前后。存词仅此一首。

双蛾，即双眉。

"翠袖"句化用杜甫"天寒翠袖薄，日暮倚修竹"（《佳人》）诗意。

宋佚名《竹林仕女图》，绘太湖石一块，白梅一株与绿竹数竿相簇，一女子袖手凝神相对伫立，神情娴静，楚楚动人。美国费城艺术博物馆藏

生查子

[南宋] 扬无咎

秋来愁更深，黛拂双蛾浅。翠袖怯天寒，修竹萧萧晚。　　此意有谁知，恨与孤鸿远。小立背西风，又是重门掩。

这是一首闺怨词，写的是深秋时节，闺中少妇思念远方心上人，怨恨交织的情形。结拍一"又"字，看似平易，实是蕴涵了女主人公的无数辛酸。全词清疏雅洁，刻画细腻，委婉含蓄，余意不尽。

王予可字南云，河东吉州（今山西吉县）人。本军校子，南渡后居鄘城，落魄嗜酒。

吴伟业手札

彭孙遹手书诗稿

生查子

［金］王予可

夜色明河静，好风来千里。水殿谪仙人，皓齿清歌起。　　前声金罍中，后声银河底。一夜岭头云，绕遍楼前水。

这首词写月夜水殿清歌，犹如仙乐飘飘，描绘了一个纤尘不染的梦幻般的洁净澄明境界。明杨慎云："其《生查子》云……词之飘逸高妙，固谪仙之流亚也。"（《词品》卷五）

生查子　旅思

［清］吴伟业

一尺过江山，万点长淮树。石上水潺潺，流入青溪去。　　六月北风寒，落叶无朝暮。度樾与穿云，林黑行人顾。

这是一首托兴浑远的行役词。词人行进在山道密林中，远山丛树渐去渐远，清冽的泉水从石上潺潺流过，汇入青溪。虽是盛夏六月，度樾穿云于阴森的山道，仍觉寒风飕飕，落叶萧萧，晨昏难辨。结尾将穿行密林深处心魂惊悸的情态描摹得历历如见。词中未明写"旅思"，而"旅思"自见。

生查子　旅夜

［清］彭孙遹

薄醉不成乡，转觉春寒重。鸳枕有谁同，夜夜和愁共。　　梦好却如真，事往翻如梦。起立悄无言，残月生西弄。

这首词写游子旅夜乡思。上片写独醉孤眠、醉乡难觅的愁闷，下片写由梦中到梦醒后情境。词中醉与醒、梦与真交织融洽，酣畅淋漓地倾吐了眷怀妻室的绵绵情思。结尾以"起立悄无言，残月生西弄"的意象将剪不断理还乱的感情融化在无言的凄清月光中，读来令人回味无穷。全词意境幽清，情致婉然。谭献评此词曰："唐调。"（《箧中词·今集》卷一）

参读

花宫清磬杳。听城头一派，角声悲绕。晚来清味，只秋窗无火，暗萤相照。解带将眠，刚月色、瞳眬来到。千里江关，十年心事，相思多少。　　恍在旧家庭院，见朱幌微垂，绿窗初晓。惊伊消瘦，把别时踪迹，向侬都告。旅泊频年，和梦也、分明知道。莫是相逢无几，依然去了。——彭孙遹《三姝媚·旅梦》。全词交织了羁旅清苦、思念深切的感情，感受奇特，描写细腻入微。意韵清婉，感情基调近乎悲凉。

纳兰性德手书《水调歌头·题岳阳楼图》词稿　寒斋藏

生查子

[清]纳兰性德

东风不解愁，偷展湘裙衩。独夜背纱笼，影着纤腰画。　　烬尽水沉烟，露滴鸳鸯瓦。花骨冷宜香，小立樱桃下。

这是一首颇有韵味的咏愁佳构，词中寥寥数语，便使一个春夜独立不寐的女子形象跃然纸上。结尾以花骨比喻女子弱骨，女子独立于樱桃花下，与花融为一体，其相思之愁情越旋越深，真切动人。

词林逸事

北宋扬州人陈亚，曾任杭州于潜县令，后知越州、润州、湖州，官至太常少卿。为人宽和、真率，幽默诙谐，被称为"滑稽之雄"。受其舅父影响，熟谙药名，常喜将中医药名咏入诗词戏谑为乐。周密《齐东野语》记载：有一年天旱，陈亚和著名书法家蔡襄在路上见一和尚求雨，赤膊自晒，殊为可笑。陈亚随口念道："不雨若令过半夏，应定晒作葫芦巴。"半夏、葫芦巴便是药名。蔡见他讽刺过分，便道："陈亚有心终归恶。"陈亚应声道："蔡君除口便成衰。""便成衰"为中医学"泄泻"的别名。他的药名诗多至百余首，其中佳句如"风月前湖夜，轩窗半夏凉"，颇为人所称。药名词则有《生查子》四首，也别具一格，其中一首闺情云：

宋朱绍宗《菊丛飞蝶图》。故宫博物院藏

相思意已深，白纸书难足。字字苦参商，故要檀郎读。　　分明记得约当归，远至樱桃熟。何事菊花时，犹未回乡曲。

词中以深挚的感情和浅近的语言，通过闺中人以书信向客居在外的夫君倾诉相思之情的情节，抒写了闺中人思念远人的款款深情。其中匠心独运地妙用了"相思""意已（薏苡）""白纸（芷）""苦参""郎读（狼毒）""当归""远至（志）""樱桃""菊花""回乡（茴香）"等一连串药名。

倚声依谱

《生查子》又名《遇仙楂》，得名于海客乘槎造访天庭的故事。此调正体双调四十字，五言八句，上、下片各四句两仄韵。又列别体四种，字数、句式、韵数各不相同。多抒抑怨之情，为求婉约而自然。

【格一】
中仄仄平平，中仄平平**仄**。
中仄仄平平，中仄平平**仄**。

中仄仄平平，中仄平平**仄**。
中仄仄平平，中仄平平**仄**。

【格二】
中平中仄平，中仄平平**仄**。
中仄仄平平，中仄平平**仄**。

中平中仄平，中仄平平**仄**。
中仄仄平平，中仄平平**仄**。

查即古槎字，意为木筏。

《词谱》（《生查子》）

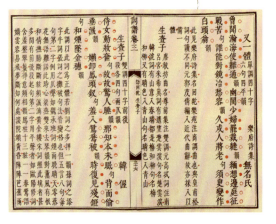

江城子

六代繁华，暗逐逝波声

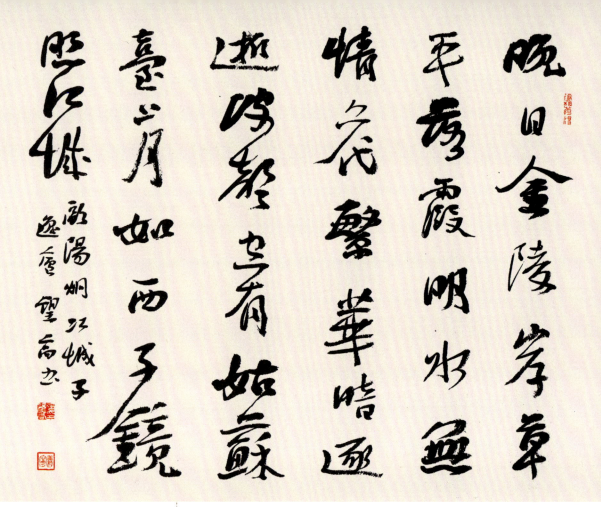

冷望高书《江城子》

华音流韵

江城子

[五代·后蜀] 欧阳炯

晚日金陵岸草平，落霞明，水无情。六代繁华①，暗逐逝波声。空有姑苏台上月②，如西子镜③，照江城④。

临风赏读

这是一首金陵怀古的词章。词人俯仰古今，纵横驰骤，将金陵古都、岸草、落霞、水、波、姑苏台上月、西子镜等一系列意象组合叠加，抒发出明月依旧、流水无情而时世沧桑的深沉感慨，构思超妙。

[注释]
① 六代，指吴、东晋、宋、齐、梁、陈六朝，均建都于金陵（今江苏南京）。
② 姑苏台，在苏州市西南姑苏山上。春秋时吴王阖庐所筑。夫差于台上立春宵宫，为长夜之饮。
③ 西子，即西施。春秋时由越王勾践献给吴王夫差的美女。
④ 江城，指金陵，今南京，古属吴地。

开头三句从大处着墨，写出日暮时分金陵城外大江浩荡东去，岸草平远，天宇寥廓，落霞明丽的景色，营造出一种空旷而寂寥、绮丽而苍茫的气氛。"水无情"一句又带出"六代繁华"二句，词人有恨，连及流水无情，滔滔逝波将六朝繁华和君臣们奢华的生活暗暗带走了，黍离麦秀之叹、世事沧桑之感深寓其间。"暗逐"二字自然超妙，它把眼前逐渐溶入暮色、伸向烟霭的长江逝波，与意念中悄然无声流逝的历史长河打成一片，浑然无迹。这里的水，这里的逝波，已经在词人的意念中成为滚滚而去的历史长河的一种象征。

最后两句，由明月想及西子镜，望见姑苏台，兴起无限感喟：那轮曾照姑苏台上歌舞的圆月，依然像西子当年的妆镜一样，照临着城头，但吴宫歌舞、江左繁华均随逝波去尽，眼前的金陵古城是否再要演出相似的一幕呢？这里，词人将六朝历史与吴越遗迹在更悠远的时空中巧妙地融合在一起，生发出远远超出个人得失的、基于忧患意识和宇宙意识的浓浓的迷惘和悲凉来，令全词的意境更为旷远、深沉和空灵。

此词"如西子镜"添一衬字，开宋词衬字之法。

古今汇评

徐士俊：取"只今唯有西江月"之句，略衬数字，便另换一意。（卓人月《古今词统》卷三引）

陈廷焯：与松卿作同一感慨，彼于悲壮中寓风流，此于伊郁中饶蕴藉。（《词则辑评·大雅集》卷一）

李冰若：此词妙处在"如西子镜"一句，横空牵入，遂尔推陈出新。（《栩庄漫记》）

王方俊：本词写景与抒情巧妙地结合在一起，使全词情景交融，可谓天衣无缝。（《唐宋词赏析》）

王安石《桂枝香》（《诗馀画谱》）

参读

登临送目。正故国晚秋，天气初肃。千里澄江似练，翠峰如簇。征帆去棹残阳里，背西风、酒旗斜矗。彩舟云淡，星河鹭起，画图难足。　念往昔、繁华竞逐。叹门外楼头，悲恨相续。千古凭高对此，谩嗟荣辱。六朝旧事随流水，但寒烟、衰草凝绿。至今商

怀古一何深（晋陶潜《和郭
主簿》句）　水月斋藏印

女，时时犹唱，《后庭》遗曲。——王安石的金陵怀古词《桂枝香》气势恢宏，笔力苍秀，别创一格，东坡见之，不觉叹息曰："此老乃野狐精也。"（《景定建康志》卷三十七引）欧阳炯的《江城子》应是它的先声。

词人心史

欧阳炯（896—971），益州华阳人。他几乎经历了整个五代乱世，少事前蜀王衍，为中书舍人。蜀亡，归后唐，为秦州从事。孟知祥镇成都，炯复入蜀。孟知祥称帝，建后蜀，炯累拜门下侍郎，兼户部尚书、同平章事，监修国史。后随孟昶归宋，历翰林学士，转左散骑常侍。为人性情坦率，善长笛。开宝四年（971）岭南平，议遣欧阳炯祭南海，炯称病不出，被罢职，不久去世。

欧阳炯诗、词、文兼擅，其词多写艳情，但与温庭筠的秾艳之词不同，他的艳词坦率纯真，具有一种震撼人心的力量。欧词在"艳"的外衣下，实际上包裹着一个质朴的、清气流荡的本体，在艳质中有清气回荡，自又是一番新境。他的一些词作或刻画炎方风物，或咏古怀今，亦写得清新明丽。他的《花间集序》是有词以来的第一篇词论，述花间词的宗旨、渊源，反映了这派词人的创作态度与艺术趣味，对于了解他们的词学观点和品评《花间集》具有重要的价值。存词四十八首。王国维辑有《欧阳平章词》一卷。

品题

其词大抵婉约轻和，不强作愁思者也。（沈雄《古今词话·词评》上卷）

欧阳炯词艳而质，质而愈艳，行间句里，却有清气往来。大概词家如炯，求之晚唐五季，亦不多觏。（况周颐《历代词人考略》卷六）

炯词中如《渔父》之淡雅，《浣溪沙》之浓艳，《南乡子》可考风物，《三字令》乃其创调，均有数名作。（姜方锬《蜀词人评传》）

低吟/浩唱

江城子

[五代·前蜀] 牛峤

鹧鸪飞起郡城东，碧江空，半滩风。越王宫殿，蘋叶藕花中。帘卷水楼渔浪起，千片雪，雨濛濛。

这首词咏古会稽（今浙江绍兴）风物，短短三十五字中动静、形神兼备，生气勃勃，气韵飞动，勾勒出一派秀美、旷远的江郊景色：远处，郡东鹧鸪飞起，水天一碧，千里空阔，滩风正起；近处，越王霸业早已消歇，遗殿无存，但见红藕翠蘋，凄迷野水，风吹雪浪，尽在空蒙烟雨中。全词意象苍茫，感慨古今沧桑，不含悲而神自伤。陈廷焯评此词："'越王宫殿，蘋叶藕花中'九字，风流悲壮"（《云韶集辑评》卷一）；又云："感慨苍凉"（《词则辑评·大雅集》卷一）。

江城子（二首）

[五代·前蜀] 张泌

碧栏干外小中庭，雨初晴，晓莺声。飞絮落花，时节近清明。睡起卷帘无一事，匀面了，没心情。（其一）

浣花溪上见卿卿，脸波明，黛眉轻。绿云高绾，金簇小蜻蜓。好是问他来得么，和笑道，莫多情。（其二）

这两首词的内容很可能与词人青年时一段恋爱生活有关。前一首以赏心悦目的早春自然景色，映衬少女无聊落寞的伤春情怀；后一首写对溪上与少女邂逅、亲昵调笑的美好回忆，以对话作结，声吻逼肖。两词笔调明快流丽，饶有民歌情味；人物情景如现，耐人咀嚼。徐士俊云："二词风流调笑，类李易安（清照）。"（《古今词统》卷三）

江城子

[五代·后晋] 和凝

竹里风生月上门，理秦筝，对云屏。轻拨朱弦，恐乱马嘶声。含恨含娇独自语，今夜月，太迟生。

鹧鸪，鸟名，一作郊鹧，即"池鹭"。

浣花溪，在四川成都，一名濯锦江，又称百花潭，杜甫故宅在此。每年农历四月十九日，蜀人多游宴于此，谓之浣花日。唐名妓薛涛，亦家于溪旁，以溪水造笺，号"浣花笺"。

脸波，眼波。

张泌，生卒年、字里无考，《花间集》称之为"张舍人"。

和凝（898—955）字成绩，郓州须昌（今山东东平）人。梁贞明二年(916)进士。历仕梁、唐、晋、汉、周五朝，后晋拜中书侍郎同中书门下平章事。好文学，长于短歌艳曲，号"曲子相公"。有《红叶稿》。王国维辑有《红叶稿词》。

宋佚名《松冈暮色》，绘暮霭中的松冈。远处峰峦淡渺。意境凄清。故宫博物院藏

老夫聊发少年狂　清林皋

汉文帝时，魏尚为云中郡（在今内蒙古自治区托克托县一带，包括山西西北部分地区）太守。匈奴曾一度来犯，魏尚亲率车骑出击，所杀甚众。后因报功文书上所载杀敌的数字与实际不合被削职。经冯唐代为辩白后，文帝就派冯唐"持节"去赦免魏尚，让其留任。

天狼，星名，一称犬星，旧说主侵掠。比喻侵犯北宋边境的辽国与西夏。

这首词由景到人，以简洁的笔法，细腻地刻画了一个姑娘在迟迟等不来赴约情人时那种期待、烦闷、焦急的复杂微妙的心态。结句的独白方式使人如闻其语，尤显娇憨。

江城子　乙卯正月二十夜记梦

[北宋] 苏轼

十年生死两茫茫，不思量，自难忘。千里孤坟，无处话凄凉。纵使相逢应不识，尘满面，鬓如霜。　夜来幽梦忽还乡，小轩窗，正梳妆。相顾无言，惟有泪千行。料得年年肠断处，明月夜，短松冈。

这是词人在妻子王弗忌辰所作的一首悼亡词。上片写十年间夫妻人天永隔、怅然追思的悲凉，糅进词人在世途坎坷、宦海升沉中的痛苦遭际。下片记梦，抒写词人对亡妻执著不舍的深情。全词纯用白描，出语如话家常，质朴自然，却字字悲苦沉痛，从肺腑镂出，与贺铸的《鹧鸪天》被誉为悼亡词中的双璧。唐圭璋评此首"真情郁勃，句句沉痛，而音响凄厉，诚后山所谓'有声当彻天，有泪当彻泉'也"（《唐宋词简释》）。

江城子　密州出猎

[北宋] 苏轼

老夫聊发少年狂，左牵黄，右擎苍。锦帽貂裘，千骑卷平冈。为报倾城随太守，亲射虎，看孙郎。　酒酣胸胆尚开张，鬓微霜，又何妨。持节云中，何日遣冯唐。会挽雕弓如满月，西北望，射天狼。

宋神宗熙宁八年（1075），词人因与新政不合，出知密州，曾因旱去常山祈雨，归途中与同官梅户曹会猎于铁沟，写下了这首出猎壮词。全词以一"狂"字笼罩，借以抒写一腔磊落、雄豪之气。上片描写了一幅壮阔的行猎图，下片借出猎抒写渴望报国立功的壮志豪情。结尾处以一个挽弓劲射的特写镜头，烘托、勾勒出一个鬓染微霜却英武豪迈的爱国志士形象。此词辞锋凌厉，音韵铿锵，气象恢弘，壮怀激越，一洗绮罗香泽、软媚无骨的柔弱格调，别具阳刚之美，在词坛树起了词风词格的别一旗帜，被公认为第一首豪放词。

参读

近却颇做小词，虽无柳七郎风味，亦自是一家，呵呵。数日前猎于郊外，所获颇多。作得一阕，令东州壮士抵掌顿足而歌之，吹笛击鼓以为节，颇壮观也。——苏轼《与鲜于子骏（侁）》。词人对此词也颇为自得。

射天狼　郑文学

江城子

［北宋］秦观

西城杨柳弄春柔，动离忧，泪难收。犹记多情，曾为系归舟。碧野朱桥当日事，人不见，水空流。　　韶华不为少年留，恨悠悠，几时休。飞絮落花时候、一登楼。便做春江都是泪，流不尽，许多愁。

这是一首暮春伤别之作。旧地重游，牵动离忧，令人潸然泪下。上片触景生情，感物是人非，下片表面上写因年华易逝而产生的悠悠别恨，实则寄托着词人身遭远谪、行将离京的愁绪。歇拍更将这深浓的愁绪具象化为春江之泪，进一步宣泄肝肠寸断的痛苦，俞陛云说"与李后主之'恰似一江春水向东流'、徐师川之'门外重重叠叠山，遮不断、愁来路'，皆言愁之极致"（《唐五代两宋词选释》）。全词语言质朴，于清丽淡雅中，含蕴着凄婉哀伤的情绪。

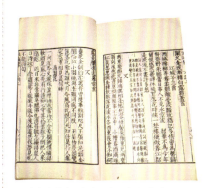

《淮海集》（《江城子》）书影

江神子　题黄州杏花村馆驿壁

［北宋］谢逸

杏花村馆酒旗风，水溶溶，飏残红。野渡舟横，杨柳绿阴浓。望断江南山色远，人不见，草连空。　　夕阳楼外晚烟笼，粉香融，淡眉峰。记得年时，相见画屏中。只有关山今夜月，千里外，素光同。

这是一首羁旅怀人之作。上片由写荒村野渡之景而隐含情思起，到望远山怀人、以芳草融情小结；下片再以夕阳晚烟之景起，忆念年时旧事，到借月光寄情止。全词风格清丽疏隽，写景抒怀自然天成，写得情意荡漾，凄恻感人，似肺腑中流出。结拍三句，尤觉隽妙：关山迢递，春草连天，远望佳人，无由再见，唯有寄希望于共赏皎洁清凉的一轮明月，共通心曲！这一结句恰如美人"临去秋波那一转"，表情含蓄蕴藉、婉转缠绵，使整首词显得神秀韵永、婉秀动人。据《复斋漫录》载："无逸尝于黄州关山杏花村馆驿题《江神子》词，过者必索笔于馆卒，卒颇以为苦，因以泥涂之。"（《苕

杏花村，在湖北麻城歧亭镇北五里处，背依翠屏，良田沃野，山环水抱。村中有杏花古刹，相传建于唐时，清咸丰年间重修。

溪渔隐丛话》后集卷三十三引）可见当年此词之受人爱赏了。

江城子

[南宋] 周紫芝

夕阳低尽柳如烟，淡平川，断肠天。今夜十分，霜月更娟娟。怎得人如天上月，虽暂缺，有时圆。　　断云飞雨又经年，思凄然，泪涓涓。且做如今，要见也无缘。因甚江头来去雁，飞不到，小楼边。

这是一首怀人词。上片移情入景，从夕阳西沉写到秋月东升，触景伤感。下片抒写女子对离人的无限相思之情。词意缠绵，音调低回，将离别相思之情表达得十分曲折委婉。

春社，祭祀土地的日子，以祈求丰收。周代用甲日，汉以后一般用戊日，以立春后第五个戊日为春社。

江城子　癸酉春社

[南宋] 王炎

清波渺渺日晖晖，柳依依，草离离。老大逢春，情绪有谁知。帘箔四垂庭院静，人独处，燕双飞。　　怯寒未敢试春衣，踏青时，懒追随。野蔌山肴，村酿可从宜。不向花边拼一醉，花不语，笑人痴。

这首词抒写词人"老大逢春"百无聊赖的惆怅心绪。上片连用四个叠字句，渲染出一片清幽澹远的春光，暗寓寂寞情怀。下片写人的活动，尤其"懒追随"以后的种种心态，生动而富有情趣。结拍用拟人手法，妙趣横生。全词微婉缠绵，颇具婉转妩媚之美。

卢祖皋字申之，号蒲江，永嘉（今属浙江）人。庆元进士。累官至权直学士院。小词纤雅。为格律派重要作家。有《蒲江词稿》一卷。

江城子

[南宋] 卢祖皋

画楼帘幕卷新晴，掩银屏，晓寒轻。坠粉飘香，日日唤愁生。暗数十年湖上路，能几度，着婷婷。

年华空自感飘零，拥春酲，对谁醒。天阔云闲，无处觅箫声。载酒买花年少事，浑不似，旧心情。

这是词人在临安时写的一首伤春怨别、感叹飘零之作，表面是写满地落花引出的光阴易逝、人世沧桑的感慨，实际是表达忧虑国事日非、宋室处于风雨飘

宋佚名《春社醉归图》，描绘一位老者头上簪花，从祭祀土神、祈求丰收的春社日活动上骑牛醉归，颇具奇逸之趣。美国波士顿艺术博物馆藏

摇之中的幽微心境。结尾点醒，有言已尽而意无穷的韵致，把人带入这不尽惆怅的意境中，况周颐说"与刘龙洲词'欲买桂花同载酒，终不似、少年游'，可称异曲同工"（《蕙风词话》卷二）。全词情感怅惘低回，沉郁深厚，语言清婉。

江城子

[南宋] 李好古

平沙浅草接天长，路茫茫，几兴亡。昨夜波声，洗岸骨如霜。千古英雄成底事，徒感慨，漫悲凉。　　少年有意伏中行，馘名王，扫沙场。击楫中流，曾记泪沾裳。欲上治安双阙远，空怅望，过维扬。

这是一首怀古伤今词。上片寓情于景，通过描述扬州劫后的荒凉，抒发兴亡的感慨。下片写自己也曾以英雄自许，在中流击楫，立下报国誓言，但如今壮志难酬，想为朝廷献策也无由得达。因此，路过扬州，徒生怅惘。这首词情感深沉，不着力渲染扬州劫后的残破，而将重点放在自己保卫家国的责任上，立意独特。

江城子

[南宋] 朱淑真

斜风细雨作春寒，对尊前，忆前欢。曾把梨花，寂寞泪阑干。芳草断烟南浦路，和别泪，看青山。　　昨宵结得梦夤缘，水云间，悄无言。争奈醒来，愁恨又依然。展转衾裯空懊恼，天易见，见伊难。

这是一首相思词。上片写在斜风细雨的春日中，借酒驱寒，然独对孤尊，却勾起当日与情人离聚时种种悲欢的回忆。下片写梦，由梦中的痴迷写到梦醒的痛苦。全词意境哀婉悲凄，抒情较直露。

江城子

[金] 蔡珪

王温季（一作王季温）自北都归，过余三河，坐中赋此。

鹊声迎客到庭除，问谁欤，故人车。千里归来，尘色半征裾。珍重主人留客意，奴白饭，马青刍。　　东城入眼杏千株，雪模糊，俯平湖。与子花间，随分倒金壶。归报东垣诗社友，曾念我，醉狂无。

这首词是一首客中送客之作。上片写远客乍到的惊喜，并用侧笔写主人待客之热忱。下片写与友游乐，游湖赏景对饮之趣。东

中行，中行说，汉文帝的宦官，后投降匈奴，教唆单于侵扰边境，进逼长安。

馘，古代战时割取敌人的左耳，用以计功。此处为杀戮之意。

击楫中流，晋祖逖北伐渡江中流击楫而誓。

李好古字仲敏，下邳（今陕西渭南东北）人。南宋中期人。寓居江南。自署乡贡免解进士。词多呼吁北伐，言情激切，气势磅礴。有《碎锦词》。

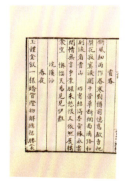

明抄本朱淑真《断肠词》（《宋元名家词七十种》）书影

"奴白饭"二句，言蒸白米饭给仆人吃，用刚铡下的草（青刍）喂客人的马。杜甫《赠窦侍御》诗："为君酤酒满眼酤，与奴白饭马青刍。"

蔡珪（？—1174）字正甫，真定（今河北正定）人。蔡松年子。以文名世，辩博号称天下第一。元好问谓金源文学"断自正甫为正传之宗"（《中州集》卷一）。

宋夏珪《烟岫林居图》。近处山坡丛树、小桥人家，坡下溪水浅滩，一人策杖归庄。远处奇峰突起，云烟变幻。全图笔墨苍润，水墨淋漓，构图洗练，意趣横生。故宫博物院藏

相于，相亲。

九原，墓地。

摩诘，唐诗人、画家王维字。

段成己（1199—1279）字诚之，号菊轩，稷山（今属山西）人。段克己弟。金正大进士。任宜阳主簿。元初召为平阳府儒学提举，坚拒不赴。有《菊轩乐府》。

明仇英《倪瓒像卷》。上海博物馆藏

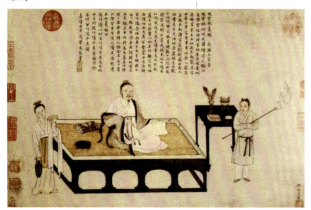

垣是客人此行的目的地，也是作者的故乡，戚友正多，故曰"归报"。"曾念我，醉狂无"，不写我念故人，而用故人忆我否一问作结，笔墨奇幻，情致潇洒。

江城子

[金] 段成己

季春五日有感而作，歌以自适。

阶前流水玉鸣渠，爱吾庐，惬幽居。屋上青山，山鸟喜相于。少日功名空自许，今老矣，欲何如。　闲来活计未全疏，月边渔，雨边锄。花底风来，吹乱读残书。谁唤九原摩诘起，凭画作，倦游图。

这首词上片写幽居的闲适：有阶前流水，屋上青山，禽鸟依人的幽美环境。而于过片处故设一问，翻起波澜，以逗下文。然后下片巧作一答：今日的生计是月下打鱼，雨中耕锄，花间读书。只可惜不能唤起王维为写一生耳。笔调活泼、新奇，具有雅人风致。

江城子

[金] 段成己

东园牡丹盛开，二三子邀余饮花下，酒酣，即席赋之。

水南名品几时栽，映池台，待谁开。应为诗人，着意巧安排。调护正须宫样锦，遮丽日，障飞埃。　晓风吹绽瑞云堆，怨春回，要诗催。醉墨淋漓，随手洒琼瑰。归去不妨簪一朵，人也道，看花来。

这首词以极为清新、洒脱的笔调描写与友人共赏牡丹、把酒赋诗的欢乐情景。词从花与人两面言之，构思巧妙，风致清妍。况周颐说此首与前首"骚雅俊逸，令人想望风采"（《蕙风词话》卷三）。

江城子　感旧

[元] 倪瓒

窗前翠影湿芭蕉，雨潇潇，思无聊。梦入故园，山水碧迢迢。依旧当年行乐地，香径杳，绿苔饶。　沉香火底坐吹箫，忆妖娆，想风

标。同步芙蓉，花畔赤阑桥。渔唱一声惊梦觉，无觅处，不堪招。

这首词以缥缈幻梦中的欢景来衬托清醒现实中的哀情。上片以景入情，以情入梦，形象地构建一个秀美静逸的理想王国。下片继续写梦境中生活的美妙，以幻想中的极度欢乐反衬现实的相思之苦。这种强烈的反差对比引人入胜，扣人心弦。此外，画面的明润，语调的清雅，情致的真率，心中意与眼中情的融合无间，也使这首词别具神韵，耐人品读。

江城子

[元]倪瓒

满城风雨近重阳，湿秋光，暗横塘。萧瑟汀蒲，岸柳送凄凉。亲旧登高前日梦，松菊径，也应荒。　　堪将何物比愁长，绿泱泱，绕秋江。流到天涯，盘屈九回肠。烟外青萍飞白鸟，归路阻，思微茫。

这首词作于重阳佳节，表达了词人对故乡亲人的深切思念和独处异乡的悲愁之情。上片写风雨中重阳节的气象，展现出一幅凄惨冷清的画面。下片抒情，重点表现词人的浓郁乡愁。全词清逸淡雅，语言质朴。

江城子　送石溪仁者

[明]方以智

麻鞋认得一峰孤，杖头呼，耳呜呜。滚出乱云堆里药葫芦。甘露海中终一滴，人醉了，有天扶。　　君山划却好平铺，是冰壶，小浮图。一个琉璃，天地看来无。纵有探竿千百丈，量不得，洞庭湖。

这首送行词笔墨沉酣苍劲，境界雄浑壮阔。

江城子　病起春尽

[明]陈子龙

一帘病枕五更钟，晓云空，卷残红。无情春色，去矣几时逢。添我几行清泪也，留不住，苦匆匆。　　楚宫吴苑草茸茸，恋芳丛，绕游蜂。料得来年，相见画屏中。人自伤心花自笑，凭燕子，舞东风。

这首词为顺治四年（1647）陈子龙与云间词人酬唱时所作。上片言病中误了春光，下片言来年春光依旧，人却会因光阴逝去

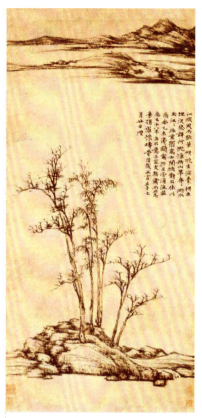

倪瓒《渔庄秋霁图》，作于友人王云浦渔庄，写江南渔村秋雨初霁之景象。构图简括、空灵至极，意境荒寒旷远。上海博物馆藏

倪瓒（1301—1374）字元镇，号云林子，江苏无锡人。诗文、书法俱精，尤擅画水墨山水、竹石，与黄公望、吴镇、王蒙合称元四家。其词风致淡雅。有《清闷阁集》。

方以智（1611—1671）字密之，号鹿起，安徽桐城人。明崇祯十三年（1640）进士，官检讨。为江南四公子之一。入清为报恩寺僧。有《物理小识》《浮山词》。

清罗聘《杂画册》，题诗曰：
"高楼临陌上，烟花思杀人。一尺盘
龙镜，中容万里春。"

毛先舒（1620—1688）字稚
黄，仁和（今浙江杭州）人。明
末诸生。入清不仕。其诗音节浏
亮。词作措词巧妙、思致新奇。
因为有"不信我真如影瘦""书
来墨淡知伊瘦""鹤背山腰同一
瘦"之妙语，时人戏称他为"毛
三瘦"（见谢章铤《赌棋山庄词话》
卷八）。

而暗暗伤感。当是借惜春之句，深寓惜时、忧国的情怀。词写得
绮丽婉转，绵邈凄恻。

江城子

[清] 毛先舒

暮江烟处是高楼，卷帘钩，望吴洲。远水遥峰，相对两悠悠。
沧海月明都换泪，还道是，不曾愁。

这首清婉隽永的小令纯于景中传情，表现女主人公的思愁。

江城子　咏史

[清] 纳兰性德

湿云全压数峰低，影凄迷，望中疑。非雾非烟，神女欲来时。
若问生涯原是梦，除梦里，没人知。

这是一首别出心裁、韵味无穷的咏史词。湿重的云，隐约的
峰，凄迷的影，美丽多情的神女，永志难忘的梦境，一切都是那么
要眇，那么迷离，那么虚幻。词中撇开具体历史事件的阐述，只是
凭借着对神话的演绎，从心灵的体验发抒对历史的独特感悟，其中
不无对世间一切美好事物如梦幻般虚幻易逝生发的慨叹。

词林逸事

苏轼于熙宁五年（1072）至七年在杭州通判任上，在一个雨后
初晴、明霞满天的傍晚，与老词人张先泛舟西湖，只听那悠扬婉转
的乐曲由平静的湖面随风飘来，恰似湘水女神倾诉着自己的哀伤。
一曲终了，弹筝女子已飘然远逝，"曲终人不见，江上数峰青"，
独留下入神的词人和那静立的群峰，犹在回味无穷。于是，词人以
其神来之笔，把那天籁般的音乐、那一曼妙而永恒的瞬间，用美丽
的文字留在了后世读者的心弦上、想象中：

凤凰山下雨初晴，水风清，晚霞明。一朵芙蕖，开过尚盈盈。
何处飞来双白鹭，如有意，慕娉婷。　　忽闻江上弄哀筝，苦含
情，遣谁听。烟敛云收，依约是湘灵。欲待曲终寻问取，人不见，
数峰青。——《江城子·湖上与张先同赋，时闻弹筝》

这首词摹写湖上佳人，一显一隐，意境朦胧，邀人入幻，又牵人返真，让读者的思绪在浪漫与真实之间徜徉。有关这首词，另有一则有趣的传说：

> 东坡在杭州，一日游西湖，坐孤山竹阁前临湖亭上，时二客皆有服，预焉。久之，湖心有一彩舟，渐近亭前，靓妆数人，中有一人尤丽，方鼓筝，年且三十余，风韵娴雅，绰有态度。二客竞目送之，曲未终，翩然而逝。公戏作长短句云。——宋张邦基《墨庄漫录》卷二

这个故事，将东坡词中"弄哀筝"之事详加演绎，一个年已三十多岁、"风韵娴雅、绰有态度"的佳丽，出来一展其才艺，旋即翩然不见了。值得注意的是，故事在苏轼和张先二人之外，又引入两个丧服在身的客人。

另外一个传说更加有声有色：

> 东坡倅钱塘日，忽刘贡父相访，因拉与同游西湖。时二刘方在服制中。至湖心，有小舟翩然至前，一妇人甚佳，见东坡，自叙："少年景慕高名，以在室无由得见。今已嫁为民妻，闻公游湖，不避罪而来。善弹筝，愿献一曲，辄求一小词，以为终身之荣，可乎？"东坡不能却，援笔而成，与之。——宋袁文《甕牖闲评》卷五

这则词话更将"二客皆有服"之事坐实，将常与苏轼笑谑的好友刘敞、刘攽兄弟拉了进来。其实刘敞早在五年前，也就是熙宁元年（1068）四月八日就已病逝，当时苏轼还为刘敞写了一篇祭文。

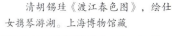

清胡锡珪《渡江春色图》，绘仕女携琴游湖。上海博物馆藏

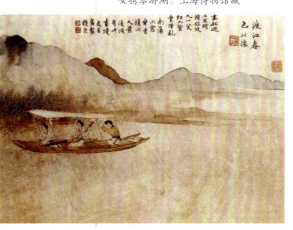

 ## 倚声依谱

《江城子》又名《江神子》《春意远》，是一支历来为词人所喜爱的流行曲。当为中、晚唐新创的词曲。分单调、双调，各有数体。单调

三十五字，七句五平韵。结有增一字，变三言两句作七言一句者。宋人以后多依原曲重增一片。通篇押平韵，句式活泼，音韵响亮，气势流动而略有曲折，宜于表达奔放热烈之情。题材以抒怀、咏物、记景、怀古为多。

【定格】

中平中仄仄平平，

仄平平，仄平平。

中平中仄，中仄仄平平。

中仄中平平仄仄，平仄仄，仄平平。

【双调】

中平中仄仄平平，

仄平平，仄平平。

中仄平平，中仄仄平平。

中仄中平平仄仄，平仄仄，仄平平。

中平中仄仄平平，

仄平平，仄平平。

中仄平平，中仄仄平平。

中仄中平平仄仄，平仄仄，仄平平。

【注】第一句可作"仄仄平平仄仄平"。第四句前四字亦可作"仄仄平平"。

《词谱》（《江城子》）

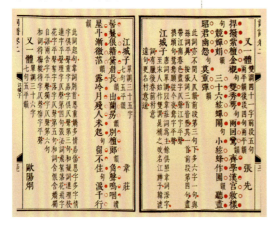

浣溪沙

片帆烟际闪孤光

徐小敏书《浣溪沙》

华音流韵

浣溪沙

[五代·荆南] 孙光宪

蓼岸风多橘柚香①。江边一望楚天长。片帆烟际闪孤光。

目送征鸿飞杳杳，思随流水去茫茫。兰红波碧忆潇湘②。

临风赏读

这首送别怀远词应作于词人在荆南任职之时。整首词以写景为主，缘景生情，充满诗情画意。

上片写临别地之景。起句写寒秋时节，江岸边蓼花盛开，星星点点的淡红花瓣，迎风摇曳，煞是可人。江风阵阵，送来缕缕橘柚的芳香，沁人心脾。可面对如此醉人的景色，友人却要离别而去。第二、三句接写词人伫立江边目送客船远去，先是纵目四望，楚天空阔无际，高远清廓；继而凝神细望，烟波浩淼之间，片帆一点，于粼粼碧波上闪着孤独的光芒，渐行渐远。天地间景色一片凄清。陈廷焯说："'闪孤光'三字警绝，无一字不秀炼，绝唱也。"（《云韶集辑评》卷一）

清马荃《红蓼野菊图》。南京博物院藏

　　过片一二句承上片二三句而来。友人走了，片帆也消失了，但词人仍旧默默呆立在寂寥的江岸边，他还在远望着长天那远飞的大雁，看着江中那茫茫的流水，心中无限的思念随着大雁，随着流水，伴着友人远去，远去……这两句意象空濛，含思深永，情传弦外，尤其令人神远，确是风流千古的名句。结句则是深情的期盼：远去的人啊，明年红兰盛开江水碧波如染时，您当思念这美丽的地方而再来相聚！这一句以景语收绾，遥与首句呼应，写出了潇湘绚丽美景，笔触又饱含浓情，有余不尽。

　　全词构思新颖，写景清丽，抒情婉转，用一"望"字领起，将红蓼橘柚的特定镜头拉向江天无际、水远舟行的全景与远景，而依依惜别之情弥漫于征鸿杳杳、流水茫茫中，景与情妙合无垠，浑然一体，堪称花间杰构。

宋夏森（传）《烟江帆影图》，用层次分明的水墨营造出孤帆远去、云雾朦胧的景象。美国克里夫兰艺术博物馆藏

🌀 古今汇评

陈廷焯：　"片帆烟际闪孤光"七字，压遍古今词人。又："闪孤光"三字警绝，无一字不秀炼，绝唱也。
　　　　　（《云韶集辑评》卷一）

王国维：　昔黄玉林赏其"一庭花（疏）雨湿春愁"为古今佳句。余以为不若"片帆烟际闪孤光"尤有境界也。（《人间词话》附录一）

吴　梅：　至闲婉之处，亦复尽多，如《浣溪沙》云："目送征鸿飞杳杳，思随流水去茫茫。兰红波碧忆潇

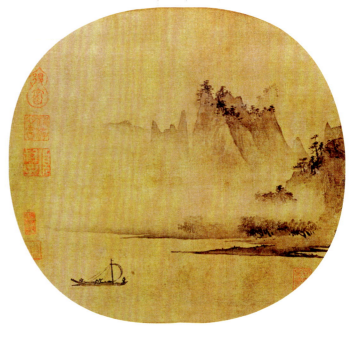

清石涛《唐人诗意图册》之李白《黄鹤楼送孟浩然之广陵》。故宫博物院藏

孙光宪《北梦琐言》记录不少唐代政坛、文坛和民间的掌故，具有很高的史料价值。

《北梦琐言》书影

湘。"……此等俊逸语，亦孟文（光宪）所独有。（《词学通论》）

李冰若： "片帆"句妙矣。"兰红波碧"四字，惟潇湘足以当之。他处移用不得，可谓善于设色。（《栩庄漫记》）

詹安泰： 正因为是孤光，才显出是片帆；正因为在烟际，才看到它闪耀。所表现的事物越微细，所集中的眼力越突出；所伸展的境界越广阔，所引逗的情思越深长。是凝望，是痴望，是怅望，种种神态，都从这里透露出来。（《宋词散论·孙光宪词的艺术特色》）

参读

故人西辞黄鹤楼，烟花三月下扬州。孤帆远影碧空尽，唯见长江天际流。——唐李白《黄鹤楼送孟浩然之广陵》。诗人巧妙地将依依惜别的深情寄托在碧空与江水之间，使情与景浑然交融，言虽尽而意未尽，洵为送别诗中的神品。

词人心史

孙光宪（约895—968）字孟文，自号葆光子，陵州贵平（今四川仁寿）向家乡贵坪村人。早年游历成都，与时在前蜀朝廷任职的牛希济、毛文锡等有过交往。后唐时为陵州判官，颇有声誉。后唐天成初（约926年前后），避乱江陵。武信王高季兴割据荆南，招致四方之士，用梁震荐，入掌书记。事南平三世，皆处幕中，累官荆南节度副使、检校秘书少监。曾劝高继冲献三州之地。宋太祖授以黄州刺史，将用为学士，未及召见，便卒于黄州。

孙光宪好博物稽古，嗜经籍，藏书数千卷，有时亲自抄写，孜孜校雠，老而不废。他著有《荆台集》《北梦琐言》《蚕书》等。

他是继温庭筠、韦庄之后的一大词家，其词既有花间派的华丽香艳，又较其他花间派词题材广阔和充实，除写艳情外，也有对边塞生活、历史事件、水乡风光的描写。词风质朴自然而又疏旷飘逸，气骨遒劲，自饶大气，呈现出一种花间别调。

品题

孙孟文词，气骨甚遒，措语亦多警炼。然不及温、韦处亦在此，坐少闲婉之致。（陈廷焯《白雨斋词话》卷一）

余谓孟文之沉郁处，可与李后主并美。（吴梅《词学通论》）

葆光子词婉约精丽处，神似韦庄。（李冰若《栩庄漫记》）

孙词有一种特色，飘忽奇警，矫健爽朗，是温、韦所不能范围的。……这种艺术风格，正可和温、韦鼎足而三。（詹安泰《詹安泰词学论稿》）

低吟／浩唱

浣溪沙

［唐］张曙

枕障薰炉隔绣帷，二年终日苦相思。杏花明月始应知。　天上人间何处去，旧欢新梦觉来时。黄昏微雨画帘垂。

　　这是词人拟叔父张祎声口写的一首悼亡词。虽是戏作，却真切地抒写出了人去楼空的寂寞怅惘和人天永隔的相思苦恨。结拍以景写情，恳切沉痛，沈际飞说："到末句自然掉下泪来。"（《草堂诗馀别集》卷一）全词情思缠绵，真挚感人。

浣溪沙

［唐］佚名（敦煌曲子词）

五两竿头风欲平，长风举棹觉船轻。柔橹不施停却棹，是船行。满眼风波多闪灼，看山恰似走来迎。子细看山山不动，是船行。

　　这首词以轻快的笔调，描画出扬帆出航、乘风行船的愉悦之情。看山三句用化静为动的手法，写船中人所见江上风景，新颖别致，尤饶韵味。

浣溪沙

［唐］韦庄

惆怅梦余山月斜，孤灯照壁背窗纱。小楼高阁谢娘家。　暗想玉容何所似，一枝春雪冻梅花。满身香雾簇朝霞。

　　这首词写一青年对所钟情心仪的女子的怀念。上片写眼前所

唐元稹闻白居易贬江州司马，寄白绝句："残灯无焰影幢幢，此夕闻君谪九江。垂死病中惊坐起，暗风吹雨入寒窗。"元稹这句"暗风吹雨"和张曙的"黄昏微雨"，都是传神之笔，有异曲同工之妙。

梦破画帘垂（宋祖可《菩萨蛮》句）　清陈声大

张曙小字阿灰，四川成都人。侍郎张祎之从子。唐昭宗龙纪元年（889）进士，官至右补阙。文章秀丽，工诗善词，才名籍甚。颇为乡里所重。

五两，占风具。古人用鸡毛五两系在竿顶，以测风力风向。但凡开船，必先看五两（风向标）。

子细，仔细，细致。子，即"仔"。

赊，长，远。

内家妆，皇宫内的妆束，即宫女们的妆扮模样。

清余集《梳妆图》，绘女子对镜梳妆，右上题清女词人陈嘉《菩萨蛮》词："潇湘跛地春愁重，流莺啼破红闺梦。睡起悄凭栏，罗襦帖晓寒。　卖花声渐近，催把云鬟整。对镜画双蛾，远山眉样多。"

见，下片驰骋想象，从暗想中幻化出佳人的天生丽质和服饰的艳美。出神入化，寄兴在若有若无之间，读者可由此探求韵外之致、味外之旨。沈际飞曰："'一枝'句冷艳绝伦。"（《草堂诗馀正集》卷一）

浣溪沙

［唐］韦庄

夜夜相思更漏残，伤心明月凭阑干。想君思我锦衾寒。　咫尺画堂深似海，忆来惟把旧书看。几时携手入长安。

这是一首伤离怀人之作。上片推己及人，倾诉彼此相思之苦；下片点明缘由，写无奈之深情，茫然难期之希望。汤显祖评："'想君''忆来'二句，皆意中意，言外言也。水中着盐，甘苦自知。"（汤显祖评本《花间集》卷一）全词语淡情深，缠绵凄恻，幽怨感人。

浣溪沙

［五代·后蜀］顾敻

春色迷人恨正赊，可堪荡子不还家。细风轻露着梨花。　帘外有情双燕飏，槛前无力绿杨斜。小屏狂梦极天涯。

这首词写闺妇春思而成梦。结句峭拔而振起全篇，绝妙。

浣溪沙

［五代·前蜀］李珣

晚出闲庭看海棠，风流学得内家妆。小钗横戴一枝芳。　镂玉梳斜云鬓腻，缕金衣透雪肌香。暗思何事立残阳。

这首词前五句刻画春闺思妇妆扮入时、楚楚动人的风仪，结句呼应起调，不尽之意，见于言外，如李冰若所云："前五句实写，而结句一笔提醒，遂觉全词俱化空灵，实者亦虚矣。此之谓笔妙。"（《栩庄漫记》）全词笔触清丽，词浅意深，耐人涵咏。

摊破浣溪沙

［五代·南唐］李璟

手卷真珠上玉钩，依前春恨锁重楼。风里落花谁是主，思悠悠。　青鸟不传云外信，丁香空结雨中愁。回首绿波三楚暮，接天流。

这首词借抒写男女之间无边的愁恨托出词人郁闷难遣、万般无奈的怅恨和伤感。上片写重楼春恨，落花无主。下片进一层写愁肠百结，固不可解。全词情景融为一体，气象雄伟，意境阔远空灵，词风清雅深婉。唐圭璋谓此词"通首一气蝉联，刀挥不断，而清空舒卷，跌宕昭彰，洵可称词中神品"（《唐宋词简释》）。

五代周文矩《重屏会棋图》，绘二人对弈，二人侧坐旁观，一童子侍立于右。四人身后立一屏风，屏风上绘人物故事取白居易《偶眠》诗意。屏中之屏则绘山水。一般认为，此图描绘的是南唐中主李璟与其弟景遂、景达、景逷会棋的情景。居中观棋者为中主。画幅绢色，傅色古雅，人物情态刻画细致，神采如生。故宫博物院藏

浣溪沙

[五代·前蜀] 张泌

独立寒阶望月华，露浓香泛小庭花。绣屏愁背一灯斜。 云雨自从分散后，人间无路到仙家。但凭魂梦访天涯。

这首春夜怀人的小词，抒写词人对心上人的深切怀念与刻骨相思，含蓄蕴藉，情味深长而又真挚感人。

李璟（916—961）字伯玉，南唐中主，徐州（今江苏徐州）人。南唐烈祖李昪长子，保大元年（943）于金陵继位称帝，在位十九年。周世宗南征，璟割地奉表称臣，去帝号、改国主，迁都南昌，周亡，又向宋进贡。好读书，多才艺。他的词绮丽而深婉，辞语雅洁，感慨深沉。

浣溪沙

[五代·前蜀] 张泌

晚逐香车入凤城，东风斜揭绣帘轻。慢回娇眼笑盈盈。 消息未通何计是，便须佯醉且随行。依稀闻道太狂生。

这首词俨然是一幕发生在春天傍晚的小喜剧。一轻狂少年从郊外一路追随一辆美人坐的香车直至入城。东风吹来，轻轻地，斜斜地掀起了绣帘一角，车中一迷人小女子娇眼横波，对身后的少年，盈盈一笑。四目相遇，少年如被摄去了魂魄。为了与她互通消息，他灵机一动，佯装喝醉，继续尾随车后，不料却换来少女似嗔非嗔

太狂生，太轻狂的意思。生，系词尾，无意义。

的一啐："太狂生！"这幕喜剧即戛然而止，留下袅袅余韵。这首小词写得跳跳荡荡，有声有色，妙趣横生。

浣溪沙

[五代] 薛昭蕴

倾国倾城恨有余，几多红泪泣姑苏。倚风凝睇雪肌肤。　　吴主山河空落日，越王宫殿半平芜。藕花菱蔓满重湖。

这是一首凭吊古迹之作。上片写昔日荣华欢乐，下片写眼前的冷落衰败，在今昔对照中，将世异时移委婉写出，隐含吊古伤今之情，无限苍凉感喟。

薛昭蕴，生卒字里不详，或谓河东人，前蜀时官至侍郎。其词清超拔俗。王国维辑有《薛侍郎词》。

浣溪沙

[北宋] 晏殊

一向年光有限身，等闲离别易销魂。酒筵歌席莫辞频。　　满目山河空念远，落花风雨更伤春。不如怜取眼前人。

这首词抒写离别之情和怀人之苦，或系酒筵歌席即兴之作。全词构成一个统一的意境，于淡淡的忧伤之中，渗透着一种旷达，又不失温婉气象；于无可奈何之中又有一种圆融的观照，使整首词理致深蕴沉着，意味隽永。

一向，即一晌，一会儿。

元稹《会真记》："还将旧来意，怜取眼前人。"

浣溪沙

[北宋] 欧阳修

堤上游人逐画船，拍堤春水四垂天。绿杨楼外出秋千。　　白发戴花君莫笑，六幺催拍盏频传。人生何处似樽前。

这首词以清丽质朴的语言，描写春日载舟颍州西湖的欢快情景。词的上片描摹明媚秀丽的春景和众多游人的欢娱，下片写在画舫中宴饮的情况，词人旷放不羁、乐而忘形的狂态跃然纸上。末句笔锋陡转入凄怆沉郁，含蓄不尽，耐人品味。

"出"字极妙。晁无咎说："只一'出'字，自是后人道不到处。"（吴曾《能改斋漫录》卷十六引）

六幺，即"绿腰"，曲调名。拍，歌的节拍。

浣溪沙

[北宋] 晏几道

日日双眉斗画长，行云飞絮共轻狂。不将心嫁冶游郎。　　溅酒滴残歌扇字，弄花熏得舞衣香。一春弹泪说凄凉。

这首词通过歌妓妆扮、举止情态的真实描写，道出了她们内心的悲凉与酸楚，表达了词人对她们的同情与怜惜。词人作为宰辅暮子因家道中落而落拓半生，此词虽以歌妓的口吻写出，但也融入了自己的身世之感。全词以精美之词传达沉郁悲凉之情，貌似轻柔，而笔力沉重，在小晏词中别具一格。

浣溪沙

[北宋] 苏轼

游蕲水清泉寺，寺临兰溪，溪水西流。

山下兰芽短浸溪，松间沙路净无泥。萧萧暮雨子规啼。　　谁道人生无再少，门前流水尚能西。休将白发唱黄鸡。

神宗元丰五年（1082）的暮春三月，贬居黄州的词人游蕲水清泉寺，因作此词。词的上片以淡疏的笔墨写清泉寺清静幽雅的风光与环境，下片即景取喻，摅写人生哲思，表现词人执着自强、超旷达观的人生态度。陈廷焯说此词下阕"愈悲郁，愈豪放，愈忠厚，令我神往"（《白雨斋词话》卷六）。

浣溪沙

[北宋] 苏轼

簌簌衣巾落枣花，村南村北响缫车。牛衣古柳卖黄瓜。　　酒困路长惟欲睡，日高人渴漫思茶。敲门试问野人家。

神宗元丰元年（1078），徐州春旱，后得雨。知州苏轼赴徐门石潭谢雨，途中作《浣溪沙》五首，此为第四首。上片写枣花、缫车、卖瓜人，勾勒出一幅逼真的散发着浓郁田家生活气息的初夏村居图。下片记事，转写村外旅行中的感受和活动，表现了词人与村野农民间的亲密与融洽。全篇清新朴实，明白如话，生动真切，饶有风趣。

浣溪沙

[北宋] 秦观

漠漠轻寒上小楼，晓阴无赖似穷秋。淡烟流水画屏幽。　　自在飞花轻似梦，无边丝雨细如愁。宝帘闲挂小银钩。

这首词以纤细的笔触，轻浅的色调，十分熨贴地描绘出一幅烟雨轻寒的晚春拂晓景象，而枯坐小楼的主人公内心轻淡的哀怨之

宋佚名《丝纶图》，反映农家纺织时的情景，充满浓郁的生活气息。故宫博物院藏

漠漠，弥漫、轻淡。

无赖，令人讨厌、无可奈何之憎语。

情，虚极无聊之感，俱似轻烟般从景物中缕缕散出，极为耐人寻味。飞花似梦，丝雨如愁，确是妙譬奇语。全词意境幽渺空灵，恬淡婉静。

浣溪沙

［北宋］毛滂

小雨初收蝶作团，和风轻拂燕泥干。秋千院落落花寒。　莫对清尊追往事，更催新火续余欢。一春心绪倚阑干。

这首词写春愁漠漠，往事依依。"秋千院落落花寒"句倩巧绝俗。

减字浣溪沙

［北宋］贺铸

楼角初销一缕霞，淡黄杨柳暗栖鸦。玉人和月摘梅花。　笑捻粉香归洞户，更垂帘幕护窗纱。东风寒似夜来些。

这首词宛如一幅清幽澹雅的美人月下摘梅图。在空灵、细腻的景物描写中，寄托了词人对独处深闺的玉人艳美怜爱的情怀。全篇句句绮丽，字字清新，写景、咏物造微入妙，超尘绝俗，似非食人间烟火语。

减字浣溪沙

［北宋］贺铸

秋水斜阳演漾金，远山隐隐隔平林。几家村落几声砧。　记得西楼凝醉眼，昔年风物似如今。只无人与共登临。

这首词当为词人晚年吴下悼亡之作。上片写登临所见，下片回忆往昔的欢会，流露出词人物是人非、恍若隔世的怅惘心绪。末句巧妙点醒，令人于言外得之，倍觉其百感苍茫，含蕴深厚。陈廷焯评此首说："（上阕眉批）只七字，胜人数百句。（下阕眉批）纯用虚字琢句，奇绝横绝，总由笔力振得住。"（《云韶集辑评》卷三）又说："（下阕）只用数虚字盘旋唱叹，而情事毕现，神乎技矣。"（《白雨斋词话》卷一）

减字浣溪沙

［北宋］贺铸

闲把琵琶旧谱寻，四弦声怨却沉吟。燕飞人静画堂深。　歌

清费丹旭《探梅仕女图》，绘一俊俏的女子立于溪石上，左手抱着梅干，右手举起正欲攀花，姿态自然生动。旅顺博物馆藏

枕有时成雨梦，隔帘无处说春心。一从灯夜到如今。

这首词写闺情。词中前五句一句一意境，表达出极缠绵悱恻的情感。末句一笔叫醒，见前述之魂牵梦萦由来久矣，使全篇实处皆虚，陡入胜境。陈廷焯评此词结句云："妙处全在结句，开后人无数章法。"（《白雨斋词话》卷八）

浣溪沙

[北宋] 周邦彦

楼上晴天碧四垂，楼前芳草接天涯。劝君莫上最高梯。　　新笋已成堂下竹，落花都上燕巢泥。忍听林表杜鹃啼。

这首怀乡词缘景入情，把游子的乡愁客思表现得荡气回肠，深婉动人。上片写远景，极尽空间寥廓之感；下片写近景，发抒时光流逝之慨，结句点出一片归心。俞平伯说"此词一气呵成，空灵完整，对句极自然，《浣溪沙》之正格也"（《清真词释》）。

浣溪沙

[北宋] 慕容岩卿妻

满目江山忆旧游，汀洲花草弄春柔。长亭叙住木兰舟。　　好梦易随流水去，芳心犹逐晓云愁。行人莫上望京楼。

这是一首忆旧感怀之作。词之上片由眼前的景物勾起主人公对往事的回忆，以明媚的春光作衬托，表达其缠绵悱恻的离愁别恨；下片抒写词人心中的哀怨和愁苦，声极凄婉，情极恳挚。

浣溪沙

[南宋] 李清照

淡荡春光寒食天，玉炉沈水袅残烟。梦回山枕隐花钿。　　海燕未来人斗草，江梅已过柳生绵。黄昏疏雨湿秋千。

这首词为词人早年所作，词中以十分优雅、含蓄的笔触，描述熏香、花钿、斗草、秋千等十分典型的外物形象和意境，从中映照出春日少女细腻而幽深的心态，有"无我之境"的妙趣。结句委婉含蓄，意在言外，与欧阳修《蝶恋花》词的"乱红飞过秋千去"有异曲同工之妙。

清陈廷焯《白雨斋词话》手稿

慕容岩卿，姑苏（今江苏苏州）士人。其妻此词见《竹坡老人诗话》。

斗草，用花草赌赛胜负的一种游戏。

宋李氏《潇湘卧游图》（局部），描绘出潇湘两岸山峦延绵起伏、烟水辽阔的景色。整幅长卷淡墨皴染一气呵成，不施勾勒，不露笔痕，营造出一种空漠、邈远的氛围，令人有神游天外之感。日本东京国立博物馆藏

浣溪沙

［南宋］李清照

绣面芙蓉一笑开，斜飞宝鸭衬香腮。眼波才动被人猜。　　一面风情深有韵，半笺娇恨寄幽怀。月移花影约重来。

这首婉约灵动的言情小令，生动地勾勒出一个可爱的秀外慧中的少女形象，她美丽动人的外貌，展现出她天真大胆的性格，以及蕴藏在心底的细腻幽深的感情。"眼波才动被人猜"一句捕捉到少女内心的喜悦与怕人发现自己秘密的悸栗，描写逼真，可谓神来之笔。全篇语言活泼自然，格调欢快俊朗。

浣溪沙

［南宋］张元幹

山绕平湖波撼城，湖光倒影浸山青。水晶楼下欲三更。　　雾柳暗时云度月，露荷翻处水流萤。萧萧散发到天明。

这首词为词人晚年漫游吴越时所作。词中写飞云度月，湖光倒影，青山、岸柳和露荷，景物的光、色、态毕现，巧妙地结合成一幅和谐统一、清旷静谧的画面，而词人自身也融入其中，领略着自然风光带给他的那份闲适与超脱。"雾柳"一联，尤为俊美传神。

浣溪沙　和无咎韵

［南宋］陆游

漫向寒炉醉玉瓶，唤君同赏小窗明。夕阳吹角最关情。　　忙

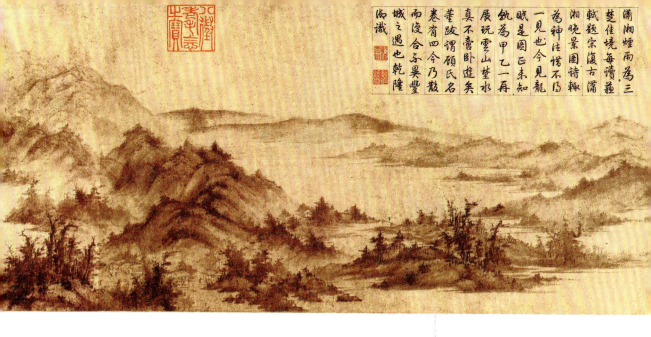

日苦多闲日少，新愁常续旧愁生。客中无伴怕君行。

　　这首作于词人通判镇江任上。其时韩元吉（字无咎）从江西来探母，词人与其盘桓两月。此词即抒写两人友情的深挚。俞陛云说："结句乃客中送客，人人意中所难堪者，作者独能道出之。"（《唐五代两宋词选释》）

浣溪沙　洞庭

　　　　　　　　　　　　　　　　　　［南宋］张孝祥

　　行尽潇湘到洞庭，楚天阔处数峰青。旗梢不动晚波平。　　红蓼一湾纹缬乱，白鱼双尾玉刀明。夜凉船影浸疏星。

　　这首词是词人在孝宗乾道四年（1168），由知潭州（今湖南长沙）调知荆南（今湖北江陵）兼荆湖北路安抚使时，由湘江入洞庭湖所作。词中以清丽细致的笔触，精美流畅的语言，描绘了洞庭湖幽美静谧的夜景。末句以景语收结，尤耐人寻味。

浣溪沙　江村道中

　　　　　　　　　　　　　　　　　　［南宋］范成大

　　十里西畴熟稻香，槿花篱落竹丝长。垂垂山果挂青黄。　　浓雾知秋晨气润，薄云遮日午阴凉。不须飞盖护戎装。

　　这首词描绘了田园收获之季——秋季的绚丽画面，而词人对农家丰收在望的喜悦之情和回归到质朴的田园生活中的热望也溢于言表。

　　旗梢，即旗旆，船头所插旌旗。

　　红蓼，又名狗尾巴花、东方蓼、荭草、水蓼、水红花。南宋朱弁《曲洧旧闻》卷四云："红蓼，即《诗》所谓游龙也。俗呼水红。江东人别泽蓼，呼之为火蓼。"常生长在水边或水中，艳而不娇，朴实无华。花穗深深浅浅，颇富野趣，枝叶高大，疏散洒脱，一片粉红，十分动人。

范成大题北宋佚名《北齐校书图》手迹

宋牧溪（传）《远浦归帆图》，
暴雨狂风卷袭，树木飘摇欲倒。暮色
苍茫之中，江面依稀可见两片云帆，
缥缥缈缈，恍似从天际而来。整个画
面呈现一种若真若幻的空濛境界。日
本京都国立博物馆藏

女须同女嬃，指姐姐。
四弦，指琵琶。

恶，猛，厉害；禁持，摆布。
均为宋人口语。

浣溪沙

［南宋］姜夔

予女须家沔之山阳，左白湖，右云梦，春水方生，浸数千里，
冬寒沙露，衰草入云。丙午之秋，予与安甥或荡舟采菱，或举火置
兔，或观鱼篾下；山行野吟，自适其适；凭虚怅望，因赋是阕。

著酒行行满袂风，草枯霜鹘落晴空。销魂都在夕阳中。　　恨
入四弦人欲老，梦寻千驿意难通。当时何似莫匆匆。

至情至性的词人年轻时结识一合肥女子，两人妙擅音乐，情
笃意挚，但聚少离多，中年之时无奈分离，至死未能相见，以致留
给词人无尽之悲，为此他写下了怀念这一情侣的系列词。此首为序
曲，作于淳熙十三年（1186）三十二岁时。词以峭劲之笔，写两人
的缱绻深情、重逢难期的长恨与刻骨镂心的相思。结句追悔之言，
其情黯然，令读者情难以堪。全词缠绵哀婉，寄意深微。

浣溪沙

［南宋］姜夔

丙辰岁不尽五日，吴松作。

雁怯重云不肯啼，画船愁过石塘西。打头风浪恶禁持。　　春
浦渐生迎棹绿，小梅应长亚门枝。一年灯火要人归。

宁宗庆元二年（1196）词人浪游武康、无锡各地，至除夕前五
日，从无锡乘船归杭州，途中舟过吴松，遂作此词。词的上片以雁
怯重云、画船载愁、浪打船头等惨淡景象见出情绪的压抑，下片则以
春浦渐绿、小梅长枝、灯火催归等淡语写急于归家团聚的心情。

浣溪沙

[南宋] 吴文英

门隔花深梦旧游，夕阳无语燕归愁。玉纤香动小帘钩。　　落絮无声春堕泪，行云有影月含羞。东风临夜冷于秋。

这是一首感梦怀人词。上片写所梦旧游之地、燕归之态，情人深情之纤指，温馨迷离，亦真亦幻；下片折回现境，抒伤春念远的凄苦情怀，缠绵往复，凄然神伤。结句含情言外，"尤凄韵悠然"（俞陛云《唐五代两宋词选释》）。全篇意境奇幻幽邃，空灵缥缈，具有一种朦胧神秘之美。

参读

别梦依依到谢家，小廊回合曲阑斜。多情只有春庭月，犹为离人照落花。——唐张泌《寄人》之一，运用月波清梦的感性形象烘托暗示怀人念远的心韵情思，以不说出的方式达到了说不出来的缥缈空灵，婉曲缠绵。

浣溪沙　感别

[南宋] 刘辰翁

点点疏林欲雪天，竹篱斜闭自清妍。为伊憔悴得人怜。　　欲与那人携素手，粉香和泪落君前。相逢恨恨总无言。

这首词词题"感别"，词中即围绕这二字展开，上片抒"感"，下片抒"别"，以淡雅简练的笔调，写出了情人细腻委婉的离别心绪。意境清婉素淡，情致宛然。

浣溪沙　梦中作

[金] 王磵

林樾人家急暮砧，夕阳人影入江深。倚阑疏快北风襟。　　雨自北山明处黑，云随白鸟去边阴。几多秋思乱乡心。

这首词以白描的手法写梦中的思乡情怀，明白如画，于平淡中见真情，深挚细腻，读来亲切感人。

玉纤，女子之手。

王磵（？—1203）字逸宾，先世临洺（今河北永年）人。博学能文，不就科举。

清李鱓《故园图》，绘山峦叠嶂，杂树浓荫，山麓下，屋舍人家掩映深处。用笔自如，粗中见细，形神俱足。天津艺术博物馆藏

李献能（1192—1232）字钦叔，河中（今山西永济）人。金贞祐三年（1215）状元。元兵破河中，奔陕州行省，权左右司郎中，值兵变遇害。其诗风雅高华。

薲腾，睡梦迷糊朦胧。

夏言（1482—1548）字公谨，江西贵溪人。正德进士，世宗朝参预机务，居首辅。为严嵩所嫉，诬陷而死。以词曲擅名。有《桂州集》。

叶小鸾（1616—1632）字琼章，吴江（今江苏吴江）人。工诗词，多佳句，能模山水，写落花，皆有韵致。十七岁许昆山张立平为妻，未嫁而卒。有《疏香阁词》。

陈继儒（1558—1639）字仲醇，号眉公，华亭（今上海松江）人。绝意仕途，隐居昆山，专心著述。工诗善文，短翰小词，极有风致。又善书画。有《眉公全集》。

浣溪沙　河中怀胜楼感怀

［金］李献能

垂柳阴阴水拍堤，欲穷远目望还迷。平芜尽处暮天低。　　万里中原犹北顾，十年长路却西归。倚楼怀抱有谁知。

在蒙古强敌压境的严重时刻，词人回到了久别的故乡，登楼远望，一片迷濛，百感纷来，一怀心绪，尽付于词中。夏承焘评此词说：“以一问作结，显得格外蕴藉、深沉。变雄爽作悲凉，在金词中独具一格。”（《金元明清词选》）

浣溪沙

［明］夏言

庭院沉沉白日斜，绿阴满地又飞花。薲腾春梦绕天涯。　　帘幕受风低乳燕，池塘过雨急鸣蛙。酒醒明月照窗纱。

这首词描摹暮春萦绕在词人心头的那种轻如云、淡如烟的隐隐惆怅。写来曲折委婉，余韵不尽。

浣溪沙　初夏

［明］叶小鸾

香到酴醾送晚凉，荇风轻约薄罗裳。曲阑凭遍思偏长。　　自是幽情慵卷幌，不关春色恼人肠。误他双燕未归梁。

初夏傍晚，酴醾飘香，荇风轻约，词人曲阑凭遍，情思悠长，以至忘了卷帘，耽搁了双燕归梁。全词着墨纤细，抒怀曲婉，表现出女词人体物的精微和咏物的巧思。

摊破浣溪沙　初夏夜饮归

［明］陈继儒

桐树花香月半明，棹歌归去蟋蛄鸣。曲曲柳湾茅屋矮，挂鱼罾。　　笑指吾庐何处是，一池荷叶小桥横。灯火纸窗修竹里，读书声。

这首记游小词写月夜归来情景，画意浓郁，诗情荡漾，将读者引入优美淡雅、动静谐处的意境。全词清新柔和，潇洒自然。

浣溪沙　杨花

［明］陈子龙

百尺章台撩乱吹，重重帘幕弄春晖。怜他飘泊奈他飞。　　淡日滚残花影下，软风吹送玉楼西。天涯心事少人知。

　　词人与柳如是有一段哀婉的情缘，后因不见容于夫人张氏而不得不分手。这首词咏杨花，实则借咏物以写情，是对与柳氏分手之初的内心复杂难言之苦涩的自我咀嚼，寄托了他的相思、阻隔、无望之哀，更浓重的是对"他"的怜爱怜惜。通篇皆能将物与人融为一体，写得情景交融，俊逸真切。王士禛评此首曰："不著形相，咏物神境。"（见《陈忠裕公全集》）

浣溪沙

［明］汤胤勣

　　燕垒雏空日正长，一川残雨映斜阳。鸬鹚晒翅满鱼梁。　　榴叶拥花当北户，竹根抽笋出东墙。小庭孤坐懒衣裳。

　　这首词描绘的是一幅意象丰富和谐、色彩浓淡相宜的夏日水乡消闲图。全词细腻的观察，流动的画面，清丽的藻采，幽闲的情调，颇类本色当行的婉约词风。况周颐评此词"清润入格，'拥'字炼，能写出榴花之精神"（《蕙风词话》卷五）。

浣溪沙　山塘即事

［清］陈维崧

　　窈窕山塘半酒家。浣衣归去笑吴娃。东风吹得绣裙斜。　　琴几研光糜绿竹，楸枰敲落水仙花。碧纱窗影浸山茶。

　　这首词描绘了美好悠闲的农村生活中的两个小片段，洋溢着生活的情趣。

浣溪沙　闺情

［清］吴伟业

　　断颊微红眼半醒，背人蓦地下阶行。摘花高处赌身轻。　　细拨熏炉香缭绕，嫩涂吟纸墨欹倾。惯猜闲事为聪明。

　　这首词写春日闺情。断红的妆饰，半醒的姿容，背人的羞涩，摘花的情趣，细拨香炉的神情，嫩涂吟纸的意态，无端猜度的习惯，这一系列的描写细致入微地表现了闺中少女的春思。全词流丽轻灵，细腻生动。谭献评曰："本色词人语。"（《箧中词·今集》卷一）

　　燕垒，燕窠。

　　鱼梁，捕鱼水堰，又称鱼床。

　　汤胤勣字公让，濠州（今安徽凤阳）人。开国功臣汤和曾孙。官至指挥佥事。后带兵分守孤山堡战死。其诗才气纵横，亦工词，清润入格。有《东谷集》。

　　楸枰，棋盘。

清顾见龙《吴伟业像》。南京博物院藏

　　吴伟业（1609—1672）字骏公，号梅村，江南太仓（今属江苏）人。崇祯进士，曾任翰林院编修、左庶子。入清后被迫应诏，官至国子监祭酒，后辞归不复出仕。长于诗，又工词，其词前期多侧艳，后期则悲怆自苦，情思哀惋。有《梅村词》二卷。

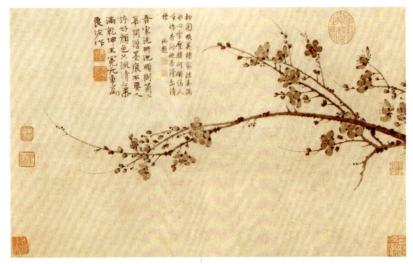

元王冕《墨梅图》，画旁逸斜出的一枝老梅，生机勃郁，清气袭人。自题七绝一首：“吾家洗砚池头树，个个花开淡墨痕。不要人夸好颜色，只留清气满乾坤。”诗画交相辉映，墨梅的丰姿清韵与画家的傲岸风骨跃然纸上。故宫博物院藏

顾贞观挚友纳兰性德极赏此词，将其名句写进他的《忆江南》：“江南好，唱得虎头词。一片冷香唯有梦，十分清瘦更无诗，标格早梅知。”

宋李清照《金石录后序》：“余性偶强记，每饭罢，坐归来堂烹茶，指堆积书史，言某事在某书某卷第几叶第几行，以中否决胜负，为饮茶先后。中即举杯大笑，至茶倾覆怀中，反不得饮而起。”

浣溪沙　有感

［清］吴绮

吴苑青苔锁画廊，汉宫垂柳映红墙。教人愁杀是斜阳。　天上无端催晓暮，人间何事有兴亡。可怜燕子只寻常。

这首词抒古今兴亡之感。结拍化用唐刘禹锡名句“旧时王谢堂前燕，飞入寻常百姓家”，变化其意，用不理会朝代如何更迭、仍然“寻常”可爱的燕子形象，与纷争的人世、扰攘的社会相对照，启人思悟。

浣溪沙　梅

［清］顾贞观

物外幽情世外姿，冻云深护最高枝。小楼风月独醒时。　一片冷香唯有梦，十分清瘦更无诗。待他移影说相思。

这首咏梅词写出梅树不同凡俗的婀娜风姿和超然物外的独绝风神，渗透了词人由衷崇慕高洁的心性，风格流利清畅，隽永轻灵。

浣溪沙

［清］纳兰性德

谁念西风独自凉，萧萧黄叶闭疏窗。沉思往事立残阳。被酒莫惊春睡重，赌书消得泼茶香。当时只道是寻常。

这是一首悼亡词。上片由问句而起，接以黄叶、疏窗、残阳等萧瑟秋景的描绘，触景生情，一片冷寂。下片以“被酒”“赌书”勾起对往事的无限回思，深刻而又婉曲地表达词人内心的悲苦。末句平淡如家常语，内中潜藏的沉痛却无以复加，正如顾贞观所云：“容若……所为小令婉丽凄清，使读者哀乐不知所主，如听中宵梵呗。”（《饮水词序》）

浣溪沙

[清] 纳兰性德

身向云山那畔行，北风吹断马嘶声。深秋远塞若为情。　一抹晚烟荒戍垒，半竿斜日旧关城。古今幽恨几时平。

这是一首写秋猎的词。深秋远塞，夕阳斜照，马嘶风吼，荒烟废垒，面对如此悲凉萧飒的景象，袭上词人心头的绝不止一己的羁役漂泊无着之感，而是人类生命（历史）的苍凉悲慨。

浣溪沙

[清] 严绳孙

瘦损腰支不奈愁，扇欹灯背晚庭幽。不如眠去梦温柔。　昨夜凉风生玉砌，旧时明月在兰舟。一生真得几回眸。

这首词上片描写女主人公的孤寂、无聊与懒慵，下片仍写女主人公的思绪，结句尤为韵味悠长。

浣溪沙

[清] 吴藻

一卷《离骚》一卷经，十年心事十年灯。芭蕉叶上几秋声。　欲哭不成还强笑，讳愁无奈学忘情。误人犹是说聪明。

这首被认为女词人压卷之作的小令，是她长夜青灯下对生平遭际的极沉痛、极愤激的自诉。"强笑"代哭，"忘情"销愁，对于一个以才情自负、聪明自许的傲岸女子来说，内心该是怎样的滋味！

参读

西风一夜剪芭蕉，满眼芳菲总寂寥。强把心情付浊醪。读《离骚》，洗尽秋江日夜潮。——清纳兰性德《忆王孙》

浣溪沙

[清] 张惠言

山气清人远梦苏，海天摇白转空虚。马蹄不碍岭云孤。　杨柳官桥通碧水，桃花小市卖黄鱼。东风未起早阴初。

这首词以清新的文字描绘了一幅动静相契、有声有色、线条简练的晨旅海山图，而词人一丝孤寂心绪淡淡地渗出于清爽风光之中。

严绳孙（1623—1702）字荪友，号秋水，晚号藕塘渔人，江南无锡（今属江苏）人。康熙十八年（1679）以布衣受荐试博学鸿词，授翰林院检讨，与修《明史》。康熙二十四年告归，筑雨青草堂以书画著述终老。其词清逸凄婉，娟娟静好，而又冷隽藏锋，别有寄意处。有《秋水词》。

严绳孙印

严绳孙自书《粤台春日杂成》，描写岭南风物谭敬昭（1774—1830）字子晋，号康侯，广东阳春人。嘉庆二十二年（1817）进士。官户部主事。工诗，与黄培芳、张维屏合称粤东三子。有《听云楼词》。

丁兵备，丁日昌，兵备指其任苏松太道。后官至江苏巡抚。

上林，上林苑，汉代长安苑囿。汉武帝自西域引入首蓿，植于上林苑。

"遗台"句，用郭隗说燕昭王千金购马骨故事。昭王后筑黄金台以待贤。

梁鼎芬像

梁鼎芬（1859—1920）字星海，号节庵，广东番禺人。光绪进士。官至湖北按察使。其词以婉曲之笔，写芳馨悱恻的情怀，意在言外，格韵俱佳。有《款红楼词》。

吴翌凤（1742—1819）字伊仲，号枚庵，祖籍安徽休宁，侨居苏州。诸生。中年游幕楚南，老归乡里以著述自娱。其诗风神隽永，其词则高朗娟秀。有《曼香词》。

浣溪沙　春怀

［清］谭敬昭

流水行云合又离，晓风残月是耶非。一双红豆种相思。　绕树鹧鸪留客住，穿花蛱蝶傍人飞。春心摇曳似游丝。

这首词写情人别后的相思，婉丽凄迷，自有摇人心魄之处。

浣溪沙　题丁兵备丈画马

［清］王鹏运

首蓿阑干满上林，西风残秣独沉吟。遗台何处是黄金。　空阔已无千里志，驰驱枉抱百年心。夕阳山影自萧森。

这首词借咏马自诉怀才不遇。用典自然。"空阔"两句亦马亦人，语意双关，抒写了内心的感慨。词风沉郁悲凉。结拍飘逸、空灵，为全词增添情致。

浣溪沙

［清］梁鼎芬

春梦来时在那厢，昵人半晌去思量。落花多处满斜阳。　手挽飘红唯有影，眼看成碧太无常。人生到此可能狂。

词人少时的理想，已如春梦般破灭了。满地斜阳，落红乱舞，眼见大清帝国不可避免地走向衰亡，思君有恨，无力回春，词人感到极度的痛苦。"人生"一句，是他失望的哀号。

浣溪沙

［清］吴翌凤

雨过虚堂绿映帘，倦余正好展残编。量薪数米亦堪怜。　世事幻如蕉鹿梦，浮华空比镜花缘。菜根滋味自年年。

这首词写清寒的读书生活，反映词人安于俭朴，并不消沉怠惰。

浣溪沙

［清］谭献

昨夜星辰昨夜风，玉窗深锁五更钟。枕函香梦太匆匆。　画阁焚香烟缥缈，阑干撙笛月朦胧。碧桃花下一相逢。

这首怀人之作从虚处着笔，正如陈廷焯所说："通首虚处传神，结语轻轻一击，妙甚。"（《白雨斋词话》卷五）

浣溪沙

［清］郑文焯

从石楼、石壁，往来邓尉山中。

一半梅黄杂雨晴，虚岚浮翠带湖明。闲云高鸟共身轻。　　山果打头休论价，野花盈手不知名。烟峦直是画中行。

光绪二十五年（1899），词人陪同友人张钦、王善榆往游邓尉山，作此词纪事。上片写观景，下片写游山。全词烘出明丽秀美、洁净无尘的山林胜景，而词人甘于寂寞、"淡于名利"的志趣亦融入于诗情画境之中，意境空灵高远。

郑文焯像

郑文焯（1856—1918）字俊臣，号叔问，晚号大鹤山人，奉天铁岭（今辽宁铁岭）人。流寓吴越间。光绪举人。官内阁中书，其词句妍体洁，格调独高，时有俊逸味。有《樵风乐府》《词源斠律》等。

邓尉，山名，在江苏吴县光福镇南。相传东汉邓禹隐居此地，故名。山多梅花，开时一望如雪。

禅悦，耽心于禅理。

浣溪沙（二首）

［清］朱孝臧

独鸟冲波去意闲，坏霞如赭水如笺。为谁无尽写江天。　　并舫风弦弹月上，当窗山髻挽云还。独经行处未荒寒。（其一）

翠阜红厓夹岸迎，阻风滋味暂时生。水窗官烛泪纵横。　　禅悦新耽如有会，酒悲突起总无名。长川孤月向谁明。（其二）

这两首词作于光绪二十九年（1903）夏初，其时词人官广东学政，方视学至嘉应州（今广东梅州），公事毕，经水道返广州，途中作此。此时的清王朝已是日薄西山。光绪二十七年《辛丑条约》的签订，中国又蒙上了新的屈辱。新愁旧恨，郁结于怀，悲愤之情可以想见。这两首所感词作，正是作者这种心绪的倾吐。按时间顺序，第一首写傍晚至初夜，第二首写夜深，而皆以郁结于胸的感愤贯穿始终。赵万里《丙寅日记》中有记录王国维对这两首的评论："余最赏其《浣溪沙》'独鸟冲波去意闲'二阕，笔力峭拔，非他词可能过之。"

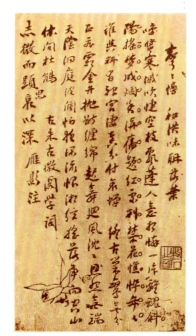

朱孝臧《声声慢》词稿

朱孝臧真如看杜鹃留影及手书《汉宫春》词稿

曾习经像

曾习经（1867—1926）字刚甫，号蛰庵，揭阳人。光绪十八年（1892）进士。历官至度支部右丞。辛亥革命前夕，辞官而归，后以遗老终其身。晚清词家，善为小令，尤以情致见胜。有《蛰庵词》一卷。

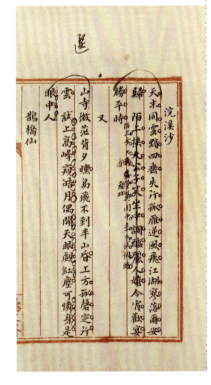

王国维《人间词》手稿

浣溪沙

［清］曾习经

画烛幢幢夜未央，暗抛珠佩委明珰。沉沉春睡孎残妆。　幸是未添他日恨，不成终少隔生香。今宵亲切试思量。

这首词写幽会情景，绮艳而不冶荡。过片二语，有无限韵致，真所谓"艳以庄，丽以则"者。

浣溪沙

［近代］王国维

天末同云暗四垂，失行孤雁逆风飞。江湖寥落尔安归。　陌上金丸看落羽，闺中素手试调醯。今宵欢宴胜平时。

这是一首富于哲理意味的词。上片写天幕阴惨，云黯风急，孤雁失行逆风，寥落江湖，茫然不知所归；下片笔锋蓦然转入人间，忽写孤雁已成落羽，被素手调醯入席，良宵欢宴更胜平时。上下片词境迥异，一则寂寥凄凉，一则明快欢畅；强与弱、生与死、悲与欢形成激烈的冲突与对立；最高的哲学抽象与具体的情景描写融为一体，天上人间浑然成为一种境界。这正是词人十分用意、"力争第一义处"。

 参读

樊抗夫谓余词如《浣溪沙》之"天末同云"、《蝶恋花》之"昨夜梦中""百尺高楼""春到临春"等阕，凿空而道，开词家未有之境。余自谓才不若古人，但于力争第一义处，古人亦不如我用意耳。——王国维《人间词话》之二十六

词林逸事

顺治十五年（1658），清初文坛的领袖人物、二十五岁的王士禛中进士，选为扬州推官。在扬州，他在繁忙的公务之余，便召集宾客，泛舟载酒于平山堂诸名胜，纵情于山光水色，弦歌不绝。他曾与林茂之、杜于皇、孙豹人、方尔止等修禊红桥，又与陈维崧、邵潜夫等修禊如皋冒氏之水绘园。康熙元年（1662）六月十五日，他与袁于令（箨庵）、杜濬（茶村）、陈允衡（伯玑）、陈维崧

（其年）等人漾舟红桥，酒阑兴极，他援笔咏成《浣溪沙》两章，揭出古城扬州清丽、平远、如梦如雾的神魂，并透出他沉思历史的淡淡愁情，可谓字字骚雅，含蓄而有神韵：

北郭青溪一带流，红桥风物眼中秋。绿杨城郭是扬州。　　西望雷塘何处是，香魂零落使人愁。澹烟芳草旧迷楼。

白鸟朱荷引画桡，垂杨影里见红桥。欲寻往事已魂销。　　遥望平山山外路，断鸿无数水迢迢。新愁分付广陵潮。

于是，众人皆"倚而和之"，其中杜濬的和作感时伤世，颇为耐人寻味：

六月红桥涨欲流，荷花荷叶几时秋。谁翻水调唱凉州。更欲放船何处去，平山堂上古今愁。不如歌笑十三楼。——《浣溪沙·红桥怀古》

王士禛的同年王又旦也次韵和之，隐秘地寄寓了他对十八年前清军破扬州后的大肆屠戮那一幕（即"扬州十日"）的深沉感慨，更多了几分吊古的凝重情味：

几簇渔航映碧流，数星萤火野塘秋。繁华犹说是扬州。山外寒烟凝旧恨，亭前暮雨滴新愁。何人吹笛酒家楼。——《浣溪沙·红桥怀古次王阮亭韵》

康熙二十三年（1684）十月，词人纳兰性德扈驾巡幸江南抵达扬州之时，也和了一首，寓意颇为深曲，令人回味深思：

无恙年年汴水流，一声水调短亭秋。旧时明月

清禹之鼎绘《渔洋先生（王士禛）小像》

虹桥，俗称大虹桥。坐落在瘦西湖正门前。始建于明崇祯年间，本为板桥红栏，称"红桥"。

雷塘，在扬州城外，隋炀帝葬处。

迷楼，隋炀帝在扬州所筑行宫室，千门万户，曲折幽邃，人入之迷不能出，因名之曰迷宫。

《邗江胜览图》，描绘扬州邗江两岸亭台楼阁，溪桥轩榭，舟船横渡，屋宇朱门，苍松翠柏，绵延群峰，名胜景致尽收眼底。台北"故宫博物院"藏

西施像（明佚名《千秋绝艳图》）

照扬州。　　曾是长堤牵锦缆，绿杨清瘦至今愁。玉钩斜路近迷楼。——《浣溪沙·红桥怀古，和王阮亭韵》

倚声依谱

《浣溪沙》，唐教坊曲。因西施浣纱于浙江绍兴南若耶溪，故又作《浣纱溪》。又名《小庭花》《满院春》《东风寒》《醉木犀》《霜菊黄》《广寒枝》等。四十二字，上片三平韵，下片两平韵。过片二句多用对偶。别有《摊破浣溪沙》，又名《山花子》，上下片各增三字，韵全同。此调风格清婉旷达，用以言志、写景、叙事、酬赠，为唐宋词坛上使用频率最高的词调之一。

【格一】

中仄中平中仄**平**，中平中仄仄平**平**。
中平中仄仄平**平**。

『中仄中平平仄仄，中平中仄仄平**平**』。
中平中仄仄平**平**。

【注】 上片第三句末三字，可作"平仄仄"。

【格二（摊破浣溪沙）】

仄仄平平仄仄**平**，平平平仄仄平**平**。
平仄平平仄平仄，仄平**平**。

中仄中平平仄仄，中平平仄仄平**平**。
平仄仄平平仄仄，仄平**平**。

《词谱》（《浣溪沙》）

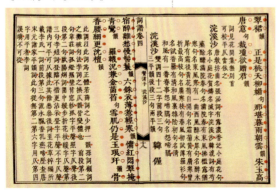

南乡子

细雨湿流光，芳草年年与恨长

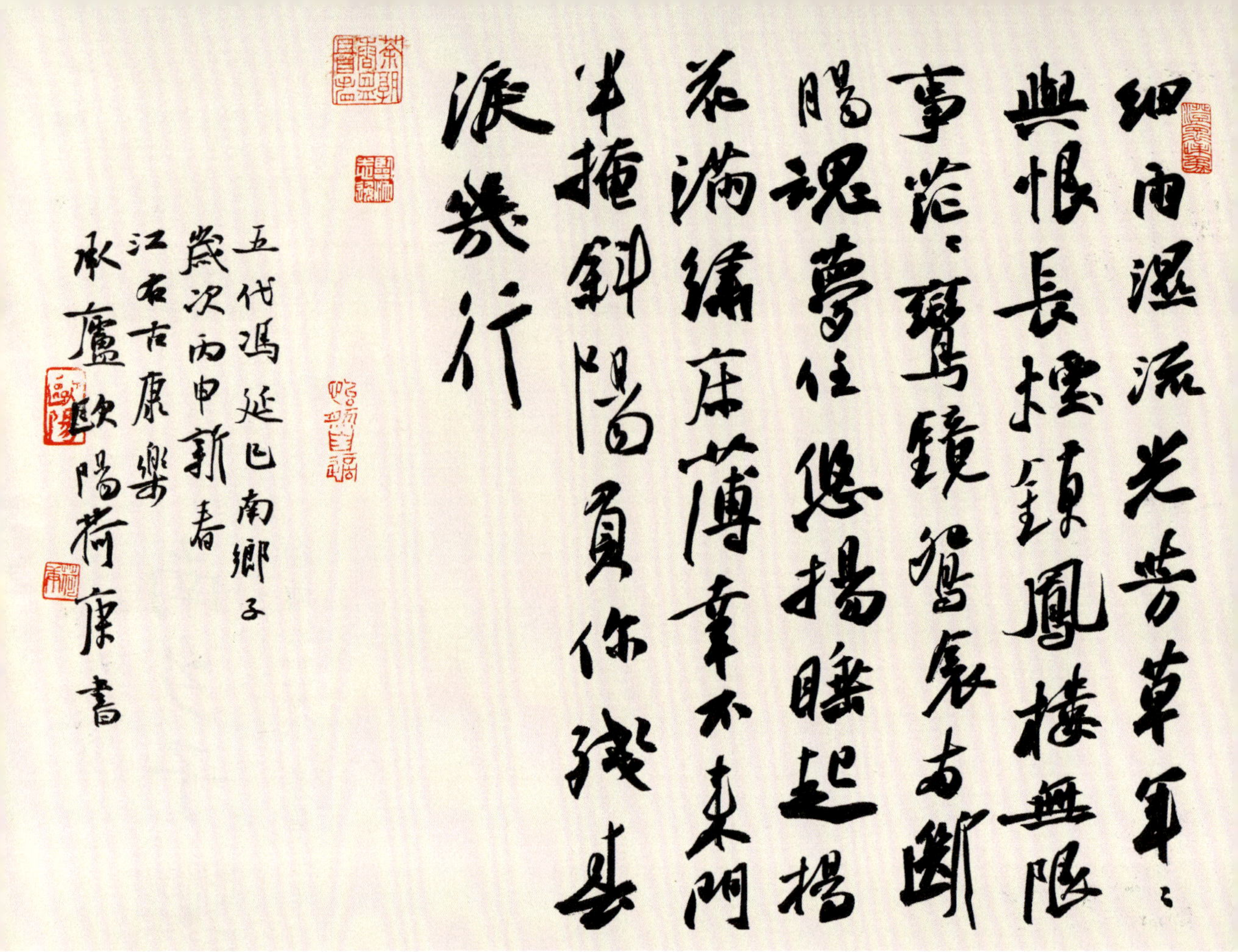

細雨濕流光芳草年
與恨長煙鎖鳳樓無限
事茫茫鸞鏡鴛衾兩斷
腸魂夢任悠揚睡起楊
花滿繡床薄幸不來門
半掩斜陽負你殘春
淚幾行

五代馮延巳南鄉子
歲次丙申新春
江右古原樂
承廬歐陽荷庚書

欧阳荷庚书《南乡子》

华音流韵

南乡子

[五代·南唐] 冯延巳

　　细雨湿流光，芳草年年与恨长。烟锁凤楼无限事[1]，茫茫，鸾镜鸳衾两断肠[2]。　　魂梦任悠扬，睡起杨花满绣床。薄幸不来门半掩[3]，斜阳，负你残春泪几行。

临风赏读

　　这是一首传诵人口、妙绝千古的闺怨词，抒写了独处深闺的少妇朝朝暮暮凄凉难耐的离愁别恨。

　　词中以咏草起兴，春草甫长，正是青翠欲滴。细雨蒙蒙，如丝般地飘飞，沾湿春草；微风吹过，轻轻摇曳，流

[注释]
①凤楼，指女子居处。
②鸾镜，饰有鸾鸟图案的妆镜。鸳
　衾，即鸳被，男女共眠之被。
③薄幸，此指薄幸人，即薄情郎。

光盈动。"细雨"，描其丝丝之形；"流光"，绘其闪动之状。两者以"湿"来穿针引线，使所写景致更为灵动，尽"摄春草之魂"（王国维语），将痴情女子如细雨般绵绵幽约的思情隐隐"摄"出。"芳草"补足起句之意，将闺中人的"恨"与眼前的萋萋芳草联系在一起。草长一分，恨长一寸，那丝丝细雨，既是在沾溉着铺满天涯的纷披的芳草，也是在滋长她心中无所不在的纷乱的愁苦悲恨。"烟锁"三句写女子终日妆楼独处，被浓烟细雨所包围，鸾镜不鸣，鸳衾独拥，寂寞伶仃，心事茫茫。

过片宕开一笔，先写梦境。她终日被禁锢在深闺（凤楼）之中，心情压抑，只有在梦中，她才可以无拘无束，任由思绪飞扬。她的梦境像什么呢？词人再次把它具象化为杨花。杨花的轻柔象征了梦的轻柔，杨花的漫天扑飞也象征了梦的悠然飞远。梦耶？花耶？梦与杨花、情与景在这里浑然莫辨，"迷离一片"。但梦境的逍遥毕竟是靠不住的，终究又要回到现实。"薄幸"句写得痴绝，她虽恨杀薄幸，那门儿却未紧闭，依旧为他留了半扇，是失望中仍含希望。而斜阳一缕，恐又将希望无情带走，痛苦又将缠绕着她的灵魂。

全词语言明白雅丽，体物入微，词意显豁，情景妙合无垠，思致、笔法堪称上乘。

🌀 古今汇评

周文璞：《花间集》只有五字绝佳："细雨湿流光"，景意俱微妙。（张端义《贵耳集》卷上引。按，周氏误记。《花间集》未收此词）

王国维：人知和靖《点绛唇》、圣俞《苏幕遮》、永叔《少年游》三阕为咏春草绝调，不知先有正中"细雨湿流光"五字，皆能摄春草之魂者也。（《人间词话》）

俞陛云：起二句，情景并美。下阕梦与杨花，迷离一片。结句何幽怨乃尔。（《唐五代两宋词选释》）

刘永济：此亦托为闺情以自抒己怨望之情。观"烟锁"句，所谓"无限事"，所谓"茫茫"，言外必有具体事在，特未明言耳。（《唐五代两宋词简析》）

清任颐《斜倚薰笼图》（局部）。上海博物馆藏

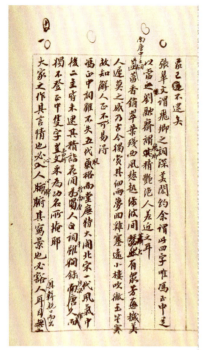

王国维《人间词话》（手稿）关于冯延巳词的评述

词人心史

冯延巳（903—960）又名延嗣，字正中。广陵（今江苏扬州）人。中主李璟少时在庐山筑读书堂，曾侍左右，为元帅府掌书记。李璟即位后，他以旧恩致显，由谏议大夫累官至中书侍郎左仆射同平章事。因极力主张用武功拓疆，又遭失败，故屡受异党攻击，数度为相，亦数度因故罢相。政敌的攻击，难免言过其实，但他当政时，南唐取弱邻邦，国势日蹙，他一无建树，未免贻讥后世。

冯延巳学问渊博，多才艺，"辩说纵横，如倾悬河暴雨，听之不觉膝席而屡前，使人忘寝与食"（史氏《钓矶立谈》）；又工书法，能诗歌，尤喜为词。

在词史上，冯延巳与晚唐的温庭筠、韦庄鼎足而立，他承前启后，不但首开南唐词派，而且其影响远及于宋初晏殊、欧阳修诸人："上翼二主，下启晏、欧，实正变之枢纽，短长之流别。"（冯煦《唐五代词选序》）王国维也说："冯正中词虽不失五代风格而堂庑特大，开北宋一代风气。"（《人间词话》）

他虽受花间词影响，多写男女离别相思之情，但词风不像花间词那样秾艳雕琢，已转向清新雅丽、深婉含蓄，着力刻画人物内心的活动和哀愁，个中蕴含切身感受，隐约流露出对南唐王朝国势的关心与忧伤，寄意遥深。

品题

公以金陵盛日，内外无事，朋僚亲旧，或当燕集，多运藻思，为乐府新词，俾歌者倚丝歌之……观其思深辞丽，均律调新，真清奇飘逸之才也。（陈世修《阳春集序》）

吾家正中翁，鼓吹南唐，上翼二主，下启晏、欧，实正变之枢纽，短长之流别也。（冯煦《唐五代词选序》）

冯延巳词，晏同叔得其俊，欧阳永叔得其深。（刘熙载《艺概》卷四）

冯正中词，极沉郁之致，穷顿挫之妙，缠绵忠厚，与温、韦相伯仲也。（陈廷焯《白雨斋词话》卷一）

《阳春集》为五代词中之圣，犹《清真》之在北宋也。（俞陛云《唐五代两宋词选释》）

正中词缠绵悱恻，在五代别具一种风格。秾艳如飞卿，清丽如端己，超脱如后主，均与之不同家数。（蔡嵩云《柯亭词论》）

延巳在五代为一大作家，与温、韦分鼎三足，影响北宋诸家者尤巨。（龙榆生《唐宋名家词选》）

词林逸事

冯延巳二十八岁时，即与少年的李璟游处，并陪读于庐山读书堂；以后二人经常相互切磋词艺，并相互叹服。冯延巳有一首脍炙人口的怀春小词《谒金门》：

风乍起，吹皱一池春水。闲引鸳鸯香径里，手捼红杏蕊。
斗鸭阑干独倚，碧玉搔头斜坠。终日望君君不至，举头闻鹊喜。

这首小词清新优美、风韵天然，在当时就很为人称道。尤其"风乍起，吹皱一池春水"，破空而来，是传诵古今的名句。据说，南唐中主李璟在一次宴饮时，取笑冯延巳："'吹皱一池春水'，干卿何事？"冯回答说："未若陛下'小楼吹彻玉笙寒'也。"平生得意之作获得称许，这话想必是说到李璟心里去了，难怪龙颜大悦。

"小楼吹彻玉笙寒"一句意境凄清，无声之悲动人心魄，一个"彻"字，更是写尽人间寂寞，确是《摊破浣溪沙》中的名句。全词是：

菡萏香销翠叶残，
西风愁起绿波间。还与
韶光共憔悴，不堪看。
细雨梦回鸡塞远，
小楼吹彻玉笙寒。多
少泪痕无限恨，倚阑
干。

这首词将秋日的萧瑟凋零与闺中的思远念别联系起来，感慨无端，意蕴深沉。

手捼红杏蕊　《寒玉堂印谱》

五代周文矩《文苑图》，绘四文士相聚一处，构思和吟诵诗文时的情景，格调超逸。故宫博物院藏

小楼吹彻玉笙寒　王福庵

李珣（855—930？）字德润，其祖先为波斯人，居家梓州（今四川三台）。生卒年均不详，约唐昭宗乾宁中前后在世。前蜀时尝以秀才预宾贡。又通医理，兼卖香药。蜀亡，遂不仕。况周颐谓其词"清疏，下开北宋人体格"。王国维辑有《琼瑶集》。

两首词各有千秋，都是并传不朽的佳作。俞陛云《南唐二主词辑述评》云："冯延巳对中主语，极推重'小楼'七字，谓胜于己作。今就词境论，'小楼'句，固极绮思清愁，而冯之'风乍起，吹皱一池春水'托思空灵，胜于中主。冯语殆媚兹一人耶？"这个评论颇为公允。

 低吟/浩唱

南乡子

[五代·后蜀] 欧阳炯

画舸亭桡，槿花篱外竹横桥。水上游人沙上女，回顾，笑指芭蕉林里住。

《花间集》中著录欧阳炯《南乡子》八首，都是描绘南方风土人情。词作一洗绮罗香泽之态，清新婉丽，真切自然，朴而不俗，别饶韵味。

这一首写船上游人和沙上少女一见含情，相互默契的情景。画舸、槿篱、竹桥、芭蕉，皆岭南风物，富有浓郁的乡土气息。用笔洒脱，描摹传神，情态宛然。徐士俊云："隐隐闻村落中娇女声。"（《古今词统》卷一）

南乡子

[五代·前蜀] 李珣

兰桡举，水纹开，竞携藤笼采莲来。回塘深处遥相见，邀同宴，绿酒一卮红上面。

李珣有《南乡子》十七首，也都是写南国风物人情。这些词作

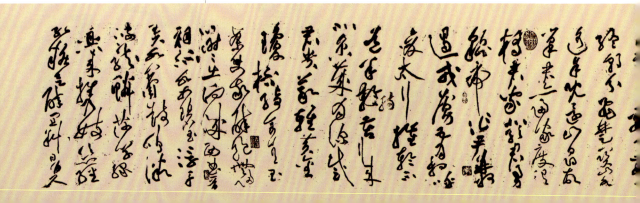

全无粉脂气息，独有清新情调，画面轻灵美妙，情趣盎然，饶有强烈的生活气息和浓厚的民歌风味。

这一首词写采莲少女携笼、举棹、采莲的轻盈动作和她们相邀于回塘深处痛饮的欢快场面。"绿酒"一句，娇态如见。

参读

山路滑，晓烟低，牛毛细雨子规啼。一笑相逢伴借问，双红晕，笠子欹风花压鬓。

坡上去，送郎行，踏歌声应竹枝声。岁岁年年坡对面，长相见，不似人心朝暮变。——清承龄《南乡子》二首写黔地风情，亦是清词丽句，韵味深长。

南乡子

[北宋] 黄庭坚

重阳日，宜州城楼宴集，即席作。

诸将说封侯，短笛长歌独倚楼。万事尽随风雨去，休休，戏马台南金络头。　　催酒莫迟留，酒味今秋似去秋。花向老人头上笑，羞羞，白发簪花不解愁。

这首词是词人的绝笔词。词中对自己一生经历的风雨坎坷，表达了无限深沉的感慨，对功名富贵予以鄙弃，抒发了纵酒颓放、笑傲人世的豁达胸襟，风格豪放中有峭健。

南乡子　春闺

[北宋] 孙道绚

晓日压重檐，斗帐春寒起未忺。天气困人梳洗倦，眉尖，淡画春山不喜添。　　闲把绣丝挦，纤得金针又怕拈。陌上游人归也

忺，适意。

春山，指女子的眉。

挦，摘取。

忺忺，有病的样子。

孙道绚号冲虚居士，黄铢之母，福建建宁人。善诗词，笔力甚高。遗词六首。

黄庭坚《李白忆旧游诗卷》（局部），深得张旭、怀素草书飞动洒脱的神韵，而又具有自己的风格。其用笔紧峭，瘦劲奇崛，结体变化多端，有一种奇横恣肆的磅礴大气，为其草书之代表作。日本京都藤井斋成舍有邻馆藏

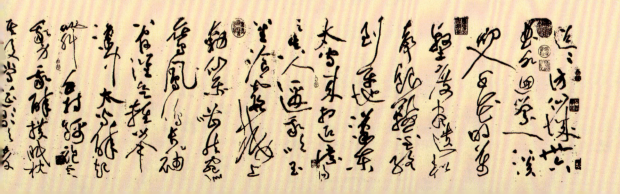

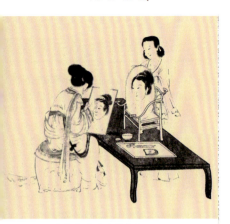

明仇英《列女图》之一

村牛，骂人的俗话。村，恶
劣的意思。

宋陆游《怀成都诗卷》。其线条
沉实，结体纵长，章法错落，点画既
厚重有力，又灵动飞扬，通篇有郁勃
雄豪之气，与其"豪纵"诗风浑然无
间，可谓词翰双美。故宫博物院藏

未，恹恹，满院杨花不卷帘。

　　这是一首春闺词，抒写伤春念远之情。上片写闺中人的春日慵懒情态，委婉地表现出苦闷心情。下片写对出游人的惦念。通篇情思缠绵，和婉细腻。

南乡子

[南宋] 绍兴太学生

　　洪迈被拘留，稽首垂哀告敌仇。一日忍饥犹不耐，堪羞。苏武争禁十九秋。　　厥父既无谋，厥子安能解国忧。万里归来夸舌辩，村牛。好摆头时便摆头。

　　这是一首尖新泼辣的讽刺小词，词中以犀利的笔触，活画出洪迈出使金国丧志辱节的丑态。全篇语气率直，一气贯下，嬉笑怒骂，痛快淋漓。

南乡子

[南宋] 陆游

　　归梦寄吴樯，水驿江程去路长。想见芳洲初系缆，斜阳，烟树参差认武昌。　　愁鬓点新霜，曾是朝衣染御香。重到故乡交旧少，凄凉，却恐他乡胜故乡。

　　词人自乾道六年（1170）入蜀，淳熙五年（1178）春二月，离开成都出峡东归，秋初抵武昌。这首词是词人在将抵武昌的船中所

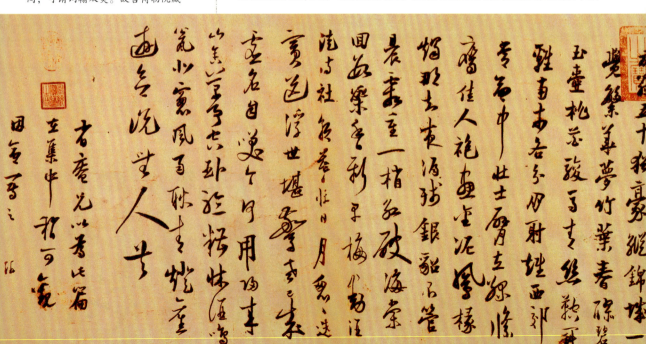

写的。全词以悬想构成，上片是想见归途中的情景，下片推想重返故乡的境况，写得纡徐有致，耐人寻味。词中怀乡的深情反激出怯归的心理，身世的感慨裹挟着国事的忧思，因而情感细腻深沉，感人至深。

南乡子   登京口北固亭有怀

[南宋] 辛弃疾

何处望神州。满眼风光北固楼。千古兴亡多少事，悠悠，不尽长江滚滚流。　　年少万兜鍪，坐断东南战未休。天下英雄谁敌手，曹刘，生子当如孙仲谋。

宋宁宗嘉泰四年（1204）词人被差知镇江府，此时镇江是与金人对垒的第二道防线。每当站在长江之滨的北固楼上，词人翘首遥望江北金兵占领区，都不禁引起千古兴亡之感，并曾写下了两首怀古伤今的千古绝唱，即《永遇乐》和这一首。这首三问三答，寄慨史事，运思当今，极力赞美东吴英主孙权，无疑是对南宋执政者屈辱苟安的暗讽。全词风格明快，气魄阔大，运用典故和史书成句信手拈来，浑然天成，弦外有音，耐人咀嚼。陈廷焯说此首"魄力雄大，虎视千古"（《云韶集辑评》卷五）。

南乡子   题南剑州妓馆

[南宋] 潘牥

生怕倚阑干，阁下溪声阁外山。惟有旧时山共水，依然，暮雨朝云去不还。　　应是蹑飞鸾，月下时时整佩环。月又渐低霜又下，更阑，折得梅花独自看。

词人当年定然曾游冶于这家南剑州（今福建南平）妓馆，今朝重游旧地，伊人已逝，而景物依然，阁下溪声，阁外青山，无不令词人触目伤怀，于是他情不自禁地提笔在那粉墙上题写了这首词作，记下他所经历的那一段情缘。结句哀感无限，"梅既无人共赏，而折梅又无由寄去，故惟有自看，此真凄凉怨慕之音也"（唐圭璋《唐宋词简释》）。此词看似明白直截，实则有许多婉转之处，况周颐说此词"有尺幅千里之势"（《蕙风词话续编》卷一）。

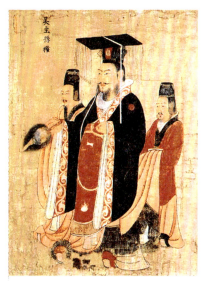

吴王孙权画像

《三国志》卷四十七注引《吴历》说，曹操有一次与孙权对垒，见吴军乘着战船，军容整肃，孙权仪表堂堂，威风凛凛，乃喟然叹曰："生子当如孙仲谋，刘景升（刘表）儿子若豚犬耳！"

潘牥（1204—1246）字庭坚，号紫岩，福州富沙人。端平进士。曾通判潭州。赵万里辑《紫岩词》一卷。

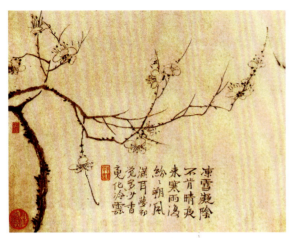

清江士慎《梅花图》，绘一株清劲的寒梅。题诗云："冻雪凝阴不肯晴，夜来寒雨复纷纷。朔风满耳梦初觉，多少香魂化冷云。"上海博物馆藏

梅花念我　陈巨来

孙惟信（1179—1243）字季蕃，号花翁，开封人。光宗时辞官隐居西湖，善于雅谈，尤工长短句。每倚声度曲，散发横笛；或奋袖起舞，悲歌慷慨。有《花翁集》，今不传。《全宋词》存其词十一首。

南乡子　冬夜

［南宋］黄昇

万籁寂无声，衾铁稜稜近五更。香断灯昏吟未稳，凄清，只有霜华伴月明。　　应是夜寒凝，恼得梅花睡不成。我念梅花花念我，关情，起看清冰满玉瓶。

这首词上片写夜寒凄凉之境和词人苦吟之状。下片词人从自己的"吟未稳"联想到梅花"睡不成"，将梅拟人，以己度梅，出语奇警，设想绝妙。明沈际飞谓此词"幻思幻调"（《草堂诗馀正集》卷二）。时人游九功称其诗如"晴空冰柱"，此词托意高远，晶莹快洁，亦当如是评。

南乡子

［南宋］孙惟信

璧月小红楼，听得吹箫忆旧游。霜冷阑干天似水，扬州，薄幸声名总是愁。　　尘暗鹔鹴裘，针线曾劳玉指柔。一梦觉来三十载，休休，空为梅花白了头。

词人大半生寄身江湖，为人恬淡超逸，气度疏旷，见者常疑为侠客异人。每倚声度曲，散发长笛，或奋袖起舞，慷慨悲歌。这首词正是词人对自己放任不羁、漂泊异乡生涯的总结，从而流露了晚年对妻子的真挚怀念之情和有负爱妻的懊悔之意。全词不假雕饰，风雅自然，婉媚多姿，饶有韵致。

南乡子　张彦通寿

［元］刘因

窗下络车声，窗畔儿童课六经。自种墙东新菜荚，青青，随分杯盘老幼情。　　千古董生行，鸡犬升平画不成。应笑东家刘季子，无能，纵饮狂歌不治生。

这是一首风趣而耐人寻味的寿词，妙在全篇无一字言及祝寿。上片描写耕读人家的天伦之乐。下片则以调侃的笔调评论古来的不平之事，说像董召南一类书生穷年读书，却潦倒终生，而东家刘季子（汉高祖刘邦）纵饮狂歌，不事生产，却居然干出一番事业。

南乡子

[元] 刘秉忠

夜户喜凉飙，秋入关山暑气消。勾引客情缘底物，鹎鹕，落日凄清叫树梢。　　古寺漏长宵，一点青灯照寂寥。暮雨夜深犹未住，芭蕉，残叶萧疏不奈敲。

这首词当是词人早年栖身禅门间所作。凉风入户，秋意渐起，缕缕客情乡思随秋风潜入心田，令人顿起一丝悲凉。全词清疏秀雅，读来饶有余味。

南乡子　四川道中作

[元] 曹伯启

蜀道古来难，数日驱驰兴已阑。石栈天梯三百尺，危栏，应被旁人画里看。　　两握不曾干，俯瞰飞流过石滩。到晚才知身是我，平安，孤馆青灯夜更寒。

词人曾跋涉于湘川黔贵一带，亲身体验了"蜀道之难难于上青天"。词中将登天梯的惊与险写得极为真切，"两握不曾干"一句出语平易，却准确、生动地描绘那种身悬绝岭时心魂惊悸出窍的情态，尤为传神。

南乡子　闻雁感怀

[清] 李因

嘹呖过南楼，字字横空引起愁。欲作家书何处寄，谁投，目送孤鸿泪暗流。　　忆昔共追游，荻岸渔汀系小舟。又是那年时候也，休休，开到黄花知几秋。

这首词写对过去幸福时光的追忆和丧夫后的悲戚，情思凄咽哀婉，风格清疏。

南乡子　别友

[清] 陈衍虞

鸥外碧波宽，远树依微露翠湾。一棹冲寒天际去，潸潸，好把萍踪问懒残。　　匝地起烽烟，柔橹轻舟甚处安。何似松阴眠藉草，翩翩，绿屿澄潭有钓竿。

词人身处末世，忧患飘零，在匝地烽烟之中，他仍向往着江湖

曹伯启（1255—1333）字士开，砀山（今属安徽）人。官集贤侍读学士。有《汉泉漫稿》。词风疏放。

陈衍虞（1604—1693）字伯宗，号园公，海阳（今广东潮安）人。明崇祯举人。入清，官广西平乐县知县。有《连山诗馀》一卷。

李因（1610—1685）字是庵，晚号今生，钱塘（今杭州）人。明末江浙名妓，后嫁葛徵奇为妾。善画山水、花鸟，疏爽隽逸。亦工诗词，皆清扬婉妩。

李因《芙蓉鸳鸯图》。上海博物馆藏

明仇英《捣衣图》（局部）。南京博物院藏

并刀，并州（今山西太原）剪刀，始于南北朝，以快著称。

荆高，荆指荆轲，战国魏人，后居燕，被燕太子丹拜为上卿，奉命刺秦王嬴政，未遂，被杀。高指高渐离，战国燕人，善击筑。荆轲赴秦，宾客穿白衣冠送行于易水。渐离击筑，荆轲和而歌曰"风萧萧兮易水寒，壮士一去兮不复还"，登车而去。

陈恭尹像

陈恭尹（1631—1700）字元孝，号独漉，广东顺德人。工诗，与屈大均、梁佩兰合称"岭南三大家"。词多为咏物。有《独漉堂诗馀》。

上闲适的生活。"一棹冲寒"，是眼前不得已的处境，而"眠阴藉草"，才是词人的夙愿。

南乡子　邢州道上作

［清］陈维崧

秋色冷并刀，一派酸风卷怒涛。并马三河年少客，粗豪，皂栎林中醉射雕。　　残酒忆荆高，燕赵悲歌事未消。忆昨车声寒易水，今朝，慷慨还过豫让桥。

这首词作于康熙七年（1668）深秋词人由北京南行赴中州途中。上片写邢州道中酸风劲吹的冷峭秋色和与三河少年并辔而行，醉余驰马射雕的豪举，下片抒写由此而产生的豪壮磊落的怀古之情。此词笔力雄劲，词人心底的慷慨苍凉似随着酸风疾旋而出，令人数百年以下读之，犹觉其生气虎虎。

南乡子　捣衣

［清］顾贞观

嘹唳夜鸿惊，叶满阶除欲二更。一派西风吹不断，秋声，中有深闺万里情。　　片石冷于冰，两袖霜华旋欲凝。今夜戍楼归梦里，分明，纤手频呵带月迎。

这是一首捣衣词佳作，词中以常语常景，着意营造一种凄凄切切、栗烈萧杀的秋冷氛围，从而传写出闺妇对远在万里戍边的丈夫绵绵不断的相思至情。结尾由戍边人梦回故乡，由单思以至互想，以至难辨彼此，写得尤为深婉深妙。谭献评此词说："清空若拭。"（《箧中词·今集》卷一）

南乡子　葵扇

［清］陈恭尹

万树绿撑天，多在黄云紫水边。谁结轻丝裁作月，团团，买得清风不用钱。　　声价顿能添，安石风流久不传。寂寞空斋谁是伴，翩翩，荷叶香来亦偶然。

这首小词咏葵扇，咏物与抒情自然结合，写出一种潇洒闲适的词趣，颇具岭南文化韵味。

南乡子　登燕子矶

[清]赵维烈

片石撼江皋，水激矶头影动摇。阅尽兴亡千古事，萧萧，往日英雄不可招。　　一剑倚天高，恐有蛟龙起怒涛。铁锁都应拦不住，滔滔，和雨和风卷六朝。

这首登临怀古词写得气势雄豪，辞采英发。

燕子矶，位于江苏省南京市北的观音山上。前临长江，远望若燕子展翅欲飞，故名。

赵维烈字兰舫，上海人。有《兰舫词》。

南乡子

[清]王鹏运

斜月半胧明，冻雨晴时泪未晴。倦倚香篝温别语，愁听，鹦鹉催人说四更。　　此恨判今生，红豆无根种不成。数遍屏山多少路，青青，一片烟芜是去程。

这是一首爱情词，生动细腻地表现了女主人公对情人的深沉的爱和离别的愁恨。上片由远及近描写女主人公经历离别以后思念情人的情状，下片抒写女主人公对情人的一片赤诚、一片痴情。全词由景入，结句由景出，前后呼应，意蕴深长。

南乡子

[清]况周颐

秋士惯疏萧，典尽鹛裘饮更豪。况有鸾笙丹凤琯，良宵，不放青灯照寂寥。　　一笠一诗瓢，随分沧洲听雨潮。何止黄花堪插帽，娇娆，江上芙蓉亦后凋。

这首词活画出一个狂放名士的形象。不免清狂式的自我解愁语，但在连篇累牍的感伤气氛中，多少给人一丝清爽味，生机颇足。

朱孝臧像

朱孝臧（1857—1931）一名祖谋，字古微，号彊村，浙江归安（今属湖州）人。光绪九年（1883）进士。官至礼部右侍郎。其词学吴文英，委婉至密，音律和谐；晚年愈显沉抑绵邈。叶恭绰称其"集清季词学之大成"。有《彊村语业》。

朱祖谋印

彊村

南乡子

[清]朱孝臧

病枕不成眠，百计湛冥梦小安。际晓东窗鹛鹉唤，无端，一度残春一惘然。　　歌底与尊前，岁岁花枝解放颠。一去不回成永忆，看看，唯有承平与少年。

这首词由伤春而念衰老，末数句感叹深沉，颇耐寻味。

南乡子　病中戏笔

[清] 文廷式

　　一室病维摩，且喜闲庭掩雀罗。煮药翻书浑有味，呵呵，老子无愁世则那。　　莽莽旧山河，谁向新亭泪点多。惟有鹧鸪声解道，哥哥，行不得时可奈何。

　　这是词人病故前不久的作品，名曰戏笔，实是大哀无泪，短歌当哭，词境既凄凉又郁勃。朱孝臧评其词为"拔戟异军""兀傲故难双"，语极中肯。

倚声依谱

　　《南乡子》又名《好离乡》《蕉叶怨》，唐教坊曲。原为单调，有二十七字、二十八字、三十字各体，平仄换韵。单调始自后蜀欧阳炯。南唐冯延巳始增为双调。冯词平韵五十六字，十句，上下片各四句用韵。宋以后多遵用之。此调音节响亮，气势奔放，宜用于抒情、写景、言志。

【格一】

仄仄平平，中平中仄仄平平。
仄仄平平平仄仄，平仄，仄仄平平平仄仄。

【格二】

平仄仄，仄平平，中平中仄仄平平。
中仄中平平仄仄，中平仄，中仄中平平仄仄。

【格三】

中仄仄平平，中仄平平仄仄平。
中仄中平平仄仄，平平，中仄平平中仄平。

中仄仄平平，中仄平平仄仄平。
中仄中平平仄仄，平平，中仄平平中仄平。

《词谱》（《南乡子》）

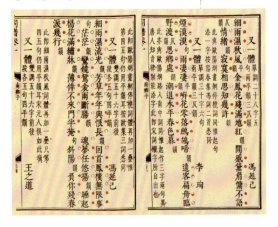

虞美人

问君能有几多愁，恰似一江春水向东流

春花秋月
何時了往事知多少
小樓昨夜又東風故國不
堪回首月明中
雕欄玉砌應猶在只是
朱顏改問君能有幾多
愁恰似一江春水
向東流

　　　　　李煜《虞美人》
　　　　李武耀雲荒人

李武耀书《虞美人》

华音流韵

虞美人

〔五代·南唐〕李煜

　　春花秋月何时了①，往事知多少。小楼昨夜又东风，故国不堪回首月明中。　　雕阑玉砌应犹在②，只是朱颜改③。问君能有几多愁④，恰似一江春水向东流。

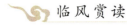

临风赏读

　　这首词大约作于李煜归宋后的第三年即太平兴国三年（978）。相传七月七日他的生日那天，在囚居的宅第命歌伎

[注释]
①了，了结，完结。
②砌，台阶。雕阑玉砌，指远在金陵的南唐故宫。雕阑，一作"雕栏"。应犹，一作"依然"。
③朱颜改，指所怀念的人已衰老。
④君，作者自称。能，或作"都""那""还""却"。

唱《虞美人》词，声调哀伤缠绵、悠扬缥缈，两旁的故臣旧人无不怆然涕下，掩面号啕，声闻于外。宋太宗闻之大怒，想着这亡国之君竟然还如此感怀故国，遂命秦王赵廷美赐牵机药将他毒死。可以说此词是李煜用血泪凝就的绝命词。

全词以问起，以答结；由问天、问人而到自问，通过形象的比喻、诘问的口吻、悲愤的情致、激宕的格调，将沛然莫御的悲愁痛悔倾泻而出，令人不堪卒读。

春花烂漫，秋月高洁，但对于一个终日浸泡在痛苦的海洋中只求速死的亡国之君来说，却已了无意趣，徒然勾发物是人非的怅触。于是奇语劈空而下，怨问苍天：春花秋月，开开落落，圆圆缺缺，要到何时方能了却？这一问，便使其心中的悲慨挟雷霆万钧之势，令人心惊而魄动。问天天不语，转而自问："往事知多少？"人间悲欢、前尘旧梦，有多少"往事"还记忆犹新呢？"小楼"两句缩笔吞咽，一"又"字更印证了春花秋月无法终了，仍须苦捱时日，偷息人间。由小楼自然联想到故国。幽囚在小楼，明月还是亘古普照大地的那轮明月，故国却已遥不可见，当年的繁华也已消歇殆尽，何堪回首？回首的也是悲恨相续，故"不堪回首"字乃是从心中滴出，字字泣血。

换头两句上承"故国"句而来，转入想象。明月下的故国，料想雕栏玉砌应该犹在，却已朱颜尽改，物是人非，这是无可奈何的人间悲剧。怀想时，愁恨何能已。于是，结拍发出痛彻肺腑的究诘："问君能有几多愁，恰似一江春水向东流。"无形的愁情化为有形的流水，而词人郁积心头、喷薄而出的万斛愁恨，也倾泻入滔滔汩汩、无尽东流的江水，长流于天地之外，注入大荒之中，感染着古往今来读者的心灵。

法国作家缪塞说："最美的诗歌是最绝望的诗歌，有些不朽的篇章是纯粹的眼泪。"这首词便是这样的不朽之作。

宋佚名《江山殿阁图》，以精细的笔法，描绘朱栏玉砌、金碧辉煌的殿宇楼阁，院内人物或行或坐或立，院外荷池岸柳，远处云山缥缈。故宫博物院藏

《韩熙载夜宴图》（局部），传为五代南唐后主李煜朝画家顾闳中所作，分为听乐、观舞、歇息、清吹、宴散五段，反映士大夫纵情声色、荒淫狂逸的生活。故宫博物院藏

古今汇评

陈廷焯：（上阕眉批）一声恸歌，如闻哀猿！（下阕眉批）呜咽缠绵，满纸血泪。（《云韶集辑评》卷一）

俞陛云：亡国之音，何哀思之深耶？传诵禁廷，不加悯而被祸，失国者不殉宗社，任人宰割，良足伤矣……以水喻愁，词家意所易到，屡见载籍，未必互相沿用。就词而论，李、刘、秦诸家之以水喻愁，不若后主之"春江"九字，真伤心人语也。（《唐五代两宋词选释》）

唐圭璋：此首感怀故国，悲愤已极……通首一气盘旋，曲折动荡，如怨如慕，如泣如诉。（《唐宋词简释》）

参读

风回小院庭芜绿，柳眼春相续。凭阑半日独无言，依旧竹声新月似当年。　笙歌未散尊罍在，池面冰初解。烛明香暗画楼深，满鬓清霜残雪思难任。——李煜《虞美人》。较之"春花秋月何时了"，这首怀旧之作更加含蓄沉着。读者仿佛可见一位面容憔悴的中年男子，临风独立栏边，回想着往事，默然无语，神情痛苦不堪。谭献称"二词（指此阕及'春花秋月'一阕）终当以神品目之"（《复堂词话》）。

梅梢腊尽春归了，毕竟春寒少。乱山残烛雪和风，犹胜阴山海上窖群中。　年光老去才情在，唯有华风改。醉中幸自不曾愁，谁唱春花秋叶泪偷流。

情知是梦无凭了，好梦依然少。笛于吹尽五更风，谁见梅花如泪不言中。　儿童问我今何在，烟雨楼台改。江山画出古今愁，人与落花何处水空流。——刘辰翁《虞美人·用李后主韵二首》作于宋亡后，异代亡国之悲，感同身受。风格遒劲，笔姿跳宕而又浑化无痕，颇得后主词之神。

风住尘香花已尽，日晚倦梳头。物是人非事事休，欲语泪先流。　闻说双溪春尚好，也拟泛轻舟。只恐双溪舴艋舟，载不动许多愁。——宋李清照避乱金华时所作的《武陵春》，词情极为悲戚哀婉，也被认为是写愁思的千古绝调。

词人心史

李煜（937—978）初名从嘉，字重光，自号钟隐，又号莲峰居士，南唐中主李璟第六子。宋太祖建隆二年（961）嗣位，在位十五年，即位后对宋称臣纳贡，以求偏安一方，生活上则穷奢极欲。宋太祖开宝八年（975）六月，宋军尽围金陵，李煜遣徐铉出使，求宋缓兵，太祖答以"卧榻之侧，岂容他人鼾睡"。十二月，金陵失守，李煜肉袒出降，被送到汴京，封为违命侯，从此幽居在汴京的一座深院小楼内，备受屈辱，终日"以眼泪洗面"。太平兴国三年（978）七月七日，被毒死于汴京，葬洛阳北邙山，世称南唐后主、李后主。

"作个才人真绝代，可怜薄命作君王"——清人郭麐如是评价他。他精于书画，洞晓音律，工于诗文，词尤为五代之冠。作为一个"好声色，不恤政事"的国君，李煜是失败的；但正是由珠围

佚名《李后主半身像》。台北"故宫博物院"藏

清吴镇《虞美人·书李后主词后》："汴云遮断江南路，凄恻成佳句。小楼怜尔又东风，何似愁多愁少任愁空。 此间无得归期乐，但有牵机药。好还天道故迟迟，却在燕山亭上杏花时。"对李煜深表同情而无比憎恨赵光义投药加害的行为，嘲笑赵宋王朝自食恶果。

翠绕、烹金馔玉的江南国主，一变而为长歌当哭的阶下囚，这种天堂地狱般的人生经历，成就了一个千古词坛的"南面王"（清沈雄《古今词话》语）。他的前期词多写宫廷享乐生活，风格绮丽柔靡；后期词反映亡国之痛，题材扩大，意境深远，感慨深沉，真情流注，语言清新明快，别具一种动人心魄的艺术魅力。王国维说："词至李后主而眼界始大，感慨遂深，遂变伶工之词而为士大夫之词。"（《人间词话》）李煜在中国词坛上的地位由此可见一斑。其词主要收集在《南唐二主词》中。

品题

后主目重瞳子，乐府为宋人一代开山。盖温、韦虽藻丽，而气颇伤促，意不胜辞。至此君方为当行作家，清便宛转，词家王、孟。（胡应麟《诗薮·杂篇》卷四）

男中李后主，女中李易安，极是当行本色。（沈谦《填词杂说》）

李重光风流才子，误作人主，至有入宋牵机之恨。其所作之词，一字一珠，非他家所能及也。（余怀《玉琴斋词序》）

予谓重光天籁也，恐非人力所及。（周之琦《词评》）

李后主词如生马驹，不受控捉。毛嫱、西施，天下美妇人也，严妆佳，淡妆亦佳，粗服乱头，不掩国色。飞卿，严妆也；端己，淡妆也；后主则粗服乱头矣。（周济《介存斋论词杂著》）

李后主、晏叔原，皆非词中正声，而其词无人不爱，以其情胜也。情不胜而为词，虽雅不韵，何足感人？（陈廷焯《白雨斋词话》卷七）

后主之词，足当太白诗篇，高奇无匹。（谭献《复堂词话》）

词至南唐，二主作于上，正中和于下，诣微造极，得未曾有。宋初诸家，靡不祖述二主，宪章正中，譬之欧、虞、褚、薛之书，皆出逸少。（冯煦《宋六十一家词选·例言》）

五季之世，二李为工。后主思深理约，致兼风雅。匪微一朝之隽，抑亦百世之宗。（樊增祥《樊山集》卷二十三）

莲峰居士（后主别号）词，超逸绝伦，虚灵在骨。芝兰空谷，未足比其芳华；笙鹤瑶天，讵能方兹清怨？后起之秀，格调气韵之间，或月日至，得十一于千首。若小晏、若徽庙，其殆庶几。断代南渡，嗣音阒然，盖闲气所钟，以谓词中之帝，当之无愧色矣。（王鹏运《半塘老人遗稿》，转引自唐圭璋《南唐二主词·总评》）

落花流水寄唏嘘，如此才情绝世稀。谁遣斯人作天子，江山满目泪沾衣。（王僧保《餐樱庑词话》引）

尼采谓："一切文学，余爱以血书者。"后主之词，是真所谓以血书者也。

（王国维《人间词话》）

　　其词精妙瑰丽，足冠五季。亡国后，尤含思凄婉，无语不工，后人多奉为宗法。（王易《词曲史·具体第三》）

　　李煜是久处繁华安乐的人，在这种可惨的俘虏境地里，禁不住有故国之思，发为歌词，多作悲哀之音。词曲起于燕乐，往往流于纤艳轻薄。到李煜用悲哀的词来写他凄凉的身世，深厚的悲哀，遂抬高了词的意境；他的词不但集唐五代的大成，还替后代的词人开一个新的意境。（胡适《词选》）

　　今传之屈赋及后主词，纯任性灵，不假雕饰，真是字字血泪……在我国古代文学史上，屈原为最早之大诗人，李后主为后来之大词人。（唐圭璋《词学论丛·屈原与李后主》）

　　后主之为人为词的最大好处，原来就在于他的真纯无伪饰……后主就正是以他的赤子之心体认了人间最大的不幸，以他的阅世极浅的纯真的性情领受了人生最深的悲慨。（叶嘉莹《从〈人间词话〉看温韦冯李四家词的风格》）

🌀 词林逸事

　　李煜一生有两位皇后，为大司徒周宗的两个女儿，后人称其为大、小周后。据记载：大周后小名娥皇，"通书史，善歌舞，尤工琵琶。……至于采戏弈棋，靡不妙绝。后主嗣位，立为后，宠嬖专房，创为高髻纤裳及首翘鬓朵之妆，人皆效之。尝雪夜酣燕，举杯请后主起舞，后主曰：'汝能创为新声则可矣。'后即命笺缀谱，喉无滞音，笔无停思，俄顷谱成，所谓邀醉舞破也。又有恨来迟破，亦后所制。故唐盛时霓裳羽衣，最为大曲，乱离之后，绝不复传，后得残谱以琵琶奏之，于是开元天宝之遗音复传于世"（陆游《南唐书》卷十六）。可见大周后是一位极有天赋的音乐家。她谱曲、演奏，李后主填词、吟咏，真个琴瑟相和，一对天仙美眷。"晚妆初了明肌雪，春殿嫔娥鱼贯列。笙箫吹断水云间，重按霓裳

李煜（传）书《礼记经解》墨迹，又称《入国知教帖》，结体独到，笔墨沉实，笔力遒劲，风神别样。帖后有米友仁跋语。香港《书谱》杂志1975年曾刊发

宋佚名《仿周文矩宫中图》（局部一、二）。图卷绘南唐后主李煜朝宫中妇女们的日常生活。女性或演奏，或捣练，或弄婴，或端坐，姿态万千。残卷四段，分藏于美国克里夫兰艺术博物馆、大都会艺术博物馆、哈佛大学福格艺术博物馆

宋佚名《仿周文矩宫中图》（局部三、四）

歌遍彻。　临风谁更飘香屑，醉拍阑干情味切。归时休照烛花红，待踏马蹄清夜月。"这阕极为俊逸神飞的《玉楼春》词，可以看作他们这对恩爱青年夫妻艺术生活的真实写照。

后来大周后染疾，心闷之余，便召唤妹妹入宫叙话。谁知，苦闷中的李煜竟对姿容绝丽的小姨子一见倾心。李煜有一首《菩萨蛮》，写自己与小周后幽会：

花明月暗飞轻雾，今宵好向郎边去。衩袜步香阶，手提金缕鞋。　画堂南畔见，一晌偎人颤。奴为出来难，教郎恣意怜。

词中写透了小周后的心事，十分逼真地刻画出少女心头小鹿乱撞的那种情窦初开、偷尝禁果神态。

很快，大周后得知此事，自恨"祸起萧墙"，却也无可奈何，终不再见丈夫与妹妹。不久，大周后在难遣的懊悔与深深的哀怨中离开了人世。大周后死后，李煜悲痛不已，自称"鳏夫"，作《昭惠周后诔》以寄托哀思。"苍苍何事，歼予伉俪"，"茫茫独逝，舍我何乡？"（《全唐文》卷一百二十八）洋洋数千言，沉痛凄婉。但不多久，他还是封大周后之妹为皇后，二人过着逍遥快活的日子。

低吟/浩唱

虞美人

［北宋］晏几道

曲阑干外天如水，昨夜还曾倚。初将明月比佳期，长向月圆时候望人归。　罗衣着破前香在，旧意谁教改。一春离恨懒调弦，犹有两行闲泪宝筝前。

这是一首怀人怨别词，上片描述女子倚阑望月、盼人归来的痴情；下片抒写女子不幸被弃后内心的苦恨，寄托了词人在落拓不堪的人生境遇中对于人情冷暖、世态炎凉、身世浮沉的深沉感慨。运笔回环往复，语句明白如话而情意浓厚，词风颇似南唐后主。

虞美人

[北宋] 苏轼

波声拍枕长淮晓，隙月窥人小。无情汴水自东流，只载一船离恨向西州。　　竹溪花浦曾同醉，酒味多于泪。谁教风鉴在尘埃，酝造一场烦恼送人来。

元丰七年（1084）十一月，词人至高邮与秦观相会后，于淮上饮别，作此词，表达与秦观心神交契的深挚情谊。上片写别后行程，下片追忆当年两人同游的情景。末两句谓秦观之才识抱负为其所赏，却被沦落、埋没，只酿造出无尽的烦恼和愤懑。故作反语，更见真情。

虞美人　寄公度

[北宋] 舒亶

芙蓉落尽天涵水，日暮沧波起。背飞双燕贴云寒，独向小楼东畔倚阑看。　　浮生只合尊前老，雪满长安道。故人早晚上高台，赠我江南春色一枝梅。

这首词抒写岁暮怀人的孤凄心境。上片写日暮登楼所见：秋风湖上，沧波浩渺，残荷凋零，暮云低垂，燕贴云飞，词人触景而生孤独惆怅之感；下片直抒怀念故人之情。转眼又到岁暮，雪满京城，寒夜把盏，唯有独酌以慰寂寥愁闷。结末从对面说起，用南朝宋陆凯折梅题诗以寄范晔的故事，以表达渴望友人带来问候和慰藉。全词笔致疏朗隽爽，写景如画，意境清幽萧瑟，饶有韵味。

虞美人　宜州见梅作

[北宋] 黄庭坚

天涯也有江南信，梅破知春近。夜阑风细得香迟，不道晓来开遍向南枝。　　玉台弄粉花应妒，飘到眉心住。平生个里愿杯深，去国十年老尽少年心。

这首词当作于崇宁三年（1104）冬或四年春，其时词人因作《承天院塔记》，朝廷指为"幸灾谤国"，被除名，押送到宜州编管。上片抒写其在宜州见梅的惊喜，由情绪的两度抑扬逐层推出惊喜不迭，感受着梅花带来的春天喜悦和故乡的慰藉；过片引用一个关于梅花的浪漫故事，表达对美好情事的追忆，绵邈深沉；最后直

风鉴，风度卓识。

舒亶（1041—1103）字信道，慈溪（今属浙江）人。治平进士。与李定同劾苏轼，是为"乌台诗案"。崇宁元年（1102）知南康军，以开边功，由直龙图阁进待制，翌年卒。今存赵万里辑《舒学士词》一卷。

元王冕《南枝春早图》，绘一枝老梅虬枝如铁，粗壮的主干挺劲洒脱，浑朴自然。在枝干交错中，繁花簇簇点缀其间，疏密有序，聚散得当，画出了梅花清雅高逸的神韵，也寄寓着画家高标孤洁的襟怀。台北"故宫博物院"藏

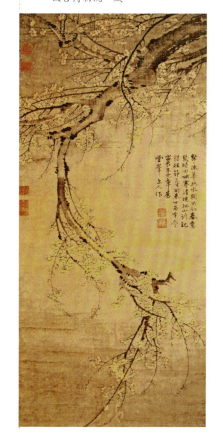

抒昔日的少年心被人世的风霜消磨殆尽的郁愤之情，顿挫激越，具有强烈的震撼力。整首词风格疏宕，转折跌宕，即景感怀，极为深挚。

虞美人

［北宋］秦观

碧桃天上栽和露，不是凡花数。乱山深处水萦回，可惜一枝如画为谁开。　　轻寒细雨情何限，不道春难管。为君沉醉又何妨，只怕酒醒时候断人肠。

这是一首席间赠贵官侍姬碧桃的作品，作于元祐间词人任职京师之时。上片一语双关，以花拟人，写碧桃的境遇，生于非地，在乱山深处孤独自开，纵然有仙品高格，盈盈如画，却不被人赏。下片言碧桃的苦痛。先写春光多情，让人惬意，然后笔墨一转，叹惜其不由人意。末两句拟碧桃声口，说是为报知己，不怕拼却一醉，怕的是酒醒之后，欢筵散尽，斯人离去，更令人肠断！词人仕途抑塞，不为世用，叹咏美人的命运，其实正是自伤身世，自抒怀抱。全词托物寄怀，深沉蕴藉，千回百转，极尽含蓄委婉之致。

 参读

秦少游寓京师，有贵官延饮，出宠妓碧桃侑觞，劝酒倦倦。少游领其意，复举觞劝碧桃。贵官云："碧桃素不善饮。"意不欲少游强之。碧桃曰："今日为学士拼了一醉！"引巨觞长饮。少游即席赠《虞美人》词曰："碧桃天上栽和露……"阖座悉恨。贵官云："今后永不令此姬出来！"满座大笑。——皇都风月主人《绿窗新话》卷上

虞美人令

［北宋］李廌

玉阑干外清江浦，渺渺天涯雨。好风如扇雨如帘，时见岸花汀草涨痕添。　　青林枕上关山路，卧想乘鸾处。碧芜千里思悠悠，惟有霎时凉梦到南州。

这首词是怀人念远之作，于潇洒中见深情。上片以极精细巧妙之笔，绘写江天空阔中一场春雨的韵致、活力。下片转写室内枕上由如许好雨引发的遐思，驰向万里关山、千里碧芜；凉梦霎时，又

落红铺径水盈（平）池（秦观《画堂春》句）　清张梓

青林，指隐逸避世之处。

乘鸾，指仙游。《集仙录》："天使降时，鸾鹤千万，众仙毕至。高者乘鸾，次者乘麒麟，次乘龙。"

李廌（1059—1109）字方叔，号德隅斋，又号济南先生、太华逸民，先世由郓州迁华州，遂为华州（今陕西华县）人。少受知于苏轼，才气横溢，诗文并著。有《济南集》《师友谈记》。

向南州。上下片两重时空转换，写景如绘，境界清疏空灵；情韵绵绵，令人悠然回味不尽。况周颐谓此词"'好风'句绝新，似乎未经人道。歇拍云：'碧芜千里思悠悠，惟有霎时凉梦到南州。'尤极淡远清疏之致"（《蕙风词话》卷二）。

宋赵昌（传）《林檎花图》，以没骨画法，晕染傅彩技巧精湛，粉色浓重，形象准确，为南宋写生画中的上上之品。日本畠山纪念馆藏

虞美人

［南宋］叶梦得

雨后同干誉、才卿置酒来禽花下。

落花已作风前舞，又送黄昏雨。晓来庭院半残红，惟有游丝千丈罥晴空。　　殷勤花下同携手，更尽杯中酒。美人不用敛蛾眉，我亦多情无奈酒阑时。

这是一首暮春伤怀之作，表现惜花伤春、流连光景的情思。上片写景，落花风前作舞，游丝晴空袅娜，似乎依依难舍春之归去，景中寓情。下片抒情，携手花下，殷勤劝饮，酒阑人散，犹强自慰人慰己，一往情深。全词意境高旷清朗，笔致简淡。唐圭璋亦谓此首"风格高骞，极似东坡"（《唐宋词简释》）。

干誉，许尢宗字，饶州乐平（今属江西）人。才卿，不详。

来禽，林檎别名，南方称花红，北方称沙果。

罥，缠绕。

虞美人　春愁

［南宋］陈亮

东风荡飏轻云缕，时送潇潇雨。水边台榭燕新归，一口香泥湿带落花飞。　　海棠糁径铺香绣，依旧成春瘦。黄昏庭院柳啼鸦，记得那人和月折梨花。

这首词描绘春景，风雨、落花、衔泥的燕子，层层勾勒，构成一种深曲凄凉的意境，一位为伤春而瘦损的闺中女子的身影绰约可见。结末集中描写这位女子对"那人"披着月色折花相赠的美好追忆，而眼前所见只有那沉沉暮色的庭院，啼月的归鸦，她心中的万缕愁绪读者自可体会得到。陈亮词以豪放著称，这首却写得婉约幽雅。

中年听雨　清赵懿

虞美人　听雨

［南宋］蒋捷

少年听雨歌楼上，红烛昏罗帐。壮年听雨客舟中，江阔云低断雁叫西风。　　而今听雨僧庐下，鬓已星星也。悲欢离合总无情，

元赵孟𫖯《自画像》，线条优美，形象逼真，神情洒脱。美国大都会艺术博物馆藏

赵孟𫖯（1254—1322）字子昂，号松雪道人，湖州（今属浙江）人。宋太祖十一世孙。宋末以父荫补官，入元后累官至翰林学士承旨，封魏国公，谥文敏。书法渊源晋、唐，圆转流美，骨力秀劲，世称"赵体"。绘画兼通众长，山水、人物各尽其妙，开有元一代画风。亦能诗、文、词，有《松雪词》一卷。

沈际飞字天羽，自署震峰居士，江苏昆山人。事迹不详。有《沈评草堂诗馀》《词谱》。

榆关，即山海关，也作渝关，在今河北秦皇岛市，是万里长城的起点。

桑干，即桑干河，发源于山西省宁武县管涔山，流经山西、河北注入永定河后，由天津入海。

一任阶前点滴到天明。

这首词以时空转换的艺术手法，俯仰身世，截取少年、壮年和而今三幅听雨图，缩一生的悲欢歌哭于尺幅小帧之内：由少年风流浪漫，沉醉于醇酒佳人；壮年江湖漂泊，痛感于国破家亡，到而今寄身僧庐，萧索凄苦，慨叹于世间的悲欢离合，透出一个亡国者忧患余生的彻骨悲凉、哀痛和绝望，读来令人凄然。

虞美人　浙江舟中作

[元] 赵孟𫖯

潮生潮落何时了，断送行人老。消沉万古意无穷，尽在长空淡淡鸟飞中。　　海门几点青山小，望极烟波渺。何当驾我以长风，便欲乘桴浮到日华东。

这首词当作于入元之后，抒写由舟中所见之景兴发的消沉万古的绵邈之思、人世沧桑的深沉之慨。结句期盼驾长风、乘仙筏，驶向那令人向往的神仙境界，或透出词人以宋室而出仕元的幽微难言的隐痛。词作寓哲理于状景抒情之中，意境邈远，感情深沉，篇外之意令人玩绎不尽。

虞美人　春晚

[明] 沈际飞

阶前嫩绿和愁长，坐忆眠还想。花红破梦似相怜，起望小林残萼损容颜。　　双莺又向愁人絮，春也知归去。个人只是不思家，生却杨花心性落天涯。

这首词写春暮怀人怨别，思致绵邈，娟然妍雅。夏承焘等谓"虽系缘情之作，兼寓怨悱之旨。'花红破梦似相怜'，新而不纤，意厚故也"（《金元明清词选》）。

虞美人

[清] 蒋平阶

白榆关外吹芦叶，千里长安月。新妆马上内家人，犹抱胡琴学唱《汉宫春》。　　飞花又逐江南路，日晚桑干渡。天津河水接天流，回首十三陵上暮云愁。

这首词大抵作于明亡之后，抒写的是春日客游北国的感怀。全词以情景交融、相互生发的手法成功地表达了一种难以言传的悲苦心态，无一句言亡国之恨，亡国之恨却浸透于字里行间，极其含蓄委婉，蕴藉深幽。

虞美人　无聊

[清]陈维崧

无聊笑捻花枝说，处处鹃啼血。好花须映好楼台，休傍秦关蜀栈战场开。　　倚楼极目添愁绪，更对东风语。好风休簸战旗红，早送鲥鱼如雪过江东。

蒋平阶手书《陈其年词集序》

这首词作于康熙十三年（1674）春，其时适值"三藩"战乱，陕西、四川、江南人民复陷于血火之中。词人深情地祈愿这些地区的人民能远离战乱，恢复和平安定的生活，与杜甫《洗兵马》中"安得壮士挽天河，净洗甲兵长不用"有着同样的用心与工妙。全词深曲含蓄，感情由激亢而舒缓，在平淡中见曲折。

虞美人

[清]董士锡

韶华争肯偎人住，已是滔滔去。西风无赖过江来，历尽千山万水几时回。　　秋声带叶萧萧落，莫响城头角。浮云遮月不分明，谁挽长江一洗放天青。

词人生当嘉庆、道光之际，以惊人的敏感觉察到了大厦将倾的征兆。这首秋词将自然界萧瑟的秋景与现实社会凛冽的秋意融为一体，语含双关，妙合无垠，表达了一代仁人志士对日渐衰败的清朝廷的前途命运的深沉忧思，语近旨远，奇警沉郁。

虞美人

[清]蒋春霖

水晶帘卷澄浓雾，夜静凉生树。病来身似瘦梧桐，觉道一枝一叶怕秋风。　　银潢何日销兵气，剑指寒星碎。遥凭南斗望京华，忘却满身清露在天涯。

词人漂泊江淮间，饱经太平天国时期乱离之苦，心境悲凉已极。这首词通过风中梧桐萧索枯瘦的形象，生动地刻画了词人形貌之憔悴，委婉含蓄地透露出衰世歧路的夹击下知识之士寒彻心骨的迷茫、失落与忧思。

蒋平阶（1616—1714）字大鸿，别署杜陵生，世居华亭张泽（今上海松江区张泽镇）。诸生。明清易代之际，流亡至福州，投南明唐王。唐王败亡，乃易道士服，漫游四方，以堪舆谋生。工于诗文。其词直接唐人，专意小令，为云间词派之旁支，与弟子合著有《支机集》。

董士锡（1782—1831）字晋卿，一字损甫，江苏武进人。副榜贡生，候选直隶州州判。家清贫，客游四方。应聘修《续行水金鉴》。工古文、诗、词，其词造语清俊，情致凄郁浓烈，为常州派中坚。有《齐物论斋词》。

张尔田（1874—1945）字孟劬，号遁庵，杭县（今浙江杭州）人。曾中举人，官刑部主事、知县、候补知府。辛亥革命后曾预修清史，先后任交通大学、北京大学教授，燕京大学国学总导师。精史学，其词则感时抒愤，魄力沉雄，有《遁庵乐府》。

虞美人花，以其特有色彩、姿态及其美艳惨悲的历史传说，成为古典诗词和绘画的常用题材之一。

宋佚名《虞美人图》，以没骨法绘深红、浅紫、粉白虞美人花三枝，花朵茎叶扶疏簇拥，花瓣连勾带晕，风姿绰约。全幅设色富丽，渲染细腻，有光泽感。上海博物馆藏

《词谱》（《虞美人》）

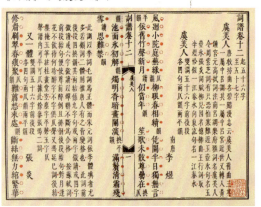

虞美人

［清］张尔田

天津桥上鹃啼苦，遮断天涯路。东风竟日怕凭阑，何处青山一发是中原。　　酒醒梦绕屏山冷，独自恹恹病。故园今夜月胧明，满眼干戈休照国西营。

这首词为八国联军入侵北京后所作。上片描绘暮春时节啼鹃哀鸣、天涯路断的凄迷景象，借以象征八国联军蹂躏北京、祖国面临瓜分豆剖的危难局面；抒写不忍登高望远，目击列强瓜分山河破碎惨象的凄苦心境。下片转入对月感伤国事，极写忧思之深。此词骨力沉雄，气格苍劲，故钱仲联谓"是能以杜甫诗笔为词者"（《清词三百首》）。

倚声依谱

《虞美人》又名《一江春水》《玉壶水》《巫山十二峰》等，原为唐教坊曲，初咏项羽宠姬虞美人，因以为名。双调，五十六字，上下片各四句，以七字句和五字句为主，配以一个九字句为结，凡四换韵，仄韵与平韵相间，每句用韵，故音节明快响亮气势奔放，以慷慨悲歌为基本特色，以抒情为主。

【定格】

中平中仄平平**仄**，中仄平平**仄**。

中平中仄仄平**平**，中仄中平平仄仄平**平**。

中平中仄平平**仄**，中仄平平**仄**。

中平中仄仄平**平**，中仄中平平仄仄平**平**。

渔家傲

塞下秋来风景异

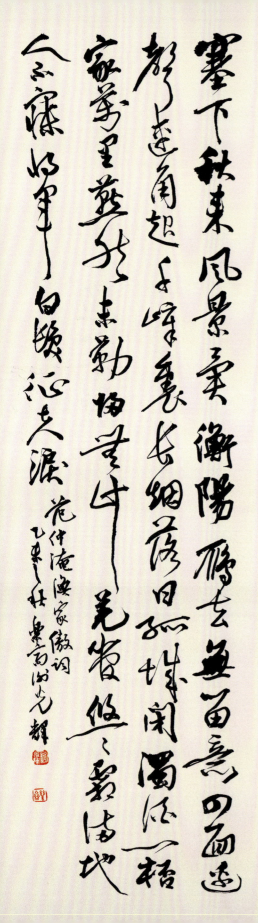

谢光辉书《渔家傲》

华音流韵

渔家傲

[北宋] 范仲淹

塞下秋来风景异①，衡阳雁去无留意②。四面边声连角起③，千嶂里，长烟落日孤城闭。 浊酒一杯家万里，燕然未勒归无计④。羌管悠悠霜满地⑤，人不寐，将军白发征夫泪。

临风赏读

范仲淹以《岳阳楼记》雄文一篇，"先天下之忧而忧，后天下之乐而乐"的怀抱，开阔了多少代人的心襟！而《渔家傲》一阕，援战事、国事入词，意境沉雄开阔，气概苍凉悲壮，则又开创了有宋一代词坛豪放之风。

宋仁宗宝元、庆历间（1038—1043），西夏成为西北边防大患。康定元年（1040），元昊大举进攻当西夏出入关要冲的延州，大败宋军于三川口（今陕西延安西北），朝野震惊。范仲淹临危受命，以龙图阁直学士任陕西经略副使，并自请代张存兼知延州，与韩琦等共同抗击西夏的进攻，遍历宋与西夏的前线，直至庆历三年（1043）被召还朝廷。他在任四年，选将练卒，招抚流亡，增设城堡，联络诸羌，对西夏形成了强大的威慑力量，以至于边民有"军中有一韩，西贼闻之心骨寒；军中有一范，西贼闻之惊破胆"（孔平仲《谈苑》卷三）的俗谚。这首词即作于经略陕西时。原有数阕，皆以"塞下秋来"为首句，欧阳修曾称为"穷塞主之词"（宋魏泰《东轩笔录》卷十一），但流传至今的却只有此词。

上片极写边塞的萧瑟荒凉，渲染出战时边地一派紧张而带凄厉的气氛。起句一笔带过时地，以一"异"字领起全阕，点明词人作为一个江南人对边地风物迥异的感受，而蕴藏于内心的思乡情绪在这种对比中委婉传出。接着宕开一笔，以大雁决然南归竟无丝毫留恋之意，反衬出边地的荒凉，更反衬出将士们久守边庭而不得归的苦痛。"四面边声"三句，从听觉与视觉的角度具体描绘战乱边城悲凉肃杀的景象。军营的号角声，应和着四面八方此起彼伏的边声——雁声、羌笛、胡笳声、风声、马嘶声——在耳畔鸣响；而孤城的晚色，在长烟落日的映衬下，莽莽荒原，群峰屏立，城门紧闭，一片苍茫无际。壮阔的景象与紧闭的孤城相映衬，使人如临其境，感受到守边将士内心的悲壮和悲凄。

词的下片承接上片所描写的"异"景意脉，转入抒写将士们强敌未灭、乡关万里的怅恨心声。"浊酒一杯"二句写在这不眠之夜，戍边将士也只有借酒遣怀，但一杯浊酒，哪能抵御万里家山之思！久困孤城，他们早已归心似箭，然而边患未靖、功业未就，还乡之计又何从谈起？"羌管"呼应上片的去雁、边声、长烟、落日，是融情入景之句。悠悠羌笛，唤醒将士的绵绵思绪；满地严霜，也似乎是覆盖在热切的乡愁上。结拍"人不寐"二句直道将军、征夫夜长无眠、鬓发染霜、泪下如霰的痛苦心情，含意深远，扣人心弦。

全词大开大阖，超拔豪迈，以质朴、凝练的语言，将爱国将士思归与守土的矛盾心理、慷慨而又惆怅的情绪描绘得十分细致，对久戍穷边怀念家乡的将士寄予了深切同情，于苍凉悲壮中透出一种激越奋发，体现了词人拳拳爱国之心和真正的悲悯情怀。

古今汇评

魏　泰： 范文正公守边日，作《渔家傲》乐歌数阕，皆以"塞下秋来"为首句，颇述边镇之劳苦。欧阳公尝呼为"穷塞主之词"。（《东轩笔录》卷十一）

衡阳雁去无留意　钱君匋

延安古名肤施，是西北的边塞重镇，素有"塞上咽喉"之称。宋与西夏战争频繁，名臣范雍、韩琦、范仲淹在此御敌。

古城延安旧影

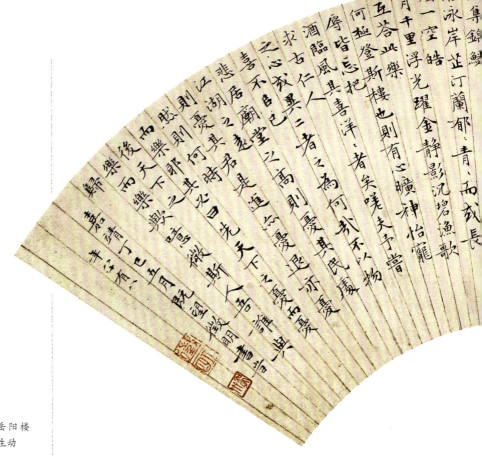

明文徵明书范仲淹《岳阳楼记》，温润秀劲，谨严而意态生动

范仲淹《渔家傲》（《诗馀画谱》）

彭孙遹：“将军白发征夫泪”，亦复苍凉悲壮，慷慨生哀。（《金粟词话》）

先著、程洪：一幅绝塞图，已包括于“长烟落日”十字中。唐人塞下诗最工、最多，不意词中复有此奇境。（《词洁》卷二）

沈际飞：希文道德未易窥，事业不可笔记。“燕然未勒”句，悲愤郁勃，穷塞主安得有之。（黄苏《蓼园词选》引）

谭　献：沉雄似张巡五言。（《复堂词话》）

刘永济：此词虽有思归之情而无怨尤之意。盖抵御侵略，义不容辞，然征夫久戍，亦非所宜。故词旨虽雄壮而取境却苍凉也。（《唐五代两宋词简析》）

唐圭璋：此首，公守边日作。起叙塞下秋景之异，雁去而人不得去，语已凄然。“四面”三句，实写塞下景象，苍茫无际，令人百感交集。千嶂落日，孤城自闭，其气魄之大，正与“风吹草低见牛羊”同妙。加之边声四起，征人闻之，愈难为怀。换头抒情，深叹征战无功，有家难归。“羌管”一句，点出入夜景

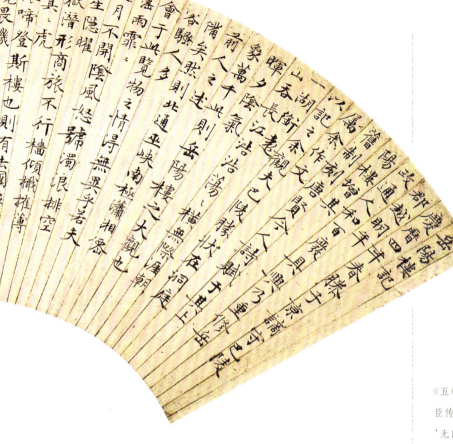

色，霜华满地，严寒透骨，此时情况，较黄昏日落之时，尤为凄悲。末句，直遣将军与三军之愁苦，大笔凝重而沉痛。惟士气如此，何以克敌制胜？故欧公讥为"穷塞主"也。
（《唐宋词简释》）

参读

秋风紧，平碛雁行低，阵云齐。萧萧飒飒，边声四起，愁闻戍角与征鼙。　青冢北，黑山西。沙飞聚散无定，往往路人迷。铁衣冷，战马血沾蹄。破蕃奚，凤皇诏下，步步蹑丹梯。——毛文锡《甘州遍》，境界开阔而悲壮，描绘出一幅边塞荒寒的图景。

紫塞月明千里，金甲冷，戍楼寒。梦长安。　乡思望中天阔，漏残星亦残。画角数声呜咽，雪漫漫。——牛峤《定西蕃》如盛唐的塞下曲，李冰若谓"塞外荒寒，征人梦苦，跃然纸上"（《栩庄漫记》）。

范仲淹守延州，威镇西夏。《五朝名臣言行录》卷七引《名臣传》"……夏人闻之，相戒曰：'无以延州为意，今小范老子腹中自有数万兵甲，不比大范老子（范雍）可欺也。'"

延安宝塔山石刻

延安宝塔山范仲淹所题石刻

范仲淹像

范仲淹《道服赞》，为其友所制道服所撰赞文，行笔清劲瘦硬，结字方正端谨，风骨峻拔。故宫博物院藏

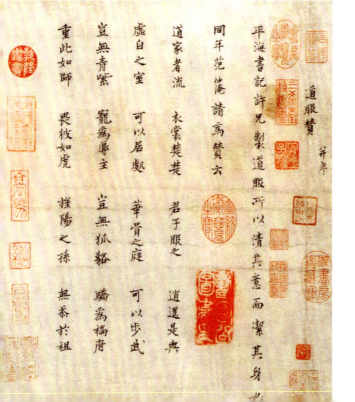

词人心史

范仲淹（989—1052）字希文，其先邠（今陕西彬县）人，后徙苏州吴县（今属江苏）。太宗端拱二年八月二十九日（989年10月1日）诞生在真定府（今河北正定），其父范墉时为成德军节度掌书记。幼孤，母谢氏改嫁长山朱氏，从其姓，改名朱说，入仕后还姓更名，迎母奉养。少时，攻苦食淡，励志苦读于淄州长白山醴泉寺等地。大中祥符八年（1015）中进士，授广德军司理参军。仁宗时，累迁吏部员外郎，权知开封府。康定元年（1040）以龙图阁直学士，与韩琦并为陕西经略安抚副使，兼知延州，以防御西夏侵扰。庆历三年（1043）任枢密副使、参知政事，上书言事，并主持以整顿吏治为中心的"庆历新政"，因遭贵族、旧臣、滥官污吏的反对，迅即被罢去参知政事，新政失败。此后他又知邓州、杭州、青州等地，皇祐四年（1052）徙知颍州，五月二十日（6月19日）至徐州溘然长逝，谥文正。有《范文正公文集》。

作为北宋最杰出的政治家之一，范仲淹才通文武，尤以名节自励，开一代士风，其"以天下国家为己任"、先忧后乐的风范和襟怀深为当时和后世景仰，王安石誉之为"一世之师"，朱熹也赞之为"本朝第一流人物"。文学创作上，他是北宋诗文革新运动的先行者之一，散文、诗、词均有佳篇传世。其词存世仅六首，或援国事、史事入词，或写恋情相思、离愁别况，既有大笔振迅处，又能妙入情语，真挚动人。无论就词境、词风的开创，还是就艺术表现，范仲淹在词史上均占有不可忽视的地位。

参读

宁鸣而死，不默而生。——范仲淹《灵乌赋》

江上往来人，但爱鲈鱼美。君看一叶舟，出入风波里。——范仲淹《江上渔者》

品题

（范仲淹）词激壮沉雄，虽写离情，亦变大笔振迅，不作一软媚语，自是英雄本色，亦苏辛派之先河也。（龙榆生《唐五代宋词选》）

 ## 低吟/浩唱

渔家傲　和程公辟赠

［北宋］张先

巴子城头青草暮，巴山重叠相逢处。燕子占巢花脱树，杯且举，瞿塘水阔舟难渡。　　天外吴门清霅路，君家正在吴门住。赠我柳枝情几许，春满缕，为君将入江南去。

词人六十三岁（1052年）时，在知渝州（今重庆）任上即将离任返乡，而友人程师孟（字公辟）正任夔州（今重庆奉节）路提点刑狱，赋词赠别，有"折柳赠君君且住"之句。这首便是和程师孟赠别之作。词的上片通过描绘暮春时节的巴山蜀水传达词人忆相逢、惜相别的依依之情。下片则将视线从长江头移向长江尾，从巴子城头移到两人家乡所在——吴门（今江苏苏州，程师孟故乡）与霅溪（词人故乡湖州乌程东南），表达自己将珍重这份深情厚谊，并要为友人把无限乡思带回那草长莺飞的江南。受三巴民歌《竹枝》的影响，这首词风格清新，语言晓畅而词句却复叠回环，多低徊不尽之意，饶有民歌风味。

渔家傲

［北宋］欧阳修

花底忽闻敲两桨，逡巡女伴来寻访。酒盏旋将荷叶当，莲舟荡，时时盏里生红浪。　　花气酒香清厮酿，花腮酒面红相向。醉倚绿阴眠一饷，惊起望，船头搁在沙滩上。

词人用《渔家傲》词牌共作六首采莲词，此词为其中之一，以清新而又富有生活情趣的语言，描写采莲女们荡舟采莲时饮酒逗乐、任船漂游、醉眠树荫、船搁沙滩的欢乐场景，声、影、味、色都呈现在一个画面里，一群活泼、大胆而又顽皮的少女呼之欲出。此词风格清新明丽，生动活泼，别饶民歌韵味。

巴子，即今之重庆巴县，在渝州附近，周代为巴子国，与巴东、巴西合称三巴，三巴都可以称巴山。

瞿塘峡，是长江三峡第一峡，两岸如削，岩壁高耸，大江在悬崖绝壁中"奔流电激，舟人为之恐惧"（《太平寰宇记》卷一百四十八）。

逡巡，宋元俗语，犹顷刻，一会儿。

清厮酿，清香之气，混成一片。厮，相互。

清任颐《杂画图册》之《采莲》

十月天气和暖如春，故曰小春。

渐，冰凌。

款段，马行迟缓的样子，后借指驽马，这里实指其所骑的毛驴。

宋马麟《静听松风图》，描绘江南明山秀谷中，一高士悠然坐于松下，闭目凝神静听松风轻吟、流水低唱，神态安详萧散。台北"故宫博物院"藏

渔家傲　冬景

[北宋] 欧阳修

十月小春梅蕊绽，红炉暖阁新妆遍。锦帐美人贪睡暖，羞起懒，玉壶一夜冰渐满。　　楼上四垂帘不卷，天寒山色偏宜远。风急雁行吹字断，红日晚，江天雪意云撩乱。

这首词写梅蕊初绽时节深闺的闲逸情怀，将闺房的暖艳、温馨和初冬的清寒交织在一起，对比强烈而又和谐统一，颇饶韵味。俞陛云谓"后阕状江山寒色，足当'清远'二字"，且在词人此调多阕中，"此首最为擅胜"（《唐五代两宋词选释》）。

渔家傲

[北宋] 王安石

灯火已收正月半，山南山北花撩乱。闻说洊亭新水漫，骑款段，穿云入坞寻游伴。　　却拂僧床褰素幔，千岩万壑春风暖。一弄松声悲急管，吹梦断，西看窗日犹嫌短。

词人晚年退居江宁半山园，常乘一驴，到钟山定林寺昭文斋读书、著述，或到附近山林溪壑间登览。这首词就是写一次野游寻春的悠闲情致与恬淡心境。煞拍三句写美好的梦境却被四周悲凉的犹如急切笛声的松涛声打破，起看日光，不能不嫌梦境之短。字里行间还是隐隐透露了词人内心的不平静。全篇一扫北宋前期词坛上绮罗香泽之态，即事写景，全以白描手法勾勒，物象清幽，气韵萧散，别具风致。

渔家傲　东阳郡斋作

[北宋] 朱服

小雨纤纤风细细，万家杨柳青烟里。恋树湿花飞不起，愁无际，和春付与东流水。　　九十光阴能有几，金龟解尽留无计。寄语东阳沽酒市，拼一醉，而今乐事他年泪。

这首词抒写惜花伤春，原题为"春词"，作于知婺州（今浙江金华）任上。上片专就小雨描绘暮春景象，

清淡迷离，而将对春光易逝的无限感伤掺入其中。下片转为对时光难留、浮生若梦的满怀愁怨。结二句意谓不如豁着一醉，先顾今日之欢悦，任凭他年追忆少壮乐事而感伤垂泪。这貌似旷放，实则沉郁凄怆。况周颐谓"白石词'少年情事老来悲'，宋朱服句'而今乐事他年泪'二语合参，可悟一意化两之法"（《蕙风词话》卷二），耐人咀嚼。

渔家傲

［北宋］周邦彦

灰暖香融销永昼，蒲萄架上春藤秀。曲角栏干群雀斗，清明后，风梳万缕亭前柳。　　日照钗梁光欲溜，循阶竹粉沾衣袖。拂拂面红如着酒，沉吟久，昨宵正是来时候。

这首词抒写闺中女子的春日情思。上片以极明秀欢快的笔致，由内而外，有动有静，渲染出一片永昼春景，为下片作铺垫；下片著笔轻柔，逼真地勾画出一位光艳照人的多情女子的神态。结二句点醒读者：原来情人来赴幽会就在昨日，今日整整一天，她仍沉浸在欢乐的回忆中。全词语言精练传神，意境温婉秀洁，读来妙不可言。

参读

近日门前溪水涨，郎船几度偷相访。船小难开红斗帐，无计向，合欢影里空惆怅。　　愿妾身为红菡萏，年年生在秋江上。重愿郎为花底浪，无隔障，随风逐雨长来往。——欧阳修《渔家傲》以新颖活泼的民歌风味，以莲塘秋江为背景，歌咏水乡女子对爱情大胆、热烈的追求。

渔家傲

［北宋］谢逸

秋水无痕清见底，蓼花汀上西风起。一叶小舟烟雾里，兰棹舣，柳条带雨穿双鲤。　　自叹直钩无处使，笛声吹彻云山翠。鲙落霜刀红缕细，新酒美，醉来独枕莎衣睡。

这首词描绘了一幅清旷淡远的渔父归舟图：渔父驾扁舟自由穿梭于秋江烟雾之中，钓得双鲤，自脍独

金龟，唐三品官之佩饰。贺知章在长安一见李白，即呼为"谪仙人"，并解下金龟换得美酒与之痛饮。此处借用此典，表明极意把酒留春。

朱服（1048—？）字行中，湖州乌程（今浙江吴兴）人。熙宁六年（1073）进士。累官起居舍人、礼部侍郎。历知润州、泉州、婺州等地。徽宗朝以与苏轼游贬至蕲州安置，改兴国军，卒。存词一首。

宋佚名《秋江暝泊图》，山色空濛，溪流蜿蜒，归舟晚泊，勾勒出一幅淡远的秋江景象，所谓"尺幅中能旷远绵邈，极晦明隐显之态"。故宫博物院藏

南溪，在安徽休宁县境内。

湜湜，水清澈见底。

凫鹥，野鸭曰凫，沙鸥曰鹥。

葛胜仲（1072—1144）字鲁卿，江阴人。绍圣进士，曾两度任湖州知州。文称雄健，诗称清丽，词亦有名于世。与叶梦得友善，词风亦相近。有《丹阳集》，已佚。

三山，古代神话，东方大海里有三座仙山，叫作蓬莱、方丈、瀛洲。

清袁耀《蓬莱仙境图》，以超凡想象力描绘出一幅梦幻般恢宏而瑰奇的景象。章法曲折有致，气势翻江倒海，令观者惊心动魄。故宫博物院藏

酌，醉后独枕莎衣而卧，何其疏放自在！然"自叹直钩无处使"一句却透露出内心深处的隐痛：虽怀抱利器而却不为世用。词人屡举进士而不第，渔父当是自我写照。全词言浅意深，流荡着一股飘逸之气。

渔家傲

[南宋]葛胜仲

初创真意亭于南溪，游陟晚归作。

岩壑萦回云水窟，林深路断迷烟客。茅屋数椽携杖舄，人寂寂，侵檐万个琅玕碧。　　倦客羁怀清似涤，更无一点飞埃迹。溪涨慢流过几席，寒湜湜，凫鹥点破琉璃色。

大观三年（1109）七月，词人因与朝廷议事不合，贬知歙州休宁县（今属安徽）。次年于南溪上建真意亭，自言因景仰陶渊明，故取其《杂诗》之意命其亭，有诗词纪其游，此即其中一首。词由岩壑、云水、深林、迷烟、茅屋、涨溪、凫鹥等构成一幅清奇超俗的山水图，衬托在这图画里的人物倦怀羁思洗尽，而词人高远的意境、超脱凡俗的情怀由此可见。周笃文谓此词"格调高奇，俨然画境"（《宋百家词选》）。

渔家傲

[南宋]李清照

天接云涛连晓雾，星河欲转千帆舞。仿佛梦魂归帝所，闻天语，殷勤问我归何处。　　我报路长嗟日暮，学诗谩有惊人句。九万里风鹏正举，风休住，蓬舟吹取三山去。

以词风清丽婉转、含蓄蕴藉而冠绝古今的女词人，写出的这首词却是飞扬健举，奔放旷达，气度恢宏，格调雄奇，真个是"穿天心，出地腑"的惊人之笔！词以象征手法，创造出一个奇幻的神仙世界，象喻着词人心灵中对精神自由的向往和对人生热烈而执着的追求。上阕写拂晓时分海天一色、溟蒙无际的壮阔景象，及梦中横渡天河，直入天宫，天帝殷勤相问。下阕是词人作答，大胆地向天帝倾诉胸中的愤懑，强烈要求摆脱"路

长"与"日暮"的困苦境地，然后像鹏鸟一样，高飞远举于九天，或者驾一叶扁舟，乘风破浪，驶向美妙的"三山"仙境。词中既有李白的放浪恣肆，又具有杜甫的沉郁顿挫，难怪梁令娴谓"此绝似苏辛派，不类《漱玉词》中语"（《艺蘅馆词选》乙卷）。

宋马麟（传）《寒江独钓图》，遍地皆白，天寒地冻，在芦苇近岸架于水上的篷子里，一渔夫放下拖网，蹲坐束手静候。日本MOA美术馆藏

渔家傲引

［南宋］洪适

子月水寒风又烈，巨鱼漏网成虚设。罶罶从它归丙穴，谋自拙，空归不管旁人说。　　昨夜醉眠西浦月，今宵独钓南溪雪。妻子一船衣百结，长欢悦，不知人世多离别。

乾道二年（1166），词人归鄱阳，建盘洲别业闲居，以著述自娱。作《渔家傲引》十二首，生动形象地描绘了渔家一年十二个月的生活情景，词境空灵高远。这一首咏"子月"（即农历十一月）的渔家生活。笔下的渔人绝不是志不在鱼的隐士，而是为鱼而忙的真渔人。尽管浮家水上，顶烈风，涉寒水，捕鱼落空；尽管妻室儿女鹑衣百结，有着深深的俗世的辛酸，但他仍于西浦月下醉眠，南溪雪中独钓，生活得旷放无拘，享受着家人相依的温馨和欢悦。况周颐谓此首"委心任运，不失其为我。知足长乐，不愿乎其外。词境有高于此者乎！是则非娱所能识矣"（《蕙风词话》卷二）。

罶罶，困而未舒的样子。语出《孟子·万章上》："昔者有馈生鱼于郑子产，子产使校人（管理池沼的小吏）畜之池。校人烹之，反命曰：'始舍之，罶罶焉；少则洋洋焉，攸然而逝。'"

丙穴，地名，在今陕西略阳县东南，其地有鱼穴。左思《蜀都赋》有"嘉鱼出于丙穴"句。

渔家傲　彭门道中

［南宋］程垓

独木小舟烟雨湿，燕儿乱点春江碧。江上青山随意觅，人寂寂，落花芳草催寒食。　　昨夜青楼今日客，吹愁不得东风力。细拾残红书怨泣，流水急，不知那个传消息。

这首词抒写词人对一位青楼女子凄切痛楚的相思愁情。上片描写舟行彭门道中所见之景。那暮春江上烟雨迷蒙中的独木舟，那随意飞舞的春燕，凋残的落英与萋萋的芳草，无不烘托或反衬他的孤独落寞情怀。下片则直抒不堪忍受的相思之苦。回首昨夜还在青楼与情人欢聚，可蓦然之间竟风烟万里，羁旅天涯。结尾写拾落花书怨，怨流水太急难以寄情，将一片痴情写得真切热烈，缠绵隽永。正如清陈廷焯所评"有深婉之致"（《白雨斋词话》卷三），足堪品味。

渔家傲

[金] 段克己

诗句一春浑漫与，纷纷红紫但尘土。楼外垂杨千万缕，风落絮，栏干倚遍空无语。　　毕竟春归何处所，树头树底无寻处。唯有闲愁将不去，依旧住，伴人直到黄昏雨。

这首词抒写惜春情绪，寄寓故国之思。上片写倚栏面对眼前暮春景色，满怀惆怅，无处诉说。下片写春去无踪，唯有春雨绵绵，伴人闲愁，直到黄昏。结拍尤为情韵无限。

渔家傲　访华雪岩不遇

[元] 许有壬

水落寒林山骨瘦，湘江风细波纹皱。何处携琴何处酒，惆怅久，乱鸦啼断烟中柳。　　茅屋萧萧连瓮牖，半檐寒旭闲清昼。归路梅花香满袖，诗未就，青山笑我云回首。

词人冬日携酒抱琴访友不遇，先是颇为惆怅，但他饱看了青山白云，添得花香满袖而归，不仅先前的懊恼一扫而空，相反心中有一种淡淡的满足感。这首词写出了词人发自内心的恬淡与旷逸。

渔家傲

[明] 刘基

江上秋来惟有雨，江城九月犹炎暑。泉涌中庭苔上柱，深闭户，莎鸡露泣寒螿语。　　征戍诛求空轴杼，千村万落无砧杵。玉帐悠悠闲白羽，愁正聚，乱鸦啼破楼头鼓。

这首词极写元末战乱中城乡凋敝荒落，一片苍凉，而身负朝廷重托的玉帐军官却悠闲自得，不以苍生为念，隐然流露出词人对世事的焦虑和忧愁。全词基调悲凉，低回婉转。

宋佚名《携琴闲步图》（又名《携琴访友图》），绘山道上一人策杖在前，一人相伴在后，一小童抱琴相随。笔触清劲，人物意态闲适潇洒。上海博物馆藏

浑，简直，全。

红紫，指落花。

段克己（1196—1254）字复之，绛州稷山（今山西稷山）人。哀宗时中进士。金亡，终身不仕元。兼擅诗词，有《遁庵乐府》一卷，大抵骨力坚劲，意致苍凉，"清劲能树骨"（况周颐《蕙风词话》卷三）。

渔家傲

[明] 王锡爵

芦荻萧萧秋正晚，小舟移处沙汀浅。藕嫩鱼肥莼更软，新酒暖，妻儿列坐周船板。　　明月满江风似剪，夜寒添着蓑衣短。漫酌缓斟知几碗，星斗转，一声横笛青山远。

这首词从江岸秋景写起，然后写到渔舟，舟中所获所载，舟上温馨的一家，进而写到渔夫"漫酌缓斟"的惬意神态，再现了一幅充满江野情趣和天伦之乐的月夜渔家生活图。结句荡开一笔，写斗转星移，突然传来悠扬的笛声，给人以意韵悠远的感觉。全词语言浅近而韵味醇厚，意境静谧、和谐。

渔家傲　晓别

[明] 贺裳

啼罢荒鸡衰雁接，荧荧寒焰窗犹黑。欲别重将酥手执，行又立，门前瘦马嘶残月。　　递得金鞭红袖湿，回头已被疏林隔。独倚高楼看去辙，铃音绝，纤腰凭久雕阑热。

这首词写拂晓前一对情人依依不舍的别离，情景如现，人物形象呼之欲出；真情实感，由心而发。

渔家傲　步韵咏吴延陵郊居小斋

[明] 徐媛

板扉小隐清溪曲，夜月罗浮花覆屋。木笼夏夏摇生谷，庄田熟，桔槔悬向茅檐宿。　　青山一片芙蓉簇，林泉逸韵敲横竹。远浦轻帆低几幅，浓睡足，笑看小姁双鬟绿。

这首词乃步陈继儒《渔家傲》之韵而作，其夫范允临亦有《渔家傲》一首，小序云："辛亥腊月十九日，同陈眉公（继儒）、杨去奢诸君子饮延陵吴丈新筑，次眉公韵。"词从柴扉板屋起笔，由近及远，

王锡爵（1534—1614）字符驭，号荆石，江苏太仓人。嘉靖进士。官至礼部尚书兼文渊阁大学士，参与机务。万历二十一年（1593），入阁为首辅。有《王文肃集》。

贺裳字黄公，号檗斋，江南丹阳（今属江苏）人。生活于明末清初。工于词，风格风流婉丽，有《红牙词》一卷和词学专著《皱水轩词筌》一卷。

明吴伟《江山渔乐图》，描述江南水乡渔民闲适、安逸的生活。江中许多渔艇，渔人有的在下网或在收船，有的在悠闲地与同伴聊天，有的盘坐在船中惬意地望着远方，具有浓郁的生活气息。台北"故宫博物院"藏

徐媛（1560—1619？）字小淑，法名净照，长洲（今江苏苏州）人。嫁范仲淹后裔范允临为妻，筑室同居天平山下，极唱随之乐。著有《络纬吟》十二卷。

卢象升印

卢象升（1600—1639）字建斗，号九台，常州宜兴张渚镇锁前桥（今江苏宜兴张渚北门桥）人。天启二年（1622）进士，累官兵部尚书，三赐尚方剑。善骑射，娴战略，能治军。崇祯十一年（1638）十二月十二日率兵抗清，血战于河北巨鹿蒿水桥，全军覆没，身中四矢三刀，壮烈殉国。南明福王时追赠忠烈。有《忠肃集》。

先写月色笼罩下的村落情景，再将笔触伸向村落周遭青山绿水之间，绘声绘色地描绘出一幅富足而清雅的田家乐图。王端淑评曰："词不难于艳而难于朴……若《郊居》词朴矣，切矣。隐居村况，舟旅重阳，似（吴）道子画水，壁上有声。"（《名媛诗纬初编》卷三十五）

渔家傲

[明] 卢象升

搔首问天摩巨阙，平生有恨何时雪。天柱孤危疑欲折，空有舌，悲来犹洒忧时血。　　画角一声天地裂，熊狐蠢动惊魂掣。绝影骄骢看并逐，真捷足，将军应取燕然勒。

这首词作于崇祯十一年（1638）九月。其时清军大举入长城，崇祯帝三赐卢象升尚方剑，命督天下援兵，但所辖兵马实不满二万。象升力主抗战，遭宦官高起潜、兵部尚书杨嗣昌等主和派嫉恨，遇事被多方牵制。词的上片搔首问天，抒发对国势孤危的一腔忧愤，抑塞磊落；下片翻进一层，抒写为国立功疆场的襟怀抱负。结句将范仲淹《渔家傲》"燕然未勒归无计"翻而为"将军应取燕然勒"，词情更为昂扬。全词真气勃发，沉雄哀激，动人心魄。

渔家傲　东昌道中

[清] 张渊懿

野草凄凄经雨碧，远山一抹晴云织。午睡觉来愁似织，孤帆直，游丝绕梦飞无力。　　古渡人家烟水隔，乡心撩乱垂杨陌。鸿雁自南人自北，风萧瑟，荻花满地秋江白。

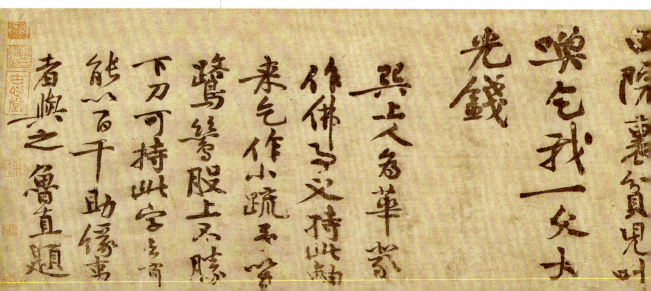

这首词为词人乘船经大运河北上，过东昌府（治今山东聊城）而作，词中以青草与远山、孤帆与游丝、朦胧的烟水古渡人家、凄迷的荻花秋江、和撩乱的垂杨、南飞的鸿雁等意象构成一幅意境凄清渺邈的水墨画，而词人的思乡之情融入其中。

词林逸事

词人黄庭坚平生浸淫于佛禅，与禅林交游甚多，是禅宗黄龙派晦堂祖心禅师的入室弟子。他年少时也曾使酒玩世，写过不少俗艳之词，为此，道风峻洁、丛林中号为"秀铁面"的法秀禅师予以棒喝，恐吓他以艳语动人淫心，将来要堕入泥犁地狱。黄庭坚因之警觉，晚年往往借小词来阐扬佛理，棒喝他人。如《渔家傲》四首，是"戏效宝宁勇禅师"而作，用禅宗公案来发明心地。其二云：

> 三十年来无孔窍，几回得眼还迷照。一见桃花参学了，呈法要，无弦琴上单于调。　　摘叶寻枝虚半老，看花特地重年少。今后水云人欲晓，非玄妙，灵云合被桃花笑。

这一首演绎的是禅门中著名的睹桃花盛开而悟道的故事。五代南岳临济宗灵云志勤和尚，福州长溪（今福建霞浦）人，三十年间茫昧混沌，几番出入于迷悟之间，但有一天，他在沩山（在今湖南宁乡县西）突然看到一树灼灼盛开的桃花，便灵机触发，豁然而悟，于是作偈揭示他的悟境：

张渊懿字砚铭，一字符清，号蛰园，青浦（今属上海市）人。顺治十年（1653）举人。为云间派词人，曾先后组立"原社""春藻堂社"。有《临流诗》《月听轩诗馀》。康熙间与田茂遇合编《清平初选》（宣统间改名为《词坛妙品》重印），为后期云间派一部较为完整的结集。

黄庭坚行书《华严经疏卷》，整幅运笔沉凝浑厚，笔势遒劲，刚健中见妍媚，颇得颜真卿神韵。上海博物馆藏

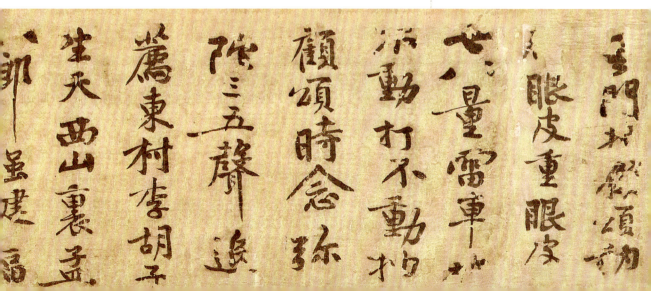

清赵之谦《蔬果花卉图》之七《桃花》

印可，经印证而被认可。弟子思索得一个公案的答案，说给师听，得师同意，称为"印可"，表示得道了。

三十年来寻剑客，几回落叶又抽枝。

自从一见桃花后，直至如今更不疑。

沩山禅师看了他的悟道偈之后，反复诘问，遂与之印可，并教诲道："从缘悟达，永无退失，善自护持。"

黄庭坚将"睹花开悟"的话头儿作为一种"法"来总结，表明至法无法，纵横自在，纯任本然；道遍一切处，流水、行云无不是悟道的机缘。

词人还有《题王居士所藏王友画桃杏花》二首，亦是借这一公案表达内心宁静虚明的禅境。其一曰：

凌云一笑见桃花，三十年来始到家。

从此春风春雨后，乱随流水到天涯。

倚声依谱

《渔家傲》为终宋之世始终传唱不衰的流行曲调，常常被作为又说又唱的鼓子词在街市上演唱。始见于北宋晏殊，因词中有"神仙一曲渔家傲"句，便取"渔家傲"三字作词名。双调六十二字，前后片各五句，五仄韵。适用于写景、抒情、节序、应酬等。每句用韵，声律谐婉，词情偏于清丽高昂。

《词谱》（《渔家傲》）

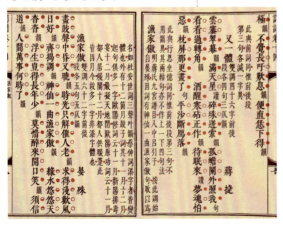

【定格】

中仄中平平仄**仄**，中平中仄平平**仄**。

中仄中平平仄**仄**，

平中**仄**，中平中仄平平**仄**。

中仄中平平仄**仄**，中平中仄平平**仄**。

中仄中平平仄**仄**，

平中**仄**，中平中仄平平**仄**。

千秋岁

心似双丝网，中有千千结

徐学毅书《千秋岁》

华音流韵

千秋岁

[北宋] 张先

　　数声鶗鴂①，又报芳菲歇。惜春更选残红折。雨轻风色暴，梅子青时节。永丰柳②，无人尽日花飞雪③。　　莫把幺弦拨④，怨极弦能说。天不老，情难绝。心似双丝网，中有千千结。夜过也，东窗未白孤灯灭⑤。

临风赏读

　　词人风流蕴藉，流连诗酒，在有宋词人中最称浪漫，所作情词情浓意密，笔酣墨饱。这首词即是情到深处，赌天誓地的感情喷发之作。

　　上片描绘春意阑珊的悲凉景象，借以烘染伤春、惜春情怀。词由听觉起笔，杜鹃一鸣，报知美好的春光又将消歇。着一"又"字，见出这一断肠消息勾起主人公为之伤感、为之痛惜已不是头一遭，而是频年如此。故接着直抒"惜春"。尽管春已归去，花已凋残，但主人公却仍要细心选择，向枝头摘取一朵，让它多少留下春的风韵。"雨轻"以

[注释]
①鶗鴂，即子规、杜鹃。《离骚》："恐鶗鴂之先鸣兮，使夫百草为之不芳。"
②永丰柳，永丰为坊名，当在洛阳。白居易《杨柳词》："永丰东角荒园里，尽日无人属阿谁。"
③花飞雪，指柳絮。
④幺弦，又称范弦，琵琶的第四弦，发音细小，其声悲切。
⑤孤灯灭，一作"凝残月"。

下四句从描摹暮春景物着笔，营造出凄寂清冷的境界，渲染忧伤困恼的气氛。风雨交加，雨点虽轻，风色却太狂暴。当初那样美艳多情的梅花，转眼间已经绿叶成荫梅子青青了。那东南角荒园中的"永丰柳"，整日飞絮如雪，再也无人存问光顾。突出"无人"，暗示此情此境，唯有自己独自承受这份怅惋悲愁而已，怀人之意见于言外。

上阕写春景，触动了芳菲易歇、年华易逝的感喟，也触动了内心对爱情的追怀。于是，下阕就走笔直抒昔日情事。换头以下六句，一气直下，从"莫把幺弦拨"劝说自己休将哀怨已极的心声诉之幺弦，欲吐故抑；到断然说出"天不老，情难绝"，宣称此情至死不渝、终老无悔；再归结于着想奇特生新的"心似双丝网，中有千千结"这一千古名句，一层进逼一层，道出了主人公对爱情的执着追求和矢志不渝。情语已尽，情思未了，却已"夜过也"，东方未白，残月在天，摇曳的残灯也要熄灭了，词至此收结，用笔空灵，余韵悠长。

全词借景寓情，韵高而情深，含蓄又发越，兼有婉约与豪放的风致与妙处。

ᓚ 古今汇评

郭伯勋：此写一位痴心女子的惜春怀人之情。上片写残春之日的萧条，花残人去。下片写残春之夜的孤栖，情思难解。……全词抒惜春怀人之情凄凄切切，用入声急促之韵抽抽咽咽。（《宋词三百首详析》）

刘乃昌：这是一首爱情词，词中隐隐透露了爱情遭受摧折的憾恨，但当事人情结难解，信念不移，幽怨日深。上片暮春景象，鶗鴂鸣，芳菲歇，风色烈，柳絮落，处处暗示美好事物的衰残和被摧折，为下片铺垫。融化前人诗句，不着痕迹。下片写幽怨心绪，怨极而不愿借弦宣发，只想埋藏心底。所为何事呢？"天不老"三句予以点明，爱心坚定，钟情不移。煞拍以景收结，更见幽思之深，彻夜低回。全词情深意切，却含而不露。（《宋词三百首评注》）

参读

　　伤高怀远几时穷，无物似情浓。离愁正引千丝乱，更东陌、飞絮蒙蒙。嘶骑渐遥，征尘不断，何处认郎踪。　双鸳池沼水溶溶，南北小桡通。梯横画阁黄昏后，又还是、斜月帘栊。沉恨细思，不如桃杏，犹解嫁东风。——张先《一丛花》写闺阁思妇独处深闺的相思和愁恨，意境浑融，富于情韵，传诵一时。宋范公偁《过庭录》（《稗海》本）载："子野郎中《一丛花》词云：'……不如桃杏，犹解嫁东风。'一时盛传，永叔尤爱之，恨未识其人。子野家南地，以故至都谒永叔，阍者以通，永叔倒屣迎之，曰：'此乃"桃杏嫁东风"郎中。'"

　　《水调》数声持酒听，午醉醒来愁未醒。送春春去几时回，临晚镜，伤流景，往事后期空记省。　沙上并禽池上暝，云破月来花弄影。重重帘幕密遮灯，风不定，人初静，明日落红应满径。——张先《天仙子》将叹老嗟卑、前途渺茫之忧与暮春之景有机地交融，造语精工灵妙，感情沉郁苍凉，情韵极浓郁。王国维极赏"云破月来花弄影"一句，谓"著一'弄'字，而境界全出矣"（《人间词话》）。

词人心史

　　张先（990—1078）字子野，乌程（今浙江湖州）人。天圣八年（1030）与欧阳修同年中进士。历任宿州掾、吴江知县、嘉禾（今浙江嘉兴）判官。皇祐二年（1050），晏殊知永兴军（今陕西

云破月来花弄影　戴友石

宋张先《十咏图》，取其父张维遗作十首，依意描绘南园图景，张维一生志趣跃然纸上。故宫博物院藏

西安），辟为通判。后以屯田员外郎知渝州，又知虢州。以曾知安陆，故人称张安陆。治平元年（1064）以尚书都官郎中致仕，优游于吴兴、杭州一带，卒年八十九。张先天才峻发，性情疏放，为人"善戏谑，有风味"，诗酒终年，留下很多风流佳话。

苏轼曾盛称张先诗笔老妙，可追配古人，而"歌词乃其余技耳"（《题张子野诗集后》），但实际上张先却是以词名满天下。他擅长小令，后期渐多染翰慢词，亦用小令作法。在处于发展变化趋向成熟的宋初词坛，他是一个转折型的词人。他的词上接五代词的含蓄，下开北宋词的发越，气格近古，造语精工而妙入自然，情韵浓郁，但多写男欢女爱、相思离别的情感和士大夫闲适的诗酒生活，规模较隘。著有《张子野词》（《安陆词》）二卷，补遗二卷。

品题

子野清出处、生脆处，味极隽永。只是偏才，无大起落。（周济《宋四家词选目录序论》）

子野词凝重古拙，有唐五代遗音。慢词亦多用小令作法。后来涩体，炼词炼句，师其法度，方能近古。（夏敬观《手批张子野词》）

张子野词，古今一大转移也。前此则为晏、欧，为温、韦，体段虽具，声色未开。后此则为秦、柳，为苏、辛，为美成、白石，发扬蹈厉，气局一新，而古意渐失。子野适得其中，有含蓄处，亦有发越处。但含蓄不似温、韦，发越亦不似豪苏腻柳。规模虽隘，气格却近古。自子野后，一千年来，温、韦之风不作矣，益令我思子野不置。（陈廷焯《白雨斋词话》卷一）

有客谓子野曰："人皆谓公张三中，即心中事、眼中泪、意中人也。"公曰："何不目之为张三影？"客不晓。公曰："云破月来花弄影；娇柔懒起，帘压卷花影；柳径无人，堕风絮无影：此余平生所得意也。"（胡仔《苕溪渔隐丛话》前集卷三十七）

低吟/浩唱

千秋岁引

[北宋] 王安石

别馆寒砧，孤城画角，一派秋声入寥廓。东归燕从海上去，南来雁向沙头落。楚台风，庾楼月，宛如昨。　无奈被些名利缚，无奈被他情担阁，可惜风流总闲却。当初谩留华表语，而今误我秦楼约。梦阑时，酒醒后，思量着。

王安石像

王安石（1021—1086）字介甫，号半山，临川（今江西抚州市临川区）人。庆历进士。官拜同中书门下平章事。主持熙宁变法。散文雄健峭拔，诗歌遒劲清新，词虽不多而风格高峻。有《临川集》。

楚台风，指清爽的凉风。宋玉《风赋》："楚王游于兰台，有风飒至，王乃披襟以当之曰：'快哉此风。'"

庾楼月，指明朗的秋月。《晋书》卷七十三载，庾亮镇武昌时，与僚属殷浩等登武昌南楼赏月，据胡床咏谑，传为佳话。后遂以此称游赏的快乐。

担阁，唐宋人俗语，即今人所说的"耽搁"。

华表语，《搜神后记》卷一载：辽东人丁令威赴灵墟山学道成仙，后化鹤归来，落在城门华表柱上。有少年张弓欲射，令威唱道："有鸟有鸟丁令威，去家千年今始归。城郭如故人民非，何不学仙冢累累！"遂高飞冲天。

王安石《千秋岁引》（《诗馀画谱》）

这是一首伤怀之作，应作于词人变法失败退隐金陵之后。上阕开篇描绘一幅岑寂冷隽的秋光图，以燕往雁来、秋风朗月欢游难再衬托词人对时光流逝、岁月蹉跎的无奈、悲凉。下阕表面上说被名缰利锁、世情俗态所耽搁，全误了风流自在光景、美人楼头之约，其实是借以抒发政治失意时的失落与惆怅。结拍三句写酒醒梦回时忧思离恨更噬人心骨，表露词人在兼济天下与独善其身两者中间徘徊的矛盾心理。全词清迥高拔，感情真挚，语调凄凉哀惋，悱恻感人。

千秋岁令

［北宋］佚名

想风流态，种种般般媚。恨别离时太容易。香笺欲写相思意，相思泪滴香笺字。画堂深，银烛暗，重门闭。　　似当日、欢娱何日遂。愿早早、相逢重设誓。美景良辰莫轻弃，鸳鸯帐里鸳鸯被，鸳鸯枕上鸳鸯睡。似恁地，长恁地，千秋岁。

这首词以朴实俚俗的语言抒写市井青年对爱情的直率、大胆追求，相思之苦、眷恋之深跃然纸上。此词宋徽宗政和七年流传于邻邦高丽（今朝鲜），后失传，幸而在《高丽史》卷七十一《乐志》中得以保存。

千秋岁　夏景

［北宋］谢逸

棟花飘砌，蔌蔌清香细。梅雨过，蘋风起。情随湘水远，梦绕吴峰翠。琴书倦，鹧鸪唤起南窗睡。　　密意无人寄，幽恨凭谁说。修竹畔，疏帘里。歌余尘拂扇，舞罢风掀袂。人散后，一钩淡月天如水。

明仇英《修竹仕女图》，绘庭院中修篁奇石前一女子，体态丰满，神态优雅，衣着端庄，顾盼之间脉脉含情。上海博物馆藏

这首词以纤灵的笔调描绘夏初江南清幽生动的图景，充满闲逸的生活情趣。上片渲染环境的幽静，委婉地抒写了"梦绕吴峰，情随湘水"的飘逸情思。下片从往事的回忆写到眼前的歌舞。结拍以景结情，点染出寥廓旷远的意境，抒发了愁思淡远的情怀。全词清丽婉秀，蕴藉隽永。

千秋岁

[南宋] 赵闻礼

莺啼晴昼，南国春如绣。飞絮眼，凭栏袖。日长花片落，睡起眉山斗。无个事，沉烟一缕腾金兽。　　千里空回首，两地厌厌瘦。春去也，归来否。五更楼外月，双燕门前柳。人不见，秋千院落清明后。

这是一首恋情词，写女子春日深闺独处的懒散、无聊的生活和与情人重逢难期的无奈、无助。词写得清新绵丽，流转圆美。

千秋岁

[明] 刘基

淡烟平楚，又送王孙去。花有泪，莺无语。芭蕉心一寸，杨柳丝千缕。今夜雨，定应化作相思树。　　忆昔欢游处，触目成前古。良会处，知何许。百杯桑落酒，三叠阳关句。情未了，月明潮上迷津渚。

这首写别恨。上片极力渲染离别之苦，下片追忆欢游往事。结拍以景结情，深刻而形象地展现其愁思悄然，难以入眠的情状，余意缠绵不尽。全词情意真挚，哀婉动人，富有韵味。

千秋岁引　丽谯

[明] 夏允彝

泽国微茫，海滨寥廓，万堞孤城逼天角。云外龙车碧树悬，霜前雁字当窗落。芑城花，秦山月，都萧索。　　刺史风流推琴鹤，暇日高吟倚轩阁，酾酒新亭几忘却。三泖沙明绕郡楼，九峰岚翠扶城郭。铜壶响，晓更催，宛如昨。

词作于南明将亡之际，写登览故乡胜景所见所感，绘形、绘色、绘声，并将一腔对国势倾危的忧怀愁绪浸染其中。

千秋岁　送远山李夫人南归

[明] 顾媚

几般离索，只有今番恶。塞柳凄，宫槐落。月明芳草路，人去真珠阁。问何日，衣香钗影同绡幕。　　曾寻寒食约，每共花前酌。事已休，情如昨。半船红烛冷，一棹青山泊。凭任取，长安裘马争轻薄。

赵闻礼字立之，一字粹夫，号钓月，临濮（今山东濮县）人。约生活在宋末理宗、度宗前后。博雅多识，诗词兼工，词风倾向于清丽舒徐、缠绵委婉一途。有《钓月集》，已佚。另编有《阳春白雪》，为两宋词人选集。赵万里《校辑宋金元人词》辑有《钓月词》一卷，存词十余首。

清徐璋绘《夏允彝父子像》

夏允彝（1596—1645）字彝仲，松江华亭（今上海松江）人，完淳之父。崇祯十年（1637）进士，知福建长乐县。崇祯十七年（1644），李自成攻陷北京，明室福王在南京监国，擢吏部考功司主事，未赴任。次年，清兵进攻江南，他与陈子龙等起兵抗清，兵败，于同年九月十七日投水殉节。有《夏文忠公集》。

顾媚《兰石图》（局部）

顾媚（1619—1664）本姓徐，号横波，上元(今江苏南京)人。庄妍靓雅，风度超群，为明秦淮八艳之一。工诗，善音律，善画，尤擅画兰，所画丛兰笔墨飘洒秀逸。有《柳花阁集》。

一说此词作于绍圣二年（1095）秦少游贬在处州（今浙江丽水）监酒税时，至衡阳始录示孔平仲。

秦观《千秋岁》（《诗馀画谱》）

词为送别闺中密友朱中楣南归而作。词中渲染了惜别时的凄凉氛围，追怀昔日相处的欢快往事，设想了别后的情景，感情真挚，真切动人。

词林逸事

绍圣元年（1094），章惇执政，复进新党，苏轼兄弟、秦观、黄庭坚等旧派人物被斥为"元祐党人"，纷纷被逐出京师。秦观一再遭贬，初被贬为杭州通判，再被谪为处州（今浙江丽水）监酒税。又徙郴州，编管横州，又徙雷州。在远谪南荒经衡阳时，过访了同属"元祐党人"，正贬知衡州的友人孔平仲。一日，两人饮于郡斋，情不自禁地回忆起昔日供职京师时朋友们西池宴集的快乐时光。然而曾几何时，元祐党祸骤起，从游者贬官的贬官，远谪的远谪，俱皆风流云散，各奔东西。秦观内心充满着愁苦、悲伤和惆怅，于是作《千秋岁·至衡阳呈孔毅甫使君》一首：

水边沙外，城郭春寒退。花影乱，莺声碎。飘零疏酒盏，离别宽衣带。人不见，碧云暮合空相对。　　忆昔西池会，鹓鹭同飞盖。携手处，今谁在。日边清梦断，镜里朱颜改。春去也，飞红万点愁如海。

当读到"镜里朱颜改"一句时，孔平仲遽然惊悚，说："少游盛年，何为言语悲怆如此！"（《词林纪事》卷六）为宽慰朋友，他立即和了一首：

春风湖外，红杏花初退。孤馆静，愁肠碎。泪余痕在枕，别久香销带。新睡起，小园戏蝶飞成对。　　惆怅人谁会，随处聊倾盖。情暂遗，心何在。锦书消息断，玉漏花阴改。迟日暮，仙山杳杳空云海。——《千秋岁·次韵少游见赠》

盘桓数日后，秦观别去，孔平仲送到郊外，两人依依不舍，复相语终日。孔平仲回来后对身边亲近的人说："秦少游气貌大不类平时，殆不久于世矣。"不久，秦观果然卒于藤州。

秦观的《千秋岁》传出后，在师友中引起广泛的共鸣。被贬为琼州别驾，正在儋州居住的苏轼收到了侄孙苏元老寄来的秦、孔赠酬之作，也次韵和了一首：

　　岛边天外，未老身先退。珠泪溅，丹衷碎。声摇苍玉佩，色重黄金带。一万里，斜阳正与长安对。　　道远谁云会，罪大天能盖。君命重，臣节在。新恩犹可觊，旧学终难改。吾已矣，乘桴且恁浮于海。

　　徽宗崇宁三年（1104），黄庭坚被贬宜州，也经过衡阳，见到了秦观《千秋岁》词的遗稿，想起当年同朝为官，退朝之后联骑奔驰，公余之暇征歌逐舞，快意何如！如今故人已去，空留下词稿墨迹如新，怎不令词人感慨万端，肝肠寸断。为悼念故人，他深情地追和了一首：

　　少游得谪，尝梦中作词云："醉卧古藤阴下，了不知南北。"竟以元符庚辰（1100）死于藤州光华亭上。崇宁甲申（1104），庭坚窜宜州，道过衡阳。览其遗墨，始追和其《千秋岁》词。

　　苑边花外，记得同朝退。飞骑轧，鸣珂碎。齐歌云绕扇，赵舞风回带。严鼓断，杯盘狼藉犹相对。　　洒泪谁能会，醉卧藤阴盖。人已去，词空在。兔园高宴悄，虎视英游改。重感慨，波涛万顷珠沉海。

苏轼《渡海帖》（也称《致梦得秘校尺牍》或《致梦得秘校书》）。元符三年（1100），东坡被诏徙廉州（今广西合浦），离开海南，路过澄迈时，适友人赵梦得北行未归，便留此札交付其子，盼望能在渡海以后相见。信笔写来，风骨毕露，浑然天成。台北"故宫博物院"藏

暗随流水到天涯（秦观《望海潮》句）　方介堪

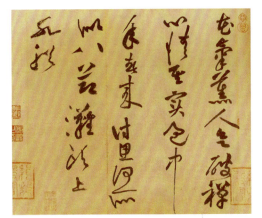

黄庭坚《花气薰人帖》，为王诜作，诗曰："花气薰人欲破禅，心情其实过中年。春来诗思何所似，八节滩头上水船。"笔势瘦劲奇崛，自在挥洒，禅思与世情交织，笔意与诗心妙合。台北"故宫博物院"藏

他是在悼念挚友，也是自悲自悼。故人墓有宿草，而他仍在奔赴贬所途中，岂能久生！在追和秦词的次年亦即崇宁四年（1105）九月三十日，一代文星果然殒落于宜州。

 倚声依谱

《千秋岁》，七十一字，前后片各五仄韵。词调声情激越，适合抒发抑郁的情怀。宋人除用此调作寿词与悼词外，亦有用于离恨、感怀等题材。别有《千秋岁引》，八十二字，前片四仄韵，后片五仄韵。

【定格】

仄平平仄，平仄平平仄。

平仄仄，平平仄。

平平平仄仄，平仄平平仄。

平仄仄，仄平仄仄平平仄。

仄仄平平仄，平仄平平仄。

平仄仄，平平仄。

仄平平仄仄，仄仄平平仄。

平仄仄，仄平仄仄平平仄。

《词谱》（《千秋岁》）

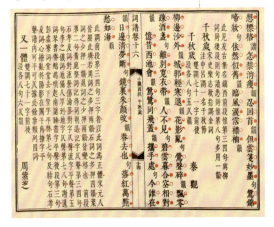

八声甘州

渐霜风凄紧，关河冷落，残照当楼

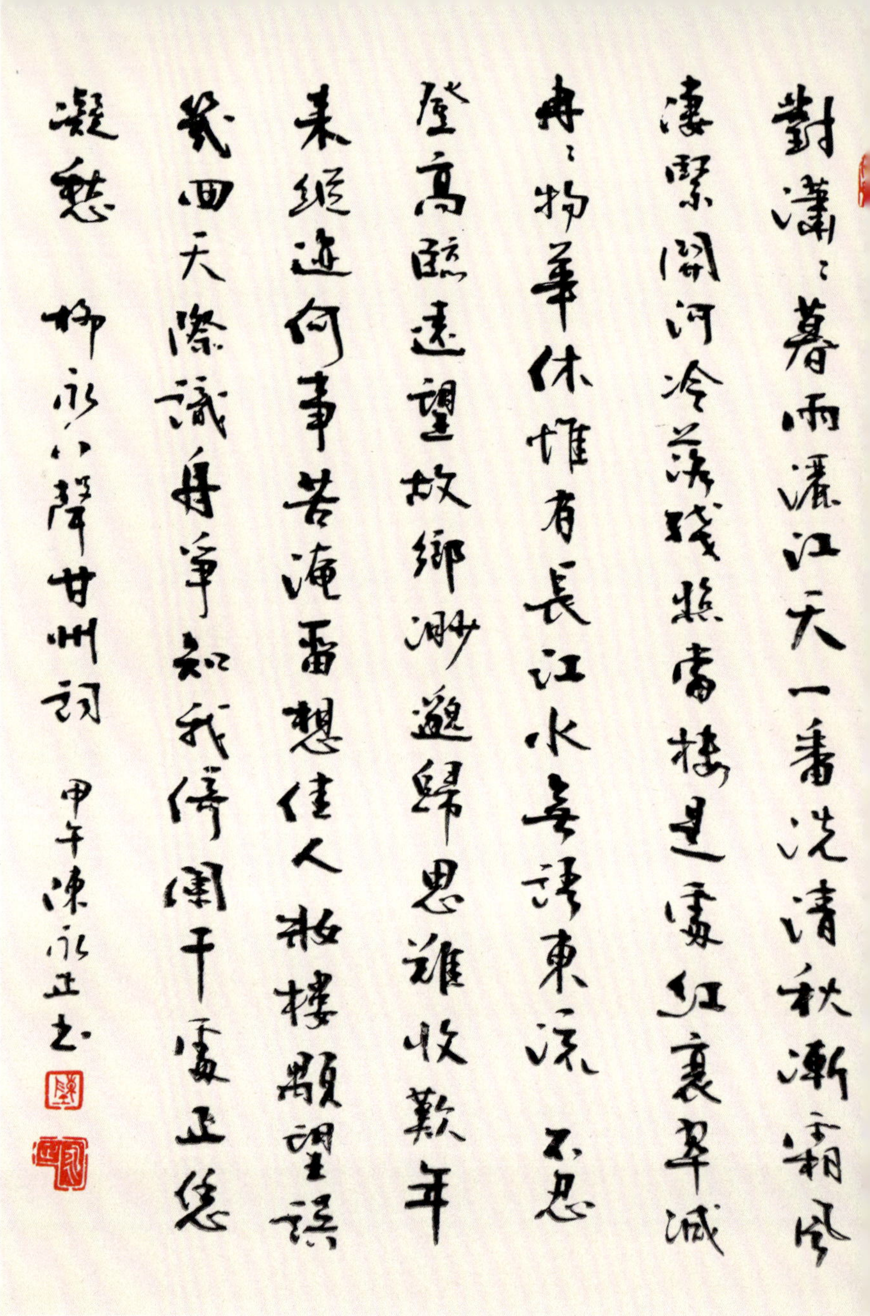

對瀟瀟暮雨灑江天，一番洗清秋。漸霜風淒緊，關河冷落，殘照當樓。是處紅衰翠減，苒苒物華休。惟有長江水，無語東流。不忍登高臨遠，望故鄉渺邈，歸思難收。歎年來蹤跡，何事苦淹留。想佳人妝樓顒望，誤幾回天際識歸舟。爭知我倚闌干處，正恁凝愁。

柳永八聲甘州詞　甲午陳永正書

陈永正书《八声甘州》

[注释]

①潇潇，形容雨声急骤。

②是处，到处，处处。红衰翠减，红花绿叶，凋残零落。李商隐《赠荷花》："翠减红衰愁煞人。"

③苒苒，同"冉冉"，渐渐地，慢慢地。

④渺邈，遥远。

⑤淹留，久留。

⑥颙望，凝望，殷切盼望。

⑦争，怎。

⑧恁，如此，这般。凝愁，凝结不解的深愁。

华音流韵

八声甘州

[北宋]柳永

对潇潇暮雨洒江天①，一番洗清秋。渐霜风凄紧，关河冷落，残照当楼。是处红衰翠减②，苒苒物华休③。惟有长江水，无语东流。　不忍登高临远，望故乡渺邈④，归思难收。叹年来踪迹，何事苦淹留⑤。想佳人、妆楼颙望⑥，误几回、天际识归舟。争知我⑦、倚阑干处，正恁凝愁⑧。

临风赏读

词人常年宦游在外，或独行于古道荒原，或浪迹于寒江野渡，飘萍转蓬，凄凉和寂寞时常侵袭着他的心骨。

这又是一个秋日的黄昏，一阵骤雨过后，江天如洗，残阳如血，羁旅中的词人登楼凝眸，望极天涯，归思顿起，悲凉满怀。

词的上片即凝望中之所见。起句以"对"字领起，勾画出一幅薄暮时分寂寥的秋江雨景。一个"洗"字生动真切，潜透出素秋之清冷萧疏。接着，又用去声字"渐"字领起"霜风"三句，渲染出一派凄清苍莽的境界：经此雨洗暮空，凄凉的霜风忽然一阵紧似一阵，寒气逼人；举目山河，一派冷落，夕阳的余晖，斜照着词人伫立的楼头——方才的"清秋"之感，片刻间变得苍凉凄冷了。接着四句仍是词人登高望远之所见：到处花落叶败，那蓬蓬勃勃的生机，那万紫千红的气象，都已凋零殆尽，现在所看到的、所有的，唯有那生生不息的万古长江无语地向东流淌，默默地承受一份落寞与凄凉。

至此，词人内心涌起的深深无奈和脉脉伤情凝聚为悲怆的极点，已成哽咽！于是，下片直接抒发归思。换头以"不忍"二字领起，承上转下。本已"登高临远"，何以又不忍呢？紧接着作了回答。登高临远本为望乡以销愁，但故乡邈远，望而不见，见到的则更是引起相思的凄凉景物，心情益发无奈，益发悲凉，故而不忍。"叹年来"两句向自己发问。回顾自己萍踪浪迹、异乡滞留，事业功名一丝未成，一毫未就，有何面目归去！可不归去，又所求无望，他乡空留，既浪掷自己的大好年华，

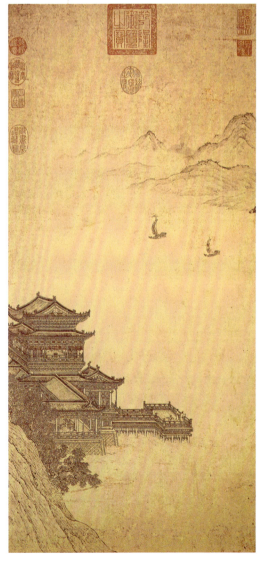

元佚名《江天楼阁图》，用白描法作界画，运笔如丝，画江边高阁，巍然高耸。远山的绵延起伏，浩渺深远，意境深幽。楼台上一人凝望着江中两艘正鼓帆而去的舟船，若有所思，另一人似在为他指点什么。台北"故宫博物院"藏

宋佚名《仿李成寒林行旅图》，绘一位身着瑟瑟寒衣的士人穿过松林，沿着大雪覆盖的河岸艰难前行。美国大都会艺术博物馆藏

又徒增佳人的牵念情苦。这似问非问，凝聚着多少难言之隐，语极深婉沉痛。"想佳人"两句再拓开一层，转笔从对方写来。词人本是自己登楼，思乡心切，却偏偏遥想故园的佳人也在思念他，站在妆楼上举头凝望，再三再四，总以为那出现在地平线上的就是游子的归船，等到近前，方才知道误认了。词人虚处实写，仿佛实有其事，情思更为悱恻动人。结拍再由对方转回到自己，化实为虚，说佳人在多少次希望和失望之后，肯定会埋怨我不想家，可她怎知我"倚阑"远望之时，是如此的愁苦呢！笔势如此回环转折，苦思愈转愈重，愁情愈转愈深。结尾与开头相呼应，理所当然地让人认为登高远眺之景均是"倚阑"所见，一切归思都由"凝愁"生发。

　　这首词以铺张扬厉的手段，写尽了他乡游子的羁旅哀愁，表达了强烈的思归怀人之情。词的境界疏阔，意兴高远，于凄楚苍凉之中蕴含着沉雄清劲。结构细密，跌宕开阖，呼应灵活；感情真挚而又转折顿挫有致，浑出自然。清陈廷焯称此词为"古今杰构"，王国维更以之与苏东坡之《水调歌头》相媲美，认为都是"伫兴之作，格高千古，不能以常调论也"（《人间词话》）。

古今汇评

苏　轼：世言柳耆卿曲俗，非也。如《八声甘州》云"霜风凄紧，关河冷落，残照当楼"，此语于诗句，不减唐人高处。（赵德麟《侯鲭录》卷七引）

沈祥龙：词韶丽处，不在涂脂抹粉也。……诵耆卿"渐霜风凄紧，关河冷落，残照当楼"句，自觉神魂欲断。盖皆在神不在迹也。（《论词随笔》）

陈廷焯：情景兼到，骨韵俱高，无起伏之痕，有生动之趣，古今杰构，耆卿集中仅见之作。（《词则辑评·大雅集》卷二）

俞陛云：起二句有俊爽之致。"霜风""残照"三句，音节悲抗，如江
　　　　天闻笛，古戍吹笳。……其下二句顺笔写之，至结句江水东
　　　　流，复能振起。后半首分三叠写法，先言己之欲归不得，何事
　　　　淹留，次言闺人念远，误认归舟，与温飞卿之"过尽千帆皆不
　　　　是，斜晖脉脉水悠悠"，皆善写闺人心事。结句言知君忆我，
　　　　我亦忆君。前半首之"霜风""残照"，皆在凝眸怅望中也。
　　　　（《唐五代两宋词选释》）

唐圭璋：此首亦柳词名著。一起写雨后之江天，澄澈如洗。"渐霜风"
　　　　三句，更写风紧日斜之境，凄寂可伤。以东坡之鄙柳词，亦谓
　　　　此三句"唐人高处，不过如此"。"是处"四句，复叹眼前景
　　　　物凋残，惟有江水东流，自起首至此，皆写景。换头，即景生
　　　　情。"不忍"句与"望故乡"两句，自为呼应。"叹年来"两
　　　　句，自问自叹，与"为问新愁，何事年年有"句，同为恨极之
　　　　语。"想"字贯至收处，皆是从对面着想，与少陵之"香雾云
　　　　鬟湿，清辉玉臂寒"作法相同。小谢诗云"天际识归舟"，屯
　　　　田用其语，而加"误几回"三字，更觉灵动。收处归到"倚
　　　　阑"，与篇首应。（《唐宋词简释》）

沈祖棻：通篇结构严密，而又动荡开合，呼应灵活，首尾照应，如前人
　　　　谈兵所云常山之蛇。（《宋词赏析》）

参读

　　近清明，翠禽枝上销魂。可惜一片清歌，都付与黄昏。欲共柳
花低诉，怕柳花轻薄，不解伤春。念楚乡旅宿，柔情别绪，谁与温
存。　　空樽夜泣，青山不语，残照当门。翠玉楼前，惟是有、一
波湘水，摇荡湘云。天长梦短，问甚时、重见桃根。这次第，算人
间没个并刀，剪断心上愁痕。——南宋黄孝迈自度曲《湘春夜月》
作于湘水之滨的驿站里，亦抒羁旅之愁、离别之恨，声情凄切，
"风度婉秀，真佳词也"（万树《词律》卷十六）。

　　点清霜、一夜渡河来，木叶辣高秋。最伤心时候，西风旅梦，
残月江楼。何事南来北往，行役不知休。回首当年事，飙散云流。
　　可惜舞茵歌管，任蛛丝马迹，狼藉谁收。便吴姬楚艳，值得几
回留。忆分襟、木兰花下，怅佳期、怯上此花舟。料伊也、恹恹终

宋朱锐《溪山行旅图》，描绘隆
冬时节车队冒着雪深云寒长途跋涉的
情景。"此图似写穷途客，仆马萧萧
有羁色"（文徵明）。上海博物馆藏

柳永画像

日，长为依愁。——清彭孙遹《八声甘州·秋怨和柳七韵》亦写清秋羁旅怀归，深婉曲折，哀感缠绵，细腻动人。

词人心史

柳永（约987—约1053）原名三变，字景庄，后改名永，字耆卿，行七，人称柳七。先世居河东（今属山西），后移居崇安五夫里（今福建南平武夷山市上梅乡茶景村）。为人风流俊迈，才情高妙，放荡不羁。少年时代到汴京应试，即经常与"狂朋怪侣"流连于秦楼楚馆，为歌妓填词作曲，尽情享受烂漫多彩的冶游欢乐。几次应进士试失第后，约在仁宗天圣五年（1027）离开汴京，开始长期的羁旅生涯，先后游历过成都、京兆，遍历荆湖、吴越，直到仁宗景祐元年（1034）方进士及第。历任睦州团练推官、余杭令、定海晓峰盐场盐官、泗州判官、太常博士，终官屯田员外郎，世称柳屯田、柳郎中。据说，最终病殁于润州（今江苏镇江），寄柩僧寺。二十余年后才由王安礼出资葬于北固山。

作为北宋第一个专力作词的词人，柳永是中国词史上具有转折意义和具有深远影响的大词家。他开拓了词境，丰富了题材内容，其词多描绘旖旎繁华的都市风情和歌妓生活情态，突破了花间樽前的琐碎与逼仄，而尤长于抒写铭心刻骨的羁旅行役之情，往往与风景描写、恋情相思交织在一起，气势沉雄，具有很强的艺术魅力。他精通音律，又善于吸取民间新声之长，故其词音律谐婉，美妙动听。他创制了大量的慢词，两宋词坛从他开始进入一个以慢词为主的新阶段。在词的艺术表现上，他较多地运用赋的手法，层层铺叙，尽情渲染，把写景、叙事、抒情融为一体，而语言又自然流畅，明白浅近，不避俚语俗语，以便歌妓传唱。他的词当时流播极广，甚至"凡有井水饮处，即能歌柳词"（叶梦得《避暑录话》卷下），对后世影响也十分深巨。有《乐章集》，传词二百多首。

明抄本《乐章集》（《宋元名家词七十种》）书影

柳永为举子时，多游狭邪，善为歌辞。教坊乐工每得新腔，必求永为辞，始行于世，于是声传一时。余仕丹徒，尝见一西夏归朝官云："凡有井水饮处，即能歌柳词。"（叶梦得《避暑录话》卷下）

予观柳氏乐章，喜其能道嘉祐中太平气象，如观杜甫诗，典雅文华，无所不有。（黄裳《演山集》卷三十五）

其词格固不高，而音律谐婉，语意妥帖，承平气象，形容曲尽，尤工于羁旅行役。（陈振孙《直斋书录解题》卷二十一）

柳耆卿《乐章集》，世多爱赏该洽……惟是浅近卑俗，自成一体，不知书者尤好之。予尝以比都下富儿，虽脱村野，而声态可憎。（王灼《碧鸡漫志》卷二）

柳耆卿名永，长于纤艳之词，然多近俚俗，故市井之人悦之。（黄昇《唐宋以来绝妙词选》卷五）

柳永《黄莺儿》（《诗馀画谱》）

耆卿词，曲处能直，密处能疏，奡处能平，状难状之景，达难达之情，而出之自然，自是北宋巨手。然好为俳体，词多媟黩。（冯煦《蒿庵论词》）

屯田则宋专家，其高浑处不减清真，长调尤能以沉雄之魄，清劲之气，写奇丽之情，作挥绰之声，犹唐之诗家，有盛晚之别。（郑文焯《大鹤山人词话》附录《郑大鹤先生论词手简》）

耆卿词以属景切情，绸缪宛转，百变不穷，自是北宋倚声家妍手。其骨气高健，神韵疏宕，实惟清真能与颉颃。盖自南唐二主及正中后，得词体之正者，独《乐章集》可谓专诣已。（郑文焯《大鹤山人词话续编》卷一）

耆卿词当分雅、俚二类。雅词用六朝小品文赋作法，层层铺叙，情景兼融，一笔到底，始终不懈。俚词袭五代淫冶之风气，开金、元曲子之先声，比于里巷歌谣，亦复自成一格。（夏敬观《映庵词评》）

屯田为北宋创调名家……至其佳词，则章法精严，极离合顺逆贯串映带之妙，下开清真、梦窗词法。而描写景物，亦极工丽。（蔡嵩云《柯亭词论》）

柳永高浑处、清劲处、体会入微处，皆非他人展齿所到。且慢词于宋，蔚为大国。自有三变，格调始成。（陈匪石《声执》卷下）

平生心事暗销磨，愁诵当年《煮海歌》。总被后人称腻柳，岂知词境拓东坡？（叶嘉莹《灵谿词说》）

词林逸事

柳永出身仕宦世家，父亲，叔叔，哥哥三接、三复都是进士。他本来以为从小就饱读诗书、肄习举业的年青士子，一到京华，就"对天颜咫尺，定然魁甲登高第"（《长寿乐》），取功名犹如探囊取物，想不到初战就铩羽而归。他倒不以为意，一番准备之后，踌躇满志地再次赴京赶考，结果又一次惨遭落榜，于是，满腹牢骚又极富戏谑地写下了名噪一时的《鹤冲天》：

柳永《黄莺儿》："园林晴昼春谁主。暖律潜催，幽谷暄和，黄鹂翩翩，乍迁芳树。观露湿缕金衣，叶映如簧语。晓来枝上绵蛮，似把芳心、深意低诉。　无据。乍出暖烟来，又趁游蜂去。恣狂踪迹，两两相呼，终朝雾吟风舞。当上苑柳秾时，别馆花深处。此际海燕偏饶，都把韶光与。"柳永开咏物词寄托之先路，这首词寓有其怀才不遇的深切喟叹和哀伤，黄莺儿仿佛其落拓不羁的漂泊生涯的写照。词写得"秀气独饶，自然清隽"（黄苏《蓼园词选》），在柳永词中别具一格。

忍把浮名，换了低吟浅唱
清《飞鸿堂印谱》

多情自古伤离别　杨仲子

有研究者认为，柳永被仁宗
黜落，其实是由《鹤冲天》一词
演绎出的一个颇为戏剧性和喜剧
色彩的虚无故事。

柳永《雨霖铃》（《诗馀画谱》）

黄金榜上，偶失龙头望。明代暂遗贤，如何向。未遂风云便，争不恣狂荡。何须论得丧。才子词人，自是白衣卿相。　烟花巷陌，依约丹青屏障。幸有意中人，堪寻访。且恁偎红翠，风流事，平生畅。青春都一饷。忍把浮名，换了浅斟低唱。

这首词道出了自己蔑视功名，鄙薄卿相的狂傲不羁，也包含了对当道者的讥讽揶揄。此词迅速在坊间流传开来，并传入禁中。仁宗本来是很喜欢他的词的，"每对酒，必使侍伎歌之再三"（陈师道《后山诗话》），但这首词刺到了仁宗的痛处。及至柳永再次赴京赶考，就在临轩放榜之时，仁宗看到柳永的名字，余怒未消，不仅圈掉他的名字，并御批："且去浅斟低唱，何要浮名？"（吴曾《能改斋漫录》卷十六）柳永的仕途美梦，因一首词再次破碎。自此，柳永索性自称"奉旨填词柳三变"，放浪形骸，纵游于南方各地，流连于秦楼楚馆，创作出了大量佳作。下面这一首《雨霖铃》当即是遭仁宗黜落后离开汴京南游留赠情人之作：

寒蝉凄切。对长亭晚，骤雨初歇。都门帐饮无绪，留恋处、兰舟催发。执手相看泪眼，竟无语凝噎。念去去、千里烟波，暮霭沉沉楚天阔。　多情自古伤离别，更那堪、冷落清秋节。今宵酒醒何处，杨柳岸、晓风残月。此去经年，应是良辰好景虚设。便纵有、千种风情，更与何人说。

词中交织着仕宦失意、痛别恋人的悲凉意绪。"今宵酒醒何处，杨柳岸、晓风残月"一句逼真刻画出离人别后酒醒、在行舟中唯见岸柳残月的怅然若失、落寞凄凉的心理状态，似真似幻，迷离恍惚，丽绝凄绝，被誉为"古今俊句"，以至被东坡幕士举为婉约风格的典范，以与苏轼豪放词风形成对照。据南宋俞立豹《吹剑续录》载：苏轼回京任翰林学士，有幕客善歌，东坡问他：我词何如柳七？幕客答：柳郎中词，只合十七八女郎，执红牙板，唱"杨柳岸、晓风残月"。学士词，须关西大汉，铜琵琶，铁绰板，唱"大江东去"！苏轼为之绝倒。

低吟/浩唱

八声甘州　寄参寥子

［北宋］苏轼

　　有情风、万里卷潮来，无情送潮归。问钱塘江上，西兴浦口，几度斜晖。不用思量今古，俯仰昔人非。谁似东坡老，白首忘机。

　　记取西湖西畔，正春山好处，空翠烟霏。算诗人相得，如我与君稀。约他年、东还海道，愿谢公、雅志莫相违。西州路，不应回首，为我沾衣。

　　元祐六年（1091）词人由杭州太守被召为翰林学士承旨，于三月九日启程入汴，离杭前于舞亭作此词寄与莫逆至交参寥（僧道潜的字）。词的上片以望中的江潮起落与渡口斜晖发端，纵笔于宇宙人生；下片则回忆与参寥子在杭的游赏经历，感叹两人友情的深厚难得，并申拳拳之念。全词融情、景、理于一体，气势雄放，超逸淡远，又深挚动人。清郑文焯谓此词"突兀雪山，卷地而来，真似钱塘江上看潮时，添得此老胸中数万甲兵，是何气象雄且杰！妙在无一字豪宕，无一语险怪，又出之以闲逸感喟之情，所谓骨重神寒，不食人间烟火气者，词境至此，观止矣"！又云"云锦成章，天衣无缝，是作从至情流出，不假熨帖之工"（《手批东坡乐府》）。

参读

　　谓东坡、未老赋归来，天未遣公归。向西湖两处，秋波一种，飞霭澄辉。又拥竹西歌吹，僧老木兰非。一笑千秋事，浮世危机。　　应倚平山栏槛，是醉翁饮处，江雨霏霏。送孤鸿相接，今古眼中稀。念平生、相从江海，任飘蓬、不遣此心违。登临事，更何须惜，吹帽淋衣。——宋晁补之《八声甘州·扬州次韵和东坡钱塘作》写得情深意长，充分表达出晁对苏轼这位良师益友、政治同道的深厚感情。

白首忘机　王福庵

　　据《晋书》卷七十九载，谢安东山再起后，时时不忘归隐，但终究还是病逝于西州门。羊昙素为谢所重，谢死后，一次醉中无意走过西州门，觉而大哭而去。

明佚名《观潮图》。无锡博物院藏

清恽寿平《灵岩山图卷》（局部），为对景写生之作，从主峰取景，以鸟瞰式构图，创造性地再现了苏州灵岩山空灵隽秀的山光水色，有黄公望《富春山居图》清雅秀逸的韵味。故宫博物院藏

东晋太元八年（383），前秦苻坚出兵伐晋，于寿阳城北八公山下的淝水（今安徽寿县东南）交战。东晋谢安命其弟谢石、侄谢玄等以八万军力击溃前秦八十余万步骑。

桓筝，桓伊之筝。东晋孝武帝曾召桓伊饮宴，谢安侍坐。席间命桓伊吹笛，桓伊演奏完又请抚筝而歌曹植的《怨诗》"为君既不易，为臣良独难。忠信事不显，乃有见疑患"，声节慷慨。遭孝武帝疏远疑忌的谢安听后，不禁潸然泪下，孝武帝亦为之面有愧色。

八声甘州　寿阳楼八公山作

[南宋] 叶梦得

故都迷岸草，望长淮、依然绕孤城。想乌衣年少，芝兰秀发，戈戟云横。坐看骄兵南渡，沸浪骇奔鲸。转盼东流水，一顾功成。

千载八公山下，尚断崖草木，遥拥峥嵘。漫云涛吞吐，无处问豪英。信劳生、空成今古，笑我来、何事怆遗情。东山老，可堪岁晚，独听桓筝。

这首词约作于绍兴三年（1133）前后，时词人被主和派排挤出朝廷，任江东安抚大使兼知建康府并寿春等六州宣抚使。上片先写故都远望，然后转入叙写淝水大战的情景，描绘谢家子弟胆略过人、指挥若定、迅捷克敌的神采和气概。下片抒怀写志。先写千载之下八公山依然屹立，但英雄难觅，接下自问何必空叹古今，抚事伤情。结句引用桓伊弹筝的典故自况，忠而见忌、年华渐老、壮志难酬的悲愤之情，溢于言外。全词于简淡中见出苍凉豪壮。

八声甘州

[南宋] 辛弃疾

夜读《李广传》，不能寐。因念晁楚老、杨民瞻约同居山间，戏用李广事，赋以寄之。

故将军、饮罢夜归来，长亭解雕鞍。恨霸陵醉尉，匆匆未识，桃李无言。射虎山横一骑，裂石响惊弦。落托封侯事，岁晚田间。

谁向桑麻杜曲，要短衣匹马，移住南山。看风流慷慨，谈笑过

残年。汉开边、功名万里，甚当时、健者也曾闲。纱窗外、斜风细雨，一阵轻寒。

　　作这首词时，词人正罢居上饶带湖，壮心难遂，处境极似汉时抗击匈奴的名将李广。这首词即借李广功高反黜的不平遭遇，抒发自己心中遭谗被废的郁愤。结末即景生情而意在言外，余韵无穷。

参读

　　广出猎，见草中石，以为虎而射之，中石没镞，视之，石也。因复更射之，终不能复入石矣。——《史记》卷一百零九

八声甘州　陪庾幕诸公游灵岩

［南宋］吴文英

　　渺空烟四远，是何年、青天坠长星。幻苍崖云树，名娃金屋，残霸宫城。箭径酸风射眼，腻水染花腥。时靸双鸳响，廊叶秋声。

　　宫里吴王沉醉，倩五湖倦客，独钓醒醒。问苍波无语，华发奈山青。水涵空、阑干高处，送乱鸦、斜日落渔汀。连呼酒，上琴台去，秋与云平。

　　这首词以变幻无端的笔法，将吴越的兴废与山川的形胜交错写来，描绘出一幅奇丽凄迷的图景，借以抒发世事沧桑之感和忧国伤时之慨。一起两句横空一问，把灵岩胜境设想为烟空坠落的流星，想出尘外。接下数句以"幻"字领起，将吴王夫差与西施古迹——馆娃宫、箭径、响屟廊逐一写来，化实为虚，似真似幻。下片在评

　　灵岩，即古石鼓山，在江苏苏州市的木渎镇西北，上有春秋时吴国的遗迹馆娃宫、琴台等。

　　名娃，指西施。

　　金屋，指吴王夫差为西施所筑的馆娃宫，在灵岩山上。

　　残霸，指吴王夫差。

　　箭径，即采香径，《吴郡志》云："吴王种香于香山，使美人泛舟于溪以采香。今自灵岩望之，一水直如矢，故俗又名箭径。"

　　靸，拖鞋。此处作动词用。

　　双鸳，鸳鸯履，女鞋。

　　相传吴王筑响屟廊，令足底木空声彻，西施着木屟行经廊上，辄生妙响。

　　五湖倦客，指越国大夫范蠡，据说他辅佐勾践灭吴后，"乘扁舟，出三江，入五湖，人莫知其所适"（《吴越春秋》卷十）。

史中寄慨。吴王沉醉而亡国与范蠡独醒而全身，一醉一醒，可堪玩味，不啻给偏安享乐的南宋君臣下一当头棒喝。"问苍波"句语意一转，慨叹苍波无语、青山常在而人生易老，白发无成，不觉有参透世事之悲哀。"水涵空"三句掉转笔锋写依阑怅望，空送带着斜晖的乱鸦飞落寒汀。此时词人游目骋怀，怀古忧时的思虑一扫而空。于是登上琴台，呼酒解忧，但见萧飒秋气，与云争高，一派豪情直冲天际。结拍陡然振起，超妙入神。全词摇曳于今古之间，又将一腔悲慨融入其中，立意高远，奇情壮采，一气浑成，是梦窗词中少见的雄浑疏旷之作。

王粲有《登楼赋》，抒其思乡、怀国之情和身世之忧。

折芦花赠远，零落一身秋　清黄士陵

明佚名《雪霁策驴图》。美国印第安纳波利斯艺术博物馆藏

参读

倚苍岩、半暝拂春裾，千鬟乱明星。信闲僧指点，愁香粘径，荒翠通城。故国鸱夷去远，断网越丝腥。消尽兴亡感，一塔铃声。

招得秋魂来否，对冷澌空醑，渴梦难醒。问琴弦何许，飘泪古台青。好湖山、孤游翻懒，又咽风、哀笛起前汀。拖筇去、小斜廊路，双屐苔平。——清朱孝臧《八声甘州·暮登灵岩绝顶，叔问（郑文焯）为述半塘翁（王鹏运）昔年联棹之游，歌以抒怀。用梦窗韵》怀古伤逝，益见悲凉沉重。

八声甘州

[南宋]张炎

辛卯岁，沈尧道同余北归，各处杭越。逾岁，尧道来问寂寞，语笑数日，又复别去，赋此曲，并寄赵学舟。

记玉关踏雪事清游，寒气脆貂裘。傍枯林古道，长河饮马，此意悠悠。短梦依然江表，老泪洒西州。一字无题处，落叶都愁。

载取白云归去，问谁留楚佩，弄影中洲。折芦花赠远，零落一身秋。向寻常、野桥流水，待招来、不是旧沙鸥。空怀感，有斜阳处，却怕登楼。

元世祖至元二十七年（1290），词人与沈尧道、赵学舟被征赴上都缮书写金字《藏经》。翌年，回归南方。这首词即为追念北游寄怀故人而作。上阕前半一气直下，追忆赴元都时枯木古道、冲风踏雪、饮马长河的羁旅行役，气象苍莽。接着折入南返后重见故土的悲戚和年来与挚友不通音问的酸辛。下阕写与挚友分离时的绵邈深

情以及对身世漂萍和家国沦丧的愁怀。结句以晚景收哀，回肠荡气，倍觉沉痛。全词气势疏宕，于清峭之外，别有一种苍凉悲怆之气。

八声甘州

[明] 今释

卧疴初起，将还丹霞，谒别孝山。

算军持、频挂到今，已是十三年。便龙钟如许，过头挂杖，缓步难前。若个唤春归去，高柳足啼鹃。有得相留恋，也合翛然。　　况复吟笺寄兴，似风吹萍聚，欲碎仍圆。只使君青鬓，霜雪又勾连。叹人间、支新收故，尽飞尘、赴海不能填。重相惜，后来还得，几度相怜。

这首词作于词人出家为僧后十三年，南明永历帝殉国之年。上片写词人寂居山寺的颓唐衰飒的老境及对韶光已逝、年华难留的感喟；下片写与朋友惺惺相惜的离情，并感慨世变沧桑，恢复大业已是一去不复返的旧梦。"尽飞尘"一句深沉地表达了回天无力的悲愤，笔力千钧。

甘州　山居

[清] 孙原湘

甚仙人、削出秀玲珑，不道是人间。被千岩万壑，重重锁住，翠冷苍寒。一种乾坤清气，清极竟忘还。太古元非古，只在深山。　　三十六峰峰缺，听半空语笑，飞落银湾。任闲云来去，还逊我心闲。况西风、几多尘客，便梦魂、归不到烟峦。呼明月、倒随天影，浸入寒潭。

这首词描写山居景色的清幽和词人心境的澄净、宁静。上片写山中光景，清绝无比，宛然仙境，又在人间。下片写山居闲适情事，空灵如话。结拍于凄冷中见豪宕。全词语言清新晓畅，风格旷达，别饶韵味。

八声甘州　淮阴晚渡

[清] 杜文澜

尚依稀、认得旧沙鸥，三年路重经。问堤边瘦柳，春风底事，减却流莺。十里愁芜凄碧，旗影淡孤城。谁倚山阳笛，并入鹃声。　　空剩平桥戍角，共归潮呜咽，似恨言兵。坠营门白

丹霞，韶州（今广东韶关）丹霞寺。

军持，梵语，即净瓶。和尚用于贮水随身洗手的用具。

翛然，轻快的样子。

孙原湘（1760—1829）字子潇，昭文（今江苏常熟）人。嘉庆榜眼。为翰林院庶吉士，充武英殿协修。其诗词多清新秀丽，超迈俊逸。有《天真阁集》。

清王翚《万壑千崖图》，构图取深远法，仰望主峰高耸，众山环抱，呈高山仰止之势。用笔苍秀劲健，意境幽深清绝，引人入胜。故宫博物院藏

山阳笛，魏晋时向秀与嵇康、吕安友善，二人被杀，向秀经过山阳旧居，闻邻笛凄怨而思故友。

扬舲，指行船。舲，有窗的小船。

杜文澜（1815—1881）字小舫，秀水（今浙江嘉兴）人。太平天国兴起，入清军幕，献计攻克扬州有功。在军中多所谋划，深得曾国藩、李鸿章倚重。历任江宁布政使、江苏按察使、苏松太道员等职。工词，有《宋香词》。

宋熙宁七年（1074），苏轼在杭州任通判，收王朝云为侍女，后纳为妾。绍圣元年（1094），苏轼被贬惠州，独朝云千里相随。绍圣三年（1096）朝云病逝，葬于西湖孤山栖禅寺侧，寺僧在墓旁筑亭以为纪念。

平堤，苏堤。苏轼出钱助栖禅寺僧希固修成。

"塔影"句，用苏轼《江月》诗"玉塔卧微澜"句。塔名大圣塔，始建于唐末。今名泗洲塔。

家乡，指朝云的故乡杭州。

印度旧俗，以花结成长串为饰，称华鬘。

日，过客阻扬舲。更休上、江楼呼酒，怕夜深、野哭不堪听。还漂泊，任王孙老，匣剑哀鸣。

清咸丰元年（1851）词人以金判任两淮盐运分司。三年二月，太平军攻克扬州，四月攻克仪征、六合、浦口，势如破竹。淮阴也曾遭兵燹。是年冬，词人调往清军收复扬州后在江北所设的北大营。次年春，重过淮阴，写下这一阕凄婉精警的哀歌。词中描绘了因战事摧残带来的诸种凄惨的现象，并抒写了往事不堪回首的沉重心情。

八声甘州　黄叶楼赋夕阳

［清］项廷纪

界斜红、飏出晚晴天，相看转凄然。甚匆匆只是，横催雁阵，低照鸥眠。树外山眉衬黛，远道草芊芊。一段苍茫意，都付樊川。

汉阙秦宫何处，送几声画角，吹老华年。尽欢游长好，到此黯流连。倚江楼、玉人凝望，带西风、帆影落窗前。愁无限，近黄昏也，新月笼烟。

这首词抒写夕阳西下之时登楼触发的怀乡怀人的一片伤感。写情真切，意境苍凉。

甘州

［清］陈澧

惠州朝云墓，每岁清明，倾城士女酹酒罗拜。坡公诗云："丹成逐我三山去，不作巫阳云雨仙。"余谓朝云倘随坡公仙去，转不如死葬丰湖耳。

渐斜阳、澹澹下平堤，塔影浸微澜。问秋坟何处，荒亭叶瘦，废碣苔斑。一片零钟碎梵，飘出旧禅关。杳杳松林外，添做萧寒。

须信竹根长卧，胜丹成远去，海上三山。只一抔香冢，占断小林峦。似家乡、水仙祠庙，有西湖、为镜照华鬘。休肠断，玉妃烟雨，谪堕人间。

词人游惠州西湖，凭吊朝云墓，抚碑感慨，伫立怅然，写下此词。上片写"秋坟"荒寒、幽邃的景象，带着一缕淡淡的伤感情绪。下片抒凭吊之情，似与朝云娓娓对语慰解：与其仙去，倒不如长卧丰湖，以为湖山生色，供士女们瞻仰凭吊。在一片空灵出尘的

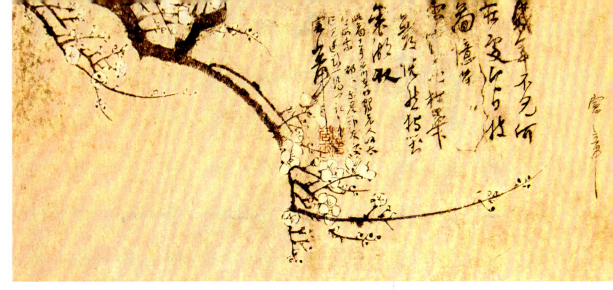

明陈录《墨梅诗画》。淮安市博物馆藏

烟水空明之中，朝云超凡越俗、高华雅隽的形象呼之欲出。

甘州

[清] 吴震

崇祯三年，梅在招真治道士房，枝无尺直，体俯首仰，落花深可半尺。垣外更植官梅，倚屏踞石，皆珊瑚枝也。

是花光、还是月精神，一白不能分。正天空如水，云都扫尽，花外无人。冷荡山川清气，香与古为新。屈指花开落，二百年春。

逾老枝逾蟠屈，看千旋百转，自挺乾坤。纵寒威力战，摧不动孤根。试回头、东风残局，算绿阴、成后最酸心。南飞鹤、一声声唳，招尔冰魂。

这首咏梅词自"是花光"以下一气盘旋，赞梅花之色，赞梅花之香，兼梅花之高龄。过片以后，赞梅花之气节，字字铿锵，几可媲美屈原《橘颂》。

招真治在常熟城内山麓，后名致道观。

吴震，生卒不详，字寿芝，号瘦青，江苏常熟人。道光间诸生。其诗清秀幽隽，似宋代"四灵"。有《拜云阁乐府》。

甘州

[清] 蒋春霖

余少识刘梅史于武昌，不见且二十年。辛亥余为淮南盐官，梅史自吴来访，秋窗话旧，清泪盈睫，其漂泊更不余若也。

怪西风、偏聚断肠人，相逢又天涯。似晴空堕叶，偶随寒雁，吹集平沙。尘世几番蕉鹿，春梦冷窗纱。一夜巴山雨，双鬓都华。　　笑指江边黄鹤，问楼头明月，今为谁斜。共飘零千里，燕子尚无家。且休卖、珊瑚宝玦，看青衫、写恨入琵琶。同怀感、把悲秋泪，弹上芦花。

蕉鹿，用郑人得鹿覆蕉忘鹿的故事。

这首词纯用白描手法，借与友人的久别重逢，抒写仕途失意、漂泊无依的寥落心境。篇末云写恨入琵琶，洒泪上芦花，极为生动活泼。全词不假雕饰，直抒性灵。

甘州　卢龙立秋日赋

[清]赵函

听边风、萧槭坠庭梧，弹指发商声。正愁秋人在，令支故垒，孤竹荒城。射虎已成陈迹，绕塞乱山青。十载蹉跎意，心与秋平。

草色离离原上，似镜中华发，渐次零星。任带围瘦减，剑气拂云平。待几时、倩他宾雁，擘苔笺、寄慰曝衣人。凭渠说、关河苍茫，斜日呼鹰。

这首边塞词描写边地的萧索凄凉景象和词人寒士失志之悲、伤离之怀。全词既富苍凉的气韵，又具遒健的格调。

甘州　庚子五月津门旅怀太夷

[清]王允皙

又黄昏、胡马一声嘶，斜阳在帘钩。占长河影里，低帆风外，何限危楼。远处伤心未极，吹角似高秋。一片销沉恨，先到沙鸥。

国破山河须在，愿津门逝水，无恙东流。更溯江入汉，为我送离忧。是从来、兴亡多处，荻武昌、双岸乱云浮。诗人老、拭苍茫泪，回睇神州。

光绪二十六年庚子（1900）五月，八国联军约二千人自大沽登陆至天津，与义和团和清军激战。词人寄旅天津，目睹八国联军的蹂躏，痛感国家的沉沦，援笔书怀，遥寄远在武汉的友人郑孝胥（字太夷）。词的上片勾画外国侵略者的铁蹄践踏津门的一片惨烈凄凉的图景，下片表达对国家命运的深刻忧虑和对远方友人处境的忧思，是反映近代庚子之难前夕津门风云变幻的难得佳制。

八声甘州　送伯愚都护之任乌里雅苏台

[清]王鹏运

是男儿、万里惯长征，临歧漫凄然。只榆关东去，沙虫猿鹤，莽莽烽烟。试问今谁健者，慷慨着先鞭。且袖平戎策，乘传行边。

老去惊心鼙鼓，叹无多忧乐，换了华颠。尽雄虺琐琐，呵壁问

王鹏运像

王鹏运（1849—1904）字幼遐，号半塘老人，临桂（今广西桂林）人。同治举人，光绪间官至礼科给事中。承常州词派余绪，冶众制于一炉，运悲壮于沉郁。为晚清四大词人（王鹏运、郑文焯、朱孝臧、况周颐）之首，又与况周颐被尊为临桂词派。有《半塘定稿》。

蒋春霖手书《换巢鸾凤》词稿

苍天。认参差、神京乔木，愿锋车、归及中兴年。休回首、算中宵月，犹照居延。

中日甲午战起，志锐上万言战守策，赞助光绪主战，遭主和的慈禧太后忌恨。光绪二十年（1894）十月二十九日，瑾、珍二妃降为贵人；十一月初七日，志锐外放，以都统衔任乌里雅苏台参赞大臣。当此国势陵夷、外患日亟之际，慷慨许国的友人志锐远戍，词人自是怨愤莫名，内心凄然。词的上片写临歧之际的满腹离情和对志锐的勖勉、慰藉，下片深沉表示忧心国事无可奈何的愤激之情，同时亦纡曲地传达了寄愿中兴、国运昌隆的情怀。结拍含意深远，声情悲壮。全词情思饱满，至诚至深；笔锋健劲，充满着沉郁悲凉而又苍莽旷远的韵致。

同时如文廷式、盛昱、沈曾植也有同调之作，长歌当哭，皆是共鸣之唱。况周颐谓"此等词略同杜陵诗史，关系当时朝局，非寻常投赠之作可同日语"（《蕙风词话续编》卷一）。

响惊飙、越甲动边声，烽火照甘泉。有六韬奇策，七擒将略，欲画凌烟。一枕蘦腾短梦，梦醒却欣然。万里安西道，坐啸清边。

策马冻云阴里，谱胡笳一曲，凄断哀弦。看居庸关外，依旧草连天。更回首、淡烟乔木，问神州、今日是何年。还堪慰，男儿四十，不算华颠。——文廷式《八声甘州·送志伯愚侍郎赴乌里雅苏台参赞大臣之任，同盛伯羲祭酒、王幼霞御史、沈子培刑部作》将家国身世之感打成一片，悲壮豪放。意气昂扬，笔力横恣。王潜《手批云起轩词钞》评此词曰："后遍豪宕而神色愈凄。"

八声甘州

［清］陈曾寿

甲子八月二十七日雷峰塔圮。据塔中所藏《陀罗尼宝箧印经》，造时为乙亥八月，正宋艺祖开宝八年，距今九百五十余年矣。千载神归，一条练去。末劫魔深，莫护金刚之杵；暂时眼对，如游乾闼之城。半湖秋水，空遗蜕之龙身；无际斜阳，杳残痕于鸦影。爱同惝仲共赋此阕，聊写愁哀。

镇残山、风雨耐千年，何心倦津梁。早霸图衰歇，龙沉凤杳，

乌里雅苏台，清雍正间筑为定边左副将军和乌里雅苏台参赞大臣驻所，即今蒙古人民共和国扎布汉省省会扎布哈朗特。

先鞭，《晋书》卷六十二："（刘琨）与范阳祖逖为友。闻逖被用，与亲故书曰：'吾枕戈待旦，志枭逆虏；常恐祖生先吾著鞭耳。'"后因以"先鞭"表示"占先一着"。

雄虺，传说之大毒蛇，喻指大奸佞。琐琐，亦作"璅璅"，卑微的样子。

陈曾寿像

陈曾寿（1878—1949）字仁先，号苍虬居士，蕲水县（今湖北浠水县）巴河陈家大岭人。光绪进士，官至都察院广东监察御史，入民国，以遗老自居。著有《苍虬阁诗集》《旧月簃词》。其词多用佛典、禅语，其性情之真，兴象之华妙，气度之疏朗，亦自成一家。

雷峰塔旧照。塔在西湖南岸夕照山的雷峰上，为吴越国王钱俶因黄妃得子建，初名黄妃塔。旧塔已于1924年倒塌，现已重建

霸图，指吴越王钱镠割据两浙称王史事。

佛经常以印度恒河沙数喻数量之多。

《圆觉经》云："佛为万法之王，又曰空王。"故空王常作诸佛总称。

如此钱塘。一尔大千震动，弹指失金装。何限恒沙数，难抵悲凉。

慰我湖居望眼，尽朝朝暮暮，咫尺神光。忍残年心事，寂寞礼空王。漫等闲、擎天梦了，任长空、鸦阵占茫茫。从今后、凭谁管领，万古斜阳。

1924年9月25日（阴历八月二十七日），杭州西湖边上，一座历史悠久，流传着神异传说的雷峰塔轰然坍塌，引起四方的震动，更牵动了多少文人的诗心和感慨！此时词人正寓居西湖边，吊古塔之倾圮，叹人世之沧桑，俯仰古今，壮怀成空，怅恨无限，吟成此作，抒写一个遗民内心深重的"愁哀"。诚如何满子所评，此词"字面全系咏塔，抒怀亦针对塔之倾圮，而身世、古今之慨均在言外。物我融合，景随情生，苍凉中自有其妩媚"（《词林观止》上册）。叶恭绰则以"悲壮"（《广箧中词》卷三）二字评此词。

倚声依谱

《八声甘州》简称《甘州》，又名《潇潇雨》《宴瑶池》等。唐教坊大曲有《甘州》，杂曲有《甘州子》，是边塞曲，故以甘州为名。全词共八韵，故称"八声"。九十七字，前后片各四平韵。亦有首句增一韵者。气象恢宏，音节慷慨悲壮，宜表现激楚苍凉的情调。

《词谱》（《八声甘州》）

【定格】

仄中平仄仄仄平平，中中仄平平。
仄平平中仄，中平中仄，中仄平平。
中仄平平中仄，中仄仄平平。
中仄平平仄，中仄平平。

中仄中平中仄，仄中平中仄，中仄平平。
仄平平中仄，中仄仄平平。
仄平平、中平平仄，仄中平、中仄仄平平。
平平仄、仄平平仄，中仄平平。

蝶恋花

昨夜西风凋碧树，独上高楼，望尽天涯路

蝶恋花

［北宋］晏殊

槛菊愁烟兰泣露[①]，罗幕轻寒[②]，燕子双飞去。明月不谙离恨苦，斜光到晓穿朱户[③]。　　昨夜西风凋碧树，独上高楼，望尽天涯路。欲寄彩笺兼尺素[④]，山长水阔知何处。

临风赏读

这首词为读者描绘出一幅主人公在寒秋中极目天涯、望眼欲穿的相思图，是一首极负盛名的婉约词。

词的上片跌宕写来，以倒叙手法，由晨所见，倒叙主人公一夜的无眠相思。秋晓的庭圃，菊笼罩着淡淡的烟霭，似在脉脉含愁；兰沾着晶莹的露珠，似在轻轻啜泣。这一亦真亦幻幽极凄绝的特写镜头，正是主人公悲凉、迷离而又孤寂的心态的写照。室内罗幕间荡漾着一缕轻寒，当目送时而绕梁呢喃、时而穿帘追逐的双燕相随而去之际，主人公该怀着怎样一份孑然独立的怅惘！偏是那明月不解离人正苦，从夜到晓把清辉投进朱户，惹得主人公彻夜失眠，离愁别恨更加深重。上片移情于景，层层写出主人公用情之深厚专注。

下片另拓词境。主人公登楼望远，一片苍茫空阔，连通向天边的路也可以看到尽头，恍然惊觉，一夜之间碧树尽凋，昨夜西风是何等的劲厉肃杀，固有的惨淡、凄迷气氛又增添了几分萧瑟、几分凛冽。树犹如此，人何以堪！主人公心中的无限悲凉，似乎遍布于天地之间。高楼骋望，不见所思，因而想到音书寄远：将无尽的情思怨慕，写进彩笺尺素，寄与离散远方的离人，可

黄国柱书《蝶恋花》

是望尽天涯，山长水阔，却不知离人何处！在望归而不能的悲苦上又添加了一种行踪不定、渺茫无着落的怅惘。

这首词笔墨疏澹，情致深婉，并具有一般婉约词少见的寥廓高远。

古今汇评

陈廷焯：缠绵悱恻，雅近正中（冯延巳）。（《词则辑评·大雅集》卷二）

王国维：《诗·蒹葭》一篇，最得风人深致，晏同叔"昨夜西风凋碧树，独上高楼，望尽天涯路"，意颇近之，但一洒落，一悲壮耳。（《人间词话》）

王国维：古今之成大事业、大学问者，必经过三种之境界。晏同叔之"昨夜西风凋碧树，独上高楼，望尽天涯路"，此第一境也。"衣带渐宽终不悔，为伊消得人憔悴"，此第二境也。"众里寻他千百度，回头蓦见，那人正在，灯火阑珊处"，此第三境也。此等语皆非大词人不能道。（《人间词话》）

徐育民：作者工于词语，炼字精巧，善于将主观感情熔于景物描写之中。菊愁、兰泣、幕寒、燕飞、树凋、西风、路远、山长、水阔，这一切景物都充满了凄楚、冷漠、荒远的气氛，从而很好地表达了离愁别恨的主题。从词的章法结构来讲，以时间变化为经线，以空间转移为纬线，层次井然，步步深入。（《历代名家词赏析》）

词人心史

晏殊（991—1055）字同叔，临川文港镇（今属江西进贤）沙河村人。七岁能文，真宗景德元年（1004）十四岁时张知白以神童荐入试，与千余进士同试廷中，气定神闲，援笔立就，赐同进士出身。仁宗时官至集贤殿学士、同平章事兼枢密

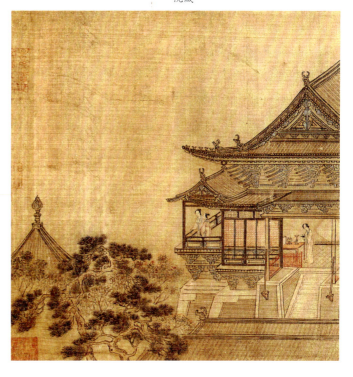

宋佚名《飞阁延风图》，绘崇台高阁中两仕女正凭栏远眺。故宫博物院藏

晏殊画像

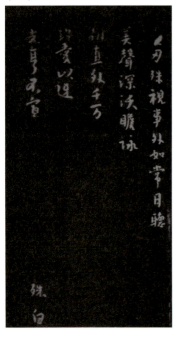

晏殊手札（宋拓《凤墅帖》卷十二）

使。先后出知应天、江宁、河南府，及亳、颍、许、永兴等州。卒谥元献。

　　作为导宋词先路的一代词宗，晏殊诗、文、词兼擅，而尤以词著。他上承晚唐五代遗绪，下启有宋婉约词风，被称为"北宋倚声家初祖"。他的词多吟成于舞榭歌台、花前月下，虽然在题材上不外乎传统的男女之情、相思之恋、离别之思，然而，优裕闲逸的生活和多愁善感的个性，使他常常反思和体悟人生、生命的意义，使他的词中常渗透着厚重的理性沉思，构成其词"情中有思"的特质。形式上因刻意"惟说其气象"，故尔他的词雍容和婉，理致深蕴，音律谐适，珠圆玉润——既有珠玉般温润而泽的富贵气象，又具天然去雕饰般清新俊丽的自然气息，两相交融，别具一格；语言也一洗五代"花间"词的脂粉气和绮迷色彩，而变得清丽淡雅，温润秀洁。这种婉约风格对秦观、贺铸、李清照等宋代婉约著名词人的影响甚远。有《珠玉词》，存词一百三十余首。

　　晏元献公虽起田里，而文章富贵，出于天然。（吴处厚《青箱杂记》卷五）

　　晏元献、欧阳文忠、宋景文，则以其余力游戏，而风流闲雅，超出意表，又非其类也。（李之仪《跋吴思道小词》）

　　晏元献尤喜江南冯延巳词。其所自作，亦不减延巳。（刘攽《中山诗话》）

　　晏元献公、欧阳文忠公，风流蕴藉，一时莫及，而温润秀洁，亦无其比。（王灼《碧鸡漫志》卷二）

　　词之为体，大略有四：风流华美，浑然天成，如美人临妆，却扇一顾，花间诸人是也。晏元献、欧阳永叔诸人继之。（郭麐《灵芬馆词话》卷一）

　　晏氏父子均可追逼花间。（许昂霄《词综偶评》）

　　晏氏父子仍步温、韦。（周济《宋四家词选目录序论》）

　　冯延巳词，晏同叔得其俊，欧阳永叔得其深。（刘熙载《艺概》卷四）

　　《珠玉词》清刚淡雅，深情内敛，非浅识所能了解。又：《珠玉词》缘情体物，细妙入微处，为六一所不及。六一情调之奔放，气势之沉雄，又为《珠玉》所无。（郑骞《成府谈词》）

　　晏同叔去五代未远，馨烈所扇，得之最先，故左宫右徵，和婉而明丽，为北宋倚声家初祖。（冯煦《六十一家词选例言》）

　　晏氏父子，嗣响南唐二主，才力相敌，盖不特辞胜，犹有过人之情。（夏敬观《映庵词评》）

观殊所为词，托于男女情悦思慕之言，实未之废。盖词之始，所以润色里巷之歌谣，被诸弦管，其至者正在得之人情物态。（夏敬观《二晏词评》）

关于晏词之特色，如其闲雅之情调、旷达之怀抱，及其写富贵而不鄙俗、写艳情而不纤佻诸点，固皆有可资称述者在。然而其最主要之一点特色，则当推其情中有思之意境……一般词作往往多以抒情为主，其能以词之形式叙写理性之思致者，则极为罕见，而晏殊却独能将理性之思致，融入抒情之叙写中，在伤春怨别之情绪内，表现出一种理性之反省及操持，在柔情锐感之中，透露出一种圆融旷达之理性的观照。（叶嘉莹《唐宋词名家论稿》）

词林逸事

晏殊一次赴杭，途经扬州，在大明寺游憩，瞑目徐行，让吏员诵壁间诗版，并戒令不要说出作诗者的姓名爵里，听着皆感觉平平，没有几篇能让他听完的。忽听到一首《扬州怀古》："水调隋宫曲，当年亦九成。哀音已亡国，废沼尚留名。仪风终陈迹，鸣蛙底沸声？凄凉不可问，落日下芜城。"写得怨而不怒，情深意长，遂大加赞许。问之，原来诗人即是江都尉王琪，便招来同游池畔。时当春暮，已有落花。晏殊忽言："我每每得句书于壁间，有时经年都对不上，比如'无可奈何花落去'，就苦思至今而不得下联。"王琪沉吟片刻，对晏殊道："何不用'似曾相识燕归来'？"（吴曾《能改斋漫录》卷十一）晏殊听后顿觉浑然天成，赞赏不已，越发看重王琪。晏殊爱极了这天然妙绝的名对，于是足成他那首最为脍炙人口的《浣溪沙》：

似曾相识燕归来　王福庵

一曲新词酒一杯，去年天气旧亭台。夕阳西下几时回。　　无可奈何花落去，似曾相识燕归来。小园香径独徘徊。

一种混杂着眷恋和怅惘，既似冲澹又似深婉的人生怅触渗透其中，词境与理致兼胜，成就了这首千古传诵的生命哀歌。后来，他又将这一名对写进了《示张寺丞王校勘》，可见词人对这一名句的得意。

晏殊《浣溪沙》（《诗馀画谱》）

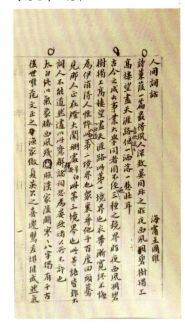

低吟/浩唱

鹊踏枝（蝶恋花）

[五代·南唐] 冯延巳

谁道闲情抛掷久，每到春来，惆怅还依旧。日日花前常病酒，不辞镜里朱颜瘦。　　河畔青芜堤上柳，为问新愁，何事年年有。独立小桥风满袖，平林新月人归后。

这首词抒写抛掷不断、年年滋生的莫可名状的孤寂惆怅情怀，并不着意刻画人物的外在形象，也不经心描写具体景物或情事，而是将笔墨集中在创造缠绵凄恻的感情境界上。结束二句如仙境梦境，传达出惝恍抑郁的情感意境，弥觉凄楚动人。全词情景交融，清淡隽永，意蕴深美幽微。唐圭璋谓此词"如行云流水，不染纤尘"（《唐宋词简释》）。

蝶恋花　春暮

[北宋] 李冠

遥夜亭皋闲信步，才过清明，渐觉伤春暮。数点雨声风约住，朦胧淡月云来去。　　桃杏依稀香暗度，谁在秋千，笑里轻轻语。一寸相思千万绪，人间没个安排处。

这首词写的是暮春夜晚词人独自在郊外漫步时所见的景色，和因此惹起的伤春、相思情怀。全词以清景无限来烘托、暗示人物情感的变化，营造出一种深婉优美的意境。语言浅近，绘声绘色，细致入微，婉丽多姿。

凤栖梧（蝶恋花）

[北宋] 柳永

伫倚危楼风细细，望极春愁，黯黯生天际。草色烟光残照里，无言谁会凭栏意。　　拟把疏狂图一醉，对酒当歌，强乐还无味。衣带渐宽终不悔，为伊消得人憔悴。

这首词将漂泊异乡的落魄感受，与怀恋意中人诚笃、缠绵的情思打并一处，是一首激情回荡的怀人之作。上片写登高望远，离愁油然而生。下片写主人公为消释离愁，决意痛饮狂歌，但强颜为欢，终觉"无味"。结穴"衣带渐宽"二句以健笔写柔情，自誓甘愿为思念伊人而日渐消瘦与憔悴，表现对爱情的执着专注，所谓作情语而绝妙者。王国维在《人间词话》中曾借用这两句，作为"古今之成大事业、大学问者，必经过三种境界"的"第二境"，经此揄扬，让这首词更加脍炙人口。

对酒当歌　佚名

蝶恋花

[北宋] 欧阳修

庭院深深深几许，杨柳堆烟，帘幕无重数。玉勒雕鞍游冶处，楼高不见章台路。　雨横风狂三月暮，门掩黄昏，无计留春住。泪眼问花花不语，乱红飞过秋千去。

这首词以内外隔绝的阴森、幽邃的环境，暗示和烘托出闺中思妇难以明言的内心隐痛。庭院深深，高楼独处，她的目光正透过重重帘幕、堆堆柳烟，向意中人经常游冶的地方凝神远望。可是望而不可见，眼中唯有在狂风暴雨中横遭摧残的花儿，由此联想到自己的命运，不禁伤心含泪问花，可花儿亦含悲无语凝噎，随风飘散。结尾二句写女子的痴情与绝望，含蕴丰厚，臻于妙境：在泪光莹莹之中，花如人，人如花，最后花、人莫辨，同样难以避免被抛掷遗弃而沦落的命运。沈际飞谓"末句参之'点点飞红雨'句，一若关情，一若不关情，而情思俱荡漾无边"（《草堂诗馀正集》卷一）。这首词情深、景深、意境深，层深而浑成，语言又清浅，的是闺怨词中传诵千古的名作。

蝶恋花

[北宋] 晏几道

醉别西楼醒不记，春梦秋云，聚散真容易。斜月半窗还少睡，画屏闲展吴山翠。　衣上酒痕诗里字，点点行行，总是凄凉意。红烛自怜无好计，夜寒空替人垂泪。

这首词为感忆之作，写别情凄婉。昔时沈廉叔、陈君宠家有莲、鸿、蘋、云诸歌女，词人每有新作，便授之诸儿传唱。三人持酒听之，为一笑乐。如今君宠疾废卧家，廉叔下世，莲、鸿、蘋、云流转人家。回首西楼欢宴，已如幻如电，如昨梦前尘。眼前斜月窗半，词人却不能成寐，瞥见床畔画屏兀自吴山展翠，似于主人公

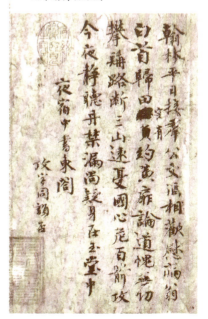

欧阳修《夜宿中书东阁诗卷》。辽宁省博物馆藏

画屏闲展吴山翠　陈巨来

行尽江南，不与离人遇　乔大壮

宋王诜《自书诗卷》，首段叙说"前年恩移清颍（按即颍州）"，道阻于许昌，与韩维（持国）、范镇（景仁）诗酒流连于颍昌府（按即许昌）之西湖的情况。第二段记颍昌湖上三人所作唱和诗句。第三段为《蝶恋花》词。落笔率意痛快，锋芒毕露，颇具自家面目。故宫博物院藏

之烦恼熟视无睹者，更增无限怅触。下片前三句承上写不眠之际检点旧物，倍感凄凉。"衣上酒痕"是欢宴留下的印迹，"诗里字"是筵席上题写的词章。酒痕墨迹，本是别时情态，而今只能引人神伤了。结拍托言于红烛，从空际传神。红烛似乎也同情于人，却又自伤无计消除主人心头的凄凉，只得在寒夜中徒然替人垂泪。清人陈廷焯称这下半阕"一字一泪，一字一珠"（《词则辑评·大雅集》卷一）。

参读

　　梦入江南烟水路，行尽江南，不与离人遇。睡里销魂无说处，觉来惆怅销魂误。　　欲尽此情书尺素，浮雁沉鱼，终了无凭据。却倚缓弦歌别绪，断肠移破秦筝柱。——晏几道这首《蝶恋花》亦写离情，从梦寻不遇到销魂无处说，到音书难寄，到遍移筝柱，节节递进，节节顿挫，又显得沉挚有力，真挚感人，体现了小晏词淡而有味，浅而有致的独特风格。

蝶恋花

〔北宋〕王诜

　　小雨初晴回晚照，金翠楼台，倒影芙蓉沼。杨柳垂垂风袅袅，嫩荷无数青钿小。　　似此园林无限好，流落归来，到了心情少。坐到黄昏人悄悄，更应添得朱颜老。

　　词人因苏轼遭"乌台诗案"文字狱而受牵连致遭重遣，先后贬至均州、颍州，哲宗元祐元年（1086）始得召回。这首词写于回到汴京时。尽管故园依旧，初晴晚照，金翠楼台，杨柳袅袅，嫩荷无数，盎然春意触目萦怀，然而时光毕竟已流过七载，良朋好侣却已零散！过片的赞美由此化为怅叹，朱颜已老的词人，已再无心赏景。于是斜阳渐隐，金翠的楼台上，只剩下这位落拓归客的身影，

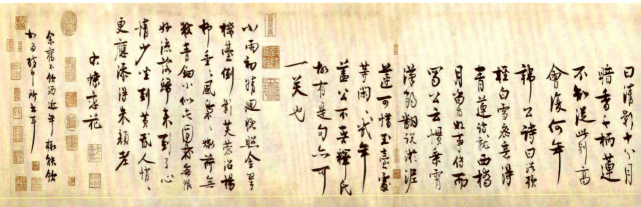

坐对暮霭四起的黄昏。词以流丽之景反衬伤心怀抱，表达了词人流落异地之悲、老大无成之慨，以及无辜遭贬的苦闷、压抑心情。

蝶恋花

[北宋] 苏轼

花褪残红青杏小，燕子飞时，绿水人家绕。枝上柳绵吹又少，天涯何处无芳草。　墙里秋千墙外道，墙外行人，墙里佳人笑。笑渐不闻声渐悄，多情却被无情恼。

天涯何处无芳草　清释明中

这首词约作于贬居惠州前后，上片真切描绘出春末夏初的时令景象。尽管残红落英、柳絮将尽，然而青杏初生、燕子低昂，绿水环绕，芳草青青，大自然重呈一片生机。"天涯"一句反问，在淡淡的惜春愁思中，又透出勘破人生的旷达豪情。据说朝云唱到这里，就泪满衣襟，足见其感人至深。下片信手拈来生活中一幅小景加以描绘，宛然如画，饶有意趣：高墙内佳人荡着秋千，一片快乐悦耳的嬉笑声，墙外行人被这笑声吸引，停下了脚步，正待凝神细味，墙内却渐渐安静下来。毫无觉察的佳人自然不知道给这多情的行人增添多少落寞惆怅。佳人难遇，美景不常，词在"多情却被无情恼"的哲理中结束，令人遐思感悟。东坡词以豪放著称，而这阕《蝶恋花》则是一首情辞妩媚清新的杰作。清黄苏云："'柳绵'自是佳句，而次阕尤为奇情四溢也！"（《蓼园词选》）

蝶恋花　海岱楼玩月作

[北宋] 米芾

千古涟漪清绝地，海岱楼高，下瞰秦淮尾。水浸碧天天似水，广寒宫阙人间世。　霭霭春和生海市，鳌戴三山，顷刻随轮至。宝月圆时多异气，夜光一颗千金贵。

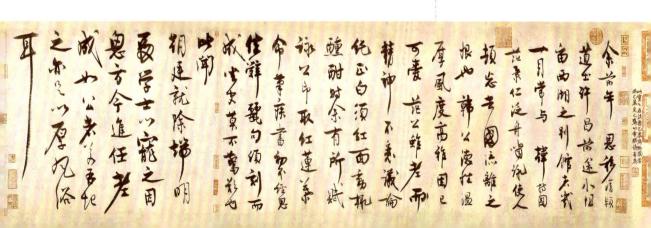

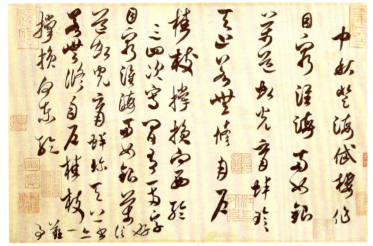

米芾《中秋登海岱楼作诗帖》，诗作"目穷淮海两如银，万道虹光育蚌珍。天上若无修月户，桂枝撑损向西（东）轮"，描绘月夜登楼所见淮河入海处辽阔壮丽的景色。前后抄录两次，中间加入一行批注"三四次写间有一两字好，信书亦一难事"，感慨作书时心手相应不易，其情其境，历经千载尚可想见。日本大阪市立美术馆藏

词人于绍圣四年（1097）知涟水军，至元符二年（1099）春离任，风政之余常浸淫于诗文书画之中。这首词为登临当地名楼——海岱楼赏月时的感怀之作。上片先写涟水全境形胜之处，然后特出一笔，写登临海岱楼所见壮美景色。下片描绘月轮出海初生至皓月当空的过程，写得神采飞动。《蝶恋花》一调多抒写缠绵悱恻之情，而此首颇是奔逸豪放，"鳌戴"两句尤为沉着飞翥，有超逸之妙。

蝶恋花　早行

[北宋]周邦彦

月皎惊乌栖不定，更漏将残，辘轳牵金井。唤起两眸清炯炯，泪花落枕红棉冷。　执手霜风吹鬓影，去意徊徨，别语愁难听。楼上阑干横斗柄，露寒人远鸡相应。

这首纪别词描绘行者在秋季晨风中离家时依依不舍的惜别情景，历历如绘。词从将晓景物说起，乌栖不定，更漏将残，辘轳声喧，惊觉离别在即，于是倚枕泣别，而临风执手，而临别依依，而行人远去，而登楼目送，次第写出。结末写已是星斗阑干，霜风凄紧，村鸡乱叫的黎明了，而她的心上人踩着寒露渐渐远去，远去……这一结宕出远神，余味不尽。

蝶恋花

[北宋]赵令畤

欲减罗衣寒未去，不卷珠帘，人在深深处。红杏枝头花几许，啼痕止恨清明雨。　尽日沉烟香一缕，宿酒醒迟，恼破春情绪。飞燕又将归信误，小屏风上西江路。

这是一首春日怀人词。词之上片，春寒料峭，乍暖还寒时节，深垂的珠帘，红杏枝头的花泪，清明的寒雨，无不透露出独处深闺的女主人公惜花伤春的意绪。过片三句，转写闺中人内心极度的凄

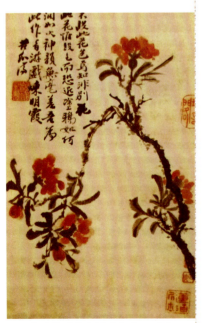

清石涛《花卉图册》之一《杏花》。上海博物馆藏

寂和苦闷。沉烟一缕，人香相对，整日孤寂；隔宿醉酒，今朝醒迟，春愁又被撩惹。她多么盼望着燕儿给她带来远人的信息，但飞燕却忘了天涯芳信，害得她只好空对屏风，怅望西江之路，遥忆远人。结尾两句托燕传情，构思极为巧妙痴绝，写出了女主人公对心上人的一往情深，读之令人意犹未尽。全词悲婉悱恻，清超绝俗。

参读

卷絮风头寒欲尽，坠粉飘香，日日红成阵。新酒又添残酒困，今春不减前春恨。　蝶去莺飞无处问，隔水高楼，望断双鱼信。恼乱横波秋一寸，斜阳只与黄昏近。——赵令畤善写《蝶恋花》词，这首《蝶恋花》清丽圆转，情意绵绵，描摹独处深闺中人的心理、情态，惟妙惟肖，真是如闻其声，如见其影。李攀龙称此词"妙在写情语，语不在多，而情更无穷"（《新刻李于麟先生批评注释草堂诗馀隽》卷二）。

蝶恋花　送春

［南宋］朱淑真

楼外垂杨千万缕，欲系青春，少住春还去。犹自风前飘柳絮，随春且看归何处。　绿满山川闻杜宇，便作无情，莫也愁人苦。把酒送春春不语，黄昏却下潇潇雨。

这首词以轻柔细腻的笔触，将暮春景色描绘得摇曳多姿，委婉动人，含蓄而又深沉地表达自己的幽怨愁苦之情，颇以清新婉丽、蓄思含情见长。

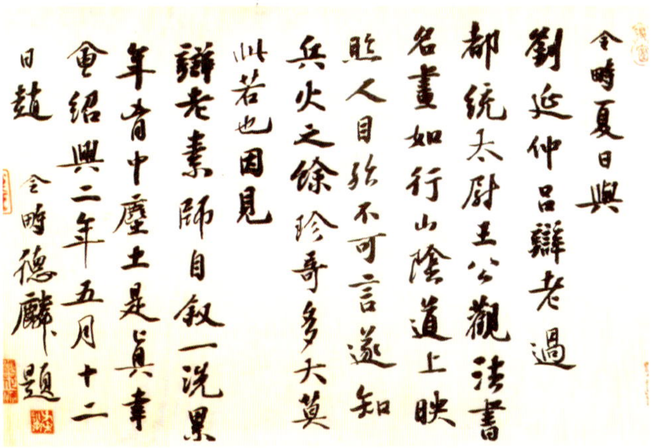

蝶恋花

［南宋］范成大

春涨一篙添水面，芳草鹅儿，绿满微风岸。画舫夷犹湾百转，横塘塔近依前远。　江国多寒农事晚，村北村南，谷雨才耕遍。秀麦连冈桑叶贱，看看尝面收新茧。

春水涨满，一直浸润到岸边的芳草；芳草、鹅儿在微风中活泼泼地抖动、游动，那嫩嫩、和谐的色调，透出了生命的温馨与活

赵令畤（1061—1134）字德麟，自号聊复翁。太祖次子燕王德昭玄孙。元祐中签书颍州公事，时苏轼为知州，荐其才于朝。后坐元祐党籍，被废十年。绍兴初，袭封安定郡王，迁宁远军承宣使。有《侯鲭录》八卷，赵万里为辑《聊复集》词一卷。

赵令畤跋怀素《自叙帖》。台北"故宫博物院"藏

明唐寅《江南农事图》。远山在望，近处则村舍栉比，沃田垂柳交错，田埂河流迂回，其中穿插舟行过桥。农夫水田插秧，渔夫撒网捕鱼，舟船泊岸或荡桨持篙、肩挑行囊，往来熙攘，一派四月江南繁忙景色。台北"故宫博物院"藏

聚骨扇，即折叠扇。常以竹木或象牙为扇骨，俗称折扇；又因散其尾而聚其头，故称聚头扇。宋神宗时由高丽传入。

完颜璟（1168—1208）即金章宗，世宗孙，在位二十年，为金代守成之君。博学工诗，善书画。存词二首。

宋琬（1614—1674）字玉叔，号荔裳，山东莱阳人。顺治四年（1647）进士。曾官四川按察使。其词前期以绵丽见长，后期多凄怨之声。有《安雅堂集》及《二乡亭词》。

力……这首田园词描绘的是苏州附近清新、明净的水乡春景，散发着浓郁而恬美的农家生活气息，读之令人心醉。

蝶恋花　聚骨扇

［金］完颜璟

几股湘江龙骨瘦，巧样翻腾，叠作湘波皱。金缕小钿花草斗，翠条更结同心扣。　　金殿珠帘闲永昼，一握清风，暂喜怀中透。忽听传宣须急奏，轻轻褪入香罗袖。

这是一首题扇词。上片写折扇之构造、形制，及扇面之装饰华美，生动传神地描绘了聚骨扇的形象。下片拓开虚写，由扇而及用扇之人。万几之暇，于金殿上、珠帘内，独享长昼之悠闲，摇动扇子，清风入怀，透入阵阵凉意，正此惬意之时，忽听得朝堂上一声诏令，皇帝宣召上殿奏事，于是急忙正襟敛容，将扇子轻轻收起，藏入香袖之中。这首词笔法工巧轻灵，清雅柔婉，情思幽微，字里行间渗透出雍容大度、从容不迫。吴梅称此词为"一时绝唱……虽为赋物，而雅炼不苟"（《词学通论》）。

蝶恋花　旅月怀人

［清］宋琬

月去疏帘才几尺，乌鹊惊飞，一片伤心白。万里故人关塞隔，南楼谁弄梅花笛。　　蟋蟀灯前欺病客，清影徘徊，欲睡何由得。墙角芭蕉风瑟瑟，生憎遮掩窗儿黑。

康熙元年（1662）春，族侄宋彝秉因宿怨，诬告宋琬与闻于七变乱密谋，宋琬被逮往京城，次年十一月冤狱才得以申雪，出狱后被免官，流寓江浙间八年之久。这首词当作于这一时期。羁旅中见月而感身世，而怀故人，思念、危疑、忧愤，百感交集，充塞着词人的心胸。词以由外到内再到外的写景顺序，依次写了月下疏帘、惊飞乌鹊、南楼笛声、灯下蟋蟀、墙角芭蕉等，衬托、渲染出词人不可排遣的愁思。可以想见，秋蛩声、风吹芭蕉声和笛里悲苦声声声灌入两眼黑茫茫、长宵独坐人之耳，又该是怎样一种凄楚的情怀！全词格调幽咽凄楚。

蝶恋花　衰柳

［清］王夫之

为问西风因底怨，百转千回，苦要情丝断。叶叶飘零都不管，回塘早似天涯远。　阵阵寒鸦飞影乱，总趁斜阳，谁肯还留恋。梦里鹅黄拖锦线，春光难借寒蝉唤。

这首词作于清顺治末年，其时正值南明行将覆亡之际。词借衰柳象征摇摇欲坠的南明永历王朝的失败命运，抒发沉痛的故国之思。上片写衰柳在秋风的摧残下叶叶飘零，亡国破家的苦难尽在"飘零"一词中体现出来，"早似天涯远"则有一种隔世相看、无语泪流的辛酸。下片写柳树上的寒鸦纷纷离去，感叹春天生机勃勃的盛时难再，隐喻南明衰亡的颓势无可挽回，无限悲慨充溢字里行间。全词以比兴出之，句句写柳，低回凄婉，百转千回，深郁感人，允称"咏物词中的上乘"（龙榆生《读船山记》）。

宋梁楷《疏柳寒鸦图》，绘乌云密布的天空下，二鸦缩缩在一败柳枯干之上，另二鸦则绕树盘旋，似在寻觅栖身之所。意境萧瑟荒寒。故宫博物院藏

鹊踏枝　过人家废园作

［清］龚自珍

漠漠春芜春不住，藤刺牵衣，碍却行人路。偏是无情偏解舞，濛濛扑面皆飞絮。　绣院深沉谁是主，一朵孤花，墙角明如许。莫怨无人来折取，花开不合阳春暮。

词人自幼博学多才，深怀经世致用的抱负，但生当末世，困居下僚，有志郁郁不得伸。不合时序，只能枉有痴情；"阳春"已暮，必然名花无主。"一朵孤花，墙角明如许。莫怨无人来折取，花开不合阳春暮。"这该是多么铭心刻骨的孤独感，读之令人泫然。

龚自珍（1792—1841）字璱人，号定庵，仁和（今浙江杭州）人。道光进士。曾任内阁中书、礼部主事。通经学、小学和史地学。诗词兼擅，其诗侘傺旷逸，奇境独辟，其词瑰丽奇肆，不为前贤樊篱所限。有《定庵词》。

蝶恋花

［清］文廷式

九十韶光如梦里，寸寸关河，寸寸销魂地。落日野田黄蝶起，古槐丛荻摇深翠。　惘怅玉箫催别意。蕙些兰骚，未是伤心事。重叠泪痕缄锦字，人生只有情难死。

这首词作于光绪十二年（1886）四月末。在落日余晖中，黄蝶在野田中飞舞，京郊的古槐丛荻，一片深碧。词人离别京都，只觉得无处无地不令人触动"关河"、家国的忧思。下片转入一己情志自坚之写，进一步表达词人思君爱国之情。全词感情激越，悲凉凄怆。

龚自珍印

定庵

王国维像

王国维（1877—1927）字静安，号观堂，浙江海宁人。清末诸生。晚年任清华大学研究院教授。近代学术大师，于史学、古文字学、考古学及哲学、文学、戏曲无不淹通。论词有《人间词话》，创"境界"之说。其词"往复幽咽，动摇人心，快而能沉，直而能曲"。有《人间词》。

《词谱》（《蝶恋花》）

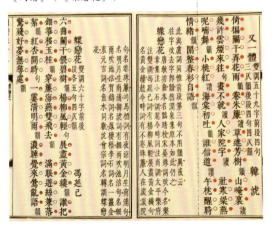

蝶恋花

［近代］王国维

百尺朱楼临大道，楼外轻雷，不间昏和晓。独倚阑干人窈窕，闲中数尽行人小。　　一霎车尘生树杪，陌上楼头，都向尘中老。薄晚西风吹雨到，明朝又是伤流潦。

这是一首寓意着人生哲理的艳词。上片从空间中写时间，人就在"闲中数尽行人小"的时间流逝中渐渐消失"窈窕"音容身影，也即老去。下片则从时间倏变出空间，路上的和楼上的——"陌上楼头"，全都随着滚滚红尘一起衰老，更触目惊心的是"都向尘中老"，随尘埃同化于虚空。下片终结，远不是"人间"的垂暮，在词人看来，其实又是开始一轮"闲中数尽行人小"，人世间的痛苦就是如此在痛苦得麻木的循环往复中运行。此词寓意深沉，实为王国维《人间词话》所标举的"有我之境"。他托名樊志厚所写《人间词话乙稿序》云："《蝶恋花》之'百尺朱楼'，意境两忘，物我一体。高蹈乎八荒之表，而抗心乎千秋之间。"

 # 倚声依谱

《蝶恋花》，唐教坊曲，本名《鹊踏枝》，宋晏殊词改今名，取自梁简文帝诗句"翻阶蛱蝶恋花情"，又名《凤栖梧》。双调，六十字，上下片各五句，四仄韵。音节和婉，作者最多，宜写含蓄婉约之情，亦宜写景。

【定格】

中仄中平平仄**仄**，
中仄平平，中仄平平**仄**。
中仄中平平仄**仄**，中平中仄平平**仄**。

中仄中平平仄**仄**，
中仄平平，中仄平平**仄**。
中仄中平平仄**仄**，中平中仄平平**仄**。

踏莎行

行人更在春山外

盈粉泪楼髙
莫近危阑倚
平芜尽处是
春山行人更
在春山外

宋欧阳修踏莎行
词一首
甲午年冬日
方创熙书

方创熙书《踏莎行》

华音流韵

踏莎行

[北宋] 欧阳修

候馆梅残①，溪桥柳细，草薰风暖摇征辔②。离愁渐远渐无穷，迢迢不断如春水。　　寸寸柔肠，盈盈粉泪，楼高莫近危阑倚③。平芜尽处是春山④，行人更在春山外。

临风赏读

迢迢春水，漫漫春山，衬映一种离愁，两地相思；两头兼写，彼我双至，情深意挚，神韵悠然——这首词以其深婉的艺术特色成为婉约词中一首传诵千古、有着穿越时空生命力的经典名篇。

词的上片从游子落笔，离别的前奏、送行的繁复过程全被宕开，径直呈现出一幅芳景如屏却弥漫着无尽离愁的溪山行旅图：驿舍旁，梅已开残，只剩下几片落英，溪桥边的柳

[注释]

①候馆，旅舍。
②草薰，花草的芳香。征辔，行旅中的马。辔，马缰。
③危阑，高楼上的栏杆。
④平芜，平旷的草地。

候館梅殘溪
橋柳細草薰
風暖搖征轡
離愁漸遠漸
無窮迢，不
斷如春水
寸，柔腸盈

树刚抽嫩叶。孤独的游子跨马登程，他抖着缰绳，徐行顾盼，暖风吹送着春草的芳香，触动着他的愁绪。马儿越走越远，离愁随之越来越浓，恰似溪桥下汩汩流向远方的春水，来路无穷，去程不尽。以"春水"喻愁，语淡情浓，极其柔美含蓄。

下片因游子愁极无尽，进而设想对方相思之苦，劝慰中倍见体贴：料想闺中的你，此时定柔肠百结，粉泪满面。绿荫楼头，孑然茕影，你千万莫要独倚栏杆，独眺天涯！若是望极天涯，徒见四野空寂，芳草远侵；青山隐隐，落晖脉脉……而我这个远行的游子，却远在那重重叠叠、绵绵亘亘的青山之外，渺不可寻。以"春山"喻远，引出思妇凝目远望、神驰天外，与上片以"春水"喻愁，两相映照，更觉婉切深挚，而又哀婉欲绝。

伤离念远，本是一个烂熟的题材，但在这首词中，春水春山比况情切，一去一留对举情伤，将离愁别恨表达得荡气回肠、意味深长，令人神远。

宋马远《柳岸远山图》，描绘江南景致，疏柳，溪桥，远山，水天如画。全幅层次井然，结构严谨，能于实中见虚，景里生情。美国波士顿艺术博物馆藏

欧阳修像

庐陵欧阳脩

欧阳修题名

欧阳修《集古录跋》是对《集古录》所辑历代金文石刻进行考定解说的跋文，共十卷。今其手迹仅存汉杨君碑、唐陆文学传、平泉山居草木记、汉西岳华山碑四种。用笔劲健，字体精劲秀丽，字形略扁，尚有晋唐人写经笔意，神采苍秀古雅，兼有雄强与端和之美。台北"故宫博物院"藏

词人心史

欧阳修（1007—1072）字永叔，号醉翁，晚号六一居士，吉州（今江西吉安，古亦称庐陵）永丰沙溪镇人。四岁而孤，家境贫寒，母"以荻画地教子"。天圣八年（1030）举进士。一生仕宦四十余年，历仁宗、英宗、神宗三朝，曾贬滁州、徙扬州、知颍州、守南京，官至枢密副使、参知政事，进封开国公。熙宁四年（1071）以太子少师致仕，结庐于颍州西湖之滨，常泛舟湖上，啸傲风月。次年闰七月二十三日（1072年9月8日）夜病逝，三年后葬于开封府新郑县旌贤乡刘村（后改称欧阳寺村）。

欧阳修天资刚劲，立朝以风节自持，曾直言为范仲淹辩护，移书切责左司谏高若讷，被远谪夷陵（今湖北宜昌）。他笃于朋友，奖引后进，梅尧臣、苏舜钦、苏轼父子、王安石、曾巩等，或相从游，或得其举荐，或出其门下。一生著述宏富，曾与宋祁合修《新唐书》，并独撰《新五代史》，又有《欧阳文忠公文集》一百五十三卷。词集有《六一词》。

欧阳修好古嗜学，博通群书，在政治和文学方面都主张革新，既是范仲淹庆历新政的支持者，也是北宋诗文革新运动的领袖，为"唐宋八大家"之一。其散文平易流畅、委曲婉转，其诗则重气势而能流畅自然。而在北宋中期词坛，他与晏殊断推巨擘。其俗艳之词与晚唐五代词风一脉相承，与冯延巳词尤为风神宛肖，但又能另开蹊径，用民间新腔，叙写风土人情、人生际遇与真实情感，大大拓展了词的境域。风格开阖变化，浑成热烈，兼有清新疏快与深婉蕴藉的特点，无论是境界、内容还是形式，都深刻影响了两宋以后词史的发展。

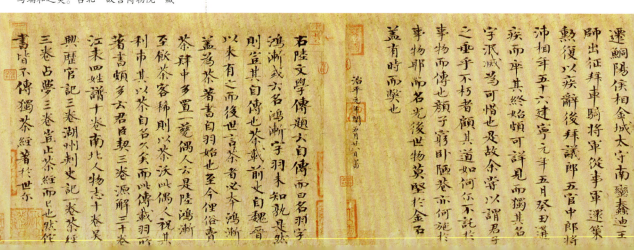

　　如公器质之深厚，智识之高远，而辅学术之精微，故充于文章，见于议论，豪健俊伟，怪巧瑰琦。其积于中者，浩如江河之停蓄；其发于外者，烂如日星之光辉。其清音幽韵，凄如飘风急雨之骤至；其雄辞闳辩，快如轻车骏马之奔驰。世之学者，无问乎识与不识，而读其文，则其人可知。（王安石《祭欧阳文忠公文》）

　　欧阳子论大道似韩愈，论事似陆贽，记事似司马迁，诗赋似李白。此非予言也，天下之言也。（苏轼《六一居士集序》）

　　欧公一代儒宗，风流自命，词章窈眇，世所矜式。（曾慥《乐府雅词序》）

　　宋初大臣之为词者，寇莱公（准）、晏元献（殊）、宋景文（祁）、范蜀公（仲淹）与欧阳文忠并有声艺林，然数公或一时兴到之作，未为专诣，独文忠与元献学之既至，为之亦勤，翔双鹄于交衢，驭二龙于天路。且文忠家庐陵，而元献家临川，词家遂有西江一派。其词与元献同出南唐，而深致则过之。宋至文忠，文始로古，天下翕然师为之，风尚为之一变。即以词言，亦疏隽开子瞻（苏轼），深婉开少游（秦观）。本传云："超然独骛，众莫能及。"独其文乎哉！独其文乎哉！（冯煦《蒿庵论词》）

　　其文章世有定论矣，然间作小词，造境夐绝，迥非南宋诸家所能追及。兴趣神韵，言有尽而意无穷。（林大椿《欧阳文忠公近体乐府跋》）

　　宋代之文、诗、词，皆奠自六一，文改骈为散，诗清新，词开苏、辛。……欧则奠定宋词之基础。盖以文学不朽论之，欧之作在词，不在诗文。（顾随《驼庵词话》卷五）

宋庆元间周必大刻《欧阳文忠公集》书影

 词林逸事

　　仁宗庆历八年（1048），欧阳修出知扬州。

　　扬州西北郊，有一处蜿蜒起伏的山冈——蜀冈。蜀冈中峰，苍松蔽地，翠柏参天，一座庄严的古刹——大明寺，高踞其间。一日，欧阳修优游至此，极目骋怀，但见江南诸峰拱揖栏前，若可攀跻，颇有"江流天地外，山色有无中"的意境。他极赏这里的清幽古朴，于此筑堂，名之曰平山堂。入暑，他常在清晨就携客来此纳凉饮酒吟诗。

数年之后，学富五车的刘敞（字原甫）也来出守扬州，欧阳修得知这一消息，勾起了对平山堂迷人风光的回忆，作一首词赠给这位好友：

平山阑槛倚晴空，山色有无中。手种堂前垂柳，别来几度春风。　　文章太守，挥毫万字，一饮千钟。行乐直须年少，樽前看取衰翁。——《朝中措·送刘仲原甫出守维扬》

词云"文章太守，挥毫万字"，不仅表达了词人"心服其博"的感情，而且把刘敞的倚马立就之才，作了精确的概括。缀以"一饮千钟"一句，则平添一股豪气，于是乎一个气度豪迈、才华横溢的太守形象便栩栩如生。而"山色有无中"是他从王维诗中信手拈出，不仅自然贴切，而且有无限妙趣。后来苏轼又把这一名句写进他的《水调歌头·黄州快哉亭赠张偓佺》：

落日绣帘卷，亭下水连空。知君为我新作，窗户湿青红。长记平山堂上，欹枕江南烟雨，杳杳没孤鸿。认得醉翁语，山色有无中。　　一千顷，都镜净，倒碧峰。忽然浪起，掀舞一叶白头翁。堪笑兰台公子，未解庄生天籁，刚道有雌雄。一点浩然气，千里快哉风。

神宗元丰二年（1079）四月，苏轼自徐州调知湖州，生平第三次经过平山堂。此时距他和恩师欧阳修最后一次见面已达九年，而欧阳修也已逝世八年。瞻仰壁间欧公遗草，只觉龙蛇飞动，睹物思人，令他感慨万千，低徊不已，写下一首《西江月·平山堂》：

三过平山堂下，半生弹指声中。十年不见老仙翁，壁上龙蛇飞动。　　欲吊文章太守，仍歌杨柳春风。休言万事转头空，未转头时是梦。

平山堂于元代曾一度荒废，明代万历年间重新修葺。清咸丰年间，毁于兵火，同治九年（1870）重建。

扬州平山堂

又过了一个世纪，词人方岳身处平山堂，俯仰江山，不禁诗思如潮，写下了一首怀念欧苏两位"文章太守"并寄寓身世、家国之悲的《水调歌头·平山堂用东坡韵》：

秋雨一何碧，山色倚晴空。江南江北愁思，分付酒螺红。芦叶蓬舟千里，菰菜莼羹一梦，无语寄归鸿。醉眼渺河洛，遗恨夕阳中。　　蘋洲外，山欲暝，敛眉峰。人间俯仰陈迹，叹息两仙翁。不见当时杨柳，只是从前烟雨，磨灭几英雄。天地一孤啸，匹马又西风。

低吟/浩唱

踏莎行　春暮

[北宋] 寇准

春色将阑，莺声渐老，红英落尽青梅小。画堂人静雨蒙蒙，屏山半掩余香袅。　　密约沉沉，离情杳杳，菱花尘满慵将照。倚楼无语欲销魂，长空暗淡连芳草。

这是一首闺怨词，上片描绘暮春季节，微雨濛濛，寂寥无人的景象，写女主人公居处的幽雅静谧而无生气。下片写两地音书隔绝，闺中人倚楼远望，但见芳草连天，阴云蔽空。全词清新流畅，绘景抒情，笔触纤细优美，字里行间处处跃动着闺中人期待、相思中的惆怅与苦闷，读之令人销魂。

踏莎行

[北宋] 晏殊

小径红稀，芳郊绿遍，高台树色阴阴见。春风不解禁杨花，濛濛乱扑行人面。　　翠叶藏莺，朱帘隔燕，炉香静逐游丝转。一场愁梦酒醒时，斜阳却照深深院。

这首词描绘暮春景色，抒发时序流转的感伤与怅惘。上片写出游时郊外之景，下片写归来后院落之景。以景起，以景结。藏莺隔燕，炉香游丝，斜阳深院，无限情思寓于深静之境，不露痕迹。结句"更自神到"（沈谦《填词杂说》）。唐圭璋极称此词，说"'春风'句，似怨似嘲，将物做人看，最空灵有味。'一场'两

欧阳修《欧阳氏谱图序》。辽宁省博物馆藏

寇准像

寇准（961—1023）字平仲，下邽（今陕西渭南）人。太平兴国进士。官至同中书门下平章事，一代名相。有《寇莱公集》。

秦观《淮海集》（《踏莎行》）书影

句，写到酒醒以后景象，浑如梦寐，妙不着实字，而闲愁可思"（《唐宋词简释》）。

踏莎行　郴州旅舍

［北宋］秦观

雾失楼台，月迷津渡，桃源望断无寻处。可堪孤馆闭春寒，杜鹃声里斜阳暮。　　驿寄梅花，鱼传尺素，砌成此恨无重数。郴江幸自绕郴山，为谁流下潇湘去。

这首以其词意高绝、词情凄婉而蜚声词坛的千古绝唱，大约作于绍圣四年（1097）春三月初抵郴州（今属湖南）之时。前此，由于新旧党争，词人出为杭州通判，又贬监处州酒税。绍圣三年，再贬徙郴州。接二连三的贬谪，其心情之悲苦可想而知，形于笔端，词作也益趋凄怆。上片写谪居中寂寞凄冷的环境，下片抒发词人内心的凄苦与幽怨，将蒙冤获罪的身世之感打并入乖离郴山北去的郴江之水。故王国维说"少游词境，最为凄婉。至'可堪孤馆闭春寒，杜鹃声里斜阳暮'，则变而凄厉矣"（《人间词话》）。

参读

少游到郴州，作长短句云："雾失楼台……"东坡绝爱其尾两句，自书于扇曰："少游已矣，虽万人何赎！"——宋胡仔《苕溪渔隐丛话》前集卷五十引

芳心苦（踏莎行）

［北宋］贺铸

杨柳回塘，鸳鸯别浦，绿萍涨断莲舟路。断无蜂蝶慕幽香，红衣脱尽芳心苦。　　返照迎潮，行云带雨，依依似与骚人语。当年不肯嫁春风，无端却被秋风误。

这首词借咏秋荷以寄慨。词中以清亮绝俗不免凋零清苦的荷花自况，寄托个人不合流俗、沉沦下僚际遇的感喟，倾吐自己怀才不遇的一腔愤懑。清人陈廷焯说：

宋佚名《柳塘泛月图》。荷塘月色，泛舟柳下，景致固然恬适宜人，主人趺坐舟中，或别有怀抱。故宫博物院藏

"此词必有所指，特借荷寓言耳。通首如怨如慕，如泣如诉，有多少惋惜，有多少慨叹！淋漓顿挫，一唱三叹，真能压倒古今。"（《云韶集》卷三）

踏莎行

［南宋］吕本中

雪似梅花，梅花似雪，似和不似都奇绝。恼人风味阿谁知，请君问取南楼月。　　记得去年，探梅时节，老来旧事无人说。为谁醉倒为谁醒？到今犹恨轻离别。

花魂雪魄，冰清玉洁，浑然相似。然对此佳景，更惹相思。因此探梅时节，不禁对景追忆往事，遂别有一番恼人风味萦绕于心。这首词借梅怀人，写得迷离恍惚，含意隽永。

洪迈《新茗帖》

踏莎行

［南宋］洪迈

院落深沉，池塘寂静，帘钩卷上梨花影。宝筝拈得雁难寻，篆香消尽山空冷。　　钗凤斜敧，鬓蝉不整，残红立褪慵看镜。杜鹃啼月一声声，等闲又是三春尽。

这首词写思妇怀人，通篇无一字点破本题，词人本意完全是通过环境、气氛，以及主人公的动作、情态艺术地表达出来的。读者刚一接触到它，只能感知到一片空寂的环境和一个慵倦的主人；进而才发现这是一个思妇对丈夫的深切怀念；再进一步或可想到关于爱情、离别等等，真是令人回味无穷，可谓一首善达言外之意的杰构。

洪迈（1123—1202）字景卢，号容斋，鄱阳（今属江西）人。绍兴进士。官至翰林院学士、资政大夫、端明殿学士、宰执（副相）。学识渊博，有《夷坚志》《容斋随笔》。

踏莎行

［南宋］吴文英

润玉笼绡，檀樱倚扇，绣圈犹带脂香浅。榴心空叠舞裙红，艾枝应压愁鬟乱。　　午梦千山，窗阴一箭，香瘢新褪红丝腕。隔江人在雨声中，晚风菰叶生秋怨。

这是一首端午佳节感梦怀人之作。伊人肌肤如玉，樱唇倚扇，精致的绣饰散发淡淡的脂粉幽香，红艳的舞裙透着隐隐的榴花，端午节带在头上的艾枝斜压着鬓边，带着几分娇态、几分哀愁的她，越发的楚楚动人。可是，"午梦千山，窗阴一箭"，如此真切的美人不过是梦中一见。正如陈洵所说："读上阕，几疑真见其人矣。换头点睛，却只一梦。唯有雨声菰叶，伴人凄凉耳。生秋怨，则时节风物，一切皆空。"（《海绡翁说词》）伊人在水一方，隔江不见，午梦醒来，只有雨声、晚风、菰叶，伴人凄寂而已。上片以实笔来描摹虚象，而在结拍处却以虚笔来点画实景，使情景幻而疑真，真而疑幻，异常缥缈，具有一种"天光云影，摇荡绿波"（周济《介存斋论词杂著》引良卿论吴文英词）之美。

踏莎行　山居

[南宋] 张抡

秋入云山，物情潇洒，百般景物堪图画。丹枫万叶碧云边，黄花千点幽岩下。　　已喜佳辰，更怜清夜，一轮明月林梢挂。松醪常与野人期，忘形共说清闲话。

这首词描写闲适惬意、恬然自得的山居乐趣，上片写秋天山景，下片写秋山赏月。词中"丹枫""黄花"一联，浓淡有致，构成一幅色彩斑斓、意境高远的秋山画卷。

宋佚名《山居说听图》，图绘两人品茗对谈于丛树掩映的山亭中，设色淡雅素朴，意境清幽淡泊。故宫博物院藏

踏莎行

[南宋] 姜夔

自沔东来丁未元日至金陵江上感梦而作。

燕燕轻盈，莺莺娇软，分明又向华胥见。夜长争得薄情知，春初早被相思染。　　别后书辞，别时针线，离魂暗逐郎行远。淮南皓月冷千山，冥冥归去无人管。

词人二十多岁时在合肥结识了一位女子，由于他行踪不定，往往别多会少，两地相思的离恨也就经常在他笔下沁溢而出。这首风调骚雅、空灵的感梦之作，作于淳熙十四年（1187）正月初一金陵附近的江上舟中，虽是怀念合肥恋人，但并未写艳遇的旖旎风情，而只有魂牵梦绕、铭心刻骨

的忆恋。结尾两句写词人梦醒后想象她独归后的情景：月光皓洁，千山冷寂，她就这样独自归去、伶仃无依。词人怜念之情、愧疚之感洋溢于字里行间，感人至深。此词"笔致虚幻，意极温厚，语极凄黯，第一等本色佳构"（周笃文《宋百家词选》）。

 参读

　　好花不与殢香人，浪粼粼。又恐春风归去绿成阴，玉钿何处寻。

　　木兰双桨梦中云，小横陈。漫向孤山山下觅盈盈，翠禽啼一春。——姜夔《鬲溪梅令·丙辰冬，自无锡归，作此寓意》亦为怀念合肥情侣之作。词人灵心独运，营造出一如梦如幻、恍惚迷离的意境。

踏莎行　江上送客

［元］张翥

　　芳草平沙，斜阳远树，无情桃叶江头渡。醉来扶上木兰舟，将愁不去将人去。　　薄劣东风，夭斜落絮，明朝重觅吹笙路。碧云红雨小楼空，春光已到销魂处。

　　这首词当是写一对情人暮春送别。上片以景语摹画江头醉扶伊人登舟作别的场景与气氛。"将愁不去将人去"寻常语乃见巧思。下片设想别后愁情难耐，黯然销魂。全词含婉蕴藉，余意不尽。薛砺若谓"此词以明畅之笔，写凄婉之思，其风神又宛似永叔、少游矣"（《宋词通论》）。

踏莎行

［清］徐灿

　　芳草才芽，梨花未雨，春魂已作天涯絮。晶帘宛转为谁垂，金衣飞上樱桃树。　　故国茫茫，扁舟何许。夕阳一片江流去。碧云犹叠旧山河，月痕休到深深处。

　　这首词似写于朱尔迈所云"逮沧桑后，流离患难，匿影荒村，或寄身他县"期间，是女词人怀着无限眷恋和凄婉为故国唱出的挽歌。"夕阳一片江流去"一句把那国破家亡、容身无地的迷惘悲慨之情融入眼前的江上日暮之景，境界壮美，托意无穷；其随江流而去的，岂止一片苍茫的夕阳，也是一页沉重的历史。谭献评此词感慨道："兴亡之感，相国愧之。"（《箧中词·今集》卷五）

張翥跋《春晖堂记》卷。故宫博物院藏

　　桃叶渡，在秦淮河口。传为王献之送爱妾桃叶过江之处。

　　夭斜，形容飞絮飘荡的样子。

　　怀古情多，凭高望极，且将尊酒慰飘零（张翥《多丽·西湖》句）王福庵周之琦（1782—1862）字稚圭，河南祥符人。嘉庆进士。累官广西巡抚。工词，浑融深厚，瓣香北宋，有《心日斋词》。

踏莎行

[清]周之琦

劝客清尊，催诗画鼓，酒痕不管衣衿污。玉笙谁与唱销魂，醉中只想簪螣去。　　绮席频邀，高轩惯驻，闷来却觅栖鸦语。城头一角晋阳山，怪他青到无人处。

嘉庆十八年（1813），词人曾奉差赴山西，这首词当写于此行。词写官场宴集酬应热闹喧嚣、狂放不羁的场面，表现了词人对这种场面的厌腻。结尾笔锋一转，要把烦闷的心情换向寻觅孤栖的寒鸦，并将一腔的怨怪投射在山景的苍翠上，而词人内心的孤独冷清从无理却有情的怨怪中轻轻流出，深挚动人，故钱仲联谓其"词笔的清挺绝尘，也决非凡流所能企及"（《清词三百首》）。

倚声依谱

《踏莎行》又名《芳心苦》《踏雪行》《柳长春》《惜余春》《喜朝天》。调名取唐韩翃诗"踏莎行草过春溪"句。双调，五十八字，前后片各五句，句式相同。每片由两个四字句和三个七字句组成。第二、三、五句皆押韵，均用仄声韵。又有《转调踏莎行》，六十六字，上下片各四仄韵。适宜抒情与写景。

《词谱》（《踏莎行》）

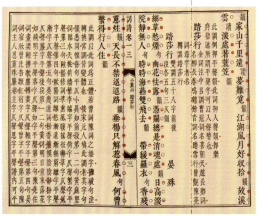

【定格】

『中仄平平，中平中**仄**』，中平中仄平平**仄**。
中平中仄仄平平，中平中仄平平**仄**。

『中仄平平，中平中**仄**』，中平中仄平平**仄**。
中平中仄仄平平，中平中仄平平**仄**。

西江月

相见争如不见，有情何似无情

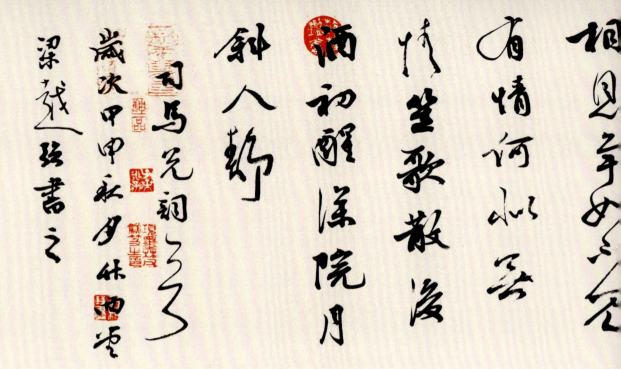

梁越强书《西江月》

 华音流韵

西江月

[北宋] 司马光

宝髻松松挽就，铅华淡淡妆成①。青烟翠雾罩轻盈②，飞絮游丝无定。　　相见争如不见③，有情何似无情。笙歌散后酒初醒，深院月斜人静。

临风赏读

一次在宴会上，司马光遇到一位风姿绰约的舞妓，素来方正持重的他也不禁情动于中，倾慕不已。某个月明之夜，于深院之中，追想当时情景，犹心潮难抑，于是提笔写下了这首性灵流露的情词。

词的上片写宴会所遇舞妓的美姿，但不从正面描写，而是从发髻上、脸粉上略加点染，就勾勒出一个淡雅绝俗、清纯可人的美人形象；然后又在体态上、舞姿上渲染她的风韵：她衣衫轻薄，体态轻盈，曲线优美迷人；轻歌曼舞的姿态，犹如风摆细柳，婀娜多姿。

[注释]

①铅华，古代的妆粉里面添加铅粉，铅华即妆粉，曾经是古代妇女长期使用的化妆增白用品。

②青烟翠雾，形容女子罗衣轻薄。

③争，怎。

清费丹旭《蕉荫仕女图》（局部），绘一女子静坐蕉荫下停琴凝思。笔墨细柔，设色淡雅，面容俊俏，姿态生动传神。美国弗利尔美术馆藏

　　下片的头两句陡然转到对这个女子的一见钟情上来，上句说真不该遇见她，一见反惹相思，让她把魂勾去了；下句说人还是无情的好，无情即不会为情而痛苦。结拍写对女子的怀想。他静静地站在那里，望着一轮明月，是眷念？是惆怅？还是感伤？种种复杂的感受尽在不言之中。"深院月斜人静"这一景语真可谓"不着一字，尽得风流"。

　　这首词随手写来，不假雕琢，在尺幅之内反映出惊艳、钟情到耿耿忆念的全过程，情致缠绵，却雅而不俗，余味深长。

古今汇评

赵令畤：司马文正公言行俱高……有长短句云（略），风味极不浅，乃《西江月》词也。（《侯鲭录》卷八）

惠淇源：这首词抒写了对所爱的切望之情。上片写佳人妆饰之美，以词丽胜；下片写作者的眷念之情，以意曲工。表现出作者对所爱的深切系念。全词轻倩婉丽，笔墨精妙。（《婉约词》）

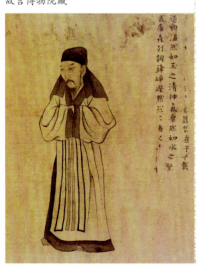

涑水司马光

司马光题名

宋佚名《八相图》中司马光像。
故宫博物院藏

词人心史

司马光（1019—1086）字君实，号迂夫，晚号迂叟，陕州夏县涑水乡（今山西运城安邑镇东北）人，生于河南光山县，世称涑水先生。仁宗宝元元年（1038）进士，签判武成军，累迁大理寺丞、起居舍人。仁宗末年任天章阁待制兼侍中知谏院。神宗初，官翰林学士、御史中丞。反对王安石变法，出知永兴军，判西京御史台。后闲居洛阳，专修《资治通鉴》，这是中国历史上第一部编年体通史，被清代学者王鸣盛称为"天地间必不可无之书，亦学者必不可不读之书"（《十七史商榷》卷一百）。哲宗立，拜尚书左仆射兼门下侍郎。

司马光为人温良谦恭、刚正不阿，其人格堪称儒学教化下的典范。他在相位八月而卒，噩耗传出，"京师人为之罢市往吊，鬻衣以致奠，巷哭以过车者，盖以千万数"，在灵柩送往夏县时，送葬之"民哭公甚哀，如哭其私亲。四方来会葬者盖数万人"（《宋史》卷三百三十六）。

司马光不以词作著名，他的词作不多，仅存三首，均写艳情，风格婉丽。

词林逸事

在熙宁变法中，司马光与主持变法的王安石发生严重分歧，与安石在帝前争论，强调祖宗之法不可变。虽然他连连上疏，决心以丢官和效死来竭力议争，变法还是在神宗皇帝的支持下有声有色地开展起来。司马光不得已沉默下来，神宗命他为枢密副使，他坚辞不就。熙宁三年（1070）他自请离京，以端明殿学士知永兴军（今陕西西安），次年退居洛阳，担任西京留守御史台的闲职。他把这段时间的失落、郁闷，消解于男女之间的旖旎风情，写出了一首《锦堂春慢》：

红日迟迟，虚廊影转，槐阴迤逦西斜。彩笔工夫，难状晚景烟霞。蝶尚不知春去，漫绕幽砌寻花。奈猛风过后，纵有残红，飞向谁家。　　始知青鬓无价，叹飘零宦路，荏苒年华。今日笙

歌丛里，特地咨嗟。席上青衫湿透，算感旧、何止琵琶。怎不教人易老，多少离愁，散在天涯。

　　端劲有守的司马光在"今日笙歌丛里"的情境中，回想"飘零宦路，荏苒年华"的人生之路，不禁也要发出"青鬓无价"的强烈感慨，对散在天涯又难以言说的离情追悔莫及，正如明陈霆所云，真是"妩媚凄婉，殆不能忘情"（《渚山堂词话》卷三）者。

🫖 低吟/浩唱

西江月

[五代·后蜀] 欧阳炯

　　月映长江秋水，分明冷浸星河。浅沙汀上白云多，雪散几丛芦苇。　　扁舟倒影寒潭，烟光远罩轻波。笛声何处响渔歌，两岸蘋香暗起。

　　这是一首意境开阔、气象悠远的佳作：江月无尽，天地空濛，淡远清幽中蕴涵着微凉的愁思，读来意味深长。

西江月

[北宋] 苏轼

　　顷在黄州，春夜行蕲水中，过酒家饮，酒醉，乘月至一溪桥上，解鞍，曲肱醉卧少休。及觉已晓，乱山攒拥，流水锵然，疑非尘世也。书此语桥柱上。

我欲醉眠芳草　王福庵

照野弥弥浅浪，横空隐隐层霄。障泥未解玉骢骄，我欲醉眠芳草。　　可惜一溪风月，莫教踏碎琼瑶。解鞍欹枕绿杨桥，杜宇一声春晓。

这首词作于词人贬谪黄州期间的宋神宗元丰五年（1082）三月。词人以空山明月般澄澈、空灵的心境，描绘出一幅清幽旷远的春夜醉卧溪桥图，表现出词人淡忘尘世烦忧，与造化神游的旷达襟怀。词的语言平实精练，生动优美，音节爽朗，读来回味无穷，令人神往。

宋阎次于《山村归骑图》。一戴笠士人骑马跨过溪桥，仆人紧随其后。道旁绿树与坡上青松呈现勃勃生机。远山烟雾蒙蒙，若隐若现。整幅画面清幽绵邈，让人有一种超然物外之感。美国弗利尔美术馆藏

西江月

[北宋] 苏轼

世事一场大梦，人生几度新凉。夜来风叶已鸣廊，看取眉头鬓上。　　酒贱常愁客少，月明多被云妨。中秋谁与共孤光，把盏凄然北望。

这首词是在儋州（一说黄州）贬所写给苏辙的。全词通过对中秋之夜的新凉风叶、孤光明月等景物的描写，营造一种清寒孤寂的意境，抒写贬谪生涯中落寞凄苦的情怀，并由秋思及人生，在感叹时间的流逝中，表达出词人深沉的人生思考及对人世真情的深深眷恋。

一溪云（苏轼《行香子》句）　清黄学坯

苏轼自注："岭南珍禽有倒挂子，绿毛，红喙，如鹦鹉而小，自东海来，非尘埃中物也。"

西江月

[北宋] 苏轼

玉骨那愁瘴雾，冰肌自有仙风。海仙时遣探芳丛，倒挂绿毛幺凤。　　素面常嫌粉涴，洗妆不褪唇红。高情已逐晓云空，不与梨花同梦。

这首咏梅词作于绍圣三年（1096）十月，其时在惠州，侍妾王朝云新亡。词表面写岭南梅花超尘脱俗的风韵，实有寄托，其中蕴有对随自己贬谪岭南的朝云的一往情深和无限思念。全词空灵蕴藉，言近旨远，给人以深深的遐思。

朝云姓王氏，钱塘名妓也。子瞻守杭，纳为侍妾。朝云敏而慧，初不识字。既事子瞻，遂学书，粗有楷法。又学佛，略通大义。子瞻南迁，家姬多散去，独朝云愿侍行，子瞻愈怜之。未几，病且死，诵《金刚经》四句偈而绝，葬惠州栖禅寺松下。子瞻为赋《西江月》词以悼之云：玉骨那愁瘴雾……盖指梅花以况之也。——清叶申芗《本事词》卷上

西江月

[北宋] 黄庭坚

老夫既戒酒不饮，遇宴集，独醒其旁。坐客欲得小词，援笔为赋。

断送一生惟有，破除万事无过。远山横黛蘸秋波，不饮旁人笑我。　　花病等闲瘦弱，春愁无处遮拦。杯行到手莫留残，不道月斜人散。

这首词作年失考，或以为作于戎州。词中以诙谐的口吻述说了由戒酒不饮到开怀畅饮的心理变化。开头两句破空而来，拈出韩愈的两句诗并以歇后语的形式略去最后的"酒"字和"闲"字，构成巧对，既浓缩了词人阅历世事沧桑的人生体验，又颇有出奇制胜之妙与诙谐玩世之趣。全词字面上明白如话，词意却深折，深刻地传达出词人内心深处的抑郁愁闷。

西江月

[北宋] 贺铸

携手看花深径，扶肩待月斜廊。临分少伫已怅怅，此段不堪回想。　　欲寄书如天远，难销夜似年长。小窗风雨碎人肠，更在孤舟枕上。

这是一首沉郁顿挫、情厚意婉的情词佳作。上片先是追忆欢会时的温馨缠绵，然后陡然反跌到今日回想时的痛心疾首，凄婉欲绝，形成感情洪流的巨大落差，从而给人以强烈的震撼。下片写别后的相思之苦。结拍将羁旅之愁思、宦途之怅触与离情之痛苦浑然打并一处，尤见悲凉哀婉。全词用笔句句紧逼，用意层层深入，余味无穷。

清王素《朝云小像》，以劲细流畅的笔意写衣衫，人物的脸部以淡墨晕染，朝云清丽绝尘的形象跃然纸上。清华大学美术学院藏

韩愈《遣兴》："断送一生惟有酒，寻思百计不如闲。"

韩愈《赠郑兵曹》："杯行到君莫停手，破除万事无过酒。"

远山横黛，指眉毛。汉赵飞燕妹合德为薄眉，号"远山黛"。

秋波，眼波。

蛮素，指唐代诗人白居易的歌妓小蛮和樊素。

伊凉，指唐代名曲《伊州歌》和《凉州词》。

陈师道（1053—1102）字履常，号后山居士，彭城（今江苏徐州）人。曾任太学博士、秘书省正字。其诗奇峭清新。亦能词，以拗峭精警见长。有《后山词》。

世事短如春梦，人情薄似秋云　清《飞鸿堂印谱》

宋佚名《柳荫醉归图》，绘两位高士袒胸露腹赤足，行于柳树之下。长者面露醉意，步履蹒跚；稍壮者挽扶长者，目光关切。构图疏密得当，人物造型逼真。故宫博物院藏

西江月

［北宋］陈师道

浅色千重柔叶，深心一点娇黄。只消可意更须香，好个风流模样。　玉蕊今谁攀折，诗人此日凄凉。正须蛮素作伊凉，与插钗傍鬓上。

这首词上片咏赞丁香菊，"好个风流模样"一句语带激情，尤其富有感染力。下片由花及人，抒写了诗人的凄凉情怀。

西江月

［南宋］朱敦儒

世事短如春梦，人情薄似秋云。不须计较苦劳心，万事原来有命。　幸遇三杯酒好，况逢一朵花新。片时欢笑且相亲，明日阴晴未定。

这首词以散文语句入词，表现词人暮年对世情的一种彻悟，流露出一种闲适旷远的风致。黄昇云："其《西江月》二曲辞浅意深，可以警世之役役于非望之福者。"（《中兴以来绝妙词选》卷一）

参读

日月无根天不老，浮生总被消磨了。陌上红尘常扰扰，昏复晓，一场大梦谁先觉。　洛水东流山四绕，路旁几个新华表。尽说在时官职好，争信道，冷烟寒雨埋荒草。——宋王寀《渔家傲》"歌之使人有遗世之意"。

西江月

［南宋］向子諲

政和间，余卜筑宛丘，手植众芍，自号芍林居士。建炎初，解六路漕事，中原俶扰，故庐不得返，卜居清江之五柳坊。绍兴癸丑，罢帅南海，即弃官不仕。乙卯起，以九江郡复转漕江东，入为户部侍郎。辞荣避谤，出守姑苏。到郡少日，请又力焉，诏可，且赐舟日泛宅，送之以归。己未暮春，复还旧

隐。时仲舅李公休亦辞春陵郡守致仕，喜赋是词。

五柳坊中烟翠，百花洲上云红。萧萧白发两衰翁，不与时人同梦。　抛掷麟符虎节，徜徉江月林风。世间万事转头空，个里如如不动。

这首词是词人绍兴九年（1139）第二次辞官重归清江五柳坊之后所作。因触犯秦桧被罢，从此归隐山林。词中写景，则笔染春色，柳绿花红，月朗风清；叙事，则笔挟风雷，激情慷慨。全词似隐逸闲适之作，实为明志抒愤之词。

西江月　黄陵庙
（一作"阻风三峰下"）

[南宋] 张孝祥

满载一船明月，平铺千里秋江。波神留我看斜阳，唤起鳞鳞细浪。　明日风回更好，今朝露宿何妨。水晶宫里奏霓裳，准拟岳阳楼上。

词人在孝宗乾道三年（1167）知潭州（今湖南长沙）。后改官离开湖南，乘舟北上，途经洞庭湖畔的黄陵山，遇风受阻，写下这首词。舟行受阻，一般人不免焦急懊恼，词人却诙谐豁达，自称这是波神在挽留他看夕照美景，又想象一阵阵江中波涛的声响，就像水府在演奏美妙悦耳的音乐。全词语言浅易而意境幽雅，想象奇特。

清吴历《湖天春色图》，描绘江南湖畔堤边的绮丽春色。湖岸的一角，但见弯弯坡岸上柳树婀娜多姿，树下嫩草茵茵。湖面柳枝之间，燕雀似飞似止，似闻其音。远处青山一抹。在透明清澈的大气和明媚的春光中，万物的生机显得那样勃发。上海博物馆藏

西江月　题溧阳三塔寺

[南宋] 张孝祥

问讯湖边春色，重来又是三年。东风吹我过湖船，杨柳丝丝拂面。　世路如今已惯，此心到处悠然。寒光亭下水连天，飞起沙鸥一片。

这首词是词人题在江苏溧阳县三塔寺寒光亭亭柱上的。词中用轻灵洗练、自然流畅的语言，描绘出三塔湖清丽幽远的景色，流露出词人历尽宦海风波，看惯了世事多艰而彻悟人生的悠然自得的恬淡情怀。此词信笔写来，初读只觉浅易平淡，细读又觉韵味无穷，可谓天然妙成。

个里，意为此中，即心中。如如不动，佛家语，指真如常住，圆融而不凝滞的境界。《金刚经》"不取于相，如如不动"。

王之道（1093—1169）字彦献，无为（今属安徽）人。宣和进士。累官湖南转运判官。其诗真朴有致。有《相山词》一卷。

五代梁关仝《关山行旅图》。巨峰突兀高耸，溪流蜿蜒，山路回转，板桥横溪，桥上及岸边都有行人，骑驴或者徒步似是向着茅屋野店走来。旅客或行或坐，休憩饮茶，一妇人烧水，数孩童嬉戏，旅店周围有鸡犬、猪圈，酒旗随风舞动，让人感受到山野间浓郁的生活气息。台北"故宫博物院"藏

西江月

[南宋] 王之道

一别清风北牖，几番明月西楼。断肠千里致书邮，借问近来安否。　　归路淮山过雨，归舟江水澄秋。佳人应已数程头，准拟到家时候。

这首词写久别思家，急于归返。手法新颖，从对面着笔，写妻子频寄书信，写妻子在家数着自己的归程。这样，既写出妻子的思念，表现她的温柔、多情、体贴，又深一层写出自己思家的渴念。全词明白如话，感情真朴。

西江月　夜行黄沙道中

[南宋] 辛弃疾

明月别枝惊鹊，清风半夜鸣蝉。稻花香里说丰年，听取蛙声一片。　　七八个星天外，两三点雨山前。旧时茅店社林边，路转溪头忽见。

这首词作于词人闲居上饶带湖期间。一个夏夜，词人在黄沙岭道上一路行来，有清风、明月、疏星、微雨，也有鹊声、蝉声、蛙鼓声，还闻到阵阵稻香。走得久了，忽然峰回路转，那一片熟识的茅店又出现在眼前。词人全身心地沉浸在天地田园间的清新惬适之中，只觉得内心一片恬淡、宁静、润朗。于是，笔端流出了这首充沛着直觉明慧的小词。

西江月　遣兴

[南宋] 辛弃疾

醉里且贪欢笑，要愁那得工夫。近来始觉古人书，信着全无是处。　　昨夜松边醉倒，问松我醉何如。只疑松动要来扶，以手推松曰去。

这首词大约是词人晚年闲居铅山瓢泉时的作品。词人二十三岁自山东沦陷区起义南来，夙夜为国事奔波，却屡遭打击，被一贬再贬，投闲置散近二十年，其中忧愤，难以言表。词的上片只是"醉言"，对自己一生的信仰和追求作全盘否定，这当然是一个孤愤者愤激的宣泄。下片意

脉一转，由虚入实，以放纵、诙谐的笔调，惟妙惟肖地写出了自己的醉态神态，活画出一个处在深深苦闷之中的孤独而傲岸的志士形象。全词语言流转自如，洒脱跳达，略无束缚，仿佛太白遗风。

西江月

[南宋] 刘过

堂上谋臣尊俎，边头将士干戈。天时地利与人和，燕可伐欤曰可。　今日楼台鼎鼐，明年带砺山河。大家齐唱《大风歌》，不日四方来贺。

宁宗嘉泰四年（1204）当国权臣韩侂胄虽为建功固宠而定议伐金，但在当时得到许多爱国之士的支持。这首词即是借贺韩侂胄生日表达爱国军民渴求早日取得胜利的豪迈情怀。词中大量使用口语、熟语和经史散文成句，流利、洒脱，一气呵成，有似辛词酣畅淋漓的情味。全词充满爱国心声，情思高旷，绝非一般贡谀献媚的寿词。

西江月　新秋写兴

[南宋] 刘辰翁

天上低昂似旧，人间儿女成狂。夜来处处试新妆，却是人间天上。　不觉新凉似水，相思两鬓如霜。梦从海底跨枯桑，阅尽银河风浪。

沦陷后的故国山河，已成为人间地狱，而人们仿佛早已忘却家国之痛，新秋七夕竟依旧狂欢。这首词显然是借对七夕的描写来抒发词人深沉悲壮的眷怀故国的情感。

西江月　春思

[明] 韩邦奇

残雪已消往事，东风又报春愁。珠帘不卷玉香钩，庭院迟迟清昼。　细雨繁花上院，轻烟碧草汀洲。一声啼鸟水东流，春在小桥杨柳。

这首词上片写词人黯淡的心情和室内沉闷的氛围，下片通过描写大自然境美如画的春景来表现内心的愁情，尤为精妙。结拍似不经意，却令人幡然意会：沉埋在词人心里的离愁别恨，亦随春天的杨柳泛青而牵惹出。

要愁那得工夫　清林皋

《孟子·公孙丑下》："孟子曰：天时不如地利，地利不如人和。"

《孟子·公孙丑下》："沈同以其私问曰：'燕可伐欤？'孟子曰：'可。'"

《史记》卷十八："使河如带，泰山若厉（厉，通砺，磨刀石），国以永宁，爰及苗裔。"

《史记》卷八："高祖还归，过沛，留。置酒沛宫，悉召故人父老子弟纵酒。发沛中儿，得百二十人，教之歌。酒酣，高祖击筑，自为歌诗曰：'大风起兮云飞扬，威加海内兮归故乡，安得猛士兮守四方！'令儿皆和习之。"

刘辰翁（1233—1297）字会孟，别号须溪，庐陵（今江西吉安）人。景定进士。曾任临安府学教授。宋亡，隐居不仕，著书终老。其词属兼熔苏、辛，风格道上，间有轻灵婉丽之作。有《须溪词》。

韩邦奇字汝节，朝邑人。正德三年（1508）进士。历官南京兵部尚书。有《苑洛集》。

龚贤《清凉环翠图》，描绘其晚年所居南京清凉山景致。山径蜿蜒曲折，坡峦起伏绵延，远近丘壑纵横，周遭林木葱茂。南唐遗迹翠微亭独立于清凉台上，一览长江浩淼水天，轻霭弥漫，烟润欲滴，令人豁然开朗。画面左下侧的茅舍，或许就是他的半亩园。故宫博物院藏

高濂字深甫，号瑞南道人，钱塘（今浙江杭州）人。生活在万历时期。曾任鸿胪寺官，后隐居西湖。以戏曲名于世，有传奇剧《玉簪记》。又擅养生，其《遵生八笺》是古代养生学的集大成之作。词风清丽和婉，有《芳芷楼词》。

龚贤（1618—1689）字半千，号野遗，明亡后又名岂贤，昆山（今属江苏）人。结庐于清凉山下，名半亩园。善画山水，为"金陵八家"之一；兼工诗文，著有《草香堂集》等。

西江月　题情

〔明〕高濂

有恨不随流水，闲愁惯逐飞花。梦魂无日不天涯，醒处孤灯残夜。　恩在难忘销骨，情含空自酸牙。重重叠叠剩还他，都在淋漓罗帕。

这首代拟的闺情词，极写思妇独守空闺的苦况和长怀夫婿的愁情，缠绵悱恻，别具魅力。

西江月

〔明〕龚贤

新结临溪水栈，旧支架壁山楼。何须门外去寻秋，几日霜林染就。　影乱夕阳楚舞，声翻夜月吴讴。山中布褐傲王侯，自举一觞称寿。

明亡后，词人于南京清凉山筑半亩园隐居。这首词写于退隐之初，抒发隐逸山林、不涉世事、陶然自得的逸趣。结拍体现了词人隐居山林避开亡国深痛寻求隐逸乐趣的心情。

西江月　襄樊舟中作

〔清〕吴镇

江表英雄如梦，襄阳耆旧难邀。大堤风雨暮潇潇，尚有天涯芳草。　买得渔家小艇，沽来山寺香醪。烟波深处读《离骚》，人

与芦花俱老。

此词为词人赴任兴国州知州途经襄樊所作。上片怀古，下片写在汉江上闲饮村醪，诵读《离骚》兴味无穷。全词含蓄深致，结句尤为耐人寻味。

西江月　十五夜坐月感怀

[清]倪济远

锦袴仙城挟弹，白头官舍闻钟。人生马耳过东风，坐对霜娥说梦。　　此梦而今已醒，樽前唤起蛟龙。相随海外泛芙蓉，醉眼江山如瓮。

词人胸怀壮志而无所施展，只能在醉眼朦胧中求得暂时的安慰而已。此词豪隽放达，颇似苏词格调。

倚声依谱

《西江月》又名《步虚词》《江月令》，唐教坊曲，调名取自李白《苏台览古》"只今唯有西江月，曾照吴王宫里人"，是词史上流传范围最广泛、时间最久远的词调之一。双调五十字，上下片各四句，两平韵，结句各叶一仄韵。此调适用题材广泛，凡议论、感怀、凭吊、怀古、言志、言理、叙事、写景均宜。

吴镇（1721—1797）字信辰，号松崖，别号松花道人，甘肃临洮人。乾隆举人，累官湖南沅州知府。有《松花庵全集》。

锦袴，犹言纨袴。锦缎制成的裤。

马耳过东风，此喻世事转瞬即逝，不留影迹。语本唐李白《答王十二寒夜独酌有怀》诗："世人闻此皆掉头，有如东风射马耳。"

霜娥，指月亮。

"醉眼"句，谓醉中觉江山缩小如瓮。犹宋秦观《醉乡春》词"醉乡广大人间小"意。

倪济远（1795—1832）字孟杭，号秋槎，广东南海人。嘉庆二十二年（1817）进士。历官广西北流、恭城、荔浦、贺县知县。诗才超轶，卓然自成一家。有《味辛堂诗存》《茶礚精舍词钞》。

【定格】

『中仄中平平仄，中平中仄平平』。

中平中仄仄平平，中仄平平中仄。

中仄中平平仄，中平中仄平平。

中平中仄仄平平，中仄平平中仄。

《词谱》（《西江月》）

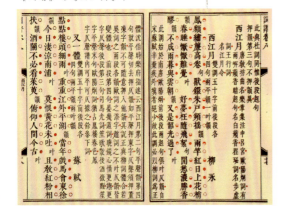

鹧鸪天

歌尽桃花扇底风

二零一五年岁次乙未新春南海梁嘉欣书于广州流花湖

此宋晏几道鹧鸪天

相逢今宵是梦中

同忆相逢剩把银釭照犹恐君别心

後月却歌尽桃花扇底风

月歇盡桃花舞低杨柳楼

却醉颜红舞低杨柳楼心当年

彩袖殷勤捧玉锺

梁嘉欣书《鹧鸪天》

华音流韵

鹧鸪天

［北宋］晏几道

彩袖殷勤捧玉钟①，当年拼却醉颜红②。舞低杨柳楼心月③，歌尽桃花扇底风④。　从别后，忆相逢⑤，几回魂梦与君同？今宵剩把银釭照⑥，犹恐相逢是梦中。

临风赏读

这是一首脍炙人口的婉约名作，写词人与一位所倾心歌女的久别重逢。

上片回忆当年佳会。不知是在哪家秦楼楚馆，他俩似乎一见钟情。佳人殷勤劝酒，词人拼命痛饮，两人柔情似水；伊人舞姿曼妙，歌声婉转，直到楼心月落，扇底风尽，才暂歇歌喉，真是豪情欢畅，逸兴遄飞。欢愉的场景，歌与舞清晰得仿佛仍在眼前，但这一切并非实景，而是追怀往事，似实而却虚，当前一现，倏归乌有。

下片突然一转，"从别后，忆相逢"，恍然间已是咫尺天涯，前尘如梦——在别离之后，回想欢聚时境况，常是梦中相见，而今真的相遇了，因往日美梦成空，反倒不敢相信了，害怕也如往梦一般，转眼又成虚想，因而只管将银灯相照，一时难以相信相聚成真。其情思委婉缠绵，辞句清空如话，情文相生，有一种迷离惝恍、如梦如幻的美感，难怪陈廷焯评曰："（下半阕）曲折深

婉，自有艳词，更不得不让伊独步。"（《白雨斋词话》卷一）

通篇从初欢，到久别，到重逢，由欢乐，到愁苦，到悲喜交集，低徊往复，妩媚风流而又凄婉哀怨，缠绵浓至，读来动摇人心。在宋金元时传颂一时，广为流传，堪为千古名篇。

古今汇评

晁补之：叔原不蹈袭人语，而风调闲雅，自是一家。如"舞低杨柳楼心月，歌尽桃花扇底风"，自可知此人不生在三家村中也。（《侯鲭录》卷七引）

胡　仔：词情婉丽。（《苕溪渔隐丛话》后集卷三十三）

陈廷焯：（"舞低"两句眉批）仙乎！丽矣。（下阕）后半阕一片情深，低回往复，真不厌百回读也。言情之作，至斯已极。（《词则辑评·闲情集》卷一）

唐圭璋：此首为别后相逢之词。上片，追溯当年之乐。"彩袖"一句，可见当年之浓情密意。拚醉一句，可见当年之豪情。换头，"从别后"三句，言别后相忆之深，常萦魂梦。"今宵"两句，始归到今日相逢。老杜云"夜阑更秉烛，相对如梦寐"，小晏用之，然有"剩把"与"犹恐"四字呼应，则惊喜俨然，变质直为宛转空灵矣。上言梦似真，今言真似梦，文心曲折微妙。（《唐宋词简释》）

参读

夜阑更秉烛，相对如梦寐。——唐杜甫《羌村三首》之一
乍见翻疑梦，相悲各问年。——唐司空曙《云阳馆与韩绅宿别》

词人心史

晏几道（约1030—1106）字叔原，号小山，晏殊幼子（一说第七子），抚州临川县文港镇沙河村（今属南昌进贤）人。早年过着豪华的生活，征歌逐舞，天真放浪。约十九岁即以《鹧鸪天》词见称于仁宗。成年时父亲已去世，家道中落。他心性高洁，为人重

晏几道画像

情，不慕势利，傲视权贵。黄庭坚称他是"人杰"，也说他痴亦绝人。真诚、傲兀、豪爽的个性使得他尽管出身于名门，终不能不"陆沉于下位"，一生只做过颍昌府许田镇监、开封府推官一类微职。熙宁七年（1074），友人郑侠上书请罢新法获罪下狱，于侠家搜得晏几道赠侠诗，株连下狱，不久获释。

他好藏书，能诗，尤以词著称，与乃父齐名，世称"二晏"。其词以小令见长，受五代词风的影响而又兼"花间"之长，将自己不随流俗而沉沦下位的生活经历与感受，融入到离合悲欢的题材中，使其作品具有较为浓重的感伤色彩，体现着对人生的忧患意识，一往情深，凄楚动人。他工于言情，语言清新，曲折轻婉，秀气胜韵，吐属天成。有《小山词》。

狂篇醉句（晏几道《小山词
自序》语）　乔大壮

品题

叔原如金陵王、谢子弟，秀气胜韵，得之天然，将不可学。（王灼《碧鸡漫志》卷二）

贺方回遍读唐人遗集，取其意以为诗词，然所得在善取唐人遗意也。不如晏叔原，尽见升平气象，所得者人情物态。叔原妙在得于妇人，方回妙在得词人遗意。（王铚《默记》卷下）

其词在诸名胜中，独可追逼花间，高处或过之。其为人虽纵弛不羁，而不苟求进，尚气磊落，未可贬也。（陈振孙《直斋书录解题》卷二十一）

诸名胜词集，删选相半，独《小山集》直逼花间，字字娉娉袅袅，如揽嫱、施之袂，恨不能起莲、鸿、蘋、雪，按红牙板唱和一过。晏氏父子，具足追配李氏父子云。（毛晋汲古阁本《小山词跋》）

淮海、小山，古之伤心人也。其淡语皆有味，浅语皆有致。求之两宋词人，实罕其匹。子晋欲以晏氏父子追配李氏父子，诚为知言。（冯煦《蒿庵论词》）

晏氏父子，嗣响南唐二主，才力相敌，盖不特词胜，尤有过人之情。叔原以贵人暮子，落拓一生，华屋山丘，身亲经历，哀丝豪竹，寓其微痛纤悲，宜其造诣又过于父。山谷谓为"狎邪之大雅，豪士之鼓吹"，未足以尽之也。（夏敬观《映庵词评》）

小山词境，清新凄婉，高华绮丽之外表，不能掩其苍凉寂寞之内心，伤感文学，此为上品。（郑骞《成府谈词》）

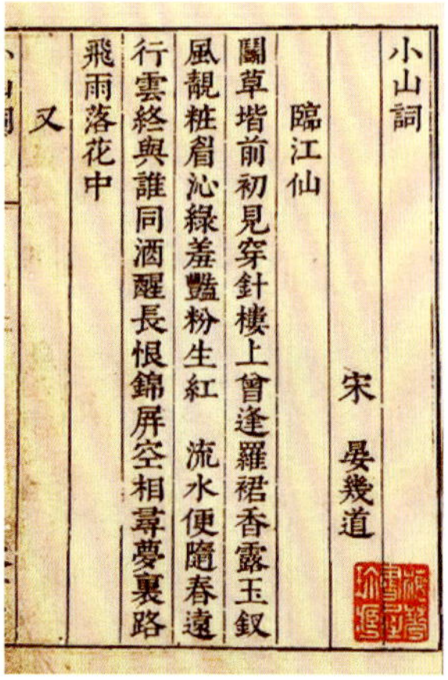

　词林逸事

晏几道似乎对《鹧鸪天》这一词牌情有独钟，填了许多首。

早在庆历年间，开封府与棘寺（大理寺）同日奏狱空，仁宗于

（左侧图片纵排文字）

小山词

临江仙

宋　晏幾道

闌草粘前初見穿針樓上曾逢羅裙香露玉釵

風靚粧眉沁綠羞豔粉生紅流水便隨春遠

行雲終與誰同酒醒長恨錦屏空相尋夢裏路

飛雨落花中

又

晏几道《小山词》书影

宫中宴乐，宣小晏作词，他填《鹧鸪天》一首。后来蔡京为相、权势正盛之时，于重九、冬至日，遣客向小山索词，小山随意写了两首赠给谁都可以的《鹧鸪天》，其中不过"九日悲秋不到心""晓日迎长岁岁同"云云，只是歌咏大宋百年来的天下太平，竟无一语言及蔡京。小山"不能一傍贵人之门"的痴人面目可见一斑。

历来被推为婉约正宗的晏几道，更用《鹧鸪天》填了许多首写刻骨相思、深婉感人的恋情词。比如下面这首《鹧鸪天》，记述的是一次春夜宴会上惊艳的情事，意境幽缈，情韵佳绝：

小令尊前见玉箫，银灯一曲太妖娆。歌中醉倒谁能恨，唱罢归来酒未消。　　春悄悄，夜迢迢，碧云天共楚宫遥。梦魂惯得无拘检，又踏杨花过谢桥。

据邵博《邵氏闻见后录》载，与小晏同时的程颐，是个一向正襟危坐的道学家，每听到人诵"梦魂"两句时，必笑曰："鬼语也！"足见其不可抗拒的艺术魅力。

 低吟/浩唱

鹧鸪天

[北宋] 夏竦

镇日无心扫黛眉，临行愁见理征衣。尊前只恐伤郎意，阁泪汪汪不敢垂。　　停宝马，捧瑶卮，相斟相劝忍分离。不如饮待奴先醉，图得不知郎去时。

这是一首送别词。词中托为一个女子的身口，惟妙惟肖地描写出不忍情郎离去的种种行为和矛盾心理。词的上片写女主人公在情人将行、行日及别宴上的情态，下片写停车斟送行酒，自己先醉，极言离别的痛苦。全词语浅情深，凄美灵动。

 参读

泪湿阑干花著露，愁到眉峰碧聚。此恨平分取，

夏竦（985—1051）字子乔，江州德安（今属江西）人。官至同中书门下平章事。有文武才，政事、文学均有建树，为一代名臣。但性贪婪，尚权术，世人目为奸邪。有《夏文庄集》。

苏轼《江城子》（《诗馀画谱》）

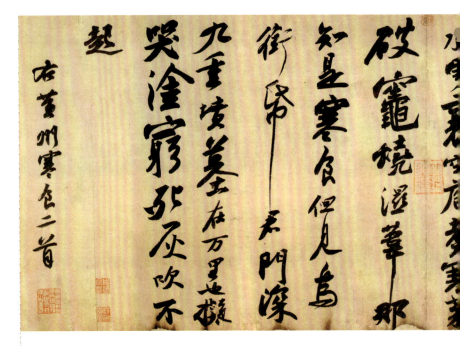

苏轼《黄州寒食诗帖》，其诗反映诗人贬黄州时的人生孤苦与困顿，写得苍凉抑塞。其书通篇气势奔放，痛快沉着，与诗意起伏跌宕，浑然天成。黄庭坚极称"东坡此诗似李太白，犹恐太白有未到处。此书兼颜鲁公、杨少师、李西台笔意，试使东坡复为之，未必及此"。元鲜于枢许之为继王羲之《兰亭序》之后的"天下第二行书"。台北"故宫博物院"藏

更无言语空相觑。　　断雨残云无意绪，寂寞朝朝暮暮。今夜山深处，断魂分付潮回去。——宋毛滂《惜分飞·富阳僧舍作别语赠妓琼芳》，感触细腻，情真语切，格调凄婉。结句设想别后的思念，付断魂于潮水，将相思离情表达得极为深挚酣畅。明沈际飞曰："第一个相别情态，一笔描来，不可思议。"（《草堂诗馀正集》卷一）

鹧鸪天

[北宋] 苏轼

　　林断山明竹隐墙，乱蝉衰草小池塘。翻空白鸟时时见，照水红蕖细细香。　　村舍外，古城旁，杖藜徐步转斜阳。殷勤昨夜三更雨，又得浮生一日凉。

　　这首词写词人贬谪黄州时的幽居生活。词中随意点染夏日江村景物并叙写策杖闲步的心境，其百无聊赖、消磨岁月和随遇而安、自得其乐的复杂情绪融入词中。结拍两句饶有情意，尤耐吟讽。

鹧鸪天

[北宋] 黄庭坚

座中有眉山隐客史应之和前韵，即席答之。

　　黄菊枝头生晓寒，人生莫放酒杯干。风前横笛斜吹雨，醉里簪花倒着冠。　　身健在，且加餐，舞裙歌板尽清欢。黄花白发相牵挽，付与时人冷眼看。

　　这首词作于元符二年（1099），此时词人在戎州（今四川宜宾）。从绍圣元年（1094）冬初贬为涪州别驾，几经贬徙，投荒万死，到创作这首词，词人在"巴山蜀水凄凉地"已生活近五年。此词以简洁的笔墨，勾勒出一个类似狂人的形象，抒写了词人久抑胸中的愤懑与不平，但以达观放浪之态出之。全词清逸飘洒，骨力遒拔。

　　阊门，苏州城的西门。

　　梧桐半死，比喻丧失伴侣。枚乘《七发》有"龙门之桐……其根半死半生"。

　　露初晞，指死亡。晞，干掉。古乐府《薤露》："薤上露，何易晞。露晞明朝更复落，人死一去何时归？"

半死桐
（思越人，又名鹧鸪天）

[北宋] 贺铸

　　重过阊门万事非，同来何事不同归。梧桐半死清霜后，头白鸳鸯失伴飞。　　原上草，露初晞，旧栖新垅两依依。空床卧听南窗雨，谁复挑灯夜补衣。

　　这是一首情深辞美的悼

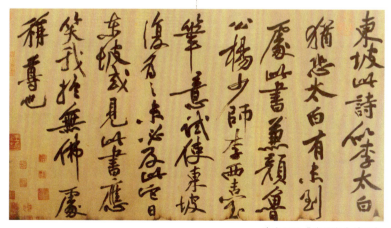

黄庭坚跋《黄州寒食诗帖》

曾经沧海　清吴让之

芙蕖，荷花的别名。

苏庠字养直，澧州（今湖南澧县）人，伯固之子。初以病目，自号眚翁。后徙居丹阳（今属江苏）之后湖，更号后湖病民。绍兴间，居庐山。与徐俯同召不赴。有《后湖集》。一生淡于名利，故其词境亦极萧疏，有尘外之音。

宋佚名《山店风帘图》，绘山道间一旅店，牛车行旅往来不绝。故宫博物院藏

亡之作，表现词人对相濡以沫的亡妻赵氏的深挚追怀。全词字字悲切，如泣如诉，写得真挚沉痛。结尾处于雨叩南窗、空床辗转之际，追忆妻子挑灯补衣的温馨场面，笔下尤为哀婉凄绝，最是动人。在文学史上，这首悼亡词具有永恒的魅力，堪与潘岳《悼亡》、元稹《遣悲怀》、苏轼《江城子·乙卯正月二十日夜记梦》等同题材作品并传不朽。

参读

　　昔日戏言身后事，今朝都到眼前来。衣裳已施行看尽，针线犹存未忍开。尚想旧情怜婢仆，也曾因梦送钱财。诚知此恨人人有，贫贱夫妻百事哀。——唐元稹悼念亡妻韦氏的《遣悲怀》三首（此为其二），堪称中国悼亡诗歌的绝唱。

　　曾经沧海难为水，除却巫山不是云。取次花丛懒回顾，半缘修道半缘君。——唐元稹又有悼亡诗《离思》五首（此为其四），辞浅意哀，仿佛孤凤悲吟，极为扣人心扉，动人肺腑。

鹧鸪天

[北宋] 苏庠

枫落河梁野水秋，淡烟衰草接荒丘。醉眠小坞黄茅店，梦倚高城赤叶楼。　　天杳杳，路悠悠，钿筝歌扇等闲休。霸桥杨柳年年恨，鸳浦芙蕖叶叶愁。

　　这首词写词人秋月里在一座荒村野店生发的客途别恨和怀人之情。上片写一片寥廓、苍凉的秋色中，羁旅中的词人醉眠小店，梦倚高楼。下片写此去天遥地远，与佳人两情缱绻的欢情已成过去，只留下一腔愁肠恨绪，百转千回。全词言短意长，情景交融，含蓄有味。词中佳句深得唐人妙处，堪称小令中的佳作。

鹧鸪天　西都作

[南宋] 朱敦儒

　　我是清都山水郎，天教分付与疏狂。曾批给雨支风券，累上留云借月章。　　诗万首，酒千觞，几曾着眼看侯王。玉楼金阙慵归去，且插梅花醉洛阳。

　　这首词系词人从京师返回洛阳后自抒怀抱之作，体现了词人傲视王侯、狂放不羁的风骨，读来直觉旷达洒脱，令人感佩。全词想象奇崛，清隽谐婉，自然流畅，是脍炙人口的一首小令，堪称其前期词中的代表作，曾风行汴洛。

鹧鸪天

[南宋] 周紫芝

　　一点残红欲尽时，乍凉秋气满屏帏。梧桐叶上三更雨，叶叶声声是别离。　　调宝瑟，拨金猊，那时同唱鹧鸪词。如今风雨西楼夜，不听清歌也泪垂。

　　这首词写秋夜听雨怀人，上片写秋夜独坐，残灯欲灭，凉意满屋，听雨打梧桐，词人心境格外孤独凄苦；下片追忆昔日与佳人拥香炉相对，听佳人调瑟奏乐，相与"同唱鹧鸪词"，如今却独居西楼，唯闻风声萧萧，雨声滴滴，昔欢今悲鲜明对照，读来余音袅袅，顿感情深语哀。全词和婉细腻，意境清幽。

鹧鸪天

[南宋] 向子諲

　　有怀京师上元，与韩叔夏司谏、王夏卿侍郎、曹仲谷少卿同赋。

　　紫禁烟花一万重，鳌山宫阙倚晴空。玉皇端拱彤云上，人物嬉游陆海中。　　星转斗，驾回龙，五侯池馆醉春风。而今白发三千丈，愁对寒灯数点红。

　　这首词凡九句，而以七句描绘了汴京紫禁城内外欢度上元佳节的盛况：华灯烟火，春满皇都；车水马龙，高乐何极。如此良辰美景，是何等繁盛、万众何等欢乐！最后以"白发""寒灯"一对作结，如怒马

上元

紫禁烟花一万重鳌山宫阙倚晴空玉皇端拱彤云上人物嬉游陆海中星转斗驾回龙五侯池馆醉春风而今白发三千丈愁对寒灯数点红

明董其昌书向子諲《鹧鸪天》

　　清都，传说中天帝的居处。《列子·周穆王第三》："清都紫微，钧天广乐，帝之所居。"

　　"梧桐"两句化用温庭筠《更漏子》词"梧桐树，三更雨，不道离情正苦。一叶叶，一声声，空阶滴到明"。

　　唐韩幹《照夜白图》，右上角题款"韩幹画照夜白"六字为李煜手笔。右下为向子諲题记。美国大都会艺术博物馆藏

聂胜琼像（明佚名《千秋绝艳图》）

聂胜琼，北宋都下名妓，与李之问情笃。

玉瀣，一种美酒的名称。明冯时化《酒史》卷上："隋炀帝造玉瀣酒，十年不败。"

黄庭，指《黄庭经》，论述道教的修炼与养生思想，是早期道教经典，被称为道教五大经典之一。

收缰，词情陡转，突现了一个迥异的萧索凄清境界，"一经铺垫、对比，便益觉今日之凄苦，不堪回首了"（《宋百家词选》）。读来发人遐思，含蕴无穷。

鹧鸪天　寄李之问

[南宋] 聂胜琼

玉惨花愁出凤城，莲花楼下柳青青。尊前一唱《阳关》后，别个人人第五程。　　寻好梦，梦难成，况谁知我此时情。枕前泪共帘前雨，隔个窗儿滴到明。

这首词是词人在长安送别李之问时所作，倾诉离别的凄楚与自己的一片痴心。上片写送别情景。下片写别后凄伤。结拍"帘前雨"与"枕前泪"相衬，以无情的雨声烘染相思的泪滴，"泪与雨，吾不知是一是二？"（《古今词统》卷七卓人月语）画面感人而意境凄静深沉。况周颐评此词曰："纯是至情语，自然妙造，不假造琢，愈浑成，愈秾粹。"（《蕙风词话续编》卷一）

参读

李之问仪曹解长安幕，诣京师改秩。都下聂胜琼，名倡也，质性慧黠，公见而喜之。李将行，胜琼送别，饯饮于莲花楼，唱一词，末句曰："无计留春住，奈何无计随君去。"李复留经月，为细君督归甚切，遂饮别。不旬日，聂作一词以寄李云（词略），盖寓调《鹧鸪天》也。之问在中路得之，藏于箧间，抵家为其妻所得。因问之，具以实告。妻喜其语句清健，遂出妆奁资夫娶归。琼至，即弃冠栉，损其妆饰，委曲以事主母，终身和悦，无少间隙焉。——明梅鼎祚《青泥莲花记》卷八

鹧鸪天

[南宋] 陆游

家住苍烟落照间，丝毫尘事不相关。斟残玉瀣行穿竹，卷罢黄庭卧看山。　　贪啸傲，任衰残，不妨随处一开颜。无知造物心肠别，老却英雄似等闲。

乾道二年（1166）陆游四十二岁，以言官弹劾谓其"交结台谏，鼓唱是非，力说张浚用兵"，免隆兴通判，始卜居镜湖之三

山。这首词当作于此时。词中虽极写隐居之闲适逸致，但那股"老却英雄"报国无门的抑郁不平之气仍然按捺不住，在篇末终于流露出来。此词是陆游词中词旨曲折隐微、风格飘逸高妙一类的作品。

鹧鸪天

[南宋] 辛弃疾

有客慨然谈功名，因追忆少年时事，戏作。

壮岁旌旗拥万夫，锦襜突骑渡江初。燕兵夜娖银胡䩮，汉箭朝飞金仆姑。　　追往事，叹今吾，春风不染白髭须。却将万字平戎策，换得东家种树书。

词人追忆自己年青时参加领导抗金义军，擒获叛徒张安国带义军南下的壮举，慨叹时光流逝，如今乡居赋闲，无所作为，表达了自己壮志难酬的不平与悲愤。上片气势恢宏，下片悲凉如冰，心伤透骨。结拍两句极为沉痛。通篇声情激越，充满了悲壮气氛。

鹧鸪天　元夕有所梦

[南宋] 姜夔

肥水东流无尽期，当初不合种相思。梦中未比丹青见，暗里忽惊山鸟啼。　　春未绿，鬓先丝，人间别久不成悲。谁教岁岁红莲夜，两处沉吟各自知。

二十多年前，词人逗留淮南合肥时曾有过一次情遇，于勾栏坊曲间结识一对善弹筝琶的姊妹，引为知己。此后词人萍踪浪迹，彼此天各一方，但这段浓烈的恋情让他刻骨铭心，寤寐难忘。宁宗庆元三年（1197）元夕之夜，词人因思成梦，梦醒后写了这首缠绵悱恻的情词。此词写得清峻隽永，洗净铅华，韵味悠长深厚，含蕴空灵。

鹧鸪天

[金] 元好问

只近浮名不近情，且看不饮更何成。三杯渐觉纷华远，一斗都浇块磊平。　　醒复醉，醉还醒，灵均憔悴可怜生。《离骚》读杀浑无味，好个诗家阮步兵。

叹功名误人堪笑（陆游《谢池春》句）　清《飞鸿堂印谱》

娖，通"捉"；胡䩮，箭袋。一说，枕着银胡䩮而细听之意。娖，谨慎貌；胡䩮是一种用皮制成的测听器，军士枕着它，可以测听三十里内外的人马声响，见《通典》。两说皆可通。

"汉箭"句，指义军用箭回射金人。金仆姑，箭名。

宋梁楷《泽畔行吟图》，绘屈原故事。《楚辞·渔父》："屈原既放，游于江潭，行吟泽畔。"美国大都会艺术博物馆藏

刘著字鹏南，晚号玉照老人，舒州皖城(今安徽潜山)人。政和、宣和年间(1111—1125)，登进士第。入金，历仕州县。年六十余，始入翰林，充修撰。出守武遂，官终忻州刺史。词风清疏，别具一格。

蔡松年字伯坚，自号萧闲老人。父蔡靖，官真定判官，遂为真定(今河北正定)人。累官吏部尚书，参知政事。进拜右丞相。有《萧闲公集》。

清石涛《蒲塘秋影图》，描绘清风拂过的荷塘，水波涟漪，微风习习的水层面上，荷叶与荷花随着微风而轻轻飘荡。上海博物馆藏

这首借酒浇愁感慨激愤的小词盖作于金源灭亡前后。当时，词人作为金源孤臣孽子，鼎镬余生，栖迟零落，满腹悲愤，与屈原憔悴、阮籍佯狂境遇相似。虽故作放达，然其哀痛家国、感念世乱的苦怀跃然字里行间，令人有不觉豪酣只成怅悒。

鹧鸪天

[金] 刘著

雪照山城玉指寒，一声羌管怨楼间。江南几度梅花发，人在天涯鬓已斑。　星点点，月团团，倒流河汉入杯盘。翰林风月三千首，寄与吴姬忍泪看。

这首词是寄怀所爱之作。上片写离别滋味，追怀往日那难舍难分的场面。开头二句不明说吴姬，只回忆当年在雪楼吹笛、玉指寒冷情景，为下文伏笔。接下二句又不说离别多年，只说梅开几度、鬓斑人老，措辞极为含蓄。下片由当年写到此际星月之夜，痛饮浇愁，逆想如将万种幽怨诉之于诗，吴姬亦当忍泪而读，这从客位上写出自己的思念情怀。全词写得情真意挚，清丽而又自然健朗。

鹧鸪天

[金] 蔡松年

秀樾横塘十里香，水花晚色静年芳。胭脂雪瘦熏沉水，翡翠盘高走夜光。　山黛远，月波长，暮云秋影照潇湘。醉魂应逐凌波梦，分付西风此夜凉。

这首咏荷词描写初秋时节、黄昏月下的荷塘月色。月下荷塘，清虚骚雅，暗香袭人。赏荷而不仅见荷，天光云影，山容水态皆入眼帘，而处处都烘托出一种赏荷时的恬淡温馨的气氛。全词意境清幽，辞语工丽，抒情细腻，婉艳多姿。

鹧鸪天　题七真洞

[元] 耶律楚材

花界倾颓事已迁，浩歌遥望意茫然。江山王气空千劫，桃李春风又一年。　横翠嶂，架寒烟，野花平碧

怨啼鹃。不知何限人间梦，并触沉思到酒边。

　　词人本为辽国后代，由金入元，在内忧外患中历经磨难，在生离死别中品尝人生况味。此词即是表达对世事变迁的深沉感触。眼前荒凉的台观与远处蓬勃的野草闲花相衬托，更显人事之无常。寒烟怨鸟，触目成愁。面对这世道的沧桑翻覆、人事的盛衰兴亡，词人苦苦思索，只觉得它如同梦幻一般无法理解和把握，于是只有借酒来解脱这深深的迷茫和无奈了。全词境界开阔，豪健而兼婉秀。

耶律楚材像

耶律楚材（1190—1244）字晋卿，号玉泉老人，又号湛然居士，辽皇族之后。官至中书令，元代立国规模多由其奠定。善诗文，有《湛然居士集》。

　　耶律文正《鹧鸪天》歇拍云"不知何限人间梦，并触沉思到酒边"，高浑之至，淡而近于穆矣，庶几合苏之清、辛之健而一之。——况周颐《蕙风词话》卷三

鹧鸪天

[元] 魏初

室人降日，以此奉寄。

　　去岁今辰却到家，今年相望又天涯。一春心事闲无处，两鬓秋霜细有华。　　山接水，水明霞，满林残照见归鸦。几时收拾田园了，儿女团圞夜煮茶。

　　这首羁旅思乡词，在这明白如话的笔墨中，表达了词人宦迹天涯的愁苦、无奈和对家中亲人的深切思念及归田生活的向往，情真意切，感人至深，令人回味。

花界，犹香界，指佛寺，这里借指道教宫观。

室人降日，妻子生日。

魏初字太初，号青崖，宏州顺圣（今河北张家口阳原东城）人。官至南台御史中丞。有《青崖集》五卷。

　　君问归期未有期，巴山夜雨涨秋池。何当共剪西窗烛，却话巴山夜雨时。——唐李商隐《夜雨寄北》是诗人在异乡巴蜀写给妻子的，语气亲切自然，回环往复，感情深挚绵邈，耐人寻味。

驭说，即说书。

鹧鸪天　赠驭说高秀英

[元] 王恽

　　短短罗袿澹澹妆，拂开红袖便当场。掩翻歌扇珠成串，吹落谈霏玉有香。　　由汉魏，到隋唐，谁教若辈管兴亡。百年总是逢场戏，拍板门锤未易当。

王恽（1227—1304）字仲谋，号秋涧，卫州路汲县（今河南卫辉）人。直言敢谏，至元五年（1268），元世祖建立御史台，任王恽为监察御史。

落索，冷落萧索。
剪剪，形容风轻微而带寒意。
鱼雁，指书信。
斝，古代酒器。

谭献像

谭献（1832—1901）字仲修，号复堂，仁和（今浙江杭州）人。同治举人，历署歙县、全椒、合肥知县。于词学致力尤深，选清人词为《箧中词》，至精审，学者奉为圭臬。其词小令尤为精绝。有《复堂词》。

陈廷焯（1853—1892）字亦峰，又字伯与，丹徒（今江苏镇江丹徒区）人。光绪十四年（1888）举人。工词，属常州词派后学。撰《白雨斋词话》，其论词上承张惠言余绪，强调"感兴""寄托"，突出阐发情意忠厚和风格沉郁，主张"诚能本诸忠厚，而出以沉郁，豪放亦可，婉约亦可"（卷一）。

这首词是为说书女艺人高秀英而作的，上片写艺人装束及娴熟高超、娓娓动听的说书技艺。下片写说书范围从汉魏到隋唐有关今古兴亡之事。末以拍板、门锤逢场作戏作结，语带禅机，暗喻历史如戏而人生亦梦的感慨，披露出文人在新朝的无所适从的彷徨情怀。况周颐说："此词清浑超逸，近两宋风格。"（《蕙风词话》卷三）

鹧鸪天　元宵后独酌

［明］杨慎

千点寒梅晓角中，一番春信画楼东。收灯庭院迟迟月，落索秋千剪剪风。　　鱼雁杳，水云重，异乡节序恨匆匆。当歌幸有金陵子，翠斝清尊莫放空。

这首词写元宵节后的独酌思乡。"迟迟月"与"剪剪风"，点缀出早春夜晚的清寒，也烘托出怀乡的愁绪。末两句以歌酒故作宽解，更见乡愁的深挚婉曲。

鹧鸪天

［清］谭献

绿酒红灯漏点迟，黄昏风起下帘时。文鸳莲叶成漂泊，幺凤桐花有别离。　　云澹澹，雨霏霏，画屏闲煞素罗衣。腰支眉黛无人管，百种怜侬去后知。

这首词写离情，情致宛然目前。结句看似平淡，却是佳句，与纳兰性德的"当时只道是平常"句同样耐人寻味。

鹧鸪天

［清］陈廷焯

一夜西风古渡头，红莲落尽使人愁。无心再续《西洲曲》，有恨还登舴艋舟。　　残月堕，晓烟浮，一声欸乃入中流。幽怀不肯同零落，却向沧波弄素秋。

这首词当为词人中举后颠沛于各地时所作，寄寓了词人蒿目时艰的沉重而幽深的愁怀。词旨含蓄，意境苍凉。

鹧鸪天　即事

〔清〕文廷式

劫火何曾燎一尘，侧身人海又翻新。闲拈寸砚磨礧世，醉折繁花点勘春。　　闻柝夜，警鸡晨，重重宿雾锁重闉。堆盘买得迎年菜，但喜红椒一味辛。

这首词通过迎接新春的描述，真切反映光绪年间朝政腐败、国难深重的背景下词人的身世遭遇和个人情怀。看似疏淡闲散，实则绵里藏针。

参读

万感中年不自由，角声吹彻《古梁州》。荒苔满地成秋苑，细雨轻寒闭小楼。　　诗漫与，酒新刍，醉意世事一沧洳。凭君莫过荆高市，漭水无情也解愁。——文廷式《鹧鸪天·赠友》。叶恭绰评此词曰："神似稼轩。"（《广箧中词》卷一）

鹧鸪天

〔清〕朱孝臧

九日，丰宜门外过裴村别业。

野水斜桥又一时，愁心空诉故鸥知。凄迷南郭垂鞭过，清苦西峰侧帽窥。　　新雪涕，旧弦诗，惜惜门馆蝶来稀。红萸白菊浑无恙，只是风前有所思。

刘光第是戊戌变法被杀的六君子之一。他在八月十三日被杀。这首词是在六君子被斩首的二十五天之后填写的。裴村别业是刘光第的住所。那里有一湾野水，一座小桥，当年词人常常到这里来访问友人，如今野水斜桥风景依旧，但故人已杳，人事全非。不只是朋友死了，空余深沉的怀念，更有他们当日变法的希望与理想也全落空了。"所思"自是千头万绪，非言可尽。结拍以极淡之语隐微地写出极深之情。

鹧鸪天　庚子岁除

〔清〕朱孝臧

似水清尊照鬓华，尊前人易老天涯。酒肠芒角森如戟，吟笔冰霜惨不花。　　抛枕坐，卷书嗟，莫嫌啼煞后栖鸦。烛花红换人间

文廷式像

文廷式（1856—1904）字道希、芸阁，号纯常子，江西萍乡人。光绪进士。由编修历官至翰林院侍读学士。积极支持维新变法。尤长于词，于"清季四家"外别树一帜，意气飙发，笔力横恣，兀傲无双。有《云起轩词钞》。

萍乡文三　清黄士陵

王一亭《朱孝臧画像》

秋瑾在东京留影

秋瑾（1875—1907）字竞雄，别署鉴湖女侠，山阴（今浙江绍兴）人。近代民主革命志士。光绪三十三年（1907）六月初六（7月15日）凌晨，从容就义于绍兴轩亭口。诗词朗丽高亢，雄健奔放。有《秋瑾集》，词在集中。

世，山色青回梦里家。

光绪二十六年（1900）秋，八国联军入侵北京，洗劫全城，西太后挟光绪帝逃往西安。时在朝廷任职的词人困居在宣武门外校场头条胡同王鹏运的寓庐"四印斋"中，同赋《庚子秋词》，抒发家国之恨。此词是词人在庚子除夕所作。上片写借酒浇愁的情状，那"森如戟"的酒肠，"惨不花"的吟笔，正是国事撑胸的写照。下片重心从对国运的无限忧愁，转到对家乡亲友的深切思念。

鹧鸪天

[清] 秋瑾

祖国沉沦感不禁，闲来海外觅知音。金瓯已缺终须补，为国牺牲敢惜身。　嗟险阻，叹飘零，关山万里作雄行。休言女子非英物，夜夜龙泉壁上鸣。

这首词是作者留日时所写，秋瑾被捕时被清绍兴府搜去作"罪状"公布。词上阕写祖国将要沦亡，自己留学海外，寻找志同道合的同志一起谋求救国的办法；下阕写自己不怕艰险报国的志向。读来铮然有声，英气逼人。

倚声依谱

《鹧鸪天》又名《思越人》《思佳客》《于中好》《醉梅花》《半死桐》。词名采郑嵎诗："春游鸡鹿塞，家在鹧鸪天。"但唐五代词中还无此调，到北宋宋祁始以此名篇。此后填《鹧鸪天》的词人很多，为有宋一代最流行的词牌名之一。五十五字，前后片各三平韵，前片第三、四句与过片三言两句多作对偶。词人多以此调抒写离愁别绪，感怀身世，风格多凄凉哀婉。

【定格】

中仄平平中仄平，中平中仄仄平平。

『中平中仄平平仄，中仄平平中仄平』。

『平仄仄，仄平平』，

中平中仄仄平平。

中平中仄平平仄，中仄平平中仄平。

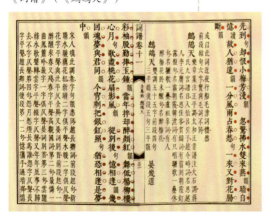

《词谱》（《鹧鸪天》）

浪淘沙

回首夕阳红尽处，应是长安

华音流韵

卖花声（浪淘沙）　题岳阳楼

［北宋］张舜民

木叶下君山，空水漫漫。十分斟酒敛芳颜。不是渭城西去客，休唱《阳关》[2]。　　醉袖抚危栏，天淡云闲。何人此路得生还。回首夕阳红尽处，应是长安。

临风赏读

元丰六年（1083），词人以写诗讥议边事，被贬往郴州，途经岳阳楼时登临感怀，作此词。

上片起首二句，勾画出一幅霜叶纷纷、水空寥廓的洞庭秋景，烘托出词人其时的萧索、悲凉心境。第三句词笔转向楼内，一位歌女正满满地斟上一杯酒，收敛起笑容，想为客人唱一曲送别的名曲《阳关三叠》，但词人要她打住：我不是当年王维在渭城送别西出阳关的元二，而是即将南下的迁客，不唱也罢。这两句熔自我解嘲与讥讽当局于一炉，正话反说，语直意婉，抒发的是词人的无奈、辛酸和悲慨。

词的下阕承"酒"而来，将视界再度收回楼前，写词人带着几分醉意再次来到楼前，凭栏独立，放眼远眺，只见淡远的天空，白云在悠闲地飘动，思绪随着这飘动的白云不由猛然惊起："何人此路得生还？"这一令人震撼的悲叹，写尽了古往今来多少迁客的命运，负载着词人无尽的悲哀与痛楚。结尾两句笔锋转向词人内心深处，表达虽遭贬谪，投荒万死，却仍然眷念君国、有所期待的感情。

全词境界阔大，起伏跌宕，以简洁的语言将一个无端遭贬者的迁谪之恨、故都之思表现得淋漓尽致，情辞恳切深挚，充盈着一股郁勃悲壮之气，扣人心弦。

熊曦书《卖花声》

古今汇评

周　辉：张芸叟元丰间从高遵裕辟，环庆出师失律，且为转运使李察讦其诗语，谪监郴州酒。舟行，以二小词题岳阳楼……亦岂无去国流离之思，殊觉哀而不伤也。（《清波杂志》卷四）

麦孺博：声可裂石。（《艺蘅馆词选》引）

俞陛云：观其"此路生还"及"回首长安"句，殊有迁谪之感。但芸叟由谏官洊擢侍郎，初未放逐，此殆登楼送友之作，代为致慨也。（《唐五代两宋词选释》）

唐圭璋：此首写登临之感，语颇悲壮。起写登楼之所见，语从《楚辞》"袅袅兮秋风，洞庭波兮木叶下"化出。次记楼中斟酒，不待闻歌，已感古今迁流之苦。下片承上，仍是伤高望远之情。末句，因夕阳而念及君国，含意温厚。（《唐宋词简释》）

[注释]

①化用了屈原《九歌·湘夫人》"袅袅兮秋风，洞庭波兮木叶下"句意。君山，又名洞庭山，在洞庭湖中，相传虞舜之妃湘君尝游此，故名。

②《阳关》、《阳关曲》，本是唐代王维所作的《送元二使安西》诗"渭城朝雨浥轻尘，客舍青青柳色新。劝君更尽一杯酒，西出阳关无故人"谱写而成的，因诗中有"渭城""阳关"等地名，故名《渭城曲》《阳关曲》，在送别时歌唱。

词人心史

张舜民（约1034—1100）字芸叟，号浮休居士，邠州（今陕西彬县）人。治平二年（1065）进士，为襄乐令。元丰中，环庆帅高遵裕辟掌机密文字，随征西夏，无功而还，兼作诗讥讽失利情形，有"白骨似沙沙似雪，将军休上望乡台"等句，被转运判官李察劾奏，贬监郴州（今属湖南）酒税。元祐初因司马光荐其才气秀异，刚直敢言，召为监察御史，后任秦凤路（治所在今陕西凤翔）提刑、陕西转运使，陕州（今河南陕县）等州知州。徽宗立，擢右谏议大夫，到任七日，上书六十章，言多剀峭。后因元祐党人籍再谪楚州（今江苏淮阴）团练副使，由房州（今湖北房县）管制居住。崇宁五年（1106），赦元祐党人，起复为集贤殿修撰。

张舜民为官刚正，工诗词书画，亦善文。其诗语言风格多平易质朴，有古乐府遗意，而笔力豪健处，与苏轼较为接近。词作慷慨悲壮，风格亦与苏轼相近，有的作品甚至被人误为苏词。其书法博雅大度，凝重流畅，有"兔起鹘落，动静有致"之誉。其文集今存《画墁集》八卷，补遗一卷。

张舜民《东来帖》，
书法仿苏轼，笔力道美

刘禹锡像

刘禹锡（772—842）字梦得，河南洛阳人。贞元进士。因参与永贞革新，被贬谪荒二十余年。历任集贤殿学士、礼部郎中及苏州、汝州、同州刺史，晚年以太子宾客分司东都。其诗骨力豪劲，气韵沉雄，有诗豪之称。与白居易相唱和，二人皆留意民间歌曲，相互切磋倚声填词，以开唐、五代之盛。有《刘禹锡集》。

明胡玉昆《金陵胜景图》之一《秦淮》

 # 低吟/浩唱

浪淘沙

[唐] 刘禹锡

九曲黄河万里沙，浪淘风簸自天涯。如今直上银河去，同到牵牛织女家。

这是一首古今传诵的名作，描写九曲黄河的雄伟气势，并展开奇特的想象：直上银河，同去牛郎织女家，寄托了他豪迈的气概、非凡的向往与追求。全词节奏有徐有疾，奔放而有宕逸之气。

浪淘沙

[五代·南唐] 李煜

往事只堪哀，对景难排。秋风庭院藓侵阶。一桁珠帘闲不卷，终日谁来。　金剑已沉埋，壮气蒿莱。晚凉天净月华开。想得玉楼瑶殿影，空照秦淮。

这首词作于词人被俘入宋以后，直抒囚居幽闭生活中难以排遣的孤寂失落感和怀念南唐故土的悲痛绝望心情，一气呵成。陈廷焯评此首说："起五字悽婉，却来得突兀，故妙。凄恻之词而笔力精健，古今词人谁不低首。"（《云韶集辑评》卷一）

浪淘沙

〔五代·南唐〕李煜

帘外雨潺潺，春意阑珊。罗衾不耐五更寒。梦里不知身是客，一晌贪欢。　　独自莫凭栏，无限江山。别时容易见时难。流水落花春去也，天上人间。

这首词堪称一首宛转凄苦、怆然欲绝的千古哀歌。词中以悲凉难堪的现实境遇与短暂的梦中欢娱形成强烈的反差，从鲜明的对比中将词人绵绵无尽的故国之思曲曲传出。"春去也"三字，包含了多少留恋、惋惜和无可奈何的悲哀！全词语语沉痛，字字泪珠，含思凄惋，自然率真，具有惊人的摄人心魄的艺术魅力。郭麐曰："绵邈飘忽之音，最为感人深至，李后主之'梦里不知身是客，一晌贪欢'，所以独绝也。"（《灵芬馆词话》卷二）谭献亦谓此词"雄奇幽怨，乃兼二难"（《谭评词辨》卷二）。

梦里不知身是客　清吴让之

别时容易见时难　清黄士陵

参读

裁剪冰绡，轻叠数重，淡着胭脂匀注。新样靓妆，艳溢香融，羞杀蕊珠宫女。易得凋零，更多少、无情风雨。愁苦。问院落凄凉，几番春暮。　　凭寄离恨重重，者双燕、何曾会人言语。天遥地远，万水千山，知他故宫何处。怎不思量，除梦里、有时曾去。无据，和梦也新来不做。——宋徽宗赵佶《燕山亭·北行见杏花》写亡国愁苦与囚徒凄怨，纡徐曲折，沉郁顿挫，全由肺腑而发。贺裳说："南唐主《浪淘沙》曰：'梦里不知身是客，一晌贪欢'，至宣和帝《燕山亭》则曰：'无据，和梦也有时不做'，情更惨

宋佚名《人物故事图》。据考，描绘的是迎接宋徽宗、郑皇后和韦太后灵柩还归的故事。上海博物馆藏

清改琦《冰盘进荔图》，绘给杨贵妃进献荔枝的故事

矣。此犹《麦秀》之后，有《黍离》也。"（《蓼水轩词筌》"后主与徽宗词"条）王国维说："后主之词，真所谓以血书者也；宋道君皇帝《燕山亭》词略似之。"（《人间词话》）

浪淘沙

[北宋] 欧阳修

五岭麦秋残，荔子初丹。绛纱囊里水晶丸。可惜天教生处远，不近长安。　　往事忆开元，妃子偏怜。一从魂散马嵬关，只有红尘无驿使，满眼骊山。

这是一首咏史词，词中集中笔墨，单就开元遗事中杨贵妃喜食鲜荔枝，玄宗命人从岭南驰驿进献一节发抒感慨。歇拍句对唐玄宗骄奢淫逸、乱政误国的历史教训并不直接说出，只用"有""无"的开合相应与"满眼骊山"沉寂凄凉的景象隐隐透露，深沉而隽永耐味。

参读

忧劳可以兴国，逸豫可以亡身，自然之理也。——欧阳修《新五代史》卷三十七所揭示的深刻的历史鉴戒和启迪，与此词有异曲同工之妙。

长安回望绣成堆，山顶千门次第开。一骑红尘妃子笑，无人知是荔枝来。——唐杜牧《过华清宫绝句三首》（其一）

浪淘沙

[北宋] 欧阳修

把酒祝东风，且共从容。垂杨紫陌洛城东。总是当时携手处，游遍芳丛。　　聚散苦匆匆，此恨无穷。今年花胜去年红。可惜明年花更好，知与谁同。

这首词为明道元年（1032）春，词人与知友在洛阳城东旧地重游有感而作，词中把笃于友谊的惜别深情熔铸在赏花之中，抒发了人生漂泊无定、聚散无常的苦恨，

流露了对生命、青春的留恋。全词风格疏隽，构思精巧，时间上观照过去、现在和未来，空间上由聚到分，情感上由喜到悲到迷茫，层层推进，耐人咀嚼回味。俞陛云评此词说："因惜花而怀友，前欢寂寂，后会悠悠，至情语以一气挥写，可谓情深如水，行气如虹矣。"（《唐五代两宋词选释》）

浪淘沙

[南宋] 李清照

帘外五更风，吹梦无踪。画楼重上与谁同。记得玉钗斜拨火，宝篆成空。　　回首紫金峰，雨润烟浓。一江春浪醉醒中。留得罗襟前日泪，弹与征鸿。

宋高宗建炎三年（1129）八月十八日，赵明诚扶病赋绝笔诗在建康（今江苏南京）辞世，从此，词人一身承受国破家亡的双重痛苦，词风变得凄苦。这首词写对归来堂中温馨生活的追念，抒发了孑然一身、孤苦伶仃的感慨。结拍既是说往事虽随征鸿而去，杳无踪迹，然思念亡人泪犹在襟，也是说襟上余泪（心中余悲）只能弹与征鸿（诉与征鸿），更无人可诉，写得尤为沉痛。陈廷焯说此词"凄艳不忍卒读，其为德夫（赵明诚）作乎！"（《白雨斋词话》卷二）

藤床纸帐朝眠起，说不尽、无佳思。沉香断续玉炉寒，伴我情怀如水。笛声三弄，梅心惊破，多少游春意。　　小风疏雨萧萧地，又催下、千行泪。吹箫人去玉楼空，肠断与谁同倚。一枝折得，人间天上，没个人堪寄。——李清照这首咏梅词《孤雁儿》实则寄托对丈夫赵明诚的深挚感情和凄楚哀思，声调凄惋，读来更催人泪下。

浪淘沙

[南宋] 石孝友

好恨这风儿，催俺分离。船儿吹得去如飞。因甚眉儿吹不展，叵耐风儿。　　不是这船儿，载起相思。船儿若念我孤栖。载取人人篷底睡，感谢风儿。

这是一首颇有民歌风味的通俗词，通篇借"风"与"船"这两件事物铺开，先是怨风、责风，次是谢船、赞船，再是央船、求

叵耐，本指不可耐之义，这里含有"可恨"之意。

石孝友字次仲，江西南昌人。乾道进士。以俗词写情事，直率自然。明杨慎谓其词"清奇宕丽"，清陈廷焯则盛赞其小令"雄秀"。有《金谷遗音》。

盘礴，即箕踞而坐。

周文璞字晋仙，号方泉，又号山楹，又号野斋，汝阳（今山东汶上）人。曾任溧阳县丞。生活于南宋光宗、宁宗朝。其诗悱恻激越，言有余哀，耐人寻讽。有《灌口二郎歌》，为时所称，以为不减李贺。

鹅湖山在今江西铅山境内。雄伟的武夷山脉在铅山县境内伸展出五条支脉，而鹅湖山，就是东部大支脉的主要山峰之一。山以湖得名。南宋淳熙二年(1175)，朱熹、吕祖谦、陆九渊、陆九龄及其友朋弟子相聚于鹅湖寺，展开了被后世学者称为"鹅湖之会"的一场学术辩论。

章谦亨字牧叔，吴兴（今浙江湖州）人。绍定间，为铅山令，为政宽平，人称生佛。历官浙东提刑，兼知衢州。

风，最后又谢风、颂风，曲折而生动地展示了词人在离别途中被深浓的离愁所折磨扭曲的复杂心境。全首通俗浅白，幽默、诙谐，却又内蕴深沉含蓄。

浪淘沙　题酒家壁

［南宋］周文璞

还了酒家钱，便好安眠。大槐宫里着貂蝉。行到江南知是梦，雪压渔船。　　盘礴古梅边，也是前缘。鹅黄雪白又醒然。一事最奇君记取，明日新年。

这是一首即兴抒怀的小词，意味隽永。词中所写到的嗜酒、醉眠，他的美梦及其破灭等等，都应是他生当多灾多难的南宋末期，穷愁潦倒、坎坷不遇的反映。结尾甚是诙谐与奇特，但细味深参，便觉隐然有一种逝者如斯、流年暗换的伤感情绪在。明杨慎称"其词飘逸似方外尘表"（《词品》卷二）。

浪淘沙　云藏鹅湖山

［南宋］章谦亨

台上凭栏干，犹怯春寒。被谁偷了最高山。将谓六丁移取去，不在人间。　　却是晓云闲，特地遮拦。与天一样白漫漫。喜得东风收卷尽，依旧追还。

这首词当作于绍定初年词人知铅山县任上，主要描绘"云藏鹅湖山"这一美景，构思新巧，语言幽默生动，妙趣横生。

 参读

鹅湖山下稻粱肥，豚栅鸡栖对掩扉。桑柘影斜春社散，家家扶得醉人归。——唐王驾《社日村居》展现了这一片土地上仙境般的生活。

浪淘沙

［南宋］邓剡

疏雨洗天清，枕簟凉生。井桐一叶做秋声。谁念客身轻似叶，千里飘零。　　梦断古台城，月淡潮平。便须携酒访新亭。不见当时王谢宅，烟草青青。

刘基《春兴》八首诗稿卷

词人追随文天祥抗元被俘，和文天祥一同被押解北上，途经建康（今江苏南京），作此词，抒写亡国之虏的飘零之苦和对邦国沦亡悲哀之情，语言极为明快。

浪淘沙　中秋雨

［元］萧汉杰

愁似晚天云，醉亦无凭。秋光此夕属何人。贫得今年无月看，留滞江城。　　夜起候檐声，似雨还晴。旧家谁信此时情。惟有桂香时入梦，勾引诗成。

这是一首写相思情的词，写得十分奇妙，奇在以率直语见大含蓄，妙于写痴情而无小儿女态。况周颐对"贫得今年无月看"一句尤为称赏，说："'贫'字入词夥矣，未有更新于此者。无月非贫者所独，即亦何加于贫。所谓愈无理愈佳，词中固有此一境。唯此等句以肆口而成为佳，若有意为之，则纤矣。"（《蕙风词话》卷三）

浪淘沙　感事

［明］刘基

天际草离离，鸿雁南归。冷烟凝恨锁斜晖。蝴蝶不知身是梦，飞上寒枝。　　惆怅倚阑时，总是伤悲。绝怜红叶似芳菲。清露自凋枫自落，没个人知。

这首秋兴词，借雁阵蝶梦、冷烟斜晖、红叶清露，营造一个凄绝孤苦的意境，一吐心中郁结，应是一首伤时失意之作。

邓剡（1232—1303）又名光荐，字中甫，又号中斋，庐陵蓝溪（今江西吉安县永阳镇邓家村）人。景定三年（1262）进士。随文天祥赞募勤王。祥兴元年（1278）六月，从驾至厓山，除秘书丞，兼权礼部侍郎，迁直学士。宋亡，投海者再，元兵打捞之，不得死。与文天祥同押北上，至建康以病留，后放归。以诗名世，风格"浑涵有英气，锻炼如自然"。撰有《中斋集》《东海集》《续宋书》等，已佚。有《中斋词》一卷，赵万里收入《校辑宋金元人词》中。

萧汉杰字吟所，江西吉水（一说大兴）人。淳祐十年（1150）进士。宋亡，忠节自苦，没齿无怨。有《青原樵唱》。

屈大均像

屈大均（1630—1696）字翁山，广东番禺人。明诸生。投身抗清，失败后削发为僧，仍力图恢复。中年还俗。北游关中、山西各地，联络有志之士，与顾炎武、李因笃等交往。以遗民终其身。工诗，与陈恭尹、梁佩兰合称"岭南三大家"。其词多悲慨之音。有《骚屑词》。

镇海楼坐落在广州越秀山小蟠龙冈上。建于明洪武十三年（1380）。因楼高五层，俗称"五层楼"。历史上曾五毁五建，现建筑为钢筋混凝土结构，是1928年重修时由木构架改建成。

曹溪驿，明置，在今重庆市万州南武陵镇。

左辅（1751—1833）字仲甫，一字蘅友，号杏庄，阳湖（今江苏武进）人。乾隆进士，分发安徽，任知县，治行素著，能得民心。嘉庆间，官至湖南巡抚。有《念宛斋词》一卷。

浪淘沙　春草

[清] 屈大均

嫩绿似罗裙，寸寸销魂。春心抽尽为王孙。不分东风吹渐老，色映黄昏。　　蝴蝶不留痕，飞过烟村。红藏几点落花魂。雨过苔边人不见，湿欲生云。

这是一首咏春草的绝调，堪与林逋《点绛唇》、欧阳修《少年游》、梅尧臣《苏幕遮》媲美。

卖花声　题镇海楼

[清] 屈大均

城上五层高，飞出波涛。三君俎豆委蓬蒿。一片斜阳犹是汉，掩映江皋。　　风叶莫悲号，白首方搔。蛮夷大长亦贤豪。流尽兴亡多少恨，珠水滔滔。

这首词登楼吊古，实以寄托家国兴亡之恨。音节亢亮，而又有深沉之致。

浪淘沙　杨花

[清] 李雯

金缕晓风残，素雪晴翻。为谁飞上玉雕阑。可惜章台新雨后，踏入沙间。　　沾惹忒无端，青鸟空衔。一春幽梦绿萍闲。暗处销魂罗袖薄，与泪轻弹。

词人身逢天崩地坼的明末乱世，遭遇国破家亡、君死父丧之痛，被迫降清。这首词典型地表现那种对故国的欲脱不能的情思和深深自悔失节的愧疚心态，诚如谭献所评："哀於堕溷。"（《箧中词·今集》卷一）全词低迷苦涩。

浪淘沙

[清] 左辅

曹溪驿折得桃花一枝，数日零落，裹花片投之涪江，歌此送之。

水软橹声柔，草绿芳洲。碧桃几树隐红楼。者是春山魂一片，招入孤舟。　　乡梦不曾休，惹甚闲愁。忠州过了又涪州。掷与巴江流到海，切莫回头。

这首词抒写思乡之情。词人羁旅巴山蜀水之间，故以桃花落瓣掷入巴江，希望它带着自己的悠悠乡梦流向大海。全词写得宛转含蓄，或当另有寓意。

卖花声　雨花台

[清] 朱彝尊

衰柳白门湾，潮打城还。小长干接大长干。歌板酒旗零落尽，剩有渔竿。　　秋草六朝寒，花雨空坛。更无人处一凭阑。燕子斜阳来又去，如此江山。

这是一首将怀古与伤今打成一片的名作。六朝以降，在金陵上演过多少兴亡的活剧，就明而言，既是太祖定鼎之都，又是南明福王小朝廷覆亡之地。还有那秦淮歌舞、桨声灯影……凡此一切烟云变幻，无不勾起生当明清易代之际的词人游雨花台时的怅触。词中将眼前萧瑟荒寂的秋景，六朝古都的衰飒凄凉以及时移境迁的沧桑兴亡之慨、江山之思紧密糅合在一起。全词沉郁凄婉，笔力遒劲，声调健朗，艺术感染力极强，谭献认为"声可裂竹"（《箧中词·今集》卷二）。

卖花声　立春

[清] 黄景仁

独饮对辛盘，愁上眉弯。楼窗今夜且休关。前度落红流到海，燕子衔还。　　书贴更簪欢，旧例都删。到时风雪满千山。年去年来常不老，春比人顽。

这首词抒写了词人在立春独饮时的情怀。末二句将"年"的无情而"不老"这一自然规律，同人的多愁善感而易老相比照，于朴实无华中揭示出深刻的人生哲理，其理趣之美，耐人寻味。

卖花声　本意

[清] 张锦芳

河畔即花村，花气潮痕。一声江面正销魂。引得香风穿绮陌，妆阁先闻。　　逐队过西园，笑语微喧。唤回残梦出重门。小立枣花帘子下，月淡黄昏。

这首词写清代广州城卖花的情景，是一幅很美的风俗画。

朱彝尊像

朱彝尊（1629—1709）字锡鬯，号竹垞，号金风亭长，秀水（今属浙江嘉兴）人。康熙十八年（1679）举博学鸿词科，除检讨。与修《明史》。博通经史，作词宗姜夔、张炎，以醇雅清空为尚，为浙西词派的创始人，与陈维崧并称"朱陈"。有《曝书亭词》。

朱彝尊印

竹垞

辛盘，古时元旦、立春，用葱、韭等辛菜作食品，称为辛盘，取迎新之意。

张锦芳（1747—1792）字药房，广东顺德人。乾隆五十四年（1789）进士，改庶吉士，授翰林院编修。以诗、书、画名世。有《逃虚阁诗馀》，一名《南雪轩诗馀》。

郭麐手迹。无锡市博物馆藏

郭麐（1767—1831）字祥伯，号频迦，江苏吴江人，后迁浙江嘉善魏塘镇。少有神童之称，负才不遇，奔走江淮之间多年。诗宗杨万里，以白描抒性灵；词为浙西词派殿军，清婉明秀，轻捷圆活。有《灵芬馆词》。

濡呴，比喻于困境中相互支撑。语出《庄子·大宗师》。

旗亭，古酒楼悬旗为酒招，因名旗亭。

浪淘沙

[清] 郭麐

秋水淡盈盈，秋雨初晴。月华洗出太分明。照见旧时人立处，曲曲围屏。　　风露浩无声，衣薄凉生。与谁人说此时情。帘幕几重窗几扇，说也零星。

这是一首对月怀人词，词中营造了一片由秋水、秋雨、秋月、秋露组成的近乎透明状态的词境，婉转清绮。

浪淘沙　写梦

[清] 龚自珍

好梦最难留，吹过仙洲。寻思依样到心头。去也无踪寻也惯，一桁红楼。　　中有话绸缪，灯火帘钩。是仙是幻是温柔。独自凄凉还自遣，自制离愁。

这是一首借托梦境写旧日艳遇的小词，写得如真似幻，如醒似醉，含蓄不尽。

浪淘沙

[清] 蒋春霖

云气压虚栏，青失遥山。雨丝风絮一番番。上巳清明都过了，只是春寒。　　华发已无端，何况花残。飞来蝴蝶又成团。明日朱楼人睡起，莫卷帘看。

这首词上片写雨丝风絮，春寒不断；下片折入雨后花残，飞蝶成团，亦是伤春之意。其中可能寄寓词人"感兵事之连结、人才之惰窳"（谭献《箧中词·今集》卷五）之叹。

浪淘沙　自题《庚子秋词》后

[清] 王鹏运

华发对山青，客梦零星。岁寒濡呴慰劳生。断尽愁肠谁会得，哀雁声声。　　心事共疏檠，歌断谁听。墨痕和泪渍清冰。留得悲秋残影在，分付旗亭。

庚子年即清光绪二十六年（1900），八国联军入侵北京，慈禧太后挟光绪帝西逃。词人与朱祖谋、刘福姚被困京城，相约填词，成

《庚子秋词》两卷。这首词将填词者的心境高度浓缩，把身处危城、时临末世深秋者内心的凄惶、愁苦和绝望和泪写出，动人心魄。

浪淘沙　北戴河

［现代］毛泽东

大雨落幽燕，白浪滔天。秦皇岛外打鱼船。一片汪洋都不见，知向谁边。　往事越千年，魏武挥鞭。东临碣石有遗篇。萧瑟秋风今又是，换了人间。

1954年，毛泽东在北戴河，一日时逢海滨风雨大作，浪涛翻涌，他顿起击水之兴，下海游泳，与风浪搏斗。上岸后意犹未尽，纵笔挥毫，写下这首词，词中描绘了风雨中的海天莫辨、浩茫混沌、旷荡无涯的景象，显示出一种寥廓深邃的宇宙感，体现了词人前无古人的雄伟气魄和汪洋浩瀚的博大胸怀。

换了人间　傅抱石

参读

东临碣石，以观沧海。水何澹澹，山岛竦峙。树木丛生，百草丰茂。秋风萧瑟，洪波涌起。日月之行，若出其中；星汉灿烂，若出其里。幸甚至哉，歌以咏志。——东汉献帝建安十二年（207），曹操率大军北征乌桓。八月大破乌桓于柳城（今辽宁朝阳市南）后凯旋回师，途经碣石山，乘兴登临，写下这首千古传诵的《观沧海》诗。全诗想象丰富，气势磅礴，苍凉悲壮，清人沈德潜谓此诗"有吞吐宇宙气象"（《古诗源》卷五）。

清郑燮书曹操之《观沧海》

词林逸事

据《能改斋漫录》卷十六记载，在宋徽宗宣和年间，有人题词于陕府驿壁云："幼卿少与表兄同砚席，雅有文字之好。未笄，兄欲缔姻。父母以兄未禄，难其请，遂适武弁公。明年，兄登甲科，职教洮房（今甘肃临潭），而良人统兵陕右，相与邂逅于此。兄鞭马，略不相顾，岂前憾未平耶？因作《浪淘沙》以寄情云。"词曰：

目送楚云空，前事无踪。漫留遗恨锁眉峰。自是荷花开较晚，孤负东风。　客馆叹飘蓬，聚散匆匆。扬鞭那忍骤花骢。望断斜阳人不见，满袖啼红。

这首词出自一位不幸的闺阁女子的手笔，缠绵哀怨，真挚动人，读之使人如闻其内心的泣诉。

倚声依谱

《浪淘沙》又名《曲入冥》《过龙门》《炼丹砂》等。唐教坊曲。原多沿用七绝形式，加虚声以应节拍，后来演化成为长短句的《浪淘沙》。北宋张舜民用此调，改名《卖花声》。五十四字，前后片各四平韵。全调用韵密，用韵之句末均为平声，音韵响亮，和谐流美，宜用于表达热烈、激壮、沉重之情。

【格一（七言绝句式）】
中仄平平中仄**平**，中平中仄仄平**平**。
中平中仄中平仄，中仄平平仄仄**平**。

【格二（双调小令）】
中仄仄平**平**，中仄平**平**。
中平中仄仄平**平**。
中仄中平平仄仄，中仄平**平**。

中仄仄平**平**，中仄平**平**。
中平中仄仄平**平**。
中仄中平平仄仄，中仄平**平**。

【注】此用仄起式。亦有用平起者，与七绝平起式全同。

《词谱》（《浪淘沙令》）

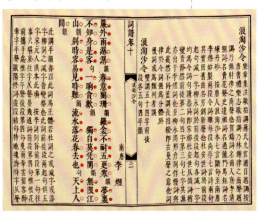

念奴娇

大江东去，浪淘尽、千古风流人物

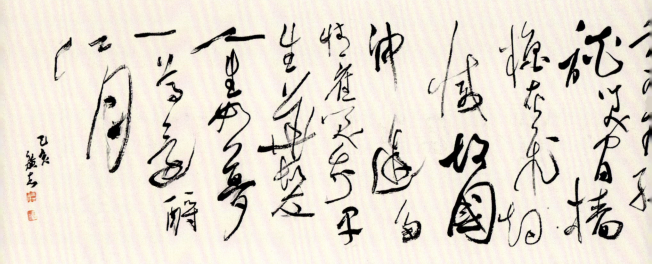

李广志书《念奴娇》

 华音流韵

念奴娇　赤壁怀古

[北宋] 苏轼

大江东去，浪淘尽、千古风流人物。故垒西边，人道是、三国周郎赤壁①。乱石穿空，惊涛拍岸，卷起千堆雪②。江山如画，一时多少豪杰。　　遥想公瑾当年，小乔初嫁了③，雄姿英发。羽扇纶巾④，谈笑间、樯橹灰飞烟灭⑤。故国神游，多情应笑我，早生华发。人间如梦，一尊还酹江月⑥。

[注释]
①周瑜破曹操的赤壁在蒲圻（今湖北赤壁）的乌林，苏轼所游为黄州赤壁，一名赤鼻矶。
②千堆雪，浪花千叠。唐孟郊《有所思》有"寒江浪起千堆雪"句。
③周瑜二十四岁为东吴中郎将，人称周郎。小乔为乔玄次女，其嫁周瑜在建安三年（199），为赤壁之战十年前事。
④纶巾，青丝带的头巾，三国六朝时儒将装束。
⑤樯橹，樯，桅杆；橹，桨，这里指曹军的战船。
⑥酹，以酒洒地，用以敬月。

临风赏读

乌台诗案，词人真个是"魂飞汤火命如鸡"，几乎被杀，好在几经周折被贬黄州。不过，诗人不幸文坛幸，于是乎，有了旷世书法神品《黄州寒食诗帖》，有了空前绝后的前后《赤壁赋》，有了这首被誉为"古今绝唱"的《念奴娇》。

词人兀立江皋，面对赤壁千层怒涛，思接千载。发端

大江东去……（草书作品）

"大江东去"二句，以凌云健笔，将空间与时间奇妙对接，浩荡江流与千古兴亡并收笔下。亘古以来，无数英豪都免不了在波峰浪谷间淘尽消逝，何况芸芸众生碌碌凡夫！词人彻悟了宇宙人生的有限与无限的深层哲理，无穷的兴亡感慨由此生发。故接下两句切入怀古主题，将时针凝定在三国赤壁之时。词人当然明白此赤壁并非当年真正鏖战之地，故以"人道是"疑似之言，借题发挥，勾连起江边故垒与周郎赤壁。"乱石穿空"三句，词人挥动如椽大笔，描下所目击乱山大江的奇险风光：穿空的乱石、拍岸的惊涛、如雪的浪花——当年正是在这种奔马轰雷、惊心动魄的气氛和声势中激战的。"江山如画"两句，总束上文，带起下片，自然地由古战场引出对古代英雄的怀念。

　换头便推出赤壁鏖战的英雄主角，那英气勃勃、谈笑破敌的儒将周郎。"小乔初嫁了"，看似闲笔，实则以美人衬英雄，愈见周瑜之风流蕴藉；一笔"羽扇纶巾"的勾勒，透出他几多从容、风雅和潇洒。而近处俊逸统帅谈笑自若指挥若定，远天烈焰，满江樯橹灰飞烟灭，更将一场轰轰烈烈的战争描绘得如此的举重若轻，且如在目前。"故国"两句从

惊涛裂岸　李瑞卿

千堆雪　郑久康

早生华发　清药兰萧史

对周瑜的追慕陡然跌入现实。周瑜破曹时年才三十四岁，而词人写作此词时已四十七岁，忧患余生，待罪黄州，蹉跎岁月，报国无期，如若多情的周郎死而有知，来游此地，必定会笑自己白发无成。但苏轼毕竟是苏轼，一个参透了世间宠辱的智者，不愿意过多地用痛苦来折磨自己。既然人间世事仿佛一梦，何妨将尊中之酒洒落在江心明月的倒影中，脱却苦闷，让这万古愁怀随江而去。于是，结句以"人间如梦"这种自为宽解的话头一笔推开，把人生挫折的痛苦、悲愤引向超脱飞扬的高远处，于悲慨中现出一种超脱、旷达与豪迈。

这首词笔势凌云健举，大气磅礴，既具雄浑苍凉、昂扬郁勃之美，又充满着奇怀逸气，无疑是豪放词杰出的代表作。其艺术魅力之大、传诵之广、影响之深，古今词坛无出其右。

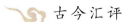

古今汇评

朱　彧：孙权破曹操于赤壁，今沔、鄂间皆有之……东坡词有"人道是，周郎赤壁"之句，指赤鼻矶也。坡非不知自有赤壁，故言"人道是"者，以明俗记尔。（《萍洲可谈》卷二）

胡 仔：东坡"大江东去"赤壁词，语意高妙，真古今绝唱。（《苕溪渔隐丛话》前集卷五十九）

曹 冠：歌赤壁之词，使人抵掌激昂，而有击楫中流之心。（《燕喜词序》）

元好问：夏口之战，古今喜称道之。东坡赤壁词殆戏以周郎自况也。词才百余字，而江山人物无复余蕴，宜其为乐府绝唱。（《题闲闲书赤壁赋后》）

沈际飞：语语高妙闲冷，初不以英气凌人。（《草堂诗馀正集》卷四）

俞陛云：江东战伐，惟孙曹事于往史最有声色，临风酹酒，俯仰兴亡，是何等气概！起笔入门下马，已气压江东。"乱石"三句壮健称题。"江山"二句尤深雄慨。题为《赤壁怀古》，故下阕追怀瑜亮英姿，笑谈摧敌。"华发"句抚今思昔，有少陵"看镜""倚楼"之思。结句感前朝之如梦，洒杯酒而招魂，瑜亮有知，当凌云一笑也。（《唐五代两宋词选释》）

唐圭璋：此首，上片即景写实，下片因景生情，极豪放之致。起笔，点江流浩荡，高唱入云，无穷兴亡感，已先揭出。"故垒"两句，点赤壁。"乱石"三句，写赤壁景色，令人惊心骇目。"江山"两句，折到人事，束上起下。换头逆入。"遥想"四

赵令畤（字德麟）题乔仲常《后赤壁赋图》手迹

江流有声，断岸千尺（苏轼《后赤壁赋》句） 清邓石如

　　全武元直《赤壁图》，描绘苏轼泛舟游赤壁的故事。卷首卷尾，以一角画出群峰；两岸巍巍岳峙，壁立千仞，气雄万古，咄咄慑人；波浪激涌处，一船夫撑一小舟顺流飘然而下，舟上载苏子与二客泰然而坐，开怀对饮，谈笑风生。行舟前方，只见大江东流，另是一番烟波浩渺的广阔气象，令人联想到《赤壁赋》中"纵一苇之所如，凌万顷之茫然"的意境。台北"故宫博物院"藏

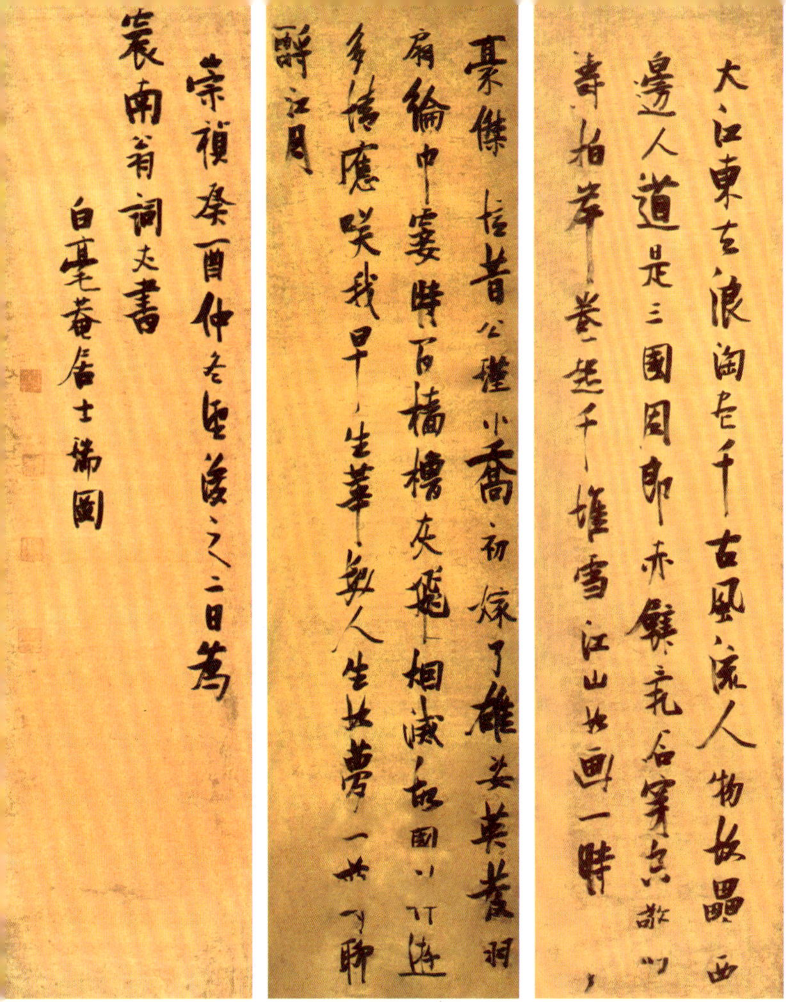

明张瑞图书《念奴娇》，奇纵旷达，气足神完

句，记公瑾当年之雄姿。"故国"以下平出。述吊古之情，别出明月，与江波相映。此境此情，其不知人间何世矣。（《唐宋词简释》）

参读

赤壁矶头，一番过、一番怀古。想当时、周郎年少，气吞区宇。万骑临江貔虎噪，千艘列炬鱼龙怒。卷长波、一鼓困曹瞒，今如许。　江上渡，江边路。形胜地，兴亡处。览遗踪，胜读史书言语。几度东风吹世换，千年往事随潮去。问道傍、杨柳为谁春，摇金缕。——南宋戴复古《满江红·赤壁怀古》风格豪迈，苍劲有力，《四库全书总目提要》卷一百九十九谓此词"豪情壮采，实不减于轼"。

词人心史

苏轼（1036—1101）字子瞻，号东坡居士，眉州丹棱拨古（股）祠（今四川眉山市东坡区三苏乡三苏场）人，与父苏洵、弟苏辙皆以文学名世，世称"三苏"。嘉祐二年（1057）进士。累除中书舍人、翰林学士、端明殿学士、礼部尚书。曾通判杭州，知密州、徐州、湖州、颍州等。元丰三年（1080）以谤新法贬谪黄州。后又贬谪惠州、儋州。宋徽宗立，赦还。卒于常州，次年葬于汝州郏城县（今河南中牟东）。追谥文忠。

像苏东坡这样的旷世奇才可谓"人间不可无一，难能有二"（林语堂语）。他是北宋继欧阳修之后的文坛领袖，在诗词、散文、书法、绘画各方面都有很高造诣，他的散文挥洒自如，随物赋形，写景抒情，十分自然，与欧阳修并称"欧苏"，是"唐宋古文八大家"之一；诗风豪健清新，尤长于比喻，与黄庭坚并称"苏

黄"。他又将北宋诗文革新运动的精神，扩大到词的领域，突破晚唐五代和宋初以来"词为艳科"，专写男女恋情和离愁别绪的传统樊篱，凡政治生涯、人生遭遇、民间疾苦、农村生活、朋辈情谊、贬居生涯尽可抒写，大大开拓了词的领域。他于婉约清丽外，另开豪放清旷词风之先河，开后世豪放词派无数法门，与南宋辛弃疾并称"苏辛"，在词史上有着特殊的地位。他的书法丰腴跌宕，天真浩瀚，与蔡襄、黄庭坚、米芾合称"宋四家"。有《东坡七集》《东坡易传》《东坡乐府》等。

品题

退之以文为诗，子瞻以诗为词，如教坊雷大使之舞，虽极天下之工，要非本色。（陈师道《后山诗话》）

东坡词，人谓多不谐音律。然居士横放杰出，自是曲子中缚不住者。（吴曾《能改斋漫录》卷十六）

词曲者，古乐府之末造也。……及眉山苏氏，一洗绮罗香泽之态，摆脱绸缪宛转之度，使人登高望远，举首高歌，而逸怀浩气，超然乎尘垢之外，于是花间为皂隶，而柳氏为舆台矣。（胡寅《题酒边词》）

东坡先生非心醉于音律者，偶尔作歌，指出向上一路，新天下耳目，弄笔始知自振。（王灼《碧鸡漫志》卷二）

世言东坡不能歌，故所作乐府，多不协律。晁以道谓："绍圣初，与东坡别于汴上，东坡酒酣，自歌阳关曲。则公非不能歌，但豪放，不喜剪裁以就声律耳。试取东坡诸词歌之，曲终，觉天风海雨逼人。"（陆游《老学庵笔记》卷十六）

词至东坡，倾荡磊落，如诗，如文，如天地奇观，岂与群儿雌声学语较工拙。（刘辰翁《辛稼轩词序》）

唐歌词多宫体，又皆极力为之。自东坡一出，性情之外，不知有文字，真有"一洗万古凡马空"气象。（元好问《遗山文集》卷三十六）

黄鲁（直）亦云："东坡书挟海上风涛之气。"读坡词，当作如是观，琐琐与柳七较锱铢，无乃为髯公所笑？（王士禛《花草蒙拾》）

词如少游、易安，固是本色当行，而东坡、稼轩直以太史公笔力为词，可谓振奇矣。（王士禛《带经堂诗话》卷二十八）

词自晚唐五代以来，以清切婉丽为宗。至柳永而一变，如诗家之有白居易。至轼而又一变，如诗家之有韩愈，遂开南宋辛弃疾等一派。寻源溯流，不能不谓之别格。然谓之不工，则不可。（《四库全书总目提要》卷一百九十八）

东坡词颇似老杜诗，以其无意不可入，无事不可言也。若其豪放之致，则时与太白为近。（刘熙载《艺概》卷四）

（传）宋李公麟绘、清朱野云摹《苏轼坐像》。原作黄庭坚当曾经眼，其《跋东坡书帖后》云："庐州李伯时近作子瞻按藤杖，坐盘石，极似其醉时意态。"（《山谷题跋》卷五）

眉阳苏轼

苏轼题名

词至东坡，一洗绮罗香泽之态，寄慨无端，别有天地。又：东坡词寄意高远，运笔空灵，措意忠厚。（陈廷焯《白雨斋词话》卷一）

北宋人词……唯苏文忠之清雄，夐乎轶尘绝世，令人无从步趋。……其性情，其学问，其襟抱，举非恒流所能梦见。词家苏辛并称，其实辛犹人境也，苏其殆仙乎！（王鹏运《半塘老人遗稿》）

东坡独崇气格，箴规柳、秦，词体之尊，自东坡始。（陈洵《海绡说词》）

东坡词，胸有万卷，笔无点尘。其阔大处，不在能作豪放语，而在其襟怀有涵盖一切气象。若徒袭其外貌，何异东施效颦？东坡小令，清丽纤徐，雅人深致，另辟一境。设非胸襟高旷，焉能有此吐属？（蔡嵩云《柯亭词论》）

东坡、稼轩其秀在骨，其厚在神。初学看之，但得其粗率而已。（况周颐《蕙风词话》卷一）

东坡之词旷，稼轩之词豪。无二人之胸襟而学其词，犹东施之效捧心也。（王国维《人间词话》）

余谓公词豪放缜密，两擅其长。世人第就豪放处论，遂有铁板铜琶之诮，不知公婉约处，何让温、韦……要之公天性豁达，襟抱开朗，虽境遇迍邅，而处之坦然，即去国离乡，初无羁客迁人之感。惟胸怀坦荡，词亦超凡入圣。（吴梅《词学通论》）

词林逸事

《念奴娇·赤壁怀古》一阕雄放杰出，空谷足音，虽在北宋无人赓和，但其横扫时空、撼魂荡魄的艺术魅力终是难掩，自南宋以降，历代词人竞相追和。据不完全统计，宋、金、元、明及清代步韵各为二十四次、五次、七次、一百八十一次和五十一次，凡二百六十八首之巨，形成了中国词坛上的一大壮观！其间虽佳篇迭出，但最能得其神韵者莫过于蔡松年、辛弃疾、赵秉文、萨都剌诸人。

金初词人蔡松年极力师法东坡，最得东坡词精髓。其词作中不仅大量化用或直接引用苏词语句，更有多首追和东坡之作，最著名的便是这首《念奴娇·还都后，诸公见追和赤壁词，用韵者凡六人，亦复重赋》：

《离骚》痛饮，笑人生佳处，能消何物。夷甫当年成底事，空想岩岩玉璧。五亩苍烟，一丘寒碧，

苏轼《枯木怪石图》，绘枯木一林，树干虬屈，不著树叶，拙顽枯傲；枝梢凌空舒展，尽显枯树老劲雄强之姿。树根处一特大怪石盘踞，形如蜗牛，似乎凝聚着不平之气。怪石后伸出星点矮竹，又横生野趣。整个画面意境荒空而沉郁，当是诗人借枯木顽石写"胸中盘郁"与自在磊落之情。黄庭坚《题子瞻枯木》云："折冲儒墨阵堂堂，书入颜杨鸿雁行。胸中元自有丘壑，故作老木蟠风霜。"（《豫章文集》卷五）或谓此画乃据苏轼原作临仿

岁晚忧风雪。西州扶病，至今悲感前杰。　我梦卜筑萧闲，觉来岩桂，十里幽香发。块磊胸中冰与炭，一酌春风都灭。胜日神交，悠然得意，遗恨无毫发。古今同致，永和徒记年月。

在词人眼中，王衍（夷甫）、谢安（曾病舆入西州）、王羲之（"永和"句用《兰亭序》语）等魏晋名士远未能忘怀世事、高蹈远举，故他要超越前贤，追寻一种真正的悠然得意、超俗绝尘的生活。但词中表现的旷达、萧闲，实际上以宋儒仕金的他，却隐藏着位尊名高而处于夷夏之辨、宋金对峙的尴尬处境中的忧惧之思。此词笔势疏朗雄健，格调高旷简远，其高妙处亦不减原唱。元好问评价其为"公乐府中最得意者"（《中州集》卷一），并取以压卷。

辛弃疾"少师蔡伯坚（松年）"（《宋史》卷四百零一），传承东坡法乳。稼轩词集中，和东坡此作就有四首。这四首词当作于他赴闽前即绍熙元年或二年秋时（1190或1191），其时当江淮两湖为官解职后，郁郁不得志闲居于带湖（在今江西上饶）。其中一首云：

倘来轩冕，问还是、今古人间何物。旧日重城愁万里，风月而今坚壁。药笼功名，酒垆身世，可惜蒙头雪。浩歌一曲，坐中人物之杰。　休叹黄菊凋零，孤标应也有，梅花争发。醉里重揩西望眼，惟有孤鸿明灭。万事从教，浮云来去，枉了冲冠发。故人何在，长庚应伴残月。——《念奴娇·瓢泉酒酣，和东坡韵》

稼轩显然没有走怀古路子，而是另辟蹊径，尽情抒发失意英雄的尴尬处境、悲愤心情，一展不忘恢复孤忠耿耿的凛凛风貌，成就一幅烟云翻卷的长卷。

如果说稼轩此词"激昂雄逸，颇似东坡"（俞陛云《唐五代两宋词选释》），金人赵秉文的《念奴娇·追和坡仙词韵》，则"以仙语追和"，亦是"壮伟不羁"，词气横逸，颇得东坡旷逸之风：

清光一片，问苍苍桂影，其中何物。一叶扁舟波万顷，四顾粘天无壁。叩枻长歌，嫦娥欲下，万里挥冰雪。京尘千丈，可能容此人杰。　回首赤壁矶边，骑鲸人去，几度山花发。澹澹长空今古梦，只有归鸿明灭。我欲乘云，从公归去，散此麒麟发。三山安

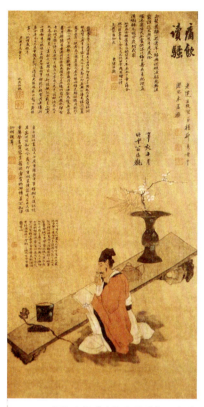

明陈洪绶《痛饮读骚图》。上海博物馆藏

赵秉文题金武元直《赤壁图卷题诗》，笔力遒劲，大气磅礴。台北"故宫博物院"藏

在，玉箫吹断明月。

词人精骛八极，心游万仞，畅想月夜秋江的寥廓景象，设想东坡当年一叶扁舟夜游赤壁的情形，以抒发自我坦荡旷朗不染纤尘的襟怀。意境雄阔高远，格调清壮。更为难得的是，词人纵笔"书自作和东坡赤壁词，雄壮震动，有渴骥怒猊之势……而词亦壮伟不羁……可谓词翰两绝者"（清徐釚《词苑丛谈》卷四）。

元萨都剌《念奴娇·登石头城》则吊古兴怀，一如苏词：

明文伯仁《金陵十八景图》之《石头城》。上海博物馆藏

石头城上，望天低吴楚，眼空无物。指点六朝形胜地，惟有青山如壁。蔽日旌旗，连云樯橹，白骨纷如雪。一江南北，消磨多少豪杰。　寂寞避暑离宫，东风辇路，芳草年年发。落日无人松径里，鬼火高低明灭。歌舞尊前，繁华镜里，暗换青青发。伤心千古，秦淮一片明月。

词人登石头城纵目远眺，俯仰古今，回想六朝繁华尽归消歇，眼前唯有青山千年峙立，不由凄怆难禁。通首思笔俱畅，在通贯全篇的景语中融注了深沉的历史意识和人生感慨，被誉为大气包举、雄浑清壮的名篇，几乎可与苏作媲美。

 **低吟/浩唱**

念奴娇

[北宋] 黄庭坚

八月十七日，同诸生步自永安城楼，过张宽夫园待月。偶有名酒，因以金荷酌众客。客有孙彦立，善吹笛。援笔作乐府长短句，文不加点。

断虹霁雨，净秋空，山染修眉新绿。桂影扶疏，谁便道，今夕清辉不足。万里青天，姮娥何处，驾此一轮玉。寒光零乱，为谁偏照醽醁。　　年少从我追游，晚凉幽径，绕张园森木。共倒金荷，家万里，难得尊前相属。老子平生，江南江北，最爱临风笛。孙郎微笑，坐来声喷霜竹。

哲宗元符元年（1098），词人遭贬后由黔州再移更偏僻的戎州（今四川宜宾）安置，三月离黔，六月抵达，初居州南门外无等院（南寺），在院中自筑小屋，取名"槁木寮"，或称"死灰庵"，后租住城南屠儿村侧之"任运堂"，与诸少年朝夕相近，或孜孜讲学不倦，或徜徉林丘之下、清江白石之间，泊然处之。这首词作于是年中秋后二日张溥（字宽夫）园中。词的开篇发意清远，以灵动的笔势，写尽望中雨后的一片清秋壮景。接着驰骋奇想，对月连发三问，如层波叠浪，极写月色之美，衬托出词人此时的兴会与快意。下阕由写景转入叙说月下游园、欢饮和听曲之乐。"老子"三句胸胆开张，将词人以四海为家、不以迁谪为意的豪迈激越之情推向顶峰。最后以声结情，一笔带到孙郎吹笛，喷发奇响，仿佛若闻笛声悠扬，令人神远。整首词笔力豪健，想象奇特瑰丽，于清疏旷

醽醁，美酒名。

金荷，酒杯。

老子，老夫。

坐来，适才，登时。

霜竹，指笛子。

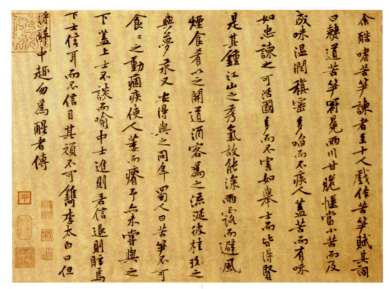

黄庭坚《苦笋赋》，笔势遒劲，极具纵逸豪宕之雅韵，书于贬所戎州。台北"故宫博物院"藏

远的意境中自有一种傲岸不羁之气勃发而出。风格与苏轼差近，"或以为可继东坡赤壁之歌"（胡仔《苕溪渔隐丛话》后集卷三十一）。

 参读

　　鲁直在戎州，作乐府曰"老子平生……"，予在蜀见其稿。今俗本改"笛"为"曲"以协韵，非也。然亦疑"笛"字太不入韵，及居蜀久，习其语言，乃知泸戎间谓"笛"为"独"，故鲁直得借用，亦因以戏之耳。——宋陆游《老学庵笔记》卷二

念奴娇

[南宋] 朱敦儒

　　插天翠柳，被何人、推上一轮明月。照我藤床凉似水，飞入瑶台琼阙。雾冷笙箫，风轻环佩，玉锁无人掣。闲云收尽，海光天影相接。　　谁信有药长生，素娥新炼就，飞霜凝雪。打碎珊瑚，争似看、仙桂扶疏横绝。洗尽凡心，满身清露，冷浸萧萧发。明朝尘世，记取休向人说。

　　这首词写柳下"藤床"纳凉仰看天宇，神游广寒，想落天外。上片写明月升上中天海光天影相接的景色，下片融入了嫦娥奔月美丽神话，写月色沁人、涤尽心尘，摆脱世间的一切俗务和烦恼。结拍含而不露，耐人寻味。全词塑造了一个冰清玉洁、心神俱仙的世界，读之确有令人神怡目爽、"洗尽凡心"的旷逸风致。

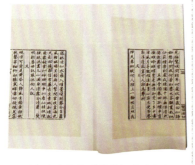

明抄本朱敦儒《樵歌》（《宋元名家词七十种》）书影

　　险韵，以生僻而又难押之字为韵脚。

　　扶头酒，易醉之酒。唐杜牧《醉题五绝》有"醉头扶不起，三丈日还高"之句。

念奴娇

[南宋] 李清照

　　萧条庭院，又斜风细雨，重门须闭。宠柳娇花寒食近，种种恼人天气。险韵诗成，扶头酒醒，别是闲滋味。征鸿过尽，万千心事难寄。　　楼上几日春寒，帘垂四面，玉栏干慵倚。被冷香销新

梦觉，不许愁人不起。清露晨流，新桐初引，多少游春意。日高烟敛，更看今日晴未。

　　这首词当作于南渡之前。明诚出仕在外，词人独处深闺，心绪落寞，又当寒食将近，阴雨连绵，更添愁烦无端，离情万种。她欲饮酒赋诗，又怕招来闲愁；欲寄万千心事，又恐信使难逢；欲倚栏眺远，又觉娇慵无力；欲拥衾独卧，又感被冷香销。词以清新之语，从环境气氛、日常生活各个角度各个层次展示了难以排解的一怀愁绪。结构随情波萦回，乍远乍近，忽开忽合，如行云流水，舒卷自如。清彭孙遹谓此词"词意并工，闺情绝调"（《金粟词话》）。

念奴娇　过洞庭

[南宋] 张孝祥

　　洞庭青草，近中秋、更无一点风色。玉鉴琼田三万顷，着我扁舟一叶。素月分辉，明河共影，表里俱澄澈。悠然心会，妙处难与君说。　　应念岭表经年，孤光自照，肝胆皆冰雪。短发萧疏襟袖冷，稳泛沧溟空阔。尽吸西江，细斟北斗，万象为宾客。扣舷独啸，不知今夕何夕。

　　孝宗乾道二年（1166）六月，词人遭谗从静江府（治所在今广西桂林）任上降职北归，途经湖南洞庭。其时已近中秋，便于月夜泛舟湖上，但见明月清辉倾泻入湖中，碧粼粼的细浪中照映着星河的倒影，天上人间一片玲珑剔透，一片无上清美，顿觉灵府通透，五藏疏瀹，妙不可言，于是神游天际，驱遣造化，澡雪神思，写下这首超尘拔俗之作。词中很自然地融进了人生际遇，使人感受到造

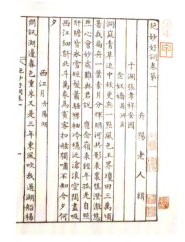

《绝妙好词》（《念奴娇》）书影

扁舟一叶　清讱庵藏印

　　宋牧溪（传）《洞庭秋月图》（局部），传为牧溪《潇湘八景》之一，描绘秋夜月色如银，湖面碧水如镜，天空与湖面映照。日本德川美术馆藏

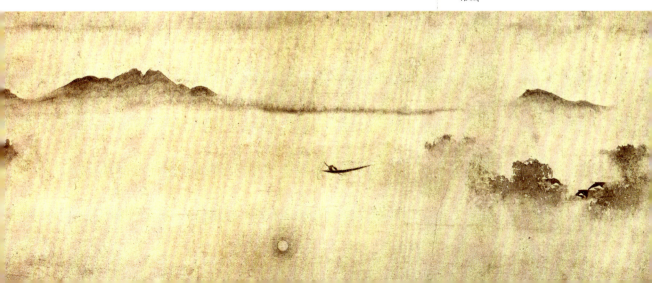

元延祐刻本《稼轩长短句》书影

旧恨春江流不尽，新恨云山
千叠　王福庵

划地，宋时方言，相当于"无
端地"。

纤纤月，形容美人足纤细。

蓝桥，相传唐秀才裴航与仙
女云英会于此桥。

窅窅，遥远貌。

陈三聘字梦弼，吴郡（今江
苏苏州）人。约宋高宗绍兴末前
后在世。工词，有《和石湖词》
一卷。

化之空明澄澈，人格襟抱之冰雪晶莹，互衬互映，一体同清，一体
同明！此词气象阔大，意境空灵，笔势雄奇，真可与东坡《水调歌
头》（"明月几时有"）相媲美。

念奴娇　书东流村壁

［南宋］辛弃疾

野棠花落，又匆匆过了，清明时节。划地东风欺客梦，一枕
云屏寒怯。曲岸持觞，垂杨系马，此地曾轻别。楼空人去，旧游飞
燕能说。　　闻道绮陌东头，行人长见，帘底纤纤月。旧恨春江流
不断，新恨云山千叠。料得明朝，尊前重见，镜里花难折。也应惊
问，近来多少华发。

淳熙五年（1178）春，词人自江西帅召为大理少卿，乘舟东
行途经东流县（今安徽东至县），年青时曾在此地有过一段刻骨的
艳遇，此次重经，景物依旧，而人去楼空，伊人杳杳，只能将似水
柔情形诸壁上题咏。词的上阕追忆往日系马垂杨，岸边畅饮，依依
惜别，感伤今日不得复见，客怀凄断，梦惊枕寒，笔落之处愁思可
见。下阕峰回路转，意外获悉了她的芳踪，但梦中人已成镜里花，
相见争如不见。结末从对面写来，悬想若是重逢，伊人定会有"近
来华发多少"的惊问。这一问，蕴含了双方的深挚之情，也蕴含
了词人老景将至、白发徒增的身世之感。这首词写得极尽婉转缠
绵，情韵悠悠，真挚感人，风格迥异于雄健豪放之作。俞陛云谓
此词"以幼安之健笔，此曲化为绕指柔矣"（《唐五代两宋词选
释》）。

念奴娇

［南宋］陈三聘

水空高下，望沉沉一色，浑然苍碧。天籁不鸣凉夜露，金气
横秋寂寂。玉宇琼楼，望中何处，月到天中极。御风归去，不愁衣
袂无力。　　此夜飘泊孤篷，短歌谁和，自笑狂踪迹。咫尺蓝桥仙
路远，窅窅云英消息。疏影婆娑，恍然身世，我是尊前客。一声凄
怨，倚楼谁弄长笛。

这首词上片写小舟夜泊江岸所见秋景和望月的想象，下片抒写
词人孤独感受及对爱情的渴望。全词语言浅近而典雅，婉约清丽。

念奴娇　登多景楼

[南宋]陈亮

危楼还望，叹此意、今古几人曾会。鬼设神施，浑认作、天限南疆北界。一水横陈，连冈三面，做出争雄势。六朝何事，只成门户私计。　　因笑王谢诸人，登高怀远，也学英雄涕。凭却长江，管不到、河洛腥膻无际。正好长驱，不须反顾，寻取中流誓。小儿破贼，势成宁问强对。

孝宗淳熙十五年（1188）春，词人亲赴长江沿岸，考察京口、建邺一带，目击山川形势，兴会淋漓，写下这首豪气纵横、议论风生的政论词。词的上片描绘京口有利争雄中原的地形，痛斥以长江为天然疆界的谬论，并以古讽今，借批判六朝偏安江左，影射朝廷当权者不图恢复，只为少数私家大族的狭隘利益打算。"因笑"以下换头不换意，顺势而下，用"新亭对泣"故事讽刺当朝衮衮诸公胸无长策，以诛心之笔谴责南宋君臣划江而守，哪管中原久为异族所盘踞！进而抗言疾呼：像祖逖北伐那样义无反顾，长驱直前，扫清河洛，收复国土，何须顾虑敌虏的强大！这首词笔力峻峭，痛快淋漓，议论精警又饱含爱国激情，显示了词人开拓万古心胸的超卓胆识，足以感染人心，发人深省，激人斗志。

祖逖北伐渡江时，"中流击楫而誓曰：'祖逖不能清中原而复济者，有如大江！'辞色壮烈，众皆慨叹"。事见《晋书》卷六十二。

淝水之战，谢安之侄谢玄等击败苻坚大军，捷报送达，谢安方与客围棋，看书毕，缄默无语，依旧对局。客问淮上利害，答曰："小儿辈大破贼。"事见《世说新语·雅量》。

宋米芾《多景楼诗帖》。其诗以淋漓的笔墨渲染江山胜景，遒劲豪放；其书更是纵逸雄宕，神气飞扬。上海博物馆藏揭，发端词，无义。

相羊，徜徉，徘徊。

田田，满盛貌，形容荷叶多。

清风徐来　清讱庵藏印

冷香飞上诗句　陈巨来

没巴没鼻，俗语，没来由之意。

滕六，雪神。巽二，风神。

吴元济，唐宪宗时蔡州节度使，朝廷的心腹大患。宪宗命大将李愬攻蔡州，夜半大雪，愬命士兵惊起城边池中鹅鸭鸣叫，掩住行军声，攻下蔡州，捉住吴元济。

东郭先生，传说此人不畏冰雪，秉性正直。

东皇，太阳神。

陈郁（？—1275）字仲文，号藏一，临川（今属江西）人。理宗时充缉熙殿应制，又充东宫讲堂掌书。其词明快流畅。有《藏一话腴》。

念奴娇

[南宋] 姜夔

予客武陵，湖北宪治在焉。古城野水，乔木参天，予与二三友日荡舟其间，薄荷花而饮，意象幽闲，不类人境。秋水且涸，荷叶出地寻丈，因列坐其下。上下见日，清风徐来，绿云自动，间于疏处窥见游人画船，亦一乐也。揭来吴兴，数得相羊荷花中。又夜泛西湖，光景奇绝，故以此句写之。

闹红一舸，记来时、尝与鸳鸯为侣。三十六陂人未到，水佩风裳无数。翠叶吹凉，玉容销酒，更洒菰蒲雨。嫣然摇动，冷香飞上诗句。　日暮青盖亭亭，情人不见，争忍凌波去。只恐舞衣寒易落，愁入西风南浦。高柳垂阴，老鱼吹浪，留我花间住。田田多少，几回沙际归路。

这首词约作于孝宗淳熙十五六年（1188—1189），乃是汇结武陵、吴兴、临安等各处荷塘胜景于一端，镕铸荷花形象，精心结撰的力作。词无意摹写物态，而以清空骚雅的笔调，为荷花空际传神，描画出荷花的神姿仙态、玉容冷香，将读者带入一个光景奇绝清幽空灵的世界，感受词人清旷拔俗的襟怀。故俞陛云盛称"通首如仙人行空，足不履地，宜叔夏读之，'神观飞越'也"（《唐五代两宋词选释》）。唐圭璋亦谓此首"俊语纷披，意趣深远"（《唐宋词简释》）。

念奴娇　雪

[南宋] 陈郁

没巴没鼻，霎时间、做出漫天漫地。不论高低并上下，平白都教一例。鼓动滕六，招邀巽二，一任张威势。识他不破，只今道是祥瑞。　却恨鹅鸭池边，三更半夜，误了吴元济。东郭先生都不管，关上门儿稳睡。一夜东风，三竿暖日，万事随流水。东皇笑道，山河原是我底。

这首俳谐词借滥施淫威、肆无忌惮的雪来讥讽当时权势煊赫、气焰熏天的宰相贾似道。结末谓一旦春风送暖，红日当空，必将冰雪消融，山河也就复其原貌，预示贾似道的必然垮台，在滑稽幽默中见出深意。

念奴娇　驿中言别友人

[南宋] 邓剡

水天空阔，恨东风、不惜世间英物。蜀鸟吴花残照里，忍见荒城颓壁。铜雀春情，金人秋泪，此恨凭谁雪。堂堂剑气，斗牛空认奇杰。　　那信江海余生，南行万里，属扁舟齐发。正为鸥盟留醉眼，细看涛生云灭。睨柱吞嬴，回旗走懿，千古冲冠发。伴人无寐，秦淮应是孤月。

南宋帝昺祥兴二年（1279），因抗元兵败先后被俘的邓剡与文天祥一起被解送大都。六月到达金陵驿。邓剡因病迁寓天庆观就医。八月，文天祥独自北行，邓剡作此词赠别挚友。上片写苍天不佑的痛惋，国耻难雪的怅憾，救国壮志成空的浩叹，下片抒写对挚友的倾慕、期望和惜别之情。词人眼中，那出没波涛、南行万里、于九死一生中奋挽天河的文天祥，他的铮铮铁骨凛然正气必将与气吞强秦的蔺相如、以死后魂魄惊走活司马懿的诸葛孔明，并而为三，光照千古。全篇悲壮激楚，气冲斗牛，而又情真意切，感人肺腑。

参读

乾坤能大，算蛟龙、元不是池中物。风雨牢愁无着处，那更寒蛩四壁。横槊题诗，登楼作赋，万事空中雪。江流如此，方来还有英杰。　　堪笑一叶飘零，重来淮水，正凉风新发。镜里朱颜都变尽，只有丹心难灭。去去龙沙，江山回首，一线青如发。故人应念，杜鹃枝上残月。——宋文天祥《酹江月·和友驿中言别》直抒胸臆，不假修饰，耿耿丹心，凛凛风骨，跃然纸上。

湘月

[南宋] 张炎

余载书往来山阴道中，每以事夺，不能尽兴。戊子冬晚，与徐平野、王中仙曳舟溪上。天空水寒，古意萧飒。中仙有词雅丽；平野作《晋雪图》，亦清逸可观。余述此调，盖白石《念奴娇》鬲指声也。

行行且止，把乾坤收入，篷窗深里。星散白鸥三四点，数笔横塘秋意。岸帻冲波，蔼根受叶，野径通村市。疏风迎面，湿衣原是空翠。　　堪叹敲雪门荒，争棋墅冷，苦竹鸣山鬼。纵使如今犹

文天祥像

天祥

铜雀，台名，曹操所造，旧址在今河南临漳县西南。杜牧《赤壁》诗有"东风不与周郎便，铜雀春深锁二乔"之句。

金人，铜人，传说东汉亡后，魏明帝派人将长安建章宫前铜人运往洛阳，在迁运时，铜人眼里流出泪水。

睨柱吞嬴，赵国蔺相如身立秦庭，持璧睨柱，气吞秦王，终于完璧归赵。

诸葛亮病死五丈原军中，临终前吩咐在他死后布疑阵，司马懿果然退军而去。

敲雪门荒，晋人王子猷雪夜访戴安道，"经宿方至，造门不前而返。人问其故，王曰：'吾本乘兴而行，兴尽而返，何必见戴。'"（《世说新语·任诞第三十三》）

淝水之战前夕，谢安与其侄谢玄在建康（今江苏南京）山墅中下围棋，以别墅作赌注。棋艺中谢玄为高，谢玄心神不定，落败。

肝肠铁，肝肠如铁，比喻仲良性情刚毅。

长铗，长剑。当年齐国冯谖因穷困潦倒，寄食孟尝君门下，曾弹剑而歌。

鲜于枢（1246—1302）字伯机，晚年营室名"困学之斋"，自号困学山民，又号寄直老人，大都（今北京）人。曾任太常寺典簿。面带河朔伟气，为人豪爽大度。善词赋，其词清旷能豪。尤以书法名家，与赵孟頫齐名。有《困学斋集》。词存四首。

有晋，无复清游如此。落日沙黄，远天云淡，弄影芦花外。几时归去，剪取一半烟水。

戊子（元至元二十五年，1288）冬晚，词人与友王沂孙、徐平野泛舟溪上，饱览山阴道中风光。山川美景触动雅兴，于是王沂孙赋词一首，徐平野绘成《晋雪图》，他则写就这一长调。词上片亦景亦画，形神毕现地描出一幅萧疏清逸的山阴冬景图；换头吊古抒情，感叹即使晋代犹存，风景不殊，举目却有山河之异，遗民亡国之痛锥心入骨。"落日"句以下复写景，另开苍凉悠远之境，振起全篇。结尾的"剪取一半烟水"表达了对故国深深的眷恋之情。

念奴娇　忆仲良

［元］刘因

中原形势，壮东南、梦里谯城秋色。万水千山收拾就，一片空梁落月。烟雨松楸，风尘泪眼，滴尽青青血。平生不信，人间更有离别。　　旧约把臂燕南，乘槎天上，曾对河山说。前日后期今日近，怅望转添愁绝。双阙红云，三江白浪，应负肝肠铁。旧游新恨，一生都付长铗。

这首怀友词倾吐肝肺，极写亡友之情深，长忆之哀绝。上下片交错展开，时空在梦境与现实之间交替，笔触在追忆与悬想之间跳跃，感情在遗恨与期待之间腾挪。结末写亡友寄幕乞食的际遇生涯，怅然愁绝，悲愤难抑。王鹏运谓"樵庵词朴厚深醇中有真趣洋溢，是性情语，无道学气"（《蕙风词话》卷三），以此首观之，颇为切合词心。

念奴娇　八咏楼

［元］鲜于枢

长溪西注，似延平双剑，千年初合。溪上千峰明紫翠，放出群龙头角。潇洒云林，微茫烟草，极目春洲阔。城高楼迥，恍然身在寥廓。　　我来阴雨兼旬，滩声怒起，日日东风恶。须待青天明月夜，一试

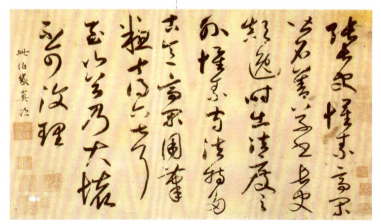

鲜于枢《论草书帖》

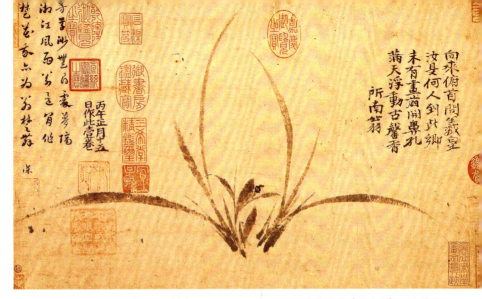

严维佳作。风景不殊，溪山信美，处处堪行乐。休文何事，年年多病如削。

这首词一反登楼赋愁的常态，而是以矫健有力的笔触，盛赞东阳溪山的秀美、八咏楼的高旷，突出即便阴雨连旬、滩险风恶亦不为所碍，始终乐观豁达的情怀。

念奴娇　春雪咏兰

[明] 陈子龙

问天何事，到春深、千里龙山飞雪。解佩凌波人不见，漫说蕊珠宫阙。楚殿烟微，湘潭月冷，料得都攀折。嫣然幽谷，只愁又听啼鴂。　　当日九畹光风，数茎清露，纤手分花叶。曾在多情怀袖里，一缕同心千结。玉腕香销，云鬟雾掩，空赠金跳脱。洛滨江上，寻芳重惜佳节。

丁亥（清顺治四年，1647）暮春，春雪乍霁，宋徵璧与陈子龙、李雯集于宋存标荒圃游赏，相与极论诗文。宋徵璧即席赋《念奴娇》一阕，陈子龙亦祖述楚骚遗意，以美人香草一寄怀抱，次日一早就送来和章，即此词。上片以飞雪肆虐、美人消逝、仙宫不见、兰草摧折、幽兰不芳、愁听啼鴂，象征时局的险恶，饱含神州荡覆、宗社丘墟的悲愤和对抗清义士的缅思；下片借描写昔日美人与兰草之情怀，表达对往事的眷念和对未来反清复国的展望。词意寄托遥深，婉曲委折，又绵渺凄恻，堪称明词中的杰作。

念奴娇　秣陵吊古

[清] 屈大均

萧条如此，更何须苦忆，江南佳丽。花柳何曾迷六代，只为春光能醉。玉笛风朝，金笳霜夕，吹得天憔悴。秦淮波浅，忍含如许清泪。　　任尔燕子无情，飞归旧国，又怎忘兴替。虎踞龙蟠那得久，莫又苍苍王气。灵谷梅花，蒋山松树，未识何年岁。石人犹

元郑思肖《墨兰图》，画墨兰一株，兰花无土无根，寓意故国山河土地已沦丧于异族，无从扎根。构图简洁、舒展，用笔沉稳流畅，挺拔刚劲。1932年，吴梅有《清平乐·题郑所南画兰，次玉田韵》："骚魂呼起，招得灵均鬼。千古伤心留一纸，认取南朝天水。　北风吹散繁华，高丘但有残花。花是托根无地，人还浪迹无家。"借古抒怀，豪宕高逸。日本大阪市立美术馆藏

八咏楼位于浙江金华市城区东南隅，原名玄畅楼，后改名元畅楼，南朝时创建。

九畹，引《离骚》句意："余既滋兰之九畹兮，又树蕙之百亩。"王逸注："十二亩曰畹。"一说，田三十亩曰畹。

金跳脱，一种妇女戴的首饰。

秣陵，即今江苏南京。

灵谷，灵谷寺。在今江苏南京中山门外，原建于南朝梁时。寺内有梅花坞，遍植梅花。

蒋山，即钟山。汉末秣陵尉蒋子文死难于此，故名。

绳河，天河。

檀栾，秀美的竹子。

沤，即鸥鸟。

七里滩，又名七里泷，在今浙江桐庐县严陵山西，两山夹峙，水流湍急。

富春江流经桐庐县的一段称为"桐江"。

严光少与光武帝刘秀同学，光武即位，严光隐居七里滩。今桐庐有严子陵钓鱼台。高躅，高人的足迹。

桨音，船桨拨水的声音。桨，通"桡"，船桨。

汐社，南宋遗民谢翱避地浙东创立的文社。

厉鹗像

厉鹗（1692—1752）字太鸿，号樊榭，钱塘（今浙江杭州）人。康熙举人，终身未仕。诗词兼工，而尤以词称，以"幽隽清雅"著称。有《宋诗纪事》《湖船录》和《樊榭山房文集》等。

在，问君多少能记。

这首词为词人在清顺治十六年（1659）北游暂居南京时作。明崇祯十七年（1644），李自成攻克北京，推翻明王朝后，马士英等拥立弘光帝，在南京建立南明。次年，清兵南下，南京陷落，弘光政权覆亡。昔日富庶繁华的南京城，饱经战乱，只余得一片断井颓垣，词人感怆无限，吊古伤今，通过对秣陵往事的追怀，抒发对故国兴亡的深沉感愤。全词声情激楚，荡气回肠。

湘月

[清] 项廷纪

壬午九月，避暄于南山之甘露院，就泉分茗，移枕看山，相羊浃旬，尘念都净。出院不百步，越小岭，即虎跑也。尝月夜独游，清寒特甚，赋《念奴娇》鬲指声一阕纪之。

绳河一雁，带微云澹月，吹堕秋影。风约疏钟，似唤我、同醉寺桥烟景。黄叶声多，红尘梦断，中有檀栾径。空明积水，诗愁浩荡千顷。　　乘兴欲叩禅关，残萤几点，飐寒星不定。清夜湖山，肯付与、词客闲来消领。跨鹤天高，盟沤缘浅，心事塘蒲冷。朔风狂啸，满林宿鸟都醒。

道光二年（1822）九月，词人于杭州西湖南山甘露寺（今动物园虎山所在）避暄闲居，这首词即为月夜独游南山写景抒情之作。通篇将南山凄清幽寂的自然景色与词人心宇的失意与悲凉结合描写，构成一个景与情、物与我泯然融合的清寒入骨的境界。

百字令

[清] 厉鹗

月夜过七里滩，光景奇绝。歌此调，几令众山皆响。

秋光今夜，向桐江、为写当年高躅。风露皆非人世有，自坐船头吹竹。万籁生山，一星在水，鹤梦疑重续。桨音遥去，西岩渔父初宿。　　心忆汐社沉埋，清狂不见，使我音容独。寂寂冷萤三四点，穿过前湾茅屋。林净藏烟，峰危限月，帆影摇空绿。随流飘荡，白云还卧深谷。

这首词是康熙六十年（1721）词人秋夜舟行桐江之上，途经桐庐严陵山西的七里滩而作。词以空灵的笔调，描绘出七里滩超旷幽邃、缥缈冷寂的夜景，并于光景奇绝中插叙严光高蹈、谢翱歌哭的历史故实，令人感受到词人追慕高洁，与古代高士在心灵上融合相契，这种神合与交契又与七里滩的夜景浑化为一端，构成一个心景相通的高境，极尽幽隽之美。恰如陈廷焯所言："无一字不清俊。""炼字炼句，归于纯雅，此境亦未易到也。"（《白雨斋词话》卷四）谭献更以之与张孝祥词相较，认为"与于湖洞庭词壮浪幽奇，各极其胜"（《箧中词·今集》卷二）。

湘月

[清]龚自珍

天风吹我，堕湖山一角，果然清丽。曾是东华生小客，回首苍茫天际。屠狗功名，雕龙文卷，岂是平生意。乡亲苏小，定应笑我非计。　　才见一抹斜阳，半堤香草，顿惹清愁起。罗袜音尘何处觅，渺渺予怀孤寄。怨去吹箫，狂来说剑，两样销魂味。两般春梦，橹声荡入云水。

这首词作于嘉庆十七年（1812）。词人因随父出京赴徽州知府任，回到故乡杭州，泛舟西湖，念及十年契阔际遇，乃作此词以抒感怨。词人笔下驱使自然界的天风、湖山、斜阳、香草、云水，使之与历史人物交织进现实与历史的瑰异图景之中，以寄托自己的"剑气箫心"，奇情壮节。全篇熔雄奇与哀艳于一炉，奇气奔涌而又清丽绵密，兼具阴柔与阳刚之美。谭献谓其"绵丽飞扬，意欲合周、辛而一之，奇作也"（《复堂日记》），信然。

倚声依谱

《念奴娇》又名《百字令》《酹江月》《大江东去》《壶中天》《湘月》。念奴，唐天宝中名倡，善歌，调名本此。双调，一百字，前后片各十句，四仄韵。又一体，前片九句，四仄韵；后片十句，四仄韵。此调音节高亢，声情奔放豪迈，多用以抒豪情壮志。

龚自珍自书诗卷（局部）

怨去吹箫，狂来说剑　谢磊明

屠狗功名，谓功名鄙贱，不值一笑。《史记》卷九十五载樊哙屠狗为业。

雕龙文卷，指寻章摘句，写作诗文。

苏小，即苏小小，南齐时钱塘名妓，才貌绝世。西湖有苏小小墓。

罗袜音尘，用曹植《洛神赋》"凌波微步，罗袜生尘"句意。

苏轼《前赤壁赋》有"渺渺兮予怀，望美人兮天一方"之句。

【定格】

中平中仄，仄平中中仄，中平平**仄**。

中仄中平平仄仄，中仄中平**仄**。

中仄平平，中平中仄，中仄平平**仄**。

中平中仄，仄平平仄中**仄**。

中仄中仄平平，中平中仄，中仄平平**仄**。

中仄中平平仄仄，中仄中平**仄**。

中仄平平，中平中仄，中仄平平**仄**。

中平平仄，仄平平仄平**仄**。

【变格】

仄平平仄，仄平仄、平仄平平平**仄**。

仄仄平平，平仄仄、平仄平平平**仄**。

仄仄平平，平平仄仄，中平平平**仄**。

平平平仄，仄中平仄平**仄**。

中仄中仄平平，仄平平仄仄，平平平**仄**。

仄仄平平，平仄仄、中仄平平平**仄**。

仄仄平平，中平中仄仄，仄平平**仄**。

中平平仄，仄平平仄平**仄**。

《词谱》（《念奴娇》）

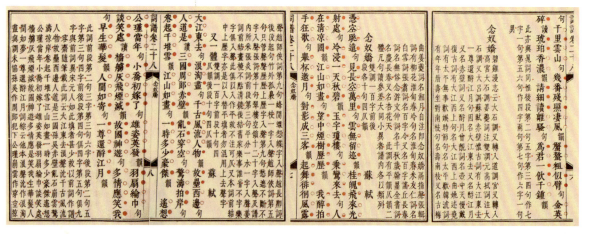

清平乐

若有人知春去处，唤取归来同住

华音流韵

清平乐

[北宋]黄庭坚

春归何处，寂寞无行路。若有人知春去处，唤取归来同住。　　春无踪迹谁知，除非问取①黄鹂。百啭无人能解，因风②飞过蔷薇。

临风赏读

　　这首词写于词人被贬之时，词人借伤春悼春来抒写暮年无为的感慨。

　　上阕先说春天悄然归去。晚春景色将尽，寂寞空荡，内心惋惜，心绪茫然，何处是它归去的路径？这里似问非问，似答非答，两句含蓄隐微，惜春之情于不经意间透露了一点。然后词人忽发奇想：如果有谁知道春天去了哪里，麻烦把它叫回来与我们相依相伴。话说得天真、恳切，足见作者对春的一腔深情。

　　下阕叹息无人知道春之行踪。春天依然无影无踪、无声无息地消逝了，它的踪迹谁又知晓呢？这多么令人惆怅、伤感啊！大自然的秘密，也许只有大自然的精灵们才能知道吧？那在花丛中翩翩飞舞的精灵——黄鹂，常在春夏之交啭鸣，问问它，它应该知道春之行踪。可惜，它的语言无人能懂。它自觉无趣，便乘风飞过蔷薇花丛，蕴藏在黄鹂鸣声中的关于春之行踪的秘密也随之杳然！

　　这首词构思十分精妙，设想新奇：不知春归何处，问人人不知，问鸟鸟百啭，自问自答，一往情深。在问答中，波澜回

黄君书《清平乐》

[注释]
①问取：问。
②因风：趁着风势。

环地画出春的脚步和形神，饱含词人的幽怨和惆怅。全词俏丽宛转、明白晓畅，韵味盎然，有婉曲之妙，无消沉之感。

古今汇评

沈际飞：　"赶上""和春住"，"唤取归来同住"，千古一对情痴，可思而莫可解。（《草堂诗馀别集》卷一）

李　佳：　黄山谷《清平乐》词（略），亦寓言也。（《左庵词话》卷下）

俞平伯：　全篇宛转一意，但何以特提出这黄莺呢？冯贽《云仙杂记》卷二引《高隐外书》："戴颙携黄柑斗酒，人问何之，曰：往听黄鹂声。此俗耳针砭，诗肠鼓吹，汝知之乎？"这里借寓自己身份怀抱，恐亦非泛泛之笔。（《唐宋词选释》）

薛砺若：　明净峭健，为山谷独具的风格。尤以《清平乐》为最新警，通体无一句不俏丽，而结句"百啭无人能解，因风飞过蔷薇"，不独妙语如环，而意境尤觉清逸，不着色相。为山谷词中最上上之作，即在两宋一切作家中，亦找不着此等隽美的作品。（《宋词通论》第三编第二章）

虢寿麓：　这是首惜春词。耳目所触，莫非初夏景物，而春实已去。飘然一结，淡雅饶味。通首思路回环，笔情跳脱，全以神行出之，有峰回路转之妙。（《历代名家词百首赏析》）

词人心史

　　黄庭坚（1045—1105）字鲁直，号山谷道人，晚号涪翁，又称豫章黄先生，洪州分宁（今江西修水）人。黄氏以读书从政传家，祖父黄湜兄弟十人举进士，世称"十龙"。父亲黄庶为人守正不阿，工诗，宗尚杜甫、韩愈，有《伐檀集》传世。舅父李常以富于藏书、博学能诗而闻名于当世。黄庭坚自幼受家学熏陶，又聪颖警悟，读书五行俱下，数过辄成诵，七八岁能诗。十五岁时随舅父游学淮南，拜识名士孙觉，孙觉爱赏其才，以女许之。英宗治平四年（1067），登第三甲进士第，授叶县尉。神宗熙宁五年（1072）除北京（今河北大名）国子监教授。元丰三年（1080）知吉州太和县（今江西泰和）。哲宗时以修《神宗实录》不实为罪名，贬为涪州

明唐寅《春雨鸣禽图》（局部，又名《古槎鸲鹆图》），以纯水墨写意法绘一树劲挺多姿，一只鸲鹆（八哥）正在枝头栖息、昂首鸣春，画面充满无限生机与活力。右上自题"山空寂静人声绝，栖鸟数声春雨余"之句，与画映照，更添悠然意趣。上海博物馆藏

枯石燥，復瀯瀯。山川光暉籌我，妍野僧早早。饑不徯饘曉，見寒溪有炊。煙東坡道人，已沈泉張蓁荷。時到眼前釣，畫眠怡亭看。臺驚濤可，篆蛟龍縋妄。得此身脫拘攣，身載諸支長。周旋

黄庭坚《松风阁诗帖》，为其自书诗翰，结构中宫紧敛，四周舒放，用笔长波大撇，提顿起伏，气韵遒美清劲。台北"故宫博物院"藏

黄庭坚题名

黄庭坚像

别驾、黔州安置。崇宁四年（1105）九月三十日，一次痛饮之后，六十一岁的黄庭坚在宜州城头一座风雨飘摇的戍楼上告别人世。

黄庭坚早年受知于苏轼，与张耒、晁补之、秦观并称"苏门四学士"。诗与苏轼齐名，并称"苏黄"，诗风奇崛瘦硬，力摈轻俗之习，开一代风气，为江西诗派宗主，在两宋诗坛乃至中国诗歌史上具有深远的影响，一直绵延到晚清。书法兼擅行、草书。书法初以周越为师，后取法颜真卿及怀素，受杨凝式影响，尤得力于《瘗鹤铭》，笔法以侧险取势，纵横奇崛，自成风格，与苏轼、米芾、蔡襄并称"北宋四大家"。他以余事作词，格调前后不一，大体早年受柳永影响，俚俗轻艳；屡遭贬谪之后，深于感慨，词风近东坡，疏宕清雄，而又深含沉郁之致。有《山谷词》，又名《山谷琴趣外编》。

品题

今代词手，唯秦七、黄九尔，唐诸人不逮也。（陈师道《后山诗话》）

顾其佳者，则妙脱蹊径，迥出慧心，补之"著腔好诗"之说，颇为近之。（《四库全书总目提要》卷一百九十八）

黄山谷词用意深至，自非小才所能辨。惟故以生字、俚语侮弄世俗，若为金元曲家滥觞。（刘熙载《艺概》卷四）

后山以秦七、黄九并称，其实黄非秦匹也。若以比柳，差为得之。盖其得也，则柳词明媚，黄词疏宕，而亵诨之作，所失亦均。（冯煦《蒿庵论词》）

后山称"今代词手，唯秦七、黄九"，少游清丽，山谷重拙，自是一时敌手。至用谚语作俳体，时移世易，语言变迁，后之阅者渐不能明，此亦自然之势。……襄疑山谷词太生硬，今细读，悟其不然。"超轶绝尘，独立万物之表；驭风骑气，以与造物者游"，东坡誉山谷之语也。吾于其词亦云。（夏敬观《手批山谷词》）

松风阁

依山筑阁见平川　夜阑箕斗插屋椽　我来名之意适然　老松魁梧数百年　斤斧所赦今参天　风鸣娲皇五十弦　洗耳不须菩萨泉　嘉二三子甚好贤　力贫买酒醉此筵　夜雨鸣廊到晓悬相看

词林逸事

崇宁二年（1103），黄庭坚因作《承天院塔记》，被转运使陈举承执政赵挺之旨，指摘记中字句，锻炼出"幸灾谤国"的罪名，遭除名编管宜州（今广西宜山）。这年冬天，他从鄂州起行，岁末抵长沙，与诗僧惠洪相遇，留碧湘门一月。李子光以官船相借，遭人非议，于是黄庭坚携家小十六口乘一小舟出发。惠洪说小舟太迫窄，黄山谷笑着说："烟波万顷、水宿小舟，与大厦千楹、醉眠一榻，有何不同？道人差矣！"随后解舟而去。

次年正月，黄庭坚抵达衡阳，在秦观的好友、衡州知州孔平仲（字毅甫）处，见到了秦观的遗作《好事近》词稿。为悼念故人，他追和了一首《千秋岁》。有一位营妓陈湘，善歌舞，知学书。临别，黄庭坚赋《蓦山溪·赠衡阳妓陈湘》一首赠别：

鸳鸯翡翠，小小思珍偶。眉黛敛秋波，尽湖南、山明水秀。娉娉袅袅，恰似十三余，春未透，花枝瘦，正是愁时候。　寻花载酒，肯落谁人后。只恐远归来、绿成阴，青梅如豆。心期得处，每自不由人，长亭柳，君知否，千里犹回首。

词的上片写陈湘的天生丽质、豆蔻年华，而又柔情脉脉，春愁恹恹，使人魂飞心醉，我见犹怜。下片写词人载酒寻芳，临别伤怀，后约无期的怅惘心情。

惠洪闻知黄庭坚在衡阳赋诗作书，回想前时相聚的美好时光，于是寄去《西江月》一首：

大厦吞风吐月，小舟坐水眠空。雾窗春晓翠如葱，睡起云涛正

万卷藏书宜子弟　清陈鸿寿

十年种木长风烟（黄庭坚《郭明甫作西斋于颍尾请予赋诗》句）　清陈鸿寿

江西修水黄庭坚纪念馆

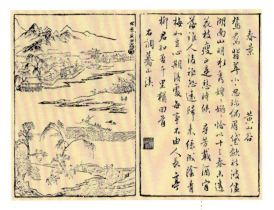

黄庭坚《蓦山溪》(《诗馀画谱》)

涌。　　往事回头笑处，此生弹指声中。玉笈佳句敏惊鸿，闻到衡阳价重。

其时惠洪正回江南去，山谷便和了一首：

月仄金盆堕水，雁回醉墨书空。君诗秀绝雨园葱，想见衲衣寒拥。　　蚁穴梦魂人世，杨花踪迹风中。莫将社燕笑秋鸿，处处春山翠重。

这是一首有实事、有真情的和韵词，绝非泛泛应酬之什，有语尽而情未尽之妙。

低吟/浩唱

清平乐

[五代·南唐] 冯延巳

雨晴烟晚，绿水新池满。双燕飞来垂柳院，小阁画帘高卷。
黄昏独倚朱栏，西南新月眉弯。砌下落花风起，罗衣特地春寒。

这首小词通过江南暮春景晚的描写，委婉含蓄地反衬出人物内心淡恨轻愁。全词以景托情，辞语雅洁，意境清新。

清平乐

[五代·南唐] 李煜

别来春半，触目愁肠断。砌下落梅如雪乱，拂了一身还满。
雁来音信无凭，路遥归梦难成。离恨恰如春草，更行更远还生。

这是一首抒发离愁别恨的名篇。据说后主乾德四年（966），其弟从善入宋久不得归，煜思念深苦，每凭高北望，泪下沾襟，遂作此词。春半景残，令人黯然神伤；落梅如雪，拂去还满，正像挥不走的离愁，绵绵不绝。远方的人音信全无，归期杳杳，托雁捎信无凭，心中所怀的离恨，如越走越远还生的春草无边无际。唐圭璋评此词说："此首即景生情，妙在无一字一句之雕琢，纯是自然流露，丰神秀绝。……着末，又融合情景，说出无限离恨，眼前景，心中恨，打并一起，意味深长。"（《唐宋词简释》）

"倚危亭，恨如芳草，萋萋刬尽还生"，张先被周止庵赞为神来之笔的名句即此首结句化出。

清平乐

[五代·后蜀] 毛熙震

春光欲暮，寂寞闲庭户。粉蝶双双穿槛舞，帘卷晚天疏雨。

含愁独倚闺帏，玉炉烟断香微。正是销魂时节，东风满树花飞。

这首词通过春景的描写，含蓄地透露了人物内心的离别相思之情，别有一番耐人寻味的意蕴。上片写晚天疏雨，粉蝶双飞，衬出闺中人孤独境况，牵动有情人春思。下片写闺中人在期待中的失望。全词清新柔美，婉转多姿。陈廷焯谓此词"'帘卷晚天疏雨'六字精湛。下阕凄艳"（《云韶集辑评》卷一）。

清平乐

[北宋] 晏殊

金风细细，叶叶梧桐坠。绿酒初尝人易醉，一枕小窗浓睡。

紫薇朱槿花残，斜阳却照阑干。双燕欲归时节，银屏昨夜微寒。

这首词写秋日薄暮酒醒后舒适而又略带无聊的感触。叶落花残、斜阳却照、双燕欲归、银屏微寒，冷清索寞的意境，和婉地透出词人惆怅意绪、淡淡忧伤。全词于平易之境，表达一份闲雅的情调。俞陛云谓此词"纯写秋末景色，惟结句略含清寂之思，情味于言外求之，宋初之高格也"（《唐五代两宋词选释》）。

清平乐　春晚

[北宋] 王安国

留春不住，费尽莺儿语。满地残红宫锦污，昨夜南园风雨。

小怜初上琵琶，晓来思绕天涯。不肯画堂朱户，春风自在杨花。

这首词委折多致地抒写出词人惜春的情绪。上片用倒装的写法，劈头便是费尽莺儿语也留春不住，而不直言己之无计留春之苦；接着勾勒出一派万花凋谢、落红满地的残春景象，词人那种惜春的百转愁肠，见于言外。下片先借歌女琵琶声逗引，当此即将逝去的春宵，词人心中的无限惆怅，仿佛随着远处传来的歌女的琵琶声，飞越千里关山，远向天涯。结拍写到眼前触目皆是的杨花，是那样的自由自在，可始终不肯进入"画堂朱户"，写出了自己孤高的品格与风骨，更深化了词的意境，故清谭献评云："结尾品格自高。"（《谭评词辨》）

清平乐

［北宋］晏几道

留人不住，醉解兰舟去。一棹碧涛春水路，过尽晓莺啼处。

渡头杨柳青青，枝枝叶叶离情。此后锦书休寄，画楼云雨无凭。

这首词以送行女子口吻，逼真地刻画出她送别情人那种痴中含怨、不忍割舍的微妙心理。上片写春晨渡口分手时的情态；下片写女子的渡头之思，以决绝之语作结，见出因多情而生怨望，而怨望恰表明不舍的情思。正如周济所评："结语殊怨，然不忍割。"（《宋四家词选目录序论》）

清平乐令

［北宋］吴城小龙女

帘卷曲阑独倚，山展暮天无际。泪眼不曾晴，家在吴头楚尾。

数点雪花乱委，扑鹿沙鸥惊起。诗句欲成时，没入苍烟丛里。

这首词旧传题于荆州江亭柱间，故又名《江亭怨》。上片描写流落异乡的少女思乡远望的画面，下片写少女思乡的无限伤感。结拍妙语横生："诗句欲成时，没入苍烟丛里。"少女多想抓住眼前这引人深思的景象作诗，然而转瞬之间那诗句却消失在苍烟水草丛中了，何其形象，又何其生动！

参读

鲁直（黄庭坚）自黔安出峡，登荆州江亭，柱间有词曰："帘卷曲阑独倚。"鲁直读之，凄然曰："似为予发也。不知何人所作，所题笔势妍软敧斜，类女子，而有'眼泪不曾晴'之句，不然，则是鬼诗也。"是夕，有女子绝艳，梦于鲁直曰："我家豫章吴城山，附客舟至此，堕水死，不得归，登江亭有感而作，不意公能识之。"鲁直惊寤，谓所亲曰："此必吴城小龙女也。"——宋阮阅《诗话总龟》后集卷四十二。或谓大抵山谷自创，特伪托神鬼以传，亦犹《减兰》之伪托吕仙耳。

清平乐

［南宋］李清照

年年雪里，常插梅花醉。挼尽梅花无好意，赢得满衣清泪。

今年海角天涯，萧萧两鬓生华。看取晚来风势，故应难看梅花。

扑鹿，象声词，指沙鸥拍翅的声音。

李清照像（明佚名《千秋绝艳图》）

这首词借不同时期的赏梅感受写出了词人个人的心路历程：少年的赏梅醉酒欢乐，中年对梅垂泪的幽怨，晚年的沦落飘零，无心赏梅，在词中都约略可见。词意含蓄蕴藉，感情悲切哀婉，以赏梅寄寓自己的今昔之感和亡国之忧，真切感人。

清平乐 村居

[南宋] 辛弃疾

茅檐低小，溪上青青草。醉里吴音相媚好，白发谁家翁媪。
大儿锄豆溪东，中儿正织鸡笼。最喜小儿无赖，溪头卧剥莲蓬。

这首小令是词人晚年遭受议和派排斥和打击，志不得伸，闲居上饶带湖农村时写的，俨如是一幅栩栩如生、有声有色的农村风俗画，寥寥几笔，就将清溪茅舍一家老小的不同面貌和情态勾画得惟妙惟肖，小儿无拘无束地卧剥莲蓬吃的那种天真、活泼、顽皮的劲儿更是跃然纸上，从词中也可以感受到淳朴恬淡、宁静和谐的乡村生活给词人带来的精神慰藉。

 参读

春风欲到，小草先知道。黄入新黄颜色好，图遣王孙归早。 兴来策杖微行，枝间布谷初鸣。喜见儿童相报，墙根荠菜先生。——明刘基《清平乐》清新淡远，自然活泼，情趣横生，一股农村生活的清新气息扑面而来。

清平乐 独宿博山王氏庵

[南宋] 辛弃疾

绕床饥鼠，蝙蝠翻灯舞。屋上松风吹急雨，破纸窗间自语。
平生塞北江南，归来华发苍颜。布被秋宵梦觉，眼前万里江山。

这首词描绘了一幅萧瑟破败的风情画，表现词人即使落魄闲居，已是华发苍颜，也难忘自己的历史使命，仍然思念着故国江山。

清平乐 五月十五夜玩月

[南宋] 刘克庄

风高浪快，万里骑蟾背。曾识姮娥真体态，素面原无粉黛。
身游银阙珠宫，俯看积气濛濛。醉里偶摇桂树，人间唤作凉风。

宋牟益《牧牛图》（局部），绘烟柳平丘，一牧童跪坐于牛背之上，一手持小木棍，一手逗昆虫玩。画面生动活泼，充满乡村生活气息。故宫博物院藏

清石涛《十二开山水精品》之十。右上题句："断行雁字波□□，□□余心故国愁。"日本京都泉屋博古馆藏

词人驰骋想象，幻想自己乘天风，骑蟾背，遨游月宫，亲眼目睹了月宫的银阙珠楼和素洁的嫦娥。"醉里""人间"二句，流露出词人在游历月宫时仍然不能忘怀人间百姓，希望醉中偶然摇动月中的桂树，为他们起一阵凉风。一个爱国忧民的形象跃然纸上。全词笔调轻松明快，意境高远。俞陛云评赞说："一扫咏月陈言，奇逸之气，见于楮墨。"（《唐五代两宋词选释》）

清平乐

[南宋]朱淑真

恼烟撩露，留我须臾住。携手藕花湖上路，一霎黄梅细雨。

娇痴不怕人猜，和衣睡倒人怀。最是分携时候，归来懒傍妆台。

这首词或题"夏日游湖"（西湖），写一对男女游湖赏花而遇雨，于僻静处小驻。幽清的环境和难得的亲近机会，女主人公大胆地倒入恋人怀抱，如痴如醉地享受人间美好恋情的甜蜜。歇拍二句，"最是分携时候"，多么依依不舍；"归来懒傍妆台"，何等心荡神迷！寥寥两笔就把一个初欢后的女子情态写得活灵活现。清吴衡照赞赏说："易安'眼波才动被人猜'，矜持得妙；淑真'娇痴不怕人猜'，放诞得妙。均善于言情。"（《莲子居词话》卷二）

绿扇，指荷叶。

清平乐　赵园避暑

[南宋]刘镇

柳阴庭院，帘约风前燕。着雨荷花红半敛，消得盈盈绿扇。　　竹光野色生寒，玉纤雪藕冰盘。长记酒醒人静，暗香吹月阑干。

这首词写盛夏时节的清幽景色，力逼出一"寒"字。结尾转写夜间园中的情景，更添远致。

宋佚名《柳院消暑图》，图绘柳荫庭院内，一士人正襟危坐，消受着夏日的清凉闲适。院外垂柳如丝，湖面平静似镜。远处青山连绵，碧空如洗。故宫博物院藏

清平乐

[金] 元好问

离肠宛转，瘦觉妆痕浅。飞去飞来双乳燕，消息知郎近远。　　楼前小雨珊珊，海棠帘幕轻寒。杜宇一声春去，树头无数青山。

　　这是词人代拟的闺怨之作。上片描写女子与情人别后愁损容颜，那成双的燕子飞来飞去，更衬托出她的孤独与凄凉。下片写花事凋零、杜鹃悲啼的暮春景色，更添其迷惘的愁绪。元遗山的词境多慷慨悲凉，这首小令可谓别调，清丽处可追李清照。

清平乐　行郡歙城寒食伤逝有作

[元] 卢挚

年时寒食，直到清明日。草草杯盘聊自适，不管家徒四壁。　　今年寒食无家，东风恨满天涯。早是海棠睡去，莫教醉了梨花。

　　这是一首客中悼亡伤逝之作。上片回思往日情事，表达唯顾"自适"，不问家计，未能与亡妇共悲欢的歉疚；下片抒写清明祭奠之心，客中飘零孤寂之情。

清平乐　新柳

[明] 杨基

欺烟困雨，拂拂愁千里。曾把腰肢羞舞女，赢得轻盈如许。　　犹寒未暖时光，将昏渐晓池塘。记取春来杨柳，风流正是轻黄。

　　这首咏柳词体物真切，生动传神。

清平乐　咏雨

[清] 王夫之

归禽响暝，隔断南枝径。不管垂杨珠泪进，滴碎荷声千顷。　　随波赚杀鱼儿，浮萍乍满清池。谁信碧云深处，夕阳仍在天涯。

　　这首词极写浓密的雨景：日色昏暗，禽鸟归叫，有山雨欲来之兆；垂杨泪进，荷声滴碎，立见风狂雨骤；鱼儿逐波，浮萍乍满，

杨基题宋李嵩《钱塘观潮图》。故宫博物院藏

珊珊，本为玉声，此指雨声。

卢挚（约1242—1314）字处道，号疏斋，又号蒿翁，涿郡（今河北涿县）人。至元进士。官至翰林学士承旨。词曲以小令为多，清丽自然。赵万里辑有《疏斋词》一卷。

赚杀，赚煞。意谓逗煞。言雨滴水面，鱼儿疑为投食，遂波赚接喋。

宋佚名《水阁风凉图》，图绘古木掩映下的茅亭内，一白衣长者袖手伫立，仆人持扇侍立于侧。亭外远处山色空濛，稻畦满野，亭下泉水淙淙。故宫博物院藏

庄盘珠（约1792—1816）字莲佩，常州阳湖人。庄关和女，同邑举人吴轼室。诗多幽窈凄楚之音，人比之李贺。有《秋水轩集》。黄韵甫云："《秋水轩词》灵心妙舌，动若天籁，深得三百篇、古乐府神理。"（《国朝词综续编》）

写尽池水急涨之势。结两句宕开，慨叹此时谁还相信，暮云深处，夕阳仍挂在天边？说明在风雨飘飘的局势下，一片孤忠的词人对摇摇欲坠的南明政权仍寄予一线希望。此词看似轻灵，实则寄意幽隐。

清平乐

[清] 陈维崧

夜饮友人别馆，听年少弹三弦。

檐前雨罢，一阵凄凉话。城上老乌啼哑哑，街鼓已经三打。　　漫劳醉墨纱笼，且娱别院歌钟。怪底烛花怒裂，小楼吼起霜风。

这首词借夜饮听歌来抒发自己郁郁不得志的怀抱，却写得婉约动人。

清平乐　池上纳凉

[清] 项廷纪

水天清话，院静人销夏。蜡炬风摇帘不下，竹影半墙如画。醉来扶上桃笙，熟罗扇子凉轻。一霎荷塘过雨，明朝便是秋声。

这首词写夏夜在庭院荷塘边乘凉的情景。上片写夜的宁静清幽，下片刻画乘凉时的心情。夏末纳凉，临水扶醉，听荷塘一阵雨过，想到过了今夜，这声音即将变作秋声。自是词人体物感时情怀，然于闲适中亦微含愁意。作者善于以传神之笔，抓住刹那间的愁情，描绘出如画的境界。

清平乐　秋夕忆佩之

[清] 庄盘珠

暝烟欲上，虫在篱根响。几许乱鸦风底飐，笛冷残秋门巷。柳梢一个明星，阑干短倚长凭。若要心儿不转，除非没有黄昏。

这首词纯用口语入词，寥寥数笔，勾勒出一幅凄清岑寂的景象。结拍忽然转为诙谐，出乎想象。

清平乐　夜发香港

［清］朱孝臧

舷灯渐灭，沙动荒荒月。极目天低无去鹘，何处中原一发。
江湖息影初程，舵楼一笛风生。不信狂涛东驶，蛟龙偶语分明。

光绪三十一年（1905），词人从广东学政任上去职，借道香港，
取水路北归，这首词即作于离港之际。词写船发香港后所见的夜景，
反映词人当此失意之际，关心的却是"中原"、是多难的神州大地的
广博心襟。

"极目"二句化用苏轼《澄迈驿通潮阁》诗"杳杳天低鹘没处，青山一发是中原"句意。

清平乐

［清］朱声希

流莺啼早，一阵春寒峭。窗掩碧纱人乍觉，独拥鸳衾思悄。
披衣刚倚床头，风前谁触帘钩。燕子枉翻双剪，几曾剪得离愁。

这首词写离愁，明白晓畅。结二语从李煜的"剪不断，理还
乱，是离愁"化出。

朱声希（1767—1827）字廉夫，号吉雨，秀水（今浙江嘉兴）人。终身布衣。其词恬静淡雅。有《吉雨词稿》。

清平乐

［近代］吕碧城

冷红吟遍，梦绕芙蓉苑。银汉恹恹清更浅，风动云华微卷。
水边处处珠帘，月明时按歌弦。不是一声孤雁，秋声那到人间。

这是一首写秋的词。1904年词人住在天津舅舅家，忧心忡忡想
着国事家事，报国的心志始终不能实现。写秋实则是抒发满腔的愁
绪，与秋瑾的"秋风秋雨愁煞人"是一种情怀。

吕碧城在纽约留影

吕碧城（1883—1943）字遁夫，号明因、宝莲居士，安徽旌德人。为早期女报人、妇女解放思想的先行者，曾创办北洋女子公学。中年去国，卜居瑞士，宣扬佛法。晚年病逝于香港。尤工词，其词负灵慧之气，能冶幽婉柔丽、矫健豪宕于一炉。有《晓珠词》。

清平乐　六盘山

［现代］毛泽东

天高云淡，望断南飞雁，不到长城非好汉，屈指行程二万。
六盘山上高峰，红旗漫卷西风。今日长缨在手，何时缚住苍龙。

1935年10月2日，红军由通渭城北上。6日越过平凉—固原大
道，次日，在山区青石嘴遇东北军白凤翔部骑兵，一战而胜之，并
一鼓作气，于当天下午攻占六盘山——意味着长征途中最后一道
天险的突破。毛泽东目穷千里，激情满怀，不禁吟出一首《长征
谣》。当晚，红军宿营在彭阳县河阳洼村。毛泽东在村民张有仁家

六盘山上高峰，红旗漫卷西风　陈漱石

六盘山，位于宁夏、甘肃、陕西交界处，逶迤二百余千米，海拔三千米左右，以磅礴的雄姿，横贯陕甘宁三省区，是关中平原的天然屏障。成吉思汗征服西夏时曾在这里休养生息，整肃军队，后病逝于此。

窑洞里闪烁的油灯下，趴在小炕桌前记下了这首《长征谣》。此歌谣一出，即在红军及后来的八路军、新四军中广为流传，后经毛泽东先后八次修改，成为他诗词中的得意之作——《清平乐·六盘山》。全词情景交融，清新豪迈，充分表达红军北上抗日的决心和誓必打败敌人的乐观情怀，极富感染力。

 # 倚声依谱

《清平乐》又名《忆萝月》《醉东风》。双调，四十六字。凡两用韵，前片四句四仄韵；后片四句，三平韵。此调音节平缓，可平可仄处较多，适用题材广泛。

【定格】
中平中仄，中仄平平仄。
中仄中平平仄仄，中仄中平中仄。

中平中仄平平，中平中仄平平。
中仄中平中仄，中平中仄平平。

《词谱》（《清平乐》）

烛影摇红

海棠开后，燕子来时，黄昏庭院

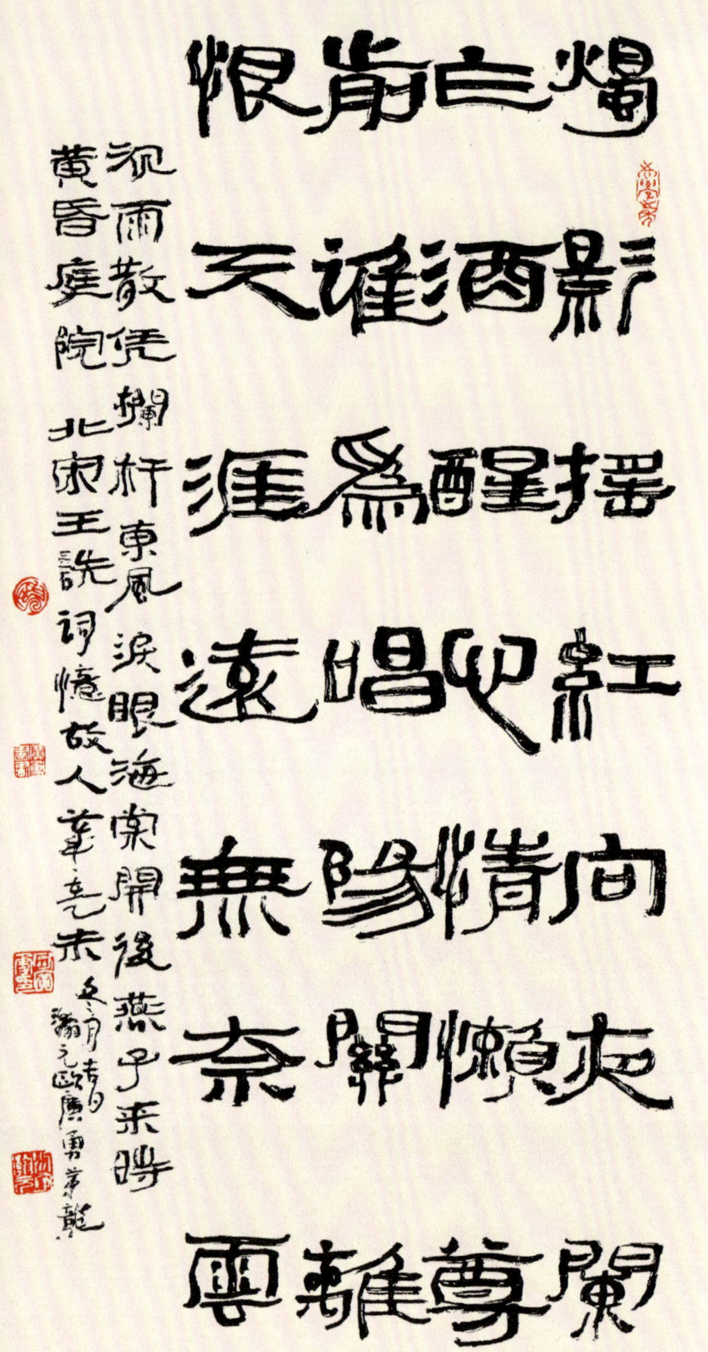

欧广勇书《忆故人》

[注释]

①夜阑，夜残将尽，夜深。

②阳关，即《阳关曲》。王维诗：
　　"西出阳关无故人。"

华音流韵

忆故人

[北宋] 王诜

烛影摇红，向夜阑①，乍酒醒、心情懒。尊前谁为唱《阳关》②，离恨天涯远。　　无奈云沉雨散，凭阑干、东风泪眼。海棠开后，燕子来时，黄昏庭院。

临风赏读

词人家曾有一歌姬名啭春莺，颇受宠爱。得罪被贬于均州后，家中姬妾被遣散，啭春莺为密县马氏所得。这首极写离恨的《忆故人》疑即为啭春莺而作。

上片抒写贬谪生活的凄清孤寂。长夜漫漫，室内空荡荡的、静悄悄的，唯有一枝孤零零的蜡烛摇曳着红色的光焰。而更深夜阑之际，词人宿酒初醒，神思慵怠，心头别是一番滋味。他怅然想起，故人不知杳在天涯何处，尊前更无人吟唱那伤别的《阳关三叠》了。离恨远至天涯，表明词人的思绪远随故人而去，其情之深挚，露于言表。

下片写别后相思。起句用宋玉《高唐赋序》中"妾在巫山之阳，高丘之阻，旦为朝云，暮为行雨，朝朝暮暮，阳台之下"的典故，暗示离别之后故人音讯杳然，无可奈何。如今又是春事阑珊，海棠开后，双燕来时，庭院寂然。夕阳黄昏中，词人斜倚阑干，默然独立，凝神远望，满腹忧思，盈盈热泪不禁溢满眼眶。这泪水中所包含的，恐怕不仅仅是简单的离愁，或有着更沉重的人生失意：不幸遭贬、流落异乡的苦闷、惆怅与压抑。"东风泪眼"四字勾勒出词人百端交集、苦盼重逢的复杂心境与神情，丰神独具。

这首词意境空灵幽丽，思致邈远，深情缠绵，感人至深。

苏轼《题王诜诗帖》，记述王诜因受其累而贬至武当，然仍醉心于诗词，有世外之乐。故宫博物院藏

 古今汇评

周笃文：这是王诜的自度曲，调咏本意，表现了对远方情人的怀念。声容娇好，情致缠绵。深得徽宗的激赏。令周美成略加增损，别撰《烛影摇红》之腔。"凭阑干、东风泪眼"，七字连用五平声而以上去作结。故作拗句而谐协美听，非精于审音者难到。煞拍三句，以景结情，有言尽意深，陇断云连之妙。（《宋百家词选》）

参读

　　王都尉（诜）有《忆故人》词云"烛影摇红……"，徽宗喜其词意，犹以不丰容宛转为恨，遂令大晟别撰腔，周美成增损其词，而以首句为名，谓之《烛影摇红》，云："芳脸轻匀，黛眉巧画宫妆浅。风流天付与精神，全在娇波转。早是萦心可惯，向尊前、频频顾眄。几回相见，见了还休，争如不见。

　　烛影摇红，夜阑饮散春宵短。当时谁会唱《阳关》，离恨天涯远。无奈云收雨散，凭阑干、东风泪眼。海棠开后，燕子来时，黄昏庭院。"——宋吴曾《能改斋漫录》卷十七。清朱彝尊说："原词甚佳，美成增益，真所谓续凫为鹤也。"（《词综》卷七）

宋王诜《绣栊晓镜图》，绘一仪态端庄的仕女晨妆后正对镜沉思，抑或端详自己。一个侍女手捧茶盘，另一妇人正伸手去盘中取食盒，颇有生活气息。用笔细润圆滑，敷色妍丽而又清秀。台北"故宫博物院"藏

词人心史

　　王诜（1036—1093后，一作1048—1104后）字晋卿，祖籍太原，后徙汴梁（今河南开封）。北宋初名将王全斌之后、北宋中期将领

王诜题名

王诜像

宋马远《西园雅集图》（局部），传为临李公麟之作，描绘王诜西园内与苏轼、黄庭坚、米芾等文人雅集的盛况。园内松翠如云，溪水潺潺，山石森森，草木繁盛。众人围在大画桌之前，观看苏东坡作画，或赞许，或品鉴，或顾左右而言他。美国纳尔逊-阿特金斯艺术博物馆藏

王凯之孙。熙宁二年（1069）娶英宗女魏国长公主，拜左卫将军、驸马都尉。元丰二年（1079），因受苏轼牵连贬官，落驸马都尉，责授昭化军节度行军司马，均州安置，七年移颍州安置。元祐元年（1086）复登州刺史、驸马都尉。卒赠昭化军节度使，谥荣安。

作为将门之后的王诜却风流蕴藉，潜心于艺术，家筑"宝绘堂"，藏历代法书名画，日夕观摩。与苏轼、黄庭坚、米芾、秦观、张耒、李公麟、韩拙等一批名流大家交好，常于府第西园与他们或挥毫泼墨，或品诗论画，或弈棋弹琴，或谈禅论道，李公麟曾画《西园雅集图》描绘他们高会欢集的盛况。徽宗赵佶即位前为端王时亦与这位姑父过从甚密，深受其影响。他兼擅书画诗词，而其画最精深者则在于山水。他的山水画主要师法李成及李思训、李昭

宋王诜《烟江叠嶂图》。元祐三年（1088），苏轼与还朝的王诜、王巩相聚，王诜画此图，为王巩所藏，苏轼题诗一首于卷末。此图描绘烟雾迷蒙的水乡景色。奇峰耸秀，溪瀑争流，云气吞吐，草木丰茂，空灵的江面和雄伟的山峦形成巧妙的虚实对比。在构图上，远近疏离，似有一透视感，远山隐映于云雾之中，悠远秀丽。上海博物馆藏

道，兼有金碧与水墨两家之长，笔意清润挺秀，风韵独具。他的书法真、行、草、隶皆精，元赵肃称"其书遒劲，一点一画，自有晋人风度，虽放纵不羁，而轨度不失，信哉神品也"。他的词作虽不多，但音调谐美，情致缠绵，意境幽远，清丽可诵。赵万里辑有《王晋卿词》。

 品题

　风流文采磨不尽，水墨自与诗争妍。（苏轼题王诜《烟江叠嶂图》）

　（王晋卿）其作乐府长短句，蹉跎口语，而清丽幽远，工在江南诸贤季孟之间。（《山谷题跋》卷九）

 低吟/浩唱

烛影摇红　松窗午梦初觉

[北宋] 毛滂

　一亩清阴，半天潇洒松窗午。床头秋色小屏山，碧帐垂烟缕。　枕畔风摇绿户，唤人醒、不教梦去。可怜恰到，瘦石寒泉，冷云幽处。

　这首词以冷峭的笔调，融情入景，饶有情韵地抒写夏日松窗午梦初觉时的心怀意绪，创造出迷离惝恍、似幻似真而又清丽闲雅、幽静恬美的意境。结拍三句写词人留恋梦境，句句轻悠缥缈，尤富神韵。许昂霄谓其"水穷云起，写入梦境，已极变化；说到梦觉，则更匪夷所思矣，此清空之妙也"（《词综偶评》）。

毛滂（1056？—约1124）字泽民，衢州江山石门（今属浙江）人。曾任杭州法曹、武康知县、秀州知州等，晚年与蔡京有交往。其词潇洒疏俊、秀雅飘逸，自成一家。著《东堂集》十卷，《东堂词》一卷。

宋江参《林峦积翠图》（局部），以平远法描绘江南一带夏日景致。峰峦连绵，江流蜿蜒，林木苍翠，并有溪桥渔舟点缀其间，颇有天真意趣。构图谨严，细节精湛。美国纳尔逊－阿特金斯艺术博物馆藏

廖世美，生平爵里均不详，约生活于南北宋之交。

安陆浮云楼，唐宋时期江南名楼。约建于唐朝，明代可能尚存，今已了无踪影。原楼位于湖北安陆。

紫薇，指杜牧。唐代称中书省为紫薇省，杜牧官至中书舍人，故又称杜紫薇。

烛影摇红　题安陆浮云楼

[北宋] 廖世美

霭霭春空，画楼森耸凌云渚。紫薇登览最关情，绝妙夸能赋。惆怅相思迟暮，记当日、朱阑共语。塞鸿难问，岸柳何穷，别愁纷絮。　　催促年光，旧来流水知何处。断肠何必更残阳，极目伤平楚。晚霁波声带雨，悄无人、舟横野渡。数峰江上，芳草天涯，参差烟树。

词人登临高迥森严的安陆浮云寺楼，极目寥远，思绪万端，乃将人生迟暮之感慨、岁月流逝之惆怅、离恨难遣之别愁打成一片，借景抒出。词中熔裁前人诗句熨帖自然，又自出境界。全词意境凄清淡远，情味隽永，自是名家手笔。清况周颐极赏此词，谓"此等词一再吟诵，辄沁入心脾，毕生不能忘。《花庵绝妙词选》中，真能不愧'绝妙'二字，如世美之作，殊不多觏"（《蕙风词话》卷二）。

参读

去夏疏雨余，同倚朱阑语。当时楼下水，今日到何处。恨如春草多，事与孤鸿去。楚岸柳何穷，别愁纷如絮。——唐杜牧《题安州浮云寺楼寄湖州郎中》。宋时将此诗谱作歌曲，传唱一时。晏几道有《玉楼春》词："吴姬十五语如弦，能唱'当时楼下水'。"

烛影摇红　上元有怀

　　　　　　　　　　　　　　　　[南宋] 张抡

　　双阙中天，凤楼十二春寒浅。去年元夜奉宸游，曾侍瑶池宴。玉殿珠帘尽卷。拥群仙、蓬壶阆苑。五云深处，万烛光中，揭天丝管。　　驰隙流年，恍如一瞬星霜换。今宵谁念泣孤臣，回首长安远。可是尘缘未断。漫惆怅、华胥梦短。满怀幽恨，数点寒灯，几声归雁。

　　这首词写于靖康之变后的次年（1128）上元夜，词中表达了词人深沉的故国之思。上片追怀昔年今夕汴京宫苑奉侍皇帝游赏声影彻天的盛景，无比华艳；下片写南渡后今年今夕悲凉惨淡的景况，无限凄清。上下片今昔遥映，一盛一衰，一乐一哀，情景跌宕，令人恍若隔世，心魄摇荡。李攀龙谓"此抚景写情，俱见其荣光易度，梦醒无几，真画出风前烛，红影在目"（《新刻李于麟先生批评注释草堂诗馀隽》卷一）。

参读

　　辜负天工，九重自有春如海。佳期一梦断人肠，静倚银釭待。隔浦红兰堪采，上扁舟、伤心欸乃。梨花带雨，柳絮迎风，一番愁债。　　回首当年，绮楼画阁生光彩。朝弹瑶瑟夜银筝，歌舞人潇洒。一自市朝更改，暗销魂、繁华难再。金钗十二，珠履三千，凄凉千载。——明夏完淳《烛影摇红》作于南都陷落之后，况周颐云"声哀以思，与《莲社词》'双阙中天'阕托旨略同"（《蕙风词话》卷五），一语道破两词均于今昔盛衰对比中，寄寓故国兴亡的悲慨。惟夏词出以楚骚之笔，假托香草美人曲达忠愤情怀，更觉沉郁蕴藉。结末四字尤伤心摧肺，声泪俱下。

烛影摇红

　　　　　　　　　　　[南宋] 孙惟信

　　一朵鞓红，宝钗压鬓东风溜。年时也是牡丹时，相见花边酒。初试夹纱半袖。与花枝、盈盈斗秀。对花临景，为景牵情，因花感旧。

　　宸游，帝王的巡游。

　　星霜，星辰运行一年一循环，霜每一年的秋天降临，因用以指年岁，一星霜即一年。

　　张抡字材甫，自号莲社居士，开封（今属河南）人。淳熙五年（1178）曾为宁武军承宣使。有词集《莲社词》，其词多写山水景物，风格清丽雄健。

　　鞓红，牡丹的一种，花色似朝廷官员围系的红鞓犀皮腰带，故名。

　　宋佚名《牡丹图》，绘折枝盛开牡丹一枝，设色艳而不俗，富丽精工。故宫博物院藏

题叶无凭，曲沟流水空回首。梦云不入小山屏，真个欢难偶。别后知他安否。软红街、清明还又。絮飞春尽，天远书沉，日长人瘦。

这是一首怀念远别情人的词。上片触景忆旧，下片伤春怀人。全词语言朴素洗练；人物风姿绰约，呼之欲出；词情缠绵悱恻，哀婉曲折，愈转愈深。

烛影摇红　元夕雨

[南宋] 吴文英

碧淡山姿，暮寒愁沁歌眉浅。障泥南陌润轻酥，灯火深深院。入夜笙歌渐暖。彩旗翻、《宜男》舞遍。恣游不怕，素袜尘生，行裙红溅。　银烛笼纱，翠屏不照残梅怨。洗妆清属湿春风，宜带啼痕看。楚梦留情未散。素娥愁、天深信远。晓窗移枕，酒困香残，春阴帘卷。

这首词将元夕欢腾的情景、女子的恣情游赏与其相思别恨的恋情、迷惘和感伤的情态融为一体，语言绮丽，词境错综。

烛影摇红　丙子中秋泛月

[南宋] 刘辰翁

明月如冰，乱云飞下斜河去。旋呼艇子载箫声，风景还如故。袅袅余怀何许。听尊前、呜呜似诉。近年潮信，万里阴晴，和天无据。　有客秋风，去时留下金盘露。少年终夜奏胡笳，谁料归无路。同是江南倦旅。对婵娟、君歌我舞。醉中休问，明月明年，人在何处。

这首词作于端宗景炎元年（1276）中秋。是年春，临安陷落，宋室倾覆。词人背井离乡，到处漂泊流离，心境极为悲凉。词中不仅有亡国的哀痛，更有对身世飘零不能自主、生命无可把握又找不到出路的悲叹。结拍尤为沉痛。

障泥，即马鞯，垂马腹两侧以障泥者。

宋李嵩《观灯图》，描绘元宵节仕女演奏和儿童戏灯的场景。台北"故宫博物院"藏

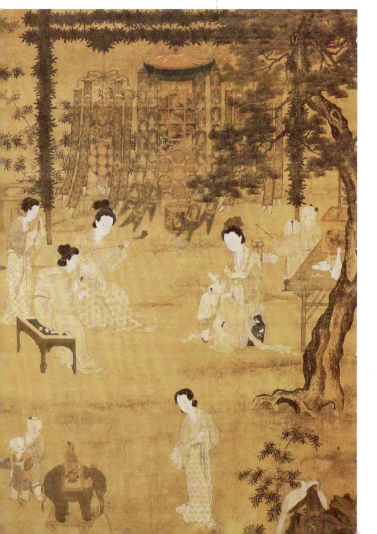

烛影摇红　春日雨中

　　　　　　　　　　　　　　　　　　　　　　［元］袁易

　　日日春阴，瑞香亭下寒成阵。风靴频误踏青时，寂寞墙阴径。翠被堆床未整，睡初酣、风篁唤醒。几多心绪，鹊语难凭，灯花无准。　　得酒浇愁，旧愁不去添新病。吴绫题满断肠词，歌罢何人听。宝篆香消昼永，袅余烟、萧萧鬓影。出门长啸，白鹭双飞，清江千顷。

　　这首词写词人在轻寒恻恻的江南春日里忽悲忽喜的纷乱心绪。结拍荡开一笔，极写出门长啸一声，但见"白鹭双飞，清江千顷"，胸中块垒，一扫而空。这一结堪与黄庭坚句"坐对真成被花恼，出门一笑大江横"（《王充道送水仙花五十枝欣然会心为之作咏》）相媲美。况周颐谓"寂寞墙阴冷（径）"，"略不刷色，却境静而有韵"（《蕙风词话》卷三）。

　　袁易（1262—1306）字通甫，平江长洲（今江苏苏州）人。一生不求仕进，隐逸于江湖。赵孟頫尝为画《袁公卧雪图》。与张炎交游。兼擅诗词书法。诗风骨遒上，词清空骚雅。书学苏轼，但笔画瘦挺，自有风韵。有《静春堂集》四卷。

烛影摇红　十月十九日

　　　　　　　　　　　　　　　　　　　　　　［清］王夫之

　　瑞霭金台，琼枝光射龙楼雪。群仙笑指九阊开，朱凤翔丹穴。云暗雁风高揭，向海屋、重标珠阙。彩鹢飞舞，日暖霜轻，小春佳节。　　迢递谁知，碧鸡影里催啼鴂。骖鸾不待玉京游，难挽瑶池辙。黄竹歌声悲咽，望翠瓦、双鸳翼折。金茎露冷，几处啼乌，桥山夜月。

　　这首咏史词曲折迷离地记录了南明覆亡这一段悲痛的史实。1646年，清兵攻入福州，南明隆武帝朱聿键被杀，朱由榔即位于广东肇庆，继续抗清。1656年为清兵攻破，由李定国迎至云南，后入缅甸。1662年为吴三桂所杀，南明以亡。上阕写往日称庆：金台、龙楼、朱凤、彩鹢，祥云缭绕，一派欢腾；下阕写现实残酷：杜鹃啼血，瑶池路断，黄竹歌哀，月色苍凉，一片凄厉，与开篇其喜洋洋者映衬，所谓以乐景写哀，倍增其哀乐者也！遗臣孤愤，寄托遥深。

　　碧鸡，山名，在昆明附近。
　　桥山，又名桥陵，乃黄帝坟冢所在。

烛影摇红

　　　　　　　　　　　　　　　　　　　　　　［清］赵吉士

京口渡江怀古，用耒边词韵。

　　卷尽秋涛，金焦划断烟光阁。六朝景物付沧波，无路寻吴越。

　　赵吉士（1628—1706）字天羽，又字渐岸，号恒夫，安徽休宁人，入籍钱塘。顺治举人。官至户部给事中。晚年失意，居京师宣武门外之寄园。工诗文，著有《万青阁集》八卷，《林卧遥集》三卷，《寄园寄所寄》十二卷。

清《京口三山图》共为三段，分别为严绳孙、张纯修、禹之鼎所作。画面以同一视角描绘镇江北固山与江中金山、焦山对峙的情景，均为墨笔写意。此段为禹之鼎所绘，画中金山寺寺宇楼台层层相接，一塔拔地而起直指云天，江边帆影绰绰，人影剪剪。故宫博物院藏

天末青山一抹，是何人、锦袍坐月。夕阳斜照，江树荒凉，海云残缺。　　风挟山鸣，鱼龙喷薄飞晴雪。遥看南北两三峰，长啸江流咽。着我中泠片叶，顷刻间、稳过百折。浪游无了，对此茫茫，自然愁绝。

京口即今江苏镇江，故城北临大江，南据峻岭，形势险要，历史上三国吴、东晋及南朝宋、齐、梁、陈等六朝都把它作为军事重镇，是首都建康（今江苏南京）的门户。词中借渡江所见雄奇而苍凉之景，以抒怀古之情，并传达出内心对自己漂泊不定的宦游生活的愁苦，动人心弦。

黄遵宪像

黄遵宪人境庐

烛影摇红　晚春过黄公度人境庐话旧

［清］朱孝臧

春暝钩帘，柳条西北轻云蔽。博劳千啭不成晴，烟约游丝坠。狼藉繁樱划地，傍楼阴、东风又起。千红沉损，鹈鴂声中，残阳谁系。　　容易消凝，楚兰多少伤心事。等闲寻到酒边来，滴滴沧洲泪。袖手危阑独倚，翠蓬翻、冥冥海气。鱼龙风恶，半折芳馨，愁心难寄。

光绪二十八年（1902），词人出任广东学政。次年晚春视学嘉应州（今广东梅州），探访辞官故里卧疾多时的维新人物黄遵宪，两人叙旧述往，不胜喜泣。词人郁勃愤激之情难抑，遂赋此词。全词触景生情，通过惜春表达对变法旧事的眷怀、对当国者误国败事的愤恨和一腔忠君忧国之心。庞坚谓此词"深涩中见苍劲，忧国情深，有杜甫夔州后诗之精神气质"，"确为晚清词坛之杰作"（《元明清词鉴赏词典》）。

烛影摇红

［清］况周颐

腊月二十大雪，归自四印斋作。

夜话高斋，碎琼随步归来晚。小窗烧烛对梅花，疏影如相款。赢得尘襟暂浣，甚清寒、天涯未惯。料量青鬓，几许霜华，角声休唤。　　风雪年年，旧吟春事成依黯。素娥深锁冻云低，幽恨凭谁管。不恨琼楼自远，恨华年、无端暗换。怎生消受，明日旗亭，鹔鹴须典。

据词前小序，腊月二十日，词人在王鹏运的书房四印斋，不觉雪花飞舞，夜色深沉，归后作此词，倾吐与师友深挚的惜别之情与天涯羁旅的身世感慨。

🌀 词林逸事

道光十六年（1836）的一个冬日，天寒欲雪，北风凛冽，竹声萧飒。曾身历三朝、最后因"借长吟，献规箴"被放出宫的梨园太监陈进朝，抱琴到荣郡王奕绘的府中。陈太监的演奏出神入化，"弹遍瑶池旧曲，韵泠泠，水流云瀑"，引起了奕绘和顾春这对知音娴律的夫妻的强烈共鸣，他们听后无限感伤，各填词一首以记之。奕绘填的是《江神子·听梨园太监陈进朝弹琴》：

三朝阿监一张琴。觅知音，少知音。牢记乾隆、嘉庆受恩深。一曲汉宫秋月晓，颜色惨，泪涔涔。　　老奴空抱爱君心。借长吟，献规箴。弹遍《鹿鸣》《鱼丽》戒荒淫。玉轸金徽无用处，歌羽调，散烦襟。

奕绘像

顾春则是一首《烛影摇红》：

雪意沉沉，北风冷触庭前竹。白头阿监抱琴来，未语眉先蹙。弹遍瑶池旧曲，韵泠泠、水流云瀑。人间天上，四十年来，伤心惨目。　　尚记当初，梨园无数名花簇。笙歌缥缈碧云间，享尽神仙福。太息如今老仆，受君恩、沾些微禄。不堪回首，暮景萧条，穷途歌哭。

嘉道间内忧外患、国势日蹙，顾春经眼盛衰，深切感受到时代悲凉气息。词以清苍的笔致传述沦落于凄凉之境的老太监荣辱遭际，更寄寓了"四十年来，伤心惨目"的深沉感慨。

倚声依谱

《烛影摇红》或名《忆故人》。王诜词原为小令，双调，五十字，前片二仄韵，后片三仄韵。周邦彦作演为慢曲，九十六字，前后片各五仄韵。适宜写景、抒情、叙事、节序、祝贺等。

【格一（忆故人）】
仄仄平平，仄仄平，仄仄平、平平**仄**。
平平平仄仄平平，平仄平平**仄**。

平仄平平**仄**，仄平平、平平仄**仄**。
仄平平仄，仄仄平平，平平平**仄**。

【格二（慢曲）】
平仄平平，仄平仄仄平平**仄**。
平平平仄仄平平，平仄平平**仄**。
仄仄平平平**仄**，仄平平、平平仄**仄**。
仄平平仄，仄仄平平，平平仄**仄**。

仄仄平平，仄平仄仄平平**仄**。
平平平仄仄平平，平仄平平**仄**。
平仄平平**仄**，仄平平、平平仄**仄**。
仄平平仄，仄仄平平，平平平**仄**。

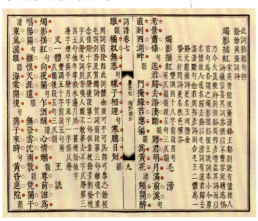

《词谱》（《烛影摇红》）

南歌子

记得年时沽酒那人家

华音流韵

南柯子　忆旧

[北宋] 仲殊

　　十里青山远，潮平路带沙。数声啼鸟怨年华，又是凄凉时候在天涯。　　白露收残月，清风散晓霞。绿杨堤畔问荷花①，记得年时沽酒那人家②。

 临风赏读

　　词僧身在空门，似是"胸中无一毫发事"，却仍然难以抗拒人性深处对生活的关怀。这首词回想在夏日旅途奔波中的一段感受，真实流露出他对尘世的恋恋情怀。

　　上片首二句便直接铺叙景物。青山隐隐，潮平沙白，宛然一幅山长水远的羁旅图。画中，似见一个流浪的行脚僧人踽踽独行在江边的路上。忽而，有飞鸟掠过，数声鸣叫回荡在原野，打破了这行旅的孤寂，仿佛向人们诉说着年华易逝的伤感。于是，词人不期而然地涌起又是"凄凉时候"、又是"远在天涯"的感叹了。下一"又"字，足见这种漂泊生涯为时已久，及其内心对这种生涯的厌倦。

　　下片仍从眼前景色落笔。白露泠泠，清风拂拂，残月方收，朝霞徐敛。词人披星戴月，餐风露宿，继续行走在没有归宿的路上，不知不觉来到一处绿杨堤岸的荷池旁边。一缕清香唤起词人的记忆，他突然想起，原来有一年，也是此时此地，曾向这附近的酒家买过酒喝，乘醉观赏过堤畔的荷花。于是，他掩饰不住的内心激动，向着荷塘痴痴地问道："荷花啊，你还记得那年买酒喝的那个醉汉么？"这风趣的一问，

黄玉林书《南柯子》

充满着一种温馨与可爱，见出词人无拘无束、任真自得的真性情，而上片中行旅离人的怨苦情绪也被一扫而空。

这首词情景相生，清逸飘洒，情辞和婉，饶有意味。

古今汇评

陈　霆：僧仲殊好作艳词……然殊诸曲类能脱绝寒俭之态。如《南歌子》云"白露收残月，清风散晓霞"……此等句，何害其为富冶也。（《渚山堂词话》卷二）

李攀龙：追思远人，追思往事，委婉真切，堪当一"悲秋赋"。（《新刻李于麟先生批评注释草堂诗馀隽》卷二）

卓人月：子京"红杏闹"，仲殊"荷花闹"，若相袭也。（《古今词统》卷七）

沈际飞："白露"两句，初唐律诗。又："沽酒那人家"，情思都在那里面。（《草堂诗馀正集》卷一）

词人心史

仲殊字师利，安州（今湖北安陆）人。本姓张，名挥，仲殊为其法号。又号安州老人、太平闲人、雪川空叟等。初为士人，曾举进士。年轻时游荡不羁，后因妻投毒，遂弃家为僧。先后住苏州承天寺、杭州宝月寺，因时常食蜜以解毒，人称蜜殊。与米芾、李公麟等交游，而与苏轼交最厚，常与往来。苏轼曾作《安州老人食蜜歌》赠之。徽宗崇宁年间自缢而死。能文擅词，精通音律。有《宝月集》，惜不传。

作为一代词僧，仲殊不拘礼法，任性率真，"胸中无一毫发事"，以境心禅韵对尘世进行静穆而又深入的观照，不仅仅描写枯寂的僧佛静界，而更多地是用

［注释］
①闹，或作"阘"。
②那人家，自指。"家"在此用作语尾词，加强语气。

仲殊《南柯子》（《诗馀画谱》）

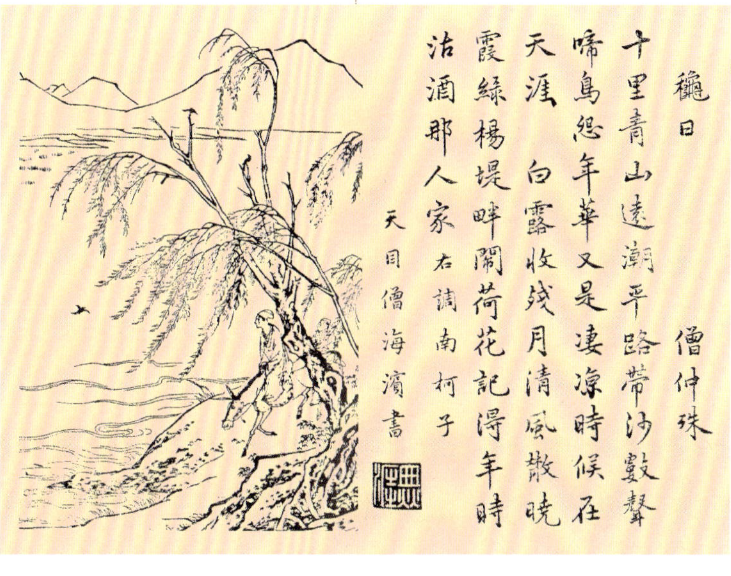

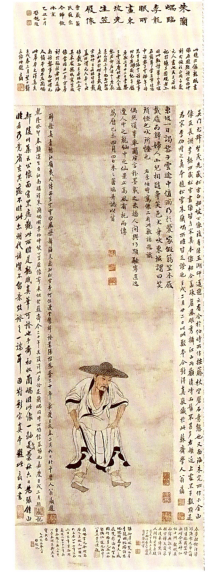

明朱之蕃《东坡笠屐图》摹自苏轼好友李公麟的作品，诗堂有梁启超题跋。广东省博物馆藏

大量的笔墨反映城市和尘世，描写世俗的喜乐爱恋，甚至是艳情。其词既华丽又清新，既浓艳又自然，既富于色彩又工于白描，看似迥然有异，实则相反相成，妙合无垠，别有一番情趣，构成其幽柔绮丽、清逸和婉的独特风格。

品题

苏州仲殊师利和尚，能文、善诗及歌词，皆操笔立成，不点窜一字。予曰："此僧胸中无一毫发事"，故与之游。（苏轼《东坡志林》卷十一）

贺方回、周美成、晏叔原、僧仲殊，各尽其才力，自成一家。贺、周语意精新，用心甚苦。毛泽民、黄载次之。叔原如金陵王谢子弟，秀气胜韵，得之天然，将不可学。仲殊次之，殊之赡，晏反不逮也。（王灼《碧鸡漫志》卷二）

仲殊之词多矣。佳者固不少，而小令为最。小令之中，《诉衷情》一调又其最。……盖篇篇奇丽，字字清婉，高处不减唐人风致也。（黄昇《唐宋诸贤绝妙词选》卷九）

词林逸事

元祐四年（1089）六月，苏轼自京城赴知杭州，途经苏州，见仲殊在姑苏台柱倒书一绝"天长地久太悠悠，尔既无心我亦休。浪迹姑苏人不管，春风吹笛酒家楼"，大为叹服，"疑神仙所作"（《舆地纪胜》卷五引），从此与仲殊订下莫逆之交，时相酬唱。

次年某日，苏东坡到杭州净慈寺拜访大通禅师。这位禅师"操律高洁"，不先斋戒沐浴，一般人是不敢登堂拜谒的。生性疏放又喜戏谑的苏东坡偏不理会，竟挟妓而来，令大通禅师怒形于色。东坡根本不看大通的脸色，索性戏作《南柯子》一词，令妙妓歌之：

师唱谁家曲，宗风嗣阿谁。借君拍板与门槌，我也逢场作戏莫相疑。　　溪女方偷眼，山僧莫皱眉。却嫌弥勒下生迟，不见阿婆三五少年时。

这首词冲口而就，似谐又庄、妙趣横生，于戏谑中暗含禅机，实则向大通禅师昭示"色即是空"和"若见诸相非相，即见如来"（《金刚经》语）等经义，难怪大通顿时为之解颐，道："今日参破老禅矣。"（《绿窗新话》卷下）

这段趣闻很快传到了苏州，正在那里的仲殊立即依韵和一阕：

解舞清平乐，如今说向谁。红炉片雪上钳槌，打就金毛狮子也堪疑。　　木女明开眼，泥人暗皱眉。蟠桃已是着花迟，不向春风一笑待何时。

黄庭坚对两词中的妙悟极为称赏，说："此檀越并此门僧，非取次（随随便便）者所为尔。"（《绿窗新话》卷下）

 ## 低吟/浩唱

南歌子

[唐]温庭筠

手里金鹦鹉，胸前绣凤凰。偷眼暗形相，不如从嫁与，作鸳鸯。

这首词写一位年少公子，手里擎着鹦鹉，身上穿着绣有凤凰的锦服，风度翩翩地出现在少女的眼前。她不禁怦然心动，暗中左顾右盼，不由自主地迸发出内心深处最真挚的渴望：嫁给他！一个思春心切、大胆渴求而又娇羞欲掩的少女形象，跃然纸上。其词多半秾丽香软，而此词浅近质朴，清新明快，具有六朝乐府民歌的神韵。

 参读

春日游，杏花吹满头。陌上谁家年少，足风流。妾拟将身嫁与，一生休。纵被无情弃，不能羞。——唐韦庄《思帝乡》抒写怀春少女与风流少年邂逅，一见倾心，立即决定以身相许，终身不悔，更加憨直泼辣，酣恣爽隽，乃"作决绝语而妙者"（明贺裳《皱水轩词筌》）。

南歌子

[五代·前蜀]张泌

柳色遮楼暗，桐花落砌香。画堂开处远风凉，高卷水精帘额，衬斜阳。

这首词通篇写景，寥寥数笔，描绘出一幅清美的春光图，委

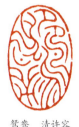

鸳鸯　清许容

雪点寒梅小苑春（温庭筠《和道溪君别业》句）　清陈炼

形相，犹端详，打量。

砌，台阶。

水精，即水晶。水精帘，透明精致的珠帘。

婉含蓄地透露出人物的绵绵情思。俞陛云谓"此词写明丽之韶光。'帘额斜阳'尤推佳句。柳暗花明，春色恼人耳"（《唐五代两宋词选释》）。

南歌子

[北宋] 欧阳修

凤髻金泥带，龙纹玉掌梳。走来窗下笑相扶，爱道画眉深浅入时无。　　弄笔偎人久，描花试手初。等闲妨了绣功夫，笑问鸳鸯两字怎生书。

这首词以富有戏剧性的动作描写，细腻传神地勾画出一个沉浸在幸福的爱情生活之中、娇俏动人、慧黠可爱的少妇形象，活现了她对丈夫的一片纯情。词采用民间小词习见的白描和口语，写态写情极富生活实感，曲尽其妙，读来活泼轻灵，历历如在目前。正如明贺裳所评："词家须使读者如身履其地，亲见其人，方为蓬山顶上。如……欧阳公'弄笔偎人久，描花试手初'……真觉俨然如在目前，疑于化工之笔。"（《皱水轩词筌》）

参读

洞房昨夜停红烛，待晓堂前拜舅姑。妆罢低声问夫婿，画眉深浅入时无。——唐朱庆余《近试上张水部》

南歌子　游赏

[北宋] 苏轼

山与歌眉敛，波同醉眼流。游人都上十三楼，不羡竹西歌吹古扬州。　　菰黍连昌歜，琼彝倒玉舟。谁家水调唱歌头。声绕碧山飞去晚云留。

这首词作于元祐五年（1090）词人知杭州时，描写杭州十三楼风物之胜与尽情游赏之乐，最后以写清歌曼唱满湖山、云为歌留作结，给人一种飘然欲仙的愉悦之感。

画眉深浅入时无　唐醉石

竹西，扬州亭名，为唐时名胜，向为游人羡慕。杜牧《题扬州禅智寺》诗："谁知竹西路，歌吹是扬州。"

菰黍，即粽子。菰，本指茭白，此指裹粽菰叶。昌歜，宋时以菖蒲嫩茎切碎盐以佐餐，名昌歜。歜，音触。

水调，相传为隋炀帝于汴渠开掘成功后所自制，唐时为大曲，凡大曲有歌头，水调歌头即裁截其歌头，另倚新声。

苏轼《南柯子》（《诗馀画谱》）

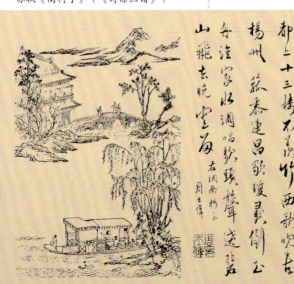

南歌子

[北宋] 秦观

　　玉漏迢迢尽，银潢淡淡横。梦回宿酒未全醒，已被邻鸡催起怕天明。　　臂上妆犹在，襟间泪尚盈。水边灯火渐人行，天外一钩残月带三星。

　　这首词描写一对恋人黎明前不得不离别的情景。长夜恨短，鸡鸣催人，人怕天明，写出己之伤离；残妆在臂、宿泪盈襟，又传递出对方更大的痛苦。最后以一幅凄清的早行图作结，使离情别绪摇漾无尽。据说这首词是词人在蔡州题赠歌妓陶心儿的，末句"一钩残月带三星"隐一"心"字（《苕溪渔隐丛话》前集卷五十引）。

银潢，即银河。

南歌子

[北宋] 贺铸

　　疏雨池塘见，微风襟袖知。阴阴夏木啭黄鹂，何处飞来白鹭立移时。　　易醉扶头酒，难逢敌手棋。日长偏与睡相宜，睡起芭蕉叶上自题诗。

　　这首词以轻灵、蕴藉的笔致描写夏日闲适恬淡的景物和饮酒、下棋、睡觉、题诗四件生活琐事，抒发孤寂落寞的情怀和壮志未酬的愤懑。点化前人诗句，丝丝入扣，浑然天成。

唐杜牧《秋思》："微雨池塘见，好风襟袖知。"

唐王维《积雨辋川庄作》："漠漠水田飞白鹭，阴阴夏木啭黄鹂。"

唐姚合《答友人招游》："睹棋招敌手，沽酒自扶头。"扶头酒，即易醉之酒。

宋欧阳修《蕲簟》："自然唯与睡相宜。"

唐方干《送郑台处士归绛岩》："曾书蕉叶寄新题。"

南柯子　春景

[北宋] 田为

　　梦怕愁时断，春从醉里回。凄凉怀抱向谁开，些子清明时候被莺催。　　柳外都成絮，栏边半是苔。多情帘燕独徘徊，依旧满身花雨又归来。

　　这首词实为借写景以抒春愁。上片写离情相思，为直抒凄凉怀抱的痛苦告语；下片写久别盼归，以柳絮、栏苔、归燕、花雨这样一组令人黯然销魂的物象道出词人痛苦的心声。结拍二句传神地刻画多情的燕子刚归来时，因觉物是人非而产生的迟疑神态，暗寓不见当年欢聚的人儿归来的相思情怀，妙在不点破，耐人寻味。沈际飞评之曰"魂动"（《草堂诗馀别集》卷二）。

些子，唐宋俗语，少许，一点点之意。

田为字不伐，籍里无考。政和末为大晟府典乐，宣和元年（1119）八月为大晟府乐令。善琵琶，通音律，词善写人意中事，杂以俗言俚语，曲尽要妙。创制慢词甚多，今大都不传，存词仅六首。

南歌子

[南宋] 李清照

天上星河转，人间帘幕垂。凉生枕簟泪痕滋，起解罗衣聊问夜何其。　　翠贴莲蓬小，金销藕叶稀。旧时天气旧时衣，只有情怀不似旧家时。

这首词当为词人流落江南后所作，以素淡的笔墨，抒写感旧怀人的孤苦凄怆和家国物是人非的大悲大痛。全篇平白如话，娓娓道来，却是至情至性，由性灵肺腑中流出，读来字字悲咽，感人至深。

南歌子

[南宋] 吕本中

驿路侵斜月，溪桥度晓霜。短篱残菊一枝黄，正是乱山深处过重阳。　　旅枕元无梦，寒更每自长。只言江左好风光，不道中原归思转凄凉。

重阳本该是饮酒赏菊、轻松惬意的日子，但今年这佳节词人却在流落江南途中的乱山深处度过。词人心中万千愁绪，便凝成了这一寄思遥远、深沉委婉之作。上片信笔点染江南深秋凄冷荒凉之景，让人倍感凄恻惆然。下片直抒亡国哀思，缓缓地说出对中原故土的无限眷恋，深切动人。全词清新爽朗，又情思深婉。

南柯子

[南宋] 王炎

山暝云阴重，天寒雨意浓。数枝幽艳湿啼红，莫为惜花惆怅对东风。　　蓑笠朝朝出，沟塍处处通。人间辛苦是三农，要得一犁水足望年丰。

这是一首悯农词。上片描绘村野风光：春寒料峭，重阴欲雨；数枝娇花凝聚水珠，楚楚堪怜。接下笔锋一转，奉劝人们勿以惜花为念，莫作怅惘愁思，可谓笔锋灵活，心思脱俗。下片先以赞美的笔调，活画出一幅繁忙的冒雨春耕图。进而

王炎（1137—1218）字晦叔，号双溪，婺源（今属江西）人。乾道进士。曾官著作郎，知湖州。论词贵"婉转妩媚"，鄙薄"豪壮语"（《双溪诗馀自序》），词风质实妍雅。有《双溪集》《双溪诗馀》。

宋佚名《耕获图》，描绘江南农家耕地、插秧、车水、收割、脱粒、簸场、舂米、堆秸等劳作场面。故宫博物院藏

又引出"人间辛苦是三农"的感叹，结末则祈望风调雨顺、五谷丰登，反映出词人对农人的怜惜和体贴。全词明白如话，清新自然。

南柯子　丁酉清明

[南宋] 黄昇

　　天下传新火，人间试夹衣。定巢新燕觅香泥，不为绣帘朱户说相思。　　侧帽吹飞絮，凭栏送落晖。粉痕销淡锦书稀，怕见山南山北子规啼。

　　这首词作于理宗嘉熙元年（1237）清明，表现深切的相思之苦，写来虚实相映，曲折缠绵，而上下片的结句尤能于清淡中见至情。

南柯子

[清] 毛奇龄

　　淮西客舍得陈敬止书，有寄。

　　驿馆吹芦叶，都亭舞柘枝。相逢风雪满淮西，记得去时残烛照征衣。　　曲水东流浅，盘山北望迷。长安书远寄来稀，又是一年秋色到天涯。

　　这首词抒写真挚的思友之情。上片采用倒叙的手法，忆念当年相逢客舍风窗雪影中吹笛起舞的欢乐情景，层层递进，环环相扣，笔笔含情。下片写友人离去后的思念和对羁旅生活的愁怨。结拍处凄然自语，字里行间似还见两位千里相隔的友人，正遥遥相望于萧萧秋风中……淡笔写来，尤见纯真，又别有凄凉。

南柯子

[清] 顾春

　　中元由金顶山回南谷山中书所见。

　　绤绤生凉意，肩舆缓缓游。连林梨枣缀枝头，几处背阴篱落挂牵牛。　　远岫云初敛，斜阳雨乍收。牧踪樵径细寻求，昨夜骤添溪水绕村流。

　　这首词描绘出一幅恬静悠然的牧歌式的山村秋景图，笔致清灵，情趣盎然。

黄昇字叔旸，号玉林，又号花庵词客，建安（今福建建瓯）人，一说晋江人。不事科举，性喜吟咏。有《散花庵词》，其词隽逸淡远。编有《绝妙词选》（分《唐宋诸贤绝妙词选》《中兴以来绝妙词选》各十卷），为宋人词选之善本，后人统称《花庵词选》。

顾春像

　　顾春（1799—1877）号太清，西林觉罗氏，满洲镶蓝旗人，祖居铁岭。荣恪郡王绵亿之子贝勒奕绘的侧室福晋。工诗、词、小说、绘画，尤以词名重士林。有《东海渔歌》。

吕鉴煌（1830—1897？）字嘉树，一字海珊，广东鹤山楼冲人。同治元年（1862）举人。署理通渭知县，振兴文教，以培才为己任。有《竹林词钞》《金霞仙馆词钞》。

南柯子　木棉

[清] 吕鉴煌

绵絮翻飞乱，胭脂渲染工。烛龙十丈跃晴空，记得越王台畔树灯红。　　火伞撑天阔，霞标插地红。四围青绚透寒风，安得苍生衣被万家同。

这首词以绮丽之词笔，点染出木棉的异态奇姿。结处抒济世泽民之愿，"霭然仁者之言，与杜甫'大庇天下寒士'之志略同"（陈永正《岭南历代词选》）。

倚声依谱

《南歌子》又名《南柯子》《风蝶令》。唐教坊曲。有单调、双调和平韵、仄韵各体。单调始于晚唐温庭筠，二十三字，五句，三平韵。首两句例用对仗。双调平韵最早见于五代毛熙震。宋人多用双调，五十二字，上下片各四句，三平韵，结句多为上二下七或上六下三句式。适用范围广，词意多婉丽和畅。

【定格】

『仄仄平平仄，平平仄仄平』。

中平中仄仄平平，中仄中平中仄仄平平。

【双调】

『仄仄平平仄，平平仄仄平』。

中平中仄仄平平，中仄中平中仄仄平平。

『仄仄平平仄，平平仄仄平』。

中平中仄仄平平，中仄中平中仄仄平平。

《词谱》（《南歌子》）

洞仙歌

看玉做人间，素秋千顷

华音流韵

洞仙歌　泗州中秋作

〔北宋〕晁补之

青烟幂处①，碧海飞金镜。永夜闲阶卧桂影。露凉时、零乱多少寒螿②，神京远、惟有蓝桥路近③。　　水晶帘不下，云母屏开，冷浸佳人淡脂粉。待都将许多明，付与金尊，投晓共、流霞倾尽④。更携取、胡床上南楼⑤，看玉做人间，素秋千顷。

临风赏读

　　词人才气飘逸，其词"神姿高秀，与轼实可肩随"（《四库全书总目提要》卷一百九十八），这首词便是与苏轼《水调歌头》（"明月几时有"）可并传千古之作。

　　词作于徽宗大观四年（1110）中秋，时知泗州（治所在今江苏盱眙东北）。据说为其绝笔之作，难怪在澄澈的意境中透着一抹淡淡的人生悲凉。

　　词先从天上写起，景象极其苍凉：入夜，烟霭四合，夜空如碧海万顷，茫茫无际，乍见一轮明镜飞起，清辉洒满了天上人间。于是接着写人间：桂影婆娑，斑斑驳驳地印在空空的石阶上，零乱的寒蝉声打破了清夜的幽寂，将词人的思绪拉回到当下，感叹此身已在外郡，神京邈远难至，倒是这一轮明月，与人为伴，对人更加亲近。这里既流露出对美好月色的珍惜眷恋，也透露了词人孤寂的心境，甚至隐含了官场失望后的怅恨与激愤。

徐俊书《洞仙歌》

下片笔锋由外而内，转向室内宴饮赏月。词人返身入室，卷起水晶帘，推开云母屏，顿时满室生辉，连美人的淡淡脂粉似乎也浸润了夜月的清凉。词人举酒邀月，逸兴遄飞，放情豪饮。他再将天上人间打成一片，突发奇想，要将明月的所有清辉凝聚起来，注入金尊，待天晓时和着流霞，一道饮尽。赏月写到这里已到极致，然而词人豪兴正盛，觉得在庭中赏月不能尽兴，所以要像晋人庾亮那样登上南楼，凭高望远，览尽那月光下如白玉做成的素秋千里清景。收尾这几句宕开笔势，将视线投向八荒广宇，天上人间，冰魂玉魄，浑然如一，如梦如幻，透着一股仙气，读来凡心尽涤。

全词运笔自如，天上人间，人间天上，层次井然，首尾呼应；境界高远，胸次坦荡，有东坡的疏放达观、超尘拔俗，但也微露沉郁悲凉，自是其本色。

[注释]
① 冪，遮盖。
② 寒螀，寒蝉。
③ 蓝桥，在陕西蓝田县东南蓝溪之上。世传其地有仙窟，唐裴航遇仙女云英于此处，得月宫中玉兔持玉杵白夜助捣药，娶云英，双双仙去。故此以蓝桥神仙窟代指蟾宫月窟。
④ 流霞，神话传说中的仙酒。此处语意双关，亦指朝霞。
⑤《世说新语·容止第十四》载，晋庾亮在武昌，尝秋夜与诸佐吏殷浩之徒在南楼赏月，据胡床咏谑。胡床，一种轻便坐具，可折叠。

古今汇评

胡　仔：凡作诗词，要当如常山之蛇，救首救尾，不可偏也。如晁无咎作中秋《洞仙歌》……可谓善救首救尾者也。（《苕溪渔隐丛话》后集卷三十九）

李攀龙：此词布尽秋光，前后照态，如织锦然，真天孙手也。（《新刻李于麟先生批评注释草堂诗馀隽》卷三）

黄　苏：前段从无月看到有月，后段从有月看到月满，层次井井。而词致奇杰，各段俱有新警语，自觉冰魂玉魄，气象万千，兴乃不浅。（《蓼园词选》）

庞　坚：全词无一句月，骨秀神清，真乃"冰魂玉魄，气象万千"（黄苏语）。结尾两句，更是今古艳传。（名家配画诵读《唐宋词三百首》）

词人心史

晁补之（1053—1110）字无咎，济州巨野（今山东嘉祥）王垌堆乡土山桥人。元符初，迁居金乡（今山东金乡）城东。元丰二年（1079）进士。曾任秘书省正字、著作佐郎。绍圣初出知齐州。以

夏敬观跋晁补之《琴趣外编》稿本书影

坐修《神宗实录》失实，连贬应天府、亳州、信州等地。徽宗立，召拜吏部员外郎、礼部郎中。崇宁追贬元祐旧臣，出知河中府，徙湖、密等州。崇宁五年（1106），退闲乡里，慕陶潜为人，葺归来园，自号归来子。晚年起知泗州，不久卒于任所，随父葬于任城谏议乡吕村鱼山（今山东嘉祥县钓鱼山西侧，纸坊镇焦城村东北一千米处）。著有《鸡肋集》《晁氏琴趣外篇》等。

作为"苏门四学士"（另有黄庭坚、秦观、张耒）之一，晁补之少时即受到苏轼识拔。苏门诸子各具面貌，补之则诗文并擅，尤以词能追步东坡，被认为是"苏门中能继承豪放风格的唯一作家"（程千帆语）。其词写景、咏物、赠和、相思、忆旧而外，还多写贬谪生涯和田园风光。语言清秀晓畅，意境深永。格调或豪爽雄俊，或凄壮沉咽，或清新蕴藉、柔丽绵邈。

品题

晁尝云："今代词手，唯秦七、黄九，他人不能及也。"然二公之词，亦自有不同者。若晁无咎佳者，固未多逊也。（陈振孙《直斋书录解题》卷二十一）

东坡词，在当时鲜与同调，不独秦七、黄九，别成两派也。晁无咎坦易之怀，磊落之气，差堪骖靳。然悬崖撒手处，无咎莫能追蹑矣。（刘熙载《艺概》卷四）

晁无咎为苏门四士之一，所为诗馀，无子瞻之高华，而沉咽则过之。（冯煦《蒿庵论词》）

学东坡者，必自无咎起，再降则为叶石林，此北宋正轨也。（张尔田《忍寒词序》）

同叔之词温润，东坡之词轩骁，美成之词精邃，少游之词幽艳，无咎之词雄邈，北宋惟五子可称大家。（张德瀛《词微》卷五）

（晁补之）词格最近东坡，坦易之怀，磊落之气，皆能于词中充分表现。南宋辛弃疾一派之先河也。（龙榆生《唐五代宋词选》）

 **低吟/浩唱**

晁补之《老子骑牛图》，描绘老子骑于牛背上，徐徐前行，神态安详；青牛回首睥目，顾盼生动。台北"故宫博物院"藏

洞仙歌

［北宋］李元膺

一年春物，惟梅柳间意味最深。至莺花烂漫时，则春已衰迟，使人无复新意。予作《洞仙歌》，使探春者歌之，无后时之悔。

雪云散尽，放晓晴池院。杨柳于人便青眼。更风流多处，一点梅心，相映远，约略颦轻笑浅。　　一年春好处，不在浓芳，小艳疏香最娇软。到清明时候，百紫千红花正乱，已失春风一半。早占取韶光共追游，但莫管春寒，醉红自暖。

这首词别出机杼，深深道出了词人对春光的敏锐感受和独到见解。上片描绘隆冬过尽，早春降临，梅发柳继，春光旖旎可人，意趣无穷。下片劝友人莫畏春寒，醉心畅游，春色盛极而衰，探春当及早。其实，此词并含有言外之趣：赏春固须趁早，凡事也必要争先，以期有所作为，又何止赏春而已。全词清新隽永，读来令人兴会淋漓，意味深长。

参读

潘佑，南唐人，事后主……好直谏，尝应后主令作小词，有云："楼上春寒山四面，桃李不须夸烂漫，已失了春风一半。"盖讽其地渐侵削也。可谓得讽谕之旨。——明杨慎《词品》卷二

诗家清景在新春，绿柳才黄半未匀。若待上林花似锦，出门俱是看花人。——唐杨巨源《城东早春》以轻快的笔调传出早春之神，亦极富理趣，发人深思。

明马元驭《南溪春晓图》，绘桃花、柳树各一枝，鹁鸪停憩于柳枝上，一派春意盎然。南京博物院藏

洞仙歌　赠宜春官妓赵佛奴

[北宋] 阮阅

赵家姊妹，合在昭阳殿。因甚人间有飞燕。见伊底，尽道独步江南，更江北、也何曾惯见。　　惜伊情性好，不解嗔人，长带桃花笑时脸。向尊前酒底，得见些时，似恁地、能得几回细看？待不眨眼儿觑着伊，将眨眼底工夫，剩看几遍。

词人建炎初知袁州（今江西宜春），致仕后寓居于此。这首赠官妓赵佛奴之作以俗词写艳情，上阕赞美赵佛奴舞姿出众，独步江南江北。下阕烘托、渲染赵佛奴的温柔与美艳，及词人对她的钟情、爱恋。全词语言俚俗泼辣，感情坦率直露，艳而不俗，被誉为"元曲开山"（清张宗橚辑《词林纪事》卷九）。

李元膺，东平(今属山东)人。南京教官。生平未详，约生活于哲宗、徽宗朝。

赵家姊妹，赵飞燕、赵合德姊妹。赵飞燕，东汉成帝皇后。原为阳阿公主家歌女，因善舞体轻，故号"飞燕"。妹合德亦被召入宫，为婕妤。

元佚名《赵鼎像》，绘赵鼎身着红色朝服，手持笏板。旧金山亚洲艺术博物馆藏

赵鼎（1085—1147）字元镇，号得全居士，解州闻喜（今属山西）人。崇宁进士。绍兴间几度为相，被称为南宋中兴贤相之首。后因反对和议，为秦桧所构陷，罢相，屡贬远移至吉阳军（今海南三亚）。善文、诗、词。其词清刚沉至，故君故国之思溢于行间句里。有《忠正德文集》《得全居士词》。

向子諲（1085—1152）字伯恭，号芗林居士，开封（今属河南）人，南渡后徙居临江清江县（今江西樟树）。绍兴中，累官户部侍郎，知平江府。金使议和将入境，不肯拜金国诏书，忤秦桧意，遂致仕。有《酒边词》二卷。

洞仙歌

［南宋］赵鼎

空山雨过，月色浮新酿。把盏无人共心赏。漫悲吟，独自拈断霜须，还就寝，秋入孤衾渐爽。 可怜窗外竹，不怕西风，一夜潇潇弄疏响。奈此九回肠，万斛清愁，人何处、邈如天样。纵陇水秦云阻归音，便不许时闲，梦中寻访。

这首词作于词人被远贬岭南时，抒写一个凄凉秋夜的悲吟感伤。词从空山雨过，独饮无绪，悲吟断须，孤衾独卧，一直写到夜阑不寐，闻风吹竹，一怀愁绪，梦寻旧乡，孤凄、愤激之情与故土之思溢于言表。结处尤为悲怆而沉痛。

洞仙歌

［南宋］向子諲

碧天如水，一洗秋容净。何处飞来大明镜。谁道斫却桂，应更光辉，无遗照，泻出山河倒影。 人犹苦余热，肺腑生尘，移我超然到三境。问姮娥、缘底事，乃有盈亏，烦玉斧、运风重整。教夜夜、人世十分圆，待拚却长年，醉了还醒。

这是一首与东坡《水调歌头》（"明月几时有"）差可比肩的咏中秋明月之作。词人由明月生发妙想，麻烦吴刚挥动手中忽忽生风的玉斧，把缺月重新修整，教它夜夜年年光洁饱满，普照大地，无遗漏地映照出统一的山河和繁华的人间，含蓄地表现了他重整山河的抱负！全词笔墨酣畅，气势磅礴，意境高远，动人心魂。

参读

一轮秋影转金波，飞镜又重磨。把酒问姮娥，被白发、欺人奈何。 乘风好去，长空万里，直下看山河。斫去桂婆娑，人道是、清光更多。——宋辛弃疾《太常引·建康中秋夜为吕叔潜赋》作于淳熙元年中秋夜，神驰天外，思与境谐，扫荡妖氛、恢复中原的崇高境界豁然而出。

洞仙歌

［南宋］戴复古

卖花担上，菊蕊金初破。说着重阳怎虚过。看画城，簇簇酒肆歌楼，奈没个、巧处安排着我。 家乡煞远哩，抵死思量，枉把眉头万千锁。一笑且开怀，小阁团栾，旋簇着、几般蔬果。把三杯两盏记时光，问有甚曲儿，好唱一个。

这首词描绘重阳时节城中的酒肆风光，喧嚣的人群，鲜艳的花丛，热闹的酒肆，香艳的歌楼，历历在目，使人如见其景，如闻其声。但真个是"良辰美景奈何天，赏心乐事谁家院"，在这热闹繁华的背后，异地飘零的游子却是冷冷清清，内心深处有着深重的孤独寂寞与思乡之情。词中以乐景写哀，不露"乡愁"二字，可深沉的乡愁自见。

洞仙歌

[南宋] 汪元量

毗陵赵府，兵后僧多占作佛屋。

西园春暮，乱草迷行路。风卷残花堕红雨。念旧巢燕子，飞傍谁家，斜阳外、长笛一声今古。　　繁华流水去，舞歇歌沉，忍见遗钿种香土。渐橘树方生，桑枝才长，都付与、沙门为主。便关防不放贵游来，又突兀梯空，梵王宫宇。

南宋端宗景炎元年（1276），元丞相伯颜率军二十万围攻常州（毗陵），知州姚訔、通判陈炤等率众奋勇抵抗，坚守五十余日，终被陷。元兵屠城，郡民遍遭杀戮，相传仅存十八家。是年春末，词人随从三宫赴燕，途经常州，目睹惨状，感怀而作此词，借一园一宅的变迁写神州陆沉，寄寓亡国悲恨。

洞仙歌　败荷

[南宋] 刘光祖

晚风收暑，小池塘荷静。独倚胡床酒初醒。起徘徊、时有香气吹来，云藻乱，叶底游鱼动影。　　空擎承露盖，不见冰容，惆怅明妆晓鸾镜。后夜月凉时，月淡花低，幽梦觉、欲凭谁省。也应记、临流凭阑干，便遥想、江南红酣千顷。

词人立朝敢言、疾恶如仇，曾因作文讥讽韩侂胄而被夺职谪居房州。此词当作于贬所，借败荷抒怀，含蓄地表达幽愤的情怀。况

汪元量（1241—1317？）字大有，号水云，亦自号水云子、楚狂、江南倦客，钱塘（今浙江杭州）人。度宗时以善琴供奉宫掖。恭帝德祐二年（1276）临安陷，随三宫入燕。多次谒文天祥于狱中，勉以忠贞大节。元世祖至元二十五年（1288）出家为道士，获南归，终老湖山。诗多纪国亡前后事，有诗史之目；词沉郁苍凉。有《水云集》《湖山类稿》。

刘光祖（1142—1222）字德修，号后溪，简州（今四川简阳）人。乾道进士。累官至显谟阁直学士。有《鹤林词》，已佚。

宋牧溪《荷叶图》，以淡墨表现枯荷，萧疏淡雅。日本根津美术馆藏

元何澄《陶潜归庄图》（局部），绘陶渊明《归去来辞》文意。吉林省博物馆藏

刘秉忠（1216—1274）字仲晦，邢州（今河北邢台）人。出佐忽必烈，位太保，参领中书省事。监筑上、中都两城，奏建国号大元，定朝仪官制。诗文词曲兼擅。有《藏春词》一卷。

吴江，即吴淞江，为太湖最大的支流。

渔榔，渔人结在船舷用以敲击驱鱼入网的长棒。

周颐评曰："刘文节词，气体清疏，不假追琢。《洞仙歌·败荷》一阕允推佳构。"（《历代词人考略》卷三十四）

洞仙歌

〔元〕刘秉忠

仓陈五斗，价重珠千斛。陶令家贫苦无畜。倦折腰闾里，弃印归来，门外柳、春至无言自绿。　　山明水秀，清胜宜茅屋。二顷田园一生足。乐琴书雅意，无个事、卧看北窗松竹。忽清风、吹梦破鸿荒，爱满院秋香，数丛黄菊。

这首词浅近而清新语言，抒写陶渊明弃官、归隐、闲居之赏心乐事。词的表面是咏陶，而究其实质，却是自明心迹，是词人尚友古人，追求精神家园的一篇"归去来兮辞"和"归田园居"诗（钟振振语）。结末意在象外，尤耐咀嚼。

洞仙歌　吴江晓发

〔清〕朱彝尊

澄湖淡月，响渔榔无数。一霎通波拨柔橹。过垂虹亭畔，语鸭桥边，篱根绽、点点牵牛花吐。　　红楼思此际，谢女檀郎，几处残灯在窗户。随分且欹眠，枕上吴歌，声未了、梦轻重作。也尽胜、鞭丝乱山中，听风铎郎当，马头冲雾。

这首词描摹在晨光熹微中从静谧的江南水乡乘舟出发的情景，宛然若画。一路月淡水柔，篱边花发，楼头灯残，舟中人在吴歌声中若梦若醒，写出了一种清空虚渺的意境。

词林逸事

神宗元丰五年（1082），因一场生死劫难——"乌台诗案"，苏轼谪居黄州已经三年了。三年来，他或躬耕东坡，或策杖载酒，放浪山水间，与樵渔杂处，心灵世界变得更为虚静高洁，超逸洒脱，唱出了许多传诵千古的天籁之音。一日，他闲暇无事，忽然想起四十年前家乡一位老尼给他讲的一个故事：她当年曾随师父进入后蜀宫中，亲见蜀主孟昶和贵妃花蕊夫人夏夜在摩诃池（故址在今四川成都昭觉寺）上纳凉、作词。那时的苏东坡还只有七岁，可老尼姑沉醉在回忆中、朗朗背诵那首词的情景深深地印在他的心底，如今重现心头，不禁诗兴大发。于是，他将隐约记住的开首两句补足为一阕清空灵隽、风流超逸的《洞仙歌令》：

《洞仙歌》（《诗馀画谱》）

　　仆七岁时，见眉山老尼，姓朱，忘其名，年九十余。自言尝随其师入蜀主孟昶宫中。一日大热，蜀主与花蕊夫人夜起，避暑摩诃池上，作一词。朱具能记之。今四十年，朱已死，人无知此词者。独记其首两句，暇日寻味，岂《洞仙歌令》乎？乃为足之耳。

　　冰肌玉骨，自清凉无汗。水殿风来暗香满。绣帘开、一点明月窥人，人未寝，欹枕钗横鬓乱。　　起来携素手，庭户无声，时见疏星渡河汉。试问夜如何，夜已三更，金波淡、玉绳低转。但屈指、西风几时来，又不道流年，暗中偷换。

清夜深宵，一双璧人携手徘徊，共看疏星明月，银河淡淡……

全篇设想蜀主与花蕊夫人当日情事，本来是"艳词"的绝佳题材，但在苏东坡的笔下，却没有一丝香艳与庸俗，人是"冰肌玉骨"，纤纤素手，风神飘逸，了无尘俗之气，颇有天仙之姿；境则是水殿、清风、暗香、星汉，如置身清虚的月殿瑶台，真可谓"人境双绝"，而词人自身深沉的人生感慨又潜隐其中，读来令人神往。

关于这首词，前人记述、评论很多，且褒贬不一。有人认为这首词檃栝孟昶《玉楼春》而成："冰肌玉骨清无汗，水殿风来暗香暖。帘开明月独窥人，欹枕钗横云鬓乱。起来琼户启无声，时见疏星度河汉。屈指西风几时来？只恐流年暗中换。"也有人认为这首《玉楼春》乃是后人檃栝苏词，托名孟昶。

倚声依谱

《洞仙歌》又名《羽仙歌》《洞中仙》《洞仙词》《洞仙歌令》《洞仙歌慢》，唐教坊曲。洞仙，仙人好居洞壑，故通称为洞仙。此调当出自道教乐曲。别体繁多，常以《东坡乐府》之《洞仙歌令》为准。双调，八十三字，前段六句，后段七句，各三仄韵。音节舒徐曲折，极骀荡摇曳之致，宜于描述、诉说，表达闲淡、抑郁、含蓄之情。

【定格】

中平中仄，仄中平平**仄**。
中仄平平仄平**仄**。

仄平平、中仄平仄平平，平中仄、中仄平平中**仄**。

中平平仄仄，中仄平平，中仄平平仄平**仄**。
仄仄仄平平，仄仄平平，平中仄、中平中**仄**。
仄中仄平平仄平平，仄仄仄平平，仄平平**仄**。

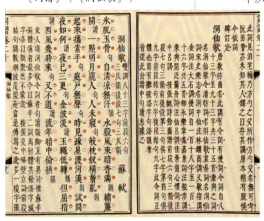

《词谱》（《洞仙歌》）

满庭芳

山抹微云，天连衰草

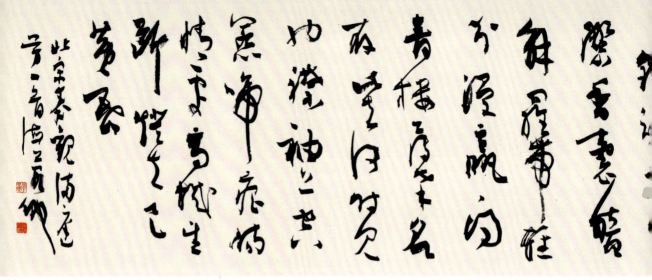

晏海林书《满庭芳》

华音流韵

满庭芳

[北宋] 秦观

山抹微云，天连衰草，画角声断谯门①。暂停征棹，聊共引离尊②。多少蓬莱旧事，空回首、烟霭纷纷。斜阳外，寒鸦万点，流水绕孤村。　　销魂③，当此际，香囊暗解，罗带轻分。谩赢得、青楼薄幸名存④。此去何时见也，襟袖上、空惹啼痕。伤情处，高城望断，灯火已黄昏。

临风赏读

神宗元丰二年（1079）四月初，苏轼自徐州移守湖州，经高邮，与参寥子、秦观偶遇。秦观遂偕行，过无锡，游惠山，经松江，至吴兴。端午后，别东坡，赴越州（今浙江绍兴）看望祖父承议公和叔父秦定，深得知州程师孟厚遇，让他住在蓬莱阁，相得甚欢。一次筵席上，词人与一位歌妓一见钟情，"自尔眷眷，不能忘情"（《苕溪渔隐丛话》后集卷三十三）。词人与程太守从游八月，酬唱百篇。正当他留恋会稽的人情风物之际，他所仰慕的苏轼因乌头诗案身系囚牢，命悬一线。到暮冬时节，他怀着极为复杂的心情作别会稽回高邮，于是写下这首声情凄婉、妙语天成的词作。

山抹微云　叶潞渊

[注释]
①谯门，即谯楼。
②引，持，举。尊，同"樽"，古代盛酒器，此代指酒。
③销魂，形容极度悲伤。
④谩，徒然。薄幸，薄情。

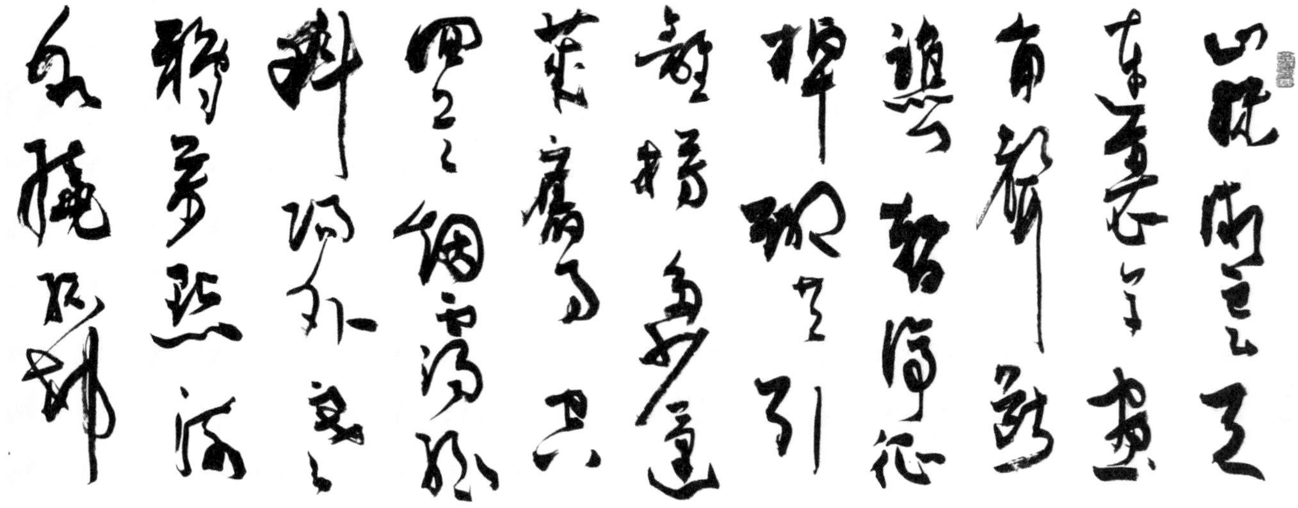

上片从绘景入笔，以淡远凄清的景物渲染忧伤的离别氛围：傍晚时分，一片暮霭苍茫。他回望越州一带，只见会稽山微云暧暧，衰草迷离，远远的城楼上又传来凄厉的号角声，响彻晚空，扣击着他的心灵。一"抹"一"连"，与高山远天相接，顿显高旷与辽阔中的冷峻与衰飒，画意尽出，无怪成为千古传诵的警句。接写"征棹""离尊"，点出赋别、饯行之本事。船是即将远行的"征棹"，而被暂时留驻，一瞬间欢娱反而带来无尽相思；酒是借以浇愁的"离尊"，聊且共饮，点滴入唇必将化作一掬酸泪。可以想见，两人举酒相属，肠回九转，追想旧情，多少缱绻，顿涌心头。而离别就在眼前，昨日前欢正如缕缕烟云，分明如在，而回首时又迷茫怅惘，无影无踪。此刻，他们几乎不敢相互凝视，只得把视线移向远处，遥望天际：只见夕阳西下，万点寒鸦点缀着天空，一弯流水紧绕着孤零零的荒村。"斜阳外"三句点化隋炀帝"寒鸦千万点，流水绕孤村"诗意而成"天生好言语"（《苕溪渔隐丛话》后集卷三十三引晁补之语），令人联想断肠人在天涯之苦况，却以景语出之，意境更显空幻。周汝昌亦谓"少游写此，全在神理，谓天色既暮，归禽思宿，却在流水孤村，如此便将一身微官濩落，去国离群的游子之恨以无言之笔言说得淋漓尽致"（《千秋一寸心》）。

过片后纯乎写情，先以"销魂"二字顿起，笼愁罩恨于当前，接着直赋情事，坦陈胸臆。在这难舍难分之际，双方暗解香囊，轻分罗带，将缔结数月的情丝忍痛斩断，别情浓极、悲

蓬莱阁在绍兴龙山下，为五代时吴越王钱镠所建，为浙东名胜。南宋末年毁于战火，2008年重建。

极。词人深自叹惋：平素深情款款，而今无奈作别，在风月场中枉然赢得个薄情郎的名声。"谩赢得"这两句虽是借用杜牧《遣怀》诗，但既是自责负人之深，也融入了词人不得于时的身世之悲及与苏、程相得的赏心乐事，如今幻作云烟的破灭之感，语实沉痛。词人深知，此地一别，相会无期。此时，仿佛看到词人在一声绝望的长叹之后，两行热泪滚滚而下，湿透了衣襟。"此去"以下三句，直抒胸臆，悲伤万分，诚所谓"伤心人语"。结尾三句，写伊人已回城，船渐行渐远，词人频频回首，唯见越州城内灯火阑珊……至此总收一笔，不待说尽，而情波悠悠，饶有余蕴。

古今汇评

周　济：将身世之感，打并入艳情，又是一法。（《宋四家词选》）

陈廷焯：（眉批）诗情画景。情词双绝。此词之作，其在坐贬后乎？
（《词则辑评·大雅集》卷二）

谭　献：淮海在北宋，如唐之刘文房。下阕不假雕琢，水到渠成，非平钝所能藉口。（《谭评词辨》）

俞陛云：起三句写凉秋风物，一片萧飒之音，已隐合离思。四、五两句叙明停鞭饯别，此后若接写离别，便落恒径。作者用拓宕之笔，追怀往事，局势振起，且不涉儿女语而托之蓬岛烟云，尤见超逸。"斜阳外"三句，传神绵渺，向推隽咏。下阕纯叙离情。结笔返棹归来，登城遥望征帆，已隔数重烟浦，阑珊灯火，只益人悲耳。（《唐五代两宋词选释》）

唐圭璋：此首写别情，缠绵凄惋。"山抹"两句，写别时所见景色，已是堪伤。……下片，离怀万种，愈思愈悲……"高城"两句，以景结，回应"谯门"，伤情无限。（《唐宋词简释》）

周汝昌：这首词笔法高超还韵味深长，至情至性而境界超凡，非用心体味，不能得其妙也。（《千秋一寸心》）

 参读

倚危亭，恨如芳草，萋萋刬尽还生。念柳外青骢别后，水边红袂分时，怆然暗惊。无端天与娉婷，夜月一帘幽梦，春风十里柔

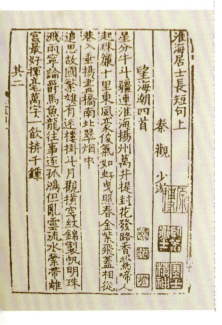

明嘉靖己亥（1539）鄂州刻本
《淮海居士长短句》书影

情。怎奈向、欢娱渐随流水，素弦声断，翠绡香减，那堪片片飞花弄晚，蒙蒙残雨笼晴。正销凝，黄鹂又啼数声。——这首《八六子》写得清丽缠绵，深婉细腻，也是秦观词中描写离情的代表作。

纤云弄巧，飞星传恨，银汉迢迢暗度。金风玉露一相逢，便胜却人间无数。柔情似水，佳期如梦，忍顾鹊桥归路。两情若是久长时，又岂在朝朝暮暮。——秦观《鹊桥仙》叙写牵牛、织女二星相爱的神话故事，句句天上双星，又句句人间纯情，且自出机杼，独谓情长不在朝暮，命意超绝。

枯藤老树昏鸦，小桥流水人家。古道西风瘦马，夕阳西下，断肠人在天涯。——元马致远《天净沙》意境与少游"流水孤村"何其神似！

小桥流水人家　清王玉如

明张灵《织女图》，绘织女以手执梭，端立云中，膝部以下渐渐虚化，巾带拂拂，有凌虚飘举的动感。笔法灵动。上海博物馆藏

词人心史

秦观（1049—1100）字少游、太虚，别号邗沟居士、淮海居士，扬州高邮（今属江苏）武宁乡左厢里（今三垛镇秦家垛）人，生于今江西九江。少有才名，研习经史，喜读兵书，但久困场屋，到元丰八年（1085）三十七岁才进士及第，授定海主簿，调蔡州教授。元祐三年（1088），除宣教郎、太学博士。六年，迁秘书省正字，预修《神宗实录》。与黄庭坚、晁补之、张耒同游苏轼之门，人称"苏门四学士"。绍圣元年（1094），坐元祐党籍，随苏轼等屡受迫害，出为杭州通判，再贬监处州（今浙江丽水）酒税，之后又被流放到郴州（今属湖南）、横州（今广西横县）和雷州（今广东海康）。徽宗即位，复宣德郎，允北归，八月十二日行至藤州（今广西藤县）时，溘然逝于光化亭，年仅五十二岁。苏东坡在赦还归途中闻噩耗，叹道："哀哉！痛哉！世岂复有斯人乎？"（《与李之仪书》中语）。有《淮海集》四十卷，《后集》六卷，《长短句》三卷。

一如乃师东坡先生，秦观亦风流倜傥，才华绝尘，诗、文、书法兼擅，而以词最为杰出，为"宋一代词人之冠"。他远绍晚唐五代词的遗韵，近兼当世士大夫雅词意趣，并将苏轼的气格、李煜父

秦观像（清殿藏本）

明董其昌《秋兴八景图》之一，图中山峦明秀，苍松幽奇，意境恬静。画面题秦观《木兰花》词："秋光老尽芙蓉院，堂（草）上霜华匀似剪。西楼促坐酒杯深，风压绣帘香不卷。　玉纤慵整银筝雁，红袖时笼金鸭暖。岁华一夕（任）委西风，独有春红留醉脸。"上海博物馆藏

子的境界、柳永的铺叙和句法化入自己的词作，而自出清妍深婉、情韵兼胜而音律谐美一格。早岁词多写恋情相思、离愁别恨，纯净、专情、深挚，间以身世之感打并入艳情，含蓄蕴藉，惹人遐思；遭贬后多迁愁谪怨之作，词情哀婉凄厉。在中国词史上，秦观以其词心、词艺至为醇正，被公认为"当行本色"和婉约正宗，影响至巨。

品题

蔡伯世评近世之词，谓苏东坡辞胜乎情，柳耆卿情胜乎辞，辞情兼胜者，唯秦少游而已。（孙兢《竹坡老人词序》）

秦校理落尽畦畛，天心月胁，逸格超绝，妙中之妙，议者谓前无伦而后无继。（苏籀《双溪集》卷一）

（秦观）专主情致，而少故实，譬如贫家美女，虽极妍丽丰逸，而终乏富贵态。（李清照《词论》）

秦少游词体制淡雅，气骨不衰，清丽中不断意脉，咀嚼无滓，久而知味。（张炎《词源》卷下）

少游最和婉醇正，稍逊清真者，辣耳。少游意在含蓄，如花初胎，故少重笔。（周济《宋四家词选目录序论》）

少游以绝尘之才，早与胜流，不可一世；而一谪南荒，遽丧灵宝，故所为词，寄慨身世，闲雅有情思，酒边花下，一往而深，而怨悱不乱，悄乎得《小雅》之遗；后主而后，一人而已。昔张天如论相如之赋云："他人之赋，赋才也；长卿，赋心也。"予于少游之词亦云：他人之词，词才也；少游，词心也。得之于内，不可以传。虽子瞻之明隽，耆卿之幽秀，犹若有瞠乎后者，况其下耶？（冯煦《蒿庵论词》）

少游词清丽婉约，辞情相称，诵之荡气回肠，自是词中上品。（夏敬观《淮海词跋》）

少游词境最为凄婉，至"可堪孤馆闭春寒，杜鹃声里斜阳暮"，则变而为凄厉矣。（王国维《人间词话》）

（秦观）词格温婉，不似其师……迨遭迁谪，乃变为凄厉之音。（龙榆生《唐五代宋词选》）

词林逸事

这首《满庭芳》词在当时就名噪一时，广为传诵，唱遍歌楼，留下了不少逸闻。据说，秦观的女婿、范祖禹之子范温参加一位贵人家宴，主人有一歌伎，善唱秦词。坐间谁也没太

在意范温，范温在一旁很小心地不敢说一句话。待众人酒酣欢洽之际，这位歌伎才问他姓名，他立刻站起来，又着手回答说："某乃'山抹微云'女婿也。"一座闻之绝倒。

又有一次在杭州西湖，有一佐贰之官闲唱这首《满庭芳》，偶然错唱一韵，唱成了"画角声断斜阳"。歌伎琴操在侧提醒道："画角声断谯门，不是'斜阳'。"那位官员戏谑道："那你能改韵吗？"这琴操颇有捷才，当即将这首词改作阳字韵，悠然吟唱起来："山抹微云，天连衰草，画角声断斜阳。暂停征辔，聊共饮离觞。多少蓬莱旧侣，频回首、烟霭茫茫。孤村里，寒鸦万点，流水绕低墙。　　魂伤，当此际，轻分罗带，暗解香囊。谩赢得、青楼薄幸名狂。此去何时见也，襟袖上、空有余香。伤心处，长城望断，灯火已昏黄。"据说苏东坡闻后大为称赏，取其首句，戏称秦观为"山抹微云君"。但又据传说，苏轼对这首词中因袭了柳永以浅俗语言描摹艳情的作风还是有些微词。有一天，秦观见东坡。东坡很急切道："久别后你作文日益佳胜，京师都在盛唱你的'山抹微云'之词呢。"少游赶紧谦谢。东坡话锋一转，道："想不到别后你却学起柳七（永）作词来了。"秦答道："我虽无识，也不至如此。先生之言，恐怕有点过。"东坡道："'销魂，当此际'，不是柳词句法么？"（《历代诗馀》卷一百十五）少游十分惭愧，对老师的责难甚为心服。不过有学者说这个故事纯属编造。

秦观《摩诘辋川图跋》。词人卧病汝南时，友人示王维《辋川图》以消解其心中的郁结。词人以词心赏画，体会到"观者宜以神遇，而不徒目视"，透过外在的笔，领悟内在的意。此跋下笔精悍，其书结体劲健而奔放，气势开张，有颜真卿遗韵。台北"故宫博物院"藏

低吟/浩唱

满庭芳

[北宋] 苏轼

蜗角虚名，蝇头微利，算来着甚干忙。事皆前定，谁弱又谁强。且趁闲身未老，须放我、些子疏狂。百年里，浑教是醉，三万六千场。　　思量，能几许，忧愁风雨，一半相妨。又何须抵

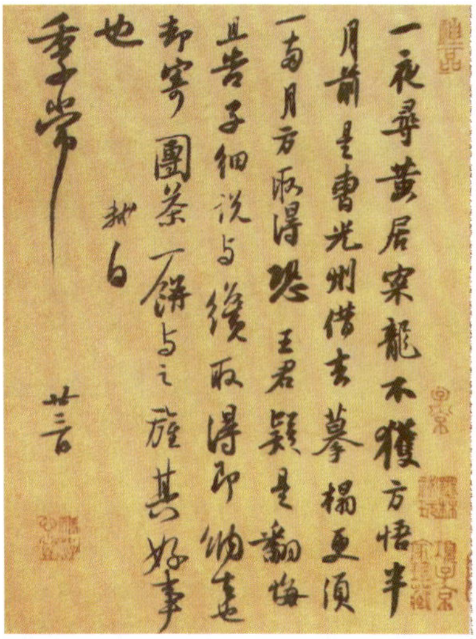

苏轼致陈慥（字季常）札。台北
"故宫博物院"藏

苏轼《满庭芳》手迹

死，说短论长。幸对清风皓月，苔茵展、云幕高张。江南好，千钟美酒，一曲《满庭芳》。

这首词当作于谪居黄州时（一说元丰五年，1082），词以议论发端，上片由讽世到愤世，对人世间蝇营狗苟、角逐名利予以无情的嘲讽，并抒发渴求摆脱尘世羁绊、以沉醉替换痛苦的悲愤。下片从自叹到自适，先是对忧患人生充满沉重哀伤，继而在无穷的宇宙自然中豁然超脱，充满了飘逸旷达、超凡脱俗的闲适至乐之情。全词援情入理，议论犀利，抒情酣畅，情理交融，一气直行，警醒人心，故明李攀龙云："细嚼此词而绎其义，自然胸次广大，识见高明，居易俟命，而不役于蜗名蝇利间矣。"（《新刻题评名贤词话草堂诗馀》卷四）

参读

有王长官者，弃官黄州三十三年，黄人谓之王先生。因送陈慥来过余，因为赋此。

三十三年，今谁存者。算只君与长江。凛然苍桧，霜干苦难双。闻道司州古县，云溪上、竹坞松窗。江南岸，不因送子，宁肯过吾邦。　扰扰，疏雨过，风林舞破，烟盖云幢。愿持此邀君，一饮空缸。居士先生老矣，真梦里、相对残釭。歌声断，行人未起，船鼓已逄逄。——这首《满庭芳》是苏轼被贬黄州时的作品，词中凛然如苍桧的王先生这一形象，可谓东坡理想人格追求的绝妙写照。全词"健句入词，更奇峰特出"，"不事雕凿，字字苍寒"（郑文焯《手批东坡乐府》）。

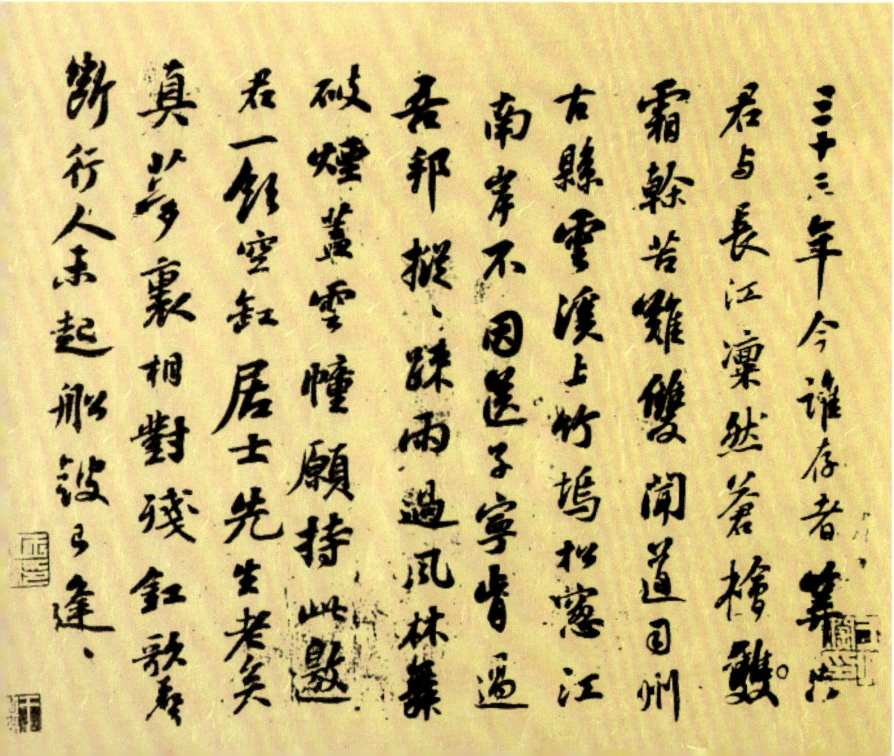

满庭芳 茶

[北宋] 黄庭坚

北苑春风，方圭圆璧，万里名动京关。碎身粉骨，功合上凌烟。尊俎风流战胜，降春睡、开拓愁边。纤纤捧，研膏溅乳，金缕鹧鸪斑。

相如虽病渴，一觞一咏，宾有群贤。为扶起灯前，醉玉颓山。搜搅胸中万卷，还倾动、三峡词源。归来晚，文君未寝，相对小窗前。

元祐二年（1087）春，词人与苏东坡俱在京师，二人往复赋诗咏茶，此词当亦同时在东坡茗席上所作。上片极言北苑御茶之风神，下片翻出司马相如的风流情事，实写自己邀朋呼侣，酣饮集诗，比才斗学的雅兴。全词意蕴朴质轻快，情境灵动飞扬。

明仇英《煮茶观画图》，给山野间两高士展卷观画，近有二童，一汲水，一煮茶。吉林省博物馆藏

北苑，在建州，即今福建建瓯，是贡茶的主要产地。

方圭圆璧，喻方、圆茶饼形状。

鹧鸪斑，以其纹色代指茶盏，极珍贵。

凌烟，唐太宗建凌烟阁，令阎立本图画开国勋臣二十四人像于其上，亲为之赞。

研膏，名茶名。溅乳，指乳泉。

相如，司马相如，患糖尿病。

醉玉颓山，形容男子风姿挺秀，酒后醉倒的风采。

三峡词源，喻文思如潮。

文君，卓文君，司马相如妻。

参读

雅燕飞觞，清谈挥麈，使君高会群贤。密云双凤，初破缕金团。外炉烟自动，开瓶试、一品香泉。轻涛起，香生玉乳，雪溅紫瓯圆。　娇鬟，宜美盼，双擎翠袖，稳步红莲。座中客翻愁，酒醒歌阑。点上纱笼画烛，花骢弄、月影当轩。频相顾，余欢未尽，欲去且流连。——米芾《满庭芳·咏茶》既细腻传神地写出了煮茶的程序，又写出了雅宴清谈中侍女的娇美，坐客的流连，表现了高会难逢、主人情重的意蕴，充满清雅、高旷的情致。

满庭芳 夏日溧水无想山作

[北宋] 周邦彦

风老莺雏，雨肥梅子，午阴嘉树清圆。地卑山近，衣润费炉烟。人静乌鸢自乐，小桥外、新绿溅溅。凭栏久，黄芦苦竹，拟泛九江船。　年年，如社燕，飘流瀚海，来寄修椽。且莫思身外，长近尊前。憔悴江南倦客，不堪听、急管繁弦。歌筵畔，先安簟枕，容我醉时眠。

且莫思身外，长近尊前　王福庵

社燕，即燕子每于春社日来，秋社日去，故称社燕。

簟，竹席。古人常用"簟枕"比喻闲居生活。

清胡锡珪《仕女图》（局部），其题诗曰："横斜疏影落阑干，翠羽无声月一九。雪里梅花香更好，有人耐得半宵寒。"故宫博物院藏

这首词作于元祐八年（1093）知溧水任上，咏叹哀乐无端、失意沦落的宦游生活。上片描绘一幅极饶江南意趣的初夏图景，历历如绘，而将羁旅愁怀融入景中，笔意含蓄。下片以社燕自喻，曲尽频年宦海飘流，唯有向酒宴中暂寻欢乐，对客愁眠。语虽宛转，意实沉痛。清陈廷焯谓此词"说得虽哀怨，却不激烈，沉郁顿挫中别饶蕴藉"（《白雨斋词话》卷一），可谓的评。词中从语汇到意境多处化用唐诗人杜牧、杜甫、刘禹锡、白居易、李白诗句，如水中着盐，浑化无迹。

满庭芳　残梅

［南宋］李清照

小阁藏春，闲窗锁昼，画堂无限深幽。篆香烧尽，日影下帘钩。手种江梅更好，又何必、临水登楼。无人到，寂寥浑似，何逊在扬州。　　从来知韵胜，难堪雨藉，不耐风揉。更谁家横笛，吹动浓愁。莫恨香消雪减，须信道、扫迹情留。难言处，良宵淡月，疏影尚风流。

这首咏梅词当作于词人晚年，字里行间充满着历经沉重打击后的深沉的幽怨情怀。上片写梅绽之时，往日与丈夫手种江梅和梅边吟咏的情景浮现眼前，如今斯人已去，联想到南朝诗人何逊因思念梅花从洛阳又回到扬州，对花彷徨终日不能去的故事，唯有与梅相对怅然无语。下片转咏梅落抒发愁怀。结末写梅影，淡淡的月色里，依然有疏影横斜的丽姿与暗香浮动的清韵。于此，亦梅亦人，梅的风韵与人的情意融合为一幅动人的情景，有言尽而意无穷之妙。全词情调凄凉悲咽，词意深婉曲折，音调低沉谐美。

满庭芳　促织儿

［南宋］张镃

月洗高梧，露溥幽草，宝钗楼外秋深。土花沿翠，萤火坠墙阴。静听寒声断续，微韵转、凄咽悲沉。争求侣，殷勤劝织，促破晓机心。　　儿时曾记得，呼灯灌穴，敛步随音。任满身花影，犹自追寻。携向华堂戏斗，亭台小、笼巧妆金。今休说，从渠床下，凉夜伴孤吟。

据姜夔《齐天乐》咏蟋蟀的小序，张镃这首词是庆元二年（1196）于张达可家与姜夔会饮时，闻屋壁间蟋蟀声，两人同时写来交给歌者演唱的。上片写凉秋月夜蟋蟀似悲弦哀管、如泣如咽的鸣叫声，透出词人伤时的凄切感喟。下片追忆儿时"呼灯灌穴，敛步随音"和"华堂戏斗"的捉蟋蟀、斗蟋蟀的情景，写来活灵活现，如临其境，周密称之为"咏物之入神者"（《历代诗馀·词话》引）。结末折回现实：中原沦丧已经八十余年，往事如梦，欲说还休，在这深秋凉夜，听那蟋蟀的孤鸣，只能徒然触动悲怀满腹，哪里还会有孩提时代的欢乐情趣？字里行间，可以感知词人痛苦而矛盾的心灵。

梁启超集宋词联

参读

丙辰岁，与张功父会饮张达可之堂，闻屋壁间蟋蟀有声，功父约予同赋，以授歌者。功父先成，词甚美。予徘徊茉莉花间，仰见秋月，顿起幽思，寻亦得此。蟋蟀，中都呼为促织，善斗。好事者或以三二十万钱致一枚，镂象齿为楼观以贮之。

庾郎先自吟愁赋，凄凄更闻私语。露湿铜铺，苔侵石井，都是曾听伊处。哀音似诉，正思妇无眠，起寻机杼。曲曲屏山，夜凉独自甚情绪。　　西窗又吹暗雨。为谁频断续，相和砧杵。候馆迎秋，离宫吊月，别有伤心无数。豳诗漫与。笑篱落呼灯，世间儿女。写入琴丝，一声声更苦。（原注：宣、政间，有士大夫制《蟋蟀吟》。）——姜夔《齐天乐》以蟋蟀哀音为贯串线索，于含蓄凝重的感叹中寄寓了词人对靖康以来切齿腐心的亡国之痛。清郑文焯谓"功父《满庭芳》词咏蟋蟀儿，清隽幽美，实擅词家能事，有观止之叹；白石别构一格，下阕寄托遥深，亦足千古矣"（《郑校白石道人歌曲》）。

斗蟋蟀又称"秋兴""斗促织""斗蛐蛐"，是利用雄性蟋蟀勇猛好斗的习性，使其两两相斗的博戏活动。自唐兴起后，历宋、元、明、清、民国，至今不衰。图为宋磁州窑婴戏捉、斗蟋蟀图枕

《太平御览》卷九百四十九引陆机《毛诗疏义》：幽州人谓之促织，督促之言也。里语曰：趣织（即促织）鸣，懒妇惊。

王仁裕《开元天宝遗事》：每秋时，宫中妃妾皆以小金笼闭蟋蟀，置枕函畔，夜听其声。民间争效之。

宋叶绍翁《夜书所见》："萧萧梧叶送寒声，江上秋风动客情。知有儿童挑促织，夜深篱落一灯明。"

徐郎，借徐德言指徐君宝。陈亡后，徐德言与其妻乐昌公主分别，破镜各携一半，约定若能重逢，以合镜为信。

金粟堆，即金粟山，在蒲城东北十五公里。蒲水，指流经蒲城的洛水。

桑落，酒名。出于陕西蒲城，桑落时所酿之酒美，故称。

秦台，即凤台。《列仙传》载，萧史善吹箫，秦穆公以女弄玉妻之，日教弄玉吹箫作凤鸣。有凤凰来止，穆公为筑凤台。一日萧史乘龙，弄玉乘凤，一起飞去。因以"秦台"为美满姻缘的典实。

凤子，即蝴蝶。

香雨，指落花。

坠井银瓶，喻女子出嫁后与家人永绝。白居易《新乐府》："井底引银瓶，银瓶欲上丝绳绝。"

今无（1633—1681）俗姓万氏，字阿字，广东番禺人。海幢寺僧。善诗，性豪宕不羁。有《光宣台词》。

满庭芳

[南宋] 徐君宝妻

汉上繁华，江南人物，尚余宣政风流。绿窗朱户，十里烂银钩。一旦刀兵齐举，旌旗拥、百万貔貅。长驱入，歌楼舞榭，风卷落花愁。　　清平三百载，典章文物，扫地俱休。幸此身未北，犹客南州。破鉴徐郎何在，空惆怅、相见无由。从今后，梦魂千里，夜夜岳阳楼。

咸淳十年（1274）元兵自襄阳分道而下，不久东破鄂州。次年三月，南陷岳州。女词人被掳至临安，坚不从敌，以极从容之辞气、超常之气度，留下这首可歌可泣的绝笔词，投池自尽。上片极写故国的繁盛及横遭元兵的蹂躏，表达对国破家亡之恨和自身被掳之辱的无限悲慨；下片写对宋文明衰亡的痛惜和对丈夫最后的深挚怀念，将祖国历史文化和个人命运的双重劫难融汇一处，识见不凡，意境极为崇高。全词笔调凄婉，用典贴切，感情由悲愤激烈而为凄恻低徊，令人不忍卒读。

满庭芳　蒲城惜别

[清] 屈大均

金粟堆边，冰蒲水畔，紫骝迢递迎来。月中惊见，光艳似云开。桑落沾人半醉，将长笛、弄向秦台。天明去，鞭挥岸曲，愁杀渡人催。　　徘徊，空叹息，桃花易嫁，凤子难媒。和香雨氤氲，飞作尘埃。坠井银瓶永绝，谁复取、仙液盈杯。应知尔，三春绣阁，幽寂委苍苔。

这是一首独特的迎亲词。词人心怀恢复大志，慷慨远游。清康熙四年（1665）北行入秦，联络陕西志士。次年秋，复离陕入晋，寄居于代州陈上年家中，由李因笃撮合，娶明故榆林都督王壮猷之女华姜为妻。华姜是将门之后，善骑射，能诗画，性情豪迈，与词人甚为相得。词写在蒲城迎娶的情景，在旖旎温馨中仍透出一股苍凉的情调。

满庭芳　出山海关

[清] 今无

地尽天穷，云寒雪重，月明画角声长。荒鸡塞远，漂泊泪如霜。城旦鬼薪何处，学苏卿、啮雪驱羊。却从来、堪怜节烈，抵死问苍苍。　　长城东去也，沙封白骨，雪打皮囊。更烟流短草，雁起边墙。凄断神州抛撇，氍毹间、箕子佯狂。莫回首，秦淮箫鼓，特地又悲凉。

　　明亡后，不少爱国志士见恢复无望，发愤出家为僧，不与清廷合作，今无就是其中的一个。时祖心大师函可，因私撰史书揭露清兵残暴，被遣戍沈阳，今无徒步万里，出塞访之，相见于冰天雪窖中，扼腕唏嘘。这首词描写出关东行时所见荒寒、悲惨景象，赞美函可遣戍辽东苦况中不改气节义烈，表现出一位志士对家国倾覆、人民遭难的无限怆痛之情，悲慨苍凉，回肠荡气，撼人心魄。

满庭芳

[清] 宋徵璧

　　云覆银塘，风吹野葛，盈畴麦浪芊绵。王孙芳草，惆怅已连天。踏破牛羊上陇，总埋没、旧恨新怜。斜阳里，漫留华表，回首一年年。　　平田，愁此日，龙蛇禁火，往事相传。但铜驼棘里，石马坟边。霸业已随流水，空遗痛、血染啼鹃。伤心客，春城眺望，极目洒寒烟。

　　这首词描写寒食节所见萧瑟冷森、令人怵目惊心的景色，反映了出身为明末进士而入清仕为潮州知府的词人抚今追昔的复杂心情。

满庭芳　和人潼关

[清] 曹贞吉

　　太华垂流，黄河喷雪，咸秦百二重城。危楼千尺，刁斗静无声。落日红旗半卷，秋风急、牧马悲鸣。闲凭吊，兴亡满眼，衰草汉诸陵。　　泥丸封未得，渔阳鼙鼓，响入华清。早平安烽火，不到西京。自古王公设险，终难恃、带砺之形。何年月，铲平斥堠，如掌看春耕。

　　绵延的太华山，喷雪嘶吼的黄河，重城、危楼、落日、秋风、刁斗、红旗、马的悲鸣、草的衰飒……由潼关雄壮而凄凉的暮秋景象，

荒鸡，夜间不定时啼叫的鸡。"荒鸡塞远"，语意相关。鸡塞，亦指鸡鹿塞。在今内蒙古杭锦后旗西北。

城旦、鬼薪，秦汉时的两种徒刑，刑期分别为四年、三年。

苏卿，苏武。

皮囊，臭皮囊。指人的躯壳。

箕子，商纣王的诸父，官太师，曾屡谏纣王，不听，"乃被发佯（佯）狂而为奴，遂隐而鼓琴以自悲"（《史记》卷三十八），周武王灭商后，封箕子于朝鲜。

《晋书》卷六十："（索）靖有先识远量，知天下将乱，指洛阳宫门铜驼，叹曰：'会见汝在荆棘中耳？'"铜驼，铜制的骆驼，古代置于宫门外。形容国土沦陷后残破的景象。

宋徵璧（约1602—1672）字尚木，江南华亭（今属上海市）人。崇祯进士，与陈子龙等交厚。明亡后与从弟徵舆降清，官潮州知府。有《抱真堂诗稿》八卷，另有词集《三秋词》。

潼关古城东门旧照

潼关，故址在今陕西泸关县北，是陕西、河南、山西三省的要冲。

太华，即五岳之一的西岳华山。

垂旒，皇冠前后垂挂的玉串珠串。

咸秦，秦国都咸阳，故称咸秦。《东观汉记》卷二十三："（隗）将王元说嚣曰：'……元请以一丸泥，为大王东封函谷关。'"意谓用一泥丸即可塞牢函谷关。

渔阳鼙鼓，指唐天宝年间的安禄山之乱。渔阳，今北京平谷、河北蓟县一带。鼙鼓，古代的一种军用鼓。

华清，陕西临潼山的华清宫，为唐玄宗与杨贵妃游宴的地方。

【注】后片第四句是上一、下四句法，亦作"仄中平平仄"。

引出苍茫的怀古意绪，借攻占潼关进犯长安的安史之乱作为历史教训，最后以天险不足恃，愿永息战争、令百姓安居乐业作结，将深沉之思潜藏于冷峻的笔墨中。全词雄深苍浑，法度谨严。

倚声依谱

《满庭芳》又名《锁阳台》《满庭霜》《潇湘夜雨》等。双调九十五字，前片十句四平韵，后片十一句五平韵。过片二字，亦有不叶韵连下为五言句者。多用四字句、六字句、上三下四句法之七字句。宜抒缠绵悱恻之情，亦可用以议论、写景、叙事、祝颂、酬赠。

【定格】
中仄平平，中平中仄，仄中平仄平平。
仄平平仄，平仄仄平平。
中仄平平仄仄，中中仄、中仄平平。
平平仄，中平中仄，中仄仄平平。

平平，平仄仄，平平仄仄，中仄平平。
仄平仄平平，中仄平平。
中仄中平仄仄，中中仄、中仄平平。
平平仄，中平中仄，中仄仄平平。

《词谱》（《满庭芳》）

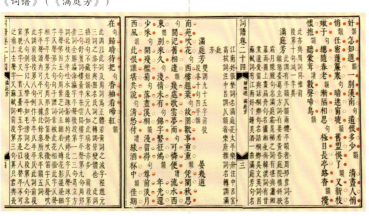

青玉案

梅子黄时雨

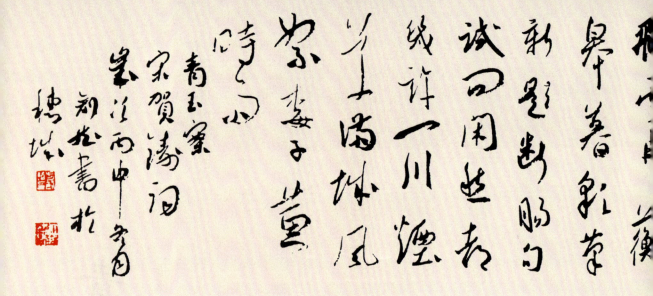

方创然书《青玉案》

华音流韵

青玉案

[北宋] 贺铸

凌波不过横塘路[1]，但目送、芳尘去。锦瑟华年谁与度[2]。月桥花院[3]，琐窗朱户[4]，只有春知处。　　碧云冉冉蘅皋暮[5]，彩笔新题断肠句[6]。试问闲愁都几许[7]。一川烟草[8]，满城风絮，梅子黄时雨[9]。

临风赏读

这首词为贺铸《东山词》中倾倒千古的压卷之作，最为脍炙人口。

词人在苏州盘门之南十余里处筑企鸿居，其地即是横塘。他经常在这一带盘桓，曾瞥见一个曼妙女郎倩影倏然而去，情思一缕，而无由通语，于是就有了这首惆怅低徊之作。

开头三句，用曹植《洛神赋》"凌波微步，罗袜生尘"之语。词人原是渴望女郎芳步，直到横塘近处，而不料翩然远去，只能从所见到的一片芳尘之中，想象其"凌波微步"的美妙姿态而已。谁与她共度美好的年华呢？在那优美富丽的深宅大院里头，恐怕只有春才知道她的处所吧。

[注释]

①凌波，语出曹植《洛神赋》"凌波微步，罗袜生尘"，形容神女掠水行走时的轻盈步态。此处代指美人。

②锦瑟华年，指美好的青春时期。李商隐《锦瑟》："锦瑟无端五十弦，一弦一柱思华年。"

③"月桥"一作"月台"，"花院"一作"花榭"。

④琐窗，雕绘连琐花纹的窗子。

⑤碧云，一作"飞云"。蘅皋，长着香草的水边高地。

⑥彩笔，生花妙笔。据《南史·江淹传》等载，南朝江淹少时，梦人以五色笔相授，自此后文思大进，文才焕发。后世遂用来借喻文笔卓迈不凡。比喻有写作的才华。

⑦都几许，共有多少。

⑧一川，遍地，整个原野。

⑨梅子黄时雨，江南农历四五月间常阴雨连绵，而此时正值梅子黄熟，故俗称"梅雨"。

凌波不过横塘路，但目送、芳尘去。锦瑟华年谁与度？月桥花院，琐窗朱户，只有春知处。

下片转写怅惘的怀抱。天空，碧云缓缓流动；地下，岸边香草轻轻地摇曳。伫望既久，望断云天，而"日暮碧云合，佳人殊未来"（江淹句）。词人期待再遇佳人，但佳人不至，只得题写断肠诗句。词至此一笔宕开，用"试问"呼起，引人遐想，接着又用舒徐而低沉的口气，满怀幽怨地以三个比喻、排比句作答：闲愁就像那一望无垠的满川烟草，漫天飞扬的一城飞絮，和绵绵霏微的黄梅雨。三者杂沓纷陈，弥天盖地而来，令人无所遁逃，不觉触发内心郁积难解、缠绵不绝之愁情，无怪乎俞陛云说："用三叠笔写愁，如三叠《阳关》，令人凄绝。"（《唐五代两宋词选释》）这三句兴中有比，意味深长，被誉为绝唱。

词的表面上似写词人思美人而不可得的万斛闲愁与对美人迟暮的深长嗟叹，实则是抒发词人沉沦下僚悒悒不得志的幽怅清恨。全词意境优美，清切婉丽，语句洗练，妙喻连珠。其中暗用了不少典故，而又十分自然妥帖，浑然无迹。

横塘也称横溪，在苏州古城西南角，坐落在胥江、古运河和越来溪的会合处。

明文徵明《横塘图》。远山重重叠叠，连绵不绝。山下是宽阔的江面，村落掩藏于疏林之中，江岸柳树随风摇曳。江上建有小桥、水榭。一派江南之景。全画萧疏简练，格调高雅，淡逸文静。故宫博物院藏

清丁鹏《洛神图卷》，描绘洛神
凌波翩翩而行，衣裙迎风飘举，明眸
顾盼含情

 古今汇评

周紫芝：贺方回尝作《青玉案》，有"梅子黄时雨"之句，人皆服其
工，士大夫谓之"贺梅子"。（《竹坡诗话》）

罗大经：贺方回云："试问闲愁都几许？一川烟草，满城风絮，梅子黄
时雨。"盖以三者比愁之多也，尤为新奇，兼兴中有比，意味
更长。（《鹤林玉露》乙编卷一）

沈　谦："一川烟草，满城风絮，梅子黄时雨。"不特善于喻愁，正以
琐碎为妙。（《填词杂说》）

万　树：词情词律高压千秋，无怪一时推服。（《词律》卷十）

先著、程洪：工妙之至，无迹可寻，语句思路亦在目前，而千人万人不
能凑泊。（《词洁辑评》卷二）

黄蓼园：所居横塘，断无宓妃到。然波光清幽，亦常目送芳尘，第孤寂
自守，无与为欢，惟有春风相慰藉而已。次阕言幽居肠断，不
尽穷愁，惟见烟草、风絮、梅雨如雾，共此旦晚耳，无非写其
境之郁勃岑寂也。（《蓼园词评》）

李其宗：可堪时候又黄梅，无数闲愁得得来。直把年华等风絮，断肠宁
独贺方回。（《读历朝词杂兴》）

孙尔准：严（绳孙）、顾（贞观）同熏北宋香，清词前辈数吾乡。珠帘
细雨今犹昔，贺老江南总断肠。（《论词绝句》之九）

唐圭璋：此首为幽居怀人之作，写境极岑寂，而中心之穷愁郁勃，并见
言外。至笔墨之清丽飞动，尤妙绝一世。（《唐宋词简释》）

参读

　　兰芷满汀洲，游丝横路。罗袜尘生步，迎顾。整鬟颦黛，脉
脉两情难语。细风吹柳絮，人南渡。　　回首旧游，山无重数。花
底深朱户，何处。半黄梅子，向晚一帘疏雨。断魂分付与，春将
去。——贺铸《感皇恩》。上片描绘主人公在春末夏初时节伫立汀
洲，与伊人相会却不能互通款曲，一吐衷肠，以及伊人飘飘归去后
的怅惘。下片以淡淡的语言抒写那种追觅无着的痛苦不宁。全词清
疏淡雅，明隽幽洁，独具神韵，堪称词中《洛神赋》。

　　落红吹满沙头路，似总为、春将去。花落花开春几度。多情惟有，画梁双燕，知道春归处。　　镜中冉冉韶华暮，欲写幽怀恨无句。九十花期能几许。一卮芳酒，一襟清泪，寂寞西窗雨。——元好问这首《青玉案》用贺词原韵，描写暮春景色，以婉转曲折的笔调，抒写幽怨难言的情怀，令人读来低徊欲绝，无限神伤。

南浦春来绿一川，石桥朱塔两依然。年年送客横塘路，细雨垂杨系画船。——宋范成大《横塘》描绘出了恬然如画的横塘风光。

词人心史

贺铸（1052—1125）字方回，居卫州（今河南卫辉）。宋太祖孝惠皇后五代族孙。自称远祖本居山阴，为唐诗人贺知章裔孙，以知章居庆湖（即镜湖），故自号庆湖遗老。据说他"貌奇丑，色青黑而有英气，俗谓之'贺鬼头'"（《老学庵笔记》卷八）。他生性鲠直豪爽，评论是非，不避权贵，以致颇遭忌刻，仕途困顿，只做过右班殿直、监临城酒税及泗州、太平州通判等小官，一生沉沦下僚，郁郁不得志。晚年退居苏州，最后卒于常州僧舍。他与米芾、程俱、秦观、苏轼、黄庭坚、李之仪和叶梦得等人交好。

贺铸是一位既富于豪侠之气又深于儿女之情、迥出时俗的奇侠之士，其文采绚丽多发，诗、词、文皆善，而尤长于作词度曲。其词善于锤炼字句，自云笔端能驱使李商隐、温庭筠。风格多样，刚柔兼济，善以健笔写柔情，时而显得富艳精工、温柔缱绻，时而显得幽忧悲慨，奇崛壮浪，兼具豪放、婉约二派之长。其剑吼西风抒写自我的英雄豪侠气概，开启了辛弃疾豪气词的先声；其深婉密丽的语言风格则影响到南宋吴文英等人，在词史有其独特的地位。

宋朝奉郎贺公铸

任熊绘《贺铸像》

贺铸跋李公麟《西岳降灵图》（或谓贺跋为伪作）。故宫博物院藏

品题

方回少时，侠气盖一座，驰马走狗，饮酒如长鲸；然遇空无有时，俯首北窗下，作牛毛小楷，雌黄不去手，反如寒苦一书生；方回仪观甚伟，如羽人剑客；然戏为长短句，皆雍容妙丽，极幽闲思怨之情。方回慷慨感激，其言理财治剧

天若有情天亦老　清钱桢

元赵原《晴川送客图》，绘友人江边送别情景。美国大都会艺术博物馆藏

之方，矗矗有绪，似非无意于世者，然遇轩裳角逐之会，常如怯夫处女。（程俱《贺方回诗序》）

方回词，胸中眼中，另有一种伤心说不出处，全得力于楚《骚》，而运以变化，允推神品。又：方回词极沉郁，而笔势却又飞舞，变化无端，不可方物，吾乌乎测其所至。（陈廷焯《白雨斋词话》卷一）

（贺铸）词语意清新，用心甚苦，又能出以奇崛之笔，实兼"豪放""婉约"二派之长。（龙榆生《唐五代宋词选》）

参读

缚虎手，悬河口，车如鸡栖马如狗。白纶巾，扑黄尘，不知我辈可是蓬蒿人。衰兰送客咸阳道，天若有情天亦老。作雷颠，不论钱，谁问旗亭美酒斗十千。　酌大斗，更为寿，青鬓常青古无有。笑嫣然，舞翩然，当垆秦女十五语如弦。遗音能记秋风曲，事去千年犹恨促。揽流光，系扶桑，争耐愁来一日却为长。——贺铸《行路难》。词人认为自己论武则能"缚虎"，论文则口若悬河，却过着穷愁潦倒的生活。奔走于浊世间，不得舒展才能，空有报国凌云志。

词林逸事

贺铸的这首《青玉案》一问世，就被誉为咏愁情的"绝唱"，不胫而走，广为流传，竞相和韵。据不完全统计，宋金人作《青玉案》步贺铸韵者有苏轼、李之仪、周紫芝、张元幹、元好问等二十九人三十三首。一首词吸引如此众多的词人为之倾倒，步韵写词，足见其经久不衰的艺术感染力。

元祐四年（1089）到六年，苏轼出知杭州，苏坚（字伯固）为其下属。方经理开西湖，伯固建议，谓当参酌古今而用中策，湖成，其力为多。两人交情甚笃。三年后，苏轼送别友人归里，惜别之情难以自已，于是写下《青玉案·和贺方回韵，送伯固还吴中》：

三年枕上吴中路，遣黄犬、随君去。若到松江呼小渡，莫惊鸳鸯，四桥尽是，老子经行处。　辋川图上看春暮，常记高人右丞句。作个归期天已许。春衫犹是，小蛮针线，曾湿西湖雨。

著名诗人黄庭坚和他的哥哥黄大临也极为称赏这首《青玉案》。

黄庭坚曾手书置之几研间，时自玩味，认为堪比秦观的名作《好事近·梦中作》，并仿杜甫的《存殁口号》，在鄂州作《寄贺方回》：

> 少游醉卧古藤下，谁与愁眉唱一杯。
> 解道江南断肠句，只今唯有贺方回。

明孙克宏绘《黄庭坚像》

崇宁二年（1103）十一月，黄庭坚被贬谪宜州（今广西宜山），投荒万死。是年十二月，七兄元明在鄂州依贺铸原韵作《青玉案》一首送别（词前小序云"和贺方回韵，送山谷弟贬宜州"）：

> 千峰百嶂宜州路，天黯淡、知人去。晓别吾家黄叔度。弟兄华发，远山修水，异日同归处。　　长亭饮散尊罍暮，别语缠绵不成句。已断离肠能几许。水村山郭，夜阑无寐，听尽空阶雨。

贬谪途中，黄庭坚与友人、著名诗僧惠洪相会于长沙，惠洪也依贺词原韵次韵一首，写得情思深挚，感人肺腑：

> 绿槐烟柳长亭路，恨取次、分离去。日永如年愁难度。高城回首，暮云遮尽，目断人何处。　　解鞍旅舍天将暮，暗忆叮咛千万句。一寸柔肠情几许。薄衾孤枕，梦回人静，侵晓潇潇雨。

定知石友许忘年（黄庭坚《次元明韵寄子由》句）　王福庵

崇宁三年六月，黄庭坚终于到达宜州贬所，展读兄长赠词，抑郁愁苦之情喷涌而出，即刻和下一首郁勃淋漓的《青玉案》上酬兄长：

> 烟中一线来时路，极目送、幽人去。第四阳关云不度。山胡声啭，子规言语，正是人愁处。　　别恨朝朝连暮暮，忆我当年醉时句。渡水穿云心已许。晚年光景，小轩南浦，帘卷西山雨。

明佚名《秋江送别图》（局部）。沈阳故宫博物院藏

是年十二月，黄大临自永州赴宜州探望弟弟，相聚四十天后，于崇宁四年二月离开宜州。返程中，他又作了一首《青玉案》寄给弟弟：

> 行人欲上来时路，破晓雾、轻寒去。隔叶子规声暗度。十分酒满，舞裀歌袖，沾夜无寻处。　　故人近送旌旗暮，但听阳关第三句。欲断离肠

黄公度（1109—1156）字师宪，福建莆田人。绍兴进士，签书平海军节度判官。后被秦桧诬陷，罢归。有《知稼翁词》。

剪剪，形容风势轻寒。

明戴进《关山行旅图》，描绘行旅长途跋涉到达僻远山村的情景。山脚下几株劲松屈曲盘桓，枝叶茂盛。板桥上三驴踯躅而行，两位行旅者挑担、背筐后随，发现前面有山间茅店，急欲投店歇息。远景山道上又有拉驴上山者，躬腰挑担下山者，另显一番艰辛情状。画面展现的生活场景真实生动，富有生机。故宫博物院藏

余几许。满天星月，看人憔悴，烛泪垂如雨。

 ## 低吟／浩唱

青玉案

[北宋] 曹组

碧山锦树明秋霁，路转陡、疑无地。忽有人家临曲水。竹篱茅舍，酒旗沙岸，一簇成村市。　　凄凉只恐乡心起，凤楼远、回头漫凝睇。何处今宵孤馆里。一声征雁，半窗残月，总是离人泪。

这首词抒写旅愁乡思。上片写秋山行旅中所见的青山红树，如画的烟村，景中寓情，为下文转写乡愁埋下伏笔。下片感叹路远人遥，空自凝望，乡思盈怀，最后以今宵旅宿的孤寂况味作结。全篇写得峰回路转，曲折尽致，读来只觉精神飞动，情韵无限。

青玉案

[南宋] 黄公度

邻鸡不管离怀苦，又还是、催人去。回首高城音信阻。霜桥月馆，水村烟市，总是思君处。　　裛残别袖燕支雨，漫留得、愁千缕。欲倩归鸿分付与。鸿飞不住，倚阑无语，独立长天暮。

词人于绍兴八年（1138）以进士科及第，得到宰相赵鼎的赏识，而受到奸臣秦桧的忌恨。词人任泉南（在今福建境）签幕之期始满，秦桧便假借君命令他速返都城临安。词人迫于圣命，不敢延误，此首便是离泉南动身返临安时所作，看似一般的羁旅行愁，实则借伤别离以抒发一腔忠贞、满腹愤懑。结句含而不露，深刻真朴，令人回味。

青玉案

[南宋] 石孝友

征鸿过尽秋容谢，卷离恨、还东下。剪剪霜风落平野。溪山掩映，水烟摇曳，几簇渔樵舍。　　芙蓉城里人如画，春伴春游夜转夜。别后知他如何也。心随云乱，眼随天断，泪逐长江泻。

这首词为离别成都，放舟东下，在舟中恋念情人而作。上片写

眼前沿江两岸风景，下片怀旧游而兴无限怅思，基调凄苦。

青玉案

［南宋］辛弃疾

东风夜放花千树，更吹落、星如雨。宝马雕车香满路。凤箫声动，玉壶光转，一夜鱼龙舞。　　蛾儿雪柳黄金缕，笑语盈盈暗香去。众里寻他千百度。蓦然回首，那人却在，灯火阑珊处。

宋佚名《水村烟霭图》，坡渚拖抹，烟霭迷离，一片水村平远景象。故宫博物院藏

古代词人写上元灯节的词，不计其数，而写得最精彩、最美妙、最脍炙人口又百读不厌的，非这首莫属。这首词描述的是元宵节热闹景象中词人寻找自己意中人的痴绝动人的故事。上片主要描写灯、月、烟火、笙笛、社舞交织成的元夕灯市欢腾盛况，摄人心魄。下片收缩笔墨，先将视线集中在惹人眼花缭乱的一队队的丽人群女，继而又将视点定格于那一个意中之人——词人寻她千百度、陷于一片茫然之时，蓦然回首，却发现自己苦苦追寻的人正在那灯火暗淡之处。读到末幅煞拍，令人恍然大悟：那上阕元夕盛况，那下阕的如云好女，原来都只是为那一个意中之人而设，为"那万金无价的人生幸福而又辛酸一瞬"（周汝昌语）而写。这首构思精妙、含蓄婉转、余味无穷的情词，有人也认为其中另有寄托，梁启超就说它"自怜幽独，伤心人别有怀抱"（《艺蘅馆词选》丙卷）。

青玉案　被檄出郊题陈氏山居

［南宋］张榘

西风乱叶溪桥树，秋在黄花羞涩处。满袖尘埃推不去。马蹄浓露，鸡声淡月，寂历荒村路。　　身名都被儒冠误，十载重来漫如许。且尽清樽公莫舞。六朝旧事，一江流水，万感天涯暮。

这首词通过秋景的描写，抒发词人十年仕宦的感慨。上片是一幅寥落、清冷的荒村行路图。"秋在黄花羞涩处"一句描写经严霜摧折后菊的神态，又恰好表达词人此时此地内心的羞愤、苦涩，的是传神。下片抒发词人到达陈氏山居后触发的对身世国情的无限感

芙蓉城，四川成都的别称，以五代时后蜀孟昶在城上种芙蓉花而得名。

儒冠，儒生戴的帽子。唐代杜甫诗："纨袴不饿死，儒冠多误身。"后世泛指读书人。

张榘字方叔，润州（今江苏镇江）人。约宁宗嘉定初前后在世。曾任建康令。词极清丽流转。有《芸窗词》一卷。

清髡残《茂林秋树图》，前段描写茂林密树，后段写山石，磴道上一人持杖拾级而上，似是在寻觅山中幽趣。此幅用笔繁复，墨色清润，设色平添几许秋意。台北"故宫博物院"藏

慨。通篇构思奇巧，平易浅近。

青玉案　癸未道间

[南宋] 李曾伯

栖鸦啼破烟林暝，把旅梦、俄惊醒。猛拍征鞍登小岭。峰回路转，月明人静，幻出清凉境。　　马蹄踏碎琼瑶影，任露压巾纱未忺整。贪看前山云隐隐。翠微深处，有人家否，试击柴扃问。

这首词以轻灵鲜活的文字，描写夜行山林，峰回路转，佳境迭现，佳趣横生。

琼瑶，指月色。

未忺，不想。

按《青玉案》词格，此句应为七字，添一个衬字"任"，更突出词人的那种舒适感、满足感。

青玉案

[南宋] 黄公绍

年年社日停针线，怎忍见、双飞燕。今日江城春已半。一身犹在，乱山深处，寂寞溪桥畔。　　春衫着破谁针线，点点行行泪痕满。落日解鞍芳草岸。花无人戴，酒无人劝，醉也无人管。

这首词抒写游子思乡情怀。结尾三句，说有好景而无人同赏，欲消愁而无人劝酒，醉倒时也无人扶携，连用"无人"排比，跌宕多姿，写尽孤身羁旅的凄楚况味，真可谓"语淡而情浓，事浅而言深，真得词家三昧"（明贺裳《皱水轩词筌》）。

一说此词为无名氏作。

停针线，《墨庄漫录》说："唐、宋社日妇人不用针线，谓之忌作。"

黄公绍字直翁，邵武（今属福建）人。咸淳进士。入元不仕，隐居樵溪。著有《在轩词》。

青玉案　忆旧

[清] 王夫之

桃花春水湘江渡，纵一艇、迢迢去。落日頮光摇远浦。风中飞絮，云边归雁，尽指天涯路。　　故人知我年华暮，唱彻霸陵回首句。花落风狂春不住。如今更老，佳期逾杳，谁倩啼鹃诉。

这首词通过追忆一次与朋友的别离，抒写了词人深沉的亡国之哀，充满着浓郁的悲凉色彩。篇末以"啼鹃"作结，尤为凄婉沉痛。前人评王词"字字楚骚心"，以此首言之，信乎不谬。

青玉案　临淄道上

[清] 朱彝尊

清秋满目临淄水，一半是、牛山泪。此地从来多古意。王侯无数，残碑破冢，禾黍西风里。　青州从事须沉醉，稷下雄谈且休矣。回首吴关二千里。分明记得，先生弹铗，也说归来是。

这首词作于康熙七年（1668），一说八年（1669），将羁旅思乡之情与吊古述怀之意融合一处，寄托了词人深沉的眷恋故国的情思，词风苍凉老成，沉郁悲凄。

青玉案　吊古

[清] 徐灿

伤心误到芜城路，携血泪、无挥处。半月模糊霜几树。紫箫低处，翠翘明灭，隐隐辚车度。　鲸波碧浸横江锁，故垒萧萧芦荻浦。烟水不知人事误。戈船千里，降帆一片，莫怨莲花步。

这首词当为顺治初词人经扬州至金陵时凭吊南明灭亡之作。首句说明为过扬州作，次句"血泪"云云暗指清兵攻破扬州、屠城十日，及史可法壮烈殉国事。词的下片则伤悼昙花一现的南明的覆灭。末数句以女子之身为"红颜祸水论"翻案，识见超脱。全词词情悲凉，跌宕沉雄。

青州从事，指酒。南朝宋刘义庆《世说新语·术解第二十》："桓公有主簿善别酒，有酒则令先尝，好者谓'青州从事'，恶者谓'平原督邮'。"

稷下，战国齐宣王于齐都临淄稷门建稷下学宫，广招天下贤良博学之士到此传道授业、著书论辩。

弹铗，用战国齐冯谖弹铗而歌"长铗归来乎"之典。

朱彝尊书李白《春夜宴桃李园序》

元佚名《古木寒鸦图》，绘小溪蜿蜒流淌于丘陵间，丘陵上高树挺立，枝叶稀疏；天空中一群寒鸦盘旋飞舞，一派萧索荒寒的景象。或寄寓着元初蒙古统治下汉族士大夫坚贞不屈的情感。美国大都会艺术博物馆藏

青玉案

［清］顾贞观

天然一帧荆关画，谁打稿、斜阳下。历历水残山剩也，乱鸦千点，落鸿孤咽，中有渔樵话。　　登临我亦悲秋者，向蔓草、平原泪盈把。自古有情终不化。青娥冢上，东风野火，烧出鸳鸯瓦。

这首词作于词人去湖北楚黄官署探其姊时，约在顺治末年前后。其时烽火未熄，疮痍遍地。上片记登临所见，前三韵一扬一抑，词人深沉悲慨情思，伤心忧国之心溢见纸端。乱鸦落鸿是残水剩山的补写，渔樵话则是沧桑兴亡史。下片转入直抒登临之感，聚焦点于"自古有情终不化"之"化"字上。以鸳鸯瓦、青娥冢收束，凝结心头的怨苦被意象烘托得极其凄厉、悚动，也极见凄艳之美。

倚声依谱

《青玉案》又名《横塘路》《西湖路》，为北宋新声，调名取自汉张衡《四愁诗》"美人赠我锦绣缎，何以报之青玉案"。六十七字，前后片各六句，五仄韵。亦有第五句不用韵者。它原是双调，上下阕相同，只是上阕第二句变成三字一断的叠句，跌宕生姿。下阕则无此断叠。可用于抒情、写景、叙事、咏物、酬赠等题材，适宜表达低徊掩抑、哽咽幽怨的感情。

《词谱》（《青玉案》）

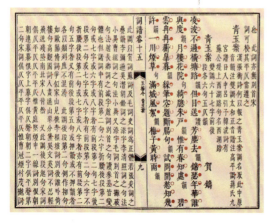

【定格】

中平中仄平平仄，仄中仄、平平仄。

仄仄平平平仄仄。

中平平仄，中平中仄，中仄平平仄。

中平中仄平平仄，中仄平平仄仄仄。

仄仄平平平仄仄。

中平平仄，中平中仄，中仄平平仄。

苏幕遮

梦入芙蓉浦

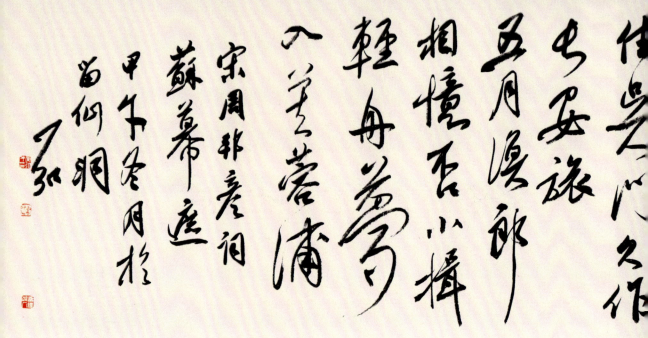

常弘才书《苏幕遮》

华音流韵

苏幕遮

[北宋] 周邦彦

　　燎沉香①，消溽暑②。鸟雀呼晴，侵晓窥檐语③。叶上初阳干宿雨，水面清圆，一一风荷举。　　故乡遥，何日去？家住吴门④，久作长安旅⑤。五月渔郎相忆否。小楫轻舟，梦入芙蓉浦⑥。

 临风赏读

　　这首词约作于元丰末年元祐初年客居汴京时。闷热的夏日，词人燃香消暑。一场夜雨，潮湿的暑气一扫而光。清晨，那些活蹦乱跳的鸟儿站在房檐上，窥视屋中，唧唧喳喳，仿佛报道雨后放晴的欢乐。在鸟雀一声声的催唤下，词人走出小院。首先映入其眼帘的，是一池风荷：夜雨初霁，清风徐来，池中微波荡漾，圆润的荷叶纷纷摇曳着，亭亭出水，舒挺起来……上片十分生动地描绘出一幅活泼清远的画境，声态、形神毕现，曲尽其妙。

[注释]
①燎，燃。沉香，水沉木制成的薰香。
②溽暑，盛夏湿热天气。
③侵晓，破晓，天刚亮。
④吴门，本为苏州别名，此指古属三吴之地的钱塘（杭州）。
⑤长安，这里借指北宋的都城汴京。
⑥芙蓉浦，荷花塘。

下片神思奔驰，由眼前的池中之荷，遥想故乡钱塘（杭州）"十里荷花"，顿起乡思无限。词人淹留汴京，家在钱塘，千里之遥，欲归不得，无奈只能形诸梦寐。梦中，词人恍惚间飞到了五月的江南，与儿时的小伙伴们泛着轻舟，荡开小楫，荡入西湖里那开满荷花的深处……词到这里煞尾，然而那欸乃声声，仿佛带着读者同他一道进入江南莲叶田田的幽美、空灵境界中。这个梦境被写得美妙诱人，又情思悠长，可谓宕出远神。

全词通过描写溽暑初发、风荷正举时清新明丽、生机勃勃的景物，委婉细腻地透出词人胸中那一股真挚浓烈的思乡之情，写景写人写情写梦皆语出天然，从容雅淡，风致绝佳。

宋佚名《高阁观荷图》，绘一士人斜卧敞轩中，面朝荷塘，神情从容闲适。轩外池塘荷叶田田，浮萍散缀其间，远处是烟云缭绕的远山，远山的远处则是一片茫茫，意境闲雅、空灵。朵云轩藏

🌀 古今汇评

周　济：上阕，若有意，若无意，使人神眩。（《宋四家词选》）

俞陛云："叶上"三句，笔力清挺，极体物浏亮之致。（《唐五代两宋词选释》）

十里荷花　叶潞渊

明徐渭《五月莲花图》，描绘江南浦头边上盛开的莲花，高低参差，偃仰有致，润满华滋，仿佛清香四溢，充满着荷塘野趣。水墨淋漓，运笔生风，酣畅大气，为其代表作之一。上海博物馆藏

王国维：美成《苏幕遮》词"叶上初阳干宿雨，水面清圆，一一风荷举"，此真能得荷花之神理者，觉白石《念奴娇》《惜红衣》二词，犹有隔雾看花之恨。（《人间词话》）

胡云翼：周邦彦的词向以"富艳精工"著称；这首词前段描绘雨后风荷的神态，后段写小楫轻舟的归梦，清新淡雅，别具一格。（《宋词选》）

参读

暗柳啼鸦，单衣伫立，小帘朱户。桐花半亩，静锁一庭愁雨。洒空阶、夜阑未休，故人剪烛西窗语。似楚江暝宿，风灯零乱，少年羁旅。　迟暮。嬉游处，正店舍无烟，禁城百五。旗亭唤酒，付与高阳俦侣。想东园、桃李自春，小唇秀靥今在否？到归时、定有残英，待客携尊俎。——周邦彦《琐窗寒》，寒食感怀围绕着一缕幽思展开，将词人对羁旅生活的厌倦，对年华流逝的痛惜，对家乡的思念，对故友的怀想和对情人的眷恋，都寄托于娓娓的叙写中，读来千回百转，荡气回肠。

词人心史

周邦彦（1056—1121）字美成，号清真居士，有堂名"顾曲"，钱塘（今浙江杭州）人。早年"疏隽少检"，放荡不羁，不为州里推重，而博涉百家之书。元丰初，游京师，献《汴都赋》称颂新政，得神宗赏识，由太学诸生擢为试太学正，一时声震海内。元祐初出为庐州（今安徽合肥）教授，元祐八年（1093）知溧水（今属江苏）县。绍圣四年（1097）还朝为国子主簿，次年除秘书省正字。徽宗时，仕至徽猷阁待制，提举大晟府（中央音乐机构）。后复外放，出知真定府（今河北正定），改知顺昌府（今安徽阜阳）。徙知处州（今浙江丽水），未到任，又奉祠提举南京（今河南商丘）鸿庆宫，宣和三年（1121）卒于此。有《片玉集》（又名《清真集》）传世。

在宋词史上，周邦彦有"词家之冠""词中老杜"之誉，是一位被推为婉约词派集大成的正宗词家。他精通音律，能自度曲，创制不少新词调，如《拜新月慢》《荔支香近》《玲珑四犯》等。

其词题材不甚开阔，多写闺情、羁旅，也有咏物之作。词风浑厚和雅，"富艳精工"（刘熙载《艺概》卷四）；抚写物态，细腻入微，曲尽其妙；又长于铺叙，善于熔铸古人诗句，造语精工，句法奇警，辞气高华；严于格律，在平仄之外，又分四声，故而音律和美，声调协婉。其声律音韵、结构方式、艺术手法对后世影响极大，开南宋姜夔、吴文英格律词派"雅词"创作的先河。

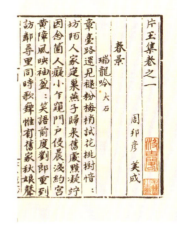

明抄本周邦彦《片玉集》（《宋元名家词七十种》）书影

品题

清真词多用唐人诗语，檃栝入律，浑然天成；长调尤善铺叙，富艳精工，词人之甲乙也。（陈振孙《直斋书录解题》卷二十）

美成自号清真，二百年来，以乐府独步。贵人、学士、市侩、妓女，皆知美成词为可爱。（陈郁《藏一话腴》外编）

周美成以旁搜远绍之才，寄情长短句，缜密典丽，流风可仰。其征辞引类，推古夸今，或借字用意，言言皆有来历，真足冠冕词林，欢筵歌席，率知崇爱。（陈元龙集注本《片玉集序》引刘肃语）

美成负一代词名，所作之词，浑厚和雅，善于融化诗句，而于音谱且间有未谐，可见其难矣。（张炎《词源》卷下）

凡作词当以清真为主。盖清真最为知音，而无一点市井气，下字运意，皆有法度，往往自唐、宋诸贤诗句中来，而不用经、史中生硬字面，此所以为冠绝也。（沈义父《乐府指迷》）

美成词如十三女子，玉艳珠鲜，政未可以其软媚而少之也。（彭孙遹《金粟词话》）

美成思力，独绝千古，如颜平原书，虽未臻两晋，而唐初之法，至此大备。后有作者，莫能出其范围矣。读得清真词多，觉他人之作，都不十分经意。钩勒之妙，无如清真。他人一钩勒便薄，清真愈钩勒愈浑厚。（周济《介存斋论词杂著》）

词至美成，乃有大宗。前收苏、秦之终，后开姜、史之始。自有词人以来，不得不推为巨擘。后之为词者，亦难出其范围。然其妙处，亦不外沉郁顿挫。顿挫则有姿态，沉郁则极深厚。既有姿态，又极深厚，词中三昧亦尽于此矣。（陈廷焯《白雨斋词话》卷一）

以宋词比唐诗，则东坡似太白，欧、秦似摩诘……而词中老杜，非先生不可……先生之词，于文字之外，须更味其音律……今其声虽亡，读其词者，犹觉拗怒之中，自饶和婉，曼声促节，繁会相宣，清浊抑扬，辘轳交往，两宋之间，一人而已。（王国维《清真先生遗事》）

其词以健笔写柔情，承贺氏之风而发扬光大之，更多创调。……音律与词情兼美，清真实集词学之大成，宜后世之奉为正宗也。（龙榆生《中国韵文史》）

奈愁极频惊，梦轻难记，自怜幽独（周邦彦《大酺·春雨》句）　王福庵

词林逸事

　　周邦彦早年"疏隽少检"，放荡不羁。在汴京做太学生时，读书温史之余，时常徜徉于青楼之中。有一首《少年游》追述的应是他在秦楼楚馆中的一段蜜意浓情：

　　并刀如水，吴盐胜雪，纤手破新橙。锦幄初温，兽烟不断，相对坐调笙。　　低声问向谁行宿，城上已三更。马滑霜浓，不如休去，直是少人行。

　　全词纯以清丽的语言进行白描。起拍三句聚焦于女主人公破橙待客的情景。情人双双，共进时新果品。虽然只有并刀、吴盐和一双纤手的细微动作，但女子的美丽、娇柔与温存、体贴，立刻浮现在读者眼前。真是境也纯净，情也温馨。接下三句写锦幄低垂，炉香纤纤袅袅，室内温暖如春。而此时男女主人公款款对坐，双双陶醉在悠远的笙曲中。词的下片转写女主人公软语留人。女子低声问："你今天晚上还要走吗？时间已是半夜，天又这么冷，霜又很浓，马儿会打滑，街上连人影也没几个，你就不要走了吧！"寥寥数语，蕴藉袅娜，一片真情，尽在其中，柔极妙极！

　　在这寥寥五十一字中，不但写故事，重现当时的情境，而且写对话，如见词中之人，且闻其语。难怪文人要添油加醋，演绎成一段宋徽宗、李师师和周邦彦三人之间的风流韵事。宋张端义《贵耳录》卷下载："道君（宋徽宗）幸李师师家，偶周邦彦先在焉。知道君至，遂匿床下。道君自携新橙一颗，云江南初进来。遂与师师谑语。邦彦悉闻之，檃栝成《少年游》云。"南宋周密《浩然斋词话》、明贺裳《皱水轩词笺》、清叶申芗《本事词》都有类似记述。前人如郑文焯、王国维、陈思均已辨之为小说家附会，不足为信。

周邦彦《屏迹帖》

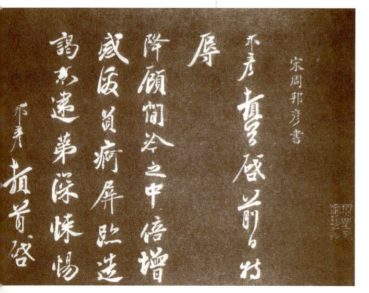

参读

　　周清真避道君，匿李师师榻下，作《少年游》以咏其事。吾极喜其"锦幄初温，兽烟不断，相对坐调笙"，情事如见。至"低声问向谁行宿，城上已三更。马滑霜浓，不如休去"等语，几于魂摇目荡矣。——明贺裳《皱水轩词筌》

《周易参同契》，东汉魏伯阳著，简称《参同契》，为道教最早的系统论述炼丹的经籍。

清髡残《苍山结茅图》，绘隐逸高士在苍翠幽邃的群峰绝壑间结庐而居的生活情景。群峰耸立，山泉飞流而下。林峦之间白云缭绕，屋舍临溪而建，前庭一仙鹤旁若无人地徜徉其间，画面充满着尘外幽逸之气。上海博物馆藏

低吟/浩唱

苏幕遮

[北宋] 范仲淹

　　碧云天，黄叶地。秋色连波，波上寒烟翠。山映斜阳天接水。芳草无情，更在斜阳外。　　黯乡魂，追旅思。夜夜除非，好梦留人睡。明月楼高休独倚。酒入愁肠，化作相思泪。

　　这是一代名臣抒写羁旅相思的一首绝唱。上片多用丽语，碧云、黄叶、翠烟、斜阳、山水天相接的江野，环环相扣，点染出一幅明丽旷远、气象阔大的秋景图，暗透柔情于美景而思绕天涯；下片直抒乡思苦怀，叙写既无好梦留人，又怕高楼独倚，借酒浇愁，但酒入愁肠，却化作点点滴滴的相思之泪。结拍两句清极而奇，最称警策。此词以铁石心肠人作黯然销魂语，低徊婉转，但又不失沉雄清刚之气，清谭献誉之为"大笔振迅"（《复堂词话》）之作。

苏幕遮

[南宋] 朱敦儒

　　瘦仙人，穷活计。不养丹砂，不肯参同契。两顿家餐三觉睡。闭著门儿，不管人闲事。　　又经年，知几岁。老屋穿空，幸有天遮蔽。不饮香醪常似醉。白鹤飞来，笑我颠颠地。

　　这首词活画了一个自乐自适的隐士形象。词人早年在洛阳过着诗酒风流、裘马轻狂的侠少生活，南渡后，他虽为国家中兴"幡然而起"，但备受打击，不过他罢官引退后没有丝毫沮丧失落之感，反而呈现出鱼归江湖，鸟入山林般的欣喜自适之情，在"瘦""穷"清苦的生活中，抱着饥即食，困即眠，天当被子地当床的豁达心态。

尤侗像

尤侗（1618—1704）字展成，号悔庵，又号西堂老人，江南长洲（今江苏苏州）人。康熙十八年（1679）举博学鸿词，授翰林院检讨，参与修《明史》。有《百末词》。严迪昌谓其词"自然生新，情文颇能互称，称丽处时有感慨，哀怨中不失流宕"（《清词史》）。

觱篥，古代管乐器，形似喇叭，用竹做管，用芦苇做嘴，亦作"觱栗"。

娄水，娄江，出太湖，穿苏州娄门而东，一路迤逦百余里，由刘家港（今江苏太仓浏河）入长江。

历下亭，在大明湖西岸，是济南著名的古迹。大诗人杜甫曾有诗句："海右此亭古，济南名士多。"（《陪李北海宴历下亭》）"古历亭"一词即由此而来。

苏幕遮

[清]尤侗

朔云寒，边塞苦。觱篥西风，吹散黄沙舞。夜半雪深三尺许。毡帐驼峰，倒载琵琶女。　　打围来，圈地去。银管吹烟，茶煮乌羊乳。蛮府参军穷塞主。匹马随他，看射南山虎。

顺治九年（1652）至十五年，词人在地处边关，又是连接山海关和京师交通要冲的永平府（治所在今河北卢龙）任推官（专管一府司法刑狱），此词作于任上，描写边塞的荒寒与粗犷的军旅生活，"圈地去"一句或深隐了对清初统治者大规模圈占汉人土地、进行野蛮劫掠的不满。全词笔致慷慨苍凉。

苏幕遮　娄江寄家信作

[清]彭孙遹

柳花风，榆荚雨。检点春光，去也何匆遽。红泪飘零千万树，纵有黄莺，啼到无声处。　　旅颜残，归计误。日日寻思，临别叮咛语。欲倩文鳞传尺素。娄水无情，不肯西流去。

这首词是词人在太仓寄家书的同时填的，上片写景，风雨中柳花和榆荚飘零，繁花零落，群莺乱啼，一片凄迷的暮春景象，以映衬思归之情切。下片直抒羁旅中久经风霜，容貌衰疲，归期难数，更加对妻子家人刻骨思念。结末欲托鲤鱼传书，无奈娄水无情，不肯西流，写来一波三折，情致深婉。

苏幕遮　大明湖泛月

[清]蒋士铨

画船游，明月路。古历亭虚，面面朱栏护。百顷明湖三万户。如此良宵，一点渔灯度。　　棹开时，香过处。说道周遭，荷叶青无数。却被芦花全隐住。泛遍湖湾，不见些儿露。

新秋在"菡萏千亩，流光溯空"的济南大明湖泛舟赏月，历来被视为良辰美景。此时，湖平如镜，清风拂面，"桂楫张筵，容与芦荻之岸；兼葭把露，翠生波而将流；荷芰连天，香随风而不断"（清蒲松龄《古历亭赋》），仿佛置身仙境。这首词即是写词人泛舟大明湖所见的美景，及寻找荷叶未见的情趣。

苏幕遮

[清] 黄景仁

雪初晴，帘正卷。未试春灯，先把春衣浣。第一番风须放软。怯怯春魂，万一惊他转。　　饮厌厌，歌缓缓。猛地思量，春近家乡远。细粟柳芽枝上满。待尔抽长，把我离愁缯。

这首词约作于乾隆三十五年至三十七年（1770—1772）之间。上片写出迫切的盼春心情。下片写出浓烈的思乡愁绪。全词笔调轻快，语言晓畅生动，从盼春到思乡，转折十分自然。"春近家乡远"一句尤为意味深永，情致绵远。

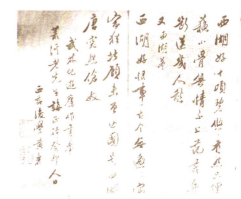

黄景仁手书词稿

苏幕遮　柳絮

[清] 庄盘珠

早抽条，迟作絮。不见花开，只见花飞处。绕阶蒙帘刚欲住。打个盘旋，又被风吹去。　　野棠村，荒草渡。离却枝头，总是伤心路。待趁残春春不顾。葬尔清池，恨结萍无数。

这首咏物词以拟人的手法，流利天然的语言，十分传神地描绘出柳絮的形象。上片写庭院中的柳絮，绕过台阶，勾住门帘，刚想歇口气，打个盘旋，却又被那无情的风吹得跌跌撞撞，辛苦无着；下片写荒野中柳絮，飘游无定、托身无所，要想赶上那即将逝去的春天，但残春却不加珍惜，让它葬身清池，变作萍草，凝结无尽的悲哀和怨恨。词咏的是柳絮，但寄托的是女词人对人生的深沉感悟忧思，反映了古代社会里妇女生活的不幸与抑郁，写得凄怆悲愤，哀艳欲绝，令人不忍卒读。

黄景仁像

 参读

　　尽飘零尽了，何人解、当花看。正风避重帘，雨回深幕，云护轻幡。寻他一春伴侣，只断红、相识夕阳间。未忍无声委地，将低重又飞还。　　疏狂情性，算凄凉耐得到春阑。便月地和梅，花天伴雪，合称清寒。收将十分春恨，做一天、愁影绕云山。看取青青池畔，泪痕点点凝斑。——清张惠言《木兰花慢·杨花》借杨花吟咏沉沦不遇在野"寒士"的身世之感，在描摹杨花中寄托追求、失望、游转无定和历经坎坷的心态，是以物写情的传世名作。

黄景仁（1749—1783）字仲则，自号鹿菲子，武进（今江苏常州）人。性豪宕，天才超旷，却一生飘零潦倒。诗学李白，以真性情、真才气卓绝一世。词亦清奇新警，率真豪壮。有《两当轩全集》，中有《竹眠词》三卷。

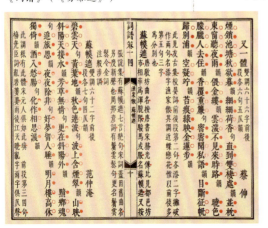

黄燮清《烛影摇红》词手迹

黄燮清（1805—1864）字韵甫，一作韵珊，号吟香诗舫主人，浙江海盐武原镇人。道光十五年（1835）举人，后屡试不第，晚年始得湖北宜都县令，调任松滋，未几卒。才思富赡，诗、词、曲均所擅长，尤工词。词以鲜活流美见长。著有《倚晴楼诗馀》，并辑成《国朝词综续编》。

《词谱》（《苏幕遮》）

苏幕遮

［清］黄燮清

客衣单，人影悄。越是天涯，越是秋来早。雨雨风风增懊恼。越是黄昏，越是虫声闹。　别情浓，旧梦渺。越是无家，越是乡书少。一幅疏帘寒料峭。越是销魂，越是灯残了。

这首词写游子漂泊无依、深沉压抑的生活状况，全以平易语道人心中常有而不易轻快道出的情思。清叶衍兰谓此词"一阕之中'越是'二字凡八见，而愈用愈灵活，愈叠愈悲感"（《绮霞轩诗话》）。严迪昌亦谓此词在"无理之怨中正透发一种深沉压抑的孤寂感，似浅实深，似淡实浓"（《金元明清词精选》）。

 # 倚声依谱

《苏幕遮》，唐教坊曲，或作《苏莫遮》《苏摩遮》。中亚康国舞曲，为盛暑以水交泼乞寒之戏所用。唐代此曲有歌辞有声诗与曲子词。重头曲，六十二字，每片两个三字句，两个四字句，两个五字句和一个七字句，上下片各四仄韵。句式富于变化，韵位适当，调情和婉，最宜表达缠绵宛转之情。

【定格】
仄平平，平仄仄。
中仄平平，中仄平平仄。
中仄平平平仄仄。
中仄平平，中仄平平仄。

仄平平，平仄仄。
中仄平平，中仄平平仄。
中仄平平平仄仄。
中仄平平，中仄平平仄。

水调歌头

回首望云中

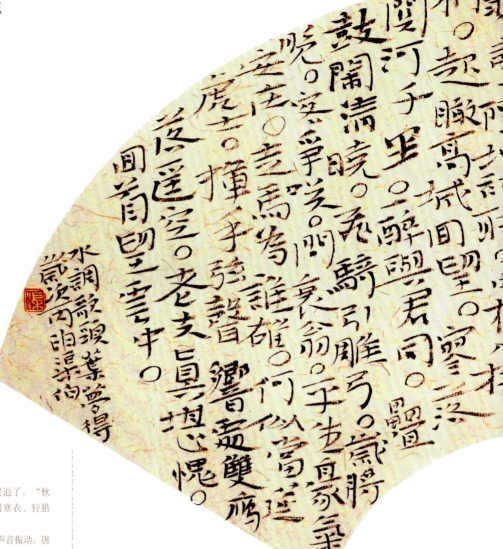

渠伯书《水调歌头》

［注释］

①西风一起，秋事就促迫了。"秋事"，包括秋收、制寒衣、狩猎等。

②隐与"殷"通，形容声音振动。唐杜甫《秦州杂诗》二十首之四："秋听殷地发，风散入云悲。"

③叠鼓，小击鼓，急击鼓。《文选·谢朓〈鼓吹曲〉》："凝笳翼高盖，叠鼓送华辀。"李善注："小击鼓谓之叠。"

④虎士，谓勇猛如虎之战士。周代虎贲氏下有虎士，后通称勇士。唐李白《送赵判官赴黔府中丞叔幕》诗："虎士乘金钺，蛾眉开玉樽。"

⑤回首，有北望中原之意；云中或直作地名解，秦时置郡，治所在云中县（今内蒙古托克托东北），后多泛指边关，但似暗用唐王维《观猎》"回看射雕处，千里暮云平"，咏善射与词意为合。

华音流韵

水调歌头

［南宋］叶梦得

九月望日，与客习射西园，余偶病不能射。客较胜相先。将领岳德，弓强二石五斗，连发三中的，观者尽惊。因作此词示坐客。前一夕大风，是日始寒。

霜降碧天静，秋事促西风①。寒声隐地初听②，中夜入梧桐。起瞰高城回望，寥落关河千里，一醉与君同。叠鼓闹清晓③，飞骑引雕弓。　　岁将晚，客争笑，问衰翁。平生豪气

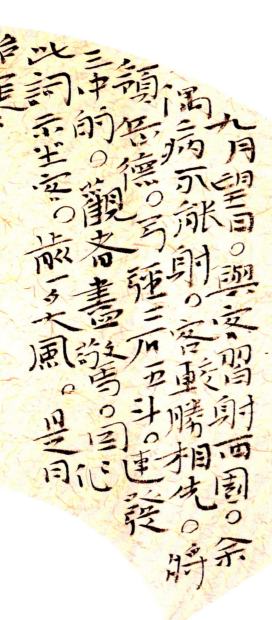

安在，走马为谁雄。何似当筵虎士④，挥手弦声响处，双雁落遥空。老矣真堪愧，回首望云中⑤。

临风赏读

大约在绍兴八年（1138），九月的望日，银霜满地，碧天清肃。夜半时分，西风凄紧，秋声直入梧叶深处，寒意逼人。建康西园内，词人与客饮酒习射，将领岳德和一班武士们正弯弓满满，跃跃欲试。词人起身离座，登楼回望陷于

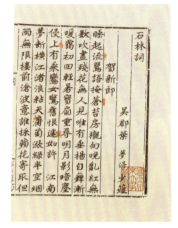

明抄本叶梦得《石林词》（《宋元名家词七十种》）书影

金兵铁蹄蹂躏之下的中原故土，一种国土沦丧、山河破碎的悲愤之情顿时涌上心头，挥之不去，只好借酒销愁，与客同醉。歇拍两句词意顿时扬起，写清晓习射的情景：正当词人与客酣饮之际，军中响起密集的鼓声，一片喧闹声中，报道东方欲晓，演武场上走马驰射，飞扑饮羽，一派激烈而豪壮的气氛，令人振奋不已。

　　词的下片寄慨。词人既为军容壮盛而自豪，又百感丛生，于是借客之口，争笑问难。前两问巧妙地回顾了"平生豪气"和控马驰骋的往昔英姿，喟叹如今英雄空老；第三问愧己不如"当筵虎士"英武骁勇报国有期。结拍，诗人引颈长望西北关河，多少感慨都沉淀在他深邃、凝重的眼神里。

　　全词笔力雄健，词情沉郁而又苍健，虽也感愧老病，有力不从心的悲慨，但并无半点消沉衰飒，相反盘郁着"烈士暮年，壮心不已"的逼人豪气，读来深为词人报国情怀所感染。

古今汇评

俞陛云：此词起、结句咸有峭劲之致。下阕清气往来，十句如一句写
　　　出，自谓豪气安在，其实字里行间，仍是百尺楼头气概也。
　　　　　　　　　　　　　　　　（《唐五代两宋词选释》）

　　秋色渐将晚，霜信报黄花。小窗低户深映，微路绕欹斜。为问山翁何事，坐看流年轻度，拚却鬓双华。徙倚望沧海，天净水明霞。　　念平昔，空飘荡，遍天涯。归来三径重扫，松竹本吾家。却恨悲风时起，冉冉云间新雁，边马怨胡笳。谁似东山老，谈笑净胡沙。——叶梦得晚年退居乌程卞山，终日读书赏景，啸咏自娱，但眼看强敌压境，边马悲鸣，他于心难平，不能忘却抗金战事，始终牵挂着国家安危，因写这首《水调歌头》抒发内心的悲慨和对时局的忧虑，感情激越、悲凉、慷慨。

　　边头射雕将，走马出中军。远见平原上，翻身向暮云。——唐李益《观骑射》

叶梦得跋元佚名《庄列高风图》。上海博物馆藏

词人心史

　　叶梦得（1077—1148）字少蕴，祖籍苏州吴县，叶元辅居乌程，至梦得已四世，故为湖州乌程人。早年师从苏门弟子张耒和舅父晁补之。绍圣四年（1097）登进士第，调丹徒尉。北宋末，官至龙图阁直学士。南宋初，为江东安抚使，并知建康府，布兵守险，阻截金兵。绍兴十二年（1142）移知福州。晚年隐居湖州弁山（又名卞山，在城西北，雄峙于太湖南岸）石林，故自号石林居士，藏书数万卷，读书啸咏自娱，所著诗文多以石林为名，如《石林燕语》《石林词》《石林诗话》等。

　　虽非宋词大家，叶梦得却是南渡时期的著名词人，深受苏轼词清旷超逸、通脱自然的影响。早期"妙龄气豪"，曾作有《贺新郎》（"睡起啼莺语"）这样极具婉丽之风的名篇。但他性喜自然，常与好友登山临水，啸傲林泉，以求得心神的超然自适，故其词多陶写田园山水之乐，风格闲逸清旷，颇得苏词风神。南渡后受时代风云的激荡，其反映动乱时代、抒写爱国情怀的词作豪迈悲壮，透露出雄杰之气，但清旷简淡仍是其底色和基调，只是词作意境更加开阔、气韵更加超逸。叶梦得上承苏轼，下启辛弃疾，在宋词史上具有不可忽视的地位。

元王蒙《青卞隐居图》，描绘卞山雄奇秀拔的景色，构图繁复，意境深邃幽雅。上海博物馆藏

品题

　　右丞叶公，以经术文章为世宗儒。翰墨之余，作为歌调，亦妙天下。元符中，予兄圣功为镇江椽，公为丹徒尉，得其小词为多。是时妙龄气豪，未能忘怀也。味其词，婉丽绰有温、李之风。晚岁落其华而实之，能于简淡时出雄杰，合处不减靖节、东坡之妙，岂近世乐府之流哉？（关注《题石林词》）

　　石林词一卷，与苏、柳并传，绰有林下风，不作柔语媚人，真词家逸品也。（毛晋《石林词跋》）

　　叶少蕴主持王学，所著《石林诗话》，阴抑苏、黄，而其词顾挹苏氏之余波，岂此道与所问学固多歧出耶？（冯煦《宋六十一家词选》例言）

词林逸事

　　绍圣四年（1097），二十一岁的叶梦得年少登第，任润州（今江苏镇江）丹徒县尉，一日休假，与同僚登西津务亭游赏，正凭栏眺望，忽见江中有彩舫向着务亭南来，舫中满载妇女，嬉笑自若。

叶梦得像

西津古渡原为古渡口，后因江面南涨北坍，原本是江水的位置，逐渐形成道路，古老的渡口边就再也看不到长江水。

本事见宋洪迈《夷坚丁志》卷十二《西津亭词》。

叶梦得等以为是富贵人家的眷属出游，正欲回避，不料船已泊岸，十数名穿戴艳丽动人的女子登岸直上亭来，向小吏道："叶学士安在？请代为通报。"叶梦得不得已而出与相见。众女子见他便躬身垂拜自报说："学士隽声满江表，妾乃真州妓也。常愿侍尊酒，以慰平生，但我等身隶乐籍，不得自由。今日是太守家中忌日，故得空相约渡江而来，能与学士相见，真乃天与之幸！"原来是一众歌妓，追慕叶梦得至此。叶梦得谦逊致谢，请她们就座。诸妓从船中取来美酒为叶梦得贺寿，笙歌曼舞，一片欢声笑语。数巡酒后，为首的歌妓捧上花笺请叶梦得作词，他略一思索，命笔立成，文不加点，填下一首《贺新郎》：

睡起流莺语。掩苍苔、房栊向晚，乱红无数。吹尽残花无人见，惟有垂杨自舞。渐暖霭、初回轻暑。宝扇重寻明月影，暗尘侵、上有乘鸾女。惊旧恨，遽如许。　　江南梦断横江渚。浪黏天、葡萄涨绿，半空烟雨。无限楼前沧波意，谁采蘋花寄与。但怅望、兰舟容与。万里云帆何时到，送孤鸿、目断千山阻。谁为我，唱金缕。

这首词"纤丽而豪逸"，写出了词人在徘徊四顾的孤独心情中，兴起对美好往日的怀念，对远方伊人的惓惓深情。叶梦得自以为非其绝唱，但此词脍炙人口，传唱不衰。南宋诗人杨万里任地方监察官

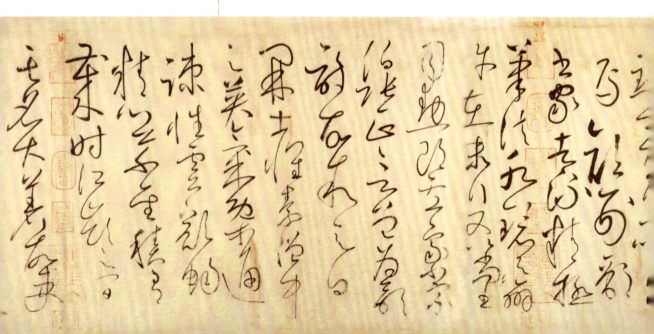

时，到某州巡察，知州盛宴招待，官妓唱这首《贺新郎》一词送酒，唱到"万里云帆何时到"一句时，万里应声道："万里昨日到。"

参读

　　叶石林《贺新郎》词……庆元庚申（1200），石林之孙筠守临江，尝从容语及，谓赋此词时，年方十八。而传者乃云为仪真妓女作。详味句意，皆不相干，或是书此以遗之尔。——宋刘昌诗《芦浦笔记》卷五

**低吟/浩唱**

水调歌头　沧浪亭

［北宋］苏舜钦

　　潇洒太湖岸，淡伫洞庭山。鱼龙隐处，烟雾深锁渺弥间。方念陶朱张翰，忽有扁舟急桨，撇浪载鲈还。落日暴风雨，归路绕汀湾。　　丈夫志，当景盛，耻疏闲。壮年何事憔悴，华发改朱颜。拟借寒潭垂钓，又恐相猜鸥鸟，不肯傍青纶。刺棹穿芦荻，无语看波澜。

　　苏舜钦为人倜傥不羁，慷慨有大志，数上书朝廷，政治抱负倾向于以范仲淹为首的政治革新派。庆历四年（1044）十一月，因

苏舜钦像

　　苏舜钦（1008—1048）字子美，绵州盐泉（今四川绵阳东）人。景祐元年（1034）进士，历任蒙城、长垣县令、大理评事、集贤校理、监进奏院等职。被劾除名，后复为湖州长史。工诗文，擅书法。诗与梅尧臣齐名，感情奔放，风格豪迈而笔力雄健。有《苏学士文集》。

　　清宫旧藏本怀素《自叙帖》（局部），前六行为苏舜钦补作，神貌若合一契

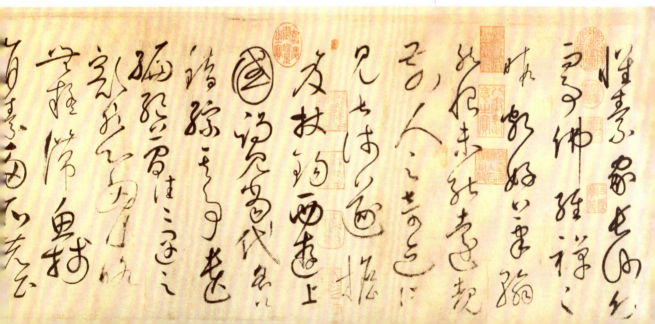

用故纸钱祠神并宴会宾客，苏舜钦遭御史王拱辰等人劾奏，削职为民；被废之后，京城谤议喧然不已，更欲置之死地然后为快，"遂超然远举，羁泊于江湖之上"，率妻子流寓苏州，买水石作沧浪亭以自适。这首词即作于退居苏州期间。上片写湖山情韵和被迫退居的闲适，欲借湖光山水"少避机阱"，消解内心的愁苦；下片直抒憔悴废放的激愤，壮志未酬的郁结，隐而不逸的彷徨。全词弥散着抑塞难平之气，又不失健朗之风。

参读

万顷太湖上，朝暮浸寒光。吴王去后，台榭千古锁悲凉。谁信蓬山仙子，天与经纶才器，等闲厌名缰。敛翼下霄汉，雅意在沧浪。　晚秋里，烟寂静，雨微凉。危亭好景，佳树修竹绕回塘。不用移舟酌酒，自有青山渌水，掩映似潇湘。莫问平生意，别有好思量。——宋尹洙《水调歌头·和苏子美》。苏词偏重于抒发不平之意和壮志难酬的入世之情，尹词则侧重于表达鄙弃政治污浊和安于退隐闲居的出世之乐，从反面说出了不平的心声和遭受压抑的内心愤懑，与苏词异曲同工。

水调歌头

[北宋] 苏轼

丙辰中秋，欢饮达旦，大醉，作此篇，兼怀子由。

明月几时有，把酒问青天。不知天上宫阙，今夕是何年。我欲乘风归去，又恐琼楼玉宇，高处不胜寒。起舞弄清影，何似在人间。　转朱阁，低绮户，照无眠。不应有恨，何事长向别时圆。人有悲欢离合，月有阴晴圆缺，此事古难全。但愿人长久，千里共婵娟。

神宗熙宁九年丙辰（1076），中秋，密州，皓月千里，天光清绝。词人月下欢饮，醉至酣畅处，忽而思念起久别的胞弟子由（苏辙），情思难抑，挥笔写下了这首独步当时、横绝千古的名篇。上片先以奇横笔势，破空而来，把酒陡然问天：明月何时而有？由此天上、人间来回驰骋，生出无数奇思遐想，创造一个空灵、超旷的境界，折射出词人遭受挫折后内心的律动。下片则转笔写与其弟子由的离情，同时感叹人生的离合悲欢。结尾"但

我欲乘风归去，又恐琼楼玉宇，高处不胜寒　王福庵

但愿人长久，千里共婵娟　王福庵

愿"两句谓人生不求长聚，但
愿善保天年，两心相照，明月
与共，由对胞弟的无限怀念转
向对世间一切经受着离别之苦
的人发出深挚的慰问和祝愿，
情极深而意极厚，显示出词人
博大的胸襟。全词以潇洒奇逸
之笔，紧扣"月"字展开：把
酒问月，起舞弄月，无眠对
月，因别恨月，千里共明月，
忽上忽下，忽而离尘，忽而入
世，跌宕起伏，姿态横生，一
片神行，在皓月当空、孤高旷
远的意境氛围中，渗进浓浓的
哲理意味。宋胡寅谓此词"一
洗绮罗香泽之态，摆脱绸缪
宛转之度，使人登高望远，
举首而歌，而逸怀浩气，超然乎尘垢之外"（《酒边集序》）。
明杨慎极赞："此等词翩翩羽化而仙，岂是烟火人道得只字！中秋
词，古今绝唱！"（杨慎评点本《草堂诗馀》卷四）

宋马远《举杯邀月图》，绘一士
人斜倚山石，持一酒杯，举目远眺，
意境清冷孤寂。美国克里夫兰艺术博
物馆藏

参读

　　晚云收，淡天一片琉璃。烂银盘、来从海底，皓色千里澄辉。
莹无尘、素娥潋仜，静可数、丹桂参差。玉露初零，金风未凛，一
年无似此佳时。露坐久，疏萤时度，乌鹊正南飞。瑶台冷，栏干凭
暖，欲下迟迟。　　念佳人音尘别后，对此应解相思。最关情、漏
声正永，暗断肠、花影偷移。料得来宵，清光未减，阴晴天气又争
知。共凝恋，如今别后，还是隔年期。人强健，清樽素影，长愿相
随。——晁端礼《绿头鸭·咏月》，描写中秋月景和怀人情思，细
腻传神，和婉清雅。胡仔《苕溪渔隐丛话》后集卷三十九对此词给
予高度评价："中秋词，自东坡《水调歌头》一出，余词尽废，然
其后又岂无佳词？如晁次膺（端礼字）《绿头鸭》一词殊清婉，但
樽俎间歌喉以其篇长惮唱，故湮没无闻矣。"

瑶草一何碧，春入武陵溪。

遗知故肃野多滞穗是
时和天分秋暑资今舆青
斆溪山入醉我便挼塔
馀共研墨缘残书尽篝
江波　重九会那楼
山清气奕九秋天黄菊
红叶满泾湖千里言言
有後群贤毕至根莲前
杜郎闲客今焉是谢守风
远古所传揭把秋英缘风事
若来情味向诗俦
　　和林公岘山之作
一水所合追三婆罗此岘山谋去
形大地惟东吴偏山水方佳处
中有皎人谁农王为饷位维
列仙长举兴千年对出拣文程
雾逐云樯兮朝隋兴驭飚
颡拾额金飘带球威
暮返光浮袂云昏有风虹
塔袭有刀利寿太阴宫丑
乃旸星气兴深夷隙一理
洞轩裳俦纷奇梧梦坦志
怀易浩将我行轰之源题

武陵溪，典出陶渊明《桃花源记》，此指美好的世外桃源。

"红露湿人衣"，从王维诗句"山路元无雨，空翠湿人衣"（《山中》）脱化而来。

金徽，即琴徽，用以定琴声高下之节。

宋佚名《临流抚琴图》，绘一高士临流抚琴，气象萧散，意境深远。故宫博物院藏

水调歌头

[北宋] 黄庭坚

瑶草一何碧，春入武陵溪。溪上桃花无数，枝上有黄鹂。我欲穿花寻路，直入白云深处，浩气展虹霓。只恐花深里，红露湿人衣。　　坐玉石，倚玉枕，拂金徽。谪仙何处，无人伴我白螺杯。我为灵芝仙草，不为朱唇丹脸，长啸亦何为。醉舞下山去，明月逐人归。

这是一首春行纪游之作，约写于遭贬斥时期。上片写溪山春景。瑶草、仙溪、桃花、鹂鸟、白云、浩气；碧、黄、红、白，有声有色，春意盎然，好一个无一点尘俗气的人间仙境。下片写徜徉其间的风姿逸态。坐玉石，倚玉枕，抚琴长啸，饮酒问仙，一个有如坡仙月下醉舞、浩然长啸的超尘轶俗的狂士形象，呼之欲出。全词写景寓情、寄托理想，缓缓道来，反映了词人忘却充满权诈机心的尘世纷扰，放浪形骸之外的俯仰自得，字里行间透着逸怀浩气，独具豪放旷达之美。

水调歌头　中秋

[北宋] 米芾

砧声送风急，蟋蟀思高秋。我来对景，不学宋玉解悲愁。收拾凄凉兴况，分付尊中醽醁，倍觉不胜幽。自有多情处，明月挂南楼。　　怅襟怀，横玉笛，韵悠悠。清时良夜，借我此地倒金瓯。可爱一

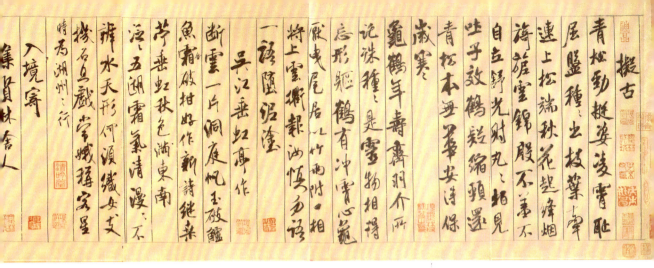

天风物，遍倚栏干十二，宇宙若萍浮。醉困不知醒，欹枕卧江流。

有人说，"中秋词，自东坡《水调歌头》一出，余词尽废"，其实这话有些绝对，米芾这首就有其独特的妙处。大放光明的中秋月下，清幽无限。词人把盏痛饮，玉笛悠悠，不由怅触襟怀，神与物游，生发出对宇宙对人生的遐想，而自有清趣无穷。全词用笔空灵，构思妙曼，格调旷逸豪宕。

台城游（水调歌头）

[北宋] 贺铸

南国本潇洒，六代浸豪奢。台城游冶，襞笺能赋属宫娃。云观登临清夏，璧月流连长夜，吟醉送年华。回首飞鸳瓦，却羡井中蛙。　访乌衣，成白社，不容车。旧时王谢，堂前双燕过谁家。楼外河横斗挂，淮上潮平霜下，墙影落寒沙。商女篷窗罅，犹唱《后庭花》。

这首词当是哲宗元祐三年（1088）三月，词人赴历阳（今安徽和县历阳镇）石碛戍任和州管界巡检，过金陵时作。管界巡检虽为武职，但位低事烦。他空怀壮志，报国无门，只能将自己吊古伤今的浩茫心事融入笔端。上片开头将六代繁华竞逐于金陵的史实一笔带过，只撷取最令人感慨的一段——六朝奢华之最的陈后主宫中宴乐、吟诗、咏美、醉生梦死的生活进行铺叙；继而漫画似地勾勒出隋军破陈，这个亡国之君携张、孔二妃投胭脂井躲藏却欲作井中蛙而不可得的狼狈情状，给人以国亡于奢的深刻历史教训。下片由咏史转入抚今。寻访遗踪，感叹时移世变，而亡陈的靡靡之音至今仍

米芾《蜀素帖》（局部），用笔迅疾而劲健，八面出锋，纵横挥洒；结体奇险率意，变化灵动；字形秀丽颀长，风姿翩翩。通篇气、韵、力自然浑成，风神萧散，激越痛快，为其行书经典之作。台北"故宫博物院"藏

米芾像

米芾（1051—1109）字元章，自号襄阳漫士、海岳外史，祖籍山西太原，后迁居湖北襄樊。以母侍宣仁后藩邸恩，补校书郎、太常博士，出知无为军。逾年，召为书画博士，擢礼部员外郎，知淮阳军。能诗文，擅书画，为"宋四书家"（苏、米、黄、蔡）之一，其书体萧散奔放，又严于法度。

清石涛《清凉台图》，绘南京清凉山胜境，远处大江浩瀚无垠，意境清逸冷峻。左上题诗寄寓画家沉郁的故国山河之思。南京博物院藏

台城，原是东吴后苑城。晋、宋、齐、梁、陈皆以此为宫。故址在今江苏南京市鸡鸣山南。

鸳瓦指建筑上的瓦片，因其有仰有俯，称为鸳鸯瓦。

宋夏珪《雪堂客话图》，绘屋内两人对坐畅谈；屋外崇山峻岭，茂林修竹，笼罩在白雪茫茫之中。故宫博物院藏

在秦淮河上回荡，六朝沉痛的教训似乎已经完全被时人所忘记，尤其令词人关注与焦虑。全篇笔墨凝重，情绪沉郁悲壮；点化前人的诗句浑然天成；创为平上去三声通叶，几乎无句无韵，别饶一种声韵繁复的音乐美。

参读

佳丽地，南朝盛事谁记，山围故国绕清江，髻鬟对起。怒涛寂寞打孤城，风樯遥度天际。　　断崖树、犹倒倚，莫愁艇子曾系。空余旧迹郁苍苍，雾沉半垒。夜深月过女墙来，赏心东望淮水。

酒旗戏鼓甚处市，想依稀、王谢邻里，燕子不知何世。向寻常、巷陌人家，相对如说兴亡，斜阳里。——北宋周邦彦《西河·金陵怀古》作于元祐末绍圣初知溧水县，通过景物描写作今昔对比，形象地抒发千古兴亡之思，寓悲壮情怀于空旷境界之中。词中化用唐刘禹锡咏金陵之《石头城》和《乌衣巷》两诗，但又浑然天成。全词意境开阔，格调悲壮，与王安石《桂枝香》被誉为宋代怀古词之双璧。

烟笼寒水月笼沙，夜泊秦淮近酒家。商女不知亡国恨，隔江犹唱《后庭花》。——唐杜牧《泊秦淮》

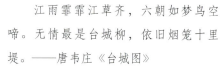

江雨霏霏江草齐，六朝如梦鸟空啼。无情最是台城柳，依旧烟笼十里堤。——唐韦庄《台城图》

水调歌头　呈汉阳使君

［南宋］王以宁

大别我知友，突兀起西州。十年重见，依旧秀色照清眸。常记鲌碕狂客，邀我登楼雪霁，杖策拥羊裘。山吐月千仞，残夜水明楼。　　黄粱梦，未觉枕，几经秋。与君邂逅，相逐飞步碧山头。举酒一觞今古，叹息英雄骨冷，清泪不能收。鹦鹉更谁赋，遗恨满芳洲。

这首词以灵动的笔调叙写十年间与朋友汉阳使君（即知汉阳军事）先后两游大别山的情景，表露与挚友之间的深情。上片从眼前与故友的重聚转入对十年前同游的美好回忆，下片从回忆又到现实。前次雪夜登楼畅游，山月水色，是何等的尽兴！十年宦海沉浮如黄粱一梦，如今邂逅相逢重游，虽豪兴不减，举杯痛饮，畅论古今，但两人都坎坷不平，壮志未遂，胸怀愤懑，只剩得英雄骨冷、清泪难收。全篇于感情豪迈粗犷之中见真情，音调飞扬，顿挫有力，秀拔而豪宕。

水调歌头　定王台

〔南宋〕袁去华

雄跨洞庭野，楚望古湘州。何王台殿，危基百尺自西刘。尚想霓旌千骑，依约入云歌吹，屈指几经秋。叹息繁华地，兴废两悠悠。　　登临处，乔木老，大江流。书生报国无地，空白九分头。一夜寒生关塞，万里云埋陵阙，耿耿恨难休。徒倚霜风里，落日伴人愁。

这首词作于乾道三年（1167）词人知善化（县治在今湖南长沙市内）任上。深秋时节，词人登台览胜，遥想当年定王登临，何等威仪：旌旗蔽空，如虹霓飞展，车盖千乘，呼拥前后，一路丝竹管弦，响遏行云。然而，繁华消歇，兴废悠悠。词人怀古为了伤今，下阕由历史转入现实，一以写自己请缨无路、徒然白首的感叹，一以写山河沦落、故土失陷的惨痛。结末写他徘徊在萧瑟秋风里，暮霭斜晖，一片惨淡，不禁倍添哀愁，真是豪宕悲凉，字字血泪。全词意境壮阔雄浑，音调苍凉激楚，充溢着强烈的爱国情感。

参读

丙午人日，予客长沙别驾之观政堂。堂下曲沼，沼西负古垣，有卢橘幽篁，一径深曲。穿径而南，官梅数十株，如椒如菽，或红破白露，枝影扶疏。着屐苍苔细石间，野兴横生。亟命驾登定王台，乱湘流入麓山，湘云低昂，湘波容与，兴尽悲来，醉吟成调。

古城阴，有官梅几许，红萼未宜簪。池面冰胶，墙腰雪老，云意还又沉沉。翠藤共、闲穿径竹，渐笑语、惊起卧沙禽。野老林泉，古王台榭，呼唤登临。　　南去北来何事，荡湘云楚水，

东汉末年，祢衡不为曹操所容，曾在汉阳鹦鹉洲写下《鹦鹉赋》，抒发怀才不遇的愤慨，后终为黄祖杀害。

王以宁（1090—1146）字周士，潭州湘潭（今湖南湘潭）人。靖康元年（1126），征天下兵援太原，以宁请兵率师往解太原之围，遂官宣抚使。建炎初以枢密院编修官出守鼎州（今湖南常德）。后因事被贬台州、永州、潮州。其词狂放豪宕，句法精壮。有《王周士词》一卷。

定王台，相传汉景帝之子定王刘发筑台以北望其母唐姬，故名。故址在今湖南长沙解放西路84号长沙市图书馆。

袁去华字宣卿，奉新（今属江西）人。绍兴进士，曾任善化（今湖南长沙）和石首（今属湖北）知县。有《宣卿词》一卷。薛砺若谓其词风极豪爽幽畅，"为稼轩并时的一位高手"。

宋陈居中（传）《胡骑秋猎图》，绘胡骑出猎场景，笔法清劲。美国克里夫兰艺术博物馆藏

目极伤心。朱户粘鸡，金盘簇燕，空叹时序侵寻。记曾共、西楼雅集，想垂柳、还袅万丝金。待得归鞍到时，只怕春深。——淳熙十三年（1186）姜夔流寓长沙，与诗人萧德藻同登定王台，作《一萼红》。上片抒写与友人登临赏梅的情景，下片抒发词人羁旅漂泊的悲寂。结拍尤为含蓄深婉。

水调歌头　送章德茂大卿使虏

[南宋] 陈亮

不见南师久，谩说北群空。当场只手，毕竟还我万夫雄。自笑堂堂汉使，得似洋洋河水，依旧只流东。且复穹庐拜，会向藁街逢。　　尧之都，舜之壤，禹之封。于中应有，一个半个耻臣戎。万里腥膻如许，千古英灵安在，磅礴几时通。胡运何须问，赫日自当中。

淳熙十二年（1185）十二月，宋孝宗命章森（字德茂）以大理少卿试户部尚书衔为贺万春节（金世宗完颜雍生辰）正使，词人对此深感耻辱，借题发挥，慨然写下这首大气磅礴的词为章森壮行。词中倾吐对章森的激励勖勉之情，安慰章森眼前姑且暂时性地执行这项屈辱的任务、朝觐胡人，期待他日南宋国运如赫日般隆盛，集结中原志士，必将诛灭异族、重拾沦陷的河山。全词以议论入词，而又声情激越，形象感人，是一首洋溢着乐观情怀和昂扬感召力量的壮歌。

水调歌头

[南宋] 辛弃疾

舟次扬州，和杨济翁、周显先韵。

落日塞尘起，胡骑猎清秋。汉家组练十万，列舰耸层楼。谁道投鞭飞渡，忆昔鸣髇血污，风雨佛狸愁。季子正年少，匹马黑貂裘。　　今老矣，搔白首，过扬州。倦游欲去江上，手种橘千头。二客东南名胜，万卷诗书事业，尝试与君谋。莫射南山虎，直觅富民侯。

淳熙五年（1178）词人以大理少卿出领湖北转运副使，溯江西行，舟经扬州，与友人杨济翁（炎正）、周显先唱和，此词即其一。词的上片气势沉雄豪放，表现了抗敌报国建立功业的英雄气概。下片则抒发了理想不能实现的悲愤，貌似旷达实则感慨极深，失路英雄的忧愤、失望跃然纸上。

参读

寒眼乱空阔，客意不胜秋。强呼斗酒，发兴特上最高楼。舒卷江山图画，应答龙鱼悲啸，不暇顾诗愁。风露巧欺客，分冷入衣裘。　　忽醒然，成感慨，望神州。可怜报国无路，空白一分头。都把平生意气，只做如今憔悴，岁晚若为谋。此意仗江月，分付与沙鸥。——杨炎正的原唱《水调歌头·登多景楼》慷慨激越、愤世伤时之情溢于言表，虽不及稼轩词之博大深邃，但亦颇能得其神似。

水调歌头　题剑阁

[南宋]崔与之

万里云间戍，立马剑门关。乱山极目无际，直北是长安。人苦百年涂炭，鬼哭三边锋镝，天道久应还。手写留屯奏，炯炯寸心丹。　　对青灯，搔白首，漏声残。老来勋业未就，妨却一身闲。蒲涧清泉白石，梅岭绿阴青子，怪我旧盟寒。烽火平安夜，归梦绕家山。

这首词为词人嘉定十二年（1219）至十五年（1222）抚蜀时之作。时淮河—秦岭以北的大片国土尽沦于金国，词人时刻不忘恢复，立马剑门，极目天北，因有此阕。上片从国家大我着眼，抒写面对金兵入犯给中原人民带来的巨大苦难，词人拯黎民于水火的强烈责任感和为国守边御敌的一寸丹心；下片笔锋转到自身的小我，慨叹收复失地的大业未就，思家而不得归，只能在这边疆平安无事的夜里，自己的魂梦回到家乡岭南。全词将报国意切与思家情深融为一体，笔力老健，感情深挚，雄浑豪放。麦孟华谓"菊坡虽不以词名，然此词豪迈，何减稼轩"（梁令娴《艺蘅馆词选》丙卷引）。

水调歌头　题斗南楼和刘朔斋韵

[南宋]李昂英

万顷黄湾口，千仞白云头。一亭收拾，便觉炎海豁清秋。潮候朝昏来去，山色雨晴浓淡，天末送双眸。绝域远烟外，高浪

留屯，留驻。屯，驻防。

梅岭，又称大庾岭。距今广东南雄县城五十里。

崔与之（1158—1239）号菊坡，广州增城人。绍熙进士。曾知成都府兼本路安抚使、广东经略安抚使，兼知广州，开创"雅健"为宗的岭南词风，人称为"粤词之祖"。有《菊坡集》。

明仇英《剑阁图》，绘剑门雄关（今四川剑阁）连山绝险，行旅冒寒而行的情景，充分表现了蜀道行旅的艰难，前人谓此图"笔力老苍，气韵神古"。上海博物馆藏

斗南楼原址在广州府治后城上，始建于宋徽宗建中靖国年间。

黄湾，即黄木湾，在今广东广州黄埔。白云，指广州白云山。

滕阁，滕王阁。在江西南昌。

黄楼，在江苏铜山县东门。

胡床，即交椅。老子，同"老夫"。胡床老子，用庾亮之事。

《太平寰宇记》载，周夷王时有五仙人，分别骑着口衔一茎六穗的五只羊降临楚庭（广州古名），把谷穗赠给当地人，祝他们永无饥荒。仙人言罢隐去，五羊化石。故广州又名羊城。

机，即机心，指欲念。意思是人无欲念，则鸥鸟可近。

李昴英（1201—1257）字俊明，番禺（今广东广州）人。宝庆二年（1226）探花。官至龙图阁待制、吏部侍郎。其文简劲，诗词并骨力遒健。有"词家射雕手"之称。有《文溪集》。

银，银印。艾，拴印的绶带。借指做官。

舞连艘。　　风景别，胜滕阁，压黄楼。胡床老子，醉挥珠玉落南州。稳驾大鹏八极，叱起仙羊五石，飞佩过丹丘。一笑人间世，机动早惊鸥。

这是一首描写广州形胜的名作。上阕主要是写眼前雄阔壮丽的景色。登上斗南楼，万顷海波，千仞云山，一亭揽尽，而词人极目远眺，又将读者的思绪带到万顷烟波之外的遥远地方。"绝域"二句，极写广州商船往来、中外通商贸易的繁忙景象。下阕则浮想联翩，感慨万千。篇末两句谓人动机心，则鸥鸟亦察觉而惊惧，颇有警世之意。全词"情致超迈，气韵生动"，表现了词人旷远的胸怀和豪迈的气概，周笃文谓其"可与柳永西湖之词，东坡赤壁之咏，鼎足而三"（《宋百家词选》）。

水调歌头　建炎庚戌题吴江

[南宋]佚名

平生太湖上，短棹几经过。如今重到，何事愁与水云多。拟把匣中长剑，换取扁舟一叶，归去老渔蓑。银艾非吾事，丘壑已蹉跎。　　鲙新鲈，斟美酒，起悲歌。太平生长，岂谓今日识兵戈。欲泻三江雪浪，净洗胡尘千里，不用挽天河。回首望霄汉，双泪堕清波。

这首词传为无名氏题于吴江长桥，紧紧围绕江水立意，一抒抗金无路、报国无门、功业未遂的一腔悲愤和无奈。全篇悲怆、激愤，波澜起伏，唱出了宋室南渡初期志士仁人被压抑的爱国心声，风格沉雄、豪放，慷慨悲凉。此词不胫而走，后传入宫廷，高宗"命寻访其人甚力"，秦桧"请降黄榜招之，其人竟不至"（曾敏行《独醒杂志》卷六）。

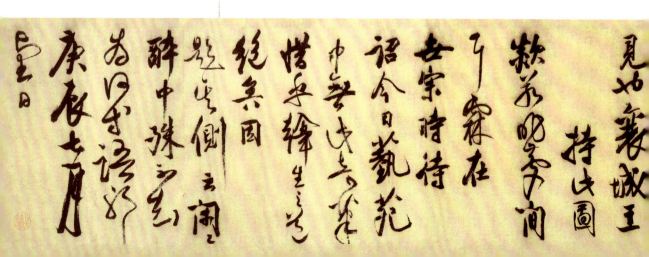

水调歌头

［金］赵秉文

昔拟栩仙人王云鹤赠予诗云：寄与闲闲傲浪仙，枉随诗酒堕凡缘。黄尘遮断来时路，不到蓬山五百年。其后玉龟山人云：子前身赤城子也。予因以诗记之云：玉龟山下古仙真，许我天台一化身。拟折玉莲骑白鹤，他年沧海看扬尘。吾友赵礼部庭玉说，丹阳子谓予再世苏子美也。赤城子则吾岂敢，若子美则庶几焉，尚愧词翰微不及耳，因作此以寄意焉。

四明有狂客，呼我谪仙人。俗缘千劫不尽，回首落红尘。我欲骑鲸归去，只恐神仙官府，嫌我醉时真。笑拍群仙手，几度梦中身。　　倚长松，聊拂石，坐看云。忽然黑霓落手，醉舞紫毫春。寄语沧浪流水，曾识闲闲居士，好为濯冠巾。却返天台去，华发散麒麟。

词人才华横溢，生性旷逸豪放，颇有太白遗风，故其友人许之为赤城子或苏舜钦（字子美），并以诗文相赠。于是，词人写下了这首充满奇思壮采的游仙词予以作答。词从古到仙，天上人间，时空交错，浑然一体，充分表达了词人闲适人生中对生命自由超脱的向往和追求。夏承焘谓此词"气势腾踔壮阔，铸语瑰丽，浪漫色彩很浓，可谓别开生面"（《金元明清词选》）。

参读

风雨替花愁。风雨罢，花也应休。劝君莫惜花前醉，今年花谢，明年花谢，白了人头。　　乘兴两三瓯。拣溪山、好处追游。但教有酒身无事，有花也好，无花也好，选甚春秋。——赵秉文

赵秉文像

赵秉文（1159—1232）字周臣，晚号闲闲居士，磁州滏阳（今河北磁县）人。大定进士，累迁至礼部尚书，哀宗即位，改翰林学士。有《滏水集》。诗文书画皆工，前后主文坛四十年之久，"魁然一时文士领袖"。词风旷放简淡，后人辑为《滏水词》一卷。

四明狂客，唐著名诗人贺知章，因是四明人，故自号四明狂客。谪仙人，唐李白。传说贺知章初见李白文章，惊为天人所作，故称之为"谪仙人"。

赵秉文《赵霖昭陵六骏图题跋》，其书纵逸酣畅，生辣劲健，古朴自然。故宫博物院藏

莫惜芳时醉玉杯（唐刘沧《看榜日》句）　清鞠履厚

三门津，即三门峡，黄河流经平陆县极险之段，河中旧有人门、鬼门、神门，水流湍急，仅人门可通船。中有砥柱，即被称为中流砥柱的砥柱山（现已被炸毁）。

燃犀下照，东晋温峤曾在牛渚山用火把窥探怪异。

伉飞，即伉非，春秋楚勇士，曾仗剑飞入江中刺杀两蛟。后亦泛指勇士。

骑鲸客，李白曾自署海上骑鲸客。

共命鸟，佛经中所载雪山神鸟名，又译作命命鸟、生生鸟。

首已似飞蓬，头发未经梳理，像飞散的蓬草一样乱。语出《诗经·卫风》："自伯之东，首如飞蓬。"

梁鸿，东汉扶风平陵（今陕西兴平）人。娶同县孟光为妻，鱼水相得，每逢进膳，孟光必"举案齐眉"。

《青杏儿》，以近乎口语的文字写出一种旷达超脱、怡然自得的胸襟，疏快流利，清新自然，一片化机。况周颐谓此作"无复笔墨痕迹可寻"（《蕙风词话》卷三）。

水调歌头　赋三门津

[金] 元好问

黄河九天上，人鬼瞰重关。长风怒卷高浪，飞洒日光寒。峻似吕梁千仞，壮似钱塘八月，直下洗尘寰。万象入横溃，依旧一峰闲。　仰危巢，双鹄过，杳难攀。人间此险何用，万古秘神奸。不用燃犀下照，未必伥飞强射，有力障狂澜。唤取骑鲸客，挝鼓过银山。

这首词以如椽大笔，极写黄河三门惊心动魄之险，并由自然壮美而及人生壮怀。上片写天险，由远及近，由高及低，由大到小，绘出一幅怒涛横肆、险峻奇伟的山川画卷。下片寓人事，由中流砥柱生发开去，进而发千古一问：这奇险于人间有何用？亘古以来，在深深的重关之下，隐藏了无数神秘的妖奸。大可不必像东晋温峤那样"燃犀下照"水怪，也不必像古代勇士伥飞那样挥剑斩蛟，既为中流砥柱，自能力障狂澜。末二句再翻进一层，说如此壮景，自应唤壮士骑鲸，击鼓越浪过之，充满着急流勇进、一往无前的豪情。此词笔势奇横，纵横捭阖，正如清人况周颐所评"崎崛排奡"，"当是遗山少作。晚岁鼎镬余生，栖迟零落，兴会何能飙举？"（《蕙风词话》卷三）

水调歌头　舟次感成

[清] 蒋士铨

偶为共命鸟，都是可怜虫。泪与秋河相似，点点注天东。十载楼中新妇，九载天涯夫婿，首已似飞蓬。年光愁病里，心绪别离中。　咏春蚕，疑夏雁，泣秋蛩。几见珠围翠绕，含笑坐东风。闻道十分消瘦，为我两番磨折，辛苦念梁鸿。谁知千里夜，各对一灯红。

词人于乾隆十年（1745）冬与南昌张氏女完婚，此后常在外求学、游历、远走天涯，更番离别。这首词正是抒写漂泊舟行途中怀念妻子之情。上片写夫妻长年别离的悲苦，下片则交错着写词人内心的歉疚和夫妻间无尽的思念。全词笔意流动，情调凄苦激切，读来令人哽咽心酸。谭献谓此词"生气远出，善学坡仙"（《箧中词·今集》卷二）。

参读

去年拜月深闺里，忆我风檐底。一片清辉，三条画烛，远盼泥金喜。今年忆我愁千里，月上天如水。姑鬟如丝，儿肤胜雪，瘦影中间倚。——蒋士铨《城头月·中秋雨夜书家信后》，从对方落想，明白如话，真情一片。

乾隆三十一年（1766），宦游经年、两袖清风的蒋士铨毅然辞官奉母南归。华冠为其绘《归舟安稳图》（局部），一时名公巨卿题满卷中。南京博物院藏

水调歌头　春日赋示杨生子掞

[清]张惠言

东风无一事，妆出万重花。闲来阅遍花影，惟有月钩斜。我有江南铁笛，要倚一枝香雪，吹彻玉城霞。清影渺难即，飞絮满天涯。　飘然去，吾与汝，泛云槎。东皇一笑相语，芳意在谁家。难道春花开落，更是春风来去，便了却韶华。花外春来路，芳草不曾遮。（其一）

百年复几许，慷慨一何多。子当为我击筑，我为子高歌。招手海边鸥鸟，看我胸中云梦，蒂芥近如何。楚越等闲耳，肝胆有风波。　生平事，天付与，且婆娑。几人尘外相视，一笑醉颜酡。看到浮云过了，又恐堂堂岁月，一掷去如梭。劝子且秉烛，为驻好春过。（其二）

疏帘卷春晓，胡蝶忽飞来。游丝飞絮无绪，乱点碧云钗。肠断江南春思，粘著天涯残梦，剩有首重回。银蒜且深押，疏影任徘徊。　罗帷卷，明月入，似人开。一尊属月起舞，流影入谁怀。迎得一钩月到，送得三更月去，莺燕不相猜。但莫凭栏久，重露湿苍苔。（其三）

今日非昨日，明日复何如。揭来真悔何事，不读十年书。为问东风吹老，几度枫江兰径，千里转平芜。寂寞斜阳外，渺渺正愁予。　千古意，君知否，只斯须。名山料理身后，也算古人愚。

蒋士铨（1725—1784）字心馀，号清容，江西铅山永平镇西关石盘渡人。乾隆进士，官翰林院编修。诗风沉雄有骨力；词风悲慨雄劲、峭硬怨悱，有"独绝"之誉；尤长剧曲。有《忠雅堂集》《铜弦词》《藏园九种曲》。

张惠言（1761—1802）字皋文，号茗柯，武进（今江苏常州）人。言貌清癯，须眉作青绀色。嘉庆进士，曾官翰林院编修。其学深于《易》《礼》，古文与恽敬齐名；又以儒学见解论词，强调词要有比兴寄托，意内言外，以深美宏约为准的，是常州词派的开山祖。有《茗柯文》五卷，词一卷。

一夜庭前绿遍，三月雨中红透，天地入吾庐。容易众芳歇，莫听子规呼。（其四）

长镵白木柄，劚破一庭寒。三枝两枝生绿，位置小窗前。要使花颜四面，和着草心千朵，向我十分妍。何必兰与菊，生意总欣然。　　晓来风，夜来雨，晚来烟。是他酿就春色，又断送流年。便欲诔茅江上，只恐空林衰草，憔悴不堪怜。歌罢且更酌，与子绕花间。（其五）

明唐寅《湖山一览图》，描绘江南秀丽明净的湖光山色。画面前景结聚密集，后面淡荡空旷，中间大块空白，意境空灵。中国美术馆藏

这组《水调歌头》题名"春日赋"，作于清嘉庆元年（1796），是赠给其受学弟子杨子掞的。五首实为一个整体，都写春感，借咏天心春意来咏怀，将个人的人生体验、精神心灵的悟入融入所描绘的春日景象，营造出一种怡然恬然的境界。这组词向来极受推崇，清谭献曰："胸襟学问，酝酿喷薄而出，赋手文心，开倚声家未有之境。"（《箧中词·今集》卷三）陈廷焯曰："皋文《水调歌头》五章，既沉郁，又疏快，最是高境……热肠郁思，若断仍连，全自风、骚变出。"（《白雨斋词话》卷四）

水调歌头　望湖楼

［清］郭麐

其上天如水，其下水如天。天容水色渌净，楼阁镜中悬。面面玲珑窗户，更着疏疏帘子，湖影淡于烟。白雨忽吹散，凉到白鸥边。　　酌寒泉，荐秋菊，问坡仙。问君何事一去，七百有余年。又问琼楼玉宇，能否羽衣吹笛，乘醉赋长篇。一笑我狂矣，且放总宜船。

七百余年前，苏东坡畅游西湖，吟诗醉书望湖楼，留下一段诗坛佳话。这首词的上片追步前贤，化用坡仙句意，传达出望湖楼下雨后美景的魅力；下片转忆坡仙行迹，两问坡仙，以坡仙之旷达为自己之廓落、寂寞情怀写照。严迪昌谓此词"出语极平易，是一种透明度很高的清灵气韵游转而出，疏朗净明的美感触纸即得"，"下片二问，看似清狂之语，其实正是他'廓落鲜欢'（《词品序》）的情怀流露，是对人世间的难以长啸一吐胸臆的愤

薫"（《清词史》）。

水调歌头　月夜登包山翠峰绝顶望太湖

[清] 孙尔准

今夕是何夕，天上玉京秋。包仙去后，遗却笙鹤在山头。七十二峰烟翠，三万千顷波浪，都作月华流。西子此中去，极目少扁舟。　　更何须，银汉水，写双眸。一声吹裂霜竹，唤起玉龙游。我欲乘之东下，看取玉壶天地，何处有瀛洲。身外且休问，醉酌碧花瓯。

这首词写秋月光中的太湖景色，宛同仙境。连用包仙、王子乔和范蠡西施故事，更增加烟水迷离之致。

水调歌头

[近代] 梁启超

拍碎双玉斗，慷慨一何多。满腔都是血泪，无处着悲歌。三百年来王气，满目山河依旧，人事竟如何。百户尚牛酒，四塞已干戈。　　千金剑，万言策，两蹉跎。醉中呵壁自语，醒后一滂沱。不恨年华去也，只恐少年心事，强半为销磨。愿替众生病，稽首礼维摩。

这首词作于中日甲午战争时。目睹朝廷腐败，祖国多难，无力抗御敌人，满腔幽愤，发而为词。词旨极为慷慨悲壮，笔力雄健，音节激昂，直抒胸臆，写尽了壮志难伸、年华空逝的少年情怀和愿替众生承担一切苦难、先天下之忧而忧的胸襟，沉郁的爱国深情跃然字里行间。

倚声依谱

《水调歌头》又名《元会曲》《凯歌》《台城游》等。相传隋炀帝开汴河自制《水调歌》，唐人演为大曲。凡大曲有"歌头"，即大典开始的第一章。宋人从《水调》大曲中摘取"歌头"部分乐曲谱词，遂成为广为流行的词调。九十五字，前后片各四平韵，亦

包山，太湖中的西洞庭山。

包仙，包山之仙人。

笙鹤，传说仙人常跨鹤吹笙。王子乔跨鹤升仙事，见《列仙传》。

孙尔准（1770—1832）字平叔，江苏金匮（今属无锡）人。嘉庆进士。累官至闽浙总督。擅词。有《雕云词》《荔香乐府》。

维摩，即维摩诘。与释迦牟尼同时，尝以称病为由，向释迦的使者宣扬大乘深义。

梁启超像

梁启超（1873—1929）字卓如，号任公，又号饮冰室主人，广东新会人。光绪举人。戊戌变法领袖之一。晚年任清华研究院导师。诗词为余事，诗风格豪迈，词无匠人气亦无粉脂气。有《饮冰室文集》，词在集中。

新会梁启超印　陈师曾

有前后片中两六言句夹押仄韵者，有平仄互押几于句句用韵者。豪放词人喜用此调，宜于言志、议论、写景、酬赠。

【定格】

中仄仄平仄，中仄仄平平。

中平中仄平中，中仄仄平平。

中仄平平中仄，中仄平平中仄，中仄仄平平。

中仄仄平仄，中仄仄平平。

中中中，中中仄，仄平平。

中平中仄，平中平仄仄平平。

『中仄平平中仄，中仄平平中仄』，中仄仄平平。

中仄中平仄，中仄仄平平。

【注】前片第三、四句，后片第四、五句，可作上六下五，也可作上四下七。平仄可出入处颇多，须善掌握调配。

《词谱》（《水调歌头》）

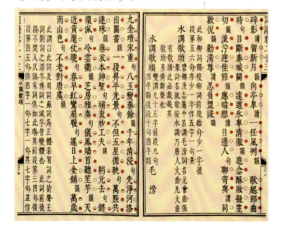

昭君怨

何处是京华，暮云遮

春到南楼雪尽，惊动灯期花信。小雨一番寒，倚栏干。莫把栏干频倚，一望几重烟水。何处是京华，暮云遮。

万俟咏书昭君怨 丁酉春日王玉

张鉴瑞书《昭君怨》

昭君怨

[北宋] 万俟咏

　　春到南楼雪尽，惊动灯期花信[①]。小雨一番寒，倚栏干。　　莫把栏干频倚，一望几重烟水。何处是京华[②]，暮云遮。

临风赏读

这是一首客中登楼思怀之作。

上片写春候。初春时节，南楼的雪影消尽，时值元宵灯期，小桃如从睡梦中惊醒，渐次吐蕾。"惊动"二字写春之初至，极为生新传神。元宵节本是万家团圆、喜庆欢乐的日子，而此时词人却在轻寒的细雨中独自凭栏，凝神远眺，心中情思无限。

过片承接上句，翻进一层写情思之浓。词人自叹还是莫去倚楼的好，因为极目所见，尽是烟水茫茫，只能徒增惆怅而已。词人为何惆怅呢？结拍欲说还止后终于透露出一些消息：原来他牵挂的是京城，京城的人，京城的情……但京城何处？词人纵目遥望，暮云遮断了望眼，神京渺不可见。于是，在这细雨、寒风、阴云中，归去无计的他，感到分外的孤独、凄凉，只能无奈地独自徘徊低吟。

这是词人的代表作之一。全词音韵谐和，文字晓畅，清新素雅，意蕴含蓄绵邈，耐人咀嚼寻味。

［注释］
①灯期，元宵赏灯之期。花信，春花消息。《吕氏春秋·离俗览·贵信》云："春之德风，风不信，其华不盛。""灯期"之花信为"小桃"，上元前后即着花，状如垂丝海棠。即欧阳修《小桃》诗所云"初见今年第一枝"。
②京华，京师，这里指汴京。

古今汇评

周笃文：此客中思乡之作。一起两句点明节令。"惊动"二字可以想见人物之熙攘，生机之活泼来。以宾衬主，把旅况之孤寂烘托得更加强烈。过片四句节节翻进：重重叠叠的烟水云山，遮断了故园的望眼。墨气四射，无字处皆是归心。从容蕴藉，语淡情深，此境殊不易到。（《宋百家词选》）

词人心史

万俟（mò qí）咏，生卒年、里居不详，字雅言。哲宗元祐间，即以诗见称于时，被称为"诗赋科老手"。绍圣中废科举，以三舍法取士，遂绝意仕进，放情歌酒，以填词自娱，自号大梁词隐。"每出一章，信宿喧传都下"（王灼

明王谔《江阁远眺图》，描绘一位风神潇洒的士人在水榭画楼中凭栏正襟仰首远眺，远处云雾弥漫之中，峰峦起伏，山城环抱，楼船停泊江岸，遥相呼应。中间一片江波浩渺，水天空阔，横无涯际。全幅布局精细，用笔工整，有平远开阔之气。构图、境界、用笔、墨色，均深得马远遗韵。故宫博物院藏

《碧鸡漫志》卷二）。

徽宗崇宁四年（1105），朝廷以新乐修成，赐名《大晟》，专置大晟府。府中网罗一批工音律、善填词的艺术家。万俟咏也被召试补官，充大晟府制撰。他"请以盛德大业及祥瑞事迹制词实谱"，于是有旨令他"依月用律，月进一曲"。他在大晟府专业从事节序应制、歌咏太平的谀颂词创作的时间最长，故这类作品保留较多。其小词则不乏语浅情深、清新和雅、别具风致的佳作。在"大晟词人"中，其名声仅次于周邦彦，黄庭坚曾称他为"一代词人"。他在北宋词"雅化"进程中做出了不可忽视的贡献。

万俟咏曾自编词集，周邦彦名之为《大声集》，已佚。近人赵万里《宋金元人词》仅辑得其词二十七首。

品题

雅言之词，词之圣者也。发妙音于律吕之中，运巧思于斧凿之外，平而工，和而雅，比诸刻琢句意而求精丽者远矣。（黄昇《唐宋诸贤绝妙词选》卷七）

参读

见梨花初带夜月，海棠半含朝雨。内苑春、不禁过青门，御沟涨、潜通南浦。东风静，细柳垂金缕，望凤阙非烟非雾。好时代、朝野多欢，遍九陌、太平箫鼓。　乍莺儿百啭断续，燕子飞来飞去。近绿水、台榭映秋千，斗草聚、双双游女。饧香更、酒冷

宋张择端《清明上河图》，描绘了北宋都城汴京（今河南开封）的自然风光和繁荣景象。整幅画作气势宏大，构图严谨，笔法细致，设色清淡明快，线条简洁流畅，堪称中国乃至世界绘画史上的经典之作。这一段主要描绘上土桥及大汴河两岸的繁华热闹景象。故宫博物院藏

踏青路，会暗识、夭桃朱户。向晚骤、宝马雕鞍，醉襟惹、乱花飞絮。正轻寒轻暖漏永，半阴半晴云暮。　　禁火天、已是试新妆，岁华到、三分佳处。清明看、汉宫传蜡炬，散翠烟、飞入槐府。敛兵卫、阗阗门开，住传宣、又还休务。——万俟咏《三台·清明应制》使用赋法极力铺叙京都清明的节序风光，如同一幅清明游乐图，生动地再现了北宋末年繁盛热闹的京都生活。词写得平正和雅、工整自然，内容也没有庸俗地一味颂圣，在应制中应是清丽可读的作品。

 低吟/浩唱

昭君怨　金山送柳子玉

[北宋] 苏轼

　　谁作桓伊三弄，惊破绿窗幽梦。新月与愁烟，满江天。　　欲去又还不去，明日落花飞絮。飞絮送行舟，水东流。

　　这首送别词作于熙宁七年（1074）二月，上阕写与柳子玉（名瑾）临别前夕的情景，笛声、绿窗、新月、烟云、天空、江面织成了一幅有声有色、浩淼幽邈的图画，渲染出送别前的感伤气氛。下片设想他日分别的情景。结拍以"流水无情"反衬人之有情，借多情的"飞絮"逐送行舟表达人的深厚情意，分外含蓄隽永。

明朱耷《河上花图》（局部），以纵逸蕴藉相兼的笔墨传神地绘出河上荷花的千姿百态，满纸清气。天津艺术博物馆藏

昭君怨　咏荷上雨

［南宋］杨万里

午梦扁舟花底，香满西湖烟水。急雨打篷声，梦初惊。　　却是池荷跳雨，散了真珠还聚。聚作水银窝，泻清波。

这首咏荷词从午梦入笔，先写梦中悠然地驾一叶扁舟，徜徉于荷香流溢、烟水迷漫的西湖中。突然，急雨惊梦，起初还以为身在船中，雨打船篷。啊，却原来是雨点打落在庭院池荷上，只见那荷叶上的雨滴蹦跳、飞散，聚合如珍珠，最后聚在叶心，如一窝水银，清波般地泻下。词人用"却是"二字，巧妙地勾连梦境和现实。这首小令构思巧妙、新奇，笔调轻松活泼，其画面之鲜活、情趣之盎然，令人陶醉。

昭君怨　赋松上鸥

［南宋］杨万里

晚饮诚斋，忽有一鸥来泊松上，已而复去，感而赋之。

偶听松梢扑鹿，知是沙鸥来宿。稚子莫喧哗，恐惊他。　　俄顷忽然飞去，飞去不知何处。我已乞归休，报沙鸥。

这首词是词人辞官归隐江西吉水故里时的作品。上片由声及物，描摹出词人对沙鸥来宿的欢迎和喜悦，"扑鹿"一词尤为形象、贴切、传神；下片写鸥鸟远飞，词人不免怅然若有失，进而把沙鸥视为"知己"，与之沟通思想，借以抒发心志。词风活泼清新，饶有趣味。

郑域字中卿，号松窗，三山（今福建福州）人。淳熙进士。曾倅池阳。赵万里《校辑宋金元人词》辑有《松窗词》一卷。

昭君怨　题春波独载图

[南宋] 高观国

一棹莫愁烟艇，飞破玉壶清影。水溅粉绡寒，渺云鬟。　　不肯凌波微步，却载春愁归去。风澹楚魂惊，隔瑶京。

这首题画词上片摹写画中景象，下片描绘画中人物。词的语言清丽，意境幽渺，形象生动。

昭君怨　梅花

[南宋] 郑域

道是花来春未，道是雪来香异。竹外一枝斜，野人家。　　冷落竹篱茅舍，富贵玉堂琼榭。两地不同栽，一般开。

这首咏梅词出色地运用了对比、暗喻等手法，勾画出梅花纯洁而又傲岸的标格，表现出一种清醒可喜的逸情雅趣，颇耐人咀嚼。明杨慎称赞这首词"兴比甚佳"（《词品》卷四）。

参读

开时似雪，谢时似雪，花中奇绝。香非在蕊，香非在萼，骨中香彻。　　占溪风，留溪月。堪羞损、山桃如血。直饶更、疏疏淡淡，终有一般情别。——宋晁补之《盐角儿·亳社观梅》作于哲宗绍圣二年（1095）冬被贬为亳州通判时，通过赞美梅花超尘脱俗、傲然自许的气质和神韵，抒写自己的志趣和情操，咏物而不滞于物，形神俱现。

元王冕《月下梅花图》。美国克里夫兰艺术博物馆藏

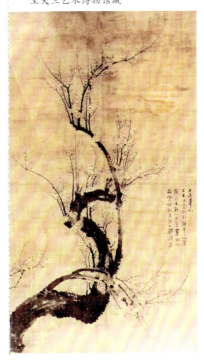

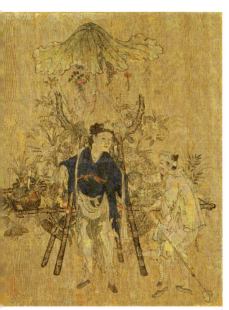

明清佚名《卖花图》册页。美国大都会艺术博物馆藏

洛阳旧谱，指欧阳修的《洛阳牡丹记》。其中云："姚黄者，千叶黄花，出于民姚氏家。"又云："魏家花者，千叶肉红花，出于魏相仁溥家。"姚黄、魏紫在当时是牡丹中的名贵品种。

宋佚名《雪渔图》，绘雪后渔村景象。画中人物或划船，或张网捕鱼，或骑马行进。雪坡、树石、人物皆具寒意，极有生活气息。故宫博物院藏

昭君怨　牡丹

[南宋] 刘克庄

曾看洛阳旧谱，只许姚黄独步。若比广陵花，太亏他。　旧日王侯园圃，今日荆榛狐兔。君莫说中州，怕花愁。

这首词借对洛阳牡丹的赞叹和对王侯名园颓败的悲惜，抒写词人的故国之思和亡国之痛。结句曲折委婉，寄意言外，说"怕花愁"，实则是自己愁不堪忍。

昭君怨

[南宋] 蒋捷

担子挑春虽小，白白红红都好。卖过巷东家，巷西家。　帘外一声声叫，帘里鸦鬟入报。问道买梅花，买桃花。

这首词以轻倩活泼的笔调描绘了普通生活中极为生动的一幕：一个都市卖花人挑着鲜艳的花——就像挑着美丽的春色——"白白红红"。他走东家串西家，一路叫卖，这时一个活泼俊俏的丫头出场了。她仔细地端详了担子上的花色品种，很想买一束。于是回家请示主人：买梅花还是买桃花？全词不足四十字，却写了三个人物，有场景、对话、动作、声音、色彩、气味，犹如一出戏剧小品，演来活灵活现，情趣横生。

昭君怨

[金] 完颜亮

昨日樵村渔浦，今日琼川玉渚。山色卷帘看，老峰峦。　锦帐美人贪睡，不觉天孙剪水。惊问是杨花，是芦花。

这首词咏雪，上片描绘了一幅晶莹壮美的北国乡村雪景图，下片叙事，美人惊问数句构思新巧，神态毕现，富有情韵。词中写北国雪，却未见一"雪"字，而是用飘飞的杨花、芦絮加以渲染，把雪写得惟妙惟肖。

昭君怨

[明] 杨慎

楼外东风到早，染得柳条黄了。低拂玉阑干，怯春寒。　　正是困人时候，午睡浓于中酒。好梦是谁惊，一声莺。

这首词写得清俊雅丽，吴梅以为"不弱两宋人之作"（《词学通论》）。

昭君怨　柳色

[明] 江广

低映垂帘庭院，蝉语不知深浅。断续好风牟，几曾闲。　　侵晚翠筠同茜，浑了云山一片。欹影几条妍，夕阳边。

这首咏柳词细腻地描绘出夏日正午和傍晚不同时分柔柳的婀娜身姿和神韵，委婉含蓄地透露了人物的感情。

昭君怨

[明] 马洪

路远危峰斜照，瘦马尘衣风帽。此去向萧关，向长安。　　便坐紫薇花底，只是黄粱梦里。三径易生苔，早归来。

这首词为题画东溟小景之作。上片刻画为求功名者道途奔波之艰，下片则转写功名之幻，表达了词人要人醒悟，功名路远，转瞬成空，莫若抛却利禄，早归易荒的家园之意。全篇以"路远"起笔，以"归来"作结，前后呼应，自然圆成。

🌀 词林逸事

南宋词人张镃，生性豪爽，"一时名士大夫莫不交游"，杨万里、陆游、辛弃疾、姜夔、洪迈等名家都与他有密切往来。他是名将循忠烈王张俊之曾孙，借着父祖遗荫，在晚年被贬之前一直过着

明陈洪绶绘《升庵簪花图》（局部），描绘杨慎"傅粉簪花"的故事。故宫博物院藏

杨慎（1488—1539）字用修，号升庵，四川新都人。正德六年（1511）进士第一及第。授翰林修撰。世宗时因议大礼事，杖谪云南永昌，死于贬所。博闻广识，能文、词及散曲。有《升庵词》二卷。

江广，生平不详。

马洪字浩澜，号鹤窗，仁和（今浙江杭州）人。布衣。其词尤极妍丽，以闺情、春思为擅扬。有《花影集》。

清倪田《昭君出塞图》，绘王昭君形象，一身胡服，立于马前，凝神仰望。几只南归的大雁飞过，令她黯然神伤，萌生故国千里、归期如梦之感。画面塞外深秋景色肃杀、荒寒。故宫博物院藏

《词谱》（《昭君怨》）

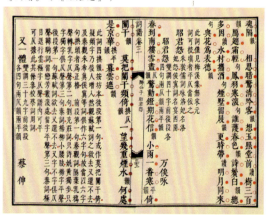

风流妙赏、诗酒流连，既豪奢又闲适清雅的生活。孝宗淳熙十二年（1185），张镃构桂隐林泉于南湖之滨，园中各处极擅园林之胜，一年四季花果飘香。张镃常与友人在园中宴游、酬和，留下了《满江红·小圃玉照堂赏梅，呈洪景卢（迈）内翰》《贺新郎·次辛稼轩韵寄呈》等许多词作。

一个月明之夜，张镃和朋友们泛舟于园中荷池之上。舟行其间，凉风拂面，清辉如水，风荷点点，香雾空蒙，恍入仙境。清歌遏行云，诗情被酒催，于是一首《昭君怨·园池夜泛》出现在词人的毫端：

> 月在碧虚中住，人向乱荷中去。花气杂风凉，满船香。　　云被歌声摇动，酒被诗情掇送。醉里卧花心，拥红衾。

词中将月明、风凉和花香之景，与歌声、酒意和诗情融为一体，词境清奇空灵，而又声色俱美，充满着一种清雅秀洁的艺术情调。其浪漫与洒脱较之李后主"归时休放烛花红，待踏马蹄清月夜"也不多让。

倚声依谱

《昭君怨》又名《宴西园》《一痕沙》。王昭君，名嫱，秭归（今属湖北）人。汉元帝宫人。竟宁元年（前33），匈奴呼韩邪单于入朝，求美人为阏氏。帝予昭君以结和亲。调名本此。四十字，全阕四换韵，两仄两平递转，上下片同。声情颇富于变化，多用以抒写离愁幽怨，亦用于写景。

【定格】
中仄中平中仄，中仄中平中仄。
中仄仄平平，仄平平。

中仄中平中仄，中仄中平中仄。
中仄仄平平，仄平平。

相见欢

试倩悲风吹泪过扬州

相见欢

［南宋］朱敦儒

金陵城上西楼，倚清秋。万里夕阳垂地大江流。　　中原乱[1]，簪缨散[2]，几时收。试倩悲风吹泪过扬州[3]。

临风赏读

宋钦宗靖康末年（1127）四月，金兵南犯汴京，徽、钦二帝被掳北上。词人仓猝南逃，是年秋，经淮阴到达金陵。

在一个秋风衰飒的傍晚，词人登上金陵城上的西楼，极目远眺，但见清秋无限，万里之外的恹恹夕阳残照，好像无力地垂向地面，那长江之水也在一片暮色中默默东流。此时词人，绝非在吟赏烟霞、咏怀胜迹，发思古之幽情，而在为中原陷于金人铁蹄之下，北宋的世家贵族纷纷逃散，国家已成一盘散沙而痛心疾首，他不知丧乱何时了结，急切盼望能将失地早日收复，但他一介书生不谙兵马，只有掬一捧伤心之泪，洒向空中，请呜呜的悲风吹过扬州，捎去他对中原父老的眷恋和担忧。

此词上片写金陵登临之所见，绘景凄美，境界阔大壮远；下片写登临所思，慷慨生哀，深沉苍茫，是一首气魄宏大、沉郁悲壮、苍凉激越的悲歌，淋漓尽致地抒发了词人深沉的亡国之痛和慷慨激昂的爱国情怀，凝聚着当时广大爱国者的心声，读后令人荡气回肠，余味深长。

陈奇州书《相见欢》

古今汇评

陈廷焯：希真词最清淡，惟此章笔力雄大，气韵苍凉，悲歌慷慨，情见
　　　　乎词。（《云韶集辑评》卷五）又曰：短调中具有万千气象。
　　　　（《词则辑评·放歌集》卷一）

高建中：此词伤时念乱，词人登金陵城楼，极目远眺，上片景象阔大，
　　　　下片慷慨生哀。以悲风吹泪过扬州作结，系念中原，寄意深
　　　　长。（《唐宋词》）

陶文鹏等：宋高宗建炎三年（1129），金兵继续南侵，朱敦儒逃亡到金
　　　　陵。秋日登上城楼，感于时事，作此词。词中抒写了忧国之
　　　　思与抗金复国之志。作者在小令词中写壮大景物与慷慨悲壮
　　　　情怀，是一个开创。（《宋词三百首新译》）

参读

　　无言独上西楼，月如钩。寂寞梧桐深院锁清秋。　　　剪不断，
理还乱，是离愁。别是一般滋味在心头。——南唐李煜《相见欢》
当为其七弟从善朝宋而被羁留不得南归而作。词中写出了愁之味，
写出了一种非常深切的人生感受，缠绵之至。俞陛云《南唐二主词
辑述评》说"后阕仅十八字，而肠回心倒，一片凄异之音，伤心人
固别有怀抱"，可谓对后主心境之隐约迷离深有会心。朱敦儒的这
首同调词即由此首脱化而来。

词人心史

　　朱敦儒（1081—1159）字希真，号岩壑，又称伊水老人、洛
川先生、少室山人，杜陵（今河南洛阳）人。早年为东都名士，有

别是一般滋味在心头　王福庵

　　清杨大章《仿宋院本金陵图》，
当摹写自清宫所藏《宋院本金陵图》，
形象地再现了宋代金陵城乡的地理风
貌和风土民情。此段描绘金陵东城东
门一带情景，城壕流水潺潺，桥上行
人熙来攘往；进入瓮城便是繁华热闹
的街景。台北"故宫博物院"藏

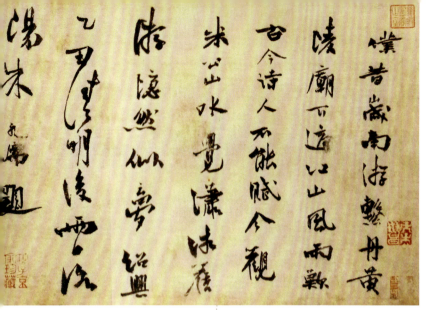

朱敦儒跋米友仁《潇湘图》手迹

"词俊"之名，与"诗俊"陈与义等并称为"洛中八俊"，以布衣负重望，屡辞朝廷征召。南渡离乱，携家南逃，途经江苏的淮阴、金陵、苏州等地，折入江西，再流亡至广东、广西，最终于五十五岁时定居秀州（今浙江嘉兴）。其间，于绍兴五年（1135）赐进士出身，为秘书省正字，寻兼兵部郎官，迁两浙东路典狱。因与主战派李光来往，因谗罢官。后为秦桧起用任鸿胪少卿。其晚节不保，为时人所讥。秦桧死后，朱敦儒也被罢官。

朱敦儒一生中做官的时间很短，长期隐居江湖，被称为"天资旷逸，有神仙风致"的词人。其词一扫北宋末年绮靡雕琢之习，继承苏轼的旷达超逸而又有发展变化，自成一家，被称为"朱希真体"，又名"樵歌体"，在两宋之交的词坛上占有独特的地位。他的词风格清旷豪逸，但在不同的人生阶段有不同的演变：早年以清高狂放自许，词作也以超脱尘世、笑傲王侯、狂放不羁为主调，词风飘逸潇洒，婉丽明快；南渡之初，饱经家国之难，流离之苦，尤其是壮志难酬的无限悲慨使他的词风大有改变，词作境界遂大，多忧国伤世之作，唱出了时代的悲凉之音，词风沉郁苍凉，悲壮慷慨；经过仕途沉浮后，晚年又退隐颓放，词作主要写隐逸生活的情趣，词风清旷晓畅，平淡闲远。今存词集《樵歌》（一名《太平樵唱》）传世。

我是清都山水郎（朱敦儒《鹧鸪天》句） 方介堪

参读

堪笑一场颠倒梦，元来恰似浮云。尘劳何事最相亲。今朝忙到夜，过腊又逢春。　　流水滔滔无住处，飞光忽忽西沉。世间谁是百年人。个中须着眼，认取自家身。——这首《临江仙》是朱敦儒后期作品，词中旷远清淡的心境描绘，朴素无华的措辞用语，都流露出离乱时代士大夫所特有的清逸与超脱，语淡而味永。

词林逸事

在江西彭泽县西北，有一长江名矶——彭浪矶，耸立江滨，挺拔峻秀，与小孤山夹江相望。好事者以"浪"作"郎"，以"孤"作"姑"，至晚在北宋就有"小姑嫁彭郎"之说。传说有一位纯情美丽的少女小姑，与彭郎相爱，但终难成眷属，于是投江殉情，死后化作秀拔超然的"小孤山"，又名"小姑山"。彭郎因悲于小姑之死，遂化成石矶，立于江边，即"彭浪矶"，亦名"彭郎矶"。苏轼更把这一美丽的爱情传说神奇地幻化进诗词中："山苍苍，水茫茫，大孤小孤水中央……峨峨两烟鬟，晓镜开新妆。舟中贾客莫漫狂，小姑前年嫁彭郎。"（《李思训画长江绝岛图》）这一名篇千百年来久吟不衰，传唱至今，倾倒了多少文人骚客！

大孤山、小孤山旧照

不过两宋之交的词人朱敦儒经此却是另一番感受。靖康之难后，词人仓皇南下，从金陵沿长江西上，越江西，"南走炎荒"，辗转到岭南。在乘一叶扁舟途经彭浪矶时，词人仰望那长空中失群的旅雁和孤零飘荡的浮云，深感自己的境遇正复如此，不禁用泪水写下了一首语言明白如话却深寓家国之痛的小词《采桑子·彭浪矶》：

> 扁舟去作江南客，旅雁孤云。万里烟尘，回首中原泪满巾。
> 碧山对晚汀洲冷，枫叶芦根。日落波平，愁损辞乡去国人。

此时的长江，在去国怀乡辗转避难的词人眼里心中，当然已经全然不是苏轼诗中妖娆绮丽、清奇浪漫的景象，而是满眼萧瑟冷落：但见江中的碧山正为暮霭所笼罩，矶边的汀洲，芦根残存，枫叶飘零。整首词于清婉中含沉重的伤时感乱之情，流丽而有沉郁之致。千百年后读之，仍令人心情激荡不已。近现代音乐家谭小麟依这首词创作了男声独唱与钢琴曲《彭浪矶·采桑子》。

低吟/浩唱

相见欢

[五代·前蜀] 薛昭蕴

罗襦绣袂香红，画堂中。细草平沙蕃马小屏风。　　卷罗幕，

细草、平沙、蕃马，都是画在屏风上的景物。明杨慎《升庵诗话》："唐人好画蕃马于屏，《花间》词云'细草平沙，蕃马小屏风'是也。"

李煜像

凭妆阁，思无穷。暮雨轻烟魂断隔帘栊。

这首词纯是一幅仕女图。上片"罗襦"点出人物，"画堂中"点出室内的屏风及屏风上的画面。下片先写女子卷帘凭阁，次写她思绪无穷、魂断，当是伤怀念远。

相见欢

[五代·南唐] 李煜

林花谢了春红，太匆匆。无奈朝来寒雨晚来风。　　胭脂泪，相留醉，几时重。自是人生长恨水长东。

这首词将人生失意的无限怅恨寄寓在对暮春残景的描绘中，是即景抒情的典范之作。结句一气呵成，益见悲慨。"人生长恨"似乎不仅仅是抒写一己的失意情怀，而涵盖了整个人类所共有的生命的缺憾，是一种融汇和浓缩了无数痛苦的人生体验的浩叹。

相见欢　秋心

[北宋] 毛滂

十年湖海扁舟，几多愁。白发青灯今夜不宜秋。　　中庭树，空阶雨，思悠悠。寂寞一生心事五更秋。

这首词当作于词人后期。飘零一生，一事无成，"白发青灯"，秋愁不堪。词人将委婉诉说艳情相思的手法，运用于这种牢骚怨苦之表达，含蓄蕴藉。

瓜洲，在长江北岸，是运河入长江处，有渡口与镇江相通，是历代联系大江南北的咽喉要冲。

南徐，古州名。治所在京口城（今江苏镇江）。多景楼为南徐胜迹，在镇江北固山甘露寺内。楼坐山临江，风景佳绝，米芾称之为"天下江山第一楼"。自古以来的文人墨客，登北固山，临多景楼，常有题咏。

月上瓜洲　南徐多景楼作

[南宋] 张辑

江头又见新秋，几多愁。塞草连天何处是神州。　　英雄恨，古今泪，水东流。惟有渔竿明月上瓜洲。

这首词借写月下之景，蕴含无限凄凉感时之意。上片触景伤怀，写出了对故国的无限忧思。下片抒发抑郁孤独和报国无门的无奈。全词含蓄蕴藉，感情真挚，委婉细腻，风雅自然。

张辑字宗瑞，号东泽，鄱阳（今属江西）人。他的诗词均衣钵白石而又效仿苏、辛，故其词既风雅婉丽，又复"幽畅清疏"。

相见欢

[金] 蔡松年

九日种菊西岩，云根石缝，金葩玉蕊遍之。夜置酒前轩，花间列蜜炬，风泉悲鸣，炉香蓊于岩穴。故人陈公辅坐石横琴，萧然有尘外趣，要余作数语，使清音者度之。

云闲晚溜琅琅，泛炉香。一段斜川松菊瘦而芳。　人如鹤，琴如玉，月如霜。一曲清商人物两相忘。

这首词作于词人退隐山林之后，描绘了一个纯朴清澈、超尘脱俗的迷人境界，流露出词人悠然自得的心态。

相见欢

［清］毛奇龄

花前顾影鄰鄰，水中人。水面残花片片绕人身。　私自整，红斜领，茜儿巾。却讶领间巾里刺花新。

这首词以景衬人，景与人融为一体。花前水边，少女由顾影而整衣，因整衣而惊异，真是一幅再平凡不过的生活小景，但一经词人运化，立刻变得亦真亦幻，极富生活情趣。全词清新婉丽，曲折有致。

相见欢

［清］张惠言

年年负却花期，过春时。只合安排愁绪送春归。　梅花雪，梨花月，总相思。自是春来不觉去偏知。

这首词以惋惜的心情埋怨自己年年错过花期，看似信手拈来，却是耐人寻味。"春来不觉去偏知"一句，更揭示了一个人生哲理，即世间一切美好的事物像春天的降临和消逝一样，往往在时过境迁之后，才猛省拥有的珍贵。全词语浅意深，新颖自然。

蔡松年《跋苏轼李白仙诗卷》，有苏东坡笔意。日本大阪市立美术馆藏

茜，茜草，根红，可为染料。此指绛色。

毛奇龄像

毛奇龄（1623—1716）原名甡，字大可，号秋晴，学者称西河先生，浙江萧山人。明末诸生。康熙时荐举博学鸿词科，授检讨，充明史馆纂修官。寻假归不复出。既治经史，又工诗词文曲。小令学"花间"，兼有南朝乐府风味。有《西河全集》，附《桂枝词》（一名《毛翰林词》），又有《西河词话》。

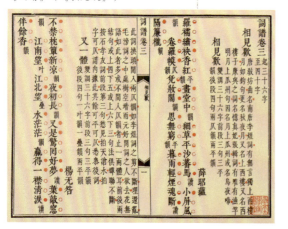

相见欢

[清]庄棫

深林几处啼鹃，梦如烟。直到梦难寻处倍缠绵。　蝶自舞，莺自语，总凄然。明月空庭如水似华年。

这首抒情小词则表现暮春时分美人梦醒之后的缠绵和凄凉之感，情景交融，含蕴无限，与前一首一样，都是闺怨词的经典之作。清陈廷焯曰："二词用意用笔，超越古今，能将骚雅真消息吸入笔端，更不可以时代限也。"（《白雨斋词话》卷五）

乌夜啼　同瞻园登戒坛千佛阁

[清]朱孝臧

春云深宿虚坛，磬初残。步绕松阴双引出朱阑。　吹不断，黄一线，是桑干。又是夕阳无语下苍山。

词人和他的游伴登临佛阁远望，但见那桑干河从群山万壑中奔流出来，流向莽莽苍苍的河北原野，在夕阳映照下，发出黄色的闪光。这样一幅气象阔大的图景，词人用"吹不断，黄一线"寥寥六字就把它勾勒出来了，的是大手笔。

倚声依谱

《相见欢》一名《乌夜啼》《秋夜月》《上西楼》。唐教坊曲。三十六字，前片三平韵，后片两平韵，过片处错叶两仄韵，借以加强激越凄怨气氛，两结九言，宜于第二字略逗。此调音节响亮而又流畅，节奏紧凑，一气呵成。多用以抒发悲伤而沉郁之情。

【定格】
中平中仄平**平**，仄平**平**。
中仄中平平仄仄平**平**。

中中**仄**，中平**仄**，仄平**平**。
中仄中平平仄仄平**平**。

詞林別裁

卢家明 · 编著

下 卷

中華書局

目录

MULU

001 / 恨君不似江楼月
采桑子

013 / 知否，知否，应是绿肥红瘦
如梦令

025 / 杏花疏影里，吹笛到天明
临江仙

039 / 梦绕神州路
贺新郎

059 / 莫等闲、白了少年头，空悲切
满江红

077 / 试问谪仙何处，青山外，远烟碧
霜天晓角

087 / 零落成泥碾作尘，只有香如故
卜算子

101 / 春慵恰似春塘水
眼儿媚

113 / 未是秋光奇绝，看十五十六
好事近

127 / 五湖烟浪入清尊
定风波

135 / 长淮望断，关塞莽然平

六州歌头

147 / 风流总被，雨打风吹去

永遇乐

159 / 正销魂又是，疏烟淡月，子规声断

水龙吟

183 / 欲买桂花同载酒，终不似、少年游

唐多令

197 / 旧游无处不堪寻，无寻处、惟有少年心

小重山

211 / 数峰清苦，商略黄昏雨

点绛唇

231 / 变尽人间，君山一点，自古如今

柳梢青

247 / 晓梦入芳裀

少年游

257 / 极目万里沙场，事业频看剑

祝英台近

267 / 但凄凉感旧，慷慨生哀

沁园春

291 / 黄蜂频扑秋千索，有当时、纤手香凝
　　风入松

305 / 折尽梅花，难寄相思
　　高阳台

317 / 红了樱桃，绿了芭蕉
　　一剪梅

327 / 写不成书，只寄得、相思一点
　　解连环

339 / 一襟余恨宫魂断
　　齐天乐

351 / 残月照吟鞭
　　诉衷情

363 / 问世间、情为何物，直教生死相许
　　摸鱼儿

379 / 香销午梦回
　　阮郎归

393 / 秋空一碧无今古
　　醉落魄

405 / 故园无此声
　　长相思

采桑子

恨君不似江楼月

纪传盛书《采桑子》

 华音流韵

采桑子

[南宋] 吕本中

恨君不似江楼月，南北东西。南北东西，只有相随无别离。　　恨君却似江楼月，暂满还亏①。暂满还亏，待得团圆是几时。

临风赏读

这首词写思妇悠悠离情，堪称妙手天成之作。

月本无情，因人有意。月的阴晴圆缺，映射着人世间的悲欢离合，因而古往今来，月亮总是高悬在诗坛词苑的上空，人们都爱对月咏怀，而以月喻离情，也早已熟滥。这首词却"用常得奇"，十分巧妙地以月亮之相随不离与暂满还亏两点，正反设喻。上阕"恨君不似江楼月"，月相随，人

[注释]

①满，指月圆。亏，指月缺。

不相随，不能像月亮那样"只有相随无别离"；下阕"恨君却似江楼月"，刚刚团圆，却又分离，如一月之中，团团当空，能有几时？同是一轮"江楼月"，"不似""却似"，亦怨亦慕，"正说反说，俱是愁痕"（钱锺书语），表现的是一位独守幽闺的妻子对丈夫的刻骨相思和聚暂离长的哀怨和忧伤。

全词纯是真情的自然流露，比喻用得非常贴切，语言如从少妇口中娓娓道出，显得格外清新、朴茂，饶有民歌风味，令人击节叹赏，回味无穷。

🍂 古今汇评

沈际飞：语语无饰，似女子口授，不由笔写者。情语不在艳而在真，此也。（《草堂诗馀别集》卷一）

周振甫：这首词的特色，是文人词而富有民歌风味。民歌是真情的自然流露，不用典故，是白描。这首词也是真情的自然流露，也是白描，很亲切。（《唐宋词鉴赏辞典·南宋辽金卷》）

惠淇源：此词从江楼月联想到人生的聚散离合。月的阴晴圆缺，却又不分南北东西，而与人相随。词人取喻新巧，正反成理。以"不似"与"却似"隐喻朋友的聚与散，反映出聚暂离长之恨。具有鲜明的民歌色彩。全词明白易晓，流转自如。风格和婉，含蕴无限。（《婉约词》）

南北东西，只有相随无别离　顿立夫

清改琦《停琴伫月图》，描绘一女子月夜静坐于湖石之上，旁置一琴，仪态端庄娴静，神情若有所思。广东省博物馆藏

参读

今夜鄜州月，闺中只独看。遥怜小儿女，未解忆长安。香雾云鬟湿，清辉玉臂寒。何时倚虚幌，双照泪痕干。——唐杜甫《月夜》别出心裁从思念对象一方落笔，由长安遥想其妻子在鄜州看月的景况，无限深情、痴情都从想象描写中流泻而出。"心已驰神到彼，诗从对面飞来。悲婉微至，精丽绝伦，又妙在无一字不从月色中照出"（浦起龙《读杜心解》卷三）。

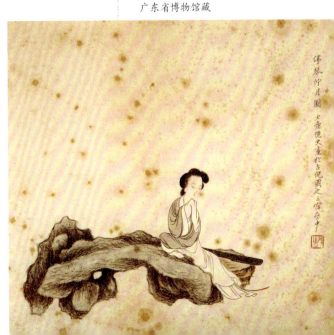

清咸丰刻本《东莱诗集》书影

词人心史

吕本中（1084—1145）原名大中，字居仁，号紫微，宰相吕公著曾孙，寿州（今安徽寿县）人。初授承务郎。徽宗宣和六年（1124），为枢密院编修官。后迁职方员外郎。高宗绍兴六年（1136），召赐进士出身。历官中书舍人、权直学士院。他风骨凛然，不畏强权，敢于直言，军国大事多所论列，屡次上疏论恢复大计。绍兴八年十月，因反对和议，忤逆秦桧罢职，提举太平观。他是程氏理学的传人，晚年深居讲学，先世为东莱（今山东掖县）人，故学者称"东莱先生"。

在江西诗派诗人中，他颇受黄庭坚、陈师道影响，又学李白、苏轼，继承和发展了江西诗派的风格，诗风明畅灵活，清新流丽。其词风"清雅明丽，流动自然"，呈现出清新流美的民歌风味；南渡流寓江左后亦有悲慨时事、渴望收复中原故土的沉郁之作。著有《东莱诗集》《紫微诗话》《江西诗社宗派图》。后人辑有《紫微词》。

参读

当官之法，唯有三事：曰清，曰慎，曰勤。知此三者……可以远耻辱，可以得上之知，可以得下之援。——吕本中《官箴》

晚逢戎马际，处处聚兵时。后死翻为累，偷生未有期。积忧全少睡，经劫抱长饥。欲逐范仔辈，同盟起义师。——吕本中《兵乱后自媿杂诗》，这是面对劫难的实录，在悲愤之中，发出了报国的誓言。

 低吟/浩唱

采桑子

[五代·后晋] 和凝

蝤蛴领上诃梨子，绣带双垂。椒户闲时，竞学樗蒲赌荔枝。

丛头鞋子红编细，裙窣金丝。无事颦眉，春思翻教阿母疑。

这首词描绘一位少女天真无邪的情态。结尾二句，写她本无事

蝤蛴领，洁白的颈项。蝤蛴，天牛一类的幼虫，体白而长。《诗经·硕人》："领如蝤蛴。"

诃梨子，又名诃梨勒，天竺果名。此指妇女披肩。

樗蒲，古代的一种博戏，如现代的掷骰子（色子）。

皱眉，可是阿母多心，反疑女儿是不是情窦初开，有了春思。汤显祖评上下片末句云："翻空出奇。"（《玉茗堂评〈花间集〉》卷二）陈廷焯云："描写娇惝之态，后人袭用者屡矣。"（《云韶集》卷一）

采桑子

[五代·南唐] 冯延巳

花前失却游春侣，独自寻芳。满目悲凉，纵有笙歌亦断肠。
林间戏蝶帘间燕，各自双双。忍更思量，绿树青苔半夕阳。

　　这首词触景感怀，用反衬的手法抒写韶光易逝，孑然无侣，触处生悲、孤寂难耐的心理感受。全词文字疏隽，情景相渗，雅淡自然。

采桑子

[五代·南唐] 李煜

辘轳金井梧桐晚，几树惊秋。昼雨新愁，百尺虾须在玉钩。
琼窗春断双蛾皱，回首边头。欲寄鳞游，九曲寒波不溯流。

　　这是一首秋怨词。词中以一系列的具体景物，有机地组成一幅饱含秋意、秋思的风景画，而主人公悲秋伤怀、离情难寄的情态弥漫其中。李于鳞评此词说："观其愁情欲寄处，自是一字一泪。"（唐圭璋《南唐二主词汇笺》引）全词婉约蕴藉，余味悠长。

采桑子

[北宋] 晏殊

时光只解催人老，不信多情。长恨离亭，泪滴春衫酒易醒。
梧桐昨夜西风急，淡月胧明。好梦频惊，何处高楼雁一声。

　　这首词以轻巧空灵的笔法写出词人深沉婉致的人生感慨：叹流年、悲迟暮、伤别离。全词意境优美，柔丽而富有诗意，感情悲凉凄婉而不凄厉。

采桑子

[北宋] 欧阳修

轻舟短棹西湖好，绿水逶迤。芳草长堤，隐隐笙歌处处随。
无风水面琉璃滑，不觉船移。微动涟漪，惊起沙禽掠岸飞。

　　自皇祐元年（1049）由扬州移知颍州（今安徽阜阳）始，词

忍，那堪，怎忍。

　　虾须，因帘子的形状像虾的触须，故作帘子的别称。
　　边头，边塞的尽头。
　　鳞游，游鱼，这里借指书信。古人有"鱼传尺素"之说。

　　离亭，古代送别之所。

　　清顾洛《仕女图》，绘圆月窗外绿树婆娑，窗内一妙龄女子瘦影独坐，面容略带惆怅落寞，似有万般心事。人物工致妍丽

人便对"平湖十顷碧琉璃"的西湖陶醉不已，"慨然已有终焉之意"，致仕后宿愿得偿，归老于西湖之滨。他先后写下一组《采桑子》（十首），每阕起句皆以"西湖好"结尾，依次歌咏西湖的旖旎风光。这组词如行云流水，含思清婉，至今读之令人心往神驰。

这一首以轻淡、闲雅的笔调，描写泛舟西湖时所见的美丽景色，宛如一幅清丽活泼、空灵淡远的风景画，读来清新可爱。许昂霄云："闲雅处，自不可及。"（《词综偶评》）

 参读

　　画船载酒西湖好，急管繁弦。玉盏催传，稳泛平波任醉眠。

　　行云却在行舟下，空水澄鲜。俯仰流连，疑是湖中别有天。——这一首上片描绘载酒游湖时船中朋友们在筝笛声中闹酒传杯、一片喧哗的气氛，下片写酒后醉眠船上，俯视湖中，但见明湖水天上下辉映的清澈明净境界。一个"疑"字，写尽了游者似醉非醉、心神开豁之态。

　　群芳过后西湖好，狼藉残红。飞絮濛濛，垂柳阑干尽日风。

　　笙歌散尽游人去，始觉春空。垂下帘栊，双燕归来细雨中。——这一首以极疏隽的文字，抒写西湖群芳凋谢后的空寂清幽之美，婉曲地传达出词人恬淡自适的幽微心境，别有意味。

　　天容水色西湖好，云物俱鲜。鸥鹭闲眠，应惯寻常听管弦。

　　风清月白偏宜夜，一片琼田。谁羡骖鸾，人在舟中便是仙。——这一首描写西湖的天光水色，尤其着意刻画了一幅清凉、空明，如梦如幻的西湖夜景，读来令人如身临其境，心胸似洗，恍若神仙。

宋梁楷《鹭图》。日本MOA美术馆藏

采桑子

[北宋] 晏几道

　　西楼月下当时见，泪粉偷匀。歌罢还颦，恨隔炉烟看未真。

　　别来楼外垂杨缕，几换青春。倦客红尘，长记楼中粉泪人。

　　这是一首怀念西楼歌女之作。上片忆当年西楼月下初见，下片写别后相思，含蓄委婉、真切感人地表现了歌女的凄凉身世和痛苦心情及词人对她的同情和怜爱。俞陛云评此词说："不过回忆从前，而能手写之，便觉当时凄怨之神，宛呈纸上。"（《唐五代两宋词选释》）通篇用语浅易，无一矫揉虚饰之语。

添字采桑子　芭蕉

［南宋］李清照

窗前谁种芭蕉树，阴满中庭。阴满中庭，叶叶心心，舒卷有余情。　　伤心枕上三更雨，点滴凄清。点滴凄清，愁损北人，不惯起来听。

这是词人南渡后不久的作品，借吟咏芭蕉抒发飘零异乡的寂寞凄楚和对中原故国、家乡故土深挚绵长的思念和怀恋。上片诉诸视觉，描述芭蕉树的"形"与"情"；下片诉诸听觉，描述夜听雨打芭蕉声。结句看似平淡，实极深刻，只用一个"北人""不惯"，就包含了无尽感慨。全词语言浅近通俗，用笔轻灵而感情凝重。

采桑子

［南宋］陆游

宝钗楼上妆梳晚，懒上秋千。闲拨沉烟，金缕衣宽睡髻偏。鳞鸿不寄辽东信，又是经年。弹泪花前，愁入春风十四弦。

这首春愁词极写相思相爱之深。上片描写人物情态，下片抒写相思与离情。结句思绪缠绵，情韵无限。全词抒情细腻，含蓄凄婉。俞陛云评论说："此词独顿挫含蓄，从彼美一面着想，不涉欢愁迹象，而含凄无限，结句尤余韵悠然，集中所希有也。"（《唐五代两宋词选释》）

采桑子

［南宋］朱敦儒

一番海角凄凉梦，却到长安。翠帐犀帘，依旧屏斜十二山。玉人为我调琴瑟，颦黛低鬟。云散香残，风雨蛮溪半夜寒。

这首词作于词人客居南雄州时，词中通过梦境中往昔京都的繁华与现境中岭南海隅之地凄寒的强烈对比，抒写今昔盛衰之感、伤时感乱之痛和天涯羁旅之悲。全词笔调凄婉、感伤，而又蕴涵着沉郁的情致。

芭蕉，原产亚洲东南部和中国南部，高者可达六七米；蕉叶舒展硕大，叶色嫩绿可爱。

鳞鸿，这里泛指传递书信。

叶叶心心，舒卷有余情　方介堪

清吕彤《蕉荫读书图》，绘绿蕉之下一纤柔清丽女子坐于湖石上读书的情景。或是感于书中所写，抑或触动心事，她一手抚于书卷，一手轻托粉腮，蹙眉沉思。线条细劲，色彩清丽，意境优美。清华大学美术学院藏

爱上层楼　来楚生

丑奴儿　书博山道中壁

［南宋］辛弃疾

少年不识愁滋味，爱上层楼。爱上层楼，为赋新词强说愁。

而今识尽愁滋味，欲说还休。欲说还休，却道天凉好个秋。

这首词是词人被劾去职、闲居江西上饶带湖时所作。词中通过"少年""而今"，无愁、有愁的对比，表现词人受压抑、遭排挤、报国无路的郁闷和悲愤。全词构思新巧，委婉蕴藉，寓激情于婉约之中，别具一种耐人寻味的情韵。

参读

千峰云起，骤雨一霎儿价。更远树斜阳，风景怎生图画。青旗卖酒，山那畔别有人家。只消山水光中，无事过这一夏。午醉醒时，松窗竹户，万千潇洒。野鸟飞来，又是一般闲暇。却怪白鸥，觑着人欲下未下。旧盟都在，新来莫是，别有说话。——辛弃疾在带湖闲居时还有一首写得明白如话而又清新幽默的词，即《丑奴儿近·博山道中效李易安体》，词中表现一种超脱的闲适之情时，仍然不时地流露出自己内心的不平静来。

采桑子

［南宋］佚名

年年才到花时候，风雨成旬。不肯开晴，误却寻花陌上人。

今朝报道天晴也，花已成尘。寄语花神，何似当初莫做春。

这首寻花词上片写有花无晴，下片写有晴无花，上下两片形成相反相成的对比，使外在的形象与内在的寄托浑然一体，抒发出词人对造化弄人的哀叹。全词轻柔和婉，语浅意深。

采桑子

［金］王寂

十年尘土湖州梦，依旧相逢。恨约心同，空有灵犀一点通。

寻春自恨来何暮，春事成空。懊恼东风，绿尽疏阴落尽红。

这首词写久别重逢，不见些许欢乐，而是一种痛苦伤怀之情。全篇既檃栝杜牧故事，又有杜牧诗意，并寄托了自身无限情感。与杜牧原诗相比，此词更显哀感顽艳，凄恻动人。

丑奴儿　听筝

［清］张晋

氍毹半展灯双照，秋水精神。未启朱唇，落燕飞花可奈春。

十三弦里声声怨，恁是何人。山黛轻颦，说道儿家本在秦。

这首词作于扬州，写甲申之变后秦地弹筝女流落江南、倚门卖艺的悲凄境遇，含蓄地表现了词人对于明朝灭亡、宗社倾覆的感慨，也透露出对故乡的怀念。词写得轻逸婉转，结拍尤为感人。

张晋（1626—1659）字康侯，号戒庵，狄道（今甘肃临洮）人，自称秦人。顺治进士。曾知江苏丹徒。有《戒庵词》一卷。

采桑子

［清］纳兰性德

谁翻乐府凄凉曲，风也萧萧，雨也萧萧，瘦尽灯花又一宵。

不知何事萦怀抱，醒也无聊，醉也无聊，梦也何曾到谢桥。

这首词写孤独者一种无聊的、莫名其妙的心绪，又似乎透露了对某位女子的说不清、道不明的情愫。语言简明，情丝细腻，透着深刻的悲凉。

桐庐，浙江桐庐县，有桐江，为浙江上游，今称富春江。

浮家，行船的人。

采桑子　桐庐舟中

［清］陶元藻

陶元藻字龙溪，会稽（今浙江绍兴）人。有《泊鸥山房词》。

浮家不畏风兼浪，才罢炊烟，又袅茶烟，闲对沙鸥枕手眠。

晚来人静禽鱼聚，月上江边，缆系岩边，山影松声共一船。

这首词写闲适出尘的渔家生活。上片写舟行桐江中的情景，于风吹浪打中见闲情；下片写泊舟江岸的情景，于山影松声中见静境。全词明白如话，风格清丽。

宋佚名《渔乐图》，绘三只渔舟捕鱼归来，泊于古松幽篁掩映下的岸边。舟上人物或正在用餐，或忙于其他事情，充满生活气息。故宫博物院藏

樊增祥像

樊增祥（1846—1931）字嘉父，号云门，别字樊山，湖北恩施人。光绪进士。历陕西宜川、渭南等县知事，累官至陕西布政使、江宁布政使权署两江总督。工于诗，好为艳体。有《樊山全集》。

白下，南京。

落梅，乐曲《梅花落》。

谢仁字纯卿，阳湖（今江苏武进）人。有《青山草堂词钞》。

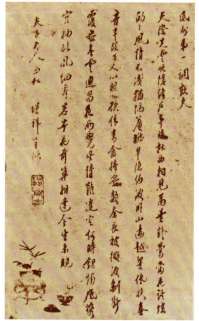

樊增祥手书《氐州第一》词稿

采桑子

[清]厉鹗

晚秋同程松门泛舟红桥，登平山堂。

重阳过也成虚负，赖有诗仙，肯作延缘，人与黄花共一船。

沿堤转尽垂杨路，水影桥边，山影樽前，画出伤秋雨后天。

这首词将泛舟与登高同写，幽隽秀洁，情韵盎然。

采桑子

[清]郑文焯

凭高满面东风泪，独立江亭。流水歌声，销尽年涯不暂停。

归来自掩香屏卧，残月新莺。梦好须惊，知是伤春第几生。

这是一首伤春之作，或许寄寓了词人对清王朝风雨飘摇、大厦将倾的哀感。

采桑子　白下

[清]谢仁

南朝劫后繁华歇，金粉尘埃。风荻楼台，醉里凄凉唱落梅。

群山苍霭遥将夕，日没城隅。岸阔天开，浩荡江声万马来。

词虽小令，所感甚大，气韵沉雄，声可裂竹。

采桑子　荆江晚泊

[清]樊增祥

娟娟月子随人惯，写影春田，锁梦秋烟，曾见家乡几度圆。

碧鸢一去桐心悴，燕子帘前，鸥鹭江边，一样青灯一样眠。

这首词上片以月为中心，极写家乡月夜幽渺静谧的美好景象；下片写旅人思妇的挚爱情深。全词语言自然清新，感情真挚、缠绵。

词林逸事

神宗熙宁七年（1074）冬，苏轼由杭州通判调知密州，途经润州时遇友人孙洙、王存，于是他们同游甘露寺多景楼，"三公皆一时英彦，境之胜，客之秀，伎之妙，真为希遇"（见王文诰辑注《苏轼诗集》卷十二）。席间，苏轼兴致勃勃地邀请一位叫"胡琴"的京师官妓弹奏古筝、琵琶合奏《芳春调》，以抒情怀。为此，苏轼写下了《润州甘露寺弹筝》一诗：

> 多景楼上弹神曲，欲断哀弦再三促。
> 江妃出听雾雨愁，白浪翻空动浮玉。
> 唤取吾家双凤槽，遣作三峡孤猿号。
> 与君合奏《芳春调》，啄木飞来霜树杪。

酒到尽兴之时，正当多景楼外晚霞夕照，更显奇丽。于是，孙洙又请东坡即景填词。苏东坡应约写下了一首《采桑子》：

> 多情多感仍多病，多景楼中。尊酒相逢，乐事回头一笑空。　　停杯且听琵琶语，细撚轻拢。醉脸春融，斜照江天一抹红。

东坡的这首小令，倏忽来去，只用只言片语，却达到了曲折含蓄、言尽而意隽的境界之美，抒写了乐游多景楼的无限风情。

明杜堇《题竹图》，绘苏轼题诗于竹的故事。故宫博物院藏

倚声依谱

《采桑子》又名《丑奴儿令》《罗敷艳歌》《罗敷媚》。唐教坊大曲有《杨下采桑》，调名本此。双调，四十四字，前后片各三平韵。另有添字格，两结句各添二字，两平韵，一叠韵。此调词气和缓，音节浏亮，适于抒情、写景，既可表现婉约风格，亦可表达旷达之意。

【格一】

中平中仄平平仄，中仄平平。

中仄平平，中仄平平中仄平。

中平中仄平平仄，中仄平平。

中仄平平，中仄平平中仄平。

【格二（添字）】

中平中仄平平仄，中仄平平。

〖中仄平平〗，中仄平平，中仄仄平平。

中平中仄平平仄，中仄平平。

〖中仄平平〗，中仄平平，中仄仄平平。

《词谱》（《采桑子》）

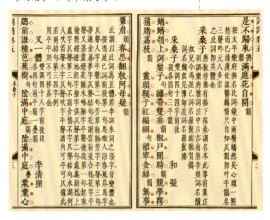

如梦令

知否，知否，应是绿肥红瘦

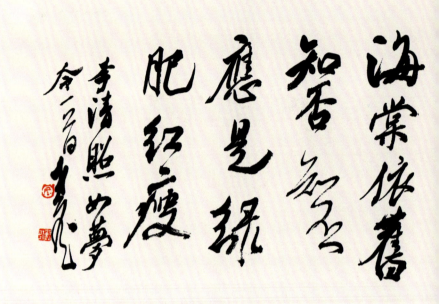

詹逸然书《如梦令》

绿肥红瘦　清赵之琛

华音流韵

如梦令

［南宋］李清照

昨夜雨疏风骤，浓睡不消残酒。试问卷帘人，却道海棠依旧。知否，知否，应是绿肥红瘦。

临风赏读

这首《如梦令》，堪为"天下称之"的不朽名篇。

暮春时节，雨疏风骤，不免分外引起伤离的少妇念远的情怀，于是借酒浇愁，不觉喝多了，结果一觉醒来，东方既白，离情却如残酒仍然压在心头。回忆昨夜疏狂的风雨，她忽然记起窗外的海棠。来不及披衣起床，便迫不及待地向卷帘的侍女追问这意中悬悬之事。侍女看了看外面之后，却漫不经心地答道："还不错，一夜风雨，海棠一点儿没变！"

昨夜雨疏
风骤浓
睡不消残
酒试问卷
帘人却道

清姜埚《李清照小像》，表现词人惜花伤春的情思。无锡市博物馆藏

女主人听了，嗔叹道："傻丫头，你可知道那海棠花丛已是红的见少，绿的见多了吗？！"

这首小令，短短六句三十三言，宛若一幕短剧，把昨夜与今晨的生活压缩到瞬间，有场景，有对白，人物的情态跃然纸上，而词意又表达得曲折委婉，极有层次。女主人因伤离念远而痛饮，因情知花谢却又抱一丝侥幸心理而"试问"，因不满意"卷帘人"的回答而再次反问，如此层层转折，步步深入，将由惜花之情引发的无限恋惜春光的情感，从而牵引出的对自己年华易逝的感叹抒发得曲折有致。"绿肥红瘦"乃是全词精绝之笔，这一拟人化的描写不但将雨后海棠花叶的形与神准确、鲜明、生动地表现了出来，而且移情于物，把诗人惜花、惜春之情表现得细致入微、入木三分，"尤为委曲精工，含蓄无穷意焉"（张綖《草堂诗馀别录》）。

全词语言清新，含蓄深蕴，令人玩味不已。

李清照《如梦令》（《诗馀画谱》）

古今汇评

王士禛：前辈谓史梅溪之句法，吴梦窗之字面，固是确论，尤须雕组而不失天然。如"绿肥红瘦""宠柳娇花"，人工天巧，可称绝唱。（《花草蒙拾》）

黄　苏：一问极有情，答以"依旧"，答得极淡。跌出"知否"二句来，而"绿肥红瘦"，无限凄婉，却又妙在含蓄，短幅中藏无数曲折，自是圣于词者。（《蓼园词选》）

陈廷焯：只数语中层次曲折有味。世徒称其"绿肥红瘦"一语，犹是皮相。（《云韶集》卷十）

俞平伯：全篇淡描，结句着色，更觉浓艳醒豁。（《唐宋词选释》）

胡云翼：这首词在写作上以寥寥数语的对话，曲折地表达出主人公惜花的心情，写得那么传神。"绿肥红瘦"，用语简练，又很形象化。（《宋词选》）

参读

　　常记溪亭日暮，沉醉不知归路。兴尽晚回舟，误入藕花深处。　　争渡，争渡，惊起一滩鸥鹭。——现存李清照《如梦令》词有这两首，是其早期"神品"，堪称"闺情绝调"（《金粟词话》）。这首《如梦令》以极其轻松、欢快、活跃的笔调，记一次令人难忘的溪亭畅游，凝铸成一幅淡雅清隽、生机盎然的日暮水乡归舟图，境界优美怡人，尺幅虽短却给人以无尽的美的享受。

词人心史

　　在漫长的中国古代文学史上，男作家辈出而女作家却寥若晨星，而旷世才女李清照以其不可逼视的才华和独特的魅力压倒须眉，高绝千古。

　　李清照（1084—1151？）号易安居士，旧居今山东济南章丘明水镇，后随父移居于济南城内趵突泉畔，故史称济南人。生于书香门第，父亲李格非精通经史，以文章受知于苏轼，有《洛阳名园

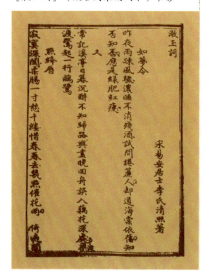

《漱玉词》（汲古阁未刻词本）书影

记》传世；母亲王氏为名臣王准孙女，亦善属文。李清照十八岁嫁给太学生赵明诚——赵挺之的幼子。赵挺之时任吏部侍郎，李格非为礼部员外郎，后李格非列入元祐党籍，赵挺之则因为依附蔡京而官至右丞相。清照曾献诗给公公，直指他与蔡京"炙手可热心可寒"。不过在蔡京权倾天下之时，赵挺之也曾屡陈其奸。宋徽宗大观元年（1107）赵挺之罢相，五日后卒，蔡京便兴起大狱，逮捕赵氏亲属，追夺赵挺之赠官。此后李清照与赵明诚屏居青州（今山东益州）长达十年。取陶渊明《归去来辞》中"归去来兮"和"审容膝之易安"之意，将书房称为归来堂，将居室称为易安室。夫妇俩煮茶猜书，共同校勘鉴赏金石古物，尽得其乐。靖康之变后赵明诚起复知江宁府，高宗建炎三年（1129）赴行都建康，途中感疾，于八月十八日病逝于建康。李清照自此孤苦无依，过着颠沛流离的生活，饱尝了人间苦难。晚年来往于金华、临安两地，境况甚为凄凉。在乱世中目睹了山河破碎、朝廷苟且偷安的李清照抑郁而终。

由于得"父母两系之遗传，灵襟秀气，超越恒流"（缪钺《诗词散论·论李易安词》），李清照少年即以诗名动京师，"才力华赡，逼近前辈"（王灼《碧鸡漫志》卷二）。她对诗、词、散文、书法、绘画、音乐，无不通晓，而以词的成就为最高。她的词风格灵秀隽逸，感情真挚，跌宕有致，被誉为婉约之宗。南渡以前之作，主要是对大自然的描绘，对真挚爱情的抒写，反映她那种极其悠闲、风雅的生活情调，语言清新明丽，意境优美动人。南渡以后，国破、家亡、夫死，各种奇劫使她的词风与前期风格迥异，变清丽明快为悲凄沉郁，抒发了伤时念旧、怀乡悼亡的情感，如《武陵春》《声声慢》《清平乐》等，将亡国之痛与个人孤苦凄惨的生活晚景融为一体，悲伤愁绪渲染极致，可谓"沉哀入骨，有泪彻泉"，是词人为时代的苦难与个人不幸命运而唱出的使人惊心动魄的哀歌。

李清照的词对后世影响颇大，在词坛中独树一帜，称为易安体。同代人辛弃疾、刘辰翁等皆有效"易安体"之作，后来者更不计其数。李清照另著有《词论》一篇，强调协律，崇尚典雅，提出词"别是一家"之说。有《漱玉词》。

燕寝凝香有佳思（李清照《感怀》句）　清杨瑞云

佚名《易安居士三十一岁之照》，右上有赵明诚题辞："清丽其词，端庄其品。归去来兮，真堪偕隐。政和甲午新秋，德父题于归来堂。"左侧则为吴宽题辞："金石姻缘翰墨芬，文箫夫妇尽能文。西风庭院秋如水，人比黄花瘦几分。鲍庵居士吴宽观于湖上并题。"

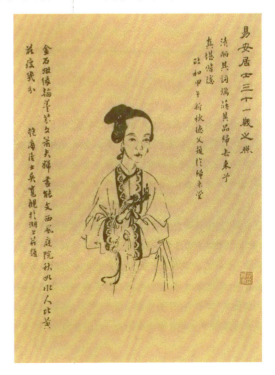

蔼蔼愁予
中粉淡和远
中粉淡和远
不觉把酒黄昏后
暗香盈袖莫言不消魂
帘卷西风人比黄花瘦
李易安词意
薄雾浓云愁永昼瑞脑销金兽

清王素《梧桐仕女图》，绘李清照《醉花阴》词意。南京博物院藏

本朝女妇之有文者，李易安为首称。……诗之典赡，无愧于古之作者；词尤婉丽，往往出人意表，近未见其比。（朱彧《萍洲可谈》，王仲闻《李清照集校注》辑自影明钞本卷中）

易安居士……自少年便有诗名，才力华赡，逼近前辈。在士大夫中已不多得。若本朝妇人，当推文采第一。……作长短句，能曲折尽人意，轻巧尖新，姿态百出。（王灼《碧鸡漫志》卷二）

宋人中填词，李易安亦称冠绝。使在衣冠，当与秦七、黄九争雄，不独雄于闺阁也。……山谷所谓"以故为新，以俗为雅者"，易安先得之矣。（杨慎《词品》卷二）

张南湖论词派有二，一曰婉约，一曰豪放。仆谓婉约以易安为宗，豪放惟幼安称首。（王士禛《花草蒙拾》）

男中李后主，女中李易安，极是当行本色。（沈谦《填词杂说》）

易安在宋诸媛中，自卓然一家，不在秦七、黄九之下。词无一首不工，其炼处可夺梦窗之席，其丽处直参片玉之班，盖不徒俯视巾帼，直欲压倒须眉。（李调元《雨村词话》卷三）

李易安词，风神气格，冠绝一时，直欲与白石老仙相鼓吹。妇人能词者，代有其人，未有如易安之空绝前后者。（陈廷焯《词坛丛话》）

以词格论，淑真清空婉约，纯乎北宋。易安笔情近浓至，意境较沈博，下开南宋风气。（况周颐《蕙风词话》卷四）

易安诗笔稍弱，词则极婉秀，且亦妙解音律，所作词，无一字不协律者，实倚声之正宗，非徒以闺阁见称也。（吕思勉《宋代文学》第五章）

生当作人杰，死亦为鬼雄。至今思项羽，不肯过江东。——李清照这首慷慨雄健、笔力千钧的《夏日绝句》，借项羽的宁死不屈反刺徽宗高宗父子抛弃中原河山、但求苟且偷生的无耻行径，爱国激情，溢于言表。

寻寻觅觅，冷冷清清，凄凄惨惨戚戚。乍暖还寒时候，最难将息。三杯两盏淡酒，怎敌他、晚来风急。雁过也，正伤心，却是旧时相识。　　满地黄花堆积，憔悴损，如今有谁堪摘。守着窗儿，独自怎生得黑。梧桐更兼细雨，到黄昏、点点滴滴。这次第，怎一个、愁字了得。——这首被词评家誉为千古创格的《声声慢》，是李清照南渡以后和着血

泪写下的一首震动词坛的名作，也是她的代表作。全词一气贯注，通过秋景秋情的描绘，抒发国破家亡、天涯沦落的悲苦愁情，如泣如诉，缠绵凄绝，感人至深。梁启超说："那种茕独恓惶的景况，非本人不能领略；所以一字一泪，都是咬着牙根咽下。"（《饮冰室合集》文集第四册）

☁ 词林逸事

李清照嫁给赵明诚后，二人情趣十分相投，婚后生活美满。他们节衣缩食，共同收集金石古玩，校勘题签，以读书为娱乐。夫妻诗词唱和，堪称神仙眷侣。有一年，赵明诚负笈远游，李清照独处凄清闺房，竟日思夫，内心充满离愁别苦。重阳节到了，这种思念更是倍增，夜半难眠，柔肠寸断。她想稍稍减轻这孤凄愁苦，于是把酒东篱，赏菊黄昏，然而，借酒浇愁愁更愁。词人把万千愁绪一齐倾注在一首重阳词《醉花阴》中：

薄雾浓云愁永昼，瑞脑消金兽。佳节又重阳，玉枕纱厨，半夜凉初透。　东篱把酒黄昏后，有暗香盈袖。莫道不消魂，帘卷西风，人比黄花瘦。

读到爱妻的词作，赵明诚叹赏不已，"自愧弗逮，务欲胜之，一切谢客，忘食忘寝者三日夜，得五十阕，杂易安作以示友人陆德夫。德夫玩之再三，曰：'只三句绝佳。'明诚诘之，答曰：'莫道不消魂，帘卷西风，人似黄花瘦。'政易安作也"（元伊世珍《琅嬛记》卷中）。从此，"黄花比瘦"的词坛掌故便不胫而走。兼之《如梦令》中有"绿肥红瘦"、《凤凰台上忆吹箫》中有"新来瘦，非干病酒，不是悲秋"等动人名句，李清照由此便得了一个"李三瘦"的雅号。

帘卷西风　乔大壮

人比黄花瘦　冯康侯

宋词中以"瘦"比花喻人的作品并不罕见，更非李清照独有。无名氏《如梦令》中有"人与绿杨俱瘦"，程垓《摊破江城子》中有"人瘦也，比梅花、瘦几分"，秦观《水龙吟》中有"天还知道，和天也瘦"等等。

赵明诚《欧阳修〈集古录〉跋》。台北"故宫博物院"藏

右欧陽文忠公集古録跋尾　四崇寧五年仲春重裝十五　日德父題記　時在鴻臚直舍

後十年於歸来堂再閱　寳政和甲申六月晦

戊戌仲冬廿六夜再觀

壬寅歲除日於東莱郡宴堂　重觀舊題不覺悵然時年　四十有三矣

李存勗像

李存勗，后唐庄宗，本姓朱
耶，其先沙陀部人，赐姓李氏。
武帝李克用之长子。天祐五年
（908）嗣晋王位。后即皇帝位，
继唐正统。灭梁，都洛阳。在位
四年，兵乱，中流矢亡。

东坡，苏轼在黄州东门外开
辟了故营地数十亩，命名为东坡，
耕其中。

玉堂，此指翰林院。

参读

　　香冷金猊，被翻红浪，起来慵自梳头。任宝奁尘满，日上帘
钩。生怕离怀别苦，多少事、欲说还休。新来瘦，非干病酒，不是
悲秋。　　休休。这回去也，千万遍《阳关》，也则难留。念武陵
人远，烟锁秦楼。惟有楼前流水，应念我、终日凝眸。凝眸处，从
今又添，一段新愁。——李清照《凤凰台上忆吹箫》移情入景，以
环境烘托渲染闺阁孤愁，对丈夫相思之情。字后藏情，弦外有音，
情凄婉而意含蓄。

低吟/浩唱

忆仙姿

［五代］李存勗

　　曾宴桃源深洞，一曲舞鸾歌凤。长记别伊时，和泪出门相送。
如梦，如梦，残月落花烟重。

　　这是词人自创制曲的一首忆旧抒感小令。此词虽采刘晨、阮
肇天台遇仙女的神话传说，通篇以刘、阮口吻，追忆在仙境欢悦温
馨的生活和仙女送别时流泪携手、眷眷不舍的场面，但唐人每以遇
仙指游冶之事，"曾宴""长记"云云，当确有所指所忆。下面叠
用两个"如梦"，将人天邈隔、情事不再的今昔对比前后钩连，遂
将飘渺恍惚的凄凉心境和盘托出。清陈廷焯谓此词"笔致幽秀"
（《云韶集》卷一）。俞陛云亦说"此词'残月落花'句以闲淡
之景，寓浓丽之情，遂启后代词家之秘钥"（《唐五代两宋词选
释》）。《忆仙姿》后改名为《如梦令》。

如梦令

［北宋］苏轼

　　为向东坡传语，人在玉堂深处。别后有谁来，雪压小桥无路。
归去，归去，江上一犁春雨。

　　这首词当是元祐元年（1086）九月以后，元祐四年三月以前，
苏轼在京城官翰林学士期间所作。词中抒写怀念黄州之情，表现归
耕东坡之意。全词语言明快，清新淡雅而自然。

如梦令

[北宋] 秦观

遥夜沉沉如水，风紧驿亭深闭。梦破鼠窥灯，霜送晓寒侵被。无寐，无寐，门外马嘶人起。

这首词作于绍圣三年（1096）词人贬谪郴阳途中。词由静而动，由梦而醒，醒而无寐，虽无一字道及羁旅之愁苦，而愁苦之情却渗透在驿亭凄清夜景的描写中。

如梦令

[北宋] 谢逸

花落莺啼春暮，陌上绿杨飞絮。金鸭晚香寒，人在洞房深处。无语，无语，叶上数声疏雨。

这首词写暮春景色，闺阁情思。无一笔描摹神态服饰、言辞举止。无语胜有语，景语即情语。

如梦令

[北宋] 曹组

门外绿阴千顷，两两黄鹂相应。睡起不胜情，行到碧梧金井。人静，人静，风动一庭花影。

这首词写春日静景，极清幽婉丽，其中"风动一庭花影"，有摇曳生姿之妙，绝佳。

明张路（传）《苏轼回翰林院图》（局部）。元祐三年（1088）四月辛巳，苏轼被召入对便殿，太皇太后告以任为翰林学士，乃是先皇神宗之意，并说："先帝每诵卿文章，必叹曰：'奇才，奇才！'"苏轼听后不觉痛哭失声。"已而命坐赐茶，撤御前金莲烛送归院"（《宋史》卷三百三十八）。此幅描写的即是这一历史情节。美国私人藏

金鸭，鸭形铜香炉。
洞房，深邃的内室。

曹组此首又见毛晋汲古阁本秦观《淮海词》，调名《忆仙姿》。

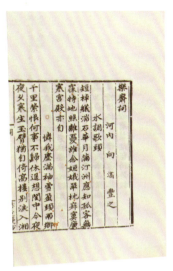

明抄本向滈《乐斋词》（《宋元名家词七十种》）书影

向滈字丰之，生平不详。河内（今河南沁阳）人。其词以自然为胜，多用俗语入句。

宋夏珪《山水图》。美国印第安纳波利斯艺术博物馆藏

参读

待月西厢下，迎风户半开。拂墙花影动，疑是玉人来。——元稹《莺莺传》

如梦令

[南宋] 赵长卿

何处一声鸣橹，惊起满川寒鹭。一著画难成，雪霁乱山无数。且住，且住，数遍溪南烟树。

这首词描写冬日傍晚时分的汉江景象，颇似一幅绝妙的江山雪霁图。雪后的苍山，两岸的烟树，宛转的江流，天地间本来一片寂静，忽然一声鸣桨，惊飞一川寒鹭，立刻让眼前的一切充满着生趣。这景色着实令词人留连忘返，不忍遽去。

如梦令

[南宋] 向滈

谁伴明窗独坐，和我影儿两个。灯烬欲眠时，影也把人抛躲。无那，无那，好个栖惶的我。

这首词构思新颖，词人将"影儿"入词，用以反衬自己的孤独与寂寞的心情，这既避免了纯说愁苦的单调，又使词篇更具形象性，大大增强了艺术效果。

参读

花间一壶酒，独酌无相亲。举杯邀明月，对影成三人。月既不解饮，影徒随我身。暂伴月将影，行乐须及春。我歌月徘徊，我舞影零乱。醒时同交欢，醉后各分散。永结无情游，相期邈云汉。——李白《月下独酌》也写作者的孤独。

如梦令

[南宋] 严蕊

道是梨花不是，道是杏花不是。白白与红红，别是东风情味。曾记，曾记，人在武陵微醉。

此词咏红白桃花。词人巧妙地借助于桃花与妓馆、桃花源的文化联系，将一个风尘女子的不幸身世和高洁怀抱寄寓其中。手法新颖，风格清新流丽又近乎俏皮，向被誉为词中逸品。

如梦令

[南宋] 赵汝茪

小砑红绫笺纸，一字一行春泪。封了更亲题，题了又还坼起。归未，归未，好个瘦人天气。

这首词刻画女子和泪给远方的丈夫写信时的心理活动，词语自然，不事涂饰，而含思深婉，缠绵曲折，十分生动感人。

如梦令

[宋] 佚名

莺嘴啄花红溜，燕尾剪波绿皱。指冷玉笙寒，吹彻小梅春透。依旧，依旧，人与绿杨俱瘦。

这是一首伤春怀人之作。眼前莺嘴啄花，燕尾剪波的春光春色，触动了怀人的心绪。"小梅"一曲，传出了绵绵相思之情。这首词描写细致入微，流丽婉转。明李攀龙说："闻笛怀人，恍似梦中得句来。"（《新刻李于麟先生批评注释草堂诗馀隽》卷一）

如梦令　题画

[明] 刘基

草际斜阳红委，林表晴岚绿靡。何许一渔舟，摇动半江秋水。风起，风起，棹入白蘋花里。

这首题画小令由静入动，再由动入静，变化自如，再现了一幅苍凉秋色图。在词人的笔下，原画的意境变得鲜活灵动，一派疏朗闲雅。

如梦令

[清] 纳兰性德

正是辘轳金井，满砌落花红冷。蓦地一相逢，心事眼波难定。谁省，谁省，从此簟纹灯影。

这首词写暮春花落时节，与一姑娘在阶前井畔蓦然的相逢，刹那间对视的眼神相撞，两人内心都激起了难以捉摸的情愫。从此以

宋佚名《桃花鸳鸯图》（局部），以重彩渲染出一树天天桃花，设色柔丽秀润。南京博物院藏

砑，砑石，古人用来磨纸，使之光泽。

坼，通"拆"，意指封信后又拆开。

赵汝茪字参晦，号霞山，商王元份八世孙善官之子。词极明艳生动，为风雅派中上驷。有《退斋词》。

一说佚名此词为秦观作。

簟纹，指竹席之纹络，这里借指孤眠幽独之景况。苏轼诗："扫地烧香闭阁眠，簟纹如水帐如烟。"

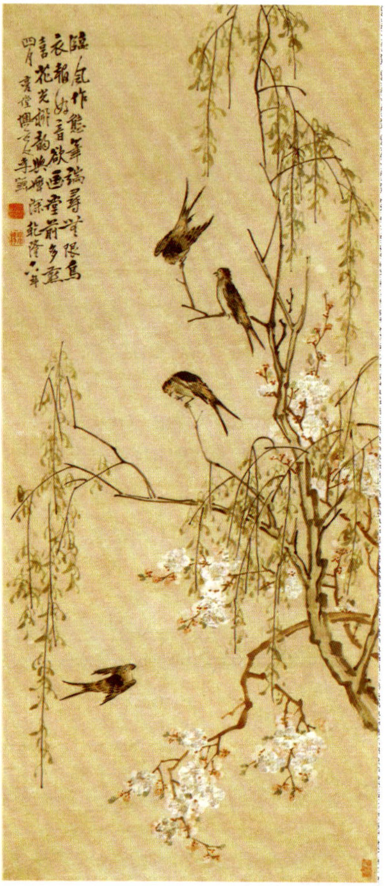

清李鱓《桃花柳燕图》，描绘桃红柳绿燕嬉之景，生动表现出盎然春意和生命的气息。画面明丽活泼，自得天趣。天津博物馆藏

后，簟波席纹之中，灯光烛影之下，她的身影宛然在目，心头萦绕着的是绵绵不尽的相思与惆怅。词人以高妙的手法捕捉到了男女初见时怦然心动的奇特感受，形象与情思都写得极为活泼而真切，格外缠绵动人。

如梦令

［清］吴藻

燕子未随春去，飞入绣帘深处。软语话多时，莫是要和侬住。延伫，延伫，含笑回他不许。

这首词写暮春闺情，明白如话，却细腻生动，少女天真烂漫的娇态充溢词中。末句以散文句法入词，极似辛弃疾《西江月》的“只疑松动要来扶，以手推松曰去”。

如梦令

［清］龚自珍

紫黯红愁无绪，日暮春归甚处。春更不回头，撇下一天浓絮。春住，春住，黦了人家庭宇。

此首为惜春之作。东君无情，一时间姹紫嫣红皆黯然失色。而春光却不顾人们的挽留和叹息，仍抛下满天白絮，径自离去，以至词人急得连声呼唤“春住”。惜春之情，溢于言表。谭献在《复堂日记》中评此首曰“绵丽飞扬，意欲合周、辛而一，奇作也”。

黦，玷污。

倚声依谱

《词谱》（《如梦令》）

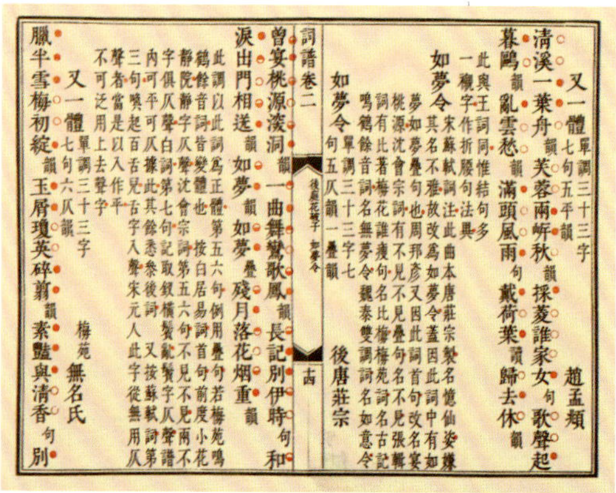

又一體 單調三十三字七句五平韻 趙孟頫
清溪一葉舟韻芙蓉兩岸秋韻採菱誰家女句歌聲起
暮鷗韻亂雲愁韻滿頭風雨句戴荷葉讀歸去休韻
此與王詞同惟結句多一襯字作折腰句法異
如夢令
宋蘇軾詞注此曲本唐莊宗製名憶仙姿嫌其名不雅故改為如夢令蓋因此詞中有如夢如夢叠句也周邦彥又因此詞首句改名宴桃源沈會宗詞有不見不見叠句名不見張輯詞有比著梅花誰瘦句名比梅梅苑詞名古記鳴鶴餘音詞名無夢令魏泰雙調詞名如意令
如夢令 單調三十三字七句五仄韻一叠韻 後唐莊宗
詞譜卷二 後庭花破子 如夢令 廿四
曾宴桃源深洞韻一曲舞鸞歌鳳韻長記別伊時句和
淚出門相送韻如夢韻如夢叠韻殘月落花烟重韻
此調以此詞為正體第五六句例用叠句若梅苑鳴鶴餘音詞皆變體也按白居易詞首句前度小花靜院靜字仄聲沈會宗詞第五六句不見不見兩不字俱仄聲白詞第七句記取釵橫鬢亂鬢字仄聲譜內可平可仄據此其餘悉參後詞又按蘇軾詞第三句喚起百舌兒舌字入聲宋元人此字從無用仄聲者當是以入作平不可泛用上去聲字
又一體 單調三十三字七句六仄韻 梅苑 無名氏
臘半雪梅初綻韻玉屑瓊英碎翦韻素豔與清香句別

《如梦令》本名《忆仙姿》，又名《宴桃源》。五代时后唐庄宗李存勖词为创调之作。三十三字，七句，五仄韵，一叠韵。此调声情低沉凝重，一般用于柔情和写景，亦有用于言志者。

【定格】

中仄中平平**仄**，中仄中平平**仄**。

中仄仄平平，中仄仄平平**仄**。

平**仄**，平**仄**，中仄仄平平**仄**。

临江仙

杏花疏影里，吹笛到天明

临江仙　夜登小阁，忆洛中旧游

忆昔午桥桥上饮，坐中多是豪英。长沟流月去无声。杏花疏影里，吹笛到天明

二十余年如一梦，此身虽在堪惊。闲登小阁看新晴。古今多少事，渔唱起三更

右录宋陈与义词　铁梦王贵忱

临江仙

[北宋]陈与义

夜登小阁，忆洛中[1]旧游。

忆昔午桥桥上饮[2]，坐中多是豪英。长沟流月去无声。杏花疏影里，吹笛到天明。　二十余年如一梦，此身虽在堪惊。闲登小阁看新晴。古今多少事，渔唱起三更。

临风赏读

金兵攻占汴京后，词人颠沛流离，备尝艰苦，于绍兴五年（1135）前后退居湖州青墩镇寿圣院僧舍，这首词大约写于此时。

上片忆洛中旧游，生动描绘了当年年少轻狂欢乐的生活画面："午桥"之上的"豪英"，英姿勃发、豪爽狂放；欢饮畅聚，兴会淋漓，俱为一时俊杰。桥下的河水中倒映着空中的明月，静静地流淌着，水上的明月清辉似乎也在静静地流淌着。月光朗照下的杏林里，稀疏恬静的杏花影下，笛声清韵悠扬，直到东方既白……好一幅月白风清、疏影摇曳的空灵画境！"长沟流月""杏花疏影"等句烘托出另一番静谧与幽美的景色、豪英的雅趣和逸兴，而幽远的笛声则是画面外的余音。

王贵忱书《临江仙》

下片抒写饱经丧乱之后的慨叹：二十余年过去了，国事沧桑，知交零落，盛会难再，自己受尽流离奔波之苦，虽然侥幸活下来了，但一想到当年那些可怕的岁月，仍然心有余悸。如今闲着无聊，登上小小的阁楼，观赏着雨霁如画的美景。想来古今多少兴衰的往事，已风流云散，都化作渔夫们到半夜三更时唱的渔歌了。末三句宕开一笔，多少凄楚悲怆之情，似乎化为一腔旷达从容，而实则叹惋之意袅袅不绝，大有古今同慨的意味。

这首词清婉流丽、节奏明快、浑成自然，略略数语，将豪英满座与此身独存、彻夜吹笛与三更渔唱形成今昔对比，将世道乱离沧桑之感表现得淋漓尽致，使全词的意蕴更趋深广与厚重。

[注释]

① 洛中，今河南洛阳一带，为词人的出生成长地。

② 午桥，在洛阳城南郊，为唐代宰相裴度的别墅所在，有绿野堂等胜景。

古今汇评

胡　仔：忆洛中旧游词云："忆昔午桥桥上饮，坐中多是豪英。长沟流月去无声。杏花疏影里，吹笛至天明。"此数语奇丽。《简斋集》后载数词，惟此词为优。（《苕溪渔隐丛话》后集卷三十四）

张　炎：至若陈简斋"杏花疏影里，吹笛到天明"之句，真是自然而然。（《词源》卷下）

许霄昂：神到之作，无容拾袭。渔隐称为清婉奇丽，玉田称为自然而然，不虚也。（《词综偶评》）

元好问：陈去非《怀旧》云："忆昔午桥桥下饮……"如此等类，诗家谓之"言外句"，含咀之久，不传之妙，隐然眉睫间，惟具眼者乃能赏之。（《遗山新乐府·自序》）

陈廷焯：笔意超旷，逼近大苏。（《白雨斋词话》卷一）

沈际飞：意思超越，腕力排奡，可摩坡仙之垒。又：流月无声，巧语也；吹笛天明，爽语也；渔唱三更，冷语也。功业则歉，文章自优。（《蓼园词选》引）

清费丹旭《陈与义〈临江仙〉词意图》

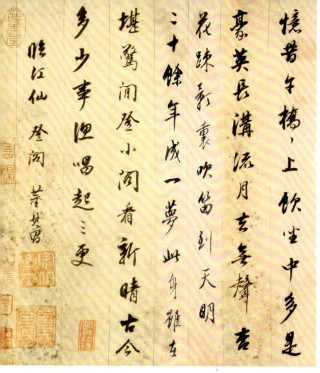

明董其昌书《临江仙》

刘熙载：词之好处，有在句中者，有在句之前后际者。……《临江仙》："杏花疏影里，吹笛到天明。"此因仰承"忆昔"，俯注"一梦"，故此二句不觉豪酣，转成怅恨，所谓好在句外者也。（《艺概》卷四）

唐圭璋：此首豪旷，可匹东坡。上片言昔事，下片言今情。"忆昔"两句，言地言人。"长沟"三句，言景言情。一气贯注，笔力疏宕。换头，忽转悲凉。"二十"两句，言旧事如梦。"闲登小阁"三句，仍以景收，叹惋不置。（《唐宋词简释》）

参读

高咏楚词酬午日，天涯节序匆匆。榴花不似舞裙红。无人知此意，歌罢满帘风。　万事一身伤老矣，戎葵凝笑墙东。酒杯深浅去年同。试浇桥下水，今夕到湘中。——这首《临江仙》写于高宗建炎三年（1129）陈与义避乱洞庭时，在端午节凭吊屈原中发抒异代之同悲，消泄爱国之忧愤。全词沉郁峭拔，悲壮激烈。

忆昔西池池上饮，年年多少欢娱。别来不寄一行书。寻常相见了，犹道不如初。　安稳锦屏今夜梦，月明好渡江湖。相思休问定何如。情知春去后，管得落花无。——北宋晁冲之《临江仙》以淡雅的笔触追忆往日汴京生活欢娱和友情，从"忆昔"到"夜梦"，从"夜梦"到"落花"，感悟了人生的坎坷和世事的沧桑，旷达中隐含着深切的悲哀。

二十余年成一梦，此身虽在堪惊
清徐三庚

词人心史

陈与义（1090—1139）字去非，号简斋，洛阳（今属河南）人。政和三年（1113）进士，授文林郎、开德府教授。宣和五年（1123）任太学博士，因所作水墨梅诗受徽宗赏识，被召为秘书省著作佐郎，与张元幹、吕本中等人交游。不久谪监陈留酒税。北宋亡，陈与义自陈留避难南奔，流徙于今湖北、湖南、广西、广东、福建等地，直到绍兴元年（1131）夏抵达临安（今浙江杭州），召为兵部员外郎、翰林学士、知制诰。绍兴七年（1137）任参知政事。次年十一月二十九日，病逝于青墩（今浙江乌镇）僧舍，年仅四十九岁。

陈与义以诗著名，师法杜甫，创简斋体，元代方回的《瀛奎律髓》将杜甫和黄庭坚、陈师道、陈与义分列为江西诗派的"一祖三宗"。南渡后，他的诗风明显转变，由描写个人生活情趣转而抒发爱国情怀，由清新明净趋向雄阔慷慨。亦工词，存词虽仅十余首，却别具风格，尤近于苏东坡，语意超绝，笔力横空，疏朗明快，自然浑成。有《简斋集》《无住词》。

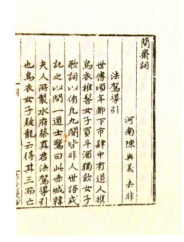

明抄本陈与义《简斋词》（《宋元名家词七十种》）书影

与义诗师杜甫，当时称陈、黄之后无逾之者。其词不多，且无长调，而语意超绝……吐言天拔。不作柳嚲莺娇之态，亦无蔬笋之气。殆于首首可传，不能以篇帙之少而废之。（《四库全书总目提要》卷一百九十八）

宣和六年（1124），陈与义在汴京任符宝郎时与同乡席益（字大光）相识相交。建炎三年（1129）席益离郓州知州任，流浪于衡山县（今属湖南），与义同时躲避金兵至湖南。同年腊月，两位故友意外相遇于衡山。在乱世中幸运相遇，两人均百感交集。次年元旦后数日，与义离衡山赴邵阳，有《别大光》诗纪其事，并于别宴上赋了一首《虞美人·大光祖席，醉中赋长短句》：

张帆欲去仍搔首，更醉君家酒。吟诗日日待春风，及至桃花开后却匆匆。　　歌声频为行人咽，记着樽前雪。明朝酒醒大江流，满载一船离恨向衡州。

这首写友人离愁别绪之词，"自然而然"，笔力飘逸，紧扣别宴，思前想后，将离乱客愁与聚散依依之情融贯到对过去的回忆和对前途的想象之中，大有王勃"无为在歧路，儿女共沾巾"（《送杜少府之任蜀川》）之慨。

陈与义手书诗稿

宋佚名《清风摇玉佩图》（局部），绘琼楼玉宇，仙女飘然飞翔，笔墨精妙飞动。重庆中国三峡博物馆藏

临江仙

［五代·前蜀］牛希济

峭碧参差十二峰，冷烟寒树重重。瑶姬宫殿是仙踪。金炉珠帐，香霭昼偏浓。　　一自楚王惊梦断，人间无路相逢。至今云雨带愁容。月斜江上，征棹动晨钟。

希济于《花间集》中存词十一首，其中《临江仙》有七首，分咏湘妃、洛神、江妃等仙子。这首吟咏的是楚王与神女相遇的故事，向被认为是这组《临江仙》的压卷之作。上片着重写景。峭碧，冷烟，寒树，并不热烈的颜色风景顿时渲染出一种幽渺空寂的气氛，而金炉珠帐，云烟缭绕，则描绘出仙境的凄清美妙。下片抒情。"一自""无路"咏出那种深幽淡远的绝望之情，令人迷醉。而云雨愁容，斜月寒江，征棹晨钟，则有视觉的幽冷凄迷，有听觉的空阔寥寂，又有思绪的千回百转，令人心动神摇。近人李冰若谓"妙在结二句，使实处俱化空灵矣"（《栩庄漫记》）。这首词咏古抒怀，绵丽凄怆，为词的发展开拓了新路。

临江仙

［五代·前蜀］尹鹗

深秋寒夜银河静，月明深院中庭。西窗幽梦等闲成。逡巡觉后，特地恨难平。　　红烛半条残焰短，依稀暗背银屏。枕前何事最伤情？梧桐叶上，点点露珠零。

深秋寒夜，银河横亘中天，凄冷的月色，照进寂寥的深院。幽梦易成，可惜好梦匆匆，顷刻而觉，梦里片时的欢娱，只能令醒后的怨思更深。下片写梦后的情景。室内的残烛，暗淡无光，只依稀照见床上背向屏风的闺人身影。夜已阑珊，一醒之后，梦再难成，唯有自伤而已。伤情何来？词人没有直接说出，而是从精微处落想，以景语作结：梧叶上的点点零露，不正是她那枕上的盈盈珠泪吗？不正是她那凄苦、幽怨、悲凉心境的写照吗？这堪称是传神之笔，俞陛云说："结句尤有婉约之思。'只有一枝梧叶，不知多少秋声'，与'零露'句同感也。"（《唐五代两宋词选释》）

尹鹗，成都人。事前蜀王衍，为翰林校书，累官至参卿。与李珣友善。鹗性狡黠，工诗擅词。其词明浅动人，简净柔丽。

临江仙

［五代·前蜀］毛文锡

暮蝉声尽落斜阳，银蟾影挂潇湘。黄陵庙侧水茫茫。楚江红树，烟雨隔高唐。　　岸泊渔灯风飐碎，白蘋远散浓香。灵娥鼓瑟韵清商。朱弦凄切，云散碧天长。

这首词杂糅黄陵二妃与高唐神女的传说来造境，表现的是一种希慕追求而终不可得的朦胧感伤。全词充满着清越、疏朗、古朴的韵味，境界开阔，一洗花间词的秾艳。正如俞陛云所评："五代词多哀感顽艳之作，此调则清商弹湘瑟哀弦，夜月访黄陵遗庙，扬舲楚泽，泠然有疏越之音，与谪仙之'白云明月吊湘娥'同其逸兴。"（《唐五代两宋词选释》）

临江仙

［五代］鹿虔扆

金锁重门荒苑静，绮窗愁对秋空。翠华一去寂无踪。玉楼歌吹，声断已随风。　　烟月不知人事改，夜阑还照深宫。藕花相向野塘中。暗伤亡国，清露泣香红。

此首或为伤悼前蜀（后主王衍）而作。词人曾亲历前蜀的覆亡，故国盛日，那御驾出游时翠旗招展的隆重仪仗，那宫墙隔不住的来自天庭般的纶音，转瞬之间犹如一阵轻风飘散，杳然无踪。荒凉的旧苑、寂静的宫门，已无复往日的繁华。词人将亡国的幽恨尽托于无情无知之野塘藕花，读来倍增沉痛悲怆，尤为哀婉动人。

临江仙

［五代］徐昌图

饮散离亭西去，浮生长恨飘蓬。回头烟柳渐重重。淡云孤雁远，寒日暮天红。　　今夜画船何处，潮平淮月朦胧。酒醒人静奈愁浓。残灯孤枕梦，轻浪五更风。

这首词抒写旅愁，唱叹人生。饮罢友人挥手别去，从此作孤蓬万里之游。甫登行程，便已回首，然而重重烟柳遮断望眼，只得放眼前方，但见残阳如醉，孤雁远征。下片拟想旅况，运虚为实。"今夜画船何处"提领数句，设想此刻愁绪犹可，只怕到了夜间，潮平水落，泊舟岸边，月映清淮，其凄清寂寞之况又何以堪？更难

清禹之鼎《双英图》，绘两位仙女飘逸脱俗之姿。笔法细腻，人物栩栩如生。清华大学美术学院藏

相传虞舜巡视南方，死于苍梧之野，遂葬在九嶷山。妃子娥皇、女英初未随行，后追至洞庭、湘水之滨，得悉舜帝已逝，便南望痛哭，投水而殉。后人于湘水之侧建立二妃庙，又称黄陵庙。

鹿虔扆，后蜀进士。累官学士、永泰军节度使，进检校太尉，加太保。以工小词供奉后主，蜀亡不仕。其词含思凄惋，秀美疏朗，较少浮艳之习，风格近于韦庄。

徐昌图，莆阳（今属福建）人，与兄昌嗣并有才名。仕闽，节度使陈洪进归宋，令昌图奉表入汴。太祖授为国子博士。工诗词。

清余集《落花独立图》，写晏几道《临江仙》词意。一位少妇正手执纨扇，独立于房桅边，双目凝视着飘落的桃花和微雨中低飞的双燕，心情孤寂、怅然，或正在忆念外出未归的丈夫。全图用笔疏简，画境空寂沉静。南京博物院藏

耐者，在酒消人醒之后，残灯明灭，孤枕梦浅，五更风起，暗浪拍船，别意离忧，萦绕心间。俞陛云评这首词说："写江行夜泊之景。'暮天'二句晚霞如绮，远雁一绳。'轻浪'二句风起深宵，微波拍舵，淦淦有声，状水窗风景宛然，千载后犹想见客中情味也。"（《唐五代两宋词选释》）

参读

今宵酒醒何处，杨柳岸、晓风残月。——《雨霖铃》。北宋柳永笔下的凄清之景，其中饱含咀嚼不尽的黯然销魂的情味，写法上显然受徐词影响。

临江仙　都城元夕

［北宋］毛滂

闻道长安灯夜好，雕轮宝马如云。蓬莱清浅对觚棱。玉皇开碧落，银界失黄昏。　　谁见江南憔悴客，端忧懒步芳尘。小屏风畔冷香凝。酒浓春入梦，窗破月寻人。

毛滂晚年，因言语文字坐罪。政和五年（1115）冬，待罪于河南杞县旅舍，生涯落拓，困顿潦倒，憔悴不堪。这首词即写词人羁旅河南之时的苦境与悲怀。上片写想象中的汴京元夜繁华热闹的景象，下片写现实中羁旅凄寂之境。结句"窗破月寻人"，写词人孤寂一个，待罪羁旅，没有人去"寻"他，只有月从客舍的破窗隙中来"寻"，读来倍感凄恻。吴梅曾极赞"酒浓"二句，曰："何减'云破月来'风调！"（《词学通论》）

临江仙

［北宋］晏几道

梦后楼台高锁，酒醒帘幕低垂。去年春恨却来时。落花人独立，微雨燕双飞。　　记得小蘋初见，两重心字罗衣。琵琶弦上说相思。当时明月在，曾照彩云归。

这首感旧怀人的名篇，当为词人别后怀思歌女小蘋所作。上片描写人去楼空的索寞景象，以及年年伤别的凄楚。"落花"二句，妙手天成，构成一个凄艳绝伦的意境，被评为"名句千古，不能有二"。下片追忆初见小蘋温馨动人的一幕，表现词人苦恋之情和孤

寂之感。这首词造语平淡而感情真挚，情景交融，意境清幽，表现了小山词特有的深婉沉着的风格，是婉约词中的绝唱。陈廷焯评这首词"既闲婉，又沉着，当时更无敌手"（《白雨斋词话》卷一）。

参读

　　始时沈十二廉叔、陈十君宠家有莲、鸿、蘋、云，工以清讴娱客。每得一解，即以草授诸儿。吾三人持酒听之，为一笑乐。已而君宠疾废卧家，廉叔下世，昔之狂篇醉句，遂与两家歌儿酒使，俱流传于人间……追惟往昔过从饮酒之人，或垄木已长，或病不偶。考其篇中所记悲欢合离之事，如幻如电，如昨梦前尘，但能掩卷怃然，感光阴之易迁，叹境缘之无实也！——晏几道《小山词自序》

临江仙

[北宋] 苏轼

　　夜饮东坡醒复醉，归来仿佛三更。家童鼻息已雷鸣。敲门都不应，倚杖听江声。　　长恨此身非我有，何时忘却营营。夜阑风静縠纹平。小舟从此逝，江海寄余生。

　　这首词作于元丰五年（1082）九月，即东坡黄州之贬的第三年。上片叙写东坡雪堂豪饮后醉归临皋之景，下片即是词人"倚杖听江声"时的哲思。"长恨此身非我有，何时忘却营营。"这奇峰突起的深沉喟叹，既直抒胸臆又充满哲理意味。这首词糅合老庄出世思想和人生自然之趣，抒发词人拘于外物、不能掌握自己命运的痛苦，表达渴望摆脱人世间名缰利锁而长隐江湖的心愿。全词风格清旷而风神飘逸潇洒。据说这首词传出后从郡守到皇帝都惊疑苏东坡真要远逝了，足见其影响之大。

元赵孟頫《东坡立像》。故宫博物院藏

参读

　　（东坡）与客数饮江上，夜归。江面际天，风露浩然，有当其意，乃作歌辞，所谓"夜阑风静縠纹平。小舟从此逝，江海寄余生"者，与客大歌数过而散。翌日喧传子瞻夜作此辞，挂冠服江边，挐舟长啸而去矣。郡守徐君猷闻之，惊且惧，以为州失罪人，急命驾往谒。则子瞻鼻鼾如雷，犹未兴也。然此语卒传至京师，虽裕陵（神宗）亦闻而疑之。——叶梦得《避暑录话》卷上

澹中有味　清施象坤

斋盐，腌菜和盐。《全唐文》卷五百五十七韩愈《送穷文》"朝斋暮盐"，泛指清贫生活。

凤凰城，汉唐长安的美称，这里借指宋都。

"擘钗"，出自白居易《长恨歌》："钗留一股合一扇，钗擘黄金合分钿。"而"破镜"一事，则见孟棨《本事诗·情感第一》。

吴梅《暗香·题梅花喜神谱》手迹

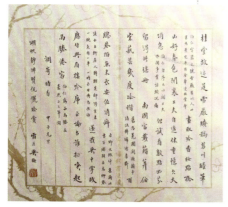

临江仙　与客湖上饮归

［南宋］叶梦得

不见跳鱼翻曲港，湖边特地经过。萧萧疏雨乱风荷。微云吹散，凉月堕平波。　白酒一杯还径醉，归来散发婆娑。无人能唱采莲歌。小轩倚枕，檐影挂星河。

这首词抒写作者与客湖上饮归的情怀。词之上片写宴集既散，余兴未尽，下片写湖上归来后的心情。全词风格于简淡中见含蓄。

临江仙

［南宋］陈克

四海十年兵不解，胡尘直到江城。岁华销尽客心惊。疏髯浑似雪，衰涕欲生冰。　送老斋盐何处是，我缘应在吴兴。故人相望若为情。别愁深夜雨，孤影小窗灯。

从宣和七年（1125）金兵大举侵宋至绍兴四年（1134）金军兵临建康城下这段时间，吕祉帅建康，辟陈克为右承事郎都督府准备差遣。其间，陈克曾撰《东南防守利便》上奏朝廷，力主抗金。无奈朝廷奸佞当道，忠言不为所用。国运不振，年事已高，词人只得将满腔忠愤纳入词中。词的上片主要借史实抒悲愤之情，而下片的情绪则从悲愤转为悲观。全词悲慨沉郁，感情深厚。

参读

短衣羸马边尘紧，五年三渡桑干。漫天晴雪扑归鞍。邮亭呼酒，黄月大如盘。　苦对南云思旧雨，杏花消息阑珊。新词琢就付双鬟。紫箫声里，但看六朝山。——近代吴梅这首豪宕高逸的《临江仙》也是将忧患时局动荡之情纳入词中，可与陈克词媲美。

临江仙

［南宋］朱敦儒

直自凤凰城破后，擘钗破镜分飞。天涯海角信音稀。梦回辽海北，魂断玉关西。　月解重圆星解聚，如何不见人归。今春还听杜鹃啼。年年看塞雁，一十四番回。

这首词约作于靖康之变后十四年，其时词人流离江南。词上片写离别的痛苦，下片则写对重逢的向往。词中将十四年间国破家亡、到处流浪的种种切身经历浓缩于一瞬，集中描写一场巨大的事变对一个普通家庭的毁灭以及词人在这场灾难中的心灵感受，于伤离念别中，深寓了家国沦落之痛，是一曲深沉的时代哀歌，大大地开拓了词境。结尾三句平淡中直见字字血泪，尤为沉痛悲苦。

临江仙

[南宋] 李清照

　　庭院深深深几许，云窗雾阁常扃。柳梢梅萼渐分明。春归秣陵树，人老建康城。　　感月吟风多少事，如今老去无成。谁怜憔悴更凋零。试灯无意思，踏雪没心情。

　　这首词当为词人从赵明诚守建康时作，当作于建炎三年（1129）春为是。高墙深宅，帘幕重重，门窗紧闭，已然十分幽暗；兼之云封雾锁，更添人烦闷。词人偶尔登楼，但见柳梢生出新芽，梅枝缀满花萼。片时的喜悦过后，又是一番惆怅：春归秣陵而人却愈来愈老，一事无成，于是发出一声浩叹："谁怜憔悴更凋零！"顿觉意绪茫然。如今大势已去，中原恢复无望，而金兵日炽，面对如此惨酷的现实，哪有心情去预赏花灯，踏雪寻诗！这首词表现作者南渡后百感交集系念家国的复杂思想感情，苍凉沉郁。

临江仙

[南宋] 史达祖

　　愁与西风应有约，年年同赴清秋。旧游帘幕记扬州。一灯人著梦，双燕月当楼。　　罗带鸳鸯尘暗淡，更须整顿风流。天涯万一见温柔。瘦应缘此瘦，羞亦为郎羞。

　　这是一首闺中怀人词，生动地描摹出一个既为情苦又为情痴的思妇形象。上阕写她秋夜独处的寂寞愁苦。头两句说西风约愁赴秋，造语隽永巧妙。接着逆笔追写愁的由来：忆起旧游扬州，牵人入梦，梦觉但见月下乳燕双栖，愈难为怀。下阕极细腻地描写她渴望重逢的微妙心理活动。结尾二句尤为缠绵悱恻。全词格高意新，感情真挚强烈，蕴藉含蓄，工丽别致。

　　清刘彦冲《桃柳双燕图》，写桃红柳绿之春景。图中二燕，一动一静、一上一下，使画面空灵淡宕之间，又具动感神韵。上海博物馆藏

"二妙"，古时常用以指文华匹配的两人，词中"二妙"自然是指李、元二人。

辛愿字敬之，福昌（今河南宜阳）人。性野逸，躬耕自给，工诗。

临江仙

［金］辛愿

河山亭留别钦叔、裕之。

谁识虎头峰下客，少年有意功名。清朝无路到公卿。萧萧茅屋下，白发老书生。　　邂逅对床逢二妙，挥毫落纸堪惊。他年联袂上蓬瀛。春风莲烛影，莫问此时情。

老词人久困文场，潦倒一生，甚是凄凉。金宣宗元光元年（1222），与元好问（裕之）、李献能（钦叔）相会于孟津（今河南孟县）的河山亭。临别前，李献能曾设丰宴为辛愿饯行。词人道别二友，抚今追昔，不禁感慨万千，写下了这首留别词。词的上片大抒感慨，虽说得哀怨，但不激烈，益令人同情。下片写挚友重逢的喜悦和对二人深切鼓励和期望，欲语还休，措意深稳。

临江仙

［明］杨慎

滚滚长江东逝水，浪花淘尽英雄。是非成败转头空。青山依旧在，几度夕阳红。　　白发渔樵江渚上，惯看秋月春风。一壶浊酒喜相逢。古今多少事，都付笑谈中。

这是杨慎所著历史通俗说唱之作《廿一史弹词》（原名《历代史略十段锦词话》）第三段《说秦汉》的开场词，清初毛宗岗父子评刻《三国演义》时将其放在卷首，得以广为流传，而随着电视剧《三国演义》播出，杨洪基以其浑厚、宽广的声调更使这首脍炙人口的传世佳作家喻户晓。

词的上阕从大处落笔，只写古来多少英雄成败，如大浪淘沙转眼成空。下阕写江上渔樵闲话，清谈快论。词人在时、空的悟解中，深悟"青山依旧在"是不变，"几度夕阳红"是变；在人、事的悟解中，"古今多少事"没一件不在变与不变的相对运动中流逝。"是非成败"如过眼烟云，又何必耿耿于怀、斤斤计较？何如寄情山水，托趣渔樵，与秋月春风为伴，自在自得？词人在深悟中进入一种宁静澹泊、旷达超脱的境界——这种彻悟是在三十五年痛彻入骨的戍所生涯中体验到的，多少有些苦楚。全词慷慨悲壮，意味无穷，读来令人荡气回肠。

明吴伟《鱼樵对答图》。荣宝斋藏

临江仙　逢旧

[清]吴伟业

落拓江湖常载酒，十年重见云英。依然绰约掌中轻。灯前才一笑，偷解研罗裙。　　薄幸萧郎憔悴甚，此生终负卿卿。姑苏城上月黄昏。绿窗人去住，红粉泪纵横。

诗人吴伟业（梅村）与秦淮名妓卞玉京结下过一段美好的情缘，但明朝的灭亡，不仅让他失去了精神支柱，也断送了这段美好情缘。顺治八年（1651）初春，身着黄色道袍，自号"玉京道人"的卞玉京乘船来访吴梅村。她给吴梅村弹奏了一首又一首的曲子，然后流着泪讲述了自己这些年的遭遇。身世之悲、亡国之痛还有对昔日恋人不幸遭遇的同情与感慨一齐涌向吴梅村的心头，他抑制不住内心的激动，写下了不朽名作《听女道士卞玉京弹琴歌》和这首深情缱绻的《临江仙·逢旧》。"薄幸萧郎憔悴甚，此生终负卿卿"，吴梅村终于有机会对卞玉京说出了内心的愧疚、悔恨和悲苦。清陈廷焯评这首词说："哀艳而超脱，直是坡仙化境。"（《白雨斋词话》卷三）

清改琦摹姚简万书本《玉京道人卅岁小影》

马当山，在安徽东至县西南，北临长江。

薛时雨字慰农，晚号桑根老农，安徽全椒人。咸丰进士。官杭州知府，兼督粮道。有《藤香馆集》，附词二种:《西湖橹唱》《江舟欸乃》。

临江仙

[清]薛时雨

大风雨，过马当山。

雨骤风驰帆似舞，一舟轻度溪湾。人家临水有无间。江豚吹浪立，沙鸟得鱼闲。　　绝代才人天亦喜，借他只手回澜。而今无复旧词坛。马当山下路，空见野云还。

词人经今江西彭泽县城东北的马当山，恰遇疾风暴雨肆虐，激荡着他的内心，乃慨然而作此词。上片一气舒卷，描绘出一幅既大气磅礴又充满生活逸趣的大江风雨图卷，下片由所见之景生发出当今词坛的沉寂无人，不复见古时那独力擎天的英豪的慨叹。谭献评此词"结响甚遒"（《箧中词·今集》卷四）

薛时雨手迹

氄氄，垂拂纷披貌。

欧阳修有《临江仙》一首："柳外轻雷池上雨，雨声滴碎荷声。小楼西角断虹明。阑干倚处，待得月华生。　燕子飞来窥画栋，玉钩垂下帘旌。凉波不动簟纹平。水精双枕，傍有堕钗横。"据《野客丛谈》云："欧阳永叔任河南推官，亲一妓。时钱文僖公为西京留守。一日，宴于后园，客集而欧与妓皆不至，移时方来。钱责妓云：'未至何也？'妓云：'中暑，往凉堂睡觉，失金钗，犹未见。'钱曰：'若得欧推官一词，当为偿汝。'欧即席赋此。坐皆击节，命妓满斟送欧。而令公库偿钗。"因即注题"妓席"，而后人即奉为《临江仙》调正宗。

【注】首句亦可作"中平中仄平平仄"，后片换韵。

《词谱》（《临江仙》）

临江仙　和子珍

[清] 谭献

芭蕉不展丁香结，匆匆过了春三。罗衣花下倚娇憨。玉人吹笛，眼底是江南。　最是酒阑人散后，疏风拂面微酣。树犹如此我何堪。离亭杨柳，凉月照氄氄。

这首词以伤春怨别为题材，写一女子与情人短暂的温存缠绵和送别情人后凄苦落寞的心绪，词人身际乱世穷途的身世之感、遭逢之悲也蕴含其中。全词凄婉沉郁。陈廷焯谓此词"语极清隽，琅琅可讽，'玉人吹笛'二语，尤为警绝"（《白雨斋词话》卷五）。

倚声依谱

《临江仙》，双调小令，唐教坊曲。又名《谢新恩》《庭院深深》《采莲回》《玉连环》。双调，五十八字，上下片各五句，三平韵。约有三格，第三格增二字。柳永演为慢曲，九十三字，前片五平韵，后片六平韵。本调之创，本咏巫山仙女，其后依调填词，多属泛咏。曲调和婉清雅，为宋代词人最喜用的曲调之一。

【定格】
中仄中平平仄仄，中平中仄平平。
中平中仄仄平平。
中平中仄，中仄仄平平。

中仄中平平仄仄，中平中仄平平。
中平中仄仄平平。
中平中仄，中仄仄平平。

贺新郎

梦绕神州路

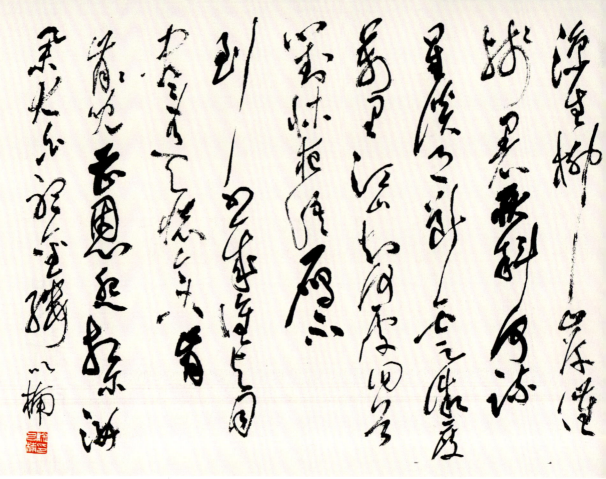

涂以楠书《贺新郎》

[注释]

①胡铨字邦衡,号澹庵,庐陵(今江西吉安)人。新州,治所在今广东新兴。待制是朝廷顾问官,指编修。

②神州,古称中国为赤县神州,这里指被金人占据的中原地区,包括汴京,故下文称"故宫"。

③离黍,《诗经·黍离》"彼黍离离",写周平王东迁后,西周故都一片荒凉,宗庙宫室旧址长满禾黍。后世遂用以慨叹国土沦陷、故国残破。离离,籽粒繁茂下垂的样子。

④昆仑,即昆仑山。古人相信黄河源出昆仑山。砥柱,即砥柱山,在今河南陕县东北黄河中。这里喻指金兵猖狂入侵,北宋倾覆。

⑤九地,遍地。黄流乱注,黄河泛滥,洪水横流。

华音流韵

贺新郎　送胡邦衡待制赴新州①

[南宋]张元幹

梦绕神州路②。怅秋风、连营画角,故宫离黍③。底事昆仑倾砥柱④,九地黄流乱注⑤。聚万落、千村狐兔。天意从来高难问⑥,况人情、老易悲难诉。更南浦⑦,送君去。　　凉生岸柳催残暑。耿斜河⑧、疏星淡月,断云微度。万里江山知何处。回首对床夜语⑨。雁不到⑩、书成谁与。目尽青天怀今古,肯儿曹、恩怨相尔汝⑪。举大白⑫,听《金缕》⑬。

 临风赏读

高宗绍兴八年(1138),宰臣秦桧决策与金屈辱议和,朝廷内外,群情汹汹。时任枢密院编修官的胡铨愤然抗疏,

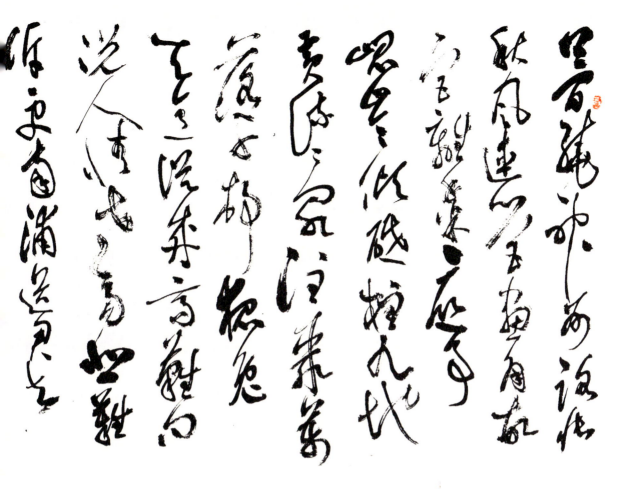

痛陈"此膝一屈，不可复伸；国势陵夷，不可复振"，表示"义不与桧等共戴天"，请斩秦桧等三人头以谢天下，并拘留金使，兴师问罪。上书一经传出，朝野震惊，金人亦闻之失色，连称"南朝有人"，"中国不可轻"。秦桧衔恨入骨，以"狂妄凶悖，鼓众劫持"的罪名将胡铨一贬再贬。十二年（1142），被谪为签书威武军（今福建福州）判官的胡铨再遭重遣，除名编管新州（今广东新兴）。一时士大夫箝口远祸，唯独罢居福州的张元幹激于义愤，不为所惧，毅然为胡铨置酒饯行，并作此词慰勉。

词为送别而作，但词人开篇先宕开离情别绪，从梦游中原、魂萦故国起笔，勾起两位知己内心的沉痛。中原沦陷，如今景象如何？冥思成梦。梦中的中原，金秋之际，萧萧的秋风之中，故虏军营相望，号角凄厉之声连绵不断。故都汴京，已是禾黍离离，一片衰败荒凉。此情此景，词人触目怅恨万端，不禁怒对苍天，发出摧肝裂胆的叱问：为何似昆

⑥ "天意"句出自杜甫诗《荡春江陵送马大卿公恩命追赴阙下》："天意高难问，人情老易悲。"

⑦ 南浦，送别之地。江淹《别赋》："送君南浦，伤如之何！"

⑧ 耿，明亮。斜河，天河，即银河；银河偏斜，又称斜汉，表示夜已深。

⑨ 对床夜语，两人卧谈至深夜，言友谊之深。白居易《雨中招张司业宿》："能来同宿否，听雨对床眠。"

⑩ 雁不到，相传雁能传书，但北雁南飞止于衡阳回雁峰，而新州在衡阳之南，故云。

⑪ 肯，怎么肯，表示反问的语气。儿曹，小儿女辈。相尔汝，两人讲话时互相指着对方的样子。韩愈《听颖师弹琴》："昵昵儿女语，恩怨相尔汝。"

⑫ 大白，酒杯。

⑬ 《金缕》，《金缕曲》，《贺新郎》词调的别名，指本词。

金佚名《平林霁色图》。深秋的山川郊野，重峦叠嶂连绵起伏，江水浩瀚微茫，岸边数人似是在目送即将远逝的一叶扁舟。此图笔墨苍润，意境深远。美国波士顿艺术博物馆藏

仑天柱般的黄河中流之砥柱，竟然崩溃，以致浊流泛滥，使中原人民遭受痛苦，使九州之土全成沉陆？又因何使衣冠礼乐的文明乐土，变成狐兔盘踞横行之地！如此惨境究竟何因所致，何人之过？问而不答，乃因答案分明，不言即知，不能明言，故而笔锋一转——"天意从来高难问，况人情、老易悲难诉"，借杜甫的诗意来表达内心郁积的悲愤。天意反复无常，居心叵测，而忠贞之士报国无地，亦将老去，空留憾恨，悲愤难诉。这两句实则以婉曲之笔，既对高宗苟且偷安、屈膝求和，坐使中原惨遭金兵铁蹄蹂躏表示愤恨，又为胡铨抗金被贬愤鸣不平。这样一气写来，大处着眼转到今夜与胡铨送别，逼出"更南浦"两句，痛惜一位忠贞爱国之士无辜见逐，孤身远去。着一"更"字，表示更进一层的痛心和悲愤，并将感伤国事自然收束到送别的主题上来。

下片转入对离情别绪的抒写和对胡铨的慰勉。换头四句紧扣上阕结尾送君"南浦"之意，写送别的情景。时值初秋，江岸柳荫下已有阵阵凉意，在驱赶着残留的一丝暑热。词人江畔饯别，但见征帆既去，疏星淡月，银河斜转，天际偶尔飘过几缕白云。一片澹宕清肃之景，烘托的正是词人此时悲痛难抑的心境。

　　接下四句先从眼前的分别写起，次忆旧情，复叹别后悲伤。万里江山，新州何处？从此天各一方，鸿雁不到，书信难通，只能回忆昔日对床夜话的情景，词人更悲不自胜。但词人没有、也不愿在离情别绪中消沉下去，于是词锋陡然一转，令词意升华到一个豪壮昂扬的境界：极目青天，纵怀今古，有多少仁人志士报国无门，却心志不灰？公与我胸中所关切者乃家国天下，岂有像小儿女一般计较个人的恩怨宠辱！既然如此，请满饮此杯，听我唱一曲《金缕》！如此一结，高唱入云，一展英雄襟抱。可以想见，酒过数巡，胡铨将应着词人吟唱的《金缕曲》的节拍，毅然掷杯而去……

　　这首词赋别而作壮词，将个人之间的友情置于民族危亡的大背景中来咏叹，在离愁别恨中充溢着忧念国事艰危的悲愤之情、忠义之气，写得极其慷慨悲凉、沉郁顿挫，开创了《贺新郎》一调慷慨激昂的风格。数十年后的某个秋日，词人杨冠卿乘船过吴江垂虹桥，见"旁有溪童，具能歌张仲宗'目尽青天'等句，音韵洪畅，听之慨然"（《客亭类稿》卷十四），足见其恒久的思想魅力和艺术魅力。

鸿雁几时到（唐杜甫《天末怀李白》句）　清濮森

古今汇评

蔡　戡：绍兴议和，今端明胡公铨上书请剑，欲斩建议者，得罪权臣，窜谪岭海，平生亲党，避嫌畏祸，惟恐去之不速。公作长短句送之，微而显，哀而不伤，深得三百篇讽刺之义。（《芦川居士词序》）

四库馆臣：其词慷慨悲凉，数百年后，尚想其抑塞磊落之气。（《四库全书总目提要》卷一百九十八）

刘熙载：张元幹仲宗因胡邦衡谪新州，作《贺新郎》送之，坐是除名，然身虽黜而义不可没也。（《艺概》卷四）

周汝昌：张芦川则有《贺新郎》之作，先以“曳杖危楼去”寄怀李纲，后以“梦绕神州路”送别胡铨，两词尤为忠愤悲慨，感人肺腑。（《千秋一寸心》）

吴熊和、萧瑞峰：全词以共吐心音起，以互致慰勉结；情景交融，一气旋折；情辞慷慨，掷地有声，堪称正气贯长虹、高义薄云天的爱国绝唱。（《唐宋词精选》）

刘逸生：张元幹这首《贺新郎》……在战和两派激烈搏斗、而且投降派气焰正凶之际，敢于举起如椽之笔，突出描述了抗战派正气凛然的精神面貌和蔑视宵小的英雄气概，真是金声玉振，大长爱国者的威风。（《宋词小札》）

周笃文：全词一气贯注，既激愤又沉著，至今读之，尚可想见其抑塞磊落的英气。（《宋百家词选》）

参读

　　曳杖危楼去。斗垂天、沧波万顷，月流烟渚。扫尽浮云风不定，未放扁舟夜渡。宿雁落、寒芦深处。怅望关河空吊影，正人间、鼻息鸣鼍鼓。谁伴我，醉中舞。　　十年一梦扬州路。倚高寒、愁生故国，气吞骄虏。要斩楼兰三尺剑，遗恨琵琶旧语。谩暗涩、铜华尘土。唤取谪仙平章看，过苕溪、尚许垂纶否。风浩荡，欲飞举。——张元幹有两首《贺新郎》被认为是压卷之作：一为《送胡邦衡待制赴新州》，一为这首《寄李伯纪丞相》。李伯纪即李纲。绍兴八年（1138），李纲在洪州（今江西南昌）上书反对与金议和，被落职家居。休官还乡的张元幹作此词，对李纲坚决主

十年一觉扬州梦　清林皋

战、反对议和的行动表示敬仰和支持，并与李纲共勉决不退缩，继续为收复故土而奋斗。全词悲凉慷慨，郁怒勃发，忠义之气溢于字里行间。

词人心史

张元幹（1091—1161）字仲宗，号芦川居士、芦川老隐、真隐山人，芦川永福（今福建永泰嵩口镇月洲村）人。政和初，为太学上舍生。宣和七年（1125），任陈留县丞。靖康元年（1126），金兵围汴，入李纲麾下，坚决抗金，力谏死守。李纲罢，亦遭贬逐。翌年五月，高宗即位，起用李纲为相，元幹任朝奉郎、将作少监。建炎三年（1129），授正议大夫，充抚谕使。绍兴元年（1131），秦桧当权，元幹"不屑与奸佞同朝，飘然挂冠"（明毛晋《芦川词跋》），寓居福州。后因送胡铨词及寄李纲词被秦桧除名削籍。晚年漫游江浙等地，客死他乡，归葬闽县（今福建福州）之螺山。

在南宋初期词坛，元幹与张孝祥号称"双璧"。其词风随着时代的变化而改变，早年创作的词多为流连光景、相思怨别之类，清丽婉转；南渡以后感慨国事，一变为悲壮慷慨，豪迈刚健，风节凛然，为南宋爱国词人的先声，直接影响到后来辛弃疾、陆游的创作。有《芦川归来集》十卷、《芦川词》二卷，存词一百八十余首。

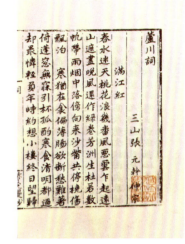

明抄本张元幹《芦川词》（《宋元名家词七十种》）书影

品题

少监张公，早岁问道于了斋先生，学诗于东湖居士（徐俯）……年未强仕，挂神武冠，徜徉泉石，浮湛诗酒。又喜作长短句，其忧国忧君之心，愤世嫉邪之气，间寓于歌咏……公博览群书，尤好韩集、杜诗，手之不释，故文词雄健，气格豪迈，有唐人风。（蔡戡《定斋集》卷十三）

 低吟/浩唱

贺新郎　夏景

［北宋］苏轼

乳燕飞华屋。悄无人、桐阴转午，晚凉新浴。手弄生绡白团扇，扇手一时似玉。渐困倚、孤眠清熟。帘外谁来推绣户。枉教

宋佚名《桐荫玩月图》。远空无垠，近处庭院深深，亭台楼阁相连，两株桐树立于院中。一位优雅娴静的女子手持纨扇，亭亭玉立于台阶之上，望着阶下小童玩耍，似思若虑。故宫博物院藏

篆缕，香烟袅袅上升如线，有时缭绕如篆字。

瓶沉金井，指彻底断绝，希望破灭。瓶，汲水之器。金井，饰有雕栏的井。

鸾镜，妆镜。

李玉，生平事迹未详。存词仅此一首。

人、梦断瑶台曲。又却是，风敲竹。　　石榴半吐红巾蹙。待浮花浪蕊都尽，伴君幽独。秾艳一枝细看取，芳心千重似束。又恐被、西风惊绿。若待得君来向此，花前对酒不忍触。共粉泪，两簌簌。

　　这首词为《贺新郎》创调之作，传为杭妓秀兰而写（见宋胡仔《苕溪渔隐丛话》后集卷三十九引《古今词话》），又云为侍妾榴花而作（见宋陈鸿《耆旧续闻》卷二），皆不足凭信。据考证，当是绍圣二年（1095）或三年在惠州贬所为爱妾朝云而赋。上阕写朝云所居之幽僻清冷环境和孤高绝尘的形象，透露出她内心一种无可奈何的寂寥；下阕掉转笔锋，专咏秾艳独芳的榴花，以比况朝云那颗坚贞不渝的芳心，写出她似若有情、愁心难展的情态。全篇出以比兴，花、人合一，读来婉曲缠绵，寻味不尽。或谓此首另有寄托，胡仔就说"此词冠绝古今，托意高远，宁为一娼而发邪？"（《苕溪渔隐丛话》后集卷三十九），近人亦多认为此词寄托个人怀才不遇之感、孤高失时之悲，实未必尽然。

贺新郎　春情

[南宋] 李玉

　　篆缕销金鼎。醉沉沉、庭阴转午，画堂人静。芳草王孙知何处，惟有杨花糁径。渐玉枕、腾腾春醒。帘外残红春已透，镇无聊、殢酒厌厌病。云鬓乱，未忺整。　　江南旧事休重省。遍天涯、寻消问息，断鸿难倩。月满西楼凭阑久，依旧归期未定。又只恐、瓶沉金井。嘶骑不来银烛暗，枉教人、立尽梧桐影。谁伴我，对鸾镜。

　　这首词写一位善良温柔而又多情的女子对远方离人的思念。上片写女子念春去而游子未归，长日情思无聊，故缠绵于酒，借以消愁。下片写游子消息杳然，女子深恐两情断绝，茫然望月待归。全词起写静境，结写凄情，情景相依，首尾照应，风情耿耿。黄苏谓"情词旖旎，风骨珊珊，幽秀中自饶隽旨"（《蓼园词选》）。陈廷焯亦谓"此词绮丽风华，情韵并盛，允推名作"（《云韶集辑评》卷四）。

贺新郎

［南宋］辛弃疾

邑中园亭，仆皆为赋此词。一日，独坐停云，水声山色，竞来相娱。意溪山欲援例者，遂作数语，庶几仿佛渊明思亲友之意云。

甚矣吾衰矣。恨平生、交游零落，只今余几。白发空垂三千丈，一笑人间万事。问何物、能令公喜。我见青山多妩媚，料青山、见我应如是。情与貌，略相似。　　一尊搔首东窗里。想渊明、《停云》诗就，此时风味。江左沉酣求名者，岂识浊醪妙理。回首叫、云飞风起。不恨古人吾不见，恨古人、不见吾狂耳。知我者，二三子。

这首词约作于庆元四年（1198）左右，其时词人被投闲置散已四年。他于江西铅山期思渡瓢泉旁筑新居，这首词即仿陶渊明《停云》"思亲友"之意，为新居之"停云堂"题写。上片起笔劈空一声浩然长叹，用孔子语揭出岁月流驰、其道不行的痛苦，继而慨叹人间知音寥落，身心俱衰，万事成空，在百无聊赖中却喜被青山引为知音，与青山形神相合，心志相契，聊慰孤寂。下片转写饮酒心境，以陶渊明自况，仰慕其亮节高风，鄙夷尘世汲汲于名利之徒。"不恨"两句点化南朝张融成句，加一"狂"字，气势掣云，表面上张扬自己那种睥睨一世、凌轹千古的狂愤之态，骨子里更透出同道无多、知音恨少、志不得遂的深刻悲哀。结拍由急而缓，呼应上片"只今余几"，以尚有二三知音自慰，紧扣"思亲友"之题旨。

贺新郎　别茂嘉十二弟

［南宋］辛弃疾

绿树听鹈鴂。更那堪、鹧鸪声住，杜鹃声切。啼到春归无寻处，苦恨芳菲都歇。算未抵、人间离别。马上琵琶关塞黑，更长门、翠

鹈鴂，鸟名，又作"鹈鴂"，即杜鹃，与鹧鸪啼声皆悲。古人或以为他鸟。

"马上"句用王昭君出塞远嫁匈奴的典故。

"更长门"句用汉武帝陈皇后失宠，废居长门宫的典故。

"看燕燕"二句语出《诗经·燕燕》，相传为春秋时庄姜送别庄公妾戴妫而作。

"将军"二句，用汉李陵与苏武相别的故事。

"易水"三句，用战国时燕太子丹在易水边送荆轲入秦行刺秦王政的故事。

宋陈居中《苏李别意图》（局部），画荒泽中苏武与李陵执手相对，不胜哀感。苏武、李陵皆着汉服，尚有数位蕃服人物。景物萧瑟与人物愁戚的表情相呼应。台北"故宫博物院"藏

辇辞金阙。看燕燕，送归妾。　　将军百战身名裂。向河梁、回头万里，故人长绝。易水萧萧西风冷，满座衣冠似雪。正壮士、悲歌未彻。啼鸟还知如许恨，料不啼清泪长啼血。谁共我，醉明月。

这首词当作于绍熙五年（1194）至嘉泰二年（1202）词人闲居铅山瓢泉时。其族弟茂嘉贬官桂林，联想自己故国难归，遭际蹭蹬，遂借他人酒杯，浇自家胸中块垒，作此词遣怀。首尾以啼鸟相呼应，描写暮春凄厉暮色，中间引述"昭君出塞""陈皇后辞宫""庄姜送妾""苏、李握别""荆卿去国"五个美人恨别和英雄壮别的历史典故，绘出一组恨意满纸、怨气盈幅的离别图，含蓄蕴藉中流露出多少山河破碎的沉痛，多少壮志难酬的悲愤。全词大开大合，笔势沉郁，气魄雄浑，大有"壮士拂剑，浩然弥哀"之概。徐士俊谓"此篇字字霜辛露酸，烟溃霭聚，尤难为怀"（《古今词统》卷十六）。无怪陈廷焯谓"稼轩词自以《贺新郎》一篇为冠，沉郁苍凉，跳跃动荡，古今无此笔力"（《白雨斋词话》卷一）；王国维更推崇其"章法绝妙，且语语有境界，此能品而几于神者"（《人间词话》）。

贺新郎　题吴江

[南宋] 刘仙伦

重唤松江渡。叹垂虹亭下，销磨几番今古。依旧四桥风景在，为问坡仙甚处。但遗爱、沙边鸥鹭。天水相连苍茫外，更碧云、去尽山无数。潮正落，日还暮。　　十年到此长凝伫。恨无人、与共秋风，鲈丝莼缕。小转朱弦弹九奏，拟致湘妃伴侣。俄皓月、飞来烟渚。恍若乘槎河汉上，怕客星、犯斗蛟龙怒。歌欸乃，过江去。

词人临江喊渡，思接今古，视通河汉，将眼前灵气飞动的画面描摹成这首上乘之作。上片写词人松江欲渡，发怀古之幽情；下片借古人写世无知音，进入奇异的想象，委婉地表达了隐居僻壤、无以为伴的孤寂心境。最后以高歌过江作结，将江流、碧空、群山、皓月、烟渚，连同词人的浩叹都付与这欸乃一曲，余韵悠长，耐人寻味。

垂虹亭，在江苏吴江垂虹桥上，因桥得名。苏轼曾偕词人张先等在亭上置酒吟咏。

刘仙伦，生卒年不详，字叔儗，号招山，庐陵（今江西吉安）人。与刘过齐名，时称庐陵二布衣。其词以清畅自然见长。岳珂《桯史》卷六谓其"才豪甚，其诗往往不肯入格律"。有《招山小集》一卷。赵万里《校辑宋金元人词》辑为《招山乐章》一卷。

宋佚名《长桥卧波图》，绘朱栏规整、遥跨两岸的卧波长桥，近桥处树木枝叶扶疏，古塔、屋宇掩映其间。湖面水波粼粼，舟船点点。远方云雾中露出银装素裹的山峰，分外妖娆。据说可能是垂虹桥最早的画影。全图用笔精工，设色淡雅，构图空阔浩渺，意境深远。故宫博物院藏

贺新郎

［南宋］卢祖皋

彭传师于吴江三高堂之前作钓雪亭，盖擅渔人之窟宅以供诗境也，赵子野约余赋之。

挽住风前柳，问鸱夷、当日扁舟，近曾来否。月落潮生无限事，零落茶烟未久。谩留得、莼鲈依旧。可是功名从来误，抚荒祠、谁继风流后。今古恨，一搔首。　　江涵雁影梅花瘦，四无尘、雪飞云起，夜窗如昼。万里乾坤清绝处，付与渔翁钓叟。又恰是、题诗时候。猛拍阑干呼鸥鹭，道他年、我亦垂纶手。飞过我，共樽酒。

嘉泰二年（1202），吴江县尉彭传师于三高堂之前建钓雪亭。时词人任主簿，于是应友人赵子野之约以词赋之。上片怀想范蠡、张翰、陆龟蒙三位先贤，慨叹古今多少人为蜗角功名所误；下片转咏钓雪亭江天夜雪的清景，由景入情，表明自己如前贤一样隐居垂钓的衷心誓愿。全词意境清新、优美，语言隽丽，有情景交融、神余言外之妙。

三高堂，位于吴江南岸雪滩，建于宋初，祀奉着春秋越国范蠡、西晋张翰、唐陆龟蒙三贤。

相传范蠡归隐后，自称鸱夷子皮，泛舟于太湖之上。

陆龟蒙自号天随子，隐居在松江上的村墟甫里，平时以笔床茶灶自随，不染尘气。

张翰，字季鹰，吴江人。《晋书》卷九十二："翰因见秋风起，乃思吴中菰菜、莼羹、鲈鱼脍，曰：'人生贵得适志，何能羁宦数千里以要名爵乎！'遂命驾而归。"

贺新郎　九日

［南宋］刘克庄

湛湛长空黑。更那堪、斜风细雨，乱愁如织。老眼平生空四海，赖有高楼百尺。看浩荡、千崖秋色。白发书生神州泪，尽凄凉、不向牛山滴。追往事，去无迹。　　少年自负凌云笔。到而今、春华落尽，满怀萧瑟。常恨世人新意少，爱说南朝狂客。把破帽、年年拈出。若对黄花孤负酒，怕黄花、也笑人岑寂。鸿北去，日西匿。

这是一首重阳节登高抒怀之作，用凄凉的景色衬托凄凉的心情，寄寓词人忧虑国事，痛心神州陆沉、英雄失路的悲愤之情，也表达了对世人因循守旧、只想效法魏晋名士风流，不顾国家多难的尖锐讽刺。起结俱用景语，实为南宋末年艰危时世写照。全篇写景寓情，叙事感怀，议论风发，感慨苍凉，郁勃顿挫，读来令人感愤叹惋。陈廷焯评此词云："悲而壮。南宋有此将才、如此官方、如此士气，而卒不能恢复者，谁之过耶？"（《词则·放歌集》卷二）

湛湛，深浓，深沉。

高楼百尺，汉末许汜有国士之名而只求田问舍，不忧国事，刘备轻之，有"欲卧百尺楼上，卧君于地"（《三国志》卷七）之语。

牛山，在今山东临淄南。春秋时齐景公登牛山，感叹人生有死，伤心下泪。

凌云笔，语出《史记》卷一百一十七："相如既奏《大人之颂》，天子大说，飘飘有凌云之气，似游天地之间意。"

南朝狂客，指晋人孟嘉，于九月九日随桓温游龙山，风吹帽落，他浑然不觉。桓温命人作文嘲嘉，嘉亦取笔作答，文辞超卓，四座极叹服。

浮云、苍狗，比喻世事变幻无常。

徽宗赵佶为建造寿山艮岳，派朱勔到江南收取奇花异石，劳民伤财，直接引发方腊起义，最后，金终灭北宋，故都沦陷。

新亭又名劳劳亭，建于三国吴时，在今江苏南京市南。刘义庆《世说新语·言语第二》："过江诸人，每至美日，辄相邀新亭，藉卉饮宴。周侯（周顗）中坐而叹曰：'风景不殊，举目有河山之异。'皆相视流泪。惟王丞相（王导）愀然变色曰：'当共戮力王室，克复神州，何至作楚囚相对！'"

澄清志，语出《后汉书》卷六十七："（范）滂登车揽辔，慨然有澄清天下之志。"

姜尚隐居磻溪垂钓，周文王用为辅佐之臣，佐武王灭商。传说在傅岩筑墙，殷高宗用为大臣，天下大治。

林处士，指北宋林逋，隐居西湖孤山三十年，养鹤种梅。

贺新郎　兵后寓吴

［南宋］蒋捷

深阁帘垂绣。记家人、软语灯边，笑涡红透。万叠城头哀怨角，吹落霜花满袖。影厮伴、东奔西走。望断乡关知何处，羡寒鸦、到着黄昏后。一点点，归杨柳。　　相看只有山如旧。叹浮云、本是无心，也成苍狗。明日枯荷包冷饭，又过前头小阜。趁未发、且尝村酒。醉探枵囊毛锥在，问邻翁、要写《牛经》否。翁不应，但摇手。

这首词为宋亡国后词人漂泊东南、流寓苏州时所作。词中运用对比手法，选取具体的生活细节，将昔日家庭生活的温馨与今日颠沛流离无家可归的境况作了形象鲜明的对照，真切而深刻地写出了词人漂泊孤凄之感和亡国之痛。全词风格萧疏凄清，悲凉峭劲，笔致十分细腻，那"枯荷包冷饭"的困顿情景，那问邻翁时心怀惴惴和翁摆手时的失望神态，再现出一位甘心栖惶落拓却不肯屈节仕元的士大夫的生动形象。

古剑花生锈。忆当初、仰天长叹，风尖石透。几叠哀笳吹白露，化作清霜满袖。唤一衲、芒鞋同走。入夜欲投何处宿，见半弯、月上三更后，刚挂住，驼腰柳。　　隔溪鱼网悬如旧。渡前村、叩门不应，猖狂多狗。积得陈年零落梦，搬出胸中堆阜。要浇也、不须杯酒。老大无人堪借问，照澄潭、吾舌犹存否。窥白发，自摇手。——明今释（金堡）《贺新郎·感旧次竹山兵后寓吴韵》生动传神地表达词人明亡后不愿做逆子贰臣、自甘落寞孤寂的生活，与蒋捷词同样苦涩沉痛。

贺新凉　游西湖有感

［南宋］文及翁

一勺西湖水。渡江来、百年歌舞，百年酣醉。回首洛阳花石尽，烟渺黍离之地。更不复、新亭堕泪。簇乐红妆摇画舫，问中流、击楫谁人是。千古恨，几时洗。　　余生自负澄清志。更有谁、磻溪未遇，傅岩未起。国事如今谁倚仗，衣带一江而已。便都道、江神堪恃。借问孤山林处士，但掉头、笑指梅花蕊。天下事，可知矣。

词人登第后集游西湖，一同年戏问："西蜀有此景否？"词人不胜感慨，赋此词以答，借以抒填膺之忠愤，发警世之浩叹。上片由西湖游乐兴感，引出纵论国事，愤激于当权者耽于佚乐，纵情声色于水光山色之中，不图恢复，禁不住迸发出"千古恨，几时洗"这样几于目眦尽裂的悲愤呼声。下片转写自己和其他有志之士不遇于时、不被重用的愤懑，并对颠顶昏聩的朝廷当政者和以不恤国事为清高的士大夫进行无情嘲讽。最后在极度悲愤之中，发出一声无可奈何的浩叹，令人读之扼腕。全词酣畅恣肆，显示了辛派词人"以文为词"、议论风生、壮怀激烈的豪放特色。

贺新郎　病中有感

［清］吴伟业

万事催华发。论龚生、天年竟天，高名难没。吾病难将医药治，耿耿胸中热血。待洒向、西风残月。剖却心肝今置地，问华佗、解我肠千结。追往恨，倍凄咽。　　故人慷慨多奇节。为当年、沈吟不断，草间苟活。艾灸眉头瓜喷鼻，今日须难决绝。早患苦、重来千叠。脱屣妻孥非易事，竟一钱不值何须说。人间事，几完缺。

这首词作于顺治十一年（1654）。就在上一年，词人"牵恋骨肉，逡巡失身"，被迫应召仕清，以致铸成"万古惭愧"。词的上片与古之完人对照，下片与"慷慨多奇节"的故人对照，在对照中对自己髡发降志仕清之举进行了深刻忏悔和无情的自我解剖，悲慨万端，悔痛无限，将清初贰臣备受煎熬的心态表现得淋漓尽致，无疑是一首自赎灵魂的真挚缠绵的悲歌，读之令人心折。谢章铤谓此词"不作一毫矫饰，足见此老良心。遭逢不幸，读之鼻涕下一尺。……此词关系于梅村大矣"（《赌棋山庄词话》卷八）。陈廷焯亦谓此词"悲感万端，自怨自艾，千载下读其词，思其人，悲其遇，固与牧斋（钱谦益）不同，亦与芝麓（龚鼎孳）辈有别"（《白雨斋词话》卷三）。

金缕曲　赠梁汾

［清］纳兰性德

德也狂生耳。偶然间、缁尘京国，乌衣门第。有酒惟浇赵州土，谁会成生此意。不信道、竟成知己。青眼高歌俱未老，向尊

文及翁字时学，号本心，绵州（今四川绵阳）人。宝祐进士。官至资政殿学士、签书枢密院事。元兵将至，弃官遁去。入元，累征不起。

龚生，指西汉末光禄大夫龚胜。王莽篡国，征胜为上卿，胜不受，绝食死，年七十九。

故人，伟业朋友，明亡时抗清慷慨死节者，如陈子龙、杨文骢等皆是。

"草间苟活"源于《世说新语》刘峻注引《晋阳秋》。

艾灸眉头瓜喷鼻，古医学上治疗病人的两种方法。

脱屣，喻轻易抛弃。屣，鞋。

妻孥，妻和子。

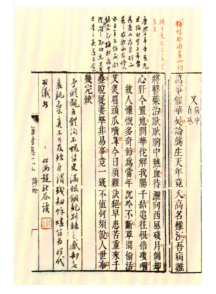

吴伟业《梅村集》（《贺新郎》）书影

前、拭尽英雄泪。君不见，月如水。　　共君此夜须沉醉。且由他、蛾眉谣诼，古今同忌。身世悠悠何足问，冷笑置之而已。寻思起、从头翻悔。一日心期千劫在，后身缘、恐结他生里。然诺重，君须记。

清代词坛许多词人竞相用《金缕曲》这一词牌填词，如陈维崧一生竟写了《金缕曲》几百首。而在清代众多的《金缕曲》中，纳兰性德的这一首抒写友情率真无饰，最为脍炙人口。全篇披肝沥胆，笔势驰骤，显得既酣畅，又深沉；既慷慨淋漓，又耐人寻味，读来五内沸腾，神摇魄荡，感觉到词人字字句句，出自肺腑，至为令人惊绝。徐釚说此词"词旨嵚崎磊落，不啻坡老稼轩。都下竞相传写，于是教坊歌曲间，无不知有《侧帽词》者"（《词苑谈丛》卷五）。

贺新郎　纤夫词

[清]陈维崧

战舰排江口。正天边、真王拜印，蛟螭蟠钮。征发棹船郎十万，列郡风驰雨骤。叹闾左、骚然鸡狗。里正前团催后保，尽累累、锁系空仓后。捽头去，敢摇手。　　稻花恰称霜天秀。有丁男、临歧诀绝，草间病妇。此去三江牵百丈，雪浪排樯夜吼。背耐得、土牛鞭否。好倚后园枫树下，向丛祠、巫倩巫浇酒。神祐我，归田亩。

康熙十三年（1674）秋，吴三桂军队占领长沙、岳州后，正沿长江向江西推进。清八旗兵不谙水性，于是急需练水师，在江南

梁汾，顾贞观字华峰，号梁汾，江苏无锡人。

缁尘，风尘。京国，京城。

乌衣门第，东晋时王导、谢安等名门望族居住乌在衣巷（今江苏南京市内），后以"乌衣"借指高门贵族之家。

有酒二句，李贺《浩歌》："买丝绣作平原君，有酒唯浇赵州土。"平原君好养士，死后虽未葬赵州，但他是赵国公子，又是赵相，故称他的墓为"赵州土"。

成生，纳兰自指。以纳兰原名成德、成容若，故云。

青眼二句，晋阮籍为人能青白眼，见礼俗之人为白眼，见高人雅士、与己意气相投者则为青眼。见《晋书》卷四十九。

劫，佛家语，谓天地一成一毁为一劫。

真王拜印，指吴三桂自立反清事。天边，指云南。真王，语出《史记》卷九十二：韩信平齐，欲称王，借口齐人诡诈，请为"假王"以镇服。刘邦谓："大丈夫定诸侯，即为真王可耳，何以假为？"吴三桂降清后初封平西王，后进亲王，举兵反清，自号"周王""天下都招讨兵马大元帅"。

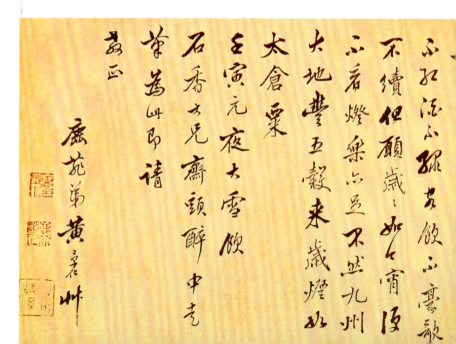

抽丁以充棹舟、拉纤诸役，造成百姓妻离子散、丁壮流失、田园废耕。这首词反映的就是清兵征发民夫替战船拉纤给沿江人民带来的深重苦难。下片暗效杜甫《三吏》《三别》的神理，径直写丁男与病妇的生离死别，以纤夫夫妇话别的对语作结，如泣如诉，催人泪下。全篇想象奇诡，笔力深沉峻拔，风格苍劲豪放。

贺新郎

〔清〕黄景仁

太白墓，和稚存韵。

何事催人老。是几处、残山剩水，闲凭闲吊。此是青莲埋骨地，宅近谢家之朓。总一样、文人宿草。只为先生名在上，问青天、有句何能好。打一幅，思君稿。　　梦中昨夜逢君笑。把千年、蓬莱清浅，旧游相告。更问后来谁似我，我道才如君少。有亦是，寒郊瘦岛。语罢看君长揖去，顿身轻、一叶如飞鸟。残梦醒，鸡鸣了。

乾隆三十六年（1771），词人与洪亮吉（字稚存）被安徽学政朱筠延于幕中。是年两人同游太白墓，亮吉作《金缕曲·清风亭梦李白》，词人最服膺李白，乃步韵和之。上阕实写在宿草萋萋的太白墓前凭吊，在愤愤于李白命运的同时，极力赞誉这位谪仙人的伟大艺术成就。下阕写梦中与李白相遇的情景和对话，表达他对李白的殷殷思念、景仰之深情，想象奇特，饶有风趣。全词豪隽奇逸，灵动多姿。

搔首对西风　黄景仁

黄景仁自书诗卷

郑燮《衙斋听竹图》，约作于
乾隆十一（1746）或十二年知潍县任
上。其时，山东大涝、大疫，潍县尤
烈，饿莩遍野。画面绘四株浓淡相
宜、疏密有致的修竹。右下角自题诗
曰："衙斋卧听萧萧竹，疑是民间疾
苦声；些小吾曹州县吏，一枝一叶总
关情。"心系民瘼之情溢于言表

吴藻（1799—1862）字蘋香，
自号玉岑子，原籍安徽黟县，父
业商，侨居仁和（今浙江杭州）。
嫁同邑黄姓商人，常郁郁不欢。
陈文述弟子，嘉道间颇著词名，
又精绘事。其词豪宕悲慨。著有
《花帘词》《香南雪北词》。

贺新郎　赠王一姐

［清］郑燮

竹马相过日。还记汝、云鬟覆颈，胭脂点额。阿母扶携翁负
背，幻作儿郎妆饰。小则小、寸心怜惜。放学归来犹未晚，
向红楼、存问春消息。问我索，画眉笔。　　廿年湖海长为客。都
付与、风吹梦杳，雨荒云隔。今日重逢深院里，一种温存犹昔。添
多少、周旋形迹。回首当年娇小态，但片言、微忤容颜赤。只此
意，最难得。

这首情词是赠给少年时代两小无猜的伴侣王一姐的。上片回忆
孩提时代两人交往中充满纯真稚趣的种种情态和细节，白描勾勒，神
情毕现，趣味悠长；下片侧重写久别的怅惘和重逢时的温馨，及对
人世沧桑、真情被压抑的感慨。结末看似轻松，细品之下，却倍觉
人生多变的苦涩。全词自然挥洒，情思真挚，全无雕饰作态。陈廷
焯谓此词"意芊婉，而语俊爽，是板桥本色"（《词则辑评·闲情
集》卷六）。

 参读

深情似海，问相逢初度，是何年纪。依约而今还记取，不是前
生夙世。放学花前，题诗石上，春水园亭里。逢君一笑，世间无此
欢喜。（乃十二岁时情事。）　　无奈苍狗看云，红羊数劫，惘惘
休提起。客气渐多真意少，汩没心灵何已。千古声名，百年担负，
事事违初意。心头阁住，儿时那种情味。——龚自珍《百字令·投
袁大琴南》为赠少年同学袁桐之作，天趣荡漾，真情流动，自有别
一种感人的魅力。

金缕曲

［清］吴藻

闷欲呼天说。问苍苍、生人在世，忍偏磨灭。从古难消豪士
气，也只书空咄咄。正自检、断肠诗阅。看到伤心翻失笑，笑公
然、愁是吾家物。都并入，笔端结。　　英雄儿女原无别。叹千
秋、收场一例，泪皆成血。待把柔情轻放下，不唱柳边风月。且整
顿、铜琶铁钹。读罢《离骚》还酌酒，向大江东去歌残阕。声早
遍，碧云裂。

作为一位闺阁词人，吴藻以纤纤之手，振笔高唱，写下了这首豪气逼人、惊天动地之作。词的上片诘问苍天，愤慨天道不公，古往今来埋没了多少英才，磨灭了多少志士。既然"豪士"难遂心愿，也只有咄咄书空，徒唤奈何，女子又何必一定要将"愁"视为"吾家物"，没完没了地形诸笔端。过片承上进一层抒愤，在黑暗的现实社会，英雄豪杰之士与痴儿呆女一般，一例以悲剧收场，血泪难分。既如此，倒不如收起女儿家的柔肠，酹酒悲歌，将一腔悲郁苦恨化为遏行云、裂金石之声。全词激荡着一股强烈的抑郁不平之气，如黄钟大吕慷慨激昂，英气豪迈，直追苏辛豪宕之作。

金缕曲　闻军中觱栗声感赋

[清] 张尔田

何处霜箛彻。望高秋、毡庐四野，绣旗明灭。摇动星河三峡影，坏垒乌头如雪。听一阵、呜呜咽咽。马上谁携葡萄酒，伴将军、醉卧沙场月。冰堕指，泪流血。　男儿到此肝肠裂。拥残灯、吴钩笑看，梦魂飞越。日暮金微移营去，白羽千军催发。更几点、遥天鸿没。驻马蓬莱传烽小，正咸阳、桥上人初别。清夜起，唾壶缺。

这首词作于光绪二十七年（1901）秋。是年七月二十五日，清与英、美、口、俄、法等十　国公使签订《辛丑条约》。八月二十四日，慈禧太后与光绪帝自西安返回北京。词人盖初闻车驾发自西安之讯，写作这首词。全篇对帝后西逃充满悲愤。钱仲联谓此词"悲歌慷慨，响遏行云，与朱祖谋在庚子、辛丑所作各长调，同为一代词史"（《清词三百首》）。

金缕曲

[清] 李叔同

被发佯狂走。莽中原、暮鸦啼彻，几枝衰柳。破碎河山谁收拾，零落西风依旧。便惹得、离人消瘦。行矣临流重太息，说相思、刻骨双红豆。愁黯黯，浓于酒。　漾情不断淞波溜。恨年年、絮飘萍泊，遮难回首。二十文章惊海内，毕竟空谈何有。听匣底、苍龙狂吼。长夜凄风眠不得，度群生、哪惜心肝剖。是祖国，忍孤负。

清顾韶《饮酒读骚图》（道光六年，1826，《乔影》，实为吴藻写照）

觱栗，即觱篥，古乐器，以竹为管，以芦为首，状似胡笳。

箛，即笳。

金微，古山名，即今阿尔泰山。

李叔同像

李叔同（1880—1942）字息霜，号叔同，天津人。曾留学日本，后剃度为僧，号弘一。诗、词、戏剧、音乐俱工妙。其词兼擅豪壮与缠绵两种风格。

八大山人《山水》

八大山人，为明宁王朱权后裔朱耷的别号。擅画水墨花卉禽鸟，笔墨简练，意境冷寂。

铜驼饮泣，指亡国的悲痛。用索靖"荆棘铜驼"之典。

廖仲恺（1877—1925），原名恩煦。广东惠阳人。1905年在日本参加同盟会。辛亥革命后，任广东都督府总参议，复任广东财政厅厅长。1925年，在广州被国民党右派暗杀。有《双清词草》。

光绪三十一年（1905），词人母氏王太夫人去世，令他哀痛不已，兼之国事维艰，列强肆虐，民不聊生，他决意去日本求学，寻求强国之道。这首词即写于去国赴日之际，直为"留别祖国"而作。上片写去国之忧，一腔幽愤郁抑之气喷薄而出。下片抒报国之志，披心沥血，气壮山河。钱仲联谓此词"通篇于慷慨中交错着凄抑"（《清词三百首》），读来慷慨悲抑，荡气回肠。

金缕曲　题八大山人《松壑图》

[近代] 廖仲恺

未合丹青老。剧怜他、铜驼饮泣，画才徒抱。丘壑移来抒胸臆，错节盘根写照。想握笔、愁肠萦绕。国破家亡余墨泪，洒淋漓、欲夺天工巧。缣尺幅，碧纱罩。　　繁华歇尽何须吊。且由他、嫣红姹紫，一春收了。地老天荒浑不管，空谷苍松独啸。经几度、风狂霜峭。如此江山归寂寞，漫题名、似哭还同笑。诗四句，古今悼。

这首词为题画之作，寄寓词人对古代气节之士的敬慕之情，语语深挚，笔力甚重。

词林逸事

清康熙元年壬寅（1662），已是七十七岁高龄的著名说书艺人柳敬亭随漕运总督蔡士英北上，再至京师。经历了明末剧变，其"谈天口"技艺更是炉火纯青，"每发一声，使人闻之，或如刀剑铁骑，飒然浮空；或如风号雨泣，鸟悲兽骇。亡国之恨顿生，檀板之声无色"（黄宗羲《柳敬亭传》）。一时间，公卿们"邀致接踵"（曹禾《珂雪词》所附《词话》）。有一天，他对前来听说唱的人说："薄技必得借诸君子赠言以传不朽。"那时，词人曹贞吉刚好在座，于是先后填写了两首词书于敬亭的扇面上，一首《沁园春》，一首就是《贺新凉》：

咄汝青衫叟。阅浮生、繁华萧索，白衣苍狗。六代风流归抵掌，舌下涛飞山走。似易水、歌声听久。试问于今真姓字，但回头、笑指芜城柳。休暂住，谈天口。　　当年处仲东来后。断江流、楼船铁锁，落星如斗。七十九年尘土梦，才向青门沽酒。更谁是、嘉荣旧友。天宝琵琶宫监在，诉江潭、憔悴人知否。今昔恨，一搔首。

这阕"首唱"感叹柳敬亭的传奇性遭遇，称扬他的非凡技艺，寄慨遥深，遒劲悲凉，颇得稼轩悲慨雄健之衣钵，一时盛传京邑。刑部尚书龚鼎孳见之，沉吟叹赏，即援笔和韵。其《贺新凉·和曹实庵舍人赠柳叟敬亭》云：

鹤发开元叟。也来看、荆高市上，卖浆屠狗。万里风霜吹短褐，游戏侯门趋走。卿与我、周旋良久。绿鬓红颜今改尽，叹婆娑、人似桓公柳。空击碎，唾壶口。　　江东折戟沉沙后。过青溪、笛床烟月，泪珠盈斗。老矣耐烦如许事，且坐旗亭呼酒。判残腊、销磨红友。花压城南韦杜曲，问球场、马弰还能否。斜日外，一回首。

和韵寄意，浑然一体，格调高雅，情真意远，顿挫跌宕，动人心弦，诚为众多寄赠吟咏柳敬亭词中的杰作。

继曹贞吉、龚鼎孳之后，词坛兴起了一场别有寄慨的赠柳词唱和。吴伟业也参与了这次唱和，其唱和词《沁园春·赠柳敬亭》云：

客也何为，十八之年，天涯放游。正高谈挂颊，淳于曼倩，新知抵掌，剧孟曹丘。楚汉纵横，陈隋游戏，舌在荒唐一笑收。谁真假，笑儒生诳世，定本春秋。　　眼中几许王侯，记朱履三千宴画楼。叹伏波歌舞，凄凉东市，征南士马，恸哭西州。只有敬亭，依然此柳，雨打风吹絮满头。关心处，且追陪少壮，莫话闲愁。

在意蕴上与曹词相似，依然是通过为柳氏写照来写兴亡盛衰之感，只是梅村词显得更悲怆。

曹尔堪、陈维崧、汪懋麟等也有和作。这些和作，也都是在柳

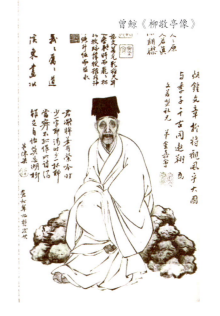

曾鲸《柳敬亭像》

氏的生平情状的刻画中，寄寓白云苍狗的沧桑变幻之感，发出兴亡无据之叹，隐约透露出那个时代士人内心深处幽微深曲的情怀。

倚声依谱

《贺新郎》始见苏轼词，原名《贺新凉》，因词中有"乳燕飞华屋，悄无人、桐阴转午，晚凉新浴"句，故名。"凉""郎"一音之转，后遂误作《贺新郎》。又因东坡词有"乳燕"句，因又名《乳燕飞》。又有《貂裘换酒》《金缕歌》《金缕曲》《唱金缕》《金缕词》《金缕衣》《风敲竹》等名，大都取名人所填词句，以为异名。双调，一百一十六字，二十句，前后片各六仄韵。全阕无一句不用仄收，声情沉郁苍凉，宜抒发激昂奋厉的情感。宋室南渡以后豪放派词人好填此调。

【定格】

中仄平平**仄**。

仄平平、中平中仄，仄平平**仄**。

中仄中平平中仄，中仄平平中**仄**。

中仄仄、平平中**仄**。

中仄中平平中仄，仄中平中仄平平**仄**。

中仄仄，仄平**仄**。

中平中仄平平**仄**。

仄平平、中平中仄，仄平平**仄**。

中仄中平平中仄，中仄平平中**仄**。

中仄仄、平平中**仄**。

中仄中平平中仄，仄中平中仄平平**仄**。

中仄仄，仄平**仄**。

《词谱》（《贺新郎》）

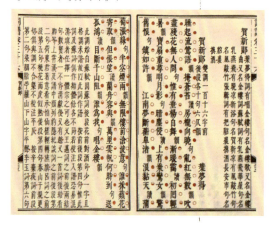

满江红

莫等闲、白了少年头，空悲切

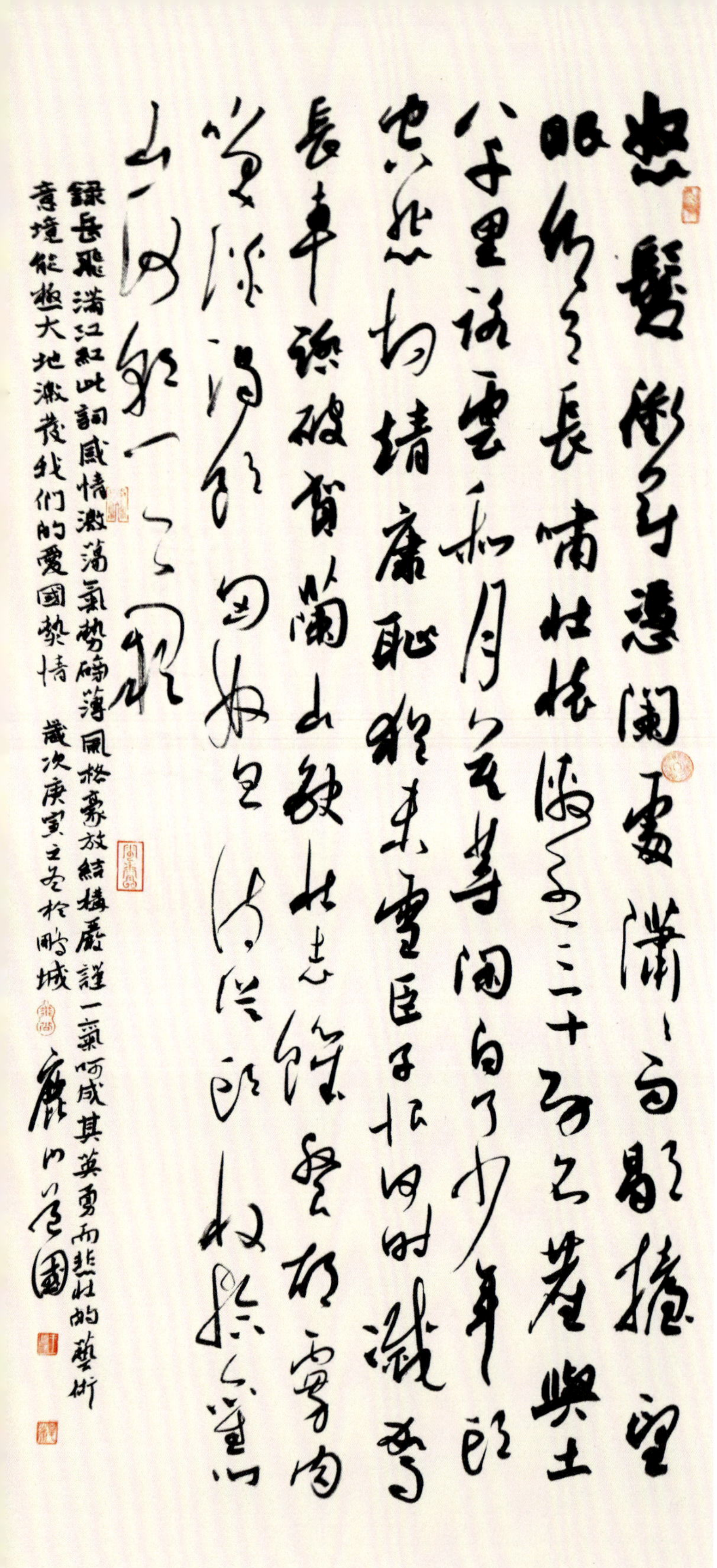

王道国书《满江红》

华音流韵

满江红

[南宋]岳飞

怒发冲冠①，凭阑处、潇潇雨歇。抬望眼②、仰天长啸，壮怀激烈。三十功名尘与土，八千里路云和月。莫等闲、白了少年头，空悲切。　　靖康耻③，犹未雪。臣子恨，何时灭。驾长车、踏破贺兰山缺④。壮志饥餐胡虏肉，笑谈渴饮匈奴血。待从头、收拾旧山河，朝天阙。

临风赏读

这是一首气壮山河、光照日月的传世名作，八百多年来家弦户诵，其影响之大、之深，大概在古今词人的作品中无出其右者。

此词大约作于高宗绍兴初年，词中充溢着词人一身忠义满腔热血之爱国激情。上片通过雨后凭栏眺望，抒写为国立功的壮怀。开篇奇突，"怒发冲冠"就如一声惊雷，劈空而来，奠定了全篇豪壮的基调。凭栏眺望，纵目乾坤，指顾山河，写来气势磅礴。"长啸"，状其感慨激愤至极之态。"三十""八千"二句,如见词人抚膺自理平生,九曲刚肠,唯以报国为念,然勋业未就,直同尘土;披星戴月、转战南北,又何足言苦?这是何等识度,何等胸襟!"莫等闲"二句既是激励自己,也是鞭策部下:珍惜时光,倍加奋勉,以早日实现匡复大业。期许未来,情怀急切,激越中微含悲凉。

下片表达词人雪耻复仇、重整乾坤的壮志。开头追写徽、钦二帝被掳北去的惨痛,以及敌寇给宋朝君臣和汉族民众带来的绵绵苦痛,四个短句,三字一顿,裂石崩云,忠愤之气高扬入云。"驾长车"表达了自己踏破重重险关、直捣敌人巢穴的决心,豪气直冲霄汉。"饥餐""渴饮"是"以牙还牙,以血还血"式的愤激之语,见出词人对不共戴天的敌寇的切齿痛恨,虽是夸张,却表现了词人足以震慑敌人的英雄主义气概。结篇语调陡转平和,表达了词人报效朝廷的一片赤诚之心。

全篇情辞慷慨,笔力沉雄,音调高亢,激昂悲壮,具有撼人心魄的艺术魅力,故而能千古传唱不衰。尤其是在中华民族外患频仍、救亡图存的生死危急关头,此词更是激励着中华民族的爱国心。或疑后人伪托,似不足据。

靖康耻,犹未雪　萧友于

待从头,收拾旧山河　萧友于(两印刻于抗日战争期间)

古今汇评

沈际飞:胆量、意见、文章悉无今古。又曰:有此愿力,是大圣贤、大菩萨。(《草堂诗馀别集》卷三)

沈　雄:忠愤可见。其不欲"等闲白了少年头",可以明其心事。(《古今词话》上卷)

刘体仁:词有与古诗同义者,"潇潇雨歇",《易水》之歌也。(《七颂堂词绎》)

陈廷焯:鄂王一代精忠,读其词如见其人。又曰:"莫等闲"二语,当为千古箴铭。何等气概,何等志向!千载下读之,凛凛有生气焉。(《云韶集辑评》卷四)

唐圭璋:此首直抒胸臆,忠义奋发,读之足以起顽振懦。起言登高有恨,并略点眼前景色。次言望远伤神,故不禁仰天长啸。

[注释]
①怒发冲冠,《史记》卷八十一:"相如因持璧却立,倚柱,怒发上冲冠。"
②抬望眼,抬头纵目远望。
③靖康,宋钦宗赵桓年号。靖康元年(1126),金兵攻陷汴京,次年掳徽宗赵佶、钦宗赵桓北去,北宋灭亡。"靖康耻"指此而言。
④贺兰山,在今宁夏西,当时为西夏统治区。此处借为金人所在地。缺,指险阻的关口。

莫等闲、白了少年头　王福庵

"三十"两句，自痛功名未立、神州未复，感慨亦深。"莫等闲"两句，大声疾呼，唤醒普天下之血性男儿，为国雪耻。下片承上，明言国耻未雪，余憾无穷。"驾长车"三句，表明灭敌之决心，气欲凌云，声可裂石。着末，预期结果，亦见孤忠耿耿，大义凛然。（《唐宋词简释》）

 参读

　　遥望中原，荒烟外、许多城郭。想当年，花遮柳护，凤楼龙阁。万岁山前珠翠绕，蓬壶殿里笙歌作。到而今、铁骑满郊畿，风尘恶。　　兵安在，膏锋锷。民安在，填沟壑。叹江山如故，千村寥落。何日请缨提锐旅，一鞭直渡清河洛。却归来、再续汉阳游，骑黄鹤。——岳飞这首明快豪放的《满江红·登黄鹤楼有感》创作时代较"怒发冲冠"略早，写于绍兴四年（1134）他出兵收复襄阳六州驻节鄂州（今湖北武昌）时。

词人心史

　　岳飞（1103—1141）字鹏举，相州汤阴（今属河南）人。出身农家，家贫力学，自幼喜读《春秋左传》和孙武、吴起的兵书，束发从军，在留守宗泽部下，屡建军功。南渡以后，他以恢复北方失地为己任，身经百战，屡败金兵。绍兴九年（1139），进开府仪同三司。十年，授少保、河南北诸路招讨使。率岳家军挥师北伐，连克蔡州、郑州、洛阳，取得郾城大捷。接着，在颍昌（今河南许昌）再杀退金兀术的十万步兵和三万骑兵。金军全线崩溃，副帅毙命，金兀术败逃。岳飞上书高宗，谓此乃"陛下中兴之机，金贼必亡之日"，并亲率岳家军追抵朱仙镇，距汴京仅四十五里，与义军配合将金兀术围困在汴京，派猛将率五百精骑与十万金军对阵。岳飞决心乘胜渡河收复河北，激励部将："直捣黄龙府，与诸君痛饮耳！"而金军则发出了"撼山易，撼岳家军难"的哀叹。然而，就在光复京都有望之时，高宗却连下十二道金牌急令岳飞班师。岳飞痛心疾首，大放悲声："十年之功，废于一旦！"被迫撤军。回临安后，岳飞被解除兵权，任枢密副使。不久被诬谋反，下狱。绍兴十一年十二月二十九日（1142年1月27日）除夕之夜，一代名将岳

明佚名《岳飞像》

飞被秦桧以"莫须有"（或许有）的罪名杀害于临安大理寺内风波亭，年仅三十九岁。临刑，岳飞手书"天日昭昭，天日昭昭"八字，表达他精忠报国又报国无门的悲愤心情。淳熙五年（1178），追谥武穆。宁宗朝追封鄂王。

岳飞遗著有《岳武穆集》。他的作品具有强烈的爱国精神。词仅存三首，风格慷慨激昂，沉郁悲壮。

宋高宗《赐岳飞批札卷》，为高宗回覆岳飞对边防的呈报，慰勉其为国辛劳，并以心腹股肱相托。就书法艺术而言，此卷秀异润朗，清和俊秀，行气首尾流畅，颇有书卷之气。台北"故宫博物院"藏

参读

拂拭残碑，敕飞字、依稀堪读。慨当初、倚飞何重，后来何酷。果是功高身合死，可怜事去言难赎。最无辜、堪恨又堪悲，风波狱。　岂不念，疆圻蹙。岂不恤，徽钦辱。但徽钦既反，此身何属。千载休谈南渡错，当时自怕中原复。笑区区、一桧亦何能，逢其欲。——明文徵明读高宗赐岳飞手敕墨本，感慨万端，写下一首《满江红》，犀利地指出，高宗其实最怕岳飞北伐成功，因为一旦中原恢复，徽、钦二帝南归，自己就会皇位不保。因此，高宗是必欲置岳飞于死地而后快的元凶，秦桧不过是逢迎他做个帮凶罢了。这无异于将高宗阴险狠毒、虚伪丑恶的内心世界暴露于光天化日之下，读来令人痛快淋漓，不禁拍案叫绝。

风帽尘衫，重拜倒、朱仙祠下。尚仿佛、英灵接处，神游如乍。往事低徊风雨疾，新愁黯淡江河下。更何堪、雪涕读题诗，残碑打。　黄龙指，金牌亚。旌旆影，沧桑话。对苍烟落日，似闻悲咤。气睿蛟鼍澜欲挽，悲生笳鼓民犹社。抚长松、郁律认南枝，寒涛泻。——清王鹏运《满江红·朱仙镇谒岳鄂王祠，敬赋》。词人对岳飞受迫害之事深为痛惜，抚今追昔，词人心潮如寒涛怒泻。此词风格雄阔，感慨淋漓，读之感人至深。

明嘉靖九年（1530）文徵明撰并书《满江红》词碑，立于杭州岳王庙南碑廊

元黄公望《富春山居图（无用师卷）》（局部），描绘富春江两岸初秋的秀丽景色。云山烟树，沙汀村舍，布局疏密有致，变幻无穷，气韵高远。台北"故宫博物院"藏

长川即桐江，在今浙江中部，是富春江流经桐庐一段的别称。

严陵滩，即严陵濑，是严子陵隐居钓鱼处，在今浙江桐庐桐江边上。

从军乐，指东汉文学家王粲（字仲宣）的《从军行》。

朱寿昌，字康叔，时为鄂州（治今湖北武汉武昌）知州。

蒲萄，喻水色，或代指江河。语出李白《襄阳歌》"遥看汉水鸭头绿，恰似葡萄初发醅"诗句。

遗爱，有惠爱之政令人怀念。据《宋史》本传，朱寿昌在阆州断一疑狱，除暴安良，"郡称为神，蜀人至今传之"。

 # 低吟/浩唱

满江红

[北宋] 柳永

暮雨初收，长川静、征帆夜落。临岛屿、蓼烟疏淡，苇风萧索。几许渔人飞短艇，尽载灯火归村郭。遣行客、当此念回程，伤漂泊。　　桐江好，烟漠漠。波似染，山如削。绕严陵滩畔，鹭飞鱼跃。游宦区区成底事，平生况有云泉约。归去来、一曲仲宣吟，从军乐。

词人初仕睦州（今浙江建德），在州境内舟行经桐江严子滩作此词，抒发既期望建立事功，"从军乐"；又渴望早日免于游宦行役之苦，"归去来"的复杂心绪。词对桐江风物胜景的描绘深深吸引着人们，以至桐庐民间"岁祀，里巫迎神，但歌《满江红》，有'桐江好，烟漠漠……'之句"（宋僧文莹《湘山野录》卷中）。

满江红　寄鄂州朱使君寿昌

[北宋] 苏轼

江汉西来，高楼下、蒲萄深碧。犹自带、岷峨雪浪，锦江春色。君是南山遗爱守，我为剑外思归客。对此间、风物岂无情，殷勤说。　　《江表传》，君休读。狂处士，真堪惜。空洲对鹦鹉，苇花萧瑟。独笑书生争底事，曹公黄祖俱飘忽。愿使君、还赋谪仙诗，追黄鹤。

这首词是词人元丰四年（1081）深秋在贬所黄州寄给时任鄂州知州朱寿昌的。面对江上雄奇壮阔的景色，词人不由得触动思归之

情、怀友之思。于是下片向挚友倾吐肺腑，谈古论今，借历史人物故事，劝勉友人不要卷入政治争斗的漩涡，而寄意文章事业，实际也是发抒贬官黄州的胸中苍凉悲慨、郁勃不平之气。

满江红

[北宋] 周邦彦

昼日移阴，揽衣起，春帷睡足。临宝鉴，绿云撩乱，未忺妆束。蝶粉蜂黄都褪了，枕痕一线红生玉。背画栏、脉脉悄无言，寻棋局。　　重会面，犹未卜。无限事，萦心曲。想秦筝依旧，尚鸣金屋。芳草连天迷远望，宝香薰被成孤宿。最苦是、蝴蝶满园飞，无心扑。

此前作《满江红》词者大多走激烈豪放一路，而周邦彦偏用此调来抒写儿女私情。词中以柔婉细腻的笔触写一个闺中女子伤春的愁绪和千回百转的相思，特别是对女性的动态与心态的描摹，可谓惟妙惟肖。全词写得含蓄、淡远、空灵而洒脱。南宋以后用此调写柔情者，大都受了周邦彦这首词的影响。

满江红

[南宋] 赵鼎

丁未九月南渡，泊舟仪真江口作。

惨结秋阴，西风送、霏霏雨湿。凄望眼、征鸿几字，暮投沙碛。试问乡关何处是，水云浩荡迷南北。但一抹寒青有无中，遥山色。　　天涯路，江上客。肠欲断，头应白。空搔首兴叹，暮年离拆。须信道消忧除是酒，奈酒行有尽情无极。便挽取、长江入尊罍，浇胸臆。

《江表传》，晋虞溥著，记述三国史实，尤详吴国事迹。已佚。

狂处士，三国名士祢衡。有才学而行为狂放，为江夏太守黄祖所杀。

崔颢曾题《黄鹤楼》诗。据《唐才子传》，李白登黄鹤楼说："眼前有景道不得，崔颢题诗在上头。"后李白欲拟之较胜负，乃作《登金陵凤凰台》。

明抄本赵鼎《得全居士词》（《宋元名家词七十种》）书影

清金农《风雨归舟图》。远山迷蒙，岸边的苇丛和岩石上的树木经受狂风骤雨的摧折。水面上，一叶孤舟正在顶风逆水而行。舟中行客撑伞蜷缩，艄公则奋力摇橹。画面全以淡墨勾描渲染，风雨大作的气氛和行客赶路心切的情态跃然纸上。徐悲鸿纪念馆藏

旧历三月，春暖雪化，江水猛涨，此时正值桃花盛开的季节，故称"桃花浪"。

唐元稹《三月二十四日宿曾峰馆夜对桐花寄乐天》："是夕远思君，思君瘦如削。"

两，通緉。《说文》："緉，履两枚也。"

这首词是北宋灭亡后词人南逃途中所作。作者在词中即景抒怀，倾吐了国难当头、背井离乡的满腔悲愤。上片通过凄风苦雨、归雁远山等景色的描绘，烘托出他沉重而茫然的心情，表露了他对北方山河的眷恋。下片极言亡国之恨无穷，根本不是借酒消愁所能消除得了，除非万里长江的滚滚洪流入酒杯，满怀积闷或许可以冲洗一番。全词由景入情，格调凄婉，感情浓烈，境界阔大，因此历来颇为传诵。此词作于南渡之前，可说是此后南宋爱国词的先声。

满江红　自豫章阻风吴城山作

[南宋] 张元幹

春水迷天，桃花浪、几番风恶。云乍起、远山遮尽，晚风还作。绿卷芳洲生杜若，数帆带雨烟中落。傍向来、沙嘴共停桡，伤飘泊。　寒犹在，衾偏薄。肠欲断，愁难著。倚篷窗无寐，引杯孤酌。寒食清明都过却，最怜轻负年时约。想小楼、终日望归舟，人如削。

这首词当作于宋徽宗宣和元年（1119）词人离京返乡途中，描写旅途中被阻吴城山的情景与急切回家的心境。明李攀龙谓此词"上言风帆飘泊之象，下言归舟在家之思"（《新刻李于麟先生批评注释草堂诗馀隽》卷二）。结末两句虽化用柳永《八声甘州》"想佳人、妆楼颙望，误几回、天际识归舟"词意，而"人如削"亦妙能传神。

满江红　江行和杨济翁韵

[南宋] 辛弃疾

过眼溪山，怪都似、旧时曾识。还记得、梦中行遍，江南江北。佳处径须携杖去，能消几两平生屐。笑尘劳、三十九年非，长为客。

吴楚地，东南坼。英雄事，曹刘敌。被西风吹尽，了无陈迹。楼观才成人已去，旌旗未卷头先白。叹人间、哀乐转相寻，今犹昔。

宋孝宗淳熙五年（1178），词人由临安赴湖北转运副使任途中作。这是两年多来的第五次调任。词人回想自己一生劳碌，南归亦久，但昔日志愿，却无一得以实现，用世与避世的矛盾心态和深沉的忧愤苦闷，便纠结成这首江行寄友的感怀之作。清人陈廷焯评此词："起数语便超绝。回头一击，鱼龙飞舞。（下阕眉批）淋漓痛快，悲壮苍凉，敲碎玉唾壶。"（《云韶集辑评》卷五）

满江红

［南宋］姜夔

《满江红》旧调用仄韵，多不协律；如末句云"无心扑"三字，歌者将"心"字融入去声，方谐音律。予欲以平韵为之，久不能成。因泛巢湖，闻远岸箫鼓声，问之舟师，云："居人为此湖神姥寿也。"予因祝曰："得一席风径至居巢，当以平韵《满江红》为迎送神曲。"言讫，风与笔俱驶，顷刻而成。末句云"闻珮环"，则协律矣。书以绿笺，沉于白浪。辛亥正月晦也。是岁六月，复过祠下，因刻之柱间。有客来自居巢云："土人祠姥，辄能歌此词。"按曹操至濡须口，孙权遗操书曰："春水方生，公宜速去。"操曰："孙权不欺孤。"乃撤军还。濡须口与东关相近，江湖水之所出入。予意春水方生，必有司之者，故归其功于姥云。

仙姥来时，正一望、千顷翠澜。旌旗共、乱云俱下，依约前山。命驾群龙金作轭，相从诸娣玉为冠。向夜深、风定悄无人，闻珮环。　神奇处，君试看。奠淮右，阻江南。遣六丁雷电，别守东关。却笑英雄无好手，一篙春水走曹瞒。又怎知、人在小红楼，帘影间。

这首词是宋光宗绍熙二年（1191）春初为祭祀巢湖仙姥而作。词的上片尽情地渲染仙姥出行时奇诡、壮观的气势，然后从虚处着笔，描写侍御的华贵，烘托出仙姥的仪态和风范。最后荡开笔，意境骤转，写夜深风定，湖上悄然无人，惟闻珮环，境界杳冥，启人遐思。下片以实笔叙写仙姥指挥若定的神奇才能。紧接着词人别开生面，联想起历史上曹操与孙权在濡须口对垒的故事。然后在结尾处轻轻一收，收到真正能以"一篙春水"迫使敌人不敢南犯的却是住在红楼帘影间的仙姥。当时距宋金的隆兴和议将近三十年，偏安江南的南宋王朝也正是依靠江淮的水域来阻止金兵的南下的。结拍实则以古讽今，寄兴深微。

参读

莽莽苍苍，十万里、胸吞八九。放眼处、左携诗卷，右持杯酒。破浪乘风行壮矣，幕天席地言夸否。倚长鲸、拔剑舞西风，神龙吼。　山欲纳，巨鳌口。潮欲杀，水犀手。枕柂楼细数，翼张星柳。喝月狂吟苏子赋，呼风醉踢周公斗。论人生、富贵与功名，

仙姥即焦姥，和曹植笔下的洛神、屈原笔下的湘夫人一样，都是水神，女性。

六丁，道教神名。为天帝所役使，能行风雷，制鬼神。

曹瞒，曹操小字阿瞒，故称曹瞒。

清石涛《巢湖图》，绘安徽巢湖风光。湖面水光潋滟，岸上林木村舍相映成趣，湖中小岛古刹兀立。全画意境苍茫，色调润雅。天津艺术博物馆藏

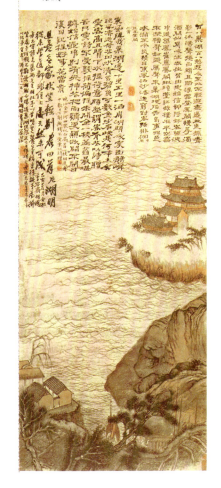

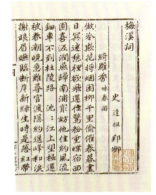

明抄本史达祖《梅溪词》
（《宋元名家词七十种》）书影

史达祖（1163？—1220？）
字邦卿，号梅溪，汴（今河南开封）
人。一生未第。嘉泰间入中书省
为堂吏，深受韩侂胄重用。开禧
北伐受挫，韩被杀，受株连，遂
贬死。其词用笔轻灵，奇秀清逸，
间亦有慷慨沉郁之作；尤擅咏物，
描摹物态尽态极妍。有《梅溪词》。

宋李嵩《月夜看潮图》，绘临安
中秋夜观潮情形。皓月当空，远山迷
蒙。楼阁中人们伫立遥望潮峰奔涌、
浪花飞溅的壮丽奇景。台北"故宫博
物院"藏

终吾有。——清黄宗彝《满江红》。咸丰元年（1851）七月，黄宗
彝自台湾乘船归福州应秋试，于舟行途中作此词。自注云："辛亥
七月，余自台湾艋舺买舟对渡五虎门，舟出观音山，风驶如箭，夜
过黑水洋，风止，万里茫茫，波平如镜。云下有磁石，停久辄碎，
舟已戛戛有声，同舟者皆失色，余至神前焚香默告，登柁楼唱姜白
石《满江红》，风复大作。次日，缘柁望西南，螺黛两点，曰：
'此福州五虎门外之关潼、白畎也。'舟人皆贺。自度一曲，海神
当亦许我耶！"（谢章铤《婆娑词》，《赌棋山庄词话》卷六亦载，
文字稍异）

满江红

[南宋]史达祖

万水归阴，故潮信、盈虚因月。偏只到、凉秋半破，斗成双绝。
有物揩磨金镜净，何人挈攫银河决。想子胥今夜见嫦娥，沉冤雪。

光直下，蛟龙穴。声直上，蟾蜍窟。对望中天地，洞然如刷。激
气已能驱粉黛，举杯便可吞吴越。待明朝、说似与儿曹，心应折。

这首词描绘有声有色的月夜江潮汹涌的景象，抒发词人广阔的
襟抱和豪迈的气概。其中由月与潮联想到伍子胥无辜被杀的冤案，
并写这一千古沉冤得到昭雪，显然是借古讽今，曲折地表达他对南
宋朝廷打击迫害坚持抗战的爱国志士的愤懑。全篇运用了奇丽想象
以及神话传说，也用了高度夸张的手法，创造出雄伟壮阔的意境，
其风格在豪放中有沉郁，显示了梅溪词后期的变化。

满江红

[南宋]岳珂

小院深深，悄镇日、阴晴无据。春未足，闺愁
难寄，琴心谁与。曲径穿花寻蛱蝶，虚阑傍日教鹦
鹉。笑十三、杨柳女儿腰，东风舞。　云外月，风
前絮。情与恨，长如许。想绮窗今夜，为谁凝伫。洛
浦梦回留佩客，秦楼声断吹箫侣。正黄昏、时候杏花
寒，廉纤雨。

这首词以柔美的曲调，表现一位男子爱恋一位
女子的相思之情。词的上片，全以虚拟之笔，追怀想

象女子在春日思念男主人公的情状。词的下片，将相思之情写得更加凄婉动人。全词情景交融，风格沉郁顿挫，用语典雅精丽。

满江红　送廖叔仁赴阙

［南宋］严羽

日近觚棱，秋渐满、蓬莱双阙。正钱塘江上，潮头如雪。把酒送君天上去，琼琚玉珮鹓鸿列。丈夫儿、富贵等浮云，看名节。

天下事，吾能说。今老矣，空凝绝。对西风慷慨，唾壶歌缺。不洒世间儿女泪，难堪亲友中年别。问相思、他日镜中看，萧萧发。

这首词是词人送友人廖叔仁去京城赴任时所作，将词人那种淡薄功名、慷慨悲歌的气韵，生动地表达了出来。全词写得气势豪迈，风格雄健，饶有兴味。

满江红

［南宋］刘克庄

夜雨凉甚，忽动从戎之兴。

金甲琱戈，记当日、辕门初立。磨盾鼻，一挥千纸，龙蛇犹湿。铁马晓嘶营壁冷，楼船夜渡风涛急。有谁怜、猿臂故将军，无功级。　　平戎策，从军什。零落尽，慵收拾。把《茶经》《香传》，时时温习。生怕客谈榆塞事，且教儿诵《花间集》。叹臣之壮也不如人，今何及。

这首词上片从正面着笔，追述早年从军生活，写得笔墨淋漓，豪情千丈，意气风发，风格豪迈雄健。下片纯用反笔，慨叹自己废退消闲，年华已老，虚度岁月，厌恶谈兵，风格掩抑沉郁。上下片形成鲜明的对比，更能使人强烈感受到词人报国无门、英雄坐老的郁闷情怀。近人俞陛云说："应笑拔剑斫地者，未消块垒也。"（《唐五代两宋词选释》）

满江红　和王实之韵送郑伯昌

［南宋］刘克庄

怪雨盲风，留不住、江边行色。烦问讯、冥鸿高士，钓鳌词客。千百年传吾辈语，二三子系斯文脉。听王郎一曲玉箫声，凄金石。　　晞发处，怡山碧。垂钓处，沧溟白。笑而今拙宦，他年遗直。

潮来雪卷江（陆游《西兴泊舟》句）　清林皋

唾壶缺，《晋书》卷九十八《王敦列传》："(敦)既素有重名，又立大功于江左……每酒后辄咏魏武帝乐府歌曰：'老骥伏枥，志在千里。烈士暮年，壮心不已。'以如意打唾壶为节，壶边尽缺。"后以为咏悲愤慷慨之典。

严羽字丹丘，自号沧浪逋客，福建邵武莒溪人。一生未仕。论诗推重汉魏盛唐。有《沧浪诗话》。

辕门初立，宁宗嘉定十年（1217）二月，李珏任江淮制置使，词人被辟为制司准遣（制置使司初级幕职官），入李珏幕府。

磨盾鼻，以盾牌把手作砚磨墨草檄。《北史》卷八十三载荀济语："会于盾鼻上磨墨檄之。"

猿臂，臂长如猿。《史记》卷一零九：汉名将李广"为人长，猿臂，其善射亦天性也"。

什，《诗经》之"雅""颂"每十篇为一什，后因称多首诗篇为篇什。

榆塞，泛指边塞。《汉书》卷五十二："蒙恬为秦侵胡，辟数千里，以河为竟，累石为城，树榆为塞，匈奴不敢饮马于河。"

吴潜（1195—1262）字毅夫，号履斋，宣州宁国（今属安徽）人。嘉定十年（1217）举进士第一。先后任右、左丞相。词多抒发济时忧国的抱负与报国无门的悲愤，风格近辛弃疾，激昂凄劲，兼而有之。著有《履斋遗集》，词集有《履斋诗馀》。

只愿常留相见面，未宜轻屈平生膝。有狂谈、欲吐且休休，惊邻壁。

王实之、郑伯昌，与词人是福建同乡，都有救国志向，因坚持正直操守而罢职闲居家乡。这时郑伯昌被征召做京城附近的地方官。这首词乃词人送行时和王实之韵所作，词中一扫别离中的哀伤与颓废，既洋溢着个人情谊，又寄托了宏大的抱负，是一曲激昂慷慨的壮歌。

满江红　豫章滕王阁

[南宋] 吴潜

万里西风，吹我上、滕王高阁。正槛外、楚山云涨，楚江涛作。何处征帆木末去，有时野鸟沙边落。近帘钩、暮雨掩空来，今犹昨。　　秋渐紧，添离索。天正远，伤飘泊。叹十年心事，休休莫莫。岁月无多人易老，乾坤虽大愁难着。向黄昏、断送客魂消，城头角。

滕王阁位于江西南昌市赣江东岸，始建于唐永徽四年（653），为唐高祖李渊之子李元婴任洪州都督时所创。因李元婴在贞观年间曾被封为滕王，故阁以"滕王"一名冠之。自王勃作《滕王阁序》后，这座楼阁更是名传千古。

景定二年（1261）秋七月，吴潜责受化州团练使、循州安置，途经南昌，登上滕王阁，凭栏凝视，心中感慨无限，作此词。这是一首登览之作，描绘了登滕王阁远眺所见的景色，但词人意不在景，而在抒发人生悲感和忧愤。

满江红　次汤碧山清溪

[元] 许有壬

木落霜清，水底见、金陵城郭。都莫问、南朝兴废，人生哀乐。载酒时时寻伴侣，倚阑处处皆楼阁。对溪云、试放醉时狂，浑如昨。　　沙洲外，轻鸥落。风帘下，扁舟泊。更寒波摇漾，绿蓑青箬。为向九原江总道，繁华何似今凉薄。怕素衣、京洛染缁尘，从新濯。

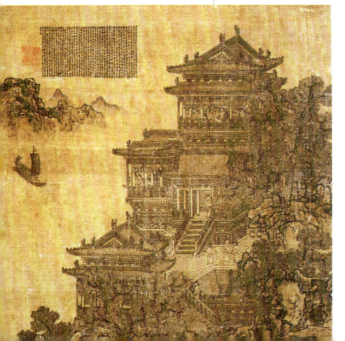

元夏永《滕王阁图》，描绘滕王阁形胜。高台之上楼阁错落，楼内文士雅集；高台之下，江波浩淼，渔舟往来。用笔精细而不失矩度。美国波士顿艺术博物馆藏

这首次汤弥昌韵的《满江红》从故都金陵的兴亡联想到现实生活的哀乐，对功名富贵的无聊和自由人格的可贵表达了自己的深刻感受。况周颐评此词"以境胜也"（《蕙风词话》卷三）。

满江红　金陵怀古

［元］萨都剌

六代繁华，春去也、更无消息。空怅望、山川形胜，已非畴昔。王谢堂前双燕子，乌衣巷口曾相识。听夜深、寂寞打孤城，春潮急。　思往事，愁如织。怀故国，空陈迹。但荒烟衰草，乱鸦斜日。玉树歌残秋露冷，胭脂井坏寒螀泣。到如今、只有蒋山青，秦淮碧。

这首怀古词作于至顺三年（1332）或四年词人任江南诸道行台侍御史时期，词中熔刘禹锡《西塞山怀古》与《石头城》二诗意境于一炉，借着咏怀金陵的故迹，寄托对历代王朝兴衰和人间沧桑变幻的无限感慨，格调深沉苍凉，感情浓烈，颇有新辞新意，是吊古伤今的名篇。

满江红

［明］文徵明

漠漠轻阴，正梅了、弄黄时节。最恼是、欲晴还雨，午寒又热。燕子梨花都过也，小楼无那伤春别。傍阑干、欲语更沉吟，终难说。　一点点，杨花雪。一片片，榆钱荚。渐西垣日隐，晚凉清绝。池面盈盈清浅水，柳梢澹澹黄昏月。是何人、吹彻玉参差，情凄切。

这首词主要抒写伤春之情。全词以写景为主，将气候变化与人物情绪的变化糅合一起，互为映衬，意象丰赡秀雅，抒情含蓄蕴藉。

满江红　大风泊黄巢矶下

［明］今释

激浪输风，偏绝分、乘风破浪。滩声战、冰霜竞冷，雷霆失壮。鹿角狼头休地险，龙蟠虎踞无天相。问何人、唤汝作黄巢，真还谤。　雨欲退，云不放。海欲进，江不让。早堆块一笑，万机

清溪即青溪，发源于南京钟山西南，流入秦淮河，今已湮没。

江总，南北朝济阳人，字总持，为陈后主所爱幸。

蒋山，即东汉时县尉蒋子文所葬的钟山，也叫紫金山。

萨都剌字天锡，号直斋，其先世为西域回族（答失蛮氏），因祖父留镇云、代，遂居雁门（今山西代县）。泰定进士。官至燕南河北道肃政廉访经历。诗以磊落激昂称一代名家，词则以笔力雄健、清壮气盛见胜。有《雁门集》，词名《天锡词》。

文徵明像

文徵明（1470—1559）原名壁（或作璧），字徵明，后以字行，长洲（今江苏苏州）人。正德末年以岁贡生荐试吏部，授翰林待诏。不事权贵，任官三年便辞官归乡。与祝允明、唐寅、徐祯卿并称"吴中四才子"，诗、文、书、画无一不精。画尤著，与沈周、唐寅、仇英合称"明四家"。有《甫田集》。

俱丧。老去已忘行止计，病来莫算安危帐。是铁衣著尽著僧衣，堪相傍。

此词上片叙大风泊舟，状黄巢矶下之景；下片即景抒怀，坦露心志。结末道出自己从戎反清、败而为僧的经历，正复与黄巢引为同调，有英雄相惜之概，寄慨遥深。全词壮怀激烈，气魄雄浑，回首历史的无情、无奈，唯有仰天长叹而已。这是三百多年前那一页兴亡史的写照，也是词人悲壮生涯的缩影。

满江红 秋日经信陵君祠

[清] 陈维崧

席帽聊萧，偶经过、信陵祠下。正满目、荒台败叶，东京客舍。九月惊风将落帽，半廊细雨时飘瓦。柏初红、偏向坏墙边，离披打。

今古事，堪悲诧。身世恨，从牵惹。倘君而尚在，定怜余也。我讵不如毛薛辈，君宁甘与原尝亚。叹侯嬴、老泪苦无多，如铅泻。

约在康熙七年（1668），词人又赴京求仕，未果而归，途经河南开封，凭吊信陵君祠，感慨万端，写下这首声情悲愤的词作。词上片以写景为主，然"荒台败叶"的萧瑟、"惊风""细雨"的酸楚、红柏"离披"的凄凉萧索皆逗出词人心境之荒寞激荡，为后文抒情烘托点染。下片以"今古事"四句过渡，一片怨怒之情喷薄而出，声闻纸上。"倘君而尚在，定怜余也"为一篇眼目，以下大笔淋漓，如江河奔泻，故陈廷焯评此词"慨当以慷，不嫌自负。如此吊古，可谓神交冥漠"（《白雨斋词话》卷三）。

满江红 蒜山怀古

[清] 吴伟业

沽酒南徐，听夜雨、江声千尺。记当年、阿童东下，佛狸深入。白面书生成底用，萧郎裙屐偏轻敌。笑风流北府好谈兵，参军客。

人事改，寒云白。旧垒废，神鸦集。尽沙沈浪洗，断戈残戟。落日楼船鸣铁锁，西风吹尽王侯宅。任黄芦苦竹打寒潮，渔樵笛。

清顺治十六年（1659），词人至镇江，游历蒜山，感怀旧事，因作此词。题为怀古，实以所咏镇江史事喻指南明杨文骢在此率兵抗清之事。上片写抗清战事，下片写清兵占领后的荒芜景象，前后映照，故国之思，亡国之痛，寄寓词中。这首词豪宕沉雄，悲壮

唐末农民起义领袖黄巢，兵败后，自杀于泰山下虎狼谷，但到宋代，有人编造故事，说他"遁免后祝发为浮屠"，还居然有诗云："三十年前草上飞，铁衣着尽着僧衣。天津桥上无人问，独倚危阑看落晖。"

信陵君祠，故址在今河南开封。信陵君，即战国时魏国公子无忌，昭王少子，封于信陵（今河南宁陵），以养士好客称。

席帽，古代流行的一种遮阳帽，以藤席为骨，敷以面料，周有大缘，如同斗笠。古人常以"席帽随身"指辛勤求取功名。

毛薛，指信陵君门客毛公、薛公，二人皆魏处士。秦国乘信陵君留赵不归出兵伐魏，二人冒死劝信陵君归国，解救魏国大难。

侯嬴，战国时魏人。年七十而为大梁夷门监门小吏，信陵君慕名往访，迎为上客。秦围赵邯郸，赵请魏援。魏王授意统帅晋鄙中途停兵不前，侯嬴献计盗取兵符，椎杀晋鄙，却秦救赵。秦兵退后，侯嬴北向自刎。

蒜山在江苏镇江西长江边，相传因山多泽蒜而得名。

南徐，古代州名，即今江苏镇江。

阿童，西晋王濬小字。

佛狸，魏武帝拓跋焘小字。

顿挫，境界开阔，感慨深沉。陈廷焯赞曰："声情悲壮，高唱入云。"（《词则·放歌集》卷三）靳荣藩《吴诗集览》说"此首咏镇江事，声情悲壮，不必沾煞明末事也"。

满江红　钱塘观潮

[清] 曹溶

浪涌蓬莱，高飞撼、宋家宫阙。谁激荡、灵胥一怒，惹冠冲发。点点征帆都卸了，海门急鼓声初发。似万群、风马骤银鞍，争超越。　　江妃笑，堆成雪。鲛人舞，圆成月。正危楼湍转，晚来愁绝。城上吴山遮不住，乱涛穿到严滩歇。是英雄、未死报仇心，秋时节。

曹溶是一个在明亡后出仕清朝的"两截人"，自有一段锥心刺骨的屈辱，有一种桀骜不驯的幽愤。这种屈辱与幽愤在平时或被隐藏，会当钱塘观潮机缘触发便喷薄而出，凝结成这首奇情壮彩、震天慑地的《满江红》。词人笔下的钱江潮壮伟无俦，仿佛充满怒气，如万马奔腾、铺天盖地而来。煞尾处掷地作金石声，令读者从一般的视觉惊奇提升到心灵和思想的震撼，使全词大为增色，故清陈廷焯评此词"沉雄悲壮，笔力千钧，读之起舞"；又说"竹垞（朱彝尊）和作已非敌手，何论余子"（《白雨斋词话》卷六）。

满江红
送安晓峰侍御谪戍军台

[清] 王鹏运

荷到长戈，已御尽、九关魑魅。尚记得、悲歌请剑，更阑相视。惨淡烽烟边塞月，蹉跎冰雪孤臣泪。算名成、终竟负初心，如何是。　　天难问，忧无已。真御史，奇男子。只我怀抑塞，愧君欲死。宠辱自关天下计，荣枯休论人间世。愿无忘、珍重百年身，君行矣。

甲午战败，御史安维峻（字晓峰）上书请斩李鸿章以谢天下，时人

灵胥，春秋吴国的伍子胥，其人死后封神显灵，故被称作灵胥。

杭州市南面钱塘江口，由于地形条件，当海潮周期性地涌进来，定时出现特大潮头，通常农历八月十五的潮头最大。

曹溶（1613—1685）字秋岳，号倦圃，秀水（今浙江嘉兴）人。明崇祯进士，官御史。清顺治初授河南道御史，迁广东布政使。工诗，词为浙西词派先河。

宋夏珪（传）《钱塘观潮图》，但见波涌浪奔，气势磅礴。整幅构图虚实对照，空灵静远。苏州博物馆藏

誉为"陇上铁汉"。慈禧太后盛怒，逼迫光绪帝将安维峻发往张家口军台，朝野激愤。王鹏运也不顾个人利害，写下这首词送别安维峻。这首词将家国不幸、友朋情挚和个人宠辱等连血和泪熔铸一炉，情思饱满，词气慷慨，悲壮沉雄，饶有壮夫扼腕之概。

一灯夜雨故乡心（汪元量《秋日酬王昭仪》句）　清《飞鸿堂印谱》

徐士俊对比岳飞《满江红》（"怒发冲冠"）和王昭仪此首云："岳之悲壮，王之凄凉，宫怨、边愁，赵宋一时风景尽矣。"（《古今词统》卷十二）

汪元量《湖山类稿》附录《亡宋旧宫人诗》书影

词林逸事

宋恭帝德祐二年（1276）二月，元军大举攻入南宋都城临安（今浙江杭州），三宫悉为亡国贱俘。三月，恭帝、后妃、宫女、侍臣、乐官等三千余人被掳北上，度宗昭仪王清惠亦在其列。途经北宋时的都城汴京夷山驿时，王清惠难抑心中的亡国巨恸，在驿馆墙壁上题写一首《满江红》：

太液芙蓉，浑不似、旧时颜色。曾记得、春风雨露，玉楼金阙。名播兰馨妃后里，晕潮莲脸君王侧。忽一声、鼙鼓揭天来，繁华歇。　龙虎散，风云灭。千古恨，凭谁说。对山河百二，泪盈襟血。驿馆夜惊尘土梦，宫车晓辗关山月。问姮娥、于我肯从容，同圆缺。

全词血泪和流，哀感顽绝，其中有对昔日繁华和擅宠生活的流连，有对异族入侵的仇恨和亡国丧家的悲愤，亦有着被迫离乡北行的惆怅。更难能可贵的是，作为一个宫廷妇女，词人没有停留在对个人悲苦的咀嚼上，而是把眼光投向已经沦丧的祖国山河大地，为之痛哭泣血："千古恨，凭谁说。对山河百二，泪盈襟血。"于哀婉中含愤激，沉痛中有深思，凛然有忠烈之气，读之如听三峡啼猿，令人心酸堕睫，难以为怀。

此词一出，"中原传诵"（文天祥《指南后录》卷一），和作甚多。文天祥因居金陵，偶然读到这首词，对末句产生了误解，认为从容圆缺云云有随适取容、无意守节的含义，遂长叹道："惜哉，夫人于此少商量（欠考虑）矣！"并慨然拟其语气，重新代作两首，其中一首是：

和王夫人《满江红》韵，以庶几后山《妾薄命》之意。

燕子楼中，又捱过、几番秋色。相思处、青年如梦，乘鸾仙阙。

肌玉暗消衣带缓，泪珠斜透花钿侧。最无端、蕉影上窗纱，青灯歇。　　曲池合，高台灭。人间事，何堪说。向南阳阡上，满襟清血。世态便如翻覆雨，妾身元是分明月。笑乐昌、一段好风流，菱花缺。

　　其实，和作斩钉截铁，掷地有声，宁为玉碎、不为瓦全的民族气节固是文天祥夫子自道，但他完全误会了女词人。王清惠在被押解入元上都（故址在今内蒙古正蓝旗东闪电河北岸）后，即自请出家做了女道士，号冲华，如同她词里说的月中嫦娥一般，在寂寞清修中全节而终。

　　乐师汪元量倒是堪称王清惠的知己。被俘前他曾以琴侍奉宫廷，得识王清惠。后皆被俘至燕，时有诗词往还。汪元量放还南归，王清惠率众旧嫔赋诗送别。他也有一首《满江红·和王昭仪韵》代女词人一诉心曲：

　　天上人家，醉王母、蟠桃春色。被午夜、漏声催箭，晓光侵阙。花覆千官鸾阁外，香浮九鼎龙楼侧。恨黑风、吹雨湿霓裳，歌声歇。　　人去后，书应绝。肠断处，心难说。更那堪杜宇，满山啼血。事去空流东汴水，愁来不见西湖月。有谁知、海上泣婵娟，菱花缺。

　　"铁马凭江，香车碾月，忍读昭仪词句"，清过春山《台城路·登雷峰望宋胜景园故址》一词于清逸萧散之中融入盛衰之感、兴亡之恨，其中可见王昭仪的悲怆之作几百年后仍在震撼着士人的心灵，使人为之一掬悲悯之泪。

倚声依谱

　　《满江红》是宋元以来最流行的词牌之一，多以柳永词为准。九十三字，前片四仄韵，后片五仄韵，一般例用入声韵，音节拗怒，声情激越，宜抒豪壮情感和恢张襟抱。亦可酌增衬字。姜夔改作平韵，令音节谐婉，富有雍容华贵的情调。

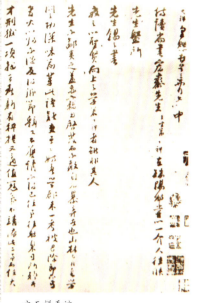

文天祥手迹

客愁多似西山雨（文天祥《夜起》句）　清郑鉴亭

　　南朝后主陈叔宝之妹乐昌公主由陈入隋，因破铜镜，终与驸马徐德言"破镜重圆"。

【定格】

中仄平平，平中仄、中平中**仄**。

平仄仄、仄平平仄，仄平中**仄**。

中仄中平平仄仄，中平中仄平平**仄**。

中中中、中仄仄平平，平平**仄**。

中中仄，平仄**仄**。

平仄仄，平平**仄**。

仄平平中仄，仄平平**仄**。

中仄中平平仄仄，中平中仄平平**仄**。

中中中、中仄仄平平，平平**仄**。

【变格】平韵格

平仄平平，中仄仄、平仄仄**平**。

平中仄、仄平平仄，中仄平**平**。

中仄平平平仄仄，中平平仄仄平**平**。

仄中平、中仄仄平平，平仄**平**。

平中仄，平仄**平**。

中中仄，仄平**平**。

仄仄平平仄，中仄平**平**。

中仄中平平仄仄，中平中仄仄平**平**。

仄中平、中仄仄平平，平仄**平**。

《词谱》（《满江红》）

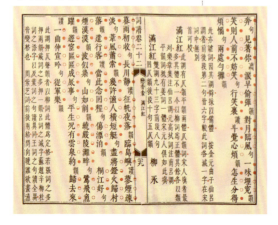

霜天晓角

试问谪仙何处，青山外，远烟碧

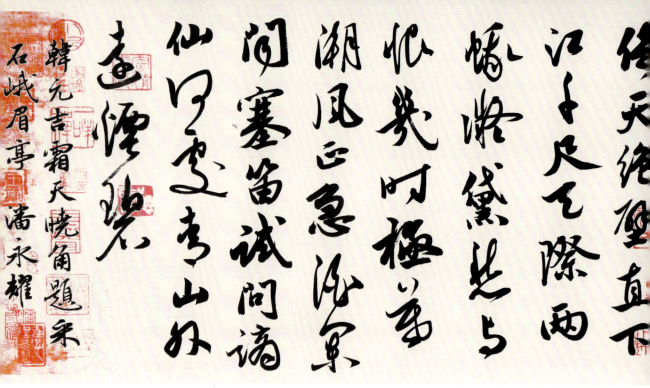

潘永耀书《霜天晓角》

石城眉亭 潘永耀

华音流韵

霜天晓角 题采石蛾眉亭

［南宋］韩元吉

倚天绝壁，直下江千尺。天际两蛾凝黛①，愁与恨，几时极。　暮潮风正急，酒阑闻塞笛。试问谪仙何处②，青山外，远烟碧。

 临风赏读

宋孝宗隆兴二年（1164）冬，词人由番阳（今江西鄱阳）到润州（今江苏镇江）看望母亲，这首词当是途中经采石这一江防要地时，登临蛾眉亭，沉思时局，有感而作。其时，金兵分道渡淮，破楚、濠、滁等州，南宋当局抵抗不力，东南岌岌可危。

词的上片写采石矶雄奇险绝之景。起句突兀，险景天成："倚天"为仰视所见，只见牛渚山峭壁插云，好似倚天挺立一般；"直下"为俯视所见，只觉悬崖千尺，直逼江渚。在这一仰一俯之间，采石矶的险峻、蛾眉亭的壮观便突

[注释]

①两蛾，指隔江对峙的东、西梁山，形似天门，又称天门山。李白《望天门山》："天门中断楚江开，碧水东流至此回。两岸青山相对出，孤帆一片日边来。"

②谪仙，指李白。李白狂傲不羁，飘逸洒脱，才华横溢，老诗人贺知章在长安紫极宫一见，便称之"谪仙人"。后来李白在怀忆贺知章的《对酒忆贺监》诗中说："四明有狂客，风流贺季真。长安一相见，呼我谪仙人。"

蛾眉亭

现在眼前。这是写近景，接着写远景并引发联想：词人骋目四望，又见那江天之外两座夹江峙立的远山，宛如美人两抹紧蹙的蛾眉。而那眉梢眉尖凝聚不解的愁与恨，不知到何时才能消散！下一"凝"字，形象生动地写出远山也像人一样，因中原沦陷，眼下东南又将不保而满腔悲愤愁苦，从而非常精妙传神地传达出词人无限浩茫广漠的心事。这种多层写景而重重隐喻的艺术技巧，使词的内涵更为耐人寻味。

下片词人目光由远及近，俯视大江，正值天色向晚，怒涛暗涨，江风吹急。酒醒意兴阑珊之际，耳畔仿佛响起如怨如诉、不绝如缕的塞外悲笛，使人感到格外辛酸、痛苦、悲愤！这种由实到虚、半实半虚、虚实结合的写法，巧妙地将眼前之景和诗人心中对中原故土的思念之情有机地糅合在一起。接下来词人又迅速将驰骋的想象拉回到眼前。想当年，一生以"济苍生"和"安社稷"为怀的谪仙人在此乘醉捉月、骑鲸上青天，如今不知他的踪迹何处？纵目远眺，但见青山之外，远空烟岚缥碧而已。词人的壮志与希望，又何尝不是那一缕可望而不可即的碧烟呢？这一结拍意境幽邃神远，启人遐想。

全词气格恢宏高旷，比喻新颖，含意深长，向来被誉为咏采石矶的名篇。

古今汇评

魏庆之：蛾眉亭题咏甚多，惟《霜天晓角》一曲为绝唱。云："倚空绝壁……"词意高绝，几拍谪仙之肩。（《诗人玉屑》卷二十一）

方　回：韩无咎中原文献，流落南渡，仅至从列。"天际两蛾"词，古今绝唱。（《桐江集》卷一）

吴师道：此《霜天晓角》调也，未有能继之者。（《吴礼部诗话》）

参读

天堑休论险，尽远目、与天俱占。山水敛，称霜晴披览。

正风静云闲平潋滟。想见高吟名不滥。频扣槛，杳杳落，沙鸥数

采石矶，位于马鞍山市区西南约五公里的翠螺山麓，古称牛渚矶。它突兀江中，绝壁临空，扼据大江要冲，古时即为大江南北重要津渡、江防要地，与岳阳城陵矶、南京燕子矶合称"长江三矶"。南宋绍兴三十一年(1161)"宋金采石之战"即发生在此。

采石矶太白庙旧照

清石涛《江南八景图册》之一，绘过当涂采石矶太白楼怀李白，题诗云："长怀太白楼，到此忽生愁。浩气古今月，英明天地秋。三山当槛落，喜乐鼓响城头。明月去千里，回看水急流。"英国大英博物馆藏

于湖渔人《牛渚图》

韩元吉跋《北齐校书图》。美国
波士顿艺术博物馆藏

点。——李之仪徽宗年间罢居当涂，登采石蛾眉亭览眺长江，亦曾作《天门谣》。词人远目霜天寥廓、浩渺无边的长江景色，“扣槛”吟啸，心情激荡。心中的不平与愤慨，在拍打栏槛时，似乎一一洒落在江山之间。

词人心史

韩元吉（1118—1187）字无咎，许昌（今属河南）人，一说开封雍丘（今河南杞县）人。北宋名臣韩维的四世孙，少受业于理学大儒程颐的弟子尹焞。以荫为龙泉县主簿，后历官权中书舍人、吏部侍郎、婺州知府、建宁知府、吏部尚书、龙图阁学士等职，封颍川郡公。中间曾出使金国。致仕后归老于信州（今江西上饶）南涧，因自号南涧翁，与其婿吕祖谦讲学于竹林精舍。

韩元吉深受尹焞学风的影响，弘实笃行，任建宁府知府时，“表率端庄，笃意学校”，又细察山川形势、户口繁耗，以及政教得失，撰写《建宁府志》，为建宁首部方志。宋金对峙，力主收复失地，但反对轻率北伐。与叶梦得、张孝祥、范成大、陆游、陈亮、辛弃疾等爱国名士交往甚密，多有唱和。他的词风与辛弃疾相近，多悲怀家国的雄浑豪放之作，但也有婉丽清新之篇。有自编词集《焦尾集》，原本已佚，《彊村丛书》辑为《南涧诗馀》一卷。

品题

诵书鼓琴，志操益坚。落笔天成，不事雕镌。如先秦书，气充力全。（陆游《渭南文集》卷四十一）

韩无咎，名元吉，号南涧。名家文献、政事文学，为一代冠冕。（黄昇《中兴以来绝妙词选》卷三）

元吉本文献世家……其学问渊源，颇为醇正……统观全集，诗体文格均有欧苏之遗，不在南宋诸人下。（《四库全书总目提要》卷一百六十）

词林逸事

韩元吉致仕后侨寓在信州（今江西上饶）南涧。宋孝宗淳熙八年（1181）辛弃疾被王蔺弹劾，亦退隐于信州之带湖。两人心气相通，时相唱和，过从甚密。

淳熙九年（1182）重阳节，两人携手同游月岩云洞。韩元吉见月岩四周峰壁如削，如城如廓，景观十分奇特，很是惊叹，于是先吟出一首：

今日俄重九，莫负菊花开。试寻高处携手，蹑屐上崔嵬。放目苍岩千仞，云护晓霜成阵，知我与君来。古寺倚修竹，飞槛绝纤埃。　　笑谈间，风满座，酒盈杯。仙人跨海休问，随处是蓬莱。落日平原西望，鼓角秋深悲壮，戏马但荒台。细把茱萸看，一醉且徘徊。——《水调歌头·游云洞》

辛弃疾见好友韩尚书吟出如此妙句，情不自禁，接连和了两首：

今日复何日，黄菊为谁开。渊明谩爱重九，胸次正崔嵬。酒亦关人何事，政自不能不尔，谁遣白衣来。醉把西风扇，随处障尘埃。　　为公饮，须一日，三百杯。此山高处东望，云气见蓬莱。翳凤骖鸾公去，落佩倒冠吾事，抱病且登台。归路踏明月，人影共徘徊。——《水调歌头·九日游云洞，和韩南涧尚书韵》

千古老蟾口，云洞插天开。涨痕当日何事，汹涌到崔嵬。撅土抟沙儿戏，翠谷苍崖几变，风雨化人来。万里须臾耳，野马骤空埃。　　笑年来，蕉鹿梦，画蛇杯。黄花憔悴风露，野碧涨荒莱。

蝴蝶不传千里梦（辛弃疾《满江红》句）　王福庵

此会明年谁健，后日犹今视昔，歌舞只空台。爱酒陶元亮，无酒正徘徊。——《水调歌头·再用韵呈南涧》

两人虽寄情山水，但都身在江湖，心存魏阙，仍以国事萦怀。韩元吉曾填一首《水龙吟》为辛弃疾祝寿，以恢复大业相期：

南风五月江波，使君莫袖平戎手。燕然未勒，渡泸声在，宸衷怀旧。卧占湖山，楼横百尺，诗成千首。正菖蒲叶老，芙蕖香嫩，高门瑞，人知否。　　凉夜光躔牛斗，梦初回、长庚如昼。明年看取，蠹旗南下，六骡西走。功画凌烟，万钉宝带，百壶清酒。便公留剩馥，蟠桃分我，作归来寿。

巧的是两人生日相差仅一日，辛弃疾立即和了一首：

渡江天马南来，几人真是经纶手。长安父老，新亭风景，可怜依旧。夷甫诸人，神州沉陆，几曾回首。算平戎万里，功名本是，真儒事，公知否。　　况有文章山斗，对桐阴、满庭清昼。当年堕地，而今试看，风云奔走。绿野风烟，平泉草木，东山歌酒。待他年整顿，乾坤事了，为先生寿。——《水龙吟·甲辰岁寿韩南涧尚书》

南涧原唱与稼轩和韵同声相应，彼此勉励，均写得落落不凡，豪迈奔放，绝非一般俗滥的祝寿词可同日而语。

"玉龙三弄"即"梅花三弄"，又名《梅花引》《梅花曲》《玉妃引》等。传说此曲即根据晋桓伊笛曲改编而成，内容写傲雪的梅花。"玉龙"，是笛子的美称。全曲主调出现三次，故曰"三弄"。

林逋（968—1028）字君复，钱塘（今浙江杭州）人。初游江淮间，后归隐杭州西湖孤山，赏梅养鹤，终身不仕不娶，人称"梅妻鹤子"，赐谥和靖先生。工诗词，风格淡远、婉丽。以擅咏梅著称，尤以"疏影横斜水清浅，暗香浮动月黄昏"（《山园小梅》）两句被视作千古绝唱。

宋马远（传）《林和靖图》，绘高士林逋曳杖水边赏梅的情景。日本根津美术馆藏

低吟/浩唱

霜天晓角

[北宋] 林逋

冰清霜洁，昨夜梅花发。甚处玉龙三弄，声摇动、枝头月。　　梦绝，金兽爇。晓寒兰烬灭。要卷珠帘清赏，且莫扫、阶前雪。

这首咏梅词通过梅、雪、琴、月四者形象的交织，渲染出一个神清骨冷、情真韵绝的艺术境界。

霜天晓角　梅

〔南宋〕范成大

晚晴风歇，一夜春威折。脉脉花疏天淡，云来去，数枝雪。

胜绝，愁亦绝。此情谁共说。惟有两行低雁，知人倚、画楼月。

这是一首咏梅怀人之作。上阕写景之胜，起头两句先写梅蕊初绽的环境，接写梅花映衬着淡天疏云，质洁如雪、脉脉含情的神韵。下阕写愁之绝，由赞叹美景急转到愁情，由梅及人，以梅比人。末二句借飞鸿诉说怅惘孤寂和月夜凭高念远之情。全词笔调清新，风格清婉灵秀，景致极清绝，令人神往。

参读

开时似雪，谢时似雪，花中奇绝。香非在蕊，香非在萼，骨中香彻。　占溪风，留溪月。堪羞损、山桃如血。直饶更、疏疏淡淡，终有一般情别。——晁补之《盐角儿·亳社观梅》上阕先赞梅之品格始终如一，再赞梅香彻骨。下阕赞梅之风姿，"占溪风，留溪月"勾勒出一幅溪月梅韵图。

宋岩叟（或谓南宋宋伯仁作）《梅花诗意图》，绘盛开的梅花，构图疏密有致，运笔遒劲有力，枝条生动，富有韵味，颇具扬无咎遗法。美国弗利尔美术馆藏

宋乔仲常《后赤壁赋图》（局部）。美国纳尔逊-阿特金斯艺术博物馆藏

霜天晓角　赤壁

〔南宋〕辛弃疾

雪堂迁客，不得文章力。赋写曹刘兴废，千古事、泯陈迹。　望中矶岸赤，直下江涛白。半夜一声长啸，悲天地、为予窄。

这是一首赤壁怀古词，因赤壁而怀苏轼，感叹江上依旧，英雄俱逝，人生瞬息，功业渺茫。结拍的感喟，则蕴有对现实的深深忧虑与壮士请缨无路的愤懑，孤独焦灼中飞动跳荡着强烈的生命激情，写得尤为沉郁悲壮。

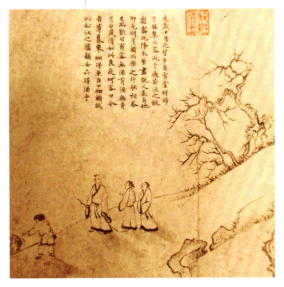

明抄本高观国《竹屋痴语》
（《宋元名家词七十种》）书影

试问西湖杨柳，东风外几
丝碧（高观国《霜天晓角》
句）　清徐三庚

黄机字几仲（一作几叔），
号竹斋，婺州东阳（今属浙江）人。
曾为州郡小吏，游踪多在吴楚间，
常与岳珂以长词唱酬，并有词寄
辛弃疾。词风沉郁苍凉，亦近辛
派。著有《竹斋诗馀》。

华岳字子西，自号翠微，贵
池（今属安徽）人。嘉定武举进
士，为殿前司官属。以谋去丞相
史弥远事觉，下狱杖死。为人倜
傥豪爽。有《翠微南征录》。

霜天晓角

　　　　　　　　　　　　　　［南宋］高观国

　　春云粉色，春水和云湿。试问西湖杨柳，东风外、几丝碧。

　　望极，连翠陌。兰桡双桨急。欲访莫愁何处，旗亭在、画桥侧。

　　在这首词中，词人以融情入景的高超技巧，不用浓笔渲染，只是轻抹淡绘云、水、柳、舟、亭、桥，一幅秀美淡雅的西湖春景图便生动地再现于眼前，而词人爱春赞春的畅快感情浑然无迹地融入其中。结末两句，暗用唐代诗人王之涣和诗友"旗亭画壁"的故事。全词委婉入妙，物我谐和，格调高雅，情趣横生。清李调元许之为"西湖第一词"，说："西湖词甚多，然无过高观国《竹屋痴语》所载《霜天晓角》词……初春情景，此词尽之矣。"（《雨村词话》卷三）

参读

　　屈指数春来，弹指惊春去。檐外蛛丝网落花，也要留春住。

　　几日喜春晴，几夜愁春雨。十二雕窗六曲屏，题遍伤心句。——高观国《卜算子·泛西湖坐间寅斋同赋》抒写伤春惜春的情怀，而"其着意在末句题遍屏窗，可见乱愁无次，不仅伤春也"（俞陛云《唐五代两宋词选释》）。全词曲折有致，轻倩婉丽，饶有韵味。

霜天晓角　仪真江上夜泊

　　　　　　　　　　　　　　［南宋］黄机

　　寒江夜宿，长啸江之曲。水底鱼龙惊动，风卷地，浪翻屋。

　　诗情吟未足，酒兴断还续。草草兴亡休问，功名泪，欲盈掬。

　　词人夜宿于地处抗金前线的仪真（今江苏仪征）江边，伫立寒江，北望中原，不禁仰天长啸，一腔郁勃不平之气喷薄而出，倾吐为这首雄阔苍凉的小令。全篇感情沉郁深厚，以惊心动魄的景物意象抒写出词人内心无法排遣的心系天下兴亡而又报国无门的忧愤。结穴三句直抒胸臆，沉哀至痛，读来使人黯然神伤。

霜天晓角

　　　　　　　　　　　　　　［南宋］华岳

　　情刀无斤劚，割尽相思肉。说后说应难尽，除非是、写成轴。

帖儿烦付祝，休对旁人读。恐怕那懑知后，和它也泪瀑漱。

这首情词抒写刻骨相思，以口语入词，抒情直白、真率，语气皆为诉说，有点曲的味道。

霜天晓角　梅

[南宋] 萧泰来

千霜万雪，受尽寒磨折。赖是生来瘦硬，浑不怕、角吹彻。

清绝，影也别。知心惟有月。元没春风情性，如何共、海棠说。

词人在理宗朝为御史时，右司李伯玉劾其依附丞相谢方叔，姚希得还指其为"小人之宗"。此词当是愤慨宦海风波险恶，以梅自况而明素志。上片写梅之"硬"，亦即写梅的傲骨，天生坚劲挺拔、全不怕朔风劲吹，霜凄风紧；下片写梅之"清"，亦即写梅的高洁超俗，不屑与凡卉争胜。梅的瘦硬清高，实象征人的骨气贞刚，品质高洁，梅格与人格融而为一，契合若神。全词重在刻画梅之神韵，命意措辞，新奇高逸，在诸多咏梅词中可谓不同凡响。

霜天晓角

[南宋] 蒋捷

人影窗纱，是谁来折花。折则从他折去，知折去、向谁家。

檐牙，枝最佳。折时高折些。说与折花人道，须插向、鬓边斜。

这是一出清新、活泼的生活小品：朦胧的纱窗外人影一晃。"是谁？"室内主人略带惊讶的一怔。哦，原来是折花的。折了就折了吧，不过，也不知是谁给折去了。哎，檐角那枝最好了，可要长长地折一枝啊。还有，记得，把花插上鬓边时，可要斜斜地那样插哦，那样最好看。只寥寥几笔，室内主人的豁达、慧心、雅趣，便活脱脱地勾勒出来了，读来不禁莞尔。其时散曲初兴，这首词既有散曲白描、轻巧的特点，又保存了宋词的"骚雅"和疏淡。

参读

睡起煎茶，听低声卖花。留住卖花人问，红杏下、是谁家。

儿家，花肯赊，却怜花瘦些。花瘦关卿何事，且插朵、玉搔斜。——明彭孙贻《霜天晓角·卖花，用竹山摘花韵》写卖花，也写得轻快活泼，对答情状历历如绘，饶有情趣。

剮，斫，砍。

那懑，即"那们"，那个人。

它，同"他"（男女通用）。

瀑漱，象声词，即"扑簌簌""扑扑簌簌"，用以形容落泪。

萧泰来字则阳（一说字阳山），号小山，临江人。绍定进士。宝祐元年（1253）自起居郎出守隆兴府。其词雅俊，有《小山集》。

明文徵明《冰姿倩影图》，写老梅一株，盘折虬曲，苍劲清凛，枝头疏梅点点，清气朗朗。南京博物院藏

楼槃字考甫，号曲涧，鄞县（今浙江宁波）人。绍定初（约1228），为庆元府学教谕。

霜天晓角

[南宋] 楼槃

月淡风轻，黄昏未是清。吟到十分清处，也不消、两三更。

晓钟天未明，晓霜人未行。只有城头残角，说得尽、我平生。

这首词咏调名本意，极写霜天号角之声清。以时间为序，黄昏清角不及半夜（二、三更），而最清则在晓钟未动、秋夜将残时，并说只有此时清角才能诉说其心底的哀伤，倾吐其平生的积郁。全词语妙格高，风致清绝。

霜天晓角　晚次东阿

[清] 朱彝尊

铜城驿，在今山东东阿县北四十里。

鱼山，又称鱼条山，在东阿县西八里。

鞭影匆匆，又铜城驿东。过雨碧罗天净，才八月，响初鸿。

微风，何寺钟。夕曛岚翠重。十里鱼山断处，留一抹、枣林红。

这首词以自然清新的笔法，写途中马上耳目所接秋景，雨霁碧空，初归的鸿雁，古寺钟声，夕照下的枣林，莫不一掠而过。不假涂饰渲染，而色彩明丽绚烂，流动明快，意境幽美。

倚声依谱

《霜天晓角》又名《月当窗》《长桥月》《踏月》。双调，四十三字，前后片各四句，三仄韵。别有平韵格一体。此调声调凄婉悲壮，多用以表达抑郁、惆怅或悲凉之情。

【定格】

中平中仄，中仄平平仄。

平仄仄平平仄，中中仄、平平仄。

中平平仄仄，中平平仄仄。

平仄仄平平仄，中中仄、平平仄。

《词谱》（《霜天晓角》）

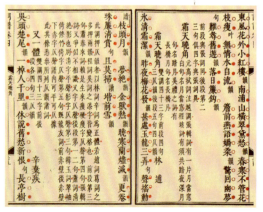

卜算子

零落成泥碾作尘，只有香如故

华音流韵

卜算子 咏梅

[南宋] 陆游

驿外断桥边，寂寞开无主。已是黄昏独自愁，更著风和雨①。　　无意苦争春，一任群芳妒。零落成泥碾作尘，只有香如故。

临风赏读

这是一首卓绝千古的咏梅之作。

词的上片运用白描手法，描绘出一幅冬梅怒绽图：暮色朦胧，一阵阵刺骨的寒风不断袭来，冰冷的雨点肆无忌惮在敲打着大地，一派萧瑟凄凉。幽远静寂的破落驿站，破败不堪的桥边伸展出一树腊梅，绽放出一朵朵小小的、冰清玉洁的花朵。这凌寒而立的鲜活的生命，以她的贞刚劲节、以她的高洁无匹、以她的卓尔不群，此时此地征服了天地、征服了观者。

下片词人笔锋一转，借梅抒情，表明心志。梅花不畏风寒，先百花而发，但她只有迎春报春的赤诚，而并非有意相争，即使"群芳"有"妒心"，那也是它们自己的事情，就"一任"它们嫉妒去吧。她对这一切都毫不在乎，因为心地坦荡，所以无惧无畏。这两句表现出陆游的孤傲拔俗，决不与争宠邀媚、阿谀逢迎之徒为伍的品格和不畏谗毁、坚贞自守的峻峭傲骨。结拍写梅花的孤高，凌寒先发，即使飘零坠落，碾成尘土，那一份独特的清香也会保持如故，弥漫在天空之中，表达了词人虽九死而未悔的坚毅心志。

纵观全词，词人以物喻人，托物言志，从梅花的意态、精神落笔，将词人自己的身世之感及高洁品格融于其中，使人感受到一种崇高的人格魅力，为之产生共鸣。

林振武书《卜算子》

古今汇评

卓人月：（末句）想见劲节。（《古今词统》卷四）

唐圭璋：此首咏梅，取神不取貌，梅之高格劲节，皆能显出。……"零落"两句，更揭出梅之真性，深刻无匹。咏梅即以自喻，与东坡咏鸿同意。东坡、放翁，固皆为忠忱郁勃，念念不忘君国之人也。（《唐宋词简释》）

夏承焘：陆游这首词则是写失意英雄志士的兀傲形象。（《唐宋词欣赏》）

刘永济：此亦作者身世之感，但借梅抒出之。（《唐五代两宋词简析》）

钱仲联：桥边驿外、黄昏风雨的背景，无意争春、俯视群芳的标格，切定梅花，移用于他花不得。通首不出现梅花字面，却不脱不粘地传出了梅花之神。（《唐宋词谭》）

 参读

读陆游咏梅词，反其意而用之。

风雨送春归，飞雪迎春到。已是悬崖百丈冰，犹有花枝俏。

俏也不争春，只把春来报。待到山花烂漫时，她在丛中笑。——毛泽东《卜算子·咏梅》写出了梅花的神韵——既具有铮铮铁骨和挑战精神，又具有甘愿隐于百花之中，谦逊脱俗、至刚无欲的品格，升华了词的艺术境界。

词人心史

陆游（1125—1210）字务观，号放翁，越州山阴（今浙江绍兴市越城区）人，陆佃之孙。生逢世乱，幼承父、师教诲，立下"上马击狂胡，下马草军书"（《观〈大散关图〉有感》）之志。孝宗隆兴初，赐进士出身。历任县主簿、府州通判、礼部郎中、秘书监。自乾道六年

贪看梅花过野桥（明杨士奇《刘伯川席上作》句） 清江步青

宋佚名《观梅图》，绘溪桥岸畔两树古梅虬枝交错，一高士携杖伫立一旁，注目观赏。美国火奴鲁鲁艺术学院藏

清费丹旭绘《放翁先生像》。曹
氏默斋藏

放翁

（1170）出任夔州通判，至淳熙五年（1178）奉诏回朝、出川东归，在剑南八年，期间铁马秋风，置身于忠勇的抗金官兵之间，为其一生中精神最为奋发的时期。东归后在福建、江西和浙江做过几任地方官，终因一贯主张抗金复地遭到"排陷"，去职还乡。此后二十多年一直蛰居故里。嘉定二年十二月除夕（1210年1月26日），老诗人吟出一首绝笔诗《示儿》，赍志以殁。有《剑南诗稿》八十七卷、《渭南文集》五十卷、《南唐书》十八卷。词二卷，载于《渭南文集》。

　　作为中兴四大诗人（陆游、尤袤、杨万里、范成大）之冠，陆游尤为豪放不羁，感情奔放。其诗主要抒写抗敌御辱、恢复中原的激越情怀和有志难伸的忧愤，语言明朗瑰丽，情调悲壮磊落，气魄雄浑慷慨，境界绰约多姿，时有"小太白"之称。其词风格多样，既有充满气吞残虏的爱国激情的雄放之作，又有抒写深挚感情或寄寓着旷逸襟怀的婉丽飘逸之章。

　品题

　　放翁长短句，其激昂感慨者，稼轩不能过；飘逸高妙者，与陈简斋、朱希真相颉颃；流丽绵密者，欲出晏叔原、贺方回之上；而歌之者绝少。（刘克庄

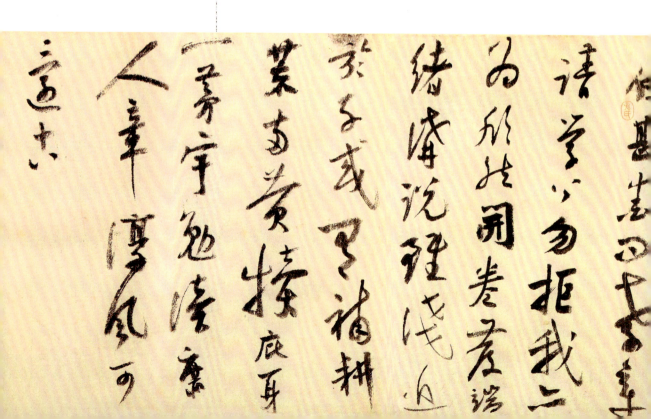

《后村大全集》卷一百八十)

放翁词纤丽处似淮海,雄慨处似东坡。(杨慎《词品》卷五)

南渡后唯放翁为诗家大宗,词亦扫尽纤淫,超然拔俗。(许昂霄《词综偶评》)

陆放翁词,安雅清赡,其尤佳者在苏、秦之间。然乏超然之致,天然之韵。(刘熙载《艺概》卷四)

放翁词格殊清快,迫稼轩。(李慈铭《越缦堂读书记》八)

放翁乐府曲而至,婉而深,跌宕而昭彰。(谭献《老学后庵自订词序》)

剑南屏除纤绝,独往独来,其通峭沉郁之概,求之有宋诸家,无可方比。(冯煦《蒿庵论词》)

放翁、稼轩,扫尽绮靡,别树词坛一帜。然二公正自不同:稼轩词悲而壮,如惊雷怒涛,雄视千古;放翁词悲而郁,如秋风夜雨,万籁呼号,其才力真可亚于稼轩。人谓放翁颓放,诗词一如其人,不知处放翁之境,外患既深,内乱已作,不得不缄口结舌,托于颓放,其忠君爱国之心,实与子美、子瞻无异也。(陈廷焯《云韶集辑评》卷六)

诗界千年靡靡风,兵魂销尽国魂空。集中十九从军乐,亘古男儿一放翁。(梁启超《读陆放翁集》)

(陆游词)有激昂慷慨和闲适飘逸的两种境界。(胡适《词选》)

一树梅花一放翁　陆开钧

陆游《自书诗卷》(局部),笔势飞扬,老辣而又天真,劲逸潇洒,其胸中磊落、盘郁之气跃然纸上。辽宁省博物馆藏

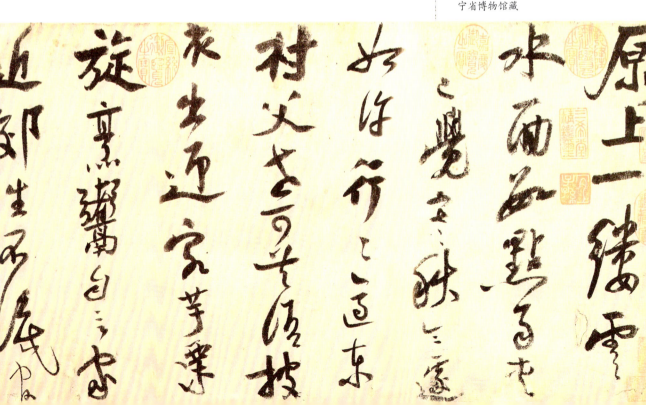

词林逸事

　　陆游的原配夫人唐琬是同郡唐氏士族的大家闺秀，一位美丽多情的才女。结婚以后，夫妇之间伉俪相得，琴瑟甚和。不料，陆母却对这位有才华的儿媳总是看不顺眼，硬要逼着陆游休弃唐氏，陆游被迫和她分离。唐琬后来改嫁同郡宗人赵士程。这一不幸的爱情悲剧在此后漫长的岁月里一直折磨着诗人的心灵。几年以后的一个春日，陆游在家乡山阴（今浙江绍兴）城南禹迹寺附近的沈园，与偕夫同游的唐琬邂逅。唐琬安排酒肴，聊表对陆游的抚慰之情。陆游感念旧情，怅恨不已，遂乘醉吟赋一首《钗头凤》，信笔题于园壁之上：

　　红酥手，黄縢酒。满城春色宫墙柳。东风恶，欢情薄。一怀愁绪，几年离索。错，错，错。　　春如旧，人空瘦。泪痕红浥鲛绡透。桃花落，闲池阁。山盟虽在，锦书难托。莫，莫，莫。

　　唐琬回到家中，愁怨难解，也和了一首《钗头凤》：

　　世情薄，人情恶。雨送黄昏花易落。晓风干，泪痕残。欲笺心事，独语斜阑。难，难，难。　　人成各，今非昨。病魂常似秋千索。角声寒，夜阑珊。怕人寻问，咽泪装欢。瞒，瞒，瞒。

　　不久，唐琬便怏怏而卒。这当然使陆游陷入了更深的悲痛，而直到垂暮之年，诗人仍对唐琬、对前尘影事、对沈园怀着深切的眷恋，常常在沈园幽径上踽踽独行。绍熙三年（1192），六十八岁的陆游再来沈园，写下了《禹迹寺南，有沈氏小园，四十年前，尝题小词一阕壁间。偶复一到，而园已三易主，读之怅然》一首：

　　枫叶初丹槲叶黄，河阳愁鬓怯新霜。
　　林亭感旧空回首，泉路凭谁说断肠。
　　坏壁醉题尘漠漠，断云幽梦事茫茫。
　　年来妄念消除尽，回向蒲龛一炷香。

或谓陆游《钗头凤》词事为小说家附会。

沈园位于绍兴市区东南的洋河弄。宋代池台极盛，为越中著名园林。

绍兴沈园内陆游、唐琬《钗头凤》词碑

绍兴沈园

　　七十五岁上，追忆着深印在脑海中那惊鸿一瞥的一幕，他又写下了《沈园》两首"绝等伤心之诗"：

> 梦断香消四十年，沈园柳老不吹绵。
> 此身行作稽山土，犹吊遗踪一泫然。

> 城上斜阳画角哀，沈园无复旧池台。
> 伤心桥下春波绿，曾是惊鸿照影来。

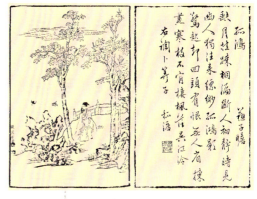

苏轼《卜算子》（《诗馀画谱》）

 **低吟/浩唱**

卜算子　送鲍浩然之浙东

[北宋] 王观

　　水是眼波横，山是眉峰聚。欲问行人去那边，眉眼盈盈处。
　　才始送春归，又送君归去。若到江南赶上春，千万和春住。

　　这是一首别具一格的、浸润着真挚感情的送别词。词中妙用"倒喻"：那些清澈明亮的江水，仿佛是他所想念的人流动的眼波；而一路上团簇纠结的山峦，也似乎是她们蹙损的眉峰了。这两个别致新颖的比喻，刻画了友人所去的浙东秀丽山水和自己送别时脉脉含情的动态。全词还把惜别与惜春交织一起来写，更使作品构思精巧，蕴涵深厚而又富有灵性，千百年来一直脍炙人口。

王观（1032？—？）字通叟，号逐客，如皋（今属江苏）人。嘉祐二年（1057）进士。知江都县事，任大理寺丞等。其词工细轻柔，新丽清新。王灼说："王逐客才豪，其新丽处与轻狂处，皆足惊人。"（《碧鸡漫志》卷二）撰有《扬州芍药谱》一卷。

卜算子　黄州定慧院寓居作

[北宋] 苏轼

　　缺月挂疏桐，漏断人初静。谁见幽人独往来，缥缈孤鸿影。
　　惊起却回头，有恨无人省。拣尽寒枝不肯栖，寂寞沙洲冷。

　　这首词是元丰五年（1082）十二月词人初贬黄州寓居定慧院时所作。词中借月夜孤鸿为喻，表达了词人高洁自赏、蔑视流俗的心境。上片以缺月、疏桐、漏断这些凄冷意象的渲染，烘托贬所环境的幽寂和幽居之人的孤独；下片专写孤鸿遭遇不幸，心怀幽恨，惊恐不已，抒发词人政治失意后寂寞、清傲的心情。这首词意境高旷洒脱、运笔空灵，确如黄庭坚所说："语意高妙，似非吃烟火食人语，

任飘蓬、不遣此心违（晁补之《八声甘州·扬州次韵和东坡钱塘作》句）　王福庵

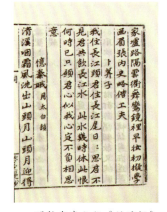

明抄本李之仪《姑溪词》
（《宋元名家词七十种》）书影

非胸中有万卷书，笔下无一点尘俗气，孰能至此！"（《山谷题跋》卷二）黄蓼园亦谓"格奇而语隽，斯为超诣神品"（《蓼园词选》）。

 参读

　　斜日对荒山，云黑天垂暮。时见空中一雁来，冷入残芦去。

　　惊起却低飞，有意同谁语。啄尽枝头数点霜，还向空中举。——明蒋冕《卜算子》追步苏词，描绘了荒凉冷落的环境，刻画了孤雁夜飞的形象，暗喻了词人政治失意的孤寂之情，反映出作者不同流俗、清高自守的品格。

卜算子

[北宋] 李之仪

　　我住长江头，君住长江尾。日日思君不见君，共饮长江水。

　　此水几时休，此恨何时已。只愿君心似我心，定不负相思意。

　　同住长江边，同饮长江水，却因相隔江山万里而不能相见，此情如水长流不息，此恨绵绵终无绝期。江头江尾的阻隔纵然不能飞越，而两相挚爱的心灵却一脉遥通。只愿对空遥祝君心永似我心，彼此不负相思情意。李之仪这首情词以长江水为抒情线索，明白如话，感情却深沉真挚缠绵，设想很别致，深得民歌风味。

卜算子

[北宋] 谢逸

　　烟雨幂横塘，绀色涵清浅。谁把并州快剪刀，剪取吴江半。

　　隐几岸乌巾，细葛含风软。不见柴桑避俗翁，心共孤云远。

　　这首词上片写景，描画出了隐者所处的环境。烟雨空濛，水色天青，横塘潋滟，吴江潆洄，风景如画，使人心静神远，几欲忘却浊世尘寰。下片写人，乌巾葛衣俨若神仙，心逐孤云，隐自恬淡。山水寄幽情，此之谓真隐士也，境是仙境，人是高士，境界和谐完美，难怪前人评曰："标致隽永，全无芗泽，可称逸调。"（徐釚

苏轼《前赤壁赋》作于元丰五年（1082）贬谪黄州（今湖北黄冈）时，赋以浪漫绝美的笔调、主客问答的形式记叙与朋友月夜泛舟游赤壁的所见所感，及对宇宙人生的思索，境界超拔、哲理隽永。此卷为友人傅尧俞书，用笔锋正力劲，欲透纸背；结体宽厚丰腴，力敛筋骨，尽显沉厚而静穆。台北"故宫博物院"藏

《词苑丛谈》卷三）

卜算子

[北宋] 徐俯

天生百种愁，挂在斜阳树。绿叶阴阴自得春，草满莺啼处。　　不见凌波步，空忆如簧语。柳外重重叠叠山，遮不断、愁来路。

宋佚名《泛舟柳塘图》，绘一雅士泛舟湖面，意境辽阔幽逸。美国大都会艺术博物馆藏

这首词写离愁，但能独辟蹊径。愁本无形，词人却使之有形，如斜阳下的烟霭，挂在他目眺所极的远山树头。绿叶阴阴、草长莺啼，举目之间，绝无惹愁处；然叶也、草也、莺也，皆欣欣自得，全不顾我的愁怀。唯凌波微步，如簧话语，已被群山隔断，伊人已杳不可见，那挡住他视线的远山烟霭，便化作了无穷闲愁。刚才它还挂在树梢，转眼之间，它已如波起云涌，直奔词人而来，纵有重重叠叠的群山为阻，也遮不住它的奔涌之势。起首以树喻愁，结尾以山遮愁，前后照应，浑然一体，创造出一种刚健质朴的意境。

参读

双飞燕子几时回？夹岸桃花蘸水开。春雨断桥人不度，小舟撑出柳阴来。——徐俯《春游湖》以清新的笔调勾画出一幅情趣盎然的江南水乡图。一个"蘸"字，桃花映水的姿态宛然。小舟撑来，全诗随之飞动，令人叫绝。南宋赵鼎臣在《和默庵喜雨述怀》诗中称赞说："解道春江断桥处，旧时闻说徐师川。"词人张炎则化用出另一名句——"荒桥断浦，柳阴撑出扁舟小"（《南浦·春水》）。

徐俯（1075—1141）字师川，洪州分宁（今江西修水）人。黄庭坚之甥。以父禧死国事，授通直郎。绍兴二年（1132），赐进士出身。累官端明殿学士，签书枢密院事，权参知政事。为江西派诗人，但他后来极力摆脱江西诗派艰深雕琢的风格，追求平易自然的诗风。词存十七首。

卜算子

[南宋] 朱敦儒

旅雁向南飞，风雨群相失。饥渴辛勤两翅垂，独下寒汀立。　　鸥鹭苦难亲，矰缴忧相逼。云海茫茫无处归，谁听哀鸣急。

宋夏珪《山水十二景》（局部），描绘在江天空阔、山水微茫的景色中一行秋雁凌空飞去，意境清旷悠远。美国纳尔逊－阿特金斯艺术博物馆藏

靖康元年（1126）十一月，金兵强渡黄河，进逼词人的家乡洛阳，中原大地沉浸在血与火的深渊。词人不得不背井离乡，开始入两湖、过江西、至两广的漫长南奔逃难。这首咏旅雁词就是以旅雁失群后的困厄来反映他的流亡生活和广大人民流离艰辛的景况。词中情景交融，处处写雁，又处处在写词人身世感慨，心情十分沉痛。

卜算子　答施

[南宋] 乐婉

相思似海深，旧事如天远。泪滴千千万万行，更使人、愁肠断。　要见无因见，拼了终难拼。若是前生未有缘，待重结、来生愿。

这是一首情侣临别之际互相赠答之词。明陈耀文《花草粹编》卷二引宋杨湜《古今词话》云：杭妓乐婉与施酒监善，施尝赠以词云："相逢情便深，恨不相逢早。识尽千千万万人，终不似、伊家好。　别你登长道，转更添烦恼。楼外朱楼独倚栏，满目围芳草。"于是，乐婉以这首词作答。此词直抒胸臆，明白如话，寥寥数笔，一位至性真情、豪爽果决的女性形象，却活脱跃然纸上。

赠、答皆用《卜算子》调。上下片两结句（赠词下结除外），较通常句式增加了一个字，化五言为六言句，于第三字顿，遂使这个词调一气流转的声情，增添了顿宕波峭之致。

卜算子

[南宋] 游次公

风雨送人来，风雨留人住。草草杯盘话别离，风雨催人去。泪眼不曾晴，眉黛愁还聚。明日相思莫上楼，楼上多风雨。

这是一首描写男女离别的词，四处写到风雨，并以风雨起，风

游次公字子明，号西池，又号寒岩，建安（今福建建瓯）人。曾通判汀州。

雨结。首尾呼应，主体的情与客体的风雨如鱼得水，融洽谐和，意境浑然，不知何者为景何者为情了。

卜算子

[南宋] 严蕊

不是爱风尘，似被前缘误。花落花开自有时，总赖东君主。
去也终须去，住也如何住。若得山花插满头，莫问奴归处。

严蕊乃天台营妓，善琴弈、歌舞、丝竹、书画，色艺冠一时。道学家朱熹以节使行部至天台，指前任太守唐与正与蕊滥，欲治罪，并收蕊入监，备极棰楚，蕊坚不屈服。系狱两月，声价愈腾。未几，朱熹改官，岳霖继任，怜其无辜，判令从良。蕊当场填此词以进。上片抒写自己沦落风尘、俯仰随人的无奈。下片承上不能自主命运之意，转写自己在去住问题上的不得自由，是一位身处卑贱但尊重自己人格的风尘女子的一番婉而有骨的自白。全词和婉自然，寄喻颇深。

严蕊一名蕊奴，字幼芳。曾为天台营妓。色艺冠时，琴棋书画，无不精妙。间作小词亦复清新可喜。或谓《卜算子》词非严蕊所作，洪迈《夷坚志》所记严蕊作词诉冤全属虚构。

卜算子

[南宋] 张孝祥

雪月最相宜，梅雪都清绝。去岁江南见雪时，月底梅花发。
今岁早梅开，依旧年时月。冷艳孤光照眼明，只欠些儿雪。

这首咏梅词托物寄意，抒写无限今昔之感。上片回忆去年在江南月下雪中赏梅的情景，寒雪、幽梅、明月，俱皆清绝；下片转写今年今时赏梅，只有梅、月冷艳孤光，却少了雪的莹洁，不能无憾。词以对比手法写来，萧散出尘，余韵不绝。

张孝祥《临存帖》。故宫博物院藏

宋马麟《楼台夜月图》，明月当空，台榭俨然。上海博物馆藏

聂大年（1402—1455）字寿卿，号东轩，江西临川人。正统间，官仁和县教谕。景泰初，征入翰林。善诗词，尤精书画。有《东轩集》。

聂大年《自书诗卷》。故宫博物院藏

卜算子

[南宋]程垓

独自上层楼，楼外青山远。望到斜阳欲尽时，不见西飞雁。　　独自下层楼，楼下蛩声怨。待到黄昏月上时，依旧柔肠断。

这首词描写女子登楼远眺，盼望恋人归来的情景，抒发她镂心刻骨的思念之情。全词从白天的独自登楼至黄昏的独自下楼循序写来，深入展现女子由热切盼望逐渐变为失望，再变为凄切哀怨，直到柔肠寸断的苦闷心境。全词意境清幽，凄怨感人。

卜算子

[南宋]石孝友

见也如何暮，别也如何遽。别也应难见也难，后会难凭据。去也如何去，住也如何住。住也应难去也难，此际难分付。

这首词跳出离别词的常态，另辟蹊径，那些一向为人描摹的难割难舍的缠绵情状，都置之笔外，而是以"见""别""去""住"四字为纲领，反复回吟聚短离长、欲留不得的怅惘。如此则人物情景种种，读者皆可于言外想象得之，所谓不著一字，尽得风流。全词清新俊逸，声情和谐，确是言情妙品。

卜算子

[南宋]刘克庄

片片蝶衣轻，点点猩红小。道是天公不惜花，百种千般巧。朝见树头繁，暮见枝头少。道是天公果惜花，雨洗风吹了。

词人一生有才情，有志向，有抱负，却屡遭贬官，备受压抑。这首《卜算子》以比兴手法，含蓄地表达了词人才不见用的凄楚情怀，流露出对当权者压制、迫害和摧残人才的不满。

卜算子

[明]聂大年

杨柳小蛮腰，惯逐东风舞。学得琵琶出教坊，不是商人妇。忙整玉搔头，春笋纤纤露。老却江南杜牧之，懒为秋娘赋。

这首词穷极艳冶，腔调婉美，栩栩如生地烘托出一位新出教坊的歌妓的轻愁淡恨和不甘任人播弄的孤傲和自信。

卜算子　断肠

［明］夏完淳

秋色到空闺，夜扫梧桐叶。谁料同心结不成，翻就相思结。

十二玉阑干，风动灯明灭。立尽黄昏泪几行，一片鸦啼月。

这是一首思念故乡妻子的词。全篇采用"专从对面落笔"的写法，着意描摹女主人公的深闺肠断、幽情莫诉，既深刻而曲折地透露出词人自己对妻子钱秦篆的深沉思念，又委婉形象地表达出妻子对自己的惓惓深情，而"立尽黄昏泪几行"又寓有国破家亡凄凉身世之感。词人才华绝代，意气慷慨，奋志抗清，而此词侠骨柔情，足见英雄也有情长之时。

卜算子

［清］吴兰修

园绿万重，月不下地，夜凉独起，冰心悄然。惜无闲人同踏深翠也，辄倚横竹写之，时甲戌七月十三夜。

绿剪一窗烟，夜漏知何许。碧月濛濛不到门，竹露听如雨。

独自出篱根，树影拖鞋去。一点萤灯隔水青，蛩作秋僧语。

夜深人静，漏声迢递，园中竹露滴如疏雨，万绿交加，月色朦胧，蛩吟凄切，好一幅迷人的秋夜园林图！词人着意渲染的凄清寂寥气氛，正衬托出他劲竹般孤高清傲的情怀。词境如空山流泉，清幽独绝。

参读

元丰六年十月十二日夜，解衣欲睡，月色入户，欣然起行。念无与乐者，遂至承天寺寻张怀民，怀民亦未寝，相与步于中庭。庭下如积水空明，水中藻荇交横，盖竹柏影也。何夜无月？何处无竹柏？但少闲人如吾两人耳！——宋苏轼《记承天寺夜游》仅用八十三字就巧妙地营造了一种空明幽静、亦真亦幻的美妙境界，折射出其旷达的人格魅力，是一篇渣滓涤尽的绝妙之作。

吴兰修（1789—1839）字石华，嘉应州（今广东梅州）人。嘉庆举人。官信宜县教谕。有《桐花阁词》。陆以湉云："《桐花阁词》，清空婉约，情味俱胜，可称岭南词家巨擘。"（《冷庐杂识》）

清任颐《承天夜游图》。中国美术馆藏

蒋春霖像

蒋春霖（1818—1868）字鹿潭，江苏江阴人。屡试不第。咸丰中权知富安场盐课大使。同治七年（1868）冬访友途中，自沉于吴江垂虹桥。以身遭咸丰衰世战乱，其词特多离乱之情、感伤之音，"清警沉挚，清虚不失含蓄，凄紧中见浑圆"（严迪昌语），有"词史"之称。有《水云楼烬余稿》《水云楼词》。

卜算子

〔清〕蒋春霖

燕子不曾来，小院阴阴雨。一角阑干聚落花，此是春归处。

弹泪别东风，把酒浇飞絮。化了浮萍也是愁，莫向天涯去。

　　燕子未来，小院阴雨，落花委地，春归冥然，景象已十分凄清；更兼之东风飞絮，把酒弹泪，愈见身世飘零之感。此词上片着意描写残春景色，下片侧重抒写愁情。状物逼真，风格凄婉，具有较强的艺术感染力。清陈廷焯说："鹿潭穷愁潦倒，悲愤慷慨，一发于词，如《卜算子》云（词略），何其凄怨若此。"（《白雨斋词话》卷五）

倚声依谱

　　《卜算子》又名《百尺楼》《眉峰碧》《楚天遥》等。相传是借用唐代诗人骆宾王的绰号。骆宾王写诗好用数字取名，人称"卜算子"。山谷词"似扶着，卖卜算"，取卖卜算命的意思。北宋时盛行此曲。双调，四十四字，上下片各四句，两仄韵。两结亦可酌增衬字，化五言句为六言句，于第三字逗。此调由四字句和七字句相间组成，每句用韵，仄韵与平韵交互，每两句为一意群，词意转折，适合各种题材，其声情兼有清新洒脱和低抑感伤两种风格。宋教坊复演为慢曲，八十九字，前片四仄韵，后片五仄韵。

《词谱》（《卜算子》）

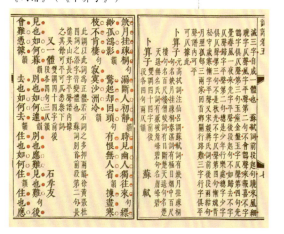

【定格】

中仄仄平平，中仄平平**仄**。

中仄平平仄仄平，中仄平平**仄**。

中仄仄平平，中仄平平**仄**。

中仄平平仄仄平，中仄平平**仄**。

眼儿媚

春慵恰似春塘水

华音流韵

眼儿媚

[南宋]范成大

萍乡道中乍晴①，卧舆中困甚，小憩柳塘。

酣酣日脚紫烟浮②，妍暖破轻裘。困人天色，醉人花气，午梦扶头③。　春慵恰似春塘水，一片縠纹愁④。溶溶泄泄⑤，东风无力，欲皱还休。

临风赏读

乾道八年（1172），词人以集英殿修撰知静江府（今广西桂林）、广西经略安抚使。赴任途中，于九年闰正月末过萍乡。时雨方晴，乘舆困乏，便停在柳塘边小憩。柳条新抽，春塘微波荡漾，撩动情思，词人遂吟下这一"字字软温"之作。

词写不可言说的春慵的微妙感受，写得生动、细腻、充盈，真可谓化工之笔。上片写绵绵春雨乍晴的景象和乘舆道中的困乏：妍艳的阳光直射在大地，蒸腾起紫色的烟霭，融融的暖意扑面袭来，直透薄裘。暖熏熏的天气让人感到无端的困乏无力，遍体酥软，加上如酽酒般的花香极是醉人，更使人精神恍惚，终于令词人在正午时分酣然入梦。

如果说上片将由阳春气候引致的生理上的"春困"表现得淋漓尽致，那么下片则将由柳塘水景触发的心理上的"春思"描摹得十分奇巧而传神：一塘春水，盈盈漾漾，在和软东风吹拂下，轻泛涟漪，时而宁静，时而微荡。那种软绵绵的、慵怠而恬美的情思，那种些许幽婉、些许轻淡的闲愁正恰如这眼前和风中的春塘之水。

全词用笔轻灵和婉，情景交融，妙得神理，余韵悠长。

吴瑾书《眼儿媚》

古今汇评

沈际飞：（此词）字字软温，着其气息即醉。
（《草堂诗馀别集》卷一）

王闿运：自然移情，不可言说，绮语中仙语也。（《湘绮楼评词》）

况周颐：词亦文之一体。昔人名作，亦有理脉可寻，所谓蛇灰蚓线之妙。如范石湖《眼儿媚·萍乡道中》……"春慵"紧接"困"字、"醉"字来，细极。
（《蕙风词话》卷二）

俞陛云：上阕"午梦扶头"句领起下文。以下五句借东风皱水，极力写出春慵，笔意深透，可谓入木三分。（《唐五代两宋词选释》）

宋佚名《柳塘春色图》，用笔湿润，调色雅致，描绘出江南山水的柔美和骀荡醉人的春日气息。故宫博物院藏

词人心史

　　范成大（1126—1193）字致能，号石湖居士，平江府吴县（治今江苏苏州吴中区）人。父范雩终官秘书郎，母乃著名书法家蔡襄之孙女、名相文彦博之外孙女，家学渊源有自。少年时连遭亲丧，茕然哀毁；苦读于昆山荐严资福禅寺，十年不出。在父亲同年好友王葆的督励下，于绍兴二十四年（1154）中进士。历知处州、静江、婺州、明州、建康、福州等州府，兴利除弊，政绩颇著。乾道六年（1170）曾出使金国，交涉收回河南陵寝与更改跪拜受书礼（时南宋皇帝须跪拜接受金国书札），慷慨抗节，从容应对，不畏强暴，几被杀，最终不辱使命，全节而归。淳熙五年（1178），从成都还朝，为参知政事，执政仅两月。一生宦游所至，北使幽燕，南至桂广，西达巴蜀，东薄鄞海，踪迹所及几大半个中国。淳熙九年（1182）辞官，卜居于苏州石湖别墅。绍熙四年（1193）九月五日卒，谥文穆。其著述丰富，有《石湖大全集》，已佚。今传《石湖居士诗集》《吴郡志》《揽辔录》《桂海虞衡志》等。

　　风神英迈的范成大乃一代名臣，文章政事，震耀一世。楼钥说他"胸中之有甲兵，世称小范之多才"，以之媲美北宋名臣范仲

[注释]

①萍乡，今江西萍乡市。

②酣酣，酣畅舒适之貌。日脚，日光穿过云层射到平地，其光束显出厚重的色泽，故称日脚。

③扶头，指困阶舆时，扶头入睡。

④縠纹，约纱似的皱纹。多用以比喻水的波纹。苏轼《临江仙》："夜阑风静縠纹平。"

⑤溶溶，水流和缓掠动之貌。泄泄，春波微荡之貌。

《绝妙好词》（《眼儿媚》）书影

范成大《西塞渔社图卷跋》，用笔老辣，圆熟劲挺，生意郁然。美国大都会艺术博物馆藏

淹。他工于为诗，与尤袤、杨万里、陆游齐名，号称"中兴四大诗人"。其诗多关心国事、关注民间疾苦之作，尤以田园诗著称。他颇精乐律，擅长词作，词风清雅平和，清逸淡远，清新明快，婉转可歌。今存《石湖词》一卷。

参读

　　州桥南北是天街，父老年年等驾回。忍泪失声询使者，几时真有六军来。——范成大《州桥》表达在金人统治下北方人民盼望收复河山的强烈愿望和怀念故国之情。清潘德舆谓此诗"沉痛不可多读。此则七绝至高之境，超大苏而配老杜矣"（《养一斋诗话》卷九）。

　　昼出耘田夜绩麻，村庄儿女各当家。童孙未解供耕织，也傍桑阴学种瓜。——作于石湖晚年的《四时田园杂兴》组诗六十首，分春、夏、秋、冬四组，描绘农村景物、风俗人情和农民生活，被誉为古代田园诗的典范。此首为《夏日田园杂兴》，写农民一家辛勤劳动的情景，亲切、淳朴，饶有趣味。

范成大题名

品题

　　训诂具两汉之尔雅，赋篇有杜牧之刻深，骚词得楚人之幽婉，序山水则柳子厚，传任侠则太史迁。至于大篇决流，短章敛芒，縟而不酿，缩而不僭，清新妍丽，奄有鲍、谢；奔逸隽伟，穷追太白。求其只字之陈陈，一倡之呜呜，而不可得也。今四海之内，诗人不过三四，而公皆过之无不及者。（杨万里《石湖居士诗集序》）

　　盖追溯苏、黄遗法而约以婉峭，自为一家，伯仲于杨、陆之间，固亦宜也。（《四库全书总目提要》卷一百九十八）

　　石湖词跌宕分流，都归于雅，所谓清空绮丽，兼而有之。姜、史、高、张

范成大像

而外，杳然寡匹。（江立《石湖词跋语》）

成大虽以诗雄一代，而词亦清雅莹洁，迥异尘嚣，小令更胜于长调。（何梦华抄本《石湖词》）

石湖词风神婉约，有元人先声……石湖词音节最婉转，读稼轩词后读石湖词，令人心平气和。（陈廷焯《云韶集辑评》卷五）

 # 低吟/浩唱

眼儿媚

［北宋］阮阅

楼上黄昏杏花寒，斜月小阑干。一双燕子，两行征雁，画角声残。绮窗人在东风里，无语对春闲。也应似旧，盈盈秋水，淡淡春山。

词人曾任钱塘幕官，与一营妓相恋，罢官去后，作此词寄去无尽相思。上片以形象鲜明的笔触绘词人伫立楼头所见春日黄昏幽静、凄寒之景，反衬出词人此际的无限孤寂，油然而生怀人的情思。下片从悬想对方着笔，仿佛词人从东风吹拂的绮窗里透视进去，窥见其人亭亭玉立于春风之中，悄然无语，默默地思念着远方征人。结处想象伊人还应似旧时惯见的那么娇妩，秀目清眉间蕴藏着缠绵之思，迷离惝恍，笔有余妍。全词构思巧妙，情思委婉、真挚，深切感人。黄昇谓阮阅小词"唯此篇见于世，英妙杰特，所谓百不为多，一不为少"（《唐宋诸贤绝妙词选》卷六）。

 参读

赵家姊妹，合在昭阳殿。因甚人间有飞燕。见伊底、尽道独步江南，便江北、也何曾惯见。惜伊情性好，不解嗔人，长带桃花

淡淡春山　佚名

无语，一作洒泪。

一说此词为左誉作。

阮阅字闳休，号散翁，又号松菊道人，舒城（今属安徽）人。元丰八年（1085）进士，历知郴州、袁州。擅长绝句，时号阮绝句。有《郴江百咏》《诗话总龟》。为以俗词写艳情的能手。存词六首。

宋徽宗赵佶《听琴图》，人物神态刻画细微，空间构局精心独绝，堪称北宋人物画代表作。故宫博物院藏

笑时脸。　　向尊前酒底，得见些时，似恁地、能得几回细看。待不眨眼儿、觑着伊，将眨眼底工夫，剩看几遍。——政和间，阮阅"官于宜春。官妓有赵佛奴，籍中之铮铮者。尝为《洞仙歌》赠之"（《能改斋漫录》卷十七）。《词林纪事》卷九引《宜春遗事》称："此词已为元曲开山矣。"

眼儿媚

[北宋] 赵佶

玉京曾忆昔繁华，万里帝王家。琼林玉殿，朝喧弦管，暮列笙琶。
花城人去今萧索，春梦绕胡沙。家山何处，忍听羌笛，吹彻梅花。

　　这首词作于被金兵掳去朔方途中，上片追忆当年汴京的无比繁华和大国帝王的非凡气派，下片抒写囚居胡沙绝域的悲苦和对故国的思念。全词采用强烈的对比手法，在昔盛今衰的深切悲叹中，真切地吐诉出这个亡国之君心中绵绵不尽的亡国之痛、故国之思，情词哀绝，悲壮苍凉。

参读

　　（二帝及后渐入沙漠之地）经行日久，一晚宿于林下，时月微明，有番酋吹笛，其声呜咽特甚。太上口占一词曰："玉京曾忆旧繁华……"歌成，谓帝曰："汝能赓乎？"帝乃继韵曰："宸传三百旧京华，仁孝自名家。一旦奸邪，倾天坼地，忍听琵琶。
　　而今在外多萧索，迤逦近胡沙。家邦万里，伶仃父子，向晓霜花。"歌毕，相持大哭。——宋佚名《南烬纪闻录》卷下

　　四十年来家国，三千里地山河。凤阁龙楼连霄汉，玉树琼枝作烟萝。几曾识干戈。　　一旦归为臣虏，沈腰潘鬓消磨。最是仓皇

宋赵佶《秾芳诗帖》。台北"故宫博物院"藏

辞庙日，教坊犹奏别离歌。垂泪对宫娥。——南唐李煜《破阵子》先追怀故国的丰饶河山、嘉裕基业与繁华逸乐，通过"几曾"陡转，然后记述归为臣虏之后的凄惨处境和当年辞别太庙的悲伤情景。家国沦亡之后的悲苦、愧疚、悔恨、绝望全由性灵肺腑中流出，如泣如诉，动人心魄。

宋徽宗像

赵佶（1082—1135）即宋徽宗。靖康元年（1126）冬，金兵攻破汴京，父子被俘。治国无能，艺术上却有非凡天赋，能诗擅词，熟谙音律，精通书法，自创"瘦金体"；工花鸟。

眼儿媚

[北宋] 朱淑真

迟迟春日弄轻柔，花径暗香流。清明过了，不堪回首，云锁朱楼。　午窗睡起莺声巧，何处唤春愁。绿杨影里，海棠亭畔，红杏梢头。

这首词写春愁，但词人并不是直露地倾诉，而以轻柔婉曼的笔调、流畅自然的语言，从声、色、暖意、香味多方面描绘春景，将春景写得清新婉丽，一派生机，进而在对春景的比衬联想中，让内心莫可名状的愁绪映照、弥漫出来，演绎为形象可感的画面。

秋波媚

[南宋] 陆游

七月十六晚登高兴亭望长安南山。

秋到边城角声哀，烽火照高台。悲歌击筑，凭高酹酒，此兴悠哉。　多情谁似南山月，特地暮云开。灞桥烟柳，曲江池馆，应待人来。

清郑文焯《陆游〈临安春雨初霁〉诗意图》

孝宗乾道八年（1172）七月十六月明之夜，词人在抗金前线南郑（今陕西汉中），登临高兴亭，满怀悠远意兴，远眺长安（今陕西西安），写下了这首洋溢着爱国激情的边塞词。上片以酣畅的笔墨，极写肃杀的秋风里，边城角声哀怨，烽火张天，映照高台，将士悲歌击筑，开怀畅饮，场面十分悲壮雄浑。下片则转以含蓄蕴藉的笔调，虚写沦陷中的霸桥烟柳、曲江池馆等都在翘盼王师归来，收复失地。全词寓劲健于清丽之中，允称佳构。

参读

霜日明霄水蘸空，鸣鞘声里绣旗红，澹烟衰草有无中。　万里中原烽火北，一尊浊酒戍楼东，酒阑挥泪向悲风。——南宋张孝

此词一说贺铸作，见《彊村丛书》本《东山词补》。"晚来"作"萧萧"，"珠泪"作"新雁"，"如今"作"今宵"。

清沙馥《芭蕉美人图》，绘葱茏苍翠的芭蕉下一女子独坐凝眸，神情淡然。徐悲鸿纪念馆藏

祥《浣溪沙·荆州约马举先登城楼观塞》抒写因观塞而激起的对中原沦陷的悲痛之情，意绪悲凉，词气雄健，而蕴蓄深厚。

眼儿媚

［北宋］张孝祥

晚来江上荻花秋，做弄个离愁。半竿残日，两行珠泪，一叶扁舟。　须知此去应难遇，直待醉方休。如今眼底，明朝心上，后日眉头。

这首词写晚秋江边送别。上下两片都围绕一个"愁"字着笔，在虚实结合中渲染出悲切的、无尽的愁思，透露出送别人与远行者之间浓挚的情意。全词淡淡着墨，凄婉、细腻，读来令人黯然销魂。

眼儿媚

［南宋］石孝友

愁云淡淡雨萧萧，暮暮复朝朝。别来应是，眉峰翠减，腕玉香销。　小轩独坐相思处，情绪好无聊。一丛萱草，数竿修竹，几叶芭蕉。

这是一首怀人词，深刻诚挚地刻画了词人在绵绵不断的春雨中的寂寥况味和思恋情人的心情。上片写忆念，推想别后对方也被相思所折磨的模样，笔端饱含体贴关切之情；下片专从自己方面来叙相思。结三句以"萱草""修竹""芭蕉"三种物象来暗示内心难以排遣的愁绪，语淡味浓，用笔潇洒，有悠然不尽之妙。

眼儿媚　梅词和傅参议韵

［南宋］黄公度

一枝雪里冷光浮，空自许清流。如今憔悴，蛮烟瘴雨，谁肯寻搜。　昔年曾共孤芳醉，争插玉钗头。天涯幸有，惜花人在，杯酒相酬。

词人因与赵鼎友善，为秦桧所忌，被贬至岭南，通判肇庆府，摄知南恩州。这首词以梅之傲雪凌霜的高洁品性自况，并表达与知友声气相通的真挚感情。陈廷焯谓此首"情见乎词矣，而措语未尝不忠厚"（《白雨斋词话》卷一）。

眼儿媚

［南宋］洪咨夔

平沙芳草渡头村，绿遍去年痕。游丝下上，流莺来往，无限销魂。　　绮窗深静人归晚，金鸭水沉温。海棠影下，子规声里，立尽黄昏。

这首词通过秀丽春景的描写，透露了闺中少妇的怀人幽思。结尾三句尤为传神。暮色溟蒙中，婆娑摇曳的海棠树影之下，哀啭啼血的杜鹃声里，一位伫立翘首、久盼意中人归来的痴情少妇呼之欲出。全词用笔舒畅圆转，格调清丽淡雅，感情真挚动人，读来意韵悠长，饶有风致。

 参读

狐鼠擅一窟，虎蛇行九逵。不论天有眼，但管地无皮。吏鹜肥如瓠，民鱼烂欲糜。交征谁敢问，空想素丝诗。——洪咨夔《狐鼠》笔锋犀利，讥刺贪官，最为淋漓痛快。

眼儿媚　醴泉和高斋《过炀帝故宫》

［元］耶律铸

隔江谁唱《后庭花》，烟淡月笼沙。水云凝恨，锦帆何事，也到天涯。　　寄声衰柳将烟草，且莫怨年华。东君也是，世间行客，知过谁家。

这是一首酬和友人高斋的怀古词。上片吟咏史实，化用杜牧、李商隐等前代诗人诗句，慨叹陈后主、隋炀帝豪奢亡国，遗恨千古。下片由历史转入现实，因眼前的衰败之景感慨年华易逝，进而催出人生如寄、遇合难期之叹。全词立意高远，襟怀洒脱，精警遒劲，颇具哲思。

眼儿媚　秋思

［明］刘基

萋萋芳草小楼西，云压雁声低。两行疏柳，一丝残照，万点鸦栖。　　春山碧树秋重绿，人在武陵溪。无情明月，有情归梦，同到幽闺。

这首词以"缘情布景"之法，即景抒情，极写晚秋闺中深深的

子规声里，立尽黄昏
清《飞鸿堂印谱》

金鸭，鸭形香炉。唐戴叔伦《春怨》："金鸭香消欲断魂，梨花春雨掩重门。"

洪咨夔（1176—1236）字舜俞，号平斋，於潜（今浙江临安）嘉前人。嘉定进士。官至刑部尚书。词风清疏淡雅，有《平斋文集》三十二卷，《平斋词》一卷。

醴泉，即今陕西省礼泉县，因其境内有后周醴泉宫而名。

南朝陈后主陈叔宝与其朝臣按曲造词，夸赞张贵妃、孔贵嫔之美色，男女唱和，情致轻靡而其音甚哀，名《玉树后庭花》。

锦帆，指隋炀帝的御船，以锦帛为帆，足见豪奢之极。

耶律铸（1221—1285）字成仲，耶律楚材子。官至中书省左丞相。有《双溪醉隐集》。

清王翚《秋树昏鸦图》，描绘寒秋日暮、万物萧疏的自然景象。画中那群归巢栖息的乌鸦，鸣叫声伴着淙淙的流水声，为深秋黄昏的山林注入一片生机。故宫博物院藏

相思幽怨。上片写楼头秋色。"两行"三句，渲染出秋天的萧索肃杀。过片转以虚笔写秋闺念远。"无情"三句，伤心语而以平常语出之，更见深挚感人。

眼儿媚

[清]厉鹗

一寸横波惹春留，何止最宜秋。妆残粉薄，矜严消尽，只有温柔。　　当时底事匆匆去，悔不载扁舟。分明记得，吹花小径，听雨高楼。

这首词通过往事的美好回忆，抒写对恋人的追怀。上片极力勾勒出记忆中的恋人形象。她天生丽质，率真活泼，妩媚动人，尤其那一双秋波流转的眸子更是勾魂摄魄，惹人情怀。下片写失去恋人后的自责、自悔。往日并肩在花径散步、双双在高楼上听雨的缠绵欢情每一忆及，徒增怅恨。全词用笔简约，幽隽秀美。

眼儿媚

[清]王鹏运

青衫泪雨不曾晴，衰鬓更星星。苍茫对此，百端交集，恨满新亭。　　雁声遥带边声落，万感入秋灯。风沙如梦，愁挥绿绮，醉拂青萍。

"新亭"之泪，故国之思，占据了作者心中所有的空间，对着一盏孤灯，百感交集，回天无力，只有在醉中打发痛苦的时光。作者写得凄婉含蓄，真是"芒角撑肠，清寒入骨"。

词林逸事

临川王氏家学虽不以词见长，但偶一出手便不同凡响，王安石的《桂枝香》笔力峭劲，早为东坡所叹赏；其次子的《眼儿媚》、长子的《倦寻芳慢》亦脍炙人口。

次子王旁也喜作诗，有一首绝句云："杜家园上好花时，尚有梅花三两枝。日暮欲归岩下宿，为贪香雪故来迟。"王安石友人俞秀老对此诗称赏不已，谓"绝似唐人"（《临川先生文集》卷七十一）。

可惜的是，王旁素有精神疾病。他娶同郡庞氏女为妻，逾年即产一子。这孩子长得不像自己，王旁便由此产生偏执妄想，怀疑妻子庞氏的忠贞，竟然千方百计地想杀了孩子，最后这孩子被惊吓致死。可怜庞氏凄苦不堪，一面承受失子之痛，一面还要忍受丈夫无端的寻衅吵闹。王安石同情儿媳的遭遇，知道王旁的心疾无法治疗，便让他们离异，但考虑到儿媳并没有过错，又怕休掉她会败坏她的名声，遂为她挑选好夫婿改嫁。后来王安石与朋友提到此事颇为无奈，说"旁妇已别许人，亦未有可求昏处，此事一切不复关怀"（《王文公文集》卷四）。

王旁待到妻子别嫁成真清醒过来后，也颇为伤情，然而事已无可挽回，可奈之何？只有把伤离的痛苦和不尽的思念寄托在词中，于是写下了一首《秋波媚》：

> 杨柳丝丝弄轻柔，烟缕织成愁。海棠未雨，梨花先雪，一半春休。　而今往事难重省，归梦绕秦楼。相思只在，丁香枝上，豆蔻梢头。

宋佚名《杨柳溪堂图》，绘江南春日景色。远山如黛，楼阁临水而建。人物傅彩，神态宛然。故宫博物院藏

词写得蕴藉婉媚，结尾三句寄相思于丁香的花蕾与豆蔻的枝头，更是情思缠绵，含愁无限。

宋人笔记多将王旁误为王雱。其实王雱是王安石的长子，更是才华横溢，著有《道德真经注》《南华真经新传》，是一个著名的道学家，不屑于作词。但有一次，有人取笑他不会作词，自负的王雱沉吟片刻，即兴挥毫，填了一首《倦寻芳慢》：

> 露晞向晚，帘幕风轻，小院闲昼。翠径莺来，惊下乱红铺绣。倚危墙，登高

榭，海棠经雨胭脂透。算韶华，又因循过了，清明时候。　倦游燕，风光满目，好景良辰，谁共携手。恨被榆钱，买断两眉长斗。忆高阳，人散后，落花流水仍依旧。这情怀，对东风，尽成消瘦。

　　这首词咏春愁，写得韵致翩翩，妩媚动人，令时人叹服。但他从此不再填词，这首词便成他的孤篇。

倚声依谱

　　《眼儿媚》又名《秋波媚》。北宋新声，阮阅词为创调之作。四十八字，前片三平韵，后片二平韵。此调为重头曲，但后片首句不入韵。音节极为柔婉，宋人多用以写恋情。

【定格】
平仄平平仄平平，中仄仄平平。
中平中仄，中平中仄，中仄平平。

中平中仄平平仄，中仄仄平平。
中平中仄，中平中仄，中仄平平。

《词谱》（《眼儿媚》）

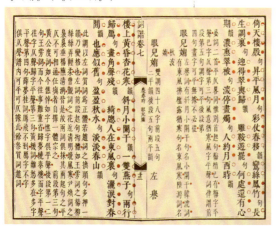

好事近

未是秋光奇绝，看十五十六

好事近
七月十三日夜登万花川谷望月作

[南宋] 杨万里

月未到诚斋①，先到万花川谷②。不是诚斋无月，隔一庭③修竹。　　如今才是十三夜，月色已如玉。未是④秋光奇绝，看十五十六。

临风赏读

这是一首看似明白如话，实则景、情、意、趣俱佳的咏月妙品。

清秋夜，词人步出诚斋，独自登眺万花川谷，但见碧空如洗，银辉流洒，一派澄明、静谧，好不畅快！词人触景生情，思绪奔涌：同是一轮明月，为何皎洁的月光尚未照进诚斋，却照到了万花川谷？呵呵，原来不是诚斋无月，而是诚斋前面有一片幽篁掩映，遮蔽了月光。——上片先巧设悬念，掀动波澜，逗出情趣，然后宕开一笔，凌空飞出"不是""无月"二词，令人悬念顿消。

下片再掀波澜。今夜才是十三，月色已莹莹如玉。可若到秋光奇艳的十五十六，它定然更不寻常！一个"未是"竟劈面而来，将现实的月同遥想的月两相辉映，各各的妙处，勾人遐思，真可谓一步一变，清趣无穷。

全词初读之下，似信手拈来，并无奇特之处，但慢慢品味咀嚼，则久而知味。有人说，他写月真是一派活法奇情，一片天机云锦，一般创意新机，而月的玉洁冰清，也是他的人格情操的折射与写照。

冷望高书《好事近》

古今汇评

屠　隆：杨万里不特诗有别才，即词亦有奇致。其《好事近》云："月未到诚斋……"昔人谓东坡词是曲子中缚不住者，廷秀词又何多让。乃知有气节人，笔墨自然不同。（王弈清等《历代词话》卷七）

李济阳：这首词……在写月，但又不全在写月，更重要的，他是在借月写人。不然就不好理解在月光朗照之下可写之物很多而作者偏要写他的园、他的竹、他的斋的原因。应当说，这些环境既是作者生活情趣的表现，也是他精神世界的窗口。花的芬芳，竹的正直，还有书斋所象征的博学，以及用来作比喻的玉的坚和洁，都透露出一种高贵而雅洁的审美趣味，而清寒如玉的月光也就寓蕴了更丰富的人格象征意义。（唐圭璋等《唐宋词鉴赏辞典·南宋辽金卷》）

[注释]
①诚斋，杨万里自名在江西吉水的书室。
②万花川谷，在诚斋不远处，乃杨万里自名的花圃。
③庭，庭院。
④未是，还不是。

参读

老夫渴急月更急，酒落杯中月先入。领取青天并入来，和月和天都蘸湿。天既爱酒自古传，月不解饮真浪言。举杯将月一口吞，举头见月犹在天。老夫大笑问客道："月是一团还两团？"酒入诗肠风火发，月入诗肠冰雪泼。一杯未尽诗已成，诵诗向天天亦惊。焉知万古一骸骨，酌酒更吞一团月。——杨万里的《重九后二日同徐克章登万花川谷，月下传觞》，其奇特新创的妙想、旷达豪逸的胜概，在古代咏月佳作之林中，可谓一枝特秀。对这一作品，他自己也颇为自得，常向人朗诵，并说"老夫拙作，自谓仿佛李太白"。

宋夏珪《梧竹溪堂图》。梧桐修竹掩映下的山斋中，一人端坐于榻上，若有所思。屋前栏杆勾连，山石突兀。群峰若隐若现。全图笔法苍老劲健，下笔急速笔断，但气韵清幽高逸。故宫博物院藏

杨万里像

明周臣《闲看儿童捉柳花诗意图》，写杨万里《闲居初夏午睡起》诗意。山中一隅，柳荫庭院，一童仰首张嘴，另两童在奔跑捕捉柳花。午睡后的高士，正慢慢走出茅轩，闲立旁观。孩童嬉戏的意趣和柳絮的轻盈表现得淋漓尽致。台北"故宫博物院"藏

词人心史

杨万里（1127—1206）字廷秀，自号诚斋，吉州吉水（今属江西）人。绍兴二十四年（1154）进士。历任太常博士、广东提点刑狱、尚书左司郎中兼太子侍读、秘书监等，官至宝谟阁学士。他主张抗金，收复失地，以秉性刚直、遇事敢言而累遭贬抑，晚年闲居乡里长达十五年之久。宁宗时因奸相专权误国，忧愤而死。

杨万里一生志节颇受抗金宿臣名将张浚和名臣胡铨的影响。在永州零陵丞任上，他所仰慕的张浚正谪居永州，"杜门谢客"，"万里三往不得见，以书力请，始见之，浚勉以'正心诚意'之学"（《宋史》卷四百三十三）予以教诲，杨万里将其读书之室命名曰"诚斋"，并终身奉浚为师。当时，胡铨也自衡州来访张浚，万里始得以师事胡铨。张、胡两人"无一语不相勉以天人之学，无一念不相忧以国家之虑也"（杨万里《诚斋集》卷一百一《跋张魏公答忠简胡公书十二纸》）。

杨万里学问渊博，才思健举。诗与尤袤、范成大、陆游齐名，并称南宋"中兴四大诗人"。其诗所见独特，构思新巧，语言晓畅，描写细腻，诙谐幽默，生动洒脱，自成一家，时称"诚斋体"。传有诗二万余首，现存诗四千二百余首。著有《诚斋集》《诚斋易传》，今存。词有《彊村丛书》辑为《诚斋乐府》一卷。其词风格清新、活泼自然，与诗相近。

参读

梅子留酸软齿牙，芭蕉分绿与窗纱。日长睡起无情思，闲看儿童捉柳花。——杨万里《闲居初夏午睡起》。周密说："极有思致。诚斋亦自语人曰：'功夫只在一捉字上。'"（周密《浩然斋雅谈》卷中）

船离洪泽岸头沙，人到淮河意不佳。何必桑干方是远？中流以北即天涯。——杨万里《初入淮河四绝句》之一，忧时伤国，寄托遥深。

低吟/浩唱

好事近

[北宋] 魏夫人

雨后晓寒轻，花外早莺啼歇。
愁听隔溪残漏，正一声凄咽。
不堪西望去程赊，离肠万回结。不似
海棠阴下，按《凉州》时节。

　　这是一首伤离之作，围绕"愁
听残漏"这一生活细节，展现了幽闺梦醒的思妇怀念远人的满怀离
绪和万转离肠。全词清新雅丽，含蓄凄婉。

清改琦《晓寒图》

《凉州》、《凉州曲》，为唐代
边塞之乐，声情比较悲凉。

好事近　梦中作

[北宋] 秦观

春路雨添花，花动一山春色。行到小溪深处，有黄鹂千百。
飞云当面舞龙蛇，天矫转空碧。醉卧古藤阴下，了不知南北。

　　这首词题为"梦中作"，系借绚丽而又奇幻的梦境，隐托痛绝
的情怀。词人的梦魂漫游在山间，一路上春雨霏霏，山花摇曳，拂
动满山春色烂漫，色彩缤纷，春光多么柔媚。词人沿着潺潺小溪，
缓步行进，来到密林深处，只见千百只黄鹂在自由地飞翔，悠闲自
得地喧腾鸣啭。再仰望碧空，更见飞云走雾，龙蛇幻化，天矫劲
舞。结拍两句，才点出原来正醉卧于古藤阴下，酣然梦中，迷蒙间
莫辨东西南北，忘却了人世。整首词出语奇警，意境空蒙幽渺，充
满浪漫、奇诡的色彩。

　　此词名扬于时，苏轼、黄庭坚都有题跋；后世读者也莫不为
之击节叹赏。明人卓人月说"此词如鬼如仙"（《古今词统》卷
五），清人陆云龙评此首曰"奇峭"（《词菁》卷二），陈廷焯则
曰"笔势飞舞"（《词则辑评·别调集》卷一）。

宋陈容《九龙图》（局部），绘
矫龙翻腾于白浪苍茫间。美国波士顿
美术馆藏

 参读

　　秦少游在处州，梦中作长短句曰："山路雨添花……"后南
迁，久之，北归，逗留于藤州，遂终于瘴江之上光华亭。时方醉

起，以玉盂汲泉欲饮，笑视之而化。——《苕溪渔隐丛话》前集卷五十引

蛮石，清溪侧。马上轻衫寒恻恻。模糊一片烟光白，浅水淙淙数尺。小桥尽处青山隔，惊起鹧鸪千百。——清李继燕《调笑令·响水塘早行》写岭南山水，清新如画。末二语可与秦观《好事近》词"行到小溪深处，有黄鹂千百"媲美。

好事近　渔父词

〔南宋〕朱敦儒

摇首出红尘，醒醉更无时节。活计绿蓑青笠，惯披霜冲雪。　　晚来风定钓丝闲，上下是新月。千里水天一色，看孤鸿明灭。

词人前后作渔父词（均调寄《好事近》）六首，是其晚年退居嘉禾（今浙江嘉兴）鸳鸯湖畔恬淡自适的隐逸生活的写照，梁启超评赞这组词"飘飘有出尘想，读之令人意境翛远"（《饮冰室评词》乙卷）。这是其中的一首，在轻描淡写中一位醒醉无时、披霜冒雪、自由自在的渔父形象跃然纸上，而清雅俊朗的画面又流露出一股旷逸不群的风致，意境高远、空灵。

 参读

钓得鳊鱼不卖钱，瓷瓯引满看青天。芳树下，夕阳边，睡觉芦花雪满船。——明刘基《渔父词》写渔翁疏放兀傲之态可掬，将其高远的情思化为清空的意境，借以表达洒脱淡雅的意趣，颇得朱敦儒词的风神。

曾去钓江湖，腥浪黏天无际。浅岸平沙自好，算无如乡里。从今只住鸭儿边，远或泛苕水。三十六陂秋到，宿万荷花里。——清李符效朱敦儒《渔父词》作《钓船笛》十一首，以轻快恬远的笔墨抒写抑郁情怀，语似轻脱旷逸，而意实凝重深沉，故陈

宋佚名《雪峰寒艇图》，写雪后寥廓江山。远处一片空濛，近处老树枝条纷披，随风摇曳。江上一叶孤舟，一渔翁披蓑戴笠，逆风撑舟而行。构图高远辽阔，笔势雄浑奔放。上海博物馆藏

三十六陂秋色　陈巨来

唐杜牧《齐安郡后池绝句》："尽日无人看微雨，鸳鸯相对浴红衣。"

惹，同"偌"，如此，这样。
布帆，布制的船帆。布帆无恙，旅途平安，没出事故。

吕渭老（一作滨老）字圣求，嘉兴（今属浙江）人。宣和间曾为朝士。早期词作多秀婉，后身逢国难，转为雄放悲壮。有《吕圣求词》。

廷焯认为"别有感喟，于朱希真五篇外，自树一帜"（《白雨斋词话》卷三）。这首是其中的名篇。

好事近

[南宋]廖世美

落日水熔金，天淡暮烟凝碧。楼上谁家红袖，靠阑干无力。　　鸳鸯相对浴红衣，短棹弄长笛。惊起一双飞去，听波声拍拍。

这首词写男女恋情。词中画面出现两人，一为在楼上扬起耀眼的红袖的凭栏女子，一为荡一叶扁舟的弄笛人。弄笛人意欲吹箫引凤，不料却惊鸳鸯飞去。他们的恋情将如何发展？结局会是怎样？词人留给读者去想象。词绘景写人，有声有色，生动活泼，含蓄不尽。

好事近

[南宋]李清照

风定落花深，帘外拥红堆雪。长记海棠开后，正伤春时节。　　酒阑歌罢玉尊空，青釭暗明灭。魂梦不堪幽怨，更一声啼鴃。

这首词上片侧重由景生情，为落花而慨叹，而伤春。下片则自然过渡到闺中孤寂的幽怨。整首词在从容平静中淡淡说来，缓缓揭示内心的离别愁思。篇末以"鴃"啼作结，使该词凄清哀怨的色调更显凝重。

好事近

[南宋]吕渭老

飞雪过江来，船在赤栏桥侧。惹报布帆无恙，著两行亲札。　　从今日日在南楼，鬓自此时白。一咏一觞谁共，负平生书册。

这首词是词人南渡平安抵达后，写给友人的。上片写抵达江南并报平安。下片抒发不能为国立功，辜负平生读书素志的愤懑与懊恼。词虽简短平实，爱国之情却极为强烈深切。

清任颐《渔父图》（局部），绘渔父独立于河岸上举目远望，在空旷无际的背景衬托下显得更加孤寂萧索。上海博物馆藏

宋佚名《松阴策杖图》。茵茵绿草的湖岸苍松下，一白衣士人策杖悠然而行，僮仆携琴紧随其后。对岸青山叠嶂，树木成阴，一派生机盎然。故宫博物院藏

好事近　汴京赐宴闻教坊乐有感

［南宋］韩元吉

凝碧旧池头，一听管弦凄切。多少梨园声在，总不堪华发。　　杏花无处避春愁，也傍野烟发。惟有御沟声断，似知人呜咽。

宋孝宗乾道八年（1172）十二月，词人作为正使前往金朝祝贺次年三月初一的万春节（金主完颜雍生辰）。行至汴梁（时为金人的南京），金人设宴招待。席间，词人听到了过去北宋的宫廷音乐，万感交集，怆然有怀，随后赋下这首小词，并寄给了陆游。词中将杏花、御沟拟人化，表达自己对故都沦陷，中原长久不能恢复的无比深沉的隐痛和悲慨。唐圭璋评此首说："起言地，继言人；地是旧地，人是旧人，故一听管弦，即怀想当年，凄动于中。下片，不言人之悲哀，但以杏花生愁、御沟呜咽，反衬人之悲哀。用笔空灵，意亦沈痛。"（《唐宋词简释》）

凝碧池，在洛阳禁苑内。这里借指汴京故宫。据《明皇杂录》记载，天宝末年，安禄山叛军攻陷东都洛阳，大会凝碧池，令梨园子弟演奏乐曲，他们皆歔欷泣下，乐工雷海青则掷乐器于地，西向大恸。安禄山暴跳如雷，下令将雷海青在试马殿前肢解示众。诗人王维在被囚禁中闻讯，凄然作诗："万户伤心生野烟，百官何日再朝天？秋槐叶落深宫里，凝碧池头奏管弦。"

柳栗，印度语"刺竭节"的异译，僧徒用的杖。

好事近

［南宋］陆游

秋晓上莲峰，高蹑倚天青壁。谁与放翁为伴，有天坛轻策。
铿然忽变赤龙飞，雷雨四山黑。谈笑做成丰岁，笑禅龛柳栗。

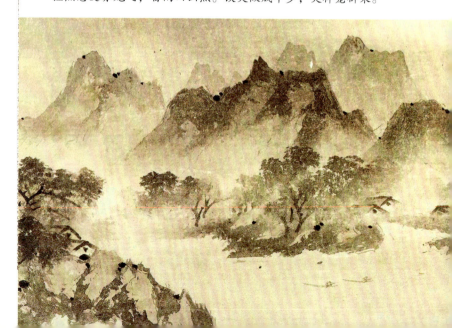

这是一首风格雄奇豪迈的作品。上片，奇特地想象自己持着天坛藤杖趁着清爽的秋晨，登上莲花峰顶，踏在倚天峭立的悬崖上。下片，幻想手中的龙杖在雷雨交加的天空中飞翔，铿地一声，天坛杖顿时化成赤龙腾起，雷声大作，四边山峰黑成了一片。谈笑间，甘霖普降，禾苗茁壮成长，给人们成就一个丰年。词中表达了渴望以经世济民之才、化及时雨，让百姓丰衣足食的宏愿。

好事近　咏梅

[南宋] 陈亮

梅花入梦香　清《飞鸿堂印谱》

的皪两三枝，点破暮烟苍碧。好在屋檐斜入，傍玉奴吹笛。

月华如水过林塘，花阴弄苔石。欲向梦中飞蝶，恐幽香难觅。

这首咏梅词以凝练的画笔，似不经意地点染出屋角檐下那两三枝寒梅的秀洁、绰约风姿，并别出心裁地以梦中化蝶、追踪香迹抒发自己对梅的喜爱和追求之情，将梅的品格和词人的心境交织在一起来写，可谓独具一格，颇出新意。

的皪，鲜明。

孙居敬名杓，字居敬，号畸庵。东阳（今属浙江）人。淳熙十四年（1187）进士。

好事近　渔村即事

[南宋] 孙居敬

买断一川云，团结樵歌渔笛。莫向此中轻说，污天然寒碧。

短篷穿菊更移杗，香满不须摘。搔首断霞夕影，散银原千尺。

这首词描绘了一派宁静恬适的渔村晚景，个中透露出词人对闲适隐逸生活的向往。

宋牧溪（传）《渔村夕照图》（局部），巧妙地利用水墨的浓淡留余白的技法，描绘一小渔村隐没于险峻山峦之中，三条光带自云隙间穿泻而下，开阔的湖面只见数叶渔舟，有一种空濛清寂的韵味。日本根津美术馆藏

元周朗《杜秋娘图》（局部）。
故宫博物院藏

金缕，即《金缕衣》，传为
唐杜秋娘所作。其词云："劝君
莫惜金缕衣，劝君惜取少年时。
花开堪折直须折，莫待无花空折
枝。"

蒋子云字元龙。生卒不详。

银钩，指书法笔姿之遒劲多
姿。《晋书》卷六十："盖草书之
为状也，婉若银钩，飘若惊鸾。"

高登（1104—1159）字彦先，
漳浦（今属福建）人。绍兴进士。
曾任归善令。后以事触怒秦桧，
编管容州。有《东溪词》。

雷应春字春伯，郴州人，嘉
定十年（1217）进士，擢监察御
史，有《洞庭集》。

鲜鲜霜中菊（韩愈《秋怀
诗》句） 吴昌硕

刘子寰字圻父，建阳（今属
福建）人。嘉定进士。官至观文
殿学士。词有辑本《篁嵊词》。

好事近

[南宋]蒋子云

叶暗乳鸦啼，风定乱红犹落。蝴蝶不随春去，入熏风池阁。

休歌《金缕》劝金卮，酒病煞如昨。帘卷日长人静，任杨花飘泊。

这首词写晚春初夏景色，以抒闲雅之情。乳鸦、乱红、熏风、长日、杨花，皆春夏之交景象，错综写来，风光迷丽。词虽写到暮春，但不坠入伤春的窠臼，而是卷帘独看晚春风色，一任杨花柳絮，蒙蒙飞尽。故俞陛云说："当春尽花飞，依然病酒，而绝不作伤春语，如诵渊明诗，气静神恬，令人意远。"（《唐五代两宋词选释》）

好事近　又和纪别

[南宋]高登

饮兴正阑珊，正是挥毫时节。霜干银钩锦句，看壁间三绝。

西风特地飒秋声，楼外触残叶。匹马翩然归去，向征鞍敲月。

这首送别词一洗惯常的悲酸之态，着意描绘临别之际饮酒挥毫、吟诗作赋、品评书画的逸兴遄飞的场面和萧瑟秋风中友人翩然归去的洒脱、飘逸的风采。音调爽朗，意境新颖，别具一格。

轮台东门送君去，去时雪满天山路。山回路转不见君，雪上空留马行处。——唐岑参《白雪歌送武判官归京》

好事近

[南宋]雷应春

梅片作团飞，雨外柳丝全湿。客子短篷无据，倚长风挂席。

回头流水小桥东，烟扫画楼出。楼上有人凝伫，似旧家曾识。

这首词是写在梅片纷飞，细雨绵绵的日子里，久客他乡的游子扬帆归来。转眼间小篷船穿越小桥流水，烟消雨霁，回望画楼高耸。远望有位佳人，伫立高楼上，还像是似曾相识。结拍尤妙。

好事近

[南宋]刘子寰

秋色到东篱，一种露红先占。应念金英冷淡，摘胭脂浓染。

依稀十月小桃花，霜蕊破霞脸。何事渊明风致，却十分妖艳。

这是一首极少见的格调高雅、耐人咀嚼寻味的咏红菊之作，词中对于红菊傲霜、卓然不群品格的推重与钦佩之情表露得淋漓尽致。

宋佚名《卢仝烹茶图卷》，描绘卢仝得好友孟荀送来的新茶，并当即烹尝的情景。意境萧散清远，令人有出尘之想。故宫博物院藏

好事近 次蔡丞相韵

[金] 元德明

梦破打门声，有客袖携团月。唤起玉川高兴，煮松檐晴雪。蓬莱千古一清风，人境两超绝。觉我胸中黄卷，被春云香彻。

这是步金朝丞相蔡松年词原韵之作，词中多檃栝唐人卢仝（号玉川子）《走笔谢孟谏议寄新茶》诗意，上片叙有客携茶来访，主客趁雪煮茶的欢愉；下片写品茶后心境。全词疏淡超逸，充盈着高士风神散朗的情怀。

元德明（1159—1206）号东岩，太原秀容（今山西忻州）人。累举不第，放浪山水间。其诗清美圆熟，无山林枯槁之气。词仅存此一首。

好事近

[元] 赵可

密雪听窗知，午醉晚来初觉。人与胆瓶梅蕊，共此时萧索。倚窗闲看六花飞，风轻止还作。个里有诗谁会，满疏篱寒雀。

全词抒写赏雪品梅的逸趣，由醉后初觉的凝神谛听到移步倚窗闲看，境界心情屡变，景小意深。

赵可字献之，号玉峰散人，高平（今属山西）人。贞元进士。官至翰林直学士。其词豪放、婉约兼备。有《玉峰散人集》，已佚。词入《中州乐府》。

清任预《春水照影图》

好事近

[明] 汤显祖

帘外雨丝丝，浅恨轻愁碎滴。玉骨近来添瘦，趁相思无力。　小虫机杼隐秋窗，黯淡烟纱碧。落尽红灰池面，又西风吹急。

这首词写秋闺思妇的幽愁暗恨，却不说明愁恨的具体内容，也不描写女子的服饰姿态，只以景物映衬心情，因而更见深美流婉。

万树（1630—1688）字红友，号山翁，宜兴（今属江苏）人。诸生。康熙间入两广总督吴兴祚幕。工词善曲，其词以情驭笔，清逸疏放，雅韵与俗美兼具。有《香胆词》。又精词学，编纂《词律》，被誉为"词宗护法"。

龚翔麟像

龚翔麟（1657—1718）字天石，号蘅圃，仁和（今浙江杭州）人。康熙副贡生。由工部主事累迁御史。工词，与朱彝尊等合称"浙西六家"，有《红藕庄词》。

好事近

[清] 万树

忍泪送君行，江上青山斜矗。别酒一杯还暖，恨风帆催促。

无情画舸疾于飞，一水渐拖绿。欲上小楼凝望，又垂杨遮目。

这首词写别情，于送别之际，殷殷注目友人画船归去的情态毕现。全词不雕琢不涂饰，纯真自然，生动活泼。

好事近

[清] 陈维崧

夏日史蘧庵先生招饮，即用先生喜余归自吴阊过访原韵。

分手柳花天，雪向晴窗飘落。转眼葵肌初绣，又红攲栏角。

别来世事一番新，只吾徒犹昨。话到英雄失路，忽凉风索索。

这首词忆分手，记相见，重在抒怀。上片写景，窗外柳絮飘落，转眼葵花新开，栏角花事正盛。下片抒发感慨。"只吾徒犹昨"，写出了怀才不遇的牢骚。末二句陡然出以奇幻之笔，令小词通体振起，由极平淡化为极奇崛，尤为读者传诵。吴梅说："平叙中峰峦叠起，力量最雄，非余子所能及也。"（《词学通论》）

好事近　沂水道中

[清] 龚翔麟

极目总悲秋，衰草似黏天末。多少无情烟树，送年年行客。

乱山高下没斜阳，夜景更清绝。几点寒鸦风里，趁一梳凉月。

这首词写行旅途中的悲凉心境，颇有空灵风致。

好事近

[清] 邓廷桢

云母小窗虚，窗滤金波疑湿。摇曳柳烟如梦，荡一丝寒碧。

天涯犹有未归人，遥夜耿相忆。料得平沙孤艇，听征鸿嘹呖。

这首词写思归情怀。谭献曰："韵胜。"（《箧中词·今集续》卷一）

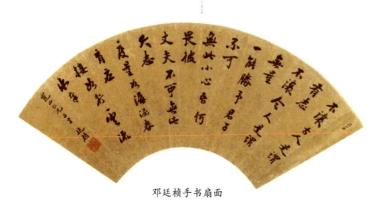

邓廷桢手书扇面

好事近

[清] 周之琦

舆中杂书所见,得四阕。

杭苇岸才登,行入乱峰层碧。十里平沙浅渚,又渡头人立。
笋将摇梦上轻舟,舟尾浪花湿。恰好乌篷小小,载一肩秋色。
(自获鹿至井陉,日三四问渡。)

诗句夕阳山,扇底故人曾说。好是固关西去,看万山红
叶。　翠蛟潭上认题名,屐齿为君折。蓦地藓花浓处,出一双胡
蝶。(陈受笙画扇赠行,题诗有"好山都在固关西"之句。)

峻坂怯肩舆,引绳两行犹弱。几日牵船岸上,只薄帆难着。
一声璧月大堤头,旧梦定谁托。何似春风天半,挽秋千红索。
(入太行道中,舆前以索挽之。)

引手摘星辰,云气扑衣如湿。前望翠屏无路,忽天门中辟。
等闲鸡犬下方听,人住半山侧。行踏千家檐宇,看炊烟斜出。
(南天门尤陡峻,人多凿窑而居。)

这组词写太行景色,情景俱佳,极富情致,独具特色。

好事近　湘舟有作

[清] 文廷式

翠岭一千寻,岭上彩云如幄。云影波光相射,荡楼台春绿。
仙鬟撩鬓倚双扉,窈窕一枝玉。日暮九疑何处,认舜祠丛竹。

这首词写在湖湘舟行中所见水光山色。翠岭彩云,波光荡绿,
加上传说中窈窕如玉的仙女,构成一幅充满明丽而奇幻的画面,又洋
溢着怀古的悠思,极富情韵。王瀣《手批云起轩词钞》云:"秾绝!"

～ 词林逸事

绍兴八年(1138)秦桧再次入相主和,派王伦往金议和,朝
野舆论一片哗然。身为枢密院编修官的胡铨满怀激愤地写下了著名
的《戊午上高宗封事》,说:"臣备员枢属,义不与桧等共戴天。

傅抱石《二湘图》,绘娥皇、女
英(湘君、湘夫人)迎风而立,体态
婀娜,眼中流露出和蔼、安详的神
情。整幅作品笔简意远,潇洒入神,
给人以灵动、飘逸之美。曹氏默斋藏

杭苇,语出《诗经·河广》
"一苇杭之。"苇原指草束,引申
为小舟。杭,通"航"。

笋将,语出《公羊传·文
公十五年》:"笋将而来也。"笋,
竹舆。

九疑,即九嶷山,又名苍梧
山,在湖南省永州市宁远县境内,
有九峰耸立,舜源峰居中,娥皇、
女英、潇韶等八峰,拔地而起,
如众星拱月,簇拥着舜源峰。

朱熹《朱子语类》卷一百零九："如胡邦衡（邦衡，胡铨字）之类，是甚么样有气魄！做出那文字是甚豪壮！"

"豺狼当辙"即"豺狼当道"，语出《东观汉纪·张纲传》"豺狼当道，安问狐狸！"

"近"是词的种类之一，属一套大曲中的一个曲调。自词和音乐分离，此字只是某个词牌名称的组成部分，已无实际意义。

《词谱》（《好事近》）

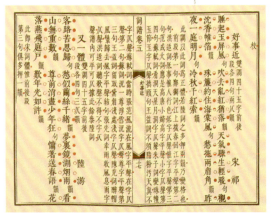

区区之心，愿斩三人头（指秦桧、王伦、孙近），竿之藁街。……不然，臣有赴东海而死，宁能处小朝廷求活耶！"（《宋史》卷三百七十四）此书一出，轰动天下，金人闻讯急忙以千金购得此文，读后"君臣失色"，连连惊呼"南朝有人"（《鹤林玉露》甲编卷六）。秦桧为之大怒，以"狂妄凶悖，鼓动劫持"之罪名，将胡铨"除名，编管昭州（今广西平乐）"，四年后又解配新州（今广东新兴）。绍兴十八年（1148）胡铨在新州得知李光因斥责秦桧，与赵鼎一同被贬至海南，含愤写下一首《好事近》：

> 富贵本无心，何事故乡轻别。空使猿惊鹤怨，误薜萝秋月。
> 囊锥刚要出头来，不道甚时节。欲驾巾车归去，有豺狼当辙。

词人痛斥了"豺狼当辙"的现实，抒发了壮志难酬的愤慨，写得一气呵成，慷慨激昂。据南宋王明清《挥麈后录》卷十载，秦桧党羽郡守张棣得知此词后，上报秦桧，秦桧大怒，又将胡铨流放到更荒远的吉阳军（今海南三亚）。

倚声依谱

《好事近》又名《钓船笛》《翠圆枝》《倚秋千》等。四十五字，上下片各两仄韵。上片四句，二十二字；下片四句，二十三字。两结句以一字领下四字。此调前人习惯用入声韵。调势平缓，音节低沉，作者甚众，凡写景、抒情、咏物、酬赠、祝颂均适用。

【定格】
中仄仄平平，中仄仄平平仄。
中仄仄平平仄，仄中平平仄。

中平中仄仄平平，中中仄平仄。
中仄仄平平仄，仄中平平仄。

定风波

五湖烟浪入清尊

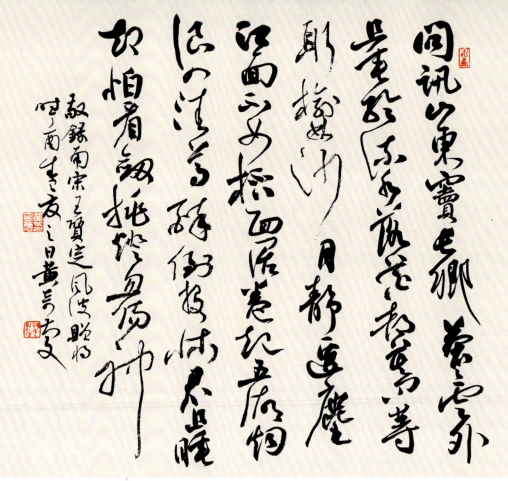

黄奇庆书《定风波》

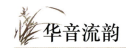

华音流韵

定风波 赠将

[南宋] 王质

问讯山东窦长卿，苍苍云外且垂纶①。流水落花都莫问，
等取，榆林沙月静边尘②。 江面不如杯面阔，卷起，五湖
烟浪入清尊③。醉倒投床君且睡，却怕，看剑挑灯忽伤神。

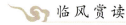

临风赏读

"醉里挑灯看剑，梦回吹角连营"（《破阵子·为陈同
甫赋壮词以寄》），读到辛弃疾这一壮词中的壮语时，人
们也许不知道，约略早于辛词（约作于淳熙十五年，1188）
二十年，也就是乾道三年（1167）十月，王质的一首《定风
波》已别出心裁描写出一个豪饮看剑挑灯的情节，营造了一

[注释]
①垂纶，垂钓。
②榆林，在陕西北部，地临毛乌素沙
漠，北宋时防御西夏的边防重镇。
边尘，指战争。
③五湖烟浪，指范蠡载西施泛舟五湖
的故事，此指避祸远难。

种雄快而悲怆的气氛，一抒渴望杀敌报国、恢复中原却壮怀不酬的抑塞、悲愤心情。

词是写给一位退老山林的老将窦长卿的。上片劝对方远离尘世，以优游林泉为乐，任由花开花落，水流云飞，单等着听取传来烽烟消尽、边境安宁的好消息吧！这看似劝慰，实则已暗含愤激。当时国门之外，金人仍在虎视眈眈；朝廷却屈辱苟安、腐败昏聩，忠良见逐，壮士报国无门。这一切怎不令人顿生怨愤，非淋漓痛饮焉能排遣？故下片进而勉励对方借酒浇愁。杯中有胜似江面的雄浑开阔，有充满诗情画意的"五湖烟浪"，醉乎其中，其乐融融。酩酊大醉、投床入睡，自可一时宠辱皆忘，超然物外，怕就怕醒来时挑灯看剑，又触发宝刀未老、壮志未酬的无限感伤。结末从对方落想，其实发抒的是词人欲有所为而不能的一腔忠愤，沉痛刻骨，力透纸背。

词人以苏轼自况，曾说："一百年前，蜀山之下有苏子瞻"，"一百年后，楚江之滨有王景文"（《雪山集》卷十）。这首词俊爽流畅，清壮雄浑，风格颇近东坡。

看剑读《骚》　清讷庵藏印

古今汇评

周笃文：此词以廓清边尘、立功报国的壮图勉励自己的友人。悲凉慷慨，如见肺肝……"五湖"句摄大入小，清旷雄奇，是以一微尘转大法轮的手段。（《宋百家词选》）

 参读

　　浮云在空碧，来往议阴晴。荷雨洒衣湿，蘋风吹袖清。鹊声喧日出，鸥性狎波平。山色不言语，唤醒三日醒。——王质《山行即事》写山行见闻、感受，景美情浓，兴会淋漓。

词人心史

　　王质（1135—1189）字景文，号雪山。其先郓州（今山东东平）人，南渡后，徙兴国军阳辛里（今湖北阳新龙港镇阳辛村）。

年二十三游太学，与张孝祥父子交游，颇受器重。绍兴三十年（1160）进士。召试馆职，为言者论罢。汪澈任荆襄宣谕使，张浚为江淮都督，皆以他有干才，先后征用于帐下。不久，奉召还朝，任太学正，以建言和、战、守合而为一，被谗"年少好异论"而罢官。采石之战大败金军后，虞允文于绍兴三十二年（1162）被委任为川陕宣谕使，并与大将吴璘商议收复中原的大业，再次北伐中原，征举王质随行，一日令草檄文，援毫立就，辞气激壮，惊叹其为"天才"。入朝任敕令所删定官，迁枢密院编修。时虞允文执政，推荐他为右正言。复因曾觌阻挠，出为荆南通判，后又改吉州通判，皆辞不就，退居林下，绝意仕途。淳熙十六年（1189）正月十九日卒，葬于阳辛牛头山（今湖北阳新富水大坝西南两公里处，墓尚存）。有《雪山集》《绍陶录》《诗总闻》等传世。

　　王质博通经、史，文思敏捷，善诗、工词、能文。其诗放旷不羁，豪气横生，近似苏诗的风格。其词骏发豪迈，喜用口语，风格清壮，闲逸词、咏史怀古词、咏物词都各具特色。

品题

　　听景文论古，如读郦道元《水经》，名川支川，贯穿周匝，无有间断。咳唾皆成珠玑。（王阮《雪山集序》）

　　负排闾阖气，有泣鬼神诗。（李流谦《送王景文入制幕》）

低吟/浩唱

定风波

[五代] 阎选

江水沉沉帆影过，游鱼到晚透寒波。渡江双双飞白鸟，烟袅，芦花深处隐渔歌。　　扁舟短棹归兰浦，人去，萧萧竹径透青莎。

词人多胆气　清何通

透，跳跃。

　　阎选，生卒和字里不详，五代后蜀布衣，人称阎处士。工小词，崇尚浓艳，颇近温庭筠，然平淡无深趣。今存词十首，分载《花间集》《尊前集》。

　　黄庭坚《庞居士寒山子诗》，书于元符二年（1099），其时已由黔州迁贬戎州（今四川宜宾）。台北"故宫博物院"藏

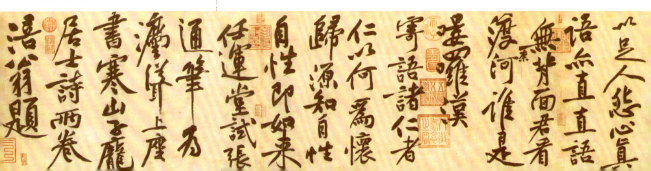

深夜无风新雨歇，凉月，露迎珠颗入圆荷。

这首词表面上着意描绘江上一片萧寥的秋景，展现南方泽国的柔美意境，实则寓情于景，委婉含蓄地流露词人难以名状的落寞情绪。全词笔墨闲雅，气韵生动，结末尤自然入妙。

定风波

［北宋］苏轼

三月七日沙湖道中遇雨。雨具先去，同行皆狼狈，余独不觉。已而遂晴，故作此。

莫听穿林打叶声，何妨吟啸且徐行。竹杖芒鞋轻胜马，谁怕，一蓑烟雨任平生。　　料峭春风吹酒醒，微冷，山头斜照却相迎。回首向来萧瑟处，归去，也无风雨也无晴。

这首词作于被贬黄州之后的第三年即元丰五年（1082）三月七日，为醉归遇雨抒怀之作。本是极其平常的一场春雨，对经过一番精神炼狱之旅，心灵进入澄明境界的词人，却依然怦然心动，灵感来袭，轻轻一描，便成一幅极传神的"东坡雨中行吟图"，读者仿佛能看到，一位从醉意中清醒的谪臣，正衣袂飘飘、含笑而立，体味着"也无风雨也无晴"的恬澹妙境。全词于寻常生活小景中，兴发超旷襟怀，将一己宠辱不惊、坦然自若的人生态度如盐着水般地融入其中，语意双关，机锋四射，令人回味不尽。清郑文焯评此词："此足征是翁坦荡之怀，任天而动。琢句亦瘦逸，能道眼前景。以曲笔写胸臆，倚声能事尽之矣。"（《手批东坡乐府》）

定风波　次高左藏使君韵

［北宋］黄庭坚

万里黔中一漏天，屋居终日似乘船。及至重阳天也霁，催醉，鬼门关外蜀江前。　　莫笑老翁犹气岸，君看，几人黄菊上华颠。戏马台南追两谢，驰射，风流犹拍古人肩。

张大千《东坡居士笠屐图》，仿元任仁发同名画作。吉林省博物馆藏

黔中，即黔州（今四川彭水）。

漏天，指阴雨连绵。四川多雨，邛州有漏天，戎州僰道有大漏天、小漏天，此移以称黔州。

鬼门关，即石门关，今重庆市奉节县东，两山夹峙如蜀门户。

华颠，发已花白之头。颠，头顶。

戏马台一名掠马台，项羽所筑，在今江苏徐州城南。晋安帝义熙十二年（416），被封为宋公的刘裕九月九日会僚属于此，赋诗为乐，谢瞻和谢灵运各赋《九日从宋公戏马台集送孔令》一首。

两谢，即谢瞻和谢灵运。

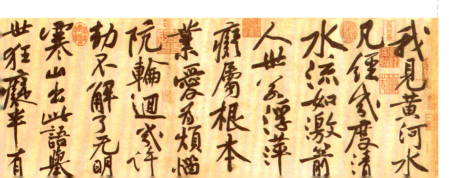

清吴宏《燕子矶莫愁湖二景图》。"燕子矶"的构图以仰视为主，突出表现山峦险峻巍峨的壮美气势。矶下片片沙渍、芦草，港湾处停泊众多船只，亦有归航的帆船驶向岸边。左边则是广阔无际的长江。故宫博物院藏

菊残犹有傲霜枝（苏轼《赠刘景文》句）　顿立夫

黄之隽（1668—1748）字石牧，江南华亭（今上海市奉贤区）青村乡陶宅村人。康熙六十年（1721）进士，授编修，出为福建学政，官至左春坊左中允。诗生新超隽，词清丽流转。又工戏曲。有《香屑集》。

严元照（1773—1817）字元能（一作修能），号悔庵，归安（今浙江湖州）人，贡生。性偶傥，绝意仕进，于声音训诂之学，多所阐发。有《柯家山馆词》二卷。

这首词乃绍圣四年（1097）重阳节于黔州贬所为次知州高羽之韵而作。黔州荒僻险恶，词人万里投荒却能随缘自适，安贫乐道，置荣辱生死于度外。词以轻松而豪健的笔调，层层推进，由重阳节酣饮至赏菊，再至骑马驰射，将其老而弥坚的豪迈奋发精神发挥得淋漓尽致，显示了词人身处逆境而宠辱不惊的傲岸与旷达，读之使人神气鹰扬。

参读

万里相看忘逆旅，三声清泪落离觞。朝云往日攀天梦，夜雨何时对榻凉。急雪鹡鸰相并影，惊风鸿雁不成行。归舟天际常回首，从此频书慰断肠。——宋黄庭坚《和答元明黔南赠别诗》。黔州之贬，山谷长兄元明跋山涉险终始相陪，留数月不忍别，别后频寄书信以慰离思。诗忆昔、慨今、遥想未来，宛转曲折中发露手足真情。

定风波　月下渡江

[清] 黄之隽

燕子矶根急浪春，浪痕遥飚水灯红。无数帆樯先后发，乘月，阿谁能唱大江东。　呼起当年吴大帝，贪睡，不知船上有英雄。独立柁楼吞沆瀣，箫响，一声惊起万鱼龙。

燕子矶位于南京东北的长江南岸，形若娇燕，展翅欲飞，乃著名的万里长江第一矶。这首词写词人在燕子矶边月下渡江所见壮阔浩渺的景象，借以抒写自己的豪情逸兴。

定风波　拟六一词

[清] 严元照

一寸光阴一寸金，养花天气半晴阴。莫管新来人渐老，还要，玉筯花下十分深。　往事分明还记得，倾国，清歌一曲堕瑶簪。几日恹恹成酒病，休问，去年花放到而今。

宋欧阳修有《定风波》六首，酣畅淋漓地发抒把酒对花的慨叹。这首拟六一词，从词旨、语境乃至遣词都极力仿效欧词。上片描摹把酒花前的情志，醉态可掬。下片抒写病酒的原委，表白对意

中女子的眷念之情。词人追摹原作，不仅意境酷似，而且措词毕肖，颇得醉翁真意和神韵。清词人顾翰曰："深情以浅语出之，使人低回不尽。"（《箧中词·今集续》卷二引）

定风波

[清]庄棫

为有书来与我期，便从兰杜惹相思。昨夜蝶衣刚入梦，珍重，东风要到送春时。　　三月正当三十日，占得，春光毕竟共春归。只有成阴并结子，都是，而今但愿著花迟。

这首情词从接到情书惹起对美人的思念写起，写到对见面时情形的猜测和自己的心愿，将一位恋人对爱情渴望而又焦虑的心理刻画得往复回环，细致入微，又语意双关，耐人寻味。难怪清陈廷焯说："蒿庵词有看似平常，而寄兴深远，耐人十日思者，如《定风波》云：'为有书来与我期……'暗含情事，非细味不见。"（《白雨斋词话足本校注》卷六）

兰杜，兰草和杜若，均为香草。

蝶衣入梦，用庄周梦为蝴蝶的典故。《庄子·逍遥游》："昔者庄周梦为蝴蝶，栩栩然蝴蝶也；自喻适志与，不知周也；俄然觉，则蘧蘧然周也。"

定风波

[清]况周颐

未问兰因已惘然，垂杨西北有情天。水月镜花终幻迹，赢得，半生魂梦与缠绵。　　户网游丝浑是罥，被池方锦岂无缘。为有相思能驻景，消领，逢春惆怅似当年。

相思何以能驻景？事实上当年的春日怎能重回，只是每逢春日，心情惆怅犹似当年罢了。这首怀人小令追忆当年情爱往事，深情绵邈，百转千回。

兰因絮果，佛家称因果。这里代指前世姻缘。

户网，网户倒文，门窗刻方格，状如网，故名。

罥，挂碍，谐音"眷"。

被池，有缘饰的被子。

元夏永《黄楼图》（局部），美国大都会艺术博物馆藏

词林逸事

神宗元丰元年（1078），正在徐州知州任上的苏轼，盛邀王巩重阳来新落成的黄楼雅聚。王巩如约而至，与客登山游水，吹笛饮酒，乘月而归。苏轼待之于黄楼上，对王巩道："李太白死，世无此乐三百年矣。"就是这位"豪逸有种"的朋友，因受使自己几遭杀身之祸的"乌台诗案"牵连，被贬谪到岭南荒僻之地，监宾州（今广西宾阳）盐酒税，苏轼很是内疚。

王巩《冷淘帖》，小草颇有高韵

此心安处是吾乡　王福庵

这次贬谪，崎岖岭海，去国万里，遭遇堪悲，一子死贬所，一子死于家，自己亦病几死，但王巩仍处之泰然，在瘴烟窟里三年，归来颜色和豫，气益刚实，尤令苏轼钦服。当然，令苏轼钦服的还有毅然随王巩南行的歌妓宇文柔奴。元丰六年（1083）王巩北归，出柔奴为苏轼劝酒。轼问及广南风土，柔奴答以"此心安处，便是吾乡"。没想到如此一个柔弱女子，竟能脱口说出如此豁达之语，苏轼大受感动，立刻填下一阕《定风波》：

王定国歌儿曰柔奴，姓宇文氏，眉目娟丽，善应对，家世住京师。定国南迁归，余问柔："广南风土，应是不好？"柔对曰："此心安处，便是吾乡。"因为缀词云：

常羡人间琢玉郎，天教乞与点酥娘。自作清歌传皓齿，风起，雪飞炎海变清凉。　万里归来颜愈少，微笑，时时犹带岭梅香。试问岭南应不好，却道，此心安处是吾乡。

此词一出，"点酥娘"宇文柔奴名动京师，王巩与柔奴的恋情随即也流传开来，至今为人们所津津乐道。

 ## 倚声依谱

《定风波》一作《定风波令》。唐教坊曲。双调，六十二字，每句用韵，句式和韵律变化复杂。上片五句，三平韵，两仄韵；下片六句，四仄韵，两平韵。前后片之平声必须是同一韵部，不能变换，所插入之三换仄声韵则较为自由，不必是平声本部之仄声。宜表现重大社会题材，亦宜言志抒情与酬赠。

【定格】
中仄平平仄仄**平**，中平中仄仄平**平**。
中仄中平平仄**仄**，平**仄**，中平中仄仄平**平**。

中仄中平平仄**仄**，平**仄**，中平中仄仄平**平**。
中仄中平平仄**仄**，平**仄**，中平中仄仄平**平**。

《词谱》（《定风波》）

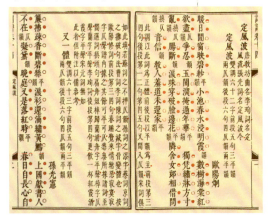

六州歌头

长淮望断，关塞莽然平

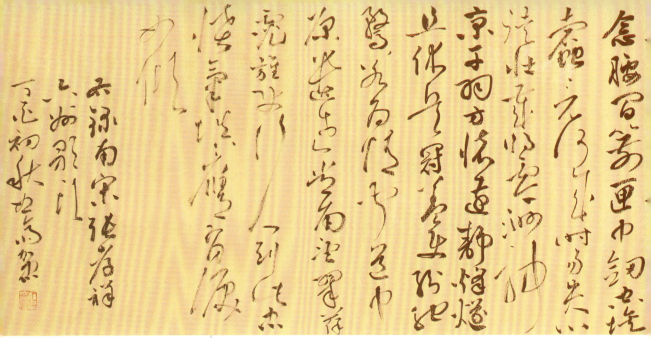

黄加忠书《六州歌头》

华音流韵

六州歌头

[南宋] 张孝祥

长淮望断，关塞莽然平①。征尘暗，霜风劲，悄边声。黯销凝②。追想当年事，殆天数，非人力，洙泗上③，弦歌地，亦膻腥④。隔水毡乡⑤，落日牛羊下，区脱纵横⑥。看名王宵猎⑦，骑火一川明。笳鼓悲鸣。遣人惊。念腰间箭，匣中剑，空埃蠹，竟何成。时易失，心徒壮，岁将零。渺神京。干羽方怀远⑧，静烽燧，且休兵。冠盖使，纷驰骛，若为情。闻道中原遗老，常南望、翠葆霓旌⑨。使行人到此，忠愤气填膺。有泪如倾。

临风赏读

高宗绍兴三十一年（金大定元年，1161）岁暮，金主完颜亮举兵南侵，直趋长江北岸，在向采石（今安徽马鞍山市西南）渡江时，被虞允文督水师迎头痛击，溃退扬州，被部下射杀。这本是乘胜雪洗靖康之耻之大好时机，但高宗却急不可待地与金议和，让金兵退回至淮河以北，并不断遣使奔走于金、宋之间，交纳岁币银绢，备受屈辱。

[注释]

①莽然，草木繁茂的样子。

②销凝，凝结冥思。

③洙泗，洙水与泗水，昔孔子聚徒弦歌讲学之地。代指礼乐之邦。

④膻腥，牛羊等的腥臊味，此指被金兵所践踏、玷污。

⑤毡乡，北方少数民族住毡帐，故称。

⑥区脱，亦作"瓯脱"，汉时匈奴守边所筑土室。此指金兵哨所。区音鸥。

⑦名王，少数民族对贵族头领的称呼，此指金兵将领。

⑧干羽方怀远，活用《尚书·大禹谟》"帝乃诞敷文德，舞干羽于两阶"（干羽，木盾和雉尾，舞者所执的道具）故事。据说舜大修礼乐，曾使远方的有苗族来归顺。词人借以辛辣地讽刺朝廷放弃失地，安于现状。

⑨翠葆霓旌，帝王车驾仪仗。翠葆，以翠鸟羽毛装饰的车盖。霓旌，皇帝出行时的五彩旌旗。

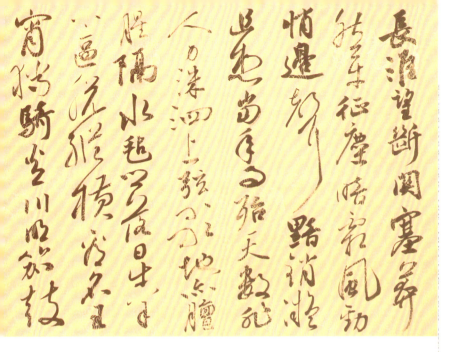

　　词人有"雄略远志"，"其欲扫开河洛之氛祲，荡洙泗之膻腥者，未尝一日而忘胸中"（谢尧仁《张于湖先生集序》），蒿目时忧，黯然神伤。三十二年（1162）秋冬间，词人赴建康府行宫留守张浚幕作客，即席写下这首词。

　　上阕先写临淮北望，本是中国腹地，今则成为莽然边塞，举目有山河之异。这一起如惊涛出壑，引人扼腕，谁不为之肃然动容！次写征尘蔽天，霜风凄厉，前沿阵地上却一片疏闲寂静，不闻鼓角边声，全无戒备气氛。而对此情此景，词人销魂凝神，忧心忡忡，不由得追想起"当年事"——汴京失陷，宋室南迁的靖康之变。这等奇耻大辱，何尝不是朝廷苟安误国的责任，但在高宗朝，又能追究谁呢？不得已，只好愤而归之于悠悠苍天。如今数千年诗书礼乐之邦遭金兵铁蹄践踏，沦为犬羊窟宅。"膻腥""毡乡""牛羊""区脱""名王""宵猎""骑火""笳鼓"等本属北方游牧民族的风物习俗，以之渲染出一幅幅中原惨遭涂炭、敌骑骄纵横行的图景，令人触目惊心。

　　下阕转到己之复国壮志难酬的激愤。一"念"字充溢着忠愤之气、不平之慨，

宋陈居中（传）《胡骑春猎图》，图绘胡骑出猎场景。美国大都会艺术博物馆藏

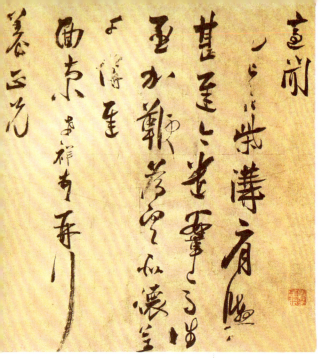

张孝祥《柴沟帖》，道劲流畅，骨力内含，为其传世墨迹中的代表作。上海博物馆藏

统领以下八句。箭翎虫蛀，剑匣尘封，空叹英雄久不出战，到头一事无成！心怀"徒壮"，等闲虚度；神京渺远，时机坐失，恢复难期！在这岁暮之时怎不令人更觉悲痛。接着，悲愤的词人以"干羽""怀远"、"烽燧"不举、边疆上使臣冠盖驰骛，辛辣地讽刺朝廷偏安半壁江山屈辱求和之可耻。下面，笔锋一转，写中原父老翘首盼望王师北伐的耿耿衷怀，与君臣泄沓不思进取形成鲜明对照，进一步表明称臣纳贡的可耻与收复中原的迫切。最后以激愤语作结："使行人到此"，长淮一望，不知他们将会如何气愤填膺而痛哭流泪！

这首壮词纵笔直书，纵横开阖，从关塞之空虚到侵扰者的猖獗，从朝廷的荒谬举措到沦陷区人民的痛苦，从时局的危机到英雄报国无门的悲愤，多层次、多角度地展示了那个时代的宏观历史画卷，堪称词史。词中一腔忠愤犹如怒涛狂潮般倾泻而出，奔放激越，一气贯注，撼人心魄。无怪主战派将领张浚闻此词，不胜感怆，为之罢席而去。

古今汇评

毛　晋：于湖《歌头》诸曲骏发踔厉，寓以诗人句法者也。（《于湖词跋》）

陈　霆：张安国在沿江帅幕。一日预宴，赋《六州歌头》云……歌罢，魏公（按，张浚，字德远，晚年封魏国公）流涕而起，掩袂而入。（《渚山堂词话》卷一）

刘熙载：张孝祥安国于建康留守席上，赋《六州歌头》，致感重臣为之罢席。然则词之兴观群怨，岂下于诗哉！（《艺概》卷四）

张德瀛：张安国《六州歌头》"长淮望断，关塞莽然平"……皆所谓拔地倚天，句句欲活者。（《词微》卷五）

陈廷焯：张孝祥《六州歌头》一阕，淋漓痛快，笔饱墨酣，读之令人起舞。惟"忠愤气填膺"一句，提明忠愤，转浅转显，转无

余味。或亦耸当途之听，出于不得已耶？（《白雨斋词话》
卷六）

刘永济：此词音节苍凉，多三字句，读之有呜咽之声。（《唐五代两宋
　　　　词简释》）

王水照等：全篇意脉盘旋而下，节拍急促顿挫，韵脚低沉，音调勃郁悲
　　　　壮，与词人深心相激荡，如征战鼓鼙，大声鞳鞳，如惊涛出
　　　　壑，转毂雷鸣。（《宋词三百首》）

参读

　　早岁那知世事艰，中原北望气如山。楼船夜雪瓜州渡，铁马秋
风大散关。塞上长城空自许，镜中衰鬓已先斑。出师一表真名世，
千载谁堪伯仲间。——宋陆游《书愤》从立志报国的早岁，写到衰
鬓先斑的暮年，抒发夙愿未偿的郁愤，字里行间充盈着拳拳爱国之
心。感情沉郁，格调悲壮，气韵浑厚，意境雄放豪迈。

词人心史

　　张孝祥（1132—1169）字安国，历阳乌江（今安徽和县）人，
生于明州鄞县桃源乡（今宁波市鄞州区横街镇），寓居芜湖升仙桥
西，因号于湖居士。绍兴二十四年（1154）廷试，以"议论雅正，
词翰爽美"，被高宗从第二亲擢为第一，替下了原本内定状元的秦
桧之孙秦埙。历任秘书省正字、起居舍人、中书舍人、平江知府、
建康留守、敷文阁待制、荆南荆北路安抚使、显谟阁直学士等职。在
十五年的从政生涯中，两入中枢，六更州郡，旋进旋退，赍志以殁，
葬建康（南京）钟山。有《于湖集》，词集为《于湖词》。

　　孝祥自幼敏悟，捷于文思，以襟怀洒落独步斯世，曾自称"于
湖，于湖，只眼细，只眼粗。细眼观天地，粗眼看凡夫"（《自
赞》）。文章俊逸，顷刻千言，出人意表；又能诗善词工书。其词
托物寄情，兼有沉雄与旷放俊逸之美。早期多清丽婉约之作，南渡
后转为慷慨悲凉，骏发踔厉，激昂奔放，多抒发爱国情怀。风格上
承苏轼，下开辛弃疾爱国词派的先河，在豪放派词史上具有重要的
桥梁作用。

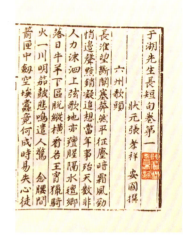

明抄本张孝祥《于湖先生长短
句》（《宋元名家词七十种》）书影

张孝祥题名

张孝祥像

诗情语与谁（张孝祥《菩萨蛮》句）　清《飞鸿堂印谱》

张孝祥《木兰花慢》词页

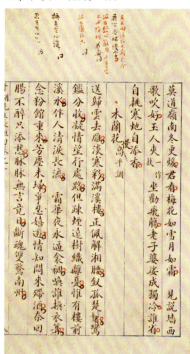

品 题

其文翰皆超逸，天才也。（陈振孙《直斋书录解题》卷十八）

于湖先生，天人也，其文章如大海之起涛澜，泰山之腾云气，倏散倏聚，倏明倏暗，虽千变万化，未易诘其端而寻其所穷。（谢尧仁《张于湖先生集序》）

比游荆、湖间，得公《于湖集》，所作长短句，凡数百篇。读之泠然洒然，真非烟火食人辞语。予虽不及识荆，然其潇散出尘之姿，自在如神之笔，迈往凌云之气，犹可以想见也。（陈应行《于湖先生雅词序》）

衡尝获从公游，见公平昔为词，未尝著稿，笔酣兴健，顷刻即成，初若不经意，反复究观，未有一字无来处。……所谓骏发踔厉，寓以诗人句法者也。（汤衡《张紫微雅词序》）

《于湖词》一卷，声律宏迈，音节振拔，气雄而调雅，意缓而语峭。（查礼《铜鼓书堂词话》）

清旷豪雄两擅长，苏辛之际作津梁。（缪钺《灵谿词说·论于湖词》）

词林逸事

金兵越淮南南侵，少年张孝祥随父母渡江避难，逃到芜湖，与伯母李氏的侄女一见倾心，并于绍兴十七年（1147）生下同之。由于家族恩怨或其他原因，这段姻缘却一直未得到张家承认。绍兴二十六年（1156）孝祥另娶仲舅之女时氏为妻，于是迫不得已与李氏忍痛分离。这年重九前夕，孝祥在建康（今江苏南京）送李氏和九岁的儿子同之溯江西去，回李氏原籍浮山（今安徽枞阳浮山镇）。

柔肠百转，离恨悠悠，站在江边，看着妻儿乘船而去，张孝祥心如刀绞，一腔哀怨愁恨化作了一阕《念奴娇》：

风帆更起，望一天秋色，离愁无数。明日重阳樽酒里，谁与黄花为主。别岸风烟，孤舟灯火，今夕知何处。不如江月，照伊清夜同去。　　船过采石江边，望夫山下，酹水应怀古。德耀归来，虽富贵，忍弃平生荆布。默想音容，遥怜儿女，独立蘅皋暮。桐乡君子，念予憔悴如许。

从此，词人背负着沉重的情债，一辈子都生活在悔恨、自责与怀念之中。就在送别李氏后不久，又写下一首情韵幽馨绵邈的《木兰花慢》：

送归云去雁，淡寒彩、满溪楼。正佩解湘腰，钗孤楚鬓，鸾鉴分收。凝情望行处路，但疏烟远树织离忧。惟有楼前流水，伴人清泪长流。　　霜华夜永逼衾裯，唤谁换衣篝。念粉馆重来，芳尘未扫，争忍嬉游。情知闷来殢酒，奈回肠不醉只添愁。脉脉无言竟日，断魂双鹜南州。

这样的生离，又何异于死别！心灵所担荷的痛苦或许只有通过词章来宣泄。接到李氏的来信，又以同调、同韵倾诉他的愁恨幽怨：

紫箫吹散后，恨燕子、只空楼。念璧月长亏，玉簪中断，覆水难收。青鸾送碧云句，道霞扃雾锁不堪忧。情与文梭共织，怨随宫叶同流。　　人间天上两悠悠，暗泪洒灯篝。记谷口园林，当时驿舍，梦里曾游。银屏低闻笑语，但梦时冉冉醒时愁。拟把菱花一半，试寻高价皇州。

在《于湖词》中，如《雨中花慢》（"一叶凌波"）、《转调二郎神》（"闷来无那"）、《虞美人》（"雪消烟涨清江浦"）等缠绵悱恻的词章，也都是为怀李氏之作，数百年后读来犹令人感慨万千。

低吟/浩唱

六州歌头　项羽庙

〔北宋〕李冠

秦亡草昧，刘项起吞并。鞭寰宇，驱龙虎，扫欃枪。斩长鲸。血染中原战，视余耳，皆鹰犬，平祸乱，归炎汉，势奔倾。兵散月明，风急旌旗乱，刁斗三更。共虞姬相对，泣听楚歌声。玉帐魂惊。泪盈盈。　　念花无主，凝愁苦，挥雪刃，掩泉扃。时不利，骓不逝，困阴陵。叱追兵。呜咽摧天地，望归路，忍偷生。功盖世，何处见遗灵。江静水寒烟冷，波纹细、古木凋零。遣行人到此，追念益伤情。胜负难凭。

这首词櫽栝《史记》卷七《项羽本纪》史实，破空而起，中间描写碧血横飞的沙场鏖战，末路英雄的叱咤风云，美姬的悲歌诀别，又以月明烟冷的凄清环境作烘托，形象地再现了项羽这一英雄人物悲壮的一生。结拍三句抒写了词人对项羽的无限同情和深深悲

余耳，陈余、张耳。二人曾参加抗秦，秦亡后被项羽封王分地。

刁斗，古代军中用具，铜质，有柄，可容一斗粟，日间用以烧饭，夜间用来敲更。

骓不逝，马不走。项羽曾对虞姬慷慨悲歌："力拔山兮气盖世，时不利兮骓不逝，骓不逝兮可奈何，虞兮虞兮奈若何！"骓是毛色青白相间的马，此处指项羽的坐骑。

阴陵，在今安徽定远北。

五都，汉、魏、唐各有五都，此泛指繁华的各大都市。

盖，车盖，这里指车子。

鞚，有嚼口的马络头，这里指马。

斗城，汉代长安城南形似南斗，城北形似北斗，故被称为"斗城"，这里借指京都。

丹凤，唐长安宫阙有丹凤门，故称丹凤城。这里借指都城汴京。

簿书，官署中的文书。

鹖弁，即冠，插有毛的武士之冠。此指下级武官。

渔阳弄，鼓曲名。

思悲翁，汉《铙歌十八曲》之一。

天骄种，《汉书》卷九十四载，匈奴单于自称为"天之骄子"。

七弦桐，即七弦琴。琴以桐木制成，故称。

目送归鸿，嵇康《赠秀才从军》诗："目送归鸿，手挥五弦。"

宋佚名《中兴四将像》，绘南宋著名抗金四将刘光世、韩世忠、张俊、岳飞全身立像。中国国家博物馆藏

悼。全词音声悲壮，气象雄伟，情致激昂，已于婉约词风之外，别开有宋一代豪放词风气之先。

 参读

生当作人杰，死亦为鬼雄。至今思项羽，不肯过江东。——宋李清照《夏日绝句》借古讽今，发抒悲愤，慷慨雄健，掷地有声。

六州歌头

[北宋] 贺铸

少年侠气，交结五都雄。肝胆洞，毛发耸，立谈中。死生同。一诺千金重，推翘勇，矜豪纵，轻盖拥，联飞鞚，斗城东。轰饮酒垆，春色浮寒瓮，吸海垂虹。闲呼鹰嗾犬，白羽摘雕弓，狡穴俄空。乐匆匆。　似黄粱梦，辞丹凤，明月共，漾孤篷。官冗从，怀倥偬，落尘笼。簿书丛。鹖弁如云众，供粗用，忽奇功。笳鼓动，渔阳弄，思悲翁。不请长缨，系取天骄种，剑吼西风。恨登山临水，手寄七弦桐。目送归鸿。

这是一首自叙身世之作，作于哲宗元祐三年（1088）秋，词人时任和州管界巡检。此前数月中，西夏党项族军队两次侵扰宋境，而其时朝中妥协派当道，欲弃西北战略要地以为苟安。词人有志报国，但羁宦千里，沉抑下僚，宝剑徒吼于西风，悲愤不能自抑。上片笔酣墨饱，追忆在京都所度过的六七年侠少生活，一位肝胆照人、千金一诺、豪纵使酒、骁勇无比的侠士、义士和豪士形象，呼之欲出。下片笔势陡转，陈述自己二十四岁至三十七岁以来南北羁宦、沉沦屈厄的生活经历，吐诉报国无门的悲凉心绪。全词笔力奇横，声调激越，"雄姿壮采，不可一世"（夏敬观《手批东山词》），开南宋爱国词的先声。

六州歌头　题岳鄂王庙

[南宋]刘过

中兴诸将，谁是万人英。身草莽，人虽死，气填膺，尚如生。年少起河朔，弓两石，剑三尺，定襄汉，开虢洛，洗洞庭。北望帝京，狡兔依然在，良犬先烹。过旧时营垒，荆鄂有遗民。忆故将军，泪如倾。　　说当年事，知恨苦，不奉诏，伪耶真。臣有罪，陛下圣，可鉴临，一片心。万古分茅土，终不到，旧奸臣。人世夜，白日照，忽开明。衮珮冕圭百拜，九泉下、荣感君恩。看年年三月，满地野花春，卤簿迎神。

这首词为词人于宁宗嘉泰四年（1204）四游汉沔（今湖北武汉）时所作，热烈赞扬南宋抗金名将岳飞为南宋王朝的中兴所作的丰功伟绩和他精忠报国的凛凛风神，表达了对迫害忠良的朝廷权奸的强烈愤慨。全词格调高昂，气势豪健，充满一股浩然正气，读来令人回肠荡气。

宋佚名《碧桃图》，绘红白相映的两枝碧桃，娇柔妩媚，意态无穷，为南宋写生妙品。故宫博物院藏

六州歌头　桃花

「南宋」韩元吉

东风着意，先上小桃枝。红粉腻，娇如醉，倚朱扉。记年时。隐映新妆面，临水岸，春将半，云日暖，斜桥转，夹城西。草软莎平，跋马垂杨渡，玉勒争嘶。认蛾眉凝笑，脸薄拂燕支。绣户曾窥。恨依依。　　共携手处，香如雾，红随步，怨春迟。销瘦损，凭谁问，只花知，泪空垂。旧日堂前燕，和烟雨，又双飞。人自老，春长好，梦佳期。前度刘郎，几许风流地，花也应悲。但茫茫暮霭，目断武陵溪，往事难追。

这首词由唐崔护《题都城南庄》脱胎而来，借咏桃花咏美人，讲述一段唯美而凄怨的爱情故事：从在桃花似锦的良辰相遇，到在桃花陌上携手步春的相爱，再到旧地重来，只见桃花飘零而不见如花人的踪影，只能踟蹰徘徊于花径的怅恨，娓娓述来，宛转关情。《六州歌头》本为鼓角壮曲，向以声情激昂著称，词人却举重若轻，翻为缠绵悱恻、深婉低回的述情艳词，别具匠心。

跋马，勒马使之回转。

玉勒，玉饰的马衔。也泛指马。

"旧日"句，刘禹锡《乌衣巷》诗："旧时王谢堂前燕，飞入寻常百姓家。"

前度刘郎，唐刘禹锡《再游玄都观》诗："百亩庭中半是苔，桃花净尽菜花开。种桃道士归何处？前度刘郎今又来。"

武陵溪，用陶渊明《桃花源记》故事，也暗指刘晨阮肇事。

宫中脔，指受皇帝委命，宫廷中担当重任的人，即宰相。脔，接受重任之意。

堂中伴，指唐代宰相卢怀慎，时人谓之"伴食宰相"。

翻虎鼠，用李白《送别离》"君失臣兮龙为鱼，权归臣兮鼠为虎"的意思。

鹬雀，鹞类猛禽。

庞眉，眉毛黑白杂色。形容老貌。

贾似道曾久居葛岭不出以要挟宋王，"空山久"即指此事。

王莽假称符瑞，吏民四十余万颂德。

西风指贾似道，东风指皇帝。

张翥（1287—1368）字仲举，号蜕庵，晋宁襄陵（今山西临汾）人。累官至翰林学士承旨，封潞国公。诗词兼擅。有《蜕庵集》。词风婉丽，亦有慷慨苍凉之作，为元代词宗。

六州歌头

[南宋]刘辰翁

乙亥二月，贾平章似道督师至太平州鲁港，未见敌，鸣锣而溃。半月闻报，赋此。

向来人道，真个胜周公。燕然眇，洿溪小，万世功。再建隆。十五年宇宙，宫中脔，堂中伴，翻虎鼠，搏鹬雀，覆蛇龙。鹤发庞眉，憔悴空山久，来上东封。便一朝符瑞，四十万人同。说甚东风。怕西风。　甚边尘起，渔阳惨，霓裳断，广寒宫。青楼杳，朱门悄，镜湖空，里湖通。大纛高牙去，人不见，港重重。斜阳外，芳草碧，落花红。抛尽黄金无计，方知道、前此和戎。但千年传说，夜半一声铜。何面江东。

恭帝德祐元年（1275），忽必烈再次南征，贾似道以精锐七万余人尽属孙虎臣，军于池州之下流丁家洲（今安徽铜陵市北），夏贵以战舰二千五百艘横亘江中，似道自将四万后军军鲁港（今安徽芜湖西南）。结果宋军"三军犹未战，两岸一时空"，一触即溃，贾似道更是惊惶失措，抛下大军，孤舟逃至扬州。这首词以史为词，记录了贾似道都督诸路军马而兵败鲁港的重大时事，对贾氏兵败之前飞扬跋扈、欺君压臣、气焰熏天之恶劣行径，征歌逐舞、醉生梦死之罪恶，兵败之时仓皇逃窜之丑态，予以淋漓尽致的揭露。全词笔锋犀利，痛快酣畅，俨然一篇讨贾檄文，堪称宋词中的一绝。

六州歌头

[元]张翥

孤山岁晚，石老树槎枒。逋仙去，谁为主，自疏花。破冰芽。乌帽骑驴处，近修竹，侵荒藓，知几度，踏残雪，趁晴霞。空谷佳

人，独耐朝寒峭，翠袖笼纱。甚江南江北，相忆梦魂赊。水绕云遮。思无涯。　又苔枝上，香痕沁，幺凤语，冻蜂衔。瀛屿月，偏来照，影横斜。瘦争些。好约寻芳客，问前度，那人家。重呼酒，摘琼朵，插鬟鸦。唤起春娇扶醉，休孤负、锦瑟年华。怕流芳不待，回首易风沙。吹断城笳。

　　自从北宋林逋隐居杭州西湖孤山，留下"梅妻鹤子"的佳话后，"孤山寻梅"便成为宋元文人一个津津乐道的话题。这首词咏林逋去后的孤山梅花，上片写寻梅：乌帽骑驴，孤山踏雪，竹林荒径，寻觅那残雪寒冰中绽开不久的早梅嫩蕊，令人深感词人对梅花的魂牵梦萦和无限钟情。下片写赏梅，从侧面着笔，写幺凤、蜂衔、冷月和瘦影，见出孤山之梅的优姿雅态，自然清妙。结尾更从寻梅、赏梅进一步拓展为惜花、惜芳时，意蕴更为丰厚深沉。此词脉络井井，铺叙有致，舒展自如，故卓人月推许说："古今梅词甚多，唯蜕岩《六州歌头》一首，真有飞鸿戏海，舞鹤游天之势。"（冯金伯辑《词苑萃编》卷六引）

六州歌头　题万里江山图

[元] 卢挚

　　诗成雪岭，画里见岷峨。浮锦水，历艳滪，灭坡陀。汇江沱。唤醒高唐残梦，动奇思，闻巴唱，观楚舞，邀宋玉，访巫娥。拟赋《招魂》《九辩》，空目断，云树烟萝。渺湘灵不见，木落洞庭波。抚卷长哦，重摩挲。　问南楼月，痴老子，兴不浅，夜如何。千载后，多少恨，付渔蓑。醉时歌。日暮天门远，愁欲滴，两青蛾。曾一舸，奇绝处，半经过。万古金焦伟观，鲸鳌背，尽意婆娑。更乘槎欲就，织女看飞梭。直到银河。

宋赵芾《江山万里图》（一名《长江万里图》，局部），描绘江山壮丽景色。烟峦缥缈，峰回路转，气势雄伟，为江山万里题材中别开生面的佳构。故宫博物院藏

宋马远《月下赏梅图》，绘劲健曲折的梅枝斜出石上，一高士悠然坐于山石一角，一携琴童子紧随其后，两人凝望前方，在一轮圆月朗照下静静赏梅。美国大都会艺术博物馆藏

江山万里为绘画中常见题材。据载，唐李思训就曾穷三月之功绘嘉陵江三百里的景象于壁。这首题画词题写的是一幅万里长江的长卷，词中依画卷的先后顺次而下，以逶迤跳荡的笔墨，饱蘸浓情，将万里长江的雄奇伟观和悠久绚烂的历史文化挥洒得淋漓酣畅，摄人心魄。

倚声依谱

《六州歌头》乃取自军中乐鼓吹曲《六州》的"歌头"部分而为词调。双调一百四十三字，前后片各十九句，八平韵。又有于平韵外兼叶仄韵者，或同部平仄互叶，或平韵同部、仄韵随时变换，并能增强激壮声情，有繁弦急管、五音繁会之妙。韵位时稀时密，以三字句为主，音节急促，调势奔放而雄壮，宜于表达悲壮慷慨之情，为词调中最为激昂雄健之长调。

【定格】

平平中仄，中仄仄平平。

平中仄，平平仄，仄平平。

仄平平。

中仄中平仄，中平仄，平中仄，中中仄，平中仄，仄平平。

中仄中平，中仄平平仄，中仄平平。

仄中平中仄，中仄仄平平。

中仄平平，仄平平。

仄平平仄，中平仄，平中仄，仄平平。

中中仄，平中仄，仄平平。

仄平平。

中仄平平仄，中中仄，仄平平。

平中仄，平中仄，仄平平。

中仄中平中仄，中平仄、中仄平平。

仄中平中仄，中仄仄平平。

中仄平平。

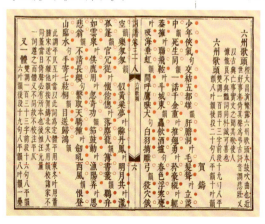

《词谱》（《六州歌头》）

永遇乐

风流总被，雨打风吹去

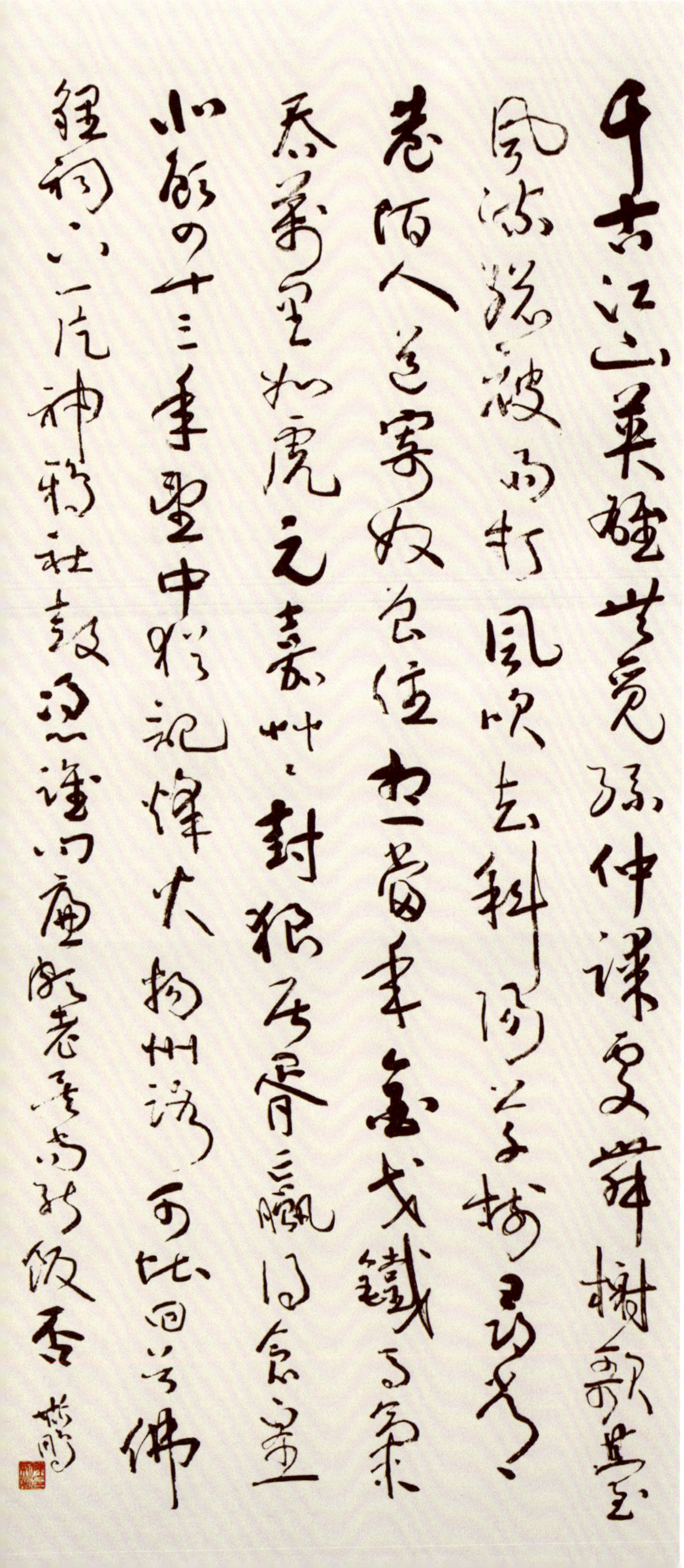

陈斯鹏书《永遇乐》

华音流韵

永遇乐　京口北固亭怀古

［南宋］辛弃疾

千古江山，英雄无觅，孙仲谋处①。舞榭歌台，风流总被，雨打风吹去②。斜阳草树，寻常巷陌，人道寄奴曾住③。想当年，金戈铁马，气吞万里如虎。　　元嘉草草，封狼居胥，赢得仓皇北顾④。四十三年⑤，望中犹记，烽火扬州路。可堪回首，佛狸祠下，一片神鸦社鼓⑥。凭谁问，廉颇老矣，尚能饭否⑦。

临风赏读

嘉泰四年（1204）正月，被投闲置散多年的辛弃疾从会稽奉诏晋京，陈奏抗金方略，三月后调任镇江知府，出镇江防要地京口（今江苏镇江）。一片紧锣密鼓的北伐声，当然能唤起他恢复中原的豪情壮志，但对独揽朝政的韩侂胄轻敌冒进，他又深感忧心忡忡。这年秋天，他登上北固亭，眺望江山胜景，思绪纷至沓来，不由得把深重的忧虑和一腔悲愤化作一首令人回肠荡气的千古杰作。

上片即景怀古，追念起于京口建立功业的孙权、刘裕，借古人寄怀。"千古江山"，起句伟岸、挺拔、宏阔，"英雄无觅"却笔锋转入沉郁。千古江山依旧，但已无处觅求像孙仲谋这样一流的英雄豪杰了。昔日繁华的歌舞台榭，英雄的业绩风流，总被历史的风雨吹打，到如今都已烟消云散，湮灭殆尽。眼前，一抹斜阳映着丛密的草树，平常的街巷，人们还说着刘裕曾在这里寄住的故事。"想当年"三句，镜头由历史陈迹转向盖世英雄，写刘裕北面破敌，健笔勾勒，"金戈铁马，气吞万里如虎"，其英武形象跃然纸上，而当年的生气虎虎与当朝苟且偷安于江左、畏敌如虎的懦怯反差立见。追忆和赞美英雄，正为济世而图功。

下片以古鉴今，折转到现实，表达自己虽是烈士暮年，献身恢复雄心犹存。起首"元嘉草草，封狼居胥，赢得仓皇北顾"，道尽元嘉年间刘义隆、王玄谟辈草率出兵北伐中原，梦想在狼居胥山封坛祭天，作为全胜的纪念，却不料只落得惊慌败北狼狈而逃，误国误民。这里实则告诫南宋当局应当做好抗金北伐的充分准备，不可轻敌冒进，草率从事的覆辙不容再蹈。接着宕开一笔，回首自己当年抗金往事，扬州路上烽火杀敌的情景历历在目，而今侵略中原的拓跋焘祠庙却香火盛烧，一片神鸦鸣噪，社鼓喧闹，全无战斗气氛，不迅速谋求恢复的话，百姓将安于异族的统治，忘记了自己是宋室的臣民。最后借廉颇自况，既抒发"烈士暮年，壮心不已"的情怀，又点明屡遭谗毁、投闲置散的境遇，意深而词隐。

全词立意宏博，笔调苍劲，气韵沉雄，基调虽是豪壮，却流淌着一股浓郁的悲凉、惆怅之情。用典虽多，但所有史事无不扣紧京口而关联时事，浑然一体。明杨慎谓辛词当以此首为第一（《词洁》卷五引），可谓的评。

古今汇评

罗大经：此词集中不载，尤隽壮可喜。（《鹤林玉露》卷四）

先　著、程　洪：升庵云：稼轩词中第一。发端便欲涕落，后段一气奔注，笔不得遏。廉颇自拟，慷慨壮怀，如闻其声。谓此词用人名多者，当是不解词味。（《词洁》卷五）

[注释]

①孙仲谋，三国时孙权，字仲谋，原籍富春（今浙江富阳），创建东吴，抗衡曹魏，开疆拓土，成三国鼎峙之势。在迁都建业（今江苏南京）前，于建安十四年（209）先在京口建"京城"，以为新都屏障。

②舞榭歌台，歌舞楼台。榭，高台上的建筑物。风流，此指孙权的功业与雄风壮采。

③寄奴，南朝宋武帝刘裕小名。其先世由彭城移居晋陵郡丹徒县之京口里。刘裕以匹夫挺剑，雄略命世，曾两伐中原，三擒国主，收复洛阳、长安等地，攻灭西蜀、南燕、后秦等国。

④元嘉草草，指刘裕子宋文帝刘义隆在元嘉年间（424—453）三次北伐北魏，全遭失败。草草，草率从事。封，古代在山上筑坛祭天的仪式。狼居胥，一名"狼山"，在今内蒙古克什克腾旗西北至阿巴嘎旗一带。汉将霍去病北伐匈奴至狼居胥，封山而还。彭城太守王玄谟陈北伐之策，文帝尝谓"有封狼居胥意"（《宋书》卷七十六）。赢得，剩得，落得。仓皇北顾，元嘉八年（431），宋文帝因滑台失守，作诗云："惆怅惧迁逝，北顾涕交流。"元嘉二十七年（450）第二次北伐失败后，北魏太武帝拓跋焘乘胜追至长江边，扬言欲渡江。宋文帝登楼北望，深悔不已。

⑤四十三年，此词写于开禧元年（1205）词人出守京口时，上距其绍兴三十二年（1162）南归，已四十三年。

⑥可堪，犹"岂堪""那堪"，即怎能忍受得了。堪，忍受。佛狸祠，北魏太武帝拓跋焘率兵追击王玄谟，驻军长江北岸瓜步山（在今江苏六合东南），在山上修建一座行宫，后称佛狸祠。佛狸即拓跋焘的小名。神鸦，飞来吃祭品的乌鸦。社鼓，社日祭神的鼓乐声，旧俗立春后第五个戊日为春社；立秋后第五个戊日为秋社。

⑦廉颇，战国时赵国名将。被谗出奔魏国，闲居大梁（今河南开封）。赵遣使来视，廉颇一饭尽斗米，肉十斤，被甲上马，以示可用。使者受仇家郭开贿，谎报赵王曰："廉将军虽老，尚善饭。然与臣坐，顷之三遗矢（通'屎'）矣。"（《史记》卷八十一）赵王遂不用。

楼台烟雨梦南朝　丁二仲

迷楼，在扬州，与镇江之北固山隔江遥对，是隋炀帝幸江都时所建。很石，在北固山甘露寺，状如伏羊，相传孙权曾踞其上与刘备共商抗曹大计。

东晋大将桓温从江陵出发北征前秦时，经少时所种柳树，皆已十围，不禁感叹道："木犹如此，人何以堪！"因而攀援枝条，至于下泪。

江西铅山西山辛姓族藏《稼轩公画像》

李　佳：此阕悲壮苍凉，极咏古能事。（《左庵词话》卷上）

陈廷焯：稼轩词拉杂使事，而以浩气行之。如五都市中，百宝杂陈；又如淮阴将兵，多多益善。风雨纷飞，鱼龙百变，天地奇观也。（《词则·放歌集》卷一）

俞陛云：当其凭高四顾，烟树人家，夕阳巷陌，皆孙、刘角逐之场，放眼古今，别有一种苍凉之思。况自胡马窥江去后，烽火扬州，犹有余怵……当日鱼龙战伐，只赢得"神鸦社鼓"，一片荒寒。往者长已矣，而当世岂无健者？老去廉颇，犹思用赵，但知我其谁耶？英词壮采，当以铁绰板歌之。（《唐五代两宋词选释》）

唐圭璋：此首京口北固亭怀古词，虽曰怀古，实寓伤今之意。……结句，自喻廉颇，悲壮之至。（《唐宋词简释》）

参读

云隔迷楼，苔封很石，人向何处。数骑秋烟，一篙寒汐、千古空来去。使君心在，苍厓绿嶂，苦被北门留住。有尊中酒差可饮，大旗尽绣熊虎。　　前身诸葛，来游此地，数语便酬三顾。楼外冥冥，江皋隐隐，认得征西路。中原生聚，神京耆老，南望长淮金鼓。问当时、依依种柳，至今在否。——姜夔《永遇乐·次稼轩北固楼词韵》借裴度、诸葛亮、桓温颂扬稼轩才略，寄寓自己心系国家兴亡、关注恢复大业的夙志，并沉痛地为中原父老道出了企盼南师北伐的心声。结末用桓温故事表达对稼轩北伐的期待和恢复大计不可一再蹉跎，发人深省。格调瘦劲豪快，别开一径。

词人心史

辛弃疾（1140—1207）字幼安，号稼轩，济南府历城县（今山东济南历城区）人。他天生一副英雄相貌："精神此老健如虎，红颊白须双眼青。"（刘过《呈稼轩》诗中语）辛弃疾出生时，山东已为金兵所占。他自幼就决心为民族复仇雪耻、收复失地。高宗绍兴三十一年（1161），济南人耿京聚众数十万反抗金朝的暴虐统治，二十二岁的辛弃疾也乘机揭竿而起，鸠集义兵二千，奔耿京部下，为掌书记，并劝说耿京归宋以图大计。以一介书生而率众起义者，两宋唯稼轩一人而已。次年正月，受耿京的委派，辛弃疾等人赴建康（今江苏南京）面见宋高宗。在完成使命返回山东途中，辛弃疾等人获知耿京被降金的叛徒张安国杀害，便立即率领五十骑兵，直奔济州（今山东巨野）有五万之众的金兵营地，将张安国生擒绑缚于马上，疾驰送到建康处死。"壮声英概，懦士为之兴起，圣天子一见三叹息。"（洪迈《稼轩记》）归南宋后，他历任湖北、江西、湖南、福建、浙东安抚使等职。任职期间，采取积极措施，招集流亡，训练军队，奖励耕战，打击贪污豪强，注意安定民生。

辛弃疾一生坚决主张抗金，深谋远虑，智略超群。二十六岁时向孝宗上奏《美芹十论》，三十一岁进献《九议》，指陈任人用兵之道，谋划复国中兴的大计，切实详明。时人比之为"隆中诸葛"（刘宰《漫塘集》卷十五）。身为"归正人"的辛弃疾，因受到歧视而不被重用。在四十二岁的壮年，被弹劾落职，自此开始闲居上饶带湖十年，其后间被起用数年，五十六岁时二度罢居上饶，居瓢泉八年，六十四岁时，再次被起用然而两年后又被去职。开禧三年（1207）九月十日，辛弃疾在南渡四十五年以后，怀抱着满腔忠义和谋略赍志以殁。

在南宋豪放派的爱国主义词人中，辛弃疾上继苏轼，独创出"稼轩体"，成就最高，影响最大，人称"词中之龙"，与苏轼并称"苏辛"。其词题材广泛，现存的六百多首词作，凡政治哲理、朋友情谊、恋人之情、田园风光、民俗人情，乃至日常生活、读书感受，无不入词。与其虎啸风生、豪气纵横的英雄气质相适应，辛弃疾崇尚、追求雄豪壮大之美，词风以沉雄豪迈为主，情怀的雄豪激烈，意象的雄奇飞动，境界的雄伟壮阔，语言的雄健刚劲，构成稼轩体的主要风格，但又不乏细腻柔媚之作。有《稼轩长短句》，今人邓广铭编校有《辛稼轩词编年笺注》七卷。

辛弃疾墓坐落在江西上饶铅山县永平镇陈家寨乡鼓彭家湾村牛皮岭半山腰，坐北面南，左右双峰，如拱似抱

元张埜酷嗜稼轩词，屡效其体，深得稼轩神髓，曾赋《水龙吟·醉辛稼轩墓，在分水岭下》追怀辛稼轩："岭头一片青山，可能埋得凌云气。遐方异域，当年滴尽，英雄清泪。星斗撑肠，云烟盈纸，纵横游戏。漫人间留得，阳春白雪，千载下，无人继。

不见戟门华第，见萧萧、竹枯松悴。问谁料理，带湖烟景，瓢泉风味。万里中原，不堪回首，人生如寄。且临风高唱，逍遥旧曲，为先生醉。"词中感慨英雄壮志难酬，只得将一腔忠愤气化作慷慨激昂、沉郁顿挫的壮语。

品题

公一世之豪，以气节自负，以功业自许，方将敛藏其用以事清旷，果何意于歌词哉，直陶写之具耳。故其词之为体，如张乐洞庭之野，无首无尾，不主故常；又如春云浮空，卷舒起灭，随所变态，无非可观。无他，意不在于作词，而其气之所充，蓄之所发，词自不能不尔也。其间固有清而丽、婉而妩媚，此又坡词之所无，而公词之所独也。（范开《稼轩词序》）

梁启超《手批稼轩长短句》书影

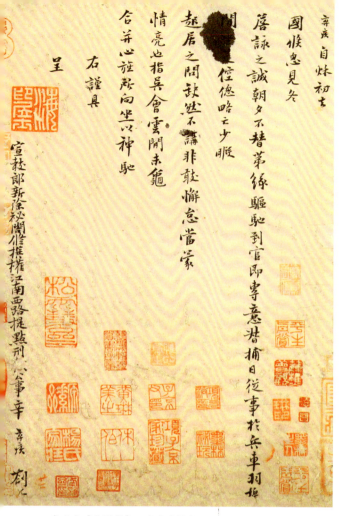

辛弃疾《去国帖》，当书于淳熙二年（1175）在江西提刑任平定茶寇赖文政之后。书写流畅自如，为其仅见的墨迹珍品。故宫博物院藏

世之知公者，诵其诗词，而以前辈谓有井水处皆唱柳词，余谓耆卿直流连光景歌咏太平尔；公所作大声鞺鞳，小声铿鍧，横绝六合，扫空万古，自有苍生以来所无。其秾纤绵密者亦不在小晏、秦郎之下。（刘克庄《后山大全集》卷九十八）

词至东坡，倾荡磊落，如诗如文，如天地奇观，岂与群儿雌声学语较工拙；然犹未至用经用史，牵雅颂入郑卫也。自辛稼轩前，用一语如此者必且掩口。及稼轩横竖烂漫，乃如禅宗棒喝，头头皆是；又如悲笳万鼓，平生不平事并尼酒，但觉宾主酣畅，谈不暇顾。词至此亦足矣。（刘辰翁《须溪集》卷六）

辛稼轩、刘改之之作豪气词，非雅词也。于文章余暇，戏弄笔墨，为长短句之诗耳。（张炎《词源》卷下）

词家争斗秾纤，而稼轩率多抚时感事之作，磊砟英多，绝不作妮子态。宋人以东坡为词诗，稼轩为词论，善评也。（毛晋《稼轩词跋》）

其词慷慨纵横，有不可一世之概，于倚声家为别调；而异军特起，能于剪红刻翠之外，屹然别立一宗，迄今不废。（《四库全书总目提要》卷一百九十八）

辛稼轩当宋之南，抱英雄之志，有席卷中原之略，厄于时运，势不得展，长短句涛涌雷发，坡公以后，一人而已。（冯班《叙词源》）

稼轩雄深雅健，自是本色，俱从《南华》冲虚得来……中调短令，亦间作妩媚语。观其得意处，真有压倒古人之意。（邹祗谟《远志斋词衷》）

稼轩之词，胸有万卷，笔无点尘，激昂排宕，不可一世。（彭孙遹《金粟词话》）

辛稼轩当弱宋末造，负管乐之才，不能尽展其用，一腔忠愤，无处发泄……故其悲歌慷慨、抑郁无聊之气，一寄之于词。（徐釚《词苑丛谈》卷四引）

稼轩敛雄心，抗高调，变温婉，成悲凉。……苏、辛并称，东坡天趣独到处殆成绝诣。而苦不经意，完璧甚少。稼轩则沉着痛快，有辙可循。南宋诸公，无不传其衣钵，固未可同年而语也。稼轩由北开南，梦窗由南追北，是词家转境。（周济《宋四家词选目录序论》）

稼轩词龙腾虎掷，任古书中理语、廋语，一经运用，便得风流，天姿是何夐异！苏、辛皆至情至性人，故其词潇洒卓荦，悉出于温柔敦厚。世或以粗犷托苏、辛，固宜有视苏、辛为别调者哉！（刘熙载《艺概》卷四）

辛稼轩，词中之龙也，气魄极雄大，意境却极沉郁。不善学之，流入叫嚣一派，论者遂集矢于稼轩，稼轩不受也。（陈廷焯《白雨斋词话》卷一）

稼轩词，于雄莽中别饶隽味……于悲壮中见浑厚。（陈廷焯《白雨斋词话》卷六）

宋代词家，源出于唐五代，皆以婉约为宗。自东坡以浩瀚之气行之，遂开豪迈一派。南宋辛稼轩，运深沉之思于雄杰之中，遂以"苏辛"并称。他如龙洲、放翁、后村诸公，皆嗣响稼轩，卓卓可传者也。嗣兹以降，词家显分两派，学苏辛者所在皆是。（蒋兆兰《词说》）

稼轩先生词品，上承北宋之正声，下开南宋之别派，雄风杰调，横绝一时，在文学上之地位，自足千古。（梁启勋《稼轩词疏证》）

（辛弃疾）是词中第一大家。他的才气纵横，见解超脱，情感深挚。（胡适《词选》）

辛以真性情发清雄之思，足以唤起四座，别开境界，虽粗犷不掩其乱头粗饰之美。（赵尊岳《填词丛话》卷二）

词林逸事

淳熙十五年（1188）冬日，雪后初晴，夕照辉映白雪皑皑的大地。已经罢官在江西上饶闲居八年，正患着小病的辛弃疾，在瓢泉新居高兴地迎来了从东阳来访的陈亮。主客二人相得甚欢，或共饮瓢泉，或同游鹅湖，高谈阔论，话题总是围绕在国事和时局的问题上，各抒心中的积郁。陈亮停留了十天，才飘然东归。可他一走，辛弃疾又感到恋恋难舍。第二天，他立即起程追赶，打算在途中和陈亮再多盘桓些时日。可追到上饶东边鹭鸶林，雪深路滑，再也没法前进了。辛弃疾怅然停下来，独饮于路旁的方村，晚间则投宿于吴家泉湖四望楼，半夜忽然听到一阵笛声，穿雪破空，婉转凄绝，不由感慨万千，不能成眠，挥笔作成一首《贺新郎》以寄意：

把酒长亭说。看渊明、风流酷似，卧龙诸葛。何处飞来林间鹊，蹙踏松梢微雪。要破帽、多添华发。剩水残山无态度，被疏梅料理成风月。两三雁，也萧瑟。　佳人重约还轻别。怅清江、天寒不渡，水深冰合。路断车轮生四角，此地行人销骨。问谁使、君来愁绝。铸就而今相思错，料当初、费尽人间铁。长夜笛，莫吹裂。

辛弃疾怏怏而归。五天后，已到家的陈亮来信索词，并立即奉和一阕（《贺新郎·寄辛幼安和见怀韵》）：

约清愁、杨柳岸边相候（辛弃疾《粉蝶儿·和赵晋臣敷文赋落花》句）　王福庵

《稼轩词》（《贺新郎》）书影，清初毛氏汲古阁影宋抄本。中国国家图书馆藏

看剑引杯长（唐杜甫《夜宴左氏庄》句）　清《小石山房印谱》

枞如，击鼓声。如，助词。

梦云，宋玉《高唐赋》谓楚王游高唐之观，梦见巫山神女，神女自称"朝为行云，暮为行雨"。此谓梦见盼盼。

盼盼像（明佚名《千秋绝艳图》）

老去凭谁说。看几番、神奇臭腐，夏裘冬葛。父老长安今余几，后死无仇可雪。犹未燥、当时生发。二十五弦多少恨，算世间、那有平分月。胡妇弄，汉宫瑟。　　树犹如此堪重别。只使君、从来与我，话头多合。行矣置之无足问，谁换妍皮痴骨。但莫使、伯牙弦绝。九转丹砂牢拾取，管精金、只是寻常铁。龙共虎，应声裂。

辛弃疾收到此词后，又用前韵赋词（《贺新郎·同父见和再用韵答之》）以答：

老大那堪说。似而今，元龙臭味，孟公瓜葛。我病君来高歌饮，惊散楼头飞雪。笑富贵、千钧如发。硬语盘空谁来听，记当时只有西窗月。重进酒，换鸣瑟。　　事无两样人心别。问渠侬：神州毕竟，几番离合。汗血盐车无人顾，千里空收断骨。正目断、关河路绝。我最怜君中宵舞，道男儿、到死心如铁。看试手，补天裂。

此后，辛陈又赋词多首唱和，言志抒怀，慷慨悲歌。尤其是辛弃疾的一阕《破阵子·为陈同甫赋壮词以寄之》，一片壮心，满腔忧愤，数百载之后犹令人掩卷扼腕叹息：

醉里挑灯看剑，梦回吹角连营。八百里分麾下炙，五十弦翻塞外声。沙场秋点兵。　　马作的卢飞快，弓如霹雳弦惊。了却君王天下事，赢得生前身后名。可怜白发生。

辛陈唱和，高山流水，剑胆琴心，流传千古。

 **低吟／浩唱**

永遇乐

［北宋］苏轼

彭城夜宿燕子楼，梦盼盼，因作此词。

明月如霜，好风如水，清景无限。曲港跳鱼，圆荷泻露，寂寞无人见。枞如三鼓，铿然一叶，黯黯梦云惊断。夜茫茫、重寻无处，觉来小园行遍。　天涯倦客，山中归路，望断故园心眼。燕子楼空，佳人何在，空锁楼中燕。古今如梦，何曾梦觉，但有旧欢新怨。异时对、黄楼夜景，为余浩叹。

元丰元年（1078）十月，明月皎洁如霜的静夜，词人宿燕子楼，与佳人梦魂相接，然三更鼓响，一片叶落，忽然惊觉，于是怅然若失，起而寻梦。上片先写无限清幽的夜景，后述惊梦游园，融情入景，若梦若醒，似真似幻，惝恍迷离。下片乃醒后述怀，因梦断而触发人生无常、古今同梦的浩叹，语意沉郁而超然独悟。胡仔谓此词与《念奴娇》（"大江东去"）等词"绝去笔墨畦径间，直造古人不到处，真可使人一唱而三叹"（《苕溪渔隐丛话》后集卷二十一）。

参读

东坡守徐州，作《燕子楼》乐章，方具稿，人未知之。一日，忽哄传于城中。东坡讶焉，诘其所从来，乃谓发端于逻卒。东坡召而问之，对曰："某稍知音律，尝夜宿张建封庙，闻有歌声，细听，乃此词也，记而传之，初不知何谓。"东坡笑而遣之。——宋曾敏行《独醒杂志》卷三

永遇乐

[南宋]李清照

落日熔金，暮云合璧，人在何处。染柳烟浓，吹梅笛怨，春意知几许。元宵佳节，融和天气，次第岂无风雨。来相召、香车宝马，谢他酒朋诗侣。　中州盛日，闺门多暇，记得偏重三五。铺翠冠儿，撚金雪柳，簇带争济楚。如今憔悴，风鬟霜鬓，怕见夜间出去。不如向、帘儿底下，听人笑语。

这首词当是词人流寓临安时所作，摅写独度元宵时的凄凉心境。上片以眼前胜景和节日气氛的渲染衬托自己的孤凄，下片遥想当年汴京繁盛的元宵佳景，寄托了对自己的幸福时光乃至北宋那个承平时代的深切眷怀。"如今"以下跌回眼前，写历尽沧桑后的形容憔悴、潦倒伤心之状。结末横生波澜，以乐景写哀，情词酸楚，愈见悲凉。全词在时空的交织中，景之美与情之苦、人之欢与我之悲、昔之盛与今之衰形成强烈对比，而词人内心深藏的故国之思和夫亡家破的凄凉之感含蓄地表现出来。

黄楼，在徐州城东，苏轼所建。

唐贞元年间，武宁军节度使张愔（字建封）镇守徐州时，在其府第中为爱妾关盼盼特建一座小楼，因其飞檐挑角，形如飞燕，且年年春天南来燕子多栖息于此，故名燕子楼。张愔卒后，盼盼念旧日恩爱而不嫁，其事绮艳感人。1985年，徐州市人民政府于云龙公园知春岛上重建燕子楼。

吹梅笛怨，笛曲有音调哀怨的《梅花落》。

中州，河南古称中州。这里指汴京。

三五，正月十五日。

铺翠冠儿，用翡翠羽毛装饰的帽子。

撚金雪柳，以金线装饰的雪柳。雪柳，用绢或纸装饰的花，元宵节女子插戴的头饰。

簇带，宋时俗语，插戴满头之意。

济楚，整齐，整洁。

怕见，怕得，懒得。

徐灿《观音册》

江令，江总，历仕梁、陈、隋三朝，入陈为尚书令。此处有讽谏夫君之意。

徐灿（约1618—1698）字湘蘋，号明霞，江南吴县（今江苏苏州市西南）人。海宁陈之遴继妻。之遴明崇祯进士，官中允。入清，官弘文院大学士，以贿结内监革职戍边，灿随夫迁谪塞外。之遴卒后二十年，始收其骸骨南归。工诗词，精书画。其词得北宋风格，或典雅清新或悲慨苍凉，才锋遒丽，陈维崧称之为"南宋后闺秀第一"。有《拙政园诗馀》。

 参读

余自乙亥上元诵李易安《永遇乐》，为之涕下。今三年矣，每闻此词，辄不自堪。遂依其声，又托之易安自喻。虽辞情不及，而悲苦过之。

璧月初晴，黛云远淡，春事谁主。禁苑娇寒，湖堤倦暖，前度遽如许。香尘暗陌，华灯明昼，长是懒携手去。谁知道，断烟禁夜，满城似愁风雨。　　宣和旧日，临安南渡，芳景犹自如故。缃帙流离，风鬟三五，能赋词最苦。江南无路，鄜州今夜，此苦又谁知否。空相对，残釭无寐，满村社鼓。——南宋刘辰翁《永遇乐》写于临安陷落已经两年、国已无寸土的宋端宗景炎三年（1278），即帝昺祥光元年，借李清照之酒杯浇心中之块垒，极写国恨家愁，和易安词遥相承应，更有无可奈何之叹，哀惋无穷，实"悲苦过之"，堪称宋词殿后之作。

永遇乐　舟中感旧

〔清〕徐灿

无羌桃花，依然燕子，春景多别。前度刘郎，重来江令，往事何堪说。近水残阳，龙归剑杳，多少英雄泪血。千古恨，河山如许，豪华一瞬抛撇。　　白玉楼前，黄金台畔，夜夜只留明月。休笑垂杨，而今金尽，秾李还销歇。世事流云，人生飞絮，都付断猿悲咽。西山在、愁容惨黛，如共人凄切。

词人为明末清初知名诗人陈之遴之继室，明崇祯十年（1637）之遴成进士、授编修后，曾随夫在北京度过两三年流连花月、题云咏月的生活，后南归。之遴于清顺治二年（1645）失节降清，出仕新朝。词人作为封建时代的一介妇人，内心深为愧恨，却无法直面抗争，于陈在清廷任职后不久，也不能不携子女赴京。这首词似作于这次旅途中，其经行之地皆昔曾游历，在沧桑巨变之后重临，河山牵恨，昨是今非。词中万端感慨，无限凄怆，交织着身世感与亡国恨的飘荡无主的心态。煞拍处用拟人而兼移情手法，顿时将山川大地一同带入浩莽的深愁大哀之中，沉郁蕴藉，冷峭苍凉。谭献谓此词"外似悲壮，中实悲咽，欲言未言"（《箧中词·今集》卷五）。

永遇乐　登丹凤楼怀陈忠愍公

[清]周星誉

放眼东南，苍茫万感，奔赴栏底。斗大孤城，当年曾此，笳鼓屯千骑。劫灰飞尽，怒潮如雪，犹卷三军痛泪。满江头，阵云团黑，蛟龙敢啮残垒。　　登临狂客，高歌散发，唤得英魂都起。天意倘教，欲平此虏，肯令将军死。只今回首，笙歌依旧，一片残山剩水。伤心处，青天无语，夕阳千里。

此词约作于道光二十七年（1847），词人途经上海时，登城远望吴淞江，自然会想到陈化成这位抗英将军，因而感慨赋词。这是一曲充满爱国主义精神的英雄赞歌，词中在歌颂抗英烈士的同时，对醉生梦死的清廷当局予以辛辣的讽刺："只今回首，笙歌依旧，一片残山剩水。"使人读来分外沉痛。

永遇乐　秋草

[清]文廷式

落日幽州，凭高望处，秋思何限。候雁哀鸣，惊麏昼窜，一片飞蓬卷。西风万里，逾沙越漠，先到斡难河畔。但苍然、平皋接轸，玉关消息初断。　　千秋只有，明妃冢上，长是青青未染。闻道胡儿，祁连每过，泪落笳声怨。风霜未改，关河犹昔，汗马功名今贱。惊心是，南山射虎，岁华易晚。

光绪二十六年（1900）八月八国联军侵占北京之时，词人作《忆旧游·秋雁》一阕感慨时事，托物寄意。这首词亦写秋日事物，借秋草寄慨东北国事，约当作于同时。上片登高远眺所见萧瑟凄凉之景，透露出词人对国脉如缕、风雨飘摇的现实的关注。下片抒发吊古伤今的感慨：昔时能保家卫国、为国建树汗马功劳的人才，如今无人看重。篇末以李广自比，感叹报国无门，并希望朝廷上下能及时奋发，挽救危亡。全篇苍凉慷慨，惊心动魄，悲壮郁勃处颇似稼轩。

倚声依谱

《永遇乐》又名《消息》，为北宋新声，有平韵、仄韵两体。双调一百零四字，二十二句，首起两句，第四、五、七、八句均为四字

陈化成像

陈忠愍公，即陈化成。鸦片战争期间，调任江南提督，在吴淞口铸炮修炮台，练士卒，积极设防。道光二十二年（1842），英舰大举犯吴淞，化成力排和议，率军奋力抵抗，击伤敌舰七艘。后因孤军无援，以身殉国，谥忠愍。

麏，或作麕，即獐子。

斡难河，古称黑水，为黑龙江上游之一。为清王朝的北部边疆。1206年成吉思汗即位于此。

明妃冢，西汉王昭君墓，在今内蒙古呼和浩特市南，传说墓上青草经冬不凋，世称青冢。

周星誉（1826—1884）字叔云，祥符（今河南开封）人。道光进士，官广东盐运使兼署广东按察使。其词墨饱情浓，秀婉与雄放并具。有《东瓯草堂词》。

对，前后阕各四仄韵，上去通押。此调纡徐和缓，适于言志、抒情、怀古、议论、写景、咏物及酬赠、祝颂等题材。

【定格】

平仄平平，中平平仄，平仄平**仄**。

仄仄平平，平平仄仄，仄仄平平**仄**。

中平中仄，平平仄仄，中仄仄平平**仄**。

仄平平、平平中仄，仄平中中平**仄**。

平平仄仄，平平平仄，中仄中平中**仄**。

仄仄平平，中平平仄，平仄平平**仄**。

仄平平仄，中平中仄，中仄中平中**仄**。

中平仄、平平仄仄，仄平仄**仄**。

《词谱》（《永遇乐》）

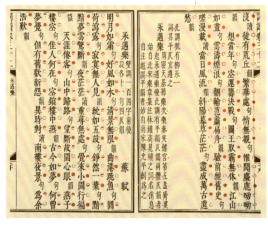

水龙吟

正销魂又是，疏烟淡月，子规声断

闹花深处层楼，画帘半卷东风软。春归翠陌，平莎茸嫩，垂杨金浅。迟日催花，淡云阁雨，轻寒轻暖。恨芳菲世界，游人未赏，都付与、莺和燕。　寂寞凭高念远，向南楼、一声归雁。金钗斗草，青丝勒马，风流云散。罗绶分香，翠绡封泪，几多幽怨。正销魂又是，疏烟淡月，子规声断。

又是疏烟淡月子规声断
宋陈亮词水龙吟春恨
岁次乙未夏日　以应为
家明兄嘱书　刘纯

王刘纯书《水龙吟》

华音流韵

水龙吟　春恨

〔南宋〕陈亮

闹红深处层楼①，画帘半卷东风软。春归翠陌，平莎茸嫩②，垂杨金浅。迟日催花③，淡云阁雨④，轻寒轻暖。恨芳菲世界，游人未赏，都付与、莺和燕。　寂寞凭高念远，向南楼、一声归雁。金钗斗草，青丝勒马，风流云散。罗绶分香⑤，翠绡封泪，几多幽怨。正销魂又是，疏烟淡月，子规声断。

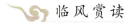

临风赏读

陈亮心空万古，家国在怀，所作词多自抒胸襟，雄健豪纵，但这首《水龙吟》则又婉秀疏宕，中有一片深情。

词的上片先烘托出一片艳冶烂漫的迷人春光：一檐红楼

掩映在闹花深处，柔和温软的春风轻抚着半卷的画帘。望中的郊野，苍翠镀上了小径，嫩草铺出了田畴，鹅黄嫩绿的杨柳枝轻轻地摇漾着；淡淡的云，刚收住轻飞的雨；这乍暖还寒的时节，长长的白昼，催放着缤纷的花。接着"恨芳菲"三句笔锋陡转。如许春光，本可引人入胜，令人目不暇接而流连忘返，但在今朝，游人却未曾赏玩这芳菲世界，只能全付与那无知的流莺闲燕领略享受。盖国运岌岌，大好河山尽沦于敌手，自然难以有游赏春景的闲情逸致了。原来，前面几乎倾全力描绘春光之美是为了衬托此处的恨怀之深，气氛之凄冷寥落。

下片就恨怀尽情渲染。在层楼上寂寞凭栏远眺，触目伤怀。雁归人渺，勾起的只有如幻如梦的忆念。那时或与远人踏青抽钗斗草，或驾青丝勒马的轻车共驰。这些美妙情事，别后已如风云飘流分散，只有当年别离时所赠的丝带还飘荡着芳香，翠绿的丝巾还残留着眼泪，有多少的幽恨愁怨至今难消。结拍转写当前，当子规声声凄断，将他从幻梦中惊回，他看到的便只有暮霭迷离中那一弯初升的淡月、一抹袅袅的疏烟……这一结含思极凄婉，余音袅袅，有含蓄不尽之妙。

词人从春晨的花闹风软一直写到薄暮的子规声断，以春景带出恨意，而恨意亦复层层渲染，令人刻骨镂心，黯然销魂。然而，这恨意并非寻常的闺怨和离愁。和辛弃疾的名篇《摸鱼儿》（"更能消几番风雨"）以欲吐还吞的手法抒写悲壮郁勃的忧国之情一样，此词也是用"幽秀"之笔，写出了词人对中原故国的悲思和怀念，将读者带进一个深沉而感伤的艺术境界。

宋佚名《层楼春眺图》。江天阔渺，临江一座崇楼玲珑空透，楼旁树木枝叶苍郁繁茂，其下簇拥着妍丽的花丛。对岸远岫丛林，山石清远。层楼上一妇人携侍女凭栏远眺碧波中的归帆，似有万千心事。看似一派春意盎然，却在明丽中带有淡淡的清寂。故宫博物院藏

古今汇评

李攀龙：春光如许，游赏无方，但愁恨难消，不无触物生情。（《新刻李于麟先生批评注释草堂诗馀隽》卷二）

沈际飞：有能赏而不知者，有欲赏而不得者，有似赏而不真者。人不如莺也，人不如燕也。（《草堂诗馀正集》卷五）

徐　釚：陈同父开拓万古之心胸，推倒一世之豪杰，而作词乃复幽秀，其《水龙吟》云（略）。（王奕清《历代诗馀》卷一百十八）

黄　苏："闹花深处层楼"，见不事事也。"东风软"即东风不竞之意也。迟日淡云，轻寒轻暖，一曝十寒之喻也。好世界不求贤共理，惟与小人游玩如莺燕也。"念远"者，念中原也。"一声归雁"，谓边信至，乐者自乐，忧者徒忧也。（《蓼园词选》）

刘熙载：同甫《水龙吟》云："恨芳菲世界，游人未赏，都付与莺和燕。"言近指远，直有宗留守大呼渡河之意。（《艺概》卷四）

唐圭璋：此首凭高念远，疏宕有致。起数句，皆写景物。"闹花"两句，写楼高风微。"春归"三句，写平莎垂杨。"迟日"三句，写寒暖不定。"恨芳菲"三句，总束上片，好景无人赏，只与流莺闲燕赏之，可恨孰甚。换头，因雁去而念远。"金钗"三句，言当日之乐事无踪。"罗绶"三句，言别后之幽怨难消。"正销魂"三句，以景结，伤感殊甚。（《唐宋词简释》）

周笃文：此词幽秀妍丽，一往情深，居然小晏、秦郎风调。"闹花"以下八句，以画笔写淑景，见出韶光之美艳，是宾；"恨芳菲"以下转写人事之孤寂，是主。"都付与，莺和燕"，则春光深锁，触目成愁了。所谓以乐写哀，一倍增其哀怨者，正是此类。所哀者何事？由下片补出：斗草之戏，勒马之游，都随分香、封泪而化为离恨了。结拍三句，以景足情，是加倍写法。其境界与辛弃疾"斜阳""烟柳"之词相似，也是托意闲情寄慨时事的作品。是以刘熙载要称其"言近指远，直有宗留守大呼渡河之意"了。（《宋百家词选》）

高建中：此词即景兴感，抒伤春念远之情。今日芳菲世界，尽付莺燕；

昔年赏心乐事，风流云散。其牢愁暗恨、寂寞销魂之凄苦心境，沉潜幽约，不无家国之恨寓焉。（《唐宋词》）

参读

花才开处禁风，雨争狼藉香尘软。春情逗留，春光摇曳，春芳娇浅。酿雨催花，笼烟摆柳，拖寒拖暖。恨年年心事，无人勾管。寻旧垒，凄凉燕。　　塞北江南人远，欲寄书、难凭征雁。春皋射猎，春衣琴酒，春烟微散。月去窗纱，灯残花烬，栖乌啼怨。相思未是，白狼烽火，角声吹断。——明茅维《水龙吟·春恨寄张圣标诸公和陈同甫韵》笔调沉郁，气韵流动。

词人心史

陈亮（1143—1194）字同甫，婺州永康（今浙江永康）龙窟山人。世称龙川先生。为人才气超迈，喜谈兵，论议风生，下笔数千言立就。十八九岁时，慨然有经略四方之志，曾考古人用兵成败之迹，著《酌古论》，以探求中兴、复仇之策。孝宗乾道中，婺州以解元荐，补太学博士弟子员。隆兴初，宋金议和，朝野忻然，独陈亮上《中兴五论》，极论议和之非和北伐图强的方略，奏入不报，回乡办学、著书。后又多次诣阙上书，畅言恢复中原大计，反对偏安妥协，为朝中权臣所嫉恨，先后三次被诬入狱。光宗绍熙四年（1193）应礼部试，礼部奏名第三，孝宗御笔擢第一，授签书建康府判官。翌年四月初八，病逝于赴任途中。有《龙川文集》三十卷。

在学术上，陈亮独树一帜，力倡"实事实功"，有益于国计民生，并讥讽空谈心性的理学家为"皆风痹不知痛痒之人"，后人以他与叶适为永康事功学派的代表。围绕王霸、义利、天理和人欲等重大哲学问题，曾与朱熹往复辩论。所作政论笔力纵横驰骋，说理透辟。其词风则与挚友辛弃疾近似，往往以气使之，直陈其"平生经济之怀"，自由地抒写复仇报国的强烈心愿，语言斩截痛快，风格雄放恣肆，磅礴纵横。当然，除爱国豪壮之词外，他有不少词也写得和婉幽秀，疏宕有致。

陈亮像

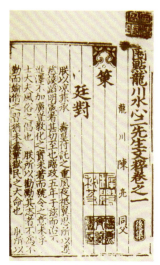

《龙川水心二先生文粹》书影

开拓万古之心胸　王福庵

参读

　　研穷义理之精微，辨折古今之同异，原心于秒忽，较礼于分寸，以积累为工，以涵养为正，睟面盎背，则于诸儒诚有愧焉。至于堂堂之阵，正正之旗，风雨云雷交发而并至，龙蛇虎豹变现而出没，推倒一世之智勇，开拓万古之心胸，如世俗所谓粗块大脔，饱有余而文不足者，自谓差有一日之长。——《陈亮集》卷二十

品题

　　公以解头而魁多士，讲学别出手眼，紫阳、东莱诸公往往敬惮之。如上宋帝四书，功虽未大就，而其心即鞠躬尽瘁死而后已之心。卧龙、龙川，千古一辙，何多让焉！至其气节，虽屡遭刑狱，而百折不回，饶有铜肝铁胆、唾手成功之志，所谓真英雄、真豪杰、真义士、真理学者，非其人耶？（《陈亮集》附录三）

　　龙川好谈天下大略，以节气自居，而词亦疏宕有致。（张宗橚《词林纪事》卷十一引周密语）

　　生平经济托微言，文似龙川意可原。亦有翠绡封泪语，散花庵选集无存。（谭莹《论词绝句》）

　　龙川痛心北虏，亦屡见于辞……忠愤之气，随笔涌出，并足唤醒当时聋聩，正不必论词之工拙也。（冯煦《蒿庵论词》）

　　同甫《水调歌头》……精警奇肆，几于握拳透爪，可作中兴露布读。（陈廷焯《白雨斋词话》卷一）

　　词至南宋，如稼轩、同甫之慷慨悲凉，碧山、玉田之委婉顿挫，皆伤时感事，上与风骚同旨，可薄为小技乎？（沈祥龙《论词随笔》）

　　龙川之词，感愤淋漓，眷怀君国；稼轩之词，才思横溢，悲壮苍凉。例之古诗，远法太冲，近师太白，此纵横家之词也。（刘师培《论文杂记》）

　　龙川词实独具风格，其一种斩截痛快、雄放恣肆之气，又非稼轩所能并比者。龙川之词，干戈森立，如奔风逸足，直欲吞虎食牛，而语出肺腑，无少矫饰，实可见其胸襟怀抱。即专以词艺论之，亦自有其精至独到处。（姜书阁《陈亮龙川词笺注》）

低吟/浩唱

水龙吟　咏月

［北宋］晁端礼

倦游京洛风尘，夜来病酒无人问。九衢雪少，千门月淡，元宵灯近。香散梅梢，冻消池面，一番春信。记南楼醉里，西城宴阕，都不管、人春困。　　屈指流年未几，早人惊、潘郎双鬓。当时体态，如今情绪，多应瘦损。马上墙头，纵教瞥见，也难相认。凭阑干但有，盈盈泪眼，把罗襟揾。

这首词以谐婉的声韵和流畅自然的语言，将仕途上的落拓不遇和爱情上的挫折所带来的失意与苦闷，抒发得淋漓尽致，动人心魄。全词层层铺排，层层深入，环环相扣，浑然天成。

晁端礼(1046—1113)一作元礼，字次膺，其先清丰(今属河南)人，因其父葬于济州任城(今山东济宁)，遂为任城人。熙宁进士。两为县令，忤上官，坐废徙。政和间起为大晟府协律，未就职而卒。其词俗词、雅调俱工，令词、长调兼擅。有《闲斋琴趣外篇》六卷。

水龙吟

［北宋］秦观

小楼连苑横空，下窥绣毂雕鞍骤。朱帘半卷，单衣初试，清明时候。破暖轻风，弄晴微雨，欲无还有。卖花声过尽，斜阳院落，红成阵、飞鸳甃。　　玉珮丁东别后，怅佳期、参差难又。名缰利锁，天还知道，和天也瘦。花下重门，柳边深巷，不堪回首。念多情但有，当时皓月，向人依旧。

词人在蔡州教授任上，与色艺俱佳的营妓娄琬来往甚密。元祐五年（1090），词人离蔡州入京为秘书省校勘，这首赠给娄琬的词当作于此时。词的上片从女子着墨，写她临楼目送恋人骑着骏马飞驰而去的场景以及初别时的环境和心理感受。下片从男方着笔，写忍痛离别后的情怀。全词空灵清快，婉转依回，写出词人对一个沦落风尘的薄命女子的深挚情愫，读来凄恻感人。

秦观《水龙吟》（《诗馀画谱》）

参读

玉漏迢迢尽，银潢淡淡横。梦回宿酒未全醒，已被邻鸡催起怕天明。　　臂上妆犹

明吴伟《长江万里图》，以刚健奔放的勾勒与水墨晕染相结合的手法，挥洒纵横，描绘万里长江沿途壮美的云山幽谷、山村墟市、江上风帆等，用笔简劲放纵，昂然潇洒，气势浩荡，撼人心魄。故宫博物院藏

多情未老头先白（欧阳修《六一诗话》句　清《飞鸿堂印谱》

樊川，汉武帝时长安一个梨园。

灵关，山名，在今四川宝兴县南，种梨，树多遮路。

传火，古代寒食节禁火后重新举火，宫中取新火传赐近臣，称为传火。

长门，即长门宫，汉武帝皇后陈阿娇失宠后所居之处。

亚，压。

在，襟间泪尚盈。水边灯火渐人行，天外一钩残月带三星。——这首《南歌子》是秦观在蔡州任上赠歌妓陶心儿的，写情人黎明前不得不分别的情景，写出了无限缠绵之情。

水龙吟　次韵林圣予惜春

[北宋] 晁补之

问春何苦匆匆，带风伴雨如驰骤。幽葩细萼，小园低槛，壅培未就。吹尽繁红，占春长久，不如垂柳。算春长不老，人愁春老，愁只是、人间有。　　春恨十常八九，忍轻辜、芳醪经口。那知自是，桃花结子，不因春瘦。世上功名，老来风味，春归时候。最多情犹有，尊前青眼，相逢依旧。

词人才华飘逸，但自二十七岁举进士第，一生之中仕途坎坷，屡遭贬谪，五十一岁坐元祐党籍，闲居乡里达八年之久。因此他的词章中不时流露出对仕宦生涯的悲感。这首和作即是在叹惜春光来去匆匆中注入对世事、人生的深沉思索和感慨。词的上片说自然界春来春去，生生不息，只是人总爱担心春老，空愁而已；词人虽则通晓物理，下片表面上也以旷达情怀劝友人，痛饮狂歌，送春归去，但其内心却又依然难以排遣人生之"春归"而功业无成的无奈和失落。全词笔如游龙，转折多致，富于理趣，在惜春词中别具一格。

水龙吟　梨花

[北宋] 周邦彦

素肌应怯余寒，艳阳占立青芜地。樊川照日，灵关遮路，残红敛避。传火楼台，妒花风雨，长门深闭。亚帘栊半湿，一枝在手，偏勾引、黄昏泪。　　别有风前月底，布繁英，满园歌吹。朱铅退

尽，潘妃却酒，昭君乍起。雪浪翻空，粉裳缟夜，不成春意。恨玉容不见，琼英谩好，与何人比。

此词咏梨花，以浓艳著称，罗致了许多与梨花有关的故事入词，塑造了梨花无与伦比的精神风致，笔力矫健，境界阔大。

参读

素娥洗尽繁妆，夜深步月秋千地。轻腮晕玉，柔肌笼粉，缁尘敛避。霁雪留香，晓云同梦，昭阳宫闭。怅仙园路杳，曲栏人寂，疏雨湿、盈盈泪。　　未放游蜂叶底，怕春归、不禁狂吹。象床困倚，冰魂微醒，莺声唤起。愁对黄昏，恨催寒食，满襟离思。想千红过尽，一枝独冷，把梅花比。——南宋楼枌《水龙吟·次清真梨花韵》采用拟人化的手法，通过嫦娥、宫中美人、仙子、闺中思妇等意象的刻画，细致地描摹了梨花的清雅风姿，从而赋予其高洁自守的人格魅力，弥漫着浓郁的诗情。

水龙吟

[南宋] 朱敦儒

放船千里凌波去，略为吴山留顾。云屯水府，涛随神女，九江东注。北客翩然，壮心偏感，年华将暮。念伊嵩旧隐，巢由故友，南柯梦、遽如许。　　回首妖氛未扫，问人间、英雄何处。奇谋报国，可怜无用，尘昏白羽。铁锁横江，锦帆冲浪，孙郎良苦。但愁敲桂棹，悲吟《梁父》，泪流如雨。

靖康之难后，词人携家从洛阳南逃。这首词似是他离开淮海，沿江东下金陵时所作。词以纪行为线索，一开始就以雄健之笔描绘了一路水行南下所见云聚涛涌的壮丽景色，由此拓开境界，转入去

唐玄宗教太常乐工子弟三百人为丝竹之声，音响齐发。因其所居之院近于禁院之梨园，故号为梨园弟子。

江淹《恨赋》："若夫明妃去时，仰天太息。"潘妃，南朝齐废帝东昏侯之妃，名玉儿，颜色洁美。

宋陈清波《瑶台步月图》。故宫博物院藏

九江，泛指长江。

巢由，指巢父与许由，皆为唐尧时隐士。

铁锁横江，指三国时晋灭吴之事。

《梁父》，即《梁父吟》，乐府古曲，音调悲切凄苦。诸葛亮便好为《梁父吟》。

国离乡的感怀，由个人悲欢写到国家命运，最后以英雄报国无门之悲慨收结，余味无穷。全词将写景、抒情、议论交相融合为一体，感情极痛快却极沉着，字里行间回荡着一股忠愤之气。

水龙吟　绍兴甲子上元有怀京师

[南宋] 向子諲

华灯明月光中，绮罗弦管春风路。龙如骏马，车如流水，软红成雾。太一池边，葆真宫里，玉楼珠树。见飞琼伴侣，霓裳缥缈，星回眼、莲承步。　　笑入彩云深处，更冥冥、一帘花雨。金钿半落，宝钗斜坠，乘鸾归去。醉失桃源，梦回蓬岛，满身风露。到而今江上，愁山万叠，鬓丝千缕。

高宗绍兴十四年甲子（1144）上元佳节，词人身处南宋京城临安，追忆起当年汴京元夜的欢乐，情难以堪，作此词，痛悼故国之沦亡。词以主要的篇幅层层渲染皇城上元之夜观灯的盛况和汴京的繁华，直到结尾"醉失桃源"以下，从追忆中霍然而醒，跌回现实，无限惨痛悲怆皆化作"愁山万叠，鬓丝千缕"。

水龙吟　登建康赏心亭

[南宋] 辛弃疾

楚天千里清秋，水随天去秋无际。遥岑远目，献愁供恨，玉簪螺髻。落日楼头，断鸿声里，江南游子。把吴钩看了，栏干拍遍，无人会、登临意。　　休说鲈鱼堪脍，尽西风、季鹰归未。求田问舍，怕应羞见，刘郎才气。可惜流年，忧愁风雨，树犹如此。倩何人唤取，红巾翠袖，搵英雄泪。

这首词作于淳熙元年（1174）秋，当时词人应叶衡之聘，任江东安抚司参议官。词人已南归多年，却一直沉沦下僚，满腹经纶，迄无所用，不得一遂报国之愿。登览建康赏心亭，极目苍茫，怅然浩叹，胸中郁积的悲愤和苦闷不能不一吐为快，遂有此作。上片以景发端，楚天、清秋、落日、断鸿、西风、远山，一派空阔苍凉的气象，触发起词人一股浓烈的愁怀。这大好秋光在词人眼里，不过是恨水愁山，哀鸿的悲唳罢了。他这个江南游子看着吴钩宝剑把玩不已，拍遍了九曲栏杆，可是世无知音，又有谁能领会他此时的真意——恢复中原的壮志？词人心境之悲苦可想而知。下片述情，连续运用张翰、刘备、桓温三个人的故事将作者怀才不遇、流年空度的愁情逐层剥开，递相展示出来，极尽沉郁雄浑之美。结拍说英雄失志之余，滚滚热泪，只好抛向盈盈的丽质了，寓刚于柔。这首词阔景、壮志、豪气、悲怀一时齐集，气度恢宏，笔致委曲，一波三折，愈转愈深，寓雄豪于婉约，变激烈作悲凉，益见沉郁，具有极强的艺术感染力，至今读来仍动人心魄。

参读

前不见古人，后不见来者。念天地之悠悠，独怆然而涕下！——唐陈子昂的旷世绝作《登幽州台歌》风雷俱出，郁勃悲怆，所抒发的是孤独感，是一个对功业和不朽执着追求，才能卓越但却深受压抑的志士的孤独、悲愤和悲凉，其实也是亘古以来有大襟抱大才能者共有的人生悲哀。

前不见古人　邓散木

水龙吟

[南宋]程垓

夜来风雨匆匆，故园定是花无几。愁多怨极，等闲辜负，一年芳意。柳困花慵，杏青梅小，对人容易。算好事长在，好花长见，元只是、人憔悴。　　回首池南旧事，恨星星、不堪重记。如今但有，看花老眼，伤时清泪。不怕逢花瘦，只愁怕、老来风味。待繁红乱处，留云借月，也须拼醉。

这首词以委婉哀怨的笔调，曲折尽致地抒发了词人对故园的眷眷深情、对如烟往事的怀念和迟暮悲凉之感，并隐隐透着他忧时伤乱的情绪。结拍看似旷达，其实中有无限凄怆。冯煦谓其词"凄婉绵丽"（《蒿庵论词》），此首风格正是如此。

水龙吟　寄陆放翁

[南宋]刘过

谪仙狂客何如。看来毕竟归田好。玉堂无此，三山海上，虚无缥缈。读罢《离骚》，酒香犹在，觉人间小。任菜花葵麦，刘郎去后，桃开处、春多少。　　一夜雪迷兰棹，傍寒溪、欲寻安道。而今纵有，新诗《冰柱》，有知音否。想见鸾飞，如椽健笔，檄书亲草。算平生白傅风流，未可向、香山老。

程垓字正伯，眉山（今属四川）人。其祖程正辅与苏轼为中表兄弟。曾与尤袤、陆游等游。其词作多写羁旅行役、离愁别绪，情意凄婉。有《书舟词》。

唐诗人贺知章号四明狂客，晚年辞归山阴，放翁亦隐山阴，故以贺知章拟放翁。

唐代诗人刘叉少有侠义之气，曾因酒后杀人四处逃亡，遇大赦，发愤读书写诗，以险怪奇诡的《冰柱》诗献给韩愈，成为韩愈门下士。

南朝刘义庆《世说新语·任诞第二十三》载，王子猷居山阴，夜大雪，眠觉，开室命酌酒。四望皎然，因起彷徨，咏左思《招隐》诗。忽忆戴安道，时戴在剡，即便夜乘小船就之。

痛饮读《离骚》 明汪关

有如此水，指水而誓语。
《左传·僖公二十四年》："公
子（重耳）曰：'所不与舅氏同
心者，有如白水！'"

茂陵，汉武帝陵。司马相如
成都人，晚年多病，客居茂陵。
李商隐有诗"茂陵秋雨病相如"。

长干，古金陵里巷名，故址
在今江苏省南京市南。乐府古辞
有《长干曲》。此代指故乡。

谢郎，谢庄，作《月赋》，有"美
人迈兮音尘绝，隔千里兮共明
月"之句。

渭水风生，贾岛《忆江山吴
处士》："秋风吹渭水，落叶满长
安。"

洞庭波起，《楚辞·湘夫
人》："袅袅兮秋风，洞庭波兮
木叶下。"

题红，范摅《云溪友议》中
说：书生卢偓偶临御沟，见水上
红叶有诗，知是宫人所题。其后
竟结良缘。

光宗绍熙元年（1190），陆游被罢职归田，闲处山阴三山故居，从此"思自放于山巅水涯，与世相忘"。这首词是陆游归隐后词人寄赠给他的。词中先以主要篇幅细致地铺叙了放翁逍遥闲适的隐居生活，以及欲至山阴拜访，表达对放翁的殷殷思慕之情，然后笔锋陡转，深望具有文韬武略的放翁在国难当头之际能挺身而出，亲草檄书，报国杀敌，而万不可如白居易，在归隐中终此一生。全词笔势跌宕，构思新奇，寓意深微，词风俊逸。

水龙吟

[南宋] 姜夔

黄庆长夜泛鉴湖，有怀归之曲，课予和之。

夜深客子移舟处，两两沙禽惊起。红衣入桨，青灯摇浪，微凉意思。把酒临风，不思归去，有如此水。况茂陵游倦，长干望久，芳心事、箫声里。　屈指归期尚未，鹊南飞、有人应喜。画阑桂子，留香小待，提携影底。我已情多，十年幽梦，略曾如此。甚谢郎、也恨飘零，解道月明千里。

绍熙四年（1193）之秋，词人客居绍兴，与友人黄庆长月夜泛舟城南之鉴湖，庆长作怀归之词，嘱白石和之，词人遂有此作。词人数十年间浪迹江、浙、皖、鄂各地，故借此和词自浇块垒，抒发其怀归之情、飘零之感。全词基调悲凉，写景、抒情都极深婉绵密，跌宕多姿。

水龙吟　落叶

[南宋] 王沂孙

晓霜初着青林，望中故国凄凉早。萧萧渐积，纷纷犹坠，门荒径悄。渭水风生，洞庭波起，几番秋杪。想重厓半没，千峰尽出，山中路、无人到。　前度题红杳杳，溯宫沟、暗流空绕。啼螀未歇，飞鸿欲过，此时怀抱。乱影翻窗，碎声敲砌，愁人多少。望吾庐甚处，只应今夜，满庭谁扫。

词人宋亡后虽再仕元朝，但亡国之痛在他内心深处仍是挥之不去。这首词便是借深秋时节黄叶飘零的萧索凄凉景象，抒发对故国的无限眷恋及难抑的悲哀之情。词中紧紧围绕"落叶"组织全篇，有实写，而更多的是"望中"——想象中的虚写，纯以冷色调渲染成一幅广寥、幽寂、凄清的深秋落叶图景，而将词人自

溥儒《空山落叶图》（局部）

已对国破家亡、无处可归的凄怆哀怨、沉郁悲苦意绪物化在落叶之上。清陈廷焯评曰："凄凉奇秀，屈、宋之遗。此中无限怨情，只是不露，令读者心怦怦焉。"（《云韶集辑评》卷九）又说："笔意幽冷，寒芒刺骨，其有慨于崖山乎？"（《白雨斋词话》卷二）

参读

世间无此娉婷，玉环未破东风睡。将开半敛，似红还白，余花怎比？偏占年华，禁烟才过，夹衣初试。叹黄州一梦，燕宫绝笔，无人解、看花意。　犹记花阴同醉，小阑干、月高人起。千枝媚色，一庭芳景，清寒似水。银烛延娇，绿房留艳，夜深花底。怕明朝、小雨蒙蒙，便化作燕支泪。——王沂孙《水龙吟·海棠》。王沂孙有《水龙吟》多首，均是"感慨沉至"之作。而此首"起笔绝世丰神。字字是痛惜之深，花耶人耶？吾乌乎测其命意之所至。（结句）缠绵呜咽，风雨葬西施，同此凄艳"（陈廷焯《云韶集辑评》卷九）。词人在异族统治下的一腔愤懑之气，化为幽怨凄恻之情，徐徐流出。

满纸春心墨未干（元好问《鹧鸪天》句）　清王谐

水龙吟

[金] 元好问

素丸何处飞来，照人只是承平旧。兵尘万里，家书三月，无言搔首。几许光阴，几回欢聚，长教分手。料婆娑桂树，多应笑我，憔悴似、金城柳。　不爱竹西歌吹，爱空山、玉壶清昼。寻常梦里，膏车盘谷，挐舟枋口。不负人生，古来惟有，中秋重九。愿年年此夕，团圆儿女，醉山中酒。

盘谷为唐李愿隐居之地，韩愈《送李愿归盘谷序》云："膏吾车兮秣吾马，从子于盘兮，终吾生以徜徉。"盘谷、枋口二地，皆在河南济源县，离登封较近。词人兴定二年（1218）移家登封。

《史记》卷一百零九载，李广居蓝田南山中射猎，所居郡闻有虎，尝自射之。

《三辅黄图》载，昆明池中有豫章台及石鲸，刻石为鲸鱼，长三丈，每至雷雨，常鸣吼，尾皆动。

长堤万弩，指五代吴越王钱镠射潮事。相传钱镠筑海塘，怒潮汹涌，板筑不成。镠命水犀军架强弩五百射潮，迫使潮头趋向西陵，遂奠基成塘。

刘向《说苑》载，武王伐纣，风霁而乘以大雨。散宜生谏曰："此非妖欤？"王曰："非也，天洗兵也。"

鞬橐，古代马上盛弓矢器。

咸阳，秦朝都城所在地，此代指金都。

这首词当作于金兴定三年（1219）至正大二年（1225）之间词人客居京师的某个中秋节。上片写中秋望月感怀，感慨离乱，倾诉别离，凄怆缠绵；下片转为述志，抒发不慕声色繁华，独爱清幽的隐逸情怀，清远蕴藉。全词感情沉郁深挚，意蕴深厚。

水龙吟

〔金〕王渥

从商帅国器猎，同裕之赋。

短衣匹马清秋，惯曾射虎南山下。西风白水，石鲸鳞甲，山川图画。千古神州，一时胜事，宾僚儒雅。快长堤万弩，平冈千骑，波涛卷、鱼龙夜。　　落日孤城鼓角，笑归来、长围初罢。风云惨澹，貔貅得意，旌旗闲暇。万里天河，更须一洗，中原兵马。看鞬橐鸣咽，咸阳道左，拜西还驾。

金正大三年（1226），年二十即以善战知名的商州镇帅完颜斜烈（名鼎，字国器）会同僚属射猎终南山，这首词即写此次围猎盛况。上片大笔浓墨渲染完颜斜烈及其麾下猎骑雷鸣鲸吼、纵横奔驰的壮阔气势和场面。下片写将士猎归途中兴致勃勃、志得意满的情景，并引发联想，对完颜斜烈寄予安邦定国的厚望。全篇笔力雄健，以豪迈奔放的激情一气贯注，充溢着一种雄阔阳刚之美，而于剑拔弩张氛围之中又透出从容闲雅情趣。

参读

少年射虎名豪，等闲赤羽千夫膳。金铃锦领，平原千骑，星流电转。路断飞潜，雾随腾沸，长围高卷。看川空谷静，旌旗动色，得意似、平生战。　　城月迢迢鼓角，夜如何、军中高宴。江淮草木，中原狐兔，先声自远。盖世韩彭，可能只办，寻常鹰犬。问元戎早晚，鸣鞭径去，解天山箭。——词人元好问（字裕之）亦参与同猎，并有《水龙吟·从商帅国器猎于南阳，同仲泽、鼎玉赋此》，全词气势峥嵘，场面豪阔，情境沉雄。

王渥（1186—1232）字仲泽，太原（今属山西）人。少游太学，以词赋著名。金兴定二年进士。连辟寿州、商州、武胜三帅府经历官，在军中凡十年。正大七年（1230），使南宋议和。应对敏捷，有"中州豪士"之称。

水龙吟

　　　　　　　　　　　〔明〕刘基

鸡鸣风雨潇潇，侧身天地无刘表。啼鹃迸泪，落花飘恨，断魂飞绕。月暗云霄，星沉烟水，角声清袅。问登楼王粲，镜中白发，今宵又、添多少。　　极目乡关何处，渺青山、髻螺低小。几回好梦，随风归去，被渠遮了。宝瑟弦僵，玉笙指冷，冥鸿天杪。但侵阶莎草，满庭绿树，不知昏晓。

这是一首感时伤事，自抒落魄时的哀颓、忧愤心绪之作，应作于元末天下大乱、词人尚未遇合朱元璋之时。上片用刘表、王粲事，抒写未遇明主、难展长才、蹭蹬失落的惋怅。下片承登楼意，抒写思乡怀远的愁情，个中也寓含有不遇之叹和失路之悲。此词写出了

刘基像

刘基（1311—1375）字伯温，处州青田县南（今浙江温州文成县）人。元至顺间进士。明兴，官至御史中丞兼太史令，进封诚意伯。博通经史，尤精天文、兵法、数理。词称元明际作手，前期以悲慨苍凉、抑郁清深见胜。陈廷焯谓其词"秀炼入神，永乐以后诸家远不能及"（《云韶集》卷十二）。有《写情集》。

明张龙章《胡人出猎图》，描绘胡人出猎情景，分为牵马备鞍、列队出发、围捕猛虎三部分。人物鞍马众多，但画面组织疏密适度、错落有致、动静结合，富有节奏感，鞍马造型尤为生动。美国私人藏

徐之瑞字兰生，浙江仁和(今杭州)人。崇祯九年(1636)举人。入清，遁居山中。与曹溶交谊甚好。曾作《西湖竹枝词》，以寓变哀之怨。有《横秋堂词》。

张良是五世相韩的后代，秦灭韩后，欲为韩报仇，买力士在博浪沙用巨椎狙击秦始皇，误中副车，幸在大索天下中脱身。刘邦起兵，张良为三杰之一，封留侯。遗庙在今江苏徐州沛县东南。

圯桥，即沂水桥，在今江苏邳县南。张良早年曾在此遇见黄石公，为他拾鞋，得所授《太公兵法》，辅佐刘邦平定天下。

邓廷桢像

邓廷桢(1776—1846)字维周，号嶰筠，江宁(今江苏南京)人。嘉庆进士，道光十五年(1835)官两广总督。力助林则徐禁烟。鸦片战争起，六次击退英舰挑衅。其词气势寥廓，情韵高健，托兴深微。有《双砚斋诗钞》《双砚斋词话》等。

风雨如晦的时代特征，在深沉的忧思中，流注郁勃的气韵，出豪雄于婉约之中，正是其"秀炼入神"之代表作。陈霆谓"此词当是无聊中作，'风雨潇潇''不知昏晓'则有感于时代之昏浊。而世无刘表，'登楼王粲'，则自伤于身世之羁孤"(《渚山堂词话》卷一)。

水龙吟　登瓜步江楼

[明] 徐之瑞

怒涛千叠横江，是谁截断神鳌足。却思当日，风云叱咤，气吞巴蜀。江左夷吾，风流顿尽，神州谁复。但茫茫睹此，河山如故，悲何限、吞声哭。　　正拟清游堪续，剩荒台、乱鸦残木。伤心莫话，南朝旧事，春波犹绿。鼎鼎华年，滔滔逝水，浮生何促。指三山缥缈，凌云东去，醉吹霜竹。

词人生当明清鼎革之际，一日登上今南京附近瓜步山江楼眺望，触景生情，追思六朝旧事，联想现实人生，不胜今昔盛衰之慨，因而写下这首怀古词。全词笔力劲健，词境雄浑壮阔，含蕴无穷。

水龙吟　谒张子房祠

[清] 朱彝尊

当年博浪金椎，惜乎不中秦皇帝。咸阳大索，下邳亡命，全身非易。纵汉当兴，使韩成在，肯臣刘季。算论功三杰，封留万户，都未是、平生意。　　遗庙彭城旧里，有苍苔、断碑横地。千盘驿路，满山枫叶，一湾河水。沧海人归，圯桥石杳，古墙空闭。怅萧萧白发，经过揽涕，向斜阳里。

这首词为怀古之作，上片追忆张良(字子房)的事迹，揭示他生前一心为韩国复仇的志愿，其中自寓故国之思。下片转写张子房祠，描绘其遗庙的破败不堪，反映其死后的悲凉，蕴涵着时移境迁物是人非的深沉的历史感。全词笔力高绝，意味浓郁深沉。

水龙吟　雪中登大观亭

[清] 邓廷桢

关河冻合梨云，冲寒犹试连钱骑。思量旧梦，黄梅听雨，危栏倦倚。披氅重来，不分明处，可怜烟水。算夔巫万里，金焦两点，谁说与、苍茫意。   却忆蛟台往事，耀弓刀、舳舻天际。而今剩了，低迷鱼艇，模糊雁字。我辈登临，残山送暝，远江延醉。折梅花去也，城西炬火，照琼瑶碎。

这首词写雪后登临大观亭，江天远眺，一片烟水迷濛，追忆自己昔年禁烟抗英壮举，百端交集，一种盛衰苍凉的时代感和抑郁孤愤的忧思油然而生。

水龙吟　秋声

[清]项鸿祚

西风已是难听，如何又著芭蕉雨。泠泠暗起，渐渐渐紧，萧萧忽住。候馆疏砧，高城断鼓，和成凄楚。想亭皋木落，洞庭波远，浑不见、愁来处。   此际频惊倦旅，夜初长、归程梦阻。砧蛩自叹，边鸿自唳，剪灯谁语。莫更伤心，可怜秋到，无声更苦。满寒江剩有，黄芦万顷，卷离魂去。

这首悲秋声之苦、伤羁旅之情的作品，当作于词人旅居江西之时。上片用足笔墨，写种种秋声，由自然界的风声、雨声，联系到人为的捣衣声、更鼓声，共同渲染出秋的空寂与凄清。然后借想象之草木摇落洞庭波翻，以映衬秋声之哀飒，并点出"愁"意。下片则具体描写旅人的愁苦与孤独。"无声更苦"一句痴绝虚灵的独白，把孤独的悲感推向极致。结尾宕开一笔，意谓将不尽之离愁卷入苍茫寒江万顷黄芦深处，空阔凄迷，荡魂夺魄，更增全词凄楚的情调，令人读后掩卷唏嘘。

水龙吟

[清]文廷式

落花飞絮茫茫，古来多少愁人意。游丝窗隙，惊飙树底，暗移人世。一梦醒来，起看明镜，二毛生矣。有葡萄美酒，芙蓉宝剑，都未称、平生志。   我是长安倦客，二十年、软红尘里。无言独对，青灯一点，神游天际。海水浮空，空中楼阁，万重苍翠。待骖鸾归去，层霄回首，又西风起。

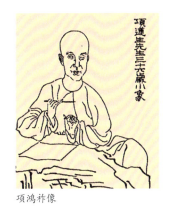

梨云，即梨花云，原指梦中恍惚所见如云似雪的缤纷梨花，后用以状雪景。

连钱骑，即古代名马"连钱骢"，因其毛色深浅斑驳而称，此处指骏马。

项鸿祚像

项鸿祚（1798—1835）字莲生，又改名廷纪，钱塘（今浙江杭州）人。道光举人。两应进士试不第。肆力于词。其词写情真切，幽艳哀断。有《忆云词》。

清华喦《欧阳修〈秋声赋〉意图》。日本大阪市立美术馆藏

仪克中像

仪克中（1796—1837）字协一，号墨农，广东番禺人。道光举人。精研金石，工诗善画，为词亦深美闳约，名重一时。有《剑光楼词》一卷。

撷笛，按笛，吹笛。撷，以手指按捺。

末丽，即茉莉。粤中女子好以茉莉穿成花串簪戴。

这是一首直抒胸臆的名作。词之上阕以落花飘零、飞絮漫天的暮春景色象喻清王朝末世的衰落颓败，抒发岁月如流，有心报国却壮志难酬，面对国运衰微而又挽救不得、无可奈何的悲哀和感伤；下阕先是回首二十年京都生活，已感厌倦；继而独对孤灯，神游八极，幻化出瑰丽神奇的理想境界，希冀在彷徨苦闷中寻求解脱。结尾三句笔锋突转，言乘鸾飞上层霄，从天际回首西风萧瑟的人世——当时江河日下的祖国正处于风雨飘摇之中，不禁又充满了眷恋和牵挂。这正是屈原《离骚》"陟升皇之赫戏兮，忽临睨夫旧乡"心情的再现。全词情感跌宕起伏，上片悲慨之中有昂扬之气，下片奇情壮采，又凄沁心脾。王濬谓此词"思涩笔超，后片字字奇幻，使人神寒"（《手批云起轩词钞》）；叶恭绰则赞此词"胸襟兴象，超越凡庸"（《广箧中词》卷一）。

水龙吟　判春园纳凉

[清] 仪克中

凉云飞度双堤，柳梢楼阁帘初卷。东乡好景，来年重到，落花如霰。波涌津亭，天浮浦树，晚霞多变。向乱蝉声里，苍烟起处，隐约见、孤帆转。　　渐觉菱荷风远，又盈盈、暮潮将半。谁家撷笛，一回断续，一回凄惋。月上三更，阑凭几曲，冷吟都倦。记前宵、末丽开时，人在试香深院。

词写夏日向晚登判春园中江楼凭眺消暑，题为"纳凉"，但通篇不见一暑热字样，而是从所见之景、所闻之香、所听之乐，烘托出夏夜岭南水乡的清凉之美。结拍转写前宵与女子深院相见的情景，顿添无限韵致。

水龙吟

[清] 陈澧

壬辰九月之望，吾师程春海先生，与吴石华（兰修）学博，登粤秀山看月，同赋此调，都不似人间语，真绝唱也。今十五年，两先生皆化去。余于此夜，与许

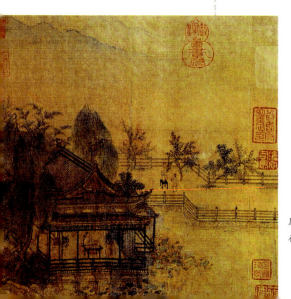

宋佚名《水阁纳凉图》，描绘士人园林幽居的闲雅情态。水榭前风荷簇拥，旁侧柳荫环绕，一派清凉幽静的景象。主人凭几而坐，正在观景纳凉，若有所思。上海博物馆藏

青皋、桂皓庭登山，徘徊往迹，淡月微云，增我怊怅，即次原韵。

　　词仙曾驻峰头，鸾吟缥缈来天际。成连去后，冰弦弹折，百重云水。碧月仍圆，苍山不改，旧时烟翠。只长林坠叶，西风过处，都吹作、秋声起。　　此夜三人对影，倚高寒、红尘全洗。珠江滚滚，暗潮销尽，十年心事。欲问青天，素娥却似，雾迷三里。剩出山回望，灯明佛屋，有闲僧睡。

　　道光十二年壬辰（1832）九月十五夜，程恩泽、吴兰修登广州粤秀山看月，同赋《水龙吟》词。十五年后的此夜，词人又与友人登山远眺月色，缅怀先师，不觉"怊怅"。词的上片追思往事，抒写对恩师已逝的伤痛；下片转而抒写屡试不第、郁郁于怀的情结和希冀超然出世的心态。全词感慨深沉，意境幽峭。

　　笛声吹上银蟾，山河影里秋无际。溶溶一色，楼台着处，都成寒水。水气浮烟，烟痕罥树，荡为空翠。正人声断尽，西风料峭，听几杵、疏钟起。　　难得乘槎客至，爱青山、露华如洗。荒台古甃，再休重问，汉时遗事。黄鹤招来，碧云无恙，梦圆千里。正潮平海阔，珠光隐隐，有骊龙睡。——吴兰修《水龙吟·壬辰九月十五夜，同仪墨农陪程春海祭酒登越王山看月》，写越秀山之夜，清幽绝尘。

水龙吟

［清］况周颐

　　己丑秋夜，赋角声《苏武慢》一阕，为半塘所击赏。乙未四月，移寓校场五条胡同，地偏宵警，呜呜达曙，凄彻心脾。漫拈此解，颇不逮前作，而词愈悲，亦天时人事为之也。

　　声声只在街南，夜深不管人憔悴。凄凉和并，更长漏短，毂人无寐。灯灺花残，香消篆冷，悄然惊起。出帘栊试望，半珪残月，更堪在、烟林外。　　愁入阵云天末，费商音、无端凄戾。鬓丝搔短，壮怀空付，龙沙万里。莫谩伤心，家山更在，杜鹃声里。有啼乌见我，空阶独立，下青衫泪。

　　这首词作于甲午战争的第二年，即光绪二十一年（1895）。是年4月17日李鸿章与日本代表签订了丧权辱国的中日《马关条约》，

割让台湾、澎湖列岛等。词从夜深闻警写起，写到外界景物环境，触物生悲，极其细致地刻画了内心无边的愁绪，将个人身世感怀与时局政事紧密结合，表现了词人对祖国命运的高度关注。赵尊岳评云："盖未能忘情于败绩者也。"（《蕙风词史》）

参读

愁入云遥，寒禁霜重，红烛泪深人倦。情高转抑，思往难回，凄咽不成清变。风际断时，迢递天涯，但闻更点。枉教人回首，少年丝竹，玉容歌管。　凭作出、百绪凄凉，凄凉惟有，花冷月闲庭院。珠帘绣幕，可有人听，听也可曾肠断。除却塞鸿，遮莫城乌，替人惊惯。料南枝明月，应减红香一半。——况周颐《苏武慢·寒夜闻角》作于光绪十五年（1889），以咏角声抒发自己的身世之慨和忧困之情。其中"凭作出、百绪凄凉，凄凉惟有，花冷月闲庭院。珠帘绣幕，可有人听，听也可曾肠断"句，以顶真句法，抒忧愁绵邈，跌宕起伏，凄恻动人，是其最为得意之笔。此词堪称其代表作，得到同乡词人王鹏运的击赏，王国维称此词"境似清真，集中他作，不能过之"（《人间词话》）。

夔笙翁与幼遐翁（王鹏运）崛起天南，各树旗鼓。半塘气势宏阔，笼罩一切，蔚为词宗；蕙风则寄兴渊微，沉思独往，足称巨匠。各有真价，固无庸为之轩轾也。——叶恭绰《广箧中词》卷二

蘧蘧，悠然自得的样子。

徐致章（1848—1923）字焕琪，号拙庐，宜兴宜城镇人。光绪十四年（1888）举人，曾任浙江瑞安县知县，民国九年（1920）十二月，与蒋兆兰创立白雪词社。有《拙庐词草》四卷。

宋佚名《海棠秋蝶图》，绘彩蝶伴随风中海棠起舞，生动传神，情趣盎然。故宫博物院藏

水龙吟　秋蝶

[清] 徐致章

可怜香梦蘧蘧，哪知身世从头换。霜严雨冷，欲飞难起，销魂庭院。也想寻芳，秋花都瘦，残枝空恋。怕无情团扇，闺娃戏扑，斜阳冷、添幽怨。　漫说愁长欢短，记年时、花丛春满。双飞双宿，风光旖旎，那禁迁变。一片青芜，醉乡何处，荒寒满眼。只滕王妙迹，金迷纸醉，向图中见。

词人曾任清法部主事，入民国，忆及前朝往事，飘零失据之感时时萦绕心头。这首词表

面是咏秋蝶，实是自写幽怀，在今昔对比中寄寓着一种失国之悲，一腔身世沧桑之情绪，可见出词人凄寒的心境。

水龙吟

〔清〕王允皙

甲午十月，辽沈边报日急，偶过琴南冷红斋闲话，感时忆旧，同赋。

高斋不闭空寒，何人问取垂杨意。清霜未落，北风渐紧，丛丛芳翠。地冷无花，城空多雁，斜阳千里。只故人此际，萧然语罢，将丝鬓、临流水。　　何限闲愁待寄，有繁华、旧时尘世。斜阶拥叶，危亭欹树，秋来如此。病后逢杯，梦中听角，沉吟暗起。算十年心事，江湖醉约，倦鸥能记。

光绪二十年（1894），中日甲午战争爆发，清政府节节败退，日本侵略军于十月初九陷金州，初十占大连，二十五日占旅顺，辽沈告急。词中表达了词人对外患愈急、国势日危的深切忧虑和无奈。全词清空一气，读来意味深长，感人至深。陈声聪（兼与）谓"词自工，'地冷无花'三句，写关外冬景，尤为绝唱"（《闽词谈屑》）。

王允皙（1867—1929）字又点，号碧栖，福建福州市亭江镇人。光绪十一年（1885）举人。曾应奉天将军依克唐阿之招，出塞参其幕府。晚官婺源（今属江西）知县。工诗词，近代"同光体"闽派著名诗人，诗风清逸曲折，绝句尤为峻拔；词风清婉苍清，有《碧栖词》。

🌀 词林逸事

苏轼因乌台诗案贬谪黄州后，仍有不少友朋与他书信往来，诗文酬唱，给他不少精神上的慰藉。元丰四年（1081）暮春柳花飘飞时节，正在提点湖北刑狱任上的友人章楶就来信嘱咐他"慎静以处忧患"，并将所作的《水龙吟·杨花》抄寄给他：

燕忙莺懒芳残，正堤上、杨花飘坠。轻飞乱舞，点画青林，全无才思。闲趁游丝，静临深院，日长门闭。傍珠帘散漫，垂垂欲下，依前被、风扶起。　　兰帐玉人睡觉，怪春衣、雪沾琼缀。绣床渐满，香球无数，才圆却碎。时见蜂儿，仰粘轻粉，鱼吞池水。望章台路杳，金鞍游荡，有盈盈泪。

这首词以细腻的笔触，写出了杨花秀逸的风姿和"闯入"幽闺

《唐宋诸贤绝妙词选》（章楶《水龙吟》）书影

苏轼《水龙吟》（《诗馀画谱》）

少妇之眼、激起其内心涟漪的状态，真可谓情神尽出，"曲尽杨花妙处"。难怪苏轼一读赞为绝妙，几乎搁笔不敢赓和，但想着几位朋友"闭门愁断"，还是次韵了一首寄去：

> 似花还似非花，也无人惜从教坠。抛家傍路，思量却是，无情有思。萦损柔肠，困酣娇眼，欲开还闭。梦随风万里，寻郎去处，又还被、莺呼起。　　不恨此花飞尽，恨西园、落红难缀。晓来雨过，遗踪何在。一池萍碎。春色三分，二分尘土，一分流水。细看来，不是杨花，点点是、离人泪。——《水龙吟·次韵章质夫杨花词》

　　和作别开生面，以神来之笔，由飘坠的杨花而及思妇，化"无情"之花为"有思"之人，既摄杨花之神，又表思妇之魂，人、物两忘，亦物亦人，幽怨缠绵而又空灵飞动地抒写了坎坷流离的身世之感。宋张炎谓"东坡次章质夫杨花《水龙吟》韵，机锋相摩，起句便合让东坡出一头地。后片愈出愈奇，真是压倒古今"（《词源》卷下）；明沈际飞更说"读他文字，精灵尚在文字里面，坡老只见精灵，不见文字"（《草堂诗馀正集》卷五），足见千百年来这一词中妙品为人们反复吟诵、玩味的艺术魅力。

　　在这两首"绝唱"之后，次韵者不绝，宋李纲、刘镇，明宋濂、赵南星、钱继章，清女词人薛凝波，近代王国维均有和韵，其中刘镇《水龙吟·丙戌（理宗宝庆二年，1226）清明和章质夫韵》从清明着笔，力写暮春时节的离情春恨，在秀美中自有一种幽怨的情调，颇为"情思宛妙"：

> 弄晴台馆收烟候，时有燕泥香坠。宿醒未解，单衣初试，腾腾春思。前度桃花，去年人面，重门深闭。记彩鸾别后，青骢归去，长亭路、芳尘起。　　十二屏山遍倚，任苍苔、点红如缀。黄昏人静，暖香吹月，一帘花碎。芳意婆婆，绿阴风雨，画桥烟水。笑多情司马，留春无计，湿青衫泪。

赵南星的《水龙吟·杨花，用章质甫韵》描绘杨花从飞舞到坠地，又被低飞的燕子扶起，再说到它沾衣、扑鬓，像晴雪堆满石阶，亦可谓细腻入神，妙入毫端；至于把杨花的飘零和思妇的念远绾合，见出其构思精巧，极尽委婉缠绵：

　　春闺怎恁愁人，已看尽落红翻坠。杨花更惨，连空映日，撩人情思。飞过高城，寻来小院，从教门闭。偶蘋风乍定，商量暂住，低飞燕、还扶起。　　何处疑花乱玉，几曾堪、鬓簪衣缀。兰闺人倦，多愁牵梦，难成易碎。小玉声喧，晴天雪下，香阶无水。忆辽西何处，神魂荡漾，暗抛红泪。

　　而清代女词人薛凝波的《水龙吟·咏杨花，和苏东坡韵》则别出机杼，更为奇崛，有"语不惊人死不休"之气概：

　　因何不见花开，纷纷只见花飞坠。临桃色减，拟梅香逊，浑无佳思。罗幌粘时，琼楼着处，几人深闭。想东君不为，繁华妆点，多只为、愁人起。　　遥忆霸陵桥上，折长条、绣鞍难缀。都来几日，韶光催逼，共人心碎。更学游人，随风化作，断萍流水。看一年一度春残，敢则是、天挥泪。

参读

　　某启。承喻慎静以处忧患。非心爱我之深，何以及此。谨置之座右也。《柳花》词妙绝，使来者何以措词。本不敢继作，又思公正柳花飞时出巡按，坐想四子，闭门愁断，故写其意，次韵一首寄去，亦告不以示人也。《七夕》词亦录呈。——《苏轼文集》卷五十五《与章质夫三首》其一

　　有怅寒潮，无情残照，正是萧萧南浦。更吹起、霜条孤影，还记得、旧时飞絮。况晚来、烟浪斜阳，见行客、特地瘦腰如舞。总一种凄凉，十分憔悴，尚有燕台佳句。　　春日酿成秋日雨。念畴昔风流，暗伤如许。纵饶有、绕堤画舸，冷落尽、水云犹故。忆从前、一点东风，几隔着重帘，眉儿愁苦。待约个梅魂，黄昏月淡，与伊深怜低语。——明柳如是《金明池·咏寒柳》为离开陈子龙以后感怀身世之作，处处写柳却实是处处写自己，柳与己的叠合，如

柳如是绝笔，冒巢民命蔡含补成之《雪山探梅图》

柳如是题望海楼联

开端有用上七、下六句式者，
作为变格。

《词谱》（《水龙吟》）

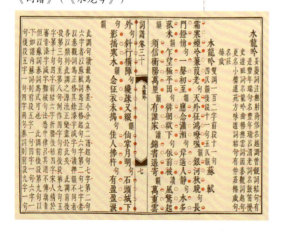

羚羊挂角，无迹可求，达到水乳交融的"不隔"之境。而词间透出的自尊、独立、平等的人格要求使词格得以提升，真可与苏轼之《水龙吟》比肩。

 倚声依谱

《水龙吟》得名于唐李白诗句"笛奏龙吟水"。又名《龙吟曲》《庄椿岁》《小楼连苑》。《清真集》入"越调"。各家格式出入颇多，兹以历来传诵苏轼、辛弃疾两家之作为准。一百零二字，前后片各四仄韵。此调气势雄浑，宜用以抒写凄壮郁勃的情思。

【定格】

仄平中仄平平，中平中仄平平**仄**。
中平仄仄，中平中仄，中平中**仄**。
中仄平平，中平中仄，中平平**仄**。
仄中平中仄，中平中仄，中平仄、平平**仄**。

中仄中平中仄，仄平平、中平平**仄**。
中平中仄，中平中仄，中平平**仄**。
中仄平平，中平中仄，中平平**仄**。
仄平平仄仄，中平中仄，**仄**平平**仄**。

【变格】

中平平仄平平仄，中仄中平平**仄**。
中平仄仄，中平中仄，中平中**仄**。
中仄平平，中平中仄，中平平**仄**。
仄中平中仄，中平中仄，中平平、平平**仄**。

中仄中平中仄，仄平平、中平平**仄**。
中平中仄，中平中仄，中平平**仄**。
中仄平平，中平中仄，中平平**仄**。
仄平平仄仄，中平中仄，**仄**平平**仄**。

唐多令

欲买桂花同载酒，终不似、少年游

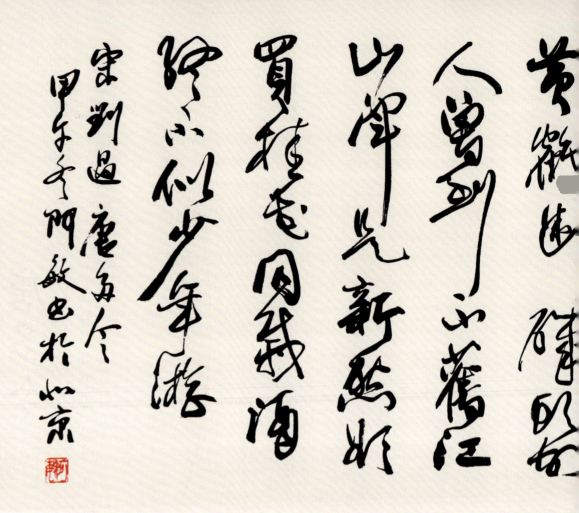

芦叶满汀州，寒沙带浅流。二十年、重过南楼。柳下系舟犹未稳，能几日、又中秋。
买桂花同载酒，终不似、少年游。
宋刘过重过南楼。甲子午阿敏也于北京

唐多令

[南宋] 刘过

安远楼小集①，侑觞歌板之姬黄其姓者②，乞词于龙洲道人，为赋此《唐多令》。同柳阜之、刘去非、石民瞻、周嘉仲、陈孟参、孟容，时八月五日也。

芦叶满汀洲，寒沙带浅流。二十年、重过南楼。柳下系舟犹未稳，能几日、又中秋。　　黄鹤断矶头③，故人曾到不④。旧江山、浑是新愁⑤。欲买桂花同载酒，终不似、少年游。

[注释]

①安远楼，在湖北武昌黄鹤山（今蛇山）上，又名南楼、白云楼、瑰月楼、楚观楼。建于南宋淳熙十三年（1186）。姜夔曾自度《翠楼吟》词纪之。现楼系1985年重建，位于黄鹤楼东南185米处。小集，小宴。

②侑觞，劝酒。歌板，执板奏歌。

③黄鹤矶，武昌西有黄鹤矶，上有黄鹤楼。

④不，平声，即否，读作"浮"。

⑤浑是，全是。

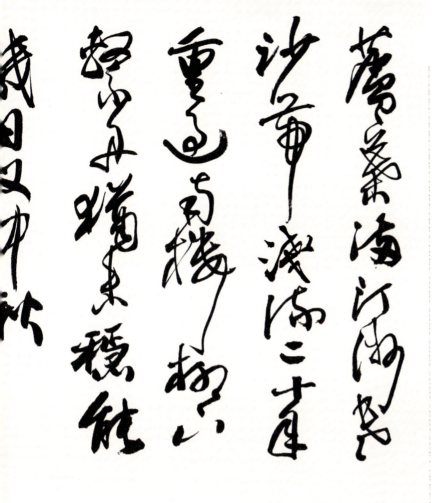

高惠敏书《唐多令》

临风赏读

　　这首词是和友人在安远楼聚会时席上所赋，一本题作"重过武昌"。词人初临南楼算来已是二十年前了，二十年来，词人抱着"算整顿乾坤终有时"（《沁园春》）的壮志和信心，屡试不第仍然多次上书直陈恢复方略，并亲至抗金前线重镇襄阳，往来于武昌与襄阳之间，希图以身许国。然而，这一切努力终归是虚幻泡影。二十年后故地重经，已是垂垂老矣，依然一袭布衣，飘零湖海，而国事日非，危机四伏，怎不令人触目生哀、凄然以悲呢？词人遂将个人身世不遇、交游零落以及家国兴亡的种种感慨谱成这一阕深婉而悲怆的"奏鸣曲"。

词的上片起首以简洁的笔致勾勒出登临安远楼纵目远眺所见残芦满目、流沙生寒的萧瑟秋景，给全词着上一层凄黯的底色。"二十年"一句有无限今昔之感，掺入了无数难以言传的人生况味！"柳下"三句，意谓乘船来到武昌，系船岸边柳下，停泊还没有多久，过几天，又是中秋节了。用"犹""能""又"三个虚字使词意迭宕，其中"又"字更写尽了词人对时序催人的忧心、烈士暮年的悲感和漂泊四方的无奈。

下片写登楼宴集时的所忆、所感。"黄鹤"二句以揣度的口吻提起，无限深情地惦念故人是不是重游过旧地，如此过片，一面使词衔接自然、起承紧凑，一面使词的抒情色彩更为浓厚。"旧江山、浑是新愁"一句是全词的主旨所在。时下不仅恢复无望，而且国变日亟，旧日的江山笼罩着战争的阴影，重过武昌这"与敌分争之地"，怎么不教人悲从中来，平添无尽新愁？末尾以前后不同的游兴作结，二十年前与故人在这里游宴，兴致勃勃；今天纵然想买点桂花载酒同游，可惜的是，少年时那种游赏的豪情已经不再。结拍这三句真切而又含蓄地抒发了家国之感，既沉郁又浑成，沉哀无极。

这首词将国运身世打并一处，道出了末世动荡中爱国志士的忧国情怀与对个人年华老大功业未就的怅恨，读来宛如有卷地的悲风起于纸上，有问天的悲愤溢于行间，富有强烈的艺术感染力。刘过词深得稼轩的神髓，多为豪放恣肆、淋漓痛快之作，而此首却情调凄怆，于豪迈中颇显清俊，于含蓄中有深致，韵协音调，轻圆柔脆，别具一格，被称为小令中之工品。

此词一出，即广为传唱，和者如林。南宋末刘辰翁"丙子中秋前闻歌此词"，就用原韵追和七首之多。而周密因其有"重过南楼"之语，将词调更名曰《南楼令》。直到元代，"楚中至今歌者竞唱之"（《词苑丛谈》卷三）。

宋佚名《江天楼阁图》。陡立的石矶峭岸上，一楼凌空，悬崖旁松树虬枝斜出，石下有大船、小舟各一。楼中人物正举目眺望，但见远山绵延起伏，水天苍茫，旷然不知际涯。南京博物院藏

古今汇评

李攀龙：因黄鹤楼再游而追忆故人不在，遂举目有江山之感，词意何等凄怆！又曰：系舟未稳，旧江山都是新愁，读之下泪。（《新刻李于麟先生批评注释草堂诗馀隽》卷四）

沈际飞：情畅语俊，韵协音调。（《草堂诗馀正集》卷二）

先　著、程　洪：与陈去非"杏花疏影里，吹笛到天明"并数百年绝作，使人不复敢以《花间》眉目限之。（《词洁》卷二）

黄　苏：按宋当南渡，武昌系与敌分争之地，重过能无今昔之感！词旨清越，亦见含蓄不尽之致。（《蓼园词选》）

李　佳：轻圆柔脆，小令中工品。（《左庵词话》卷上）

陈廷焯：词意凄感而句调浑成，似此亦几升稼轩之堂矣。（《词则辑评·放歌集》卷二》）

谭　献：雅音。（《谭评词辨》）

俞陛云：胜地重经，旧情易感，况二十年之久，故友凋零，新愁重叠，人何以堪！结句感喟尤深，章良能所谓旧游可寻，而少年心难觅也。（《唐五代两宋词选释》）

唐圭璋：此首安远楼小集词，词旨豪逸。起两句点景，"二十年"一句点时，已极显今昔之感。"柳下"三句，更申言时光之速。"犹未"与"又"字呼应，尤觉宛转。下片，追忆故人不在，"旧江山、浑是新愁"，缀语亦俊。"欲买"两句，直抒胸臆，跌宕昭彰。冯梦华谓龙洲学稼轩，"得其豪放，未得其宛转"。然若此首，固豪放宛转，兼得稼轩之神者。（《唐宋词简释》）

如此江山　邓散木

参读

　　明月满沧洲，长江一意流。更何人、横笛危楼。天地不知兴废事，三十万、八千秋。　　落叶女墙头，铜驼无恙不。看青山、白骨堆愁。除却月宫花树下，尘埃莽、欲何游。——刘辰翁《糖多令·丙子中秋前，闻歌此词者，即席借"芦叶满汀洲"韵》作于端宗景炎丙子（1276）。是年正月，临安陷落，南宋亡，江南一带惨遭蒙古铁骑蹂躏。词人目睹浩劫，难抑心头苦恨。结拍语极沉痛。

　　新绿满沧洲，孤帆带远流。更甚人、同倚南楼。一片伤心烟雨里，犹记似、别时秋。　　华发渐蒙头，相思如旧不。怪江山、不管离愁。二十年前曾载酒，都作了、梦中游。——明末清初的爱国志士李天植，追和刘过的原韵写了一首《糖多令》，以寄寓他的易代之悲，哀思婉约，词意浑成。

淳熙丙午（1186）冬，武昌安远楼成，与刘去非诸友落之，度曲见志。予去武昌十年，故人有泊舟鹦鹉洲者，闻小姬歌此词，问之，颇能道其事，还吴为余言之；兴怀昔游，且伤今之离索也。

月冷龙沙，尘清虎落，今年汉酺初赐。新翻胡部曲，听毡幕、元戎歌吹。层楼高峙。看槛曲萦红，檐牙飞翠。人姝丽，粉香吹下，夜寒风细。　　此地。宜有词仙，拥素云黄鹤，与君游戏。玉梯凝望久，叹芳草、萋萋千里。天涯情味。仗酒祓清愁，花销英气。西山外，晚来还卷，一帘秋霁。——姜夔《翠楼吟》虽为庆贺安远楼落成而作，力图在“安远”二字上做“文章”，描摹出壮丽繁华的喜庆场面；但此时北敌方强，而上下嬉恬、宴安鸩毒，“远”何能“安”的忧怀尽在不言之中，读来但觉凄婉悲壮，意味深厚。

词人心史

刘过（1154—1206）字改之，号龙洲道人，吉州太和（今江西泰和）澄江镇龙洲村人。与陆游、陈亮、辛弃疾等过往甚密。少怀志节，读书论兵，好言古今治乱盛衰之变。面对南宋半壁江山，他曾以平民之身多次上书朝廷，力陈恢复大计，谓中原可一战而取，终未见采纳。他汲汲于功名，却屡试不第，自称是“四举无成，十年不调，大宋神仙刘秀才”，只得落拓江湖，依人作客，潦倒终生。时常浩歌痛饮，借酒浇愁，被苏绍叟称为“人间酒户诗流”。他一生足迹遍及大江南北，曾自南京溯长江而上，经采石、池州、九江、武昌，抵达抗金前线襄阳，意欲投笔从戎。其后，则在武昌与襄阳之间奔走。开禧元年（1205），年逾半百犹孑然一身的刘过沿长江东下，准备归休故里。途经昆山时，投靠故友昆山令潘文友而留居于此，有“大姓某氏者爱之，女焉”（岳珂《桯史》卷二），一年后客死昆山。

刘过像

　　刘过"性疏豪好施"，"负不羁之才"，被人称为"天下奇男子，平生以气义撼当世"（《龙洲词》跋引宋子虚语）。就是"世称人豪"的陈亮、陆游、辛弃疾等辈，"皆折气岸与之（刘过）交"（杨维桢语）。其中，他与辛弃疾交往尤深，宋元笔记中就有多段两人交游的逸事，被后世传为佳话。

　　作为辛派豪放词的代表之一，刘过蓄意学辛词，词风更相似，多写得慷慨激越，气势豪壮，痛快淋漓，主要抒发对国事的痛切感慨和怀才不遇、报国无门的愤懑。较之辛词，刘过词更多一些潦倒、沦落的身世悲歌。他的词中亦有俊逸纤秀、蕴藉含蓄之作。

　　刘过一生创作颇丰，但他"每有作，辄伸尺纸以为稿，笔法遒纵，随好事者所拾，故无钞集。诗章散漫人间，无从会萃"（刘澥《龙洲集序》），因而散佚较多，只留有《龙洲集》十四卷。存词八十七首。

参读

　　壮观东南二百州，景于多处最多愁。江流千古英雄泪，山掩诸公富贵羞。北固怀人频对酒，中原在望莫登楼。西风战舰成何事，空送年年使客舟。——刘过的代表作《登多景楼》语言明白自然，不作修饰，一任感情的喷发，痛快淋漓地宣泄了对南宋朝廷苟安于一隅不图恢复，使多少英雄豪杰壮志消磨的愤懑，曾被同时代的俞文豹评为"一空前作"。

品题

　　胸中九渊蛟龙蟠，笔底六月冰雹寒。有时大叫脱乌帻，不怕酒杯如海宽。（陆游《剑南诗稿》卷二十七）

　　合骑快马健如龙，少年追逐曹景宗。弓弦霹雳饿鸱叫，鼻尖出火耳生风。安能规行复矩步，敛衽厌厌作新妇。黄金挥尽唯空囊，男儿虎变那能量。（《龙洲集》卷十五附陈亮《赠刘改之》）

　　家徒壁立，无担石储，此所谓生而穷者；冢芜岩隈，荒草延蔓，此所谓死而穷者。先生何穷之至是哉！然横用黄金，雄吞酒海，生虽穷而气不穷；诗满天下，身霸骚坛，死虽穷而名不穷。（《龙洲集》附吕大中《宋诗人刘君墓碑》）

　　刘改之词，狂逸之中自饶俊致，虽沉着不及稼轩，足以自成一家。（刘熙载《艺概》卷四）

刘过墓在昆山亭林公园内马鞍山东麓

清冯登府《满江红·昆山谒刘龙洲墓》："断碣山阿，叹故国、可怜天水。想魂销红拍，名惊青兕。芦叶江寒风雨夜，金杯酒尽歌舞地。看狂来、气岸轹辛陈，无余子。　二顷业，何须计。千金散，浑闲事。且蒸肩羊肾，高歌而已。大布衣能谋一战，小朝廷竟容奇士。卧清风、埋锰近梅花，君宁死。"

江南西湖天下无　邓尔雅

词自唐历五代以迄北宋之初，均以温婉为宗。自东坡以歌行之笔为词，尽变旧格；稼轩因之，益扩其范围，充其才气。于是温婉之外，别成雄杰一派。虽曰变体，然两派并称，言词者莫能废也。特以作之难工，故数百年来，绝少嗣响。即当时攻此派者亦仅龙洲、后村等数家。后村词多俚语，人亦晚节不终；龙洲则纵横跌宕，浩气盘屈，虽不能方驾苏辛，而为之骖乘无愧色也。（马兴荣《龙洲词校笺》附录罗振常《蟫隐庐龙洲词序》）

词林逸事

宁宗嘉泰三年（1203），辛弃疾任浙东安抚使兼绍兴知府，邀约流寓杭州的刘过前去做客，刘过恰逢有事不能如期前往，便写信一封，并作《沁园春》一首付与驰车来迎者，极委婉地诉说耽于西湖雨天之丽景而暂时滞留，待晴后造访。词写得极为诙谐而风趣：

斗酒彘肩，风雨渡江，岂不快哉。被香山居士，约林和靖，与坡仙老，驾勒吾回。坡谓西湖，正如西子，浓抹淡妆临镜台。二公者，皆掉头不顾，只管衔杯。　白云天竺去来，图画里、峥嵘楼观开。爱东西双涧，纵横水绕，两峰南北，高下云堆。逋曰不然，暗香浮动，争似孤山先探梅。须晴去、访稼轩未晚，且此徘徊。

全篇构思煞是奇特，在时空错乱的荒诞处带点幽默，劈空请出唐代白居易（香山居士）和北宋林逋（和靖）、苏轼这三位年代不相及但都与杭州颇有渊源的先贤，来演一出勒转他的车驾、不放他离杭的喜剧；又匠心独运，化用他们诗中描绘杭州湖山美景风情的佳句，编排了一番相互争辩首先应游杭州何处的精彩对白，其间还点缀以"掉头不顾，只管衔杯"的神情细节——如此鲜活灵动、妙趣盎然的谲幻描写，有词以来实不多见。

辛弃疾得此词大为高兴，特别邀请他去，留住宾馆里欢宴满月，两人酬唱不倦。"垂别，赒之千缗，曰：'以是求为田资。'改之归，竟荡于酒，不问也。"（岳珂《桯史》卷二）看来刘龙洲真的是个"酒户诗流"。

这首词词笔谐谑而又豪放恣肆，学足了稼轩体，"下笔便逼真"，但又能自成一家风格，刘过自己也颇为自负。有一次，岳飞之孙岳珂邀刘过一起饮酒，席上谈到这首词，刘过掀动美髯，面有得色。岳珂立即揶揄他说："词句固佳，然恨无刀圭药，疗君白日见鬼症耳。"（岳珂《桯史》卷二）引得一座哄堂大笑。这首千古奇词传诵至今，看来"好作大言"的岳珂当时并没有领会这首风格独异、迥出常格的词的妙处。

低吟/浩唱

唐多令

［南宋］吴文英

何处合成愁，离人心上秋。纵芭蕉、不雨也飕飕。都道晚凉天气好，有明月、怕登楼。　　年事梦中休，花空烟水流。燕辞归、客尚淹留。垂柳不萦裙带住，漫长是、系行舟。

这是一首客中悲秋怀人之作。上片写惜别惊秋之意，下片写怀人盼归之心。全词字句不事雕琢，不用丽词奥典，自然浑成，情感率真热烈，在词风以丽密深曲为主的梦窗词中为少见的疏快之调。

唐多令　秋暮有感

［南宋］陈允平

休去采芙蓉，秋江烟水空。带斜阳、一片征鸿。欲顿闲愁无顿处，都著在、两眉峰。　　心事寄题红，画桥流水东。断肠人、无奈秋浓。回首层楼归去懒，早新月、挂梧桐。

这首词融情入景，即景写心，以流畅、疏朗以及跌宕起伏的笔势，细致入微地刻画出秋暮时分思妇怀念远人的情态和心理。结尾写得尤为空灵透剔，意象鲜明，令人回味无穷。清陈廷焯称赞此词"疏快中情致绵邈"（《词则辑评·别调集》卷二）。

唐多令

［南宋］邓剡

雨过水明霞，潮回岸带沙。叶声寒、飞透窗纱。堪恨西风吹世换，更吹我、落天涯。　　寂寞古豪华，乌衣日又斜。说兴亡、燕入谁家。惟有南来无数雁，和明月、宿芦花。

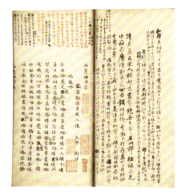

陈允平《西麓继周集》书影

陈允平字君衡，号西麓，四明鄞县（今浙江宁波）人。曾任余姚令。宋亡后，征至元大都，不受官，放还。晚年隐居四明日湖。精于审音，其词平正和雅、清婉绵丽。词集有《西麓继周集》《日湖渔唱》二种。

清余集《梧桐仕女图》，绘宁静而幽谧的小院，梧桐树下，女子正倚案而坐，貌似挑灯而读，却凝神注目，另有所思。构图十分淡雅

这首词作于南宋亡国之年，即宋帝昺祥兴二年（1279）的秋天。词人在厓山兵败后，投海殉国未遂，被元兵俘获，以病滞留建康（今江苏南京）。词中通过寒叶、西风、乌衣巷、秋雁、明月、芦花等，描绘古都金陵秋天的凄清景色，而深沉的兴亡之感和亡国之恸寄寓景中。王闿运说："亡国不死，仍有羁愁一语，写尽黄梨洲、王船山一辈人。"（见《湘绮楼词选》）词的意境清丽幽冷，又凄厉峭拔，感情沉郁，堪称一曲南宋王朝的挽歌。

宋佚名《春郊问雁图》，一士人持杖蹒跚行走于湖边逶迤的小径上，仆人似是抱琴随其后。近处湖水清浅，岸边青草点点；远处青山如黛，雁阵成行。美国克里夫兰艺术博物馆藏

疏雨洗天清，枕簟凉生。井桐一叶做秋声。谁念客身轻似叶，千里飘零。　　梦断古台城，月淡潮平。便须携酒访新亭。不见当时王谢宅，烟草青青。——邓剡这首《浪淘沙》和《唐多令》盖出于同时，从两词所抒发的怀古伤今的感慨、所描绘的景象和所创造的意境来看，都极为相似。

糖多令　登淮安倚天楼

［元］王奕

王奕字伯敬，号斗山，玉山（今属江西）人。约宋末前后在世。入元，特补玉山教谕，自号至元逸民。著有《斗山文集》十二卷，《梅品杂咏》七卷，并不传。今存《东行斐稿》三卷。

直上倚天楼，怀哉古楚州。黄河水、依旧东流。千古兴亡多少事，分付与、白头鸥。　　祖逖与留侯，二公今在不。眉尖上、莫带星愁。笑拍危阑歌短阕，翁醉矣，且归休。

这首词写登楼抒感，慨叹兴亡，缅怀前贤，寄托了山河破碎、难挽狂澜的无可奈何之情。"莫带星愁"，传达出词人在忧国的同时，更多的是无奈，只得故作洒脱来排遣苦闷。

南楼令

［明］谢应芳

谢应芳（1296—1392）字子兰，号龟巢老人，常州武进（今属江苏）人。隐居授徒，以诗酒自娱。其词清旷诙谐。有《龟巢词》。

老友刘景仪去秋以星术之书推测年命，谓今春当即世，乃预集葬具，且自为埋铭及赋诗自挽。既而失去行囊之资用，郁郁然康强无恙。余故作此曲，戏而付之。

生死隔年期，刘伶老似痴。动教人、负锸相随。惊得青蚨飞去了，无酒饮，却攒眉。　　春暖典春衣，还堪醉似泥。趁清明、雨后游嬉。杨柳池塘桃花坞，春水漫，夕阳迟。

这是一首透着书卷气的雅谑幽默之作，读来忍俊不禁：词人老友刘景仪，无师自不通，自己给自己算命，要死在来年之春，于是把棺材都准备好了，甚至连墓志铭及挽诗都不劳他人动手。谁知冬去春来，仍活得好好的。活着，本来是件好事，只是他最后一次消费太慷慨，倾囊而出，结果落得买酒的钱都没了。词人便写下这首词戏谑他一番。词的结尾化用唐严维《酬刘员外见寄》诗的名句"柳塘春水漫，花坞夕阳迟"，不仅显得渊雅有风致，而且更重要的是，它那生机勃勃的气象中还蕴含着一种积极的生命意识：老友，乐观些，尽情享受生命、享受生活吧！

宋佚名《花坞醉归图》，绘溪桥上一醉士骑于驴上，一童子托腋扶之，后随一人，肩挑梅瓶、肴盒，一起向山间茅屋村店走来。茅屋旁杏花遍开。有诗云："屋角东风吹柳丝，杏花开到最高枝。春来陌上多尘土，此老醉眠浑不知。"上海博物馆藏

唐多令

　　　　　　　　　　　　[明]陈子龙

寒食，时闻先朝陵寝，有不忍言者。

碧草带芳林，寒塘涨水深。五更风雨断遥岑。雨下飞花花上泪，吹不去，两难禁。　　双缕绣盘金，平沙油壁侵。宫人斜外柳阴阴。回首西陵松柏路，肠断也，结同心。

这首词作于顺治四年丁亥（1647）春三月，关于"先朝陵寝"的荒凉破败情况，当是听自李雯所述。李氏葬父南归，北还前访陈子龙，"相向而泣"，泣谈中必及前朝之事。词中遥寄传哀，充满着感念故国的赤诚与热烈，专执与坚守。"雨下飞花花上泪，吹不去，两难禁"，可谓凄恻之至。而"回首西陵松柏路，肠断也，结同心"，通心声于地下，壮志气于生者，读来令人唏嘘感慨，动魄惊心。

唐多令　感怀

　　　　　　　　　　　　[明]徐灿

玉笛摩清秋，红蕉露未收。晚香残、莫倚危楼。寒月多情怜远客，长伴我、滞幽州。　　小苑入边愁，金戈满旧游。问五湖、那有扁舟。梦里江声和泪咽，频洒向、故园流。

这首思乡感怀词当作于词人之夫陈之遴在京为官、江南抗清烽烟未销之时。丈夫降清，出处不慎，词人随夫留滞京师，无可奈何

摩，用手指按。

朱孝臧为徐灿的《拙政园诗馀》题词云："双飞翼，悔杀到瀛洲。词是易安人道蕴，可堪伤逝又工愁？肠断塞垣秋。"（《彊村语业》卷三）

陈维崧《迦陵词稿》（《唐多令》）书影

挑菜即挑菜节，古代农历二月初二日，仕女出郊拾菜，士民游观其间，因得此称。

洪亮吉像

洪亮吉（1746—1809）字稚存，号北江，阳湖（今江苏常州）人。乾隆进士，授翰林院编修，充国史馆编纂官。后督贵州学政。嘉庆元年（1796）回京供职，以越职言事获罪，充军伊犁。五年赦还，从此家居撰述至终。精于史地和声韵、训诂之学。诗、文俱闻名于时，尤以骈文著称。

之感郁积心头。面对清秋寒月，词人手执横笛，吹出了一首饱含浓愁幽怨的思乡曲。故国沦亡，家山阻隔，归期渺渺，唯一还能带来几分慰藉的也就是归梦了。末三句由秦观《江城子》"便作春江都是泪，流不尽、许多愁"化出，但读来仍令人"声泪俱下，尺幅有千里之势"（钱仲联《清词三百首》）。

唐多令　春暮半塘小泊

［清］陈维崧

水榭枕官河，朱栏倚粉娥。记早春、栏畔曾过。关着绿纱窗一扇，吹钿笛、是伊么。　　无语注横波，裙花信手搓。怅年光、一往蹉跎。卖了杏花挑了菜，春纵好、已无多。

这首情词极为传神地描绘了词人与伊人春初与春暮两次相遇、目接心契的情景，写得情思幽渺，宛转动人。

南楼令

［清］朱彝尊

疏雨过轻尘，园莎结翠茵。惹红襟、乳燕来频。乍暖乍寒花事了，留不住、塞垣春。　　归梦苦难真，别离情更亲。恨天涯、芳信无因。欲话去年今日事，能几个、去年人。

词人一生深爱着妻妹冯寿常（字静志），这首词即是为怀念她而作，写得情意真挚。康熙三年（1664）词人至云中（今山西大同）投曹溶，次年二月曾与曹同出雁门关，这首词或就写于此时。

唐多令

［清］洪亮吉

真气本无前，豪情忽欲颠。一百番、沉醉酣眠。乱摘九天星与斗，权当作、酒家钱。　　寥廓约顽仙，踏红云种田。待秋成、岁月三千。拟钓六鳌沧海去，虽不饱，且烹鲜。

这首词以上天入地的神驰狂思之笔宣泄人世间的郁闷与愤懑。词虽作于饱经宦海风波和人世沧桑的晚年，但仍可见词人狂逸之气并未稍减。读此词，一个封建末世的狂狷放浪之士的形象呼之欲出，跃然纸上。全词风格豪放奇崛，壮采飞腾，极具阳刚之美。

唐多令

[清] 蒋春霖

枫老树流丹，芦花吹又残。系扁舟、同倚朱阑。还似少年歌舞地，听落叶、忆长安。　　哀角起重关，霜深楚水寒。背西风、归雁声酸。一片石头城上月，浑怕照、旧江山。

词人生当太平军席卷南北、兵燹遍地之际，这首极写由战乱而引起的世事衰残悲感和动荡时代内心深切的迷茫、失落和殷忧。词的上下片将昔之盛时与今之衰时对照，将昔年之歌舞承平与如今江山变色对照，在时间和空间的展开上，笔力如椽，境界苍凉、沉郁，情调低徊、悲深。吴梅评此词"精警雄秀，决非局促姜、张范围者可能出此也"（《词学通论》）。

唐多令　甲午生日感赋

[清] 况周颐

已是百年期，韶华能几时。揽青铜、谩惜须眉。试看江潭杨柳色，都不忍、更依依。　　东望阵云迷，边城鼓角悲。我生初、弧矢何为。豪竹哀丝聊复尔，尘海阔，几男儿。

光绪二十年甲午（1894）九月初一是词人三十四岁生日。这年八月，日本侵略军攻平壤，清援朝将领左宝贵战死，叶志超狼狈逃归。海军提督丁汝昌率舰与日海军遇于大东沟迤南海面，遭到惨败。这首自寿词惜时感世，忧时忧国之心、慷慨报国之情溢于言表，风格沉郁悲凉。

南楼令　秋怀次韵

[清] 夏孙桐

残叶下寒阶，秋风震旅怀。话莼鲈、空自低回。莽莽神州兵气亘，听不得、泽鸿哀。　　夕照澹金台，销沉几霸才。对霜天、尊酒悲来。丛菊漫淹词客泪，偏多傍、战场开。

这首词写秋日思归。词人身处清末风雨飘摇的时代，在旅途忧患不安。词中寥寥数笔，将烽火连天、哀鸿遍野中旅客的哀时伤世之情勾勒出来。结句以"丛

古代男子出生后以桑木作弓，蓬草为矢，使射天地四方，寓志在四方之意。

燕昭王置千金于台上，以延天下士，谓之黄金台。

夏孙桐致龙榆生手札

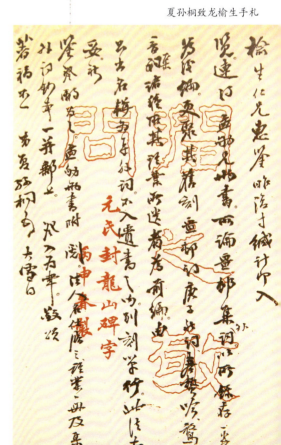

夏孙桐像

夏孙桐（1857—1941）字闰枝，晚号闰庵，江苏江阴人。光绪十八年（1892）进士，授编修，历任湖州、宁波、杭州知府。民国初入清史馆。有《观所尚斋文存》及《悔龛词》。

菊"和"战场"联在一起，以绚丽的黄花对应萧瑟的战场，反衬出战争的惨酷、国家的灾难，具有强烈的感染力。

 ## 倚声依谱

《唐多令》又名《糖多令》《南楼令》《箜篌曲》，双调，六十字，上下片各四平韵。亦有前片第三句加一衬字者。此调为重头曲，具有于流畅之中又略为停顿，疏快而不质实的特点。

【定格】
平仄仄平平，中平中仄平。
仄中平、中仄平平。
中仄中平平仄仄，中中仄、仄平平。

平仄仄平平，中平中仄平。
仄中平、中仄平平。
中仄中平平仄仄，中中仄、仄平平。

《词谱》（《唐多令》）

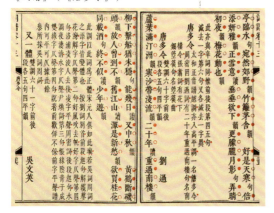

小重山

旧游无处不堪寻，无寻处、惟有少年心

曹宝麟书《小重山》

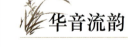

华音流韵

小重山

[南宋] 章良能

柳暗花明春事深①。小阑红芍药②、已抽簪③。雨余风软碎鸣禽④。迟迟日，犹带一分阴。　往事莫沉吟。身闲时序好、且登临⑤。旧游无处不堪寻，无寻处、惟有少年心。

临风赏读

这首词以和婉轻灵的笔调抒写词人在春深雨后趁时登临寻旧的逸兴及感喟。

[注释]

① 春事，春色，春意。

② 小阑，矮小的栏杆。

③ 簪，此处用以比喻花蕾。

④ 雨余，雨后。碎鸣禽，唐杜荀鹤诗有"风暖鸟声碎，日高花影重"句。

⑤ 时序，时节，节令。

上片描写暮春景色的妩媚可人。起句点明时序。柳暗花明，已是暮春季节。一番春雨之后，小花圃中净植的红芍药抽出了尖尖的花蕾，宛若一支支玉簪。惠风轻轻软软的，吹拂着大地，百鸟争鸣，唧唧啾啾，显得格外欢快惬意。太阳则是懒洋洋的，时不时地躲进薄薄的春云里。这样，春风之和软、融畅，鸟鸣之细碎、绵密，春日之迟迟，总合成一幅生机蓬勃的春之画卷。

换头以破常之笔宕开。词人要重游旧地，对往事必将有一番沉吟，但这里以"莫沉吟"陡然煞住，努力将对往事的纠结乃至惆怅撇开，用"身闲时序好"劝勉自己不如登临游赏，一快胸襟。登临之际，往日的踪迹，又一一能寻访得见，但往昔在此地游赏所怀有的那一颗意气飞扬的少年心，再也寻找不到了。时序虽好，此身虽闲，景物也依稀如故，但年华已去，人已老大，永远也回不到过去，找不回少年情怀，这是多么令人郁塞、怅惘！词就这样宕开复又绕回，纡徐起伏，耐人寻味。

全词对景遣怀，语意婉约，韵味深长。

古今汇评

陈　霆：语意甚婉约，但鸣禽曰碎，于理不通，殊为语病。唐人句云："风暖鸟声碎。"然则何不曰"暖风娇语碎鸣音"也。（《渚山堂词话》卷三）

唐圭璋：此首上景下情，作法明晰，意致清婉。起言春深花发，次言雨后鸟鸣。"风软碎鸣禽"，用杜荀鹤"风暖鸟声碎"诗。换头，抒及时行乐之意。"旧游"两句，以转笔作收，倍觉沉痛。（《唐宋词简释》）

惠淇源：这首咏春小词，语言清浅，喻意较深。……全词和婉工丽，曲折含蓄，优美动人。（《婉约词》）

宋刘松年《四景山水图卷》，分春、夏、秋、冬四景，描绘幽居于临安西湖一带山湖楼阁中的士大夫闲逸的生活。此幅为春景，画主人踏春归来。堤边屋外已柳绿桃红，远山下云雾迷蒙，杂树小草生机勃勃，春意盎然。堤头两侍者牵马携盒向小桥走近，阶下童仆忙于清理担具，似是随从主人倦游归来。笔墨苍逸劲健，行笔设色严谨而注重法度，画中人物虽小而形神完备。故宫博物院藏

明吴伟《琵琶美人图》，绘一位手抱琵琶的女子，侧面低首，神情幽怨哀愁。右上孙一元题诗中有"寂寥空抱长门怨"句。印第安纳波利斯艺术博物馆藏

词人心史

章良能（？—1214）字达之，处州丽水（今属浙江）人，居吴兴（今浙江湖州），周密之外祖父。少好雅洁，襟抱脱俗，性滑稽。淳熙五年（1178）进士。庆元六年（1200）自枢密院编修官迁著作佐郎。嘉泰四年（1204）以朝散郎知泉州，至开禧元年（1205）除江西运判。开禧二年（1206），以太常少卿兼权直学士院，累迁权兵部侍郎兼权中书舍人、礼部侍郎兼侍讲、御史中丞。嘉定二年（1209），同知枢密院事。六年四月，自同知枢密院事除参知政事。工词章，有《嘉林集》百卷，不传。周密云："外大父文庄章公……间作小词，极有思致。"（《齐东野语》卷十五）词仅存一首。

低吟/浩唱

小重山

[五代] 薛昭蕴

春到长门春草青。玉阶华露滴，月胧明。东风吹断紫箫声。宫漏促，帘外晓啼莺。　　愁极梦难成。红妆流宿泪，不胜情。手接裙带绕阶行。思君切，罗幌暗尘生。

这首词写宫女春怨。上片通过视觉、听觉形象的描写，渲染失宠宫人的凄凉处境。下片由景及人，描摹她内心深处充满着急切的思念。结末一句含蓄地表现宫女遭到抛弃的悲苦命运，流露出失落怅惘之意。

小重山

[五代·后晋] 和凝

春入神京万木芳。禁林莺语滑，蝶飞狂。晓花擎露妒啼妆。红日永，风和百花香。　　烟锁柳丝长。御沟澄碧水，转池塘。时时微雨洗风光。天衢远，到处引笙簧。

词人当后晋全盛之时，身居相位。这首词为词人颂美时政之作，描写春日京城的承平气象。京城里的一草一木、一莺一蝶，在词人的眼神里无不带强烈的欢快色彩。全词妙声艳色，境界明朗，

正如杨慎所评："藻丽，有富贵气。"（杨慎评点本《草堂诗馀》卷二）

小重山

［北宋］僧祖可

谁向江头遗恨浓。碧波流不断，楚山重。柳烟和雨隔疏钟。黄昏后，罗幕更朦胧。　　桃李小园空。阿谁犹笑语，拾残红。珠帘卷尽夜来风。人不见，春在绿芜中。

这首词通篇描写暮春景色，隐隐吐露惜春之意。全词清丽隽雅，结句颇得含蓄蕴藉之妙。

僧祖可字正平，丹阳（今属江苏）人，苏伯固之子。约宋徽宗崇宁初前后在世。气骨高迈，住庐山，被恶疾，人号"癞可"。工诗，自然清新；长短句尤佳。有《东溪集》《瀑泉集》。

小重山

［北宋］贺铸

花院深疑无路通。碧纱窗影下，玉芙蓉。当时偏恨五更钟。分携处，斜月小帘栊。　　楚梦冷沉踪。一双金缕枕，半床空。画桥临水凤城东。楼前柳，憔悴几秋风。

这首词抒写情侣离别相思的情怀。上片写梦中相会，下片写梦回凄凉。结拍以楼前杨柳几度秋风、几度凋零来暗示女方的失望和憔悴，由己推人，代人念己，语弥淡而情弥深。

天与多情不自由（贺铸《唤春愁》句）　王福庵

小重山　吴松浮天阁送别

［北宋］蔡伸

楼外江山展翠屏。沉沉虹影畔，彩舟横。一尊别酒为君倾。留不住，风色太无情。　　斜日半山明。画栏重倚处，独销凝。片帆回首在青冥。人不见，千里暮云平。

明唐寅《垂虹别意图》（局部）。人物在吴江垂虹桥畔舟中叙谈，树和远山浓淡相称，逸笔入妙。美国大都会艺术博物馆藏

这首词为江边送别友人之作，词中从别前、别时写到别后，情景交融，笔调轻快，抒别情而不感伤，别具一格。

小重山

[北宋] 何大圭

绿树莺啼春正浓。钗头青杏小，绿成丛。玉船风动酒鳞红。歌声咽，相见几时重。　　车马去匆匆。路随芳草远，恨无穷。相思只在梦魂中。今宵月，偏照小楼东。

这首词抒发伤离惜别之情。上片写暮春送别，以一派郁郁春景衬托凄凄离情；下片写别后无穷的相思憾恨。全词思致绵绵，词清韵远。明杨慎《词品》卷一引临邛高耻庵云："'玉船风动酒鳞红'之句，譬如云锦月钩，造化之巧，非人琢也。此等句在天地间有限。"清况周颐则独赏"车马去匆匆，路随芳草远"十字，认为"其淡入情，其丽在神"（《蕙风词话》卷二）。

小重山

[北宋] 沈晦

湖上秋来莲荡空。年华都付与，木芙蓉。采菱舟子两相逢。双媚靥，一笑与谁侬。　　斜日落溟濛。鸳鸯飞起处，水无踪。望湖楼上两三峰。人不见，林外数声钟。

这首词为西湖秋日傍晚即景。画面生动，人物若隐若现，空灵蕴藉，读来引人遐思。

小重山　初夏

[南宋] 蒋子云

花过园林清荫浓。琅玕新脱笋，绿丛丛。语声只在小池东。闲欹枕，直面芰荷风。　　斜日敞帘栊。轻尘飞不到，画堂空。一樽今夜与谁同。人如玉，相对月明中。

这首词描写初夏一日景色与情事，语言清丽，意境清幽闲雅。

何大圭字晋之，广德（今属安徽）人。政和进士及第，历任太学录、秘书省正字、秘书省著作郎。晚年居福州。

沈晦（1084—1149）字元用，号胥山，钱塘（今浙江杭州）人。与弟沈辽、叔沈括时称"三沈"。宣和六年（1124）廷对第一。历知舒州、建康府。高宗朝，进徽猷阁直学士，出守衢州。

琅玕，竹。

芰荷，菱角和荷花。菱角，两角者为菱，四角者为芰。

斜，一作"长"。

蒋子云字元龙。生平不详。工诗词。

蒋子云此词《全宋词》谓作者为沈蔚。

宋刘松年《四景山水图卷》之《夏景》。一文士端坐于临水亭阁中，纳凉观景，甚是惬意。亭外夏木浓荫，碧荷点点。远山清淡，湖水无皱，水天一线。故宫博物院藏

小重山

［南宋］李清照

春到长门春草青。江梅些子破，未开匀。
碧云笼碾玉成尘。留晓梦，惊破一瓯春。　　花
影压重门。疏帘铺淡月，好黄昏。二年三度负东
君。归来也，着意过今春。

这首词为词人早期作品，由春草返青写到江
梅初绽，由花影压门写到淡月铺帘，中间更穿插
以春晨早起，茶香驱梦，如此反复点染初春之美
妙，目的是要逼出结拍心底深情的呼唤：请你立
刻回来吧，让我们一同好好地度过今春这大好时
光！全词闲适淡雅，自然隽永，格调欢快，较之
她那些写离愁别苦的词迥异其趣。

参读

梧桐雨细，渐滴作秋声，被风惊碎。润逼衣篝，线袅蕙炉沉
水。悠悠岁月天涯醉。一分秋、一分憔悴。紫箫吹断，素笺恨切，
夜寒鸿起。　　又何苦、凄凉客里。负草堂春绿，竹溪空翠。落叶
西风，吹老几番尘世。从前谙尽江湖味。听商歌、归兴千里。露侵宿
酒，疏帘淡月，照人无寐。——南宋张辑《疏帘淡月·秋思》将秋夜
的相思苦、羁旅愁，传神地勾画了出来。词境幽远清逸，自然风雅。
词牌《疏帘淡月》即由李词"疏帘铺淡月，好黄昏"一句而来。

小重山

［南宋］吴淑姬

谢了荼蘼春事休。无多花片子，缀枝头。庭槐影碎被风揉。莺
虽老，声尚带娇羞。　　独自倚妆楼。一川烟草浪，衬云浮。不如
归去下帘钩。心儿小，难着许多愁。

这首词写一位闺中少妇思念远方情人的愁苦，笔墨灵秀。上片
写暮春之景，下片写闺中之人。结拍"心儿小，难着许多愁"，将
愁写得活灵活现，与李清照名句"只恐双溪舴艋舟，载不动、许多
愁"有异曲同工之妙。

宋佚名《饮茶图》，画一侍女双
手捧茶盘，一妇人伸手盘中拿茶具。
右边一贵妇面向她们而立，仪态端庄
娴静。后随侍女双手捧一锦盒。美国
弗利尔美术馆藏

些子，犹言一些，即少量之
意。

碾玉，宋人饮茶尚白，先合
香料制茶饼，饮用时须用茶碾碾
成细末，然后煮饮。

东君，春日、春天之神。

荼蘼，又作酴醾，初夏开花，
夏季盛放，色香俱美，故被认为
荼蘼花开是一年花季的终结。苏
轼诗："荼蘼不争春，寂寞开最
晚。"

吴淑姬，失其本名。生平不
详。有词集《阳春白雪》五卷，
已佚，今存词三首。

宋米友仁《潇湘图》（局部），三湘、九嶷之际，山峦逶迤、江水迷茫、杂木疏落、白云浮动的雨后景色，以淡淡的水墨染出，一派空濛，如同一个梦幻世界。笔触简约浑厚，晕染精确，纯然合乎造化，为其水墨云山的典型之作。上海博物馆藏

寒蛩，蟋蟀。

唐朝成都官妓灼灼，善舞《柘枝》，能歌《水调》，御史裴质和她有情。裴被召还朝后，灼灼以软绡聚红泪为寄。

小重山

[南宋] 岳飞

昨夜寒蛩不住鸣。惊回千里梦，已三更。起来独自绕阶行。人悄悄，帘外月胧明。　　白首为功名。旧山松竹老，阻归程。欲将心事付瑶琴。知音少，弦断有谁听。

这首词以传统婉约与比兴手法表现对国家前途的隐忧以及壮志难酬的孤愤。上片描述梦回故国，绕室彷徨，忧虑国事，坐卧不宁的惆怅心绪；下片抒写白首无成、北伐受阻、"知音"难遇的孤凄情怀。全篇沉郁蕴藉，委曲婉转，与慷慨悲壮的《满江红》风格迥别。清王弈清等人评曰："《小重山》词，梦想旧山，悲凉悱恻之至。"（《历代诗馀》卷一百一十七）

 参读

将军佳作世争传，三十功名路八千。一种壮怀能蕴藉，诸君细读《小重山》。——缪钺《灵谿词说》

小重山

[南宋] 陈亮

碧幕霞绡一缕红。槐枝啼宿鸟，冷烟浓。小楼愁倚画阑东。黄昏月，一笛碧云风。　　往事已成空。梦魂飞不到，楚王宫。翠绡和泪暗偷封。江南阔，无处觅征鸿。

词人一生遭际坎坷，以恢复中原为志，曾屡屡上书恢复方略，却全都如石沉大海，且被斥为"狂怪"，令他"悲泪填臆"。这首

词上片以一缕红、啼鸟、冷烟、黄昏月、一笛风诸景物渲染出秋暮时节悲凄幽咽的气氛，衬托出自己的满怀愁绪；下片抒情，托为逐臣屈原，托为情女灼灼，曲折而形象地表明自己虽不为世用，却一片忠愤未泯。全词哀婉悲切，真挚感人。

小重山令　赋潭州红梅

[南宋] 姜夔

　　人绕湘皋月坠时。斜横花树小，浸愁漪。一春幽事有谁知。东风冷，香远茜裙归。　　鸥去昔游非。遥怜花可可，梦依依。九疑云杳断魂啼。相思血，都沁绿筠枝。

　　词人重游潭州（今湖南长沙），见梅怀人而作此词。词从咏红梅入手，人梅合写，继又梅竹交映，笔墨变幻，含蕴空灵，凄艳入骨，达到了似花非花，似人非人，花人合一的恍惚迷离的艺术效果。俞陛云评此词说："梅苑人归，蘅皋月冷，感怀吊古，愁并毫端。其凄丽之致，颇似东山、淮海。"（《唐五代两宋词选释》）

小重山

[南宋] 米友仁

　　醉倚朱阑一解衣。碧云迷望眼，断虹低。近来休说带宽围。人千里，还是燕双飞。　　深院日初迟。绮窗帘幕静，恨生眉。不堪虚度是花时。鸿来速，争解寄相思。

　　这首怀人词即事写景，抒情造境，纯用白描的手法，晓畅自然，情味隽永。

遥怜花可可，梦依依　乔大壮

　　湘皋，湘江岸边。屈原《离骚》："步余马于兰皋兮。"注："泽曲曰皋。"

　　米友仁（1074—1153）字元晖，小名寅哥，黄庭坚戏称他为"虎儿"，晚号懒拙老人，祖籍山西太原，迁襄阳（今属湖北），定居润州（今江苏镇江）。官至兵部侍郎、敷文阁直学士。系米芾长子，书法绘画皆承家学，故世称"大小米"。

明佚名（旧传元唐棣）《烟波渔乐图》，绘溪山平远，云雾弥漫，在一片宽阔的河口上，渔夫专注捕鱼的情景。台北"故宫博物院"藏

陈成之字伯可，绍兴六年（1136）为入内东头供奉。九年，奉命抚谕陕西。

风飐芦花雪满溪（元周权《渔翁》句）　清汪成

黄子行号蓬瓮，江西修水人，寓籍分宜。黄庭坚之诸孙。有《蓬瓮痴语》，今佚。

小重山

［南宋］陈成之

恨入眉尖熨不开。日高犹未肯，傍妆台。玉郎嘶骑不归来。梁间燕，犹自及时回。　粉泪污香腮。纤腰成瘦损，有人猜。一春那识下香阶。春又去，花落满苍苔。

这首词写女子相思。全篇纯以白描的手法，表现一位独守空闺的女子对情郎的期盼与失望的心情。人物刻画活灵活现。开篇一"熨"字用得极新奇。

小重山

［南宋］吴潜

溪上秋来晚更宜。夕阳西下处，碧云堆。谁家舟子采莲归。双白鹭，惊起背人飞。　烟水渐凄迷。渔灯三数点，乍明时。西风一阵白蘋湄。凝伫久，心事有谁知。

这首词通过对秋天晚景变化的描写，传达出淡淡的愁意。

小重山

［金］元好问

酒冷灯青夜不眠。寸肠千万缕，两相牵。鸳鸯秋雨半池莲。分飞苦，红泪晓风前。　天远雁翩翩。雁来人北去，远如天。安排心事待明年。无情月，看待几时圆。

这首词写离情，上片描述了一对恋人痛苦悲凄的别离过程，下片写女主人公送别恋人远去，并寄予对团圆之期的期盼。词写得一往情深，摇曳多姿。

小重山

［元］黄子行

一点斜阳红欲滴。白鸥飞不尽，楚天碧。渔歌声断晚风急。搅芦花，飞雪满林湿。　孤馆百忧集。家山千里远，梦难觅。江湖风月好收拾。故溪云，深处着蓑笠。

这首词上片勾勒点染楚天秋江凄迷的晚景，下片铺写羁旅乡愁和归隐故山溪云的憧憬。全词笔调闲静淡远，意境凄清。

小重山　端午

[元] 舒頔

碧艾香蒲处处忙。谁家儿共女，庆端阳。细缠五色臂丝长。空惆怅，谁复吊沅湘。　往事莫论量。千年忠义气，日星光。《离骚》读罢总堪伤。无人解，树转午阴凉。

这首端午词上阕以庆端阳的热闹繁忙景象与无人吊沅湘的冷落世情形成对比，下阕以屈原忠义之气光照千秋令人景仰与自己心系故国而世无知己理解同情形成对比，融吊古与伤时、怀人与自伤为一体，抒情委婉，寄慨悲凉。结拍语淡情深，尤为含蓄有味。

舒頔（1304—1377）字道原，号贞素先生，绩溪（今属安徽）人。曾辟为贵池教谕。为诗盘桓苍古，词亦清爽排宕。有《贞素斋集》。

小重山

[明] 今释

得程周量民部诗，却寄。

落落寒云晓不流。是谁能寄语，竹窗幽。远怀如画一天秋。钟徐歇，独自倚层楼。　点点籖霜稠。十年山水梦，未全收。相期人在别峰头。闲鸥意，烟雨又扁舟。

这首词描绘倚楼独眺之秋景，流美婉曲，于淡静平和之中隐含着人生事业的悲凉。

今释（1614—1680）字性因，号澹归。俗姓金氏，名堡，字道隐，浙江杭州人。明崇祯进士。南明永历三年戊子（1648）诣肇庆，谒永明王，授礼科给事中，抗直不畏强御。桂林破，薙发为僧，住韶州丹霞山寺。有《遍行堂集》《岭南焚余》等。

小重山

[清] 宋徵舆

春流半绕凤凰台。十年花月夜，泛金杯。玉箫呜咽画船开。清风起，移棹上秦淮。客梦五更回。清砧迎塞雁，渡江来。景阳宫井断苍苔。无人处，秋雨落宫槐。

这首词当作于南明福王小朝廷倾覆之后的顺治二年（1645）或三年秋季。上片追忆明亡前南京之游花前月下春梦般的旖旎情事，下片写清兵南下福王弘光朝倾覆后的悲凉景色。上片的欢乐与下片的悲慨形成今昔盛衰的强烈对比，寓亡国之痛于身世感慨之中，表达了词人对亡国原因的检讨与反思。全词凄丽悱恻，歇拍三句写得尤为低回幽咽，悲凄沉痛。

明文伯仁《金陵十八景图》之《凤凰台》。上海博物馆藏

张景祁（1827—?）字孝威，别号新蘅主人，钱塘（今浙江杭州）人。同治进士。曾任福安、连江等地知县。晚年渡海去台湾，宦游淡水、基隆等地，颇有惠政。工诗词。有《新蘅词》。

夏敬观（1875—1953）字剑丞，晚号映庵，江西新建人。光绪举人，历任三江师范学堂、复旦、中国公学监督，江苏巡抚参议，署提学使。民国初，任浙江教育厅长。不久退隐沪西。通经史，工诗词，善画。朱孝臧称其词可与文廷式相颉颃。晚年以鬻画自给。有《词调溯源》《忍古楼词话》《映庵词》等。

夏敬观《霜叶飞》手稿

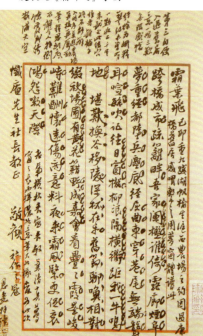

参读

淮水横拖柳线柔，曾闻箫鼓夜，美人游。一从好事断香钩，西窗月，不肯照梳头。　苦雨更深秋，怎禁桐叶下、一更愁。寒潮依旧绕城流，无人处，私倚阅江楼。——清邓汉仪《小重山·金陵步芝麓韵》写南明弘光朝覆亡后词人重来南京的感触，亦是寄托怀思故国之意。

小重山

[清] 张景祁

几点疏鸦眷柳条。江南烟草绿，梦迢迢。十年旧约断琼箫。西楼下，何处玉骢骄。　酒醒又今宵。画屏残月上，篆香销。凭将心事记回潮。青溪水，流得到红桥。

此词以时空转换手段追怀旧情，委婉含蓄，情味隽永。谭献谓此词"高寻欧、晏，参异己之长"（《箧中词·今集》卷五）。

小重山　晚过黄渡

[清] 朱孝臧

过客能言隔岁兵。连村遮戍垒，断人行。飞轮冲暝试春程。回风起，犹带战尘腥。　日落野烟生。荒萤三四点，淡于星。叫群创雁不成声。无人管，收汝泪纵横。

1924年9月，江苏直系军阀齐燮元与浙江皖系军阀卢永祥为争夺上海，激战于嘉定、黄渡、太仓、浏河等地。次年春，词人晚过黄渡，有感于军阀战乱，民生凋敝，遂填此词。词中通过戍垒连村、行人几至于无、回风犹卷血腥尘等景况以及落日、野烟、荒萤、创雁等意象的描写，渲染出兵燹过后黄渡一带荒凉死寂的气氛，谴责了军阀不义战争的残酷与可憎，并对当地人民饱受战乱之苦寄予了深切的同情。

小重山

[近代] 夏敬观

人事支离到岁残。梦程天样阔，枕难安。纠纷心目是关山。宵来雪，未比晓晴寒。　身世寄危栏。楼台蜃蜃现，不堪看。西飞多少雁声酸。沧洲畔，闲地可容宽。

这首词约作于1936年1月，词人正退隐于上海沪西之康家桥。当时，日本侵占东三省已五年，并正酝酿着发动全面的侵华战争。词人身世寄危楼之中，洞察到了望中十里洋场的上海，有似海市蜃楼之现于眼前，而现实却是外患愈急，国势日危，更大的民族危机还在后面，于是词人将对国事的深切忧虑和家国陆危之际的身世之感一泄于词中。全词雄阔深惋，词清骨秀，意味深长。

小重山令

[近代] 黄侃

二月二十五日寒食，游高座寺。

马脑冈头石径微。寂寥高座寺，掩禅扉。种松几度旋成围。人何在，春物镇芳菲。　青史事多违。梅陵留庙祀，也崔巍。野棠如雪落还飞。南朝梦，一例付斜晖。

这首词通篇以萧寺景物为线索，以怀古幽绪为核心，抒发时代变迁、朝代兴亡的慨叹，意境萧疏，情致婉转，结句尤令人涵咏不尽。叶恭绰以"高华"二字评此词（《广箧中词》卷三）。

🌀 词林逸事

韦庄是一个多情的诗人，"一生漂泊，所至有情"。据说韦庄寓蜀时，有一个非常宠爱的姬妾，不但容貌美丽，而且还通词翰。后来这个姬妾被王建召入禁中教导宫女。宫禁森严似海，从此两人被迫分别，再会无期。韦庄终日怀念姬人，怏怏寡欢，遂作《荷叶杯》：

　绝代佳人难得，倾国，花下见无期。一双愁黛远山眉，不忍更思惟。　闲掩翠屏金凤，残梦，罗幕画堂空。碧天无路信难通，惆怅旧房栊。（其一）

　记得那年花下，深夜，初识谢娘时。水堂西面画帘垂，携手暗相期。　惆怅晓莺残月，相别，从此隔音尘。如今俱是异乡人，相见更无因。（其二）

继而又写下一首《小重山》：

黄侃像

黄侃（1886—1935）字季刚，号量守居士，湖北蕲春人。章太炎弟子。早岁游日本，入同盟会。归国后，曾任北京大学、南京中央大学教授。精究文字、声韵、训诂之学。有《携秋华室词》。

高座寺，位于南京城南中华门外的雨花台。始建于东晋初年，原名为甘露寺。

梅陵，即梅冈。东晋豫章内史梅赜家在冈下，因有功于晋，后立庙于此，名梅将军庙。

"不忍更思惟"五字，凄然欲绝。姬独何人，能不断肠乎！（《白雨斋词话》卷一）

一闭昭阳春又春。夜寒宫漏永，梦君恩。卧思陈事暗销魂。罗衣湿，红袂有啼痕。　　歌吹隔重闉。绕庭芳草绿，倚长门。万般惆怅向谁论。凝情立，宫殿欲黄昏。

这几首词语淡而悲，情意凄怨，人相传播，盛行于世。姬后传闻之，悲伤之余，绝食而死。

这段逸事记载在宋人杨湜《古今词话》和蒋一葵《尧山堂外纪》中，但夏承焘先生认为王建夺姬之说无征难信，因为王建相当礼敬其手下有能力的大臣，似不致有此。

 参读

（天复元年）韦庄以才名寓蜀，王建割据，遂羁留之。庄有宠人，姿质艳丽，兼善词翰。建闻之，托以教内人为词，强庄夺去。庄追念悒怏，作《小重山》及《空相忆》（实为《谒金门》）："空相忆，无计得传消息。天上嫦娥人不识，寄书何处觅。

新睡觉来无力，不忍把伊书迹。满院落花春寂寂，断肠芳草碧。"——明杨湜《古今词话》

 倚声依谱

《小重山》又名《小重山令》。五十八字，前后片各四平韵。唐人例用以写宫愁，故其调婉转悲抑，一般不宜写豪放感情。

《词谱》（《小重山》）

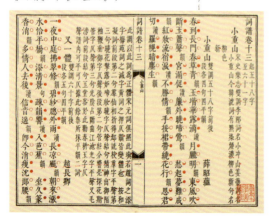

【定格】

中仄平平中仄平。

中平平仄仄，仄平平。

中平中仄仄平平。

平中仄，中仄仄平平。

中仄仄平平。

中平平仄仄，仄平平。

中平中仄仄平平。

平中仄，中仄仄平平。

点绛唇

数峰清苦，商略黄昏雨

丛文俊书《点绛唇》

华音流韵

点绛唇　丁未冬过吴松作①

[南宋] 姜夔

燕雁无心，太湖西畔随云去。数峰清苦，商略黄昏雨②。
第四桥边③，拟共天随住④。今何许。凭栏怀古，残柳参差舞。

吴淞江，源出太湖，经吴江、苏州、上海，汇黄浦江入海。

临风赏读

南宋淳熙十四年丁未（1187）之冬，词人往返于湖州、苏州之间，经过吴松时，乃作此词。此词寥寥数语间即将怀古伤时之情化为幽韵冷香，令人挹之无尽。

上阕之境，乃词人俯仰天地之境。劈头写入空中之燕雁。独立湖畔，俯仰天地，见北来之雁无心竞逐，随淡淡飞云悠然远去，暗喻词人一生纯任天机、漂泊不住的本心，起句即是托物言己，只是语极蕴藉、不着痕迹而已。"数峰清苦，商略黄昏雨"，清寂悲苦的远山青峰，于黄昏降临之时，正在酝酿着一番苍茫暮雨。词人悲天悯人之心与数峰幽寂黯淡之色，至此已了无分际，浑化相生，遂写下了千古拟人写山鲜此奇绝之笔：身处南宋衰微、国运衰颓之世，词人焉不"清苦"？以此心观物，目之所及，当是层峦悲染，风雨如晦。上阕两语，一悠远，一深哀，情感波荡，集于一身，生平况味与时世悲怀，在两相对比之下益见深致，但都是词人之"我"所化出的阔大清幽之境界。

下阕之境，乃词人俯仰今古之境。词作将眼前境界推向历史的纵深之处。陆龟蒙隐居的"第四桥边"，如今其地仍在，其人已逝，词人期许与前贤共住，泯没古今时间界限，以此见出对自然、人生与历史追溯凝思的心灵之旅。随后，"今何许？"的诘问奇峰突起，令人有刹那间置身于天地悠悠、宇宙无限的苍茫之感，遂使下句"凭栏怀古，残柳参差舞"写出气象阔大、苍凉悲壮的意境：纤弱残败的杨柳，依然参差不齐地舞动着。此地古属吴越，今为南宋偏安之一隅，词人深知，倾颓的必然命运终将降临其上。独对雨中苍茫古迹而凄然起"舞"，使残柳风姿蕴涵了词人多少古今同悲之慨？

此词从虚处传达出无穷哀感，笔调却轻灵幽渺，意境空灵洒脱，写来飘然欲仙。

［注释］

①吴松，即今江苏吴江。淳熙十四年（1187）春，姜夔曾由杨万里介绍到苏州去见范成大。

②商略，商量，酝酿。此处指遥望里山峰，雨意很浓。

③第四桥，吴江城外的甘泉桥。

④天随，晚唐隐逸诗人陆龟蒙，号天随子，隐居吴江。姜夔生平素慕陆龟蒙，曾赋诗云："沉思只羡天随子，蓑笠寒江过一生。"（《三高祠》）

明文伯仁《泛太湖图》，以平远法描绘从胥口泛舟太湖所见之景，意境清旷幽远。故宫博物院藏

美夔字之捺夫字之磔載字之戈志字之心再三剝削乃成

妙畫盡古之能書者多自剝鍾元常剝突禪表李北海之

寓名黃倦鶴伏□□之頟此戴六恐是大令自剝不然何其

妙也六者意如婦人而能文善書入玄乃知當時文風之盛婦

人可稱者不獨楊皇后觀夫人衛茂猗謝道蘊單又知古人

教子既使之外從師友遂居于內六使之婦人之能文藝知道

理者與之家宜子子敬為晉名臣也七者預知八百年餘事雖

近於異然古之賢達如此者衆矣運式持籌而後得之我揮此出

於神明靈曠自然前知豈必少踈當是少 故爾右軍書蘭亭時年五

較之蘭亭則結體小踈當是少年故爾右軍書蘭亭時年五

保母志與蘭亭同者廿四字之三　各文皆老趣興歲丑日

十多大令卅年工夫也繫日與諸名公極論曰儼著之

終以曲水於悲夫後者與右軍他帖同者十八字行秀王惠書善

七十三二月六無小口卓而言其嘗見大令雜帖者三字歚寧而見

墓志等字洪精妙絕倫晉宋以來書家兩未有也壬申十月余

故了洪邁師攜墨本自錢清求示且言六春時斆山得之洪取視

野人自外至出小硯以饒王君之子六春時斆山得之洪取視

見硯背有永和及晉獻之字知之壤之字乃是壤中物問有碑否野人

也驗是大令保母墓志而文未具又使尋之明日持前五行來乃以後五行來

一軓工有字巳碎矣使致之明日持前五行來是時猶未斷

姜夔《跋王献之保母帖》（局部），用笔精到，典雅俊润，清新脱俗。故宫博物院藏

古今汇评

卓人月："商略"二字诞妙。（《古今词统》卷四）

陈廷焯：白石长调之妙，冠绝南宋；短章亦有不可及者，如《点绛唇·丁未过吴淞作》一阕，通首只写眼前景物，至结处云："今何许？凭阑怀古，残柳参差舞。"感时伤事，只用"今何许"三字提唱，"凭阑怀古"下，仅以"残柳"五字咏叹了之，无穷哀感，都在虚处。令读者吊古伤今，不能自止，洵推绝调。（《白雨斋词话》卷二）

俞陛云：欲雨而待"商略"，"商略"而在"清苦"之"数峰"，乃词人幽渺之思。白石泛舟吴江，见太湖西畔诸峰，阴沉欲雨，以此二句状之。"凭阑"二句其言往事烟消，仅余残柳耶？抑谓古今多少感慨，而垂柳无情，犹是临风学舞耶？清虚秀逸，悠然骚雅遗音。（《唐五代两宋词选释》）

参读

淳熙丙申正日，予过维扬。夜雪初霁，荠麦弥望。入其城则四顾萧条，寒水自碧，暮色渐起，戍角悲吟。予怀怆然，感慨今昔，因自度此曲。千岩老人以为有《黍离》之悲也。

淮左名都，竹西佳处，解鞍少驻初程。过春风十里，尽荠麦青青。自胡马窥江去后，废池乔木，犹厌言兵。渐黄昏、清角吹寒，都在空城。　　杜郎俊赏，算而今、重到须惊。纵豆蔻词工，青楼

漫赢得天涯羁旅（姜夔《玲珑四犯》句）　清黄景仁

梦好，难赋深情。二十四桥仍在，波心荡、冷月无声。念桥边红药，年年知为谁生。——这首《扬州慢》是姜夔的压卷之作，亦是怀古伤世，寄托对扬州昔日繁华的怀念和对今日山河破碎的悲慨，写得深沉悲怆，清幽窈渺，意境空灵含蓄，令人百读不厌。

词人心史

姜夔（1155—1221）字尧章，号白石道人，又号石帚，饶州鄱阳（今属江西）人。一生漂泊不定，居无定所。父卒于汉阳之后，就依姊居于汉川。除汉川之外，其居所足迹所至，如饶州、维扬、楚州、濠梁、武陵、长沙等地。三十二岁时，叔岳父千岩老人萧德藻曾约他到湖州，在此处依萧生活了八九年。光宗绍熙元年（1190），始卜居吴兴与白石洞天为邻，因号"白石道人"。庆元二年（1196）秋时，移住武康葛天民处，冬时即又与天民、俞灏等一起到无锡的张鉴处。以后，又移家杭州，依张鉴而居。嘉定十四年（1221），卒于杭州西湖。穷得无以为殓，得吴潜等人帮助，葬于钱塘门外西马塍。

虽然浪迹江湖、寄食诸侯，一生贫窘，但姜夔为人却清高狷雅，以文艺创作自娱，诗词、散文和书法、音乐，无不精善，是继苏轼之后又一难得的艺术全才，当世名流如辛弃疾、杨万里、范成大、朱熹和萧德藻等人都极为推重。姜夔尤以词著称于世，在南宋

姜夔像

梅边吹笛客　清吴让之

词坛上与辛弃疾、吴文英鼎足而三，是独领风骚的一位大家。他是清雅（或骚雅）词派的开山祖师和主要代表。他的词，在形式上源自北宋雅词的集大成者周邦彦，吸收了周词典雅、铺陈、精心刻镂的长处，在内在精神气韵上，又与其同代稍前的大词人辛弃疾息息相通，秉承了他那种清刚的风骨，并借此洗去了北宋以降词坛上浓艳的气息，从内容和形式上都使宋词复归雅正。兼之他精通音律，能娴熟地运用七声音阶和半音，使曲调显得清越秀丽，与他独有的"清虚骚雅"的词风结合得天衣无缝，成为南宋张炎等以至清代浙西词派所尊崇的作词典范。有《白石道人歌曲》。

品题

词要清空，不要质实。清空则古雅峭拔，质实则凝涩晦昧。姜白石词如野云孤飞，去留无迹。吴梦窗词如七宝楼台，眩人眼目，碎拆下来，不成片断。此清空质实之说。……白石词如《疏影》《暗香》《扬州慢》《一萼红》《琵琶仙》《探春》《八归》《淡黄柳》等曲，不惟清空，又且骚雅，读之使人神观飞越。（张炎《词源》卷下）

夔诗格高秀，为杨万里等所推，词亦精深华妙，尤善自度新腔，故音节文采，并冠绝一时。（《四库全书总目提要》卷一百九十八）

白石脱胎稼轩，变雄健为清刚，变驰骤为疏宕。盖二公皆极热中，故气味吻合。（周济《宋四家词选目录序论》）

白石才子之词，稼轩豪杰之词。才子、豪杰，各从其类爱之，强论得失，皆偏辞也。姜白石词幽韵冷香，令人挹之无尽。拟诸形容，在乐则琴，在花则梅也。（刘熙载《艺概》卷四）

姜尧章词，清虚骚雅，每于伊郁中饶蕴藉，清真之劲敌，南宋一大家也。梦窗、玉田诸人，未易接武。（陈廷焯《白雨斋词话》卷二）

词林逸事

绍熙二年（1191）冬，姜夔冒雪去拜访石湖居士范成大，在范府逗留一个月。在这里，姜夔遇到他一生中第二个红颜知己小红。一日，范成大拿出诗笺，向姜夔索要词章新作，姜夔填写了两首词。

旧时月色，算几番照我，梅边吹笛。唤起玉人，不管清寒与攀摘。何逊而今渐老，都忘却、春风词笔。但怪得、竹外疏花，香冷入瑶席。　　江国，正寂寂。叹寄与路遥，夜雪初积。翠尊易泣，红萼无言耿相忆。长记曾携手处，千树压、西湖寒碧。又片片吹尽

《白石道人歌曲》"暗香疏影"谱

也，几时见得。（其一）

　　苔枝缀玉，有翠禽小小，枝上同宿。客里相逢，篱角黄昏，无言自倚修竹。昭君不惯胡沙远，但暗忆、江南江北。想佩环月夜归来，化作此花幽独。　　犹记深宫旧事，那人正睡里，飞近蛾绿。莫似春风，不管盈盈，早与安排金屋。还教一片随波去，又却怨、玉龙哀曲。等恁时、重觅幽香，已入小窗横幅。（其二）

　　范成大命两个歌妓演唱，听来音调节律和婉，不禁击节赞赏。于是，姜夔便将这两首既深蕴对合肥女子的深切思恋之情，又寄托个人蹭蹬不遇的身世之感的自度曲，分别命名为《暗香》和《疏影》。据说这次姜夔来访，范成大还将那位色艺双绝的歌妓小红送给他。姜夔带着小红归家路过苏州城东的垂虹亭时，诗兴大发，乃作诗：

　　　　自琢新词韵最娇，小红低唱我吹箫。
　　　　曲终过尽松陵路，回首烟波十四桥。

　　六百余年之后，清代回族词人改琦有感于姜白石访范成大之事，作《酹江月·石湖》一首，并抒其飘然远举之雅逸情志：

　　　　玉虹横卧，放湖山、闲了春风词笔。花影吹笙无觅处，何况梅边吹笛。鹤涧烟消，马塍雨黯，怅触今犹昔。旧家亭馆，旧时鱼鸟相识。　　还念谱出新声，蛾眉愁绝，醉把阑干拍。万顷清光流皓月，飞下一双鸂鶒。西望群峰，飘然引去，淼淼澄波白。人间天上，不知今夕何夕。

参读

　　诗之赋梅，惟和靖一联（按，指"疏影横斜水清浅，暗香浮动月黄昏"）而已。世非无诗，不能与之齐驱耳。词之赋梅，惟姜白石《暗香》《疏影》二曲，前无古人，后无来者，自立新意，真为绝唱。——张炎《词源》卷下

清任颐《清溪吹箫图》，描绘姜夔携小红过垂虹桥的情景。徐悲鸿纪念馆藏

王禹偁（954—1001）字元之，山东巨野人。太平兴国进士。历任长洲知县、翰林学士等职。提倡"韩柳文章李杜诗"。诗风格清丽平易，在北宋诗坛颇有影响。存词仅此一首。

金谷园，指西晋富豪石崇在洛阳的一座奢华别墅。因征西将军祭酒王诩回长安时，石崇曾在此为其饯行，而成了送别、饯行的代称。

韩琦（1008—1075）字稚圭，相州安阳（今河南安阳）人。天圣进士。为相十载、辅佐三朝。封魏国公。有《安阳集》。

 # 低吟／浩唱

点绛唇

［北宋］王禹偁

雨恨云愁，江南依旧称佳丽。水村渔市，一缕孤烟细。　　天际征鸿，遥认行如缀。平生事，此时凝睇，谁会凭栏意。

这首词以清丽的笔触，描绘江南水乡的风物景色，委婉地表达了空有用世的抱负却无知音赏识的苦闷。全词情景交融，清新自然，格调沉郁而高旷，一改宋初小令雍容典雅、柔靡无力的格局，向被认为是一首开风气的佳作。《历代诗馀》卷一百一十四引《词苑》评此词云："清丽可爱，岂止以诗擅名。"

点绛唇

［北宋］林逋

金谷年年，乱生春色谁为主。余花落处，满地和烟雨。　　又是离歌，一阕长亭暮。王孙去，萋萋无数，南北东西路。

这是一首咏草的杰作。全词以清新空灵的笔触，将咏物与抒情熔于一炉，在凄迷柔美的物象中寄寓惆怅伤春之情，渲染出绵绵不尽的离愁。词境极冷绝凄楚，语言清新柔婉，与欧阳修的《少年游》、梅尧臣的《苏幕遮》同为咏春草的绝唱。徐士俊谓"终篇不出'草'字，古今咏草，惟此压卷"（《古今词统》卷四）。

点绛唇

［北宋］韩琦

病起恹恹，画堂花谢添憔悴。乱红飘砌，滴尽胭脂泪。　　惆怅前春，谁向花前醉。愁无际，武陵回睇，人远波空翠。

宋佚名《柳溪春色图》。远处群山连绵，白云悠悠；近岸垂柳依依，表现出江南山水的秀美和春日融融的气息。故宫博物院藏

这首词是词人北镇大名等地时，病起观景而作。词中抒发了作者病体初愈、徘徊香径时，悼惜春残花落、感伤年华流逝的惆怅和哀愁。全词闲笔婉妙，辞意凄丽，颇有情致深韵，难以想象出自刚毅英伟、喜怒不见于色的大丈夫韩琦之手。《词林纪事》卷三引《词苑》评价说："公经国大手，而小词乃以情韵胜人。"

点绛唇

［北宋］魏夫人

　　波上清风，画船明月人归后。渐消残酒，独自凭栏久。　　聚散匆匆，此恨年年有。重回首，淡烟疏柳，隐隐芜城漏。

　　此词写月夜送别。上片由景引人。清风拂过水面，明月泻下银辉，波光粼粼，月夜恬静皎洁。画船荡离江岸，伊人独自凭栏，凝视那一叶轻舟。江波、清风、明月、画船，一个清丽纯净的意境。下片抒情，从当前的离别进而回想人生聚散匆匆，别恨年年。远处的芜城传来隐隐的更鼓声，让她从凝想中猛然醒过神来，原来夜已很深，回首遥望，向时的津渡一片沉寂，只有残月清辉下的数行疏柳、几缕淡烟。全词清新雅洁，幽怨缠绵。

点绛唇　桃源

［北宋］秦观

　　醉漾轻舟，信流引到花深处。尘缘相误，无计花间住。　　烟水茫茫，千里斜阳暮。山无数，乱红如雨，不记来时路。

　　在痛苦的贬谪、流放生涯中，词人在不断追寻精神解脱，表现在词中就是对桃源的向往。贬居郴州，他对桃源的向往和望不见的怅惘，早就写进了《踏莎行》，其中就有"雾失楼台，月迷津渡，桃源望断无寻处"的佳句。这首词同样大量檃栝了《桃花源记》中的内容。上片起笔寓情于景，立刻就把人带进一个优美、清丽的境界，接着忽而转折，情辞悲苦。下片先承上深入，通过各种凄凉景

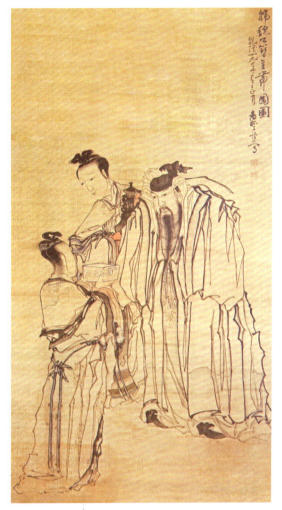

清黄慎《韩魏公簪金带围图》。庆历五年（1045），韩琦知扬州时，官署后花园中有芍药一株，花分枝四岔，每岔有一朵花，其花瓣上下红色，中间有一圈金黄蕊，被称为金带围。时王珪、王安石及陈升之俱在扬州。饮酒赏花之际，韩琦剪下这四朵金带围，在每人头上插了一朵。后来四个人竟先后做了宰相。此图即写"四相簪花"故事。扬州博物馆藏

芜城，即扬州。南朝宋竟陵王刘诞作乱，城邑荒芜，遂称芜城。鲍照写过著名的《芜城赋》，其后，芜城常被用来寄慨。

色，造成一个烟水茫茫、斜阳千里、山峰无数、风起花落、日暮途远的浑成意境，来折射词人怅惘、感伤的心绪。全词情蕴意深，委曲含蓄，咀嚼无滓，久而知味。

点绛唇　伤感

［北宋］周邦彦

辽鹤归来，故乡多少伤心地。寸书不寄，鱼浪空千里。　　凭仗桃根，说与凄凉意。愁无际，旧时衣袂，犹有东门泪。

这首词为追忆昔日恋人之作。词人在苏州时，据说常与营伎岳楚云往来。楚云歌艺出众，两人一个作词，一个吟唱，十分亲密。后周邦彦赴京城任官，两人断了音讯。又过了数年，词人回到苏州，想重叙旧欢，怎料这时楚云已经嫁人。隔天，饮于太守蔡峦席上，有位歌伎轻唱流行曲子，原来是楚云的妹妹。词人于是写下这首《点绛唇》，请她转送楚云。楚云得词，感泣累日。词中运用回环吞吐的描摹手法，触物生情，直抒胸臆，极言其愁，层层递进，婉转回荡地表达了作者对昔日恋人的一往情深。最妙处当是结句，触物生情，遥应篇首，既绾合全篇，又点透题旨，有语淡情深之余味。

点绛唇

［南宋］汪藻

高柳蝉嘶，采菱歌断秋风起。晚云如髻，湖上山横翠。　　帘

辽鹤，《搜神后记》中丁令威的典故。丁令威，辽东人，外出学道多年，化为仙鹤。

桃根，东晋王献之爱妾名桃叶，其妹名桃根。

汪藻此词一作苏过作。

卷西楼，过雨凉生袂。天如水，画阑十二，少个人同倚。

　　这首词借初秋之景写怀人念远，以景物暗示、烘托情思。上片写词人所见湖上远景，秋风初度，岸柳乱蝉嘶哳，菱歌渐歇，远山横翠，晚云如髻，一派凄清幽邈。下片转入近景。雨洗清秋，顿生凉意，水天一色，在如此清幽的氛围中登楼，独少一人相倚。怀人之思，见于言外。全词意境淡远，秀媚有致。前人谓"'云如髻'，可方太白'烟如织'"（卓人月《古今词统》卷三）。

点绛唇

［南宋］汪藻

　　新月娟娟，夜寒江静山衔斗。起来搔首，梅影横窗瘦。　　好个霜天，闲却传杯手。君知否。乱鸦啼后，归兴浓于酒。

　　这首词抒发词人旅居他乡为官的孤寂情怀。上片写景，星月熠耀，夜寒江静，梅影横斜，好一幅冷洁清疏、幽邃旷远的"霜天月夜图"。下片笔锋陡转，情随景至，酣畅淋漓地表达了词人对官场上"乱鸦"聒噪的疾恨，以及强烈的归隐愿望，于自然幽默中含愤激之气。本篇写景高远清丽，表现手法含蓄，失意落寞的情怀借景言之，不动声色而蕴藉有味。

参读

　　汪彦章在翰苑，屡致言者。尝作《点绛唇》……或问曰："归梦

浓于酒,何以在晓鸦啼后?"公曰:"无奈这一队畜生聒噪何!"——吴曾《能改斋漫录》卷十六

点绛唇

[北宋]曹组

云透斜阳,半楼红影明窗户。暮山无数,归雁愁边去。　　十里平芜,花远重重树。空凝伫,故人何处,可惜春将暮。

这是一首深情款款的送别词。上片写景,斜阳、高楼、暮山、归雁,营造了一个澄朗幽寂的日暮送别环境,笼罩上一层缠绵难解的情绪。下片写别后情景,极目旷野,远树重重阻隔,此去天各一方,相见无由,词人不禁触目伤怀,依恋不舍之情倍增。全词情思深切,委婉多姿。

点绛唇　绍兴乙卯登绝顶小亭

[南宋]叶梦得

缥缈危亭,笑谈独在千峰上。与谁同赏,万里横烟浪。　　老去情怀,犹作天涯想。空惆怅,少年豪放,莫学衰翁样。

宋高宗绍兴五年(1135),年已五十九岁的词人仍独登吴兴卞山(一称弁山)绝顶亭,纵览山河,畅想奔赴天涯,恢复中原万里江山。篇幅虽短,却翻波作浪,曲折回旋地抒写出登、望、感、怀的过程,可谓"一转一深,一深一妙",一个有愿难酬却仍然情怀豪壮的爱国志士形象呼之欲出。全篇风格雄放,语言明快,音韵铿锵。

点绛唇

[南宋]李祁

楼下清歌,水流歌断春风暮。梦云烟树,依约江南路。　　碧水黄沙,梦到寻梅处。花无数,问花无语,明月随人去。

此为怀人念远之词。全词以行云流水般的空灵笔调,从闻歌入手,转入梦境,又由梦中寻觅转入对月怀人。整首词回旋往复,婉

元方从义《高高亭图》。山峰突兀于云海之中,近景的峰顶设孤亭,一人沿山径向峰顶走去。此幅钩云点苔,随意不羁,风格简逸,而山川精气更在水墨精微中见出。台北"故宫博物院"藏

曹组字彦章,阳翟(今河南禹县)人,一说颍昌(今河南许昌)人。宣和三年(1121)赐同进士出身,官阁门宣赞舍人,睿思殿应制。词以"侧艳"和"滑稽下俚"著称。赵万里辑有《箕颍词》。

约清丽，胜处不减少游。

点绛唇

[南宋] 李清照

蹴罢秋千，起来慵整纤纤手。露浓花瘦，薄汗轻衣透。　　见客入来，袜刬金钗溜。和羞走，倚门回首，却把青梅嗅。

这首词描写少女春心初萌的微妙心态。上片以静写动，以花喻人，生动形象地勾勒出一少女荡罢秋千后的神态。下片写少女乍见来客的情态。几个动作层次分明，曲折多变，把一个轻盈活泼、妩媚天真、娇羞胆怯的少女形象栩栩如生地刻画出来了，读来如见其人，如闻其声。全词风格明快，节奏轻松，文笔轻灵。

点绛唇　春愁

[南宋] 赵鼎

香冷金猊，梦回鸳帐余香嫩。更无人问，一枕江南恨。　　消瘦休文，顿觉春衫褪。清明近，杏花吹尽，薄暮东风紧。

这首词写春景，抒离恨，于日暮花飞、梦醒闲恨之中，蕴藉人生、世事之郁闷，风格委婉柔媚而犹有筋骨，意境幽美。

点绛唇

[南宋] 张元幹

呈洛滨、筠溪二老。

清夜沉沉，暗蛩啼处檐花落。乍凉帘幕，香绕屏山角。堪恨归鸿，情似秋云薄。书难托，尽交寂寞，忘了前时约。

这首词的上片着重写景，着力渲染秋夜清冷的气氛和孤独寂静的境界，寓情于景；下片巧设比喻，抒发情怀，曲折地表达其内心对朝廷长久不能收复中原的悲愤和失望。全词笔力委婉，意境深沉。

点绛唇　雪中看西湖梅花作

[南宋] 朱翌

流水泠泠，断桥横路梅枝亚。雪花飞下，浑似江南画。白璧青钱，欲买春无价。归来也，风吹平野，一点香随马。

李祁字萧远（一作肃远），雍丘（今河南杞县）人。曾登科。宣和间，责监汉阳酒税。官至尚书郎。其词语言清俊婉朴，意境超逸。《乐府雅词》卷下载其词十四首。

金猊，香炉的一种。其形似狮。

休文，即南朝梁沈约，他是一个多愁多病的才子。据载，沈约病中日益消瘦，以致"百日数旬，革带常应移孔，以手握臂，率计月小半分"。后人以"沈腰"来比喻消瘦。

清陈枚《月曼清游图》，描绘荡秋千场景。故宫博物院藏

朱翌（1097—1167）字新仲，号潜山居士、省事老人。舒州（今安徽潜山）人，卜居四明鄞县（今浙江宁波）。曾官秘阁修撰，出知宣州、平江府。有《猗觉寮杂记》二卷、《潜山集》四十四卷。

这是一首别具特色的咏梅词。上片写梅写景，勾勒出一幅清新淡雅的、渗透着春意的咏梅图。下片写出了词人感悟到的春意和赏梅归来其乐也融融的心情。历来咏梅词大多写得干枯瘦硬，老气横秋，这首则写得清光明媚，风流俊赏，《词林纪事》卷九引《词苑》："西湖咏梅者多矣，而不为雕琢，自然大雅，首推此词。"据说朱敦儒拜访作者之父不遇，"于几案间见此词，惊赏不已，遂书于扇而去"（陈鹄《西塘集耆旧续闻》卷一）。

点绛唇

［南宋］陆游

采药归来，独寻茅店沽新酿。暮烟千嶂，处处闻渔唱。　　醉弄扁舟，不怕粘天浪。江湖上，遮回疏放，作个闲人样。

淳熙七年（1180），江西闹水灾，词人于常平提举任上，因下令开仓赈济灾民，事后以"擅权"罪名遭弹劾而罢职还乡。这首词即作于闲居山阴时。上片写采药归来独沽酒，下片写醉后弄舟江湖间。词中再现了江南水乡的秀美温婉和乡村生活的恬淡闲适。词人对"闲人"生活的似正实反的肯定与咏唱，婉曲地表述了郁积在他心头的隐痛，是对自己书剑报国的政治理想落空的自我解嘲。这首词的风格看似洒脱超爽，实则中蕴沉郁。

点绛唇　访牟存叟南漪钓隐

［南宋］周晋

午梦初回，卷帘尽放春愁去。昼长无侣，自对黄鹂语。　　絮

听鹂深处　明何震

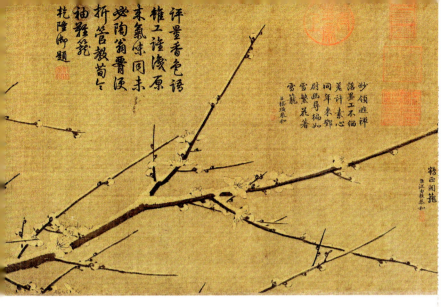

评墨香色语
雏工谁浅原
末气味同末
嫩陶翁雪便
折管教笋兮
袖雅教
乾隆御题

妙领逃禅
落墨工不
美许素心
同年来邓如
尉幽寻彻
雪龙繁花着
雪龙
自况赖恭和

精正闲掩
自况敬恭和

宋徐禹功《雪中梅竹图》（局部），绘老梅一枝横空掠出，许多新枝冲破层层积雪，俏然而立；繁星般的花蕾点缀在梅枝之上，呈现出一派勃勃生机。辽宁省博物馆藏

影蘋香，春在无人处。移舟去，未成新句，一砚梨花雨。

　　这首小令系为访问友人牟子才（字存叟）而作，抒写惜春情绪，而能不落俗套。结句借写梨花滴到墨汁之中，使得写出的诗文也带有梨花之香，蕴含着无限情韵。全词写得清新别致，委婉含蓄，辞语工丽，柔和自然。

一砚梨花雨　顿立夫

牟子才，先世井研（今属四川）人，因为爱好吴兴山水清远，遂家居湖州的南门。南浔小隐是牟存叟家花园的名字，园中有硕果轩、万鹤亭、岷峨一亩宫诸景。硕果轩旁有大梨树一株。

点绛唇　越山见梅

[南宋] 吴文英

　　春未来时，酒携不到千岩路。瘦还如许，晚色天寒处。　　无限新愁，难对风前语。行人去，暗消春素，横笛空山暮。

　　这首意境悠远、空灵的咏梅词纯是写神，把梅花与词人自己拍合一起，借天寒幽独的梅花，抒发性灵，写出一种苍凉、冷寂的心境。末三句写得尤为温婉浑厚，含蕴不尽：词人怅然远去，梅花在春日里悄无声息地凋残，暮色苍茫的空山中只有一丝笛音在震颤、缭绕……在千百年后的今天，它似乎依然还在我们的耳边、心中回响。

点绛唇　雨中故人相过

[元] 王恽

　　谁惜幽居，故人相过还晤语。话余联步，来看花成趣。　　春雨霏微，吹湿闲庭户。香如雾，约君少住，读了《离骚》去。

　　这首小词约为词人晚年所作。上片写雨中有故人相访，以简洁的笔墨勾勒出一幅兴趣盎然的看花图。下片意脉承前，集中描写在"春雨霏微"中与故人共赏春花春雨的情景。结拍揭出全词主旨。

《离骚》是屈原遭遇忧愁后用血和泪写成的一篇扣人心弦的抒发忧国之思的作品。约读《离骚》，其虽隐逸山林却心存魏阙可见。

点绛唇

[元] 魏初

昨日邮亭，树头一带青山晚。绿波清浅，人与天涯远。　　今日相逢，绿蚁新醅满。歌声断，落红零乱，梦逐春来雁。

这首词写词人与友人离别、重逢到再次离别的过程，真切地表现了词人与友人离别的感伤、重逢的快意和别后的思念。

点绛唇

[元] 张弘范

独上高楼，恨随春草连天去。乱山无数，隔断巫阳路。　　信断梅花，惆怅人何处。愁无语，野鸦烟树，一点斜阳暮。

这首怀人词化用前人成句，意象浑成，思致含蓄，颇得小晏词缠绵悱恻的韵味，堪耐咀嚼。

点绛唇

[元] 刘敏中

人至承以二绝句见贶，清简幽深，情意都尽，披阅讽咏，如接芝宇，感慰可胜言哉！辄有小词，录奉一笑，且以寄企响之意云。刘敏中上。

短梦惊回，北窗一阵芭蕉雨。雨声还住，斜日明高树。　　起望行云，送雨前山去。山如雾，断虹犹怒，直入山深处。

这首小词为酬赠有元一代名臣程雪楼（钜夫）所作。词人以清简之笔，写出骤雨乍晴后的光景，极尽大自然阴晴雨晦之美。词中寓情于景，纯用景语表现思友怀人的情思。通篇写景，而又处处关情，自然凑泊，情韵悠然。

点绛唇

[元] 曾允元

一夜东风，枕边吹散愁多少。数声啼鸟，梦转纱窗晓。　　来是春初，去是春将老。长亭道，一般芳草，只有归时好。

魏初字太初，号青崖，宏州顺圣（今河北张家口阳原东城）人。生卒年均不详。官至南台御史中丞。有《青崖集》。

张弘范（1238—1280）字仲畴，定兴（今属河北）人。元初名将，资兼文武，官至蒙古汉军都元帅，封淮阳王。率师攻陷厓山，宋室以亡。今传《淮阳集》一卷，附诗馀一卷，名《淮阳乐府》。

刘敏中（1243—1318）字端甫，号中庵，山东省章丘人。曾任监察御史，因弹劾秉政的桑哥奸邪，不报，辞职归里。后又入为翰林学士承旨。词风旷雄清拔，虽多议论，犹多情致。有《中庵乐府》。

曾允元字舜卿，号鸥江，江西太和人。生平事迹不详。

一夜东风，原应罗愁织恨，而词中却说"枕边吹散愁多少"；"来是春初，去是春将老"往往引起人们叹春惜花，无限感伤，而词中偏说"只有归时好"。在即将结束羁旅生活、踏上归程的征人眼中，长亭道上的芳草也在分享着他内心的喜悦。况周颐云："曾鸥江《点绛唇》后段云'来是春初……只有归时好'看似毫不吃力，政恐南北宋名家未易道得，所谓自然从追琢中出也。"（《蕙风词话》卷三）全词清丽婉约，情景交融。

点绛唇 光泽寺

[明] 王慎中

门掩青山，空庭竹影门长扫。一溪斜绕，水气香花草。　　木石幽殊，禽鸟传昏晓。谁知道，白云锁了，恰有人寻到。

这首写景词通过描写光泽寺清幽秀洁的景色，抒发词人峻洁脱尘的襟怀。结拍尤淡逸隽永。

钟鼓沉沉，寺门落叶归僧独。晚鸦初宿，影乱墙头竹。长啸风前，清籁飞空谷。松如沐，炊烟断续，杯底青山绿。——明陈继儒《点绛唇》亦写僧寺景色，夏承焘谓"有骨重神寒之妙"（《金元明清词选》）。

点绛唇 春日风雨有感

[明] 陈子龙

满眼韶华，东风惯是吹红去。几番烟雾，只有花难护。　　梦里相思，故国王孙路。春无主，杜鹃啼处，泪染胭脂雨。

词人生当明清易代之际，往往将爱国深情寄寓在缠绵婉转的词中。此词即以比兴手法，借东风吹红，几番风雨，春花难护，隐喻明朝江山大势已去；而梦中相思，故国难归，杜鹃啼血，则寄托了对故国深挚的感情。全词风格凄婉，把对于家国败亡后的一片伤痛之情写得缠绵悱恻，百转千回。

宋李成《晴峦萧寺图》，画幅中间为萧寺平台，上部高峰重叠，右有飞瀑直泻而下，山麓林馆中人群往来，描绘出一幅清幽静谧的山景。美国纳尔逊－阿特金斯艺术博物馆藏

王慎中（1509—1559）字道思，号遵岩居士，福建晋江安平镇（今安海镇）人。嘉靖五年（1526)进士。官河南参政。有《遵岩集》。

王士禛（1634—1711）字子真，号渔洋山人。因避雍正帝胤禛讳，曾被改作士正，乾隆时又赐名士禛。新城（今山东桓台）人。顺治进士。官至刑部尚书。其词清隽处似其诗，侧艳之作则追慕"花间"。有《衍波词》《花草蒙拾》。

清禹之鼎《渔洋山人放鹇图》，绘王士禛坐于庭前榻上，手执书卷沉思，令小童放鹇出笼，表现其久宦京师欲脱却樊笼的心境。故宫博物院藏

点绛唇　夜宿临洺驿

[清] 陈维崧

晴髻离离，太行山势如蝌蚪。稗花盈亩，一寸霜皮厚。　　赵魏燕韩，历历堪回首。悲风吼，临洺驿口，黄叶中原走。

这首词作于康熙七年（1668）十月。这年夏天，词人由避祸寄食八载的如皋冒襄家入京谋职，失意而归，取道去河南商丘探望入赘侯方域家的四弟陈宗石。初冬日，途经临洺驿投宿，在苍茫夜色中俯仰今古，感慨万端，因有此作。此词设想奇特，笔底下的太行山势和北方草地风光都写得苍莽雄浑，营造出一种萧瑟清冷的境界，寄寓了他的故国之痛与身世之悲。于悲风怒叫、黄叶飘飞中，读者仿佛能看到词人踽踽独行、苍凉悲愤的形象。全词意境雄阔，气势豪迈，造语不凡。

点绛唇　春词和漱玉韵

[清] 王士禛

水满春塘，柳绵又蘸黄金缕。燕儿来去，阵阵梨花雨。　　情似黄丝，历乱难成绪。凝眸处，白蘋红树，不见西洲路。

这首词是用李清照《点绛唇》原韵写的和作。上片描绘盎然的春景，下片则借女子的口吻抒发索寞孤寂的相思之情。全词哀艳情盼，语近情遥，神韵悠然。

点绛唇　湖上

[清]止崑

来往烟波，此生自号西湖长。轻风小桨，荡出芦花港。　　得意高歌，夜静声偏朗。无人赏，自家拍掌，唱得千山响。

这首词抒写静夜荡舟西湖、忘情高歌的情景，表现词人高旷脱尘、悠然自适的情趣。全词明白如话，随手写来，却含蕴无限。清陈廷焯称其为"一片化机，古今绝调"（《词则辑评·放歌集》卷六）。

点绛唇　题浔阳爱山楼

[清]全德

不厌频看，爱山楼外峰千朵。淡妆浓裹，好景平分可。　　遥指楼前，多少云帆过。闲中课，吟风相和，翠竹青松我。

这是一首优美飘逸的写景抒情小令。上片集中赞美浔阳（今江西九江）爱山楼外群峰，有如鲜花怒放，争妍斗奇。巧用一个"朵"字，绘出了众山如花的"心中之景"，别具妙趣。远山的疏旷淡远与近景的清晰秾丽浓淡相宜，可人心意。下片则从楼前江中的点点白帆入笔，过渡到自身的行动和心境。白帆如云，流动飘逸。在天光、山色、水影的交相辉映下，词人登高吟咏，吟诵声与清风相和，物我交融，飘然欲仙。此词清丽旷逸，耐人吟味。

参读

闲倚胡床，庚公楼外峰千朵。与谁同坐，明月清风我。　　别乘一来，有唱应须和。还知么，自从添个，风月平分破。——苏轼《点绛唇》

点绛唇　春眺

[清]凌廷堪

青粉墙西，紫骝嘶过垂杨道。画楼春早，一树桃花笑。　　前梦迷离，人远波声小。年时到，越溪云杳，风雨连天草。

这首词抒写春日感怀。上片点染春光之明媚，下片抒怀人之愁思。全词造语精而不琢，气韵高妙，意境清俊。

止崑，一作正崑，字豁堂，号随山，仁和（今浙江杭州）人。俗姓郭，后削发为僧。顺治、康熙间在世。居杭州南屏净慈寺。工书画。有《同凡草》。

全德，清乾隆间人，字惕庄，汉军镶黄旗人。

与谁同坐，明月清风我　王福庵

凌廷堪像

凌廷堪（1755—1809）字仲子，安徽歙县人，生于海州板浦镇（今江苏连云港海州区）。乾隆进士，官宁国府教授。博通经史。有《礼经释例》《校礼堂文集》《梅边吹笛谱》等。

勒方锜（1816—1880）原名人璧，字悟九，号少仲，江西南昌人。道光二十四年（1844）举人，翰林学士，历任江苏按察使，广西布政使，江苏、福建和贵州巡抚，官至河东河道总督。工诗能文，对词造诣极深，享名于时。精于书画。著有《太素斋集》。

一钩凉月挂西楼（宋胡仔《和人七夕诗》句）　清《飞鸿堂印谱》

纷纷凉月，形容丁香院落的月色。杜甫诗："缔衣挂萝薛，凉月白纷纷。"

《词谱》（《点绛唇》）

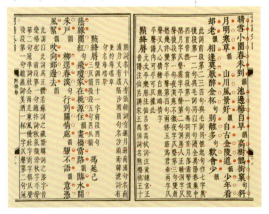

点绛唇

［清］勒方锜

舟行晚霁，光景极佳，词以写之。贵溪道中作。

溪雨收寒，断霞红浅飘鱼尾。树簪山髻，村坞斜阳醉。　数点渔舟，随意横沙觜。东风细，棹歌声里，一镜春烟翠。

这首词写贵溪道中所见景致，笔致淡雅，清丽如画。

点绛唇

［近代］王国维

屏却相思，近来知道都无益。不成抛掷，梦里终相觅。　醒后楼台，与梦俱明灭。西窗白，纷纷凉月，一院丁香雪。

这首词为悼亡之作，时词人妻莫夫人新丧，词中抒写为相思缠扰的惆怅心情。上片写明知相思无益，决心将其放弃，但相思又难"抛掷"，所以"梦里终相觅"。下片写醒后情景：梦中楼台，还隐约可见，若明若灭。举目西窗，惟觉月光如水，丁香似雪，一片凄凉意。结拍以"雪"喻开在春夏之交的"丁香"，更深刻地表现了词人因思念亡妻而难以为怀的悲怆冷寂心境，无理而妙绝。

 # 倚声依谱

《点绛唇》又名《点樱桃》《十八香》《南浦月》《沙头雨》《寻瑶草》《万年春》。双调，四十一字，上片第二、三、四句，下片第二、三、四、五句押韵，均押仄声韵。上片第二句第一字，第三句第一字均宜用去声；下片第四句第一字亦宜用去声。下片第三句为三字句，用上二下一句法。此调平缓凝重，尤宜于表达苦涩情绪。

【定格】

中仄平平，中平中仄平平**仄**。

仄平平**仄**，中仄平平**仄**。

中仄平平，中仄平平**仄**。

平中**仄**，仄平平**仄**，中仄平平**仄**。

柳梢青

变尽人间，君山一点，自古如今

曹宝麟书《柳梢青》

华音流韵

柳梢青　岳阳楼

[南宋] 戴复古

袖剑飞吟①。洞庭青草②，秋水深深。万顷波光，岳阳楼上，一快披襟③。　　不须携酒登临。问有酒、何人共斟。变尽人间，君山一点④，自古如今。

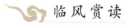

　　"一楼何奇？杜少陵五言绝句，范希文两字关情"，自从诗圣杜甫、名相范仲淹分别写下传诵千古的名篇《登岳阳楼》《岳阳楼记》之后，登临之作指不胜屈，却几无人可及，而戴复古的这首小令清新可读，或差可比肩。

　　词的开篇一句"袖剑飞吟"，让人联想起吕洞宾壮游洞庭、醉饮岳阳楼的传说，而一个仗剑浪游、凝眸远望之后昂首朗吟的诗人亦似是迎面而来。他独立岳阳楼上，纵目深深秋水和万顷波光的洞庭湖，披襟当风，胸胆开张，快意淋漓！

　　然念及国家危难，金瓯破缺，面对名楼胜景，更令忧愤倍深。于是下片笔锋陡转，"快"意顿生波澜，痛苦地喊

[注释]

①袖剑飞吟，用吕洞宾故事。《唐才子传》载，吕洞宾曾饮岳阳楼，醉后留诗曰："朝游南浦暮苍梧，袖里青蛇胆气粗。三入岳阳人不识，朗吟飞过洞庭湖。"袖剑，指袖里青蛇剑。

②洞庭湖和青草湖，两湖相通，总称洞庭湖。

③一快披襟，语本宋玉《风赋》："（楚襄）王乃披襟而当之，曰：'快哉此风！'"

④君山，洞庭湖中一座奇秀的小岛。传说它是湘君曾游之地，故名。又名湘山、洞庭山。

袖剑飞吟洞庭去
草草秋水
滚滚岳阳
楼上一炊
披襟
不须携

出："不须携酒登临。"词人平生流落江湖，一片忧国丹心，期望能早日北伐中原，一洗国耻，但此时的朝廷偏安一隅，苟且度日，恢复无望。不须携酒的原因正是知音寥落，无人共斟，冷静道来，中有沉郁的孤寂感伤在。结尾词人俯仰古今，从而发出了青山不改、"变尽人间"的无限深切的悲凉惋叹，既富有哲理的意蕴，也隐隐含着对国家前途尚存一丝希望。

全篇气势灵动，情景融和，风格豪逸超旷。

宋佚名《吕洞宾过岳阳楼图》，绘众人在岳阳楼伸长脖子看着道仙吕洞宾酒后腾云飞升而去的情景。美国大都会艺术博物馆藏

🌀 古今汇评

周笃文：上片自吕洞宾的传说写起，笔力跳荡，气魄雄阔。过片一转，笔遂沉咽。结尾三句，意谓人间多变，唯有君山自古至今，不改其貌。一波三折，句法逋峭，神气流行，遂有奇采。虽小令，亦戛然独造，不肯犹人，可见文心之创辟。（《宋百家词选》）

陶文鹏等：此词是作者登岳阳楼所写。词中抒发登临送目的豪情，表现缺少知音的孤独，更显示决不随波逐流的坚定爱国操守。作者俯仰古今，将其对自然、历史、人生的深沉感慨熔于一炉。写景抒情凝练而明快，生动而概括。全篇气势飞动，思妙境奇。结拍推出蕴含象征意义的青翠君山孤矗茫茫湖上的画面，使词的意境升华，可谓自然高妙。（《宋词三百首新译》）

参读

昔闻洞庭水，今上岳阳楼。吴楚东南坼，乾坤日夜浮。亲朋无一字，老病有孤舟。戎马关山北，凭轩涕泗流。——唐杜甫《登岳阳楼》将湖山之胜与诗人心中家国多难的悲哀结合起来抒写，意境开阔宏伟，风格雄浑渊深，前人称之为盛唐五律第一。

词人心史

戴复古（1167—1250？）字式之，自号石屏，台州黄岩县南塘屏山（今属浙江温岭）人。父亲戴敏，自号东皋子，是一位"以诗自适"，"不肯作举子业，终穷而不悔"（宋楼钥《石屏诗集·序》）的诗人。他临终时，复古尚在襁褓中，十分担心身后"诗遂无传"。戴复古倒是不负父亲的遗言，终以诗鸣世。他一如乃父，终身布衣，"负奇尚气，慷慨不羁"，半生天涯羁旅，浪迹江湖，"南游瓯闽，北窥吴越，上会稽，绝重江，浮彭蠡，泛洞庭，望匡庐、五老、九嶷诸峰，然后放于淮、泗，以归老于委羽之下"（元贡师泰《重刊石屏集序》），其游踪遍及大半个南中国，凡空迥奇特荒怪古僻之迹，无不登历。

作为江湖四灵之一，戴复古一生行吟。他曾从陆游学诗，作品崇尚晚唐，然能转益多师而独创新意。其诗多忧国忧民之篇，格调高朗，诗笔俊爽，清健轻快，率性自然。其词名不及诗名，但他的词受南宋爱国词风的影响，语言清丽，不乏豪壮，接近苏辛，在宋末词坛上独具一番面目。有《石屏诗集》《石屏词》。

屏上村濒海，位于五兽山中龙、虎二山之下。从南谷进，有一巨石突兀于桑园之中，高约两丈，宽六尺有余，石上四季漫生苔藓，宛若翡翠屏风，其村因此得名。当年戴复古常在这石下徘徊、吟诗，因自号石屏。

清石涛《江南八景图册》之《岳阳楼》。题诗曰："万里洞庭水，苍茫失晓昏。片帆遥云脚，堆浪洗山根。白羽纵横去，苍梧涕泪存。军声正摇荡，极目欲销魂。"大英博物馆藏

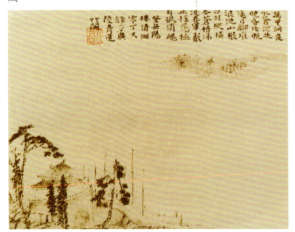

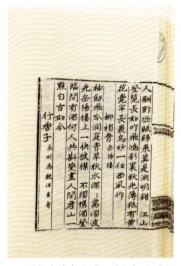

明抄本戴复古《石屏词》（《宋元名家词七十种》）书影

品题

戴复古诗词，高处不减孟浩然。（真德秀《石屏词跋》）

方回《瀛奎律髓》称其豪健清快，自成一家。今观其词，亦音韵天成，不费斧凿。（《四库全书总目提要》卷一百九十九）

《石屏词》往往作豪放语，绵丽是其本色。《满江红·赤壁怀古》云……歇拍云云，是本色流露处。（况周颐《蕙风词话续编》卷一）

（戴复古）有《石屏词》，豪健清快，不作蹈袭语，是一位导源苏辛而能自具面目的词家。（周笃文《宋百家词选》）

词林逸事

戴复古流寓江西武宁时，曾有一金姓富翁爱其才，将女儿伯华嫁给他。几年后，戴复古忽然起了思乡之情，执意要走。妻子百般追问，戴复古道出在老家曾娶妻生子的真情。岳父知道后勃然大怒。面对父亲的暴怒，这位情深义重的妻子反过来替戴复古解释周旋，并把妆奁都送他东归。临别之际，她填下了《祝英台近》一首送行：

惜多才，怜薄命，无计可留汝。揉碎花笺，忍写断肠句。道旁杨柳依依，千丝万缕，抵不住、一分愁绪。　　如何诉。便教缘尽今生，此身已轻许。捉月盟言，不是梦中语。后回君若重来，不相忘处，把杯酒、浇奴坟土。

这首情调凄婉、苦痛决绝的泣血之作并没有挽留住夫君的脚步。等薄幸男人走了之后，这位痴情而刚烈的女子终于被这巨大的不幸所击溃，毅然举身赴清池。

十年后，戴复古旧地重游，人物两非，但见眼前春水新涨，绿波荡漾，流不尽落花残红，也带不走胸中涌起的旧恨新愁。在孤寂的客舍中，当日夫妻双双粉壁题诗、妻子在灯下连夜为自己缝制春衣的情景历历在目。怀着内疚的心绪，戴复古写下了一首《木兰花慢》：

莺啼啼不尽，任燕语、语难通。这一点闲愁，十年不断，恼乱春风。重来故人不见，但依然、杨柳小楼东。记得同题粉壁，而今

宋扬无咎《四梅图》，分四段画梅，自跋云："范端伯要余画梅四枝：一未开、一欲开、一盛开、一将残，仍各赋词一首。……予旧有《柳梢青》十首，亦因梅所作，今再用此声调，盖近时喜唱此曲故也。"四梅纯以水墨绘成，将梅花的盛衰过程表现得淋漓尽致。构图上，皆以疏朗自然取胜，瘦枝冷蕊，清气逼人，写出梅花真魂。故宫博物院藏

壁破无踪。　　兰皋新涨绿溶溶，流恨落花红。念着破春衫，当时送别，灯下裁缝。相思谩然自苦，算云烟、过眼总成空。落日楚天无际，凭栏目送飞鸿。

这首词用绵丽之笔，写哀惋之思，所谓"怀旧"，实为悼亡。

　参读

石屏（戴复古号）可谓不仁不义之甚矣。既诳良人女为妻，三年兴尽而弃之，又受其奁具而甘视其死。俗有谑词云："孙飞虎好色，柳盗跖贪财，这贼牛两般都爱。"石屏之谓欤？——明杨慎《升庵先生文集》卷五十一

 低吟/浩唱

柳梢青

[北宋]仲殊

岸草平沙。吴王故苑，柳袅烟斜。雨后寒轻，风前香软，春在梨花。　　行人一棹天涯。酒醒处、残阳乱鸦。门外秋千，墙头红粉，深院谁家。

这是一首伤春抒怀之作。上片写船行所见风和香软的吴中春色，下片写酒醒后所见的吴中暮景。全词清丽和婉，含蓄蕴藉。

仲殊《柳梢青》（《诗馀画谱》）

柳梢青　过何郎石见早梅

［南宋］赵长卿

云暗天低。枫林凋翠，寒雁声悲。茅店儿前，竹篱笆后，初见横枝。　　盈盈粉面香肌。记月榭、当年见伊。有恨难传，无肠可断，立马多时。

这首词借咏梅而抒怀旧怅惘之情。上片写"初见横枝"的情景。下片所咏，似花似人，亦花亦人，朦胧得妙。

柳梢青

［南宋］扬无咎

茅舍疏篱。半飘残雪，斜卧低枝。可更相宜，烟笼修竹，月在寒溪。　　亭亭伫立移时。判瘦损、无妨为伊。谁赋才情，画成幽思，写入新诗。

词人善画墨梅，自题"右《柳梢青》十首，平生与梅有缘，既画之又赋之，自乐如此"，此首为其中之一。上片通过对梅花生长的环境、外在形象的描绘，着力刻画出梅花超凡脱俗的韵致。下片词人笔锋转向刻写自己，一位在梅树前伫足凝思的世外高士形象跃然纸上。

柳梢青　西湖

［南宋］赵汝愚

水月光中，烟霞影里，涌出楼台。帘外笙箫，云间笑语，人在蓬莱。　　天香暗逐风回。正十里、荷花盛开。买个扁舟，山南游遍，山北归来。

这首词描写夏夜泛舟西湖赏荷的情景。在词人的笔下，西湖成了仙山琼阁、蓬莱仙境。词中有色有香，有光有影，有笙箫欢笑之声，充满诗情画意。

何郎，即梁代诗人何逊，其《咏早梅》诗极有名。石在何处不详。

扬无咎字补之，号逃禅老人、清夷长者，清江（今江西樟树）人。高宗时，因不愿依附奸臣秦桧，累征不起，隐居而终。尤善画梅。其词正如其人品，高洁清幽，不沾尘俗。其《逃禅词》，有《宋六十家词》本。

赵汝愚（1140—1196）字子直，饶州余干（今属江西）人。太宗赵光义八世孙。乾道二年（1166）状元及第。官至右丞相。有《忠定集》。

扬无咎《四梅图》自跋，书法清劲稳健，布局均匀，令人赏心悦目

238　词林别裁

后夜相思明月中（宋陈东《与士
縡游金山翌日分袂二绝》句）　冯康侯

赵师侠字介之，号坦庵，太
祖子燕王赵德昭七世孙，居新淦
（今江西新干）。淳熙进士。曾任
江华郡丞。其词萧疏淡远。有《坦
斋长短句》（一名《坦斋词》）。

清黄慎《苏武牧羊图》。苏武
身着汉装，须发尽白。双手紧握汉
节，节旄尽落；目视远方，似在
遥望故国，沉静而又刚毅。虽无背
景，而寒荒之地、寂寥无人之境却
可想见。上海博物馆藏

柳梢青　黄栀林送李粹伯

[南宋] 赵师侠

料峭余寒。元宵欲过，灯火阑珊。宿酒难醒，新愁未解，摇兀吟鞍。　深林百舌关关。更雨洗、桃红未干。野烧痕青，荒陂水满，春事何堪。

这首送别之作，贴切疏秀，别具情致。

柳梢青　送卢梅坡

[南宋] 刘过

泛菊杯深，吹梅角远，同在京城。聚散匆匆，云边孤雁，水上浮萍。　教人怎不伤情。觉几度、魂飞梦惊。后夜相思，尘随马去，月逐舟行。

这首词抒写词人对友人卢梅坡魂牵梦萦的刻骨思念之情。上片写离别之苦，下片写别后之思。词写得情真意切，蕴藉含蓄，委婉动人。

柳梢青　春感

[南宋] 刘辰翁

铁马蒙毡，银花洒泪，春入愁城。笛里番腔，街头戏鼓，不是歌声。　那堪独坐青灯，想故国、高台月明。辇下风光，山中岁月，海上心情。

这首词作于词人晚年避居故乡虎溪（今江西吉水境内）"山中"。词从想象入笔，于虚处见意。上片想象处于元军铁蹄的蹂躏之下，故都临安城元宵节一片凄凉悲愁的气氛。下片抒发对故都临安和南宋故国的深沉怀念和无限眷恋之情。结拍三句，层层推进："山中岁月"指自己身之所在；"辇下风光"指自己心之所系；"海上心情"则是自己志之所向——如同苏武北海矢志守节。全篇格调苍凉沉郁，读来别具吞咽悲苦、欲说还休之致。

柳梢青

［南宋］黄简

病酒心情。唤愁无限，可奈流莺。又是一年，花惊寒食，柳认清明。　　天涯翠巘层层。是多少、长亭短亭。倦倚东风，只凭好梦，飞到银屏。

这首词抒发清明时勾起的乡关之思。当他望尽天涯的层层翠巘，心中暗数着那根本数不清的"长亭短亭"，怀人之情油然而生，但家山迢远，思归而不能归，只得寄希望于梦中与家人相会。词写得十分婉曲缠绵。

黄简，一名居简，字符易，号东浦，建安（今福建建瓯）人，隐居吴郡光福山。工诗。理宗嘉熙中卒，通判翁逄龙葬之虎丘。有《东浦集》，已佚。《全宋词》辑其词三首。

柳梢青

［南宋］罗椅

萼绿华身，小桃花扇，安石榴裙。子野闻歌，周郎顾曲，曾恼夫君。　　悠悠羁旅愁人，似零落、青天断云。何处销魂，初三夜月，第四桥春。

这是一首情词，上片倒叙昔日相见时情人的美丽姿容、神韵气质，下片写别后羁旅飘零与对情人的无限相思。结尾"初三夜月，第四桥春"二句，情景交融，意境深远，读来意味悠长，堪称妙绝。

子野，晋桓伊的字。每闻清歌，辄唤"奈何"。谢公（安）闻之，曰："子野可谓一往有深情。"

周郎，指周瑜。精通音乐。时人谣曰："曲有误，周郎顾。"

第四桥，在吴江城外，因泉品居第四而得名。

罗椅（1214—？）字子远，庐陵（今江西吉安）人。宝祐进士。历江陵教官，知信丰县，迁提辖榷货院。其文以质朴见长，有《涧谷遗集》。

柳梢青　灯花

［南宋］张林

白玉枝头，忽看蓓蕾，金粟珠垂。半颗安榴，一枝秾杏，五色蔷薇。　　何须羯鼓声催。银缸里、春工四时。却笑灯蛾，学他蝴蝶，照影频飞。

这首词上片连用五个比喻，淋漓尽致地描绘了灯花从初绽到盛开的过程中呈现出的千种姿态、万种风情。下片则是以虚笔来称赞灯花之美。词虽无深情远意，但写得奇巧生动，俏皮有趣，读来饶有情味。

金粟，灯花呈金黄色颗粒状。

张林字去非，号樗岩。宋末知池州。元兵南下，叛降。

斜点银缸，高擎莲炬，夜深不耐微风。重重帘幕卷堂中。香渐远、长烟袅穟，光不定、寒影摇红。偏奇处、当庭月暗，吐焰为

明佚名《乞巧拜月图》。西安美术学院美术博物馆藏

刘镇字叔安，广东南海人。嘉泰进士。工词，以新丽见称。有《随如百咏》，今不传。潘飞声《粤词雅》谓"其词格高气远，情致绵邈，而才足以运之，为宋代词家特出"。

周晋字明叔，号啸斋，周密之父。其先济南人，寓居吴兴（今浙江湖州）。曾知汀州。工词。词作清新自然。

孙承宗像

孙承宗（1563—1638）字稚绳，高阳（今属河北）人。万历进士。天启二年（1622）以兵部尚书经略蓟辽。清兵围高阳，率全家及城内百姓登城拒守，城破殉国。词粗犷豪迈，可谓燕赵悲歌。

虹。　　红裳呈艳，丽娥一见，无奈狂踪。试烦他纤手，卷上纱笼。开正好、银花照夜，堆不尽、金粟凝空。丁宁语、频将好事，来报主人公。——宋赵长卿《潇湘夜雨》亦咏灯花，语言形象，典故融洽，如盐着水，最为妙品。

柳梢青　七夕

［南宋］刘镇

干鹊收声，湿萤度影，庭院秋香。步月移阴，梳云约翠，人在回廊。　　醺醺宿酒残妆。待付与、温柔醉乡。却扇藏娇，牵衣索笑，今夜差凉。

这首词脱出"七夕"词写悲剧爱情的俗套，而是以"七夕"良辰为发端，来装点一个洞房燕尔、新人戏闹的喜剧故事。全词格调疏朗隽逸，气氛热烈欢快，情韵自然流丽。

柳梢青　杨花

［南宋］周晋

似雾中花，似风前雪，似雨余云。本自无情，点萍成绿，却又多情。　　西湖南陌东城，甚管定、年年送春。薄幸东风，薄情游子，薄命佳人。

这首杨花词直以杨花为描写对象，但又不仅仅是杨花，而是在对杨花的咏叹中包含着深层的人生和生活的蕴意，令人寻味无穷。全词新清可爱，流畅蕴藉。

柳梢青

［明］孙承宗

铁马嘶云，金戈挥日，人在芳皋。阅尽空华，英雄着眼，恨满绨袍。　　漫猜蜃海楼高，且听个、松风海涛。试问东方，春华秋实，几个蟠桃。

天启五年（1625）八月，山海关总兵马世龙误信自后金逃归的"降虏生员"刘伯镪的话，派兵渡柳河，袭取耀州，中伏遭败。阉党借机围攻马世龙，并参劾孙承宗。孙承宗气极，连上二疏，自请罢官。九月返乡。从此家居四年。这首词即写于在家赋闲时，抒写的是投闲置散中郁结盘旋的满腔怨愤和力求超越与解脱的心情。

柳梢青　修武道中

[明] 李濂

烂漫春游，人生行乐，山水夷犹。昨夜河阳，今朝修武，明日怀州。　平生雅兴难酬，信辔去、东风紫骝。问酒花村，题诗松寺，飞梦蓬丘。

这首词以极其明快的语言、跳跃的节奏、大跨度的时空变换，表现行旅中轻松自在和快意，是一首颇有个性的纪游之作。

李濂（1488—1556）字川父，祥符（今河南开封）人。正德进士。历官山西按察佥事。诗风流畅飞扬，词则以清峭见胜。有《嵩渚集》。

柳梢青　春望

[明] 陈子龙

绣岭平川，汉家故垒，一抹苍烟。陌上香尘，楼前红烛，依旧金钿。　十年梦断婵娟。回首处、离愁万千。绿柳新蒲，昏鸦春雁，芳草连天。

唐杜甫作于安史乱中的《春望》一诗，抒写的是国破之恨、乱离之痛。这首词词题亦为《春望》，写的也不是一般的怀古幽思、伤春闲愁，而是将满腔的国破家亡之深哀巨痛寓之于故垒苍烟、昏鸦芳草这些可见可感的生动形象，很自然地引导读者进入词的意境，产生共鸣。

白头搔更短，浑欲不胜簪　王福庵

青萍，宝剑名。

参读

国破山河在，城春草木深。感时花溅泪，恨别鸟惊心。烽火连三月，家书抵万金。白头搔更短，浑欲不胜簪。——唐杜甫《春望》抒发诗人伤悼国家残破、眷念亲人离散生死不知，"感时"与"恨别"交织的满腔愁情。全诗沉着蕴藉，真挚自然。

柳梢青

[明] 张煌言

锦样江山，何人坏了，雨嶂烟峦。故苑莺花，旧家燕子，一例阑珊。　此身付与天顽，休更问、秦关汉关。白发镜中，青萍匣里，和泪相看。

这是一首抒发爱国赤诚、寄托抗清复明之志的小词，开篇即发出悲愤质问，表现了对明朝亡国悲剧的沉痛思考，接着以含蓄深婉的笔调表露亡国之痛；下片转写自己虽九死亦无悔的心志和烈士暮

张煌言像

张煌言（1620—1664）字玄著，号苍水，鄞县（今浙江宁波）人。崇祯时举人，官至南明兵部尚书。坚持抗清近二十年。康熙三年（1664）见大势已去，于南田的悬嶴岛解散义军，隐居不出。是年被俘，后遭杀害。有《张苍水集》。

年的悲凉心境。全词低回宛转，悲怆沉郁，读来回肠荡气。晚清郭则沄评曰："张苍水《柳梢青》词，亦激昂愤慨。……当其荒波龙徙，绝岛猿依，留眼看天，立身无地，宜有此孤愤之作。"（《清词玉屑》卷一）

柳梢青

［清］李良年

怀友人，在白下。

春事闲探，月斜风细，叶叶轻帆。燕子来时，梅花落尽，人在江南。　　晚来何处停骖。携手处、王孙旧谙。白下残钟，青溪远笛，今夜难堪。

这首怀人小词写来轻闲淡婉，意境幽美。怀人之意，见于言表。更兼取景如画，的是作手。

李良年（1635—1694）字武曾，号秋锦，秀水梅里（今浙江嘉兴市王店镇）人。诸生。与朱彝尊并称"朱李"，为浙西词派大家，有"亚圣"之誉。有《秋锦山房集》二十二卷（诗文各十卷、词二卷）。

柳梢青（两首）

［清］何采

枭

莫厌枭鸣，山人衣白，载酒曾听。如拍悲筇，如吹商笛，如轧哀筝。　　不随燕燕莺莺。也不学、时禽变声。明月清风，繁霜积雪，四季三更。

鹊

不解呀呀，何曾呖呖，只管喳喳。对闷人暗，对闲人默，对闹人哗。　　惯绐儿女人家。趁昨夜、红灯结花。怜比猧儿，爱同蟢子，恼杀慈鸦。

前一首以猫头鹰自比，后一首痛斥似"鹊"谀且骗的宵小之辈，也属恢奇警策之甚的好词。

何采（1626—1700）字涤源，号南硐，一号省斋。安徽桐城人。顺治六年（1649）进士，改庶吉士，授编修，官至侍读。有《南词选》二卷。

宋佚名《清溪风帆图》。故宫博物院藏

柳梢青　感事

［清］彭孙遹

何事沉吟，小窗斜日，立遍春阴。翠袖天寒，青衫人老，一样伤心。　　十年旧事重寻，回首处、山高水深。两点眉峰，半分腰带，憔悴而今。

这首词以惊才绝艳的笔墨，抒写了词人对一位绝代佳人刻骨铭心的相思之情，情韵兼胜，神味邈远。谭献说此词"不嫌太尽"（《箧中词·今集》卷一）。

柳梢青　即事

[清]秦松龄

小艇横斜，故园轻别，未是天涯。秋雨残灯，秋心残酒，秋色残花。　　博山香衷窗纱，梦断也、西陵路赊。天外归云，水边去鸟，烟底浮家。

这首羁旅词抒写词人对故园的深情，上片写离乡时的心情，下片写思乡时的情景。全词温婉动人，意境空灵疏淡。

柳梢青

[清]边寿民

水落寒沙，携来侣侣，相伴芦花。塞北霜林，江南烟浦，到处为家。　　行行字字欹斜，声断续、呜呜暮笳。匹马秋风，孤舟夜雨，人在天涯。

这首词一派萧瑟凄清之气，道出了秋雁的精神，其中也正有词人的写照。

柳梢青

[清]蒋春霖

芳草闲门，清明过了，酒滞香尘。白棟花开，海棠花落，容易黄昏。　　东风阵阵斜曛，任倚遍、红阑未温。一片春愁，渐吹渐起，恰似春云。

词人生当晚清干戈纷扰的时代，穷愁潦倒，辗转流离，内心极度抑塞、彷徨、悽怆。这首词写春愁，即是将暮春景象与词人的处境及心境的凄苦之态融为一体。前人喻愁绪，取象春水、海、烟草、飞絮、黄梅雨，各有所胜，而此词喻为"春云"，褰起无因，铺卷无定，亦巧妙贴切，十分警策。谭献评此词曰："自然。"（《箧中词·今集》卷五）

边寿民《晴沙集影图》，绘一丛瑟瑟芦花旁，两雁悠闲宁静，姿态生动自然。故宫博物院藏

秦松龄（1637—1714）字汉石，号留仙，无锡县（今江苏无锡）人。顺治进士。改庶吉士，授国史馆检讨，罢归。康熙十八年（1679）荐博学鸿词科，参与编修《明史》。有《微云词》。

边寿民（1684—1752）原名维祺，字颐公，号苇间老人，山阳（今江苏淮安）人。"扬州八怪"之一，精于诗文书画，尤擅长用泼墨法创写芦雁，潇洒生动，飞鸣宿食，各得神趣，人称"边雁"。

姚燮《疏影楼词》稿本。天一阁博物馆藏

姚燮（1805—1864）字梅伯，浙江镇海崇邱乡（今北仑区小港街道）姚家斗人。道光十四年（1834）举人，工诗画，尤善人物、梅花。有《疏影楼词》。

黄子高（1794—1839）字叔立，号石溪，广东番禺人。能诗，工篆隶。有《知稼轩集》，附词。

石溪庄，在广州河南。

早春怨　春夜

[清] 顾春

杨柳风斜，黄昏人静，睡稳栖鸦。短烛烧残，长更坐尽，小篆添些。　　红楼不闭窗纱，被一缕、春痕暗遮。淡淡轻烟，溶溶院落，月在梨花。

这首词写春夜温馨骀荡的景色，由户外杨柳、栖鸦，到室内短烛篆香，长坐不寐之人，转由红楼窗纱再至月下院落，最后聚集在那雅丽清淡的一树梨花上，一切都是淡淡的、朦胧的，而词人的一缕孤栖意绪，却在这静谧中隐约流露。

柳梢青　登大观台

[清] 姚燮

无限愁怀，平岚雁薄，斜日墙回。万壑西蟠，一江东折，中有危台。　　今宵酒尊重开，听落叶、西风满崖。地远云横，天高星动，月上潮来。

这首词起首就写愁怀，似乎没有摆脱秋日登高赋愁的老套，但接下来写山景，写江景，眼看要落到"愁"的实体，却突然陡转，宕开新境，描绘壮丽的河山，顿觉心襟一快，极峰回路转之能事。

柳梢青　寒食日石溪庄作

[清] 黄子高

九十韶光，回头过半，久雨初晴。百草抽芽，垂杨着絮，几处开耕。　　撩人蝶蝶莺莺。最叵耐、啼鹃数声。昨日花朝，今朝寒食，明日清明。

这首词用白描手法，描绘出一幅生机勃勃的江南田园春景。语言浅近，形象鲜明，感情轻快。

宋佚名《晴春蝶戏图页》，绘一群翩翩起舞的蝴蝶及一只小蜂，宛若俏丽的花团在明媚的春光下漫天绽放，形态生动逼真。故宫博物院藏

柳梢青

［清］居巢

小巷谁家，双扉白板，一树桃花。花底惊看，心头牢阁，碧玉初瓜。　　重来劫堕尘沙。墙匡里、蔓草枯槎。莫问东风，飞花飞絮，何处天涯。

词人所居广州河南隔山村，依山傍水，风景幽美。此词当写少年乡居时的一段情事，事过境迁，在词人心头留下的是莫名的怅惘。

柳梢青

［清］崔宗武

野店荒村，苍凉如许，那不销魂。衰柳千丝，归鸦数点，掩映斜曛。　　几家小艇当门，望不断、烟痕水痕。蟹舍烟疏，鸥天月上，人语黄昏。

这首词写渔村黄昏景色如画。

柳梢青

［清］汪兆镛

雨暗烟昏，故园何处，花落成茵。几日离愁，闲抛笛谱，懒拂筝尘。　　尽教燕去莺喑，休忘却、东风旧因。梦里还寻，愁边独写，忍说残春。

这首词写春残花落，旧梦离愁；故园事事，俱成追忆。词写得情致深婉，叶公绰评曰："欲言不尽。"（《广箧中词》卷三）

倚声依谱

《柳梢青》又名《陇头月》《早春怨》。四十九字，前后片各三平韵，后片第十二字宜去声。别有一种改入声韵。前片三仄韵，后片二仄韵，平仄略异。此调音节和婉、响亮、流美，适用题材广泛，然尤以写景见长。

清谢彬《渔家图》（局部），绘芦丛中露出数艘渔舟，有妇女在哺乳，渔夫们或对酌憩息，或奏笛自娱，或带着鱼鹰归来，富有渔村生活气息。上海博物馆藏

居巢（1811—1865）字梅生，号梅巢。广东番禺人。岭南画家。善画山水、花卉，草虫尤精。有《今夕庵烟语词》。

崔宗武字骥云，浙江海盐人。有《壶隐词钞》。

汪兆镛（1861—1939）字伯序，号憬吾。广东番禺人。光绪举人。有《雨屋深灯词》。

【定格】

中仄平平，中平中仄，仄仄平平。
中仄平平，中平中仄，中仄平平。

中平中仄平平，仄中仄、平平仄平。
中仄平平，中平中仄，中仄平平。

【变格】

仄平平仄，仄平中仄，中平平仄。
中仄平平，中平中仄，中平平仄。

平平仄仄平平，仄中仄、平平仄仄。
中仄平平，中平中仄，中平平仄。

《词谱》（《柳梢青》）

少年游

晓梦入芳裀

华音流韵

张桂光书《少年游》

少年游　草

〔南宋〕高观国

春风吹碧，春云映绿，晓梦入芳裀①。软衬飞花，远随流水，一望隔香尘②。　　萋萋多少江南恨③，翻忆翠罗裙。冷落闲门，凄迷古道，烟雨正愁人。

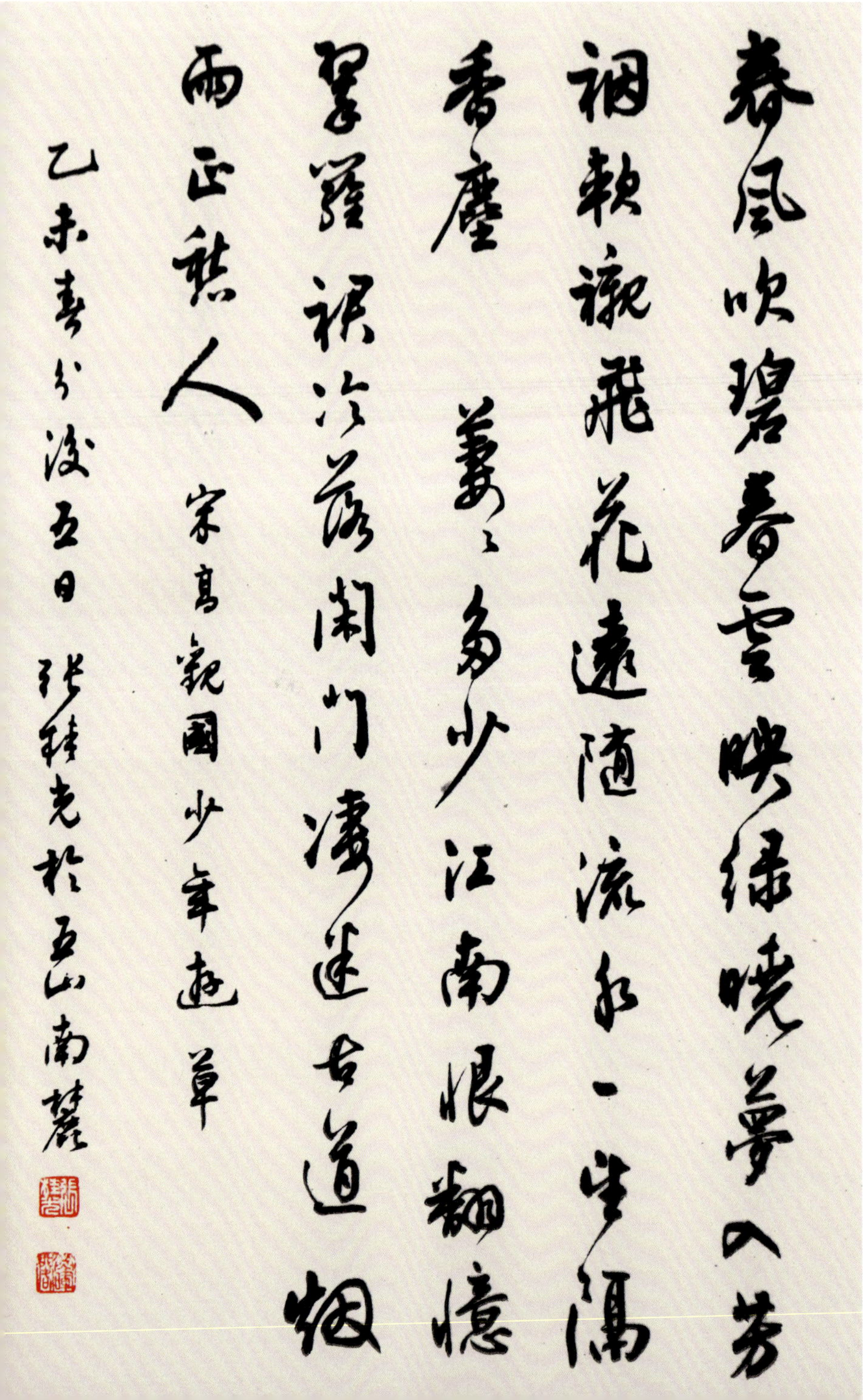

🌀　临风赏读

"王孙游兮不归，春草生兮萋萋。"自从在《楚辞》中出现以后，春草的形象犹如霸陵年年如烟的柳色反复撞击着诗人们的心灵，成为抒写伤别的永恒意象，名篇佳构指不胜屈，而此词借草之神韵以写伤离怀人之情，一种悒怀幽恨漫溢其中，允为别树一帜的咏草绝调。

词的上片虚写晓梦幻境：风吹碧草，云映翠色，花逐流

（书法作品）春风吹碧春云映绿晓梦入芳裀软衬飞花远随流水一望隔香尘萋萋多少江南恨翻忆翠罗裙冷落闲门凄迷古道烟雨正愁人　宋高观国少年游草　乙未春分后五日张桂光于五山南麓

水，远随无尽的天际，好一幅迷人的阳春芳景！可惜伊人的芳踪被无边的芳草隔断，微露出惆怅意绪。下片再返真境，转写醒后情怀。仍从草字生发挽合上片：萋萋芳草逗引起对远隔香尘的伊人的一缕绵绵思念。接下以冷落门庭、凄迷远道、蒙蒙烟雨几个意象将草色与离情浑化一片，情景相生，怅然无尽。

全词以草为言情之映托，不沾不滞，秀美深婉，格调不凡，自可与林逋、欧阳修、梅尧臣诸公咏草名篇比美。

古今汇评

俞陛云："飞花""流水"三句咏草固工，兼寓"天随人远"之感。后幅闲门古道，怀古伤今，百端交集，若平子之工愁矣。（《唐五代两宋词选释》）

参读

锁离愁、连绵无际，来时陌上初熏。绣帏人念远，暗垂珠露，泣送征轮。长亭长在眼，更重重、远水孤云。但望极、楼高尽日，目断王孙。　销魂。池塘别后，曾行处、绿妒轻裙。恁时携素手，乱花飞絮里，缓步香茵。朱颜空自改，向年年、芳意长新。遍绿野、嬉游醉眠，莫负青春。——元丰初年，韩缜奉使与西夏议地界，临行前与爱妾刘氏剧饮通宵，作《凤箫吟》留别。通篇巧用拟人手法，把点点离愁都化作可感的春草，情韵悠漾，极具空灵之美，一时盛传于天下。

词人心史

高观国字宾王，号竹屋，山阴（今浙江绍兴）人。生卒年不详。生活于南宋中期，约与姜夔相近。与史达祖交谊厚密，时相唱和。其词取法周邦彦，句琢字炼，格律精严；同时也受姜夔骚雅词风的影响，清隽可喜，或与史达祖并称为姜夔"羽翼"。有词集《竹屋痴语》一卷，存词一百零八首。

[注释]
①芳裀，有如厚厚褥垫的芳草。裀，褥子、床垫。
②香尘，女子的芳踪。
③萋萋，芳草美盛之貌。

元高克恭《春云晓雨图》，绘云山飞瀑，老树溪舟，山坳塔楼半露，山中烟云飘渺，意境迷蒙。故宫博物院藏

元人《梅花仕女图》（局部），写寿阳公主故事，绘一老梅下美人对镜理妆，额上饰以梅花。台北"故宫博物院"藏

翠岭，指梅岭，位于粤、赣交界处。据传张九龄为相，令人开凿新路，沿途植梅，故称。

寿阳妆罢，用南朝宋武帝之女寿阳公主梅落额上的典故。

汉乐府中二十八横吹曲之一《梅花落》，是自魏晋南北朝以来一直流传不息的笛子曲代表作品。

杨亿（974—1020）字大年，建州浦城（今属福建）人。淳化进士，官至工部侍郎。"西昆体"代表作家之一。有《武夷新集》。

　　秦少游、高竹屋、姜白石、史邦卿、吴梦窗，此数家格调不侔，句法挺异，俱能特立清新之意，删削靡曼之词，自成一家，各名于世。（张炎《词源序》）

　　词自鄱阳姜夔句琢字炼，始归醇雅；而达祖、观国为之羽翼。（《四库全书总目提要》卷一百九十九）

　　竹屋词最隽快，然亦有含蓄处。抗行梅溪则不可。要非竹山所及。（陈廷焯《白雨斋词话》卷二）

　　陈造序高宾王词，谓竹屋、梅溪，要是不经人道语。玉田亦以两家与白石、梦窗并称……平心论之，竹屋精实有余，超逸不足，以梅溪较之，究未能旗鼓相当。（冯煦《宋六十一家词选例言》）

低吟/浩唱

少年游

[北宋] 杨亿

　　江南节物，水昏云淡，飞雪满前村。千寻翠岭，一枝芳艳，迢递寄归人。　　寿阳妆罢，冰姿玉态，的的写天真。等闲风雨又纷纷，更忍向、笛中闻。

　　这首咏梅之作以严冬时节的江南为背景，妙用典故的意境，淋漓尽致地刻画梅花玉骨冰肌、雅淡自然的姿质和凌霜傲雪的精神。最后以于风雨中不忍听笛曲《梅花落》收结，委婉地表明自己为梅花受风雨摧残而伤感，情致极为凄婉。全词借物言情，营造出若即若离、隽逸柔美的艺术境界，读来真味无穷。

少年游

[北宋] 柳永

参差烟树灞陵桥，风物尽前朝。衰杨古柳，几经攀折，憔悴楚宫腰。　夕阳闲淡秋光老，离思满蘅皋。一曲《阳关》，断肠声尽，独自凭兰桡。

元佚名《山水图》。故宫博物院藏

这首词为词人客游长安时所作，以哀景写哀，借助霸桥、古柳、夕阳、阳关等寓意凄迷苍凉、清越悠远的意象，反复渲染，强化客中作别时的旅思羁愁与今古沧桑之感。笔力遒劲，境界高远，感慨沉郁、悲凉。

长安古道马迟迟，高柳乱蝉嘶。夕阳岛外，秋风原上，目断四天垂。　归云一去无踪迹，何处是前期。狎兴生疏，酒徒萧索，不似少年时。——柳永这首《少年游》当为晚期之作，写入其"秋士易感"的失志之怅惘与悲怆，风格苍茫寥落。

少年游

[北宋] 晏几道

离多最是，东西流水，终解两相逢。浅情终似，行云无定，犹到梦魂中。　可怜人意，薄于云水，佳会更难重。细想从来，断肠多处，不与者番同。

这首词以云水比况人情，回旋往复，柔肠百折，道出了情殇后的迷茫与挣扎。"可怜人意，薄于云水"，可视为对天下所有负心人的谴责。结拍语极为深挚、沉痛，读来荡气回肠，一唱三叹。

宋扬无咎《雪梅图》，图绘雪中绽放梅花。故宫博物院藏

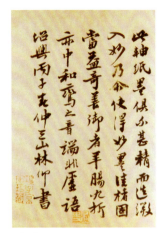

林仰手迹

林仰字少瞻，长溪（今福建霞浦）赤岸人。绍兴十五年(1145)进士。历官袁州宜春县尉、芜湖令、知海盐县。官至朝奉郎。

明董其昌《秋兴八景图》之一（林仰《少年游》）。上海博物馆藏

少年游

[北宋] 苏轼

润州作，代人寄远。

去年相送，余杭门外，飞雪似杨花。今年春尽，杨花似雪，犹不见还家。　　对酒卷帘邀明月，风露透窗纱。恰似姮娥怜双燕，分明照、画梁斜。

熙宁七年（1074）四月，词人于润州（今江苏镇江）行役中作，托为思妇怀念远人（一说为假托妻子在杭思己之作）。送别之际，雨雪霏霏。冬去春尽，离人犹不见回家。思念之时，只能对酒邀月，无奈明月一似嫦娥怜慕双栖的燕子，却偏照着画梁。此情此景，更添词人孤寂、凄冷与惆怅。这首词构思新巧别致，感情真挚，动人心魂。

少年游

[北宋] 周邦彦

朝云漠漠散轻丝，楼阁澹春姿。柳泣花啼，九街泥重，门外燕飞迟。　　而今丽日明金屋，春色在桃枝。不似当时，小桥冲雨，幽恨两人知。

这首词作于元祐八年（1093）前词人流寓荆州时。上阕描写凄冷的春景，逆叙旧时的恋爱故事；下阕转写今日明媚的春光，相聚的欢好。结末忽然再转，写今日的欢聚反倒不如旧时那种紧张、凄苦、恨别、彼此相思的情景来得意味深长，爱的过程似比爱的结果更为刻骨铭心。全词清新和婉，情溢于词，韵致绵远。

少年游　早行

[南宋] 林仰

霁霞散晓月犹明，疏木挂残星。山径人稀，翠萝深处，啼鸟两三声。　　霜华重迫驼裘冷，心共马蹄轻。十里青山，一溪流水，都做许多情。

这首词以极清新的笔调活画出一幅清幽静谧的山径早行图，洋溢着归家的无限喜悦之情。全词以景衬情，情思绵绵，韵味悠长。

参读

晨起动征铎，客行悲故乡。鸡声茅店月，人迹板桥霜。槲叶落山路，枳花明驿墙。因思杜陵梦，凫雁满回塘。——唐温庭筠《商山早行》描写旅途中寒冷凄清的早行景色，抒发游子在外的孤寂之情和浓浓的思乡之意，语言明净，情景交融，含蓄有致。

高剑父《鸡声茅店图》。广州艺术博物院藏

少年游

[南宋] 蒋捷

枫林红透晚烟青，客思满鸥汀。二十年来，无家种竹，犹借竹为名。　　春风未了秋风到，老去万缘轻。只把平生，闲吟闲咏，谱作棹歌声。

这首词为词人晚年自叙平生之作，以恬淡而轻逸的笔调，抒写漂泊江湖的亡国遗民内心的愁闷和隐痛。

蒋捷曾隐居于故乡宜兴东北太湖之滨的竹山，故号竹山。

少年游　春情

[明] 陈子龙

满庭清露浸花明，携手月中行。玉枕寒深，冰绡香浅，无计与多情。　　奈他先滴离时泪，禁得梦难成。半晌欢娱，几分憔悴，重叠到三更。

这首词作于崇祯八年（1635）初夏柳如是离开词人前夕。词中撷取携手花间月下流连忘返的片断，真实细腻地流露出春已归去而别离在即的绵绵愁思。结末以欢情与伤感相叠收，写得极其起伏婉折，感情波澜在纸上大起大落。清邹祗谟评曰："词不极情者，未能臻妙如此。朦胧宕折，应称独绝。"（《陈忠裕公全集》卷二十）

少年游

[清] 吴锡麒

江南三月听莺天，买酒莫论钱。晚笋余花，绿阴青子，春老夕阳前。　　欲寻旧梦前溪去，过了柳三眠。桑径人稀，吴蚕才动，寒倚一梯烟。

这首词以极为清新的笔调描写三月江南水乡特有的风貌和文人的闲情逸趣。结句"寒倚一梯烟"尤有情致，耐人寻味。全词流丽秀逸，自然鲜活。

吴锡麒手书对联

彭孙遹像

彭孙遹（1631—1700）字骏孙，号羡门，又号金粟山人，浙江海盐人。顺治进士。康熙十八年（1679）举博学鸿词科第一，授编修。历吏部侍郎兼翰林掌院学士，为《明史》总裁。其词多写艳情，早年亦有慷慨苍凉之作。有《延露词》《金粟词话》等。

少年游　席上有赠

[清]彭孙遹

花底新声，尊前旧侣，一醉尽平生。司马无家，文鸳未嫁，赢得是虚名。　　当时顾曲朱楼上，烟月十年更。老我青袍，误人红粉，相对不胜情。

这首词当作于清顺治康熙之交词人已中进士而尚未贵显之时，写给席间重逢的红粉知己。词人以直笔写艳情，却不仅仅是写男女恋慕之情，而是打入了身世之感，其所流露的更多的是青衫名士与红粉佳人两皆惆怅不得意的悲慨。谭献谓此词"自然凑泊"（《箧中词·今集》卷一）。

少年游

[清]徐绍植

一江春涨碧迢迢，隔岸酒旗招。十里莺花，半溪杨柳，小泊漱珠桥。　　名园绿水年年好，双桨莫辞遥。无赖春风，牵情芳草，到处惹魂消。

这首词写广州河南水乡阳春小景。莺花杨柳，绿水名园，一派醉人的春光。

词林逸事

暮春的一日，一班朋友欢聚于欧阳修家谈诗论词。有人饶有兴致地吟唱起林逋的词《点绛唇》：

金谷年年，乱生春色谁为主。余花落处，满地和烟雨。　　又是离歌，一阕长亭暮。王孙去，萋萋无数，南北东西路。

吟唱毕，这位朋友啧啧称妙，认为当世最好的咏草词莫过于此了。梅尧臣在一旁颇为不服，心想哪能让林和靖专美于前，一时兴会成吟，便填下一首《苏幕遮》：

露堤平，烟墅杳。乱碧萋萋，雨后江天晓。独有庾郎年最少，窣地春袍，嫩色宜相照。　　接长亭，迷远道。堪怨王孙，不记归

酒旗，酒家所用的招子。以布缀竿，悬于门首，以招徕酒客。

漱珠桥，在今广州河南同福路。桥下有涌可通珠江，涌边遍植垂柳，旧时为名胜之地。

徐绍植字伯生，广东番禺人。有《水南阁词草》。

期早。落尽梨花春事了，满地斜阳，翠色和烟老。

　　欧公一旁击节称赏，也禁不住技痒难耐，一首《少年游》便冲口而出：

　　栏干十二独凭春，晴碧远连云。千里万里，二月三月，行色苦愁人。　　谢家池上，江淹浦畔，吟魄与离魂。那堪疏雨滴黄昏，更特地、忆王孙。

　　这三首咏草词都不着一"草"字，却用环境、形象、神态的描绘，将春草写得形神俱备。林词于凄迷柔美的物象中渲染出绵绵不尽的离愁，笔触清新空灵，词境极冷绝凄楚；梅词意新语工，初仕的得意情态和后来倦于宦游、春末思归的苦闷心绪，只在精心描绘的意境中微微透出，可谓"能状难写之景如在目前，含不尽之意见于言外"；而欧词虽写思妇怀人，却一改花间习气，写得意境开阔辽远，"最工切超脱"（吴梅《词学通论》）。近代王国维将这三首词称为咏春草绝调。

宋徽宗赵佶《文会图》，描绘一座安静优美的园林内，一群文人雅士在庭院柳荫下宴饮文会的生动场面。他们围坐案旁，或端坐，或谈论，或持盏，或私语，儒衣纶巾，意态闲雅。图中右上有赵佶题诗："儒林华国古今同，吟咏飞毫醒醉中。多士作新知入彀，画图犹喜见文雄。"台北"故宫博物院"藏

倚声依谱

　　《少年游》又名《桃花曲》《陇首山》《十二时》。宋人用此调者甚众，而以柳永词此体为正体，双调，五十字，前片五句，三平韵；后片五句，二平韵。苏轼、周邦彦、姜夔三家又各为变格，五十一字，前后片各两平韵。此调奇句与偶句配置和谐，后段韵稀，具有流畅婉约的特点。

【定格】
中平中仄仄平平，中仄仄平平。
中平中仄，中平中仄，中仄仄平平。

中平中仄平平仄，中仄仄平平。

中仄平平，中平中仄，中仄仄平平。

【变格一】

仄平平仄，平平平仄，平仄仄平平。

平平平仄，平平仄仄，平仄仄平平。

仄仄仄平平平仄，平仄仄平平。

仄仄平平平平仄，平平仄、仄平平。

【变格二】

平平平仄，平平仄仄，平仄仄平平。

仄仄平平，仄平中仄，中仄仄平平。

平平仄，仄平平仄，平仄仄平平。

仄仄平平，仄平中仄，中仄仄平平。

【变格三】

平平仄仄，平平平仄，平仄仄平平。

仄仄平平，平平仄仄，平仄仄平平。

平平仄仄平平仄，平仄仄平平。

平仄平平，平平仄仄，平仄仄平平。

《词谱》（《少年游》）

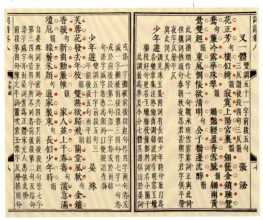

祝英台近

极目万里沙场，事业频看剑

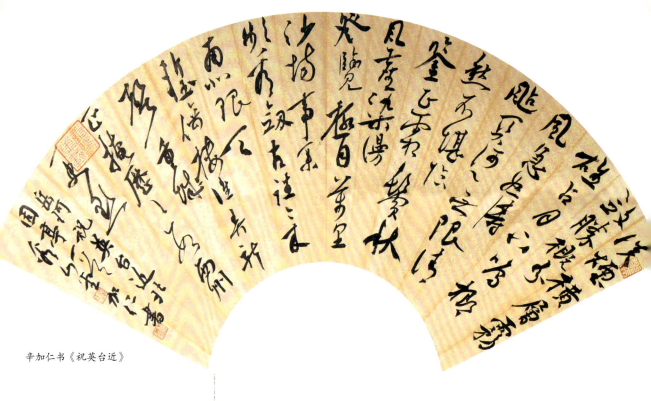

辛加仁书《祝英台近》

 **华音流韵**

祝英台近　北固亭

[南宋] 岳珂

澹烟横，层雾敛。胜概分雄占。月下鸣榔[1]，风急怒涛飚[2]。关河无限清愁，不堪临鉴。正霜鬓、秋风尘染。

漫登览。极目万里沙场，事业频看剑。古往今来，南北限天堑。倚楼谁弄新声，重城正掩。历历数、西州更点[3]。

临风赏读

千百年来，镇江北固山以其形势的雄险、风光的壮丽，吸引着无数诗人登临感怀吟咏，如李白、苏轼、米芾、陆游、辛弃疾等都在此留下了千古传诵的名篇。

大约是嘉定十四年（1221）的某个秋月之夜，正在镇江权知府事任上的岳珂亦信步登上满眼风光的北固亭，遥望中原，感慨沉痛，作此阕以抒胸臆。

词作先以疏淡的笔墨，描绘朦胧而苍茫的江月夜景。层

[注释]
①鸣榔，以棒敲击船舷，使鱼惊而入网。
②飚，风吹使颤动。
③西州，是晋扬州刺史治所（今江苏江宁西）。《通鉴》胡三省注："扬州治所，在台城西，故谓之西州。"

雾逐渐敛尽天边，淡烟一抹。当前胜景曾是英雄豪杰分占据守创业之地，可眼下一片沉寂，只有江上渔者"鸣榔"声不时地远远传来，四周夜风劲急，江上波涛汹涌。其时金兵压境，时局动荡，国家蒙耻。面对眼前清奇无比的万里河山，词人心中充满对边备荒废、戍守无人，华夏礼仪之邦竟变成腥膻游牧之场的悲凉，不禁产生"无限清愁"，唯有空叹尘染霜鬓，衰容落魄，不敢对镜。年华易逝、功业未成的悲愤之情溢于言表，用语苍凉而沉痛。

下片承上片抒情。词人登上北固亭，极目远眺，眼中的山河原是抗金杀敌的万里沙场，禁不住低头频频注视置闲的佩剑。一"频"字，见出词人挥剑杀敌、建功报国之心切。俯视亭下的长江，又勾起无尽思绪，历史上长江多次成为分裂南北的天堑，至今仍是与金对峙的界限。这里不仅是怀古，更是对眼前南北分裂，而南朝当政者偏安一隅、苟且偷安的痛心。正倚楼伤感时，一重重的城门都关闭了，除了远处楼上不知是谁奏演新曲，传来阵阵歌舞声之外，到处是一片死寂，唯有扬州更鼓声历历可闻。这一声声更点，敲击着词人的心，也敲击着读者的心。词作至此戛然而止，给人以不尽的遐想。

这首词表达了词人驱逐强敌、改变分裂局面，使国家归于统一的拳拳爱国之心。全词平易畅达，无一处用典，却淋漓尽致地将夜登北固亭的所见、所闻、所为和所想刻画出来了，写得沉郁而悲壮，又含蓄而蕴藉，境界雄迈，真挚感人，颇具乃祖之遗风。

 古今汇评

杨　慎：此词感慨忠愤，与辛幼安"千古江山"一词相伯仲。（《词品》卷五）

葛汝桐：这首词，抒发了一位爱国志士对国势一蹶不振的悲叹和自己空有沙场杀敌的雄心壮志，但苦无用武之地的苦闷。全词写得沉郁而悲壮……词中所写的风声、涛声、鸣榔声、更鼓声，构成了一部雄浑的交响曲，读来极有韵味。（《宋词鉴赏辞典》）

清任颐《关河一望萧索图》。"一望关河萧索"为柳永《曲玉管》（"陇首云飞"）中句。画一马立山岩之上，露半身。一人背倚马立，头仰仅露鼻眼，凝望远飞之雁，意境低沉悲怆。关河萧索，神京杳杳，不堪久望，寄寓着画家对祖国命运的深切忧虑。南京博物院藏

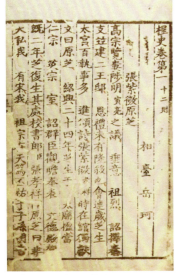

明嘉靖刻本《桯史》书影

　　牛渚天门险，限南北、七雄豪占。清雾敛，与闲人登览。

　　待月上潮，平波滟滟，塞管轻吹新《阿滥》。风满槛，历历数、西州更点。——北宋贺铸《天门谣·登采石蛾眉亭》词写得大起大落，时而剑拔弩张，气势苍莽，时而轻裘缓带，情趣萧闲，读之令人荡气回肠。

词人心史

　　岳珂（1183—1243）字肃之，号亦斋、东几，晚号倦翁。相州汤阴（今属河南）人。寓居嘉兴（今属浙江）。岳飞之孙，岳霖之子。嘉定十年（1217），出知嘉兴。官至宝谟阁直学士。

　　岳珂文采出众、学识渊博，长于经学，工于词章。著述甚多，有《桯史》《玉楮集》《棠湖诗稿》和《金佗粹编》等。其诗词爽朗俊美，自成一格。传词八首。

词林逸事

　　宁宗开禧元年（1205），辛弃疾任镇江知府。二十二岁的岳珂也正以承务郎监镇江府户部大军仓，以超群之才在京口与辛弃疾交游，有机缘亲见这位大词人对自己词作的创作、欣赏、接受、品评和修改等一系列艺术活动，并在他的《桯史》卷三中有生动形象的记述：

岳珂跋唐摹《万岁通天进王氏帖》。辽宁省博物馆藏

　　稼轩以词名，每燕必命侍姬歌其所作。特好歌《贺新郎》一词，自诵其警句曰：“我见青山多妩媚，料青山见我应如是。”又曰：“不恨古人吾不见，恨古人不见吾狂耳。”每至此，辄拊髀自笑，顾问座客何如，皆叹誉如出一口。既而又作一《永遇乐》，序北府事，首章曰：“千古江山，英雄无觅，孙仲谋处。”又曰：“寻常巷陌，人道寄奴曾住。”其寓感慨者，则曰：“可堪回首，佛狸祠下，一

片神鸦社鼓。凭谁问、廉颇老矣，尚能饭否。"特置酒召数客，使妓迭歌，益自击节，遍问客，必使摘其疵，逊谢不可。客或措一二词，不契其意，又弗答，然挥羽四视不止。余时年少，勇于言，偶坐于席侧，稼轩因诵启语，顾问再四。余率然对曰："待制词句，脱去今古轸辙……童子何知，而敢有议？然必欲知范文正以千金求《严陵祠记》一字之易，则晚进尚窃有疑也。"稼轩喜，促膝亟使毕其说。余曰："前篇豪视一世，独首尾二腔警语差相似；新作微觉用事多耳。"于是大喜，酌酒而谓坐中曰："夫君实中予痼。"乃味改其语，日数十易，累月犹未竟。其刻意如此。余既以一语之合，益加厚。

　　《贺新郎》中"我见青山多妩媚，料青山见我应如是"乃全篇之警策。词人不仅觉得青山"妩媚"，而且觉得似乎青山也以自己为"妩媚"了，委婉地表达了自甘落寞，宁与自然相契，决不与奸人同流合污的高洁之志；"不恨古人吾不见，恨古人不见吾狂耳"，表现的是词人傲视古今的英雄气概，仅是句法相似。至于《永遇乐》中虽然用了五个典故（即孙权、刘裕、刘义隆、北魏武帝、廉颇），但前四个典故与京口紧密相关，与"京口北固亭怀古"照应自然妥帖，浑然天成，情致深沉，自有无穷的韵味。岳珂之见虽是一家之言，但老词人很虚心地听取，并给予肯定，足见其虚怀若谷，对后进的爱护有加。岳珂后来亦有《祝英台近》两首记镇江事，其一是"登多景楼"，写登楼北望的感慨："断肠烟树扬州，兴亡休论。"另一即本词，恐亦受到辛弃疾的影响。

清王鉴《北固山图》，绘镇江北固山一带风景。曹氏黙斋藏

 低吟/浩唱

祝英台近　晚春

［南宋］辛弃疾

　　宝钗分，桃叶渡，烟柳暗南浦。怕上层楼，十日九风雨。断肠片片飞红，都无人管，更谁劝、啼莺声住。　　鬓边觑。试把花卜归期，才簪又重数。罗帐灯昏，哽咽梦中语。是他春带愁来，春归何处，却不解、带将愁去。

　　古人有分钗赠别的习俗。杜牧《送人》诗："明镜半边钗一股，此生何处不相逢。"

　　南浦，泛指送别的码头。江淹《别赋》："送君南浦，伤如之何。"

宋佚名《玉楼春思图》，中为辽阔的江面，左部江堤上柳荫浓郁，岸边有一水殿楼阁回廊萦绕，楼阁中女子孤单一人，正凭栏眺望烟水迷离处，似乎在轻轻吟唱着幽怨的词曲。隔江云山起伏，意境深远。画面上部题有《鱼游春水》一词："秦楼东风里，燕子还来寻旧垒。余寒犹峭，红日薄侵罗绮。嫩草方抽碧玉茵，媚柳轻窣黄金蕊。　莺啭上林，鱼游春水。几曲阑干遍倚，又是一番新桃李。佳人应怪归迟，梅妆泪洗。凤箫声绝沉孤雁，望断清波无双鲤。云山万重，寸心千里。"词意正是写思妇春日怀念远人的惆怅，词情画意交融妙合，意韵无穷。辽宁省博物馆藏

这首词抒发晚春时节空闺独守女子怨春怀人的缠绵悱恻之情。上片描述别时的凄迷情景和别后闺中的冷落，烘托出女子凄苦怅惘的心境。下片极写女子苦苦企盼心上人回归、夜眠难安的苦楚。词从南浦赠别，怕上层楼，花卜归期到哽咽梦中语，纡曲递转，将闺中女子的柔媚多情、慵倦娇痴刻绘得声情毕肖，真切动人。此词婉约清丽，于纵横郁勃之外，别具一副笔墨，正如清沈谦所云："稼轩词以激扬奋厉为工，至'宝钗分，桃叶渡'一曲，昵狎温柔，魂销意尽，才人伎俩，真不可测。"（《填词杂说》）

参读

霁烟轻，凉月澹，肠断西陵浦。松露廉纤，洒遍篷窗雨。可怜旧日青山，无人吟眺，算谁肯、移家暂住。　凭阑觑，几株垂柳阴边，属玉遥堪数。万壑千岩，犹记虎头语。任他客帽频敧，村醪半醉，聊目送、乱云归去。——清董俞《祝英台近·会稽道中，用辛稼轩韵》笔致清新疏朗，不乏稼轩野逸之趣。

祝英台近

[南宋] 张辑

竹间棋，池上字，风日共清美。谁道春深，湘绿涨沙觜。更添杨柳无情，恨烟颦雨，却不把、扁舟偷系。　去千里。明日知几重山，后朝几重水。对酒相思，争似且留醉。奈何琴剑匆匆，而今心事，在月夜、杜鹃声里。

这首词以闺中人的口吻倾诉满腹别情。上片追忆当日共游之乐，叹惋好景不长，暮春时节水涨舟去，将只剩离情。下片设想别后，山长水远，当下心中难以割舍和无奈。况周颐谓"对酒相思，争似且留醉"二句"写绵邈遥深之景、低回往复之情，尤有事外远致，未可第以绮语目之"（《历代词人考略》卷二十四）。

儿女心肠英雄肝胆　清黄士陵

祝英台近　中秋

[南宋] 汤恢

月如冰，天似水，冷浸画栏湿。桂树风前，稀香半狼藉。此翁对此良宵，别无可恨，恨只恨、古人头白。　　洞庭窄。谁道临水楼台，清光最先得。万里乾坤，原无片云隔。不妨彩笔云笺，翠尊冰酝，自管领、一庭秋色。

这是一首别具一格的中秋月夜遣兴之作，描绘了一个清逸、高远、明净又有些凄清的境界，洋溢着词人欢快、喜悦和自得的情调。

元夏永《映水楼台图》，故宫博物院藏

稀香，此指代桂花。

冰酝，喻指美酒。

汤恢字充之，号西村，眉山（今属四川）人。理宗宝祐年间（1253—1258）在世。存词六首。其词兼具柔媚与劲峭之风。

祝英台近　春日客龟溪游废园

[南宋] 吴文英

采幽香，巡古苑，竹冷翠微路。斗草溪根，沙印小莲步。自怜两鬓清霜，一年寒食，又身在、云山深处。　　昼闲度。因甚天也悭春，轻阴便成雨。绿暗长亭，归梦趁风絮。有情花影阑干，莺声门径，解留我、霎时凝伫。

这首词为词人寒食节作客龟溪游春感怀之作。上阕写游园所见清丽凄寂景色及客中生出的感喟。下阕叙述游园遇雨独自于花影之下沉思，更加感叹归期无定，一片乡情只能寄托梦中，但幽思缥缈，犹如随风轻飏的花絮；自己的归梦也仿佛悠然飘荡在绿荫满地的长亭路上。结句清逸出尘，在篇外宕出远神，如杨铁夫所云："就题恝然而止，非止也。'凝伫'二字有无穷之情思，身官虽止而神已行也。"（《吴梦窗词浅释》）

明陈洪绶《斗草图》（局部），描绘端阳时节，五位妙龄女子围坐石下斗草为戏的情节。人物神态生动微妙，各具神韵。辽宁省博物馆藏。

祝英台近　除夜立春

[南宋] 吴文英

剪红情，裁绿意，花信上钗股。残日东风，不放岁华去。有人添烛西窗，不眠侵晓，笑声转、新年莺语。　　旧尊俎。玉纤曾擘黄柑，柔香系幽素。归梦湖边，还迷镜中路。可怜千点吴霜，寒销不尽，又相对、落梅如雨。

这首词为词人客居异乡立春感怀之作。上片极力渲染浓厚的节日欢乐气氛，从中反衬老客异乡的孤独凄苦。下片是对温馨家庭生活的回忆，则又以昔日之温馨反衬今日之凄苦。结末写词人斑斑白发与点点白梅相对，更将有家归不得的愁情推向极致，令人为之凄绝。清彭孙遹独爱此词，谓"兼有天人之巧"（《金粟词话》）。

祝英台近

[南宋] 李彭老

杏花初，梅花过，时节又春半。帘影飞梭，轻阴小庭院。旧时月底秋千，吟香醉玉，曾细听、歌珠一串。　忍重见。描金小字题情，生绡合欢扇。老了刘郎，天远玉箫伴。几番莺外斜阳，阑干倚遍，恨杨柳、遮愁不断。

这是一首寄情词，回忆旧时的一段恋情。全词工秀婉丽，深情绵渺。俞陛云谓此词"写景言情，抚今追昔，循序写来，自是佳作。结处'莺外斜阳'三句，含思绵缈，群称警句"（《唐五代两宋词选释》）。

祝英台近　和云西老人秋怀韵

[元] 邵亨贞

暮天云，深夜雨，幽兴到何许。风拍疏帘，灯影逗窗户。自从暝宿河桥，露听江笛，久不记、旧游湘楚。　正无绪。可奈满目清商，萧萧五陵树。斜掩屏山，肠断庾郎赋。几回思绕蘋花，梦寻兰棹，怕惊起、故溪鸥鹭。

这首词通过描写秋雨之夜一室内外凄冷氛围，衬托出词人对友人的深切怀念和羁客他乡的哀愁，笔致曲折灵动。

祝英台近　难后怀蕙庵

[明] 徐石麒

雨中山，山下渡，犹是旧时路。指尽征帆，都向日边去。萧萧红蓼西风，白蘋秋水，望岭表、苏郎何处。　莫回顾，只有烟雨鸣鸠，惊飞夕阳坞。断刹荒丘，再诵鲍照赋。归来又恐伤心，人非物换，空一座、锦城如故。

李彭老字商隐，号筼房，生平事迹不详。有《龟溪二隐词》（与李莱老合集）。

清商，秋声。

屏山，屏风。

庾郎赋，北周庾信有《哀江南赋》和《愁赋》。

邵亨贞（1309—1401）字复孺，号清溪，云间（今上海松江）人。曾任松江府训导。其词风格清隽雅致、情韵浑融，且托寄遥深。有《蛾术词选》。

曹知白（云西老人）《溪山泛艇图》。此图写远山峭拔，飞瀑如练，近岩苍松虬屈盘空，水鸟低掠于明净溪面，景色清旷雄奇。溪山之间，有士人泛舟。上海博物馆藏

这首词是清兵陷扬州后词人怀念其兄之作。上片叙述沿途景物和思念的心情；下片写乱后景物。据"鲍照赋"句，知作于扬州被屠之后。"断刹荒丘""人非物换"正是对清兵暴行的沉痛控诉。

史可法率领扬州人民阻挡清军南侵守卫战失败后，清军对扬州城内人民展开大屠杀，史称扬州十日又称扬州屠城、扬州之屠。当时幸存者王秀楚有《扬州十日记》。

徐石麒字又陵，号坦庵，明末清初浙江鄞县人。善画花卉，工诗词。有《坦庵诗馀瓮吟》《坦庵乐府黍香集》《诗馀定谱》等。

祝英台近　感春

[清]文廷式

剪鲛绡，传燕语，黯黯碧云暮。愁望春归，春到更无绪。园林红紫千千，放教狼藉，休但怨、连番风雨。　　谢桥路。十载重约钿车，惊心旧游误。玉佩尘生，此恨奈何许。倚楼极目天涯，天涯尽处，算只有、濛濛飞絮。

这首词作于光绪二十一年（1895）春，其时词人因弹劾李鸿章"畏葸求和，挟夷自重"得罪当局，被迫南归。词中通过伤春女子愁眼看落花的独特情景，道出对春天消逝的哀惋和无奈，并借以寄托对国事日非无力回天的感慨。王瀣谓"此作得稼轩之骨"（《手批云起轩词钞》），叶恭绰也说"与稼轩'宝钗分'，同为感时之作"（《广箧中词》卷一），都指出了此词受辛弃疾《祝英台近·晚春》词的影响。

 参读

倦寻芳，慵对镜，人倚画阑暮。燕妒莺猜，相向甚情绪。落英依旧缤纷，轻阴难乞，枉多事、愁风愁雨。　　小园路。试问能几销凝。流光又轻误。联袂留春，春去竟如许。可怜有限芳菲，无边风月，怎都付、等闲风絮。——清王鹏运《祝英台近·次韵道希（文廷式）感春》与文廷式原词题旨相近，亦写得深婉要眇，感情真挚。

 ## 倚声依谱

无边风月　清讱庵藏印

《祝英台近》又名《月底修箫谱》。北宋新声，始见于《东坡乐府》，殆是唐宋以来民间流传歌曲。此调咏祝英台与梁山伯的故事。双调，七十七字，前片三仄韵，后片四仄韵。此调声韵和谐，委宛而流畅，宜于表述温柔缠绵之情。忌用入声韵部。

【定格】

仄平平，平仄仄，平仄仄平**仄**。

中仄平平，中仄仄平**仄**。

中平中仄平平，中平中仄，仄中仄、中平平**仄**。

仄平**仄**，中中平仄平平，中平仄平**仄**。

中仄平平，中中仄平**仄**。

中平中仄平平，中平中仄，仄中仄、中平平**仄**。

《词谱》（《祝英台近》）

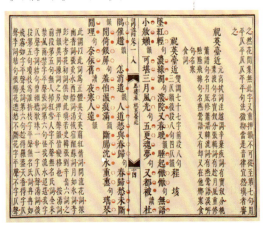

沁园春

但凄凉感旧，慷慨生哀

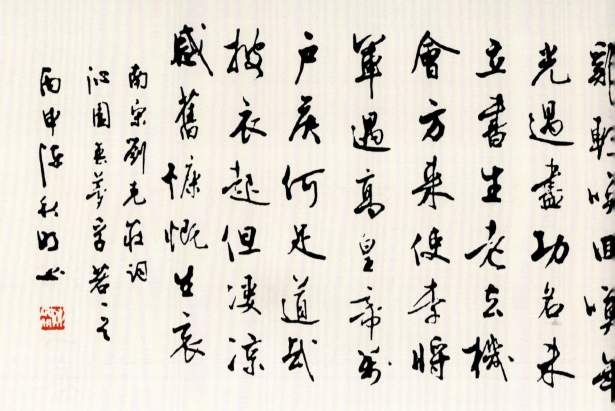

陈秋明书《沁园春》

[注释]

①宝钗楼，汉武帝时所建，故址在今陕西咸阳市。

②铜雀台，曹操时所建，故址在今河北临漳县西南。

③东溟，东海。脍，细切肉。

④圉人，养马之人。圉，音语。

⑤龙媒，骏马。《汉书》卷二十二载"天马徕，龙之媒"。颜师古注引应劭曰："言天马者，乃神龙之类，今天马已来，此龙必至之效也。"

⑥使君，指刘备。操，即曹操。《三国志》卷三十二："曹公从容谓先主曰：'今天下英雄，唯使君与操耳。本初之徒，不足数也。'"

⑦画鼓，战鼓，因鼓上有画，故名。

⑧这三句化用《史记》卷一百零九中汉文帝对李广说的话："惜乎，子不遇时！如令子当高帝时，万户侯何足道哉！"

华音流韵

沁园春　梦孚若

［南宋］刘克庄

　　何处相逢，登宝钗楼①，访铜雀台②。唤厨人斫就，东溟鲸脍③，圉人呈罢④，西极龙媒⑤。天下英雄，使君与操⑥，馀子谁堪共酒杯。车千辆，载燕南赵北，剑客奇才。　　饮酣画鼓如雷⑦，谁信被晨鸡轻唤回。叹年光过尽，功名未立，书生老去，机会方来。使李将军，遇高皇帝，万户侯何足道哉⑧。披衣起，但凄凉感旧，慷慨生哀。

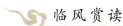

临风赏读

　　韩侂胄举恢复之谋，北伐金人，旋即覆败。危难之际，年仅三十、只是一个七品小吏的萧山县丞方信孺（字孚若，

铁马冰河入梦来（陆游《十一月
四日风雨大作》句） 陈茗屋

号诗境，福建莆田县下皋即今华亭镇霞皋村人）受命出使议
和，自春至秋，使金三往返。金帅以囚或杀相威胁，方信
孺大义凛然，抗节不屈，置生死于度外，"以口舌折强敌"
（《宋史》卷三百九十五），可是回朝竟被贬谪，此后或废
置，或在地方官吏任上浮沉，四十六岁便在窘迫中早逝。

　　对这样一位有隽才有抱负、志同道合的同乡好友，词人
时在念中，于是写下这首长调追怀伤悼亡友。词从梦境写
起。恰似陆游"铁马冰河入梦来"一般，词人与友人梦中相
逢于魂萦梦绕的中原，携手畅游汉代的宝钗楼、曹魏的铜雀
台，吃的是东海长鲸之肉，乘的是西极天马"龙媒"。两人
对饮，一如三国时期的刘备与曹操，英雄盖世，余子皆不足
道。中原地区剑客奇才沓来纷至，从者如云。正当他们在梦
中逸兴遄飞、宴饮正酣之时，一阵画鼓如雷，原来人间晨鸡
报晓，词人惊回到严酷凄凉的现实处境。天地悠悠，岁月不
居。词人既哀叹自己年光过尽壮志未酬，也为方孚若胸怀大

志却不得施展抱负郁郁而死而鸣不平。时局是如此危急，词人幻想让李广将军能遇上高皇帝那样，在国家多事之秋建功立业，实现恢复中原的宏图大愿。结尾三句把词人从梦境中的豪情勃发到梦醒时分披衣而起，环顾四周不见故人的惆怅不已、悲从中来的凄凉心境，以及回首往事前尘，年华空老，报国欲死无战场的悲慨，刻画得淋漓尽致、入木三分，可谓神来之笔。

全词笔势凌云，雄健豪宕，上片驰骋想象，极写瑰丽豪壮的梦境，过片写醒后凄凉失意的现实，现实与梦境对比极其强烈，撼人心魄，堪为后村词中压卷之作。

古今汇评

卓人月：气概雷击霆震。（《古今词统》卷十五）

陈廷焯：（眉批）何等抱负。"书生（老去，机会方来）"八字，感慨真切。（《词则辑评·放歌集》卷二）

俞陛云：人若具此健笔，胸中当磊落不平时，即泼墨倾写，亦一快事。宋人评东坡词，为以作论之笔为词，后村殆亦同之。（《唐五代两宋词选释》）

陶文鹏：全篇以想象构境，议论传神，感情跌宕奔涌，动人心魄。点窜史书成句入词，自然妥帖。后村词学稼轩，此词颇得稼轩神髓。（《宋词三百首新译》）

但凄凉感旧，慷慨生哀　潘英伟

参读

一卷《阴符》，二石硬弓，百斤宝刀。更玉花骢喷，鸣鞭电抹，乌丝阑展，醉墨龙跳。牛角书生，虬须豪客，谈笑皆堪折简招。依稀记，曾请缨系粤，草檄征辽。　当年目视云霄，谁信道、凄凉今折腰。怅燕然未勒，南归草草，长安不见，北望迢迢。老去胸中，有些磊块，歌罢犹须着酒浇。休休也，但帽边鬓改，镜里颜凋。——刘克庄《沁园春·答九华叶贤良》借为朋友作答之词，一抒少年的英姿勃发、雄视一切的豪壮气概与老年的忧国伤时、磊块不平的幽愤，慷慨悲歌，气若贯虹。

词人心史

刘克庄（1187—1269）初名灼，字潜夫，号后村居士，莆田（今属福建）后村（在今城关英龙街）人。以父荫入仕，曾任建阳、仙都县令，枢密院编修官。淳祐六年（1246）被理宗召见，称赞他"文名久著，史学尤精"，特赐同进士出身，除秘书少监兼国史编修官。度宗咸淳四年（1268）特授龙图阁学士，次年卒于故里，葬城北徐潭之原（在今城郊乡延寿村马坑）。有《后村大全集》一百九十六卷，词集《后村长短句》凡五卷。

克庄一生经历五朝，性格刚正，直言切谏，故多次入朝为官，却屡遭罢黜，郁郁难伸。三十八岁时，因所作《落梅》诗中有"东风谬掌花权柄，却忌孤高不主张"的句子，得罪权贵，废置十年。在江湖派诗人中，他是自出机杼的名家，其诗多讽喻南宋偏安政局，感叹国土沦丧，或申诉乱世人民身受征敛之苦，悲愤激烈。而作为辛派著名词人，其词亦多感慨时事，气象开阔，豪迈奔放，而含蓄精警不足，趋于散文化、议论化，未免失之粗豪。

品题

后村《别调》一卷，大约直致近俗，效稼轩而不及者。（杨慎《词品》卷五）

刘后村克庄有《满江红》十二首，悲壮激烈，有敲碎唾壶，旁若无人之意……升庵（杨慎）称其壮语足以立懦，信然。（李调元《雨村词话》卷三）

后村词与放翁、稼轩犹鼎三足，其生丁南渡，拳拳君国，似放翁；志在有为，不欲以词人自域，似稼轩。（冯煦《六十一家词选例言》）

张安国词，热肠郁思，可想见其为人。刘后村则感激豪宕，其词与安国相伯仲，去稼轩虽远，正不必让刘（过）、蒋（捷）。世人多好推刘、蒋，直以为稼轩后劲，何耶？（陈廷焯《白雨斋词话》卷一）

低吟/浩唱

沁园春

［北宋］苏轼

早行，马上寄子由。

孤馆灯青，野店鸡号，旅枕梦残。渐月华收练，晨霜耿耿，云

练，白色的帛。

耿耿，微明貌。

摛，铺开。

汿汿，露水多貌。

二陆，西晋诗人陆机、陆云兄弟。

唐杜甫《奉赠韦左丞丈二十二韵》中有"读书破万卷，下笔如有神""致君尧舜上，再使风俗淳"句。

《论语·述而》："用之则行，舍之则藏，惟我与尔有是夫。"

优游卒岁，语出《诗经·采菽》："悠哉悠哉，聊以卒岁。"

唐牛僧孺《席上赠刘梦得》诗有"休论世上升沉事，且斗尊前见在身"句。

山搞锦，朝露溥溥。世路无穷，劳生有限，似此区区长鲜欢。微吟罢，凭征鞍无语，往事千端。　　当时共客长安，似二陆初来俱少年。有笔头千字，胸中万卷，致君尧舜，此事何难。用舍由时，行藏在我，袖手何妨闲处看。身长健，但优游卒岁，且斗尊前。

这首行役词作于熙宁七年（1074）七月由杭州移守密州途中，是寄给其弟苏辙的。上片开篇绘声绘色地画出一幅凄清幽迥的早行图。词人触景生情，不禁生出许多人生感慨，千端往事涌上心头。下片追怀当年兄弟初到汴京才华飞扬横放、踌躇满志的情景，表明经历了崎岖世路、频频挫折后对得失荣辱的豁达态度。结尾三句与弟共勉，于旷达乐观中，仍能隐约地读出词人极意"致君尧舜"却素志难偿的惆怅与无奈。全词集写景、抒情、议论为一体，熔铸诗文经史入词，遣词命意，挥洒自如。

浮丘，浮丘公，古代传说中的仙人。

天都，即天都峰，黄山主峰之一，相传为天国神都，天帝会见众仙之地。

翠微，即翠微峰，为黄山三十六大峰之一。

沁园春　忆黄山

[南宋] 汪莘

三十六峰，三十六溪，长锁清秋。对孤峰绝顶，云烟竞秀，悬崖峭壁，瀑布争流。洞里桃花，仙家芝草，雪后春正取次游。曾亲见，是龙潭白昼，海涌潮头。　　当年黄帝浮丘，有玉枕玉床还在不。向天都月夜，遥闻凤管，翠微霜晓，仰盼龙楼。砂穴长红，丹炉已冷，安得灵方闻早修。谁知此，问源头白鹿，水畔青牛。

汪莘（1155—1227）字叔耕，号柳塘，休宁（今属安徽）人。曾诣阙三上书，论天变、人事、民穷、吏污之弊。中年后筑室柳溪，自号方壶居士，布衣而终。有《方壶存稿》八卷、《方壶诗馀》二卷。

词人早年曾屏居于黄山，这座名山的清奇灵秀、神姿仙态久已深深地刻在词人的记忆中，多少年之后仍萦绕在脑际，浮现于目

前，于是便写下了这首清丽秀逸无比之作。词中既写出黄山千峰竞秀、万壑争流的山水实景，又糅合虚幻动人的神话传说，虚实相生，情韵无穷。

沁园春　饯税巽甫

［南宋］李曾伯

唐人以处士辟幕府如石、温辈甚多。税君巽甫以命士来淮幕三年矣，略不能挽之以寸。巽甫虽安之，如某歉何！临别，赋《沁园春》以饯。

水北洛南，未尝无人，不同者时。赖交情兰臭，绸缪相好，宦情云薄，得失何知。夜观论兵，春原吊古，慷慨事功千载期。萧如也，料行囊如水，只有新诗。　　归兮归去来兮，我亦办征帆非晚归。正姑苏台畔，米廉酒好，吴松江上，莼嫩鱼肥。我住孤村，相连一水，载月不妨时过之。长亭路，又何须回首，折柳依依。

这首送别词作于淮东制置使兼知扬州任上，以自然流畅的笔调表达了与友人税巽甫惜别的缱绻情思、对友人才不得用的无奈和歉疚，以及自己归隐之志向。

沁园春

［南宋］辛弃疾

将止酒，戒酒杯使勿近。

杯汝来前，老子今朝，点检形骸。甚长年抱渴，咽如焦釜，于

李曾伯《可斋续稿》书影

李曾伯字长孺，号可斋，原籍覃怀（今属河南），寓居嘉兴。累官湖南安抚大使兼知潭州，移治静江。素知兵，所至有治绩。有《可斋类稿》。

兰臭，见《易经》的"同心之言，其臭如兰"，谓其气味相投。

绸缪，见《文选·汉高祖功臣颂》的"绸缪睿后，无竞惟人"，言亲密貌。

清石涛《黄山图卷》（局部），为其屡游黄山神会之作，描绘黄山奇峰峭壁、云海奇观。笔意恣纵，淋漓洒脱，大气磅礴，奇险中兼饶秀润。日本京都泉屋博古馆藏

刘伶，西晋人，竹林七贤之一。《世说新语·文学第四》注引《名士传》："（刘）伶字伯伦，沛郡人。肆意放荡，以宇宙为狭。常乘鹿车，携一壶酒，使人荷锸随之，云：'死便掘地以埋。'土木形骸，遨游一世。"

合，应。

成言，说好，约定。

肆，古代死刑后陈尸示众叫肆，这里作处分、惩治解。

今喜睡，气似奔雷。汝说刘伶，古今达者，醉后何妨死便埋。浑如此，叹汝于知己，真少恩哉。　　更凭歌舞为媒。算合作、人间鸩毒猜。况怨无小大，生于所爱，物无美恶，过则为灾。与汝成言，勿留亟退，吾力犹能肆汝杯。杯再拜，道麾之即去，招亦须来。

这首词作于庆元二年（1196），家居上饶、铅山之际。自绍熙五年（1194）秋，词人被罢福州知府兼福建路安抚使，两年之内，四挂弹章，平生职名，褫夺净尽，只得无奈地将一腔沉忧郁愤消解于萧闲放旷的田园生活中，借词以陶写胸中之块垒，遂有此等戒酒叱杯的奇趣之作。词题就旁逸斜出，似乎病酒不怪自己贪杯，倒怪酒杯紧跟自己，从而将酒杯人格化，为词安排了一主（老子）一仆（杯）两个角色，居高临下，展开一场妙趣横生的对话，宛然一出短小精湛的滑稽戏，而于纵性放诞中蕴藏着词人内心无限的苦涩。全篇引赋法入词，传情达意却愈见自由挥洒，别饶风趣，堪称词史上别树一帜之作，为后世词人开启了无数法门。

参读

余既以太初名石，且为记。客曰："虽命之，不可无号，号所以贵之也。"乃以己意，号之曰"苍然"。余复援稼轩例，作乐府《沁园春》一首，改名曰《苍然吟》，附于记后。

石汝来前，号汝苍然，名之太初。问太初而上，还能记否，苍然于此，为复何如。偃蹇难亲，昂藏不已，无乃于予太简乎。须臾便、唤一庭风雨，万窍号呼。　　依稀似道狂夫。在一气何分我与渠。但君才见我，奇形怪状，我先知子，冷淡清虚。撑拄黄垆，庄严绣水，攘斥红尘力有余。今何许，倚长风三叫，对此魁梧。——元刘敏中《沁园春》作于延祐五年（1318），以亦庄亦谐的人石对话，抒写词人与太初之石的默契及神会，对世界、人生的感悟，投射其一生行迹襟抱，奇思满篇，心语交通，豪迈高爽，洵为元词上品。

岛佛祭诗，艳传千古。八百年来，未有为词修祀事者。今年辛峰来京度岁，倡酬之乐，雅擅一时。因于除夕，陈词以祭，谱此迎神，而以送神之曲属吾弟焉。

　　词汝来前，酹汝一杯，汝敬听之。念百年歌哭，谁知我者，千秋沉瀽，若有人兮。芒角撑肠，清寒入骨，底事穷人独坐诗。空中语，问绮情忏否，几度然疑。　　玉梅冷缀苔枝，似笑我、吟魂荡不支。叹春江花月，竞传宫体，楚山云雨，枉托微词。画虎文章，屠龙事业，凄绝商歌入破时。长安陌，听喧阗箫鼓，良夜何其。——清王鹏运《沁园春》以酒为祭作邀，直呼词来恭敬地听取自己的倾诉之辞，并借这一倾诉，塑造了自己孤傲耿介、清寒入骨而柔情难消的寂寞不遇者的形象。同时回眸自己学词的经历，表达自己治词心得，实质乃在于推尊词体。其姊妹篇《沁园春·代词答》反对卑视词格，主张词可以抒写词人真情实感。这二首不仅为晚清词苑名篇，在学辛词"止酒"之系列作品中，允当推为翘楚。

沁园春

[南宋] 辛弃疾

　　灵山齐庵赋，时筑偃湖未成。

　　叠嶂西驰，万马回旋，众山欲东。正惊湍直下，跳珠倒溅，小桥横截，缺月初弓。老合投闲，天教多事，检校长身十万松。吾庐小，在龙蛇影外，风雨声中。　　争先见面重重，看爽气、朝来三数峰。似谢家子弟，衣冠磊落，相如庭户，车骑雍容。我觉其间，雄深雅健，如对文章太史公。新堤路，问偃湖何日，烟水濛濛。

　　这首词作于宁宗庆元二年（1196）前后，时词人乡居江西上饶带湖之滨。上片以白描手法由远及近，由大到小，层层铺叙出灵山雄奇、壮美的景色。在十万长松中筑庐而居、投闲置散的词人，面对这飞动排宕、生气凛然的山水画境，胸中块垒能不勃然触发？但一切皆在不言中。下片一反上片的写山之"形"，连用三个立意别致、构思奇特的比喻——如谢家子弟的衣冠，司马相如的车骑，太史公的文章，写出山之"神"：磊落、雍容、雄深、雅健。结末似问非问，景中见情，笔致空灵，微妙入神。全词写景形神俱现，盎然有趣；用典取事，驱遣自然；气格浑雄而又雍容闲肆，正是其英雄气质、学养襟抱的生动写照。

梅花傲雪偏绕吟魂　清吴兆杰

灵山，在江西上饶境内，有奇美山峰七十二座。

明张路《诗人觅句图》。美国明尼阿波利斯美术馆藏

沁园春　张路分秋阅作

[南宋]刘过

万马不嘶,一声寒角,令行柳营。见秋原如掌,枪刀突出,星驰铁骑,阵势纵横。人在油幢,戎韬总制,羽扇从容裘带轻。君知否,是山西将种,曾系诗盟。　　龙蛇纸上飞腾,看落笔、四筵风雨惊。便尘沙出塞,封侯万里,印金如斗,未惬平生。拂拭腰间,吹毛剑在,不斩楼兰心不平。归来晚,听随军鼓吹,已带边声。

宁宗初韩侂胄当权,锐意北伐,一雪亡国之耻。一时间抗金志士们欢欣鼓舞跃跃欲试。这首词以军事演习("秋阅")为背景,以演兵场上"枪刀突出,星驰铁骑,阵势纵横"的惊心动魄、扣人心弦的场面作烘托,生动地描绘出一位胆略、气魄、才干过人的统帅形象,而词人期待及早举兵北伐之迫切心情昭然若揭。全词气势凌厉,激情迸发,直抒胸臆,撼人心魄。

沁园春　读《史记》有感

[南宋]程珌

试课阳坡,春后添栽,多少杉松。正桃坞昼浓,云溪风软,从容延叩,太史丞公。底事越人,见垣一壁,比过秦关遽失瞳。江神吏,灵能脱罟,不发卫平蒙。　　休言唐举无功,更休笑、丘轲自厄穷。算汨罗醒处,元来醉里,真教假孟,毕竟谁封。太史亡言,床头酿熟,人在晴岚烟霭中。新堤路,喜樛枝鳞角,天矫苍龙。

词人立朝以经时济世自任,拳拳于国计民瘼,然其晚年因受奸相史弥远猜忌,处处受制于人,故屡请致仕。这首词思接千载,借读史叩问司马迁,倾吐自己的满腹牢骚,同时又在和谐的大自然中消解自己的精神苦闷,开拓胸襟。全词笔势灵动飞舞,思致婉曲绵邈,读来耳目一新。

沁园春

[南宋]陈人杰

予弱冠之年,随牒江东漕闱,尝与友人暇日命酒层楼。不惟钟阜、石城之胜班班在目,而平淮如席,亦横陈樽俎间。既而北历淮山,自齐安溯江泛湖,薄游巴陵,又得登岳阳楼,以尽荆州之伟观。孙、刘虎视,遗迹依然;山川草木,差强人意。泊回京师,日诣丰

路分,即路分都监,为宋代路一级的军事长官。张路分,担任路分都监官职之张姓者。

古代军队常于秋天演习,由长官检阅,故称"秋阅"。

油幢,油幕军帐。

戎韬总制,按兵法统御万马千军。

山西将种,古人认为华山以西是出将才之地。

越人,秦越人,即名医扁鹊。见《史记》卷一百零五。

江神吏,事见《史记》卷一百二十八。

唐举,相士,曾相蔡泽。见《史记》卷七十九。

丘轲,孔子和孟子。见《史记》卷四十七及卷七十四。

汨罗,指屈原。见《史记》卷八十四。

敖,孙叔敖。孟,优孟。见《史记》卷一百二十六。

程珌(1165—1242)字怀古,号洺水遗民,安徽休宁人。绍熙进士。官至端明殿学士。有《洺水词》一卷。

乐楼以观西湖。因诵友为"东南妩媚，雌了男儿"之句，叹息者久之。酒酣，大书东壁，以写胸中之勃郁。时嘉熙庚子秋季下浣也。

　　记上层楼，与岳阳楼，酾酒赋诗。望长山远水，荆州形胜，夕阳枯木，六代兴衰。扶起仲谋，唤回玄德，笑杀景升豚犬儿。归来也，对西湖叹息，是梦耶非。　　诸君傅粉涂脂，问南北战争都不知。恨孤山霜重，梅凋老叶，平堤雨急，柳泣残丝。玉垒腾烟，珠淮飞浪，万里腥风送鼓鼙。原夫辈，算事今如此，安用毛锥。

　　这首词作于理宗嘉熙四年（1240）九月下旬，醉书于都城临安丰乐楼东壁之上。其时元兵压境，万里前线，一派腥风；鼓鼙之声，不绝于耳，国势危殆已极。但君臣上下仍沉溺于文恬武嬉、歌舞湖山，颠顿苟安。词人五内如焚，登临之际，怀古慨今，对于萎靡的政风、士风，中怀郁怒、愤激，最后发为绝望的悲呼。全词不假雕饰，感情激越，格调苍凉悲壮。

沁园春　送春

[南宋] 刘辰翁

　　春汝归欤，风雨蔽江，烟尘暗天。况雁门阨塞，龙沙渺莽，东连吴会，西至秦川。芳草迷津，飞花拥道，小为蓬壶借百年。江南好，问夫君何事，不少流连。　　江南正是堪怜，但满眼杨花化白毡。看兔葵燕麦，华清宫里，蜂黄蝶粉，凝碧池边。我已无家，君归何里，中路徘徊七宝鞭。风回处，寄一声珍重，两地潸然。

　　这是一首悲悼故国的送春苦调，其拟人手法显然学自辛词。宋室沦亡，山河变色，词人心中的痛楚与悲怆耿耿难消，无以言表，只能向"春"倾诉。春天里本应是处处生机勃勃、繁花似锦，但词人眼中，故国却只是一片颓败荒凉。"我已无家，君归何里？"俱是天涯沦落者，只有无奈地"寄一声珍重"，却也止不住"两地潸然"。真可谓沉哀入骨，催人泪下！

　　送春去，春去人间无路。秋千外，芳草连天，谁遣风沙暗南浦。依依甚意绪，谩忆海门飞絮。乱鸦过，斗转城荒，不见来时试灯处。　　春去最谁苦。但箭雁沉边，梁燕无主。杜鹃声里长门暮。想玉树凋土，泪盘如露。咸阳送客屡回顾，斜日未能度。

玄德，刘备之字。

景升，刘表之字。豚犬儿，指其子刘琮。

原夫辈，忙于从事科考追逐功名的士子。

陈人杰（1218—1243）字刚夫，号龟峰，长乐（今属福建）人。有《龟峰词》，全用《沁园春》调，抒发忧国伤时的沉痛心情，激壮悲凉，笔力豪纵，词风近辛弃疾。

雁门，即雁门关，长城关隘，今山西之北，古为晋北交通及军事要地。

龙沙，《后汉书》卷四十七："定远慷慨，专功西遐，坦步葱雪，咫尺龙沙。"李贤注云："葱岭、雪山、白龙堆，沙漠也。"后以指塞外沙漠之地。

神话渤海三仙山，有方丈、瀛洲、蓬莱。蓬莱又称蓬壶。蓬音彭。

兔葵，即葵菜。燕麦即野麦。

凝碧池，在唐朝东都洛阳。天宝十五年（756）安禄山叛军攻陷长安，曾大会凝碧池，逼使梨园弟子为他奏乐。

唐宋时女子以黄色妆料涂额，谓之蜂黄。蝶粉亦为宫妆。

七宝鞭，以多种珍宝为饰的马鞭。晋明帝用七宝鞭迷惑敌人，仓皇逃脱。

春去尚来否。正江令恨别，庾信愁赋。苏堤尽日风和雨。叹神游故国，花记前度。人生流落，顾孺子，共夜语。——刘辰翁《兰陵王·丙子送春》沉痛悼惜当年（宋恭帝德祐二年丙子，1276）二月临安陷落，宗社沦亡，凄绝哀怨。陈廷焯谓此首"题是送春，词是悲宋。曲折说来，有多少眼泪"（《云韶集》卷九）。

沁园春

[南宋] 刘将孙

大桥名清江桥，在樟镇十里许，有无闻翁赋《沁园春》《满庭芳》二阕，书避乱所见女子，末有"埋冤姐姐，衔恨婆婆"，语极俚。后有螺川杨氏和二首，又自序杨嫁罗，丙子暮春，自涪翁亭下舟行，追骑迫，间逃入山，卒不免于驱掠。行三日，经此桥，睹无闻二词，以为特未见其苦，乃和于壁。复云"观者毋谓弄笔墨非好人家儿女"。此词虽俚，谅当近情，而首及权奸误国。又云"便归去，懒东涂西抹，学少年婆"，又云"错应谁铸"，皆追记往日之事，甚可哀也。因念南北之交，若此何限，心常痛之。适触于目，因其调为赋一词，悉叙其意，辞不足而情有余悲矣。

流水断桥，坏壁春风，一曲韦娘。记宰相开元，弄权疮痏，全家骆谷，追骑仓皇。彩凤随鸦，琼奴失意，可似人间白面郎。知他是，燕南牧马，塞北驱羊。　　啼痕自诉衷肠，尚把笔低徊愧下堂。叹国手无棋，危涂何策，书窗如梦，世路方长。青冢琵琶，穹庐笳拍，未比渠侬泪万行。二十载，竟何时委玉，何地埋香。

据词序，这首词当作于元元贞二年（1296），上距宋端宗景炎元年丙子（1276）元兵攻陷临安（今浙江杭州），江南大被劫掠，已二十年。词人噭栝清江桥上无闻翁与杨氏女子题壁词词意，为赋此词，以写其家国沦亡之血泪哀恸。词中描绘了当年一群弱女子被元军掳掠、蹂躏的惨状，对下层人民的悲苦命运寄予深切的同情，而对权臣擅权误国痛予谴责。全词自胸臆流出，凄切悱恻，结末语尤沉痛。

参读

我生不辰，逢此百罹，况乎乱离。奈恶因缘到，不夫不主，被擒捉去，为妾为妻。父母公姑，弟兄姊妹，流落不知东与西。心中事，把家书写下，分付伊谁。　　越人北向燕支，回首望、雁峰天一

刘将孙（1257—？）字尚友，庐陵（今江西吉安）人，刘辰翁之子。曾任邵武路光泽县主簿。《彊村丛书》辑有《养吾斋诗馀》一卷。其词多感怀故国，感情真挚饱满，风格沉郁苍凉，洵为宋末辛派词人之后劲。

清江桥，在江西樟树市，为交通要冲。

韦娘，即杜韦娘，唐歌女名，后为唐教坊曲名。

宰相开元，李林甫为开元时宰相，专权误国。这里借指南宋末宰相贾似道。

疮痏，创伤，此比喻战乱带来的民生疾苦。

骆谷，在今陕西周至西南。谷长四百余里，为关中与汉中间的交通要道。安史乱作，人民仓皇避兵，杜甫《绝句》云："二十一家同入蜀，唯残一人出骆谷。"

国手，经国之手，即宰相。贾似道治国无策，又专制权势，以致误国害民。

青冢，昭君之墓。王昭君远嫁匈奴，常以琵琶抒忧思。

穹庐笳拍，即《胡笳十八拍》。蔡文姬被掳入匈奴，作此曲以抒愁怨。

涯。奈翠鬟云软，笠儿怎带，柳腰春细，马性难骑。缺月疏桐，淡烟衰草，对此如何不泪垂。君知否，我生于何处，死亦魂归。——据宋末元初人韦居安《梅涧诗话》卷下记载，南宋末雁峰人刘氏，被元兵掳去，行至途中，书《沁园春》一词于长兴（今浙江北部）酒库之前，泣诉国破家亡、被敌擒掠的悲惨命运，"语意慷慨"，声调惨然，乃是丧乱中以血泪凝结而成的时代哀音，故"见者为之伤心"。

沁园春　西岩三涧

[南宋] 刘子寰

云壑泉泓，小者如杯，大者如罂。更石筵平莹，宽容数客，淙流回激，环绕飞觥。三涧交流，两岸悬瀑，捣雪飞霜落翠屏。经行处，有丹荄碧草，古木苍藤。　　徘徊却倚山楹，笑山水娱人若有情。见傍回侧转，峰峦叠叠，欲穷还有，岩谷层层。仰视云间，茅茨鸡犬，疑是仙家来避秦。青林表，望烟霞缥缈，隐隐鸾笙。

这首山水游记词以极为轻灵的笔调，描绘西岩三涧泉流飞瀑、峰岭横逸、烟霞幻异的仙境一般的风光，抒发词人闲逸情怀，并隐约透露其不满战乱，向往和平安定生活的意绪。用语浅近不俗，生动流转，韵致悠然。

沁园春　垦田东城

[元] 许衡

月下檐西，日出篱东，晓枕睡余。唤老妻忙起，晨餐供具，新炊藜糁，旧腌盐蔬。饱后安排，城边垦剧，要占苍烟十亩居。闲谈

金太古遗民《江山行旅图》（局部），全景式地展现出一幅气势恢宏的北方山水场景。所绘山川连绵起伏、雄浑峻厚；水关村寺，行旅归樵，相映成趣，处处引人入胜，气度疏秀。美国纳尔逊-阿特金斯艺术博物馆藏

刘子寰字圻父，号篁栗翁，建阳（今属福建）人，居麻沙。嘉定进士。曾问学于朱熹。工诗词。

蔡，一名灰草，嫩叶可食。糁，以米和羹。

垦剧，垦荒。

骄蹇，傲慢。

许衡像

许衡（1209—1281）字仲平，祖籍怀州河内，生于新郑城西阳缓里（今河南新郑辛店镇许岗村）。累官中书左丞、集贤大学士兼国子祭酒。精通天文、历算。有《鲁斋遗书》，词存四首。

明唐寅《茅屋蒲团图》（局部），绘茅草小亭内一儒士端坐蒲团之上，似是读书，又或参禅，神志静穆闲适。亭前一小石桥与外界连接，桥上一童子持书侍立。此图刻画儒士徘徊于入世与出世的隐逸情怀。辽宁省博物馆藏

许有壬（1286—1364）字可用，彰德汤阴（今属河南）人。延祐进士。官至集贤大学士、中书左丞。其词多写身世荣枯，颇具"北宗风范"与"儒雅气象"。有《至正集》《圭塘小稿》。

闽关，福建泉州南蒲城北有梨关。闽关当指此。

张埜字野夫，河北邯郸人。入元官翰林学士，词格清朗。有《古山乐府》。

里，把从前荒秽，一旦驱除。　为农换却为儒，任人笑、谋身拙更迁。念老来生业，无他长技，欲期安稳，敢避崎岖。达士声名，贵家骄蹇，此好胸中一点无。欢然处，有膝前儿女，几上诗书。

词人晚年不满朝政，遂称病老，退居乡里。这首词当作于其退归之后。上片将清苦却闲适惬意的躬耕生活娓娓道来，充溢着一股浓烈的泥土气息；下片着重自剖心迹，拈出天伦之乐与诗书自娱，见出其不务虚名、不矜权势，潇洒出尘的襟怀。不过词中于恬淡旷达中又隐隐渗出一丝苦味来。词人饱读诗书，以天下为己任，归隐田园情非得已，在吟唱高蹈情怀时反倒露出了其内心的凄凉。

沁园春　寿同馆虎贲百夫长邓仁甫

[元] 许有壬

十载炎方，同饮汉江，同为转蓬。恨寻常会面，当年无分，三千余里，此地相逢。宇宙英奇，幽并慷慨，肯事区区笔砚中。男儿志，要长枪大剑，谈笑成功。　辕门醉卧秋风，看落日旌旗掩映红。爱朔云边雪，一声寒角，平沙细草，几点飞鸿。湖海情怀，金兰气谊，莫惜琼杯到手空。君知否，怕明朝回首，渭北江东。

这首词不落窠臼，超脱俗境，与其说是寿友词，不如说是一首别情词，抒写的是男儿一腔豪情和朋友的宛转惜别之情。笔势汪洋恣肆，一气贯注。"'幽并慷慨''湖海情怀'云云，几有握爪透掌之势"，"于豪纵中见沉着，痛快中见悲凉，愈见其性情之深厚"（夏承焘《金元明清词选》）。

沁园春　泉南作

[元] 张埜

自入闽关，形势山川，天开两边。见长溪漱玉，千瓴倒建，群峰泼黛，万马回旋。石磴盘空，天梯架壑，驿骑蹒跚鞭不前。心无那，恰鹧鸪声里，又听啼鹃。　区区仕宦谁怜，道有志从来铁石坚。但长存一片，忠肝义胆，何愁半点，瘴雨蛮烟。尽卷南溟，不供杯杓，得遂斯游岂偶然。天公意，要淋漓醉墨，海外流传。

这首行旅词奇情壮采，上片一气挥洒，纵笔描绘泉南山川形胜之雄秀奇险，感叹入闽旅途险阻难行，令人心生惆怅哀伤；下片转写知难而进，一心报国为民，不以险恶环境为意的豁达豪迈情怀。

结末语极豪壮，尤觉雄健有力，有十荡十决不
可抑勒之势，读来令人激奋。

沁园春　观潮

[清] 吴伟业

　　八月奔涛，千尺崔嵬，砉然欲惊。似灵妃
顾笑，神鱼进舞，冯夷击鼓，白马来迎。伍相
鸱夷，钱王羽箭，怒气强于十万兵。峥嵘甚，
讶雪山中断，银汉西倾。　　孤舟铁笛风清，
待万里、乘槎问客星。叹鲸鲵未翦，戈船满
岸，蟾蜍正吐，歌管倾城。狎浪儿童，横江士
女，笑指渔翁一叶轻。谁知道，是观潮枚叟，
论水庄生。

　　这首词描绘杭州钱塘江大潮撼人心魄的壮
景，并自抒怀抱。上片写观潮所见之景，豪放
雄奇。起首三句排空而来，落笔心惊。"似"
字领起，连设九喻，形容潮之形、声、势，恢
弘奇诡，气势飞动，有声有色。下片感伤时
事，沉郁婉致。以一缕笛声起兴，笔势骤缓，
驰骋想象，生出"乘槎"遥至天河、问津仙境
的缥缈之思。但一个"叹"字又将思绪跌落于
现实之中。强敌未除，战船满岸，可倾城歌
舞，宴安逸乐，深可慨叹。结末以观潮之枚乘
和论水之庄子自喻，发人深思。全词想象新颖
奇特，用典自然活脱。

参读

　　长忆观潮，满郭人争江上望，来疑沧海
尽成空，万面鼓声中。　　弄潮儿向涛头立，
手把红旗旗不湿。别来几向梦中看，梦觉尚心
寒。——宋潘阆《酒泉子》描绘钱江潮涌的壮

清石涛《狂壑晴岚图》，绘峻峰耸立，溪流蜿蜒，云雾
中开。高士聚此，走笔吟啸，吞吐万象。南京博物院藏

清袁江《观潮图》（局部），描绘钱塘江大潮汹涌壮阔的景象。故宫博物院藏

美和弄潮儿的骁勇矫健，气势豪迈，雄浑奔放，堪称"古今咏潮诗第一"。

　　漫漫平沙走白虹，瑶台失手玉杯空。晴天摇动清江底，晚日浮沉急浪中。——宋陈师道《十七日观潮三首》之三

　　海色雨中开，飞涛江上台。声驱千骑疾，气卷万山来。绝岸愁倾覆，轻舟故溯洄。鸱夷有遗恨，终古使人哀。——清施闰章《钱塘观潮》

沁园春

[清] 陈维崧

题徐渭文《钟山梅花图》，同云臣、南耕、京少赋。

　　十万琼枝，娇若银虬，翩如玉鲸。正因不胜烟，香浮南内，娇偏怯雨，影落西清。夹岸亭台，接天歌板，十四楼中乐太平。谁争赏，有珠珰贵戚，玉佩公卿。　　如今潮打孤城，只商女船头月自明。叹一夜啼乌，落花有恨，五陵石马，流水无声。寻去疑无，看来似梦，一幅生绡泪写成。携此卷，伴水天闲话，江海余生。

　　虽已身处渐趋盛世的康熙朝，但家国之痛、幻灭之怨、压抑之悲仍在词人心中挥之不去。康熙十年（1671）间，词人的同乡挚友徐元珫（字渭文）游南京，实则有一吊故国之意，归来作《钟山梅花图》，旋即在阳羡词人中引发强烈的共鸣，群起题咏殆遍，而词人此阕尤为翘楚。上片极写梅花之娇洁与往昔赏梅季节歌舞升平冠盖云集的盛况，深含一种对"珠珰贵戚，玉佩公卿"们"十四楼中乐太平"的逸乐亡国的怨愤；下片词笔从石头城边、秦淮河上推向钟山畔、孝陵前，描写梅花落后、南明亡后钟山、孝陵一带的凄凉景象，抒露故国沦亡，今日"泪写成"之哀痛。词情几番折叠，画中梅花亦真亦幻、真幻难分，往昔与如今、想象与现实两相错杂，构思极缜密，故陈廷焯有"情词兼胜，骨韵都高，几合苏、辛、

　　灵妃，指水神。

　　冯夷，水神名。

　　伍相，伍子胥。越王勾践请和，子胥极力劝谏，触怒夫差，被迫自杀，其尸盛入鸱夷（皮囊）中，投入钱塘江。其怒气化而为潮，日夜奔腾咆哮不已。

　　钱王羽箭，五代十国时吴越王钱镠曾筑海堤以遏大潮，令人造三千羽箭、携五百强弩，射压潮头。

　　乘槎，典出张华《博物志》。

　　观潮枚叟，指汉朝枚乘，济世而不得，而写《七发》，文中有描写江潮一节。

　　论水庄生，指庄周，主张无为而治，曾写《秋水》篇。

　　每年农历八月十七日、十八日，钱塘江口形成涌潮，高达数米的波涛，直立江面，气势磅礴，被誉为"壮观天下无"的一大胜景。

周、姜为一手"（《白雨斋词话》卷三）之评。全词低回掩抑，沉郁悲凉，又与其雄劲苍茫、激昂霸悍之作颇为不同。

沁园春　黄鹤楼

[清] 史惟圆

万里澄波，汉耶江耶，登临快哉。有晴云舒卷，层层楼迥，雄风披拂，面面窗开。作赋祢生，题诗崔颢，占得人间几许才。都休问，怕苍茫吊古，触绪生哀。　仙踪一去难回，任几度、人民换劫灰。看东连吴会，寒潮断岸，西邻巫峡，暮雨荒台。倚槛多时，凭阑竟日，玉笛何人又《落梅》。斜阳外，望凌空孤鹤，为我重来。

自从唐代诗人崔颢登临写下一首千古流传的名作《黄鹤楼》以来，真不知有多少诗人骚客对此古楼兴发心绪与感慨。词人早年也曾怀抱素志，"便欲请缨天阙"，"亦思有所建立"，但一生潦倒。这首登临之作亦是将个人际遇融入人世沧桑，在写景和吊古中摅写自己内心的隐痛，慨叹世事更迭、王朝兴替给百姓带来的灾难。结末望仙鹤重来，对未来仍寄予希望。

参读

昔人已乘黄鹤去，此地空余黄鹤楼。黄鹤一去不复返，白云千载空悠悠。晴川历历汉阳树，芳草萋萋鹦鹉洲。日暮乡关何处是，烟波江上使人愁。——唐崔颢《黄鹤楼》

一为迁客去长沙，西望长安不见家。黄鹤楼中吹玉笛，江城五月落梅花。——唐李白《与史郎中钦听黄鹤楼上吹笛》

茫茫九派流中国，沉沉一线穿南北。烟雨莽苍苍，龟蛇锁大江。　黄鹤知何去？剩有游人处。把酒酹滔滔，心潮逐浪高。——毛泽东《菩萨蛮·黄鹤楼》

元夏永《黄鹤楼图》，绘巍峨的楼阁融于浩渺旷远的自然景观中，一鹤凌空飞去。用笔极为精细，堪称界画精品。云南省博物馆藏

南内，古代宫禁称大内。此指明南京宫城。

西清，皇宫中游宴处。

十四楼，明南京官伎所居。

"潮打"句用唐刘禹锡《石头城》"潮打空城寂寞回"诗意。

"商女"句用唐杜牧《泊秦淮》"商女不知亡国恨，隔江犹唱后庭花"诗意。

五陵，指西汉五位皇帝的陵墓，此指明太祖孝陵。

史惟圆字云臣，号蝶庵，又号荆水钓客，江苏宜兴人。以隐逸终老。为阳羡词派健将。词风前期清隽，后期恢奇狂逸。著有《蝶庵词》。

烟波江上　王福庵

邵圃瓜，即东陵瓜。邵平，秦故东陵侯，秦亡后，为布衣种瓜长安城东青门外，瓜味甜美，时人谓之"东陵瓜"。后世因以"邵平瓜"美称退官之人的瓜田。

傅世垚字宾石，河南汝阳人。曾知四川资中县，不久即厌弃宦途而告归。其词"以爽腾越见长，具有一种郁怒与冷峻相济，凄清时见放逸的特点"（严迪昌《清词史》）。

红雨，指桃花。

灵飙，灵风。这里指梦中爱妻飘忽之身影。

东汉荀彧，曾守尚书令，坐处生香，世称"荀令香""荀令衣香"。又其孙荀粲与妇至笃，年二十九悼亡，哀恸不已，逾年亦卒。这里合其祖孙二事为一，以写一己之哀。

邻笛，晋向秀经亡友嵇康山阳故居听到邻人吹笛，笛声凄婉，感音而叹，作《思旧赋》。

沁园春

[清] 傅世垚

检点行藏，漫劳弹铗，出也无车。算殷勤惟有，夕阳红树，会心都在，衰草流霞。燉慰晨昏，琴随左右，九折羊肠兴未奢。看不尽、那牛羊村落，秫黍田家。　　萧萧短褐天涯，笑点染西风雪渐加。纵连云石磴，漫劳躞蹀，拍天孤浪，渐愧乘槎。来则须来，去耶何去，博得荒凉邵圃瓜。都付与，这匆匆寒月，瑟瑟黄花。

词人旅食四方，风尘仆仆奔走于利禄之途，郁塞愤懑无从发舒，唯有醉心于大自然，栖止瓜架豆棚之下寻求得精神上的解脱和心灵的安宁。结拍有无限感慨在。

参读

此地曾经争战，土人传说，三载之前。白骨青磷，遍野膏血尚红艳。败垣中，都无砧杵，乱茅里，犹有狼烟。最伤心，乌鸢日暮，狐兔林边。　　堪怜，遗黎几个，无家栖止，窟穴颠连。更苦凉闺有梦，新鬼抱星眠。痛沙场、京观万垒，问骷髅、牙齿千年。况西风，又吹残角，送入重泉。——傅世垚《玉蝴蝶·益门镇有感》以白描的手法，重现了宝鸡县战后一片"白骨狼烟"、惨绝人寰的荒凉景象，字里行间透露出词人痛泣民生的深情，读后令人鼻酸。

沁园春

[清] 纳兰性德

丁巳重阳前三日，梦亡妇淡妆素服，执手哽咽，语多不复能记，但临别有云："衔恨愿为天上月，年年犹得向郎圆。"妇素未工诗，不知何以得此也？觉后感赋。

瞬息浮生，薄命如斯，低徊怎忘。记绣榻闲时，并吹红雨，雕阑曲处，同倚斜阳。梦好难留，诗残莫续，赢得更深哭一场。遗容在，只灵飙一转，未许端详。　　重寻碧落茫茫，料短发、朝来定有霜。便人间天上，尘缘未断，春花秋月，触绪还伤。欲结绸缪，翻惊摇落，减尽荀衣昨日香。真无奈，倩声声邻笛，谱出回肠。

这首词作于康熙十六年（1677）九月。词人爱妻卢氏殁于当年五月三十日，至重阳前三日，尚未满百日之期，衾枕犹温。终日沉浸于思念亡妻的哀痛之中的词人，终于感而得梦，梦中相见，喜极而泣，执手凝咽，自有说不完的殷殷情话。无奈短梦成空，灵飙一转的梦遇反而勾起更深的悲伤、恨憾和无穷的思念。词人大恸难禁，赋下这首声泪俱随、沉哀入骨的词作。上片以低婉的叹息起笔，写出对卢氏的一往深情。接着更以往日夫妻恩爱情形反衬今日永别的苦情。下片再进一步刻画重寻梦境，而茫茫碧落寻而不得的痴苦。全篇充满着溢自肺腑的真情，用语直白而有低回深婉之致，而其缠绵恻怆、至情至性，堪与苏轼的《江城子》记梦词比美。

参读

此恨何时已。滴空阶、寒更雨歇，葬花天气。三载悠悠魂梦杳，是梦久应醒矣。料也觉、人间无味。不及夜台尘土隔，冷清清、一片埋愁地。钗钿约，竟抛弃。　　重泉若有双鱼寄，好知他、年来苦乐，与谁相倚。我自终宵成转侧，忍听湘弦重理。待结个、他生知己。还怕两人俱薄命，再缘悭、剩月零风里。清泪尽，纸灰起。——纳兰性德《金缕曲·亡妇忌日，有感》，通过对妻子死后孤魂无依的关切，以及期待来生再结姻缘的痴想，寄托无时或忘的哀伤痛悼之情，极凄惋之至，令人不忍卒读。严迪昌先生谓此词纯是一段痴情裹缠、血泪交溢的超越时空的内心独白语，在纳兰性德悼亡作品中，"情伤肠断、语痴入骨"的最数这一首。

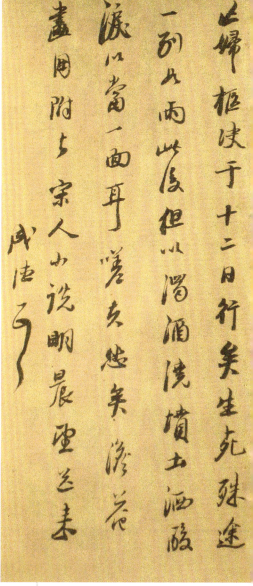

纳兰性德《致张纯修书简》，告移亡妇柩。寸断肝肠，感人至深

沁园春　恨

[清] 郑燮

花亦无知，月亦无聊，酒亦无灵。把天桃斫断，煞他风景，鹦哥煮熟，佐我杯羹。焚砚烧书，椎琴裂画，毁尽文章抹尽名。荥阳郑，有慕歌家世，乞食风情。　　单寒骨相难更，笑席帽青衫太瘦生。看蓬门秋草，年年破巷，疏窗细雨，夜夜孤灯。难道天公，还钳恨口，不许长吁一两声。颠狂甚，取乌丝百幅，细写凄清。

词人于雍正十年（1732）中举，时为四十岁。这首词当作于中举之前落魄时。上片以极端性的反语尽情倾泻对是非颠倒、美丑不分、贤愚错勘的世道的激愤，下片转写穷困潦倒的处境，并悲愤地

荥阳郑，荥阳为郑氏郡望。用唐白行简《李娃传》故事。

骨相，相术之一种。通过观察人的骨骼形貌推论人的命和性。

太瘦生，即太瘦。生，语助词。

郑燮像

郑燮（1693—1765）字克柔，号板桥，扬州兴化（今江苏泰州）人。乾隆进士。初授范县知县，改调潍县。诗、书、画三绝，为"扬州八怪"之一。严迪昌谓其词或辛辣锋锐，亦庄亦谐；或快笔放言，语浅情深。有《郑板桥集》，《板桥词钞》收在集中。

黄薑苦笋，粗恶的饭食。

邓，指东汉邓禹。协助刘秀建东汉，年二十四拜大司徒。拜衮，拜官。

周，指三国时吴国周瑜。

轰阗，形容众声喧闹。

么么，微小，微不足道之物。
而公，你老子，自倨之辞。

祢衡，东汉人。作《鹦鹉赋》，抒写才士失志之悲。后被黄祖杀害。

喧豗，哄闹声。

虹竿，李白尝自称海上钓鳌客，以虹蜺为竿，以明月为钩。词中借用此语，谓雨过天晴，飞蚊灭迹。

黄位清（1774—？）字瀛波，号春帆，广东番禺人。道光元年（1821）举人。官国子监学录。有《松风阁词钞》。

发出对当时森严的迫害士人精神的文网必欲冲决而后快的呐喊。通首一气直下，沉着痛快，直撼血性，道出了古往今来所有备受压抑渴望自由的人的共同心声。清查礼谓此词"风神豪迈，气势空灵，直逼古人"（《铜鼓书堂词话》）。

沁园春

[清] 黄景仁

壬辰生日自寿时年二十四。

苍苍者天，生我何为，令人慨慷。叹其年难及，丁时已过，一寒至此，辛味都尝。似水才名，如烟好梦，断尽黄薑苦笋肠。临风叹，只六旬老母，苦节难偿。　男儿堕地堪伤，怪二十、何来镜里霜。况笑人寂寂，邓曾拜衮，所居赫赫，周已称郎。寿岂人争，才非尔福，天意兼之忌酒狂。当杯想，想五湖三亩，是我行藏。

这首自寿词作于乾隆三十七年（1772）游幕安徽时，淋漓尽致地倾诉了自己身世的悲辛困顿，生计艰难才命相妨的酸楚，以及对人世不公的愤慨，直抒胸臆，凄怆激楚。

沁园春　憎蚊

[清] 黄位清

蚊尔何心，未到黄昏，呼队前来。怪由虫而化，响都成雨，以人为炙，声尚如雷。狂竟连宵，饱能几日，如此轰阗亦妄哉。么么样，岂而公卧榻，容尔徘徊。　亦知锐意难回，令名士、灯窗莫费才。奈祢衡鹦鹉，还相促迫，庄周蝴蝶，也怕喧豗。蛛网谁怜，虹竿难赦，薄予惩诛该不该。秋风起，想栖迟何所，清景重开。

这首词惟妙惟肖地描绘蚊子扰人的种种情状，意在摄取世间那些"以人为炙"的么么小丑的魂魄，对其呼朋引类、贪婪嗜血、肆虐一时予以讽刺和痛斥。词人深信："狂竟连宵，饱能几日？"正如古希腊史家希罗多德所说："上帝欲使之灭亡，必先使之疯狂。"一旦秋风起，貌似强大的飞蚊便逃不脱灭迹的宿命。全词酣畅淋漓，犀利痛快。

 参读

名贱身且轻，遇炎凉，起爱憎，尖尖小口如锋刃。叮能痛人，叮能痒人，娇声夜摆迷魂阵。好无情，偷精吮血，犹自假惺惺惺。——明文徵明〔南商调〕《黄莺儿》。蚊叮之态，如在目前；憎蚊之情，感同身受。

沁园春

[清] 汪兆铨

小除夕祀灶，时有海警。

夕届小除，祭设陉前，听我祝词。愧黄羊未宰，肉才掩豆，薄糟难醉，酒但浮卮。命未能司，媚宁可献，休咎从来定不移。觚边踞，愿如闻謦欬，不荐胶饴。　　天门诀宕开时，更奏取、通明殿上知。说徙薪曲突，更无上客，蹈汤赴火，谁奋前麾。炀蔽偏工，趋炎成俗，如沸如羹事可危。枯桐在，但焦来爨下，判绝金徽。

这首词作于光绪二十年（1894）岁暮，时中日甲午战争发生，黄海海战后，日军攻占大连、旅顺，清政府派张荫桓等前往日本议和。词人有感国势岌岌可危，发为此词，对当时朝廷腐败、政治黑暗作了辛辣的讽刺。陈永正谓此词"壮采奇情，当不亚于王鹏运此调'祭词'两作"（《岭南历代词选》）。

词林逸事

在二十世纪词坛上，有一首词的问世曾激起了一波史无前例的巨澜，这就是毛泽东这阕横绝六合、气雄万古的《沁园春·雪》：

北国风光，千里冰封，万里雪飘。望长城内外，惟余莽莽，大河上下，顿失滔滔。山舞银蛇，原驰蜡象，欲与天公试比高。须晴日，看红装素裹，分外妖娆。　　江山如此多娇，引无数英雄竞折腰。惜秦皇汉武，略输文采，唐宗宋祖，稍逊风骚。一代天骄，成吉思汗，只识弯弓射大雕。俱往矣，数风流人物，还看今朝。

这首"初到陕北看见大雪时填"的词，被广为人知则是在近十年后的1945年。这年8月末，在忧虑日本战败后再次爆发国内战争的舆论背景下，毛泽东应蒋介石的再三邀请由延安飞抵重庆谈判。期间，毛泽东把这首词抄送给老友、诗人柳亚子。得词后，自称"词坛跋扈"的柳亚子叹服不已，"推为千古绝唱，虽东坡、幼安，犹

汪兆铨（1859—1928）字莘伯，广东番禺人。光绪举人，官广东海阳县教谕。后任教忠学校校长。有《芑楚轩词稿》。

小除，小除夕。又称小节夜、小年夜。农历十二月二十九日。

陉，灶边突出部分。

黄羊，祭灶所荐之物。

豆，古代食器，形似高足盘，多用于祭祀。

觚，本指多角棱形的器物。这里指灶的边角。

胶饴，饴糖，麦芽糖。旧俗祭灶时以饴糖置于炉口，据说灶神享之则黏住他的牙，使他不能调嘴学舌，对玉帝说坏话。

徙薪曲突，意为撇开灶旁柴禾，将直的烟囱改成弯的，语出《淮南子·说山》及《汉书·霍光传》。

炀蔽，炀灶蔽贤。喻佞幸专权，蒙蔽国君。

枯桐，琴的别称。

金徽，金饰的琴徽。这里用作琴的美称。

毛泽东《沁园春》手迹

数风流人物，还看今朝　方介堪

柳亚子像

瞠乎其后；更无论南唐小令、南宋慢词矣"，于是"不自讳其狂，技痒效颦"，步原韵和了一首《沁园春·次韵毛润之初到陕北看大雪之作，不能尽如原意也》：

廿年重逢，一阕新词，意共云飘。叹青梅酒滞，余怀恫恫，黄河流浊，举世滔滔。邻笛山阳，伯仁由我，拔剑难平块垒高。伤心甚，哭无双国士，绝代妖娆。　才华信美多娇，看千古词人共折腰。算黄州太守，犹输气概，稼轩居士，只解牢骚。更笑胡儿，纳兰容若，艳想秾情着意雕。君与我，要上天下地，把握今朝。

随后，柳亚子将原韵与和词交重庆《新华日报》。该报是中国共产党的机关报，因有所顾虑，便仅发表了和词。然而，毛词竟被辗转传抄，不胫而走。《新民报晚刊》编辑吴祖光也从黄苗子等朋友处得到几个抄件，进行比勘，并特加按语"毛润之先生能诗词，似鲜为人知。客有抄得其《沁园春·雪》一词者，风调独绝，文情并茂，而气魄之大乃不可及。据毛氏自称，则游戏之作，殊不足为青年法，尤不足为外人道也"，将毛泽东词发表在11月14日《新民报晚刊》"西方夜谭"专栏上。接着，《大公报》等十多家报刊纷纷转载。一时间，石破天惊，山城骚然，一场笔战在国共双方间激烈展开。

　　蒋介石指斥毛词有"帝王思想"，责令他的"文胆"陈布雷组织"围剿"。从年底到正月，国民党机关报《中央日报》及《和平日报》等相继刊出二十余篇攻击性评论与和词。在众多批评攻击毛词的作品中，"三湘才子"易君左在《和平日报》发表的词作颇有代表性：

　　乡居寂寞，近始得读《大公报》转载毛泽东、柳亚子二词。毛词粗犷而气雄，柳词幽怨而心苦。因次成一韵，表全民心声，非一人私见；望天下词家，闻我兴起！其词曰：

　　国脉如丝，叶落花飞，梗断蓬飘。痛纷纷万象，徒呼负负，茫茫百感，对此滔滔。杀吏黄巢，坑兵白起，几见降魔道愈高。明神胄，忍支离破碎，葬送妖娆。　黄金堆贮阿娇，任冶态妖容学细腰。看大漠孤烟，生擒颉利，美人香草，死剩离骚。一念参差，千秋功罪，青史无私细细雕。才天亮，又漫漫长夜，更待明朝。

　　如果说易词在攻讦的同时还流露出一丝忧国忧民的哀婉情愫的话，那么在《和平日报》上发表的署名"慰素女士"的词作则进行直接攻击、诋毁：

　　十载延安，虎视眈眈，赤旗飘飘。趁岛夷入寇，胡尘滚滚，汉奸窃柄，浊浪滔滔。混乱中原，城乡分占，跃马弯弓气焰高。逞词笔，讽唐宗宋祖，炫尽风骚。　柳枝摇曳含妖，奈西风愁上沈郎腰。算才情纵似，相如辞赋，风标不类，屈子离骚。闯献遗徽，李岩身世，竹简早将姓氏雕。功与罪，任世人指点，暮暮朝朝。

　　面对国民党连篇累牍的攻击，共产党人和进步文化人士也挺身而出，郭沫若、陈毅、柳亚子、黄齐生、崔敬伯、吴景洲等在《新华日报》、《客观》杂志、《民主星期刊》等报刊发表和作，挥笔作枪，奋力回击。毛泽东本人则根本不以为意，看了由王若飞收集的重庆国民党报刊攻击的所谓"和词"和文章后，在给民主人士黄齐生的信中说："国民党骂人之作，鸦鸣蝉噪，可以喷饭。"

　　一首词在当时能引起如此规模的论争，在千年词史上绝无仅有，至今人们仍在津津乐道。

1951年1月8日，《文汇报》副刊发表毛泽东的《沁园春·雪》

傅抱石《〈沁园春·长沙〉词意图》

鹰击长空　王个簃

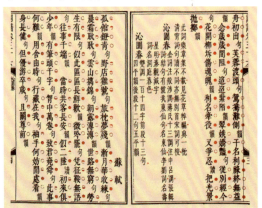

《词谱》(《沁园春》)

参读

独立寒秋，湘江北去，橘子洲头。看万山红遍，层林尽染，漫江碧透，百舸争流。鹰击长空，鱼翔浅底，万类霜天竞自由。怅寥廓，问苍茫大地，谁主沉浮。　携来百侣曾游，忆往昔峥嵘岁月稠。恰同学少年，风华正茂，书生意气，挥斥方遒。指点江山，激扬文字，粪土当年万户侯。曾记否，到中流击水，浪遏飞舟。——1925年10月，毛泽东正在苦苦寻求救国之路，写下这首《沁园春·长沙》，发出了"怅寥廓，问苍茫大地，谁主沉浮"的疑问。十年后《沁园春·雪》，终于给出了一个"俱往矣，数风流人物，还看今朝"的答案。两首词主旨相连，都是抒写对国家命运的关切和以天下为己任的博大胸怀与豪情壮志，一问一答，遥相呼应。

倚声依谱

《沁园春》又名《寿星明》《洞庭春色》。当得名于北宋真宗时驸马都尉李遵勖的府第沁园。一说东汉窦宪仗势夺取沁水公主园林，后人作诗以咏其事，因此得名。一百一十四字，前片四平韵，后片五平韵，亦有于过片处增一暗韵者。格局恢弘，和谐婉转而流畅，饶有雍容气象，适用于叙事、议论、酬赠等题材，而最宜抒壮阔襟怀，因而历来多被豪迈磊落的英雄志士所爱采用。

【定格】

中仄平平，仄仄平平，仄仄仄平。
仄中平中仄，中平中仄，中平中仄，中仄平平。
中仄平平，中平中仄，中仄平平中仄平。
平平仄，仄中平中仄，中仄平平。

平平中仄平平，仄中仄平平中仄平。
仄中平中仄，中平中仄，中平中仄，中仄平平。
中仄平平，中平中仄，中仄平平中仄平。
平平仄，仄中平中仄，中仄平平。

风入松

黄蜂频扑秋千索，有当时、纤手香凝

熊曦书《风入松》

华音流韵

风入松

[南宋] 吴文英

　　听风听雨过清明，愁草瘗花铭[1]。楼前绿暗分携路，一丝柳、一寸柔情。料峭春寒中酒，交加晓梦啼莺。　　西园日日扫林亭，依旧赏新晴。黄蜂频扑秋千索，有当时、纤手香凝。惆怅双鸳不到[2]，幽阶一夜苔生。

临风赏读

　　这是一首怀人伤别之作。词人三十余岁入苏州提举常平仓司做幕僚，流连吴会十二年，曾与一爱姬寓居于阊门西之西园，后来也在此分手，故尔西园诚是悲欢交织之地。这首词即以暮春时节西园的风雨、楼、路、柳、莺、黄蜂、秋千、幽阶、绿苔等景物为线索，层层描绘，探寻伊人芳踪，将怀人的深挚之情写得曲折凄婉。

　　词的上片写风雨愁思，见相思之苦。清明时节，愁听风雨。风雨瘗花之日，正是当年与伊人离别之时；"楼前绿

[注释]
①草，起草，拟写。瘗，埋葬。庾信有《瘗花铭》。铭，文体的一种。
②双鸳，女子的绣鞋。这里指女子的踪迹。

暗"的小径，正是当年"分携"之路，可而今伊人何处？唯见柳丝弄碧，一片浓绿，岂不令人黯然伤神。回首往事，愁怀无以排遣，只得借酒醉入梦，寻觅往日欢娱情事，无奈黄莺无情，清晨惊梦，片刻的欢娱反倒换来无穷的追忆，使人怅恨不已。

下片写新晴痴想，见相思之深。清明已过，雨止天晴。故地重游，情人已杳然远别，但词人天天还是去把西园的林亭打扫一番，独自欣赏撩人的明媚春色。他睹物生情，神思飞越，想到和情人一道在林园双栖之时欢爱异常，而今却只空余秋千绳索上的纤纤玉手的手泽，惹得黄蜂扑来。所闻所见，无一不带上当时的欢乐、今日的怅惘之情。最后不说一别不再，而说"双鸳不到"，似未来赴约，是终不绝望，还可期盼；不说踪迹全无，只说一夜之间，连空寂的台阶上都生满了青苔。幽阶尚且如此，词人情何以堪！结尾以景收束，深沉、柔婉、凄清，令人一吟三叹。

这首词委婉细腻地写出了词人的一片痴情，在艺术表现上运用时空交错的手法，将情景糅合一气，一反其藻饰太过、醉心钩勒之弊，既惨淡经营，又出以自然淡雅，浑朴天成；既奇思丽想，迷离恍惚，又不流于玄虚晦涩，自是《梦窗词》中充满深情远韵的上乘之作。

古今汇评

陈廷焯：情深而语极纯雅，词中高境也。婉丽处亦见别致。（《云韶集辑评》卷八）

许昂霄："愁草瘗花铭"，琢句险丽。"惆怅双鸳不到，幽阶一夜苔生"，此则渐近自然矣。结句亦从古诗"全由履迹少，并欲上阶生"化出。（《词综偶评》）

谭　献：此是梦窗极经意词，有五季遗响。"黄蜂"二句，是痴语，是深语。结处见温厚。（《谭评词辨》）

陈　洵：思去妾也，此意集中屡见。《渡江云》题曰"西湖清明"，是邂逅之始；此则别后第一个清明也。"楼前绿暗分携路"，此时觉翁当仍寓居西湖。风雨新晴，非一日间事，除了风雨，即

清闵贞《纨扇仕女图》，绘夏日园中一位妩媚的女子，星眸半启，倚于一古树，似是憩息，又似相思

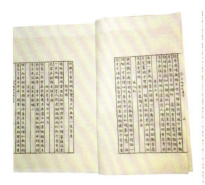

《绝妙好词》（《风入松》等）书影

是新晴，盖云我只如此度日。"扫林亭"，犹望其还，赏则无聊消遣。见秋千而思纤手，因蜂扑而念香凝，纯是痴望神理。"双鸳不到"，犹望其到；"一夜苔生"，踪迹全无，则惟日日惆怅而已。当味其词意醞酿处，不徒声容之美。（《海绡说词》）

俞陛云：　"丝柳"七字写情而兼录别，极深婉之思。起笔不遽言送别，而伤春惜花，以闲雅之笔引起愁思，是词手高处。"黄蜂"二句于无情处见多情，幽想妙辞，与"霜饱花腴""秋与云平"皆稿中有数名句。结处"幽阶"六字，在神光离合之间，非特情致绵邈，且余音袅袅也。（《唐五代两宋词选释》）

陈匪石：　全篇之眼即在此"分携"二字中。（《宋词举》）

唐圭璋：　此首西园怀人之作。上片追忆昔年清明时之别情，下片入今情，怅望不已。起言清明日风雨落花之可哀，次言分携时之情浓，"一丝柳，一寸柔情"，则千丝柳亦千丈柔情矣。"料峭"两句，凝炼而曲折，因别情可哀，故藉酒消之，但中酒之梦，又为啼莺惊醒，其怅恨之情，亦云甚矣。"料峭"二字叠韵，"交加"二字双声，故声响倍佳。换头，入今情，言人去园空，我则依旧游赏，而人则不知何往矣。"黄蜂"两句，触物怀人。因园中秋千，而思纤手；因黄蜂频扑，而思香凝，情深语痴……"惆怅"两句，用古诗意，望人不到，但有苔生，意亦深厚。（《唐宋词简释》）

臧克家：　这首词，不论是写景，写情，写现实，写回忆，都细致、真挚、委婉，脉络清晰可按，语意缠绵，音调和谐，令人一读再读，不忍释手。艺术的伟力、魅力，有如此者！（《北京日报》1979年4月5日）

燕子不知春事改　张建平

时立秋千　张建平

 参读

　　灯火雨中船，客思绵绵。离亭春草又秋烟。似与轻鸥盟未了，来去年年。　　往事一潸然，莫过西园。凌波香断绿苔钱。燕子不知春事改，时立秋千。——吴文英《浪淘沙》。西园有词人与他所思念的爱姬过去美妙的生活回忆。此词亦是情深语雅、疏快清丽之作。

词人心史

　　吴文英（1200—1260，一说约1212—约1272，或约1207—约1269）字君特，号梦窗，晚年又号觉翁，四明鄞县（今浙江宁波）人。本姓翁，与翁元龙、逢龙为亲兄弟，出而为吴氏后嗣。一生行迹几乎未出江浙两省，而于苏州、杭州、越州三地居留最久，晚年潦倒依人，困顿而死。他终身未入科举，沉沦幕僚。理宗绍定年间，他游幕于苏州转运使署，为提举常平仓司的门客，长达十年之久。淳祐年间，他来到临安，出入于两浙转运使判官尹焕、史弥远之孙史宅之、参知政事吴潜及后为右丞相的贾似道等人之门。晚年在越州（今浙江绍兴），又旅食于宋度宗之生父嗣荣王赵与芮府中。除了这些权贵，他还结交了许多词人文士，与施枢、方万里、冯去非、沈义父等皆为笔缘之友，晚年又与周密结成忘年交。

　　吴文英才秀人微，落拓江湖，只得将一生心力倾注于词章。他通晓音律，能自度曲，作词远祖花间之温庭筠，近法周邦彦、姜白石，论词法强调协律、典雅、含蓄、柔婉。其词既以沉博丽密深曲见长，又具空灵回荡之美，而以其"秾挚绵丽"的独特风格：秾艳新奇的语言、绵密曲折的结构、奇丽凄迷的境界、缠绵沉挚的情感而在词坛上戛戛独造，别树一帜，自成一家。然而他有时过于追求形式技巧，藻饰太甚，确有晦涩堆砌之弊。其题材内容仍不出恋情、咏物、伤今怀古和酬赠唱和的范围，其中写得最为真挚动人的是那些怀念苏州去妾和杭州亡姬的词章，这些作品或哀思婉转，或悱恻缠绵，无不一往情深。有《梦窗甲乙丙丁稿》四卷传世。

　　在南宋词史上，吴文英可与辛弃疾、姜夔鼎足而三，而他受到争议最多，七百年来，评者众说纷纭，毁誉相殊。不论褒贬如何，他的词作和词论对后世都产生了重大的影响。特别是晚清时学梦窗词蔚然成风，近人吴梅在《乐府指迷笺释序》中则有"近世学梦窗者几半天下"之语。

品题

　　词要清空，不要质实。清空则古雅峭拔，质实则凝涩晦昧。姜白石词如野云孤飞，去留无迹。吴梦窗词如七宝楼台，眩人眼目，碎拆下来，不成片段。此清空质实之说。（张炎《词源》卷下）

明陈洪绶书吴文英《桃源忆故人》词。檀香山美术学院藏

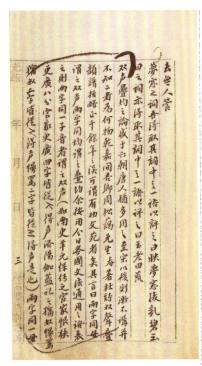

王国维《人间词话》（手稿）关于吴文英词的评述

求词于吾宋者，前有清真，后有梦窗，此非焕之言，四海之公言也。（黄昇《中兴以来绝妙词选》卷十引尹焕语）

梦窗深得清真之妙，其失在用事下语太晦处，人不可晓。（沈义父《乐府指迷》）

梦窗奇思壮采，腾天潜渊，返南宋之清泚，为北宋之秾挚。（周济《宋四家词选目录序论》）

梦窗每于空际转身，非具大神力不能。梦窗非无生涩处，总胜空滑。况其佳者，天光云影，摇荡绿波，抚玩无致，追寻已远。君特意思甚感慨，而寄情闲散，使人不易测其中所有。（周济《介存斋论词杂著》"良卿论吴文英词"条）

梦窗在南宋，自推大家。惟千古论梦窗者，多失之诬……其实梦窗才情超逸，何尝沉晦。梦窗长处，正在超逸之中见沉郁之意，所以异于刘、蒋辈，乌得转以此为梦窗病？（陈廷焯《白雨斋词话》卷二）

梦窗密处，能令无数丽字，一一生动飞舞，如万花为春，非若珠璃蠹绣，毫无生气也……即其芬菲铿丽之作，中间隽句艳字，莫不有沉挚之思，灏瀚之气，挟之以流转。令人玩索而不能尽，则其中之所存者厚。（况周颐《蕙风词话》卷二）

于逼塞中见空灵，于浑朴中见勾勒，于刻画中见天然，读梦窗词，当于此着眼。性情能不为词藻所掩，方是梦窗法乳。（周尔墉《周批绝妙好词笺》卷四）

梦窗词，殿天水一朝，分镳清真，碎璧零玑，触之皆宝。虽蘦藩溷溷，其精神行天壤，固自不敝。（张尔田《遁堪文存》）

梦窗之词，吾得取其词中一语以评之，曰："映梦窗，凌乱碧。"（王国维《人间词话》）

梦窗从吴履斋游，晚年好填词，以绵丽为尚。运意深远，用笔幽邃，炼字炼句，迥不犹人。貌观之，雕缋满眼，而实有灵气行乎其间。细心吟绎，觉味美于方回，引人入胜。既不病其晦涩，亦不见其堆垛，此与清真、梅溪、白石，并为词学之正宗。一派真传，特稍变其面目耳。犹之玉溪生之诗，藻采组织，而神韵流传，旨趣永长，未可妄讥其獭祭也。（戈载《宋七家词选》）

词林逸事

高宗建炎三年（1129），宋室南渡，升杭州为临安府。南宋绍兴八年（1138）正式定都于此，于是大兴土木，修建皇宫，扩建城池，一时商贸繁荣，城内酒楼林立，华奢过于汴京，尤其是涌金门外西子湖畔的"丰乐楼"，楼台轩榭瑰丽宏伟，堪称湖山之冠。登楼俯瞰西湖，可见画舫穿梭、柳汀花坞，可听莲娃清唱、渔歌悠扬。文武官员、骚人墨客经常在此楼饮酒欢宴，诗词唱和。时在吴潜幕的吴文英也常出入此楼会饮，曾作词多首。

淳祐十一年（1251）知临安府赵德渊（号节斋）新建丰乐楼落

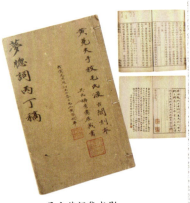

吴文英词集书影

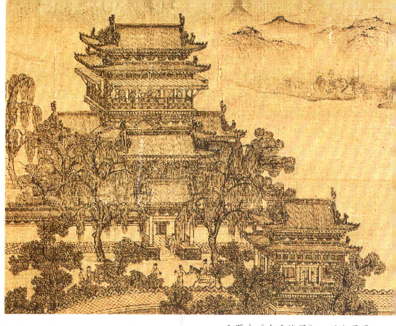

成，二月甲子，吴文英在丰乐楼宴饮时，即席作四叠长调《莺啼序·丰乐楼，节斋新建》一词，并大书于楼壁，为时人传诵：

天吴驾云阆海，凝春空灿绮。倒银海、蘸影西城，四碧天镜无际。彩翼曳、扶摇宛转，雩龙降尾交新霁。近玉虚高处，天风笑语吹坠。　清濯缁尘，快展旷眼，傍危阑醉倚。面屏障、一一莺花，薜萝浮动金翠。惯朝昏、晴光雨色，燕泥动、红香流水。步新梯，藐视年华，顿非尘世。　麟翁衮舄，领客登临，座有诵鱼美。翁笑起、离席而语，敢诧京兆，以役为功，落成奇事。明良庆会，赓歌熙载，隆都观国多闲暇，遣丹青、雅饰繁华地。平瞻太极，天街润纳璇题，露床夜沉秋纬。　清风观阙，丽日罘罳，正午长漏迟。为洗尽、脂痕茸唾，净卷曲尘，永昼低垂，绣帘十二。高轩驷马，峨冠鸣佩，班回花底修禊饮，御炉香、分惹朝衣袂。碧桃数点飞花，涌出宫沟，溯春万里。

全词四阕，先从赞美丰乐楼的宏丽景观入手，再叙登楼之所见，续之以主人在楼上宴客的盛况，终以观京城之景并发感慨作结。这虽是一首投赠望幸之作，写来高华密丽，但并未见过分谀扬的尘俗气。而在他的另一首《高阳台·丰乐楼分韵得如字》中则将个人情事的伤感、对国家危亡的忧虑两相交织，表现得更为深沉哀婉：

修竹凝妆，垂杨驻马，凭阑浅画成图。山色谁题，楼前有雁斜书。东风紧送斜阳下，弄旧寒、晚酒醒余。自消凝、能几花前，顿老相如。　伤春不在高楼上，在灯前攲枕，雨外熏炉。怕舣游船，临流可奈清臞。飞红若到西湖底，搅翠澜、总是愁鱼。莫重来，吹尽香绵，泪满平芜。

词人晚年重来斯楼，登楼望远，见此"东风紧送斜阳下"，春色将残、烟柳斜阳的凄凉景象，想到国土日蹙、国运日危，于酒楼

元夏永《丰乐楼图》，用水墨界画画殿阁山水，线条纤如毫发，逼真地再现宋代杭州这一名楼的整体和细部。故宫博物院藏

明田汝成《西湖游览志》关于丰乐楼的记载

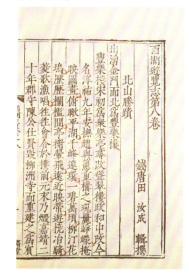

会饮、即席分韵的场合，竟悲从中来，忧思丛集，从而以咽抑凝回的词语表达出伤春又伤时的深切感慨。正如陈洵所说，此篇"是吴词之极沉痛者"（《海绡说词》）。刘永济更指出："此词写登高眺远，感今伤昔，满腔悲慨。作者触景而生之情，决非专为一己，盖有身世之感焉。以身言，则美人迟暮也；以世言，则国势日危也，大有'举目有河山之异'之叹。"（《微睇室说词》）

低吟/浩唱

风入松

［南宋］俞国宝

　　一春长费买花钱，日日醉湖边。玉骢惯识西湖路，骄嘶过、沽酒楼前。红杏香中箫鼓，绿杨影里秋千。　　暖风十里丽人天，花压鬓云偏。画船载取春归去，余情付、湖水湖烟。明日重扶残醉，来寻陌上花钿。

　　这首词是淳熙间词人为西湖断桥畔小酒家所作，并书写在酒家的素色屏风之上。词中形象地勾勒出一幅暖风繁花、箫鼓喧天的西湖春游图。词中先写游湖的豪兴，继而描绘西子湖畔迷人的风光及游人络绎不绝、争相赏春的欢乐场面。"画船"一句写人们恋惜春

光的情绪，风致妍秀，乃是画龙点睛之笔。结句别出心裁，设想明日之事，补足今日的留恋之情，余味袅袅，情韵无限。通篇绮丽和婉，情致浓而近雅。

风入松　西湖戏作

［南宋］侯寘

少年心醉杜韦娘，曾格外疏狂。锦笺预约西湖上，共幽深、竹院松窗。愁夜黛眉颦翠，惜归罗帕分香。　　重来一梦觉黄粱，空烟水微茫。如今眼底无姚魏，记旧游、凝伫凄凉。入扇柳风残酒，点衣花雨斜阳。

这首词题为"戏作"，实有真挚之情。上片回忆少年情事，下片感叹往事如梦，追寻旧游踪迹，不禁黯然神伤。词写得十分婉约闲雅。

参读

月破轻云天淡注，夜悄花无语。莫听《阳关》牵离绪，拚酩酊、花深处。　　明日江郊芳草路，春逐行人去。不似荼蘼开独步，能着意、留春住。——侯寘的代表作《四犯令》曲折委婉地写出晚春送别情人时深挚而沉重的情感，写得含蓄空灵，娴雅清婉，读来回味无尽。

风入松　福清道中作

［南宋］刘克庄

归鞍尚欲小徘徊，逆境难排。人言酒是消忧物，奈病余、孤负金罍。萧瑟捣衣时候，凄凉鼓缶情怀。　　远林摇落晚风哀，野店犹开。多情惟是灯前影，伴此翁、同去同来。逆旅主人相问，今回老似前回。

这首词当作于理宗绍定二年（1229）词人自建阳县令任上罢职归莆田，道经福清之际，是为悼念亡妻林氏夫人而作。夫人殁于宋理宗绍定元年（1228）七月六日。夫人名节，为人坚贞俭慧，夫妻间情笃意深。词人把对亡妻深挚的怀念之情与政治上的失落悲愤糅合在一起，自然浑成，不着痕迹。

杜韦娘像（明佚名《千秋绝艳图》）

姚魏，姚黄魏紫的简称，本指宋时洛阳两种名贵的牡丹花，此处喻指美人。

侯寘字彦周，东武（今山东诸城）人。南渡后居长沙，曾为耒阳县令，乾道、淳熙间尚在世。有《懒窟词》一卷。

酒边人倚红（侯寘《朝中措》句）　清徐三庚

五代董源《潇湘图》，图绘湘江景色。平缓圆润的山峦，隐于密林深处的村庄，宽阔而静谧的大河，映带无尽的沙洲苇渚，来往繁忙的渡船，正在收网的渔夫，还有河畔待渡的过客，营造出一种清幽朦胧、平淡天真的意境。此图赋色鲜明，刻画入微，被画史视为"南派"山水的开山之作。故宫博物院藏

风入松

[南宋]赵师侠

戊申沿橄衡永，舟泛潇湘。

溪山佳处是湘中，今古言同。平林远岫浑如画，更渔村、返照斜红。两岸荻风策策，一江秋水溶溶。　苍崖石壁景尤雄，人自西东。利名汩没黄尘里，又那知、清胜无穷。何日轻舠蓑笠，持竿独钓西风。

这首词以淡语从远到近描绘出清绝的湘江晚秋胜景，表现了词人对芸芸众生沉溺于名利的感慨和对隐逸生活的向往。

宋刘松年《松荫鸣琴图》，绘一苍松下两高士，一焚香抚琴，一侧耳聆听，人物须眉毕现，神态怡然。美国克里夫兰艺术博物馆藏

风入松　听琴中弹樵歌

[南宋]张炎

松风掩昼隐深清，流水自泠泠。一从柯烂归来后，爱弦声、不爱柈声。颇笑山中散木，翻怜爨下劳薪。　透云远响正丁丁，孤凤划然鸣。疑行岭上千秋雪，语高寒、相应何人。回首更无寻处，一江风雨潮生。

这首词写听琴曲，上片开始两句写琴声，描摹

樵夫伐木的山中环境：松风簌簌，流水泠泠，一派清幽古淡的气象。下片从各个角度描摹音乐形象，这些形象既扣住了樵歌的特点，又渲染出听者的主观感受，寄寓着词人的生活追求和胸襟。全词清空疏朗，古雅峭拔。

风入松　寄柯敬仲

[元] 虞集

　　画堂红袖倚清酣，华发不胜簪。几回晚直金銮殿，东风软、花里停骖。书诏许传宫烛，轻罗初剪朝衫。　　御沟冰泮水挼蓝，飞燕又呢喃。重重帘幕寒犹在，凭谁寄、银字泥缄。为报先生归也，杏花春雨江南。

　　元文宗时，词人以翰林直学士兼奎章阁侍书学士，柯九思（字敬仲）则为奎章阁鉴书博士，二人既为同僚，又情趣相投。至顺三年（1332）五月，在文宗避暑上都之际，九思被谗去职，流寓吴中。次年三月，正逢江南杏花旖旎、烟雨蒙蒙之时，词人于大都馆阁中感怀念远，作此词寄赠九思。词的上片回忆受文宗知遇，同在奎章阁任职时相识相知的温馨而美好的时光，下片意脉直承入手两句，转写眼前景色，勾起对友人的思念，并流露出厌倦馆阁生活、亟望归老田园的心情。煞尾一句将杏花、春雨、江南巧妙组合，由

虞集（1272—1348）字伯生，号道园。祖籍仁寿（今属四川），宋亡，其父虞汲移居江西崇仁，为宋丞相虞允文五世孙。曾任集贤修撰。擅诗，与杨载、范椁、揭傒斯并称"元诗四大家"。有《道园学古录》。

直，通"值"。

虞集像（元佚名《名贤四像图》）。美国辛辛那提艺术博物馆藏

清王翚《江南早春图》，绘出一派春光明媚的江南景色。辽宁省博物馆藏

杏花春雨江南　清林皋

英母，即鹦鹉。鹦鹉善效人言，故少女睡起时卷帘无语，恐为鹦鹉泄漏也。唐朱庆馀《官词》："含情欲说宫中事，鹦鹉前头不敢言。"

小及大，由近及远，逐层推衍开去，活脱脱地勾勒出一幅气象空灵、韵味隽永的江南春艳图，从而生动地表明故乡之可爱，归去之刻不容缓，读来令人遐想联翩，幽思难抑。

柯九思见词后，深深为之感动。次年元夕，九思赴友人姚文奂宴席，即以此词装裱成轴，并作词和之。时人张翥为赋《摸鱼儿》详述其事，中云："但留意江南，杏花春雨，和泪在罗帕。"（《蜕庵词》卷上）直至明代，瞿佑"曾见机坊以词织成帕，为时所贵重如此"（《归田诗话》卷下）。明人雷迅还取其成句作《杏花春雨江南赋》。

风入松　忆旧

[明]张乔

海棠憨睡晚风时，柳带垂垂。卷帘不语羞英母，任落花、透湿胭脂。戏逐鸳鸯寻梦，更从蝴蝶相期。　　山园春草又芳菲，泪雨凝枝。凭栏细数残红片，乍阴晴、云雨丝丝。只是偶然心事，如何动上双眉。

这首忆旧小词宛丽可喜，道出儿女心事，而又不流于纤佻轻薄。末二语情态刻画细腻，虽是偶有所感，实际上是终日萦怀，故禁不住双眉紧锁。两句笔触甚轻而用意颇重，极有韵味。

风入松

[清]宋育仁

小楼一雨作春寒，独自倚阑看。东风又绿楼前柳，一丝影、一忆华年。泥酒情怀似絮，焚香心事如烟。　　流光弹指记华鬘，挥手向人间。梦身犹着天花雨，认绿杨、魂住江南。觉后追寻迷路，屏风无限关山。

这是一首悼亡追思词。上片先说初春阵雨过后，带来一片寒意，春风吹拂小楼下面庭院中的柳树，绿影摇荡，牵惹无限华年旧事。下片用佛教中的典故入词，以禅语写男女伤悼之情，迷离惝恍中情思宛转，凄美婉丽，饶有余韵。

风入松　重九

［近代］陈洵

人生重九且为欢，除酒欲何言。佳辰惯是闲居觉，悠然想、今古无端。几处登临多事，吾庐俯仰常宽。　　菊花全不厌衰颜，一岁一回看。白头亲友垂垂尽，尊前问、心素应难。败壁哀蛩休诉，雁声无限江山。

昔人作重九词，必写登高临远，而词人却写闲居不出。上片故作闲适语，下片急转，写出胸中寂寞悲凉。末句以雁声与江山并举，境界又复拓开。叶恭绰评云："沉厚转为高浑，此境最不易到。"（《广箧中词》卷三）

风入松

［近代］陈洵

甲戌（1934）寒食，陈剑秋、叶湘南、张庶平、叶茗孙、韩树园先后来过，皆四十年故人也。独剑秋时相见，其四人皆避地香港。湘南乃至四十年不相闻，庶平则已九十矣。良辰聚首，往事茫然，声以写之，亦余情之不能已也。

人生离合似萍蓬，时节苦匆匆。年年寒食空相忆，今年见、蜡烛光融。往事山河梦里，高谈风雨声中。　　承平冉冉逐孤鸿，天阔更无踪。相携便作佳期看，亲知面、也算遭逢。且喜落花门巷，依然故国东风。

这首词抒写人生无常、世事沧桑之慨，词语质朴，浑厚深沉，当为词人晚年词之代表作。

倚声依谱

《风入松》又名《风入松慢》《远山横》。古琴曲有《风入松》，传为晋嵇康所作。唐释皎然有《风入松》歌。调名本此。双调，七十六字，前后片各四平韵。音节轻柔婉转，极掩抑低徊之致，最适宜于表达和婉情调。

宋育仁（1857—1931）字芸子，晚年号道复，四川自贡市仙市镇（原属富顺县）人。光绪十二年（1886）进士，授翰林院庶吉士，改任检讨。二十年（1894）任出使英法意比四国公使参赞。为清末"新学巨子"，有《时务论》《采风记》等。其墓在成都锦江区幸福梅林。

陈洵（1871—1942）字述叔，广东新会人。中秀才后，入江右幕中十余年。中岁归粤授徒度日。晚年任中山大学教授，讲授词学。晚年之作尤能净洗铅华，运密入疏，寓浓于淡。有《海绡词》《海绡说词》。

陈洵致龙榆生手札

【定格】

中平中仄仄平平，中仄仄平平。

中平中仄平平仄，中平中、中仄平平。

中仄平平平仄，中平中仄平平。

中平中仄仄平平，中仄仄平平。

中平中仄平平仄，中平中、中仄平平。

中仄平平平仄，中平中仄平平。

《词谱》（《风入松》）

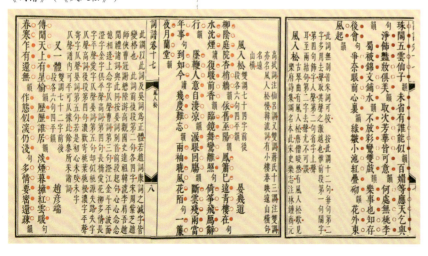

高阳台

折尽梅花，难寄相思

高阳台　送陈君衡被召

[南宋]周密

照野旌旗，朝天车马，平沙万里天低。宝带金章①，尊前草帽风欹②。秦关汴水经行地，想登临、都付新诗。纵英游，叠鼓清笳，骏马名姬。　　酒酣应对燕山雪，正冰河月冻，晓陇云飞。投老残年，江南谁念方回③。东风渐绿西湖柳，雁已还、人未南归。最关情，折尽梅花④，难寄相思。

临风赏读

这是一首寄意幽微的送别词。

江山依旧，故国已非。友人陈允平（字君衡）此番被新朝征召北上元大都，而作为一个守节不屈的南宋遗民，词人临歧之际，以词相别，内心是极为复杂的。开篇破空而来，描画陈允平行色之壮。只见旌旗猎猎，车马辚辚，友人在天旷云低中朝北而去，好一幅雄浑阔远、威武雄壮的远行图。接下去由远而近，词人从冠带和风貌略加勾画，稍带得意之态的主角便栩栩如生地出现在这幅画卷中。

郊野饯行的场面到此铺陈已足，但词人意犹未尽，更悬想友人别后的情景。一路北上，骏马名姬，登秦关临汴水，吟诗作赋，其乐无穷。友人岂不知秦关是南宋苦战之地，汴水乃北宋旧帝里？在此纵乐，于心忍乎？词人婉讽之深心在焉。

过片意脉相连，以"应"字遥接上片"想"字，进一步设想友人远去北国，欢游酒酣间却眼见雪封燕山，冰锁江河，云飞月冷。意境则由上片的宏壮转为萧索。接着词人笔下陡然一转，写别后自己的凄凉孤苦，以及对友人的思念，实则寄意友人

张国枫书《高阳台》

顾念旧友、休恋北阙、勿忘故国。

全词上下阕情思流转，意折层深，含蓄宛转地道出了送别故人的难舍和伤感，对他晚节不固的委婉责备，以及对故国沦亡的怅恨。

或是读懂了词人的深心，陈允平北赴大都后并未受官，被放还，南归后隐居山中而卒。

🌀 古今汇评

俞陛云：陈君衡名允平。观其词意，当是受北朝干旄之召，为当时显宦。故上阕言旌旗笳鼓，骏马名姬，极写行色之壮。下阕但赋离情，于陈君衡出处，不加褒贬之词，仅言江湖投老，见两人穷达殊途，新朝有振鹭之歌，而故国无归鸿之信，意在言外也。（《唐五代两宋词选释》）

唐圭璋：此首送陈君衡北上，兼有豪侠俊逸之胜。起写途景，气概颇大。次写途情，胸次亦壮。一路饮酒赋诗，笳鼓喧喧，且有名姬相伴，写来何等风流旷达。换头，设想远去冰雪之域。"投老"两句，自伤无人顾念。"东风"两句，叹人去不归。着末备致怀念之意，殊觉真挚。（《唐宋词简释》）

参读

驼褐轻装，狨鞯小队，冰河夜渡流澌。朔雪平沙，飞花乱拂蛾眉。琵琶已是凄凉调，更赋情、不比当时。想如今，人在龙庭，初劝（一作赐）金卮。　　一枝芳信应难寄，向山边水际，独抱相思。江雁孤回，天涯人自归迟。归来依旧秦淮碧，问此愁、还有谁知。对东风，空似垂杨，零乱千丝。——王沂孙《高阳台·陈君衡远游未还，周公谨有怀人之赋，倚歌和之》亦是寄语友人北游早日归来，暗寓眷怀故国之思。

🌀 词人心史

周密（1232—1298）字公谨，号草窗，又号四水潜夫、华不注山人、弁阳老人、弁阳啸翁、萧斋。其先济南（今属山东）人，自曾祖秘起寓居吴兴（今浙江湖州）。父晋于绍定四年（1231）官富阳令，次年密生于县署斋中。少尝肄业太学。理宗景定二年（1261）为临安府幕僚。五年夏，与杨缵诸人在西湖之环碧结吟社。端宗景炎元年（1276）为义乌令。是年杭州为元兵所陷，其湖州之家亦毁，自此终身寓杭。抗节特立，与谢翱、邓牧辈交游。祥兴二年（1279）寓居杭州癸辛街（今仁和路），著书以寄愤。有《武林旧事》《齐东野语》《癸辛杂识》《云烟过眼录》等野史笔记传世。

在宋末词人中，周密领袖群伦，与王沂孙、张炎合称为"宋末三大家"。青年时代即从杨缵、张枢等老辈倚声家酬唱游处，多惆怅之作，韵美声谐，清雅秀润；宋亡之后多写不可掩抑的故国之思，忧伤凄楚，情寄深远。词作有《草窗韵语》六卷、《萍洲渔笛谱》二卷、《草窗词》二卷。

齐周密印章

周密跋宋赵孟坚《水仙图》，楷法参取欧、柳，劲拔而秀朗。美国大都会艺术博物馆藏

品题

白石飞仙，紫霞凄调，断歌人听知音少。几番幽梦欲回时，旧家池馆生青草。　　风月交游，山川怀抱，凭谁说与春知道？空留离恨满江南，相思一夜蘋花老。（王沂孙《踏莎行·题草窗词卷》）

公谨敲金戛玉，嚼雪盥花，新妙无与为匹。公谨只是词人，颇有名心，未能自克，故虽才情诣力，色色绝人，终不能超然遐举。（周济《介存斋论词杂著》）

草窗博学多识……故其词尽洗靡曼，独标清丽，有韶倩之色，有绵渺之思，与梦窗旨趣相伴。二窗并称，允矣无忝。其于律亦极严谨，盖交游甚广，深得劘切之益。（戈载《宋七家词选》）

公谨生于宋末，以博雅名东南。所作音节凄清，情寄深远，非徒以绮丽胜者。（高士奇《绝妙好词序》）

梦窗、草窗大致相同，昔人已有定评。然两家之师白石，取法皆同，但梦窗高处人不易知，草窗高处一望而知，此其同而不同者也。及细按之，其实梦窗何尝先晦，人自领略不到耳。草窗亦不仅轩豁呈露，其骨韵之高，仍与梦窗无二，真一时两难也。（陈廷焯《云韶集》卷八）

南宋之末，终推草窗、梦窗两家为此事眉目，非碧山、竹屋辈所可颉颃。（李慈铭《孟学斋日记》）

低吟/浩唱

高阳台　除夜

［南宋］韩疁

频听银签，重燃绛蜡，年华衮衮惊心。饯旧迎新，能消几刻光阴。老来可惯通宵饮，待不眠、还怕寒侵。掩清尊，多谢梅花，伴我微吟。　　邻娃已试春妆了，更蜂腰簇翠，燕股横金。勾引东风，也知芳思难禁。朱颜那有年年好，逞艳游、赢取如今。恣登临，残雪楼台，迟日园林。

这首词为除夕夜守岁寄慨之作。上片老怀衰飒，一"惊"年华飞逝，二叹老来不能守岁，三写心灵的孤独，只有寒梅相伴，共作吟哦度岁的清苦之诗侣。下片春思荡漾，词笔一宕，忽然转向邻娃写去，从年轻人迎春试装、踊跃游冶的欢快情绪中体味到，亟须趁此良辰，作楼台园林之游，尽情享受生活之美好，莫负大好春光。周汝昌谓此词"前片几令人担心只是伤感衰飒之常品，而一入过片，笔墨一换，以邻娃为引，物境心怀，归于重拾青春，一片生机活力，方知寄希望于前程，理情肠于共勉，传为名篇，自非无故"（《千秋一寸心》）。

高阳台　落梅

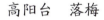

［南宋］吴文英

宫粉雕痕，仙云堕影，无人野水荒湾。古石埋香，金沙销骨连环。南楼不恨吹横笛，恨晓风、千里关山。半飘零，庭上黄昏，月冷阑干。　　寿阳空理愁鸾镜，问谁调玉髓，暗补香瘢。细雨归鸿，孤山无限春寒。离魂难倩招清些，梦缟衣、解佩溪边。最愁人，啼鸟晴明，叶底青圆。

词人在苏州时曾纳一妾，后遣去；居于杭州时又纳一妾，后亡故，给他留下刻骨铭心的隐痛和难以磨灭的思念。这首词人梅合写，亦梅亦人，以仙姿绰约、幽韵冷香，无声地飘落在闽寂的野水荒湾的梅花来比喻香消玉殒的佳人，而词人对落梅的深情吟颂正幽微隐约地寄托了自己对逝者的伤怀与眷恋。清陈廷焯极赏此词，谓

宋佚名《百子嬉春图》，图绘楼阁庭院间，数十名孩童嬉戏的吉祥场景。故宫博物院藏

银签，指铜壶滴漏，每过一刻时光，则有签铿然自落。

衮衮，连续。此指时光匆匆。

韩疁字子耕，号萧闲，生平不详。有《萧闲词》一卷，不传。存词六首。赵万里有辑本。

古石埋香，鲍照《芜城赋》："东都妙姬，南国丽人，蕙心纨质，玉貌绛唇，莫不埋香幽石，委骨穷尘。"原指美人死去，此处喻指落梅。

吹横笛，古笛曲中有《梅花落》。

寿阳，化用南朝宋武帝女寿阳公主梅花妆事。

孤山，在杭州西湖之滨。北宋初林逋隐居于此，遍种梅花。

"既幽怨，又清虚，几欲突过中仙（王沂孙）咏物诸篇，是集中最高之作"（《白雨斋词话》卷二）。

高阳台　和周草窗寄越中诸友韵

[南宋] 王沂孙

残雪庭阴，轻寒帘影，霏霏玉管春葭。小帖金泥，不知春在谁家。相思一夜窗前梦，奈个人、水隔天遮。但凄然，满树幽香，满地横斜。　　江南自是离愁苦，况游骢古道，归雁平沙。怎得银笺，殷勤与说年华。如今处处生芳草，纵凭高、不见天涯。更消他，几度东风，几度飞花。

这首和作作于宋亡后的一个立春时节，以哀婉含蓄的笔调抒写了深深的怀友之情和亡国遗民的流离之悲。上片由节令写出物是人非、"不知春在谁家"的亡国隐痛，感慨遥深；由隔别抒写相思无奈，在梦境中故人都难以相见，深情绵邈。下片直抒别恨离怀。词终以不能与故人相见为憾，又以经受不起几次风吹花落作结，种种愁怀萦回纠结，更令人感伤不已。难怪清陈廷焯说此首"无限哀怨，一片热肠，反复低回，不能自已"（《词则辑评·大雅集》卷四）。俞陛云亦谓"后半首以蕴藉之笔，致缠绵之怀。'芳草天涯'句忧生念乱，情见于辞"（《唐五代两宋词选释》）。

参读

小雨分江，残寒迷浦，春容浅入蒹葭。雪霁空城，燕归何处人家。梦魂欲渡苍茫去，怕梦轻、还被愁遮。感流年，夜汐东还，冷照西斜。　　萋萋望极王孙草，认云中烟树，鸥外春沙。白发青山，可怜相对苍华。归鸿自趁潮回去，笑倦游、犹是天涯。问东风，先到垂杨，后到梅花。——宋亡后周密湖州故家毁于兵火，终身寄寓杭州，作《高阳台·寄越中诸友》，抒发家国破亡，怀乡念友之情怀。语意新奇，辞句幽远，结尾空灵蕴藉，耐人寻味。

高阳台　西湖春感

[南宋] 张炎

接叶巢莺，平波卷絮，断桥斜日归船。能几番游，看花又是明年。东风且伴蔷薇住，到蔷薇、春已堪怜。更凄然、万绿西泠，

古人烧苇膜成灰，置于自黄钟至应钟之十二律管中，放室内封闭，以占节候。哪一节候至，相应的律管中的葭灰即飞出。

小帖，春帖子。宋制，立春日宫中命大臣撰写殿阁的宜春帖子词。小帖金泥，盖以泥金书春帖子或联语。

张惠言手批张炎《山中白云词》书影

一抹荒烟。　　当年燕子知何处，但苔深韦曲，草暗斜川。见说新愁，如今也到鸥边。无心再续笙歌梦，掩重门、浅醉闲眠。莫开帘，怕见飞花，怕听啼鹃。

南宋亡后，词人北游燕、蓟，南归后重到杭州，放舟西湖上，举目所见，斜日荒烟，苔深草暗，荒芜冷落，一片凄然，于是作此词，借咏西湖春深时景以抒亡国哀痛。全词画面苍凉惨淡，音节低沉，却又笔致空灵，感慨沉郁，字里行间流露出一种无可奈何的怅惘、落寞与绝望，故清陈廷焯评此词曰："凄凉幽怨，郁之至，厚之至，与碧山如出一手。"（《白雨斋诗话》卷二）

掩重门、浅醉闲眠　沙曼翁

韦曲，唐时韦氏世居地，在长安城南。斜川，位于江西星子县，陶渊明曾作《游斜川》诗。这里均指西湖边文人雅集之地。

高阳台　玉泉山燕集

[清] 邓廷桢

径转疏花，畦连寒菜，篮舆一路秋光。琴筑声清，冷泉缓泻鸳梁。凭高莫向阑干倚，倚阑干、容易斜阳。写闲情，细把金英，浅醉瑶觞。　　橇枪未扫铙歌唱，叹军符憔悴，战垒苍凉。饮至筵开，愁听满耳《伊》《凉》，却怜老圃霜华重，怕孤他、晚节幽香。乍归来，灯火城南，澹月昏黄。

道光二十年（1840）词人调任闽浙总督，次年被革职遣戍伊犁，二十三年释回，旋授甘肃布政使，词当作于自伊犁返京待命时。其时英侵略军未退，边患未靖，朝廷却一味"节制"议和，以致"战垒苍凉"，"军符憔悴"，将才空耗，猛志销蚀。词中抒写对这种时势的深重忧虑，反映了词人忧国伤时的悲怆心情。清谭献评此词曰："竟有新亭之泪。"（《箧中词·今集续》卷一）

宋佚名《柳塘秋草图》，图绘萧瑟冷寂的池塘秋景，远处一群大雁飞离，寻找栖息之所。故宫博物院藏

高阳台　和獬筠前辈韵

[清] 林则徐

玉粟收余（原注：罂粟一名苍玉粟），金丝种后（原注：吕宋烟草曰金丝醺），番航别有蛮烟。双管横陈，何人对拥无眠。不知呼吸成滋味，爱挑

玉粟收馀　金丝种后　蕃航别有蛮烟　双管横陈　何人对拥无眠　不知呼吸成滋味　爱他灯　夜永如年　最堪怜　是一泥丸捐万缗钱　春雷欻破零丁穴　笑蜃楼气尽　无复灰然　沙角台高　乱帆收向天逸　浮槎漫许陪霓节　看激波似镜长圆　更应传绝岛壹洋取次回舷

林则徐词　香港回归前三十日书　朴初

香港回归书林则徐焚鸦片词以庆吾民志事之克成也和作一首　林词调字禹阳台此则为激波似镜长圆　如今正合林之语　贩姜蕃航收向天遥之　远虑精思无缺　泙千古紫荆花　长伴五星旗　教壹洋翘首觇吾土　朴初书于无盘忘斋时年九十有一

赵朴初书林则徐《高阳台》

林则徐像

林则徐印

林则徐（1785—1850）字少穆，侯官（今福建福州市区）人。嘉庆十六年（1811）进士。曾任湖广总督、陕甘总督和云贵总督。道光十九年（1839）到广州任钦差大臣，禁销鸦片于虎门。次年鸦片战争爆发，任两广总督，屡败来犯之英军。有《云左山房诗钞》，词附后。

灯、夜永如年。最堪怜，是一泥丸，损万缗钱。　春雷欻破零丁穴，笑蜃楼气尽，无复灰然。沙角台高，乱帆收向天边。浮槎漫许陪霓节，看澄波、似镜长圆。更应传，绝岛重洋，取次回舷。

这首和邓廷桢之作作于道光十九年（1839）九月间。由于鸦片烟毒泛滥，白银外流，严重危害着国计民生，是年词人以钦差大臣之职赴广东禁烟，与两广总督邓廷桢（字嶰筠）、水师提督关天培等协力查禁鸦片，收缴英美烟商鸦片二万余箱、袋，共计二百多万斤，于四月二十二日至五月十五日（6月3日至25日）在虎门海滩进行销毁。同时，关天培指挥广东水师多次击退英国侵略者的挑衅。此词真实地反映出中国近代这段令人羞耻而又异常壮烈的历史。上片直陈"蛮烟"入境对国人的戕害。下片叙写禁烟初捷，击退敌舰的快意与豪情，抒发禁绝鸦片、赶走侵略者的必胜信心。钱仲联谓此词"气魄雄壮，风调激荡，足以当词史而无愧"（《清词三百首》）。

参读

鸦度冥冥，花飞片片，春城何处青烟。膏腻铜盘，枉猜绣榻闲眠。九微夜热星星火，误瑶窗、多少华年。更那堪，一道银潢，长贷天钱。　星槎恰到牵牛渚，叹十三楼上，暝色凄然。望断红墙，青鸾消息谁边。珊瑚网结千丝密，乍收来、万斛珠圆。指沧波，细雨归帆，明月空弦。——邓廷桢《高阳台》上片写鸦片对中国人的毒害和对国家财富的消耗，下片写林则徐坚决禁烟对英国不法烟商的痛击。

高阳台

[清]郭麐

将返魏塘，疏香女子亦以次日归吴下，置酒话别，离怀惘惘。

暗水通潮，痴岚阁雨，微阴不散重城。留得枯荷，奈他先作离声。清歌欲遏行云住，露春纤、坐并调笙。莫多情，第一难忘，席上轻盈。　　天涯我是飘零惯，任飞花无定，相送人行。见说兰舟，明朝也泊长亭。门前记取垂杨树，只藏他、三两秋莺。一程程，愁水愁风，不要人听。

词人流寓著名诗人袁枚的随园（在今江苏南京），将回浙江嘉善，而袁枚之子袁通（号兰村）所眷怀的女子疏香亦将还吴。这首词作于这次饯别宴席上，绾合了词人与兰村、疏香之间的朋友之别和兰村与疏香之间的情人之别的惘惘情怀，又打并入身世漂泊之苦、失意之恨，以轻快语写抑郁情，故尔"芬芳悱恻，凄沁心脾"（丁绍仪《听秋声馆词话》卷十七）。

高阳台

[清]边浴礼

柳发霜鬓，苔衣雨坼，夕阳红上孤城。风翦云罗，昨宵偷放新晴。秋光不管人肠断，断肠人、翻爱秋清。小银塘，凋了残荷，荒了枯萍。　　僧楼半角苍烟织，记香迷稚蝶，絮搅雏莺。一夜凉飔，阴阴换作虫声。临流悄向沙鸥说，算萧骚、谁更如卿。怅归途，枫叶芦花，无限飘零。

这首词叙写羁旅的凄清幽怨，迷离惝恍，显出襟怀高洁和清雅。

高阳台

[清]顾翃

同兼塘兄、竹畦弟芙蓉湖秋泛。

柳老丝烟，莲凋粉水，短篷暇日寻幽。月小于眉，斜天挂一

歘，突然。零丁，即零丁洋，在广东珠江口外，并有零丁岛。当时英舰停泊于此。

然，燃。

沙角炮台，在广东虎门海口东侧沙角山，与大角炮台东西斜峙，为虎门海防第一重门户。

浮槎，时林则徐以钦差大臣来广东办烟禁，故言浮槎，谓使臣。邓廷桢以两广总督在广州，故言霓节。霓节，符节。

回舷，返航。九月十七日林则徐下令，限英船于三日内具结入口，或回回本国，不得滞泊于零丁洋面。

边浴礼（1820—1861）字廑友，号袖石，直隶任丘（今属河北）人。道光进士。官至河南布政使。其诗激昂排纂，慷慨淋漓。亦工词，所作清雅明秀，温婉莹润。有《空青馆词》。

芙蓉湖，在江苏无锡市西北，江阴南。

浮沤，水面浮沫。

帘钩，指月。

顾翃（1785—1861）字骏孙，号兰崖，金匮（今江苏无锡）人。嘉庆贡生，官宣城、昭文诸县训导。诗学李商隐，其吊古诸作雄劲苍凉，对现实多有讽喻。著有《金粟庵集》。

关锳字秋芙，自号妙妙道人。道咸间钱塘（今浙江杭州）人，诸生蒋坦妻。工诗词，善书画、古琴。有《梦影楼词》《三十六芙蓉诗存》等。

道光二十四年（1844）元日，词人北行应试，乘舟沿赣江而下，至南昌，游螺墩，留题而去。

醭寒，浓寒，严寒。

阁，同"搁"。停泊。

短策，短杖。

近代高剑父《一鞭残照图》。广东省博物馆藏

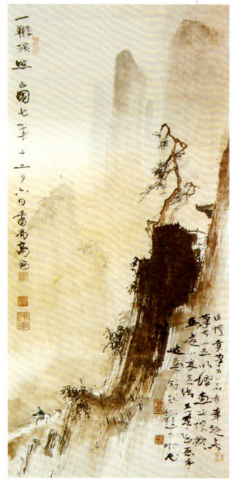

分秋。鸳鸯生在西风里，便双飞、也自工愁。怕催将，雪色芦花，点上人头。　　悲秋不在因风雨，在晓寒孤枕，暝色高楼。远梦无凭，坠欢空逐浮沤。故乡犹自嗟摇落，念天涯、多少淹留。太无聊，心事难圆，只似帘钩。

这首词咏秋景，抒漂泊淹留之感，却构思新颖，不落俗套。"鸳鸯生在西风里"三句尤为别出机杼。

高阳台　夕阳

［清］关锳

断雁飘愁，盘鸦聚暝，一鞭残梦归鞍。酒醒邮程，岭云陇树漫漫。渡江几点归帆影，近荒林、一带枫殷。最难堪，第一峰前，立马斜看。　　而今休说乡关路，剩蒙蒙野水，瘦柳渔湾。短帽西风，古今无此荒寒。芦笳声里旌旗起，问当年、谁姓江山。有悠悠、几处牛羊，短笛吹还。

这首词当作于太平天国战乱时期，抒发沉郁的家国忧思。大好江南遭兵燹荼毒，孤雁、盘鸦、荒林、野水……一片萧索荒寒。旅人欲归不得，心无所依。"问当年、谁姓江山"，笔力苍凉雄浑。清谭献曰"忽闻变徵"（《箧中词·今集》卷五），有悲壮之声。民国王蕴章则谓此词"沉雄激宕，中边俱彻。闺中若准'张春水'之例，正可称为'关夕阳'也"（《然脂馀韵》卷四）。

高阳台

［清］陈澧

元日独游丰湖，湖边有张氏园林，叩门若无人者，遂过黄塘寺，啜茗而返。忆去年此日游南昌螺墩，不知明年此日又在何处也。

新曙湖山，醭寒城郭，钓船犹阁圆沙。短策行吟，何曾负了韶华。虚亭四面春光入，爱遥峰、绿到檐牙。欠些些，几缕垂杨，几点桃花。　　去年今日螺墩醉，记石苔留墨，窗竹摇纱。底事年年，清游多在天涯。平生最识闲中味，觅山僧、同说烟霞。却输他，斜日关门，近水人家。

词人自二十余岁中举后，屡试不第而归。这首词写道

光二十五年（1845）元日孑然一身，独游惠州西湖，极赏湖亭春色之淡泊清幽，真能得"闲中味"，内中更有天涯沦落的无奈、茫然与辛酸，写得极为含蓄深婉。

词林逸事

一日，吴江松陵古镇西城门外，一位叫叶元礼（名舒崇）的翩翩少年从流虹桥上款款走来，正巧被河边酒楼上一位多情美貌的少女瞥见。元礼那英俊潇洒、神采飞扬的模样顿时令这位少女一见倾心。无奈礼教横隔，心魂难通，少女终日怏怏，竟至一病不起，郁郁魂归离恨之天。临终之际，她把女儿家的心思告诉了母亲。就在这时，叶元礼恰好又路经她的家门，母亲急忙向他转达她女儿的临终话语和一片痴苦。多情善良的叶元礼听后，深为无意中伤害了一位佳女子而歉疚，而怅恨。他急急奔进香闺，抚着少女痛哭呼唤。少女被元礼悲戚的呼唤声所动，无憾地闭上双目。那一刻，香魂化作一缕青烟，飘向天际……

词人朱彝尊从友人处听到这个故事后，为之动容，遂以"记恨"为题，写下一阕凄婉哀艳、令人荡气回肠的《高阳台》：

吴江叶元礼，少日过流虹桥，有女子在楼上见而慕之，竟至病死。气方绝，适元礼复过其门，女之母以女临终之言告叶，叶入哭，女目始瞑。友人为作传，余记以词。

桥影流虹，湖光映雪，翠帘不卷春深。一寸横波，断肠人在楼阴。游丝不系羊车住，倩何人、传语青禽。最难禁，倚遍雕阑，梦遍罗衾。　重来已是朝云散，怅明珠佩冷，紫玉烟沈。前度桃花，依然开满江浔。钟情怕到相思路，盼长堤、草尽红心。动愁吟，碧落黄泉，两处难寻。

当年这凄美动人的爱情故事追咏者甚多，严秋槎的《摸鱼儿》

清陈澧行书四条屏

吴江旧影

有"宛君去后江枫尽，谁寄返生词谱？埋玉处，剩一片斜阳，冷到相思土"之句，凄绝动人。康熙初年，嘉兴才女黄媛介还应王士禛所嘱而作《流虹桥遗事图》，"图绘湖村景色，杨柳婆娑，枝柯蓊郁，树下草屋三四椽，竹篱绕院，帘内钗影绰约。村边石桥上有二白衣少年，遥望远方湖光岚色。扁舟一叶静泊埠侧，岸石上下，水草芊芊，恰是江南三月，草长莺飞时节"。此图曾为近代女诗人吴芝瑛收藏，并加题跋，还抄录了《高阳台·吴江郭频伽过流虹桥感叶元礼事》。

倚声依谱

《高阳台》又名《庆春泽》。高阳，在今河南杞县西。上古颛顼氏佐少昊有功封此。汉初刘邦兵过高阳，郦食其入谒，自称高阳酒徒。调名本此。为北宋新声。双调，一百字，前后片各四平韵。此调音节整齐谐悦，以抒情、怀古、叙事、写景为主。

【定格】

中仄平平，平平仄仄，中平中仄平平。
中仄平平，中平中仄平平。
中平中仄平平仄，仄中平、中仄平平。
仄平平、中仄平平，中仄平平。

平平仄仄平平仄，仄平平中仄，中仄平平。
　中仄平平，中平中仄平平。
　中平中仄平平仄，仄中平、中仄平平。
　仄平平、中仄平平，中仄平平。

《词谱》（《高阳台》）

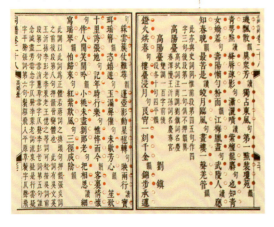

一剪梅

红了樱桃，绿了芭蕉

一片春愁待酒浇江上
舟摇楼上帘招秋娘
渡与泰娘桥风又飘飘
雨又萧萧何日归家洗
客袍银字笙调心字
烧流光容易把人
抛红了樱桃绿了芭蕉

右录南宋蒋捷《一剪梅
舟过吴江词》

丁酉状月王文博书

王文博书《一剪梅》

华音流韵

一剪梅　舟过吴江①

［南宋］蒋捷

一片春愁待酒浇。江上舟摇，楼上帘招。秋娘渡与泰娘桥②，风又飘飘，雨又萧萧。　何日归家洗客袍。银字笙调③，心字香烧④。流光容易把人抛，红了樱桃，绿了芭蕉。

临风赏读

词人乘舟路过吴江时，一路风雨萧瑟，乡愁日渐深浓，人生浩叹油然而生，于是写下了这首清丽婉转、极具韵律美的小令。

上片着意抒写客中漂泊的"春愁"。词人胸中一怀愁绪无以排遣，渴望借酒浇愁。江上泛舟，见酒楼挑出了大字酒招，明晃晃地随风飘摆，就像在朝船上的旅人招手，邀请他前往暖酒飘香的楼上畅饮一场，一醉解愁。然而，船并没能拢岸，而是满载着词人的愁思酒渴，从风光秀丽的秋娘渡和泰娘桥摇过。这时，阵阵清风飘然拂面，春雨也萧萧疏疏地洒落到人的身上、船上、水上。岸与水，同时笼罩在清风冷雨之中。

下片悬想归家团聚的温馨甜美，反衬眼前的愁苦。词人以设问句式点出"春愁"的由来，原是思乡心切。他遐想回到家的情景：速速浣洗这布满征尘雨渍的衣袍，妻子吹奏着银字笙，屋内香炉里燃烧着象征男女爱情的心字香，笙管悠悠，青烟袅袅，何等的美满惬意！写到这里，词人笔锋一转，感叹岁月无情，眼见得时光已催红了樱桃，染绿了芭蕉，更是把韶华人生抛在后头，使人怅惘不已，心头泛起更浓的忧愁。这愁，是客愁，乡愁，伤春惜时之愁，也是家国之愁。

这首词语言浅近自然而又清新秀妍，逐句叶韵，反复吟叹，读起来声节朗朗，辞情谐畅，让人有"余音绕梁，三日不绝"的意味。

古今汇评

李　佳：蒋竹山《一剪梅》词，有云"银字笙调，心字香烧。流光容易把人抛，红了樱桃，绿了芭蕉"，久脍炙人口。（《左庵词话》卷上）

周笃文：酒渴与春愁都从舟行中写出。读来如听风雨打篷声。韵美情流，真俊句也。"秋娘渡与泰娘桥"，拖逗入妙，用地名表现香艳情调……"红了樱桃，绿了芭蕉"以色泽表时间，别饶风致。毛晋所谓"字字妍倩"。（《宋百家词选》）

明杨慎《词品》中关于《一剪梅》和心字香的记述

 参读

白鸥问我泊孤舟。是身留，是心留。心若留时、何须锁眉头。风拍小帘灯晕舞，对闲影，冷清清，忆旧游。　　旧游旧游今在不。花外楼，柳下舟。梦也梦也，梦不到、寒水空流。漠漠黄云、

宋佚名《风雨归舟图》，绘一叶扁舟在风浪中颠簸前行，舱内一客抬头遥望江岸。远处水天一色，云山悠远苍茫。故宫博物院藏

明抄本蒋捷《竹山词》（《宋元名家词七十种》）书影

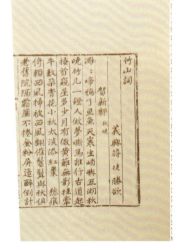

湿透木棉裘。都道无人愁似我，今夜雪，有梅花，似我愁。——蒋捷《梅花引·荆溪阻雪》也是写羁旅愁思，在冷清的画面上，织进了热烈的回忆和洒脱的情趣，在淡淡的哀愁中，展示了一个清妍潇洒而悠闲的艺术境界。

词人心史

蒋捷（生卒年不详）字胜欲，号竹山，阳羡（今江苏宜兴）人。先世为宜兴巨族。度宗咸淳十年（1274）中进士，尚未一展鸿图，南宋便告覆亡。深怀亡国之痛的蒋捷，辗转异乡，生活落魄，饱经忧患。元成宗大德年间，有人荐他出仕，他坚辞未受，"抱节终身"，终其一生，不肯仕元。他退隐于太湖之竹山，人称竹山先生。长于词，与周密、王沂孙、张炎并称"宋末四大家"。其词多抒发故国之思、山河之恸，其感伤胜似长空雁鸣，其哀苦犹如寒泉低吟，其内蕴的激越难抑又如地火涌动，形成郁勃悲慨、萧寥疏爽的风格。而有的词作则格调清新，乐观轻快，富有生活气息，充满意趣。蒋捷在宋末词坛上独立于时代风气之外，卓然成家，对明清词坛影响很大，清初阳羡词派尤为推崇他。

参读

蕙花香也，雪晴池馆如画。春风飞到，宝钗楼上，一片笙箫，琉璃光射。而今灯漫挂。不是暗尘明月，那时元夜。况年来、心懒意怯，羞与蛾儿争耍。　　江城人悄初更打。问繁华谁解，再向天公借。剔残红炧。但梦里隐隐，钿车罗帕。吴笺银粉砑。待把旧家风景，写成闲话。笑绿鬟邻女，倚窗犹唱，夕阳西下。——蒋捷《女冠子·元夕》。这首词作于宋亡之后，寄寓了词人对故国的深切缅怀之情。

小巧楼台眼界宽。朝卷帘看，暮卷帘看。故乡一望一心酸，云又迷漫，水又迷漫。　　天不教人客梦安。昨夜春寒，今夜春寒。

梨花月底两眉攒，敲遍阑干，拍遍阑干。——蒋捷《一剪梅》写于他夜宿龙游朱氏楼时，寄托的也是故国难回首、天涯无归路的淡淡哀愁。

品题

《竹山词》一卷，语语纤巧，真《世说》靡也；字字妍倩，真六朝隃也。岂其稍劣于诸公耶！（《宋六十名家词》丙集）

其词练字精深，调音谐畅，为倚声家之榘矱。（《四库全书总目提要》卷一百九十九）

竹山有俗骨，然思力沉透处，可以起懦。（周济《宋四家词选目录序论》）

蒋竹山词洗炼缜密，语多创获。其志视梅溪较贞，视梦窗较清。刘文房为五言长城，竹山真亦长短句之长城欤！（刘熙载《艺概》卷四）

蒋捷受了辛弃疾的影响，故他的词明白爽快，又多尝试的意味。（胡适《词选》）

竹山小词，极富风趣，诗中之杨诚斋也。（唐圭璋《读词札记》）

词林逸事

南宋末年，昏帝理宗、度宗酣歌醉舞，沉湎湖山，加上贾似道弄权误国，把朝廷弄到兵虚财溃、内外交困的地步。有识之士或直言上谏，希望朝廷改弦更张，或运用诗词讽喻当朝权贵的醉生梦死。蒋捷的同乡（乡士）当是这样一位刚直、桀骜之士，因忠谏获罪，被驱出临安城。蒋捷对这位乡友由衷敬佩，设酒为他送行，并写下一首《贺新郎·乡士以狂得罪，赋此饯行》：

甚矣君狂矣。想胸中、些儿磊魂，酒浇不去。据我看来何所似，一似韩家五鬼。又一似、杨家风子。怪鸟啾啾鸣未了，被天公、捉在樊笼里。这一错，铁难铸。　濯溪雨涨荆溪水。送君归、斩蛟桥外，水光清处。世上恨无楼百尺，装着许多俊气。做弄得、栖栖如此。临别赠言朋友事，有殷勤、六字君听取。节饮食，慎言语。

这首独具特色的送别词，着力刻画了一个刚直耿介、忧愁国事的狂者形象，寓钦敬、同情之心于戏谑之内，藏愤激、沉痛之感受于嬉笑之中，诙谐、豪放，却又发人深省。

韩家五鬼，韩愈在《送穷文》中称"智穷、学穷、文穷、命穷、交穷"为"五鬼"。

杨家风子，五代时杨凝式行为放纵，有"风子"之别号。

低吟/浩唱

一剪梅

［南宋］李清照

红藕香残玉簟秋。轻解罗裳，独上兰舟。云中谁寄锦书来，雁字回时，月满西楼。　　花自飘零水自流。一种相思，两处闲愁。此情无计可消除，才下眉头，却上心头。

这首词写秋别相思愁怀。元伊世珍《琅嬛记》卷中载："易安结婚未久，明诚即负笈远游。易安殊不忍别，觅锦帕书《一剪梅》词以送之。"但从词的内容来看，吐露的是别后思念离人的相思之苦，而非送别。结拍三句更将难以排遣的愁思描绘得有形有影有动作，虽从范仲淹《御街行》"都来此事，眉间心上，无计相回避"脱胎，但一经点化，更有一种曲折起伏的韵味。整首词格调柔婉缠绵，文笔清新精致，语意飘逸隽永，展示了女词人的细腻笔法。

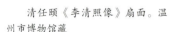

纷纷坠叶飘香砌。夜寂静，寒声碎。真珠帘卷玉楼空，天淡银河垂地。年年今夜，月华如练，长是人千里。　　愁肠已断无由醉，酒未到，先成泪。残灯明灭枕头敧，谙尽孤眠滋味。都来此事，眉间心上，无计相回避。——范仲淹怀人之作《御街行》洋溢着一片柔情，读之令人黯然伤怀。

一剪梅

［南宋］萧氏

染泪修书寄彦章。贪却前廊，忘却回廊。功名成遂不还乡，石做心肠，铁做心肠。　　红日三竿未理妆。虚度韶光，瘦损容光。相思何日得成双，羞对鸳鸯，懒对鸳鸯。

红藕香残玉簟秋　清许容

清任颐《李清照像》扇面。温州市博物馆藏

易祓字彦章，号山斋，宁乡人。淳熙进士第一，后人称为易状元。官至礼部尚书。他往京城应试，其妻萧氏仍居家乡，亦娴词章，因久不归，萧氏思夫心切，将满腹情思与怨怼凝聚笔端，赋成《一剪梅》以寄。全词连句叠唱，口语直寻，心波声吻，跃然纸上。

一剪梅

[南宋] 刘仙伦

唱到阳关第四声。香带轻分，罗带轻分。杏花时节雨纷纷，山绕孤村，水绕孤村。　　更没心情共酒尊。春衫香满，空有啼痕。一般离思两销魂，马上黄昏，楼上黄昏。

这首词写情人离别，写得情深意切，缠绵悱恻，幽怨动人。词中檃栝前人的诗词，构成一个个孤寂、落寞的意象，再加上巧妙的组合，从而宣泄出内心对离别情绪的无奈。

刘仙伦，一名拟，字叔拟，号招山，吉州庐陵（今江西吉安）人。与刘过齐名，时称庐陵二士。布衣终生。其词以清畅自然见长。有感慨时事之作，激昂明健，与刘过相近。有《招山小集》一卷。

一剪梅

[南宋] 刘克庄

余赴广东，实之夜饯于风亭。

束缊宵行十里强，挑得诗囊，抛了衣囊。天寒路滑马蹄僵，元是王郎，来送刘郎。　　酒酣耳热说文章，惊倒邻墙，推倒胡床。旁观拍手笑疏狂，疏又何妨，狂又何妨。

理宗嘉熙三年（1239）冬，词人赴广州任广南东路提举常平官，挚友王迈（字实之）在风亭为他饯别，于是写下了这首别具一格的告别词。友人的饯别，始而愁苦，继而激愤，最后是酒酣耳热，语惊四座，大有冲决邻墙之势，活像一出动人的短剧，而两位慷慨奔放、豪气干云的狂士形象呼之欲出。

风亭，驿名，在今福建莆田。束缊，以乱麻捆束做成的火把。

陌上行人怪府公，还是诗穷，还是文穷。下车上马太匆匆，来是春风，去是秋风。　　阶衔免得带兵农，嬉到昏钟，睡到斋钟。不消提岳与知宫，唤作山翁，唤作溪翁。——刘克庄的另一首《一剪梅·袁州解印》寓愤懑不平之气于谐谑闲适之中，在其豪放粗犷的词风中颇为独特。

杨金判，其真实名字不详。金判是一个幕职官。

一剪梅

［南宋］杨金判

襄樊四载弄干戈，不见渔歌，不见樵歌。试问如今事若何，金也消磨，谷也消磨。　　《柘枝》不用舞婆婆，丑也能多，恶也能多。朱门日日买朱娥，军事如何，民事如何。

度宗咸淳四年（1268）九月蒙古大军南侵，包围襄樊，围城达四年多。守城军民顽强抵抗，但内外交困，竟达到以孩肉为食，以人骨为薪的地步，而临安城里仍是过着纸醉金迷、歌舞升平的生活。贾似道权奸当路，对敌屈辱求荣。此词强烈地表达了词人对战事的忧虑，对当道者祸国殃民、荒淫无度的抨击。全词感情激切，风格刚劲泼辣。

清焦秉贞《耕织图》（局部之"三眠"）

一剪梅

［南宋］醴陵士人

宰相巍巍坐庙堂，说着经量，便要经量。那个臣僚上一章，头说经量，尾说经量。　　轻狂太守在吾邦，闻说经量，星夜经量。山东河北久抛荒，好去经量，胡不经量。

这是一首讽刺佳作，原载《花草粹编》卷七，题记中说："咸淳甲子，又复经量湖南。"咸淳为宋度宗年号，其间无甲子，该年应为宋理宗景定五年甲子（1264）。这一年，贾似道当权，推行所谓"经界推排法"，在江南各地经界丈量农民的土地，按田亩收税，引起民怨沸腾。这首词所写即此事。词人对南宋统治集团中的"宰相""臣僚"和"太守"对百姓残酷盘剥、对敌人屈辱求和、不思收复北方失地的丑恶面目予以辛辣的嘲讽。

一剪梅

［南宋］佚名

漠漠春阴酒半酣。风透春衫，雨透春衫。人家蚕事欲眠三，桑满筐篮，柘满筐篮。　　先自离怀百不堪。檐燕呢喃，梁燕呢喃。篝灯强把锦书看，人在江南，心在江南。

此词写春日对江南的怀念。词人先用清丽洗练的语言生动描绘出记忆中印象最深的暮春江南风情画，下片换转笔锋，折入抒写游子离乡怀乡的深挚之情。

一剪梅

[南宋] 周文璞

风韵萧疏玉一团。更著梅花，轻袅云鬟。这回不是恋江南。只是温柔，天上人间。　　赋罢闲情共倚阑。江月庭芜，总是销魂。流苏斜掩烛光寒，一样眉尖，两处关山。

这是一首闺思闺怨词。全词从风韵萧娴、貌美如玉的思妇插梅为饰写起，引出她对当年与她恩爱谐处而今分手而去江南的意中人无限留恋之情，以及别后的离索情怀。语言疏朗自然，格调清艳婉约。

一剪梅

[明] 唐寅

雨打梨花深闭门，忘了青春，误了青春。赏心乐事共谁论，花下销魂，月下销魂。　　愁聚眉峰尽日颦，千点啼痕，万点啼痕。晓看天色暮看云，行也思君，坐也思君。

这首词以重章叠句之法，回环往复，上下片分写一春的愁怨和一日的愁思，一位泪痕难拭的痴心女子形象跃然纸上。全词活泼自然，轻捷明畅，缠绵动人，意味深永。

一剪梅　咏柳

[明] 夏完淳

无限伤心夕照中，故国凄凉，剩粉余红。金沟御水自西东，昨岁陈宫，今岁隋宫。　　往事思量一晌空，飞絮无情，依旧烟笼。长条短叶翠濛濛，才过西风，又过东风。

这首词选用伤心夕照、御水旧宫、飞絮笼烟、长条滴翠等意象，寄托词人身际家国破败之时无以排解的凄楚与哀伤。

周文璞字晋仙，号方泉，又号野斋或山楶，阳谷（在今山东兖州境内）人。宁宗时曾官溧水（今江苏溧水）县丞。有《方泉集》四卷。

唐寅（1470—1523）字伯虎，号六如居士，苏州吴县人。弘治十一年（1498）试应天第一，次年会试以科场案下狱，谪为吏，遂弃科举业，纵酒伴狂，放浪形骸以终。工诗，与文徵明等合称"吴中四才子"，尤以书画名世，词亦流丽清婉。有《六如居士集》。

明唐寅《秋风纨扇图》，绘一女子手执纨扇在湖石丛竹为背景的庭园中侧身凝望，眉宇间微露幽怨惆怅的神情，寄寓着画家一种同是天涯沦落人的凄凉及才下眉梢又上心头的无奈。上海博物馆藏

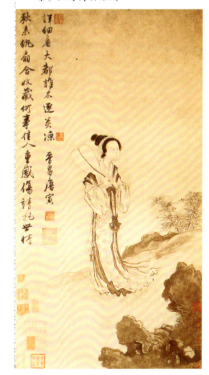

参读

　　三年羁旅客，今日又南冠。无限河山泪，谁言天地宽？已知泉路近，欲别故乡难。毅魄归来日，灵旗空际看。——明夏完淳《别云间》。对祖国河山、亲人、故土和自由生活的深深眷恋，国仇未报、壮志难伸的悲愤心情和誓死不屈的斗志，在这首慷慨悲壮的绝命诗中表现得淋漓尽致，令人读来荡气回肠，禁不住对这位少年英雄充满深深的敬意。

倚声依谱

　　《一剪梅》亦称《玉簟秋》《腊梅香》。得名于周邦彦词中的"一剪梅花万样娇"。双调小令，六十字，上下片各六句，三平韵。每句并用平收，节奏明快，声情低抑。亦有句句叶韵者。

【定格】

中仄平平中仄平。
中仄平平，中仄平平。
中平中仄仄平平，中仄平平，中仄平平。

中仄平平中仄平。
中仄平平，中仄平平。
中平中仄仄平平，中仄平平，中仄平平。

《词谱》（《一剪梅》）

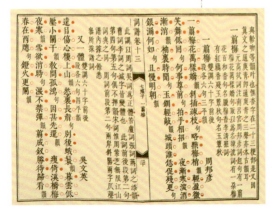

参读

　　一剪梅花万样娇。斜插梅枝，略点眉梢。轻盈微笑舞低回，何事尊前，拍手相招。　　夜渐寒深酒渐消。袖里时闻，玉钏轻敲。城头谁恁促残更，银漏何如，且慢明朝。——周邦彦创制的《一剪梅》

解连环

写不成书，只寄得、相思一点

楚江空晚恨离群万里怅然惊散自顾影却下寒塘正沙
净草枯水平天远写不成书只寄得相思一点料因循误了残
毡拥雪故人心眼谁怜旅愁荏苒漫长门夜悄锦筝弹怨
想伴侣犹宿芦花也曾念春前去程应转暮雨相呼怕蓦
地玉关重见未羞他双燕归来画帘半卷
南宋张炎
解连环孤雁

岁次乙未初春香山自在居谛苑林熹沐手恭录

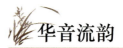

华音流韵

解连环　孤雁

[南宋]张炎

楚江空晚①。怅离群万里，悄然惊散②。自顾影、欲下寒塘，正沙净草枯，水平天远。写不成书，只寄得、相思一点。料因循误了③，残毡拥雪④，故人心眼。　　谁怜旅愁荏苒。漫长门夜悄⑤，锦筝弹怨⑥。想伴侣、犹宿芦花，也曾念春前，去程应转。暮雨相呼，怕蓦地、玉关重见。未羞他、双燕归来，画帘半卷。

临风赏读

词人以咏物词见称于宋末元初词坛，而这首借咏失群的孤雁，抒写亡国后自己南北羁旅漂泊，凄惶无告而孤节独持的一腔悲慨，是其最负盛名的代表作。

全篇紧扣一"孤"字极力刻画。上片先描绘出一个寥廓、黯淡、肃杀的境界来衬托离群惊散之雁顾影徘徊、惊惶无定的情态。薄暮时分，楚江悠悠，秋空辽阔，寒塘四周也一派哀飒空旷之景，虽则顾影自怜，想落下来栖息，但枯草净沙，水连天远，终究影单心怯，惶惶然不知该栖止何处！"写不成书"以下五句由雁

林熹书《解连环》

阵排字联想到雁足传书，再与苏武故事结合，表面上是说孤雁耽搁传书，不免愧对故人的托付，实则寄寓词人的自省与自愧：自己如失群之孤雁，因循自误，无力抗元，愧对那些被迫北行、守节不屈的志士。"写不成书，只寄得、相思一点"，既状出断雁孤飞之神态，写出雁之孤单；也暗示出词人家破国亡之后漂泊南北的孤凄，将人与雁融为一体，精巧生动，形神兼备，真是丹青难画。前人极赏这两句，词人也由此获得"张孤雁"的美誉。

下片由雁及人，以浑化无迹之笔，借陈皇后之事，将人、雁的羁旅哀怨一并写出。旅愁无限，有谁堪怜？如长门夜哭，锦筝清怨，又有谁理会？在极端孤寂哀怨中，它想到失群的伴侣也许还宿在芦花中吧，它也许想到在来春之前飞回北方去。这里写孤雁想到自己伴侣的栖止、心情，然后又从伴侣的心情拟想有朝一日忽然玉关重逢，必是心中戚戚，情难以堪，即所谓"望之至深至切，翻成疑惧"，暗寓着"亡国遗民，不堪重见也"（沈祖棻语）。结句以双燕反结，衬出孤雁之自守清操的心迹。当着珠帘半卷，双燕归来，寄身雕梁画栋的时候，孤雁虽凄苦却不曾同流合污，望之自当不着，而那些奴颜婢膝、投靠蒙元者如宰相留梦炎之流，又当作何想呢？这样反结，颇有"有余不尽之意"在焉，令人寻绎无尽。

全词以雁之孤绾合自己独处飘零、沦落凄凉的身世，人雁双关，浑融一气，寄意深微。用典取喻贴切深刻，既摹写物态，穷形尽相；又传达心境，无迹可寻。全篇于清空蕴藉中透着苍凉悲壮，情辞缠绵悱恻，凄婉动人。

古今汇评

周　密："自顾影、欲下寒塘，正沙净草枯，水平天远。写不成书，只寄得、相思一点。"如此等语，虽丹青难画矣。（王弈清等《历代诗馀》卷一百十八）

孔克齐：钱塘张叔夏……尝赋《孤雁》词，有"写不成书，只寄得、相思一点"，人皆称之曰"张孤雁"。（《静斋至正直记》卷四）

[注释]

①楚江，泛指南方。

②怳然，惆怅失意的样子。

③因循，拖沓，延误。

④残毡拥雪，指汉苏武被匈奴所拘的故事。《汉书》卷五十四："单于……乃幽武，置大窖中，绝不饮食。天雨雪，武卧啮雪，与毡毛并咽之，数日不死，匈奴以为神。"此处似以苏武比喻被金人系掳北行而坚贞不屈之士。

⑤长门，汉代宫殿名，汉武帝时陈皇后被弃置幽居的冷宫。

⑥锦筝，筝的美称。古筝有十二或十三弦，斜列如雁行，称雁筝，其声凄清哀怨，故又称哀筝。

清黄慎《孤雁图》，画面仅绘一凄惶的孤雁和两杆萧疏的芦苇，却营造出满纸悲凉、孤寂的氛围，而画上题诗"久客思乡意不休，遥看一雁下孤洲。那堪连夜潇湘雨，梦断江南万里秋"，更加重了这幅作品的感染力。广东省博物馆藏

只寄得、相思一点　清黄士陵

许昂霄：（"写不成书"二句）奇警。（《词综偶评》）

俞陛云：《孤雁》与《春水》词皆玉田少年擅名之作，晚年无此精湛矣。孔行素称玉田以此词得名，人以"张孤雁"称之。"写不成书"二句写"孤"字入妙，即怀人之作，亦极缠绵幽渺之思，况咏孤雁，人雁双关，允推绝唱。下阕"伴侣"以下数语替孤雁着想，沙岸芦花，念其故侣，空际传情，不让唐人"暮雨相呼疾，寒塘欲下迟"之句。借喻人事，亦停云之谊，故剑之思也。结句以双燕相形，别饶风致，且自喻贞操也。（《唐五代两宋词选释》）

唐圭璋：此首咏孤雁。"楚江"两句，写雁飞之处。"自顾影"三句，写雁落之处。"离群""顾影"，皆切孤雁。"写不"两句，言雁寄相思，写出孤雁之神态。"料因循"两句，用苏武雁足系书事，写出人望雁之切。换头，言雁声之悲。"想伴侣"三句，悬想伴侣之望己。"暮雨"两句，言己之望伴侣。末以双燕衬出孤雁之心迹。（《唐宋词简释》）

宋佚名《寒汀落雁图》，萧瑟的岸边树叶已落尽，水边芦荻枯萎，了无生气。暮色中四只寒鸦择木而栖，数只大雁则歇于坡岸，或鸣叫或静卧，气氛冷寂，寒气袭人。远处天色濛濛，一行大雁正结伴而飞。意境寂寥悠远。故宫博物院藏

参读

几行归塞尽，念尔独何之。暮雨相呼失，寒塘欲下迟。渚云低暗度，关月冷相随。未必逢矰缴，孤飞自可疑。——唐崔涂《孤雁》以孤雁自喻，表现其孤凄忧虑的羁旅之情。字字珠玑，回味无穷。

木落时来，花发时归，年又一年。记南楼望信，夕阳帘外，西窗惊梦，夜雨灯前。写月书斜，战霜阵整，横破潇湘万里天。风吹断，见两三低去，似落筝弦。　　相呼共宿寒烟。想只在、芦花浅水边。恨呜呜戍角，忽催飞起，悠悠渔火，长照愁眠。陇塞间关，江湖冷落，莫恋遗粮犹在田。须高举，教弋人空慕，云海茫然。——明高启《沁园春·雁》亦是咏雁名篇，结末处叮咛告诫，千万要高飞远翥，全身避害，可谓和血泪写出。陈廷焯云："此作句句精秀，

虽非宋人风格，因自成明代杰作。'横破'七字，精湛而雄秀，真才子之笔。先生能言之，而终自不免，何也？"（《云韶集》卷十二）"天才高逸"的高启最终还是未能逃脱无形的网罗矰缴，被朱元璋借苏州知府魏观一案腰斩于南京。

高启像

　　恨沙蓬、偏随人转，更怜雾柳难青。问征鸿南向，几时暖返龙庭？正有无边烟雪，与鲜飙千里，送度长城。向并门少待、白首牧羝人，正海上、手携李卿。　　秋声，宿定还惊。愁里月、不分明。又哀笳四起，衣砧断续，终夜伤情。跨羊小儿争射，怎能到、白蘋汀。尽长天、遍排雁字，逆风飞去，毛羽随处飘零，书寄未成。——清屈大均《紫萸香慢·送雁》词人以归雁自喻，有感于身世漂泊，壮志难酬，故其词流露出无限的愤激、悲慨与凄怆。叶恭绰评云："声情激楚，喷薄而出。"（《广箧中词》卷一）较之张词，亦不逊色。

　　结多少、悲秋俦侣，特地年年，北风吹度。紫塞门孤，金河月冷，恨谁诉。过汀枉渚，也只恋、江南住。随意落平沙，巧排作、参差筝柱。　　别浦，惯惊移莫定，应怯败荷疏雨。一绳云杪，看字字悬针垂露。渐敧斜、无力低飘，正目送、碧罗天暮。写不了相思，又蘸凉波飞去。——清朱彝尊《长亭怨慢·雁》借咏大雁南飞，抒发无限感慨，由张词的"只寄得、相思一点"掘进为"写不了相思"，苦怨更显深重。陈廷焯曰："感慨身世，以凄切之情，发哀婉之调，既悲凉，又忠厚，是竹垞直逼玉田之作，集中亦不多见。"（《白雨斋词话》卷三）

　　碧尽遥天。但暮霞散绮，碎剪红鲜。听时愁近，望时怕远，孤鸿一个，去向谁边。素霜已冷芦花渚，更休倩、鸥鹭相怜。暗自眠。凤凰纵好，宁是姻缘。　　凄凉劝你无言。趁一沙半水，且度流年。稻粱初尽，网罗正苦，梦魂易警，几处寒烟。断肠可是婵娟意，寸心里、多少缠绵。夜未闲，倦飞便宿平田。——清贺双卿《惜黄花慢·孤雁》亦是以天涯孤雁历尽风霜网罗之苦，寄寓女词人自己的悲惨身世和不幸遭遇，以温厚之笔写凄凉之境，自有一种打动人心的力量。陈廷焯在《词则辑评·别调集》卷六中谓此词"鹃血猿声，令人肠断"。

明高启手迹

北山楼藏《山中白云》旧抄本书影

王寄公《张炎〈南浦·春水〉词意图》。词云："波暖绿粼粼，燕飞来，好是苏堤才晓。鱼没浪痕圆，流红去，翻笑东风难扫。荒桥断浦，柳阴撑出扁舟小。回首池塘青欲遍，绝似梦中芳草。　和云流出空山，甚年年净洗，花香不了。新绿乍生时，孤村路，犹忆那回曾到。余情渺渺，茂林觞咏如今悄。前度刘郎归去后，溪上碧桃多少。"

词人心史

张炎（1248—1320）字叔夏，号玉田，晚年又号乐笑翁，先世成纪（今甘肃天水）人，寓居临安（今浙江杭州）。名将循王张俊六世孙。曾祖张镃是活跃于南宋中兴诗坛的著名诗人，亦擅词，其咏物词尤为细腻入神，风致萧散。父亲张枢也精晓音律，于词称当行，曾于西湖之滨的南湖别墅建"吟台"，与杨缵、周密、李彭老等词坛名流结社宴游酬唱。作为世家贵游子弟，二十八岁之前，张炎沉酣于西子湖畔，一直过着奢华、悠闲而又富有艺术情趣的生活。南宋德祐二年（1276）春，蒙古将军伯颜遣廉希贤、严忠范持国书使宋劝降。三月丙戌，至张炎祖父张濡镇守的独松关（今浙江安吉县东南），守关者不知为使，袭而杀之。次年元兵破临安，寻仇报复，张濡被"磔杀"，不久又被籍没家资，张炎从此不得不怀抱着亡国破家之痛，四处漂泊。元至元二十七年（1290），曾北游大都（今北京），"一日，思江南菰米莼丝，慨然襆被而归"（舒岳祥《赠玉田序》），此后漫游江浙各地，曾设卜肆于四明，郁郁而终。有《山中白云词》（又名《玉田词》）八卷。

张炎于词幼承家学，兼学周邦彦和姜夔，并转益多师，形成了深婉雅净、清空疏宕的词风，终成文学史上颇有影响的词坛宗匠，与周密、王沂孙、蒋捷并称"宋末四大家"。他的词尤其是入元后之作多以亲身体验抒写真切、沉挚的故国宗社倾覆之痛和遗民身世零落之悲，其间既流注着空灵俊爽之气，又有着吞咽绵邈之情，备极苍凉激楚，凄怆缠绵，读之使人黯然神伤。他精通音律，审音拈韵，细致入微；语言醇雅清畅，疏宕明快；用典融合巧妙，活脱自然，常别出新意。

作为宋词的殿军，张炎融合了北宋词之浑化与南宋词之骚雅，集婉约词之大成，其创作和词论对后世均有深远影响。清初浙派执柄词坛，张炎词大受青睐，朱彝尊说："数十年来，浙西填词者家白石而户玉田。"（《曹溶静惕堂词序》）其后厉鹗、蒋春霖等人在填词时也都奉玉田为圭臬。

他还是一位著名的词论家，所著《词源》是词学批评史上的一部重要的文献，分上下两卷，上卷论词乐、音律，下卷论词的风格、音乐特征、创作方法等。他独创"清空"说，并以此为核心，辅以"骚雅""意趣"说，为词学提供了一种新的审美范式。

品题

　　玉田张叔夏与余初相逢钱塘西湖上，翩翩然……风神散朗……饮酣气张，取平生所自为乐府词自歌之，噫呜宛抑，流丽清畅，不惟高情旷度，不可褻企，而一时听之，亦能令人忘去达穷得丧所在。（戴表元《剡源集》卷十三）

　　读《山中白云词》，意度超玄，律吕协洽，不特可写音檀口，亦可被歌管，荐清庙。方之古人，当与白石老仙相鼓吹。（《山中白云词》卷首仇远《玉田词序》）

　　所作往往苍凉激楚，即景抒情，备写其身世盛衰之感，非徒以剪红刻翠为工。至其研究声律，尤得神解，以之接武姜夔，居然后劲。（《四库全书总目提要》卷一百九十九）

　　玉田词皆雅正，故集中无俚鄙语，且别具忠爱之致；玉田词皆空灵，故集中无浊滞语，且多婉丽之态。（吴梅《词学通论》）

　　玉田词所具有的清虚俊爽的风格，凄怆缠绵的情调，确实和姜白石最为接近。张炎的出现，扩大了姜夔的影响，不愧为宋词三百年发展的最后殿军。（程千帆、吴新雷《两宋文学史》第九章）

词林逸事

　　大约在元大德五年（1301），深秋，江浙间的巨浸——汾湖，烟水苍茫，湖上芦苇萧瑟，一派清凄景色。漂泊中的张炎来到汾湖边上的芦墟来秀里，晤访友人陆行直。陆有歌伎卿卿，才色皆称。张炎为她写下《清平乐》：

　　候蛩凄断，人语西风岸。月落沙平江水漫，惊见芦花来雁。
　　可怜瘦损兰成，多情因为卿卿。只有一枝梧叶，不知多少秋声。

　　后收入词集时词人作了一些改动：

　　候蛩凄断，人语西风岸。月落沙平江似练，望尽芦花无雁。
　　暗教愁损兰成，可怜夜夜关情。只有一枝梧叶，不知多少秋声。

撼秋声、都是梧桐（张炎《声声慢》句）　清许容

元陆行直《碧梧苍石图》，绘湖石、梧桐、柏树，笔墨清润，为其传世绘画孤本。故宫博物院藏

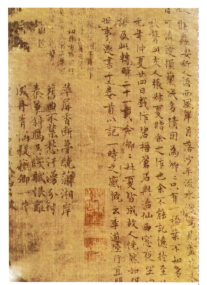

《碧梧苍石图》（局部）

定稿笔底秋声、秋景、秋情，清空萧瑟，沉郁苍凉，风流艳情转向为入骨的亡国失家之痛的哀吟。结拍更被誉为"精警无匹"的不世佳句。

至治元年（1321）四月二十四日，已致仕归乡的陆行直与陆留西窗夜坐，忆及与张叔夏（炎）那次难忘的相聚，不觉转瞬二十一载，如今张叔夏、卿卿皆成故人，恍如隔世之事，心中无限感慨，遂将张叔夏的赠词《清平乐》书于自己所作的《碧梧苍石图》卷首，以寓悼惜无涯之意，并步原韵和了一首：

楚天云断，人隔潇湘岸。往事悠悠江水漫，怕听楼前新雁。深闺旧梦还成，梦中独记怜卿。依约相思碎语，夜凉桐叶声声。

低吟/浩唱

解连环

［北宋］周邦彦

怨怀无托。嗟情人断绝，信音辽邈。纵妙手、能解连环，似风散雨收，雾轻云薄。燕子楼空，暗尘锁、一床弦索。想移根换叶，尽是旧时，手种红药。　　汀洲渐生杜若。料舟移岸曲，人在天角。漫记得、当日音书，把闲语闲言，待总烧却。水驿春回，望寄我、江南梅萼。拚今生、对花对酒，为伊泪落。

这首词以极尽回环往复、缠绵低回的手法抒写一位痴情男子失恋后郁结于心的种种幽怨、感伤、眷恋之情。全词构思巧妙，委曲回宕，痴情痴语全由肺腑中流出，感人至深。陈洵云："篇中设景设情，纯是空中结想，此固词之极幻化者。"（《海绡说词》）

解连环

［南宋］姜夔

玉鞍重倚。却沉吟未上，又萦离思。为大乔、能拨春风，小乔妙移筝，雁啼秋水。柳怯云松，更何必、十分梳洗。道郎携羽扇，那日隔帘，半面曾记。　　西窗夜凉雨霁。叹幽欢未足，何

把闲语闲言，待总烧却　乔大壮

算如此溪山，甚时重至　徐无闻

事轻弃。问后约、空指蔷薇，算如此溪山，甚时重至。水驿灯昏，又见在、曲屏近底。念唯有、夜来皓月，照伊自睡。

这首词写词人离开合肥后，在驿舍追念与合肥情侣的临别情境，声吻宛然。全词曲折尽致，深挚缠绵。结拍处词人陷入痴情之悬想，凄凉无尽。

参读

《吴都赋》云："户藏烟浦，家具画船。"唯吴兴为然。春游之盛，西湖未能过也。己酉岁，予与萧时父载酒南郭，感遇成歌。

双桨来时，有人似、旧曲桃根桃叶。歌扇轻约飞花，娥眉正奇绝。春渐远、汀洲自绿，更添了、几声啼鴂。十里扬州，三生杜牧，前事休说。　　又还是、宫烛分烟，奈愁里、匆匆换时节。都把一襟芳思，与空阶榆荚。千万缕、藏鸦细柳，为玉尊、起舞回雪。想见西出阳关，故人初别。——姜夔《琵琶仙》。淳熙十六年己酉（1189），词人在山水清绝的吴兴（今浙江湖州）载酒游春时，因见画船歌女酷似合肥情侣，而触发一襟芳思，词中用健笔写柔情，痴绝奇绝，清刚空灵。

二乔像（明佚名《千秋绝艳图》）

大乔、小乔，三国时东吴"桥公两女，皆国色也。策自纳大桥，瑜纳小桥。"（《三国志》卷五十四）。"桥"常又写作"乔"。这里，大乔、小乔代指词人合肥恋人姊妹。

解连环

[南宋]吴文英

暮檐凉薄。疑清风动竹，故人来邀。渐夜久、闲引流萤，弄微照素怀，暗呈纤白。梦远双成，凤笙杳、玉绳西落。掩练帷倦入，又惹旧愁，汗香阑角。　　银瓶恨沉断索。叹梧桐未秋，露井先觉。抱素影、明月空闲，早尘损丹青，楚山依约。翠冷红衰，怕惊起、西池鱼跃。记湘娥、绛绡暗解，褪花坠萼。

这首词当是秋夜忆念苏州去妾之作。词中以惝恍迷离之笔，营造出一个如梦似幻一般奇丽、凄迷、朦胧的境界，从而表达出词人对恋人的沉挚、缠绵的情感。

双成，董双成，传说西王母的侍女，能吹云和之笙。

玉绳，玉衡的北二星。玉衡为纬书中所指北斗七星的第五星，是斗柄的部分。玉绳西落标志下半夜已过。

练帷，布帷。

解连环

[南宋]高观国

露条烟叶，惹长亭旧恨，几番风月。爱细缕、先窣轻黄，渐拂水藏鸦，翠阴相接。纤软风流，眉黛浅、三眠初歇。奈年华又晚，

窣，突然出现。

三眠，《三辅故事》：汉苑有柳如人形，一日三眠三起。

萦绊游蜂，絮飞晴雪。　　依依霸桥怨别，正千丝万绪，难禁愁绝。怅岁久、应长新条，念曾系花骢，屡停兰楫。弄影摇晴，恨闲损、春风时节。隔邮亭、故人望断，舞腰瘦怯。

这首词咏柳怀人，情思细腻悠长。俞陛云说："此调上阕固专咏柳，下阕因柳感怀，而乃由'柳'字发挥。结句怀友而归至本题，不黏不脱。咏柳题本非难，佳处在细腻熨帖而仍萦拂有情也。"（《唐五代两宋词选释》）

解连环

〔明〕史鉴

销魂时候。正落花成阵，可人分手。纵临别、重订佳期，恐软语无凭，盛欢难又。雨外春山、会人意，与眉交皱。望行舟渐隐，恨杀当年，手栽杨柳。　　别离事，人生常有。底何须为着，成个消瘦。但若是两情长，便海角天涯，等是相守。潮水西流，肯寄我、鲤鱼双否。倘明年、来游灯市，为侬沽酒。

这首送别词以直率之语，抒深婉之情。"望行舟渐隐，恨杀当年，手栽杨柳"三句，说悔恨自己当年亲手所栽杨柳，因为纵有柳丝千万条，却不能挽住"可人"的行舟，只能任其远去，直到消失在视线之外，虽无理之极却情真意切，颇得柳永词的神髓。

解连环　咏芦花遥和钱舍人

〔清〕曹贞吉

惊风凄切。满江干一片，冻云吹折。飘万点、不辨东西，枉赚得行人，鬓丝添雪。明月光中，隐沙岸、鸿声清绝。更闲随钓艇，暗入柴门，伴人骚屑。　　助他怒潮呜咽，卷兴亡旧恨，浪花明灭。笑垂杨、只解飞绵，难点上征衫，迷离成铁。露冷蒹葭，还记得、绿芽如发。问故家、秋娘何在，风流总歇。

这首咏物词以圆熟的拟人化手法，抒写羁旅飘零的凄苦和对世事无常、年华易逝的慨叹。

孤篷夜傍低丛宿，萧萧雨声悲切。一岸霜痕，半江烟色，愁到沙头枯叶。澹云没灭。黯西风吹老，满汀新雪。天岂无情，离骚

元吴镇《芦花寒雁图》（局部），绘深秋水滨瑟瑟的芦花随风恣意摇曳。两只寒雁振翅飞起，舟中一人仰首凝视。画面萧瑟荒寒。故宫博物院藏

史鉴（1434—1496）字明古，号西村，别署西村逸史，南直隶苏州府吴县（今属江苏）人。书无不读，尤熟于史。隐居不仕。有《西村集》。

曹贞吉（1634—1698）字升六，号实庵，山东安丘人。康熙进士，官礼部郎中。诗风雄浑豪宕，词风雄深苍稳。其论词主独创。有《珂雪词》二卷。

点点送归客。　归去来兮怎得，尽鹭翘鸥倚，乍寒时节。秋晚山川，夕阳浦溆，赢得别肠千结。涛翻浪叠。那得似西来，一笳横绝。搔首江南，雁衔千里月。——宋方岳《齐天乐·和楚客赋芦》

当是咏芦花的开山之作，词境萧疏苍远。

解连环　秋夜感旧

［清］孙致弥

豆花微雨。傍半窗孤影，做成酸楚。枉怨怅、春带愁来，怎解事秋风，不吹愁去。谁家方响，细按彻、《云蓝》小部。正凉欺瘦骨，寻思旧梦，醉簪腾处。　归舟字能认否。只烧香汲井，分明蟾虎。悄记得、茉莉香中，伴玉漏声沉，冰肌无暑。仙袂蝉纱，映澹月、轻如纶絮。怪姮娥、不为人圆，看看四五。

这首怀人词上片写秋夜独处的凄凉心境，下片追怀往日的欢会，情思宛转。结拍与东坡词"不应有恨，何事长向别时圆"有异曲同工之妙。

孙致弥像

孙致弥（1642—1709）字海似，号松坪，江南嘉定（今属上海）人。康熙二十七年（1688）进士，历官至翰林院侍读学士。工于诗，兼善书法，其词则有"骨坚音脆"之评。有《杕左堂集》。

解连环

［清］麦孟华

酬任公，用梦窗留别石帚韵。

旅怀千结。数征鸿过尽，暮云无极。怪断肠、芳草萋萋，却绿到天涯，酿成春色。尽有轻阴，未应恨、浮云西北。只鸾钗密约，凤靥旧尘，梦回凄忆。　年华逝波渐掷。叹蓬山路阻，乌盼头白。近夕阳、处处啼鹃，更划地乱红，暗帘愁碧。怨叶相思，待题付、西流潮汐。怕春波、载愁不去，怎生见得。

戊戌变法失败后，梁启超逃亡日本，于光绪三十三年（1907）返国，欲成立宪之事无成，意态萧索，旋又东渡，作《金缕曲》寄沪上诸子，这首词或因此酬答。词中宛转缠绵，托情男女，实则寓箴规之意，约之以君臣之义。

麦孟华像

麦孟华字孺博，号蜕庵，广东顺德人。光绪十九年（1893）举人。著有《蜕庵词》一卷。

参读

思和云结。断江楼望睫，雁飞无极。正岸柳、衰不堪攀，忍持赠故人，送秋行色。岁晚来时，暗香乱、石桥南北。又长亭暮雪，点点泪痕，总成相忆。　杯前寸阴似掷。几酬花唱月，连夜浮白。省听风、听雨笙箫，向别枕倦醒，絮扬空碧。片叶愁红，趁一舸、西风潮汐。叹沧波、路长梦短，甚时到得。——南宋吴文英《解连环·留别姜石帚》亦为临别留赠之作，写得婉转曲折而又情意绵长。陈洵极赏此首，说："云起梦结，游思缥缈，空际传神。中间'来时'，逆挽。'相忆'，倒提。全章机杼，定此数处。"（《海绡说词》）

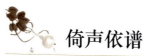

倚声依谱

《解连环》又名《望梅》《杏梁燕》。因周邦彦词有"妙手能解连环"句，故名。双调，一百零六字。上片十一句，下片十句，各五仄韵。调中韵位配置匀称，调势顿挫之处较多，变化而回环，若用入声韵则音节沉重而尤谐美。多用于抒写感旧和离怀。

【定格】
仄平平仄。中平平仄仄，仄平平仄。
仄仄中、中仄平平，仄中仄中平，仄平平仄。
中仄平平，中中仄、中平平仄。
仄中平仄仄，中仄中平，中中平仄。

平平仄平仄仄。仄平平仄仄，中中平仄。
仄仄平。平仄平平，仄中仄平平，仄中平仄。
仄仄平平，仄中仄。中平平仄。
中平中。仄平仄仄，仄平仄仄。

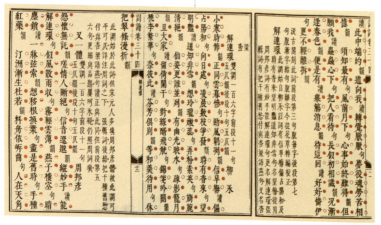

《词谱》（《解连环》）

齐天乐

一襟余恨宫魂断

朱庚先书《齐天乐》

华音流韵

齐天乐 蝉

[南宋] 王沂孙

一襟余恨宫魂断①，年年翠阴庭树。乍咽凉柯②，还移暗叶，重把离愁深诉。西窗过雨。怪瑶珮流空③，玉筝调柱。镜暗妆残，为谁娇鬟尚如许④。　　铜仙铅泪似洗⑤，叹携盘去远，难贮零露。病翼惊秋，枯形阅世⑥，消得斜阳几度。余音更苦。甚独抱清商⑦，顿成凄楚。漫想薰风，柳丝千万缕。

临风赏读

宋元易代之际，亡国者受祸之惨绝，亡人国者施暴之酷烈，震古未闻。元兵入会稽（今浙江绍兴），江南释教总

一襟余恨宫魂断，年年翠阴庭树。乍咽凉柯，还移暗叶，重把离愁深诉。西窗过雨。怪瑶佩流空，玉筝调柱。镜暗妆残，

王沂孙齐天乐

宋理宗自书《雪压西湖》诗，描绘杭州西湖冬景

　　摄、西域僧人杨琏真伽（即嘉木扬喇勒智）在宰相桑哥的支持下，盗掘南宋帝后陵墓，劫掠随葬珍宝，而将帝后遗骸毁弃荒野，理宗头颅甚至被截为饮器。这种野蛮暴虐的行径激起了广大遗民的义愤。次年，周密、王沂孙、张炎、李彭老、仇远、唐珏等十四人相聚，填词分咏龙涎香、白莲、莼、蝉、蟹，隐寓此事，以志家国沦亡之深悲巨痛。后来这些词作编成了《乐府补题》一卷计五咏三十七首。

　　这首词收入《乐府补题》第三咏"齐天乐（馀闲书院拟赋蝉）"。词以行将枯死的秋蝉感发生兴，劈头一句即以劲笔擒题，直摄蝉的神魂，揭出全篇一腔冤魂遗恨之题意。据马缟《中华古今注》载，齐王后怨愤而死，尸变为蝉。蝉在树间忽而哽咽，忽而哀泣，声声凄惋，有似齐后的魂魄宣泄自己满腔的余恨，令人为之魂断。以下"乍咽""还移""重诉"写其栖处不宁，哀鸣凝噎，隐隐折射出遗民自危的

《宋理宗坐像》。台北"故宫博物院"藏

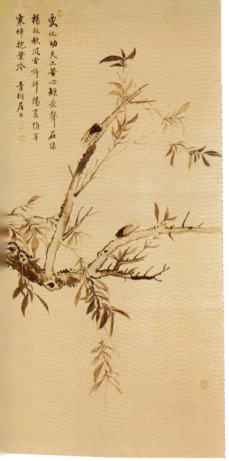

《乐府补题》五咏：第一咏天香（宛委山房拟赋龙涎香）；第二咏水龙吟（浮翠山房拟赋白莲）；第三咏齐天乐（馀闲书院拟赋蝉）；第四咏摸鱼儿（紫云山房拟赋莼）；第五咏桂枝香（天柱山房拟赋蟹）。

心态。"西窗"句以下写雨后惊闻惊视：蝉声娇鬓，这莫不是齐后生前的娇音倩影么？一"怪"字直贯上片之末，意谓秋雨后天气渐寒，蝉的大限将至，而怪其声音却还如此清婉动听，如珮玉相叩，玉筝试弹；镜已昏暗，妆已残损，而怪其娇鬓尚如此齐整——此实乃以乐景写哀。

过片承上一气贯下，从蝉的唯啜清露，联想到长安汉宫中的金铜仙人承露盘被魏明帝拆移洛阳，仙人临载竟潸然泪下。蝉既无露可饮，于是翼病而形枯，料禁不起秋天的几个黄昏了。即使将亡，仍在苦苦哀鸣不断，令人顿觉凄苦异常。收结忽作顿宕，向往畴昔薰风送暖，柳丝摇曳的季节，而"漫想"二字，却将希望一笔抹去，以极盛反跌极哀，酸楚至极。

通篇着力描摹蝉的声影，刻画蝉的忧患余生，而有意无意间将家国沦亡之后遗民的栖惶、哀苦和绝望的心境自然托出，字字凄断，感人至深。句句写蝉，又句句写人，貌合神似，浑然一体，洵为咏物杰作。

古今汇评

陈廷焯：碧山《齐天乐》诸阕，哀怨无穷，都归忠厚，是词中最上乘。……（咏蝉）次章起句云："一襟余恨宫魂断。"下云："镜暗妆残，为谁娇鬓尚如许。"合上章观之，此当指王昭仪改装女冠。后叠云："铜仙铅泪如洗……"字字凄断，却浑雅不激烈。余音数语，或有感于"太液芙蓉"一阕乎？（《白雨斋词话》卷二）

唐圭璋：此首咏蝉，盖咏残秋哀蝉也。妙在寄意沉痛，起笔已将哀蝉心魂拈出，故国沧桑之感，尽寓其中。（《唐宋词简释》）

参读

槐薰忽送清商怨，依稀正闻还歇。故苑愁深，危弦调苦，前梦蜕痕枯叶。伤情念别。是几度斜阳，几回残月。转眼西风，一襟幽恨向谁说。　　轻鬟犹记动影，翠蛾应妒我，双鬓如雪。枝冷频移，叶疏犹抱，孤负好秋时节。凄凄切切。渐迤逦黄昏，砌蛩相接。露洗余悲，暮烟声更咽。——周密《齐天乐·蝉》与王沂孙《齐天乐》咏蝉词作于同时，都以蝉为齐宫怨女的化身抒写一怀故国的遗恨。周密词描写蝉的形象更鲜明贴切，寄托处用笔不多，颇为轻新明快，清俊爽利。

夕阳门巷荒城曲，清音早鸣秋树。薄剪绡衣，凉生鬓影，独饮天边风露。朝朝暮暮。奈一度凄吟，一番凄楚。尚有残声，蓦然飞过别枝去。　　齐宫往事谩省，行人犹与说，当时齐女。雨歇空山，月笼古柳，仿佛旧曾听处。离情正苦。甚懒拂冰笺，倦拈琴谱。满地霜红，浅莎寻蜕羽。——宋仇远《齐天乐·蝉》也是借咏蝉寄寓深沉的家国之思，身世之痛，咏蝉与写人完美结合，是蝉是人，难于区辨，意味深厚。

一襟幽事，砌蛩能说（周密《玉京秋》句）　齐白石

宋马麟《夕阳山水图》，描绘秋色夕阳。水面上，四只燕子正低飞嬉戏。远景处，天水辽阔，迷蒙远山数峰忧郁的轮廓，被夕晖笼罩，一派玫瑰紫的红。或谓此作延续了乃父马远"残山剩水"的哀愤，是国恨的写照。画幅上部题"山含秋色近，燕渡夕阳迟。赐公主"，为宋理宗所书。日本根津美术馆藏

❀ 词人心史

王沂孙（约1230—约1291）字圣与，号碧山，又号中仙，曾居绍兴东南玉笥山，故又称玉笥村民、玉笥山人，会稽（今浙江绍兴）人。生平不见史传，至难考索。生年和年辈，或以为少于（或以为长于）周密，与张炎相若，且与周、张交往最密，结社西湖，时相酬唱。元世祖至元（1264—1294）中，一度出为庆元路（路治今宁波鄞州）学正。晚年往来杭州、绍兴间。有《花外集》。

生当有宋末造，王沂孙身历了亡国破家的历史惨变，在异族的高压统治环境下，善于化实为虚，咏物以寄兴，以清辞丽句抒写悲愤郁悒，寄托兴亡之感。他取法姜夔，亦博采周邦彦、吴文英诸家之长，创作出一些寄意遥深、情味隽永的优秀作品，以凄冷郁愤的情感、温婉清丽的语言、物我浑融的艺术形象、纡徐曲折吞吐有致的笔法、既骚雅又沉至的高秀境界，形成了沉郁深婉、幽约悱恻的独特词风。王沂孙与周密、张炎、蒋捷并称"宋末词坛四大家"，前人评价甚高，尤其清代常州词派词人更是推崇备至。

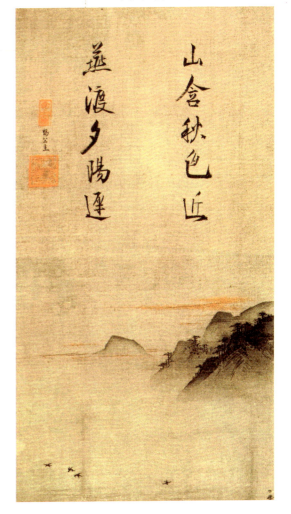

山含秋色近，燕渡夕阳迟　赐公主

碧山能文，工词，琢语峭拔，有白石意度。（张炎《山中白云词》卷一）

词法之密，无过清真；词格之高，无过白石；词味之厚，无过碧山：词坛三绝也。（陈廷焯《白雨斋词话》卷二）

咏物词至碧山，可谓空绝千古，然亦身世之感使然，后人不能强求也。（陈廷焯《白雨斋词话》卷七）

中仙最多故国之感，故着力不多，天分高绝，所谓意能尊体也。中仙最近叔夏一派，然玉田自逊其深远。（周济《介存斋论词杂著》）

碧山胸次恬淡，故“黍离”“麦秀”之感，只以唱叹出之，无剑拔弩张习气。词以思笔为入门阶陛。碧山思笔，可谓双绝，幽折处大胜白石。惟圭角太分明，反复读之，有水清无鱼之恨。（周济《宋四家词选目录序论》）

予尝谓白石之词，空前绝后，匪特无可比肩，抑且无从入手，而能学之者则惟中仙。其词运意高远，吐韵妍和；其气清，故无沾滞之音；其笔超，故有宕往之趣；是真白石之入室弟子也。（戈载《宋七家词选》）

碧山词颉颃双白，揖让二窗，实为南宋之杰。（王鹏运《花外集跋》）

大抵碧山之词，皆发于忠爱之忱，无刻意争奇之意，而人自莫及。论词品之高，南宋诸公，当以《花外》为巨擘焉。其咏物诸篇，固是君国之忧，时时寄托，却无一笔犯复，字字贴切故也。（吴梅《词学通论》）

集咏物词之大成，而能提高斯体之地位者，厥惟王沂孙氏。（龙榆生《中国韵文史》）

王碧山又号中仙，越人也。能文工词，琢语峭拔，有白石意度，今绝响矣。余悼之玉笥山，所谓长歌之哀，过于痛哭。

断碧分山，空帘剩月，故人天外。香留酒畔，蝴蝶一生花里。想如今、醉魂未醒，夜台梦语秋声碎。自中仙去后，词笺赋笔，便无清致。　　都是、凄凉意。怅玉笥埋云，锦袍归水。形容憔悴，料应也、孤吟山鬼。那知人、弹折素弦，黄金铸出相思泪。但柳枝、门掩枯阴，候蛩愁暗苇。——张炎《琐窗寒》

王沂孙题诗墨迹。至元二十四年（1287），周密得《保母帖》，王沂孙题诗。故宫博物院藏

低吟/浩唱

齐天乐

［北宋］周邦彦

绿芜凋尽台城路，殊乡又逢秋晚。暮雨生寒，鸣蛩劝织，深阁时闻裁剪。云窗静掩。叹重拂罗裀，顿疏花簟。尚有綀囊，露萤清夜照书卷。　　荆江留滞最久，故人相望处，离思何限。渭水西风，长安乱叶，空忆诗情宛转。凭高眺远。正玉液新篘，蟹螯初荐。醉倒山翁，但愁斜照敛。

这首词写作时地，多有争论。从首句及内容看，当作于金陵（今江苏南京），时间当在词人元祐、绍圣间知溧水县前后。全幅词境，时空囊括了暮年与少年，江宁与荆、汴，笔法迂回曲折，濡染勾勒，将悲秋、客愁、念旧融并一体，其间又隐含着多重的人生感慨，沉郁凄惋，别具一格。清陈廷焯评此词说："只起二句便觉黯然销魂。下字用意，无不精练。（下阕眉批）沉郁苍凉，太白'西风残照'，复有嗣音矣。"（《云韶集辑评》卷四）

台城，东晋至南朝时期的台省（中央政府）和皇宫所在地，位于国都建康（今江苏南京）城内，核心地区在今大行宫周围及其以南南京总统府东西一线。

齐天乐　与冯深居登禹陵

［南宋］吴文英

三千年事残鸦外，无言倦凭秋树。逝水移川，高陵变谷，那识当时神禹。幽云怪雨。翠萍湿空梁，夜深飞去。雁起青天，数行书似旧藏处。　　寂寥西窗久坐，故人悭会遇，同剪灯语。积藓残碑，零圭断璧，重拂人间尘土。霜红罢舞。漫山色青青，雾朝烟暮。岸锁春船，画旗喧赛鼓。

萍，同"萍"。

残鸦影没，天地苍茫，词人触景而生感慨，由感慨而入禹的神话异传，再由对禹的追怀想起灯下漫谈，最后又在眼前之景中结束思绪，归之眼前的自然，思绪跳宕，生动而又细腻地表现了词人登禹陵时触发的荒忽千古盛衰成败之思与寂寥人世一己离合之悲。清陈廷焯评此词曰："凭吊中纯是一片感叹，我知先生胸中应有多少忧时眼泪。"（《云韶集辑评》卷八）郑文焯亦极为称赏，谓："万古精灵，空荡幽默，怀古之作，至此乃神。"（《手批梦窗词》）

绍兴大禹陵碑

参读

鄞县大梅山顶有梅木（即楠木），伐为会稽禹庙之梁。张僧繇画龙于其上，夜或风雨，飞入镜湖与龙斗。后人见梁上水淋漓，始骇异之，以铁索锁于柱。——《大明一统志·绍兴府志》引《四明图经》

夜或大雷雨，梁辄失去，比复归，水草被其上，人以为神……——南宋嘉泰《会稽志》卷六"禹庙"条

齐天乐　送童瓮天兵后归杭

[南宋] 詹玉

相逢唤醒京华梦，吴尘暗斑吟发。倚担评花，认旗沽酒，历历行歌奇迹。吹香弄碧。有坡柳风情，逋梅月色。画鼓红船，满湖春水断桥客。　　当时何限俊侣，甚花天月地，人被云隔。却载苍烟，更招白鹭，一醉修江又别。今回记得。再折柳穿鱼，赏梅催雪。如此湖山，忍教人更说。

德祐二年（1276），元丞相伯颜率军攻破临安。童瓮天在战后返杭，词人作了这首词送别友人。词以乐景写悲情，把依依惜别之情和故国之思、兴亡之叹熔铸于一炉，用典自然，浑然一体，清淡飘逸却又劲直。

齐天乐　吴山望隔江霁雪

[清] 厉鹗

瘦筇如唤登临去，江平雪晴风小。湿粉楼台，酽寒城阙，不见春红吹到。微茫越峤，但半汧云根，半销沙草。为问鸥边，而今

可有晋时棹。　　清愁几番自遣，故人稀笑语，相忆多少。寂寂寥寥，朝朝暮暮，吟得梅花俱恼。将花插帽，向第一峰头，倚空长啸。忽展斜阳，玉龙天际绕。

　　词人登上吴山，眺望隔江雪景，江天一色，满目澄澈，于是以幽隽清灵的笔墨描绘出一幅雄浑壮丽、境界阔大的雾雪江色图。上片写雪景，透出寒意与迷惘情致，下片转写对故人的怀思与心境的寒寂。结末忽起顿挫，以狂狷之态与天际一抹斜阳照射雪峰的壮景相结合，转出生气，令人神思俱爽，超然尘表。谭献谓此词"顿挫跌宕"（《箧中词·今集》卷二），所言极是。

齐天乐　秋声馆赋秋声

[清] 厉鹗

　　簟凄灯暗眠还起，清商几处催发。碎竹虚廊，枯莲浅渚，不辨声来何叶。桐飙又接。尽吹入潘郎，一簪愁发。已是难听，中宵无用怨离别。　　阴虫还更切切。玉窗挑锦倦，惊响檐铁。漏断高城，钟疏野寺，遥送凉潮呜咽。微吟渐怯。讶篱豆花开，雨筛时节。独自开门，满庭都是月。

　　康熙六十年（1721）秋，词人寂处秋声馆，聆听深夜四起的秋声，无限感伤，于是凄然命笔，写下了这首咏秋声的绝调。词选择"碎竹""枯莲""桐飙""阴虫"、野寺之钟、严城之"漏"（守更钟鼓）、"凉潮"、篱豆花叶等物象，营造出一派萧疏寒瑟的境界，而一片秋声逼人视听，令人如临其境。结笔写秋声固无往而不在，但着意寻声，却只见满庭秋月……如此运笔，尤极空灵、

厉鹗（1692—1752）字太鸿，号樊榭，又自号花隐，钱塘（今浙江杭州）人，原籍慈溪。康熙五十九年（1720）举人。毕生以设馆授徒为业。其词以"幽隽"著称，为浙西词派之中坚人物。有《樊榭山房集》等。

檐铁，檐马，亦谓之风铃，风马儿。悬于檐下，风起则铮锱有声。

陈澧题画诗

汪元浩（1808—1867）字孟然，号珊渔，镇洋（今江苏太仓）人。工诗文，尤长于词，其词不务雕琢而自然浑雅。有《结铁网斋词》等。

赣江流经赣县、万安之境，有滩十八，中多怪石，甚险。

过春山字葆中，号湘云，吴县（今江苏苏州）人。生活于康乾间。博通经史，工诗词。有《湘云遗稿》二卷。

传神。谭献以"词禅"（《箧中词·今集》卷三）评之。钱仲联则谓此词"处处从实处衬托出秋声，有神无迹。……一结更有'不着一字''羚羊挂角'之妙"（《清词三百首》）。

齐天乐　秋烟

［清］汪元浩

非云非雾非岚气，遥看半空笼住。似淡偏浓，乍分仍合，秋在极模糊处。轻绡万缕，织一幅潇湘，画图如许。踏叶人归，断虹桥外易迷路。　　依稀芦雪卷起，听歌声缓缓，渔艇摇去。水际将消，林端又起，欲断还连情绪。苍茫钓浦，问短笛谁横，唤醒眠鹭。几阵风丝，满天筛细雨。

这首咏物词以极温婉和平的手法，描写秋天的烟云，刻画入微，尽态极妍，十分细腻。透过秋烟，读者分明能体味到词人一段剪不断理还乱的愁情。

齐天乐　十八滩舟中夜雨

［清］陈澧

倦游谙尽江湖味，孤篷又眠秋雨。碎点飘镫，繁声落枕，乡梦更无寻处。幽蛩不语，只断苇荒芦，乱垂烟渚。一夜潇潇，恼人最是绕堤树。　　清吟此时正苦。渐寒生竹簟，秋意如许。古驿疏更，危滩急溜，并作天涯离绪。归期又误。望庾岭模糊，湿云无数。镜里明朝，定添霜几缕。

道光二十四年（1844），词人北行应试，复铩羽南归。途中写了不少词作，抒发个人蹉跎失意之感。这首词写秋夜舟中听雨，天涯客子旅况羁愁，从听觉、视觉、触觉层层堆砌，层层转进，环境气氛描写极为出色。最后归结到望断家乡，年华渐老的悲哀。夏承焘评此词"情景交融，寄托深婉，自是佳作"（《金元明清词选》），甚是。

台城路　登雷峰望宋胜景园故址

［清］过春山

东风又入荒园畔，繁华已成尘土。太液芙蓉，未央杨柳，曾见当年歌舞。危阑漫抚。叹事逐飞云，梦随香雾。指点江山，斜阳一片下平楚。　　悠悠此恨谁诉。想青磷断续，还过南浦。铁马凭江，香车碾月，忍读昭仪词句。凄凉几许。但山鬼吟秋，杜鹃啼雨。回首宫斜，白杨深夜语。

词人游杭州，登西湖南岸夕照山上之雷峰，下瞰宋胜景园故址，追想当年园中盛景，因填此阕，为南宋兴亡之事一掬悲悯之泪，将深沉、苍茫的历史感融于清逸萧散之中，颇见骨力，被陈廷焯称为“湘云压卷”之作。

词林逸事

理宗、度宗朝，国家社稷已处在倾覆的边缘，朝野上下却仍然文嬉武恬，杨缵、周密、张炎等高人雅士耻于趋附权奸，遂诗酒啸傲放情山水，结社西湖之畔，沉醉在朝歌暮嬉的生活中。周密在《草窗韵语》中就记述了多次西湖隽游吟咏活动：

度宗咸淳三年（1267）七月既望，周密与诸友人远修太白采石、坡仙赤壁数百年故事，避暑于东溪之清赋，泛舟于三汇之交。“舟无定游，会意即止，酒无定行，随意斟酌。坐客皆幅巾练衣，般薄啸傲，或投竿而渔，或叩舷而歌，各适其适。既而蘋风供凉，桂月蜚露，天光翠合，逸兴横生，痛饮狂吟，不觉达旦。”

第二年秋，他们又乘船来到此地，以续前游。“复寻前盟于白荷凉月间。风露浩然，毛发森爽，遂命苍头奴横小笛于舵尾，作悠扬杳渺之声，使人真有乘查飞举想也。举白尽醉，继以浩歌。”于是，周密有了这一首《齐天乐》：

清溪数点芙蓉雨，蘋飙泛凉吟艍。洗玉空明，浮珠沆瀣，人静籁沉波息。仙潢咫尺。想翠宇琼楼，有人相忆。天上人间，未知今夕是何夕。

此生此夜此景，自仙翁去后，清致谁识。散发吟商，簪花弄水，谁伴凉宵横笛。流年暗惜。怕一夕西风，井梧吹碧。底事闲愁，醉歌浮大白。

这真是一阕遁世高人的雅游醉歌。及至亡国破家，周密他们沦为遗民，忧患飘零，追想昔游，殆如梦寐，纷纷用词来抒写身世之感和亡国的哀痛。

宋夏珪《松溪泛月图》，绘数人泛舟江上，明月高悬，烟波浩森，水天一色。在一派澄净中，只有溪流与松风的和奏飘荡在水面上。构图巧妙，笔法简练，意境空灵幽深。故宫博物院藏

故国山河，故园心眼　寿石工

步深幽。正云黄天淡，雪意未全休。鉴曲寒沙，茂林烟草，俯仰千古悠悠。岁华晚、飘零渐远，谁念我、同载五湖舟。磴古松斜，崖阴苔老，一片清愁。　　回首天涯归梦，几魂飞西浦，泪洒东州。故国山川，故园心眼，还似王粲登楼。最负他、秦鬟妆镜，好江山、何事此时游。为唤狂吟老监，共赋消忧。——周密《一萼红·登蓬莱阁有感》写于亡国之际，苍茫感慨，情见乎词。特别是词至歇拍"最负他、秦鬟妆镜，好河山、何事此时游"，沉痛悲愤，凄凉掩抑，可谓"长歌之哀过于痛哭"，天地山川均为之动容。此词一直被推为《草窗词》的压卷之作。

倚声依谱

《齐天乐》，周邦彦词为创调之作，因首句有"绿芜凋尽台城路"，又名《台城路》。另又名《五福降中天》《如此江山》。双调，一百零二字，上片十句，五仄韵；下片十一句，五仄韵，音调流美而和婉。宋人用此调者甚众，尤为南宋婉约派词人所喜用。用以抒情、写景、咏物、祝颂，适宜之题材广泛。

【定格】
仄平平仄平平**仄**，平平仄平平**仄**。
仄仄平平，平平仄仄，平仄平平平**仄**。
平平仄**仄**。
仄平仄平平，仄平平**仄**。
仄仄平平，仄平中仄仄平**仄**。

平平仄平仄仄，仄平平仄仄，平仄平**仄**。
仄仄平平，平平仄仄，中仄平平中**仄**。
平平仄**仄**。
仄中仄平平，仄平平**仄**。
仄仄平平，仄平平仄仄**仄**。

《词谱》（《齐天乐》）

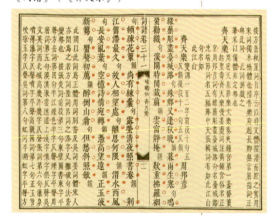

诉衷情

残月照吟鞭

夜寒茅店不成眠残月
照吟鞭黄花细雨时候催上
渡头船
鸥似雪水如天忆当年
到家应是童稚牵衣
笑我华颠 吴激 诉衷情
已亥暮春 如斋 圭铭

朱圭铭书《诉衷情》

诉衷情

[金]吴激

　　夜寒茅店不成眠，残月照吟鞭。黄花细雨时候，催上渡头船。　　鸥似雪，水如天，忆当年。到家应是，童稚牵衣，笑我华颠。

临风赏读

　　词人使金后被留，"老作北朝臣"（《满庭芳》），乡国之思日夜萦绕，深啮其心。这首词吐露的即是一腔思乡渴念。

词的上阕着重写"我"之思家心切。在寒意料峭的凉秋深夜，独自歇宿于荒郊茅店的"我"难以成眠，归家的心情实在太过激动，于是踏着拂晓的残月，早早地就扬鞭起程了。黄花初绽，秋雨濛濛，"我"且行且吟，终于到了渡头，上了船头，而神魂也随之飞向南国。一个"催"字下得尤为精妙，写出了游子思归的急切心态。

白鸥似雪，水天一色，令人惬意的景色触发了留存在"我"记忆中的当年欢愉怡悦的感受。此时"我"若是回家乡的话，儿童们将定然拍着手笑指"我"的满头白发了。词人久客北地，南归全成空梦。其实，这下阕纯属悬想之辞，表面是写归家的欣悦，实则以虚无之乐反跌实在之悲，归家的光景想象得愈美好，不能归家的哀苦就愈浓重。

全词自然清婉，意趣横生，那无可奈何的思乡情思仍触动着读者的心弦。

古今汇评

元好问：（吴彦高）乐府"夜寒茅店不成眠""南朝千古伤心事""谁挽银河"等篇，自当为国朝第一手。而世俗独取《春从天上来》，谓不用他韵；《风流子》，取对属之工，岂真识之论哉！（《中州集》卷一）

夏承焘：久别将归。虽寒不成眠，很早就起程了。且行且吟，可见兴致，水边鸥鸟，倚门童稚，在在都引起心头的欢悦。词笔也松秀自然，可当《归去来辞》看。（《金元明清词选》）

严迪昌：上片写失眠，写凄怆，景色寒凉。下片转以虚拟之笔，显现温馨，愈见强化"残月吟鞭"的怅惘心绪。吴激朗秀中出凄婉的风格于此毕现，运语又如此轻捷自然不留痕迹。（《金元明清词精选》）

笑问客从何处来（唐贺知章《回乡偶书》句）　清林皋

宋佚名《征人晓发图》，细致描绘行人晓发时的情景。天色微明，苍松掩映一座茅草客店内，一士人正趴在桌上，似醒非醒。店家女子正在为客人准备早餐，室外侍者立于行囊旁，作待发状。人物、马匹造型准确，线条细劲简练。故宫博物院藏

词人心史

　　吴激（1090—1142）字彦高，自号东山，建州（今福建建瓯）人。宰相吴栻之子，书画家米芾之婿。宋钦宗靖康二年（1127），奉命使金，金不遣返，被迫仕金，官翰林待制。曾出使朝鲜。金皇统二年（1142）出知深州（今河北深县），到官三日卒。

　　作为词坛翘楚，他和蔡松年、党怀英、王庭筠等被金人"借才异代"，元好问推之为"国朝第一手"（《中州集》卷一）。他作词与蔡松年齐名，时号"吴蔡体"。今存词全系留北后作，多故国之思，词风清丽自然，悲婉相济，韵致清远，使人品味不尽。词而外，他还工诗能文善书画，书法俊逸，绘画得米芾笔意。有《东山集》《东山乐府》，已佚。存诗收入《中州集》，词收入《全金元词》。赵万里《校辑宋金元人词》辑为《东山乐府》一卷。

品题

　　片云踪迹任飘然，南北东西共一天。万里山川悲故国，十年风雪老穷边。名高冀北无全马，诗到江西别是禅。颇忆米家书画否？梦魂应逐过江船。（刘迎《题吴彦高诗集后》）

　　彦高词集篇数虽不多，皆精美尽善，虽多用前人诗句，其剪裁点缀若天成，真奇作也。先人尝云：诗不宜用前人语，若夫乐章，则剪截古人语亦无害，

　　佚名《歌乐图》（局部），描绘歌乐女伎演奏、彩排的场景。画面中九位女伎、一位老乐官和二位女童于庭院中一字排开，手持笛、鼓、排箫、琵琶等多种乐器。或认为演员杂糅宋人和辽人的服饰，可看作金代沿袭前朝遗制的反映，此幅应是金人北曲杂剧演习图，但也有人认为是南宋作品。上海博物馆藏

但要能使用尔。如彦高《人月圆》半是古人句，其思致含蓄甚远，不露圭角。（刘祁《归潜志》卷八）

激，米芾之婿也。工诗能文，字画俊逸，得芾笔意。尤精乐府，造语清婉，哀而不伤。（《金史》卷一百二十五）

金代词人，自以吴彦高为冠，能于感慨中饶伊郁，不独组织之工也。同时尚吴蔡体，然伯坚非彦高匹。（陈廷焯《白雨斋词话》卷三）

金源词人，以吴彦高、蔡伯坚称首，实皆宋人。吴较绵丽婉约，然时有凄厉之音；蔡则疏快平博，雅近东坡。（陈匪石《声执》卷下）

词林逸事

同是使金被留的宇文虚中主盟着金初文坛，视吴激为后进，呼之为"小吴"。一次，宇文虚中与吴激、洪皓等在张总侍御家饮酒会宴，主人叫出侍儿佐酒，中有一女神态郁悒可怜，一问，原来竟是流落异邦的宋宗室之后。座中诸公感慨万千，遂皆作词一首。其中宇文虚中首作《念奴娇》，其中有句云："宋室家姬，陈王幼女，曾嫁钦慈族。干戈浩荡，事随天地翻覆。"（金刘祁《归潜志》卷八）次及吴激，即席也填了一首《人月圆》：

南朝千古伤心事，犹唱后庭花。旧时王谢，堂前燕子，飞向谁家。　恍然一梦，仙肌胜雪，宫髻堆鸦。江州司马，青衫泪湿，同是天涯。

这首词用笔空灵蕴藉，运化前人成句，浑然一体。词中虽咏歌女，亦是借以自伤，情思甚为沉痛，以致在场诸公读之无不挥泪。宇文虚中看了更是大为震惊，不由得推崇备至，此后凡是有人前来求词时，他便虚心地要来人去向吴激求取。

另有一次，吴激在会宁府遇见流落在金的故国老姬，她宛转的琴声触引着吴激心中的故国之思、家世之恨奔涌而出，不觉又填下了一阕哀惋痛切、极尽缠绵悱恻之致的《春从天上来·会宁府遇老姬，善鼓瑟，自言梨园旧籍，因感而赋此》：

海角飘零。叹汉苑秦宫，坠露飞萤。梦里天上，金屋银屏。歌吹竞举青冥。问当时遗谱，有绝艺、鼓瑟湘灵。促哀弹，似林莺呖呖，山溜泠泠。　　梨园太平乐府，醉几度春风，鬓变星星。舞破中原，尘飞沧海，飞雪万里龙庭。写胡笳幽怨，人憔悴、不似丹青。酒微醒，对一窗凉月，灯火青荧。

《人月圆》和《春从天上来》二阕最为时人称赏，直至元代犹传唱不衰。

 **低吟/浩唱**

诉衷情

[唐]温庭筠

莺语，花舞，春昼午，雨霏微。金带枕，宫锦，凤凰帷。柳弱蝶交飞，依依。辽阳音信稀，梦中归。

这首词写思妇对征夫的怀念，情韵促迫。陈廷焯云："节愈促，词愈婉。结三字凄绝。"（《词则辑评·别调集》卷一）

诉衷情

[五代]顾敻

永夜抛人何处去，绝来音。香阁掩，眉敛，月将沉。　　争忍不相寻。怨孤衾。换我心，为你心，始知相忆深。

这首词以浅白的文字描叙一位闺中少妇的内心独白，她满怀幽怨的

春尽小庭花落（顾敻《荷叶杯》句）　清张炳

永夜，长夜。
争忍，怎忍。

顾敻，前蜀王建时给事内庭。入后蜀，累迁至太尉。工诗，尤善艳情词，词风绮丽清朗，词中常有清新而生动的意象、悱恻缠绵的情怀。

背后是深切的思念与无悔的期待，情辞真挚热烈，感人肺腑，可谓写情之极品。王士禛称许末三句"自是透骨情语"（《花草蒙拾》），近人王国维亦以这三句作为"有专作情语而绝妙者"的显例之一，并说："此等词，求之古今人词中，曾不多见。"（《人间词话》）

参读

　　美人卷珠帘，深坐颦蛾眉。但见泪痕湿，不知心恨谁。——唐李白《怨情》写一位美人由于殷殷盼望的情侣不至而引起的幽怨之情。她那暗自蹙眉垂泪的神情，写得惟妙惟肖，楚楚动人。

诉衷情

[五代·前蜀] 毛文锡

　　鸳鸯交颈绣衣轻，碧沼藕花馨。偎藻荇，映兰汀，和雨浴浮萍。　　思妇对心惊，想边庭。何时解佩掩云屏，诉衷情。

　　这首词抒写闺中少妇对征夫的深切思念。上片描绘衣上鸳鸯戏水的绮丽景象，兴起少妇之思。下片转抒写少妇黯然心惊，表露出少妇对边庭丈夫的渴念与愁怨。

参读

　　誓扫匈奴不顾身，五千貂锦丧胡尘。可怜无定河边骨，犹是春闺梦里人。——唐陈陶《陇西行》诗情慷慨悲凉，吟来潸然泪下。

诉衷情

[北宋] 张先

　　花前月下暂相逢，苦恨阻从容。何况酒醒梦断，花谢月朦胧。　　花不尽，月无穷，两心同。此时愿作，杨柳千丝，绊惹春风。

　　这首词叙写一段横遭挫折的爱情，表现出苦难人生中一对情侣的至爱情深。上阕叙述两人匆匆相逢的情景，悲怆沉痛；下阕描写两人对爱情的坚决和美好期待。全词感情真挚而细腻，很是动人。

诉衷情

[北宋] 晏殊

　　东风杨柳欲青青，烟淡雨初晴。恼他香阁浓睡，撩乱有啼莺。

清陈崇光《柳下晓妆图》，绘一娇媚的仕女在柳下整理晨妆，画面清新动人。南京博物院藏

清华嵒《桃潭浴鸭图》。桃树枝干上，灼灼的桃花俯仰生姿，几丝嫩柳垂落在清澈见底的潭水之上，柳梢随风拂动着水面，引得潭中野鸭回首注目，泛起涟漪。整幅画面充满着机趣天然，春意扑面而来。故宫博物院藏

梅妆，古代妇女在额头上点画出梅花的一种化妆样式，据传起源于南朝宋武帝之女寿阳公主。

眉叶细，舞腰轻，宿妆成。一春芳意，三月和风，牵系人情。

这首词在着意描写浓春烟景中，巧妙地将杨柳的丝缕和人物的纷乱心绪牵连绾合，衬写香阁女子的绰约风姿，曲传离思别意，景与情谐，物与人合，宛转含蓄，情致缠绵。

诉衷情

[北宋] 晏殊

青梅煮酒斗时新，天气欲残春。东城南陌花下，逢着意中人。　回绣袂，展香茵，叙情亲。此时拚作，千尺游丝，惹住朝云。

这首词写残春时节与意中人的不期而遇，感情深挚，而文笔纯净，有一种幽细、含蓄之美。

诉衷情

[北宋] 欧阳修

清晨帘幕卷轻霜，呵手试梅妆。都缘自有离恨，故画作、远山长。　思往事，惜流芳，易成伤。拟歌先敛，欲笑还颦，最断人肠。

这是一首闺怨词，写一位歌女的生活片段。词人通过对清晨梳妆、画出远山眉、想歌笑却因心底哀伤而转为幽咽等一系列动作、情态的传神描写，将一个内心充满怨嗟和凄苦的歌女形象刻画得栩栩如生、呼之欲出。

诉衷情

[北宋] 黄庭坚

小桃灼灼柳毵毵，春色满江南。雨晴风暖烟淡，天气正醺酣。　山泼黛，水挼蓝，翠相搀。歌楼酒旆，故故招人，权典青衫。

这首小令以轻快的笔调，从桃柳、天气、山水、"歌楼酒旆"到结语层层勾勒，描绘出明丽、清新、俊美，充满勃勃生机的江南春景，颇有生活情趣。

诉衷情

[北宋] 黄庭坚

在戎州登临胜景，未尝不歌渔父家风，以谢江山。门生请问：先生家风如何？为拟金华道人作此章。

一波才动万波随，蓑笠一钩丝。金鳞正在深处，千尺也须垂。

吞又吐，信还疑，上钩迟。水寒江静，满目青山，载月明归。

宋哲宗元符元年（1098），词人自黔州贬所移戎州（今四川宜宾），暇日登高览胜，感怀赋此。这首词在构思用意上搬用了唐代船子和尚的《拨棹歌》，而将张志和那种志不在鱼、逍遥自由的渔父家风，又升华为一种摆脱世网，顿悟入圣的精神境界，表白自己当时遭贬后闲旷洒脱的心志襟怀。

参读

千尺丝纶直下垂，一波才动万波随。夜静水寒鱼不食，满船空载月明归。——唐船子和尚《拨棹歌》吟咏其悠游自在的船子渔父生涯，并将禅意汇入其中，交织出诗情禅趣浑然一处的宁静、空明、清朗之境。

诉衷情　寒食

[北宋] 仲殊

涌金门外小瀛洲，寒食更风流。红船满湖歌吹，花外有高楼。

晴日暖，淡烟浮，恣嬉游。三十粉黛，十二阑干，一片云头。

这首词在写足西湖寒食时节繁华盛况之后，最后著一冷语，遂使全篇别具深意。全词奇丽清婉而造境空灵，在歌咏西湖的诗词佳作中别具风姿。

诉衷情

[北宋] 周邦彦

出林杏子落金盘，齿软怕尝酸。可惜半残青紫，犹印小唇丹。

南陌上，落花闲，雨斑斑。不言不语，一段伤春，都在眉间。

这首词以空灵的笔触，传神地描绘了少女伤春的情事。词中将少女尝鲜得酸的偶然情节，与其怀春时的微妙心理相勾连，以前者触发后者，写来活泼可爱，清丽可喜。

金华道人，即唐代词人张志和，东阳金华人。曾写过五首《渔父》词，以"西塞山前白鹭飞，桃花流水鳜鱼肥。青箬笠，绿蓑衣，斜风细雨不须归"一阕最有名。

清黄鼎《渔父图》，描绘唐人张志和泛舟荒郊古渡之间的隐逸生活。上海博物馆藏

宋佚名《溪桥归骑图》，摄取溪桥一角，绘一行旅之人正策驴上桥，行进在归途之中。构图严谨，用笔粗放。上海博物馆藏

康与之字伯可，号顺庵，洛阳人，建炎初（1127），高宗驻扬州，上《中兴十策》，不为用，但由此名著一时。后依附秦桧，专应制为歌词。桧死后，编管钦州，复送新州牢城。词风清婉工丽。其词多粉饰太平的应制之作，但亦有情韵深长之作。有《顺庵乐府》五卷不传，今有赵万里辑本一卷。

诉衷情

[南宋]万俟咏

一鞭清晓喜还家，宿醉困流霞。夜来小雨新霁，双燕舞风斜。

山不尽，水无涯，望中赊。送春滋味，念远情怀，分付杨花。

这首词写游子远别回乡途中的喜悦心情。上片叙述昨夜还家在即，欢情难抑，把盏痛饮，一夜沉醉，醒来一鞭清晓，策马登程，觉得眼前的景象——小雨初霁、双燕翻飞，都洋溢在喜悦的气氛之中。过片将欢快的旋律略作顿宕，写游子快要到家了，回望已经走过的悠长的山程水驿，心中不禁涌起了历尽沧桑的复杂意绪。不过，一切都过去了。结拍幽默、俏皮地将欢情再度扬起：让年年客中送春、倍受煎熬的悲凉滋味，还有家人为我牵肠挂肚、思亲念远的凄苦情怀，统统都随杨花飘荡而去吧！全词围绕着"喜"字落笔，轻盈流走，清新和雅，语淡情深，为咏春词的创作开了一个新的意境。

诉衷情

[南宋]康与之

阿房废址汉荒丘，狐兔又群游。豪华尽成春梦，留下古今愁。

君莫上，古原头，泪难收。夕阳西下，塞雁南飞，渭水东流。

这首词吊古伤今，抒发词人身处偏安局面，睹景伤怀的忧时之痛。上片写古都长安的沧桑变化，下片直接抒发"古今愁"。全词工丽哀婉，情韵悠长。王铚（性之）云："如此居然不俗。今有晏叔原（几道），亦不得独擅。"（《历代诗馀》卷一百十七引）

诉衷情

［南宋］陆游

当年万里觅封侯，匹马戍梁州。关河梦断何处，尘暗旧貂裘。胡未灭，鬓先秋，泪空流。此生谁料，心在天山，身老沧洲。

这首词为词人晚年退居山阴镜湖边的三山村后所作，抒发国仇未报、壮志未酬的深切悲愤。上片开头以"当年"二字楔入往日到南郑（今陕西汉中）从戎抗金，豪雄飞纵的军旅生活的回忆，声情高亢，"梦断"转入今日的落魄潦倒，形成一个强烈的情感落差，慷慨化为惆怅与悲凉；至下片则进一步抒写报国立功的热望和投闲置散的冷遇的尖锐对立，跌入更深沉的浩叹，悲凉化为沉郁。词作说尽满腔忠愤，风骨凛然，读后令人回肠荡气。

诉衷情　春游

［明］陈子龙

小桃枝下试罗裳，蝶粉斗遗香。玉轮碾平芳草，半面恼红妆。　　风乍暖，日初长，袅垂杨。一双舞燕，万点飞花，满地斜阳。

崇祯八年（1635）寒食（清明前一日），词人携柳如是春游，作此词。另有《寒食》七绝三首亦记此事。词抒写游春逸兴和伤春情怀，上片写柳如是令人目眩神荡的美姿丽色，放诞风流的情致，传神入妙，情态如画；下片用周匝渲染的笔法，有声有色地描绘出江南春光的明丽娇

半面妆，南朝梁元帝萧绎"眇一目"（独眼），每次临幸时，妃子徐昭佩只作"半面妆"（半面梳妆，半面未妆），知道她是有意嘲笑自己，盛怒而去。这里活用此典，谓柳如是心裁别出，设计出不同流俗的新样梳妆，惹人怜爱。

陆游跋《北齐校书图》，原图描绘北齐高洋（文宣帝）命人刊定经史典籍的历史场景，在放翁眼中，乃是"如犬着方山冠"，可见其心中念念不忘"北恨"。美国波士顿艺术博物馆藏

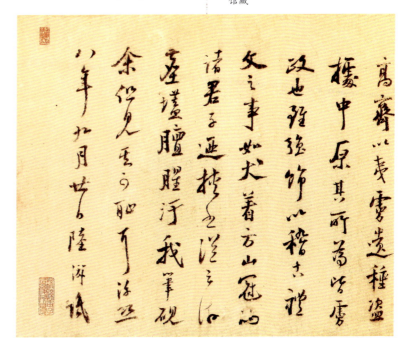

《陈忠裕公全集》（《诉衷情》）书影

艳，并暗示春之将逝，美景不常。景色妩媚而见人之美，不言情而情在境中，故深切感人。王士禛评此词"情景相生"（《陈忠裕公全集》卷二十引）。

 参读

今年春早试罗衣，二月未尽桃花飞。应有江南寒食路，美人芳草一行归。——陈子龙《寒食》七绝之一

 # 倚声依谱

《诉衷情》又名《桃花水》《渔父家风》；另有《步花间》《画楼空》等名。唐教坊曲。此调有多体，双调四十四字，上下片各三平韵，宜为定格；单调三十三字，六平韵为主，五仄韵两部错叶。一般宜于抒情或言志。

【定格】

中平中仄仄平**平**，中仄仄平**平**。

中平中仄平仄，中仄仄平**平**。

平仄仄，仄平**平**，仄平**平**。

中平平仄，中仄平平，中仄平**平**。

《词谱》（《诉衷情令》）

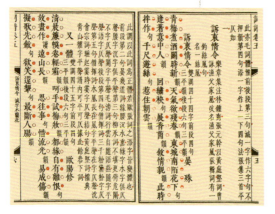

【变格】

平**仄**，平**仄**，平仄**仄**，仄平**平**。

平仄**仄**，平**仄**，仄平**平**。

仄仄仄平**平**，平**平**。平平平仄**平**，仄平**平**。

摸鱼儿

问世间、情为何物，直教生死相许

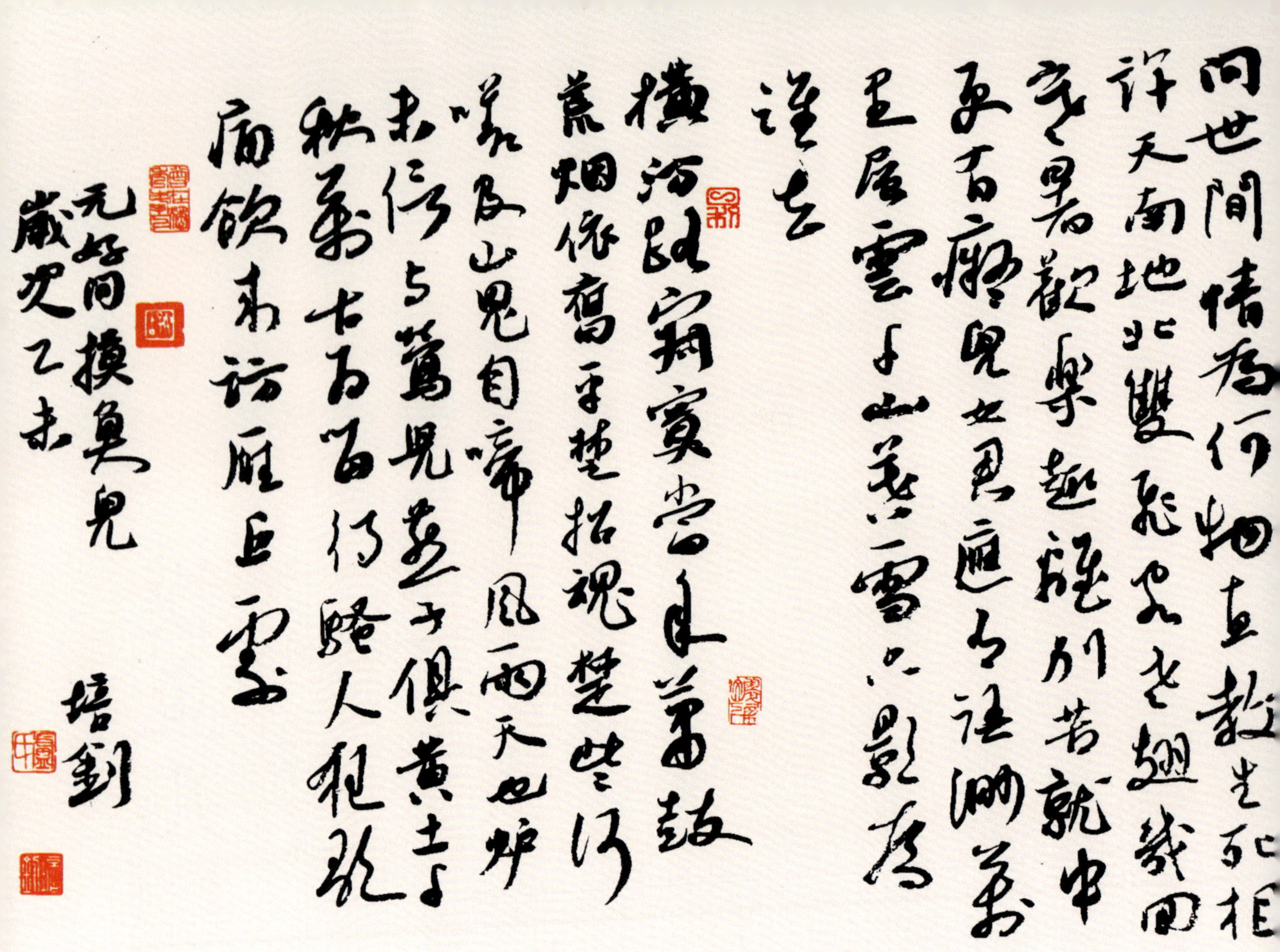

卢培钊书《摸鱼儿》

华音流韵

摸鱼儿

［金］元好问

泰和五年乙丑岁，赴试并州，道逢捕雁者，云：“今日获一雁，杀之矣。其脱网者鸣不能去，竟自投于地而死。”予因买得之，葬之汾水之上，累石为识，号曰雁丘。时同行者多为赋诗，予亦有《雁丘辞》。旧所作无宫商，今改定之。

问世间、情为何物，直教生死相许。天南地北双飞客，老翅几回寒暑。欢乐趣，离别苦，就中更有痴儿女。君应有语。渺万里层云，千山暮雪，只影向谁去。　横汾路[1]，寂寞当年箫鼓，荒烟依旧平楚[2]。招魂楚些何嗟及[3]，山鬼暗啼风雨[4]。天也妒，未信与、莺儿燕子俱黄土。千秋万古，为留待骚人，狂歌痛饮，来访雁丘处。

［注释］

①横汾路，横渡汾河。汉武帝数次行幸河东汾阴（今山西万荣西南，在汾河之南），曾作《秋风辞》，有“泛楼船兮济汾河，横中流兮扬素波，箫鼓鸣兮发棹歌，欢乐极兮哀情多”诸句，此用其意。

②平楚，平林，远方的树丛。楚，丛木。

③招魂，《楚辞》篇名。所招之魂或认为乃楚怀王之魂，或认为乃屈原之魂。些，是句末语气词。

④山鬼，亦《楚辞》篇名，有“雷填填兮雨冥冥，猨啾啾兮又夜鸣。风飒飒兮木萧萧，思公子兮徒离忧”诸句。

临风赏读

"问世间、情为何物，直教生死相许。"数百年来，这破空而来的痴绝一问，不知攫住过多少痴情儿女的心！此词也因之广为传诵。

据词序，此词记录了这样一段凄美的、真实的故事：金章宗泰和五年（1205），时年十六岁的词人到并州（今山西太原一带）应试，路遇捕雁人，捕杀一雁，另一雁脱网而出，岂料它并不飞去，而是在空中久久盘旋、悲鸣，最后竟抢地而死。词人向捕雁人买下双雁，葬于汾水之畔，累石为标记，名之为"雁丘"。当时同行诸人皆为这双雁之生死悲烈而感动不已，纷纷赋诗以志，词人也作了《雁丘辞》一首。后来词人饱经沧桑，遭遇"神州陆沉之痛，铜驼荆棘之伤"，对这段萦绕于心的故事又有新的别样感受，于是将少年之作《雁丘辞》诗改写为一首哀婉真挚、沉慨无比的词。

上阕写双雁情至极处，"生死相许"！雁犹如此，人何以异？故词人先以石破天惊的一"问"开篇，拈出一"情"字，揭示全词的主旨，笔力千钧。接着具体咏雁，写它们秋南下而春北归，经寒冬，历酷暑，双飞双栖，形影不离。既有团聚的欢乐，也尝到离别的悲苦，其中更为不幸的是竟然为失去伴侣而殉情，犹如人世间痴情的儿女一般。"君应有语"以下以设想之词揣度漏网之雁殉情前的内心独白：此去千山万水，云海茫茫，风雪迷蒙，形单影只，谁与共飞？如今既已双栖梦碎，纵然脱网逃生，又岂能苟活！词人以此虚笔荡出其殉情之由，悠然远韵，又哀婉凄绝，动人心弦。

下阕宕开笔触，痛悼雁魂。词人想起这葬雁之地——汾水之滨，当年本是汉武帝巡幸祭祀之地，那时总是箫鼓喧天，棹歌四起，何等盛况非凡，而今却是箫鼓声绝，只余荒烟衰草，一派萧索。如此景色，更令人感到雁魂的凄苦与孤寂。但雁死不能复生，即使用悲惋的楚辞招魂也无济于事，连山鬼凄风冷雨中也是枉自悲啼！在这里，词人借《楚辞》之典，景情交融，更渲染出悲剧气氛，寄托吊雁的哀思。接着以"莺儿燕子"的平庸之死反衬大雁殉情的崇高。结句写

天下有情人尽解相思死　清吴让之

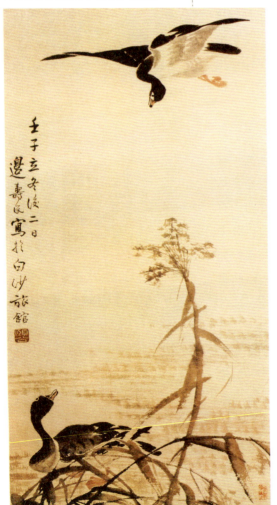

刚健婀娜　清乔林

清边寿民《芦雁图轴》，生动地描绘了秋雁温情相对的小景。在寒沙折芦之间，游弋于苇间的那只，长颈弯曲向上，专注顾盼于在上空盘旋的伙伴。两雁目光相接，宛如旅途中一对含情脉脉的情侣。故宫博物院藏

雁丘将永远为诗人墨客凭吊，千古长存，万世留芳，点出垒筑雁丘的用意。

这首词当改定于金元易代之际。一般认为，这是"一曲凄婉缠绵、感人至深的爱情悲歌"，但细味词意，显然绝不是一般地伤悼殉情之雁，也不仅仅是为天下痴情儿女一哭，而是有词人伤悼在金覆亡中赴国难的殉国者、寓一己之忠爱故国之深意在焉。全词"以健笔写柔情，熔沉雄之气韵与柔婉之情肠于一炉，确实是柔婉之极而又沉雄之至"，真有辛稼轩之遗风。

古今汇评

张　炎：元遗山极称稼轩词，及观遗山词，深于用事，精于炼句，有风流蕴藉处，不减周、秦。如《双莲》《雁丘》等作，妙在模写情态，立意高远，初无稼轩豪迈之气。岂遗山欲表而出之，故云尔？（《词源》卷下）

许昂霄：遗山二阕，绵至之思，一往而深，读之令人低徊欲绝。同时诸公和章，皆不能及。前云"天也妒"，此云"天已许"，真所谓"天若有情天亦老"矣。（《词综偶评》）

夏承焘等：纯是议论，词中别体。悲雁即所以悲人。通过雁之殉情而死，为天下痴情儿女一哭。"宁同万死碎绮翼，不忍云间两分张"就是本篇的主旨……是对坚贞爱情的歌颂。寓意深刻，所感甚大，不仅仅工于用事和炼句而已。（《金元明清词选》）

参读

雁双双、正分汾水，回头生死殊路。天长地久相思债，何似眼前俱去。摧劲羽，倘万一幽冥，却有重逢处。诗翁感遇。把江北江南，风嘹月唳，并付一丘土。　仍为汝，小草幽兰丽句，声声字字酸楚。

拍江秋影今何在，宰木欲迷堤树。霜魂苦，算犹胜、王嫱青冢真娘墓。凭谁说与，对鸟道长空，龙艘古渡，马耳泪如雨。——元李治《迈陂塘·和元遗山雁丘》和的乃是改定之稿，其时已是金国覆亡之后。他以诗人特有的锐感和想象，先是将笔触直抵于孤雁的心灵深处，为其道痴绝忠贞之情，继而揭出遗山埋雁赋词系家国兴亡之恨、寓一己之忠爱之情的深心。其妙在能入能出，思奇意深。

元好问画像

怅年年、雁飞汾水，秋风依旧兰渚。网罗惊破双栖梦，孤影乱翻波素。还碎羽，算古往今来，只有相思苦。朝朝暮暮。想塞北风沙，江南烟月，争忍自来去。　埋恨处，依约并门旧路。一丘寂寞寒雨。世间多少风流事，天也有心相妒。休说与，还却怕、有情多被无情误。一杯会举。待细读悲歌，满倾清泪，为尔酹黄土。——元杨果《摸鱼儿·同遗山赋雁丘》寄寓对人间真情的无限感怀，情真词畅，刚柔相济，亦足堪与元词共称"连璧"。

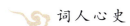

词人心史

元好问（1190—1257）字裕之，山西秀容（今山西沂州忻府区）人。先世为北魏皇室鲜卑族拓跋氏。曾在定襄遗山读书，故号遗山，世称遗山先生。少从郝天挺学，淹通经史。兴定五年（1221）进士。正大元年（1224）中博学宏词科，授儒林郎，充国史院编修，历镇平、南阳、内乡县令，累官至尚书省左司员外郎。金哀宗天兴二年（1233）四月汴京城破被蒙古兵俘虏，押赴山东聊城羁管，后居冠氏县（今山东聊城冠县）。元太宗窝阔台十年（1238）八月结束羁系，于次年秋回归故里，筑野史亭，潜心著述，以故国文献自任。撰《金源君臣言行录》《壬辰杂编》等，为元末修《金史》所采撷；又辑《中州集》《中州乐府》，金人诗词多赖以传。元宪宗蒙哥七年（1257）九月初四卒于获鹿寓舍，归葬系舟山下故园之东（今山西忻州东南西张乡韩岩村东北）。有《遗山先生文集》四十卷、《遗山先生新乐府》五卷等传世。

以其才雄学赡，元好问在金元之际"屹然为文章大宗"，诗、文、词、曲，各体皆工，而尤以诗、词为著。其诗以雄浑刚健、沉郁悲凉擅场，追踪老杜，堪称一代"诗史"。其词被誉为金源一代

百年遗稿天留在（元好问《自题中州集后》句）　清林皋

《遗山先生诗集》书影

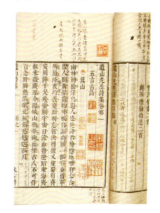

元好问跋米芾《虹县诗卷》，
作于乙卯年（1225）。自然洒脱，
苍老疏宕。日本东京国立博物馆藏

明末毛氏汲古阁刻元好问辑
《中州集》书影

之冠，题材广泛，写志、抒情、寄赠、咏物、吊古、摹山水、咏田园，可谓包罗万象；词风则直承两宋，既踵武苏、辛，又兼容秦、周、姜、史，融会贯通，豪放之外济以婉约，刚健之中又具婀娜，透显出一种大家风范。存词三百七十余阕。

品题

先生雅言之高古，杂言之豪宕，足以继坡、谷；古文之有体，金石之有例，足以肩蔡、党；乐章之雅丽，情致之幽婉，足以追稼轩。（郝经《祭遗山先生文》）

（词）逮宋而大盛，其最擅名者东坡苏氏，辛稼轩次之，近世元遗山又次之。三家体裁各殊，并传而不相悖。（刘敏中《江湖长短句引》）

（元遗山）盖生长云、朔，其天禀本多豪健英杰之气。又值金源亡国，以宗社丘墟之感，发为慷慨悲歌，有不求工而自工者，此固地为之也，时为之也。（赵翼《瓯北诗话》卷八）

金元遗山，诗兼杜、韩、苏、黄之胜，俨有集大成之意。以词而论，疏快之中，自饶深婉，亦可谓集两宋之大成者矣。（刘熙载《艺概》卷四）

遗山诗祖李、杜，律切精深，而有豪放迈往之气。文宗韩、欧，正大明达，而无奇纤晦涩之语。乐府则清雄顿挫，闲婉浏亮，体制最备，又能用俗为雅，变故作新，得前辈不传之妙，东坡、稼轩而下不论也。（《元遗山诗集》中统本徐世隆序）

遗山虽较之东坡，亦自不免肌理稍粗。然其秀骨天成，自是出群之姿。若无其秀骨，而但于气概求之，则亦末矣。（翁方纲《石洲诗话》卷五）

金词于彦高（吴激）外，不得不推遗山。遗山词刻意争奇求胜，亦有可观。然纵横超逸，既不能为苏、辛；骚雅清虚，复不能为姜、史。于此道可称别调，非正声也。（陈廷焯《白雨斋词话》卷三）

元遗山以丝竹中年，遭遇国变……神州陆沉之痛，铜驼荆棘之伤，往往寄托于词。……遗山之词，亦浑雅，亦博大。有骨干，有气象。以比坡公，得其厚矣，而雄不逮焉者。豪而后能雄，遗山所处，不能豪，尤不忍豪。（况周颐《蕙风词话》卷三）

词林逸事

金泰和（1201—1208）间，河北大名府曾发生一桩奇事：一对青年男女因恋情受挫而投水，官府到处搜寻，不见踪影。后来采藕人在荷塘中发现了他们尸体。那年仲夏，那荷塘中的荷花，居然无一不并蒂而开。

贞祐四年（1216），二十七岁的词人元好问从朋友李用章处听到这个故事，深深为之动容，挥笔为这对敢于私奔、壮烈殉情的小儿女写下一首荡气回肠的《双蕖怨》（即《摸鱼儿》）：

　　问莲根、有丝多少，莲心知为谁苦。双花脉脉娇相向，只是旧家儿女。天已许，甚不教、白头生死鸳鸯浦。夕阳无语。算谢客烟中，湘妃江上，未是断肠处。　　香奁梦，好在灵芝瑞露，人间俯仰今古。海枯石烂情缘在，幽恨不埋黄土。相思树，流年度、无端又被西风误。兰舟少住。怕载酒重来，红衣半落，狼藉卧风雨。

　　同窗好友李治读了这首词，也为大名小儿女的精诚所感，立即用同调和了一首同样凄惋高华、缠绵悱恻的《买陂塘》：

　　为多情、和天也老，不应情遽如许。请君试听双蕖怨，方见此情真处。谁点注，香潋滟、银塘对抹胭脂露。藕丝几缕。绊玉骨春心，金沙晓泪，漠漠瑞红吐。　　连理树，一样骊山怀古。古今朝暮云雨。六郎夫妇三生梦，幽恨从来艰阻。须念取，共鸳鸯翡翠，照影长相聚。秋风不住。怅寂寞芳魂，轻烟北渚，凉月又南浦。

　　从此，词坛又多了两首脍炙人口的千古情词。

参读

　　王季境湖亭，莲花中双头一枝，邀予同赏，而为人折去。季境怅然，请赋。

　　问西湖、旧家儿女，香魂还又连理。多情欲赋双蕖怨，闲却满衾秋意。娇旖旎，爱照影、红妆一样新梳洗。王孙正拟。唤翠袖轻歌，玉筝低按，凉夜为花醉。　　鸳鸯浦，凄断凌波梦里。空怜心苦丝脆。吴娃小艇应偷采，一道绿萍犹碎。君试记，还怕是、西风吹作行云起。阑干谩倚。便载酒重来，寻芳已晚，余恨渺烟水。——元张翥《摸鱼儿》十分巧妙地融花事与人情于一体，显然直接受到了元遗山的影响，但能蚕蜕自新，婉曲深致，自具特色。

清黄慎《莲塘双禽图》，绘荷塘中，双禽游弋，水色接天。画家以淡墨加赭石渲染荷叶将要干枯之态，淡墨线勾花，浓墨点画莲蓬，双禽以墨色点染，顾盼含情。画面传达出一种凄冷、寂寞而又伤感的意境。无锡市博物馆藏

青绫被，汉代制度规定，尚书郎值夜班，官供新青缣白绫被或锦被。此处泛指居官服用。

金闺，汉宫门名，又称金马门，是学士们著作和草拟文稿的地方。晁补之曾任校书郎、著作佐郎。

杜甫《奉赠韦左丈二十二韵》有"纨袴不饿死，儒冠多误身"之句。

邵平，秦时人，曾被封为东陵侯。秦亡，在长安城东种瓜，瓜有五色，味极甜美，世称东陵瓜。

班超，东汉名将，在西域三十余年，七十余方回京都洛阳，不久即世。

宋赵令穰《湖庄消夏图》（局部），描绘盛夏时节的陂塘景致。塘中荷叶田田，凫鸟嬉水，岸边烟树迷离，曲径蜿蜒，村庄屋舍点缀其间，清幽静谧。笔法秀润，设色清丽，描绘出一种淡泊、闲适、萧散、简远的感觉，反映当时文人对隐逸生活的向往。美国波士顿艺术博物馆藏

低吟/浩唱

摸鱼儿　东皋寓居

［北宋］晁补之

买陂塘、旋栽杨柳，依稀淮岸湘浦。东皋嘉雨新痕涨，沙觜鹭来鸥聚。堪爱处，最好是、一川夜月光流渚。无人独舞。任翠幄张天，柔茵藉地，酒尽未能去。　　青绫被，莫忆金闺故步。儒冠曾把身误。弓刀千骑成何事，荒了邵平瓜圃。君试觑，满青镜、星星鬓影今如许。功名浪语。便似得班超，封侯万里，归计恐迟暮。

词人与司马光、苏轼、黄庭坚等被宰相蔡京列入元祐奸党，于崇宁二年（1103）退闲济州金乡，因孺慕陶渊明，置东皋五亩宅，葺归来园，野居幽栖，昂首尘外。词的上阕以轻快流利的词笔极写东皋静穆、澄澈，宛如仙境般的景致，表现了归隐田园的乐趣及悠然忘机的情怀；下阕由景宕出，落笔议论，追忆京师任职往事，抒写厌弃仕进、急流勇退的心声。全阕纯用赋体，笔致疏朗豪健，辞气充沛，境界宏阔，情趣清旷，感喟深沉，确可追步东坡，诚为《晁氏琴趣外篇》中压卷之作。

摸鱼儿

［南宋］辛弃疾

淳熙己亥，自湖北漕移湖南，同官王正之置酒小山亭，为赋。

更能消、几番风雨，匆匆春又归去。惜春长怕花开早，何况落

红无数。春且住。见说道、天涯芳草无归路。怨春不语。算只有殷勤，画檐蛛网，尽日惹飞絮。　　长门事，准拟佳期又误。蛾眉曾有人妒。千金纵买相如赋，脉脉此情谁诉，君莫舞，君不见、玉环飞燕皆尘土。闲愁最苦。休去倚危栏，斜阳正在、烟柳断肠处。

　　孝宗淳熙六年（1179）暮春时节，词人由湖北转运副使调往湖南，将从鄂州至潭州主持漕运，离抗金前线更远。离筵之上，词人抚今追昔，想到自己慷慨南来、矢志抗金，却屡遭疑忌和迫害，不由得触动满腔悲愤，而又忧谗畏讥，于是以婉曲的笔致，写下这首千古名作，抒发内心的万端怅触和对国势的深切忧怀。上阕惜春、留春转而怨春，层层深入，百折千回，极写他对南宋王朝"爱深恨亦深"的矛盾心情，可谓回肠荡气，忠爱缠绵之至。下阕悲愤意绪与上阕意脉相承，以汉武帝时陈皇后的失宠比况自己被排挤、嫉恨的现实处境，以得宠的杨玉环、赵飞燕直面警告误国奸邪小人的结局；最后以斜阳烟柳的惨淡景象，寄予对风雨飘摇中的半壁江山深深的忧虑，声情沉咽凄壮。整首词摧刚为柔，沉郁顿挫，于温婉之中洋溢阳刚雄豪之气，被誉为"肝肠似火，色貌如花"（夏承焘《唐宋词欣赏》）的词中极品。

更能消、几番风雨　冯康侯

闲愁最苦　乔大壮

山鬼谣

［南宋］辛弃疾

　　雨岩有石，状怪甚，取《离骚》《九歌》，名曰"山鬼"，因赋《摸鱼儿》，改今名。

雨岩，在今江西广丰县西南博山附近，有怪崖石浪，有飞泉冰涛，露冷松梢，风高桂子，幽谷兰芳，颇擅林壑之美。

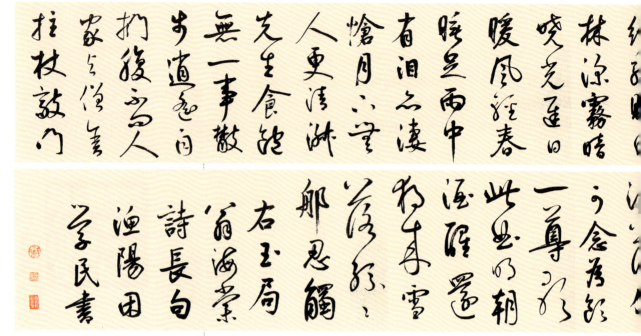

元鲜于枢书《苏轼海棠诗卷》。苏诗摹写海棠神态风韵，也是诗人流寓黄州心灵孤独的绝妙写照。枢之书法笔墨淋漓酣畅，结字严谨而纵肆，用笔中锋直下，圆劲有方，大气磅礴而规矩森然。故宫博物院藏

问何年、此山来此，西风落日无语。看君似是羲皇上，直作太初名汝。溪上路，算只有、红尘不到今犹古。一杯谁举。举我醉呼君，崔嵬未起，山鸟覆杯去。　须记取，昨夜龙湫风雨，门前石浪掀舞。四更山鬼吹灯啸，惊倒世间儿女。依约处，还问我，清游杖履公良苦。神交心许。待万里携君，鞭笞鸾凤，诵我《远游》赋。（石浪，庵外巨石也，长三十余丈。）

这首词约作于淳熙十四年（1187），此时词人罢官归隐带湖已六年。词以空灵的笔调，赋予怪石山鬼以非凡的生命力，与之"神交心许"，心意相通，并相约驾驭鸾凤，云游万里。词人上天入地搜冥想象，借山之怪形发荒诞离奇之思，表达壮志难酬后寄情山水、快意人生的豁达胸怀，从中隐微却又恣肆地宣泄他政治上的抑郁孤愤之心境。这首词写得诡异奇特，具有扣人心弦的艺术魅力。

摸鱼儿　海棠

[南宋] 刘克庄

甚春来、冷烟凄雨，朝朝迟了芳信。蓦然作暖晴三日，又觉万姝娇困。霜点鬓。潘令老，年年不带看花分。才情减尽。怅玉局飞仙，石湖绝笔，孤负这风韵。　倾城色，懊恼佳人薄命。墙头

岑寂谁问。东风日暮无聊赖，吹得胭脂成粉。君细认。花共酒，古来二事天尤客。年光去迅。漫绿叶成阴，青苔满地，做得异时恨。

词人耿介不群，与世多违，屡官屡罢，岑寂落拓。这首词为海棠传神韵，淋漓尽致地抒发对海棠那一腔炽热的爱赏、怜惜之情，为其不遭天幸、不遇真赏而鸣不平，从而打入身世之感，寄寓自己的心魂。

摸鱼儿　酒边留同年徐云屋

［南宋］刘辰翁

怎知他、春归何处，相逢且尽尊酒。少年袅袅天涯恨，长结西湖烟柳。休回首。但细雨断桥，憔悴人归后。东风似旧。问前度桃花，刘郎能记，花复认郎否。　　君且住，草草留君剪韭，前宵正恁时候。深杯欲共歌声滑，翻湿春衫半袖。空眉皱，看白发尊前，已似人人有。临分把手。叹一笑论文，清狂顾曲，此会几时又。

这首词作于临安沦陷后，抒写友情之深，并融注深沉的人生感慨。上阕写暮春故友旧地相逢的感怀。东风、细雨、断桥依旧，但故国云亡，江山易主，重归临安之人却已憔悴衰弱。刘郎与桃花的痴问，流露出昨是今非之慨和故国兴亡之恨。下阕写临别之际深杯

刘郎桃花，谓刘禹锡作桃花诗讥讽当权贾祸遭贬之事。

恁，宋时口语，如此、这样之意。

纵饮、论文听曲的情景，在极乐的表面下，隐然透露出两人内心深沉的悲苦，及其重逢难期的悲凉与伤感。全篇语言质朴，笔势曲折顿挫，风格疏快遒劲。

摸鱼儿

[南宋] 王沂孙

洗芳林、夜来风雨，匆匆还送春去。方才送得春归了，那又送君南浦。君听取。怕此际、春归也过吴中路。君行到处。便快折湖边，千条翠柳，为我系春住。　春还住。休索吟春伴侣，残花今已尘土。姑苏台下烟波远，西子近来何许。能唤否。又恐怕、残春到了无凭据。烦君妙语。更为我将春，连花带柳，写入翠笺句。

这首词以跳脱的笔势描写暮春送人远行，将送春与送别绾结一处，深切表达出词中主人公对君的一片痴情。婉转妩媚，疏快清空，意趣盎然，神韵颇似姜白石，故邓廷桢谓此首"通体一气卷舒，生香不断，鄱阳家法，斯为嗣音矣"（《双砚斋词话》）。

摸鱼儿　艮岳

[元] 姚云文

渺人间、蓬瀛何许，一朝飞入梁苑。辋川梯洞层崖出，带取鬼愁龙怨。穷游宴，谈笑里、金风吹折桃花扇。翠华天远。怅莎沼萤枯，锦屏烟合，草露泫苍藓。　东华梦，好在牙樯珠辇。画图历历曾见。落红万点孤臣泪，斜日牛羊春晚。摩双眼。看尘世，鳌宫又报鲸波浅。吟鞭拍断。便乞与娲皇，化成精卫，填不尽遗憾。

这首词以凄丽之笔，细腻描写了艮岳这座皇帝囿园昔日的富丽华美与今日的荒寂凋零，直截了当地揭示了宋徽宗奢侈糜烂生活带来的内忧外患，及最终导致灭亡的历史悲剧。全词格调老苍，感慨深沉，情辞愤切，满纸凄凉。清陈廷焯评曰："（上阕）字字奇警呜咽，句句锤炼无渣滓。（下阕）尘世沧桑，可胜浩叹。"（《云韶集辑评》卷十一）

艮岳，宋徽宗时在汴京所建大型人工山水皇家园林。靖康二年(1127)金人攻陷汴京后被拆毁。

姚云文字圣瑞，号江村，江西高安人。咸淳四年(1268)进士。入元，授承直郎，抚、建两路儒学提举。有《江村遗稿》，已佚。《全宋词》存词九首。

参读

卷西风、雁飞寥落，沉云疑是无路。黄深塞草宾州道，五国旧阡何处。闲吊古，同一片、金源又是谁家土。斜阳几度。叹南陌冬青，北垣瘗骨，一样化烟雾。　　销魂事，花石池台在否。凄凉忍话鹦鹉。斡难江水春如染，曾照六宫东渡。君莫苦，便啮雪、龙荒比翼犹双聚。重来访故。更鬓发霜凝，节旄冰坠，谁念老苏武。——清李绮青《摸鱼儿·宾州访五国城》。词人出任宁安知府时经宾州，访五国城（即今黑龙江依兰，宋徽宗被金人所俘，囚死于此），感怀宋金旧事，赋此寄慨，词意悲慨苍凉。钱仲联评云："持节龙荒，铜琶乱拨，雄丽绵密，得未曾有。"（《清词三百首》）

摸鱼儿　秋日旅怀

［元］王结

　　快秋风、飒然来此，可能消尽残暑。辞巢燕子呢喃语，唤起满怀离苦。来又去，定笑我、两年京洛长羁旅。此时愁绪。更门掩苍苔，黄昏人静，闲听打窗雨。　　英雄事，谩说闻鸡起舞。幽怀感念今古。金张七叶貂蝉贵，寂寞子云谁数。痴绝处。又划地、欲操朱墨趋官府。瑶琴独抚。惟流水高山，遗音三叹，犹冀伤心遇。

　　这首词上片写逢秋羁于旅邸的满怀愁苦、万端感慨，下片追思历史人物，历数豪杰志士之奋发事迹，感慨古今，摅发生不逢时、志不得伸的愤懑胸臆和遇知音的渴望，写来淋漓痛快，慷慨苍凉。

摸鱼儿　东洲桃浪（《潇湘小八景词》之三）

［清］王夫之

　　剪中流、白蘋芳草，燕尾江分南浦。盈盈待学春花靥，人面年年如故。留春住，笑几许、浮萍旧梦迷残絮。棠桡无数。尽泛月莲舒，留仙裙在，载取春归去。　　佳丽地，仙院迢遥烟雾，湿香飞上丹户。醮坛珠斗疏镫映，共作一天花雨。君莫诉。君不见、桃根已失江南渡。风狂雨妒。便万点落英，几湾流水，不是避秦路。

　　这是一首伤吊故国之作，作于南明永历九年（清顺治十二年，1655）之春，为其《潇湘怨词》中《潇湘小八景词》之一。其时大明已天崩地解，连南明桂王所凭据的西南地区，也已大部落入清兵之手。词人深感大势已去，心中正有不尽的悲涓和凄怆。上片着笔东洲桃浪，从桃花盛开的艳春，写到残絮浮萍漂流的暮春，实含故

汉金日磾家，自武帝至平帝，七世为内侍；而张汤一家自宣帝、元帝以来为侍中、中常侍者则有十余人。后世便以"金张"作为功臣士族的代称。

七叶，指七代人。

貂蝉，即貂蝉冠，古代王公贵族及显官贵戚冠上之饰物，故又以喻指达官贵人。

子云，指汉扬雄。

划地，犹言平白无故地，没来由地。

流水高山，用伯牙、钟子期知音之典。

王结（1275—1336）字仪伯，易州定兴（今属河北）人。官至中书左丞，参与修撰泰定、天历两朝实录。晚邃于《易》，著《易说》一卷。有《王文忠集》，词在集中，有沉郁之作。

棠桡，沙棠木制成的船桨，指代船。

莲舒，化用太乙真人以莲叶作舟事。

留仙裙，即有皱褶的裙，类似今之百褶裙。

花雨，雨花，落花如雨。传梁武帝时有云光法师讲经于江苏江宁县南，感天雨花。雨花台因此得名。

避秦路，避乱之所在。陶渊明《桃花源记》"自云先世避秦时乱，率妻子邑人来此绝境"。

伤心人别有怀抱　王福庵

家善百，指南通州人陈世祥。与词人同姓，故称"家"。

白璧双，名珏，人称白三郎，河北通州人。善琵琶，好制新声，时称"琵琶第一手"。

逻逤，唐吐蕃都城，今西藏拉萨，所产檀木是制作琵琶的优质材料。此代指琵琶。

澄心，堂名，南唐烈祖李昇所居。结绮，阁名，南朝陈后主宠妃张丽华的居所，故址在今江苏省南京市。

张琦（1764—1833）初名翊，字翰风，号宛邻，阳湖（今江苏常州）人。嘉庆十八年（1813）举人。历知章丘、馆谷县。精于诗词、舆地、医学。助其兄惠言编《词选》，开常州词派，影响极大。其词宛转缠绵。有《立山词》。

国之思。下片在极力描写东洲昔日旖旎风光之后，又着笔描述东洲今日被摧残的情景，寓亡国之痛。收结处发出避乱无地这一哀伤悲愤的浩叹。此词效辛弃疾《摸鱼儿》（"更能消几番风雨"）体，愁苦孤愤，缠绵往复，正"所谓伤心人别有怀抱，真屈子《离骚》之嗣响也"（龙榆生《近三百年名家词选》）。

摸鱼儿

［清］陈维崧

家善百自崇川来，小饮冒巢民先生堂中。闻白生璧双亦在河下，喜甚，数使趣之。须臾，白生抱琵琶至，拨弦按拍，宛转作陈、隋数弄，顿尔至致。余也悲从中来，并不自知其何以故也。别后寒灯孤馆，雨声萧槭，漫赋此词，时漏已下四鼓矣。

是谁家、本师绝艺，檀槽摇得如许。半弯逻逤无情物，惹我伤今吊古。君何苦。君不见、青衫已是人迟暮。江东烟树。纵不听琵琶，也应难觅，珠泪曾干处。　凄然也，恰似秋宵掩泣，灯前一对儿女。忽然凉瓦飒然飞，千岁老狐人语。浑无据。君不见、澄心结绮皆尘土。两家后主，为一两三声，也曾听得，撇却家山去。

这首词作于康熙初，即词人寓居冒襄水绘园期间。词写听曲感怀，以听白璧双精妙琴艺起调，引出不可遏止的"伤今吊古"意绪，其中不但有身世悲凉之感，更有故国沦亡的不尽之恨，被称为"词中之《琵琶行》"。当时此阕"倚弦歌之，听者皆凄然泪下"（徐釚《词苑丛谈》卷九），足见其极大的感染力。

摸鱼儿

［清］张琦

渐黄昏、楚魂愁断，啼鹃早又相唤。芳心欲寄天涯路，无奈水遥山远。春过半，看丝影花痕，胃尽青苔院。好春一片，只付与、轻狂蜂儿蝶子，吹送午尘暗。　关山客，漫说归期易算，知他多少凄怨。不曾真个东风妒，已是燕残莺嫩。春婉晚，怕花雨、朝来一霎方塘满。嫣红谁伴。尽倚遍回栏，暮云过尽，空有泪如霰。

这首词写暮春时节，游子不归，思妇空负美好时光，一片凄苦愁怨。意境凄婉悲怆，情思沉郁，启人遐思。常州词派尚比兴寄托，此词主旨似仍是抒传统的所谓"美人迟暮"之感。

买陂塘　赎裘

［清］邓廷桢

悔残春、炉边买醉，豪情脱与将去。云烟过眼寻常事，怎奈天寒岁暮。寒且住。待积取又头，还尔绨袍故。喜余又怒。怅子母频权，皮毛细相，斗擞已微蛀。　　铜斗熨，皱似春波无数，酒痕襟上犹浣。归来未负三年约，死死生生漫诉。凝睇处，叹羝幕毡庐，久把文姬误。花风几度。怕白袷新翻，青蚨欲化，重赋赠行句。

词人曾在两广总督任上，与林则徐协力查禁鸦片，击退英舰挑衅。后调闽浙，被诬在粤办理不善谪戍伊犁。道光二十三年（1843）释还，迁陕西巡抚。几年间荣辱升沉，历尽沧桑。这首词咏物托意，写裘袍典而复赎，赎后又将典出的遭遇，正是对自己起落无常的仕途、辛酸命运的总结。全词情感内容丰富复杂，描写悔、喜、怒、怅、惜、怕等一系列情绪变化，曲折多致，细腻入微。后半阕以物喻人，如对旧友谐语温存，更添趣味。谭献谓此词曰"姿态横生"（《箧中词·今集续》卷一），允称精当。

摸鱼儿

［清］陈澧

东坡《江郊》诗序云："归善县治之北数百步抵江，少西有磐石小潭，可以垂钓。"余访得之，题以此阕。

绕城阴、雁沙无际，水光摇漾千顷。苍崖落地平于掌，湿翠倒涵天镜。风乍定，看绝底明游，曾照东坡影。林烟送暝。只七百年来，斜阳换尽，一片古苔冷。　　幽寻处，付与牧村樵径。江郊诗句谁省。平生我亦烟波客，笠屐倘堪持赠。云水性，便挈鹭提鸥，占取无人境。商量画帧。向碎竹丛边，荒芦叶外，添个小渔艇。

这是一首意境萧疏幽冷的纪游怀古词。上片惟妙惟肖地描摹一幅幽清明净的江郊山水画卷，并将对东坡的追慕之情与世事沧桑之慨尽寓于景色之中，用笔绝妙。下片从幽寻转入直抒胸臆，表明自己向往追随东坡高迹，归隐山林的素愿。结末亦真亦画，生趣盎然。读者在悠然会意的同时，或能隐隐感觉到词人沉沦下僚怀抱难伸的牢落心情。

又头、青蚨，均指钱。

绨袍，厚缯制成之袍。战国时期魏大夫须贾赠绨袍于范雎得以释嫌弭祸的故事。后多用为眷念故旧之典。

凡物相生者称子母，后因以称本息。

羝幕毡庐，北方少数民族生活居住的帷帐。

文姬，蔡琰，东汉女诗人。汉末大乱时为胡骑所虏，流落南匈奴十二年，后被曹操以金璧赎回。

归善，即今广东惠州惠阳。

笠屐，蓑笠和木屐。游山玩水的用具。

明曾鲸《苏文忠公笠屐图》，写苏轼远贬海南儋州时，做客黎子云家，归途遇雨，从农户借得笠屐冒雨前行的情景。画中东坡先生头戴斗笠，足登木屐，双手提衣，俯身前行，表现出他的野逸情趣与旷达节操。西安美术学院藏

堧鼓，报警的鼓声。

马邑龙堆，泛指边境征戍之地。马邑，在今山西朔州。汉武帝用王恢计，伏兵于马邑旁，诱匈奴单于，因亭尉泄漏于匈奴，事不成。龙堆，白龙堆，古西域沙漠。

摸鱼儿　咏虫

［清］况周颐

古墙阴、夕阳西下，乱虫萧飒如雨。西风身世前因在，尽意哀吟何苦。谁念汝。向月满花香，底用凄凉语。清商细谱。奈金井空寒，红楼自远，不入玉筝柱。　　闲庭院，清绝却无尘土。料量长共秋住。也知玉砌雕阑好，无奈心期先误。愁谩诉，只落叶空阶，未是销魂处。寒催堧鼓。料马邑龙堆，黄沙白草，听汝更酸楚。

这首词作于光绪二十年（1894），时中日甲午海战，北洋海军一败涂地。词借虫声抒写深沉的家国之恨，凄切掩抑，满纸秋声。

倚声依谱

《摸鱼儿》一名《摸鱼子》，又名《买陂塘》《迈陂塘》《陂塘柳》《双蕖怨》。唐教坊曲，本为歌咏捕鱼的民歌，后用作词牌。一百一十六字，前片六仄韵，后片七仄韵。前后片第四韵，并定十字一气贯注。双结倒数第三句第一字皆领格，宜用去声。此调颇流畅，音节起伏变化，适用于写景、抒情、咏物、酬唱、祝颂，然以表现声情幽咽而词意含蓄者为胜。

【定格】

仄平平、仄平平仄，平平平仄平**仄**。
中平平仄平平仄，平仄仄平平**仄**。
　　平仄**仄**，仄中仄、中平中仄平平**仄**。
　　中平中**仄**。
　　仄仄仄平平，中平中仄，中仄仄平**仄**。

　　平平仄，中仄平平仄**仄**，平平平仄平**仄**。
　　中平中仄平平仄，中仄中平平**仄**。
　　平仄**仄**，仄中仄、中平中仄平平**仄**。
　　中平中**仄**。
　　仄仄仄平平，中平中仄，中仄仄平**仄**。

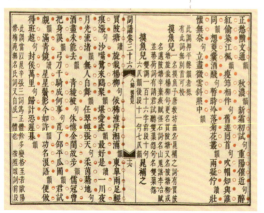

《词谱》（《摸鱼儿》）

阮郎归

香销午梦回

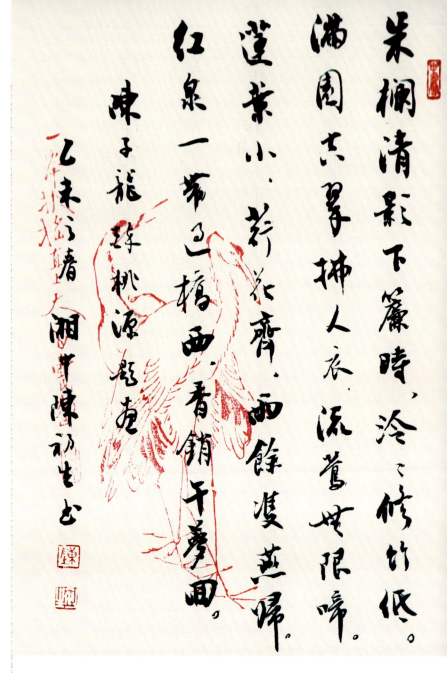

陈初生书《醉桃源》

[注释]

①泠泠，象声词，形容风吹竹林声。

②空翠，指清澈碧绿的天光或山色，王维《山中》："山路元无雨，空翠湿人衣。"

③荇，音杏。多年生水生草本植物，叶呈对生圆形，嫩时可食，亦可入药。《诗经·关雎》有"参差荇菜，左右流之"。

④红泉，谓花落于泉，映红一带流水。

华音流韵

醉桃源　题画

[明]陈子龙

朱栏清影下帘时，泠泠修竹低①。满园空翠拂人衣②，流莺无限啼。　　莲叶小，荇花齐③，雨余双燕归。红泉一带过桥西④，香销午梦回。

临风赏读

这一阕"题画"词是云间词派追求"高浑"风格的代表作。其所题之画实系一幅春去夏临之时的"闺中人伤春图"。

词似"此中无人",通篇似乎都在描绘一片"绿肥红瘦"的幽境清景:朱栏映水,清影横斜,帘栊初下,修竹苍翠,不时传来龙吟细细的风声。满园郁郁葱葱,苍翠浓绿袭人衣。流莺鸣声圆啭,啼个不停。莲叶初长,荇花齐开。雨过之后,双燕飞回。此刻但见覆盖红花的泉水如带,轻轻流过桥西。词人一路渲染下来,直至结末,帘内人才依稀隐约可见:"香销午梦回。"她午梦醒来,一任炉香消尽。此所谓扫却痕迹,一派"高浑",而一丝幽幽的慵懒无绪心脉,一份淡淡的春归惆怅情怀妙合于景物描绘中。

全词意境浑融幽眇,清新倩丽,极饶意外之趣。

古今汇评

邹祗谟:秦、黄佳处,有句可摘,大樽觉无句可摘,总由天才神逸,不许他人掎摭也。(《陈忠裕公全集》卷二十)

严迪昌:"云间"词人追求"高浑"词境……这一阕"题画"词就是"云间"风格的一种典范体现,随情造境,以境出情的艺术手段臻于高妙之极。……词虽也声色俱见,藻彩不匮,可是清丽流动,不滞不涩,无雕琢痕。题画而笔下自具画境,或即借题画之名而自造画境。(《金元明清词精选》)

张毅等:这首词为题画而作,画中是春去夏临时的景物。词人的匠心独运之处是在景中拟想了一个帘中人,而人又在午梦方醒时,这样画景就成为人的情感的投射物,成了与梦境相对的现实存在。在对绿肥红瘦的画景的描写中,一份春归的惆怅、梦回的冷落缓缓流出。作品意境浑融,格调清华。(《词林观止》)

掎摭,摘取,取得。

宋马远(传)《竹燕图》。日本大和文华馆藏

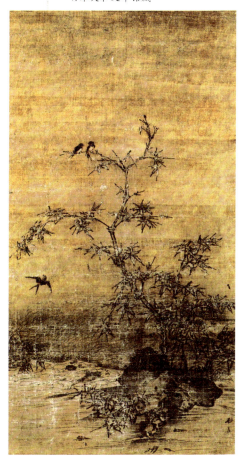

陈子龙像

陈子龙题跋手迹

词人心史

陈子龙（1608—1647）字人中，更字卧子，号轶符，又号大樽。江南华亭（今上海松江）人。生有异禀，年才弱冠，便"精通经史，落纸惊人"。早年入复社，又与夏允彝等结几社，以文章气节相砥砺。与李雯、宋徵舆并称"云间三子"。崇祯十年（1637）进士，授惠州推官，丁母忧；除服，授绍兴府推官。崇祯十七年春，授兵科给事中，巡视两浙兵马，未就任而明亡。南明弘光时，起兵科给事中，数上疏指陈时弊，为马士英等所嫉，旋即辞职归家。弘光亡后，与沈犹龙、吴志葵等于松江起兵抗清，并与夏允彝谋规复江南，率振武军出入湖泖间；事败，披发入禅林，隐于嘉善陶庄之水月庵，法名信衷，字瓢粟，又号颍川明逸。后又结太湖兵抗清。南明鲁监国二年（顺治四年，1647），松江提督吴胜兆反清事败被诛，清军借机欲"尽除三吴知名之士"，而以陈子龙为首。于是易姓李，号车公，辗转逃亡嘉定、昆山间。因仆人不慎泄露住处，他在吴县潭山顾天逵家中被捕。五月十三日，于松江跨塘桥乘间跃水，沉渊殉国，捞起时已经气绝，清军仍残暴地将其凌迟斩首，弃尸水中。次日，门生王澐、轿夫吴酉等乘小舟遍访，后在毛竹港闻鸦声，在乱苇血水中找到他的遗体，"束乌为首"，具棺埋葬。清乾隆中表彰明末忠烈，追谥为"忠裕"。有《陈忠裕公全集》，后附诗馀一卷。另有词集《江蓠槛》和《湘真阁存稿》。

在明清易代之际，陈子龙不独以风节著，且负其"旷世逸才"，诗词古文亦称大家。诗风雄壮豪迈、沉郁苍劲，字里行间浸透着忧国忧民的真挚情怀与高尚的爱国节操。吴伟业谓其诗"特高华雄浑，睥睨一世"；王士禛则评之曰"沉雄瑰丽，近代作者未见其比，殆冠古之才"。其词更为杰出，为云间派领袖，被后代词评家誉为"有明一代词人之冠"。论词宗南唐二主与北宋周邦彦、李清照，以雅丽为指归。其词情韵生动，浑融自然，风流婉丽，哀艳凄恻，明亡后数年中所作则泣血啼鹃，更见深沉。陈子龙词崛起于明词衰微之际，实开启了清词中兴的帷幕，对清初词坛具有深远的影响。

品题

大樽先生文高两汉，诗轶三唐，苍劲之节，与志气相符。其词风流婉约，堪付与十八歌喉。（顾璟芳《兰皋明词汇选》）

大樽诸词神韵天然，风味不尽，如瑶台仙子独立却扇时。《湘真》一刻晚年所作，寄意更缠邈凄恻。（王士禛、邹祗谟编选《倚声初集》）

有明以来，词家断推湘真（陈子龙）第一。（谭献《复堂词话》）

词学衰于明代，至子龙出，宗风大振，遂开三百年来词学中兴之盛。（龙榆生《近三百年名家词选》）

明季词人，惟青浦陈卧子子龙、衡阳王船山夫之、岭南屈翁山大均三氏风力遒上，具起衰之力。卧子英年殉难，大节凛然，而所作词婉丽绵密，韵格在淮海、漱玉间，尤为当行本色，此亦事之难解者。诗人比兴之义，固不以叫嚣怒骂为能表壮节，而感染之深，原别有所在也。（龙榆生《跋钞本湘真阁诗馀》）

陈子龙《陈忠裕公全集》书影

低吟/浩唱

阮郎归

［五代·南唐］李煜

东风吹水日衔山，春来长是闲。落花狼藉酒阑珊，笙歌醉梦间。　佩声悄，晚妆残，凭谁整翠鬟。流连光景惜朱颜，黄昏独倚阑。

宋太祖开宝四年（971）十一月，令后主十二弟郑王从善入朝，太祖拘留之。后主疏请放归，不允。每凭高北望，泣下沾襟。这首词即为十二弟郑王作，借托闺妇口吻，写自己的孤独处境与情怀，于清丽淡雅中依然隐含着兄弟急难的深意。正如俞陛云所云："此词春暮怀人，倚阑极目，黯然有鸰原之思。"（《唐五代两宋词选释》）

此词又传为冯延巳作，见《阳春集》。又传为欧阳修作，见《欧阳文忠公近体乐府》。

阮郎归

［北宋］欧阳修

南园春半踏青时，风和闻马嘶。青梅如豆柳如眉，日长蝴蝶飞。　花露重，草烟低，人家帘幕垂。秋千慵困解罗衣，画堂双燕栖。

风和日丽，时闻宝马振鬣长嘶；放眼望去，青梅结子如豆，绿柳初展如眉，花间草际蝶舞翩翩……南园仲春光景是何等俏丽！词人着力点染春景，造境传神，而少妇踏青游赏时有感而忆所思的无可排遣之情，则仅于"慵困""双燕栖"中略略透露，显得含婉蕴藉。

最是有情痴（欧阳修《玉楼春》有"人生自是有情痴"句）　明吴迥

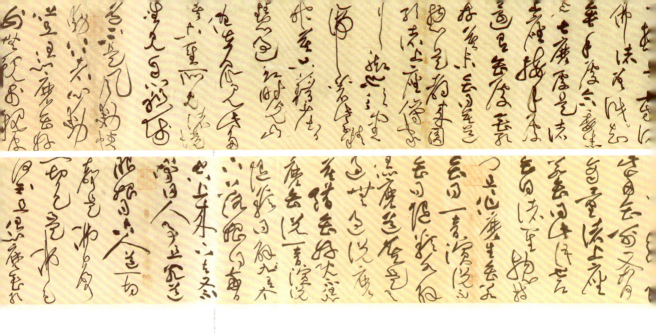

俞陛云评此词说："先写春早之景，后言春昼之人，但言日长人倦。'秋千'二句不着欢愁，风情自见。"（《唐五代两宋词选释》）

 参读

　　梨花风起正清明，游子寻春半出城。日暮笙歌收拾去，万株杨柳属流莺。——南宋吴惟信《苏堤清明即事》

阮郎归

[北宋] 晏几道

　　天边金掌露成霜，云随雁字长。绿杯红袖趁重阳，人情似故乡。　　兰佩紫，菊簪黄，殷勤理旧狂。欲将沉醉换悲凉，清歌莫断肠。

　　这首词当作于词人晚年，词中自抒怀抱，由重阳节引出家境中落、身世凄凉的感喟，被陈匪石称为《小山词》中"最凝重深厚之作"（《宋词举》卷下）。词写得悲凉凄冷，曲折层深。结拍尤为语曲而意婉，包含着在现实人生中万般无奈而聊作旷达的深沉苦楚。况周颐谓"此词沉着厚重，得此结句，便觉竟体空灵"（《蕙风词话》卷二）。

阮郎归

[北宋] 晏几道

　　旧香残粉似当初，人情恨不如。一春犹有数行书，秋来书更疏。　　衾凤冷，枕鸳孤，愁肠待酒舒。梦魂纵有也成虚，那堪和梦无。

　　金掌，即金人承露盘。汉武帝在长安建章宫建高二十丈的铜柱，上有铜人，掌托承露盘，以承武帝想饮以求长生的"玉露"。词以"天边金掌"指代宋代汴京景物。

这首词写孤寂、相思之怀。上片即物思人，感昔伤今，抒写女主人公对行者薄情的满腔怨恨。下片转而叙述女主人公夜间的愁思，抒写其处境的凄凉、相思的痛苦。结拍两句用层深之法，抒写女主人公的一腔怨情，撼人心魄。

阮郎归　初夏

[北宋] 苏轼

绿槐高柳咽新蝉，薰风初入弦。碧纱窗下水沉烟，棋声惊昼眠。　　微雨过，小荷翻，榴花开欲然。玉盆纤手弄清泉，琼珠碎却圆。

这首词活画了一幅有声有色、欢快动人的闺情图，天真纯情的少女、初夏时节生机勃勃的景色浑然一体，构成一种闲雅、清丽、灵动的情调，而青春的张力透纸而出，令人悠然神往。俞陛云评论说："写闺情而不着妍辞，不作情语，自有一种闲雅之趣。"（《唐五代两宋词选释》）

阮郎归　咏茶

[北宋] 黄庭坚

歌停檀板舞停鸾，高阳饮兴阑。兽烟喷尽玉壶干，香分小凤团。　　雪浪浅，露珠圆，捧瓯春笋寒。绛纱笼下跃金鞍，归时人倚栏。

从歌舞停歇、饮者兴阑，到香尽壶干，捧出香茶，再到点茶、分茶，直到灯下归家，词人将酒宴后饮茶的过程写得十分流畅灵动。

黄庭坚《诸上座帖卷》，笔意纵横，字法奇宕，气势苍浑雄伟，为其晚年杰作。故宫博物院藏

高阳，即高阳酒徒。

小凤团，印有凤纹的小片茶饼，出自福建建安，为宋代最好的贡茶之一。

"雪浪"二句形容点茶时泛起的茶沫如浅浅的雪浪，似盛开的带露花朵。

宋时喝茶是将茶饼碾成茶末，放在碗中用开水冲，称点茶。因茶末已榨干水分，故呈白色，冲点时，便形成白色的茶沫。

黄庭坚《阮郎归》（《诗馀画谱》）

丽谯，彩饰楼门。

徂，往、流逝。

古帘暗、雨苔千点（周邦彦
《夜游宫》句）　清许容

《文选》刘孝标《广绝交论》
注引《张敞集》云："苍蝇之飞，
不过十步，自托骐骥之尾，乃腾
千里之路。"

阮郎归

［北宋］秦观

湘天风雨破寒初，深沉庭院虚。丽谯吹罢《小单于》，迢迢清夜徂。　　乡梦断，旅魂孤，峥嵘岁又除。衡阳犹有雁传书，郴阳和雁无。

这首词当作于绍圣三年（1096）词人谪徙郴州时，上片写除夕寒夜难眠的冷寂环境，传达出客地寂寞的孤凄心情，以及被贬日远和音信久疏的痛楚。下片借贬谪之地无雁传书的凄苦，抒发浓郁的怀乡之情。全词于浅语、淡语中蕴有深远意味，为淮海词中情调最为凄婉动人的作品之一。

醉桃源

［北宋］周邦彦

冬衣初染远山青，双丝云雁绫。夜寒袖湿欲成冰，都缘珠泪零。　　情黯黯，闷腾腾，身如秋后蝇。若教随马逐郎行，不辞多少程。

这首小令描绘一位女子相思情深的衷怀。全词词意纡徐曲折，人物内心世界刻画"入微尽致"。俞平伯谓"善言女子之怀，当无如清真矣。然秋蝇一喻，信为警策"（《清真词释》中卷）。

醉桃源

［北宋］周邦彦

菖蒲叶老水平沙，临流苏小家。画阑曲径宛秋蛇，金英垂露华。　　烧蜜炬，引莲娃，酒香醺脸霞。再来重约日西斜，倚门听暮鸦。

这首怀人词怀念的是一位江南女子，怀想从前相见时她的美好，抒发人去楼空的惆怅与感伤。俞平伯极称此词"寥落襟怀，苍茫境界，都在意中，而皆若意外，文心之细，文笔之佳，文情之厚，斯为三绝已"（《清真词释》中卷）。

阮郎归　绍兴乙卯大雪行鄱阳道中

［南宋］向子諲

江南江北雪漫漫，遥知易水寒。同云深处望三关，断肠山又山。　　天可老，海能翻，消除此恨难。频闻遣使问平安，几时鸾辂还。

绍兴五年乙卯（1135），词人由清江赴江东转运使任途经鄱阳，遇大雪，怀想徽、钦二帝蒙尘漠北之苦寒，遽兴故国故君之思，作此词。上阕因景起情，由江南江北之雪联想到易水之寒，又由此一联想而遥望三关，层层翻进。下阕设譬反衬，以天老、海翻衬托愁极而生之剧痛深恨，直是绝望已极。末二句偏又奇外出奇，从绝望之中竟又现出一片痴望来，语敛而意刚。全词极写二帝被掳

苏小小像（明佚名《千秋绝艳图》）

菖蒲，是一种香草，生于水边。江南一带，尤为常见。

苏小，是苏小小的简称，南北朝时南齐名妓，住在钱塘江边。此处代指所思念的女子。

同云，即彤云，指将雪之时天空的阴云。

三关，即淤口关、益津关（均在今河北霸州）、瓦桥关（在今河北雄县）。

鸾辂，皇帝的车驾，代指徽、钦二帝。

宋牧溪（传）《江天暮雪图》（局部），图绘大雪纷飞，白雪江天浑然一色，商船落帆泊岸，天地万物阒然无声。传为《潇湘八景图》中一幅。日本京都鹿苑寺藏

唐大角曲有《大梅花》《小
梅花》等曲。

耒阳，即今湖南耒阳市。
招魂，《楚辞》篇名。
唐杜甫《奉赠韦左丞丈
二十二韵》："纨袴不饿死，儒冠
多误身。"

严仁字次山，号樵溪，邵武
（今属福建）人。工词，有《清
江欸乃集》，不传。《中兴以来绝
妙词选》卷五载其词三十首。

清胡锡珪（款）《梳妆图》（局部）

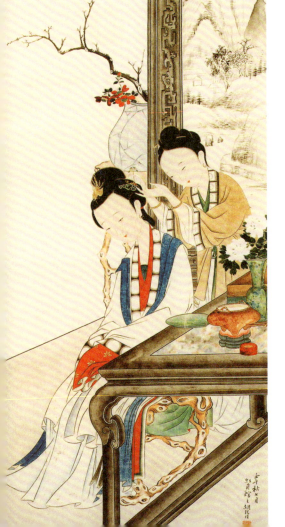

不还之悲怀，融家国之悲为一体（词人是神宗皇后之再从侄），抒
情曲折深挚，语言委婉工致，诚为《酒边词》中的压卷之作。

阮郎归　客中见梅

[南宋] 赵长卿

年年为客遍天涯，梦迟归路赊。无端星月浸窗纱，一枝寒影
斜。　　肠未断，鬓先华，新来瘦转加。角声吹彻《小梅花》，夜
长人忆家。

年年天涯，梦迟路赊，游子漂泊，羁愁难消。词人见梅思家，
将客子之伤心难堪与梅花之伤心难堪打并一处，将梅枝月下寒影之
意象与客子羁劳憔悴之形象浑然一体，一笔双挽而意脉不断，读来
含蓄有味。

阮郎归　耒阳道中为张处父推官赋

[南宋] 辛弃疾

山前灯火欲黄昏，山头来去云。鹧鸪声里数家村，潇
湘逢故人。　　挥羽扇，整纶巾，少年鞍马尘。如今憔悴
赋招魂，儒冠多误身。

这首词为淳熙六年（1179）或七年，词人任湖南转运
副使和安抚使时作，抒写词人屡遭斥逐，频繁调任，落魄
蹉跎，无法施展报国抱负的愁闷与孤愤。结拍尤为凄怆沉
痛。

醉桃源　春景

[南宋] 严仁

拍堤春水蘸垂杨，水流花片香。弄花嚼柳小鸳鸯，一
双随一双。　　帘半卷，露新妆，春衫是柳黄。倚阑看处
背斜阳，风流暗断肠。

这首词以轻快活泼的笔调，勾勒了一幅意融融、情脉
脉，生机盎然的春景图，并将此景下美人的娇颜、春怨，
一一写出。全词清新自然，情韵悠长。况周颐谓此词"描
写芳春景物，极娟妍鲜翠之致，微特如画而已。政恐刺绣
妙手，未必能到"（《蕙风词话》卷二）。

醉桃源　元日

[南宋] 吴文英

五更枥马静无声，邻鸡犹怕惊。日华平晓弄春明，暮寒愁翳生。新岁梦，去年情，残宵半酒醒。春风无定落梅轻，断鸿长短亭。

词人旅食四方，茕茕一身，当此一元复始之际，心中自有无限感慨。这首词即是在"枥马""邻鸡""愁翳""残宵""落梅""断鸿"等一系列意象中融入他无可名状的怅惘和无比苍凉的身世之感。

阮郎归　有怀北游

[南宋] 张炎

钿车骄马锦相连，香尘逐管弦。蓦然飞过水秋千，清明寒食天。　　花贴贴，柳悬悬，莺房几醉眠。醉中不信有啼鹃，江南二十年。

元世祖至元二十七年（1290）九月，词人为元朝廷逼召，与好友曾心传（遇）、沈尧道（钦）由杭州到大都，为元宫廷缮写金字藏经，次年春天完成即返杭。据考证，此次北游，词人与杭州歌妓沈梅娇不期而遇。这首词即是追怀清明游春景象及与沈梅娇的缠绵往事。最后两句既是写离别悲苦，更是对国亡家破惨变的凄婉绝望的悲鸣。

阮郎归　忆别

[元] 王从叔

风中柳絮水中萍，聚散两无情。斜阳路上短长亭，今朝第几程。何限事，可怜生，能消几度春。别时言语总伤心，何曾一字真。

这首词不加雕饰，纯任自然，写出一位女子别后对行者的思念。末句问中含怨，而怨中又是含情脉脉，真挚感人。

醉桃源

[明] 汤显祖

不经人事意相关，牡丹亭梦残。断肠春色在眉弯，倩谁临远山。　　排恨叠，怯衣单，花枝红泪弹。蜀妆晴雨画来难，高唐云影间。

王从叔号山樵，庐陵（今江西吉安）人。

汤显祖像

汤显祖题名　　汤显祖印

汤显祖（1550—1616）字义仍，号海若。祖籍临川县云山乡，后迁居汤家山（今江西抚州）。三十四岁中进士，曾任浙江遂昌知县。其戏剧作品《还魂记》（《牡丹亭》）、《紫钗记》《南柯记》和《邯郸记》合称"临川四梦"，蜚声中外，被视为世界戏剧艺术的珍品。

晒粉，蝴蝶在阳光下扇动双翼，如晒翅粉。

张大烈字言冲，钱塘人。天启七年（1627）举人。有《诗馀类函》。

葯，莲子。

魏学濂（1608—1644）字子一，浙江嘉善人。崇祯进士，擢庶吉士。擅画山水，兼擅花鸟。有《后藏密斋诗稿》。

乱，乐曲的最后一章。

蒋景祁（1646—1695）字京少，宜兴（今属江苏）人。以岁贡生至府同知。词风追步陈维崧。有《梧月亭词》《罨画溪词》。

这首词原见于作者著名传奇《牡丹亭》第十四出《写真》第一曲《破齐阵》唱段后，为剧中女主角杜丽娘与其侍婢春香的韵白，描写的是杜丽娘的美好姿质和为自己写真（画像）时的凄凉心境，辞意含蓄，韶雅秀丽。

阮郎归　立夏

［明］张大烈

绿阴铺野换新光，熏风初昼长。小荷贴水点横塘，蝶衣晒粉忙。　茶鼎熟，酒卮扬，醉来诗兴狂。燕雏似惜落花香，双衔归画梁。

初夏时节，风光无限，一派生机盎然，不禁牵动词人酒兴诗兴。这首词写景如画，宛然在目，而词人无穷兴会亦在其中。

阮郎归

［明］魏学濂

去年抛葯种池塘，今年坠粉香。几时得藕便丝长，何曾解断肠。　驱燕子，打鸳鸯，摘莲偷卜郎。擘开多半是空房，羞看枕簟双。

这首词以比兴的手法写闺中少女的情思，而少女天真、单纯、羞涩、多情的举止、神态历历如现。全词委婉缠绵，真切动人。

阮郎归

［清］蒋景祁

天街微雨送春晖，芳尘湿不飞。闲园香雾小红肥，月和烟露稀。　萦别馆，上斜扉，轻风飐地衣。七弦声乱十三徽，马嘶人未归。

这首闺怨之作表面是写闺中少妇的情致缠绵，孤独寂寞，其实是借此讽喻那些寻欢作乐、流连于秦楼别馆的公子哥、阔少们，写来十分别致。

魏学濂《荷花鹭鸶图》，描绘碧荷舒卷如云，一只白鹭曲颈缩首，正在岸边草丛中闭目休憩。画面清新明快。上海博物馆藏

阮郎归　画蝴蝶

[清]恽敬

轻须薄翼不禁风，教花扶着侬。一枝又逐月痕空，都来几日中。

曾有伴，去无踪，阑前种豆红。蜜官队里且从容，问心同不同。

这首词咏画中蝴蝶，妙在遗形取神，着墨于蝴蝶的"内心世界"，刻画其内心的孤独寂寞和无助伤感。结拍蜂蝶并提，以"心同"与否无疑而问，见出蝶之矫然不群，涵蕴委婉，发人警醒。陈廷焯谓此词"情深意远，不袭温、韦、姜、史之貌，而与之化矣"（《白雨斋词话》卷四）。

阮郎归

[清]朱孝臧

月夜维舟楞伽峡，山水幽夐。孟东野《石龙涡诗序》云："四壁千仞，散泉如雨。"仿佛遇之。

千叶无蒂着岩坳，飞帘喷雪消。湿云双束怒厓高，春湍不敢豪。

烟橹阁，水灯飘，幽猿三两号。骖鸾仙路夜谁招，月华摇凤箫。

光绪二十八年（1902），词人出任广东学政。次年，奉使先后在粤北等一带视学，沿途有词纪事。此词当为经连江时所作，描绘瑰异卓绝的楞伽峡奇景。风格雄浑而疏朗，藻采芬溢。

词林逸事

据周密《武林旧事》卷七记载，南宋孝宗乾道三年（1167）三月十一日，一个十分晴好的日子，孝宗领着皇后和太子，陪太上皇高宗到后苑赏花，"回至清妍亭看荼䕷，就登御舟，绕堤闲游。亦有小舟数十只，供应杂艺、嘌唱、鼓板、蔬果，与湖中一般。太上倚阑闲看，适有双燕掠水飞过，传旨令曾觌赋之"。曾觌为建王（后即位为孝宗）内知客，乃潜邸旧人，颇有妙才，顷刻之间，即成一阕《阮郎归》奏上：

柳阴庭院占风光，呢喃清昼长。碧波新涨小池塘，双双蹴水忙。　　萍散漫，絮飘飏，轻盈体态狂。为怜流去落红香，衔将归画梁。

蜜官，指蜜蜂。

恽敬（1757—1817）字子居，号简堂，阳湖（今江苏常州）人。乾隆举人。曾任浙江富阳、江西瑞金等县知县。有《大云山房文稿》。

清任颐《仕女观梅图》，用圆劲方折的线条绘一位秀雅的女子，眼望梅花，惆怅若失。词人朱孝臧题《虞美人》词于其上："黄昏笛里梅风起，蔓草罗裙地。满栏红萼总宜簪，不道尊前消减、去年心。　　何郎词笔垂垂老，坐被花成恼。月寒江路唤真真，一缕清愁犹着、故枝春。"辽宁省博物馆藏

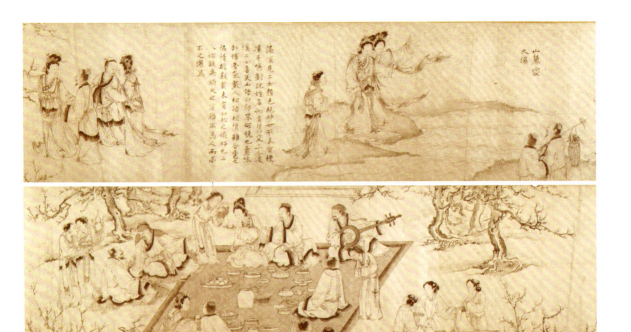

元赵苍云《刘晨阮肇入天台山图》（局部），以白描手法描绘汉代刘晨、阮肇入天台山遇仙的故事。美国大都会艺术博物馆藏

这首咏燕词处处说燕，却终篇无一燕字。寥寥数笔，便勾勒出一幅活生生的飞燕闹春图，可谓传神入画。结拍衔起流红，飞归画梁，写出一片惜花的慧心，更是妙笔天成。

 倚声依谱

《阮郎归》又名《醉桃源》《碧桃春》。阮郎，指阮肇。相传东汉永平间，浙江剡县人刘晨、阮肇入天台山采药，遇二仙女，留住半年，思乡甚苦。既归，则乡邑零落，经已十世。他们重入天台山寻访仙女，踪迹已杳。四十七字，前段四句，后段五句，各四平韵。此调以抒情与写景为主，亦可咏物和言志。

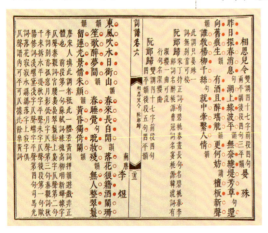

《词谱》（《阮郎归》）

【定格】
中平平仄仄平平，平平中仄平。
仄平平仄仄平平，中平中仄平。

平仄仄，仄平平，中平中仄平。
中平中仄仄平平，中平中仄平。

醉落魄

秋空一碧无今古

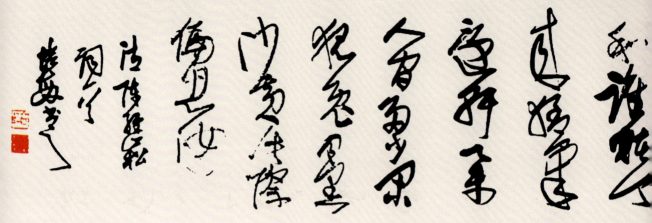

邹培敏书《醉落魄》

 华音流韵

醉落魄　咏鹰

〔清〕陈维崧

寒山几堵①，风低削碎中原路②。秋空一碧无今古。醉袒貂裘，略记寻呼处。　　男儿身手和谁赌，老来猛气还轩举③。人间多少闲狐兔。月黑沙黄，此际偏思汝。

临风赏读

苍鹰雪爪星眸，一冲碧霄，气雄万夫，历来诗人就常借它的形象来表现冲天的豪气，并用鹰击狐兔寄寓铲除人间不平与邪恶的愿望，如唐杜甫的"为君除狡兔"、柳宗元的"下攫狐兔腾苍茫"。这首咏鹰词同样抒写的是词人那乘风思奋之心，嫉恶如仇之志。

词人笔挟风霜，起首三句即勾勒出一幅荡人心魄的荒莽的鹰之栖息活动场景，虽未见半点鹰之痕迹，而鹰之凌厉的气势和矫健的雄姿却顿时呼之欲出。你分明看到在那壁立千仞的寒山之巅，鹰兀然木立，傲睨四周；刹那之间，它从悬崖上劈空而下，掠地而过，随之一阵劲风几乎要削碎原野上的草木和石块；紧接着，它又冲霄而起，搏击在那澄碧万里的秋空，尽情翱翔。一"堵"字见出壁立千仞、森然可畏的山势；而一句"风低削碎中原路"，则把鹰之迅猛有力刻画

[注释]
①堵，座。
②削碎中原路，形容鹰掠地飞过。
③轩举，意气飞扬。

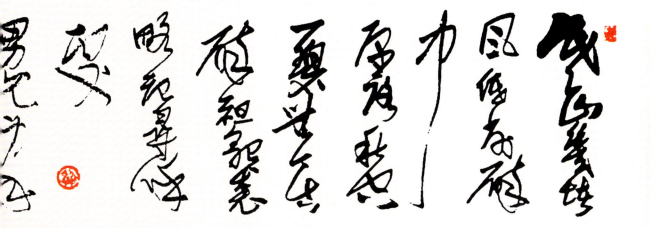

得淋漓尽致，笔底似能听到风声、裂石碎路的搏击声、霸悍疾飞的呼啸声！

四、五两句词人笔锋一转——"略记寻呼处"，原来，这不过是词人对当年乘醉出猎、袒开貂裘、走马呼鹰的情景依稀的回忆，那只威猛飞扬的鹰并不存在于眼前的现实中。江山亘古如斯，而人呢，却是华年难驻。词人在追忆少年时代意气风发的豪情中渗透的是无法掩饰的悲凉。

下片兴感，词意承上转折。从表面上看，换头两句是从上片呼鹰寻猎引申而来，似是说一身好功夫无人堪与匹敌，且少年猛气至老不衰，而其深层含意却极深沉，又极悲愤。词人青壮年时，正逢明清易代，颠沛流离，直到四五十岁，仍未谋得一官半职。晚年虽入仕清廷，参与修《明史》，但也郁郁寡欢，心情抑塞难平。正如他的弟子蒋景祁所说："先生之才富，先生之遇穷。"是啊，他何尝不想做个顶天立地的男子汉？也确有这个胸胆。可是，空有一番好身手，何处得以施展？即便"老来猛气"不减当年，依然风发，又有谁来召唤？

词人从追忆中醒来，冷硬抑塞的现实又回到了他的眼前。于是结尾三句，词人将词境陡然推进：从草莽丛林中的狐兔联想到人间横行的狐兔——像狐兔一样奸猾的丑类。此时此地，他急切召唤着能够攫尽林中狐兔和人间丑类的苍鹰，而对鹰的召唤何尝不是内心的自我召唤？末二句于全篇奔放之后作含蓄的一折，意蕴顿挫沉郁。

明张路《苍鹰攫兔图》，绘一只苍鹰凌空虎视，欲俯冲攫兔，白兔仓皇逃命。西风凛冽，芦草在疾风中摇曳。全图结构紧张，虚实相宜，笔墨道劲秀逸，给人一种紧张险恶、阴冷悲壮之感。南京博物院藏

这首词着意刻画鹰之神，固然"声色俱厉"（陈廷焯语），极具雄健之美，但细读之下仍能体察到词人难以追寻人间真正勇烈与正义的悲抑之声。

古今汇评

陈廷焯：声色俱厉，较杜陵"安得尔辈开其群，驱出六合枭鸾分"之句，更为激烈。（《白雨斋词话》卷三）

钱仲联：这首小令，借物抒怀，总摄猛鹰之神，而不于正面描绘其形，笔势健举，表现作者嫉恶如仇的英迈气概。（《清词三百首》）

严迪昌：此阕咏鹰词，实系对"鹰"的召唤之吟。陈维崧召唤的是一种精神，一种力量，其悲慨激越之情和暗伤老大之哀全渗透于这一声声的召唤中。……论者每易注视陈迦陵的旷放或狂犷艺术情性，而轻忽其意蕴顿挫，筋脉盘转处，前人以"声色俱厉"四字评此词，即是明例。（《金元明清词精选》）

参读

漠漠闲愁，濛濛往事，胜似柳丝盈把。记解春衣，曾宿扬州城下。粉墙畔，谢女红衫，菱塘上，萧郎白马。月夜。正游船争取，绿纱窗挂。　　如今光景难寻，似晴丝偏脆，水烟终化。碧浪朱栏，愁杀隔江如画。将半帙、南国香词，做一夕、西窗闲话。吟写。被泪痕沾满，银笺桃帕。——陈维崧《月华清·读〈芙蓉斋集〉，有怀宗子梅岑，并忆广陵旧游》笔墨深婉秀媚，堪称别调，但幽怨绵渺中自有淋漓飞动之气韵，亦不乏劲健之美。

词人心史

陈维崧（1626—1682）字其年，号迦陵，江南宜兴（今属江苏）高塍亳村人。宋大儒陈傅良之后。祖父陈于廷是东林党的中坚；父陈贞慧为复社领袖，与方以智、侯方域、冒襄有"明末四公子"之目。维崧少负才名，拜当时文坛巨擘吴伟业、陈子龙为师，

陈维崧像

陈维崧印

迦陵

陈维崧题名

与吴江吴兆骞、云间彭师度被吴伟业誉为"江左三凤凰"。明清易代，陈维崧顿时由"家门煊赫""不无声华裙屐之好"的"意气横逸"状态堕入"饥驱四方"（陈宗石《湖海楼词跋》）的颠沛流离的生涯之中。特别是顺治十三年（1656）陈贞慧病逝后，愈益穷愁潦倒，仅避祸寄食其父至交盟弟冒襄（字辟疆）的如皋水绘园中（位于如皋县城东北隅），前后近十年，与歌童徐紫云过从甚密。康熙十八年（1679），召试博学宏词，以《璇玑玉衡赋》中选，名列一等，授翰林院检讨，参与编纂《明史》。三年后，即在眷故怀乡的寂寞凄凉中病卒，仅蒋景祁一人视疾在侧，幸有在京契友集资收殓，送柩归葬故里。

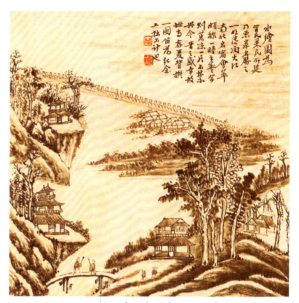

秦祖永绘《水绘园图》

学识渊博、才力雄富的陈维崧，诗词文各体兼擅，而尤以词著称于世，为阳羡词派的开山，被誉为清初词坛第一人；进而在千年词史上，亦可上摩苏、辛之垒，堪称大师、巨擘。一生填词一千六百余阕（一说一千九百余阕），为历代词人之冠，举凡战事之凶险，故国之追念，山水之隽美，百姓之疾苦，文人之雅趣，闺阁之幽情，无不驱驰笔端，真可谓"无事不搜，无意不入"。其早岁填词多雅丽旖旎之作，至身经家国巨变之后，情怀悲怆，词风转向苏、辛一路，词中透着一种独异的霸悍之气和惊心动魄的感染力。其小令尤其气势浑茫，神思飞扬，骨力劲挺。陈维崧词风格多端，绝非只有飞扬跋扈、雄奇豪壮一副面目，其柔媚婉约、清雅蕴藉之作亦为数不少。今传《湖海楼集》五十四卷（词独占三十卷）、《陈检讨四六》二十卷。

阳羡词派以陈维崧为宗，主要的词人尚有陈维岳、曹贞吉、万树、曹亮武、蒋景祁等人。阳羡词人词作风格相近，雄浑粗豪，路数接近苏、辛。

品题

伯兄少时，值家门鼎盛，意气横逸，谢郎捉鼻，麈尾时挥，不无声华裙屐之好，故其词多作旖旎语。迨中更颠沛，饥驱四方，或驴背清霜，孤篷夜雨；或河梁送别，千里怀人；或酒旗歌板，须髯奋张；或月榭风廊，肝肠掩抑。一切诙谐狂欢，细泣幽吟，无不寓之于词。（陈宗石《湖海楼词跋》）

屈指词人，咄咄唯髯，跋扈飞扬。似波寒竞去，衣冠飒飒，烛昏欲醉，履舄茫茫。红豆筵中，白杨斋外，哀艳无端互激昂。凭人道，是秋坟唱苦，子夜歌长。　廿年落拓名场，便历落嵚崎也未妨。看祢生单绞，挝声慷慨，陈王芋蔗，舞态回翔。儿女情深，风云气在，同此牢愁一寸肠。君毋让，信黯如顾虎，

狂比袁羊。（王士禄《沁园春·读陈其年〈乌丝词〉赋寄》）

　　词场青兕说髯陈，千载辛刘有替人。罗帕旧家闲话在，更兼蒋捷是乡亲。（孙尔准《论词绝句》）

　　陈迦陵纳雄奇万变于令慢之中，而才力雄富，气概卓荦。苏辛派至此，可谓竭尽才人能事。后之人无可措手，不容作，亦不必作也。（蒋兆兰《词说》）

　　读先生之词者，以为苏、辛可，以为周、秦可，以为温、韦可，以为《左》《国》《史》《汉》唐宋诸家之文亦可。（蒋景祁《陈检讨词钞序》）

　　迦陵师稼轩，凌厉有余，未臻虚浑。（潘德舆《养一斋词自序》）

　　迦陵词伉爽之气，清丽之才，自是词坛飞将。竹垞所谓"前身定是青兕"，非妄誉也。（郭麐《灵芬馆词话》卷一）

　　中原走，黄叶称牵风。小令已参青兕意，慢词千首尽能雄。哀乐不言中。（卢前《饮虹簃论清词百家》）

　　迦陵词气魄绝大，骨力绝遒，填词之富，古今无两。只是一发无余，不及稼轩之浑厚沉郁。然在国初诸老中，不得不推为大手笔。（陈廷焯《白雨斋词话》卷三）

　　迦陵韵，哀乐过人多。跋扈颇参青兕气，清扬恰称紫云歌。不管秀师诃。（朱彊村《彊村语业》卷三）

　　湖海楼崛起清初，导源幼安，极纵横跌宕之妙，至无语不可入词，而自然浑脱。然自关天分，非后人勉强可学，故后无传人，不能与浙西、常州分镳并进也。（陈匪石《旧时月色斋词谭》）

　　欲把英雄说与君，词豪一代几曾闻。笔端黄叶中原走，多事横图画紫云。（启功《启功韵语》）

词林逸事

　　康熙十七年（1678）春，陈维崧过昆山，读书于徐乾学的儋园中。时已驻锡广州长寿寺的画僧释大汕亦作客徐舍。此前，陈维崧与大汕曾相遇于河南商丘梁园，大汕为他画小像。为表谢意，陈维崧特为大汕的《天女散花图》作《喜迁莺》一首相赠，词云：

　　月明珠馆。有帝释璎陀，身云散满。鲛国旌幢，鼍帆筘吹，万迭雪倾银溅。装罢红棉粤峤，看足苍枫梁苑。饶能事，尽微皴淡抹，黄深绛浅。　　篝衍。有一卷，细腻凝脂，三尺松陵绢。少不如人，师须为我，画出鬓丝禅板。旁侍湘娥窈窕，下立天魔寒产。人间苦，怅碧桃花谢，洞天归晚。

陈维崧《迦陵词稿》书影

这次重逢，这位方外旧交再次为陈维崧传神写照，于闰三月廿四日作《迦陵填词图》一幅。大汕笔下的陈维崧，果然是仪容魁伟，神采高远，有国士之风。他长头大鼻，修髯如戟，一手拈须，一手持笔，膝头铺陈填词笺纸。旁有美人坐在蕉簟上，手撅洞箫，凝视箫管，作按谱寻声之状。蕉簟上横陈琵琶、箜篌各一。

大汕《迦陵填词图》

大汕绘《迦陵填词图》后不久，陈维崧因大学士宋德宜的荐举，携此图入京应博学鸿词科试，一时海内名流题咏殆遍。题咏之作中高士奇的《渔家傲》描摹得十分形象：

　　大鼻长髯陈仲举，便便腹里横今古。制得新词互按谱，黄金缕，娉娉惯解乌丝句（陈无己侍儿名娉娉）。　　银汉清凉才过雨，纟文衫蕉簟浑无暑。何事宫商频错误。邀郎顾，郎今要入金门去。

余杭人陆进的《清平乐》亦盛赞此图能妙笔传神：

　　掀髯欹坐，搦管凭谁和。有女双鬟花半科，一曲洞箫吹破。　　是谁妙笔传神，风光掩映如真。笑我迷离老眼，时从画里呼君。

纳兰性德的《菩萨蛮》则写出了名士风流，甚是别致、风趣：

　　乌丝词付红儿谱，洞箫按出霓裳舞。舞罢髻鬟偏，风姿真可怜。　　倾城与名士，千古风流事。低语嘱卿卿，卿卿无那情。

孙枝蔚《过秦楼》一词，规诫激切，最堪玩味：

　　使尔填词，何人草檄。此最不平之事。须长似戟，手快如风，故作麻姑狡狯。也觉流宕无聊，且对蛾眉，消人愁思。况方回近日断肠，是儿能记。　　看从此宫禁闻名，新成乐府，便付神仙行

麻姑狡狯，典出《神仙传》："麻姑索少许米，掷之堕地，皆成真珠。方平曰：'吾老矣！不喜复作此狡猾变化。'"

行级，即"缀行"，《唐摭言》"唐太宗私幸端门，见进士缀行而出，喜曰：'天下英雄，入吾彀中矣！'"

大汕（1633—1705）字厂翁，又号石濂，亦作石莲、石湖、石莲，亦号石头陀。俗姓徐，本籍江西九江。自称觉浪老人法嗣。安南国王请往开法。后主广州长寿寺。曾住持修建长寿寺、白云山麓弥勒寺、清远峡山寺，又扩建澳门普济禅院。工人物、山水画。

"填词图"在清初出现后，就一直受到词人的喜爱。

缀。红云捧处，紫袖垂时，召赋蓬莱祥瑞。天上闻歌归来，旧日秦娥，巧相嘲戏。道先生遇似青莲，妄与屯田无异。（自注：柳耆卿进《醉蓬莱》词，仁宗读至"太液波翻"二字，愤然掷之地。）

浙西词派领袖朱彝尊的《迈陂塘》描写陈维崧驰骋词场、吟啸林泉的风流放达生活；开篇几句则可视为对陈维崧词风的定评：

擅词场，飞扬跋扈，前身可是青兕。风烟一壑家阳羡，最好竹山乡里。携砚几。坐蒨画溪阴，袅袅珠藤翠。人生快意。但紫笋烹泉，银筝侑酒，此外总闲事。　　空中语，想出空中姝丽，图来菱角双髻。乐章琴趣三千调，作者古今能几。团扇底。也直得、樽前记曲呼娘子。旗亭药市。听江北江南，歌尘到处，柳下井华水。

其他如尤侗、毛先舒、李良年、李符、王士禛、彭孙遹、严绳孙、毛际可、洪昇、宋荦等也一一题咏，洪昇、蒋士铨还各制曲一套，风调绝佳。至乾隆乙未（1775），名士翁方纲又题此图，前后题此图者达一百零三人，可谓词史上前所未有。1937年，上海中华书局以《陈迦陵填词图题咏》为题出版。

 低吟/浩唱

一斛珠

[五代·南唐] 李煜

晓妆初过，沉檀轻注些儿个。向人微露丁香颗。一曲清歌，暂引樱桃破。　　罗袖裛残殷色可，杯深旋被香醪涴。绣床斜凭娇无那。烂嚼红茸，笑向檀郎唾。

这是一曲描写男女欢情的艳歌。词以"红唇"为运笔焦点，戏剧性地描摹出歌女妆罢出场口引清歌，到歌罢赴宴，宴后斜凭绣床、笑唾情郎的全过程。结尾三句描画出歌女恃宠撒娇的神情媚姿，如闻如见，而情人间的深情也委婉传出。全词刻画工致传神，情趣盎然。

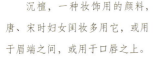

沉檀，一种妆饰用的颜料，唐、宋时妇女闺妆多用它，或用于眉端之间，或用于口唇之上。

些儿个，些许，一点点，唐宋之际的方言口语。

古人常用樱桃比喻女子口唇。白居易有"樱桃樊素口，杨柳小蛮腰"之句。

裛，熏蒸，这里指香气。

涴，沾污，污染。

红茸，即红绒，刺绣用的红色丝缕。一说即槟榔。

晋潘岳美姿容，尝乘车出洛阳道，路上妇女慕其丰仪，手挽手围之，掷果盈车。潘岳小字檀奴，后因以"檀郎"为妇女对夫婿或所爱慕男子的美称。

君不见诗人借车无可载，而得一钱／行立赖晚年更似杜陵翁右臂虽存／耳先聩人将蚁动作牛斗我觉风／雷真一嚏閒尘扫尽根性空不须天／清流派大朴初散头混沌六凿相攘更／朦坏眼花乱坠酒生风口业不停诗／债君知丑蕴咄是贼人生一病今先差／但恐此心终未了不见不闻还是碌今君／疑我特佯新极作啽诗穷险怖深防／额癙生三丁美改笔端风雨快／次谈秦太虚见戏耳聋新

苏轼《次韵秦太虚见戏耳聋诗帖》。台北"故宫博物院"藏

醉落魄

［北宋］晏几道

满街斜月，垂鞭自唱《阳关》彻。断尽柔肠思归切。都为人人，不许多时别。　南桥昨夜风吹雪，短长亭下征尘歇。归时定有梅堪折。欲把离愁，细捻花枝说。

这首词抒发羁旅无故人、凄凉谁诉的感叹，真切感人。

醉落魄　苏州阊门留别

［北宋］苏轼

苍颜华发，故山归计何时决。旧交新贵音书绝。惟有佳人，犹作殷勤别。　离亭欲去歌声咽，潇潇细雨凉吹颊。泪珠不用罗巾裛。弹在罗衫，图得见时说。

神宗熙宁七年（1074）十月，词人离杭州赴密州（今山东诸城）任，途经苏州，饯别时赋此词赠某妓。此时因反对王安石变法，处境不堪。词中极写在人情冷暖、世态炎凉中，歌女依依惜别深情的可贵。明沈际飞评此词说："止有佳人惜别可悲，既有佳人惜别可慰；墨香犹喷。"（《草堂诗馀别集》卷二）

家在西南，常作东南别（苏轼《醉落魄·离京口作句》）　赵鹤琴

苏轼《游虎跑泉》诗稿。台北"故宫博物院"藏

醉落魄

［南宋］周紫芝

江天云薄，江头雪似杨花落。寒灯不管人离索。照得人来，真个睡不着。　归期已负梅花约，又还春动空飘泊。晓寒谁看伊梳掠。雪满西楼，人在阑干角。

这首词抒写游子怀人思归的情怀，语言浅近平实，风格清丽婉曲。

辛未，宋高宗绍兴二十一年（1151）。

唐代诗人卢仝曾赋诗盛赞饮茶之酣畅。

胡铨（1102—1180）字邦衡，号澹庵，吉州庐陵（今江西吉安）人。建炎进士。初授抚州军事判官，后除枢密院编修官。秦桧主和，胡铨抗疏力斥，遭除名，编管昭州，移谪吉阳军。孝宗即位，起知饶州。其词多激愤之语。清王鹏运《南宋四名臣词集》录胡铨《澹庵长短句》一卷。

王千秋字锡老，号审斋，东平（今属山东）人。词学苏轼，风格秀拔可诵。有《审斋词》一卷。

管鉴（1133？—1195？）字明仲，龙泉（今属浙江）人。曾任广东提点刑狱、广东转运判官、湖北转运使。其词清丽和婉，有《养拙堂词》一卷。

醉落魄　辛未九月望和答庆符

[南宋] 胡铨

百年强半，高秋犹在天南畔。幽怀已被黄花乱。更恨银蟾，故向愁人满。　招呼诗酒颠狂伴，羽觞到手判无算。浩歌箕踞巾聊岸。酒欲醒时，兴在卢仝盌。

词人因《好事近》一首痛斥"豺狼当辙"的现实，又一次激怒了秦桧，被秦桧流放到更荒远的吉阳军（今海南三亚）。词人虽被贬斥天之涯海之角，但奸贼当道，金瓯残缺，匹夫之责，时常萦绕心怀。这首和爱国志士张伯麟（字庆符）之作中，词人郁结于心中的无法锄奸复国的忧愤与愁闷如万斛涌泉，迸地而出，读来令人心魄为之一震。

醉落魄

[南宋] 王千秋

惊鸥扑蕲，萧萧卧听鸣幽屋。窗明怪得鸡啼速。墙角烂斑，一半露松绿。　歌楼管竹谁翻曲，丹唇冰面喷余馥。遗珠满地无人掬。归着红靴，踏碎一街玉。

冬日的清晨，词人拥衾高卧初醒，但闻惊鸥扑翅，雄鸡啼鸣；推窗一看，墙角上色彩斑斓，露出半截子松树的苍绿，好一片丽景。下片紧接"卧听"写来，遐思午夜歌回，美人唇红肤白，吐气若兰。宴罢行人归去，红靴与街上的白月相映生辉。眼前之景与想象之景两相对比、烘托，词人闲适的心境尽在其中。

醉落魄　正月二十日张园赏海棠作

[南宋] 管鉴

春阴漠漠，海棠花底东风恶。人情不似春情薄，守定花枝，不放花零落。　绿尊细细供春酌，酒醒无奈愁如昨。殷勤待与东风约。莫苦吹花，何似吹愁却。

这首词以"赏海棠"为题，实则是借海棠抒写因落花而产生的伤春情绪及离乡远宦之愁。结拍将东风人格化，其想象之奇，情绪之真，造语之痴，耐人品味。

宋林椿《海棠图》，绘一枝西府海棠，其花或灼灼盛开，或含苞欲放。工细绚丽，娇柔可人。台北"故宫博物院"藏

醉落魄

[南宋] 范成大

栖乌飞绝，绛河绿雾星明灭。烧香曳簟眠清樾。花影吹笙，满地淡黄月。　　好风碎竹声如雪，昭华三弄临风咽。鬓丝撩乱纶巾折。凉满北窗，休共软红说。

这首词当作于词人隐居石湖之时，描绘了一个静谧幽美的清夜，月色淡黄，花影扶疏，词人在树底下焚香展席，吹笙自娱，表现了他归隐后闲雅的生活情趣，意境清绝。俞陛云谓"'淡黄月'句已颇清新，更有吹笙人在花影中，风情绝妙"，并以"融浑"二字誉之（《唐五代两宋词选释》）。

醉落魄　人日南山约应提刑懋之

[南宋] 魏了翁

无边春色，人情苦向南山觅。村村箫鼓家家笛。祈麦祈蚕，来趁元正七。　　翁前子后孙扶掖，商行贾坐农耕织。须知此意无今昔。会得为人，日日是人日。

这首词描绘乡村"人日"欢乐、热闹的景象，富于浓郁的生活气息。结拍颇有哲理。

醉落魄

[明] 茅维

肌丰骨弱，桃笙微润云鬟掠。夜深携手凭高阁。露霭横空，四卷冰绡幕。　　一帘薇影临池荸，池心细簇红菱角。倚阑不觉罗衫薄。贪坐凉风，纤月桐林落。

这首词以侧面渲染的手法，描绘出一位不染尘俗、冰清玉洁的美人形象。全词清空飘逸，绝无艳腻之感。

醉落魄　新丰歌

[清] 任绳隗

飘零堪厌，十年啼笑江州店。鸡声月色长亭屦。敝帽堪憎，霜意如余淡。　　人情不似枫花酽，枫花犹向愁人艳。萧关茅舍悲书剑。收拾砧痕，留作诗肠砭。

宋马远《踏歌图》，描绘四个老农在河山幽深处踏歌（用足蹬踏而作舞）而行的欢乐情景。四个人动态不一却动律和谐，人乐年丰之气象在活泼灵动的舞姿中呈现。故宫博物院藏

绛河，即天河。

昭华，古乐器名，即玉管。此指笙。

软红，即红尘、尘土，指那些热衷于尘世功名利禄的人。

茅维（1576—？）字孝若，归安（今浙江湖州）人。不得志于科举，以经世自负。有《苏园翁》《秦廷筑》《金门戟》等。

这首词上片写自己飘零之苦，下片写人生失志之悲。

倚声依谱

《醉落魄》又名《醉落拓》《怨春风》《一斛珠》。调名出自唐代梅妃故事。李煜所作此首《一斛珠》为此调首见。调势较为流畅，声韵谐美。自宋初张先词后，宋人多改用新调名《醉落魄》。双调五十七字，仄韵。

【定格】

仄平平仄，平平仄仄平平**仄**。
平平仄仄平平**仄**，
仄仄平平，仄仄平平**仄**。

仄仄平平平仄**仄**，
平平仄仄平平**仄**。
平平仄仄平平**仄**，
仄仄平平，仄仄平平**仄**。

唐玄宗在花萼楼，会夷使至，命封珍珠一斛，密赐梅妃。妃不受，赋诗云："柳叶双眉久不描，残妆和泪污红绡。长门尽日无梳洗，何必珍珠慰寂寥？"付使者曰："为我进御。"上览诗不乐，令乐府以新声度之，号《一斛珠》。曲名始此也。——清毛先舒《填词名解》

任绳隗（1621—？）字青际，江苏宜兴人。顺治举人。早作风情旖旎，后一变为清峭苍凉。有《植木斋集》，词在集中。

《词谱》（《一斛珠》或《醉落魄》）

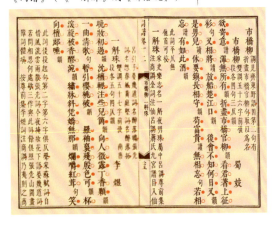

长相思

故园无此声

山一程水一程，身向榆关那畔行，夜深千帐灯风一更，雪一更，聒碎乡心梦不成，故园无此声

纳兰性德 长相思云

乙未秋月 猎松

倪腊松书《长相思》

 华音流韵

长相思

[清] 纳兰性德

山一程，水一程，身向榆关那畔行①。夜深千帐灯。
风一更，雪一更，聒碎乡心梦不成②。故园无此声。

[注释]
①榆关，山海关。那畔，那边，此处指关外。
②聒，喧扰，嘈杂。

 临风赏读

康熙二十一年（1682）二月，康熙帝以平定三藩之乱，东出山海关，到清朝发祥地巡视，并祭祀长白山。纳兰性德作为侍卫随御驾东巡，途中作此词，抒写羁旅思乡的情怀。

上片，铺陈扈从之事。"山一程，水一程"，向着榆关"行行复行行"。在"一程"又"一程"的复沓吟哦中，词人营造出一种关山万重，与故园渐行渐远的意境，既显示出天涯行役的枯寂和苍凉，更衬托出词人对故园的依恋、渴望。"夜深千帐灯"，夜色

深沉，在一片苍茫的黑暗中，那万丈穹庐下安扎的营帐里，灯火熠熠，望去好似繁星落地，映照着永夜无眠的词人。千帐反衬一身，塞外景象愈是壮观寥廓，愈显词人梦断关山、孤寂思归情心之深苦。

下片，曲描思乡之情。"风一更，雪一更，聒碎乡心梦不成"，再以互文之笔，叠用两个"一更"，突出塞外卷地狂风，铺天暴雪扑打帐篷、长夜不绝的情景。远在这苦寒的塞外，词人多么希望能梦回故园，但是帐外风狂雪骤，嘈杂刺耳，搅得乡梦不成、乡心难慰，在"乡园"时哪有这种令人痛苦之声响？那故园有什么声呢？是母亲的殷切叮咛，还是妻子的浅笑低语？……结拍淡淡的一句，含婉地表达了词人对故乡的深深眷恋。

全篇鲜活灵动，融真纯深挚、凄恻柔婉的乡思于雄阔苍凉的塞外景象之中，集豪放婉约于一体，意境天成，隽永动人。

狼河，也称白狼河，即今大凌河，位于辽宁朝阳市南，流入渤海湾。

古今汇评

王国维："明月照积雪""大江流日夜""中天悬明月""长河落日圆"，此种境界，可谓千古壮观，求之于词，唯纳兰性德塞上之作，如《长相思》之"夜深千帐灯"、《如梦令》之"万帐穹庐人醉，星影摇摇欲坠"差近之。（《人间词话》）

严迪昌：这首《长相思》以具体时空推移过程，及视听感受，既表现景象的宏阔观感，更抒露着情思深苦绵长心境，允称即小见大之佳作。（《金元明清词精选》）

《康熙帝戎装出行图》

参读

万帐穹庐人醉，星影摇摇欲坠。归梦隔狼河，又被河声搅碎。　还睡，还睡，解道醒来无味。——纳兰性德《如梦令》。词人作为御前扈从跟随康熙东出山海关，夜宿狼河畔……面对着气象豪雄的营地，词人于是把奇景摄入词笔。这首小令开头意境阔大，而结尾却带悲凉，归于万般无奈，道出了词人心中排遣不去的孤寂与落寞。

清禹之鼎绘《纳兰容若像》。图中纳兰性德端坐于榻上，身着侍卫官服，圆脸髭须，左手持白玉盏，右手作捻须状，神态悠然，气度不凡。笔法劲简。故宫博物院藏

成子容若

《纳兰词》书影

词人心史

　　纳兰性德（1655—1685）本名成德，为避皇太子胤礽（小名保成）讳而改成性德，字容若，号楞伽山人，为武英殿大学士明珠长子，满洲正黄旗人。生于顺治十一年腊月十二日（1655年1月19日），故其乳名"冬郎"。他天生俊秀飘逸，自幼聪颖好学，既精于骑射，又于经史百家无所不窥。康熙十五年（1676）中进士。后授乾清门侍卫三等侍卫官职，循进一等，武官正三品。在近十年的侍卫生涯中，他扈跸南巡北狩，游历四方，并曾单独奉旨出使梭龙（黑龙江流域）侦察沙俄侵扰东北情况。康熙二十四年（1685）五月二十三日，纳兰性德还与梁佩兰、顾贞观、姜宸英、朱彝尊等朋友宴集，分咏夜合花，次日便卧病不起，"七日不汗"，于三十日（7月1日）郁郁长别人间，葬于京西上庄乡皂甲屯（皂荚屯）。

　　纳兰性德是个真性情的人，性格落拓无羁，"视勋名如糟粕，势利如尘埃"。长期仕宦羁旅，远离爱妻故园，离愁别恨缠绕着他；而出警入跸、鸳行鹭立的无味生涯，也使他无比烦闷；更兼之生命中难以指名的怅惘，让他的内心深处充满着愁苦和寂寞。这无尽凄苦倾注于笔端，便凝聚成纯任性灵、哀感顽艳、深婉凄美的纳兰词风，而又间有沉郁雄浑之作。他的词全以一个"真"字胜，独具真情锐感，直指本心，在信笔挥洒中流露出天然真纯之美，因而有着恒久的艺术魅力，至今感染着许多读者。他与朱彝尊、陈维崧并称为"清词三大家"，甚至被誉为"清代第一词人"。

　　作为艺术奇才，他冲淡的古体诗、俊逸的近体诗、古朴的散文、华瞻的骈体文也为世所称。传世的著作有《通志堂集》《渌水亭杂识》等，词集有自编《侧帽词》，友人顾贞观在江南刊行时易名《饮水词》，后人将两集辑录在一起，增遗补缺，共得三百四十二首，总名《纳兰词》。

品题

清新隽秀，自然超逸。（徐乾学《纳兰性德墓志铭》）

容若天资超逸，悠然尘外，所为乐府小令，婉丽凄清，使读者哀乐不知所

主，如听中宵梵呗，先凄婉而后喜悦。（顾贞观《通志堂词序》）

容若词一种凄惋处，令人不能卒读。（顾贞观《纳兰词评》）

香艳中更觉清新，婉丽处又极俊逸，所谓笔花四照，一字动摇不得也。（张预辑《纳兰词词评》引聂先语）

其所为词，纯任性灵，纤尘不染。（况周顾《蕙风词话》卷五）

容若长调多不协律，小令则格高韵远，极缠绵婉约之致。（《箧中词》卷一引周之琦语）

容若小词，直追后主。（梁启超《饮冰室文集》卷七十七）

纳兰容若以自然之眼观物，以自然之舌言情。此由初入中原，未染汉人风气，故能真切如此，北宋以来，一人而已！（王国维《人间词话》）

纳兰侍卫以天赋之才，崛起于方兴之族。其所为词，悲凉顽艳，独有得于意境之深，可谓豪杰之士，奋乎百世之下者矣。（王国维《人间词话》附录二）

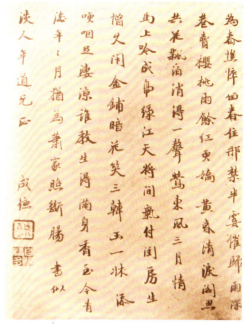

纳兰性德手书《菩萨蛮》等词稿

词林逸事

康熙十五年（1676）冬雪之日，江南举人顾贞观在北京，寓居千佛寺中，想起因科场案蒙冤充军宁古塔（今黑龙江海林县旧街镇）的好友吴兆骞在绝塞苦寒中受苦，百感交集，以词代书，挥毫写下《金缕曲》（即《贺新郎》）二首。词曰：

季子平安否。便归来、平生万事，那堪回首。行路悠悠谁慰藉，母老家贫子幼。记不起、从前杯酒。魑魅搏人应见惯，总输他覆雨翻云手。冰与雪，周旋久。　泪痕莫滴牛衣透。数天涯、依然骨肉，几家能彀。比似红颜多薄命，更不如今还有。只绝塞、苦寒难受。廿载包胥承一诺，盼乌头马角终相救。置此札，君怀袖。

我亦飘零久。十年来、深恩负尽，死生师友。宿昔齐名非忝窃，只看杜陵消瘦。曾不减、夜郎僝僽。薄命长辞知己别，问人生到此凄凉否。千万恨，从君剖。　兄生辛未吾丁丑。共些时、冰霜摧折，早衰蒲柳。词赋从今须少作，留取心魂相守。但愿得、河清人寿。归日急翻行戍稿，把空名料理传身后。言不尽，观顿首。

吴兆骞像

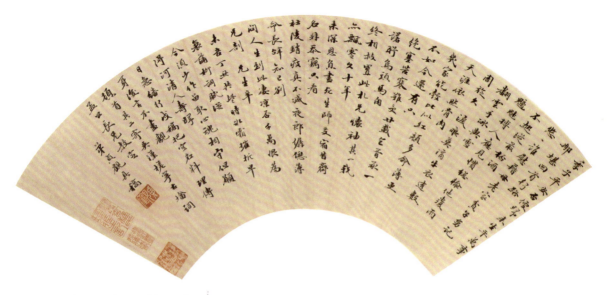

顾贞观手书寄赠吴兆骞两首《金缕曲》

梁公约题《金缕曲》

吴湖帆题《金缕曲》

这两首词纯以性情结撰而成，素称感人肺腑的绝唱，清陈廷焯有很透辟的评论："两阕只如家常说话，而痛快淋漓，宛转反复，两人心迹，一一如见，此千秋绝调也。"又道："悲之深，慰之至，丁宁告戒，无一字不从肺腑流出，可以泣鬼神矣！"（《词则辑评·放歌集》卷三）时年二十二岁的纳兰性德见了这两首词后，不禁感动得泪下数行。

纳兰性德既被顾词感动，便立誓要营救吴兆骞归来。在其父明珠的帮助下，吴兆骞终于在五年之后生还回京。后在《祭吴汉槎文》中，纳兰性德说："《金缕》一章，声与泣随。我誓返子，实由此词。"时人把顾贞观的两阕词称为"赎命词"。

低吟/浩唱

长相思

[唐]白居易

汴水流，泗水流，流到瓜州古渡头。吴山点点愁。　　思悠悠，恨悠悠，恨到归时方始休。月明人倚楼。

这是一首"闺怨"名作，全篇从一个月夜倚楼远望，驰思怀人的女子的角度描写，直到结穴方才巧妙地点醒题旨，原来以上的想水想山，含思含恨，都是女子于明月下、倚楼时的心事。词写得情真意切，思致空灵绵邈。俞陛云说"此词若'晴空冰柱'，通体虚明，不着迹象，而含情无际"（《唐五代两宋词选释》）。

长相思

［五代·南唐］冯延巳

红满枝，绿满枝，宿雨厌厌睡起迟。闲庭花影移。　　忆归期，数归期，梦见虽多相见稀。相逢知几时。

这首词写闺情。上片含蓄婉曲，下片直抒胸臆，相反相成，浑然一体，闺中女子的深情痴态跃然纸上。

长相思

［五代·南唐］李煜

云一绹，玉一梭，淡淡衫儿薄薄罗。轻颦双黛蛾。　　秋风多，雨相和，帘外芭蕉三两窠。夜长人奈何。

这首词以轻淡的笔调描写一女子的素淡天然的装束、略含幽怨的仪态及其秋雨长夜相思无眠、凄寂难堪的心情。词风轻倩，风韵可想。陈廷焯曰："（上阕眉批）字字绮丽。结五字婉曲。"（《云韶集辑评》卷一）

长相思

［五代·南唐］李煜

一重山，两重山，山远天高烟水寒。相思枫叶丹。　　菊花开，菊花残，塞雁高飞人未还。一帘风月闲。

这首词通过远山、烟水、枫叶、菊花、塞雁等景物描写，勾勒了一幅清冷的深秋图景，传达出词人念远怀人的愁思幽怨。俞陛云说："此词以轻淡之笔，写深秋风物，而兼葭怀远之思，低回不尽，节短而格高，五代词之本色也。"（《南唐二主词辑述评》）

长相思

［北宋］林逋

吴山青，越山青，两岸青山相对迎。谁知离别情。　　君泪盈，妾泪盈，罗带同心结未成。江边潮已平。

这首词拟一女子声口，将她爱情遭受挫折，在送别情人时的痛苦心情融于山容水态之中，既明白如话，有浓郁的民歌风味，又含蓄不尽，透出淡远、婉丽的文人词韵致。

绹，《说文》："绹青紫色。"此处喻鬓发如云。

此词又传为邓肃作。

元佚名《草虫图》，绘日暮时分菊黄蝶眠，蝙蝠飞旋，蟋蟀嘶鸣的野外凄清景致。日本京都国立博物馆藏

明尤求《人物山水图》，绘一女子倚柳凝眸思远，含情无限。上海博物馆藏

长相思　清黄士陵

 参读

　　吴山东，越山东，山外江湖一派通。烟波隔万重。　　来匆匆，去匆匆，夜半星光夜半风。相逢如梦中。——明蒋平阶《长相思》

相思令

[北宋] 张先

　　蘋满溪，柳绕堤，相送行人溪水西。回时陇月低。　　烟霏霏，风凄凄，重倚朱门听马嘶。寒鸥相对飞。

　　这首词写月下溪边为行人送别，词中通过对青蘋、柳堤、溪水、陇月、烟霭、寒风、朱门、马嘶、寒鸥等景物的描写，营造出一个朦胧、凄迷的境界，渲染、烘托出送者恋恋不舍的惜别心情和寂寞凄凉的哀感。

长相思

［北宋］晏几道

长相思，长相思，若问相思甚了期。除非相见时。 长相思，长相思，欲把相思说似谁。浅情人不知。

这首词抒写痴情的苦恋，上片言只有相见才得终了相思之情；下片言相思之情欲诉无由，纵使说出来，那浅情的人儿终是不能体会。全词低回往复，语淡情浓，词浅意深，韵味绵远悠长。

参读

漱金卮，阁金卮，不是樽前抵死辞。今宵是别离。 捻杨枝，问杨枝，花萼楼前踠地垂。休忘初种时。——清陈维崧《长相思·赠别杨枝》。陈廷焯评此词"愈朴直，愈婉曲，愈沉痛"，"言尽而意不尽"，与晏词"笔墨相近"（《白雨斋词话足本校注》卷九）。

长相思　山驿

［北宋］万俟咏

短长亭，古今情，楼外凉蟾一晕生。雨余秋更清。 暮云平，暮山横，几叶秋声和雁声。行人不要听。

这首词通过凉月、秋雨、暮云、晚山、叶声、雁鸣等一系列触人乡思的萧瑟、凄清景物的渲染，映衬词人的羁旅之思，读后真令人觉其"含有无限惋恻"（《蓼园词选》）。

长相思

［北宋］蔡伸

村姑儿，红袖衣，初发黄梅插稻时。双双女伴随。 长歌诗，短歌诗，歌里真情恨别离。休言伊不知。

这首词赞美村姑的勤劳、活泼、聪慧、多情。词人纯用口语白描，把她们的装束、行为、心态写得活灵活现，全篇具有清新自然的民歌风味。

蔡伸（1088—1156）字伸道，号友古居士，莆田（今属福建）人，蔡襄孙。政和进士。宣和间，通判徐州。南渡后，通判真州，除知滁州。秦桧当国，以赵鼎党被罢。后知德安府。词颇婉约，但少沉深之致。有《友古词》一卷。

明董其昌《秋兴八景图》之一，运化万俟咏《长相思》词意，描绘秋江两岸景色，画面明净，秋光一片，秋意浓郁，充分体现出秋山清空恬静之美，并渗透进自己的羁旅情思。上海博物馆藏

413
（　—1160）字晦叔，
　　，四川遂宁人。北宋著名
　子者。著有《颐堂先生文集》和《碧
鸡漫志》各五卷，《颐堂词》和《糖
霜谱》各一卷。

邓肃（1091—1132）字志宏，
南剑沙县人。与李纲为忘年交。
钦宗立，召对便殿，补承务郎，
授鸿胪寺簿。著有《栟榈集》
三十卷、《挥麈后录》传于世。

李石（1108—1181）字知几，
资州（今四川资中）人。少负才
名，既登第，任太学博士，出主
石室。后卒于成都，时作山水小
笔，风调远俗。

洪适（1117—1184）字景伯，
鄱阳（今属江西）人。累官至尚
书右仆射、同中书门下平章事兼
枢密使。以文著称于时，好收藏
金石拓本，有《隶释》《隶续》，
先依碑释文，著录全文，后附跋
尾，具载论证，开金石学最善之
体例。

九里松，"钱塘八景"之一，
为葛岭至灵隐、天竺间的一段路。
唐刺史袁仁敬守杭时，植松于左
右各三行，长九里，因此松阴浓
密，苍翠夹道，"人在其间，衣
袂尽绿"，是男女传情达意的好
去处。

长相思

[北宋]王灼

来匆匆，去匆匆，短梦无凭春又空。难随郎马踪。　　山重
重，水重重，飞絮流云西复东。音书何处通。

这首词抒写女子的离别相思之情，风格柔婉，语言清丽。

长相思令

[北宋]邓肃

一重溪，两重溪，溪转山回路欲迷。朱阑出翠微。　　梅花
飞，雪花飞，醉卧幽亭不掩扉。冷香寻梦归。

这首小令写残冬踏雪出游，写得清新明快，意境幽深而富有诗
情画意。

长相思　暮春

[南宋]李石

花飞飞，絮飞飞，三月江南烟雨时。楼台春树迷。　　双莺
儿，双燕儿，桥北桥南相对啼。行人犹未归。

这首词描绘的是江南暮春三月的迷人图景，以盼望行人早归作
结，使画面更富有诗意。

长相思

[南宋]洪适

朝思归，暮思归，塞雁三年不见飞。断肠天一涯。　　千思
归，万思归，梦到窗前拂淡眉。觉来双泪垂。

这首小令抒写思归的愁苦，一唱三叹，婉曲尽致。

长相思　游西湖

[南宋]康与之

南高峰，北高峰，一片湖光烟霭中。春来愁杀侬。　　郎意
浓，妾意浓，油壁车轻郎马骢。相逢九里松。

这首词写思妇离情。上片写她看到南北高峰、东西两涧的湖光
山色，触景怀人，感到极度的愁闷。下片追忆她和情郎的欢会。全
词用美丽的景物映衬或愁或喜之情，笔墨精练而活泼，感情十分真
挚，风格自然朴素。

长相思

[南宋] 陆游

桥如虹，水如空，一叶飘然烟雨中。天教称放翁。　　侧船
篷，使江风，蟹舍参差渔市中。到时闻暮钟。

这首词写烟雨泛舟，空灵潇洒，如诗如画，形象地再现了词人
晚年生活的一个侧面。其实词人并非真的闲散不羁，内中有一股郁
塞不平之气。

长相思　暮春

[南宋] 王质

红疏疏，紫疏疏，可惜飘零着地铺。春残心转孤。　　莺相
呼，燕相呼，楼下垂杨遮得乌。倚阑人已无。

这首小词通过景物描绘，抒发惜春怀人之情。言短意浓，画面
生动，淡而有味。

长相思

[南宋] 赵长卿

敛愁眉，恨依依，肠断关情怨别离。云中过雁悲。　　病因
谁，病因谁，屈指无言忖后期。此时人怎知。

这首词抒写闺妇的离愁别恨。起处直诉怨情，以云中过雁的悲
鸣作映衬，达到了情景交融的效果。下片连
用两个问句，如泣如诉，揭示了女主人公默
默无言、心事无人理解的寂寞愁苦之情。小
词语短意深，闺中怨妇的形象描绘得十分鲜
明生动。

长相思　惜梅

[南宋] 刘克庄

寒相催，暖相催，催了开时催谢时。丁
宁花放迟。　　角声吹，笛声吹，吹了南枝
吹北枝。明朝成雪飞。

　　此词以动静相衬的手法，流畅的语
　　　　　　梅花盛开怒放图

此情无际（赵长卿《夜行船》）
句　清《飞鸿堂印谱》

赵长卿号仙源居士，宋宗室，
居江西南丰。约生活在北宋末南
宋初。恬于仕进，吟咏自娱。词
风婉约，多为咏颂风物之作，清
新活泼，自然天成。有《惜香乐
府》。

宋马远《柳溪钓艇图》。坡岸垂
柳杂树，茅舍隐然。河中一艇横陈，
船头一翁悠然垂钓。远山略加渲染，
若有似无，意境清幽。故宫博物院藏

活现在人们眼前。其时边境告急，偏安江南之小朝廷危如累卵，词中实隐隐传出词人由惜花、伤春进而忧时之意。

长相思　寄友

［南宋］汪元量

　　吴山深，越山深，空谷佳人金玉音。有谁知此心。　　夜沉沉，漏沉沉，闲却梅花一曲琴。高松对竹林。

　　这首词为词人寄友人徐雪江之作，或是借写一位美丽而孤独的女子的生活情景和她高洁的情操，曲传自己失意、孤寂的遗民心声。词写得婉曲含蓄，耐人寻味。

长相思

［金］王予可

　　风暖时，雨晴时，熏褶罗衣人未归。蜻蛾愁欲飞。　　枕琼霞，琐窗纱，帘月楼空燕子家。春风扫落花。

　　这是一首春闺怀人词，十分细腻地表现了一个贤淑的妻子对丈夫的思念。

长相思

［明］俞彦

　　折花枝，恨花枝，准拟花开人共卮。开时人去时。　　怕相思，已相思，轮到相思没处辞。眉间露一丝。

　　这首小令写女子的相思苦情，上片说本想春时与情人一道饮酒赏花，可花开之时却是人去之日；下片说已经害了相思，却又不能解脱，无法排遣，惟有幽独自处。结句写其情难言，惟露眉间，尤为深婉有味。全词清新淡雅，流转自然。

长相思

［明］李攀龙

　　秋风清，秋月明，叶叶梧桐槛外声。难教归梦成。　　砌蛩鸣，树鸟惊，塞雁行行天际横。偏伤旅客情。

　　这首词将无形的乡思从槛外梧桐、庭前蟋蟀和横空的雁阵中曲曲传出，便觉具体而深沉，委婉动人，颇具蕴蓄之美。

清闵贞《桐荫仕女图》（局部），绘一女子手持团扇，坐于梧桐树下，凝神幽思

俞彦字仲茅，上元（今江苏江宁）人。明万历二十九年(1601)进士。历官光禄寺少卿。长于词，尤工小令，以淡雅见称。

李攀龙字于鳞，历城（今山东济南）人。嘉靖进士。官至河南按察使。有《沧溟集》。

长相思　中夜闻筝

[明]张煌言

品瑶笙，按银筝，换羽移宫无限情。秋天不肯明。　几更
更，几星星，半是商声与徵声。羁人和梦听。

词人为明末抗清志士，坚持抗清近二十年。这首词为其退居悬
岙岛（今浙江象山南）后所作。词写夜半闻筝，断非泛泛抒悲秋
情怀或自怜幽独，而是大仇未报、复国无望的悲感与孤愤。

吴绮（1619—1694）字园次，
号绮园，又号听翁。江都（今江
苏扬州）人。曾任湖州知府，以
多风力、尚风节、饶风雅，时人
称之为"三风太守"。其词多描
写风月艳情，笔调秀媚。有《林
蕙堂集》。

长相思　舟夜

[清]吴绮

盼行程，数行程，秋满江湖客自惊。滩声杂雨声。　话难
凭，梦难凭，水驿人稀错报更。荒鸡不肯鸣。

这首小令以含婉深细的笔触，刻画舟中之夜的思绪情结，细腻
深切地表达了心理起伏变化的过程，构筑了一个雨夜泊舟的动人境
界，读来纤净无滓，清新雅淡，明白如话，又空灵隽永。

王士禄（1626—1673）字子
底，号西樵山人。山东新城人。
为王士禛（渔洋）长兄。顺治进
士，累官至吏部员外郎。词有《炊
闻词》，基调近"花间"，以短章
写艳情闺思胜。

长相思　本意

[清]王士禄

风半廊，月半廊，凤胫灯青玉簟黄。别时秋乍凉。　蘋已
霜，蓼已霜，碣石潇湘尚渺茫。关河较梦长。

这首词抒写一种相思，两地闲愁。上片从思妇着笔，取景清雅
纤巧，抒情含蓄婉曲；下片从游子着笔，取景苍凉辽阔，抒情直率。

胻，小腿。

长相思　农家

[清]曹尔堪

朝来晴，晚来晴，罩屋桑阴分外清。短檐鸠妇声。　云须
耕，雨须耕，新织葛衣掩胻轻。《竹枝》歌太平。

这首小令写村景和农耕生活，清新可读。

曹尔堪（1617—1679）字子
愿，号顾庵，华亭（今上海松江）
人。顺治进士。工诗，为柳洲词
派盟主，词以清丽雅洁、疏朗流
畅见长，略含幽愁。有《南溪词》。

长相思

[清]吴锡麒

以书寄西泠诸友，即题其后。

说相思，问相思，枫落吴江雁去迟。天寒二九时。　怨谁
梦谁知，可有梅花寄一枝。雪来翠羽飞。

西泠，西泠桥，在杭州西湖。

吴锡麒字圣徵，号谷人，钱
塘（今浙江杭州）人。乾隆进士，
官至国子监祭酒。著有《有正味
斋词》。

这首题赠词倾诉思念友人的深情，写得秀逸宛转。

长相思

[清] 杨永衍

望春江，渡春江，江上看花月影双。花光浮月光。　　江花香，江月凉，醉月邀花枕野航。江随花月长。

这首词约取唐张若虚《春江花月夜》诗意，上阕着重写春江花月的光影，下阕写泛舟江上的感受，亦婉丽可喜。末句悠然远致。

倚声依谱

《长相思》又名《双红豆》《相思令》《忆多娇》《吴山青》。调名取自南朝乐府"上言长相思，下言久离别"，原唐教坊曲名。双调，三十六字，前后片各四句，三平韵，一叠韵。此调音节响亮，表情由热烈而趋和婉，多抒写离别相思之情。

【定格】
中中平，中中平，
中仄平平中仄平。中平中仄平。

中中平，中中平，
中仄平平中仄平。中平中仄平。

杨永衍《山水》

杨永衍（1814—1893？）字蕃昌，广东番禺人。有《添茅小屋诗草》，词附。辑有《粤东词钞二编》。

《词谱》（《长相思》）

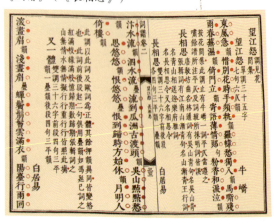